新安縣全圖

MAP OF THE SAN-ON-DISTRICT,

(KWANGTUNG PROVINCE)

DRAWN FROM ACTUAL OBSERVATIONS MADE BY
AN ITALIAN MISSIONARY OF THE
PROPAGANDA
In the Course of his Professional Labors During a Period
OF
FOUR YEARS.

Being the first and only map hitherto published.

May 1866.

東莞縣

Tung-kun District

歸善縣 Kwai-shin District

Tai-u-shan

Nam-tau

邓一光 作品

PEOPLE OR ALL OF THE SOLDIERS

人，或所有的士兵

四川人民出版社

图书在版编目（CIP）数据

人，或所有的士兵/邓一光著．—成都：
四川人民出版社，2019.7
ISBN 978-7-220-11325-3

Ⅰ．①人…　Ⅱ．①邓…　Ⅲ．①长篇小说-中国-当代　Ⅳ．
①I247.5

中国版本图书馆 CIP 数据核字（2019）第 056240 号

REN，HUO SUOYOUDE SHIBING
人，或所有的士兵
邓一光　著

策划组稿	张春晓
责任编辑	张春晓
特约编辑	林文询
编辑助理	李京京
责任校对	韩　华　申婷婷
责任营销	王其进
内文设计	张　妮
封面设计	张　科
责任印制	祝　健
出版发行	四川人民出版社（成都市槐树街 2 号）
网　　址	http：//www.scpph.com
E-mail	scrmcbs@sina.com
新浪微博	@四川人民出版社
微信公众号	四川人民出版社
发行部业务电话	（028）86259624　86259453
防盗版举报电话	（028）86259624
照　　排	四川胜翔数码印务设计有限公司
印　　刷	成都国图广告印务有限公司
成品尺寸	160mm×230mm
印　　张	47.25
字　　数	771 千
版　　次	2019 年 7 月第 1 版
印　　次	2019 年 7 月第 1 次印刷
书　　号	ISBN 978-7-220-11325-3
定　　价	88.00 元

献给我的孩子

——BJ、SW、XX、JJ

远离战争，不论它以什么名义

目录

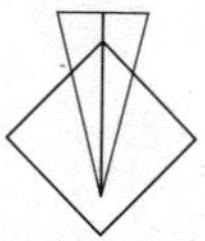

主要人物

陈述人：

郁漱石——中华民国第7战区兵站总监部中尉军需官，D战俘营战俘。

冼宗白——“郁漱石案”辩护律师，西班牙名“迭戈”。

封侯尉——中华民国广州行辕军法署海南分部少校，“郁漱石案”审判官。

奥布里·亚伦·麦肯锡——美国航运学校教师，前海军上尉，D战俘营战俘。

尹云英——中国红十字会理事，郁漱石的养母。

矢尺大介——中国派遣军第23军少佐，D战俘营次官。

梅长治——香港华贸易公司经理，前中华民国第7战区兵站总监部港澳工作站中校主任。

邹鸿相——中华民国国防部少将专员，前第7战区兵站总监部上校科长。

刘苍生——中国进出口贸易公司雇员，前环球贸易公司雇员。

秦北山——中华民国外交部驻外代办，前外交部情报司科长。

其他人：

冈崎小姬——日本帝国大学学者，陆军省俘虏情报局高级雇员。

阿国加代子——日本京都女子学校学生，郁漱石初恋女友。

阿国乃上——日本外务省驻香港总督府侨民关系事务室文员，郁漱石的大学同学，阿国加代子的哥哥。

邝嘉欣——香港圣保罗女书院学生，圣约翰救伤队队员。

朱三样——港九大队成员，前中华民国第 7 战区兵站总监部上士，郁漱石的勤务兵。

缪和女——中华民国第 7 战区兵站总监部少尉，郁漱石的副官。

敖二麦——中华民国第 7 战区兵站总监部上士，郁漱石小组成员。

老　咩——中华民国广东民间抵抗力量组织首领。

李明渊——中华民国国防委员会少校专员，D 战俘营战俘。

钟纪霖——中华民国第 7 战区上校副师长，D 战俘营战俘。

徐才芳——中华民国第 7 战区少校稽查官，D 战俘营战俘。

曹家旺——中华民国第7战区少校军医，D战俘营战俘。

肖子武——中华民国广东抵抗力量组织指挥员，D战俘营战俘。

马孖仔——中华民国广东抵抗力量组织士兵，D战俘营战俘。

艾伯特·摩尔·道格拉斯——英国政府殖民地部特派大臣，D战俘营战俘。

卡罗尔·德顿·哈德罗——英国皇家海军上尉，D战俘营战俘。

何塞·邦邦·桑切斯——菲律宾陆军情报部中尉，D战俘营战俘。

凯登·纳什·克雷蒂亚——加拿大皇家陆军少校医官，D战俘营战俘。

饭岛要人——中国派遣军第23军D战俘营中佐主官。

阿朗结衣——中国派遣军第23军D战俘营台籍上等兵。

八朗太郎——中国派遣军第23军D战俘营曹长。

今正觉——中国派遣军第23军D战俘营韩籍军曹。

桐下旗上——中国派遣军第23军D战俘营雇员。

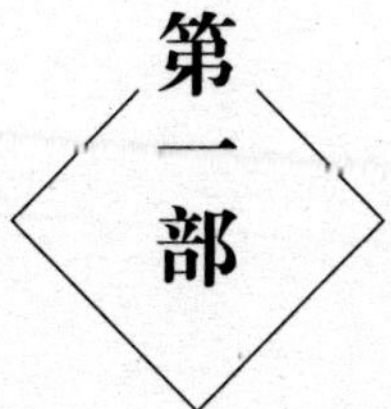

第一部

一

法庭陈述：我应该活着

（GYB006－01－191）**被告郁漱石法庭自辩记录：**

谢谢法庭给我辩护的机会。

我猜，在法庭最终决定我命运之前，或者说，在你们把绞索套上我的脖子之前，这样的机会不会再有了。

我要说，我没有什么可辩护的。

我不知道为什么辩护，为什么站在这儿接受审判。

你们指控我在中日战争期间犯下通敌叛国罪，请告诉我，你们怎么界定中日两国间的战争，这场战争从哪里开始算？同治十三年①？光绪二十年②？光绪二十六年③？民国三年④？民国十七年⑤？民国二十年⑥？民国二十一年⑦？还是

---

① 1874年5月，日本入侵台湾，后迫使清政府签订《北京专条》，承认琉球为日本保护国，赔偿白银50万两。

② 1894年7月至次年2月，日本进攻驻朝鲜清军，攻占辽东半岛，消灭清朝北洋舰队，迫使清政府签署《马关条约》和《中日辽南条约》，史称“甲午战争”或“清日战争”。

③ 1900年6月，“八国联军”入侵中国，日军攻陷天津、旅顺、奉天，携11国与清政府签订《辛丑条约》，并单独与清政府签订《中日会议东北四省事宜条约》，获得在中国东北南部特权。

④ 1914年8月，日军占领济南和胶济铁路全线，携英军攻占青岛，迫使袁世凯政府接受《日华条约》。

⑤ 1928年5月至次年10月，日军进攻青岛，占领济南和胶济铁路沿线，制造“五三”惨案。

⑥ 1931年9月18日，日军在沈阳制造“九一八”事变，在随后3个月内占领东北全境。

⑦ 1932年1月28日，日军进攻上海，国民政府被迫签署《上海停战协定》，史称“一·二八”淞沪抗战。3月9日，日本挟持清废帝爱新觉罗·溥仪成立满洲国，并先后攻占济南、热河、察哈尔及河北大部，进逼平、津，迫使国民政府签署《塘沽协定》。

民国二十六年[1]？不，你们从来没有说清楚过，害怕说清楚。你们说不清楚中日间的战争自何时起，说不清楚近百年来中日间的冲突哪些算战争，哪些行为应该被计入战争罪，哪些罪行应该由国家承担，由担任政府决策者和最高领袖的人来负责，你们在这些事情上语焉不详，在国家责任上闪烁其词，又怎么能够合法地执行生杀予夺大权，指控我这个低级军官对中日间的战争负责？我若不明白这个，怎么交代“罪行”？

战争的发动者宣布终战了，施加者交出了佩刀，你们不在乎终战与投降的关系，只在乎终于熬过了“这一场”战争。“很好”，你们说。你们想尽早结束眼前的一切，去忙别的。那是另一场战争，对手换成了中国人，对吗？

一个国家经历了七十一年战争，有多少肮脏的内幕，多少人的死亡和耻辱，还不够？

总之，你们是“这一场”战争的胜利者，有足够的理由利用审判这种合法方式好好享用战胜者的权利，以缓解七十一年财殚力痡的国家间战争留下的创痛，消解七十一年佛头着粪的耻辱，为下一场战争歃血以誓。看起来这很合理。可是，上百万渡过中国海登上中国大陆烧杀掠抢的战争施加者，他们呢？你们为什么要把他们匆匆送走，你们害怕什么？

我不属于胜利者一方。

我只想活着，不要被人蒙上脑袋，拉上绞刑架，脖颈套上发硬的绳索，启动暗仓，像一枚风干的果子坠落进长长的暗道。

就是说，我们都不希望结束得太快。

好吧，我愿意配合你们，至少我可以学学山鲁佐德，而尊敬的法官和军法官先生们，你们就是山努亚和萨曼，我们来玩一个讲故事的游戏，看看我能在死神面前做些什么，熬过多长时间。

现在，让我们从头开始。

你们说，你们有确凿“证据”，证明民国三十四年七月二十九日，椞岛丛林中发生过一场激烈攻击，致使中国派遣军[2] D 战俘营毁于爆炸和大火，那是美

① 1937 年 7 月 7 日，日军在卢沟桥攻打中国守军，随后攻占平、津，11 月攻占上海，12 月攻占国民政府首都南京，中华民国军事委员会委员长蒋介石宣布全国抗战。

② 1939 年，日军大本营发布“大陆令”362 号，向中国派出遣华军，首任司令官西尾寿造，末任司令官冈村宁次。

国人的轰炸造成的——日治期间，英国政府支持盟军轰炸日占区香港，国民政府也支持轰炸日占区华南，美国人的“米切尔”“解放者”“入侵者”和“复仇者”反复向情报提供的目标俯冲投弹，空袭导致了大量误炸伤亡，比如红磡小学事件，正在上课的学生来不及躲避开呼啸而来的航空炸弹，一百多名孩子当场被炸死。既然如此，当第14陆军航空队的纳尔·克尔中尉率领的10架B-25轰炸机在万米高空发现了隐藏在桑岛原始丛林中的D战俘营，并且把战俘营操场上用石灰画出的矩线当作日军隐藏在丛林中的零式飞机跑道，克尔中尉下令“消灭小鬼子的苍蝇”，4架B-25轰炸机打开投弹仓，投下30吨炸弹，几百名战俘连同D战俘营消失在火海中，就不是什么意外的事件了。

你们告诉我，美国陆军情报局A. 莫斯特上尉奉命调查民国三十四年在香港大轰炸中因坠机被俘的13名美军机师的下落，他是战后最早进入华南的美国军官，他向上司提供了一份D战俘营毁于盟军误炸的报告，报告根据美国陆军第14航空队作战日志、日军香港防卫司令部空袭预警日志和日军荒木胜利支队战俘审讯记录，证明造成D战俘营被炸结果是空中观察误判引起。莫斯特上尉从香港战俘总营的文件中查到了由D战俘营第131号战俘设计的《战俘体育运动项目报告》，莫斯特上尉的助手在D战俘营废墟中找到残存的贝壳石灰和一些简易体育用具，以上证据证明误炸这一说法是可信的。而这一切，应该由造成这场可悲事件的相关人员负责，就是说，由那个设计了D战俘营《战俘体育运动项目报告》并亲自用贝壳石灰在战俘营中画出21道白色矩线的第131号战俘负责。

看上去，这个推断很合理。

我就是D战俘营第131号战俘，那个似乎应该对这场造成数百名战俘死亡事件负责的人。

我能说什么？你们想听到什么？你们希望我为什么做证？

我不知道你们为何拒绝接受D战俘营毁于日方“消灭痕迹”预谋的事实，为什么不承认那是一场计划中的屠杀，为什么要在日本宣布终战10个月之后，把D战俘营日方管理者匆匆送回日本。他们是屠杀事件的策划者和实施者，他们应该告诉你们，在桑岛原始森林中究竟发生了什么。

你们怕什么？有什么事情会被揭穿，需要遮掩？

现在，让我们来谈谈什么是事实。

民国三十四年七月二十九日，桑岛上的大屠杀开始了，它从下午5点09分开始，整整持续了3小时。屠杀者用去的时间比这个更长，如果算上刽子手们离开桑岛之前对奄奄一息濒死者的补杀，以及焚烧小山般的战俘尸体用去的时间，屠杀应该超过72小时。

126名英国战俘，133名加拿大战俘，17名印度战俘、4名荷兰战俘、3名意大利战俘和1名菲律宾战俘在大屠杀中被日本人处心积虑的预谋和盟军趾高气扬的航空炸弹合谋杀害。死者中部分人遭到航空炸弹的弹片和烈焰的攻击，因为营养不良和窒息失去所剩无几的逃生机会，剩下的大多数人在冲向铁丝网的逃亡途中被藏匿在丛林中的机枪子弹击中。死亡群体中人数最多的来自中国，总共有682名中国战俘在屠杀中死去，包括几名年仅十几岁，在D战俘营关满三年的未成年战俘。

重复我刚才的话，凶手是日本中国派遣军和美国陆军空军。

大屠杀开始的时候，我在离现场1公里远的海边坡地上。D战俘营就在我脚下。我亲眼目睹了屠杀。

那真是一个奇怪的场景。太阳正在落入林梢，盟军空军编队从东北方向飞来，它们的目标是桑岛西南的香港。我听见95式重型机枪的声音，它们从D战俘营西北方向的森林中传来，短促的连发，大约三次。子弹射向空中，目标是从天空中飞过的盟军轰炸机编队。这是以指挠沸的公然冒犯，对吗？已经飞过头顶的轰炸机编队中，4架B-25米切尔轰炸机从西北方向折返回来，向桑岛俯冲。至少20枚200公斤重量的航空炸弹落下，数枚炸弹准确落在营区中，大火立刻燃烧起来，营房快速坍塌，到处都是抽搐和扭动的战俘。我看见一些战俘从一排排倒下的营房中惊慌地窜出，在弹片和硝烟中爬动，他们不甘地翘起消瘦的肩膀和佝偻的背，挣扎着被火焰吞噬掉。米切尔轰炸机上的0.5英寸机枪响了，战俘们的胸膛和颌骨像夏天最后晚霞中的花卉一样争相绽开，成片倒下，任由随后追上来的大火烧成焦炭。我还是看到了愤怒，大量的愤怒。那些国民政府第7战区的士兵和英联邦军队的士兵们，他们即使在中弹之后也骂骂咧咧，顽强地从地上爬起来，手里攥着一块发臭的布片或者被机枪子弹切断的同伴的手掌，试图躲开从森林中不断飞来嗞嗞喷涌着黄烟的瓦斯罐以及伏击者发射出的榴弹和机枪子弹，徒劳无功地跌落回地上。

这不是我的错。

我在屠杀现场，但我活下来了，看上去比那些大汗淋漓的屠杀者还要完整，这不是我的错。

我不是唯一侥幸存活下来的 D 战俘营战俘。还有一支游击队——他们曾经是 D 战俘营的战俘，一共 63 人，在屠杀日的前 20 天，他们从东区 21 号宿舍下那条奇迹般的地道中成功地逃出战俘营。请原谅，是 61 人，有两人在逃亡前留了下来。逃出 D 战俘营的 61 人中，1 名掉进海中溺死，1 名在路上病死，1 名因不明原因在海上被同伴杀死，剩下 58 人。他们在登上惠州海岸时，慎重地做出将会返回桑岛拯救留在 D 战俘营的兄弟的决定。我不知道他们是否兑现了承诺，是否返回过桑岛，但显然，就算他们返回桑岛也来不及了。

先生们，你们知道这些事情，对吗？你们中间的每个人都知道，桑岛上的大屠杀它真实地发生过，你们手中有一份秘密档案，证实它的确存在。与其说第 14 航空队的轰炸帮助了日本人，不如说它就是日本人“消灭痕迹”计划中的一部分。多么有趣的配合啊，一支耀武扬威的轰炸机队，规模庞大的杀人武器库，它们飞抵头顶，只需要按照计划向机群轻轻扣动机枪扳机，三次，或者再多一次，接下来的事情就顺理成章了。D 战俘营被大火烧成灰烬，在几场大雨之后恢复成更早时期的清代兵营废墟，人们无法辨认南方茂密的雨林植被中曾经存在的 D 战俘营，它消失了，不见了。但你们知道，那场屠杀，它的确存在。

究竟发生了什么？是什么让你们帮助真正的刽子手销声匿迹，是害怕仇恨无休止地曼延下去，还是对战争的认真清理将耽搁你们去进行另一场战争？令人难以置信的是，关于这场大屠杀，你们指认的被告不是犯下战争罪和杀人罪的组织和集团，不是中国派遣军和第 14 航空队中的任何人，而是一名中国人。

前中国军人。

D 战俘营的幸存者。

我。

为什么你们不去找到在大屠杀中活下来的那些游击队队员？找到他们，他们会证明我没有撒谎。不，你们不会这么做。战争没有结束，它还在继续，一天都没有停止，它不过是改变了参战双方的国家属性。这回没有入侵者，由中国人在自己的国土上开打。国军在鲁南战役中丢了两个整编师和一个快速纵队，在莱芜战役中丢了七个旅，新编第 74 师在孟良崮战役中被共军粟裕部吃掉，抗战名将张灵甫血洒沙场，那 58 个逃出 D 战俘营的游击队战俘，很可能正在与国军作战的共军队列中，你们不会屈尊地去战场上寻找他们，向他们质询屠杀现场的情况。而作为国民政府的指控对象，我没有机会参战，并再次被俘，被你们或他们关进战俘营，经历再一次恐惧。我很高兴这样。

先生们，你们为什么沉默？

你们和我都知道，审判已经结束了，它用去了太多时间，没有什么细节被遗落，我站在这里，只是因为你们对什么事情拿不准，或者在等待一个合适的宣判机会。

“该死的，”你们在心里想，“这是终审判决，判决结果是死刑，这个脸色苍白的卖国者不应该得到政府的赦免，他在那儿胡说些什么？”

不，我应该活着。

二

法庭调查及其他：被告没有在内地任何战场上作过战

（GYJ006—002—071）审判官封侯尉法庭质证记录：

法官大人，被告在辩护中提到的“通敌叛国罪”不实。

广州行辕军法署依据律法文件之《中华民国处理汉奸案件条例》[①] 和《中华民国特种刑事诉讼条例》[②]，对被告提起诉讼。具体条款如下：

> “降敌者死刑；”（《中华民国处理汉奸案件条例》第 4 条）
>
> “曾任敌人之军事政治特务或其他机关工作者；”（《中华民国特种刑事诉讼条例》第 4 条）
>
> “以……同盟者之资格，参加制订……一个共同计划或阴谋……目的系命令、授权或准许日本每一战场上……或占领区内的拘留所和战俘集中营劳役队之管理人员、日本宪兵及民警，以及这些人员的下属，去经常地和不断地对当时在日军权力下……美国、英联邦、法国、荷兰、菲律宾、中国、葡萄牙及苏联之战俘和平民采取违反本起诉书附件所列各公约、保证及习惯所规定的战争法例之行动……”（《远东军事法庭宪章》第 53 条和第 55 条）

① 1945 年 11 月 23 日颁布。

② 1944 年 1 月 12 日颁布。

被告郁漱石，生于民国七年冬月，在五个兄弟姐妹中排行第五。

被告父亲郁某某，字知堂，广东香山人，国民政府国防委员会高级参议，民国二十八年授中将军衔，民国三十三年授中将加上将军衔。

被告养母尹云英，广东梅县人，毕业于金陵女子文理学院英文科和预医科，广东爱慧医院院长，中国红十字会国际委员会成员。

被告长兄郁以山、长姊郁千兰、次兄郁听白为尹云英所生。次姊郁平蝶为汉剧名伶十二子所生。

民国五年，袁世凯称帝，各省纷纷宣布独立，郁知堂以唐继尧讨袁护国军参军身份秘密前往武昌游说黎元洪，黎请郁在汉口大世界剧院看《宇宙锋》，饰演赵艳容的正是汉剧名伶十二子。台上台下，英雄美人，电光石火，两人陷入恋情，郁知堂随即回京，二人仓促分手，十二子生下郁平蝶，两人从此东风人面，再无交集。全国抗战开始后，封箱多年的十二子祭祖复出，宣布以全本《木兰从军》义演支持前线，开场西皮二六板，头一句“巾帼英雄古有证，女儿我立志胜前人”没唱完就倒了嗓子，一世英名毁于一旦。

被告与两兄两姊为同父异母，生母既非尹云英，亦非十二子，查无此人。

民国二十一年，被告赴日留学，滞留日本五年，自称五年间“从苦恼少年变成发奋读书的青年，依然苦恼”。

被告收监后，曾多次提到光绪二十二年，对自己没有生在那一年备感遗憾。本人在庭下审讯时与被告谈起那一年，历数该年发生的事件：德国人伦琴发现了X射线、法国人贝克勒尔发现了放射光、意大利人马可尼申请了电报发明专利、美国人福特设计出第一辆气冷式汽车、西洋商人第一次在中国放映电影、第一架滑翔飞机制造者德国人奥托在柏林摔死、炸药的发明者瑞典化学家诺贝尔在圣雷莫病逝。被告是体育热爱者，诸多项目具有很高水准，本人希望引起被告共鸣，特别谈到那一年在雅典举行的第一届现代奥运会。

被告对上述事件没有表示出足够的兴趣。他问我知不知道光绪二十二年盛宣怀[①]办南洋公学的事情，那一年，中日签订《通商行船条约》，中国学生大量拥入日本，十年后即达到12000人，尽人皆知，辛亥革命之先驱、国民党元老、国军骁勇、中共党魁，十之六七有过东瀛留学经历。

---

① 盛宣怀（1844—1916），清末官办商人，洋务派代表人物。

“封先生，您是否想到了遣唐使[①]运动?”被告情绪活跃地问我，那个样子，完全不像接受审判的嫌犯。

“哦? 说说看。”

“从公元7世纪的奈良时代到9世纪的平安时代，264年间，日本朝廷任命了19批遣唐使，每次皆达数百人。那些浩浩荡荡的大船上，载着多少阿倍仲麻吕[②]、橘逸势[③]、空海[④]这样的文章博士和僧侣大名。他们从唐王朝带走大量经史子集，建立起仿唐制中央集权，这一切，都因为公元663年那场著名的白江口之战[⑤]，遭遇惨败的日本自此退守本土，900余年未敢外犯。”

谁能想到，这是身陷囹圄的被告感兴趣的问题?

早期赴日华人大多选择西洋文化专业，寻找科学和军事救国方略，被告是个例外。被告以预科生资格考进京都帝国大学文学部，攻读东亚文学专业。京都帝国大学图书馆数千种汉本书籍，被告心不在焉地翻阅过数册后，将其抛开，整天躲在大学寮里读井原西鹤[⑥]、近松门左卫门[⑦]、《新古今和歌集》[⑧]和《浮世草子》[⑨]，一门心思钻研《新古今和歌集》的“余情幽玄”、《万叶集》的“质朴真挚”、《古今和歌集》的“优雅纤细”三大歌风，堕落成倭酋文化的追随者。

被告在日本京都帝国大学、环球贸易公司驻美办事处和第7战区的经历，请法庭参阅法庭外调查记录。

提请法庭注意，作为国民革命军军人，被告没有在内地任何战场上作过战。

---

① 从飞鸟时代到平安时代，日本国19次派出学问生、学问僧、医师、乐师、画师、阴阳师、铸生、锻生、玉生等入唐留学，史称遣唐使。

② 阿倍仲麻吕（698—770），汉名晁衡，日本第七次遣唐使，历仕三朝，任唐朝秘书监、卫尉卿等职。

③ 橘逸势（782—842），日本平安时代书法家，与空海、嵯峨天皇合称“平安三笔”。

④ 空海（774—835），日本佛教真言宗创始人，编纂日本第一部汉文辞典《篆隶万像名义》。

⑤ 公元663年，唐朝、新罗联军与倭国、百济联军于今韩国锦江入海口的白江口发生的战争。

⑥ 井原西鹤（1642—1693），江户时代诗人，和松尾芭蕉、近松门左卫门并称“元禄文学三大家”。

⑦ 近松门左卫门（1653—1725），江户时代剧作家，有“日本莎士比亚”之称。

⑧ 收录上古以来和歌佳作，与《万叶集》《古今和歌集》并称“日本三大和歌集”。

⑨ 江户时代通俗文学集，描写世态人情和浮生欲望，多以町人阶层的生活为内容。

（GYZ006－003）**证人尹云英法庭外调查记录：**

我疼爱这孩子。一直如此。

孩子他知道。

这孩子和别的孩子不同，性格孤僻，喜欢置身于世人之外，一个人安静地待着，以缄默掩饰敏感和忧郁。家里来了生人，其他几个孩子落落大方，知书达礼，唯有他，总是从客人面前溜走，去和落在院子里的鸟儿、藏进灶房里的野猫玩，受了用人逗笑也不顶撞。

这孩子喜欢读书。孩子们去公学前，家里请了束脩先生授课，教些经史子集。几个大点的孩子性子野，书念得惊心动魄，只有这孩子听话，捧着书卷读得津津有味，有时候读着读着，突然放声大哭，惹哥哥姐姐们笑话。

先生困惑地问我，郁家的书，都让这孩子一个人读完了，他还有什么不快乐？

孩子没受过欺负，可他就是不快乐。

孩子离家时 14 岁，去国留学五年，中途没有回国。孩子一个人在外，不容易，我担心他的生活，写信询问情况，他每次都回信。孩子学习很用功，他在信中说，他喜欢做学生的单纯美好，他希望日后成为他老师那样知识渊博的文学家。

“是吗，漱石真是了不起，要努力呀。”我在给孩子的回信中写道，“妈妈知道你这么苦，一定会伤心，一定会来找你，要坚持住啊。”

我说的妈妈，不是我，是生下孩子的那个女人，孩子他知道。

知堂知道我偷偷寄钱给孩子，从来没有说破过。为孩子生母的事情，我和知堂很厉害地争吵过，没有结果，以后我们建立了一种默契，不谈论这件事情。

光绪三十年，日俄战争在东北爆发，那一年，知堂以第一名的成绩考取广东官派留学生，赴日本陆军士官学校留学，读的是炮科。因为不满日本洗刷国家历史的做法，他与教官发生冲突，愤而弃日去了欧洲，在德国陆军士官学校改读参谋科，毕业后回国，做了胡汉民[①]的军事幕僚。

民国十六年，大革命分裂，上海事变后，国民党中央开除蒋中正党籍，免

① 胡汉民（1879－1936），中国国民党早期领导人之一，曾任国民政府主席。

去本兼各职，蒋遂成立南京政府与武汉抗衡。知堂因撰文叱骂蒋“人兽合体，毁党专权”，遭到南京政府通缉，躲到日本避难，苦恼无度，准备投奔四处起义的共产党。时逢蒋方震奉蒋中正委托赴日本考察，蒋方震是早知堂三年的陆军士官学校先学，与蔡锷、张孝准并称“士官三杰”。知堂入学次年，蒋方震以步兵科第一名毕业，获天皇“神圣之剑”，令日本学生蒙羞。知堂读过蒋方震的《孙子新释》，极为钦佩，听闻蒋方震到日，专程拜访了这位久负盛名的学长。蒋方震读过知堂的《中华武经概要》，颇有好评，两个军事书生一见如故，促膝长谈，论及当今天下，两人对日本军事国策均抱有强烈警惕，认定中日间摩擦是掩耳矣，两国必有倾力一战，应早日拟订国防计划，以备不虞。二人惺惺相惜，结成忘年交，相约中日战时点兵沙场，与日酋决一雌雄。

随后，下野的蒋中正到东京拜见日本首相田中义一，蒋方震劝告知堂，环视当今中国军政领袖，兴国无首，抗日唯蒋，将知堂介绍给蒋中正。经蒋方震极力保荐，知堂释难，随蒋中正回到上海，参加蒋宋大婚仪式，蒋中正于再作良人十日后复职，重新担任国民革命军总司令，知堂遂受到重用，赴欧美考察军事，回国后在国防委员会担任参议，负责外籍军事顾问联络。

民国二十四年，蒋中正任命蒋方震为军事委员会高等顾问，蒋方震极力引介知堂进入委员会二局任职，知堂很快深受重用，负责国防计划报告起草工作。

民国二十六年，蒋方震和知堂对日军事政策著作相继出版。二人对中日战争的未来论断一致，坚信中国必胜，日本必败，但所持战略看法大相径庭。知堂执决战论，蒋方震执持久战论。知堂的《中日决战论》受到蒋方震无情嘲笑和批评，他写信给知堂，要知堂回家去杀猪，“一刀即毕，岂不快意哉”。蒋方震的《国防论》却让知堂醍醐灌顶，大呼“见教”，一夜间成了持久战的拥趸者。知堂视《国防论》为护国大策，为之奔走相告。他在为国防委员会撰写的报告中语出惊人，称日本军队是国家之师，中国军队是军阀私产，即便中国有良好战略野心，各派系在战役准备阶段就会拖垮掉自己，以军阀私产与国家之师作战，以四万吨钢铁产量与五百万吨钢铁产量抗衡，以不足三十年的共和经验与百年维新成果决战，无疑以竹搏铁。他吁请国防委员会诸领袖匡衡凿壁，不遗巨细，以蒋方震的《国防论》为对日军事政策精神，以不宣战、不谈判、不言和、不承认日本在华利益对日，日酋没有自主战争资源和大陆经营经验，俄国人亦不会眼见日本插手蒙古和满洲不管，以持久战之国策，日本必将终结于华夏大地。

民国二十七年，蒋中正极举荐蒋方震接任自己担任陆军大学校长，蒋方震上任不到三个月，积劳成疾，病逝于公务途中。知堂闻讯，连夜赶往广西，扶柩号啕痛哭，称中国国防政策半峰折矣。就在蒋方震坟头上，知堂挥笔写下家书，令孩子“投袂荷戈，回国参战，效死疆场，报效吾华”。

孩子叫我母亲。他不知道他生母是谁。这是郁家的秘密。孩子懂事以后，一直为这件事情苦恼。他二姐平蝶至少知道自己的生母是谁，他却不知道谁生了他。孩子一直想弄清楚这个秘密，在他 8 岁那年，然后是 13 岁。第一次，他大哭大闹，第二次，他学乖了，试图用两块嘉禾银圆买通家佣。孩子的两次努力都以失败告终。第二次，他的小小阴谋被家佣告发，知堂把他叫到面前，狠狠训斥了一顿，不许他再打听生母的情况。

“她不是郁家人，以后不许打听她!”知堂严厉地对孩子说。

有一次，孩子和他二姐平蝶在花园里玩，我和一位朋友在屋里说事，起风了，我去关窗户，无意中听见平蝶在楼下告诉孩子，她知道他是谁生下来的。

“你是一个骨节粗大、笑容粗鄙的脏女人偷偷生下的。”平蝶手里拿着把黑色油扇，嘲笑弟弟说，“别再做梦了，认清郁家人的虚伪面孔，起来和他们斗争。”

“那，请你告诉我，那个脏女人现在在哪儿。”孩子眼里汪着泪水，央求二姐，“你要不告诉我，我才不会相信你的话。”

“反正不是什么好女人。”平蝶警惕地瞪着傻麋鹿似的弟弟，拼命运转眼珠，最终什么也没有想出来，恼火地把扇子砸在弟弟身上，“我和你不一样，我要做坚定的革命者，反抗封建军阀家庭，把郁家人统统打倒!”

“全部吗?”孩子吓一跳，紧张地环顾四周，害怕别人听见。

“全部。”平蝶肯定地说，看样子这个主意她早就想好了，“郁知堂、尹云英、郁以山、郁千兰、郁听白、邬秘书，还有周妈和但师傅，一个都不饶!”

孩子当天晚上苦恼地来问我，他是不是一个脏女人生下的，是不是私生子。我说不出话。我不知道该如何回答孩子。我知道他比我更害怕，因为他很快大笑起来，像受了惊吓的幼鹗。

“母亲，请您放心，”他笑得喘不过气来，“我不像二姐那么勇敢，我谁也不打倒。我只想知道，那个生下我的脏女人，她是谁?”

我把孩子搂进怀里。他用力推开我，退到墙边，满是困惑地向两边看，人颤抖得厉害。我当时就想，他这样颤抖，一生都停不下来。我就是这个时候做出了让他去日本的决定。

孩子离开中国前后，以山、千兰、听白、平蝶先后进入军中，郁家除了我和他，全都成了军人。

老大以山早先在1战区张自忠的第59军服役，做政治辅导干部。娘子关战役时他负了伤，忻口战役时他再度挂彩，落下残疾，脾气变得很大。我把以山弄回重庆，他阴差阳错，爱上韩国复国军[①]兵员征募处女干部辛仁英，知堂知道后，坚决反对，令他回前线。以山找到军事委员会参谋长何敬之[②]，敬之把他安排进复国军整编工作团服务。我能理解敬之的意思，军人不易，就算断了翅膀的鸟儿，只要能和心上人同栖同飞，也是幸福的。

千兰在莫斯科留学四年，从东方大学殖民地问题研究所毕业，回国后分配到航空委员会，先在武汉和南昌基地服务，以后去了芷江。到过那些地方的人都知道，中苏和中美航空队里有一个空军之花，那就是千兰。民国二十七年四月，从外贝加尔军区来的苏联志愿队小伙子们第一次参加中日作战，在中国的天空中打败了日本空军王牌鹿屋航空队和木更津航空队，半个月后，那些骄傲的俄罗斯青年机师们把CB轰炸机的美誉送给了千兰。“喀秋莎”，他们这么称呼她。

平蝶给郁家惹了很多事。她中学时就加入了共产党组织。知堂知道后恼羞成怒，要把她送进监狱。她宣布和家里决裂，当天就离家出走，从此再没有回过家。以后听人说，平蝶去了军事委员会政治部三厅，在郭沫若的“中华全国文艺界抗敌协会”当联络员。民国二十七年，日本人占领了武汉，平蝶要求留在武汉做秘密工作，没有随“抗协”一起撤退，至今下落不明。

民国二十六年，听白在上海战死。他从中央军校第十二期学员班毕业不到半年，在第19路军60师当中尉参谋，跟随上司前往四行仓库确认战术准备时，被鬼子的机关炮掀开了天灵盖，得到消息后我当场晕倒。我知道事情没有完。我觉得郁家的子女，他们会一次次出走，一次次让我倒下。

---

① 1940年在重庆成立的韩国流亡政府军，总司令池青天。

② 何应钦（1890—1987），字敬之，中华民国一级上将，曾任中国战区陆军总司令、国防部长。

就在得知听白战亡消息的当天，知堂给他小儿子写了第一封家书。信，是他陪同委员长赴中原督导武汉会战路途中写的。知堂要求孩子立刻离开日本，回国参战。

那一年，孩子 19 岁，去国五年，是学业最后一年。他的导师浅野早河教授主张“报昔日师导之恩”和“兴亚论”，视他为得意门生，他差不多每门功课都名列前茅，因为成绩出色，受到过滨田耕作校长的接见和奖励。

而且，他刚有了恋人，女孩子 16 岁，叫阿国加代子，是京都女子学校学生。

孩子给我写信，说他梦见郁家变成一座戏楼，父亲脸上涂着黑夜白月亮的包公脸谱，端坐中堂，气势汹汹地提审家里人。他是最后一个被提审的，他父亲冲他大喊大叫，但说了什么，他一个字也没有听清楚。

“我不恨日本人。”孩子在信中没有提到战死的二哥和失踪的二姐，“我要留在加代子身边，至死不和她分开。”

这孩子怎么了？他怎么做得到？他祖父是大清朝广东水师副提督，指挥过宣统元年驱逐东沙岛日商的军事行动，他父亲是国民政府国防委员会高等幕僚，对日作战的强硬派，郁家世代为华夏军人，是日本国一等敌性人员。就算京都帝国大学有不少学人反战，可自由派和民主派教授全部受到秘密警察的监视，大量亲华教职员工被捕入狱，那些好心人保护不了他，他没有别的选择。

“我不想回国。我不知道自己能去什么地方，对一切都很茫然。”在给我的信中，孩子满是茫然和苦恼，我心里一阵阵疼，为孩子的不知所措。

“至少你要离开日本，一定要离开。”我给他写信说。

不知道是不是我的话暗示了孩子。在浅野早河老师的安排下，孩子提前结束了学业。他没有回国，而是从日本去了美国，进入哥伦比亚大学国际与公共事务专业继续读书。

“我没有和可爱的加代子告别。”孩子在信中伤感地告诉我，“母亲，我不知道该怎么和她告别，不知道怎么告诉她，我为什么要离开她。”

民国二十七年，德国吞并了奥地利，接着侵占了苏台德地区。年底，怒气难捺的知堂再次写信催孩子回国。孩子没有回信。第二年，上海、南京、厦门、武汉相继沦陷，知堂无法容忍孩子继续待在国外，托赴美接替胡适先生担任大使的魏道明先生带给孩子一封信。

“世界反军国强权战争已经爆发，吾国正诘戎治兵，以便扩大规模从事更持久之战争，汝若继续滞留美利坚，拒绝归国抗战，吾将谓汝作弃国宣判！”知堂在信里宣称，他将亲自赶到美国，用手枪在小儿子脑门上射出一个窟窿。

我在那封信中偷偷夹了一张字条，告诉孩子，武汉会战后，委员长为表明抗战心志，开出了一份严厉的奖惩名单，不少国防委员会成员和战区司令官在名单上，参与制订作战计划的他父亲也受到牵连，事情不会再有别的周旋可能了。

两个月后，孩子从纽约曼哈顿上西区返回重庆观音桥家中。

孩子后来告诉我，他不是因为害怕父亲打碎他的脑袋才回来，收到父亲那封信时，他正为学校的第二十三届新闻奖[①]组委会工作，帮助筹备组登记参赛作品，和另外两位同学一起，把通讯、特写和新闻摄影作品送往 14 位评委家中。那是一次经历奇特的工作，孩子看到大量来自中国的战地照片，它们当中有大名鼎鼎的罗伯特·卡帕拍摄的正面战场照片，美联社记者杰克·贝尔登、艾格尼丝·史沫莱特和《每日先驱报》记者埃德加·斯诺拍摄的日占区照片，还有尤里斯·伊文思拍摄的新闻纪录短片，孩子一下子接触到那么多触目惊心的图片和纪录片，对国内发生的事情十分震惊，那些照片和纪录片胶片帮助他做出了启程回国的决定。

孩子到家的头两个小时，一直拘束不安地站在客厅里听他父亲训话。我丈夫往一脑门东亚文学和欧美文学的小儿子脑袋里灌输了大量军事家才懂得的大道理，告诉他，作为军人家族的一员，“北平事变”和全面战争爆发时他人在日本，华中陷落时他躲在美利坚，在家族史上记下了一桩洗刷不掉的耻辱。

“是中国人就应当奔赴战场，把日本鬼子消灭光。”知堂义正词严地教育孩子。

“以后呢？”孩子奇怪地笑了笑，问他父亲。

“什么以后？”他父亲一脸愕然。

“把鬼子消灭光以后，再消灭谁？”

这是一个奇怪的问题，没有一个正常人会问这种问题，但那孩子问了。

“没有以后。我肯定战死了。这一仗，只要是中国军人，都应该死在沙场！”

---

① 普利策新闻奖，根据约瑟夫·普利策的遗嘱和委托，1917 年由哥伦比亚大学用其捐款设立的新闻奖。

“是吗?”孩子不肯停下。这是他第一次，也是唯一一次顶撞他父亲。

“少啰唆,”书房里的电话响了，孩子的父亲狠狠地瞪了孩子一眼，下了最后通牒，“不许留在家里，自己找地方住，如果一个月内没有找到报效国家的工作，我会把你送到1战区，让你去参加卫立煌和朱德部队的作战。”

我看见孩子沮丧地转身，去拿放在门口的行李。他必须找个地方落脚，然后找到一份“死在战场上”的工作。我准备出门参加“新生活运动促进总会妇女工作指导委员会”的活动。我知道，孩子长大了，他有一种让人担心的抵触情绪。趁知堂去书房接电话的工夫，我把孩子拉到门外，塞给他一沓钞票，要他去上清寺华侨招待所，政府在那里设立了“归国抗战学生接待站”，免费提供食宿。我要他路上见到募捐点，多少捐几块钱，那也是抗战。

电话是老大以山打来的。以山向父亲求证，委员长在四月份的国民党临时全国代表大会上宣称，先总理在世时为国民党定下“恢复高、台，巩固中华”的目标，“高丽原来是我们的属国，台湾是我们中国的领土，断不能让高丽和台湾在日本帝国主义者之手”，要“以解放高丽和台湾的人民为我们的职志”。以山求证委员长是否重申了先总理的遗训，如果是，他决意和爱人一起辞别中国，前往三韩大地参加解放韩国的作战，不在陪都白吃白喝。孩子的父亲情绪不好，摔了电话。

孩子站在那里，一绺头发耷拉在额头上，看着他父亲甩门走出书房，没看他一眼，径直上了楼。孩子回头看我，满眼的困惑和彷徨，是不解到底的样子。

“可是，我不想去前线。”孩子很固执，拒绝去战场上杀日本人，“我对那个国家的人下不了手。”

“你是说，妈妈那个国家的人?”好半天，我手脚冰凉地说出这句话。

孩子困难地点了点头。我知道我不该这么说，但我觉得他是对的。

“母亲，我到底是中国人还是日本人?”孩子紧紧拽着箱子的把手，毫无主张地盯着我的眼睛，“如果我说不清楚我是什么人，我又怎么可以煽动起报国的激情?我该报生父的国，还是生母的国?我能为它，为它们做什么?或者相反，它和它们能为我做什么?或者我和它本来应该做，但我们都没有做，没有做到，不肯做?”

孩子的思路乱极了，我根本没法回答。他连澡都没洗，在“卡梅隆”号商船上穿了一个月的衣裳发了馊。他爱干净。他非常难受。我只做了一件事，从身上掏出手绢，叠好，把它装进孩子的上衣口袋。我只能做这一件事情。

两个月后，孩子在外交部找到一份报国工作，准备返回美国。那天他去白市驿机场，半道回家来告辞。孩子的父亲去市里了，不在家，我为孩子准备了一只箱子，箱子里是两件换洗衬衣，几本他喜欢的书。出门的时候，他忽然给我跪下了。我吓了一跳，过去抱他。他是大人了，我不许他那样做。孩子不起来，他说，母亲，我欠您的，您让我这样，让我跪一会儿。

孩子走了以后，我流泪了。他二哥听白死的时候，我都忍住了没落泪。

可是，这些都不是真的。也许我和孩子，我们都找不到更多理由，孩子他茫然，我也一样，但这不是真的。22 年前，我在金陵女子文理学院读完预医科后回到广州，在父亲的老友嘉约神甫创建的惠爱医院工作过一年，我了解西洋医学的精神病学说，知道孩子他坚持在我面前跪一会儿，他离开日本的时候没和加代子姑娘告别，悄悄登上前往美洲的商船，这些事情，有别的原因。

因知堂与老四老五生母的关系，我和知堂一度生分，五年没有见面。孩子 6 岁那年，孙总理筹建陆军军官学校，胡汉民推荐知堂到学校担任教官，知堂回到广州，我们再度团聚。知堂很看重学校的差事，整天忙于公务，不常回家，以山和千兰在上海念书，平蝶刚上学，每天叫嚷着坐上东洋车去学校，家里就剩下我和孩子。

有一次，孩子突然发高烧，梦里说胡话。我请大夫来家里看过，说是受了惊吓。

后来，一位女佣偷偷告诉我，有位姓霍的女佣对少爷动了手脚。那位姓霍的女佣是用人当中最能干的一个，江宁人，尖尖的下颏，性格活泼，喜欢开玩笑。那天少爷在院子里玩耍，姓霍的女佣叫少爷到她身边去，为少爷系松开的裤带，她突然把手伸进孩子的裤筒里，捉住孩子的小鸡鸡，涨红着脸哎哟一声，笑着告诉别的用人，“我的个乖乖，老爷家男人个个来思，小鸡大的一尺高哎，不晓得以后多少女人死翘翘在小少爷身上。”

我大吃一惊，问这件事情持续了多久。我的意思是，姓霍的女佣那样对孩子，有过多少次。我得到的答案是摧毁性的。那一年，整个夏天到秋天，孩子都没有逃掉姓霍的女佣的脏手，她以告发其他用人从厨房里偷偷拿走茶叶和鸭子的事情为要挟，让其他人听她的，用人们谁都不敢说破。

我没有声张，立刻找了个理由把姓霍的女佣辞了。我给她说不清楚，给任何人都说不清楚，我心里充满了对孩子的疼痛和愧疚。

那孩子打小就落下了毛病，他害怕小鸟鸟随便落在哪个人手里。

没有人知道，这个害怕有多么的致命！

(GYZ006－010－002) **证人秦北山法庭外调查记录：**

快下班的时候，年轻人走进外交部情报司办公室。他个头高挑，容貌清秀，穿一套皱巴巴的西装，衬衣领子满是汗渍，他说他叫郁漱石。

国防委员会兵役局鲁主任来电话，说他那里有一个从美国回来的年轻人，想在军队中找一份合适的工作。年轻人申明不想去战场，他在美国听说过缅甸公路的事，知道美国人一旦参战，战争物资会通过这条简易公路运往中国内地，他认为他可以去那里和美国工程师打交道。

“小家伙读了很多书，被鬼子消灭了挺可惜，不如让他留在外交部。秦科长，你们外交部要谢谢我。”鲁主任说。

我对眼前这位心不在焉的年轻人产生了足够的兴趣。他很年轻，20岁左右，哥伦比亚大学学生，是胡适、冯友兰、任鸿隽、马寅初、徐志摩、陶行知、金岳霖、潘光旦、许地山、梁实秋的校友，外交界大名鼎鼎的“翁婿两少川”[①]也是哥大学生，这位年轻人不仅与他俩同校，还和唐少川同乡同专业，两人都是香山人，都是国际与公共事务专业。

我手头有一份工作，的确和年轻人说的印缅方面有关，当时已经掌握了日军南下作战计划，毕业于德国和日本的参谋人员判断，一旦开战，菲律宾、英属马来、荷属东印度、法属印度支那会立刻成为日军的攻击目标，日军会通过缅甸和印度对中国实行战略封锁。

“我们正在试图和印度人建立联系，你不必和美国工程师谈论等级公路修筑问题，但可以在印缅联络团里做一名译员。”我对年轻人说。

年轻人有些犹豫。他显得很疲惫。他问能不能给他一杯水。他一气喝光杯子里的水，然后神经质地捏着空水杯告诉我，他读过《梨俱吠陀》和《阿达婆

---

① 唐绍仪（1862－1938），字少川，中国近代外交家，曾任中华民国首任内阁总理、山东大学和北洋大学校长。顾维钧（1888－1985），字少川，中国近现代外交家，曾任驻墨西哥、美国、古巴、英国公使和驻法大使，国联中国代表、联合国中国代表、海牙国际法院副院长，娶唐绍仪女儿唐宝玥为妻。

吠陀》，非常喜欢《摩诃婆罗多》和《罗摩衍那》，但他不懂印地语、泰卢固语、孟加拉语、旁遮普语和迈蒂利语，对那个多教派组成的神秘世界一点也不了解，他断定自己无法做好这个工作，除非我们让他直接和傲慢的英国总督打交道，这样的话，他就可以和对方用英语讨论梵语文学和印地语文学了。

我没有勉强年轻人。我像货源充足的商贾，转而向他推荐另一份工作。

我是说，我们可以派年轻人去苏维埃俄国工作。

德国人在欧洲制造麻烦，狡猾的西伯利亚熊也没在铺满苔藓的树洞里冬眠，他们和希特勒讨价还价，和纳粹签订了令人恶心的《莫洛托夫—里宾特洛甫密约》，在德国人惦记波兰时，他们趁机占领了波兰东部，同时出兵芬兰，兼并了波罗的海三国和比萨拉比亚地区，比德国人干得更狠。可是，他们这样做，日本也得到了好处，放心大胆地从蒙古和满洲里抽调出数十万军队，增加到中国内地的作战中，我们等于被俄国人出卖了。

这还不算，俄国人只顾自己捞好处，停止了对我们的援助。援华航空队那一千多架飞机，三成飞不起来，去年在极少数战场派上了一点用场，日军新型97型歼击机升空后，笨重的俄式N15和N16升空迎敌的次数越来越少。参谋本部杨杰次长带着实业考察团跑到莫斯科洽谈军事援助，立法院院长孙科两次率团赴莫斯科讨要贷款，没一次有结果。我们打算锲而不舍，派出新的使团，不惜和俄国人吵架，也要缠住这头北方熊，说服他们提供军事贷款。最好他们和德国人瓜分完东欧后，也在白令海峡开辟一条攻击蒙古和朝鲜半岛的第二战场，把关东军吸引住，这样我们就能喘过气来了。

我试图向年轻人灌输这样的思想，斯大林的苏维埃是人类的诅咒，可我们需要它，因为它同样诅咒了小日本。过去我们站在日本一边诅咒沙皇俄国，帮助日本人在我们的国家痛揍俄国人，现在不同了，我们得抓住俄国人，给小日本好看。

必须承认，我向年轻人提供了一个了不起的战略思想。可是，年轻人表示，他同样不懂俄语，对那个国家心怀恐惧，在傲慢的俄国人面前，他会像多数中国人那样底气不足，帮不上国家什么忙。

我看出来了，年轻人提到傲慢的英国人和俄国人，其实他才有点傲慢。不过我没有为难他。国家需要有才华的青年，我们太缺少甘罗、马超和霍去病这样的少年才俊，他们有权傲慢。

那天晚上，部里有个重要应酬，总务司老司长宋子良先生为中国汽车制造公司的事情请同僚们吃饭，我这个当下属的不便迟到。和年轻人谈了大约两小时，我匆匆结束谈话，请他耐心等待通知。他离开办公室的时候有点茫然，回头看了一眼办公桌上插着的国旗，神色沮丧地推门走出去。我印象里，他青春盎然，穿着 Brooks Brothers 牌子的格子西装，是好小伙的打扮。

年轻人再次出现在外交部是半个月以后的事情。

老部长张群给我的顶头上司打电话，盛赞继任部长王宠惠数月前在旧金山世博会上发表的对美广播，那次广播中，王部长痛斥“暴日蛮行危及世界和平，请发动全力赞助吾国抗战”，希望美国人民放弃对中国的怀疑和指责行为，采取积极之态度，对以武力破坏国际正义与秩序者予以打击，“盖如欲人类之成就与进步，若今日所反映于博览会中者，不致绝灭。”

老部长提到中国银行董事会宋子文主任在美国创办的环球贸易公司[①]，这家公司正在秘密与美国雇员克莱尔·李·陈纳德[②]上尉筹划“JB355 号”计划[③]。老部长把主题转到国防委员会郁高参身上，郁长官不希望看到小儿子坐着东洋车在观音桥和朝天门之间毫无结果地跑来跑去，如果他在国内实在找不到一份裨益国家的工作，不妨让他回到美国去帮助宋先生，否则，郁长官会毫不犹豫地把小儿子吊在精神堡垒[④]上，任由日机将他炸成碎片。

“罗斯福和老罗斯福是哥伦比亚大学的学生，宋先生也在哥大读过博士，送个哥大的年轻后生去，我看没有什么不好。”老部长提醒我的上司说。

那段时间，日酋连续出动上千架次战机对陪都进行大规模轰炸，年轻人再次走进外交部浅红色西洋建筑那天也一样，太阳魔王派出的死亡之神光临头顶，一大群日军 79 式轰炸机从璧山方向飞来，它们在那里轻易地击落了 11 架中国空军战机，现在，除非搞到足够的军火，已经没有人能够阻挡日本人将重庆炸成一片废墟了。

---

① 二战期间中国贸易公司，获准使用 1938 年至 1940 年美国给予中国的战争贷款政策，在美国购买战时物资。

② 克莱尔·李·陈纳德（Claire Lee Chennault，1893—1958），美国空军退役飞行员，组织并领导了援华第 14 航空队。

③ 1940 年 12 月至 1941 年 7 月，中国政府和美国政府制订的一项秘密空中战争计划，组建战术空军航空队从中国机场起飞轰炸日本。

④ 竖立在重庆市中心的一座木制建筑，日机不断将它炸毁，次日它又竖起，人们称之为“精神堡垒”。

年轻人换了一身干净衣裳，这让他和上次不同，显得神清气爽。他在我的办公室没有等待多久，日机来袭的警报加快了文书办理的速度。

我把印鉴未干的官方文件交给年轻人，告诉他，现在他可以回去向令尊交差，尽快前往美国了。年轻人似乎一点也不高兴。他说他返回美国这件事受到他大哥和大姐的激烈抨击，他们强烈反对他离开苦难深重的祖国，去任何一个嗅不到硝烟味的国家逃避现实。他们认为他这样做是可耻的逃兵，不配做炎黄子孙，也不配做郁家人。他们激烈地要求他去华北、华中或别的战场，去挡住日寇的子弹，把一腔热血洒在苦难的国土上。

“他们是家国栋梁，我不是，我的一腔热血只对我自己有用。”年轻人站在那儿对我说，口气干巴巴的，显得有些冷漠。

我很奇怪他有这样的想法。说实话，我不太喜欢他的口气。我从办公桌后面抬起头看他。我面前的年轻人，高高的个子，英俊的青春面孔，宽肩窄臀。我看过他的资料，他天资聪颖，才学兼优，他这种人，搁到几万年前，就是天上的神祇，还有什么可抱怨的？

(GYZ006－016－001）**证人刘苍生法庭外调查记录：**

郁漱石是民国二十八年秋天由外交部推荐来华盛顿环球贸易公司的。我们曾经是同事，后来成了朋友，民国三十年，我调到中国进出口贸易公司后，听说他在香港，托人给他捎过信，希望有机会合作，但一直没有接到他的回信。

环球贸易公司职员众多，主要雇员来自资源委员会、物产公司、棉业贸易公司、国货公司、国货联营公司、西南运输公司、雍兴实业公司和中国银行，大家都知道这些公司和宋家的关系。

我是运输统计局派到华盛顿工作的，没有裙带背景，属于无靠山一类。

郁漱石到美国以后，和我分到一个组，我俩一起协助组长李明渊工作。我们组有 17 位同事，12 位是美籍雇员。

李明渊不到 30 岁，人瘦瘦的，稀疏的头发故意留得很低，紧贴着头皮，梳理得很整齐，这样反倒暴露了他的精明劲儿。他是军事委员会第四部军需局的人，少校衔，山西人，精通买卖，环球贸易公司成立时被宋子文先生弄到美国，资格很老。此人待人冷漠，脸上随时挂着一种戒备的神色，在华盛顿工作了两年多，人际关系不怎么好，因为把华盛顿的事情透露给军需局上司，宋先生知道了，对他不太满意。

郁漱石到公司的时候，“租借法案”尚未颁布，国府和美国军需品分配委员会之间没有建立正式关系，国内来美国采购军械的部门机构杂乱，各立山头，出了很多问题。宋子文先生是国民政府授予和美国政府洽商战争款借贷和军械支援的唯一全权代表，他利用环球贸易公司与美国人打交道，和罗斯福总统讨论租赁援华的事，设立援华委员会，请皮埃尔·居里先生担任总干事，利用总统行政助理和经济顾问身份聘用华府要人为该委员会顾问，做了大量工作。太平洋战争爆发前，美国人把欧洲当成主要支援对象，对中国战区的事情不太上心。华盛顿远离中国战场，但美国人消息灵通，他们认为中国的政治家和高层将领并不急于和日本人作战，中国人热心于从苏联和美国获取战争贷款，不是为了弥补对日作战的物资，而是壮大实力，在关键时刻用在共产党身上。美国军方有一股强大势力，反对罗斯福支持中国作战，他们对国军在战场上的表现非常不满，一直诟病国军的能力，不愿意把战时珍贵的物资交给中国人，环球贸易公司的工作开展得十分艰难。

郁漱石是个单纯青年，看不出有什么来历，来公司时什么业务也不懂。我们组负责从西海岸油田采购汽油，顺便从一些犹太商人那里购买道奇卡车、机器脚踏车、轮胎和各种零配件。开始一段时间，李明渊不怎么搭理郁漱石，有事情简单交代一下，做得好不表扬，做错了也不批评，郁漱石有点摸不着头脑，做砸过两件事，李明渊也没怎么追究。

第二年，我们开始和行政院军政部，以及军委会航空委员会派到美国来采办军火装备的机构合作，从事军火采购。为了便于工作，我们三个人都搬到华盛顿C区住，李明渊从不邀请我和郁漱石去他住所，这和别的组情况不一样。

我记得，郁漱石刚来的时候，国内中意飞机制造厂停产，内迁四川，改建成航空委员会第二飞机制造厂，由苏联人担任指导，拼装驱逐机和教练机。苏联人答应提供仪表和机翼平板，拒绝提供发动机，于是，发动机进入公司采购清单。可是，美国方面也拒绝提供发动机，所以，很长一段时间，飞机发动机一直睡在清单上，没法解决。

谁也没想到，最先解决这件事情的竟然是没人放在眼里的郁漱石。他联系上柯蒂斯-赖特公司推销商马丁内斯，马丁内斯是他在哥伦比亚大学读书时一位教授的堂兄，郁漱石居然从他手里弄到两台飞机发动机。消息传到国内，航空委员会技术厅代理厅长钱昌祚立刻赶到美国，接收走了那两台宝贝。

事情没有结束。正当公司为签下这笔生意高兴的时候，郁漱石已经在和马丁内斯商谈柯蒂斯 P-40 型战斗机的大买卖了。

美国人在布法罗建立了一条生产线，夜以继日地生产优势火力的低空俯冲攻击机，用来支持英国人在不列颠和非洲的作战。可是，英国人知道美国人正在得州的工厂里生产高空作战能力优良的 P-51 野马式战机，拒绝接受 P-40，马丁内斯向英国人交货时遭到刁难，100 多架成型机窝在手里，气得他大骂傲慢的英国人不讲信誉。

郁漱石没有人们想象的那么聪明，他根本不知道，国民政府在美利坚合众国就像乞儿，受人白眼。初生牛犊的他什么顾忌也没有，直接向马丁内斯提出，如果把这 100 架飞机运到缅甸，再转手送往中国战场，马丁内斯和中国将皆大欢喜。马丁内斯认为这非常难，对罗斯福试图援助重庆政府的事，英国人一直牢骚满腹，他们担心这样做会培养中国的民族主义，对英国在东亚的殖民形成威胁，丘吉尔还在海军大臣位置上时，就公开批评过罗斯福的援华主张是小丑把戏，让中国充当美国人的打手，以便削弱不列颠庞大的海外帝国。马丁内斯表示，如果印度总督维克托·霍普侯爵同意转手飞机，他愿意说服国防战备部那帮官员，促成这件事。郁漱石向李明渊汇报了此事，李明渊很敏感，要郁漱石立刻联系马丁内斯先生见面，经过洽谈，很快达成了意向。

一年以后，“租借法案”颁布，这批柯蒂斯 P-40 型战斗机终于落到陈纳德手中，绕道缅甸和印度运往中国战区，成为中美混合空军联队的主力战机，在昆明、重庆、长沙与日军的 1 式战斗机搅杀于天空中，争夺制空权。

那个时候，郁漱石已经离开了美国。

可是，在当时，环球贸易公司只能弄到一点废旧钢铁和少得可怜的航空汽油，100 多架战斗机，那是想都不敢想的大订单。宋先生立即决定飞回国内，与英国大使卡尔见面，说服英国方面同意这笔交易。宋先生在启程前专门把李明渊叫到自己办公室，热烈地表扬了他，这让李明渊非常有成就感。

宋先生没有表扬郁漱石。谁都知道，他才是“P-40 订单”的促成者。我怀疑李明渊在汇报这件事情时根本就没有提到郁漱石。李明渊事后一句话也不解释，只是在几天后，热情地带我和郁漱石去参加欧洲洪门组织的“一碗饭运动”[①]。在那次活动中，李明渊慷慨地捐出一周的薪水。我忍痛捐了5块钱。郁漱石没带钱，显得非常尴尬。

“这小家伙很能干，瞧瞧他拿着什么，他在研究中国第一家族。相信我，二十年后，他就是另一位孔庸之[②]。”李明渊指着郁漱石手里一本封面印着1937年度风云人物蒋介石和宋美龄夫妇照片的《时代》周刊，夸张地对洪门的人说。

李明渊说这话的时候，郁漱石正憋红着脸从兜里往外摸硬币。李明渊用一种嘲讽的目光看着郁漱石，这让郁漱石手足无措，掩饰地扭过头去。活动现场有两幅龙飞凤舞的标语，一幅是“为祖国无家可归的难民请命”，一幅是“多买一碗饭，多救济一个难民”。我觉得郁漱石挺无辜的，他心里肯定在想，他对不起祖国难民，在美国丢脸丢到底了。

我不喜欢李明渊。我比他晚一年多进公司，一直是他的下属。我挑拨过郁漱石和他的关系，却没有成功。郁漱石说，他有一个哥哥，在南京失陷前一个月被日军杀掉，他和李明渊有同样的遭遇，不会计较李明渊。南京失陷前，李明渊把妻子和刚出生的儿子送往镇江亲戚家照顾，他随上司赶往太原督促傅作义部转移国防辎重，错过了随国府转移的机会。一个月后，南京破城，镇江也失陷，他夫人和孩子连同亲戚一家杳无音信，他随上司辗转前往武汉，从此与夫人孩子天各一方。

郁漱石心眼善良，不像他的哥大母校杜威教授那样，主张实用主义哲学，也不像他的学长宋先生那样，工于经济算计，我们很快成了朋友。

郁漱石来华盛顿几个月后，美国国会批准修改中立法，废除武器禁运条款，允许交战国在美国购买军火，按“现购自运”原则自由输出军用物资。美国国务院很快向中国大使馆递交了一份照会，通报他们正在制订一项对华军事援助的计划。听到这个消息，环球贸易公司的同事们欢呼雀跃，把办公室里的玻璃瓶子和杯子全都砸掉了。

我们终于熬出了头，可以公开和美国人做生意了。那几天，我们经常喝得烂醉。

---

① 1938年7月17日，由旅美“中国平民救济协会”发起的赈济中国难民募捐活动。

② 孔祥熙（1880—1967），字庸之，中华民国行政院长兼财政部长。

很快，从国内来的工作人员达到数百人，李明渊奉命回国，另有委任，我和郁漱石留在公司，分别晋职为组长。我们两个组的工作是和港口城市的商船队打交道，设法租赁下他们的船队，以便把其他组从军需品分配委员会、国防战备部或别的什么部门弄到的美元配额和战争物资运回国。郁漱石那个组基本是美国雇员，年龄都比他大。他工作十分出色，进步很快，他的才华就是那段时间飞速表现出来的。

从民国二十八年秋天到二十九年春天，郁漱石差不多都在华盛顿和缅因州、加利福尼亚州和亚拉巴马州之间来回跑。那段时间，他已经摆脱了初来时的生涩，显得非常从容了。不知道他从哪儿得知，英国人的采购团在波特兰、里士满和莫比尔向美国人订购了三座船厂，他设法通过凯泽公司和托德公司的欧洲裔商人，从造船厂闲弃的船坞拖出了11艘英国人淘汰的三胀式蒸汽机轮。这可是件了不起的买卖。他在环球贸易公司服务期间，至少有数十万吨军火靠着这些船源源不断运往中国。

郁漱石性格有些孤僻，不爱聚众，总是一个人打发工作之余。有段时间，国防委员会来了几位军官，公司要我们腾住处，我搬到郁漱石住处，我俩做了两个月室友。我们一起去电影院看《乱世佳人》《蝴蝶梦》和《浮生若梦》。我记得，《浮生若梦》讲的就是我们这种人的故事，不，大军火商卡比的故事。在影片中，卡比从贪婪的商人变成了慈善家，知道发生了什么吗？当卡比变成热爱生活的吹笛人时，郁漱石在黑暗中失态地放声大笑，笑得浑身抽搐。周边人向我俩发出一片嘘声，我不得不拉着他狼狈地逃离影院。

站在雾气蒸腾的大街上，郁漱石仍然东倒西歪，止不住笑。我恨不能上去踢他一脚，他把好端端一个周末给搅黄了。

“我知道，”郁漱石咳了一阵，好容易止住笑，向我解释说，“我那样做很过分，但美国人比我更过分，他们从一战中捞到了巨大好处，现在打算在另一场战争中扩大利益，可他们干吗要把自己打扮得像个天使？”

郁漱石这种怪癖，连他女朋友都受不了。

赛西尔·米勒，她是个好姑娘。她是郁漱石的恋人。曾经是。他俩相处过两三个月。他俩分手后，赛西尔很难过。她原来在战争部工作，躲不过环球贸易公司的人，后来她从战争部辞职，去了大陆伊利诺伊公司，环球贸易公司很多人知道这件事，替赛西尔不值。

我不知道郁漱石和赛西尔之间发生了什么，我只知道，那段时间郁漱石很糟糕。“我是个混蛋，你们谁都可以揍我。”他的眼神里就是那个意思。

还有C，公司职员H的妻子。请原谅，我不想说出他和她的名字，这对谁都不好。

C比郁漱石大三四岁吧。C非常心疼郁漱石。她一直在精心研究炖锅牛肉。在H押送战争物资回国的漫长时间里，她热情地邀请郁漱石去她在东区的家里品尝那道南方著名的菜肴。大块小牛肉，用洋葱和蘑菇炖烂，加上压碎的土豆泥和黄油，撒上胡椒粉，光是想想就让人浑身酥软。

C是典型的闺淑，相貌标致，身材奇好，公司很多人都对她想入非非。郁漱石一直躲着C，但她会穿着修身的玉色毛料大衣在我们住处楼下洋洋盈耳地叫他。有两次，郁漱石躲不过，拉我一同去C家。从踏进C家里时，他就五心不定。

每次我们坐在餐桌旁等待美味的时候，能干的主妇会把自己精心收拾一番，点上一支香烟，坐在郁漱石对面，兴奋地和他聊天。他们的话题通常从女人服装开始。C会谈论大萧条结束后女人时髦的新式短裤和沙滩睡衣，郁漱石则谈论被男人们冷落的帽子、马甲、吊带裤和硬领衬衫。C对禁酒令的解除表示欣喜，郁漱石则对华盛顿人热衷的宾戈博彩游戏感兴趣。他们的讨论总会伴随着C的长吁短叹持续很长时间，等到那锅天堂中的炖牛肉端上桌来时，我差不多已经饿得快晕厥过去。

C为我们盛好热气腾腾的菜肴，在洛可可风格的平口玻璃杯里斟上两盎司烈性酒，一边哼着歌，一边坐在一旁看我们，不，看郁漱石用餐。那首歌的名字叫《除了爱你我没法给你任何东西，宝贝》。C哼着哼着，莫名其妙地仰头大笑，一头浓密的烫发像马鬃似的甩开。我狼吞虎咽，将半罐土豆泥炖牛肉填进肚子里，喝光那杯蚌形酒杯中的琥珀色酒精。郁漱石滴酒不沾，三扒两拨地打发掉碟子里的牛肉，立刻起身，真诚地打着饱嗝谢过C，抢在我前面穿过客厅的门，在C失望的眼神中匆匆逃离那个温馨的孤独者的家。

我曾愉快地回想过那段好时光。柠檬黄灯光下，好心肠的姐姐靡颜腻理，仙姿佚貌，粉红色额头微带汗毛，娇喘地吐着兰气对弟弟说，“侬个皮肤一卡一包水，吾拗痛得了。”弟弟则心不在焉地把脸埋在瓷碟里，好像恨不能把皮肤变成小牛皮那样粗糙。我真心觉得，他，她，还有那锅牛肉，他们是一个暖洋洋的大家庭。但我确信，除了闷罐里浓浓的牛肉汁味道，他们之间什么也没发生。

就算罗斯福注意到远东战场，开始在国会中替中国游说，太平洋战争爆发前，中国人在美国人面前仍然像枝头栖鸟，大量战争物资被分配往大西洋和地中海，支援英吉利海峡保卫战和北非争夺战，我们这些中国军需人员常常两手空空，还要遭受美国人的白眼和嘲笑。

郁漱石组里有两个很厉害的角色，我记得一个叫康尼·麦肯锡，一个叫吕西安·马丁，他俩就表示过这样的抱怨。有一次，我们两个组一起工作，在波特兰威拉麦狄河旁的中国城脏兮兮的仓库里等待一位老奸巨猾的俄勒冈州船商。闲得无聊的康尼站在仓库门口，看不远处日本城中那些中规中矩的日本侨民谨慎地走来走去。他回过头来对我们说："你们中国人知道日本人不会让我们拖下去，只要罗斯福宣布石油禁运，日本人就会向我们开战，你们的国民政府主席和军事委员会委员长在不断撒谎，前线的军事将领一直在贻误战机，他们在耐心等待美国被日本人痛棒的一天。"

一开始我们都很尴尬，谁也没有接康尼的话。康尼很过分，接着提到美国对中国的长期帮助，他说到19世纪列强在中国争夺殖民特权，美国和其他国家不同，从来没有出卖过中国，而是帮助中国成为门户开放的基督教民主国家，为此，美国把它从义和团运动中得到的巨额赔款投入清华留学预备学校和中华文化教育基金组织，以资助优秀的中国青年到美国留学。

"你们委员长的夫人是韦尔斯利大学学生，两位妻姐读的是卫斯理安女子学院，妻兄是哈佛校友，连襟是奥伯林学院和耶鲁法学院的毕业生，两个妻弟也在美国读过书，委员长本人没有接受过美国教育，可他皈依了卫理公会。"康尼得意地打个了喷嚏说，"这个家族主宰的中国，应该按照美国方式得到改造。"

郁漱石和康尼争起来。他质问自己的助手，美国在《凡尔赛和约》中支持日本取代德国获得山东的殖民地权利，算不算出卖中国？华府在和东京的谈判中牺牲中国利益，说服日本脱离三国同盟，避免美日间开战，算不算出卖中国？日本侵略中国这些年，美国卖给日本攻打中国的战略物资远远超过美国卖给中国用作抵抗日本侵略的战略物资，算不算出卖中国？然后，郁漱石提到《辛丑条约》赔款，本息一共9.8亿两白银，加上教会和传教士损失共10亿两，分39年偿还，国民政府成立后，各国装傻，继续索取清朝政府欠下的旧账，直到16年后，德奥因战败放弃赔款，23年后，苏联为拉拢中国宣布放弃余款，36年后，中日全面开战，海关总税务司梅乐和仍以保持海关完整性为由，坚持支付入侵国日本赔款，至于美国，直到今天，仍旧收着旧中华的老账，做着新中国的买卖，没见有脸红之说。

“没有光明磊落的君子国家，日本入侵中国四年，美国源源不断向日本提供用于战争的石油和生铁，你们的报纸怎么说？‘我们同情中国人，但中国的战争与我们无关。’”郁漱石口气中带着讥讽，“美国是日本入侵中国的合作者，你们希望中国人被揍倒之后抱紧日本人的腿，别让他们跑快了，不然你们会失去菲律宾殖民地，这就是所谓对华军事援助的真相。”

郁漱石那么说，我着实吃惊。他是个性格怪异的人，总能一眼看明白事情的真相，偏偏又把真相说出来。

这件事情结束后，我俩私下聊过他在下属面前的出言不逊。郁漱石望着窗外，脸色阴沉，过了一会儿问我，怎么看我们这些人在美国忙活的这摊子事情。我能说什么，当然是国内抗战工作需要，不然还有什么？可是，接下来，郁漱石说出的话让我吃惊。他提到宋先生的助手陈纳德上尉，美国军方对这位上尉颇有微词，但毫无疑问，上尉是国府最早的热心支持者。当宋先生气急败坏地和罗斯福的战争顾问们吵架时，他在干着另一件事，说服一批美国陆军飞行员放弃军籍，和中央航空工业公司签订雇佣合同，再转签到他的美国志愿航空队，以雇佣军身份为中国战区服务，那样的话，他们就能拿到六百多块美金薪水，比美国军方给的多一倍。

“上尉有一个野心，他需要大量的飞行员和机械师。想想吧，光是洛克希勒·赫德森轰炸机，每架就需要六名机师。上尉希望美国陆军航空队一半机师加入他的队伍，而不是躺在佛罗里达和密西西比基地里晒太阳。”

“有什么问题吗？”

“谁都知道，中央航空工业公司是孔祥熙和威廉·波利共同经营的军火公司。中国战场需要更多武器和军事专家，中国的垄断家族也需要更多的财富。”郁漱石口气恶毒地说，“我们这些人的工作难题不在于从哪儿弄到大吨位货船，而是我们是一群贼，怎么从更大的贼手里索取赃物。”

郁漱石那么说，我无言以对。他这样说话不是头一次。他离开美国之前那个复活节，宋先生从国内赶回华盛顿，我俩奉命去宋先生办公室汇报工作，宋先生正和陈纳德先生谈话，我俩等在办公室外，隔着办公室的门，听见两人的谈话。宋先生喋喋不休地抱怨，他一直在和美国人吵架，腆着脸说好话，逼罗斯福总统承诺美国是“民主国家大兵工厂”的竞选政策，交付答应支援给中国的飞机和装甲车，可国内没人理解他，蒋先生在很多问题上也装聋作哑，把他推到前面受气。

“日本人迫使维希法国缔结了河内协议，拿到了印度支那海军基地，一旦他们在南太平洋开战，占领香港，切断滇缅公路，国民政府物资中转战和运输线将彻底丧失，这将加剧国内财政经济的困窘，使实际抗战力量大大削弱。”宋先生忧心忡忡地说，能听见他在屋里焦虑的走动声，“随着军事力量递减，对一般大众的心理影响自不待说，即对国府的抗战意志也会产生重大影响。前线有不少脚踏两只船的将领，投靠南京方面的人在快速增多，国府的统一战线终将分裂，蒋先生和他的内阁不得不下台。”

“不，罗斯福总统不会让蒋先生下台，”陈纳德先生拖着浓重的得州口音接过话，“中国战场必须存在，美国会设法让它坚持下去，直到我们认为不再需要它为止。问题是，中国人如何赢得这场战争。”

“你指什么?”

“亲爱的宋，要打赢这场战争，你们的士兵必须每天吃进 850 克主食、340 克蔬菜、70 克大豆、35 克花生、35 克肉类、30 克植物油和 10 克盐。”

“你在开玩笑，先生。”

宋先生的秘书警觉地抬起头，朝我们这个方向看。

我站起来，望着天花板朝远处踱去，装作对办公室里的谈话不感兴趣，而是在思考一会儿如何向宋先生汇报我在战争分配委员会遇到的麻烦。郁漱石却仍然坐在那里，毫不掩饰地竖起耳朵听办公室里的谈话。

后来，我们向宋先生汇报完工作，离开那栋赭红色的维多利亚时期建筑，郁漱石把陈纳德先生后面的话告诉了我。

“宋，我研究过你们的装备和分配制度。按你们告诉战争部那些家伙的标准，你们的士兵每天只能得到 24 盎司大米和一份可怜的咸盐，如果士兵们把全薪花在伙食上，每个月能吃到一磅肉。不瞒你说，靠这样的配额，我怀疑士兵们能不能得到起码的营养保证，他们根本无法和日本人作战。”特立独行的美国飞行教官接下去说，“实际上，谁都知道，你们的军事长官很少有不克扣士兵军饷的，那些在前线作战的士兵恐怕连热粥都喝不上，你应该说服蒋先生杀掉一批喝兵血的军官，不然你们连裤衩都得输掉。”

“我们为什么在这里工作？”郁漱石愤愤地说，“那个浑身插着翅膀的家伙说得对，没有蛋白质，战争肯定会输，可蛋白质赢不了战争，这就是中国的现实。”

我知道郁漱石为什么愤怒。他刚来美国时和战争部有过接触。他就是在那儿认识赛西尔的。他知道美国大兵的战时配备标准。他对战争细节有着强烈好奇，所以才厚着脸皮坐在那儿没动。

美国人的战争口粮完全是宴会标准，一份C口粮包括六个罐头加一个附件包，其中三个罐头是猪肉、鸡肉、牛肉、咸肉、火腿、午餐肉、鸡蛋和利马豆，另外三个是谷类食物，加上荷美尔公司生产的斯帕姆牌糖衣花生仁和葡萄干、速溶咖啡、巧克力棒、水果糖和果酱，至于附件包，那里面是香烟、火柴、卫生纸、口香糖和净化水药片，应有尽有。

这份战争口粮属于阿尔卑斯山的众神，肮脏下贱的中国士兵到死也见不到。

郁漱石的不满言论得罪了一些人，事情最终传到上峰耳朵里。我猜，他工作那么得力，却在那么短时间里就离开了华盛顿，一定和这个有关。

郁漱石在环球贸易公司一直服务到民国二十九年六月九日。

六月九日夜里下过一场雨，天亮以后，我和两个同事把第一批援华空军志愿分遣队的年轻机师们送上一艘荷兰籍货船。货船将取道仰光驶向中国，在某个风平浪静的晚上，在南太平洋上与第一批前往美国接受训练的中国空军年轻机师们擦肩而过。接下来，还有一百多名退役飞行员和空勤人员陆续到达缅因州和得克萨斯州，他们将和60架P-40战斗机陆续抵达昆明，组成一支秘密的战术空军。

郁漱石和十几名从国内来的人登上荷兰籍货船，郑将军、崔将军、戴专员和朱代表。年轻的郁漱石在他们当中几乎不存在，他和另外几名雇员受宋先生指派，回国协助组织战时物资中转站和运输线。

我和郁漱石握了握手。他的手冰冷。他穿了一件灰色风衣，没戴帽子，头发被脏脏的晨雾洇得乱糟糟的，因为连着熬了一段时间夜，脸色苍白。我要他保重。他没说什么，也可能说了，但我记不清了，总之，他显得非常阴郁。

那以后，我也离开了华盛顿，去了中国进出口贸易公司，以后再也没有见过他，听说他在7战区做物资转运的差事，干得不错。

不，我不知道他的家庭情况。应该知道吗？他从没说起过他家里的事。看上去他像个孤儿。怎么，他不是孤儿吗？

（GYZ006－008－002）**证人邹鸿相法庭外调查记录：**

郁漱石是余长官幄奇[①]介绍到兵站部军需署来的，兵站总监冯次淇长官特别交代，把他放在第7科。

民国二十八年十月，日寇犯粤，战区长官部移址柳州。二十九年十月，战区划广（州）肇（庆）阳（江）罗（定）惠（州）潮（州）梅（州）南（沙）韶（关）琼（州）及赣南闽南一部为作战范围，原战区副司令兼12集团军总司令余幄奇长官奉任7战区司令长官。郁漱石由兵站部总监指名分配到军需署第7物资补给科，我当时是7科上校科长，负责科里的业务指导和监察，我安排郁漱石接替另一位因走私被捕的科员，负责港澳中转站的物资采购和转运，以及欧美和南洋侨界捐赠物资的接收和转运工作，他的顶头上司是科里派驻港澳工作站的梅中校。

广东是资产阶级革命大本营，先总理孙文以广东一省革命力量割据一方，首届国民政府唯大元帅马首是瞻，国民党中央领袖汪兆铭[②]、胡展堂、廖仲恺、许汝为[③]、谭组庵[④]均为广东系。蒋中正自广东率师北伐，进击中原，十年统一华夏，粤军邓铿第1师、薛岳第1师、陈铭枢第10师、张发奎第12师、叶挺独立团等广东系堪称革命劲旅，在北伐中立下卓著战功。抗战全面爆发后，粤军六个军出省参战，南京保卫战中，友军纷纷作鸟兽散，唯粤军第66军叶肇军长和第83军邓龙光军长正面突围，66军遂参加万家岭战役，率先攻上万家岭主峰，堪称开战后独一不屈之师。

---

① 余汉谋（1896－1981），字幄奇，中华民国陆军一级上将，广东绥靖公署主任、7战区司令长官、中华民国陆军总司令。

② 汪精卫（1883－1944），本名汪兆铭，字季新，中华民国中央宣传部长，投靠日本，成立南京国民政府。

③ 许崇智（1886－1965），字汝为，孙中山大元帅府参谋长、中华民国军政府陆军总长兼广东省政府主席。

④ 谭延闿（1880－1930），字组庵，两广督军、湖南省省长兼湘军总司令、南京国民政府主席、行政院院长。

广东开埠日久，富庶一方，陈伯南[①]主政广东时期，精心整理赋税，奖掖实业，提携贸易，倡办教育，营造军事工业。粤军自办的兵工厂能仿造捷克机枪和冲锋枪，加上从德国大量买入军火，空军拥有130多架飞机，和中央军空军不相上下，海军有30多艘舰艇，一度盖过中央海军风头。民国二十五年“六一”事变未遂，陈伯南下台出洋，粤军空海两军，石井兵工厂和琶江造炮厂被国府悉数接收，武备颓折。

抗战全面爆发后，上海失陷，广州港成为内地最大进出口商港。事涉南中国安危，中央却把负责两广、福建和粤赣边区方面作战的粤系精锐陆续调往京沪陇海作战，只剩下中央勉强承认的余幄奇指挥的第四路军。

中央把粤系收拾得太惨，留在广东的多属临时补充的新兵，装备供应全部中断，制式混乱情况严重，是几个战区中实力最弱的。

日寇要打广东，中央早知道，却对广东受敌抱有侥幸。这么大的仗，只拨了三百万元，等到日军在惠州登陆，超过五成士兵只有五发子弹，其中一两发哑弹。军官大都没有作战经验，士兵胡乱放完子弹，拖着空枪逃跑，致日军轻易登陆。与敌率先接触的第151师以区区两旅兵力防守惠阳到坪山沿海，根本不可能抵抗日军机械化楔形攻势，在增城待命的二线部队又不能给犯敌以有效回击，增（城）广（州）一线建有纵深构筑，布兵却不足，相当于三个细仔举十只榔头敲十头山猪，榔头好用，细仔不够，一头猪就把三个细仔拱趴下了。

短短10天，广州失陷，紧跟着，广东所有重要据点都丢掉，等于让日本完成了对中国的最后合围，全国舆论一片哗然。一个月后，委员长自揽过失，说没有派好将领督率部队尽力抵抗，以致敌计得逞，承认这是他作为抗战最高统帅犯下的最大错误。

知有今日，何苦之初?

郁漱石到军需署报到时，正是余长官整饬军纪，决意向日寇雪耻阶段。部队消耗太大，急需补充军备，军需署经理、审计、公库、兵员、粮饷、军械、医械、马政各科都忙上了天。广州被日军占领后，广州湾落入日军手中，从河内到云南的铁路桥梁被日军炸毁，剩下香港这个战争物资唯一通道，陆路交通

---

① 陈济棠（1890—1954），字伯南，中华民国陆军一级上将，陆军第八集团军总司令、农林部部长。

也断了，只能靠走私从秘密登陆点偷运。郁漱石是广东人，家族有背景，郁、尹两家在香港和澳门亦有长期经营，他本人又有海外军需工作经验，人分到第7科后，我即安排他随回港复任的梅中校赶往桂林，在那里搭乘中航的货机飞到香港，开始工作。

郁漱石在美国服务时属外交部文职，没有军衔，到7战区后，兵站部授予他少尉军衔。

一次粤北战役时，在得知日军一部分前往支援桂南会战后，余幄奇长官一反惠广战役时的犹豫不决，下令部队发动全面反攻，官兵们顽强作战，击败日军7万人马，取得广东抗战以来首胜。

次年五月，二次粤北战役打响，战区各部不避斧钺，搴旗取将，仗越打越漂亮，最终歼敌万余，粉碎了日军北上曲江和韶关、切断粤汉铁路、威胁湘桂后方、迫使南方各省投降的战略意图。

粤北两次战役，郁漱石多次冒险往返香港，为部队补充急需。尤以二次战役前，他和梅中校从葡萄牙商人拉奎尔手中弄到几门德造远程炮，在石榴山战役关键时刻发挥了重大作用。会战结束后，长官公署奖掖战区有功官兵，郁漱石以“冒险办理战场后方勤务成绩最著者”战功，获誉青天白日勋章一枚，晋升中尉。

郁漱石晋升首月，我动员他用当月薪水购买了广东国防公债。

我不喜欢他？是的，科里人都知道。我什么没见过，比他聪明能干的人多的是，他太锋芒毕露了。举个例子吧，兵站前任总监何世礼将军，人家是香港第一望族何东爵士的公子，在英国、法国和美国留过学，武汉保卫战时，任薛岳将军第一兵团炮兵长官，为万家岭大捷立下汗马功劳。广州和武汉失陷，9战区薛岳和7战区张发奎两个粤系大佬在乡党中遴选股肱心腹前往香港收集情报，瞻前顾后，请何将军出山，让他做两个战区驻港联合办事处主任，你说，何将军该不该狂？人家没有狂嘛。

（GYZ006－007－002）**证人梅长治法庭外调查记录：**

他比我小10岁，我叫他阿石。

我是揭阳人，陈长官济棠的同乡。民国十六年，中共叶挺和贺龙南下潮

(汕）梅（州），我辞掉亲戚家在澳门商铺的学徒生意，加入陈长官的第 4 军，到香港为陈长官办理军火，那以后一直跟着陈长官干。

中原大战结束后，蒋先生下令陈长官裁减粤系军队，省主席陈铭枢和陈长官明争暗斗，我因在军需工作中立过功，始终远避香港跑军需，倒也没受牵连。“六一”事变后，陈长官下野，经香港前往欧洲，是我在香港接应安排的，因为陈长官照应，以后不管换谁做长官，都没有为难我。

阿石到科里报到时，我正好在曲江[①]。科里为阿石配备了工作小组，副官是缪和女少尉，组员是士官敖二麦和朱三样，朱三样兼着阿石的勤务兵。朱三样和敖二麦也是广东人，两人都是 20 岁上下，老兵，打过仗。缪和女是马来华侨，祖父是马尼拉侨领，北平事变后，他父亲奉祖父之命到香港做生意，用赚到的钱支持内地抗战，他父亲又把他送到战区参战。他这种华侨兵子弟的情况，战区里不少。

“我是祖父送回内地抗战物资的一部分。”一见面，缪和女就笑嘻嘻对阿石说。

“我也是。”阿石笑着说。他很少笑，笑起来很有魅力。

缪和女和阿石同年，他是邹科长的远房亲戚。我猜，邹上校不放心阿石，派他来做眼线，但我没对阿石说。

阿石第一次入港时，港英政府正在查封意大利领事馆、邮船和商行，拘禁意大利侨民。香港进入非常时期，在港英人青壮被要求加入防卫军，街道上堆满沙包。

香港是亚洲最活跃的贸易港，每年贸易都在几千万英镑，战前更是达到 11 亿港币交易额。粤系一向有在香港做生意补充军火的习惯，全国抗战爆发后，上海陷落，香港成为国民政府输入军火的中心，国府在香港的秘密军事和战争物资筹集机构有几十个，带国字头的有军政部武器采购部、中央贸易局、中央信托局、海外部、交通部、军事委员会调查统计局、中央调查统计局、中央宣传部、三民主义青年团、中国银行和西南运输公司，这些单位在香港都有办事处和公司。除了中央单位，国民党港、澳、湾总支部的“荣记行”和“华记行”，杜月笙的“赈济委员会第九区事务所”，以及各战区也在香港筹集战争物

---

① 即今广东韶关，二战期间的广东省临时省会。

资，港九一带分布着大量秘密仓库，物资囤积如山，每天都有航班将战争物资空运回大陆，海上更是建立了航运发达的走水[①]网。

7战区驻港澳办事处设在九龙深水埗，是我从柯氏公司租赁来的物业，签了20年合同，对外不说办事处，深水埗一带是老码头，办事处挂了个盐茶公司牌子，我是老板，正经工作外，做一些盐茶生意，帮助靖绥公署的长官们料理他们在港的生意，为了便于工作，内人和两个男孩随我在九龙生活。军队吃走水饭，历代如此，粤桂两系也不能免。张长官上任后，整饬战区纪律，追查部队走私和军人腐化问题，办事处多名人员涉案，包括阿石的前任，唯有我梅长治两袖清风，落得干净，谁也奈何不了我。

除了我这儿，战区在香港还有半个机构，是和9战区共同组建的联合办事处，主任何世礼将军是我的老上司，他因从事的工作极为机密，上面有规定不许打扰，我从不主动联络他。

民国二十七年广州失陷，在国府鼻子底下活动的中共南方工作委员会派廖承志到香港开设据点，港府吃不住根株结盘关系，再不情愿也同意了，只是不许公开挂出八路军办事处牌子。“八办”办了经营茶叶的粤华公司，7战区面子小，我和他们来往不多，只在“保盟”[②]的活动上见了几面，倒是和“南洋救乡总会”和“华侨回乡服务团”有业务联系，廖先生是否做着茶叶生意，或者帮助他的长官料理私家生意，我就不知道了。

通常，阿石和他的小组走水路进九龙，我带他们去深水埗、湾仔和西贡的仓库清点物资，提取南洋侨胞捐赠的款项，接走回国援战的南洋司机和修理工。我再按阿石带来的清单和联络员接洽，采购募集齐物资，登记入库，等待阿石小组下一次来提货。阿石小组的人使用南洋商旅身份证件，一般不使用内地商贾身份，那样容易遭到港方刁难。按规定，我们的人在港活动时穿便装，不携带武器。

一开始，我觉得阿石是兵站总监安排的人，有背景，处处提防他，因为他

---

① 走私。

② 保卫中国同盟，1938年由宋庆龄在香港发起成立，宋庆龄任主席，成员有廖仲恺、孙科、宋子文、柳亚子、贾·尼赫鲁、保罗·罗伯逊、托马斯·曼、赛珍珠、冯玉祥等，主要从事国际范围内筹划款项和物资，进行医药工作、儿童保育工作和工业合作社等工作。国际和平医院、白求恩援华医疗队、柯棣华援华医疗队等均为其募集成绩。

年轻，没什么资历，故意给他制造点麻烦，暗示他别轻易插手我的事。我那么做，阿石没有表现出什么，挺淡泊。有时候看我忙不过来，他也不闲着，主动参与一些跑腿的事，给我帮忙。他在国防物资供应局工作过，和洋人打过交道，和“纽约华总”①“南侨总会”② 有过接触，熟悉海外华人情况，应付棘手的事务很自如。他人缘不错，懂的又多，和他打过交道的人都喜欢他。

在香港应差不容易，广州战役时，日方照会殖民地港府和澳府，占领广州的目的只为切断对华军火供给，不会对港澳动手，但决不听任港澳两府暗中支持内地战争。英葡两国为保各自利益，下令禁止经由港澳陆路对华出口军火、石油、汽车和大型机器。以后，日本和德、意订立了三国同盟，入侵法属印度支那北部，贝当政府答应日本利用越南港口攻击中国，英国人迫于日本淫威，与日本达成协议，撤出了在华北和上海租界的陆战队，关闭了滇缅公路，对国府在香港采购战争物资的情况也开始设置障碍，港澳对内地的补给工作越来越困难，有时候免不了忙中出错。

有一次，为采购汽油和汽车零件，我得罪了皇家海军的人，海军司令部要港府把我驱逐出境。阿石托军政部武器购入部的关系，通过英国驻重庆外交使团协调，把关系圆了回来，我侥幸逃过一劫，没有丢掉饭碗。

二次粤北战役前，我奉上峰命紧急采购一批枪械。做中介的葡国商人不满意我付的水钱数，买通港府官员，唆使警署把我两名助手抓走。他俩身上带着克虏伯军火商签订的合同，警署根据线索赶到码头，把一船 MP40 冲锋枪和 MG42 通用机枪连船扣下。战区指着这批军火打赢二次战役，合同是和德国人签下的，款数巨大，掉脑袋的大事。我接到消息后急哭了，深知覆水难收，只能连夜安排后事，准备带着家眷走人。

那次阿石正好在香港，他没有声张，通过“纽约华总”的关系重新办理了文件，交了一笔钱，以美国柯尔特公司名义把那批货赎回来了，救了我一命。

我记得，阿石带我去港府交涉时，对港府官员说了一句话。那句话是：林肯给了奴隶们自由，柯尔特使他们获得了平等。英国官员斜眼看了半天阿石，

① 纽约华侨救济总署，由数十个北美华侨爱国社团组成，总站设在纽约，华侨首领司徒美堂担任总负责人。

② 南洋华侨筹赈祖国难民总会，由数十个南洋华侨团体组成，总会址设在新加坡，侨领陈嘉庚担任主席。

二话没说，签了放行单。事后我问阿石，阿石告诉我，这句话是美国人的名言，欧战爆发后，大量使用美国援助的英国人也信奉了，但不是林肯管用，是柯尔特公司管用，因为英国人使用的武器很多是柯尔特公司卖给他们的。那位英国官员看在柯尔特的面子上，放了同样在抵抗入侵者的中国人一马。

阿石能干，却不精明，不玩心计。他帮我，从不邀功，事情过后，像什么也没发生，再没提过那些事情。而且，他是瞒着战区和他的下属帮我，我连感激的话都没有机会说。

阿石是那种清新俊逸的男子，穿着讲究，通常是合体的迪奥西装，如果换上香云纱褂子，就是明眸皓齿的城北徐公子样儿。我知道阿石有背景，他的行头价格不菲，但不觉得他有纨绔气。

事情经历多了，我渐渐对阿石放下设防，把他当成小老弟对待。每次他入港，我都会去码头接他，请他去金龙酒家吃茶，品尝点心。我内人也喜欢阿石，“阿石”“阿石”地叫。我内人爱叉麻雀，总是拖着阿石陪她去六国饭店推牌，她那几个麻友，一个是中宣部官员养在香港的小妾，台面上叫抗战夫人，另两个是内地商人，在香港做投机生意，他们都喜欢阿石。

阿石大方，不白食，先总理夫人在英京酒店成立香港“一碗饭运动”委员会那天，阿石从军事使团弄到三张票，带我和内人去参加酒会。那天，英京酒店显贵云集，驻港英军司令贾乃锡、海军司令哥连臣、辅政司史美夫人、立法局华人首席大律师罗文锦、中国银行行长郑铁如、华商总会主席郭泉都到了，替孙夫人捧场。我虽长居港澳，两地显贵也算闻一知二，和这些大佬却头一回近在眉睫间，不免和内人诚惶诚恐躲到一边，不遑暇杯。再看阿石，他在人群中走来走去，和人谈笑，那副开合自如，让人嫉妒。

“一碗饭运动”委员会成立后，港九地区酒楼、茶室、茶居、西茶、饭店纷纷响应，没几天，阿石请我们全家去仙乐酒家吃饭。仙乐酒家的生拆蟹肉烩海虎翅最有名，阿石没点招牌菜，两块钱一份的“一碗饭运动”炒饭点了十份，外加一煲三果汤。阿石坦白说，这碗饭，是他在美国欠下的老饭局，脸红了快一年，请我们全家陪他一块还债。炒饭上桌，阿石带我两个男孩端了五份饭，送到楼下店外讨米的内地难民手上，另掏两元，让两个孩子去投港九工会的“一元献机运动”。我家老大伟雄严肃地问阿石，如果我军英雄机师打下倭贼飞机，是不是也有他一份功劳。阿石严肃地点头，告诉他当然。我家伟雄紧闭着嘴，牵着弟弟的手走向捐币箱，认真地把两元钱投进去，那一刻，我真相信，我儿子就是抗日小英雄。

阿石和军事使节团的陈策将军走得很近，有一些国府驻港澳的关系，他为战区的事经常找人帮忙，事情有的办成了，有的没办成，我这人知道分寸，什么也不问。

阿石家族在香港有财产，我是几年以后才知道的。他来香港那么多次，去哪儿，办什么事，我都知道，但他从没去见过他家族的人，也从没提到过他们，现在想起来的确有点奇怪。

民国三十年，港英政府隆重庆祝香港开埠百年，从开年起就举办庆祝活动，连续几个月，港九天天像过年。香港是摩登大都会，缺什么不缺纸醉金迷：剧院里上演马师曾和薛觉先的粤剧，电影院里放映好莱坞的《浮生若梦》和《卫城记》，电台里放着嘤嘤音乐团的新潮歌、梁无色的《花花姑娘》和《天上人间》；一入夜，港岛山上山下香风毒雾，海上海岸灯火如钻，连卡佛百货公司雇员站在街上向路人派发利是，先施、永安、大新百货公司人头如攒，客人个个石崇斗奢；皇后道和德辅道上的霓虹灯连成一片，裹着头巾的印度红头阿三四处巡街，外国水兵带着咸水妹在酒吧里进进出出。普通华民也有大笪地和油麻地庙街的榕树头夜市消遣，看卖武杂技、听讲古南戏、求算命占卦，花几毛钱喝碗香喷喷的鸭粥，喝完回家睡觉。那样的港九，完全远离内地战事。

我先以为阿石会和进港的军官一样，迷恋香港生活，后来发现错了。阿石是个文艺青年，喜欢看书，每次进港都会买不少书，夜夜读到很晚。有一次，他慎重地托我替他买《星岛日报》，说一位认识的作家有连载小说在报纸上，我每天要孩子去街口报摊买一份，放在纸箱里，阿石下次进来时交给他，这件事持续了好几个月。

进港等提货时，阿石爱去电影院。他看德米特里·克萨夫的《麦尼蒙当》，路易斯·布努艾尔的《一条安达努狗》和查理·卓别林的《城市之光》，看完回办事处，兴致勃勃地讲给我听。说实话，他喜欢的电影我不喜欢，但我能理解他，内地战火连连，文化贫乏，曲江和柳州国统区只放《风云儿女》和《热血忠魂》这种左翼电影，那些都不是生活。

阿石喜欢看波球。有两次，他入港时正好赶上赛季，硬拉我去路连山南华会球场看踢波。办事处的车过海不易，我俩乘天星小轮过海，乘车到铜锣湾，再爬上山顶，看“南华”对“海军”，或者“青年总会”对“陆军”。看完球，再乘轮渡返回九龙，顺道带一包烧腊回到办事处，在二楼阿石的房间聊宝刀不老的李惠堂[①]。我喜欢李球王那副著名的对子，“认认真真抗战，随随便便过年”，聊他，我能和阿石聊到一起。

阿石喜欢体育，说起体育就意气风发。我嘲笑他，上司们谁都设法在香港开公司做生意，他那么好的条件，把几个可怜的薪水送进电影院和体育场，不值得。阿石苦笑，说他在重庆是外人，在 7 战区也是，他靠体育赢得过爱情，现在心爱的姑娘从他生活中消失掉，只剩下体育，不能再丢了。我问起他心爱的姑娘的事，他缄口不说，大概觉得说漏了嘴。我内人都看出来了，说阿石很孤独。

有一段时间，阿石经常一个人过海去港岛。他出门后，缪和女会偷偷跟上。我知道上面安排缪和女掌握阿石的情况，故作没看见，对他俩都没有说破。过了一段时间，缪和女主动向我汇报，说阿石去了湾仔的“野村楼”。那是香港最好的日本菜馆，提供走了样的鸡素烧、甘薯羊羹和煎豆，还有风情万种的艺伎。

按缪和女的说法，阿石去“野村楼”，通常会找僻静角落坐下，点一份鸭南蛮和荞麦面。店里的艺伎过来搭讪，他会和她们说会儿话。缪和女能说英语，不懂日语，不知道他们说什么。姑娘们很快乐，她们不愿一表人才的阿石形单影只，拉他去认识其他客人。客人大多是店里的熟客，正金银行、台湾银行、日本水产、三菱商事和东洋棉花的职员。日本人有一种谨慎的矜持，通常不和华人交往。这也难怪，七七事变后，香港华人反日情绪强烈，不少在港日资公司遭到打砸，日人受到袭击，他们也是孤独者。阿石去过几次后，认识了三井物产的加藤和日本邮轮的千年，他俩比阿石大不了多少，对他很热情，邀他参加过弓道和登山。

有一次，缪和女回来，紧张地向我汇报，加藤和千年邀请阿石去了另一家日式菜馆“二见屋”，三个人喝酒聊天，结果为中日战争是侵略还是解放争得面红耳赤，动手打起来，双方都吃了亏。后来，招待带了一位打扮入时的青年女子和两个华人进来。看见加藤，青年女子过来打招呼，加藤爱答不理。缪和女

---

① 李惠堂（1905—1979），华裔足球运动员，与里登雷克、盖德穆勒、贝利、罗马里奥并称五大巨星。

私下打听，那个青年女子叫四箇所苇，是日本驻港领事馆前文员，因为背景复杂，在港日人大多不愿和她沾边，去年闹出了事，被领事馆辞退，跑去澳门昭和通商公司做钨砂生意，两个华人是三合会的人，四箇招募的走私帮。

我要缪和女放轻松，不会出什么事情，暗示他有时间自己找点乐子，盯梢这种事情，终归不地道。我那么说，并非替阿石遮掩，华南出钨砂，产量占全球七成，日本人一直在和英美人抢夺华南钨砂，7 战区靠着手中有几处砂矿，控制了主要的钨砂商，这才能交换些急需物资，有部队组织钨砂走私，战区军法署曾枪毙过几个领头的，但走私情况仍然猖獗不止。香港是自由贸易港，日本加入轴心国前，香港和日本国有大量贸易，港澳又是各国间谍的聚集地，昭和通商隶属日本陆军部，四箇所苇这种利用华民组织做情报的日谍，在港澳大量存在，不是什么秘密。日本人的情报工作做得好，他们办的刊物《香港事情》，内容详密程度甚至超过香港政府的年报。广州战役时，日本人就是利用"正道社"和"至公堂"做情报和内应，如入无人之境。"二见屋"所在湾仔，毗邻英国皇家海军远东基地，那一带有不少日本人开设的贸易行、商店、酒吧、舞厅和按摩院，基本都是情报网站。英国人也不傻，英国远东情报局有个叫博沙的情报官，此人精通日语，经常在日本人开设的酒吧和舞厅里转悠，收买日人做眼线。港英政府公开驱逐的铃木中佐、山口月郎和宅部虎雄夫妻，都和他的情报工作有关。不光东洋间谍和西洋间谍，国府和南京汪逆方面也派了大量情报人员在港澳建立情报机构，上海青帮领袖杜月笙、北美洪门堂主司徒美堂、信廉堂堂主张子廉，这些亲重庆的社团大佬也在香港帮助国府做秘密工作。加藤所在三井物产不属于军方，但得为战争服务，认识四箇所苇很正常，我让缪和女放轻松，别那么紧张。

我相信阿石没有把自己的真实身份告诉加藤和千年，对方也如此，大家都为各自国家工作，彼此心照不宣。

"南洋华侨筹赈祖国难民总会"主席陈嘉庚先生回国考察那次，香港工商总会为陈先生设欢迎晚宴，阿石随我一同参加了晚宴。陈先生在致答谢词时慷慨激昂，称他在重庆和委员长见了面，又去延安见了游击领袖毛泽东，确信我华必胜，倭逆必败，海外华侨死心塌地做祖国永不屈服的支持者，扼咽夺食也要支持祖国伟大的抵抗。陈先生不是没有怨言，酒过三巡后，抱怨英人不满足殖民地福利，称他在重庆时，听说了罗富国总督派人与国府接洽出钱购买新界的事，国府急需用钱，竟然对这个不良建议上了心，两厢谈得火热。

“国府某些短视之辈直比蜀中阿斗，如此卖鬻祖上之地，丹朱不肖，舜之子亦不肖！”陈先生面红耳赤地拍着桌沿大声说。

那天有几位国府在港官员参加了晚宴，个个旁顾左右，装作耳塞。阿石被陈先生的酒话惊住，满脸涨红，几次要起身发声。我暗中拉他衣袖，示意他冷静。陈先生仗着海外侨领身份，不受节制，傲睨一世骂骂娘，就算委员长在场，也会顾全侨民利益装耳聋，给他面子。我等不同，只能凭轼旁观，云端里看斗雨。

返回九龙时，阿石一句话也不说，船抵埗后他才开口说了一句。“正正堂堂的雨点不让下，曹社之谋的风就可以胡刮吗？”那是他不多见的一次愤怒，我认为大可不必。坊间消息，民国二十六年起，德国驻华大使陶德曼和意大利驻华大使柯莱就在促成中日两国和议，国府代表一直在香港秘密与日本政府代表谈和。国府辖下西南运输公司在港办事处，实际上是国民党中央调查统计局驻港机关，董事长宋子文不断往返港渝间，与日本中国派遣军司令部的今井武夫大佐秘密议和。除中统局暗中策划的秘密谈判，国府还有一个专事和汪系政府斗争的行动委员会，由军统局局长戴笠、中央信托局总裁俞鸿钧和青帮大佬杜月笙负责。港英政府破获了军统局华南组设在港岛半山一架秘密电台，顺藤摸瓜，在杜月笙家中搜出另一部电台，以及与蒋中正联系的密码。俞鸿钧平素与港英政府关系不错，从中斡旋，摆平了此事，英方驱逐了几名军统的人，向国府提出抗议，算是大家心知肚明。那一次，我们这些在港的人都很紧张，害怕被牵连进去，邹上校专门派了一名亲信进港协助我工作，叮嘱我远离中央系，保住粤系在港利益。我心里有数，他派人来不是帮助我，而是监视我。

阿石是知道这些情况的。他到战区那年春天，汪逆在南京成立了伪政府，只因当时日本正与国府秘密和谈，并未立即承认汪伪政府。直到年底，谈判没有进展，美国准备贷款给国府，日方才抢先宣布承认南京政府，可见战争背后实有更为惊人的内幕。

我们这些在外从事战争物资补给的人，经常在一起议论内地局势，虽说上面时有训诫，要求不得妄议党国政策，但没有人管得了界河外面的嘴。有一次，阿石完成在港工作，准备返回内地，我在柯士甸道一家老字号店请他做老饕，那家店里的牛爽腩和砂锅网油禾花雀好味得要死。我俩喝着冰镇米酒，阿石提到他在香港见到的英国人、美国人和失去了国家的荷兰人，他们都很乐观，他们在海军俱乐部搂着教会学校女学生跳舞时都会说同一句话：等着吧，我们很快就会喝着香槟，咬着樱桃馅饼，把法西斯的脑袋踩在脚下。

“委员长不想做二等国盟主，被罗斯福算计、丘吉尔挑剔、斯大林冷落，他希望战争在全世界发生。”阿石闷闷不乐地说。

“这没有什么不好，等所有弱小国家被拖进战争，我中华民国就会变成大个子，美国被拉下水，中国就有救了。”我把一大块肉汁饱满的牛肉塞进嘴里说。

“做了大国盟主，人民就解脱了？说到底，这场战争是国内人民忍受子弹炮弹，国外华侨提供战争物资和钞票[①]，那个被人们热泪盈眶提在嘴上的国家反而游离其间，看不清面目。”阿石灌了一气米酒，愤愤地说，“梅大哥，我希望战争早点儿结束，没有人再被火药炸到天上，没有爹妈担心儿子烂死在战场，我就是为这个才回国参战的。我愿意忘记那些利用战争谋私的权力者，记住胸怀大义的陈将军，还有勇敢闯入南中国亚热带丛林的玛莎，这样，我才会感到以后的日子有希望。”

阿石说的玛莎，是民国三十年在港岛大出风头的美国女记者。她到香港那天，连总督都出面了。

(GYZ006—008—03) **证人邹鸿相法庭外调查记录：**

郁漱石在日本和美国留过学，来战区后，在几次活动中露过面，很快，中山大学、广州大学、省立文理学院和省立艺术院都争着来要他。省教育厅长兼中大校长许崇清也是帝国大学文学系毕业的，他听说了小校友的事，堵住省府主席李汉魂的车，声称郁漱石一日不归教育厅，他每天来政府拦省主席的驾。李主席拗不过许厅长，写条子找战区要人。我得到上司指示不放人，照指示给战区写了回函，称军事救亡甚于薪火相传，把许老夫子结结实实堵回去了。

民国三十年春天，战区接到一个特殊任务，美国记者玛莎·盖尔霍恩[②]和

---

① 1940年底，全球华侨救国团体已达600多个，捐款28.5亿元，平均每个月6000万元，相当于每月军费开支的86%。

② 玛莎·盖尔霍恩（Martha Gellhorn，1908—1998），美国记者，报道过西班牙内战、芬兰战争、中日战争、第二次世界大战、越南战争，被称为“战地女记者第一人”。

欧内斯特·米勒尔·海明威飞抵香港，战区派人随美国使馆的人入港，迎接两位记者赴临时省会考察抗日情况。玛莎是海明威第三任妻子，海明威是玛莎第二任丈夫，两人中国之行，玛莎是受《考利叶周刊》派遣，对远东战事进行报道，海明威对新婚妻子爱得发腻，不愿她独自和“黄种人”打交道，美国财政部长哈利·德克斯特·怀特得知此事，请海明威以特派员身份前往中国了解一些事情，《午报》主编拉夫·英格索尔趁机搭车，邀请海明威作为特约记者前往中国。

陈策将军在告罗士打酒店宴请两位美国记者时，郁漱石刚好在香港，因为和陈将军的关系，担任了传译员工作，给那对美国夫妇留下很深的印象。美国人得知郁漱石在哥伦比亚大学读过书，要求该军官参与接待工作，战区同意了。

那一次，郁漱石差点酿成一场国家间事件。

美国使馆柳州办事处的帕特·赵是我一位远房亲戚，她参加了全部接待行程。日本投降前夕，她返回美国，听我提到郁漱石小组在香港失踪，有些吃惊，和我说到漱石参与接待的那件事情。

据帕特·赵说，玛莎朝气蓬勃，美丽动人，海明威不修边幅，情绪捉摸不定。郁漱石读过他俩的书，他告诉帕特·赵，相比海明威名声大振的《太阳照常升起》和《永别了，武器》，他更喜欢玛莎的《灾区现场》和《疯狂的追求》，他认为玛莎比她丈夫更出色。

到曲江的第一天，帕特·赵和郁漱石就在粤北丛林营地的篝火边听见海明威对玛莎发脾气，抱怨他们不该那么早离开香港，到粤北山区吃苦头，他们最好明天就飞去风景宜人的桂林，而不是待在该死的南方丛林。

“也许民主比法西斯主义强，可在这儿我连屁都不敢放，要是把早饭吃下去的豆子崩出来，我就得挨饿。”那个络腮胡子像鸟窝一样凌乱，并且开始发福的家伙怒气冲冲地对新婚妻子说。

“你可以回香港找那些仰慕你的小妞，她们会把你喂得饱饱的。”玛莎无动于衷地回复丈夫。

“这可是你说的。我立刻返回香港，从那里回古巴，我们别想再见面。”丈夫瞪着眼睛威胁妻子。

“好吧，亲爱的老爹，你回柯济玛尔村钓你的金枪鱼，我一个人去重庆，再从那儿去腊戍找带枪的克钦人。”富有冒险精神的美丽女人大笑着回答丈夫，然后转身跑开。

玛莎金色的鬈发像一面飞扬着的旗帜，她银铃般的笑声深深感染了在场的中国人。帕特·赵猜测，年轻的中尉可能爱上了那个32岁的美国女人。

盖尔霍恩夫妇抵达曲江的第二天，在一支小型武装保护下，郁漱石和帕特·赵陪同玛莎女士前往南雄采访两位从前线赶回营地的军官，他们将向来自自由世界的女记者介绍“中国军队在南中国了不起的抵抗行动”。那位目中无人的硬汉作家声称身体不舒服，宁愿在北江河上垂钓，以他快速掌握任何一种语言的天分，在清风习习的河畔和肤色黝黑的粤北女人打着手势热烈地聊天。

小分队离开曲江那天早上，头天晚上喝得酩酊大醉的海明威走出营房，看见正在备马的郁漱石被一匹暴躁着想要逃离羁绊的本地矮脚马弄得狼狈不堪，满脸都是汗泥，手上划破一块皮。

“你让它感到挫败了，傻瓜，它不舒服。”杂色胡子作家教训郁漱石，朝他走去。他让无措的年轻人把马鞍放在地上，从那里退开，他则若无其事地走近那匹警惕的牝马，用目光和它交流。作家目光深邃，眼神极有魅力，像神秘的磁铁，马儿和他对视了一会儿，安静下来。

“它在困惑，不知道发生了什么，我要它知道，我会帮助它。”作家站在原地没有动，像看可爱的女人那样温柔地看着马。马心绪不宁地站了一会儿，竟然一步步向他走近。

“好了宝贝儿，”作家轻声对不安地打着响嚏的马儿说，“我们认识了，对吧？你不是美人儿，这有点儿遗憾，但你很健康，这就够了。来吧，让他们看看，你会做得很好，你比他们都棒。”

马受到鼓励，抬了几下腿，慢慢踱到中年男人身边。男人伸出大手，温柔地抚摩它的脖子，然后是鼻梁，轻声和它说了一句什么，侧身向一边走去。马竟然跟上去，在他两三步外傍着他。他俩以地上的马鞍为圆心，在营地里绕着大圈散步，他继续对它说着什么，它摇晃着脑袋，似乎听懂了，但它需要他说得更多。

他们一点点靠近马鞍。他没停下来，继续和它说话。几分钟后，马儿安静地装上了鞍子。

“您是怎么做到的？它爱上您了！”郁漱石大开眼界，嘴张得完全合不拢。

“小家伙，别指望爱情。”作家被宿醉后的头疼折磨得苦不堪言，揉着脑门，伤感地吐着酒气说，“爱情不过是伤风感冒，可以时不时来那么一次，千万别把一切都寄托在那上面，否则它会要你的小命。”

“可玛莎女士不是那样的人，她是那么的善良，她不会要谁的命。”郁漱石敏感地维护着他的服务对象。

“哈，她就像一杯迷人的莫希托[①]，让你欲罢不能。你知道我在说什么，男人和女人，他们永远是敌人，没有对方他们会死，有了对方他们会死得很惨，结果都一样。”衣着不整的作家目光凌乱地看了一眼远处浓雾笼罩的大东山，“年轻人，我参加过两次大战，经历过无数场战斗，相信我，你的善良人，她是唯一能击败我的那个凶手，她现在就会来揍我。”

作家拍了拍郁漱石的肩膀，带着醉意快速走开。那个时候，朝气蓬勃的女记者正从营房里出来，快乐地走向他们。

小分队在遮天蔽日的森林中行走了整整一天。三月份的南方正是回南天，潮气重到一拧胳膊就顺着手指上往下滴水。玛莎一路上闷闷不乐，用鞭子有一搭没一搭地抽胯下的马。郁漱石将坐骑靠近玛莎的坐骑，给她讲他在军队里听到的笑话，设法宽慰她。这种拙劣的努力一点作用也没起到，玛莎烦躁地挥手赶开丛林中扑面的昆虫，解释说，她不在乎丈夫是否跟在身旁，她只是不想让中国人误解了她喜怒无常的丈夫。

“海明威先生很迷人。”帕特·赵试图让该死的旅途轻松一点，何况，他们将穿越日军控制区，这可不是闹着玩的。

“女人都这么看。”玛莎表示同意，也许这是女人之间唯一不会发生争议的话题，“斯科特[②]说，欧内斯特这次娶错了人，盖尔霍恩离炮火会比离丈夫更近。斯科特说对了，战争才是我的最爱，它在哪儿我就在哪儿，男人改变不了我，欧内斯特也别想。”女记者掩紧被露水洇湿的风衣，好像那样做就能获得充满醋意的丈夫的理解，“维罗比在陕西做过传教士，是个好心的大夫，欧内斯特应该像维罗比那样爱中国，可他对中国一点兴趣都没有。”

“谁是维罗比?”帕特·赵问。

“欧内斯特的叔父。”女记者说，“要不是财政部的哈利托他了解中国的战

① 古巴的一种鸡尾酒。

② 弗朗西斯·斯科特·基·菲茨杰拉德（Francis Scott Key Fitzgerald，1896—1940），美国作家，著有《了不起的盖茨比》。

事，埃莉诺[①]亲自给蒋先生写了信，他根本就不想来，这就是为什么他一直写不出神秘优雅故事的原因。”

“海明威先生是那么的让人敬佩。他是了不起的作家，还专门陪您来中国。”郁漱石由衷地说。

“你错了年轻人，是哈利让他来的，他花着英格索尔的钱，我可一点便宜也没沾上。再说，来中国的作家不止他。每日新闻社发了消息，川端康成也在中国。”

“是吗?”漱石欣喜地说，“我见过川端先生，他给我们讲过课。”

“他这次可不是来中国做反战演讲，他是受关东军邀请，带着他漂亮的东方美人秀子访问满洲。我不需要谁带，这就是在你们充满传奇色彩的孙夫人面前，我可爱的丈夫不会停止对我抱怨的原因。”女记者在阳光下笑着说。

“孙夫人是了不起的女性，海明威先生不该对她无礼。”郁漱石言外之意是说，孙夫人是中国人敬重的国母，人们都热爱她。

“我不喜欢你们的孙夫人，就像我丈夫不喜欢你们的委员长一样，柯恩[②]没少在他耳边说你们元首的坏话。”

“这怎么可能?”年轻随员对这个结果大为惊讶。

“科恩告诉我，神秘的中国是由一个由联姻组成的巨大家族控制着，我很好奇，想来看看它是什么样子。”女记者伸手拨开一丛树枝，坦率地说，“要知道，埃莉诺和你们孙夫人一样，嫁给了一位连续三届蝉联美国总统的男人，别忘了，她和她总统丈夫的叔叔也是一位伟大的总统。”

“我知道西奥多先生和富兰克林先生。我们同校。他俩和我一样，都没毕业。”

“你太可爱了，年轻人。”玛莎哈哈大笑，这让她丰沛的鬈发在脖颈间剧烈地摇晃，“知道吗，埃莉诺本人就是出色的政治家，两个月前的盖洛普调查显示，67%的美国民众喜欢她，而她的总统丈夫只赢得58%的支持率，如果她想要那么做，她可以取代丈夫当上总统。可她从来没有为自己和两个弟弟从国家

① 安娜·埃莉诺·罗斯福（Anna Eleanor Roosevelt，1884—1962），美国第32任总统罗斯福夫人。

② 莫里斯·柯恩（Morris Cohen），加拿大籍犹太人，中国名马坤，曾担任孙中山和宋庆龄保镖。

手中谋取任何利益，作为远离战争的美国第一夫人，她把四个儿子送往不同的前线作战。”溽热的丛林让女记者难以忍受，她的丛林装胸口被汗水打湿了，这让她有点不自在，“不过，我喜欢你们孙夫人穿的天鹅绒旗袍，天哪，那些纽扣太迷人了，这至少比你们委员长强，他只会不停地向小亨利·摩根索要飞机，然后吩咐你们的司令官弄一些假日本据点来蒙骗我。他是怎么想的？难道像我这样的战地记者还看不出什么才是真实的军事行动？”

帕特·赵告诉我，郁漱石当时一句话都说不出来，他愕然地张了张嘴，想说点什么，却什么也没能说出来。显然，资历浅薄的他无法就国家层面问题回答见识丰富的女记者。

那天下午，小分队在渡过一条河流时，不愉快的事情发生了。事情起于打尖后的困乏，在等待士兵从河对岸牵一条绳索过来的时间，女记者谈起她来中国前线的真实目的。她嫉妒埃德加·斯诺，这位只比她大三岁的同行23岁就来到中国，他找到第一个把“西安事变”新闻发往上海，同时在延安倡导节育运动和灭鼠运动的社会活动家艾格尼丝·史沫莱特，后者把他介绍给孙夫人，以致他得以顺利前往延安，成为神秘的中国罗宾汉毛泽东的座上客，两人配合默契，完成了一部在西方人看起来不可思议的政治史诗。当她和海明威——按照她自己的话说——在哈瓦那酒吧里鬼混的时候，幸运儿斯诺出版了《西行漫记》，向世界介绍了一群中国的红色冒险家，他的书长达数月占据畅销书榜单，这让玛莎大受刺激。玛莎的一位朋友，因为日后报道瓜达尔卡纳尔战役获得普利策奖的军事分析家汉森·鲍德温告诉她，中国与日本的大部分战争都是失败的，只要愿意，日本士兵随时可以去想去的任何地方，中国所谓的纵深防御战略只是一张废纸，日本人只是出于战略考虑，才不去占领边远地区和广大农村，他们与中国军队的小规模摩擦被中国官方夸大为“激烈战斗”，而把日军完成扫荡后撤回中心据点的行动称之为“溃退”。

“欧洲人的祖先还在树上摘野果的时候，中国人已经进入了高度文明。”玛莎不耐烦地驱赶大群扑向她的森林蠓虫，因为一直没有见到想要见到的真正战场，她疲劳的脸上露出强烈的不满，“可你知道我现在怎么想？我觉得中国就像一个充满谎言的大家族，家长满口谎言，家人也不说实话。”

郁漱石停下正从马上卸下的行囊，愤怒地扭头看玛莎，他显然不能接受她的话。

“对不起，玛莎女士，我猜您说错了话。”

“你指什么?”

“您刚才说，中国像一个充满谎言的大家族。”

“那就是我的话。”

“女士，您会不会想念海明威先生?”年轻的随员停了一会儿，脸涨得通红地问道。

玛莎看见几名士兵挣扎着泅水上岸，拴好拖木筏的绳索。她从倒木上站起来，拍了拍裤腿上成片的虻蚊，回头不解地看年轻的随员，不知道他为什么那么问。

“我知道您是位了不起的作家，我读过您充满优雅气质的战场报道，也读过您在西班牙写下的诗歌，我想为您介绍一位中国诗人，他写了一首思念的诗，我猜您会喜欢。”

在阳光疏漏的野河边，郁漱石背诵了那首诗，它的题目叫《望月怀远》：

海上生明月，天涯共此时。
情人怨遥夜，竟夕起相思。
灭烛怜光满，披衣觉露滋。
不堪盈手赠，还寝梦佳期。

“太美了！他是怎么写出来的，这位诗人是谁?”玛莎惊讶地睁大了眼睛。

“他叫张九龄，是位了不起的政治家，唐朝盛世最后一位宰相，目睹了唐朝的衰亡，也因为拒绝附上，向皇帝说谎话吃尽了苦头。他就是曲江人，刚才，您在他的家乡把他的祖国称作谎言之国。”

帕特·赵后来告诉我，女记者脸臊得通红，说不出话。那个时候，一只漂亮的昆虫穿过树叶间如雨的阳光轻盈地飞来，收束起宽大的透明的两翼，落在懊恼的青年中尉衣袖上。

“那只草蛉轻轻摇动细长的触须，用又大又黑的眼睛瞪着我，好像在和我打招呼。我觉得，它想要对我说点什么。”事情过后，郁漱石心神不宁地对帕特·赵说，然后他挺直了肩膀，坚定地看着帕特·赵，说：“是的，玛莎女士非常漂亮，她是位了不起的女性，可是，从现在开始，她不再是我崇拜的对象。”

三天以后，盖尔霍恩夫妇离开曲江，前往桂林。据帕特·赵说，玛莎主动走向郁漱石，伸出美丽的脖颈，想和中尉以贴面礼告别。她承认她伤害了那个孩子气的军官，希望他能原谅她。但年轻中尉拒绝了。他后退一步，神色严肃，向大名鼎鼎的女记者行了个军礼，这使后者非常难堪。

因为这件事情，兵站副总监周钰陪同李济深①的一位副官找过我。副官十分不满地说，李长官办公厅上上下下非常紧张，重庆方面特别叮嘱，德国人已经进攻了斯大林的苏联，美国人还在观望，海明威接受了美国政府的特殊使命，罗斯福的顾问们想知道国民政府是否有决心和日本人战斗到底、日本和斯大林的和约对远东有何影响、除了推销自由和民主美国在远东到底还能做什么。重庆方面希望可爱的玛莎女士和她的先生受到最好的接待，回到美国后，在那些大人物面前多说委员长的好话，争取美国的援助，而不是批评中国军队在战略相持阶段谨慎的防守策略。副官告诉我，长期偏安香港的孙夫人和她那个犹太人保镖已经说了太多委员长的坏话，海明威是个大滑头，他故作身体不舒服，撇下独自去前线的妻子，实际上，等她一离开，他就缠着余汉谋详细了解华南战区战况，让余长官亲自为他模拟沙盘，第二天，他就带着战区司令部两个参谋和一支小部队去了前线，同时坚持由他担任这支中国武装的指挥官。

"邹上校，你的人不懂事，态度傲慢，他应该老老实实做好他的传译员工作，而不是别的。"李长官的副官抱怨说，"现在，罗斯福极有可能在盖氏夫妇笔下读到他们对中国军队糟糕的描绘，而让那些在战场上撅着屁股和鬼子拼命的士兵遭受委屈。"

按照李长官办公厅的要求，没有大局观的郁漱石应该受到严肃惩罚。我打算那么做，可被兵站部周珏副总监拦住了。周上司认为，绥靖署的长官们习惯糊弄国际友人，盖尔霍恩不是唯一在丛林中观看"演出"的记者，她的间谍丈夫有足够能力从前线得到他想得到的情报，没有什么能瞒过他们，完全没有必要让一名小小的中尉承担罪责。

4 月 6 日，盖尔霍恩夫妇从桂林飞去了重庆，那时，香港的战争气氛已经相当浓烈，中央和 7 战区每天都有日军开辟南下战场最新动作的情报交流，行

---

① 李济深（1885—1959），时任国民政府桂林行营主任，1948 年任国民党革命委员会主席，曾任中华人民共和国中央人民政府副主席。

营点名我随周珏副总监前往桂林向白司令长官[①]汇报海外物资供应工作。

到桂林后才知道，行营召集各部驻外机构负责人宣布中央指示，中央要求各驻港机构速将存港物资款项转运出港，酌情裁减驻员，布置日军占领时期抵抗人员。开完会，周副总监托熟人从侧面打听到盖尔霍恩的事情，得知夫妻俩抵达重庆后，委员长亲自接见了他们，据说当时委员长没戴假牙，那是一种特殊荣誉。那对美国佬明显有些冷落委员长，对宋家兄妹也不大客气，反倒是偷偷见了周恩来，两个人对周恩来颇有好感，重庆方面也不好说什么。重庆方面判断，海明威回到美国后肯定会说不少委员长的坏话，不过，他发回国内的几篇电文发表了，倒是说了一些中国的好话。他在《美国对中国的援助》中明确提到，时间对美国有利，对日本人却在催命，没有人能预料决战何时到来。重庆方面喜欢他这种言论，这对中国有好处。而他美丽任性的妻子在自己的报道中极尽对7战区官兵的赞誉之辞，称中国南方战区充满斗志，即使长官有悬赏，捉住一名日本兵奖赏一千法币，但士兵们完全放弃活捉战俘的企图，见到日本士兵就射杀，为自己和家人所受到的苦难复仇。

这些事情，我没有告诉郁漱石。我从桂林回到兵站部后，让他立即启程去九龙，和另一个小组一起，协助梅中校转移战区滞港物资。我不是揣着民主甜饼到处卖弄的美国人，不会为两个招摇风骚的美国佬坏了大事。

(GYZ006－007－003) **证人梅长治法庭外调查记录：**

民国二十九年六月，阿道夫·希特勒进攻了约瑟夫·维萨里奥诺维奇·斯大林，日本人高兴坏了，有情报显示，日军将利用德苏战事趁机南进。那几天，日军的飞机经常出现在香港上空，战列舰“比睿”号和“武藏”号，重巡洋舰“加古”号和“羽黑”号也相继驶入香港，停泊在维港内，明眼人一看就知道，那是在熟悉地形。

英国在亚洲的殖民地主要是马来亚和英属印度，香港排其次。民国二十八年，殖民地开始备战，第二十任港督罗富国爵士加紧布置港九防务，构筑醉酒

① 白崇禧（1893－1966），字健生，中华民国陆军一级上将，第4战区司令长官兼桂林行营主任、陆军总司令、国防部长。

湾防线，修筑防空洞，颁布义务兵役法案，18 岁到 41 岁在港英籍男子均须服兵役。没过多久，闹出防空工程舞弊事件，交际花刘美美在舞会上勾搭上港府防空处长史柏坚，后来发现刘美美是防空工程供应商秘书，于密室中从史柏坚手上拿到大量工程订单。

民国三十年夏天，港府颁布《紧急战争法例》和《紧急防卫条例》，宣布进入非常时期，军警开始抓捕日本间谍，大量疏散欧籍妇幼，征召华人加入防卫军，防空演习隔些日子就来一次，慈善团体在街头散发战争生存指南，指导人们躲避轰炸、救火和逃生、用土法制造防毒面具抵抗毒气弹，以及如何进食野菜和树皮以挨过战争封锁。

7 月份，英国人屈从日本的压力，宣布关闭香港和缅甸向中国运送战争物资的通道。我的工作遇到了麻烦，过去建立的通关渠道不灵光了，英国人没收了一批西药，我的一个关系人被逮捕，花了不少钱才救出来。

阿石小组夏末进港，协助我转移战区滞港物资。他来以后，通过军事使节团帮助我重新建立起通关渠道，勉强恢复了物资出境通道，算是没有酿下大麻烦。

大约 8 月 10 日左右，连续忙了一段时间，办事处的人累坏了，那天我和阿石去泡澡堂，带了几天顾不上看的报纸，在报纸上看到香港大学许地山先生的讣闻。许先生祖籍揭阳，出生于台湾，算我半个老乡，他是中华全国文艺界抗敌协会理事，发表过很多抗敌文章，我以老乡的名义请他为南洋归国抗战青年做过演讲。看讣闻，吊唁和出殡日期已经过了，只能埋怨没有早点知道消息，我匆忙换了一身深色长衫，准备过海去吊唁。阿石知道后，黯然说，他的东亚文学史老师开出的书单中，有许先生的《印度文学》，许先生也是他哥伦比亚大学学长，他想随我一起去。

我和阿石过海去了罗便臣道许府，拜见了许夫人周俟松先生。《光明报》社长梁漱溟和牛津大学教授陈寅恪也在那儿，两人陪周先生说话。因许先生在台南就信了基督教，一切烦琐礼节省却掉，我请周先生节哀顺变，按家乡习俗送上唁礼。周先生回话说，许先生由神召回乐园安息，神给了他自由，倒也看不出过分哀恸。

寒暄几句，告辞出来，在许府一言不发的阿石，坚持要去薄扶道公墓为许先生献一束兰花，我没有理由反对，于是两人找到花店，买了一束质朴文静的兰花。

到薄扶道基督教公墓后，我们遇到七八位华籍和英籍青年在许先生墓地上开追思会，一问，都是港大的学生。主持追思会的是位混血女子，20 岁左右年龄，人很活泼，能拿主意，那些青年都听她的。她身边一位同龄女子，高高瘦瘦，冷漠一些，由混血女子指示着，用一口沪上话朗读许先生的文章。

我们过去献了花，阿石加入青年当中，介绍自己是许先生的读者，问能不能讲几句话。我第一次听阿石演讲。他很会演讲。他说许先生是中国引入印度文学第一人，最早翻译泰戈尔的《吉檀迦利》，许先生 4 日西归，只隔三日，泰翁也于 7 日西归，双仙驾鹤，天地之命。青年学生们听后，一时失色，有两位女青年当场啜泣起来。阿石说他背诵一篇许先生翻译的《吉檀迦利》，献给两位文学家，他便背诵起来：

> 我不向你求什么，我不向你耳中陈述我的名字。当你离开的时候，我静默地站着，独立在树影横斜的水井旁。当你问到我的名字的时候，我羞得悄立无言。真的，我替你做了什么，值得你如此忆念？但是我幸能给你饮水止渴的这段回忆，将温馨贴抱在我的心上。

阿石记忆好，背诵得十分动情，学生们一时热烈起来，要求他再背诵一篇。阿石不推辞，又大大方方背诵了一篇：

> 世界上最远的距离，不是生与死的距离，是我站在你面前，你不知道我爱你，是爱到痴迷，却不能说我爱你。是想你痛彻心脾，却只能深埋心底，是彼此相爱，却不能够在一起。是明知道真爱无敌，却装作毫不在意，是同根生长的树枝，却无法在风中相依。是相互瞭望的星星，却没有交汇的轨迹。是纵然轨迹交汇，却在转瞬间无处寻觅，是尚未相遇，便注定无法相聚……

以后，换了别人朗读许先生的文章，那位高瘦冷漠的女子过来找阿石说话，两人在一旁窃窃私语，谈论朵露[1]和高斯[2]，说一些印度文学的事情，两人一点陌生感也没有，像是旧识，以后又换到别的话题上，总之有说不完的话。直到天色偏晚，我催阿石回九龙，阿石才恋恋不舍与学生们告别。

路上阿石告诉我，几位青年是许先生的弟子，主持追思会的活泼姑娘是锡兰人，叫摩希甸·法提玛，高瘦姑娘是华人，叫艾琳[3]。艾琳发表过几篇小说，以远东区第一名的成绩考取了伦敦大学，因欧战爆发止步香港，去不了英伦，只能改入香港大学。

阿石那么一说，我想到刚才在罗便臣道许府，陪着许夫人说话的陈寅恪陈先生，他也是一家人被欧战阻止在香港，去不了牛津大学赴任，据说准备接替许先生担任港大中文系主任。我笑话阿石，到墓地吊唁许先生，却与先生的女弟子攀谈上。阿石不接我的笑话，问我知不知道张佩纶。

"你说的是李鸿章的女婿，袁世凯的亲戚，以弹劾大臣闻名的翰林院侍讲学士张佩纶？"

"嗯。"阿石点头，"张佩纶是中法和中日战争主战派，因为'沙面事件'和英国公使巴夏礼当庭咆哮，称对方'已经引起两国间一次战争，难道还想再来一次？'袁世凯说，天下翰林，真能通的只有三个半，张幼樵、徐菊人、杨莲府，张季直算半个。幼樵是张佩纶的字，李鸿章因爱惜他是奇才，把女儿菊耦许配给了二婚的他。"

"怎么说到张佩纶了？"我一脑门糊涂，不知阿石要说什么。

"艾琳是张佩纶的孙女，李鸿章的外曾孙，中文名叫爱玲。"

"这样啊？"我惊讶。

"孙宝琦知道吧？"阿石去票房买了小轮票回来，继续说。

"你是说奕劻的姻亲，袁世凯内阁外交总长，曹锟内阁国务总理那个孙宝琦？"

"正是。艾琳的继母是孙宝琦的七小姐，孙用蕃。"阿石像在荣宝斋库房里灰头土脸翻腾了一通，一脸灰蒙蒙地瞪着我，一副无趣的口气说，"如此家族，

---

① 朵露·德特（Toru Dutt，1856—1877），印度近代诗人。

② 阿罗频多·高斯（Aurobindo Ghose，1872—1950），印度现代诗人。

③ 张爱玲（1920—1995），中国现代作家。

七相五公，名臣硕老，艾琳在满床叠笏的日子里长大，天真早被磨损光，断不会只是站在许先生坟头干巴巴读别人的文字，她要活成寻常人，上天都不许可。”

我能说什么？我佩服阿石。在我看，他也是少年老成中的一个，以他的灵光通透，他要活成寻常人，上天才不许可。

阿石小组和另一个小组往返几次，一直忙到冬天。霜降后两天，战区滞留物资处理得差不多了，阿石押送最后一批物资离开九龙，我根据指示，托阿石把 16 位疏散人员带出港，我则和季副官留下处理善后，随时准备收回机构。

阿石最后一次离港日期定在 11 月 16 日，我因受命潜伏香港，托他把内人和两个男孩送回揭阳老家，他爽快地答应了。记得那是个星期天，港府放假，稽查方面不太严格，所以选择了这个日子。星期六下午，阿石说他要去湾仔一趟，希望我陪他去。我要缪和女和季副官去办一件事，把缪和女支开，然后告诉阿石，他的副官一直跟踪他，他应该知道是怎么回事。阿石很镇定，说他早知道，只是没有声张，这次不同，战争发动后，大家都见不上面了，他要和日本朋友告别，他信任我，希望我成全他。

话说到那个分上，我没有什么好说的，跟阿石渡海去了港岛。

阿石带我去了湾仔的“二见屋”。进门后，看见那里有很多日本人，穿得都挺正式，安静地听一位戴无框眼镜的中年男子说话，中年男子一边说，一边不断抱歉地向众人鞠躬。阿石悄悄告诉我，那是日侨会长小野六郎，他请大家放心，官方对日侨和日商撤离做出了保证，侨界组织也会尽其所能帮助大家，请大家留下一份对香港的美好回忆。

加藤和千年也在那里，他们过来和阿石打招呼。一开始我比较紧张，可是，日本人并没有对我这个陌生人抱以戒备，也没有打听我来路的意思，很快我就放松了。战争近了，大家彼此都表达了珍重，我觉得阿石和那些日本人，就是这么一种单纯关系。

和人们告别后，阿石又和酒店里几个姑娘告别。我不知道他和她们是什么关系。一个姑娘先前在楼上弹三味线①，犀牛角子在丝弦上拨出清幽纯朴的曲调，连她都放下怀里的乐器，下楼来和阿石道别。我发现阿石不像我认识中的

---

① 日本传统弦乐器。

那个阿石，他其实并不成熟，对人有一种近似幼稚的好感，好像很害怕失去人们。我在想，如果没有战争，他甚至可以和维海里的鱼成为朋友。我内人生老大那年，我在维海里看到过几只白色海豚，阿石，他就是白色海豚那样的生命。

阿石在“二见屋”待的时间很短。他没有打算在那里逗留。他还要去皇后道看望两位长辈。我们出门的时候，外面有两个男人进门，深色的软呢大衣，黑色礼帽，其中一个敦实的方脸青年，细细的眼睛，脸膛黑红，与我们擦肩而过时，方脸青年猛地回头，像是看到什么怪物。阿石也站住，慢慢侧过身子，盯着方脸青年。两人同时叫出声。屋里人都朝这边看。阿石抱歉地向众人示意，伸手把方脸青年拽出门，看得出两个人关系不一般。我站在门口，有点尴尬，不知该不该跟上去。加藤过来问我什么，我没听懂。他换成英语，问阿石和那人是什么关系，我表示不知道。

“这样啊，”加藤脸色僵硬地说，“漱石君最好离那家伙远一点。”

“阿国有军方背景，不是什么好人吧，漱石君可不要惹上麻烦。”跟过来的千年这么说。

那天下午，阿石和姓阿国的方脸青年在海边盘桓了很久，你捶我一拳，我捶你一拳，哈哈大笑。两人是那种久别重逢的样子，惊喜过后有着说不完的话，几个渔女摇着小船过来兜售渔家小食，两人竟浑然不觉。

阿石那样兴奋，我还是头一次见到。我回到“二见屋”，要了一杯麦茶，一份铜锣烧，出来坐在户外的太阳伞下，一点点吃掉点心里的红豆馅，焦脆的面皮掰碎，借着海风的吹拂丢给张头张脑插身而过的贼鸥，看它们欢天喜地叼着飞走。

多少年了，我记不得自己有过这样的悠闲，它竟然是战争到来前由阿石带给我的。

第二天风和日丽，一大早大家就起来了，准备去深水埗码头上船。还没出门，季副官就送来消息，说两艘英国军舰早上进港，船上载着两千名加拿大皇家军人，到港增援英军防卫，码头被封锁了，大兵登岸前谁也不能接近，泊在港口里的船也一律不放行。

我不放心，和季副官去码头打听情况。赶到那里，见穿着短裤单衫的加拿大人源源不断从大型运输舰“阿华提”号上下来，另两艘巡洋舰“罗伯特王子”号和“达奈”号停泊在维湾中，炮口高昂，担任保护。

返回办事处，上了二楼，阿石正带着两个孩子趴在窗口看加军入营仪式。加军在军乐队引导下，正步走进深水埗兵营，接受比他们早两个月到任的港督马克·扬格爵士和驻港总司令克里斯托弗·玛尔特比①少将检阅。

说到马克·扬格爵士，这位二十一任港督之前是巴巴多斯和坦噶尼喀总督，到香港接任罗富国总督刚两个月，坊间有不少关于他的闲话。

全国抗战后，国府因香港关乎咽喉，利益重大，一直与英国人谈判共同守卫香港。陈策将军入港后，亦多次向港府提议，中国军队可以参加防守香港的作战。可是，英国人一直提防国府，不想国府插手香港，几年下来，罗富国始终没有松口的事。马克·扬格上任后，陈策将军再度提出国军协助英方防守香港的事，马克·扬格以刚接任，不熟悉情况为由拒绝了。没想到，“八办”廖承志秘密与港府谈判，以民间武装身份协助港府防卫香港，马克·扬格竟然答应中共，如果日寇进攻香港，港府即向中共游击队提供武器装备，由中共游击队协助英方牵制日军，双方协同勘察和确定了军火移交地点沙鱼涌，这件事情在国府驻港人员中引起轩然大波。要说，陈策将军和廖仲恺先生是大革命时期老友，对贤侄廖承志多有关照，“八办”更是得到孙夫人全力支持，从“保盟”弄到不少物资和经费，此次英共联手保港协议达成，又让远在中原以北的中共占了南海先机。中共抢占先机还在其次，国府中执掌要员多为恋栈驽马，不舞之鹤，以致受到英国人轻视，让全国军民灰心，这才是令人扼腕的事。

我把在街上买的两份英文报纸交给阿石，顺便把昨天加藤和千年说的话转告了他，那个姓阿国的人有军方背景，日商对他没有什么好印象。阿石愣了一下，说阿国是他在日本最好的朋友，没想到在香港遇上，不管别人说什么，他不会在意。阿石说罢心不在焉地低头看报纸。

报纸上有大幅照片，报道三万五千吨巨型巡洋舰“威尔斯王子”号和两万五千吨重型巡洋舰“欲敌”号由欧洲赶往远东加强防守的情况。我说不清楚，二十天后，是不是那幅照片增加了一枚不真实的砝码，让阿石对战争抱有一种侥幸念头，最终做出那个改变他命运的决定。

阿石走后没几天，我遇到棘手的事情。因为何世礼将军从中做工作，“南侨

---

① 克里斯托弗·玛尔特比（Christopher Maltby，1891—1980），驻华英军司令官，殖民地香港三军总司令。

总会”送来一笔款子、一座医院和相关医疗器械，需要战区尽快接收，不然很可能成为“保盟”的猎物，最终落到共产党手中。我的人都离港了，没有能力接收。我给科里发了电报。几天后，阿石带着他的小组风尘仆仆返回九龙。他在惠阳接到邹上校电报，要求他尽快返回香港，将款项和医院押送回内地，同时受省教育厅许崇清厅长委托，把几位中大和文理学院教授带出港。阿石把押送回内地的物资交给另一个组，托他们把我内人和孩子送回揭阳，半道掉头，匆匆返回香港。

阿石带来情报部门最新消息，驻扎在佛（山）香（山）三（水）一带的日本中国派遣军第 23 军第 38 师团[①]主力夜行昼伏，秘密向虎（门）宝（安）一带集结。宝安县与新界交界的深圳河以北秘密集结了大量日军野战部队，战区派出的侦察队在宝安拍到 24 厘米榴弹炮和 15 厘米加农炮群照片，情报部门说，那些大炮隶属日军第一重炮队。邹上校在电报中吩咐我们不要紧张，日军前两天邀请驻港英军首脑 12 月 25 日赴深圳墟观看日军的运动会，一个来自福冈的慰问团和深圳墟娱乐所的随军妓女也在日军驻地正常活动，从情况分析，新年前，日军不会对香港发动攻击。

我匆匆安排工作，准备先找到那几位中大教授，然后阿石留在岛上办理关防文件，我带教授们回九龙，同时联络“南侨总会”的人接收货物，安排船只，总之，手脚放快点，早点干完早点走人。

安排完工作，我和阿石当下就出门，过海去了港大，很快找到几位教授。

几位教授在港大做演讲，令人纳闷的是，担任主讲的学者中有一位日本人，叫久田幸助，比阿石大不了几岁，演讲的题目是《岭南三系文化的演变》。这位久田先生用流利的中文谈到洪秀全起义、康梁变法、何子渊教育革新和孙文民主革命之间的文化关系。我听得有点挠头，阿石在一旁小声给我解释，演讲者

---

① 师团长佐野忠义中将，参谋长阿部芳光少将，下辖第 38 步兵团，团长伊东武夫少将（1889—1965，战后接受拉包尔军事法庭和香港军事法庭审判，四项战争罪行两项罪成，获刑 12 年）。步兵团下辖第 228 步兵联队，指挥官土井定七大佐（1889—1968，后任旅团长，战后返回家乡兵库县出家，1968 年卒），第 229 步兵联队，指挥官田中良三郎大佐（1894—1970，后任第 38 师团参谋长，战后移送香港军事法庭受审，三项控罪中两项罪成，判监 20 年，获减刑），第 230 步兵联队，指挥官东海林俊成大佐（1891—1974，后任仙台地区司令官，战后接受香港军事法庭受审，获撤销控罪，后被巴达维亚军事法庭判处战争罪死刑，获减刑，监禁 10 年）山炮联队联队长神吉武吉大佐，工兵联队联队长岩渊经夫中佐，辎重兵联队联队长薮田秀一中佐，装甲车中队队长热海十郎中尉。

在说，岭南文化是中国近代政治的重要代表和领导力量，是很重要的学术观点。我觉得，观点再重要，从一个日本人嘴里说出来，总是有点怪怪的。

巧的是，没落贵族艾琳也在听演讲的学生中。看见阿石，瘦骨嶙峋的她从前排站起来，走到后面，和阿石俩躲在最后一排说话。艾琳对阿石抱怨内地教授的演讲水准，说读过他们当中谁谁的文章，不喜欢。阿石反唇相讥，问她为何不自己写喜欢的文章。艾琳说，她来港后见过几个报界文人，讨厌他们浅薄无聊的嘴脸，索性一个字不写，等有了心境再写。阿石问艾琳以后怎么打算，是否回内地避避风头。艾琳对港人担心的战争不怎么在意，打算留在港大，等欧洲战争结束再去英国读书。

“日本人打来怎么办?”

“七七事变时我人在沪上，经历过日本人的大炮。香港一百年前就沦陷了，变个花样沦陷，不是什么了不起的事。”艾琳仍是一副冷漠的样子，她扭头看阿石，也拿讥嘲的口气问对方，“香港不是准备迎接圣诞节吗，你没看见百货公司门前推销嘉年华的圣诞老人?”

一会儿，锡兰人摩希甸·法提玛也从前面过来了。这回热闹了，三个人叽叽喳喳，又说了一会儿虚无啊，青年不堪时代之类的话，台上演讲结束了。“我叫阿石。”阿石起身，给艾琳留下两个地址，要她遇到困难去找那两个人，然后和两人告别，我们挤到前面去和教授谈撤离的事。

当天晚上，阿石回到九龙，通关文件递上去了，就等着摁印鉴。我安排完租船取货的事，回到办事处，我们又谈了会儿艾琳。

阿石对艾琳的评价是惺惺相惜那种，说她先逃出父亲的生活，再逃出母亲的生活，最终因战争所陷没能逃去英伦岛，港大文史系数她学业最出色，她纠结，发自己的狠，眼光与心事纤细到不像话，因俏皮而生动，却又因尖刻而危险，因冷漠挑剔的冲突气质让常人难待，这样的人拥有无边寂寞和天性敏感，一抹懒散斜阳一阵短促横风都能陡然惊起世界，其实根本就是在人们之外活着，在自己的躯壳外活着，没人看得清。

阿石那样说艾琳，像是在说他自己。我觉得他俩是一路人，如同在夜里行走的孩子，把手中照明的灯笼弄丢了，在混沌的时代里找不到回家的路，甚至不肯回家的固执孩子。我那么想，没有说出口。

我们干得很快。中大和文理学院的几位教授，第二天就托人送出港了。12

月 6 日，阿石和他的小组返回香港 6 天后，我把全部款项和医院接收到手，阿石也拿到了所有的关防文件。

6 日中午，阿石带着租下的葡籍火轮靠上旺角码头，我去码头接他，看见新任总督在半岛酒店参加募捐舞会出来，被一群衣香鬓影的女人围在马路前说话。爵士穿一套挺括的燕尾服，脸上剃得干干净净，保持着殖民绅士风度，看不出有战争要来的样子。听人说，半岛酒店晚上还有一场募捐舞会，孙夫人和孔夫人二位要参加舞会，我和阿石开玩笑，让季副官和缪和女领着人干活，我们也去凑个热闹。阿石也开玩笑，说他兜里一文不名，不丢那个丑，皇后戏院放《英宫十六年》，不如看场电影再走。

第二天，天没亮，我在办事处接到一个电话，匆匆赶到九龙仓库，叫出领着人在那儿出货的阿石，要他立刻跟我赶往军事使节团驻地，听国府驻港澳最高长官传达重要指示。我有一种不祥的预感，让季副官花再补充一批工人，加紧装船，能多抢点时间就多抢点时间，货装完，我们从港岛回来，阿石就带船走人。

过海后，我注意到港岛街上充满预战气氛，到处都能看见来自英国、加国和印地的军人，以及英籍港人和华人组成的防卫军。他们挎着司登姆冲锋枪和布伦轻型机枪，脸上映着热情洋溢的冬日阳光，坐在大方脸的斗牛士军车上从街头驶过。

同样升温的还有反日情绪。干诺道中和德辅道中一带的西人商业区，这种情绪还不明显，只有赈灾会收容避港内地灾民，妇女会推销救国公债和军需公债，青年军招募防卫队活动。毕打街外的干诺公爵像和维多利亚女皇像广场上，港大学生赈济会在举行义演活动，号召人们“热诚爱国，救国不分男女老幼”。中环和平纪念碑前，“保卫中国同盟”在举行义卖活动。到上环一带的华人商业区，情况就不一样了，街边骑楼上悬挂着巨大的反日漫画“我们工业一天天发达，日本工厂一天天关门”，有海外流动宣传团散发拥蒋抗日传单，有学生组织抵制日货活动，把几家店铺里的东洋货搬到街上砸掉。英国人对日本一直保持绥靖政策，对反日言行不但谈虎色变，而且坚决镇压，今天情况有点不同，华人高调的反日活动他们装作没看见。

我和阿石赶到皇后道亚细亚银行，军事使团的人告之，陈策将军凌晨才乘国航飞机从重庆述职返回香港，正在分批和人们谈话，现在是和几家国资银行的负责人谈。我和阿石被安排在二楼一个房间等待，一些国府资源委员会的高级职员和国防部在港军事人员也在那里。等待期间，大家纷纷议论知道的情况，口气很大，感觉领导世界大战也够了，我和阿石不是中央派，阶衔又低，插不上话，只能在一边听。

一会儿，军事使团余副官进来，说轮到我们了。我们随余副官依次进入隔壁房间，陈策将军和军统局邢森洲将军在那里。陈将军又黑又瘦，帽檐朝天戴，活像跑南洋的船长。他是职业军人，性格爽直，民国二十八年他到香港出任国民政府驻港澳全权代表，兼国民党香港总支部书记，入港后立即成立了香港华人抗战协助团，利用秘密帮派建立地下网络，采购、募集急需抗战物资，是国府在港人员的主心骨。

看得出，年近半百的陈将军很疲劳，嗓子嘶哑，也不寒暄，直接告诉我们，军政部昨天破译了日军大本营和中国派遣军司令部的往来密电，其中一份是下令进攻香港要塞的命令[①]，据情报部门密报，已经在深圳河北岸完成集结的日军第38师团三天前开始战斗预备，日军第1飞行团和第45飞行战队的轰炸机也已经飞往广州，由新见政一中将率领的日本海军第二遣华舰队正离开台湾向香港驶来，长沙方面也有大量兵力调动的迹象，总之，香港攻防战近在咫尺。

陈将军传达军事委员会命令，要求在港单位即刻采取措施，交割联络、转移机要、托管国资、封存印鉴、疏散家眷，留下少部分人员监守待命，国府人员尤以军事人员和特种人员尽快离港，以免陷入战争局面，至于如何对付袭港之酋，国府方面亦有相应对策。

谈话时间很短，不到20分钟。谈话结束后，陈将军让阿石留下。我随人群离开房间，退到楼下等阿石。几分钟后，阿石下来了，徐亨秘书送他，他俩个子都很高，在人群中很显眼。

“先总理夫人会有危险吗？”阿石问徐秘书。

“她很安全，忙着保盟的工作，暂时没有离港计划。”徐秘书轻松地笑了笑。

我们离开亚细亚银行，一路上阿石没有说话。走到轮渡口，看着轮渡远远地驶来靠岸，阿石显得很困难，动不了的样子。我问他怎么了。他激灵了一下，像是醒过来，勉强地笑了笑，让我先回九龙，他要去一个地方。我猜出他要去哪儿，但不

---

① 日本大本营称之为“发布大陆命令第572号（鹰）”，亦称“鹰”字令。

能由我说出那个人，我也无权放他一个人去。阿石看出来了，说了一句闽南话。我没忍住，笑了。

“回去好好打鬼子，八他老宝小奶。”阿石学着闽南话，说是离开亚细亚银行前陈将军对他的吩咐。阿石那么说了，有点不好意思，头转到一边，看一队荷枪走过的皇家海军士兵，“策公一点都没为粗口脸红。”他说。

“策公”这个名是孙文大总统取的，陈将军只有单名，早年革命时，众人不知如何称呼他，直呼其名又嫌不恭，胡汉民替他取了“筹硕”这个号，叫的人不多，大总统随口称他“策公”，反倒人人都叫上了。

有了策公那句骂人的话，以后就默契了。我陪阿石去了中环。一群港大学生在日本领事馆前呼喊反日口号，印度警察远远站在一边不管。那个姓阿国的敦实青年很快从领事馆里出来，很吃惊阿石来找他。两个人离开领事馆，站在街头花园旁说话，都很激动，好像在争吵，行人在他们身边避开，绕着他俩走。阿石也走开了。阿国追上去。他俩动了手。阿石打了阿国一拳。阿国抱住阿石。阿石把阿国甩在地上。我惊愕，很紧张，不知道该不该上去做点什么。他俩很快住手。阿石伸手拉阿国。阿国甩开他的手，从地上爬起来，穿过马路气呼呼走进领事馆。

过海的时候，阿石一直站在甲板上，没有进舱。天越来越阴，鸥鸟一片片返回海湾。我知道阿石不想和我说什么。我知道他不想和任何人说话。我什么也没说。我偷偷带了一支格鲁手枪，八发子弹，必要时，我会拔出枪打死那个姓阿国的，但我没有告诉阿石。

赶回九龙仓码头时，船已经装完，葡籍船长抽着烟斗在码头上和澳籍引水聊天。我松了口气，要阿石事不宜迟，这就走。

天越来越阴，码头上风很大，阿石心绪不宁，他没戴帽子，头发被风吹得乱糟糟的，人有些散神。忽然间，我朝阿石走去。我不知道为什么我要那么做。我冲动地把阿石搂进怀里，在他耳边说，再见兄弟。

现在，所有的事情都很顺利，明天凌晨，阿石会在惠阳某个秘密海湾靠岸，按照事先安排，潮汕指挥部的华振中将军会派他的独立第 9 旅在那里等待接应阿石，阿石会带着货物和他自己回到国统区，如果事情继续顺利，我们会在那里见面。

可是，阿石没有走掉。

阿石在7战区兵站部服务了14个月，往返港九9次、澳门3次，其中6次因货款和手续出现问题，在港九滞留时间均超出30天，可以说，14个月，他大部分时间是在港九和来往港九的路途上度过的。

也许6日那天，我应该当机立断，阻止阿石下船，并且命令他尽快离开。如果他在恰当的时机离开，他会逃离那场罪恶的攻防战，命运将完全不同。也许在接下来的几年中，他会因为在海上偷运汤姆森冲锋枪和M1918A2式轻机枪与日军的海岸巡逻队遭遇，被平射炮切开脑袋，绝望地跌落进大海，或者在运输航空汽油的路上，被汪精卫的皇协军包围，在窜向荔枝林逃命途中，被追上来的士兵用刺刀捅入胛骨。总之，战争会继续三年零八个月，他可能活下来，也可能光荣阵亡，什么样的事情都有可能发生。

可是，阴错阳差，他留在了香港，他的命运在这座岛上等着他。

第二部

三

法庭陈述及其他：他和同伴充满幸福的聚集地

（GYZ006—006—004）证人尹云英法庭外调查记录：

民国三十一年的春节是忙碌的，也是喜庆的。

太平洋战争爆发，美英向日本宣战，憋气了多年的中国终于脱掉隐忍的斗篷，正式向日本宣战了。开年后，二十六国《联合国家宣言》在华盛顿签署，中国成为世界反法西斯战争同盟国。消息传来那天，从不饮酒的知堂激动地倒了一杯酒，站在先总理遗像前，仰头饮掉杯里的酒。

“中国的曙光，中国的曙光啊!”知堂颤抖着声音说。

经过十多年的争吵，英国同意印度独立，英印总督邀请刚刚就任中国战区最高长官的委员长春节期间出访印度，协商中印缅共同防御事宜，知堂是代表团随员之一。梅[①]当然要去。她从没表现出和苏西[②]抢第一夫人位置的欲望，但她比任何人都知道夫人外交对中国有多么重要。这一年，梅要做两件事，成为白宫尊贵的客人，在美国国会发表演讲；广泛会见世界妇女运动领袖，倡导中国妇女运动。委员长在印度要会见甘地、尼赫鲁和真纳[③]，梅则要会见潘迪特

---

① 宋美龄（1898—2003），昵称 May。

② 宋庆龄（1893—1981），昵称 Susie。

③ 卡伊德·阿扎姆穆罕默德·阿里·真纳（1876—1948），印度穆斯林联盟主席，巴基斯坦国创建者，首任总督。

夫人[1]和奈都夫人[2]。奈都夫人是女诗人，名气不在泰戈尔之下，我翻译过她用英语创作的《神笛》和《折断的翅膀》，发表在《妇女杂志》上，梅读过，她约我去黄山官邸谈谈奈都夫人。

梅告诉我，两个月前的12月20日，陈纳德的援华飞行队在昆明首度迎战日军的轰炸机群，我方的P-40S战斗机把日寇的三菱KI21型轰炸机打得落花流水。梅虽然已辞去航空委员会秘书长，可仍是空军之母，代表团从昆明出境前，她要宴请陈纳德和他的小伙子们，当面告诉他们，“当你们翱翔天空时，无异于用火焰在天空中写下一个永恒的真理，给全世界都看到，中国不可以征服。”梅已经要人去江西接千兰，她要带着“空军之花”去见那些空中英雄。

我高兴地从黄山官邸回到家，准备把千兰的事情告诉知堂。知堂在书房里和人通电话，在电话里和对方吵得很厉害，听上去，是青年军入缅作战的事情。我没有打扰他，回到客厅，一边倒水，一边把从梅那儿听到的“12·20”空战说给朱秘书听。

“国防物资供应部的人告诉我，运到国内的第一批P-40S战斗机有漱石的功劳，这孩子太不简单了!”我啜了一口水，喜滋滋地说。

朱秘书不看我，吞吞吐吐，说刚接到7战区长官公署发来的电报，漱石失踪了。我愣一下，问怎么回事。朱秘书说，太平洋战争爆发当日，日本进攻香港，漱石为一批军用物资滞留在那里，没有出来，到现在还没有消息。

我急了，失手掉落水杯。等知堂通完电话，我问他是否知道漱石的情况。知堂知道，而且知道香港战事期间，漱石去过军事代表使团陈策处请求帮助。可以确定，他和他的小组四人都在香港，还带着国防委员会四局一位负伤的少校。见我反应不过来，知堂简单解释，香港失陷，断掉了国内最后的战争物资供应线，国府非常震惊，比这个更糟糕的是，英、美、中对日宣战并未使形势向着中国一方好转，日军在南太平洋战场快速扩大他们的战果，美国人和英国人正在全面撤退，军事委员会正在调整作战态势。知堂安慰我，以漱石的怯懦性格，断不会主动参加作战，即使陷足香港，小心一点，不会有什么事情，要我再等等消息。

---

① 维贾雅·拉克希米·尼赫鲁（1900—1990），印度民族领袖蒙蒂拉尔·尼赫鲁长女，印度首位内阁女性成员，曾任印度驻苏联和美国大使，联合国大会第一位女性主席。

② 萨路季妮·查托巴地娅（1879—1949），印度诗人，印度国民议会议长、妇女会议主席。

3 月份过去了，漱石仍然没有消息。我不断和 7 战区联系，到了 4 月份，情况越来越糟糕，大量滞留香港的政府人员回到内地，漱石却没有音信，战区已经将他的小组列入失踪者名单。

我不能再和知堂讨论这件事。我知道他面子上过不去。我给南茜[①]打电话，打听香港的情况。日本人进攻香港第二天，她和苏西从炸烂的香港机场强行起飞，返回重庆。我真是晕了头，宋家人是丘吉尔和罗斯福的朋友，他们知道全世界发生了什么，但怎么可能知道一个小小国军中尉的事?

我绝望了。漱石可能在突如其来的战争中遇难，不然不会小组四个人，一个都没跑出来。

“听白殉国，以山亡命朝鲜，平蝶音信杳然，现在轮到漱石了。”我完全失控了，流着泪歇斯底里对丈夫喊，“郁家的孩子，总要留一个吧?”

我丈夫阴沉着脸，远远站在客厅的另一头，一句话也没有说。他头顶上是先总理肃杀的遗像。他喜欢站在那里，和遗像在一起。可遗像不说话，他们都不说话!

(GYB006－003－053) **辩护律师冼宗白陈述：**

尊敬的庭上、审判官：

民国三十年十二月六日，我的当事人滞留香港，19 天后，他在大潭水库被捕，做了日军的俘虏。在此之前，他的小组其他成员全部战死，至少，他当时是这么认为的。

我的当事人被俘后，日军第 228 联队士兵立即炸毁了大潭水库供水设备，致使香港岛全面断水。正如我的当事人不知道他何以要承担 D 战俘营屠杀事件的指控，他也不知道，是否因为他的贸然行动促使仍在顽强作战的守军最终竖起白旗，他该对香港的失陷负责。

我的当事人被俘后，和几十名在黄泥涌山道被俘的印度战俘关在聂高信山脚下一座锡矿仓库里。日本士兵要我的当事人面朝下，双手抱头，趴在地上不许动。印度兵则不必，他们可以坐着，而且不用脱下上衣和鞋子。我的当事人

① 宋霭龄（1889－1973），昵称 Nancy。

趴在冰冷的洋灰地上，直到天大亮，日本士兵进来带俘虏们离开。一位戴眼镜的日军曹长对我的当事人说，印度人救了他，他暂时不会被杀死，因为上面有命令，印度兵只要投降就会得到优待，他们不会当着印度兵的面射击他的脑袋。

我的当事人被送进与圣士提反书院一墙之隔的赤柱拘留营[①]。港岛最后的激战正是发生在赤柱半岛上，拘留营中差不多关押进数百名被俘或放下武器的英军。当天下午，响彻港岛的枪炮声突然稀疏下来。到了晚上，我的当事人听说守军打出白旗，向日军投降了。

香港攻防战结束了，这个消息并没有给我的当事人带来太多的震撼，更多从赤柱炮台方向押来的战俘正在源源不断到来，很快把拘留营挤满。

12 月 27 日凌晨，日军提审了我的当事人。这之前，他有足够时间考虑一些事情。

尊敬的庭上、审判官，正如你们所知，我的当事人有一个在战时最高军事机构担任要职的父亲，淞沪战争结束后，他父亲参与了国防建设计划和全面整军计划的制订，是《国防设施纲要草案》和《民国二十六年国防作战计划》的主要起草者。在由外交部推荐入职国防物资供应局时，我的当事人被要求背诵保密守则，其中一条是，不得向任何人透露家庭情况。事情很清楚，对我的当事人来说，家庭背景是倒悬之患，不可言宣，严守秘密意味着他能为自己赢得更多活下来的机会。

在关进赤柱拘留营后的一天半时间里，我的当事人回忆了所有他能够使用的条件，他决定利用自己副官的家族背景应付日本人。

负责审问我当事人的是木翦少尉。我的当事人告诉这位军官，他是南洋人，家里的独子，家族做猪鬃生意，他在日本读过几年书，跟人学了点英语，一年前到广东收货款，被国军拉了差，在部队担任一般性传译工作，战争爆发前一周，他随绥靖公署一名副官入港看望公署余主任夫人上官贤德女士，因此滞留在香港。至于他为什么会在大潭水库被俘，他说了实话，他去那里试图修复坏掉的供水设备，以便人们不至于渴死，不然他没法交代他和他的小组为什么会出现在那里，并且携带着武器。

木翦少尉的助手认真记下上述交代。我的当事人则非常关心另一件事情。

---

① 位于香港赤柱半岛，由赤柱监狱、圣士提反书院等建筑组成。

“你们的士兵说我会被杀死，是真的吗？”

“啊，抱歉，开战前的确接到命令，抓到的战俘都要杀死，”少尉有些不好意思地抻了抻脏兮兮的帽檐，“以后嘛，总督宣布投降了，杀死就没有必要了。”

审讯很快结束，木嶌少尉让人给我的当事人取来一只装满干净水的水壶和几块饼干，叫卫生兵为他处理了胳膊和脖子上的伤口，然后客气地告诉他，他暂时还不能休息，他们有事情需要他帮助。

恢复脱臼的胳膊费了一点力气，卫生兵差点没把我的当事人胳膊掰断，不过我的当事人被树枝划破的脖颈和几天前胳膊上留下的枪伤毕竟接受了正规处理。

我的当事人被带到另外一栋楼，那里正在审理原来关押在监狱里的犯人，为人满为患的战俘腾出营房。我的当事人和一名原监狱管理员被安排为两名日军军官当传译，处理华裔犯人。他很快看出日军处置犯人的原则，凡一般刑事罪，犯人当场释放；凡境内安全、公共秩序、妨碍司法罪，犯人会被带走；凡妨碍市场、危害征税、侵犯他人财产、破坏公共卫生、私贩鸦片、风化罪等，犯人会被当场拖出去枪毙。

工作一直到第二天下午才结束。日军特工送来几名亲日华人，这样，日本人就不再需要我的当事人了。

我的当事人没有听到殖民地总督在他被俘几个小时以后通过岛上电力不足的电台发表的圣诞文告广播。在他关进拘留营四天后，他见到了英军上尉卡罗尔·德顿·哈罗德。皇家海军绘图官德顿是我的当事人在殖民地驻军中的一位熟人，25日晚上，他随英军总司令部的军官们一起放下武器，执行投降令。他没有参加作战，身上很干净，只是换了一套土黄色热带作战服，这和他在其他场合穿着的白色宴会礼服、舞会礼服和佩戴流苏肩章的双排扣大衣样式有所不同，多少有点战争气氛。英军宣布投降后，三军司令部人员被羁押在驻地三天，有足够的时间计划未来生活。正式入营时，德顿上尉带上了装满袜子、餐盒、防蚊面罩、洗涤用具、剃须刀、羊毛套头帽、备用鞋带、饮用水消毒药片、应急口粮和巧克力的37版便携包，军官们大体和他差不多，都带着自己的行囊。

德顿告诉我的当事人，总督爵士的圣诞文告非常优美，充满了维多利亚时代的骄傲和乔治五世时代的伤感，与它鼓励士兵们坚持作战、守住港岛的悲壮内容极不相符；它让很多被退弹仓蹦出的弹壳烫得满脸伤疤的士兵泪流满面，继续向蜂拥而至的日本士兵射出一发发绝望的子弹，这真是一个莫大的讽刺。

香港在 1941 年圣诞节当天沦陷，占领军翌日举行了入城式，他们给圣士提反的信徒们送了一份大礼①，放假三天，庆祝新年。日军士兵们大肆抢劫奸淫，港九两地商铺被洗劫一空，数以千计妇女被凌辱。两名 25 日增援进港的日军士兵因为没有参加攻击战斗，有所不甘，相约去湾仔区街头杀人，方式是寻找百步外无法辨认性别者，预估男女，开枪射击，然后前往核查，若猜错性别，则由另一人力掴脸颊，再择目标竞赌，循环往复，直至其中一人认输。

关于香港最后沦陷的情况，我的当事人是听德顿上尉说的。

德顿上尉告诉我的当事人，25 日早上，也就是我的当事人被俘几小时后，日军指使被日方控制的港府立法局议员萧尔德向马克·扬格爵士劝降，遭到爵士再次拒绝。日军遂于中午加强了对港岛各要塞的炮击和地面作战。爵士向英国殖民部发电报，称香港进入市区巷战，守军已无扭转战局机会，他担心日军会采取屠城报复。当天下午，守军总司令玛尔特比少将通知爵士，北线阵地悉数失守，西旅已经瓦解，各要塞弹药不足，继续战斗下去已无意义。爵士听从了军事总指挥官的建议，宣布守军停止战斗，向日军投降，并于黄昏时分率守军最高指挥官渡海至九龙半岛酒店日军司令部向酒井隆司令官履行投降。

当可敬的总督在半岛酒店 336 室借着微弱的烛光在投降书上签下他漂亮的花体名时，赤柱一带仍有激烈的枪炮声传来。东旅残存的一部官兵不相信投降令，仍用赤柱炮台 9.2 英寸大炮猛轰日军 229 联队，继续抵抗进攻，直到 27 日太阳升起的时候，抵抗才最终结束。

更壮烈的抵抗发生在维多利亚湾海上。指挥官是中国海军少将陈策。

何塞·邦邦·桑切斯，菲律宾军事情报局中尉，他在日后成为我当事人的朋友。他告诉我的当事人，马克·扬格总督向日军投降前，给中华民国驻港澳总代表陈策将军打电话，告诉陈将军，守军决定放下武器向日军投降，询问陈将军的想法。

“我是中国人，决不向小鬼子投降。”陈将军平静地在电话那头说，“我决意突围，如果爵士的人有不愿投降者，请他们到海军码头等我。”

---

① 圣士提反节：为纪念基督教第一位殉教者圣士提反，中世纪时逐渐兴起捐款捐物赠送穷人，称节礼日。

陈策将军放下电话，换上中华民国海军军服，点燃一支雪茄，手执柯尔特左轮手枪，大步下楼，走出银行，带着随员穿过下亚厘毕道，抵达海军码头，与皇家海军第2鱼雷艇队司令简地少校会合。

30多名英国军官已经等在码头上，他们当中有英国驻港情报处长麦道高中校、作战参谋高宁少校、空军司令敖福德少校、“知更鸟舰”舰长满地高少校、Z部队司令简道尔少校、高级警司鲁宾逊、米杜息营吉士特上尉和麦美廉上尉。

当总督和玛尔特比司令官渡海去日军司令部递交投降书的同时，突围部队也在陈策将军的率领下乘上快艇，强行穿过维多利亚海向鸭俐湾驶去，以便换乘事先等在那里的鱼雷艇逃亡出海。突围途中，陈将军的手腕被子弹击中，炮弹将他所乘炮艇轮机炸毁。陈将军负痛大骂，解下假肢，连同藏在假肢中的数万元美钞抛入海中，弃船跃入海水，在副官徐亨的帮助下，凭一手一足泅至鸭俐湾。

陈将军一行离开海军码头时，菲律宾人邦邦和一些国家的情报人员也在场。因为不会泅水，他们放弃了跟随陈将军突围的打算。放弃突围的还有先总理的保镖，著名的双枪将高翰先生，他送宋氏姐妹离港后，留下照顾宋家在港产业，到码头为陈将军送行。

菲律宾军情报官邦邦没有参加发生在新界、九龙和港岛上的18日战争。太平洋战争开始后，日本宣布菲律宾为敌性国，他在岛上四处躲藏，直到一个月后被华人警察在一所教会学校里抓住。

邦邦与我的当事人最早的接触是由一份传单引起的。

“我们是盟军了。”邦邦递给我的当事人一份传单，告诉他自己被俘前几天，英文报纸报道了同盟国建立的消息，“作为战俘，也许你们和我们略有不同。”

事后，我找到我当事人提到的那份传单样本，它们是12月28日日军入城仪式时由飞机投下的：

> 我大日本帝国皇军高举圣战旗帜，攻略香港之举，是为推翻白色人种侵略者的势力，通过有色人种的大团结建设大东亚共荣圈。日本人和中国人有着几千年的友好关系，现在正要停止兄弟阋墙的愚蠢举动，紧紧携起手来，建设东亚新秩序。

我的当事人在赤柱拘留营度过了最初十几天惶惶不安的战俘生活。那段时间，不断有战俘被押解进拘留营，也不断有战俘逃跑。我的当事人尝试过逃跑，可惜他错过了机会。战俘逃亡事件引起了日方注意，赤柱拘留营新营长山下中佐走马上任后，下令射杀所有企图逃跑的战俘，我的当事人决定放弃这个打算。

我的当事人认识山下中佐。中佐战前是告罗士打酒店的日裔理发师，为人亲切，有一手不错的手艺，客人中有两任港督和英国远东情报处处长，没有人把这位温文尔雅、热爱文艺复兴艺术、按时到圣约翰座堂做礼拜的小个子东方理发师和间谍身份联系起来。

关于间谍问题，控方多次提到此事，并援引证人供状，辩方在此多说几句。

众所周知，自一战起，香港就是各国情报人员活跃之地，唯有日本国用心极深。阪田实盛的事情世人皆知，此人 20 世纪 20 年代在北京大学读书，中日战争爆发后南下香港，与殖民地政府高官多有来往，和江海大盗也有不错的交情，私下联络三合会头目骆宾山以“天佑组”名义秘密组织“第五纵队”①。1940 年 5 月，港英政府将阪田实盛逮捕，三合会竟协助他成功越狱。阪田实盛曾炫耀，不费一兵一卒即可夺取香港，此话并非吹大法螺，香港攻防战前数月，日本间谍部门“香港机关”冈田芳政中佐计划在 10 月份以“天佑组”成员制造混乱，冲击殖民政府管制，另以台籍日人谢文达指挥逾万河南土匪组成的“中华人民自治救国集团军”解放香港，该计划因未获东京批准而搁置。

旧历年后，维湾两岸各战俘营已经关押了 10947 名战俘，其中英军 5072 名，加军 1689 名，印军 3829 名，华人和混血士兵 357 名，另有约 3000 名欧美平民在 3 月份后将陆续关押进赤柱拘留营。

1942 年 1 月 31 日，香港俘虏收容所正式成立，战俘总营指挥官德永德大佐下令对关押在赤柱拘留营的战俘进行疏散，英军战俘迁往深水埗军营，加军战俘迁往北角军营，印籍士兵迁往马头涌集中营，高级军官则迁往亚皆老街集中营，前港府官员送进赤柱监狱，拘留营腾出来关押敌对国平民。

我的当事人离开赤柱拘留营时，一大批港英官员和交战国平民走进拘留营。我的当事人看见一个熟悉的面孔，他是陈纳德少校的随员，美国人约瑟夫·艾

① 日军在华人中收买和组织的情报人员，在日军进攻时从事侦察、骚扰、破坏和向导等策应工作。

尔索普，他们曾经在华盛顿见过面。约瑟夫滑稽地将几套衣裳穿在身上，头上戴着几顶摞在一起的帽子，毛毯围在脖子上，携带着大型旅行箱，和美国记者伊斯雷尔·爱泼斯坦走在一起，两人说着什么。更多人拖儿带女，带着所有能够带上的行李，这让我的当事人非常纳闷。他不明白，那些人为什么像是在搬家。他会在日后为自己的短视后悔。

我的当事人和一些战俘被押上日产大鼻子军车，离开赤柱，在维海南岸登上轮渡。战俘中有英国人、加拿大人、印度人、荷兰人，约五百人。

天气阴冷，街上有日军的广播车响着喇叭驶过，码头上挤满“归乡委员会”组织的返乡百姓。那些戴着毡帽和斗笠、梳着刘海和一字鬏绾发、穿着莨莙布衫和敞裆裤、脸上带着傻呵呵微笑的男人和女人，他们挑着担子，挎着细软，争先恐后挤上占领军征用的客轮，想要尽早离开沦陷区，回到内地老家。

轮渡绕过两艘耀武扬威的日舰，从打废在维海中的一艘英国军舰边上驶过，那是皇家海军唯一留港的“色雷斯人”号驱逐舰，桅杆上的米字旗和皇家海军旗已经被卸下，12 月 14 日它突入维多利亚港，炮击日军船只，不幸触礁受损，还没来得及拖走。

船到九龙后，战俘们并没有被送进战俘营，而是被押上火车。战事结束后，粤港线被快速修复，火车站有大量返乡民众等待在那里，人们像听话的羊群，秩序井然，并无乱象。

我的当事人不知道，离他不远的深水埗码头，攻下香港的第 38 师团最后一个联队正在登上运兵船。该师团已于数天前调往荷属爪哇参加新的作战。那些让他彻底改变命运的军人，他们隔着午后弥漫的柴油废气，就此别过，再无交集。

火车过了深圳河，进入宝安县。战俘们被命令在深圳墟火车站下车，那里已经有一批英军和印军战俘在等待。英军战俘部分是三军司令部人员，部分是米德萨斯营和苏格兰营官兵，他们穿着杂乱，粗布常装、训练用军便服、海军常服、伞兵工作服、防水迷彩服、杂役工作服，什么样式都有。印度战俘属于旁遮普营和拉吉普营，着装相对统一，埃尔特克斯式热带短袖衬衫，高腰吊带斜纹布短裤，无趾长筒袜和 MK 式头盔，锡克教人包着厚厚的包头，很容易辨认。加拿大战俘最狼狈，他们抵港不足一个月，在港岛争夺战中抵抗最惨烈，除东旅部分官兵，差不多都在战场上被俘，没有携带私人用品，不少人还挂着彩。

我的当事人在人群中看见了德顿上尉和菲律宾人邦邦。几天前，他俩离开赤柱，转移到别的战俘营，现在他们又见面了。我的当事人高兴地向德顿招手，而德顿在喊一位同伴。那名英军战俘朝一边的蚝田跑，去找地方小解。押解的日军士兵叫那名战俘站住，战俘没站住。日军开枪，战俘一头冲进黑乎乎的蚝田里，不动了。

战俘队伍炸了。日军士兵连续向战俘脚下和头顶开枪。战俘们吓得抱着头蹲在地上。德顿不蹲，气愤地要找日军评理。我的当事人跑出人群，把德顿拉回队伍，告诉他，日本人认为投降是羞耻的行径，他们自己也不投降，士兵失去联络一星期以上，归队就要被枪毙。德顿吃惊地看着我的当事人。邦邦在人群中朝他俩看，菲律宾人很冷静，好像这事与他无关。

战俘被驱赶上等在那里的军车。车在颠簸不平的山道上行进，很快驶入热带森林。当汽车无法再往前行驶时，日军将战俘们驱赶下车，要求两人一列，每 10 人用绳子拴成一队，押解着他们在密林中徒步行走。

这里是花岗岩地质，赤红壤泥土，密林中生长着高大的湿地松、土沉香、红胶木和台湾相思树，越往前走，树林越密，腐叶没过脚脖，踩下去咕噜咕噜冒黑水。战俘们轮流用刀砍出一条路，在高木蔽日空气溽湿的丛林中走了整整三天。队伍曾经迷失了方向，绕出一段不短的距离，路上，一名印军战俘和两名加军战俘不慎掉下悬崖摔死，七名战俘因带着伤，力气耗尽，被押送的日军拖进丛林中处决。

第四天下午，邦邦凑近我的当事人，小声告诉他，队伍并没有走远，差不多有六成路是在兜圈子。大概日军也走烦了，把队伍带出丛林，带到海边，下令停下。

隔着狭窄的海峡，我的当事人看到了桑岛。那是一座美丽而幽静的离岛，岛上覆盖着茂密的原始植被，一大群鸟儿在树林上空盘旋。我的当事人并不知道，他将在这座岛上待满三年零五个月。

由于合议庭驳回了辩方二审开庭审理的请求，同时驳回了辩方直接证词原则和证人出庭接受控辩双方询问的申请，辩方的辩护意见和证人证词只能采取书面方式送达庭上，关于 D 战俘营的情况，请庭上参阅证人书面证词及法庭外调查记录。

燊岛示意图

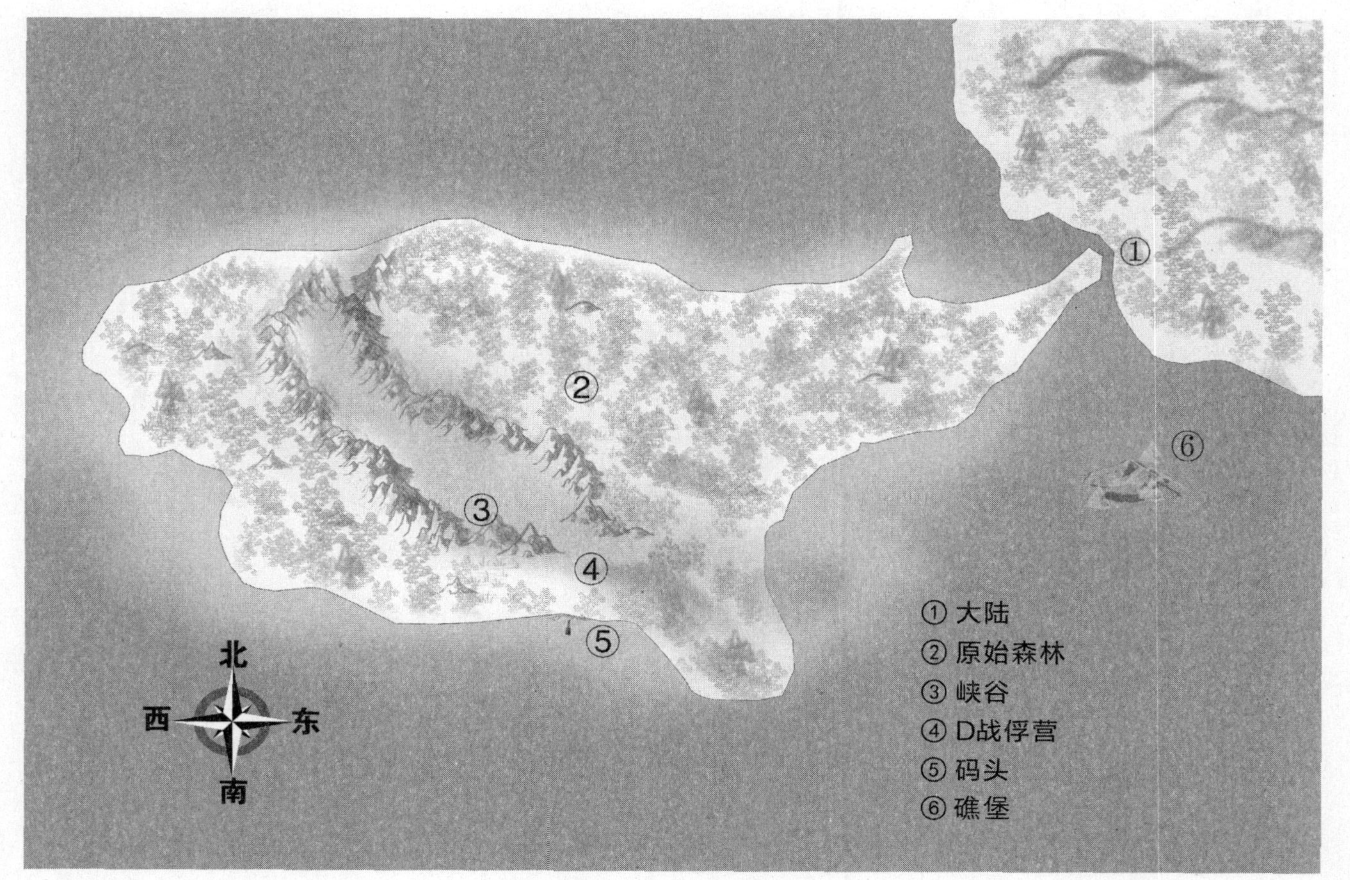

（GYZ006－005－002）**证人矢尺大介法庭外调查记录：**

昭和十七年春天，德永德总营长来D营视察，大佐感慨地说，虽然是羁押战俘的地方，D营的风光可以和九州祖母山媲美，真是令人羡慕啊！

桑岛四面环海，西边隔海与吉澳群岛相望，南边隔海与西贡半岛相望，东边隔海与大鹏半岛相望，北边隔着一道狭窄的海峡与大陆相连，岛上是一望无际的原始森林，没有原住民。

D战俘营建在桑岛的东南角峡谷中，由清国水师兵营改建而成，防守外海的水军所城吧。明治三十一年，英人强租新界，借口辖区受到威胁，把驻扎该岛的一协清国官兵驱逐出岛，兵营弃用，日久荒芜。昭和十三年，21军攻击广东，第一登陆地点大亚湾离兵营不足两百町步。古庄干朗中将占领广州后，根据陆军省第12209号文件①建立战俘营，关押重庆军和华南反日匪徒。战俘营共六处，桑岛上的清国水师所城石料坚固，修缮起来容易，得以启用。桑岛地处宝（安）惠（州）之间，两地反日武装活跃，除驻扎深圳的酒井隆第38师团，淡水和惠阳分别驻有鹈泽尚信的第129师团和末藤知文的第104师团，警备力量不用担心。

昭和十五年，在21军基础上成立南方军，负责法属支那和香港地区作战。12月陆军省设立俘虏管理部，公布第1182号《俘虏收容所敕令》，战争爆发前命令加速扩建D营，以便关押英美联军战俘②。战争爆发后，我大日本南方军席卷英美联军，滇缅战场方面完全切断通往中国战场的补给线。军部预料，切断滇缅补给线数月后，影响将迅速达及中国，最终达到以征服中国来彻底解决大东亚圣战核心问题。就连美国军事代表团团长约翰·马格鲁德将军也预言，重庆政权会与大日本帝国缔结停战协议，让美国人独自留在战争旋涡中。

D营占地10万坪，清国水师军营原有围墙坍塌，重新铺设了滚网，四角各有石筑城堡岗楼一座，大门在西北角，门外是峡谷森林。营内有一条溪涧，分出东西两营，西营16栋营房，东营28栋。营房由原木搭建，统一规格，长30坪，宽3坪。营区内建有操场，供战俘活动，战俘伙食、仓库和卫生科设在西

---

① 日本陆军省《俘虏收容所临时编成要领细则》。

② 太平洋战争爆发后，日军在中国沈阳、上海、潍坊、香港、台湾，以及菲律宾、马来西亚、新加坡、缅甸、泰国、威克岛、爪哇、朝鲜、日本等地建立盟军盟侨战俘营115座。

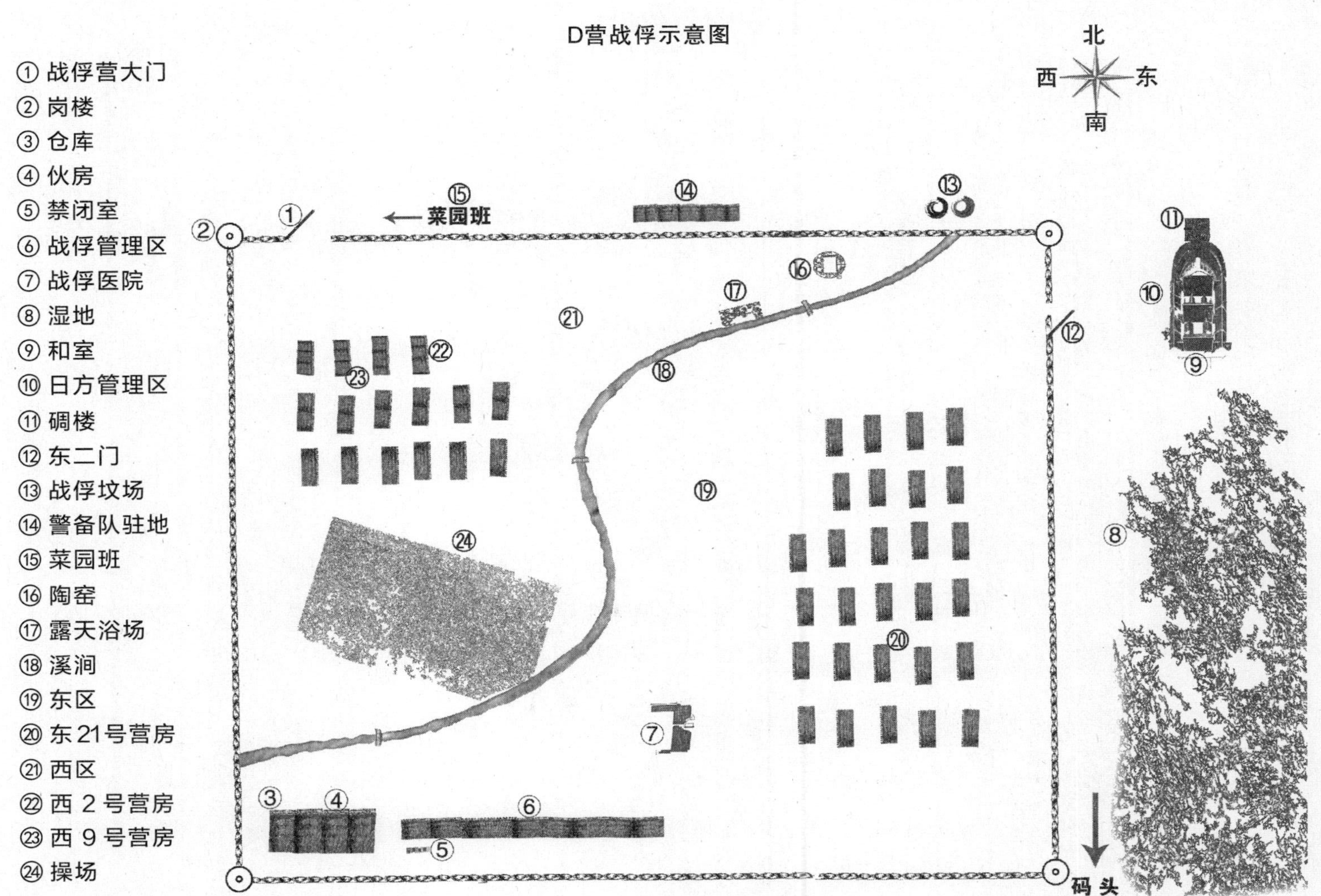
D营战俘示意图
北
西
东
南
① 战俘营大门
② 岗楼
③ 仓库
④ 伙房
⑤ 禁闭室
⑥ 战俘管理区
⑦ 战俘医院
⑧ 湿地
⑨ 和室
⑩ 日方管理区
⑪ 碉楼
⑫ 东二门
⑬ 战俘坟场
⑭ 警备队驻地
⑮ 菜园班
⑯ 陶窑
⑰ 露天浴场
⑱ 溪涧
⑲ 东区
⑳ 东21号营房
㉑ 西区
㉒ 西 2 号营房
㉓ 西 9 号营房
㉔ 操场
菜园班
码头

南角，营区南头建有一排木制建筑，供战俘自治委员会管理战俘使用。西人战俘入营两年后，新添了一栋战俘医院，供战俘使用。我方管理区在谷地东北角，与战俘营隔着一道栅栏门。营区北边一栋石筑清军兵营，由警备队韩籍士兵和台籍士兵使用，日军分队兵营则设在我方管理区背后。

香港方面战俘到达营区时，本人在操场上等他们。本人身后站着战俘营主计阿部正弘中尉、陆军警备队副队长七海秋山中尉、军医寺野秋夫少尉、八朗太郎曹长和今正觉军曹，还有本人的勤务兵金在根。

入营过程真是混乱哪，战俘排队接受身份验证和登记、脱光衣裳进入装满石灰水的桉木桶消毒、照相、编号、发放营具。一名英军少尉坚持穿着内裤进入消毒木桶。今正觉曹长将他打倒在地，用脚踢他。少尉捂着小腹蹲在地上哭泣。

“喂，干什么呢?”八朗曹长不高兴地责备今正觉曹长，“没看见他生殖器小，害臊，所以不愿意脱光嘛。”

总营命令对英联邦战俘施以族群割裂，营房按英人、加人和其他国籍战俘分配。帝国没有向印度人宣战，印人不属于敌性人员，统统安排在通风朝阳的西区南头，这就是原因吧。

审问从下午开始，本人在军官组监察。审问官由重庆军战俘徐才芳担任，他是一名不苟言笑且毫无趣味的少校。英联邦战俘抵达 D 营前，营里只关押华俘，没有英文传译，担任英文传译的华俘是临时找来的，在山村教堂里做过杂役，会说几句“下雨了，神父”，“要我陪您去吗，神父”，完全听不懂英俘说什么，因此挨了徐才芳不少训斥。

天快亮的时候，他被带进来。验证了部队番号、军衔、职务，主要是和殖民地军队的关系，作为华人为什么会出现在战场上，战争期间携带的武器和动机什么的。审问双方同属华人，交流起来很顺利，无须传译，山村教堂杂役出身的传译憋了一夜，急匆匆出门去小解。

总营方面的预审纸记录，这位新入营者在帝国京大读过书，懂日语，而本人作为兵库县人，从来没有去过和兵库接壤的京都，因为祖上几代是养鹳户，听说京都二条城[①]御殿每逢重大祭奠日就有圣鹳鸣叫声传出，想知道是怎么回

① 京都皇室建筑，1603 年德川家康仿造唐朝长安城所建。

事，于是感兴趣地和他交谈了几句。

“不是鹳，是黄莺。”他把身子转向本人，安详地换了日语回答，马灯干涸了，火苗没精打采，屋里很暗，看不清他的脸，感觉他的眼睛很明亮。“鸣叫声来自正殿前的杉木地板下面，提醒主人有外人入侵。”

“是黄莺啊，这可没想到。”本人显得有些遗憾，“可是，话虽这么说，换成鹳，不是也很好吗？”

“都是长长的喙，优雅的禽类，这么说，也可以的吧。”他犹豫了一下，大概觉得事物是人们心中那种样子最好，就算撒谎，也并不觉得脸红。

新入营者日语流利，让人印象深刻。不是吗，战俘中藏着这样的人物，就算德永德大佐知道了，也会吃惊吧？不知道是不是这个原因，他用日语谈论鹳，这件事情让审讯官不高兴，因此受到刁难。审问官向他提出一连串莫名其妙的问题，这样做完全没有必要，就算作为D营主官的本人，也觉得有些过分。本人心血来潮，决定让有好感的新入营者脱离糟糕的同胞群体，于是打断审讯官的讯问，下令对新入营者做重新安置，战俘编号改为131号，从东区华俘营搬出来，搬进西区殖民地战俘营9号混编军官营房。

审讯官不懂日语，脸上透着警觉和茫然。出于不让审讯官尴尬的好心，新入营者把重新分配的话告诉审讯官。审讯官面有愠色，狠狠瞪了他一眼。本人对这个场面十分满意，就是说，可笑的重庆军少佐在D营不是什么控制者，感觉对方侮辱了他，受到了损害，这正是本人的想法啊。

事情证明，本人做出的决定相当正确。

根据南方战情，D战俘营升级扩营，设在九龙科发道亚皆老街的战俘总营派来饭岛要人中佐担任本营主官，本人作为中佐的助手担任第一次官。

第二天下了一整天雨，饭岛中佐乘巡逻艇从海上抵达D营。中佐是英俊的美男子，青亮的光头，脸上干干净净，戴眼镜和雪白手套，为人相当有修养。他带来新补充的英文传译员桐山旗上、军医中川流香中尉、陆军守备队长冈下树虫少佐和一支来自岩濑的30人警备队，充实原韩籍和台籍士兵混编的警备小队。

随船还押解来几名高级军官战俘，英军艾伯特·摩尔·道格拉斯上校、加军保罗·格尔诺维茨中校和印军赛德·阿巴斯·哈里中校。

按饭岛长官要求，当天傍晚对D战俘营羁押的华俘和西俘分别做了训示。

中佐用日语为华俘做训示，桐山译员担任翻译，内容大致是，英美长期榨取亚洲，掳夺香港、新加坡、菲律宾、马来亚为彼等称霸东方之据点，日本与西洋文明冲突苦痛愈深，对西方反抗决心愈强，自不能屈服于英美强权，任十亿东亚人民陷落为奴隶。大东亚战争是自存自卫战争，日本身为东方盟主，决心拯救东亚各国命运，迅速铲除英美势力，建设大东亚新秩序，以此贡献于世界持久和平，亦不外乎源此崇高之精神。

“日华一体，是帝国同志，英美是日华宿敌。贵国政体变革，社会改良，向以日本为楷模，光绪帝戊戌变法之诏令，完全照抄《日本变革考》，孙文亦视日本为天然盟友，割发留须以敬日人。”饭岛中佐相当熟悉中国时局，对华俘表现出足够的客气，“观大日本帝国对华真诚措置，便知我国并无兼并贵国之心，而有禀呈八纮一宇之神旨，日临积雪，协助中国完成国民革命，实现独立自由新国家实体之志。”

华俘中最高指挥官钟上校竟然打断饭岛指挥官的训示，插嘴说：“中校先生不必废话，若真是日华一体，我们就不会关押在这儿了。”

饭岛指挥官相当机智，看了一眼对方，徐徐回答：“上校先生所言极是。帝国与重庆政府处于战争状态，实为痛恨重庆政府甘做英美走卒，自陷国民于涂炭之中，设无‘中国事变’之襄成，势将不能加速大东亚战争展开，若无大东亚战争，则亚洲各民族复兴良机断难造成。一旦重庆政府改邪归正，兄弟间争吵停止，战争即会结束，两国间前途自会充满光明。希望尔等蹶然奋起，加入革新中国之阵线，携手并进，成为摧毁美英之共同战线之一员。”

中佐对新入营西俘的训话却很成问题，桐山传译员也表现得相当没有礼貌。

“天皇陛下在上，敝人饭岛要人，受命执掌香港战俘总营D战俘营，敝人当遵守圣旨，竭尽心力，无负使命。”

中佐干净的脸上挂着一丝精神故乡谦谦君子的微笑，对西俘使用英语，不用桐山传译员传译。可是，就算本人听不懂英语，从战俘们脸上的表情也能看出，纪伊半岛奈良地方的关西口音英语，恐怕是在对牛弹琴吧。

“诸位的福祉就是敝人的福祉，诸位在D战俘营的美好生活是敝人最大期许。不过，诸位作为皇军治下战俘，应慎守军人荣誉，善体圣战意义，对时局多做反省，革除故态陋习，在营中重新开始幸福的生活。敝人将以大和民族之同情心和伟大的武士道精神体恤善待，如有违反，无论国籍人种，当以军律严治，决不容恕。”

中佐似乎不太愿意在训示中表达暴力，回头看了一眼站在一旁的本人。本人心领神会，上前一步，厉声向战俘们宣布营规。具体地说，营规建立在连坐制上，战俘10人一组，作为军人，必须为战友行为负责，若有人违反营规或者逃跑，小组其他人将受到同等处罚。

D营之前没有羁押西俘，寺野传译官只懂中文，本人的话是用日语说的，涉及具体营规，要说，比指挥官对牛弹琴的训示更重要。本人说完之后，等待桐山传译员传译，可是，桐山懒洋洋往一旁看，没有下文，这是根本没把本人放在眼里，公然拒绝替本人传译的态度嘛。

战俘们小声交头接耳。一名军官战俘懂一点日语，有点拿不准地向几位高级军官翻译，显然把事情弄得更糟糕。这个时候，站在混合军官战俘队中那位新入营者犹豫了一下，把本人的话重新翻译给战俘们听。几名高级军官朝他点头表示谢意。本人摆脱窘迫，也感谢这位身世奇怪的华俘。至于西俘中的关键人物，他们大概正是那个时候开始注意到新入营者的吧。

“听说之前管理上过于乐观，华俘整天玩叶子牌，在雨地里互相搓背，动辄打架闹事，军人气节完全被玷污。”饭岛指挥官口气和蔼地对西俘们说，“现在，请诸位放弃太过浪漫的度假生活，把战友看成私有财产，别让小组中任何一名成员从眼前消失掉，敝人拜托了。”

美男子中佐磕响皮靴，恭恭敬敬向战俘们行礼。

这是本人在战争期间唯一见到过的日本军人向战败方官兵行礼。

(GYZ006－004－002) **证人奥布里·亚伦·麦肯锡书面证词：**

9号营房属于D营混合军官营房，在营区西头第一排第二列南端，由一栋木制房屋隔出三间，分别是7号、8号、9号营房。房间大约长40英尺，宽20英尺，比我家最小的储草仓都小，竟然挤了22个牛仔。

西区有16栋木屋，7栋木屋是军官和士官营房，另9栋木屋是士兵营房。7号和8号营房住着鹞鹰般的英国尉官和麋鹿般的加拿大尉官，6号、5号和4号营房住着乖僻邪谬的校官先生，1号、2号和3号营房是高级军官营房，分配给三位倒霉的长官。英军军衔最高的长官是艾伯特·摩尔·道格拉斯上校，他是上院议员，海外殖民部特派大臣，战前五天从巴巴多斯抵达香港，还没来得及在告罗士打大酒店喝上一次东方风味的下午茶，就成了小鬼子的草料。加军军衔最高的长官是保罗·格尔诺维茨中校，皇家陆军工程总监，一个极负责任的老家伙，因为运输工具不足，加军增援部队的重型武器滞留在新加坡，他跑到香港来了解码头卸载情况，结果却在香港做了俘虏。印军最高长官是哈里·穆罕默德中校，远东军事观察团成员，50多岁的老头，患有严重的肺病，据说他是国大党争取的重要人物，英国人长期在他身边安排了情报人员。

至于D营美军最高长官，则是本人，海军上尉奥布里·亚伦·麦肯锡先生。

欧洲开战后，德国和英属殖民地间贸易完全中断，美利坚迅速取代德国成为中国和英国之后在香港的第三位重要贸易伙伴，贸易量快速上升到8.7，勇敢的奥布里·亚伦·麦肯锡上尉正是为了保护美利坚商人的利益才万里迢迢来到南太平洋。

我的军舰在九龙港检修锅炉，锚泊了10天，两名水手登岸后没有按时回舰，耽搁了两天。日本人攻入九龙时，贝克舰长下令放弃两名水兵，起锚突围，我舰以27节的航速冲向鲤鱼门峡口，却被英国佬埋设在峡口海底的铁链缠住。两艘停在峡口外的日军“大和级”战列舰向我舰发炮。我舰尚未还击，锅炉舱就被击中，失去动力，火控系统也中弹，只能等着挨宰。我从通讯室蹿上甲板，一名炮手稻田莺似的慌里慌张一头栽进我怀里，他的眼珠子在燃烧，接下来我发现，我的全身都是那家伙的肉酱。我看见前甲板14英寸主炮塔高高掀起，然后是我自己。我飞上了天，醒来时已经在海上漂着了。我在海里泡了两小时，被一艘商船捞起，好心人把我送进圣士提反野战医院，我在那里遇到一级军士长莱弗·卡迪尔和上等兵亚当·贾尼斯，全舰只剩下我们三个人。感谢上帝，我们捡回了一条命。

西区9号营房住着22个人，他们来自5个国家，怎么说呢，全是不受待见的下级军官。英国皇家海军扫雷艇上尉弗洛伊德·古柏·沃，一个红发苏格兰人，你得离他远一点，不然会被他的头发点燃；加拿大皇家来复枪营上尉安吉拉·哈克，快乐的音乐师，睡梦中都在哼哼卡农；荷兰皇家海军上尉范尼·戴恩，这小子有一只能砸晕海象的大鼻子，光凭这个我就佩服他；英国陆军中尉萨维兹·皮耶，长着一双斗鸡眼，我不明白，他那双无法聚焦的眼睛怎么能当气象工程师；警署副侦缉督察彼得·弗雷泽，留着苏格兰人著名的大胡子，可惜他没有一张福尔摩斯的钻石脸；菲律宾情报部门中尉何塞·邦邦·桑切斯，这个苏禄苏丹的后代又黑又瘦小，和他那命运多舛的国家一样，是个让人看不清心思的沉默者。

9号营房的负责军官是英国皇家海军卡罗尔·德顿·哈德罗上尉，二十多岁，身高六英尺，有着健康的阳光肤色，模样俊逸，要是留着口髭，他就是希腊解放者拜伦。可惜，我和德顿小子搞不到一块，这家伙仗着贵族出身，总带着一副威廉大帝的傲慢，直说了吧，我一点也不喜欢那个靠着撒谎夺了人家王位的杂种。

我喜欢中国人郁。我没进9号营房前就认识他。他很年轻，个头高高的，目光纯净，是个羞涩的小伙子。他是唯一知道美国是谁的军官。没得说，我们是兄弟。

9号营房最后一名成员是我，谁让我来得最晚。

“嗨，伙计们，谁能给我腾个位置，还是我把自己挂在屋檐上?”我挟着臭烘烘的毛毯和扎手的草席，拎着我的在圣士提反野战医院收集到的塞满财富的行囊，靠在9号营房门口，和屋里的军官们打招呼。

大家在各自的位置上向我招手。有两个过来拍了拍我的肩膀，和我握手。郁冲我笑了笑，那之前，他在看几份皱巴巴的旧报纸。我问他有什么新闻。他心不在焉地说了一些，大致是日本人在新加坡继续挺进，英国人退进最后阵地，再就是一些中国战区的消息，匪首赵尚志在满洲落网，重庆派出第5军进入缅甸什么的，消息出自同盟通讯社和南京中央社，是日本人的口径。

郁主动帮我安置下来，在他的地铺边替我找了个牛栏。得，我入伙了。

9号营房里都是些怪家伙。德顿和古柏是在要塞中接到投降命令的，他俩和其他人一起，跑回兵营收拾私人用品，准备来一次临时决定的愉快度假。彼得19日以后就放弃了抵抗，带着他的警队退回警局，把街上的抢贼和冷枪致命的尸首留给炮弹，你猜那些家伙入营时带着什么？萨德侯爵的《索多玛的120天》[①] 和《La Vie Parisienne》[②]。

日本人收走了他们认为对战俘有害的危险品，比如手表和金笔。军官们损

---

① 法国作家当拿迪安·阿尔风斯·法兰高斯·迪·萨德（Donatien Alphonse Francois de Sade，1740—1814）的情色小说。

② 《巴黎妇人》，20世纪初欧洲的一本情色杂志。

失巨大，不过，那些小矮个倒是挺仁慈，把钞票和其他私人用品留给了军官们，看上去军官们的行囊并没有减少太多。

郁和别人不同，他是在战场上被人踢中屁股摁进草窝子里的，除了身上那套发臭的英国军装，什么私人用品也没有。我送他一条衬裤，一件衬衣，一把C套餐迷你叉具。我觉得对朋友就得这样。

英国人在为潮湿的营房和到处飞舞的昆虫抱怨，郁不太在意。郁是这样的人，他不像别的战俘，急于在陌生环境中建立各种有用的关系，以便往后的日子好过一点。他总是一个人靠在树皮斑驳的营房外，目光看着远处，一看就是老半天。我很奇怪，过去靠着他坐下，也向远处看。可是，那个方向除了枝丫虬曲的原始森林，什么也没有，看久了，那些沿着峡谷往山上长去的参天大树反而会迎面倒过来，怪吓人的。

我把疑问告诉郁。郁说，那是我的幻象，那些生长了数万年的树木，它们是泥土的俘虏，只能徒劳地往上长，哪儿都去不了，除非伐倒再带离这个地方，否则它们永远都不能离开。

郁像是在讲一个古老的寓言故事。他是个挺有趣的家伙。

怎么给你形容呢？D营是在砍伐后的峡谷森林中建造的，我们住的西区营房两个月前才抢盖起来，地面胡乱夯了几下，树木根须没有刨干净，峡谷里潮湿，一场雨后，树木的根须满处钻，湿气顺着气眼往上冒，一到夜里，人就像睡在水里。这还不算，森林是虫子的家园，营房的木墙上爬满密密麻麻的水蚤，一巴掌下去能拍出水渍，一些叫不出名字的昆虫兴奋地在屋里飞舞，它们喜欢人，张牙舞爪向你舞动短螯，在屋里待上一会儿，身上就会爬满肥头大耳的昆虫，入营没几天，每个人都被虫子蜇伤过。

东区的中国人介绍对付潮湿和虫子的经验，让我们把营房边的壕沟往深处挖，撒上一层石灰，屋里的地面也用石灰重新夯实。这个办法很管用，第二天，壕沟里就发现大量被石灰烧得乱窜的老鼠，还有几十条纠缠在一起的蛇，被杀死的虫子铺了厚厚一层，屋里的虫子明显少了一些。

这没有什么好抱怨的，这是战争，对吧？

我们到D营的时候，正是春意料峭时，天冷到让人觉得老天故意在和人作对。日本人给每个新入营的军官发了一床草席，一床满是霉味的粗糙毛毯，一块木板，人就睡在潮湿的木板上，夜里根本熬不过去。不久，有人害上了伤寒，发烧打摆子，还有人得了肺炎。士兵们更糟糕，连木板也没有，只好两人或三人挤在一起，保存体温，这个办法多少管点用，但日本人不让。

日本人很奇怪，他们好像是从另一个世界来的，漫长的战争史中，交战双方历来把战俘当作有价值的情报线索、外交筹码和宣传工具资源，可日本人却希望他们的栅栏里一个战俘也没有。他们宁愿和对手在战场上遭遇，捉对儿厮杀，彼此把对方变成尸首，也不愿意看到两个活着的战俘舒服地抱在一起睡觉。他们认为战俘那样做，有利用肢体互相教唆犯罪的嫌疑，下令战俘夜里不许相互搂抱着睡觉，违者将受到严厉惩罚。

高级军官们在酝酿成立联合战俘自治委员会。可敬的先生们认为，D营关押的战俘同属盟国，大伙儿应该联合起来，也许一个统一的委员会能够帮上战俘的忙。

英联邦军和国军高级军官们开会那天，郁被叫去了。高级军官们需要一位双方都信任的传译，据说郁有过良好表现，给高级军官们留下很深的印象。

那次会议的情况，我是后来才知道的。

英国人在上次世界大战时和日本人同样蠢，他们认为绅士不应该监视和逼迫他人，下令不许从德军战俘身上获取情报。这回他们学乖了，在高级军官会议上，摩尔上校首先向军官们介绍了英国在战俘问题上所做的伟大工作。两年前，德国人的“虎式”坦克和“容克”轰炸机掀开欧洲闪电战帷幕，几个月之内，超过300万英、法、荷、波战俘成为德军的囚徒。英国政府意识到，空军和装甲部队的大规模参战，使战俘大量出现成为常态，于是下令英国情报部门立刻设立一个机构，专门帮助战俘们逃离困境。人们现在知道了了不起的诺曼·克劳凯特，他被挑选出来担任这个机构的领导者，这项计划叫作“逃离猫爪的老鼠”。敦刻尔克大撤退①时，虽然有5万名英国士兵做了德军俘虏，刚刚成立的“MI－9”② 却大显身手，营救出超过33万名怛然失色聚集在海滩上的士兵。接下来，“MI－9”开始训练前线的士兵如何在被俘后避免泄露机密，如何组织越狱出逃，遗憾的是，驻扎在远东的英国人没有来得及掌握这门重要的

---

① 1940年5月，英法联军在法国东北部港口小城敦刻尔克组织了史上规模最大的撤退行动，一周内撤出了33万人。

② 英国军事情报局第9处，成立于1940年12月，负责秘密援助德军占领区抵抗武装和受困受伤盟军，以及协助盟军战俘从德军占领地和战俘营中逃走。

求生知识，香港战役中的绝大多数英联邦士兵没有采取逃亡行动，而是在投降命令下达后，主动前往指定地点，接受被俘虏的命运。D营的战俘应该被重新组织起来，学会并实施这项军事行动技能，这就是摩尔上校建议成立联合战俘委员会的目的。

“囚禁是不可以接受的，军官们需要建立一套严密的组织，教会士兵如何隐瞒重要身份、伪造证件、获取地图、贿赂警卫、利用特别的工程技术挖掘隧道，而士兵必须建立坚定的逃脱信念，不惜一切代价离开这里。”摩尔上校胸有成竹地指出，告诉我们的士兵，他们有可能被重新抓回这里，没关系，他们是被《日内瓦公约》[①] 保护的对象，这项伟大的国际协定建立了对战俘人道主义待遇的准则，即使士兵在逃跑中被再度抓获，在禁闭室睡大觉的时间也不会超过三天。

中国的指挥官们十分绅士，他们耐心地听完摩尔上校的话，没有打断他。

摩尔上校说完后，中方马喜良中校向新来的盟友们介绍了D营的情况。

D营实行战俘自治管理，战俘们在营中的生活自行处理，接受日方监督。国军两年前成立了战俘委员会，由军衔最高的钟纪霖上校担任主管，马中校担任副主管，以下分军官营和普通营。军官营主持战俘营工作，设审讯科、教育科、指导科、监察科、治安科、组织科、编成科、卫生科、战俘调解委员会，管理普通营。普通营下设稽查班、处理班、鞋工班、缝工班、理发班、菜园班、病员班、炊事班。

日本方面也有相应的管理组织，设立了军需班、医务班、出纳班、庶务班和情报班，领导和监督战俘营。战俘委员会主要和军需班、医务班打交道。医务班管药品和器械。军需班又分资金部、衣物部和配给部，涉及战俘的物资分配，不过，食物和衣物严重匮乏，日方只有很少的配额。

说是战俘自治，实际上管理权控制在日本人手中。日本人从普通营16岁以下战俘中挑选人，负责大门以内的警卫和通信工作，他们收买了一些有汉奸倾向或者骨头软的战俘，强迫战俘委员会安排他们担任营区内的管理工作。日本人定下的营规非常严苛，兵科的人每天都会入营找碴，殴打和处死战俘的事情

① 一系列国际公约的总称，包括1864年的《改善战地武装部队伤者病者境遇之日内瓦公约》，1906年的《改善战地武装部队伤者病者境遇的公约》，1929年的第一公约和《关于战俘待遇的公约》。

时有发生。D营前后关押的战俘不下一万人，主要是本战区国军战俘、国民政府地方官员、抗日武装战俘，另外还有一些中共辖下的游击队战俘，因死亡、外派劳工和转移，如今只剩下900多人。数量最大的一次转移发生在盟军战俘入营前十几天，新盖的西区16栋营房刚建完，兴亚院[①]华南联络部和华南劳工工会[②]就来战俘营招募海外劳工。战俘委员会获知太平洋战争爆发，推测招募的战俘会被送到各占领地服劳役，要求战俘们抵制转营，但仍有两千多名战俘因不堪营中生活在招工单上画了押，被劳工工会带走。

关于死亡情况。疾病、饥饿和自杀是战俘的主要死亡原因。D营曾经发生过两次暴动。一次由中共游击队组织的集体越狱造成，死亡30多人。一次由国军抗议造成，因警备队四名士兵伤亡，日方动用了机枪，并且在事后对战俘进行了死刑宣判，战俘死亡达54人。

关于逃亡情况，马中校特别给予了说明。在D营，逃亡不是童子军的恶作剧，而是一场噩梦。D营地处荒岛峡谷中，往北去大陆，要穿过两处原始森林和一处日军哨所，日方转移盟军战俘时故意押送战俘穿越原始森林，战俘死亡10人，就是给战俘警告。荒岛四面环海，没有船寸步难行，就算有船，香港沦陷后，海上成了日军巡逻队的控制范围，根本无法逃跑。D营历史上出现过27次战俘逃亡事件，116名逃亡者不是死在森林中和大海里，就是在逃亡过程中被追捕的警备队打死，或者抓回来处决，无一成功。以后日方规定战俘建立10人小组，凡小组中有人逃亡，没逃的人也要按逃亡人头处决，最严厉的一次是中共游击队方面四人逃亡，剩下六人全部被枪决。国军战俘委员会不了解《日内瓦公约》的情况，就算了解，也不会自讨没趣，他们下令战俘不得逃亡，同时要求游击队方面放弃无谓的逃亡，虽然没有得到游击队方面的允诺，但逃亡事件再也没有发生过。

简单地说，D战俘营没有过去，没有未来，只有地狱般的现在。

“为什么不反抗?”格尔诺维茨中校有些生气，“你们是军人。”

马中校看了加拿大军官一眼，讲了一个故事。

D战俘营中曾经有两个兄弟和一个堂兄，姓鲍，来自一个家族，会武术。

① 二次世界大战时期，日本内阁设立的专门负责侵华事宜的机构。

② 二次世界大战时期，日本在中国设立的劳工招募机构。

日本人知道以后，很感兴趣，提出要和三兄弟中武艺最强的那个比武。

“知道中国武术吗?”马中校问格尔诺维茨中校。

马中校告诉格尔诺维茨中校，比武的结果是，日本人输了，不是输一场，是三场。没过多久，和日本人比武的哥哥遭到报复，他在一次伐木劳役中被警备队监工找碴敲碎了后脑勺。

事情没有完结。日本人继续向剩下的两兄弟发出挑战。战俘委员会下令不许应战。但弟弟没有执行命令，他接受了日本人的挑战。他赢得了比赛。接下来，应战者换成了他泪流满面的堂兄弟。

“你能想到，傲慢的鲍家人知道接受挑战意味着什么，”马中校说，“但他们哭泣着选择了应战。每赢得一次比武，他们就会被杀死一个，他们一个都没留下来。”

格尔诺维茨中校沉默了。英联邦其他军官也不说话。

钟纪霖上校开口了。上校告诉联邦同行，上次世界大战，人们目睹了现代战争的开端，也目睹了古代战争骑士精神的结束，中国没有直接参加那场战争，但战争没有一天在华夏大地上停止过，中国军人很快学会了使用自己的智慧，他们更愿意选择在敌人的征服下战斗，尽管残酷，但能活下去。D营目前关押着967名中国战俘，352名盟军战俘，在中国战俘的黑头发中，棕色和栗色鬈发就像零星的几片岛礁，随时会被黑色的海水淹没。作为国军最高指挥官，钟上校请摩尔上校、阿巴斯中校和格尔诺维茨中校放心，他们是盟友，海水不会淹没岛礁。钟上校建议联邦战俘看好自己的10人小组，他们看似是10个人，却只有一条命，大家应该互相照应，尽可能避免出差错，不给鬼子殴打同伴和杀死同伴的借口，如果那样，等于自己也死了。上校还要求盟军警惕游击队的人，他们比鬼子更让人害怕。

在与同僚做过简单商量后，摩尔上校向钟上校表示了诚挚的感谢。

“人们希望活下去，战后返回祖国，与家人团聚。”摩尔上校礼貌地说，“联邦军队会努力与国军协作，不会违反营规。”

摩尔上校向中国军官提出了另一个问题。他认为执政党和在野党的政治主张及分歧不应该在战俘营中出现，他希望游击队方面能够参加联合自治委员会。

钟上校表示，游击队战俘的情况比较复杂，他们一部分是东江地区民间抗日武装，打个旗号出来混地盘，实际上很难分清阵营。另一部分是惠宝人民抗日游击总队、东宝边游击队和东莞抗日模范壮丁队，这三支武装归共产党领导，在战区挂了号，国军承认。这部分战俘由一个叫肖子武的教导员领导，这个人非常固执和傲慢，拒绝与国军合作，而且比国军更早成立自己的战俘管理组织“士兵委员会”，成员由五名士兵和两名军官组成。

“国共渊源如此，希望盟方不必截趾适履，推门入柏。”钟上校平静地说。

鉴于D战俘营国籍成分发生变化，有中、英、印、加、美、荷、菲六国一方战俘，高级军官们一致同意，成立各方组成的战俘联合自治委员会，协调和统一管理战俘营，按各国武装编成、制度、条例、纪律、生活和宗教习俗进行分别管理。原国军和游击队营区为东区，英联邦军队和其他盟国战俘所住营区为西区，各营区伙食、内务和宗教自理，卫生、医疗、劳务分配和营区纪律统一管理。各方同意，D战俘营联合自治委员会主管由国民政府7战区第3预备师副师长钟纪霖上校、英国海外殖民部特派大臣摩尔上校共同担任。英联邦印军赛德·阿巴斯·哈里中校、加拿大皇家陆军工程总监保罗·格尔诺维茨中校和国民政府广东靖绥署第17武装工作队队长马喜良中校担任副主管。英军扫雷舰舰长弗洛伊德·古柏·沃少校、加拿大皇家陆军补给和运输勤务队韦伯斯特·卡佛尔少校、印度军团炮兵部队指挥官马拉奇·安吉少校、国民政府第12集团军团政治处主任徐才芳少校担任自治委员会成员，负责军官科工作，协助副主管领导军官营和普通营。考虑到美、荷、菲国战俘中军衔最高的只是上尉，战俘极少，上述三国战俘不在委员会中担任职务，最高军衔战俘担任军官委员会成员。

战俘联合自治委员会确定：战俘营承认各武装部队原有体制，全体人员应遵守执行纪律的正确方法，指挥官履行以往的权力。鉴于违反日本管理方命令的人员可能遭到报复，引发严重后果，战俘联合自治委员会下达的第一个指示是，全体人员应严格遵守最高指挥官发布的命令，在大部分情况下，它们实际代表着日本人的直接指令；特别注意关于食品、个人和营区卫生的命令，特别注意防范滋事、寻衅、斗殴和偷窃的命令，特别注意防范战俘人员自杀的命令；没有指挥官允许，所有人员不得接近大门、岗楼和铁丝网，不得在管理区游荡；没有日方同意，军官或士兵不得离开营区；所有人员个人用品，只能保存寝具、衣物、书籍和私人财物，不得保留任何武器、军用地图、相机、望远镜、指南针和无线电装置；无论军官还是士兵，必须向遇到的日本军官和卫兵敬礼。

高级军官会议结束前，摩尔上校认为，御寒、防毒虫叮咬、配发防水胶布、御寒衣物和治虫药品，以及为战俘们制作床铺的事情必须尽快得到满足，应该成为联合战俘自治委员会成立后的第一项工作。同时，他无法接受日方对中、印、英三方采取不同的歧视性对待，尤其将维多利亚殖民地印度从大英帝国分裂出去，专门给印度人一间营房做清真寺，却故意不给英国人天主堂。他要求委员会向日方提出严正交涉，由委员会决定战俘营房的分配。

钟上校以自己的经验告诉摩尔上校，这样做不会有作用。三年来，国军和游击队分别与日方做过不下上百次交涉，基本没有奏效。

摩尔上校比较乐观，他认为国军的经验不足以说明情况，日本之前只在东亚作战，没有和西方发生战争，太平洋战争是个分水岭，日本必须考虑国际影响和限制，避免迁怒更多未在二十六国公约上签字的西方国家，新的战俘营长饭岛要人中佐上任，说明日方的小心反应，他坚持就上述问题向日方进行交涉。

两天后，发生了联合战俘自治委员会交涉事件。

四

法庭外调查：
没有过去和未来，只有地狱般的现在

（GYB006－001－192）**被告郁漱石庭外供述记录：**

我对D营的恐惧并不来自寒冷和昆虫，而是那些在D营生活了三年的中国战俘。

D营有一种迥异于人世的怪异，这里的每个人都不是正常人。

中国战俘大多是在日本人攻占广东期间被俘的，他们走马灯似的送来又转移走，人数最多时，这里关押了四千多名战俘，三年来总数过万名。他们衣着不整，头发蓬乱，一个个形销骨立，有不少伤残者，或者身体某个部位丧失功能，大多数人注意力不太集中，形神呆滞，反应滞慢，做事情困难。有一次，天下起雨，头几滴雨水落到脸上时，我往营房里跑，路上遇见几个战俘，他们好像对雨滴没有丝毫感觉，等我冲到屋檐下，回头看，雨已经非常大了，那几个战俘迟疑地抬头看天，似乎这才明白发生了什么，但他们不知道该怎么办，在雨水中茫然地转着圈。

他们当中不少人丧失了信心和希望，甚至丧失了生活能力和记忆力，患上了口吃，不愿意聚群，远离同伴，说话做事慌乱无章，行为夸张，一片树叶飘到脚下也会感到震惊。有几次，我被他们突然发出的惊恐大叫吓住，不明白出了什么事。还有一次，两名战俘在营区边上的壕沟里烧垃圾，他俩不断往火里添加垃圾，火焰冲向天空，他俩一点也没知觉，其中一个人的衣裳被火燎着了，竟浑然不觉。那个战俘后来被严重烧伤，半个月后死于伤口溃烂。

我注意过他们的眼神。他们用异样的目光看我，好像我是怪物，但实际上，他们的眼神才是怪物的眼神，那种感觉让人毛骨悚然。

在战俘中见到老韦是个意外。这令我十分欣喜。我们弃守北角电厂时，他和另一位孤军兄弟留下负责掩护，没想到他还活着，我们又见面了。

老韦告诉我，他和那位孤军兄弟从电厂里逃出来以后，其他人不见踪影。他俩匆匆商量了一下，决定丢掉武器分头逃亡，各自找地方躲起来，等战争结束后再设法逃回内地。可是，老韦身上带着伤，没有任何人愿意收留他，他最终在宝云道和几名打散的皇家海军士兵一同做了俘虏。

037 号战俘龚绍行认真地问我，是否做好了在 D 营生活下去的准备。

他是虎门要塞上尉文书，广州战役时被俘，生得短小精干，娃娃脸，看上去年龄不大，却完全谢了顶。

我老实告诉他，我没有这方面的经验，不知道该如何准备。

“作为战俘，你已经失去自由和身份，很快你将失去个性。”龚绍行朝茅厕前排着的长长队伍看了一眼，耐心地跟着前面的人移动着，回头对我说，“这可是在你身上发生的最致命的事情，我劝你尽快完成这一步。”

“你是指，我不再像自己?”

“比这个厉害。”龚绍行用脏兮兮的手指头抠了抠耳朵，“你这么想，从现在开始，你不再有过去，也不会有未来，只能退化成低级动物，以想都想不到的方式活下去，等待死的那一天。”

我猜他说的话是打了引号的。我没法想象。这是一个善意的提醒。我谢过他。

在乱糟糟的 D 营，我只认识德顿、邦邦和老韦，仿佛我是刚刚出生的婴儿，面对一个不认识的世界。这是个好兆头，没有熟人，我就能继续撒谎，在森林里变成一株谁也不认识的植物。

因为这个，当亚伦出现在我面前，并且把我当成他失散多年的兄弟时，我有一种淡淡的感动。

奥布里·亚伦·麦肯锡，一个被阳光照耀着的美国青年，他有一双清澈的眼睛，一头漂亮的栗色鬈发，头发被单帽压出一条箍痕，从背后看，有点像戴着紧箍咒的孙行者。这位得克萨斯人就和他家乡的名字一样，到处认兄弟[1]。我就是他认下的一个兄弟。亚伦是驱逐舰上的通信主管，香港战役中少数被俘的美国人之一，比我后到D营十多天，老韦也是那次入营的。亚伦入营时正赶上开饭，他背着个巨大的行囊，大模大样地在人群中穿梭，热情地和人们打招呼，好像赶上了他家乡的甜玉米宴。

“嘿，伙计，你怎么在这儿?”他一眼看见我，吃惊地挤过人群凑到我身边，瞪大眼睛大声嚷嚷，那副自来熟的口气，好像我是他打小失踪的兄弟。

“对不起，老兄，我想不起在哪儿见过您。”我说。

“当然没见过。”他哈哈大笑说，“我就是觉得，你可能是我的一个兄弟。”

我被他弄糊涂了。他根本不管我怎么想，把我拉到一旁，抽出插在上衣口袋里的镀铬汤勺，在衣袖上认真地擦了擦，从我饭盒里舀了一勺杂菜汤填进嘴里，绘声绘色地和我聊起了家常。我很快知道，他父亲老麦肯锡是得克萨斯州牛仔，在西湾平原拥有一大片土地和几百头短角牛，那些短角牛中的一半热衷于发情和交配，另一半不断产下牛崽，这和他父亲的志趣一样。老麦肯锡继承了西班牙祖先自由狂放的血统，结了五次婚，给他生下两个姐姐和四个弟妹，但仍然忘不了和一大堆拉丁裔的风骚女人胡搞，说不定我就是老家伙某次秘密风流史留下的一个野种。

我想到自己的出身。我被亚伦的说法逗笑了。我咧开嘴对亚伦说，就算你老爹是唐璜[2]，我妈不是海黛和叶卡捷琳娜二世，不会让你老爹搞上。亚伦被我的话逗得哈哈大笑，变魔术般从口袋里掏出一袋糖衣花生仁，丢给我。

“喝你一勺牛尿，脸拉那么长，真不够意思。”他亲热地拍了拍我的肩，说，“兄弟，他们在海上没能杀掉我，在圣士提反书院也没能杀掉我，我倒是在他们眼皮子底下弄了不少东西，你就放心地跟我享福吧。”

我羡慕地看他硕大的行囊。这意味着什么？不，不是无端捡了个来自西湾平原的兄长，而是傍上了富有热量的糖衣花生和可能更多的牛奶糖果。

我们成为朋友之后，亚伦提到他在圣士提反书院的遭遇。

亚伦是12月20日被转移到圣士提反书院的。书院被征用作为临时战地医

---

[1] 得克萨斯州名来自印第安语 Tejas，意即“朋友”或“盟友”。17世纪西班牙探险家误将其当作地名，以后保留下来。

[2] 西班牙传说人物，有多个文学作品版本的情圣形象。

院，安顿了两百多名伤员。24 日和 25 日两天，日军猛烈攻击赤柱炮台，半岛上一片枪炮声。25 日早上天刚亮，两百多名日军闯进书院，开始血腥屠杀伤员。安置在礼堂里的 70 多名伤员被当场捅死在病床上，主任军医伯南克上校和他的助手云妮上尉上前阻止，不但被杀死，还被就地分尸。日军把剩下的伤兵集中起来，关进一间储物室，一个一个叫人出去，在走廊里或者院子里杀掉。

亚伦和其他人能活下来，是七位护士姐妹和五位书院的华裔女职员救了他们。日本兵在屠杀伤兵时，带走了护士长伊丽莎白·费度和六名护士，以后又拖走了五位华人女职员。她们全都遭到强奸。发泄完兽欲的士兵来叫负责屠杀的同伴，士兵们络绎不绝地离开，屠杀伤兵的速度明显放慢。12 位女性被大批日本士兵反复轮奸，兽行一直持续到下午 4 点多钟。从轮奸现场返回楼上的日军杀死了加拿大士兵轩达臣和麦凯后，一名日军军官进来，宣布香港政府投降了，命令士兵停止虐杀，剩下的伤兵不用再处决。这样，亚伦和其他人才侥幸逃过一劫。

亚伦讲了一个发生在圣士提反书院的凄美故事，是关于防卫军士官史超域·伯格的。伯格的部队在战斗中大部分战死，23 日，伯格也受了伤，他冒死游到赤柱上岸，24 日下午，他走进了圣士提反书院，没想到，竟然在临时医院里遇到了当护士的妻子。伯南克上校批准伯格太太亲自照顾自己的丈夫，两人在战地医院里度过了人生最后一个平安夜。第二天，日军冲进书院后，强行将夫妻俩分开。26 日早上，屠杀命令终止后，伯格请求日军军官允许自己去找妻子。他在一间书房里看到了她。伯格夫人、史密芙夫人和毕斯顿夫人，三具尸体躺在房间里，据说，三人因拒绝与日军士兵交媾被枪杀。

我不断地要亚伦给我讲圣士提反书院的事情。

我关心圣士提反书院，是因为张姐姐。

邦邦在九龙转车时，从一位返乡商人那里顺手偷了几份过期的中文报纸，他把那几份报纸送给了我。邦邦小个子，皮肤和头发一样黝黑，看上去不像军人，而像逃难的中学生。他不是菲共人民阵线成员，只是情报员中最没有价值的那一类。美西战争以后，菲律宾落到美国人手里，成为美国殖民地，美国人不把菲律宾人放在眼里，菲律宾军人充其量只是民兵，这样的好处是，日本宪兵部把邦邦当普通的敌国士兵处理，他侥幸留下一条性命。

我在《香港日报》社会服务版上看到一个熟悉的名字，萧红。报纸上登着她去世的讣告。发讣告的是《时代文学》和《大时代文艺丛书》编辑部同人。讣告上说，萧红女士西历 1 月 22 日于圣士提反临时医院去世，芳年 31 岁，24 日火化，25 日葬于浅水湾丽都酒店前花坛里。我很惊愕，张姐姐到底没能挨过来，如早樱般落去。可我感到疑惑，她不是在玛丽医院吗，怎么会去了圣士提反医院?

按时间算，张姐姐是在圣士提反书院大屠杀后一个月在那里去世的，那些勇敢的女护士的鲜血已经被擦拭干净。我希望当时我在那里。也许我能做点什么。也许我会被杀死。可我没在，在那儿的是亚伦。因为这个，亚伦他是我的朋友。

那天，大家睡得很早，各自在潮乎乎的草席上躺下，被坑洼不平的石子和树根硌得很难受。在远处猫头鹰的叫声中，我很快睡着了。我梦见了那只长着透明翅膀的昆虫。

……

我之前的生活一直由家佣打理，刚到日本时，因初次出远门，不会照顾自己，日子过得局促而凌乱。农学部一位东北籍旁听生学姐，姓魏，比我大几岁，是中华留日学生联合会筹备人，也是左翼组织积极分子，她心眼好，总是照顾我。魏姐姐长得水灵，又是人中尖子，对人非常热情，让我很紧张，总是回避她。有一次，她摸我脑袋，我冲她瞪眼睛。她不说破，哈哈大笑，说要带我参加旅日同学会。

不记得那是个什么主题的同学会，只记得会开完，大家起立，唱弘一和尚作词的《金缕曲》[①]：

> 披发佯狂走。莽中原，暮鸦啼彻，几枝衰柳。破碎河山谁收拾，零落西风依旧，便惹得离人婆娑世界有瘦。行矣临流重太息，说相思，刻骨双红豆。愁黯黯，浓于酒。　　漾情不断淞波溜。恨年来絮飘萍泊，遮难回首。二十文章惊海内，毕竟空谈何有?听匣底苍龙狂吼。长夜凄风眠不得，度群生那惜心肝剖?是祖国，忍孤负!

---

① 即《金缕曲留别祖国并呈同学诸子》，词作者李叔同。

大家手牵着手唱，男女长幼，避世迎俗，是异国相逢的兄弟姐妹，14岁的我情不可遏，泪流满面。学姐伸出胳膊将我揽过去，把我半边脸贴在她消瘦的肩头上，那个小小动作，让她顺理成章做了我日后的监护人。

民国二十五年十月，鲁迅先生逝世，日本各大报纸第二天就刊登了上海的电文。消息传开，中国留学生组织追悼活动，师姐是中华留日学生联合会筹备组成员，京都的纪念会结束后，她拉我去了东京。

东京的纪念会在日华学堂举行，由东流文艺社、中华戏剧协会、文海文艺社和中华留日世界语者协会主办。东京有中国留学生几千人，东京帝大、早稻田大学、明治大学、法政大学、鲁迅先生就读过的弘文学院，很多学生往会场赶，左联东京分会、社会科学研究会、留东妇女会、留日戏剧协会和世界编译社也派了代表出席。那天秩序很好，会场中有一些日本警察和特高课便衣，但没有发生冲突。

开会前，东京帝大的中国同学带了一位年轻的日本男子过来介绍给学姐，说是帝大学长，叫太宰治[①]。日本男子二十多岁年龄，半边长发朝空中梳着，另半边耷拉下来，遮住长长的脸，眼眶深凹，阴郁地看人。学姐客气地对男子说，读过他入围首届芥川奖的《逆行》，对他落选第三届芥川奖感到遗憾。男子似乎不愿提那件事，认真地向学姐表示，他非常钦佩鲁迅先生，正在研究先生的创作，会写些关于先生的东西。扭过头，学姐就对我吐舌头，说她不喜欢这位太宰治，明明做过日共党员，半途又逃掉，自杀过几次，阴气太重，一点也不像男人。

纪念会上，一些名人登台讲了话，最抢风头的是个三十多岁戴眼镜的中年男子。学姐悄悄告诉我，这人叫郭沫若，帝大九州医科的前辈，浪漫诗人，撰写过《请看今日之蒋介石》，因为参加共产党南昌起义被通缉，躲到日本避难，娶了东洋妻子。他十年前就在日本出版了《中国古代社会研究》，引发保守主义的东京学派口诛笔伐，说他企图以甲骨证明对商朝的发现纯属学术造假。学姐那么一说，我记起来了。我的中国文学史老师吉川幸次郎先生是京都学派先锋，也参加了这场争论。吉川先生以考据证明郭氏论点，撰文支持郭氏学术，他在课堂讲过这件事情。

---

① 太宰治（1909—1948），日本战后无赖派文学代表作家。

郭先生擅长演讲，铿锵顿挫，气节凛然，一副浪漫诗人气派，演讲内容大意是，呜呼鲁迅，鲁迅鲁迅，鲁迅之前，既无鲁迅，鲁迅之后，无数鲁迅！

台下学生流着泪拼命鼓掌，跟着郭先生喊："呜呼鲁迅，鲁迅鲁迅！"

纪念会开完，学姐拉我去浅草见一个人。我因那时刚读完京都帝大学长永井荷风[①]的《新桥夜话》和《地狱之花》，对他作品中缠绵的情色趣味和享乐主义甚是迷恋，知道他经常去净闲寺。安政二年，东京大地震，没有家人认领的吉原游女由寺里掩埋在寺中，永井荷风经常去探望她们的亡魂，留下不少隽永诗句，所以，来东京前我就和学姐说好，要去看净闲寺，现在学姐临时改变主意，我有些不高兴。

学姐和人打着招呼，拉我往会场外走，埋怨我不懂事。她告诉我，她不喜欢郭沫若，之前他领着创造社的人攻击鲁迅，骂鲁迅是封建余孽和二重反革命，现在又来拽相。

"鲁迅生前只有一个，死后就有了无数，哪里说起？"学姐愤愤地说，"我带你去看的这位，只做骄傲的自己，不做别人，那才是真正的作家。"

"又是作家呀。"

听学姐那么说，我更不想去了，"呀"字拉得很长。论读书，我不比永井荷风学长读得少，他的文字已经是世上最奇妙的东西了。何况，写下优美文字的人通常都有恶习，多数生得丑，就算文字隽永的永井学长，相貌也不怎么样，我只看他的书，他迷恋的净闲寺，不愿见他本人。

"你咋这么隔路。"学姐嗔怪，"我说的这个人，她是鲁迅推荐给文学，推荐给世界妇女的，她才应该是今天纪念会的主角，站在台上领人呼口号的该是她。"

学姐一说，我非常好奇，问学姐鲁迅先生推荐的是谁。学姐说，她叫张迺莹，三个月前来日本找弟弟张秀坷，她来日本也是鲁迅先生的主意，没想到张秀坷刚启程回国，姐弟俩在海上擦肩而过，现在她只身滞留在东京，寂寞潦倒，心情不好，病了一场，所以要去看她。

学姐和张迺莹是老乡，又是哈尔滨女中同学，两人非常要好，一路上，学姐给我讲张迺莹的故事。张家远祖是万历年间的文学家张岱，写下《陶庵梦忆》

---

① 永井荷风（1879—1959），日本新浪漫派代表作家，以自然主义小说《地狱之花》成名。

那位。26 岁的张迺莹去年出版了轰动文坛的《生死场》，与过去的自己决裂，改名萧红。她是一等一的天才女儿，可惜才高命蹇，感情不顺，前几年诞下一个婴儿，因无力抚养送了人。那时她刚遇到现在的恋人，写《八月的乡村》的东北作家萧军，人称三郎，脾气极坏，常常用拳头对付她，把她脸都打坏了。张迺莹不是为拳头才逃出来，是因为三郎与一位上海女子发展暧昧关系，两人闹矛盾，赌气分开，这才跑来日本的。

学姐带我去了麴町张迺莹的住所。麴町在东京地势最高处，那里还没有盖起工厂，清亮的河水隐约沿着僻静的街道穿过古城，永井荷风学长小时候住的官舍和就读过的外语学校就离这儿不远，真想去看看啊。

张迺莹不在家，女房东说，前两天警察署的人来查了一通，张迺莹不懂日语，受了侮辱，昨天一位华人把她接走了。房东看出我们不是坏人，告诉了我们地址，是浅草稻荷町的一个地方。

我们黄昏时赶到浅草，那是一位定居日本的前辈家。进门后发现，几位华人在屋里坐着，小声说着话，不断往廊屋外看。廊屋下坐着个苍白的人儿，厚嘴唇，单眼皮，梳着拉直的黑发，发根用一条湖蓝色绸带随意扎起，模样儿憔悴，有一搭没一搭看着一本《基础日本语入门》，应该就是张迺莹了。屋里的人分明是来探望她的，她却遗世独立，拔睪眼子不理睬，也不管是不是人面前，点着一支香烟，只看书，不管人，好像那些人与她全无干系。看见学姐，她倒是面露喜欢，秋水剪瞳地起身过来，一把拉住学姐的手，再转回屋后花园里去，两人坐下唠嗑。

"不会说日语，不敢出门，能看的书一本也没有，能说话的人一个也没有，倒是什么样的东京啊。"张迺莹蹙了眉头大声埋怨，也不管屋里的人是否听见。

"不是来了几个月吗，怎么不学着说话?"

"知道混不过去，前些日子硬着头皮报了名，又不属雀子，哪能这么快?"

学姐问过张迺莹的病，两人又说了警察局的事，学姐就劝张迺莹搬去京都，京都气韵悠长，适合静养，自己可以照顾她。又说了今天追悼大会的情况，问张迺莹为什么不去，她是最该露面的，反倒让不相干的人占尽风头。

学姐的话伤了张迺莹的心，她沉默着，往低矮木栅栏外的菊屋桥方向扭过脸去，似看非看地呆了一会儿。一群野鸽子呼啦啦从头顶上飞过去，她像惊吓住，打了个寒战，撤回脸来。

“看到报纸了，不懂日本字，以为他要来日本，开心了一阵，以后才听人讲，他是死了。”她机械地折叠着书页，悲喜自知地说，“我是真的哭过了，一个人，那样有用吗?”

“大家都伤心，没用啊。”学姐叹惜。

“他嫌弃我天天去 130 号院子里呆坐，劝我走，再是他自己，他好逃离大伙儿。”

“别这么想。”

“该怎么想？也不知道他现在睡在哪儿，冷不冷。他是怕寒的。”她停顿片刻，突然发作，“我是看多了坟墓，看多了坟墓，再看下去，有什么意义?”

路上学姐就说过，张遒莹和恋人三郎闹意见，不愿待在家里，天天往鲁迅家里跑，也不和人说话，在院子里一坐就是半天。鲁迅劝她不如到东瀛疗伤写作，因朋友黄源的夫人许粤华在东京留学，便把她托付给黄源。谁知她来日本不久，黄源父亲病重，许粤华断了经济支持，只得回国，张遒莹在东京又活活成了孤家寡人。

学姐点头表示理解，想起什么，回头叫过站在廊屋下的我，把我介绍给张遒莹。

“和你一样，刚从国内来，家里的老疙瘩，什么也不会，虎拉巴叽让人操心。”学姐扭头吩咐我，“卖啥呆，还不麻溜叫张姐姐。”

我按学姐的吩咐叫了。我说，张姐姐好。

张遒莹警惕地看我一眼，眼神里是满世界的灰尘，掠过的风都裹挟着腌臜的算计，她只希望能找一处干净之地躲避起来，不受任何打扰的样子。

“喂，别麻答人，看他小，人家正经学的是东亚文学。”学姐替我抱屈说。

“文学有啥学的?”张姐姐看了一眼院子里飞来飞去的红头蜻蜓，不耐烦地说，“新文化运动不是受日本影响，整个儿就是日本文化翻版，合着文言文运动都源于明治文化了，新小说新诗歌新戏剧更是脱胎于日本文学，反倒看不出中华文化影子。”

“你胡说!”我有些生气，不同意张姐姐的观点，仗着齿少气锐抢话说，“汉学隽永，连永井荷风这样的唯美主义作家都逃不出汉学出身，当今明治天皇都要请宫廷侍讲先生讲授汉学，要怪只怪中国作家坠茵落溷，都去做什么慷慨激昂的革命文学家，写不出美丽故事罢了!”

我那样说，没打住，拿出从书上读来一知半解的话继续说下去。张姐姐不听我说话，好像有些发冷，不断用手去揪衣角上的绣花，偶尔自说自话地冒出一句，我又听不懂。我对这位固执到心中只有自己，大概也没读过多少书的张姐姐心生恼火，因学姐“收养”我时是从李叔同的《金缕曲》启蒙，以后找来李叔同的文章、书画、音乐看过，被他的才情迷住，就拿“二十文章惊海内”做例子，说李叔同就是最好的中国文人，反过来让日本大文人敬佩。谁知，不举例子还好，一举反倒惹恼了张姐姐。

“尿性男子就靠得住，该着世人稀罕?”张姐姐睚眦着眼看我，抽冷子诘问，冰冷的口气中夹带着明显的不悦，“好个‘长亭外，古道边’，有太太孩子的男人，倒是做得敞亮，和妓女李苹香诗酒唱和，‘只有花枝不解愁’，撩哧东洋女儿当模特儿，带回国内做偏房。真敞亮的男人，是那个把一霎惊艳做成一世痴绝的，两个太太一双孩儿丢在尘世不管，五迷三道去庙里做和尚，出溜女人孩子一生，叫个什么大我?”

我被张姐姐说得蒙在那儿，一时回答不了她的话，闹个大红脸。

“滚犊子,”学姐在一旁咯咯乐，拍一把张姐姐，“人家才 15 岁，毛愣三光的孩子，哪里知道这个，你让他学你做隔路烈女，不是为难他吗?”

张姐姐瞥我一眼，扑哧笑了，隔着一段暮色空气，抬手过来在我脑门上轻轻敲一下，起身去屋里，一会儿手里托了张粉黄色的和纸出来，纸上放着两块凝冻似的羊羹，笑眯眯塞到我手上，倒不像是个记仇的。

学姐约张姐姐初冬“七五三节”去京都逛神社，看穿漂亮和服的女童游街。张姐姐爽快答应了。可是，等我们回到东京后，张姐姐却没来。以后学姐常有消息传递给我，知道张姐姐日语没怎么进步，又不肯挪动，人更孤独，关在寄居处发愤写作，拿文学来打击负心的爱人，她写了不少文章，国内反响不俗，但打击这件事情，似乎并未成功。

“你当她光是狷介孤僻?”学姐感慨地说，“她连文字都与人落落寡合，人家主张革命，她偏偏逆着走，说文学是革命的工具，革命却不是文学的主张。她这样，左翼中有几个她心里瞧得起，又有几个左翼能接受她?”

第二年天气转暖，时逢樱花祭日，我替浅野老师送书稿去东京讲谈社开印，走前告诉学姐，我要去看望张姐姐，她问我的问题，我有答案了，我要去告诉她那个答案。

那会儿，学姐正忙着和一位国内来的有妻小的革命家恋爱，一副魂不守舍的样子，完全没有了对欺世盗名者的愤怒和鄙视。听我说了要去看张姐姐的话，她目光呆滞，嗯嗯地答应着，等我离开时又突然想起什么，要我别去找张姐姐了。我问为什么。学姐说张姐姐年前就回国了，人是匆匆走的。学姐问我记不记得，张姐姐到日本时，原是有朋友的妻子照顾，她见过那位女子，杏眼烫发，漂亮有才，我们去东京看望张姐姐时，那人已回到国内，还照料过病危中的鲁迅，她回国前替张姐姐带信给三郎，信带到了，人却被三郎闪电般爱上，两人纠缠到一起，张姐姐终究在日本待不住，回国了。

“黄源介绍张逎莹来投奔自己的妻子，妻子竟然去和三郎恋爱到一起，张逎莹躲负心汉，竟然单寂到送个人去再给自己添苦痛，你说，世间哪有这样的故事?”学姐双眼赤潮地发呆说。

我去东京的路上，一路都有热烈灿烂的樱树开放，穿留袖和服的少妇带着牙牙学语的孩子跟在穿打褂的丈夫身边，穿振袖和服的少女双双绕着一树烂漫的花挂追逐嬉戏。人敬繁花，却没人留意，那些抢在女儿节前绽放过的早樱，此时早已落完，留下一地碎不成样的胭泥。

五年后，我从美国回到重庆，去望龙门外交部找工作，因为去得早，不到约见时间，只能转进外交部旁边的“景明”书店看书，没想到竟然在书店里遇到了学姐。

“呀，小东西长这么大了!”

学姐惊喜地搂住我的胳膊，又是敲又是打，惹得店里的人都往这边看。

我也惊喜，一问才知道，因为抗战，国内局势变化，学姐的老恋人解脱干系，从京都返回上海继续办刊物，以后经由武汉转到重庆，投奔了中共南方局，在《新华日报》做抗日救国工作。学姐几年来和老恋人分分合合，堕过胎，吃下秤砣，丢弃日本的工作不顾，为爱情追到重庆，和原配打得不可开交，已经鏖战两年了。

学姐人憔悴得不像样，不复灵气，老得像三十多岁的妇女。我替学姐深感不值。她是那么的热情和善良，却因为不合适的热情和勇敢做了插足者，害得磨叽的老革命追不到手，连纯粹的小革命也做不成了。

“不就是争爱情吗，爱都争不来，谈什么革命。”学姐强作无畏，突然想起什么，说，“对了，张逎莹也在重庆，几天前我俩还见过。我算什么，她比我更惨。”

“张姐姐在哪儿?”

“嫁人了。丈夫不是三郎，是满洲的端木蕻良。”

“这样啊?”

“反倒好，躲开不讲民主的负心郎，至少能做自由女性。”学姐眼神涣散地说。

我对文学家历来不信任，不知道三郎好还是端木强，也不想管那些，约学姐一块去见张姐姐。学姐说，眼下见不了，张姐姐是怀着三郎的孩子嫁给端木的，重庆的文人多是三郎的朋友，为三郎抱不平，集体冷落张姐姐。张姐姐性子拗，之前得罪了不少人，没人愿意帮她，端木又软弱，躲到复旦大学去教书，东北老乡罗烽和白朗看不下去，把她接去江津生孩子了。

我被这个结果弄得情绪低落，问清楚学姐并无急事，只是她一个关外人在重庆，人生地不熟，与原配缠斗两年，钱花光了，她插足老文人家庭，老文人的朋友们恨不能刀刀剐了她，其他人躲不赢，哪里敢往身上揽。

我央求学姐在书店里等我。从外交部办事出来，我叫了辆车，带学姐赶回上清寺华侨招待所，从箱子搜出所有钱，带学姐到她老恋人家附近找了间旅社，替学姐付了三个月房钱，又请学姐在旅社旁小饭馆吃了两碗红油抄手，把一个信封交给学姐，那里面装着67.21美金，是母亲汇给我的生活费全部剩余部分。

“不，不不不!”学姐拿着信封，人都吓傻了。

我没说感激学姐的话。她是母亲之外唯一庇护我的国人。我拿学姐调侃，她那么讨厌左翼男人，结果还是被暧昧的老男人收了魂，这样的革命，要多糟糕有多糟糕。

学姐心绪不宁地搅着碗里的抄手，说两句自己，话题转到张姐姐身上，说张姐姐明明是文学中“我花开后百花杀”的宁馨儿，却一心渴望男人结实的肩膀，原先认定三郎引她踏上文学路，改变了她的生命，以后又认定端木是她文学的欣赏者，锁定了她的性命，只这一样愚昧，就注定置她于死地，她们这一代文学女青年，都是这个劫数。

离开重庆前，我在一家旧书店淘到时代书店“奴隶丛书”的老版本，其中有《生死场》，在去美国的船上把它读完。故事中的农民、土地、牲口、不断的死亡和女人顽强的生育我竟读不懂，只觉得，那是另一个世界的惨痛和绝望，让人心里发堵。写出如此惨烈文字的张姐姐，如同船舱外一眼望不到边际的太平洋，成为我心中一个不解的谜。

民国二十九年，我从美国返回国内，到7战区服务。秋天入港办事，一日在街头顺手买了份《星岛日报》，见“星岛”副刊上正连载长篇小说《呼兰河传》，作者是萧红。我急忙打电话到报社询问，才知道张姐姐也在香港，住在九龙乐道。只是，我因打听的是张迺莹小姐，电话那头的人不高兴，说只知道萧红，不知道张迺莹。我谢过对方，挂上电话，立刻从深水埗赶到九龙乐道。

乐道街口的电线杆子上贴着花花绿绿的广告招纸，筷子姐妹花沿着乱糟糟的唐楼叫卖，卖榄小贩把甘草榄卜卜飞抛上二三楼，孩子们在楼下追逐嬉戏。穿过骑楼间逼仄的过道，我找到乐道8号，楼下是大时代书店，张姐姐住楼上，她家门紧闭，隔壁一位法国女子出来说，萧红小姐被文协会的朋友接走了。我有些遗憾。我来找张姐姐，不光要回答她五年前问过我的那个问题，还有很多我想向她提出的问题。

过了几天，我又去了一趟尖沙咀。张姐姐仍然不在。楼下大时代书店的人说，她昨天还在，中华全国文艺界抗敌协会的胡风来港，在港大演讲，她陪胡夫人梅志过海去坚尼地道看望茅盾和孔德沚了，什么时候回来，没个准信。

那以后，我托梅大哥，我不在港时，替我把《星岛日报》买下集攒起来，我就那么读完了《呼兰河传》的故事。

10月份，我押解货物回内地，离开九龙前，心里不甘，又去了大时代书店，这一次，终于见到了张姐姐。

张姐姐在伏案写作。说伏案不准确，她披着件水红色派力司呢大衣，人靠在铜柱床上，蜷着双腿，膝盖上垫一本书，书上托着稿纸。她拿膝盖做案头，不断咳着，就那样写字。她没认出我，憔悴的脸上有些冷漠，目光中透露出不信任的神色。我告诉她我是谁，提示她，黄昏涌现的浅草町，大眼睛红头蜻蜓悬在头顶，还有那两块托在柔软和纸上凝冻似的羊羹。张姐姐眼睛一亮，哎呀一声，丢开稿纸，起身捉住我的手，脸上浮起红晕。

“是你呀，都长成小大人了，认不出了！”

“不是小大人，是大人嘛。”我不好意思地红了脸。

“来，握着姐姐的手，用力，让姐姐看看是不是真长大了。”不过是秋天，她的手冰凉，我没敢用力，她已经很惊讶了，“呀，真是大人了。”

我们坐下说话。我告诉张姐姐，我从日本去了美国，又从美国回到国内，如今在军队服务。张姐姐高兴地说，她弟弟也在军队中，是西北抗日军。她随手从桌上拿过两页稿纸，说是给弟弟写的信[①]，我也是弟弟，让我看看。

我坐在那里看那封信，看着看着，想起七八年没有音信的二姐，捏着两页纸头，突然有一种想哭的感觉。张姐姐歪着头看我，问我是不是信写得不好。我当然不是那么想。我觉得信写得非常好，姐姐对弟弟的话中，反复出现那么多的"快乐"，当姐姐的就该说这样的话。

我告诉张姐姐，我读过《呼兰河传》，在那个故事里，她像是突然活成了另外一个人，一个与他人不相干的生命；她的文字真是灵异任性到底了，直如早开的樱花，别人看到时，已是一地落红，却又让她一瓣瓣拾回来，做成文字的花，让人羡慕她拥有那么多可以思念的童年往事。不过，我告诉张姐姐，我不像她那样渴望回家，也许因为她在世上辛苦地寻找过，可以回家了，我则还在路上，人糊涂着，没有资格回家吧。

"走走停停，写了三年，河水淌开，记不得有悲伤了。别人都写国家命运，只我不合时宜，写个人苦痛，越活越不经事。"张姐姐捂着嘴咳了一阵，喘匀了，有些恍惚地看桌上那盒空了大半的"黄金叶"香烟，她似乎在有意忘却乡语，把自己混淆于毫于风格的国语中，"只是，我为什么会回到春天，这个我也说不清楚。"

我告诉张姐姐，我来看望她，是来回答她五年前问我的那个问题。张姐姐"哦"了一声，在床上坐正，饶有兴趣地看着我。

我告诉张姐姐，因为她批评负情人，拿《送别》做例子，伤害了不相干的李叔同先生，我憋着气，回去查阅了《送别》，竟然查出了许多感慨。

说起来，这首歌不止一个版本，最早是美国作曲家奥特威[②]写的，歌名叫《梦见家和母亲》，因为写了伤感的乡情和亲情，南北战争时期被北军和南军士兵争相传唱，流传到世界各地。奥特威本人是优秀作曲家，他写这首歌，却奇怪地用了从未见过面，小他十几岁的捷克作曲家德沃夏克[③]的曲子。我到美国后，有机会了解德沃夏克，他在美国国家音乐学院做了三年院长，而他到美国

---

① "九一八致弟弟书"，萧红遗世的最后一篇文字。

② 约翰·庞德·奥特威（John Pond Ordway，1824—1880），美国作曲家。

③ 安东尼·列奥波德·德沃夏克（Antonin Leopold Dvorak，1841—1904），捷克作曲家。

的时候，写下《梦见家和母亲》歌词的奥特威已经去世 12 年了。我找到德沃夏克在美国写下的《自新大陆》和《美国弦乐四重奏》，找到他的《斯拉夫舞曲》《大提琴协奏曲》和《水仙女》，很快被他音乐中浓郁的波西米亚风格迷住。我知道身为优秀作曲家的奥特威为什么要用德沃夏克的音乐了，因为德沃夏克的音乐里充满了浓得化不开的思念。

张姐姐打起精神来，腰板撑直，要我把《梦见家和母亲》唱给她听。我有些羞涩，但还是为张姐姐唱了：

梦见家，亲爱的老房子，童年和有母亲的家，

醒来时甜蜜地寻找，一直梦见有母亲的家。

亲爱的母亲，请对我耳语，我感觉你的手在我的额顶上，

是的，我时常梦想着亲爱的老房子和母亲。

《梦见家和母亲》传到日本，在新潟高等女子学校任教的音乐家犬童球溪听到这首歌，内心孤独的他泪如雨下，几欲不能，当即根据《梦见家和母亲》曲调填词，写下《旅愁》。这首歌，我也为张姐姐唱了：

一个人忧愁，怀恋着故乡，亲切的父母，走在梦中。

回故乡的路，深秋夜静，旅途天空，寂寥的回忆。

一个人忧愁，风雨在敲窗，梦被打破，遥远的他们。

《旅愁》发表后，很快在日本广为传唱，一时家传户诵，此时李叔同正在日本，他被这首歌打动，多次唱这首歌，因大哭气绝几不成曲，在与潦倒的挚友许幻园雪中别离后，他用原曲调写下了《送别》。

我问张姐姐，难道她写下的那些家乡花园和老祖父的故事、德沃夏克写下的音乐、奥特威写下的《梦见家和母亲》、犬童球溪写下的《旅愁》、李叔同写下的《送别》，它们不是同样的思念内容吗？我要回答张姐姐的问题是，那些不肯让思念之情断掉的人，无论男子还是女子，坚强只是做出来的，他们不是尿性的人，而是心碎的人。

我说话和唱歌的时候，张姐姐不打断我，一支接一支吸烟。我说完，她埋

头沉默了好一会儿，再去烟盒里取出一支烟点燃。

“你是这么想的？”她咳嗽了几声，脸涨得通红，半天止住，“思念的话，我是信的。我就是这样的人啊！可是，世界怎么可以只由男人来做中心，这是什么道理？”

“不是这样啊，是男人和女人共同组成中心。”我强调。

“共同吗？”张姐姐支棱着眼睛瞪着我，举在手指间的香烟袅袅向上，在头顶忽倏断掉，“女人是爱人，男人只管当被爱者，他们不能忍受爱人的爱，爱情使他们感到剥夺，纵使心碎，也只拿女人做了心碎的损害，之前先就把女人牺牲掉了。这样损坏的世界，哪里还有什么共同？德沃夏克、奥特威、犬童球溪、李叔同，被人们记住的，不还是男人吗，不还是男人拿着他们的心碎来给人们看吗？”

张姐姐一番话把我问住，我回答不出来。想了几年的问题，以为想明白了，拿来回答张姐姐，却被她一句话就问倒，这让我十分沮丧。

张姐姐看我发窘，笑了，身子往前探，不持烟的那只手伸出来，要往我脑门上拍，大约意识到我已经是大人了，手在空中滞住片刻，寂寥地收回去。

“我寻思了这么多年，也没寻思明白，不想了。”张姐姐指挥我从我带去的草网中取出一个苹果，去窗台上的盘子里取来小刀，“来，陪姐姐吃半个苹果。”

“姐姐一个人吃不好吗？”

“天涯海角，我俩身边没有亲人，两只寥落的走狗，以后想起，那一年，你和一个叫张逎莹的人一起吃过一只苹果，留个记忆，不是很好吗？”

我看张姐姐笨手笨脚，苹果削得皮颠瓤倒，上手接过来。正削着苹果，外面进来一个男子，中等个头，梳着飞机头，并不寒冷的天气，穿着欧式皮夹克，打扮和举止有股玉软花柔气，看见我，目光来来回回在我和张姐姐之间穿梭。张姐姐也不介绍，冷寂地看男子一眼，问他有什么事。男子说，和茅盾约好，去香港那边看朋友，身上没钱。张姐姐伸手够过五屉柜上的皮包，取出两张钞票递给男子，两人没再说什么，男子就走了。

“我丈夫。国破家亡的时候，男人们厮混在一起，不过是消解愤怒和无聊，不会叫我一块儿，正好躲无奈。”张姐姐苦笑一下，“本来约了茅盾夫妇去南洋，与这边的人事彻底断了，到底不是真挚朋友，人家不愿带我走，我也只好没良心了。”

我把削好的苹果切下一小片，大头递给张姐姐。

“真是悲观。”张姐姐眼神发散，苹果捏在手中，却不吃，“我一生的错，就是放不下对温暖爱情的渴望。原以为终于明白，向男人要爱情靠不住，要拿生命来争取自己，可惜，健康已经全毁掉，再也没法恢复了。”

张姐姐那么说着，突然有些泄劲，努力咳了一阵，心灰意冷地放下苹果，再去床头拿烟盒，点燃一支。

“我累了，要睡会儿，你先走吧，替我把门掩上。”

我起身告辞，心里一阵戚戚，有点怀念浅草町黄昏下脆生生的东北话。

张姐姐要我去门后纸箱里取两本书，是她的《旷野的呼喊》和《萧红散文》，说没有什么礼物送我，就送书吧，要我记着她，以后经常来看望她。

再次见到张姐姐，是两个月以后的事情了。

(GYZ006—004—03) **奥布里·亚伦·麦肯锡法庭外调查记录：**

新成立的联合战俘自治委员会决定派出一支军官小组，知会日方战俘方面成立联合自治委员会的情况，同时交涉御寒用具和阻止疾病蔓延问题。交涉小组由英军扫雷艇艇长古柏上尉和国军虎门要塞司令部文书龚绍行上尉组成，二人前往交涉时注意军纪整洁，保持军人尊严，在与日方交涉时选择适当语气，同时注意不要激怒对方。

英联邦军官中有少量懂中文的，没有懂日语的，中国战俘中有几个懂英文也懂日语的，都在游击队战俘中，钟上校建议，由国军中尉郁漱石担任联合自治委员会方面传译员。

郁在联合战俘自治委员会工作的时候，我在和德顿小子吵架。

(GYB006—001—193) **被告郁漱石庭外供述记录：**

高级军官联席会议结束以后，我被留下，接受格尔诺维茨和徐才芳的讯问，他们需要对我做一次甄别。

格尔诺维茨和我谈话过程中，徐才芳一直戒备地盯着我。徐少校风纪严整，不苟言笑。他有一只相当秀美的女性化鼻子，鼻子下是一张小里小气的纤薄嘴唇，下颌上有一颗角质疣。我尽量不看他那只女性鼻子和纤薄嘴唇，以免发笑。

格尔诺维茨结束和我的谈话之后，徐才芳向我提了几个问题，诸如在日本读书期间参加过什么组织，和什么人接触过，是否受过皇道派①和一夕会②影响等。他在我入营审讯时没有提到这个，大概当时矢尺大介在场，不便问。他的口气一丝不苟，好像出生前就有人告诉他，人生没有什么有趣的事情。

“我在日本只是一个学生，国家改造和大陆政策不是我的学业。”因为反感徐才芳的质问方式，我冷冷回答，“就我所知，我在这儿的全部作用就是帮助两位上尉去和牢卒头头打交道，告诉他们战俘们如今是一伙了，然后设法弄床厚点的毛毯。我不想干这个，你们另选人好了。”

“你什么态度?”徐才芳非常恼火。

我知道徐才芳恼火的原因，能用日语和英语与敌人和盟军交流对证明军人的勇敢毫无作用，但对失去自由却想证明自己能控制一切的军官很重要，他不具备这个能力。

两小时后，联合战俘自治委员会派出的三人组出门了。

路过东区时，我看到一些幽灵般的国军战俘，他们在屋外靠墙坐着，一动不动，像是僵尸。他们全都营养不良，满脸倦怠，肋骨间一片阴影，像一台台初级钢琴，那么多钢琴依次排开，你不知道它们会发出什么样的音乐，让人想着都眩晕。

然后，我看到了传说中惹是生非的游击队员。他们有几十号人，分成几个组，无声地在各个营房间穿梭，收集生活垃圾，运到营区边排水沟旁填埋掉。大概怕干活费衣裳，大冷的天气，他们全都没穿上衣，看上去健康情况比国军还要糟糕，基本是一张脏皮直接包着消瘦的骨头，脑袋像是临时安上去的，完全看不出一年或两年前他们长什么样。

游击队的人当中，有个瘦猫般的半大孩子吸引了我的视线。他圆圆的脑袋，个头小得不正常，手脚细如麻秆，活像悬丝傀儡，和一个矮个子中年人抬着只篾筐。我们走过时，那个中年男人直起身子朝我们看了一眼。他穿短袖对襟褂，披一件旧便衣，嘴上叼着只烟斗，离着几十步远，看不大清，我觉得那是一张

---

① 日本军队中的法西斯幕僚派组织，主张把国家改造和对外侵略紧密联系起来。
② 日本军队中的法西斯派别，主张通过政变由天皇依靠军队直接进行统治。

石刻的脸。

“真能装。”龚绍行哼了一声，小声说。

我不明白地看龚绍行。龚绍行告诉我，那个矮个子中年人就是中共游击队战俘中官衔最高的，叫肖子武，他手下的人管他叫肖大哥。

“他们在找吃的。”

“什么?”

“他们不会白干，说不定垃圾里能翻出能吃的东西。食物最重要，对吧?”龚绍行说话语速极快，有一种饥饿动物见到食物的兴奋，“提个醒，把私人物品收好，别让人顺手牵羊了。”见我仍是一副不明白的样子，他又补充道，“你总有些私人物品吧? 比如食物什么的，不然你到D营来干什么，怎么活下来?”

我被人上了一课，点点头，顺便问到徐才芳。

“老徐是夏威8军团的人，政工干部，不是作战被俘的。”龚绍行朝扬头走在前面的古柏看了一眼，压低声音说，“广州沦陷时他走错了道，落在鬼子手里。8军团不是嫡系，所以他老和钟长官套近乎，在南头集中营就向钟长官宣誓过忠诚。”提到这个他更加兴奋，“余长官的12集团军也不是中央嫡系，粤系一直不服老蒋，抗战开始了还想把老蒋扳倒。老蒋在广东发迹，在两广却没有嫡系，所以老把粤系主力往北边搬，留下来的杂牌军弱到连游击队都收拾不了，活该当俘虏。”

我觉得，龚绍行那么说没道理，怎么说，他也是粤系的人，不应该想当俘虏吧? 不过看起来，游击队的人也不怎么样，他们的样子有点像成群结队的灰沼狸，和周边的物种孤立，只能翻腾垃圾，挺可怜的。

“你要小心，营里只有中国人那会儿，老徐是副主任，现在只是委员会成员，心里肯定不服气，会憋着劲整人。”龚绍行说了那么多，有点气虚，喘得厉害，“你是国军，人留在西区，和英国人混在一起，换了我，我也会盯住你。”

我看了龚绍行一眼，点点头。

我们来到营区东北头通往日方管理区的二道门岗。站岗的是一名警备队上等兵和一名少年战俘警卫。上等兵慵懒地靠着杂木栅栏，单帽掖在腰带上，看着不到二十岁年龄，皮肤黝黑，眼睛明亮，头剃得奇怪，其他地方光光的，顶上留下一撮，活像顶着一块煎鱼饼，显眼的是，额上刺了几个黑色墨点。我们走近前，他在逗一只白眼圈的画眉鸟，画眉停在门槛上，歪着脑袋看他，两人你一句我一句说着什么，鸟儿是迪啾—迪啾，声音婉转明亮，人是喳喳—喳喳，不是画眉，像山麻雀。

见我们走近，少年战俘警卫过来奶声奶气盘问。上等兵站直，单帽戴好。画眉飞走了。上等兵过来问了两句，说一口不太熟练的福佬话①。

事先向日方通报过，我们获准通过二道门。我回头看上等兵，他也看我，乌亮的眼睛滴溜溜转动着，稚气十足，脸上露出一抹谨慎而生硬的微笑，好像他昨天才出生，什么人生经验也没有。

管理区在D营东北角，主建筑是一栋年头久远的客家围屋。围屋前有一大片草地，生长着茂盛到不讲理的苜蓿，向南一直通向斜坡下。草地上搭了一座凉棚，棕绳编织的软椅让人看了昏昏欲睡，适合躺在上面消磨冬天午后阳光的抚慰。围屋背后，两栋条石盖起的旧式兵营隐约藏在花木扶疏的丛林间。再往南边是一大片沼泽地，绕过一道逐渐升起的高地，那里植被比其他地方矮不少，高地尽头有一层明亮的海天玻璃色，再远处就看不见了。北边稍远处地方，一些疯长的棕榈树向森林中蔓延而去，棕榈树上飘扬着一些宽大的姜黄色衬裤。战俘营的管理者大概喜欢南方的阳光，它能把皮肤晒成古铜色，但我猜，他们更喜欢在寒冷的天气中光着上身，赤脚站在家乡的雪花中，大声吼叫先人流传下的诗歌。

几名日军士兵站在管理区围屋大门外，灰色战斗服，罩伪装网的90式钢盔，胯前吊着弹匣横在左侧的100式冲锋枪，腰间佩着南部式手枪。我注意到他们胸前的M型兵种胸章，是青蓝色的航空兵，不是黑色胸章的警备队。

围屋前站岗的哨兵叫来一个下颏削尖的上等兵，饭岛要人上任时我见过他，他是新任长官的韩国军夫，叫朴八佬。他有一张毫无特色的脸，就像脚随便踢中的一块泥土，因为脸始终阴沉着，你会觉得那块泥土有些年头了。

我们三人跟着阴沉的韩国人走进院子。

围屋用青石和楠木建造，典型的南洋风格，院子里有两棵茂盛的黄杨，靠墙的背阴处种了一排紫薇。庭院北边，一条水火道相隔，竖着一座高高的碉楼，看上去弃用了很多年，青石墙面上攀满了藤萝类植物，站在庭院里，能看到墙体斑驳的碉楼二层以上部分，窄小的窗户紧闭着，窗台上生长着几株山兰，大

① 闽南话。

概是鸟儿将草籽衔到那里去的。

不知为什么，我觉得那座碉楼显得神秘而伤感。

朴八佬让我们在院子里等着，他进屋去报告。

透过一楼西边一间屋子打开的门，能看到几名日本军官在屋里说话，主谈者是位面容清秀的矮个头年轻军官，没有佩戴军衔和军刀，军官们恭敬地簇拥着他，中佐衔的饭岛要人也在其中。看来，D营日方最高指挥官有重要客人。

朴八佬进屋小声向饭岛要人汇报。矮个子年轻军官回头朝院子里看了一眼。事后我回忆起这一幕，我想，我就是在这个时候被盯上的。

很快，矢尺大介，这位日后令我一听到他的声音就会汗毛直竖的魔鬼，腰间拖着95式军刀出现在院子里。我们很快领教到这位D营次官的威风。

矢尺大介完全没有请我们进屋谈的意思，交涉只能在院子里进行。

按照事先计划，交涉主要由古柏上尉负责，龚上尉补充，我负责传译。古柏告诉矢尺大介，他和龚上尉代表新成立的联合战俘自治委员会向D营日方最高指挥官饭岛中佐通报联合战俘自治委员会成立情况，并交涉御寒措施和收治病号事宜。我将古柏上尉的话传译给矢尺，说明了来意：联合战俘自治委员会希望日方按照《日内瓦公约》和《海牙公约》[①] 精神尽快收治病号，而不是等着伤寒在战俘中大量蔓延；为包括士兵在内的每位战俘解决御寒问题，而不是等着战俘们夜里用舌头当被子防寒；落实英联邦战俘的床铺问题，而不是让他们睡在潮湿的地上和可爱的积水以及凶猛的昆虫捉迷藏。

矢尺大介30岁上下，长着一张岛国人典型的扁平脸，却有一只广东沙皮巨大无比的下巴颏，上身壮硕，下身粗短，剃着光头，任何时候都坚定地戴着趾高气扬的战斗帽，穿一条似乎从来不曾换下的邋遢的卡其布料马裤，军用衬衣领子敞开，露出白花花的胸脯——我头一次见到东亚人能白成这样。矢尺次官根本不看用大和民族以外的语言和他说话的英国军官，目光一眨不眨地盯着我。入营那天晚上审讯时，他也这么盯着我，他的鼻子太大，眼睛挤得只留下一道缝，很难判断他是在看我，还是在看他自己的鼻子。

我传译完古柏上尉的话，矢尺冷冷地问：

“这么说，你们又是谁?”

---

① 1899年和1907年海牙和平会议通过的一系列国际公约、宣言等文件的总称。

“古柏上尉、龚上尉、郁中尉。”

“用不着告诉我你们三头猪猡叫什么，总之，需要知道的时候我会用力踩你们小尾巴，让你们嗷嗷叫出来。”矢尺的话里夹带一些粗俗的市井俚语，他盯着我的眼睛意味深长地说，“至于你，131号，最好说些美丽的鹳能听懂的话，这样对你比较好。”

“先生……”

“那么，是谁批准你们三个蠢家伙到这儿来的？”

“我们受联合战俘自治委员会钟上校和摩尔上校指派，奉命与贵方交涉，事先通报过。”我的手不易觉察地痉挛了一下，他提到鹳的事情，是在暗示我，他曾经关照过我。

“这个嘛，你们以为现在还躺在海军要塞的鸭绒被窝里，等着勤务兵把烫嘴的咖啡送到嘴边吗？”矢尺大介咧开嘴笑了一下，不大像要发作的样子，“滚吧，回去告诉派你们来的愚蠢家伙，让他们把胡子剃干净，本人现在没有工夫理会他们，但保证会在高兴的时候去找你的上校，看着他们把脸上的鼻屎吃下去。”

我犯下了在D营的第一个错误。我没有按照矢尺说的那样夹着屁股滚蛋，而是硬着头皮再次重申，关于床铺问题，联合战俘自治委员会提出了很好的建议，战俘营坐落在雨水丰沛的原始森林中，这里有可以盖一千个——也许一万个——奥古斯都大帝[①]奢侈宫殿的珍贵木材，战俘中有来自粤北山区和爱尔兰山区的木匠，不缺工人，可以自己动手去森林里伐木头，确保20天之内让所有人睡在干燥的床上。

“啊啊，知道了，集体郊游嘛，采集浆果和蘑菇什么的。”矢尺大介不怀好意地笑道，“那倒是，大日本皇军不会用枪瞄准你们可怜的后脑勺，珍贵的子弹会被送到太平洋战场需要它们的勇士手上，让更多的猪猡嘴啃泥。”

按照规定，我把矢尺的话传译给古柏和龚绍行，他俩都很生气。

“告诉驴头，”古柏愤怒地说，“我们不会不管自己人，让他的子弹见鬼去吧！”

我没把古柏的话转告给矢尺。来之前徐才芳提醒我，不要和日方发生冲突，以免把事情弄僵。可是，我有一种冲动。我觉得我被东亚文学欺骗了，这不是

① 屋大维（Augustus，前63—前14），古罗马帝国开国皇帝。

我知道的日本。还有，我是一名军需官，疾病正在蔓延，为躺在冰冷泥水中的士兵弄到被子和床是我的职责。

“要是这样，战俘们就不得不搂抱着度过冬天了。”我这么对矢尺说，我的固执充满了悲壮。

“搂抱在一起睡觉，131是想说这个吗？本人不允许这样做。”矢尺开始不耐烦，咔吧咔吧捏响指关节，回头朝屋里看了一眼，换了一副虚假的乡绅口气说，“可耻的战俘没有权力戳谁的屁股，皇军在征服世界，顾不上为你们检查梅毒，不能保证有谁会染上性病。”

“可是……”

“可是，你们已经违反了军规，滋扰了皇军治理地区的安宁，关于交涉代表的上诉将不获受理。滚吧蠢货，趁本人现在没工夫搭理你们，立刻滚回营房去!”

我们无功而返，回到战俘营房，向钟上校和摩尔上校汇报交涉情况。

这个结果在钟上校的预料中，却激怒了摩尔上校和联邦军官们。摩尔上校决定不接受日方的无理答复，继续向日方申辩和交涉。钟上校向摩尔上校表示，中国战俘支持盟国战俘的要求。

“除非阵亡，士兵决不躺在裸露的泥土上。”钟上校苍白的脸蛋上浮着两朵红晕。

摩尔很高兴钟上校这样想，殷勤地邀请对方到他营房喝茶。钟上校婉言拒绝了。

“这不表明我们不是盟友。”钟上校说。

徐才芳十分恼火地责怪我没有按照布置直接见日方主官饭岛要人，导致联合战俘自治委员会第一次与鬼子的交涉完全失败。我不接受徐才芳的指控，交涉小组负责人是古柏和龚绍行，和矢尺大介交涉的也是他俩，我只负责传译，不对交涉对象是谁和交涉结果负责。

“我会把你调查个底朝天，郁中尉。”徐少校阴郁地盯了我半天，然后说。

（GYZ006－004－003）**证人奥布里·亚伦·麦肯锡法庭外调查记录：**

我和德顿吵架，完全是因为中国人。

中国战俘中有几个没有长大的孩子，他们被编入普通营工作班，负责营区内通信和站岗工作。我觉得这些娃娃兵非常了不起，如果穿上宽大的工装裤和格子衬衣，他们就是镀金时代的牧牛少年。德顿却声称，中国的童子军和英国的童军总会、美国的“森林印第安人理想”组织不同，后者的目的是良好公民和忠诚训练，不是为了战争。德顿这家伙总有一种下意识的优越感，他认为驱使未满 14 周岁的儿童参加战争是人类不齿的行为，人们应该在战场上采取坚定的废童政策。我认为德顿是马克思主义者，他不理解中国人，他们昨天才剪掉辫子，接受不了劳动者至上这一套。德顿则认为我是杰斐逊主义者，到处倾销幼稚可笑的美国式民主。我俩为这个争吵起来。

郁从外面回来，眼神奇怪地看我和德顿。气氛有所好转，争吵变成斗嘴。

郁和德顿讨论，英格兰人有一种维京海盗的傲慢，但别忘了，海盗船上不光有童子军，还有女海盗，废童运动应该把妇女也加上。为了证明自己的观点，郁举了中国的郑石氏[①]和英国的安妮[②]例子，两位女英雄都是性奴出身，可她们差一点通过战争成为贵族。德顿面有赧色，认为郁是妥协主义，但他承认他的祖先和北方的海洋有着难以摆脱的屈辱关系。

“就像你们中国人一样。”德顿对郁说。

“你错了，子爵先生，”郁的口气分辨不出是认真还是嘲讽，“就古老文明而言，中国最早只是西周京畿一带地方，面积不足 100 平方公里，人口不到 50 万，那个中国和你的北方海洋有着同样难以摆脱的屈辱关系。”

“你不会说，就像那些留着卫生胡小子的国家一样吧。”德顿涨红着脸说。

“和盎格鲁一撒克逊人说这些没用。”我过去拉住郁，他俩一聊贵族间的话题我就头疼，“你可以关心一下我这个正在遭受痛苦的童子军。”

我把郁拉出营房。我现在需要他。我的坐骑在海上被日本人屠杀时，我的肩胛上钻进一粒豆子大的弹片，后背被气流烫伤，本来在圣士提反野战医院得到了很好的治疗，可惜以后被日本人一折磨，伤势再度复发。

郁在港岛作战中也挂了彩，但伤口基本好了。他是个幸运的家伙，总能创造奇迹。

---

① 原名石秀姑，清朝时期广东名妓，南中国海著名海盗，拥有数百艘战舰，1811 年被朝廷招安。

② 安妮·鲍利（Anne Bonny，1702—1782），18 世纪著名海盗。

郁从卫生科弄了点硼酸水，我俩躲在营房后面，他帮我处理肩上的伤口。我龇牙咧嘴，热情地告诉郁，中国是美国最忠诚的盟友，我和他应该给战俘们树立模范榜样。郁茫然地停下手中的布头，脖子伸长过来看我。关于我俩可能是一个爹操出来这件事，我只在入营时开过一次玩笑，以后没再提及。D营战俘主要是中国人和英联邦人，我和可怜的莱弗、亚当，就像三只孤独的白头海雕，郁熟悉美国，所以我总是和他套近乎。

"你们有取之不尽的资源，吃苦、忍耐和足智多谋的人民，战争开始前我们没有抛弃你们，你们一定会百倍地报答我们。"我认真向郁宣布，"兄弟，相信我，你的家人会支持我的看法，如果你有家人的话。"

郁说他愿意相信我，但他不能肯定我说的抛弃和报答的话，因为他无法像我一样，用国家首脑的口气说话。至于家人，郁认为他的情况恐怕会让我遗憾，他的确有家人，而且有一大堆，可他们一定以为他现在躲在南方某个国统区的乡村喝着工夫茶，和某位丈夫阵亡因而春意阑珊的年轻寡妇打情骂俏，如果他们知道他做了日本人的俘虏，一定会大为光火，因为他让他们丢脸了。

郁还告诉我一件糟糕的事情，美国遭到日本人攻击，中国的达官显贵一点也不伤心，而是比过旧历年还高兴。郁向我描述了如下画面：当日本人把他们的航空鱼雷丢在美国人头上时，重庆国防委员会大楼里一片欢呼雀跃，政府和军队魁首们纷纷发电互相庆贺，喜欢在公开场合显示恩爱的委员长和夫人如释重负，一扫眉间阴云，手挽手去上清寺教堂感恩上帝。小个子日本攻击了大个子美利坚和巨人般的联合王国，太平洋战争终于爆发，这是一次了不起的伟大胜利，中国的领袖们乐于看到，中日战争不再是幕下和横纲之间实力不公的相扑[①]，美国人和英国人将不得不把自己与中国捆绑在一条绳索上，加入亚洲战争，中国的战略地位将得到重视，美援将源源不断运往中国，中国军事首脑们的腰板会变得强硬起来，不然他们将遭到美援的狠狠打击。

"就算这样，我们仍然是盟友，我们在一起，对吧？"因为郁，我原谅了他的国家，"可是，别把傲慢的英国佬牵扯进来，他们除了一个劲地给美国开出武器清单，什么也干不了，那个捡了便宜的结巴国王[②]正在等待罗斯福去拯救他

① 相扑运动力士级别，幕下为4级，横纲为最高级10级。

② 艾伯特·弗雷德里克·亚瑟·乔治·温莎（Albert Frederick Arthur George Windsor，1895—1952），英国乔治六世国王，最后一位印度皇帝和爱尔兰国王。

快要被德国人炸平的小岛。”我龇牙咧嘴抽着冷气向郁保证，“等着吧，我们一定能打赢太平洋战争。”

我听见郁的肚子在咕咕地叫。战俘营每天提供两顿饭，早饭10点供应，通常是分量严重不足的番薯煮豆子粥，晚饭6点供应，通常是发了霉的杂面窝头和用木瓜，以及不知道什么植物混合在一起的杂拌汤。就我所知，郁并非饕餮之徒，但D营的食谱还是让他饿得发慌。我知道他希望这个时候我能从私人口粮中拿出点什么，比如一只罐头。他更愿意和我谈谈私人口粮内容，而不是扑朔迷离的太平洋战争。

“我们的确是盟友，亚伦。”郁放轻动作，尽量不碰到我肩胛处翻起的烂肉，“我正在为你清洗后背上的伤口，以免它长蛆。英国人也是，萨维兹，皮格特，还有迪帕上尉，他们的伤口也好不到哪儿去，有人伤口中的蛆比你多几倍，看上去他们的身上就像长着一座动物园。”他好心提醒我，“问题是，我们在战俘营里。我是说，我们中国人，你们美利坚人，还有德顿伙计的不列颠，我们被日本人打败了。”

郁向我解释，他愿意相信我的话，美国人在夏威夷损失惨重，骄傲的太平洋舰队几乎全军覆没，菲律宾和马来要塞也丢失了，美军士兵即使打了败仗也很顽强。不过，英国人也一样，他们的军队抵抗得很苦，德国人把他们摁在英伦岛上痛揍，海外殖民地不断丢失，但他们很卖力，也许他们会卷土重来。

“所以，亚伦，你，德顿，还有我，我们这些人不应该分裂，我们得先把伤口里的蛆弄干净，设法活下去，活得时间够长。总有一天，魔鬼们会坚持不下去，战争会结束，人们溃疡的伤口会痊愈，这就是我的想法。”

我欣赏郁，虽然很多时候他是幼稚的，可谁说幼稚不是打赢战争的最好武器?

我问郁，战争结束以后他想干什么。他举着纱布想了一会，想不出来，说他没想过这件事情，也许应该想，但他没有。

“知道我想干什么?”

“去掉背上的痂壳？幸好你看不见，它的样子实太难看，我保证你不会喜欢。”

“我说的不是它。”我龇牙咧嘴地说，“我要用敞口杯一气喝光三品脱蓝带啤酒，然后和劳莉塔跳一整夜恰恰。”

我告诉郁谁是劳莉塔。一位来自墨西哥纳瓦特尔族[1]的混血姑娘，她美丽性感，有着迷人的棕色眼睛和玫瑰花瓣诱惑的红唇，我俩是在艾克斯敦镇举办的玉米节上认识的。劳莉塔是那一届的玉米皇后，镇上的小伙子都迷恋她。她和她长着浓密胡子的爹、梳着大辫子的妈、五个迷恋龙舌兰酒的哥哥为镇上一家牧场打工。他们把平底锅从新拉雷多[2]搬到美国来。他们认为得州是美国人从他们手上抢来的，他们仍然在自己的土地上生活和工作，美国人犯下的可不止偷渡罪。

“嘿，美人儿，”我追着花车跑，对车上戴着花冠的当选皇后大声喊，“干吗不来我家牧场工作，我妈会喂你艾克斯敦镇最棒的酸樱桃馅饼！”

“牛仔小子，”劳莉塔掩着被风掀动起的裙子朝我大笑，她那双结实的长腿让我差点眩晕过去，“干吗你不自己来喂我？”

你猜怎么着，当天晚上，我就赢得了美人儿的芳心。她让我吻了她。我们在我家储草仓里滚到月亮偏西。为这个，我还和丹朗士打了一架。丹朗士是艾克斯敦镇最厉害的家伙，他用手肘撞断了我一根肋骨。我没便宜他，他那个醋意大发的妹妹告诉我，她哥哥趴在床上喝了两个月的奶，一直对着牛奶桶哭泣。

当兵前，我和劳莉塔每个星期都见面。她真是个可人的姑娘，给我带来亲手做的玉米饼，教我蘸着辣酱吃蝗虫，然后我们在树屋里痛痛快快大搞一场。没说的，我是西湾平原最幸福的家伙。

在郁为我的伤口做完清洗，并且重新扎好绷带前，我向他描述了战争结束以后我最想做的事情。

“也许我可以和劳莉塔商量一下，把做爱放到第二天早上，先痛痛快快跳一晚上舞。”这件事情必须决定下来，不然到时候手忙脚乱，“但也可以先做爱，再跳舞，然后接着做爱。”我并不在意做日本人的俘虏，我认为事情很快能得到解决，谁也不敢把美利坚怎么样，事情就是这样，“劳莉塔会等着我，上帝会告诉她我活着，她一定会等我回去。”

“真是不错的想法。”郁由衷地说，他为我高兴。他承认他不会喝酒，跳舞行，但没有劳莉塔等着他，所以，战争结束后他用不着那么忙。

---

① 墨西哥最大的印第安族群。

② 墨西哥城市，与美国接壤。

“郁是什么意思?”这是我一直想问的问题，我想知道他怎么有这么奇怪的姓。

“草木茂密，还有，忧愁。”郁朝营外峡谷的森林中深深地看了一眼，说。

我随着郁的目光看向营外，没看出什么。不过，那真是个神秘而深刻的姓，对吗?

就息哨声响了。我俩在战后第一件事情应该做什么的问题上耽搁了太多时间。郁收拾好东西，我俩返回营房。一个警备队士兵在 9 号营房门口等着郁，要郁立刻前往日方管理区，向饭岛指挥官报到。我看出来，郁有点茫然，不知道日本人为什么传唤他。

“伙计，别紧张。”我冲郁诙谐地眨了一下眼，“去问问那些家伙，他们能坚持多长时间，我不想让劳莉塔等得太久。”

(GYB006－001－194) **被告郁漱石庭外供述记录:**

管理区二道门的警备队士兵和战俘警卫换了人。战俘警卫我见过，是下午在东区收垃圾的那个悬丝傀儡似的游击队童兵。他露出掉了两颗牙齿的嘴，冲我笑了一下。

我在二道门岗被交给饭岛的军夫朴八佬。他什么话也没说，带我进入管理区。我跟着他沿着铺满苜蓿的小路走向围屋。最后一抹晚霞中，我扭头向营区的大门口看去，那里有三棵树冠巨大的小叶榕树。我猜那是为了警备队哨兵夏天不至于被阳光烤成蚊蚋干留在那儿的。

朴八佬向围屋大门口哨兵通报过，带着我走进院子。靠楼梯处的黑暗中站着两名白天见过的灰色战斗装士兵，他们拦下朴八佬，叫来一位佩戴中尉衔的青年军官。中尉有一张英俊的脸，四肢匀称，和我差不多大年纪，他神色严肃，吩咐我上楼，去二楼南边尽头房间。

我有点困惑。命令让我见饭岛，根据白天看到的情况，饭岛的办公室在楼下，中尉却指示我上二楼。我按照中尉的命令做了，踩着罗汉柏的楼梯吱呀着上了楼，拐向长长的走廊，被沿途廊檐上酸枝木雕刻的民间故事弄得有些恍惚。

沿着走廊一直走到尽头，我在最南边的那间屋子门口停下。

门是敞开的，房间宽大，屋子当中一张血榉木长桌，桌上放着一盏马灯，另一盏马灯挂在西墙一幅营区地形图前。桌后坐着一位军官，军装挂在四出头官帽椅背上，人被两摞厚厚的卷宗埋住一半，我依稀认出，他就是白天在楼下办公室和饭岛说话的那位年轻军官。

我犹豫了一下，立正报告：

“国军中尉郁漱石奉命前来。”

“这么说，他们还没有来得及教育131号你学会遵守营规。”灯影后面的年轻人从卷宗上抬起头。

我吃了一惊。是女人的声音。

青年军官掩上卷宗站起来。两只蛾子从桌角飞开，去了西墙另一盏马灯那边。果然是女人，紧身的灰色羊绒制式毛衣勒在身上，马灯的光线沿着收束得很好的小腹滑上去，白天她穿军装，戴紧束软帽，在一群男性军官簇拥下，让人误以为她是男性军官，现在知道错了。不管怎么说，她说得对，我违犯了营规，在向日本人报告时说出了自己的姓名而不是营号。

“如果您同意，我可以重新报告一次。”因为对方是女性的原因，我磕磕巴巴说。

女军官抬起一只手表示不用，示意我进屋。

我走进屋里。女军官隔着一段散开的灯光一声不吭地盯着我。我没来由地拘束起来，心里估摸着，来D营20多天，日方管理人员大体都见过，却头一回见到她。日方管理人员中有个日籍女职员，叫佐佐木美奈，是医务班的，我在营区里见过她一次，她随日方军医中川流香进营区为转移战俘做检查，除此之外，没听说营中有女性管理者。

我朝挂在官帽椅背上的外套看了一眼，注意到外套胸前的橘红色胸章，说明主人属于参谋系统。联想到白天在管理区门口看到的那几名日军士兵，灰色战斗服，罩伪装网钢盔，空军特种部队臂章，挎100式冲锋枪，显然是她的人，而她被D营军官们簇围着，一群校尉唯唯诺诺，可以肯定，她不是一般人物。

“这么说，131号参加了香港作战，是这样吧?”女军官开口说话，声音有些沙哑，有些冷漠，灯光角度对她有利，我无法分辨她的容貌和表情，典型的战俘待遇。

“是，我参加了香港守卫战。”我回答。

“关于香港作战，你了解的资料不会比38师团详细。”女军官并不在意我对

“守卫战”的抵触说法，“只是想和人聊聊，那场战斗中的士兵，他们怎么想。”

我不明白，困惑地看女军官。她说关于香港战事的情况我不会比攻击方提供得更多，这是实情，既然如此，她想从我这儿了解什么？她说的“战斗中的士兵怎么想”，指的又是什么？

也许感觉到我的困惑，女军官绕过桌子，走到桌前，这让她离开光晕隐蔽处。

现在她站在明亮处，我能看清楚她了。

她年龄约莫在25岁到28岁之间，中等个头，短发，细鼻梁，高颧骨，因为刺眼的灯光从右下方照着她，眼睛下意识眯缝着。她伸手将血榉木桌上的卷宗往里推了推，牵动紧身羊绒毛衣，这样就让她凸显出恰到好处的胸形、纤细的腰和结实的两胯，在灯光的笼罩下，显出一丝古怪的魅惑。

一瞬间，没来由的，我想到落发为尼的北条政子①。

“之前也判断过，对香港要塞的攻击不像马来和新加坡那么困难，没想到18天就打下来了，大大超出预料和战争准备哦，想谈谈这个。”女军官反应敏锐，看出我不知如何开口，选择了一个我能应付的话题，“参谋部认为，英国人会认真抵抗，有一场可怕的攻坚战要打，对部队下达大帽山主阵地作战的准备是一星期，可惜只打了两天。”

“我听说，是228联队的尖兵让守军吃了苦头。”我接住了她的话。

我在赤柱拘留营打听过在电厂杀死敖二麦的那支部队，他们是日军第228联队，太古船坞作战时，他们跟在229联队后面登陆。在黄泥涌突围时，我遭遇到的也是这支部队。而最终让我记住它的是，正是这支部队攻下了大帽山城门堡阵地，撕开了醉酒湾防线的第一个口子，我才遇到从前线狼狈撤下来的大陆兵团苏格兰营营长N. 怀特中校，加入了保卫香港的战斗。

“明白了，你是说，佐野兵团228联队第10中队指挥官若林中尉②。”女军官说，“我见过这位让香港要塞瞬间崩溃的年轻人，他带队侦察城门要塞，发现重要据点225高地兵力薄弱，几乎没有警戒，苏格兰步兵团第2营的詹姆斯指挥官嫌地下通道呼吸局促，甚至没有要求自己的士兵穿戴装备。若林中尉并没

---

① 日本镰仓幕府开创者源赖朝的妻子，丈夫死后落发为尼，在背后掌握幕府实权，人称“尼将军”。

② 若林东一（1912—1943），日本侵华军第23军38师团第228联队第10中队中队长。

有返回攻击阵地向上级报告，而是果断地带着小队长望月茂少尉和曾根正三准尉攻击了高地，并且占领了它。”不知意味什么，她无声地笑了笑，这让她显出一瞬间的温柔，“两年前从陆军士官学校毕业的若林中尉是个高个子青年，人很消瘦，不爱说话，也不见他笑，实在算不上英俊男子。我见到他的时候，他礼貌地递给我一支香烟。我谢辞了。他也没吸，小心地把香烟收回烟盒。”她扭过头去盯着黑暗中的某个角落，像是在回忆她和对方会面时的情景，“中尉问我，知不知道那是什么牌子的香烟。我告诉他，记住细节对我并不困难，是英国的黑猫牌。中尉说了香烟的故事。他在 225 高地的战壕中射死了一名英国军官，军官手里奇怪地握着这盒香烟。中尉收获了它，他认为既然由自己开始了香港的作战，就应该由他把军旗插上港岛最高山顶，那样的话，他可以在胜利的旗帜下把香烟分给弟兄们，这样不是更有意义吗？”

我不知道她为什么要告诉我这些。我觉得那是一场噩梦。我背上潮乎乎的，渗出一层细汗。西墙营区图上那两只蛾子又飞回来了，重新落在摞得高高的卷宗上。也许不是先前那两只，是另外两只。

“若林中尉占领 225 高地后，228 联队指挥官敏锐地觉察到这是一个机会，提前发动了进攻。一天后，英国人丢掉了大帽山主阵地，香港的大门打开了。18 日晚上在太古船坞抢先登陆的，也是这位年轻的攻港英雄。中尉率领一支工兵队从北角七姊妹区泅水登陆，绕道上山，使用的也是偷袭战术，在大潭水塘英军背后爆破攻击，炸毁了英军增援车辆，致使英军断了后援，不得不向日军投降。”女军官向屋里的某个地方看了一眼，停了一会儿，说，“我为若林勇士骄傲。我想再度见到他。”她目光敏锐地看了我一眼，猜出我的心态，“就算参加了作战的 131 号你，不是也有这样的想法吗？”

香港大门打开的时候，我在那道完整无缺却无法再度关上的大门前，在苏格兰营 D 连阵地上屁滚尿流地往机枪堡里拖伤兵和死尸，这个趁夜敲开醉酒湾防线的高个子中尉离我不远。那以后，我拖着气息奄奄的李明渊少校在九龙没头苍蝇似的跑来跑去，无望地寻找出海船只。几天后，我在北角电厂绝望地朝窗外的夜幕中射击时，他正带着他的士兵跳下折叠艇，登上太古船坞，看也不看我一眼，在黑暗中冲向大街，我俩只隔着数百公尺距离。正是因为发生了这些事情，我的小组成员，还有老咩那些水上人兄弟，他们全都留在香港了，一个也没有出来。

“225高地被攻下的消息传到38师团战地指挥部时，”女军官并不关心我在想什么，继续说，“佐野师团长大为震怒，下令进攻部队立刻撤回城门河北岸，否则就轰炸。23军酒井司令官也怒不可遏，命令佐野将撤下来的若林交给军法会议严加惩处。”

“为什么?”我有些讶然，不明白地看女军官。

“225高地是大帽山主阵地中枢，英军绝无轻易放弃的理由，势必全力反击，部队尚未完成大战准备，计划一周后才对该阵地攻击，仓促应战势必导致混乱，一个下级军官居然抗命越权，打乱作战计划，后果不堪设想。”她笑了一下，好像这件事情十分有趣，“可是，就在两个月前，因为夜袭城门堡阵地的独断行动，若林中尉获得了中国派遣军司令官的通电嘉奖，东京大本营也向中尉颁发了军人最高荣誉奖章。这真是好消息，不是吗?”

“英国人的确没有防守住新界和九龙，可占领港岛却并不容易，你们也付出了巨大伤亡。”我不得要领地急促地说。我不知道这能表示什么。也许我不想让人玷辱缪和女、朱三样、敖二麦、李明渊、老咩、伍副官和他们的兄弟，不想被一个没有在战役中出现的敌方女性唬住。

“是啊，战斗推进得比预期快了许多。”女军官没有被我的抵触情绪影响，沿着自己的思路继续说，“英国人也知道，鲤鱼门水道是最佳登陆地点，所以用锚链封锁了海道。佐野兵团曾经起用小池礼三少尉和伊藤三郎少尉，命令他俩挑选能游过4000米的士兵，强渡维多利亚海，打开登岛作战序幕。小池在第9届奥林匹克运动会上获得过男子200米泳亚军，伊藤也是那届运动会的选手。一群好水性的敢死队员在黑暗中游过港湾中的英军舰队，凭着泅渡登岛作战，那会是一种什么景象？这不免让人想起希波战争①，参加作战的不少希腊将军正是奥运会冠军。还记得斐力庇第斯②星夜奔向斯巴达马拉松村的壮举吗?”她停下来，望着南墙两扇石英玻璃窗户外的黑暗，片刻的沉默后，口气突然冷漠下来，“因为训练时出了事故，这个计划放弃了。就是说，用不上了。可是，英国人一点也不考虑魔鬼山炮台失守后对北岸炮台形成的致命压制，他们就不能把火力布置得更合理一点?”

---

① 公元前499—449年波斯帝国与希腊之间的战争。

② 希腊人，创造了马拉松竞赛规则。

女军官有些失望地转过身，走回长桌后面，这使她又回到马灯的阴影中。

“听说你在京都帝国大学读过书。”

“是的，差不多五年。”

“那么，元良勇次郎[①]先生担任心理学教授的事，你肯定听说过啰?”

“元良教授开课介绍西方心理学，遭到同行嘲笑，是明治二十一年的事情吧。”进入京都帝大的第一年，阿国乃上告诉我，元良勇次郎先生融合佛教思想，提出禅学和心理学理论，因为在授课中用数位中国高僧为例讲授心理学，我去找来他的著作读过，“可惜，先生明治四十五年去世，昭和八年我才去日本。”

“就是说，这件事情你知道哦?”

“知道一点。”

“话虽这么说，明治三十四年，松本亦太朗[②]先生在帝国大学开讲《实验心理学十讲》，风头无限。你在文科大学读书，作为心理学会会长的松本先生也是帝国大学文科学院教授，先生经常回学校讲课，这件事，你应该知道吧?”

“是。”她提到的时间正是我刚到京都的时候，因为对浮世绘中的女人体着迷，读过松本教授的《绘画鉴赏的心理》，但我不希望谁都知道懵懂无知的少年躲在被窝里整夜翻看江户时期木板春画这件事情，“可惜，那时我是预科生，要说无缘聆听教授讲课，也是正常的吧。”

女军官毫无表情地看我一会儿，在桌前坐下，埋头继续看卷宗。

两只停留在卷宗上的蛾子再度飞起来，去了西墙。

“没想到在这里能够碰到校友，一时起了兴致，找131号来说说话，现在你可以离开了。”她腰身笔挺，头都没有抬，快速翻动卷宗，分明不满地补充道，“大概没有人说过131号不是一个好的谈话者，我是这么想的。不知道131号在帝大的老师是谁?”

“浅野早河先生。”我脸红地讷讷地说，心里充满对深爱我而我也万分敬仰的浅野先生的愧疚，由此对面前的女军官产生出一股无名的愤怒。

女军官不再说话，好像我根本就不在那里，之前什么事情也没有发生过，

---

① 元良勇次郎（1858—1912），日本心理学奠基者和最早的心理学传播者。

② 松本亦太朗（1865—1943），日本近代心理学创建者之一，创建东京帝国大学心理学实验室。

至于我想什么，有什么愤怒和羞耻，完全与她无关。

我不知道接下来该做什么，尴尬地站了一会儿，踩着吱呀的地板退出房间。

就在我迈出房间的同时，那位在楼下指示我上楼的英俊中尉幽灵似的现身，站到离我不足三尺近距离，他沉默不语，将我领到楼下，交给等在那里的朴八佬。

离开国屋院子的时候，我感觉有人在背后看我。我确定除了植物和风，四周什么人也没有。我忍不住站下来，回头朝楼上看。那间屋子在南边，如果女军官不站到走廊上，看不到院子里的我。

我脑子里冒出一个念头：她说校友的话，就是说，她也是帝国大学的学生，或者学者，只是不知道她在哪所大学①。

还有，她是谁？

---

① 帝国大学是明治维新之后日本最顶尖的国立综合大学，由东京、京都、东北、九州、北海道、京城、台北、大阪、名古屋9所大学组成，二战结束后被解散。

五

法庭外供述及其他：
我愿意接受诅咒，永世不再变成人

（GYB006－001－195）**被告郁漱石庭外供述记录：**

从日方管理区回到营区，我被两个等在二道门的国军战俘拦住。我和他们其中一个人说过话，但叫不出他俩的名字。

记住编号比记住名字更难。D营上千名战俘，你不可能记住所有人的名字，但大体能记住某些人的姓，冯、陈、褚、卫、杨，威尔逊、琼斯、威廉姆斯、布朗、戴维斯、辛格、夏尔玛、阿贾尔耶、马突尔；你会联想到他的姓或者名字代表的意思——你家有两匹马，哦，你小子姓冯；你这个打铁的家伙，对了，你是史密斯；看起来你挺温柔，为什么叫狮子，辛格先生？编号就不同了，它们数字单调，你根本不知道拿那些差不多相同的数字怎么办。感谢邦邦，他在这件事情上帮助了我，他告诉我，记住人们的编号有很多方法，首字母、故事、音乐，再用上联想，就能帮助人转换记忆。邦邦教我一种形象记忆法，人们的形象、性格、行为、语言特征是直观的，记住它们，就很容易联想出这个人的代码。驼背，瘦得像麻秆，总爱靠在营房外晒太阳，没错，对我来说你姓什么都行，但你是216号；语言枯燥，秃顶，总是用一副敌视的目光看人，好了，我不知道你叫什么，但你是108号。我非常佩服邦邦，在他眼里，没有什么事情是神秘的，他才是制造神秘的人。

国军战俘327号和725号等在黑暗里，奉命带我到战俘委员会成员徐才芳那里。我没有反抗，跟他们去了东营区。他们让我等在6号营房外，一个人进去把徐才芳和龚绍行叫了出来，两个战俘一边一个走开，去黑暗中放哨，我们三人留在原地。

“说吧。”徐才芳在黑暗中说，“你知道应该说什么。”

我把在日方管理区发生的事情原原本本说了。徐才芳听得很仔细，我说完，他要求我重复一遍，然后对我无法说清女军官的来历表示出不满。

“我能做什么?”我受到挑战，口气冷漠，“我是否应该对她说，嗨，女鬼子，告诉我你的姓名和夫家姓，给我说说你是干什么的，我好回去向长官汇报?”

龚绍行尴尬地抬手摸他的秃顶。徐才芳没有动，黑暗中看不清他脸上的表情。过了一会儿，他开口向我宣布，因D营日方原传译员是中文传译员，饭岛带来的桐山旗上传译员能说中国话，却听不懂两广方言，日方要求既懂日语又懂英语同时还能说广东话的战俘131号担任战俘营传译员，战俘营第一次官矢尺大介有权在联合战俘委员会之上领导131号。

我感到事情的严重性。我脑子里一片空白。我没有说话。

两个负责望风的战俘将几名从那儿路过的战俘拦下，让他们绕道走。

徐才芳继续向我交代，自治委员会找不出理由拒绝日方，但并不赞同日方的安排，委员会要求131号担负自治委员会文书工作，负责委员会日常工作的记录、整理、誊抄和翻译，新入营战俘的教育、转移出营登记和告诫，其次才是委员会与日方沟通工作的传译，131号的工作由委员会成员徐才芳直接领导。

“表面上服从矢尺，”徐才芳在黑暗中说，“实际上接受我的领导，任何事情必须向我请示汇报，在条件允许的时候，主动侦察日方情报，提供给委员会。”

“睡觉和拉屎在请示和汇报之列吗?”我脱口而出。

“我没和你商量，这是命令，你只能执行。”徐才芳居高临下站在门槛上，看幼稚孩子似的看着我，“我警告你，不要以为我们和鬼子都需要你，你就可以为虎作伥。你来之前，D营发生过类似事情，想做汉奸的人可没有好下场。”

徐才芳扭过头，用目光示意龚绍行。

龚绍行清了清喉咙，小声说出下面的故事：去年开春，国军自治委员会发起改善伙食抗议运动，鬼子通过收买283号战俘掌握了情报，制造了一次并不存在的预谋逃跑事件，突然闯进营区，开枪打死了两名闹得最厉害的战俘，同时将三名自治委员会成员转移到别的战俘营去了，使自治委员会受到严重挫折。283 号战俘在炊事班工作，此人非常霸道，干过不少欺负战俘和给鬼子当帮凶的事情，自治委员会决定判处他死刑。雨季到来那天，283 号战俘夜里回营房时撞在门上，头骨撞碎，直到第二天早上才被人发现。

“这种事游击队的人也干过。他们一个败类被发现死在茅厕里，脸埋在屎汤中，灌了一肚子大粪。”龚绍行干巴巴地说。

“有些家伙想和委员会较量，我们派人盯着他们，下一个死刑判决随时可能宣布，叛徒和汉奸会死得像一场自己酿成的事故。”徐才芳口气冰冷地说，“我可以负责任地告诉你，汪逆之流别想在 D 营捞取地盘，我们有很多办法对付他们。”

我没有说话，扭头朝一边看。战俘营区 8 点钟灯火管制，除了北边的警备队驻地和东边的日方管理区，整个战俘营就像一座巨大的坟场。森林在黑暗中，看不见。人们就像那些高大茂密的植物，很多时候是看不见的，但你别替它们悲伤，它们可能有福了，因为看不见，没有人来摧残它们，它们能活下去。

我就是这么想的。然后我什么话也没说，转身离开东区 6 号营房，朝西区走去。我知道身后有两双眼睛在盯着我，也许不止两双。我还知道，从此以后，我将在那些眼睛的监督下度过战俘营生活。

过了桥，进入西区后，我再一次站住。我确定有人在黑暗中跟着我。我看见了他。是那个悬丝傀儡，德顿和亚伦为此争吵的 D 营最小的孩子兵。他蹲在西区 25 和 26 号营房的犄角旮旯里，见我走近，慢慢站起来。月亮出来了，月光照在他脸上，他脑袋很大，身子很小，穿一件显大的土灰色粗布军装，完全是一副枯槁的架子。他默默看着我，不停地吸着鼻子，好像那就算是和我打招呼了。

“嘿。”我说。

“他们找你麻烦了？”他问，声音细细的，没有变声，带着很重的虱乸话[①]口音，口气却像极了大人。

“没有。我们谈点事情。”

“他们为什么盘问你？”

---

① 粤北土话，属汉藏语系。

“我军衔低，要是上校，孙子才汇报。”

“别理他们。”他耸了耸瘦瘦的肩膀，好像我的话一点也不幽默，“他们骨头不硬，只知道欺负中国人。”

说完那句话，没等我反应过来，他就离开了犄角旮旯，挺胸收腹，目光平视，脚尖 30 度分开，180 度后转，正步消失在两栋营房的夹道中。

我对眼前发生的这一幕目瞪口呆。

（GYZ006－005－003）证人矢尺大介法庭外调查记录：

本人入伍前在税务局工作，受上司影响，喜欢一些欧洲传入的游戏，战前没有参加过任何政治派系，大东亚和亚洲至上主义之类也是后来知道的，并非顽固的排洋者。话说回来，欧洲人对亚洲人具有普遍的种族歧视，对日本极尽轻蔑和欺负，难道不是很可恶吗？转移到 D 营的部分英国军官出身上流社会，贵族什么的，对战败事实难以接受，认为三周内投降的羞辱不是皇家军队造成的，应该由英国政府负责。居然有军官采取本人无法理解的强硬态度，傲慢地要求提供面包、火腿、牛油和太妃奶糖，对这种恶劣要求，本人当然给予有力拒绝。

D 营生活条件不好，战争嘛，可以理解，刚建立时垃圾成山，发生过大面积痢疾，以后游击队战俘方面宣布承担生活垃圾的收集和处理。重庆军战俘不愿意干，大概嫌脏吧。

普通营士兵担任营区劳役，炊事班和菜园班有油水，战俘拼命争抢，没有油水的鞋工班、缝工班和理发班不愿意干，也是游击队方面承担下来。

营区有露天浴室，建在穿营而过的溪涧旁，水从北边森林流入，浴棚下排放着 12 只土陶缸，战俘们蹲在两围大的陶缸里，比赤柱拘留营的自来水阔气多了吧。

浴缸也是游击队战俘的劳作。最初因为战俘入营时没带饭碗，出现过用单帽和衣襟兜食物的情况。游击队主动承揽烧制陶碗工作，在营区西北角搭建了作坊和火窑，弄来黏土和松木，烧出盆、碗、盘、壶、罐供战俘使用，以后发展成一切器皿都能烧制。警备队那些家伙也占了便宜，营房前安放了一排浴缸，士兵们高兴地坐在浴缸里大呼小叫地泡澡，场面让人感动。

本人视察过陶窑，看到战俘们熟练地浆泡、踩揉、上辘轳转坯，装窑烧制，不禁想到桃山时代的立杭烧。家乡兵库县筱山的陶工过着俭朴的生活，创造出独特之美的陶器，是海外浪子的骄傲啊，若不是在战争中，恍惚觉得这才是生活。

陶土器皿的好处是容易制作，坏处是极易损坏，几乎每天都有陶具打碎的情况，如果垃圾不及时清理，营区里到处都是破碎的陶片。重庆军方面要求停止大型陶土烧制，游击队不买账，不但继续烧制陶具，而且变本加厉，开办了陶工讲习班。

本人听过一次讲习课。战俘席地而坐，游击队的头头也认真地坐在战俘当中，嘴上叼着一只泥捏的短烟斗。孖仔那家伙也在，人群中爬来爬去，掀动大人们的屁股捉蚂蚱，唯独他最活跃。

担任教师的是南洋籍战俘罗羊子，他用一截泥做的粉笔在石板上写字，摇头晃脑地讲陶字典故，据说是《孟子》里的内容。所谓“以粟易械器者，不为厉陶冶，陶冶亦以其械器易粟者，岂为厉农夫哉?”陶冶即是化育，陶熔即是培养，陶成即是教诲，陶写即是抒发，陶化即是铸造，陶育即是造成，一坨火烧的泥土，居然讲得光芒万丈，令人佩服。战俘有大眼瞪小眼听天书的，有鸡啄米打瞌睡的，也有听得忘情发出哧哧笑声的，不一而足。

战俘中流传一种说法，游击队方面的亲民行为是在装样子，言外之意是讨好D营指挥官本人。果然如此的话，本人倒也不反对。要说，战俘中弥漫着消极懒惰、自私、敌视管理、排斥合作情绪，没有人勤奋劳作，这样的话，只能在垃圾中生活。本人看到了这一点，因此，就算游击队战俘不怎么驯服，多数情况下，本人也睁只眼闭只眼。

啊，从来没有想过，出现在D营中的陶土竟然是一场阴谋，游击队战俘在如此严谨的监视下竟然伪装了四年零一个月，到底还是在装样子吧。

(GYB006－001－196) **被告郁漱石庭外供述记录：**

战俘自治委员会与管理方的交涉有了进展。饭岛要人亲自出面，与自治委员会两位主管会谈，我和桐山旗上传译员分别担任双方的传译。

会谈在战俘管理区教育科进行。开头气氛不错，饭岛耐心听取了摩尔上校和钟上校对自治委员会要求的陈诉，表示注意到D营存在的问题，的确让人不舒服，他将根据判断做出解决问题的决定。然后饭岛话题一转，口气和蔼地提醒两位战俘最高指挥官，日本国是大陆法系国家，不接受英美海洋法指导，并没有在《日内瓦公约》全部文件上签字，对《海地公约》牵涉的信托案问题也有异议，英美无权拿自己的标准来要求履行所谓的义务。

"只有幼稚的国家才会使用可笑的判例法吧，"饭岛口气轻松，拿交战国对方的法律开玩笑，"谁能保证那些手握造法权的法官大人们，果真揣着良心和正义，而不是戴着头套的撒旦先生?"

我把饭岛的话传译给两位长官。日本没有在《日内瓦公约》全部文件上签字，这个结果让我吃惊。明治四十年，日本政府代表在海牙签署了《陆战法规与惯例公约》，明治四十四年获得批准；昭和四年，日本政府又签署了《关于战俘待遇的日内瓦公约》和《国际红十字会条约》，这是众所周知的事情。要是知道日本没有在《日内瓦公约》全部文件上签字，我就不会向矢尺提出请日方按照《日内瓦公约》实行战俘优待政策的要求了。

摩尔上校接过饭岛的话，殖民地特派大臣到底是资历深厚的上院议员，他质疑饭岛所说的法律原因，指出日本政府最终没有批准《日内瓦公约》的原因，是军方认为条约中有关战俘待遇问题与武士道精神相悖，向政府施压，导致政府无法批准已经签署的公约。钟上校听过我传译给他的内容，茫然地转过头去看英国人和日本人。我感到脸臊。作为下级军官，我并无战争决策权和战役指挥责任，但钟上校这样的高级军官不清楚就不应该了。战争势必出现战俘这个结果，如果连交战国的战俘政策都不知道，怎么指挥那些不明白自己的命运捏在谁手上的士兵，如何要求他们去作战，在什么条件下放弃抵抗，采取什么方式成为对方的战俘?

"再怎么说，日本承担了不该承担的责任。"饭岛转向摩尔上校，把日语换成蹩脚的英语，"刚刚从军部得知，德国人手中有你们四十万战俘，不过三个月，我们的拘留营就接收了十万英美战俘，就算上校先生您，恐怕也会感到为难吧?"

饭岛显然有意使用英语，在两位语言不通的盟军高级军官中制造猜忌。我有些犹豫，不知道该不该当着饭岛的面把他的话翻译给钟上校。

"大日本和贵国关系一向交好，"饭岛耐心启发摩尔上校，"明治三十七年，你们派医疗队支援我们在满洲对俄国人的作战[1]，帮助东乡平八郎司令打败俄国海军，日本第一支打胜仗的舰队也是在英国造船厂建造的。大正三年，贵我两国联军携手在山东和德国人作战[2]，你们的西库斯联队连夜增援神尾光臣司令官部队，这件事情轰动了日本。张伯伦[3]是日本的朋友，他爱柏林先生，也爱东京先生，他不该把首相的位子让给丘吉尔。"

"先生，"摩尔不客气地打断一本正经拉家常的饭岛，"我不是军人，是政治家，但我荣幸地接受了国王授予的皇家陆军军衔，请原谅，我们此次会议只讨论战俘待遇问题，我的士兵需要一张普通的床，而不是睡在冰凉的泥水地上，这就是我对贵方提出的要求。"

钟上校用眼神向我下命令，我只能硬着头皮小声将饭岛的话传译给他。钟上校有些讶异，好像眼前摆放着一枚导火索燃到底却没有爆炸的手榴弹。

"明白了，就是说，上校先生需要舒适的床。"饭岛对摩尔上校的傲慢态度明显感到不舒服，他努力掩饰着情绪，用绅士的口气回击对手，"那么，您打算在哪儿安置它们？你们这些割礼教殖民者，以为可以像种植罂粟一样在东方种植你们的殖民主义花朵？很遗憾，亚洲属于亚洲人，轮不上英国人插手，这就是本人对您的傲慢无礼做出的回答。"

"对不起，关于中佐先生提到的……"摩尔上校说。

"这样的话，本人有必要通知您，贵国的殖民美梦结束了。"这回轮到饭岛打断摩尔上校的话了，他一改之前的谦和口气，态度强硬，仿佛在表演一个人的独角戏，"2月20日成立了香港占领地区总督部，对地区实行防务和军事管制，陆军矶谷廉介中将奉命担任总督，香港改名香岛，历法改为昭和，接下来嘛，大日本皇军会解放亚洲，而且已经在那么做了。顺便说一句，既然你们不允许支那人住在六百公尺以上的港岛山上[4]，本人也不允许你们睡在可笑的鸭子架上。"

饭岛完全不给摩尔上校任何机会，目光从满脸羞愧的摩尔上校那里收回，低头迷恋地抚摩了一下手上戴着的白色手套，缓缓起身，向摩尔上校微微颔首

---

① 日俄战争。

② 日德战争。

③ 亚瑟·内维尔·张伯伦（Arthur Neville Chamberlain，1869—1940），英国首相。

④ 港英政府《山顶区保留条例》规定，禁止华人在海拔788尺以上的山顶区居住。

行礼，没有看钟上校，身体笔直地走出教育科。

屋里寂静着。摩尔上校和钟上校万分窘迫。能听见走出门去的饭岛对桐山传译说了句什么，然后是木轮车从屋外吱呀推过的声音，大概是游击队战俘去营区外的林子里捡柴火回来了。

下午，徐才芳突然派人把我叫去，要我把两位长官和饭岛会谈的内容复述给他。我照办了。他用怀疑的目光看着我，追问饭岛是不是当面拒绝了两位长官提出的要求。我告诉他，不是两位长官，是摩尔上校。饭岛的确当面拒绝了摩尔上校，至于钟上校，他连话都没捞上说。徐才芳悻悻地，叮嘱我不得向任何人泄露两位长官与饭岛的会谈内容，然后要我跟他去教育科。

矢尺大介等在教育科，我们一进门，他就向徐才芳宣布了D营最高指挥官饭岛要人的指示：日方同意对西区新建营房进行修缮，挖出营房里的老树根，夯实营房地面，治理营区内排水口和壕沟，防止虫蛇入屋；士兵每人配发单衣一件，军官增加毛毯一张；建立战俘邮政系统，由军官营派专人负责管理。通邮一条不属于营房整改内容，而是指挥官的恩赐，矢尺认为战俘们应该“大喜过望”。

“联合自治委员会要求解决床铺问题，应该在整改措施中补上。”徐才芳申明说。

“这个嘛，本人也睡榻榻米哟，”矢尺皱了皱眉头，一脸的不理解，“战争条件下，供应部门无法满足对圆润的蔺草的要求，只能拜托稻秸。就算在战场上，大家也是滚泥卧雪，如今反倒来讲究，不觉得脸红吗?”

不管怎么说，日本人做出妥协，解决了部分问题，这让军官们高兴。钟上校向摩尔上校表示祝贺，同时派经验丰富的战俘指导英军整理营房。采集石灰石和白云石制作石灰需要去半岛对面的陆地，日方不同意战俘远离营区，营建所用石灰基本是用贝壳烧成的，日方以材料珍贵为由不允许浪费，要求石灰必须用在卫生消毒上，用在别处不行，这件事需要偷偷干，这方面中国战俘有经验。

趁着军官们高兴，我向徐才芳提出减轻营区内工作的请求。

战俘联合自治委员会成立后，我除了担任传译员，主要工作是处理大量文书工作，比如参加新入营战俘的审讯，对转移出营战俘进行登记，把记录誊抄成正式文件，战俘收到的分配物资、菜园生产的农产品，由主管军官统计数字并宣誓无误，签写收据，再由我把清单和回执分别翻译成中、英、日文，分别交日方和联合战俘自治委员会存档备查。军官委员会的格尔诺维茨中校、安吉少校和卡佛尔少校很客气，他们要我做事时，对我尽量使用婉语。徐才芳拿我当他的私人文书，始终用命令口气，把他分内的辅助类工作全都交给我来做。

大概因为在联合战俘自治委员会的工作中看到了希望，徐才芳表示出体恤之意，答应为我配个助手，但工作不能减少。

没想到，我的助手竟然是悬丝傀儡，D营年纪最小的战俘。

他叫孖仔，14岁，入营时只有12岁。

我哭笑不得。我需要能处理各种材料的助手，而不是拖着鼻涕的孩子。徐才芳给了我一个无法推脱的理由，国军和游击队一直互相制衡，盟军入营后，联合战俘自治委员会成立，情况发生了变化，游击队看出局势对自己不利，调整了策略，提出有限参加营区工作，国军要确定领导权力，不便拒绝游击队的要求。孖仔是卓越的营员，从来不惹事，不因为年龄小要求照顾，大家都喜欢他，军官们认为一个半大孩子翻不了浪，同意让他参加委员会的工作。

在我看，拿一个童兵夹在矛盾中，这一点心思，可以说十分龌龊。但我没说破。

“他们叫我来和你一起工作。”第一次正式见面，孖仔踩着正步出现在教育科门口，斜着眼睛认真地看我，像是在研究我，“他们告诉我，你叫郁漱石。”

“他们还说什么?”我忍俊不禁。

“这是秘密，我不会透露。”孖仔擤了一下鼻子，脸色苍白得可疑，眼睛出奇地大，“他们要我努力工作。”

“哪方面?”

“我什么都能做。我是军人后代，不怕死。”他骄傲地宣称，“我还是知识分子，能认120个字。要是鬼子再关我两年，我就能认更多的字了。”

“嚯!”我瞪大眼睛看面前的消瘦小人儿，像看转世甘罗①。

“我们的人保证我能当上知识分子。”

“谁?”

---

① 甘罗（前256—不详），战国时期少年政治家，12岁时受秦始皇委任出使赵国，官拜上卿。

“相大哥、罗大哥、刀大哥、孔大哥，他们都是大学生，不会骗人。”

我不那么想。他们把他安插在一名担任联合战俘委员会传译的人身边，要他回头鹦鹉学舌，做告密者，这就是欺骗他。我当然不会告诉他这个。不过，他说自己是军人后代，一问，还真没说谎。他姓马，家谱上记载，祖先是岐山人，两千年前迁徙到岭南。两千年前，那是秦朝，秦始皇统一南海郡时，征伐百越的正是岐山的秦国军人，可不是老资格的军人后代？

孖仔是个灵光的营员。我说话，他会始终专注地盯着我的嘴，好像我不光在说话，嘴里还有一些别的什么，它们会突然钻出来，他要不盯紧就会跑掉。

我给孖仔一份药品清单，要他送到马喜良中校那里去，我需要中校在清单上签字。孖仔很认真地把清单折叠起来，装进上衣口袋，右脚跟为轴，180 度后转，踩着正步离开。我在背后看他，他的腿细到咳一声就有可能断掉，我觉得他不应该用正步方式走路。我在想，也许我应该帮助这孩子改正这个缺点。

入营后最初的日子，我是熬过来的。战俘营不是之前的世界，而是新的世界，之前所有的人生经验在这里全都失效了，说话、走路、做事、吃饭、睡觉、与人交往、思考、哭和笑，甚至呼吸，一切都需要重新学习。

自从 12 月 25 日晚上我被两名日本士兵扑倒在黄泥涌茂盛的灌木丛中之后，恐惧就没有停止过。我以为那就是恐惧的终极，已经害怕过了，接下来就是习惯，在习惯中慢慢变得麻木，和别人一样熬下去，熬到战争结束。

我一遍遍告诉自己，一切都会好起来。可是，我错了。恐惧是一粒种子，它在最初的时候埋得很深，在黑暗中，你只能感到它，知道它在那儿，但你看不见它，在阳光下，你甚至感觉不到它的存在。但你忘记了一件事情，它是一粒种子，在埋入生命土壤之前，它已经被传粉受精，一旦破土而出，就会顽强地生长上去，一日日盛大，直到遮天蔽日，把人整个淹没掉。

入营几天后，我做了一个梦，梦见了缪和女。他梳着南洋子弟酷爱的那种油亮分头，穿着印度绸长褂，外套一件提花缎马甲，靠在一棵红毛丹树上哼着山歌：

洋船到，猪母生，乌仔豆，带上棚。
洋船沉，猪母晕，乌仔豆，生铺蝇。
信一封，银二元，老婆耐苦勿愁烦。

奴仔知教示，猪仔着知饲，田园落力着，
待到赚来钱，猛猛回家来团圆。

后来，他哭泣起来，嗓子眼里传出风箱似的抽搭声，头顶上的红毛丹一丛丛往下掉，掉进他的嗓子眼。我跑过去帮他抠出堵在嘴里的红毛丹。他瞪大眼珠拼命摇头。我急得一身汗，从梦中惊醒。

缪和女的死是我秘而不宣的罪孽和耻辱。

还有朱三样、敖二麦和李明渊。

我一直在想，一直在想，要是12月6日那天，我不从满载的葡籍火轮上跳下码头，或者10日那天，我狠下心不跟老咩去金山，而是守在亚细亚银行，等着和陈将军一起突围，或者在12日撤回港岛以后，我要求小组在毓秀街三楼的阁楼上待着不出门，等待战事结束，而不是昏头昏脑跑到北角去加入防卫军的战斗，要是这样，在2月份开始的华民离港大潮中，我就能带领小组逃离港九，缪和女他们全都能活下来了。

我害了小组，害了缪和女、朱三样、敖二麦和李明渊。

缪家从此断子绝孙了。

(GYZ006－005－004) **证人矢尺大介法庭外调查记录：**

初春的时候，战俘总营从九龙运来一批缴获的英军制式装备，本人批准交给战俘方面，御寒的事情算是解决了。

要说，这件事情应该感谢饭岛指挥官，他请总营尽快解决战俘御寒衣物。人要是都死掉，那可不行啊，他就是这么说的吧。

通常情况，D营最高指挥官不会进入战俘营区。指挥官安静而骄傲，总是待在管理区一间面向大海的房间里作画，或者一大早去森林里写生，军夫朴八佬背着画箱、烤炉、水和一支弹匣填满的马枪，天黑尽才疲惫不堪地回来。军官们私下议论，指挥官是离群索居的艺术家吧。

这么说并不过分。作为前高级司法警官的指挥官，出身于北海道高级官员家族，进入军队服役前，在札幌是有名的画家，作品在东京获过奖，梦想是去多摩美术学院做教授，话说，如果不是国家需要，指挥官半点也不想做军人。

指挥官手指修长，骨节匀称，像女人一样细腻。不过，这是据说，指挥官在任何场合都戴着手套，谁也没有看见过他的手。未来的教授需要保护他的手，这对他和艺术女神同样重要，事情是可以理解的吧。

（GYB006－001－197）**被告郁漱石庭外供述记录：**

饭岛有一架镀膜镜头的卡尔蔡司相机，他带着相机和韩国军夫到战俘营区为战俘拍过照。奇怪的是，被饭岛挑中的战俘，几乎全是因伤病和饥饿导致身体变形的。朴八佬把挑中的战俘带进审讯科，要求他们脱光衣裳，饭岛围着丑陋的身体拍个不停。我觉得他大可不必在中国战俘中浪费宝贵的胶片，他完全可以去找英联邦战俘，他们基本都是年轻人，身体结实，骨骼标准，五官清晰，肌肉还没有来得及萎缩，我不明白他为什么要拍一些人鬼不分的战俘。

有一次，我去管理区送粮食清单，过了二道门，见朴八佬在前，背着手枪、水壶、画板和小凳，饭岛在后，手里拿着遮阳帽，拄着一根手杖，两人从营区北边的森林里钻出来。

饭岛看见我，把我叫住，兴趣盎然地和我聊超现实主义绘画。他认为理性与逻辑并不表现真实，只有梦境的参与，现实才有可能更加真实，他是这个意思。

“这个嘛，可以做个试验。比如拿131号你来说，活着这件事情并不是真实的呀。”饭岛擦了一把脸上的汗，毛巾丢给一旁的呆脸军夫，从军夫胯下抽出笨重的手枪，拇指咔嗒一声推开闭锁，枪口对准我的脸，“要是扣动扳机，一枪把你打死，难道不也是真实的吗？”

我闭上眼睛，一股凉气从脚心穿透囟门。我想，还是等到了这一天。

“那么，辛苦了。”

我慢慢睁开眼睛，发现饭岛转过身去，正把8mm口径的手枪往军夫胯下塞。枪带太长，不好装，他生气地用力一塞，枪砰的一声走火了，子弹钻进泥土，草叶间冒起一股轻烟，滚烫的弹壳从抛壳窗飞出，溅在军夫的帽檐上，反弹回脖颈，烫得军夫哎呀一声，跳着脚拼命抖弹壳。饭岛皱了皱眉头，转身面向我，我那个时候脸色苍白。

“要说，死去还是活着，事情看似简单，但到底有什么意义呢？”饭岛朝管理区前那片开满鲜花的草地看了一眼，“生和死如此奥妙，如果加入神秘、怪异、荒诞和恐惧的梦境，死亡和生存的意义才是真实的哦。”

饭岛问我知不知道米罗[①]。我不知道，但我知道达利[②]。我在华盛顿时，这位36岁的加泰罗尼亚画家正好从战乱中的欧洲逃到美国，他像疯子似的迷恋科学，和美国科学家们吵架，让人十分讨厌。饭岛眼睛一亮，要我谈谈对达利的印象。

我后来才知道，饭岛像所有热爱艺术的青年一样，年轻时去法国学习过绘画，他在皮雷·科列画廊偶然看到了比他小一岁的达利的个人画展。饭岛在看到那幅著名的《蓝色面包》时，完全被震惊了，从此不可遏制地迷上了超现实主义。联系到他在战俘营里挑选鬼怪般的战俘拍照，这件事情就容易理解了。

必须承认，日本人比达利更具有超越现实的反逻辑特征，他们的念头和行为常常表现为难以理解的反常规和非理性。日本的浮世绘影响了凡·高[③]、德加[④]、马奈[⑤]、高更[⑥]、马蒂斯[⑦]和毕加索[⑧]，饭岛为什么不和我谈谈这个？再说，如果我忘形地在这片野花盛开的丛林中和饭岛大谈什么梦境的意义，他知道我隐瞒了在环球贸易公司服务的那段历史，并非审讯中交代的那样在南洋做桐油和生麻生意，而是在美利坚捣弄该死的军火，他真的会对着我的脸来上一枪。

据我所知，饭岛不光和我谈绘画，他把前画师范尼·戴恩叫到管理区，两人交流过自闭症者凡·高。范尼毕业于乌特勒支大学，是荷兰海军潜艇中尉，荷兰被德国占领后，忠实于流亡政府的海军在大海上到处游弋，范尼的潜艇逃过了欧洲的法西斯，却没能逃过东方的军国主义，他在香港被俘。在《星空》是否源自凡·高“被某个世界绑架和监视”的内心纠结问题上，范尼和饭岛意见不合，两人争起来。饭岛生气地宣布范尼是个糟糕透顶的伪艺术家，当场撤掉范尼面前的茶杯，将他赶出办公室。

---

① 杰昂·米罗（Joan Miro，1893—1984），西班牙超现实主义代表画家。

② 萨尔瓦多·多明戈·菲利普·达利-多梅内克（Salvador Domingo Felipe Jacinto Dalii Domenech，1904—1989），西班牙超现实主义代表画家。

③ 文森特·威廉·凡·高（Vincent Willem van Gogh，1853—1890），荷兰画家。

④ 埃德加·德加（Edgar Degas，1834—1917），法国印象派画家。

⑤ 爱德华·马奈（Edouard Manet，1832—1883），法国画家，印象派奠基人。

⑥ 保罗·高更（Paul Gauguin，1848—1903），法国后印象派画家。

⑦ 亨利·马蒂斯（Henri Matisse，1859—1954），法国画家，野蛮派创始人。

⑧ 巴勃罗·毕加索（Pablo Plcasso，1881—1973），西班牙画家，立体主义画派奠基人。

德顿老兄也是画家，饭岛却从来不和德顿谈绘画，也许他觉得英国除了透纳[①]就没有别的画家了，而风景画实在没有什么好谈的。但我觉得，他可能更计较北海道岛比爱尔兰岛小，两个人拥有同样的贵族身份，他是为这个才藐视德顿。

鉴于以上经验，我告诉饭岛，我对达利先生没有任何看法，我猜他并不喜欢人们议论他，正如做梦的人不喜欢别人打扰他的梦，如果饭岛先生愿意谈谈歌川国芳[②]奇形怪状的猫，或者顾恺之[③]、顾闳中[④]、黄公望[⑤]和朱耷[⑥]，我倒是可以奉陪。

饭岛歪着脑袋认真想了想，同意我对梦境尊重的看法，但他对锦绘之类花街柳巷艺术不感兴趣，他认为日本艺术需要在变通中涅槃，而不是泥古拘方。

在和摩尔上校因为法律体系产生过分歧后，饭岛一度对继续深化与上校的交流充满兴趣，我作为传译员，参加过两次他俩之间的交流。交流是私人性质的，内容大多是太平洋战场局势。

“麦克阿瑟被皇军撵出菲律宾，他爬上炮艇的时候身上被海水打湿了，样子真是狼狈啊。”饭岛口气轻松地开玩笑说。

“隆美尔的装甲军团在利比亚把贵军打得屁滚尿流，在加扎拉和比尔哈凯姆让贵军吃尽了苦头。我说，别指望东线战场的斯大林，他连以他名字命名的城市[⑦]都快保不住了。”饭岛口气中带着挖苦说。

“战争如何进展，上校有更好的建议吗？”饭岛虚伪地问。

“敝人倒有一个建议。出生于赤浜的雪舟[⑧]先生的《四季山水长卷》，敝人有幸见过真迹，多么柔和亲切的艺术啊。敝人的意思是，请阁下管理好你的人，在如此美丽的山水之间，请不要捅娄子哦。”饭岛贴心地说。

饭岛请摩尔喝咖啡。那是东印度公司最好的产品，上校非常熟悉它的口味。

---

① 约瑟夫·马洛德·威廉·透纳（Joseph Mallord William Turner，1775—1851），英国画家，风景画代表人物。

② 歌川国芳（1798—1861），日本画家，浮世绘歌川派大师。

③ 顾恺之（348—409），魏晋时代画家。

④ 顾闳中（910—980），南唐画家。

⑤ 黄公望（1269—1354），元代画家。

⑥ 朱耷（1626—1705），明末清初画家。

⑦ 即斯大林格勒，现为伏尔加格勒。

⑧ 雪舟（1420—1506），日本画家，维也纳世界和平大会1956年追认的世界文化名人。

不过，现在上校以客人而非主人的身份品尝它，我猜他并不开心。

饭岛从不邀请国军战俘主管钟上校。他认为中国战俘最好少说话，保持他们本来就不乐观的体力和情绪，直到战争结束。

在和摩尔上校最后一次叙谈中，饭岛向上校透露了新加坡的战况。英国刚下水的“威尔士亲王”号战列舰和“反击”号巡洋舰被日军航空兵炸沉，13万名基本没怎么开火的英军在帕希瓦尔中将率领下弃械投降，列队接受只有3万名精疲力竭士兵的山下奉文中将受降，这个结果，任何皇家军官的心脏都会受不了。摩尔上校脸色发乌，起身告辞，从那以后，他拒绝与D营日方最高长官茶叙。

“让上校中弹的不是帕希瓦尔将军的投降，是上校的弟弟。”当天晚上，我把茶叙的事情告诉德顿，德顿沉默片刻说，“上校的弟弟半年前从海军学校毕业，在‘威尔士亲王’号上服役。”

“上校弟弟多大?”我放下手中正在缝补的裤子，吃惊地看德顿。

“他们同父异母，但两人感情很好，上校曾为弟弟写过一首歌曲。”

这样，摩尔上校起身告辞就很合理了。谁也不希望遇到这种事情。

德顿和亚伦有时会为完全不相干的一点小事发生争执。德顿是戴六个银球环帽子的子爵，父亲是皇家海军将领，据说祖上和复辟的威塞克斯王朝国王哈德罗二世有血缘关系。贵族和牛仔很少意见相合，他俩总是找我评理，这为我增添了不少仲裁者的荣誉，使我能在德顿的家族主张和亚伦的口香糖政策之间认真考虑，决定把阶段性的友谊票投给谁，给了我不少躲避煎熬的机会。

邦邦不和任何人争吵，甚至看不到他和任何人交流。我不知道他是从哪里打听到一些东鳞西爪的消息，快速拼凑出一些战争局势，然后在没人的时候悄悄告诉我，他这个本事让我佩服得要命。

更多的时候，我愿意自己待着，谁也不接近。

我在想，如果家里人知道我现在的处境，他们会怎么想?

二姐呢，如果她知道我现在的情况，会不会难过?

（GYZ006－006－005）**证人尹云英法庭外调查记录：**

我得到的所有消息都让人绝望。

我不愿相信孩子死了。

我开始通过红十字会渠道寻找他。

说来难以置信，那个导致孩子失踪——不，他没有死——的国家竟然是亚洲红十字会运动最发达的国家，也是第一个在《日内瓦公约》上签字的异教国，会员人数一度超过美国 6 倍。入侵中国后的第三年，他们举办了第十五届国际红十字会议，发布了战时平民待遇的《东京草案》。相反，总部设在瑞士的红十字会国际委员会却对亚洲十分冷漠，太平洋战争爆发时，亚洲竟然只有一名红十字会代表 Fritz Paravicini，要命的是，这位帕拉维奇尼神父居然长期待在东京，我根本没办法跑到东京去找他。

直到民国三十一年春天，日本政府才通知瑞士红十字会总部，他们承认红十字会在上海设立的代表资格。我不顾知堂的劝阻，秘密赶到上海，约见了红十字会代表爱德华·埃格勒先生。爱德华先生告诉我，他手上有三份香港战争死伤者名单，日本军人的伤亡名单十分详细，包括伤亡细节，那肯定不是我需要的；因为名单的统计正在各个战俘营中困难地进行，联合王国军队的伤亡名单只能在战后获悉；平民死伤者人数极有可能数倍于军队人员，可是，那是一份空白名单，就是说，除了日本军人和英国联邦军人，香港战争的其他伤亡者没有名单。

爱德华先生的话点醒了我，我请求他帮助在战俘营中寻找，也许孩子被俘了，在日本人的战俘营里。

7 月份，我接到爱德华先生的来信。他在信上说，他通过 6 月份在香港设立的红十字会代表鲁道夫·辛德在香港平民拘留营和几个战俘营调查了，很抱歉，没有我孩子的消息，他希望能继续帮我做点什么，但目前大概只能这样了。

我绝望极了，越来越怀疑孩子是否在那份空白名单中！

民国三十一年夏天，从香港逃出来的陈策在桂林养好了伤，应召回重庆述职，受到各界人士热烈欢迎。他在英国人投降当天带着军事使团善后人员和数十名英国人成功突围，国府授颁他一等“干城勋章”，英国外交部发来感谢信，英皇将为他颁发“海军司令勋章”和爵位，他成了国际反法西斯阵线的大英雄，报纸上称他为中英友谊写下了光辉一页。

陈策在重庆期间，知堂请他到家里来密谈过一次，我在一旁听他们说话。

陈策回忆，香港战争发动前一天，他见过漱石，嗣后亦独自留下孩子稍作叮嘱。以后听秘书和副官汇报，战争期间，漱石去使团打听过情况，他和他的小组没有参加守岛战斗。以陈策的判断，这孩子灵活，体育又好，他这个年过半百的残疾老军人都能带伤从鬼子的枪炮中成功突围，年轻人应该能够躲过一劫。

知堂关心的不是漱石，他把陈策叫到家里密谈，并不是为孩子的事。知堂关心的是，国府得悉日军袭港情报后，即电令广东绥靖主任余汉谋迅速指挥援战，虽说两广有第4、第74、第79三军调往长沙参战，粤中已无精兵，日军攻港同时，亦派精锐攻打粤北，香港陷落次日，广东临时省会曲江也陷落了，这种情况下，余汉谋仍飞檄第12集团军副总司令徐景唐为前进指挥部总指挥，率张瑞贵部三个师疾驰救港，全力突入港九，命令中更有"不要顾虑侧翼，不要顾虑后方，向九龙方面锐进"之词，即便各军分驻远地，辎重大炮运输不易，12月25日，张瑞贵部也推进至博（罗）惠（州）一带，前锋抵达樟木头，独立第9旅更是进入宝安地界，一部与日军发生交火，照此推断，元旦前后完成攻港绝无问题，英军宣称香港能坚守半年，为何只战了18天，就在国军抵近深圳河的节骨眼上匆匆竖起了白旗?

陈策不说话，取下嘴上的雪茄在烟缸里摁熄，再点燃，又摁熄，拿眼睛看知堂。

"策公，你这是什么意思?"知堂不解地问。

"知堂，你在大本营这么些年，你告诉我，中日交战，若非日方主动放弃，他攻下的重要城市，我军夺回几座?"陈策反问。

"不用想，一座也没有。"

"国军在攻港日军背后打一下不是问题，可敌第23军在新界东北布置了策援，等的就是援港国军，指望张瑞贵三个师和独9旅打入九龙，登岛与英军联手作战，那是痴人说梦。"

知堂闻言，黯然不语。

"老弟，不瞒你说，这是我见过最荒唐的战争。"朱秘书送茶进来，陈策起身把他撵出书房，关上门，回到座位上，"先说日方。酒井隆开战前一个月才上任，他是中国通，《何梅协定》就是他在中国驻屯军参谋长任上拟定的。人家战前情报做得优秀，第38师团所有师团级将领均乘飞机在港九上空进行过侦察，第五纵队和华人刁民策反工作也实有成效，官兵作战个个亡命，十数万华民倒屣相迎，为虎作伥，只这一点，他抢了先机，只是，若论战术手段，他却乏善可陈，赢也赢得不光彩。再说英国人，玛尔特比 8 月份才到任，港督 9 月份才入港，劳森[①]更晚，11 月才抵港，军政领袖临阵匆匆上任，个个对香港不熟悉，对日军情况不了解，如何判断局势，防卫香港？加上玛尔特比刚愎自用，指挥不力，大陆军团和港岛东西两旅指挥官均有布阵，让 6 个营英军守港半年，不是勉强，是做不到。”陈策再度点燃雪茄，吸一口，“只是，国军刚刚抵近新界，英军就竖起了白旗，这其中有隐情。”

“你这么说，我想起来了，12 日醉酒湾防线激战时，委员长向罗斯福提出四项建议，其中一条是请美方出面，协调香港、菲律宾、新加坡、缅甸、荷印间联合军事行动计划，方案是我根据委员长的意思连夜起草的。罗斯福回应，请中方在重庆召开一次联席会议。会议拖了 11 天才召开，可是，会上却没有讨论香港防守问题，两天后，香港就失守了。”知堂想了想，说，“策公，你说隐情，是说美英没有对华做出肯定的战争支援，委员长不会真正下决心援港？”

“委座的事情不议论，说另一件事。”陈策向我示意，要我取一把椅子来，他把那条残腿咣当一下搁在椅子上，人往后坍塌下去，舒服地半躺在椅子上，“我手中有数千青壮，十数名高级军官，其中半数和鬼子交过手，结果惨烈，可鬼子也没从他们手上讨到便宜。港战 18 天，我多次向玛尔特比要求率华人参战，都被他拒绝了。23 日那天，他终于答应发给武器，你猜是什么？75 支手枪，20 箱手榴弹，简直开玩笑！这我也认了，我手头藏了一些走私武器，我打算带人去黄泥涌拊敌之背，夺回要塞不可能，怎么也让小日本吃一亏，谁知，24 日早上，英方突然通知我，武器不给了，而且，不许华人武装有任何妄动。”

“有这种事？”知堂愕然。

“中共方面也吃了亏。先前英国人和他们谈定，港府驱逐出港的中共人员可以回港，英方提供 250 挺轻机枪、1000 支驳壳枪和数吨炸药，由中共冯白驹部炸毁海南日军机场，曾生部在深圳牵制日军军供运输，最终一样都没落实。我就纳闷，马克·扬格急切地与我接触，要求国府派兵援港，又迟迟不让我上阵杀敌，连情报、运输、补给工作也是我坚持，好歹做下两成，160 万在港华人

---

① 约翰·劳森（John Lawson，1887—1941），加拿大军准将，香港守军西部旅司令官，战死于港岛。

完全束手待毙，等着挨宰。”

“内地战场，即便日寇猖獗，我四万万军民尽人皆兵，生当对峙，死求同归，一寸山河一寸血，到了香港，竟然成了这样!”知堂愤然。

“蹊跷的是，英方最终放弃以巷战等待援兵，偏偏在我军逼近新界时竖起白旗，交出香港控制权。”

“策公，”知堂思忖片刻，“你的意思是，英国人有顾虑，华民港人超过九成，如果武装起来，战败倒也罢了，若胜了，战后如何处置这支武装?”

“知堂，你是张仪和苏秦一般的人，兵机将略在你心里，你说呢?”陈策抻了抻我取来盖在他腿上的毛毯，挥手将我赶开，拿粗粗的手指点知堂。

“国府战后自不会对香港等闲视之，完全可以援引汉口法租界之例对香港实行收回，若香港再有一支数万华人武装，英国重新殖民香港的可能就没有了。”知堂大惊，“难道马克·扬格是为这个下令投降的?”

“有个消息，我不说从哪儿听来的，你姑且听之。”陈策把雪茄蒂横在烟缸上，倾身向知堂，“香港以投降手段交给日军，战后亦有理由向日军索取，九龙有 99 年租期，战后亦可因租期未满讨还治辖权。若港九落入国军手中，则战后断不会由胜利一方交给另一胜利方。丘吉尔这个殖民分子老谋深算，不会不懂这个道理。”

我坐在那里，听他们滔滔咄咄，满耳是“国家”“人民”，半句没提到孩子。我困惑极了，愤怒极了，口渴得厉害，想喝水。我心里想，国家有多大，大到人民以四万万计，他们难道不是由一个孩子一个孩子组成的? 要完全没有了个人，这个国家留它有何用?

(GYB006－001－198) **被告郁漱石庭外供述记录：**

自治委员会分派给我一项新的工作，教战俘学一些简单日语，以便他们了解警备队守卫在某些关键时刻的呵斥和警告，或者决定惩罚人之前带着预警性质的嘟囔。徐才芳举了一个例子：国军战俘 374 号在大解时，一名警备队守卫提着枪刺闯进茅厕，指着 374 号的脚下破口大骂。374 号害怕极了，不得不闭上眼睛抓了一把自己的排泄物抹进嘴里，但他还是被痛揍了一顿。后来才知道，守卫并非命令 374 号吃自己的屎，而是他穿了一双警备队丢弃掉的军鞋，守卫命令 374 号脱下来。

"374 号的脚很可能被小鬼子砍断。"徐才芳总结不必要的羞辱说。

国军战俘一直在进行日语辅导工作，效果并不好。他们有几个懂点日语的战俘，先后转移去了别的战俘营，剩下两个半吊子，费力地教了一段时间，结果是，战俘们不开口还好，一开口反而情况更糟，日方守卫认为战俘在嘲讽他们。我和两位教员交流过，因为日语中汉字的含义与汉语原有的含义不同，实在不便评论，他们一个把"这件事很困难"说成"别想让我做这件事"，一个干脆把"您是一位和善的长官"说成"你是一个难看的财主"，发生这种情况，挨揍的应该是教员。游击队战俘强很多，他们有几个日语不错的战俘，只是钟上校不想给共产党好脸色，下令不许向游击队求助。

我找了钟上校。我认为 D 营情况已经发生了变化，应该改变排斥游击队的做法。钟上校表示，日寇猖獗，国风低迷，唯望全营我诸同志同心协力，竭忠尽职，以报党国，此时亦要对异党、英盟等反对法西斯主义势力设法利用，他同意我的提议，指派我去找游击队领导人协商共同教战俘们日语的事。

孖仔带我去找他的上司。小家伙很有把握地预言，我的阴谋会彻底失败。

游击队战俘在东区收集垃圾。他们把垃圾运到东南角铁丝网前一个大坑里填埋掉。游击队头头肖子武披着一件旧布褂，叼着烟斗在大坑边平土，他接待了我。他人长得老气，因为长期营养不良，双颊塌陷，一道酱色伤疤像僵硬的蛇穿过他坚果般的脸。这次我看清楚了，他叼在嘴上的烟斗是泥巴捏成的，烟斗里空空的，没有烟丝。

"我们不参加。"他没有废话，连不参加什么都懒得说。

"能说说理由吗?"

"不说贵方的建议是鬼子支使的，但它正中鬼子下怀。"肖子武口气平静，烟斗叼在嘴里，没取下来，"我们抵制奴化教育，不接受小日本殖民中国的阴谋。"

"可是，贵方有好几个日语说得流利的，贵党领袖不少在日本留过学①，大概也没有受到奴化教育。"

肖子武锐利地看我，目光像两把没开刃的刀子。我没有被他唬住，直率地表示他在撒谎，联合战俘自治委员会成立后，邀请游击队参加委员会，游击队提出

---

① 李大钊、陈独秀、张闻天、周恩来、董必武、彭湃、王若飞、廖承志等均在日本留过学。

参加可以，必须担任主管一职。自治委员会认为游击队军衔最高的军官不过是营级，充其量授少校衔，担任主管对各方面都不公平，没有同意。游击队脸面无光，拿奴化教育做借口，以特立独行为表，行报复联合战俘自治委员会为实。

“告诉派你来的人，”肖子武没有发恼，平静地说，“我们有自己的委员会，能处理好自己的事情，用不着别人插手，也不会向任何人妥协。”

我拿定主意不承担更多责任，转身离去。坚果脸的游击队指挥官叫住我，将身边的几个人介绍给我。情报队长相若雪，副连长刀葫芦，暗杀团分队长孔庆礼，文化教员罗羊子。肖子武要我以后有事和罗羊子联系。

“他就是你说的日语不错的人。他还懂英语、马来语、印尼语和泰米尔语，你们之间说话方便，不用谁传译。”坚果脸首领一脸揶揄，这是他唯一开的玩笑。

我离开那里。他们继续干活。在返回战俘管理区的路上，我问孖仔，罗羊子是什么人。小鬼头吸了一下鼻子，告诉我，罗羊子是吉隆坡人，莱佛士学院学生，两年前由南洋惠侨救乡会组织回乡参战，加入王作尧的东宝边抗日游击队，在部队任教员，游击队战俘中像他这样的还有两个，不过，罗羊子的鬼佬话说得最好。

“他是我六十二哥。”孖仔得意地说。

“你有多少哥哥?”我站下，诧异地看孖仔。

“除了老肖和郑叔秦叔，游击队的人都是我哥哥。按年龄排，罗羊子排六十二，是六十二哥。”孖仔得意地说，“老肖要我告诉你，要你有机会去营区外逛逛，别被鬼子关傻了。”

“逛什么?”我不相信地看那孩子，他在说一件完全不切实际的事情，“我能去哪儿？谁能让我大摇大摆离开营区?”

“你真蠢，还是中尉。参加劳役队啊，不就出去了吗?”孖仔耸了耸肩膀，斜叉着两条麻秆腿，嘲笑地看着我，好像提醒我，在D营这样的地方，任何意外都显得很幼稚，“老肖说，你应该去海边逛逛，这样才像个活着的人。”

我被孖仔的话说蒙了。不过，很快我就意识到，坚果脸游击队首领的话有道理。

我找到矢尺，请求参加海边码头的扩建工作。矢尺很感兴趣地看着我，问我知不知道D营的劳役制度。我知道，营区劳役工作又脏又累，一直由普通营士兵承担，军官可以不参加。矢尺问我为什么要放弃不做劳役的权利。我说了实话，关了几个月，想去战俘营外面看看。矢尺理解地拍了拍我肩膀，爽快地答应，他会让我的愿望得到满足。

过了几天，警备队副队长七海秋山带着几名看守押送劳役队出营，矢尺出现在营区，他背着一支步枪，让我跟他走。

我从来没有见过有谁像矢尺这样热爱自己的工作，并且对工作沾沾自喜。D营升级，矢尺由主官降为第一次官，责任感一如既往。他总是早起晚睡，在战俘营里到处转悠，而且重视每一个细节，所有人都倦怠了，他仍然孜孜不倦。他对工作对象有着强烈的占有癖，喜欢教育和摆布他们，不愿意任何人破坏他做出的规定，为此，他甚至抵抗过上司饭岛的命令。

我们在战俘营大门口跟上劳役队。看见矢尺亲自陪同我参加劳役队，他亲热地傍着我走，一边说笑一边拍打我的肩膀，战俘们都很惊讶。孤军老韦也在劳役队伍中，偷个空子他移到我身边，悄声问我，为什么要参加劳役队。

“军官不应该和士兵抢口粮，这些人都饿坏了。”老韦不满意地说。

到D营后我才知道，老韦叫韦黾灶。彭祖之后、黾勉同心、灶神肠直，所以，老韦是196号。

我看出了老韦目光中含有的敌意。我没有回答他的问题，没法回答。

自治委员会成立后做出规定，担任劳役的战俘将获得正常口粮五分之一的补贴，按日结算。这当然不是我参加劳役的目的，但我不喜欢一名士兵对我说那样的话，何况，我俩曾在北角并肩作战过，他不应该怀疑我。

可是，突然间，我有一种不祥的感觉，我很快知道了那种感觉是什么。肖子武怂恿我离开战俘营，矢尺爽快地答应下来，并亲自陪同我，他俩都是有心的。肖子武想在我和战俘中制造矛盾，让我碰钉子，然后知难而退，放弃在联合战俘自治委员会中的工作。矢尺对我格外热情，他要向战俘们表示我和他耐人寻味的关系，或者不如干脆说，我是他的人。

想到这些，我不禁渗出一背冷汗。

即使心怀忐忑，第一次翻过D营南边那片高地时，我还是惊呆了。

站上高地最高处，D营就像原始森林中的一个秘密，安静地落在峡谷中。脚下是一望无际的大海，远近错落地散布着星星点点的离岛，一堵赭红色峭岩参差通向海边，大片茂盛的红树林生长在峭岩下，渐次消失在看不见的海湾另一头。海水拍打着沙滩，留下一堆堆白色泡沫，高迥的蓝天上有几朵孤悬的云彩，一只鹰躲在云彩后面，突然现身，扎向海面。

天空明亮，周围一片寂静，我呆呆地站在高地上，突然有一种想哭的冲动。

“就算是战俘营，若不是参加海外征战，怕也见不到如此美景，为这个感激天皇，也是应该的吧。”矢尺肩上挂着步枪沿着山坡上来，身体健壮的他一点也不吃力，用衬衣扇着风，感慨地说，“真想一辈子留在这里啊！”

是吗？我可不想一辈子留在这里，我想离开它，我想走出阴冷、肮脏、血腥、敌视和仇恨的战俘营，远走高飞，一分钟也不愿意等待！如果作为人不行，那就随便变成什么好了，蝮蛇、蚊蚋、花粉、雨点或者风，那样就不会被人的躯壳羁押住，如果能做到，我愿意接受诅咒，永世不再变成人！

现在我可以告诉你们了，我不是一名军人，天生就不是。我出身优渥，喜欢读书，命运却让我做了一名军人。我有一个随着不断易主总在变换肩牌上星数的父亲，一个与恋人共赴白山黑水去刺杀占领军军官的大哥，一个唇色鲜艳迎着歪歪扭扭降落在跑道上的轰炸机跑去的大姐，一个在淞沪战役中被倭寇炮弹切掉脑袋的二哥，一个在沦陷后仍然不肯离开复仇地的二姐，但我不是他们中的一员。就算我是一名士兵，人们称之为战士，那也是某种原因“让”我“是”，并非我的本意。我怎么会那么可笑地认为，我是勇敢者，能够成为国家危亡时刻需要的那种人？在深水埗联络点坍塌下来的时候、敖二麦脸上溅出大片红色雾团的时候、朱三样失望的目光消失在黑暗中的时候、缪和女奔跑时奇怪地扭过头来看我的时候，我一直在害怕，一直在害怕，并且因为害怕而颤抖！

没有什么可以把我骨子里的软弱和怯懦如同蒲公英花粉一般吹拂掉，我是一个孱弱的人。我想，我就是这样一个人。

那天晚上，我做了一个梦，我梦见了大海——不是我白天见到的那个大海，而是另一个——我踉跄着向它跑去。海水开始涌动，溅起浪涛，由蓝变黑，水中长出大片森林，它们越长越高，直到把整个大海覆盖住。我茫然地站在海边，树叶开始坠落，它们飞向我，被我的脑袋快速吸进去。树叶越来越多，我被满脑子的树叶挤压得喘不过气来，脑壳快要爆炸了。最后一片树叶离开光秃秃的树枝，向我飞来，我屏住呼吸，等待着——然后，我松了一口气。那不是树叶，而是一只有着两只薄翼，头顶闪烁着微光的小东西。我见过它，在粤北山区丛林，还有黄泥涌峡谷的灌木丛中。小东西飞近了，似乎有些犹豫，最终停下来，悬在离我数尺之外，瞪着一双明亮的小眼睛看我。然后，它消失了。

(GYZ006－004－012) **奥布里·亚伦·麦肯锡法庭外调查记录：**

冬天过去后，天气转暖，大家都觉得终于熬过来了。

天气一暖，营房再度成为树根的乐园，它们复活过来，顶破平整过的地面，潮气像疟疾一般发作，顺着膨胀的气眼往上冒。郁告诉我，这种天气叫回南天，是南海特有的气候。我讨厌这种天气，草席任何时候都是潮湿的，人睡在上面就像泡在澡盆里，衣裳随时能拧出水，身上剧烈发痒，接着就是长湿疹，长脚气，烂裆。

D营有两个卫生部门，日本人的叫医务班，战俘们的叫卫生科。

日本人的医务班由寺野秋夫军医负责，为日方人员服务。南方派遣军的两个军医中川流香和花轮敬二定时从广州中山大学医学院赶来，检查警备队的给水防疫情况，调查战俘中流行病疫情。

战俘营卫生科分军官营卫生班和普通营卫生班，我们来之前，医生只有中国医官老曹，配了两个卫生兵，一套残缺不齐的手术器械，一点汞溴红药水，一些反复使用的绷带和棉球，少量的甲酰水杨酸片剂，以及一个拥有7张床的医院，条件非常糟糕。日方派了一名医护兵负责监督卫生班的管理，叫大岛菖，20岁左右，入伍前是关东地区农民，人很朴实，手劲特别大。他有两个爱好，一个是不断地吐口水，一个是到处找种过地的战俘聊天，聊一些四木三草[①]什么的。作为医务兵，他没有接受过任何医务训练，不知道如何对付伤口和疾病，有时候老曹忙不过来，他看不过去，主动帮忙；他帮忙的方式是不断往伤员伤口上吐唾沫，好像他的唾沫能杀死伤口上的那些坏疽。

老曹的困难不在于大岛菖的热心，唾沫虽然治不了伤，也没有什么坏处。老曹的困难在于没有药。卫生科的药品和器械由大岛菖管理，他有自己的药品管理和使用准则，通常他会把珍贵的药片发给农事经验丰富的战俘，对别的战俘十分吝啬。老曹把大岛菖告了，热爱耕种文化的大岛菖受到矢尺大介的严厉斥责，发给战俘卫生班的药也相应减少了。大岛菖倒是没有报复老曹，他挺尊

---

① 日本江户时期的主要经济作物。四木指桑、漆、茶、楮；三草指麻、蓝、红花。

重老曹，但他会背着老曹，用小刀把一片药切成几份，眼眶湿润地颤抖着递给优秀的农家伤病员。对于同样固执地热爱自己专业的日军同行，老曹也拿他没办法，只能叹气。

在恶劣条件下生活久了，战俘的疾病问题很严重。最常见的病是痢疾、疟疾、脚气病、夜盲症、登革热和肺炎。没有一个战俘是健康的，每个人都有病，百分之八十以上战俘患有两种以上疾病。在 D 营，很容易满足对糟糕身体观看的愿望，这里全是羸弱的男人和身体畸形的男人，他们大多像一堆堆被丢弃掉的干柴，靠在屋外的墙上晒太阳，人们从他们身边走过，他们完全没有反应，等人走远，他们中的一两个才会迟疑地转过头来看一眼，你甚至可以把他们当作法老统治的国家里神秘的木乃伊。

关于疾病，我听到的最不可思议的故事，是一个叫张玉娥的中国战俘，因为患夜盲症，夜里上茅厕时栽进茅厕里，第二天早晨人们发现他的时候，他已经在屎汤中淹死了。

（GYB006－001－199）**被告郁漱石庭外供述记录：**

老曹叫曹家旺，30 出头，精瘦精瘦，头发稀疏，显得老相，额头上总是汗津津的，好像他身上别的地方还行，就脑袋累。

老曹上过教会学校，父亲是梧州名医，他从小跟随父亲行医，能做简单的外科手术，中国战俘中有几十个人患了伤口坏疽，都是他给做的截肢。老曹没有手术用橡胶手套，只能采用“李司坦氏”手术法，用肥皂和清水洗手，伤口消毒也没有盘尼西林和磺胺剂，只有少量波力酸，勉强能把手术做下来。那些伤兵，手术后活下来几个，战俘们把老曹当现世华佗供着，其他没救过来的几十个，谁都知道那是命，和神医无关。

老曹是有名的软弱友善郎中，从早到晚带着两名医务兵，军官营病员班和普通营病员班两头跑，脸上挂着无论官兵都一样的鼓励的微笑。有时候，军官们在卫生科找不到老曹，要求他保障长官权利，老曹“好好好”地答应，却没有改变，下次士兵病在前面，他仍然抛下军官去为士兵看病，军官们对他意见很大。

老曹的战俘编号是 097，为了便于战俘们能在上千人中找到他，他把编号写在一块白布上，缝在背后。于是，背着 097 号白布黑字匆匆在营区中来来去去的老曹，就成了 D 营的一道风景。其实这样做完全不必要，在 D 营，老曹的名气比钟上校和矢尺大介还要大，人们即使在死神到来时也能看到他，目光不会从他身上移开。

盟军战俘入营后，印军上尉军医卡米拉·沙贾德和医务军士皮科特、华莱士被安排到卫生科，和老曹一起工作，卫生科一下子兵强马壮。

卡米拉是老派军人，年龄不小了，到底多大岁数，他也说不清。我问过卡米拉军医，他一会儿说快 40 了，一会儿说 40 多了，还有一次合掌抵住鼻子想了半天，困惑地说，现在想不起来，过两天想想看。

卡米拉一战时做过战场救护，以后当上了军医，但只能给人包扎一下伤口，别的干不了，战俘的伤病严重一点，他就着急得转圈，嘴里念叨着谁也听不懂的经文。

不管怎么说，卡米拉军医充实卫生科后，老曹的担子轻了不少。两人做了分工，卡米拉和皮科特、华莱士负责军官营病员班，老曹和他的两个卫生兵负责人数众多的普通营病员班。不过，这个分工很多军官不接受，有问题还是会找老曹。

老曹一身本事，却开不出药，等于空手郎中。遇到伤口溃疡的战俘，老曹只能使用热压消毒原理治伤，用开水炙烫伤口，这是他在教会医院学来的方法。卫生科没有甲醚和笑气，老曹把伤员用绳子捆绑在床板上，嘴里塞块布，开水往伤口上浇，伤员硬挺着，很吃亏。而且，开水容易把伤口附近的好肉烫坏，造成二度创伤。看着伤病号哭天抢地地号叫，老曹干着急，脸上的笑容很难看。

老曹想过办法，他申请去营区外林子里采草药。日方担心老曹逃跑，不让去。老曹还找过负责炊事班管理的军官，请他给点盐，用盐清洗伤口。管事的军官不肯给，理由充分，盐是珍贵物资，给了伤员，其他没伤的有意见。

老曹最终想出的办法，是用石灰治疗溃疡。老曹一般是在手术前用石灰洗手消毒，也用它治伤，要是有牛胆，牛胆晒干用火焙，掺在石灰里，效果会更好。但是，石灰治伤的办法在卡米拉军医到来后遭到激烈反对。卡米拉是虔诚的婆罗门教徒，伤员中也有印度教徒，贝壳烧出的石灰冒犯了阿帕斯①，摘牛胆冒犯了毗湿奴②，都是大忌。为这件事，平时软弱的老曹和好心肠的卡米拉大吵了几架，两个人谁也不让谁，事情僵持在那里。

后来，战俘105号，前游击队情报队长相若雪找到老曹，建议老曹用蛆治疗溃疡，说游击队一直在使用这种办法，很管用。一句话提醒了老曹，他拍着巴掌骂自己糊涂，怎么就没有想到这个，蛆不光吃腐肉，还能分泌抗菌酞和胶原酶，帮助伤口恢复。老曹拍完巴掌再拍自己并不结实的脑门，好像那里面有他需要的虫子。

老曹让卫生兵去找蛆虫。卫生兵嫌蛆脏，在水沟里捉了些水黾。老曹骂卫生兵笨，自己往茅厕跑，下手在屎桶里捞一堆蛆虫，在溪涧边洗净，宝贝似的带回卫生科。但是，老曹的做法再次遭到卡米拉的激烈反对。

我被孖仔叫到卫生科，老曹正把陶土钵里的蛆虫掩藏在身后，和卡米拉大眼瞪小眼，两人吵得不可开交，谁也不懂对方说了什么。我进去，老曹一把拉住我，指责卡米拉抢他的蛆虫，要我向婆罗门人解释，他可以不用盐，不用石灰，不去惹天知道蹲在哪儿监视着人类的牛祖宗，可是，如果连蛆都不让用，他就没有办法让伤员活下去啦。

我问卡米拉，用蛆虫治疗伤口溃疡会得罪哪位主神。卡米拉苦恼地表示，他不知道，但让蛆吃人肉这种做法太不正常，神一定会发怒。我给卡米拉解释，神是宽大仁慈的，神允许蛆虫活在世上，一定有神的道理，神会高兴地看到蛆和人相互帮助，各得其所。我解释了半天，一点效果也没有，卡米拉就是不松口。

谁都没想到，老曹见我解决不了这件事，拉开我，咣当一声给卡米拉跪下了。老曹哆嗦着嘴唇说，老家伙，求你了，让你的神放过那些小兄弟们吧，没见他们身上全烂了，要死的人中也有你的兄弟啊！

我把老曹的话翻译给卡米拉听。卡米拉脸红成猪肝色，人往后退，往后退，退到没处再退，揪着头发摇晃脑袋，几乎要哭出来。我不知道该怎么办，神管辖的问题，靠我在中间递话解决不了。卡米拉最终妥协了，哆嗦着嘴唇对我说，

---

① 古希腊和罗马的生殖之神。

② 古印度教三大主神之一。公元前5世纪，耶斯迦在《尼禄多》中把毗湿奴视为地界神中的牛神。

你告诉他，他会下地狱。然后卡米拉痛苦地躲到一边去念经文，向神告罪。

我把卡米拉的话翻译给老曹听。我说，卡米拉军医要我告诉你，神这会儿没空，你自己决定吧，他替你去向神告罪。老曹两眼放光，从地上爬起来，要去谢谢卡米拉。我一把拉住老曹，要他别去打扰那一个。老曹脸上恢复了微笑，小心翼翼把蛆虫一条条捡起来，放在伤员溃烂的伤口上。我看到老曹眼睛里有感激的泪光。我不知道他在感激谁，没空的神、好心的同事卡米拉，还是蛆虫。

初夏时节，情况有所改变，战俘总营送来了药品，是香港仓库里的本片成药[①]，奎宁、石碳酸溶液、水杨酸酊、解疮膏和人丹，因为特别申请了溃疡类药，还有几包硫黄，只可惜品种和数量有限。老曹特别激动的是，药品中有几盒治疗性病的606[②]。卡米拉没见过这种药，老曹向同事解释，606能治梅毒，对别的毒疮也管用，可算有宝贝药了。

按照规定，药品仍由大岛菖卫生兵管理，老曹和卡米拉用药时向他申请，但至少老曹不用把天底下的诸神都得罪光了，他高兴地和卡米拉同事来个大大的拥抱，然后让卫生兵赶快通知患疥疮和香港脚的战俘到卫生科领药。

有药品的时候，老曹和卡米拉关系融洽，你亲我爱，说他俩是亲兄弟也可以。

(GYZ006－004－006) **奥布里·亚伦·麦肯锡法庭外调查记录：**

4月底，雨季到来，营区完全泡在雨水中，营房里积满了水，泥土全泡软了，没法睡，大家只能夜里起来夯地，把泥土夯得能溜冰了。

雨水不停，泥地没法再夯。没人想在营房里待，可外面下着雨，没地方可去。每天早上集合训话，几十座营房门一打开，一串串泥人东倒西歪走出来，活像地狱里出来的泥鬼。

春天就蔓延开的坏疽病和脚气病没治好，现在更加严重了，几乎所有人都患上了皮肤病。自治委员会向日方交涉，日方也被连绵不断的阴雨季节困扰着，拿不出办法。好几个战俘病得快要死了，自治委员会在商量对策，可没等对策

---

① 香港药房根据《英国药曲》和《万国药方》生产的药品。

② 二氨基二氧偶砷苯，抗梅毒药物，德国医学家埃尔利希·P（1854－1915）于1908年发明。

商量出来就出事了。

(GYB006－001－200) **被告郁漱石庭外供述记录：**

战俘中有个叫仝二毛的，编号 319，是个下等兵。一天早上，战俘集合的时候，他疯了，狂笑着推开同伴，冲出队列，在细雨中碎脚丫子一路狂奔：

“妮，妮快看我，看我呀！我开花啦，我开花啦！”

穿着橡胶雨衣的曹长八朗太郎喝令仝二毛回到队列中去。仝二毛没听他的，哈哈大笑着继续在雨水中跑。两名战俘看守跑过去拉仝二毛。仝二毛踢他们，咬他们。战俘看守生气地把仝二毛摔倒在地，仝二毛哭喊着在泥水里打滚：

“妮，妮我要烂死啦，我要烂死啦!”

我是那个时候才知道，疯是能够传染的。队列中，一些精神紧张的战俘受仝二毛传染，也跟着疯。有人嘤嘤地哭，有人号啕大哭，有人往泥水里坐，一下一下捶着烂稀稀的泥地。

八朗太郎上去推开战俘看守，劈头盖脸揍仝二毛。仝二毛哈哈大笑，愈发兴奋，在雨地中手舞足蹈，烂死啦，烂死啦！见八朗曹长动了手，两个战俘看守扭头冲上去揍那些跟着疯的战俘，队伍一片混乱。矢尺大介生气，命令安静，地上滑，他没站稳，摔倒了，再爬起来时，脸上糊一层泥水。矢尺觉得丢脸，迁怒于仝二毛，宣布罚他十天重营仓[①]。

卫生科背后的木墙下有几间禁闭室，禁闭单位分重营仓和重谨慎[②]。所谓重营仓，是在巨大的原木上挖出来的一方禁闭室，高四尺，宽三尺，人关在里面既不能站立，也不能活动，只能蜷腿半躺，据中国战俘说，人在里面关两天血就僵掉了，一般情况下，能熬过七天就是奇迹。

十天时间很漫长，除了不肯停下来的雨点，整个营区都沉默着，人们不再走动，不再交谈，只是早集合晚训诫时，人们会下意识地朝审讯科那边看。

自治委员会那几天很紧张，他们担心仝二毛挺不过去。

我坐在西区 9 号营房屋檐下，反复数脚下不肯停歇的雨点，始终数不清楚。

---

① 单独禁闭。

② 一般性禁闭。

穿过西区两排营房的空隙，我看见一名台湾军夫班士兵端着碗从伙房出来，慢吞吞绕过卫生科，消失在墙角背后。不知为什么，我觉得他是去看我，关在重营仓里的那个人是我。雨季浸淫，我绝望极了，不知道能做什么，哆嗦着把一块潮乎乎的死皮从膝盖上剥下来。

最先死去的不是仝二毛，而是两名因溃疡患上坏血症的战俘。他们的尸体被人从战俘医院里抬了出来。十天以后，仝二毛被放出来，他的身体已经无法伸直，全身肌肉萎缩，一碰他就嗷嗷叫。他最终也死掉了，张开的嘴中有一层裹着稀泥的木屑。

这是我在D营第一次见到死亡。

仝二毛被埋掉那天，钟纪霖上校去了战俘墓地。

战俘墓地在营区外警备队驻地东边。说墓地，不过是个大土坑，战俘死后拖到这里，放入坑中，填上土，就算埋葬了。大土坑旁有两座土包，是昔日旧冢。我问过龚绍行，他入营三年，算老资格，他也说不清土冢下到底埋掉了多少战俘。

因为坏血症死去的战俘中有一名英军士兵，摩尔上校要求给予死者尊严，单独墓穴下葬，并且按宗教信仰入殓，由牧师主持安息礼。日方同意了。饭岛特别指示，凡战俘死亡，日后均以独穴安葬，坟头竖上写有死者姓名和死亡日期的木制墓牌。

钟上校在靡靡细雨中站立着，一言不发，看着劳役队用陶盆舀去墓穴里的雨水，把裹在一床毛毯中的仝二毛放入墓穴中，一铲铲推下泥土。两名警备队守卫不耐烦地在一边走动，小声说着什么，好像是他俩谁的父母和妹妹被苏联人抓走，在库页岛服劳役的事。

泥堆渐渐耸起，成形，仝二毛从人间消失掉。

我们默默从墓地回到营区。雨停了，钟上校大步走着，穿过营区大门，但他没有走向他在东区的2号营房，而是叫了我一声，嘴里吐出两个字。

“跟上。”他说。

我朝徐才芳看了一眼。他一直跟在上校身旁。徐才芳想说什么，上校用严厉的眼神把他逼开。徐才芳傻乎乎地站在雨地里发呆，看着上校和我向日方管理区走去。

钟上校瘦高个，长长的马脸，老派的含蓄，他是广东靖绥署一个预备师的副师长，广西人，黄埔生，典型的中国军人，一次粤北战役时被俘。这位消瘦的军官正害着肺炎，不断地掩着嘴咳嗽，但他踩着地上的积水向前走着，步子很大，我要小跑才能跟上他。

在穿过管理区二道门时，战俘守卫远远看着，没敢上前。韩国岗哨拦住上校。上校低声说，走开。韩国岗哨愣一下，下意识退后一步，我们过去了。

走出围屋大门迎接上校的是八朗太郎。上校走了长长一段路，喘得厉害，他站在有着墙一般厚肩膀的八朗曹长面前，其实不怎么好看。

“我要见你的长官。”上校嗓子有点嘶哑。

我把话传译给八朗。曹长脸上带着一种奇怪的神色。“让这个老家伙乖乖回去，不然我打断他的腿。”他说。

我沉默了，不知该不该把他的话告诉钟上校。上校看了我一眼，从我的神情中猜出了什么，捂住嘴咳了两声，绕过八朗太郎向围屋大门里走去。他走过八朗身边时，八朗涨红了脸，猛地抬起了胳膊。

饭岛出现在庭院门口，白色手套上沾了几星难以辨别的颜料。他呵斥住八朗，绅士般问候了钟上校。“难得来一次，不如放松一下，一起品尝朴素亲切的草庵茶[①]吧。”饭岛脸上带着微笑对钟上校说。

两位军官去了围屋前那片草地。那里有一间低矮的草庵，柱梁是从森林里拖来的倒木，保留了树皮，梁上挂着两只插有野花的鱼篓，穹顶用竹叶编织成，压着几块粗糙的石头，是饭岛来营后新盖的。饭岛一路上眉飞色舞，说着山形铁壶和粗陶茶具之类的话，他在草庵前停下，请钟上校先入内。上校转头吩咐我留在外面，弯腰进入草庵。饭岛将腰间佩剑解下，交给跟在后面的军夫，弯腰跟了进去。我不知所措地站在草庵外，一万个想不明白，我不在场，上校如何与饭岛沟通？

很快，八朗太郎手中拎着一根粗大的棒子气冲冲来到草地上，挥动着棒子在草庵外徘徊。我站在那里一动不动，看积水沿着草庵顶上的竹叶一滴滴落下，一只顶着水珠的蝼蛄吃力地攀上草叶，又颓然堕落入草丛中。八朗走向我。我闻到一股荚果味道，是质地结实的黄檀。我能肯定老曹喜欢它，它的根茎和树皮具有止血消肿作用，当然，它也有另外的功能，比如击碎人的头骨。

① 日本茶道始祖千利休（1522—1592）建立的茶道，也称侘茶。

不知道过了多久，饭岛弯腰从草庵里钻出来，然后是钟上校。

让人吃惊的是，钟上校脸上竟然带着若隐若现的笑容。

“战争继续下去的话，战俘营这种单位，什么时候也不会改变吧。”饭岛目光疏离地看了看天边厚厚的积雨云，“贵我两国不是一天建成的，各自想看到的结果嘛，可能需要更长的时间，不知道三百年以后，我们该怎么称呼彼此。”

上校回头看我。我糊里糊涂把中佐的话翻译给上校。

“你我看不到那一天了。”钟上校意味深长地看着饭岛，他风纪严整，腰以上被雨水湿透了，这使他显得更加削弱，“可我有儿子。3个。他们要像我，能生9个。如果不死绝，到曾孙辈儿，就是27个。他们会替我看到你说的结果。”

我向饭岛转述了钟上校的话，特别注意了上校的原意。饭岛笑了笑，未做回应。

他们向对方行礼。钟上校看了一眼拎着黄檀木棒站在一旁的八朗，沿着摇曳着野花的草地向战俘营区走去。我撵上几步，跟上上校的步伐。几滴大颗雨点打在我脸上，我恍然大悟，并不是雨停了，天空中就没有雨了，有些雨，它们寂寞地留在天上，要等其他雨消失在大地之后才肯落下来，那些雨，可以称作孤独的雨点吧。

返回战俘营区，上校径直走进他的东区2号营房。我踩着泥泞去溪涧边，脱下鞋子，把鞋子上的泥涮了，拎着它们过了小桥，朝西区走去。我把鞋子晾到9号营房屋檐下，然后在那里坐下来，看远处堆积在峡谷口的阴云。

我不知道草庵里发生了什么，不知道钟上校和饭岛中佐在低矮的草庵里盘腿而坐，目不窥堂，他们靠什么传译各自的观点？是旁若无人地自顾说着对方听不懂的话，还是沉默相对？我也不知道上校有没有谈到仝二毛，我只有一种隐隐的感觉，我觉得D营有很多个世界，它们隐匿着，不是我在其中就能看见，就能知道的。

德顿从屋里出来，在我身边坐下，告诉我，我和钟上校进入日方管理区后，徐少校激动地领着几名中国军官冲到二道门，试图闯进管理区，去保护上校。警备队接到岗楼哨兵通报，赶来一个班，把几名军官抓起来，直接关进了重谨慎。

我一点也没有吃惊。我觉得，那样的徐才芳就对了，那样的国军就对了。

在战俘委员会的抗议下，两天后，几名军官从重谨慎中放出来。徐才芳立刻找到我，询问钟上校进入日方管理区后的经过。我照实说，我不清楚上校和饭岛在那个草庵里发生了什么。

“就算钟长官一声不吭，什么也没说，鬼子也再混不过去了。”徐才芳沉默了一会儿说，看我不明白，解释道，“鬼子会把仝二毛的名字记入本月《战俘月报》[①] 中，这样，仝二毛就不是无声无息死掉，比什么也没留下强，钟长官要的就是这个。”

我懂了。和之前那些拖到营区外大坑里填上一层土埋掉的战俘不同，那些战俘什么也没留下，仝二毛比他们强，他的名字会被记下，这就是钟上校要做的事情。

几天后，矢尺通知自治委员会，饭岛指挥官指示，日方同意为所有战俘配床。

D营一下子热闹起来，劳役队在警备队监视下到林子里伐树拖回营区，会木匠活的战俘被组织起来，剖板材、锯龙骨、削木楔，营区里到处弥漫着紫薇、香樟和木棉树木的味道。很快，床一架架制作出来，虽说只是四根木脚的粗糙家伙，但战俘们从此可以告别泥水了。

营房安上床那天，德顿坐在满是木刺的床板上，人有些发呆，大概想起他在威尔特郡夏栎树围绕的家族城堡，以及用雪特兰群岛羊毛和奥地利米苏达马尾毛手工缝制的松软床垫。亚伦却气呼呼地朝外冲，他的轮机士官没有第一批分配到床，他为这个恼火。我从外面回来，听说亚伦的事情后，觉得他要惹事，马上跟了出去，但已经晚了。

“想替喽啰要床？别做梦了。”我赶到战俘营管理处的时候，看见八朗曹长正蔑视地回答站在他面前的气呼呼的亚伦。

“莱弗和亚当是军士，他们应该第一批领到配制。”亚伦理直气壮，他当然有这个理由，他在辽阔的得州沃思堡盆地牧场拥有一张大得惊人的红杉木床，如果需要，他甚至可以给庄园里的几百头快乐的短角牛也做上床。

战俘营第一次官不这么想。矢尺从一边走过来，叉腿站在亚伦面前。

“找罗斯福小子要床吧，他竟敢把我们的人关起来，没收他们的房子、土地

① 日军战俘营定期上报给陆军省俘虏情报局的统计报表，记录战俘入营、劳役、移动、奖惩、死亡动态情况。

和店铺[1]，这个被脊髓灰质症魔鬼纠缠住的蠢货！”矢尺扁平的脸痉挛着，硕大的下颏下，白花花的胸颈泛出一层恼怒的红晕。

“请不要污辱美国总统，他是一位令人尊敬的先生。”亚伦身上可流淌着牛仔的血，不会向谁低头，“日本海军攻击了夏威夷，是你们向我们宣战！”

“你小子说什么呢，以为上帝是异教徒，到处拉你们的鹰屎，这可错了，是你们逼天皇的勇士揍你们！”矢尺冲亚伦吐了口唾沫，“滚开，废物！”

亚伦还想据理力争，八朗抽出佩刀。我跑过去拉亚伦。他气急败坏地把我推开。

“卑鄙的罗圈腿鬼子！”亚伦脸色发白地大声喊道。

亚伦没能喊出第二句。八朗狠狠踹向亚伦。我心里一紧。昭五式军鞋，38颗钢制防滑钉。亚伦痛苦地弯腰下去。八朗接着挥动刀鞘，重重砍在亚伦腿上。可怜的亚伦牛仔，他就像他那艘主炮折断、鱼雷管散架、深水炸弹投掷槽掀翻的驱逐舰一样，奇怪地扬起两只胳膊高高地跳起来，然后重重地摔倒在地上。

---

① 1942年2月19日，罗斯福颁布第9066号总统行政令，宣布12万名日裔侨民为敌侨，不再拥有姓名，只有代号，集中安置在美国中西部地区的10个“重新安置中心”中，直到战争结束。

六

法庭举证及其他：
哔啵，一个气泡破裂了

(GY006－003－054) **辩护律师冼宗白法庭陈述：**

尊敬的审判长、军法官先生，现在，让我们来讨论日方对战俘的暴力问题。

你们清楚地知道，中日两国皆非《日内瓦公约》签约国，在清同治三年至民国二十六年就处于战争状态下的中日战争中，双方均未制定俘虏管理政策，对所捕获的战俘，皆由各自武装随意处置，战俘权益和待遇无从谈起。在长达几十年的战争中，中国战俘从来没有受到日本国政府和军队人道和法律待遇，相反，出于某种奇怪的心态，数量不多的日本战俘却大体受到中国政府和军队的极端善待。

太平洋战争爆发当月，出于战争合法性考虑，日本国颁布了战俘政策，该政策主要针对欧美国家，比如英美战俘，不涉及中国战俘。即使如此，战后有大量证据表明，日方已颁布的战俘政策也并没有认真实施。

我的当事人进入D战俘营时，管理方新晋指挥官饭岛要人就任，他带来了刚刚颁布的战俘政策，其中一条，是战俘不受体罚。这似乎是D营战俘们的福音。但是，整整三年时间，连D营飞舞的虻蚊都知道，这一条政策的内容实际上并未实行。

身处孤岛密林，负责D营看守和转移的警备队无处可去，除了穷极无聊的日常守卫，再无事可干，为排解郁闷，队长冈下树虫经常带着警备队日军小队去峡谷森林中狩猎，射杀黑熊、野牛、林麝、麂子、青羊、白头叶猴、豹猫、黑脸琵鹭，或者驾船去海湾外猎杀白海豚，以补充给养、锻炼士兵斗志。有一次，他们拖回一头雄性金钱豹。另一次，他们猎杀了一头怀孕的华南虎。

警备队中的韩国旅团小队士兵来自京畿道乡下和咸境南道煤矿，大多只字不识，缺乏教养，连他们自己的上司都瞧不起，时常当着战俘的面羞辱和殴打他们。士兵想找点乐子，把在上司那里受的气宣泄在战俘身上，于是便加倍地辱骂和毒打战俘。

暴力可以减缓海外作战人员程度不同的焦虑，它的副作用是和回忆江南稻米的芳香一样，让人上瘾，以至在名目繁多的诸如破坏营规、损坏营具、内务不整、私下窜犯、滋事斗殴等暴力处罚理由之外，出现了一些匪夷所思的施暴理由。比如，遇到日方人员没有站下鞠躬、鞠了躬但没有报出自己的代码、日方人员问话时没有听懂、听懂了回答不上来或回答不清楚、同样的话问了两遍或回答了两遍、不分场合胡乱说“はい”[①] 等，战俘都将受到暴力处罚。

南方的早上大多有无耻的大雾，无法分辨土狼似的无声挪动的警备队看守，这让战俘们非常苦恼，他们只能费心地猜测，哪片大雾中有土狼在巡视，要把他们踢倒在地上然后毒打一顿，或者拧断他们的脖颈。

喜欢打人的日方人员，主要是八朗太郎曹长和今正觉两个军曹。

战前在横滨造船厂当管工技师的八朗太郎和在仁川市做屠狗户的今正觉是两个打人的好手。他俩有个共同癖好，喜欢战俘对他们毕恭毕敬，叫他们长官，奉承他们，如果癖好得不到满足，两个人就会变着花样折磨战俘。没事的时候，八朗老是摸着胡茬，琢磨蹂躏人的点子。今正觉则不断打着哈欠，很不耐烦。两人想出来的整人花招缺乏任何逻辑，让人难以理解。比方，他们会让战俘单腿站立，站不住就打，或者让战俘学蟑螂走路，学果子狸叫，学不像就打。

作为新晋俘虏情报局人员，八朗太郎和今正觉并不满足于对战俘身体的简单侵犯，而是热心于研究打人的方式。身材魁梧，胳膊上的肌肉多得不可思议的八朗太郎爱使用器械，抓到任何器物都能用来打人，好像他随时都在寻找和研究人的身体的克敌物。他一般先让战俘自己打自己，打不满意才自己动手，军刀刀鞘用得最多，他还埋怨战俘不省心，让自己受累。

---

① はい，日语“是”“好”“明白”的意思。

今正觉则不同，精瘦的他作为唐手[①]的忠实追随者，瞧不起棍棒之类的粗野打击，他打人只用徒手，在起势时使用开手型十八手，尤其酷爱组合术，战俘会不会武功，他都认真地将其当成实战对手。他不喜欢和八朗同时现身，好像那样的话，八朗会抢走他打人的快乐。有一次，他手腕打脱了臼，吊了好几天胳膊，只能使用一只手的“手刀屠”，这让自尊心强烈的他非常烦躁。

矢尺少佐不像他的下属，通常不会亲自动手殴打战俘。D营多数兵科军官战前从事其他工作，并非陆军学校毕业的职业军人，也许因为这个原因，前税务官矢尺大介十分推崇军人气节，他不喜欢战俘在他面前点头哈腰，讨好他，他要求战俘按照军队条例在他面前站得笔直，对没做到的战俘，他会痛心疾首地加以教育。D营有个叫文相福的战俘，编号342，被俘前是国军独9旅骡马班班长，第一次粤北作战中负伤被俘，以后落下直不起腰的毛病。矢尺盯上了文相福，老跟他过不去，只要见到他，老远都要过来，非要文相福站直。文相福站不直，矢尺就揍他，见一次揍一次，揍完还气呼呼教训他，嫌他不像士兵。

关于军人荣誉这一点，矢尺一视同仁，即使兵科人员也一样。矢尺甚至揍过警备队的人，为这个和冈下队长吵过架，两人差点动了手。

盟军战俘入营第一年，最大的集体被殴事件发生在复活节晚上。

战争不会给战俘们送来彩蛋和兔子，让他们在草地上快乐地寻找幸运，但这并不意味着人们对基督的感情会因为战争带来的感伤彻底熄灭，在复活节夜晚，这个火苗被点燃了。那天夜里，就寝号响过，加军战俘、前皇家艺术协会会员卢卡斯和前温尼伯歌剧团演员阿尔伯特在西区12号营房里唱起了《因他活着》[②]。两人唱得非常动情，很多战俘从床上爬起来，坐到营房外面听他俩唱歌。有人眼泪汪汪地跟着唱，值班军官并未阻止：

> 神差爱子，名叫耶稣，
>
> 他赐予爱、治疗、宽恕和死里复活，使我得自由，
>
> 那空空的坟墓就是我得救的记号……

---

① 中国传入琉球的武术改良成的徒手格斗术，1922年传入日本本土，1933年由日本武德会确认为日本武道之一，1936年正式定名为“空手”，即空手道。

② 基督教赞美诗。

卢卡斯和阿尔伯特唱完，战俘们给他俩鼓掌，要求他们再唱一曲。没等两位音乐家开口，警备队驻地方向就响起日军士兵的歌声，是被武士奉为至上的《荒城の月》[①]：

秋日战场布寒霜，衰草映斜阳，

雁影剑光相交映，抚剑思茫茫……

有战俘偷偷溜到营房北边，见日军士兵一律赤膊，排着整齐的队伍，背手站在营房外的月光下，冲着战俘营方向大声歌唱。战俘们很生气，一些皇家海军战俘拥到战俘营北边，隔着铁丝网冲警备队唱《不列颠尼亚的征服》[②]。警备队士兵立刻还以《空之神兵》[③]。这下惹毛了战俘，他们开始唱《掷弹兵进行曲》[④]。警备队士兵立刻改成《誓为祖国》[⑤]。东区的国军战俘先是在一旁看热闹，这时也加入进来，唱起了《满江红》[⑥]。国军战俘人多，群狼号叫，把警备队的歌声压下去。警备队士兵被激怒了，手执木棒冲进战俘营大门，见人就打，打伤了六十多名战俘，直到矢尺闻讯从管理区赶来。

联合自治委员会为战俘挨打的事与日方交涉，没有结果。

我的当事人在D营也遭到过暴力。最先的两次，发生在入营的头一个月。

第一次，今正觉在炊事班抓住两名偷吃番薯的英军战俘，我的当事人从那儿路过，今正觉叫住他，要他用英语替自己骂两个英国的贼，并要求使用“杂碎”“肥猪”之类粗俗的语言。今正觉向我的当事人大声下命令，我的当事人能闻到他嘴里面豆豉酱发酸的味道。我的当事人不愿意接受这一命令，拒绝了。今正觉摆出一个奇怪的动作，等我的当事人醒悟过来时，已经来不及了。那是唐手制引战的进攻招式，今正觉快速靠近我的当事人，出手、击打、扫落、摔倒。我的当事人被重重撂倒在地上，身上多处挫伤，右脚小拇指折断，好多天走路一瘸一拐。

---

① 日本歌曲，土井晚翠作词，泷濂太郎作曲。
② 英国皇家海军军歌。
③ 日本军歌，梅木三郎作词，高木东六作曲。
④ 英国古老的步兵行军曲。
⑤ 日本军歌。
⑥ 中国歌曲，岳飞词，有多个版本的曲谱。

我的当事人事后告诉我，今正觉使用的唐手他练过，基本套路是大唐武术，日本人从琉球人那儿学到没几年，凭他遭到攻击时的体验，今正觉悟性较低，没有形成功夫，如果段位高，他下意识抬手去挡那一下，胳膊肯定会断，这也就能理解D营的日本人为什么会在两年前输给鲍家三兄弟了。

第二次殴打我当事人的是一名台籍上等兵。

太平洋战争开始后，日方一直在策划离间印度战俘。印度战俘被告之，为摆脱英国殖民者的奴役，印度人的英雄钱德拉①正在筹备自由政府，招募自由印度国民军，在新加坡向日本皇军投降的两万名锡克教勇士已经加入印度国民军，由旁遮普团的莫汉·辛格上尉领导，参与加入到解放祖国的战争中，愿意加入国民军的战俘，立刻就能获得自由。

D营半数锡克教战俘表示愿意改变身份，加入国民军，以换取脱离战俘营的机会。拒绝加入国民军的印军官兵大多是非锡克教教徒，日本人并没有因为他们的不合作而惩罚他们，反而称他们为亚洲勇士，要求其他战俘向他们敬礼。日方的要求遭到战俘们的反对，这件事在战俘中争论很大，造成了战俘间极大的矛盾，战俘自治委员会请阿巴斯中校处理这件尴尬的事情。阿巴斯中校拒绝了，中校认为战争已经改变了一切，作为英属印度武装在D营的最高指挥官，他已经无法节制自己曾经指挥过的部队。

我的当事人奉命协助阿巴斯中校对准备离营的印军进行登记，他向走进审讯科对阿巴斯中校恶毒地竖起中指的一名英格兰军官表示，留下的印军战俘多数是拉吉普营的，他们守卫过魔鬼山炮台，是最后一批撤离九龙的勇敢战士，他们有理由得到人们的尊重，而不是仇视。

因为有战俘离营，那天审讯科门外加派了一名警备队台籍士兵站岗。活干完已是凌晨，我的当事人累得头重脚轻，出门时脚步不稳，碰了一下那位上等兵。台湾人抄起枪托狠狠给了我当事人一下，又补踹了两脚。

回到营房，我的当事人脱下衣裳检查伤处。踹那两脚没什么，枪托揍那下有点重，胯骨上破了一大块皮，瘀血了。

天亮后，我的当事人继续到审讯科誊抄离营战俘名册，站岗的还是那位台

---

① 苏巴斯·钱德拉·鲍斯（Subhash Chandra Bose，1897—1945），印度独立运动领袖、自由印度临时政府领导人、印度国民军最高指挥官。

籍上等兵。台湾人显得有点不安，在门口走来走去。过了一会儿，阿巴斯中校出门小解，台籍兵闪身进来，掩上门，快速走进屋内，往桌上丢了一个纸包，快速走开，拉开门出去了。

我的当事人疑惑地拿起纸包打开看，里面竟然是一个饭团。

那天，我的当事人誊抄完文件，已经是深夜，出门时他异常小心，先敲门，再出门。没想到，站在门外的台籍兵比他还紧张，退后两步，把路让开。

"吓我一跳，我以为让矢尺长官抓住了。"台籍兵说。

台籍兵是说凌晨的事。他在岗哨上打瞌睡，被我的当事人撞了一下，以为被上司抓住，所以恼火地揍了人。

"你没被抓住，我的内裤被你枪托砸破了。"我的当事人严肃地说。

台籍兵瞪着眼睛无辜地看我的当事人，然后摘下帽子，抠了抠光头上那撮头发，黝黑的脸上浮现出害臊的神色。

"知道了。"他不好意思地说。

返回营房的路上，我的当事人看看四周没人，掏出纸包，快速掰了一块饭团塞进嘴里，剩下的饭团包好。饭团大概有一段时间了，米粒有些硬，但米饭的香味仍然很浓郁。回到营房，大家都睡了，我的当事人把剩下的饭团藏进木板边的缝隙里，在黑暗中坐直身子，注意力集中到嘴里，用舌头把藏在齿间的几颗米饭舔出来，一粒粒咬破。

我的当事人后来说，他发现战争改变了他，他开始变得自私，不再愿意和人分享任何东西。

过了两天，台籍上等兵偷偷给了我当事人一条内裤，叮嘱他不能让任何人知道，如果被上司发现，他们两人都得遭殃。台籍上等兵主动向我的当事人介绍自己，他叫阿朗结衣，从花莲来。

关于D营更多的暴力事件，请庭上参阅我的当事人的庭外供述记录，标记GYB006－001－201。

（GYB006－001－201）**被告郁漱石庭外供述记录：**

我和文相福打过交道。他在鞋工班补鞋，手艺不错，我一只鞋坏了，去找他补。他面前堆满了各种鞋子，大多是军品，补鞋的材料是废弃轮胎和皮带，但也有国军和游击队的胶底鞋、布鞋甚至木板拖鞋，只能简单地用麻线和绳子修补。

文相福拿起我的皮鞋看了一眼，目光亮了一下，说嗬。我知道，他在夸我的鞋。那是我在黄泥涌峡道从一位英军军官尸体上扒下来的，的确是双好鞋。要知道，在制鞋材料和工艺上，能够在小牛皮上雕刻名人诗句和娇嫩的新大陆植物图案的英国人一向不吝啬。我没有想过会当俘虏，如果知道鞋对我有这么珍贵，那条峡道上到处都是尸体，我会多扒两双带在身上。

我蹲在老文面前。我们说了会儿话。主要是说鞋。我问老文打哪儿学会补鞋的。他很腼腆，有点紧张，头埋得很低，不敢看我，大概很少有军官和他说话。他说原来只会打草鞋，胶鞋和皮鞋当兵以后才见到，他当了三年兵，领到过一双胶鞋，是别人穿过的。他没舍得穿，想带回家送给自己的父亲，哪知道被俘时弄丢了，他觉得怪可惜，到战俘营后别的活干不了，他就学会了修鞋。

“没办法，腰折了，干不了重活。”老文腼腆地笑着说。

我想到孖仔。我从没见过孖仔穿鞋，他永远都是光着两只脚，脚丫子上满是泥，脚后跟磨出和年纪完全不相称的老皮。

我问老文，他这儿有没有游击队的鞋。老文说没有，414 号替他们补过两双，他这儿从来没有过。414 号是游击队战俘，叫蔡半家，是鞋工班班长。

我蹲在那儿胡思乱想。我在兵站部搞军需那会儿，部队送来的单子中，列在第一的常常是鞋，可我接受的任务中，从来没有这一项。我被俘后，赤柱拘留营旁驻扎着一支奇怪的日军后勤队，后来才听说，那支部队是鞋匠队，日军攻打香港时，不光有运送大炮的辎重队，还带着鞋匠和修鞋机，前面炮火连天打着，后面鞋匠咔嗒咔嗒修着鞋。

“老文，你有没有觉得，咱们中国就败在光脚，士兵连鞋都穿不上，别指望国民能站直身子行走了。”我感慨地说。

老文受了惊吓，停下手中的活，害怕地勾着头朝两边看，然后冲我拼命摆手。

“长长长官，我是 342 号，可不敢乱叫！”他说。

“那，我什么时候能来取鞋？”我沉默片刻，然后说。

“过两天吧，长官，好些鞋排着队呢。”他不好意思地说。

老文说排队，指的不是先来后到，是鞋的主人按阶衔排，他手头有几双阶衔比我高的军官的鞋等着。

“谢谢你呀老……342 号。”我说。

老文抬起肮脏的脸冲我腼腆地笑一下。我抽了一口冷气，这才看清楚，他脸肿得像满月，摞着一些煮熟了的烂菜似的伤口，让人对炖菜之类的食物顿失胃口。我想，凭老文那么憨厚的笑容，如果没有那些伤，会是一张与世无争的可亲的脸。

没想到，老文他没有给我补好鞋。我把鞋交给他的第二天，他又因为站不直身子挨了矢尺的揍。那天我在卫生科和大岛菖对药品清单，听见战俘管理处前传来响动，探头向门外看。是矢尺，他把老文从鞋工班拖出来，用佩刀的刀鞘一下一下抽打他，打完让他站直。老文腰折了，根本做不到站直。矢尺非常恼火，继续打，他下那么大的力气狠命抽老文，每抽一下，脸上的肌肉就剧烈地抽搐一下，好像他对老文的身体有一种深深的痛恨，此刻感到疼痛的不是老文，而是他，他的疼痛直入骨髓，所以才愤怒。然后，老文猛地往空中的方向一跳，裂帛似的大叫着贴到墙上。

我惦记着老文，不知道他被打成什么样，心不在焉，和大岛菖对错了几处地方。医护兵生气地朝清单上吐了口唾沫，白了我一眼，要我重新誊抄一份。

等我把清单的事忙完，去鞋工班找老文时，老文已经不在鞋工班了。

过了两天，我借故取鞋，去了鞋工班。老文勾腰坐在木墩上，不看我，也不说话，埋头补鞋。我怕他不高兴，没叫他老文，我说 342 号，我的鞋修好了吗。他不吭声，咬着牙关，一下一下用力拉扯麻线，好像要吓唬住脑子里某个作祟的念头。我听见他胸口处有什么东西堵着，是一声呜咽，憋在那儿出不来。我觉得他不想听安慰的话，就没再说什么，拍了拍他肩头，起身离开了。

又过了些日子，那天因为有战俘打了日方收买的战俘看守，日方要求集合训话，队伍集合好了，老文突然勾着腰冲出队列。大家愣住。八朗太郎命令老文回到队列中去。老文不理会，勾着腰向营房一路小跑。他跑得很快，步子有点不稳，往一边躲闪，就像那种不得不跑，但又信不过脚下那段路，急切地想要回避开它的跑法。

队伍骚动起来。有人反应过来，小声说，342 号腰伤犯了，实在受不了了。徐才芳想控制住局面，向负责值班的战俘军官使眼色，要值班军官去阻止老文。值班军官不敢那样做，把目光移开，故意没看见。

两名警备队守卫追上去，把老文拖回队列。老文挣扎着往地上赖，大声喊叫着，等人拖近了，才听出，他不是随便喊，而是高呼“大中华万岁!”

中国的战俘们全都惊呆了，队列骚动起来。有国军战俘想冲出队列去帮助老文，被徐才芳暗中喝止住。老文在队列外，身边全是警备队守卫，冲出去救他等于违规，很可能引起弹压，牵连所有人。

有人喊了一句，342 号你不想活了！那句话提醒了我。我脑子里一激灵，这就是老文想要的结果！他神经错乱了，想早点了结掉，故意违反营规，他就是不想活了!

那天，日方的两名传译都在场，可老文的广西话很难懂，他呼喊的口号日本人听得一头雾水。矢尺阴沉着脸，下令罚 342 号关重营仓。老文看出矢尺没听明白，开始着急地冲着矢尺咒骂。他不是骂娘，是骂天皇：

“个野仔日本皇帝老儿，老子不想烂在木头里！叼你老母，叼你姐，叼戳你老纳阀烂黑，有本事杀了老子，变鬼老子也不饶过你!”

老文的反常行为让矢尺犯了疑，从老文的表情看，他知道那是很厉害的话。他阻止住要上前动手的八朗，目光在战俘队伍中巡睃，点了 058 号罗羊子的名，要他翻译老文的话。罗羊子装没听见，眼睛望着天上。矢尺犹豫一下，目光在队列中巡睃到会几句日语的 337 号，要他把老文的话翻译出来。337 号哆哆嗦嗦告诉了矢尺。矢尺脸涨得通红，巨大的下颏垂得老下，大步走向队列，一巴掌把 337 号扇倒在地上，然后在队列中继续寻找，目光落在我脸上。

“131 号，出列!”

我心里一阵窒息，屏住呼吸，挪出队列。

战俘们把目光投向我。我不看他们，不看老文，也不看矢尺，盯着脚下。

昨天夜里起了大风，地上残留着发黑的树木根茎和枯萎掉的花梗。

“337 号的话，是这样的吧?”矢尺凶巴巴地问。

“长官，帮帮我，帮帮我！我操日本皇帝老儿！我操他日本皇帝老儿!”老文朝我喊。他努力抬起头，头一回正眼看我。他力气用光了，被八朗用刀鞘打出一脸血，人挂在两名警备队看守胳膊上，还在那儿骂，其实不是骂，口气已经在乞求了。

“我说 131 号，别装糊涂，只要说 337 号翻译的对不对，作为自治委员会的传译官，你也要负责啊，不然不是更可疑吗?”矢尺压低喉咙朝我咆哮。

我屏住呼吸，费力地点点头。

我第一次知道，人的头颅有多重。

老文辱骂天皇，犯了死罪，终于可以解脱了。但矢尺没有让老文立即死，而是把他交给八朗和今正觉。老文同组的另外九个人全部受到惩罚，关重谨慎三天，337 号战俘也没有躲过，因为亵渎天皇，被罚了重谨慎，反倒是我，因为没有开口，逃掉一劫。

八朗和今正觉这次通力合作，两人各操一支上了枪刺的 98 式步枪，斗牛似的围着老文转。老文得到大赦，很兴奋，佝偻着腰，迎着两人的枪刺往上冲。八朗和今正觉配合默契，老文扑这个，另一个从后面上来，往老文大腿上扎一刺刀。老文转头扑那个，这一个从后面上来，往老文屁股上扎一刺刀。他们不往要害上扎，专扎大腿和臀部，两人还暗中较劲，看谁能一次扎两下，还不被老文抓住，扎完哧哧笑，紧张地拖着带血的刺刀跑，让浑身血糊糊的老文在后面撵，像玩猫捉老鼠的游戏。老文挨了十几刺刀，血淌了一地，撵不动了，坐在地上朝八朗和今正觉吐唾沫。要说，老文已经摸到鬼门关了，可他运气不好，等八朗和今正觉玩够了，把他撇在那儿，不再理他，他气泄没了，坐不住，抖抖索索躺下了。

雨季没有走开，雨水很快稀释掉地上的血水，老文躺在那儿，有时候动一下，吐出嘴里的血水，大多时候不动，闭着眼张开嘴接天上落下的雨水，就这样，撑了两天才断气。

老文死后第二天，我去鞋工班。一进门，414 号，就是游击队战俘蔡半家，他看了我一眼，丢下手中的鞋，起身走向我，冲我脸上吐了一口唾沫，然后走回去，坐下继续补鞋。我把脸上的唾沫抹掉，没说什么。一名年纪较大的战俘替代了老文，他告诉我，他是 374 号。我说，哦。我在鞋堆里翻，找出我的鞋。374 号说，长官，我替你补吧。我说，谢谢，不用了。我拎着鞋离开鞋工班。我决定不再补鞋，就算赤脚也不补。我觉得我不配穿鞋。

老文死后那些天，日方变得更爱打人，不少战俘无辜挨打，D 营人人自危，气氛非常紧张。自治委员会认为，日方是在镇压战俘中的不满情绪，军官们在紧张地考虑对策，但一时也无计可施。

事情过了一个月，阿朗结衣偷偷叮嘱我，要我别和日本人顶，说大约老文出事前，东京和名古屋等城市被美国轰炸机炸了，炸得很惨，据说死了十几万人，大部分是平民，这件事在日本引起轰动，海外兵团的官兵大为震惊，军部极为不安，立刻组织中国派遣军进行浙赣作战，报复为美军轰炸机提供迫降地的重庆政府。D营大多数军官属于第38师团编制，第38师团来自名古屋，家乡遭到美军轰炸，日本官兵情绪反常，所以才下那么重的手。

阿朗结衣是山地泰雅族人[①]，泰雅族人属太鲁阁族群，说一口带波利尼西亚[②]口音的福佬话。他在出生地没有生活多久，雾社事件[③]时他才八岁，日本人把部落人赶下山，他跟随家人在花莲迁居地长大，进了日本人办的学校，读了两年书。民国二十八年他应征入伍，加入台湾混成旅团第2步兵联队，一年前从钦州调来。他本来是警备队庶务班的，负责营区守卫的韩国兵偷懒，把站岗的事情推给台湾人，所以他和几名台籍兵总在战俘营区。

我盯着阿朗结衣肩上的步枪，灵魂出窍地伸出手去，从他肩上卸下枪，拉动扳机。扳机有些滞涩，这不能怪生产它的横须贺海军工厂，在战俘营里，它到底无法做到每分钟发射150颗点八口径的子弹，一支大名鼎鼎品质超群的武器，它该有多么委屈啊。

阿朗结衣生气地把枪夺回去，一把推开我，不满地看我一眼，出去了。

我把从阿朗结衣那里得知的情况告诉钟上校。上校非常吃惊，短暂地停止了咳嗽。我告诉上校，日本人认为自己的国家是神国，神国不会遭到袭击，他们无法接受被轰炸的事实，报复将在更多人身上发生。

当天晚上，战俘自治委员会召开紧急会议，会议在西区英军驻地开，英方有两只德造铜汽灯，比钟上校的油灯强多了。钟上校向高级军官们介绍了盟军轰炸日本本土和浙赣方面作战的情报，他没有提到消息来源，只叮嘱对外严格保密。军官们很兴奋，有人不相信美国人的反攻来得这么快。摩尔上校分析，一战后美国人就希望成为世界新的盟主，他们等不及那样做，他们会让对手留下深刻记忆。摩尔上校建议立即通知全体营员，放弃和鬼子硬扛的做法，以免造成不必要的损失。高级军官们一致表示同意。因士兵半数脱离英联邦而感到羞愧的阿巴斯中校回到自己营舍，拿来私人物品中最后一块奶酪和一包橙子粉，

---

① 台湾原住民族。

② 也称南岛，东自南美洲的复活节岛，西到马达加斯加岛，南达新西兰。

③ 1930年10月27日，台湾雾社地区泰雅族人赛德克族群在首领莫那·鲁道（Mona Rudao）领导下对日本占领军的起义。

大家把奶酪切开，一人一小块，就着橙汁碰杯祝贺。

“我们歇着，让美国人去痛揍鬼子吧，上帝会保佑他们。”摩尔上校欣慰地举杯。

高级军官们没有想到，还是有战俘往刀口上撞。

是孤军韦黾灶。

入营后，韦黾灶很少和我往来。自从矢尺陪同我去过海边码头后，他就开始回避我，反而和游击队的人走得很近。后来知道，韦黾灶和游击队除奸团的孔庆礼是老乡，两人还是远房亲戚。韦黾灶是机枪手，大块头，因为入营不久，身上肌肉还没来得及萎缩，干活时能抱起上百斤的石块。老文出事那天，日本人入营训话，就是因为韦黾灶和三个看守打架，那三个战俘被日方收买，有人撑腰，在战俘营里为所欲为，欺负他人，连军官也不放在眼里，韦黾灶看不过去，出了手，他被打掉两颗牙，断了一根肋骨，三个家伙也没讨到好，全被他打趴下了。

韦黾灶不怕日本人，我见过他在北角电厂怎么和日军硬扛。他不在乎挨打，日本人叫他做什么他偏不做，怎么打他，他都不服，大大剌剌地看打他的日本人；他不像老文，让他跪下，他偏咬牙切齿往直里站，日本人拿他没办法，通常是打一顿了事。因为这个，韦黾灶在D营成了人物，很吃得开，炊事班的人当众向他讨好，为他捞汤底，把菜叶捞给他，别人也不说什么，他要上茅厕，蹲坑上有人，见他来了，连忙提上裤子给他让坑。

老文的事情发生以后，自治委员会专门找韦黾灶谈话，不许他再和日本人硬扛，以免惹怒日本人。韦黾灶不在乎，那天轮到他在伙房卸芋头，他啃了一只生芋头，被西南角岗楼上的警备队守卫发现，他不但不接受处理，还和韩国看守揪打起来，看守把他交给了兵科，今正觉把韦黾灶狠狠揍了一顿。韦黾灶被两名警备队看守扭住胳膊，还不了手，他就雄赳赳地唱歌，人挣扎着，听不清唱的什么。今正觉不让韦黾灶唱，连续用冲拳攻击他腰腹部位。唐手是建立在解剖学基础上的，暴力和艺术互为子宫，拳手在攻击时充满了对身体的迷恋，效果会非常明显。韦黾灶被打倒，从地上爬起来，张嘴吐掉两颗门牙，还唱。门牙没了，严重漏风，唱不清，他就吹口哨，一边吹，一边冲今正觉笑。

韦黾灶被关进重谨慎。警备队几名韩国看守整天在营区找碴。摩尔上校打发古柏少校找钟上校，对中方战俘的鲁莽行为不能理解，要求钟上校管理好自己的人。徐才芳立即在国军战俘中组织对韦黾灶傲慢滋事行为的反省，要求韦黾灶同组的9人划清与肇事者的关系。

国军落井下石，游击队方面立即做出反应。他们中止了营区内服务工作，不再收垃圾，陶作坊也熄了火，之前承担的苦力活一律停工。自治委员会安排其他战俘接替营内公共服务。垃圾是个麻烦，国军不是秃鹰和蚯蚓，英军也不是乌鸦和蜣螂，对处理垃圾的事情不得要领，东抛西落，手忙脚乱，没几天，营区满目邋遢，臭气满天，英联邦军官抱怨不断，向自治委员会提出抗议。

游击队的行动还在升温，他们的人围在东区普通营17号韦黾社所在的营房通道前，有四五十号。他们一声不吭，像一群没有生命的灰鼬。肖子武也在，叼着泥烟斗坐在人群当中，孖仔坐在他旁边，一声不吭地玩着手中的两只陶球。

徐才芳赶来，口气严肃地声称韦黾灶是7战区的人，游击队无权乘间投隙，煽惑人心，要求游击队立刻停止鲁莽行动。肖子武抬起头平静地看了徐才芳一眼，泥烟斗塞进嘴里，一个字没说，一副赖上国军的样子。

韦黾灶受了严重内伤，从重谨慎放出来时阳气已耗光，别说百十斤的石头，给块芋头他也会掉落在地上，未必有力气啃。国军战俘接到指示，远远躲着他，反倒是盟军战俘，他们关心中国硬汉的情况，心里过不去。德顿给了我几块饼干，要我转交给老韦。亚伦贡献出一只火腿罐头，他认为没有什么比火腿更能安慰勇士。邦邦送来的慰问品最神秘，他交给我一张叠得整整齐齐的方块纸，请我转给老韦。

“你的同胞需要这个。”邦邦说。

我打开折叠成豆腐块的纸。是一张印刷品。准确地说，是一幅套色木版画，画上，穿着背带工作裤的英国男人在修理被炸垮的家园，他美丽的妻子带着两个可爱的孩子在花园里游戏，画上有两行大字：

Your Courage，Your Cheerfulness，Your Resolution Will Bring Us Victory①.

德顿看过印刷品，一脸诧异。他确定这是两年前英国战争部印制的宣传画，当时，人们认为纳粹占领了欧洲，英国是最后的抵抗地，德国人的大规模轰炸会使英国人失去抵抗意志，英伦岛最终将沦陷，但人们在热爱家园的信心鼓舞

---

① 英文：“你的勇气、乐观和坚定会为我们带来胜利。”

下，还是挺下来了。德顿好奇，不知道邦邦从哪儿弄来的这幅宣传画。

“郁，劝劝你的同胞，”德顿对我说，“他是铁汉子，大伙儿都看到了，别和默菲斯托菲里斯[①]较劲，相信上帝，主与我们同在。”

“韦是好样儿的，”在这件事上，亚伦和德顿保持一致，“他得让自己活着，没有什么比生命更重要。”

我带着盟军朋友的礼物去东区。过了溪涧上的小桥，迎面碰上今正觉，他带着两个看守，架着韦黾灶从 17 号营房出来，一行人朝审讯室方向走去。游击队战俘已经散了，这时一个也看不见，他们到底妥协了。

我有一种冲动，想跟上去看看，可又一点勇气也没有，站在那里一步没动。我们曾经在一栋楼上向同样的方向射出子弹，但我觉得，北角的事情已经过去了。

我找到游击队的 21 号营房，把盟友的礼物交给孔庆礼，那个韦黾灶的远亲。他瘦得像根树枝，颧骨凸出，身上没有一点肉。没错，他是 140 号。他拦在营房门口，没打算让我进去。我朝屋里看了一眼，发现营房里的东北角竟然辟出一处神龛，供着三尊木头神像，神像前点着一盏光明灯，这让我有些意外。听说共产党的人只信仰马克思，其他一概排斥，看来不是，我不知道是不是因为光明灯上照天庭，下彻地狱，拔度亡灵，度苦救厄的原因。

我问孔庆礼，韦黾灶会怎么样。我问的不是现在，是“会”。孔庆礼摇摇头，说不知道。我相信他的确不知道，他们那个披着外套的石头脸头头也不知道，徐才芳说得对，他们只是利用韦黾灶，知道才怪。我站了一会儿，问孔庆礼，韦黾灶挨揍的时候唱的什么歌。孔庆礼说，是游击队的歌，他教韦黾灶唱的，说完轻轻唱起来：我们是广东人民的游击队，我们是八路军新四军的兄弟，我们的队伍驰骋在东江的战场上[②]……

我被一种荒诞的感觉笼罩着，没听孔庆礼唱完，转身走开了。我觉得姓孔的是我见到过的最冷漠的亲戚。我觉得那是我听到的最刺耳的歌。

接下来的几天，我脑子里全是文相福那张憨厚的脸，他补着鞋，抬头看我，抬头看我，抬头看我，无论我在干什么，他都会突然出现在我眼前，抬头看我，

---

① 中世纪魔法师，《浮士德》中与浮士德签约的魔鬼。

② 《广东人民游击队之歌》，林鹗作词，史野作曲。

然后他的脸就变成韦黾灶的脸。

那天我在教育科誊抄文件，阿朗结衣进来了，喜滋滋地给我看他的相片册。香港战俘总营派照相师来给警备队士兵照相，照完每人发一本“圣战在营纪念相册”。我接过相册随便翻了翻，向阿朗结衣打听韦黾灶的情况。阿朗结衣说，196 号战俘撞在刀口上了，饭岛去了一趟香岛，回来就召集日方军官训话，强调加强战俘管理，宣称皇军将在一切方面对敌性国人员进行报复。

“196 号已经关过重谨慎，还能怎么报复？”

“他归今正觉军曹管，军曹每天把他拖到警备队打一顿。”

“你是说，每天？”我惊愕地看阿朗结衣。

“嗯。”阿朗结衣抠了抠煎鱼饼头，“没动家伙，踢胃部和后腰。196 号不吹口哨了，吹不动了。”

十几天后，日方停止了提审韦黾灶。那天韦黾灶被送回东区，17 号营房的 62 名国军战俘挡在营房门口，集体抵制将他送回自己营房。军官出面调解，战俘们不说话，抬头看天，好像判断今天是晴是雨。后来，游击队找到老曹，在战俘医院为韦黾灶腾出个位置，老曹收留了他。

我那些天有点反常，怎么都不对劲。那天吃饭时，我没忍住，去了游击队那边。我问孔庆礼，他们拿韦黾灶怎么办。孔庆礼看我一眼，再看看身边的人，挪到一旁，示意我靠近。

“佢唔掂嘞，食唔落嘢。”孔庆礼嚼着芋头说，“成个人衰咗，唔停噉尿血，吐胆汁。”他朝边上看了看，喝光陶钵里的菜汤，盯着贴在陶钵底的一片菜叶看了好一会儿，然后用手指把菜叶抠出来，塞进嘴里，“医院有我哋嘅人，佢成晚眼光光望住嗰竹棚顶，我哋嘅人成晚守住佢。”

我扭头往一边看。游击队的人一如既往地抱团，集体蹴蹲在操场一角，大口往嘴里塞着煮芋头，喝着芥菜汤，没有人说话，那种情景，怪诞到让人害怕。

我起身离开孔庆礼，穿过人群，走到老曹身边，在他面前蹲下。

“正说去找你。”老曹往边上挪了挪，让出一块地方，“我想了半天，不能老担心，她要真以为我人没了，带着孩子嫁了别人，我不什么都捞不着了？你有文化，替我拿拿主意，这信该写不该写？”

老曹有个童养媳，上教会学校以后他不干了，嫌童养媳没文化，一定要自由恋爱。162 团团长看上老曹，把在梧州念女校的妹妹说给他，老曹一眼相中，很快办了喜事，小两口恩恩爱爱，第二年就生下个男孩，没过多久又怀上一个，妻子肚子刚挺起来，老曹就给捉进了战俘营。D营邮政局建立后，老曹想写信给妻子，又怕她担心，怕她守不住，反而鸡飞蛋打，一直纠结着没写。

“写吧，死活就一次，老这么悬着，等于是死。”我说，然后问，“韦黾灶的伤能治吗?”

“问这个干吗?”老曹看我一眼，低头把掉在脚上的一小块芋头捡起来，叹口气，“血跟着小便往回走，顺着嘴往外流。他是仗着底子好，不肯泄劲，其实已经死了，没救了。”

“老曹，你是神医，能救他!”

“屁神医！我倒是有甲酰水杨酸药水，可我不是扁鹊。”老曹把芋头放回菜汤里涮了涮，塞进嘴里，他的手指骨节完全变了形，的确抓不住什么，“你见过打烂的豆腐吗? 就是那种表面光滑，里面成碴的? 196号就是这样。你让我拿一块五脏六腑打没有了形的豆腐怎么办?”他缩回手，喝一口菜汤，人僵在那儿，苦恼得像掉在地上的芋头，没有着落，突然又揪住我的胳膊，“你说，606能不能治内伤? 如果能，我豁出来，我找大岛菖要两支，给196号用上。”

我回答不了。我不是医生，不知道梅毒和烂掉的五脏六腑有什么关系。我动了动胳膊，摆脱掉老曹的手，起身离开那里。

“哎，你倒是说，信我怎么写，我怎么给她提我当日本人俘虏的事情啊?”老曹在身后着急地嚷嚷。

回到营房，大家正听亚伦吹牛。亚伦是个乐观派，他在热心地计划战后与劳莉塔的旅行。他打算带着他的姑娘穿越阿巴拉契亚山脉，沿着缅因州、佛蒙特州、宾夕法尼亚州和两个弗吉尼亚州……他非常确定的是，只要愿意，他的梦幻旅行永远不会有尽头。

我魂不守舍地坐在自己床上，听其他军官插话。

萨维兹去年结婚，战前妻子被送往澳洲，不知道他当了战俘，邮路通后，他连着发了两封明信片，焦虑地打听妻子的下落，还没有接到回信。彼得牵挂着被俘前刚出生的女儿，以及那个生下女儿一身奶香的女人，他在奉命前往赤柱拘留营报到时，像小猫一样叫着的女儿和哭得稀里哗啦的女人弄得他心都碎了。

亚伦认为萨维兹用不着担心，他的女人会写信来，他是英雄，哪有不给英雄写信的女人？至于彼得老兄，他应该在战争结束后尽快回去解决稀里哗啦的问题，把女儿扛在肩头，和女人睡觉，以便让她的身上再次充满奶香。

也有人不这么想。安吉拉上尉就是一个。他认为也许女人们并不急着盼望他们回家，和平环境中的男人更让她们迷恋，他们就等着操那些派往海外的呆头们留在窝里的骚母狗。何况，这里的男人正在腐烂，谁知道他们能不能从疾病中爬起来，回到家里去。

因为安吉拉的话，大家吵起来。

亚伦看出我心不在焉，过来挨着我坐下，问我想什么。我没忍住，说了韦黾灶的情况。大家停下吵架，凑过来听。我像个乞丐一样央求军官们，希望他们能和我谈谈这件事，谈谈打烂到不成形状的豆腐，谈谈跟着尿路往回走，顺着嘴往外流的血。总会有办法解决这件事情，对吗？人们不能撒手不管，总得想想办法！

屋里一片沉默，谁也不说话。

“你把我难住了，郁，实在难住了。”亚伦捧着脸想了半天，沮丧地说，“我不会像韦那样做，上帝不允许，我妈也不允许，我想不出该怎么办。”

亚伦说得对，他有一大群在恬静的西湾平原上悠闲游走的短角牛，还有玉米一样饱满可爱的劳莉塔，而且，他挨八朗刀鞘砍那次，腿上的伤过了半个月才好。

韦黾灶还在挺。老曹万般不解，人明明已经死了，只有出气，没有进气，可他就是不咽下那口气。

“你说，他那么躺着，不吃不喝，哪儿来的那口气？”老曹困惑地问我。

我在教育科摸索着做做这个，做做那个，等屋里人走光，房间里只剩下我一个，我把门关上，从南边窗户翻出去，避开西南角岗楼哨兵的视线，贴着墙翻进伙房隔壁的仓库。我很快找到要找的东西。那是一袋大米。我解开口袋，往裤兜里装了两把米，重新系好口袋。一只老鼠在角落里瞪着眼睛看我，屋里有一股潮湿的霉味。我听到一墙之隔的伙房里有人说话。我屏住呼吸，翻出窗户，沿原路返回。

我走进卫生科。老曹在收拾洗过两百遍的绷带，它们已经变回纱团了。我走到老曹面前，拽住他，顺手拿过一只清洗伤口的陶钵，把他拖出卫生科，拖到僻静处。我从裤兜里抓出大米，放进陶钵里，然后仔细检查裤兜，确定里面没有一粒残米。老曹不解地看我，他很快被吓坏了。

“你你你你你!”

“给他熬点米汤吧，也许他需要这个。”

“你不要命了，让人抓住别想活!”

“他们抓不住。我不会让他们抓住。”

我知道我说的是假话。如果愿意，我能抓住躲在角落里的那只老鼠，然后摔死它。在日本人眼里，我连老鼠都不是。

老曹朝两边看看，小声告诉我，根本用不着我当贼，游击队的炊事兵早那么干过了。在伙房熬米汤不可能，庶务班的台湾兵郑子民整天蹲在伙房，大米数着粒往锅里放，没有什么能瞒过他。游击队是在陶窑里把大米焙熟，研成米粉，调成米糊，夜里溜进战俘医院，给 196 号一点一点往下灌，可是，米糊灌进多少，流出多少，白的进去，红的出来，根本没用。

“别再犯邪，把自己的小命守着，他活不回来了。”老曹说。

当天晚餐的时候，我领到自己那份口粮，蹲在操场角落里，一点点吃掉二指长的三只番薯，低头喝菜汤。喝光汤，捞菜叶。卷心菜，小半个巴掌大，一共五片。然后我站起来，穿过人群，走到钟上校面前，徐才芳正对上校说着什么，见我过来，停下来，两个人看着我。

“长官，让韦黾灶走吧。”我说。

“什么意思?”徐才芳愣一下。

“长官，老韦太痛苦了!”我没看徐才芳，看钟上校。我知道，钟上校懂我的目光，从仝二毛死那次开始，我就信任他。

“你想杀害抗日战士?”徐才芳生气地站起来。

“长官?”我颤抖着声音说。

“我警告你，只有给鬼子做帮凶的汉奸才会这么干!”徐才芳提高了声音。

有人朝这边看。还有一股风，它从什么地方过来，在操场上打着旋。

钟上校蹲在那里，一个字也没说，腮帮子抽搐了两下，不接我的目光。

我扭头朝操场角落那群泥鳅走去。

我站在坚果脸的游击队头头面前。他的人停下吃饭，像看一棵长在稻田里的稗子似的看着我。我没有犹豫，把对钟上校说的话再说了一遍。

“放屁，叫乜人解脱!”孔庆礼粗鲁地骂了一句。

“好了，”游击队头头拦住粗俗的农民军士兵，从嘴上拿下泥烟斗，平静地看我，脸上没有流露出任何让人联想到情绪的内容，“要不，你来试试，你替韦黾灶解脱？”

“试，什么？”我不解。

“你不是说，要老韦解脱，是这个意思吧？你下手。”坚果脸口气平静。

“我，我下不了手。”我羞愧地移开目光。

“噉叫边个落手？”孔庆礼愤怒地说，暗杀团骨干一点儿好气也没有，“睇唔出喎，小韦同鬼佬打紧，唔会撤落嚟，你凭乜嘢叫佢撤落嚟？”

“中尉，”我沮丧地离开，游击队头头冷冰冰叫住我，“你叫郁漱石，对吧？”他撑着腿从地上站起来，拉了拉披在肩头的外套，走近我，尖锐的目光停在我脸上，“韦黾灶不想做阉鸡，他就是这样想的。他和鬼子扛，没和人商量，但我们支持他。”他回头朝南边的方向看了一眼，好像那里有什么他惦记着的东西，然后他回过头来，目光重新落在我脸上，“记住，那些家伙叫鬼子，正经说，叫魔鬼，除了一样东西，没有什么魔鬼拿不走，韦黾灶守住的就是那样东西。”

我不知道他在说什么，脚步不稳地离开操场，朝营区走去。我反感这个阴险的家伙，他说游击队支持韦黾灶，为什么游击队不自己去冲着魔鬼唱歌吹口哨？只有一件事情他说对了，没有什么是魔鬼拿不走的，如果魔鬼需要。

可是，明明已经死了的韦黾灶，他要守住的是什么？

徐才芳找我谈话，问我和肖子武说了什么，为什么对196号的事情这么起劲。徐才芳解释，肖子武是个危险分子，看上去他和任何一个岭南农民没有什么区别，在人群中随时能够消失掉，实际上，他像云彩一样狡猾，他是一座休眠火山中最接近地壳的那块岩石。

为了帮助执迷不悟的我悬崖勒马，徐才芳以军官委员会的名义召开国军下级军官会议，对我进行严肃批判，责令我离共产党远一点。在油灯昏暗的东区6号营房，徐才芳痛心疾首地谈到D营政治工作的严重阙如：

“我党在D营的政治工作严重地散漫废弛，三分之一士兵入营时，竟然不知道中国国民党的存在，半数士兵竟然不知道三民主义。”

让我惊讶的是，为了抨击游击队的狡猾行径，强调政治工作对国军战俘的重要，徐才芳大段背诵了党魁的训诫：

你们统统进到匪区看过，看到匪区里军队一切的工作，是不是有像我们现在的军队这样懈怠散漫的情形？没有的！他们无论对于社会一般民众，无论对他们军队内部，统统团结极了。大家知道这是一些什么人聚集起来的？完全是他们军队里一般政治工作人员，党务工作人员聚集起来的！我们这一方面的情形又怎样呢？大家只要稍微反省一下，我想一定觉得非常惭愧，我们一般政训工作人员比不上土匪。老实说，我们的政治工作像现在这样傲慢废弛的情形，如此长期下去，不加改正，以致对军队对官兵对社会民众，甚至对于我们自己，都失掉了信用，那我们政治部，真是有不如无！

可以看出来，徐才芳赢得了大多数下级军官们由衷的敬佩。

批判会后，国军官兵们开始躲着我，没人再愿意和我接触。关于我作为中国战俘被日方安排到盟军混合营区的原因，也有各种消息四下流传。毫无疑问，我成了可怕的疟疾病源。

我的确犯了魔怔，身体不断颤抖，内心被羞愧的锯齿锯得吱吱作响，甚至对每天少得可怜的杂菜汤也不再有胃口。我无法在夜里入睡，眼睛一闭上，就有大群模样怪异的魑魅魍魉朝我拥来。春天已经结束了，白天的时间变长，可对我来说，白天就像黑夜的皮肤，比树皮还要薄，要伐倒漫长的黑夜这棵大树可得费点力气。

那天晚上，我梦见韦黾灶，他朝我爬来，没有脸，准确地说，是没有五官，但他在笑，笑声瘆人。我从梦中惊坐起，发现右手在不停地抽搐。在梦里，它触摸到韦黾灶那张没有五官的脸。我在床上坐了半天，下了床，赤脚走出营房。

天空中没有月亮，黑如漆缸，证明我确实在另一个世界。我被一股神秘的力量推动着，光着脚，离开西区，跨过溪涧，来到战俘医院，推开门，走进去。我摸到韦黾灶床边，站了一会儿，在他床边坐下。

战俘医院里有一股令人窒息的恶臭，那六个病员都睡了，或者在装睡。韦黾灶躺在发臭的草席上，瞪着一双鱼眼睛看着屋顶，大个子不见了，草席上堆着一摊烂肉。他鼻翼翕动，气息微弱，有一口出，没一口进，嗓子眼里嘶嘶的，拉着长长的哮鸣声。嘶——哔啵，一个气泡破裂了，然后是长长的哮鸣声，嘶——哔啵，又一个气泡破裂了。

我流泪了，弯下腰，把嘴附在韦黾灶耳边，闻到他嘴里发出的腐烂气味。

“韦黾灶，韦黾灶，”我嗓子发硬，不知道自己在说什么，“要不，你咬舌头，你自决了吧。”

好一阵，韦黾灶没有动静，嗓子眼里发出微弱的哮鸣声。嘶——哔啵，一个气泡破裂了。然后，那双鱼眼慢慢动了动，慢慢地，那张脸吃力地侧过头，停一会儿，再侧回去。我看清了，他在摇头，稠稠的血水从嘴角挂下来，像从嗓子眼里爬出来的一条蛇。

“不，”那条蛇说话了，“不自决……”蛇慢慢地攀动着，在他发黑的耳郭边黏糊糊拉长，仿佛要生长出一条新蛇，然后突然断掉，“我……不能……对不起……我爹……”

我听见背后有人呻吟了一声。我没回头。我知道，房间里睡着的那六个人——如果他们还是人——他们全都坐起来了。

韦黾灶就那么拖着。中国战俘们也那么拖着。整个D营都那么拖着。没有人站出来说话，好像韦黾灶他不存在，他顺着小便往回涌的血不存在，他长长的哮鸣音不存在。直到一天，战俘点名时，八朗太郎入营寻开心，他宣布196号战俘已经休息得够了，下令要战俘值勤军官把他从战俘医院拽出来。韦黾灶站不住，被两名战俘警卫架到操场上，浑身散发着腐烂的气味，眼睛受不了光线的照耀，无法睁开，又拼命想睁开。140号、062号和058号战俘上去搀扶他，被八朗太郎呵斥住。我听见钟上校大声说着什么。我看见战俘队列开始骚动。几名战俘警卫抢上前，横在战俘队列前，保护住八朗太郎。西南角岗楼上的日军哨兵将枪口转向操场。老曹下意识掐住我的衣袖，我听见他害怕得牙齿咯咯碰响。

我浑身发抖，无法想象这是我认识的日本人。不，这不是！我曾经认为我认识他们，在京都皇宫的甬道上、东京浅草的樱花下、帝国大学的课堂里；在阿国加代子兄妹、浅野早河先生身上，我认识他们！现在我知道，我错了，那不是他们，这个创作出人类第一部长篇小说[①]的民族，这个拥有多情俳句、缠绵和歌和悱恻能乐的民族，怎么会有这么至深的憎恶和残忍？我不相信这是人的世界，但它的确是，韦黾灶是人，D营的战俘们是人，八朗太郎也是人，可

① 《源氏物语》，作者紫氏部。

是，人怎么可以这样，怎么可以做到?

现在，人们的目光都在韦黾灶身上，他突然向前冲了一下，抱住八朗太郎，伸出头去咬他的脸。他咬住了八朗的一只耳朵。战俘警卫冲上去用棍子猛抽他，他不躲避。更多的战俘警卫冲上去，又踢又打，他没有松开嘴。他那张脸非常难看，看上去他是想笑，但没有力气，他的牙齿咬死八朗的耳朵，空不出来，听不见声音。

我闭上眼睛，感觉自己被韦黾灶身下蔓延开的无数条血蛇淹没掉。

韦黾灶是被赶来的警备队士兵当场用刺刀捅死的。

哔啵，一个气泡破裂了。

第三部

七

法庭外调查及其他：陆军省俘虏情报局的冈崎小姬

（GYB006－001－202）被告郁漱石庭外供述记录：

我参加了战俘196号死亡事件的处理。

游击队的人被韦黾灶惨烈的死激怒了，和日方管理者发生了冲突。在韦黾灶咬住八朗太郎耳朵，被随后冲进营区的警备队士兵用刺刀捅成筛子的时候，他们打破沉默，怒吼着冲上去护住被捅成血窟窿的韦黾灶，随后掀掉了操场上的土台子。警备队朝天鸣枪示警，更多警备队士兵进入营区，抓走十几名游击队的人。随后赶来的矢尺大介下令将违反营规者关进重营仓，东区普通营25和26号营房全体战俘禁食思过两天，不许离开营房自由活动。

钟上校一改过去的立场，主动派马喜良中校联系游击队，表示战俘死亡现象已无法再回避，这次一定要鬼子严惩杀人凶手，如果不能确保战俘的生命权利，中国战俘就集体绝食。游击队没有反对国军方面的提议，坚持由他们担任行动领导。马中校无法接受这一点，强调韦黾灶是7战区的人，统一行动的领导权必须归国军。双方意见有分歧，一时谈不下来。

为了争取盟军支持，钟上校与摩尔上校商量。摩尔上校同意由中方代表战俘联合委员会全权处理196号战俘非正常死亡事件，向日方提出抗议，要求日方拿出改正措施。

“上帝死了，他曾经活着，现在他抛弃了他的子民。”德顿向我表达同情。

“你们人多，一人吐口唾沫也能淹死小鬼子，和他们干！”亚伦气愤地说。

德顿不同意亚伦的说法，战俘被打死是全体战俘的事，包括美国人，如果亚伦真的感到气愤，应该加入进去，哪怕是吐唾沫也好。

亚伦反唇相讥，讽刺德顿有一件欧文飞行夹克，一件做工考究的丹尼斯工作装，在战俘中鹤立鸡群，所以，他是不屑打架这种粗鲁行为的。

实际上，亚伦不会加入斗殴队伍。他强调，D营只有三名美国人，不足以形成战斗力，最好还是用道义支持盟友，就像美利坚一直在做的那样。他慷慨地给了我十支香烟，他认为珍贵的烟草在葬礼上派得上用场。

三方反复协商，最终达成统一，罗羊子和徐才芳被安排代表自治委员会向日方提出抗议，行动由二人共同指挥，我作为传译员负责传译双方的谈判内容。

我万念俱灰，情绪低落，表示罗羊子日语不比我差，用不着我去。徐才芳批评我不懂政治，国军和游击队四年来第一次组成统一阵线，必须把握领导权力，他不会日语，话都由罗羊子说了，等于领导权丧失，何况，还要防着罗羊子借机耍什么阴谋。

“别忘了文相福的事情。”见我仍打不起精神，徐才芳阴阴地看我一眼。

我不解地看徐才芳。

“他骂天皇的话，是你告诉鬼子的。”

“不是我！我没告诉他们！我只是点了头！”我像被人打了一巴掌，着急地朝徐才芳喊。

“有区别吗？”徐才芳冷笑，“你对文相福的死负有直接责任，现在是戴罪立功的时候，你必须参加，将功补过。”

徐才芳说得对，我对老文的死负有责任，可是，谁对老文的死没有责任？我抬头往上看。低空中有一队黑头白鹮拍打着翅膀吃力地飞过，消失在山谷尽头。死亡肩背相望，战俘们正排着队走向墓地，没人想接受命运的安排，可没人斗得过命运。我也在长长的队列当中，不同的是，我的墓地被更多人决定，因为人们在走向墓地时，需要我传译和表达彼此的意愿，需要通过我了解自己的处境：

你知道什么？

他们说了什么？他们还说了什么？

他们真这么认为？

他们干了什么？谁是这件事的决定者和组织者？

告诉他们我们的决定。

不，你必须做到，只有你能做到。

濒死者和死神咬住了，谁也不后撤，双双坚持，不遗余力地通过我迫使对方让步，我成了D营不可缺少的角色。同样的，濒死者和死神也把过度的期望强加给了我，战争的胜利者和失败者在所剩不多的时间里搅杀，既有的规则被破坏了，所有人都痛恨我，战俘和日本人，他们都痛恨我，我被称为合作者、利用者和提防对象。我不知道这样的我是否值得，人们需要我去和日本人交涉死亡的权利，这种事情究竟是否值得？

阿朗结衣在二道门站岗。我们经过那里的时候，他张了张嘴，想说什么，没说。我们走出一段路后，他在身后叫我。我站下。

"别停下！"徐才芳厉声下令，"不许向鬼子卑躬屈膝！"

我犹豫了一下，还是回过头去。

阿朗结衣没说话，摘下帽子，露出黥了墨点的额顶，深深地对我鞠了一躬，然后快速转过身，戴上帽子，走到一边去了。我知道那意味着什么，他告诉过我，12年前，他的部落遭遇了同样的杀戮，父辈中644人战死，290人自杀，死神改变了他的命运。

我对空气点了点头。徐才芳狠狠地瞪了我一眼。我没有看他，往前走。我哭了，泪水无声地从脸上流淌下来，滴落在脚下的草叶上。那是苜蓿吧，开着小朵紫色花的野草，我闻到一种甜杏的香味，在那之后，整个夏天、秋天和冬天，营区上空都弥漫着这种味道，只有我知道，那不是果实的味道，那是韦茞灶嘴角稠稠的血腥味。

走进管理区，我一眼看到两个月前的晚上幽灵般出现在我面前的青年中尉，他和另一名敦实的少尉衔青年军官在草庵前站立着，身后是我熟悉的特种部队士兵。我扭头看，看到了她，那位年轻女军官。她一身惹眼的海军陆战队作业装，站在围屋南边一片沼泽地前，和饭岛要人、阿部正弘、中川流香和冈下树虫几位军官说话。他们似乎在说一件严肃的事情，军官们神色严峻。看见我们，他们停下谈话。

我们三个人朝饭岛要人走去。军官们漠然地看着我们。我看徐才芳和罗羊子。徐才芳示意我抢先交涉。我没动。罗羊子抢在了前面。

“我奉命代表广东人民游击队被俘人员前来与战俘营最高指挥官谈话。”

军官们脸上显出愕然的神色。饭岛不快地把搁置在小腹前的手揣进马裤裤兜里，微微扬起下颏，看着罗羊子。徐才芳是对的，这个没有政治工作经验的游击队教员，他会闯祸。我上前两步，立正报告：

“131 号奉联合战俘自治委员会指派，与贵方洽谈 196 号战俘非正常死亡事件。”

没有人回答我。罗羊子愤怒地回头瞪我。饭岛和他的同僚好像觉得我们不应该出现在这个地方，他们不会回答任何问题。空气有些沉闷，直到八朗太郎提着军刀从围屋里冲出来，气势汹汹扑向我们。

青年女军人开口了。她声音不大地呵斥住八朗，命令他退下。然后，她离开其他人，制作精良的昭五式登陆靴划开柔软的草刺，走向我，在我面前站下。

“陆军省俘虏情报局冈崎小姬。”她自我介绍，“能为你做点什么?”

我被女军官的姓氏震了一下，目光直直地盯着她，有一阵，脑子里一片空白。

是吗，姓冈崎吗？现在我们认识了。应该说，正式认识。

因为俘虏情报局学者冈崎小姬的干涉，战俘军官和饭岛在他的办公室举行了正式交涉。日方好几位军官在场，包括冈崎小姬，她相当感兴趣地坐在角落里，隐没在一片黑暗中，我很快忘记了她的存在。

罗羊子向日方最高管理者转达了联合战俘自治委员会对 196 号战俘无辜遭受殴打和折磨、最终被残酷杀死事件的抗议及要求严肃处理的意见。吉隆坡富家子弟出身的游击队教员情绪激动，数度失声。徐才芳同样失控，愤怒地为罗羊子帮腔，完全忘记了他叮嘱我的领导权问题，以致好几次他俩互相抢话，致使交涉无法进行下去。

饭岛要人面色红润，戎装整洁，雪白的衬衣领翻在军装领口外，戴着同样雪白的手套。他的手指一定很修长，像德加①画中那些舞女一样细腻。

饭岛皱着眉头，要求战俘方代表停下来，整理好思路，清晰地陈述，否则终止交涉。我不得不出面，把前政治辅导官和文化教员抛在一边，省略掉不得要领

① 埃德加·德加（Edgar Degas，1834—1917)，法国印象派画家。

的愤怒和语焉不详的指责，把联合战俘自治委员会的实质性意见直接告诉饭岛。

“这个嘛，已经告诉过你们的最高指挥官，”饭岛要人脸上刮得像刚收割完毕的7月麦垄，令人绝望地看不到一颗麦粒，“昭和四年日本公使签署的《日内瓦公约》在国内并未获得批准，皇军不受该条约之任何约束。相反，帝国政府颁布的《关于俘虏处理要领》明确规定，战俘谋略暴动、反抗之时，有权采取非常措施，本人及下属遵照本国政府的文件执行。”

“可是，明治四十年，贵国政府代表在海牙签署了《第四次海牙公约》，获得了贵国政府批准，作为俘虏情报局派出官员，中佐先生不会不知道吧？”有一刻，我隐约看见两片大而透明的翅膀从我眼前掠过，那是神祇的某种暗示，“《第四次海牙公约》包含《日内瓦公约》的基本条文，虐俘杀俘行为是不被允许的犯罪，各国政府间协议签字即产生法律效力，日本作为公约缔约国，应该人道地对待交战国战俘，严格遵守条约吧？”

“啊，你是说《第四次海牙公约》吗，日本方面对此同样抱有质疑。”真是奇怪，饭岛那张食人花般的嘴里怎么可能传出温和如子夜竹风的声音，“事实上，大日本帝国从来没有承诺在战争中使用这一政策，就连我本人，也是南方战争开始以后才匆匆接手战俘营工作，想要不再依赖习惯法和双边协定，恐怕这方面只能白费精力哟。”

“把事情处理得一团糟的恐怕正是中佐先生您。”我不再顾及两位同伴，语气急促地说，“太平洋战争爆发当月，美国政府通过阿根廷和瑞士公使向贵国政府提出要求履行《关于战俘待遇的日内瓦公约》和《国际红十字会条约》中有关战俘公约的规定，贵国外务大臣东乡茂德先生分别于1月和2月向美国和其他盟国保证，日本虽然没有批准关于战俘待遇之《日内瓦公约》，但在权限范围内之联盟军战俘，适用该条约规定。作为俘虏情报局制约下的军官，中佐先生竟然不知道，说不过去吧？”

“是吗，是东乡大臣吗，竟然有这样的事情？”饭岛惊讶地看着我，周正的脸上快速掠过一道窘色，“131号你这么说，是从哪里知道的呢？”

“全世界的报纸和电台都发表了这条消息，如果没有被伙房拿去引火，教育科现在也能找到报道了这条消息的报纸。”

罗羊子很惊讶，困惑不解地看我。徐才芳用狐疑的目光在我和饭岛之间来回巡视，饭岛的失态和罗羊子的惊讶让他产生了警觉。

感谢糖浆般焦黑的何塞·邦邦·桑切斯，在得知自治委员会将和日方交涉196号战俘死亡事件后，他在西区一条小路上拦住我，告诉了我这些。在香港沦陷后长达数十天的逃亡中，前菲军情报军官预感到他等不及抵抗组织的救援，终将被俘，于是贪婪地收集太平洋战争开战后的所有消息，以便在大脑里贮存下尽可能多的与外界联系的密码。他甚至在日军没有来得及全面控制香港之前，设法混进香港大学图书馆，大量阅读一战后的欧洲报纸和杂志，关于日本政府战俘政策问题，只是他想弄清楚的众多问题的一部分。

“总有一天我会去见真主，但我会把通向真主的路看得明明白白。”邦邦冷静地说。

饭岛心不在焉，腰身笔挺地坐在办公桌后面，心疼地揪着白手套上沾着的一抹颜料，目光散乱地从我头上掠过。

“那么，131号学过机械设计吧，画画图纸什么的？”他开口说，“131号知道这么多，也许会使用脚踏式刨床，要是这样就再好不过了。”

日本军部允许战俘管理机构开办劳役工场，机械株式会社什么的，以解决战争物资供应不足问题，懂得机械加工，有过工人经历，特别是技术人员战俘将受到重用，这也是邦邦告诉我的。我不知道饭岛为何提到这个，是掩饰我的诘问给他造成的尴尬，还是暗示对我的报复？我只是从脸色不好的矢尺大介眼神中猜测到，事情结束后，我将从10人小组中消失一段时间，然后捂着腹股沟龇牙咧嘴地回到营房。

“对不起中佐，让您失望了，我不会操纵机器，连一只萝卜都削不好。”我豁出去了，口气干涩地回答D营最高指挥官。

角落里传出轻微的动静。是笑声。大家转过头去看坐在角落里的冈崎小姬，笑声是她发出的。但她显然不打算继续参与这场荒唐的谈判，起身经过众人身边，走出办公室。

我被日方要求单独留下来，徐才芳和罗羊子则被带出围屋。两个人在离开管理区时十分不甘心，回头用不信任的目光看我，国共合作在那个眼神中再度取得一致。我觉得自己就像一只除了在泥土中刨胡萝卜什么都做不了的兔子，谁都可以踢上一脚。但我确定我做了应该做的事情，因为这个，我欣慰地吐出一口长气。

几分钟后，我站到一个熟悉地方，围屋二楼西南头那个房间。上次来这里是夜晚，看不清，现在看清楚了。房间是套间，宽大向阳，布置成和室[①]，朝南是长长的廊房，光线透过桧树皮包裹的拉门映照进屋内，里间大约十叠，杉木贴的内墙，原木地板上铺着崭新的叠席，外间是三四叠大小的茶室，茶室里置放着浅色的黄藤矮桌矮椅，壁龛所在的西墙上悬挂着良宽[②]和尚的书法作品，内容是比他早出生一百年的俳句大师芭蕉先生的《野曝纪行》。

我注意到一个细节，上次来时见到的那张血榉木长桌不见了。

通向廊房的拉门敞开着，我被屋外的景色诱惑，迷惘地走进廊屋。

那是什么样的景色呀！廊屋朝南，一头能看到东边，那里是一望无际的森林，远处色彩斑斓，隐隐约约看见峡谷的叠层；森林上方涌动着鸭灰色的云层，云朵边缘镶嵌着一道金红色的亮光，让天空显出些许活泼，正是黄昏时分，乳白色的霭气溪涧般绵绵不断从森林中流淌出来，悄无声息漫向四处。森林近处，几眼源头匿藏在不知何处的间歇泉顽皮地造就出一大片冒着晶莹水泡的沼泽地，无数奇妙的彩色蝴蝶在沼泽地中飞舞，几只优雅的白腹海雕一动不动地站在水中的桐花树冠上，黑色羽毛像白面书生身上披着深沉外套。突然间，一只大鸟振翅飞起，翅膀缓慢有力地拍打几下，两翼展开不动，朝海边滑翔去，另几只也跟着飞走。

有一刻，我被眼前静谧的丛林景色迷住了。

“这么说，131 对森林景色感兴趣哦？”

我循声回头。冈崎小姬站在套间门口，不知她什么时候进来的。上次见她时，马灯光线昏暗，看不清，现在是白天，她的模样一览无余。她有一张精巧的蛋形脸，小巧而略微上翘的鼻子，同样小巧的嘴，仿佛故意带着一种隐含不露的霸气。她穿着蛋青色陆战队衬衣，改制过的姜黄色窄裆马裤，衬衣在宽阔的皮带上方两寸处隆起，合身的马裤衬托出修长的腿和消瘦的臀部，就算一身军装，也堪称精致，如果不是敌国人员身份，可以说，她是个轻盈妙曼的人儿。

“一栋美丽的建筑，不是吗？”冈崎步子快捷地走进房间，来到廊屋下，和我并排站立，扬起迷人的脖颈深深呼吸了一口空气，欣赏户外的风景，“听矢尺少佐说，围屋是一位清国退役军官为他钟爱的女儿盖的，多么令人伤感的

---

① 日本传统居室。

② 良宽（1758—1831），日本曹洞宗名僧。

故事。”

接下来，冈崎小姬说了老围屋故事：

在广州教会学校读书的少女爱上了年轻的丹麦籍神父，当心上人去另一个国家传播福音后，少女疯了，整天跑到天字码头去找金发碧眼的水手，请他们带她去海外寻找心上人。上帝知道，这样的水手很多，谁都愿意在寂寞的大海上与一位多情的少女厮守，度过漫长而多舛的时光，少女因此屡次被不良水手骗上船，带去海外。为了可怜的女儿，少女的父亲，一位清军水师副将毅然辞去仕途，颠簸万里，从南洋找回女儿，在人迹罕见的桑岛盖了这栋围屋。这里远离人烟，没有人贸然闯入，下雨时，碉楼上的平台能眺望到海上的每一艘过帆，太阳出来后，少女可以穿上白衣黑裙，打着赤脚，踩着露水去海边呼唤她的心上人。也许有一天，主的仆人会做完他对主承诺过的工作，想起若干年前在中国布道时，信众中有一个梳着两条油亮长辫的羞涩少女，每天都会坐在离上帝声音最近的位置，等待他赐予她上帝之血，他会因为突然袭来的感动和深深的愧疚拼命渡过红海来寻找她……

几十年过去了，少女和她的保护人都去见了上帝，没有人知道他们是否心至所成。被遗忘在森林中的这栋围屋，则成了清军水师的一座军营。

冈崎小姬很会讲故事，她说话音律脆快，像上好的九谷烧[①]碰击出的悦耳之音，可能上次旅途劳顿，她又刻意在人面前保持男性口气，所以显得有些沙哑。

“虽然这么说，同样在孤岛上，雨和太阳如故，可是，打着赤脚，踩着露水去海边呼唤这件事情却是不被允许的。”我被故事激怒，浑身发抖，提高声音，“这不是我的错，我却只能接受这样的命运！”

“这么说太残酷了吧，我应该为131的抱怨表示歉意吗？”冈崎小姬颦起眉头，额间出现一线隐约的智慧纹。

五个月的战俘营生活改变了我五年多在日本学到和建立的认知。我开始明白，在战争和战争衍生物如战俘问题上，日本和其他国家不存在公理。日本的战争准则建立在其他国家的人们无法理解和明白的信条上，他们甚至会因为其他国家的准则存在而感到困惑和恼怒。

---

① 日本九谷地区一种彩绘瓷器。

“一个战俘被杀死，然后是另一个，”我没能忍住，“我到这儿五个月，34名战俘死掉，其中17名的腹部和胸口没有中弹，他们不是死在战场上，而是被活活打死！”

冈崎小姬意外地看着我。年轻中尉冲进和室。我后来知道，他叫坂谷留，东京帝大学生，冈崎的助手。冈崎小姬示意他退下。坂谷留朝我投来威胁的一瞥，离开房间。

“你在说196号战俘吧？”冈崎走回屋内，去矮桌边倒水，她记忆力非凡，观察力敏锐，战俘代表和饭岛会谈不到20分钟，她默默地坐在一旁，却掌握到她想要掌握的信息，“就算被死亡折磨得筋疲力尽，随时想到自己是罪孽深重的人，也解决不了问题吧？”她抬了抬尖尖的下颏，示意矮桌上那杯红茶，“为什么不忘掉他，坐下来，安静地喝杯茶，茶会减轻压力和苦恼哦。”

“不是苦恼，是屠杀！”我完全昏了头，不管不顾，“饭岛先生不是说战争习惯法吗，你们的军人还是违背了由武士创造出和严格恪守的战争习惯法呀！同情弱者包括受伤的敌人，允许敌人光荣地投降，武士道不正是这样做的吗？”

“131说的，可是江户时代的史书和平安时代的文学作品？”

“热爱和平的新渡户稻造[①]难道不算武士吗？他说过，对于弱者、劣者、败者的仁，被赞赏为特别适合于武士的德行，仁爱的人才是勇敢的人，和平的樱花不正是这样的吗？”

“新渡户先生可是帝国大学学长哦，可惜沦落为武士的叛徒，死在武士鄙视之剑下。”冈崎口气平淡地说，“武士是勇敢的毗沙门，内心充满无敌勇气，面对死亡吟诗弄笛，从容赋歌，临危不乱，蹈死不惧，德行建立在名誉之上，绝不做敌人的俘虏。他们完成了献身的准备，死亡不过是履行约定的仪式，所以，说到武士的德行，惠及者不包括懦弱到投降的士兵，196号应该自杀，而不是做战俘啊。”

我告诉冈崎，她错了。196号的确做了俘虏，但他至死都没有投降，比那些仍在战场上惊恐万状使用劣等滑膛枪抵抗中国派遣军进攻的士兵更勇敢。中国人并不认为自杀是勇敢者行为，他们认为忍辱负重才是，活下去才是。196号不想死，但他更害怕没有坚持过的死。

---

① 新渡户稻造（1862—1933），日本政治活动家，农学家，教育家，著有《武士道》一书。

“那样说，只是一种借口吧，简单的复仇念头难道不是一种愚昧吗？”冈崎回到廊屋下，用一种客观的口气说，“你听见隐藏在196号坚强外表下灵魂的哭泣吗？”

“没有。”我痛苦地低头承认，“可我忘不了他的样子……”

“这么说，实在是糟糕。”冈崎脸上露出若有所思的神情，“那么，是什么让你在一具尸首前徘徊不去？你指望战俘营里会发生什么？”

我无法回答。我注意到，廊屋的晚霞突然变化起来，天空跳动得十分厉害。我还注意到，我的右手在下意识地摩擦肮脏的裤腿，在我走进围屋，自作主张和管理方最高指挥官大谈《第四次海牙公约》，站在这间被森林簇拥着的和室廊屋下贪婪地看着迷人风景的时候，实际上，比这个更早，在踏进桑岛密林这座残酷的战俘营时，我的手就一直在神经质地抽搐，一刻也没有停止过。

“是这样啊，我知道了，131在害怕。”一阵风拥进廊屋，吹起冈崎小姬额前的短发，她眯缝起眼睛，看着我，目光中有一股强大的磁场，好像那后面躲着魔力无限的催眠师，让人失去抵抗力，“这样的话，也许可以告诉我，131在害怕什么？”

是的，我在害怕。屋外的光线越来越暗，我不能抑制我的害怕。我试过，我想要让自己坚强起来，不在乎经历的一切，不在乎将要到来的一切，不在乎脑浆四溅的敖二麦、萎缩成侏儒的仝二毛、糊满鲜血的文相福、五脏俱碎的韦黾灶……

我想要那么做，什么也不在乎，但我做不到。

“死的人太多了，总有一天会轮到我。”外面的风越来越大，森林上空涌起乌云，有什么快速地向这边涌来，我的脸一定苍白得没有一丝血色。

“难道说，更多的人不是在别的地方死去吗？”冈崎小姬伸手掩住被风吹乱的散发，法兰绒衬衫下瘦削的肩胛给人尖锐的压迫感，“水户的义公德川光圀说，跑到疆场上去死容易，下贱的鄙夫也能做到，该活的时候活，该死的时候死，大勇和匹夫之勇的区别，难道不是这样的吗？”

风把窗户吹得不住地摇晃，我越来越害怕，我回答不了冈崎小姬的话。

“进屋吧，有话对你说。”冈崎朝风来的方向眯缝住眼睛。

我紧张地沉默着，站在那儿没动。

“明白了，作为被母亲给予了生命的人，对活下去丧失信心，因为这个不知所措，131 正是处于这样的情况。”冈崎小姬显出一丝失望，从我身边走开，走到拉门前停下，“我需要一个研究对象，帮助我解开学术上的困惑，131 也许可以接受我的邀请。”

“可是，我是战俘，不是学者，我能做什么?”气压很低，我感到呼吸越来越困难。

“话这么说，倒也是的，并非随便什么人都适合做研究对象，你是军事人员，难得的是，恰好在帝国大学读过书，交流起来大概比其他人容易，我就是这么想的吧。”冈崎回头看我，口气中不夹带丝毫色彩，“我们可以达成一个协议，你帮助我完成研究，我帮助你在战俘营中少吃苦头，131 害怕的，不正是无法活下去这件事情吗?”

我猛地抬起头，期待地看着冈崎小姬，渴望她继续说下去。

“其实，什么都不做也可以，可惜战争不会停止，世界不正是靠战争才变得强大起来? 政治家鼓吹的文明，历史学家研究的社会，诗人写下的动人和歌，不正是战争本身这件事情吗?”冈崎小姬回到屋内，在矮桌边坐下，巧稚的脊背在黄藤椅上轻轻滑落下去，“总之，想要活下去，守住母亲给予的生命，就要放弃提前死去这样的念头啊。”

我心里咯噔一响。风越来越紧，桃木雕花窗摇晃得厉害，我感到有什么朝我走来。

“刚才说，达成双方可以接受的协议，”冈崎小姬挑选着用什么话来告诉我她的决定，“话虽这么说，就连 131 也知道，那只是一种委婉的说法，事实上，失败的战俘是没有自由的，我可以强迫 131 号执行我的命令，只是，想活下去，应该接受命运的选择，我是这样想的，才对 131 号提出建议的吧。”

“那么，”我咽下一口干唾沫，期待地看着对方，“您刚才说，您恰好在帝国大学读过书，能麻烦告诉我，您指的是哪间帝国大学?”

“有什么不合适吗?”

“没什么，就是想问问。”

“东京帝国大学。你想知道的就是这个?”

它们来了。

笼罩着天空的暮色猛地一跳，突然间破碎掉，眼前一亮，白茫茫的大雨快速从森林上方跳将下来，一片黑压压的虻蚊扑向围屋，立刻血浆四溅，扁平地贴在窗玻璃上。大雨随后追到，雷霆万钧地将我往后猛推动了两三尺，被格式拉门挡住。

我闭上眼睛，脸上贴着一层撞成肉酱的虻蚊，很快被接下来的雨雾冲刷掉，密密麻麻沿着下颏流淌进脖颈。我能想象，在距离这里数百米外的战俘营里，所有逗留在营房外的战俘都来不及跑掉，他们被劈头盖脸的大雨击倒在地上，在犀利的雨柱中爬动着，不断呻吟。数分钟后，营地将变成一片泽国，急湍流动的水面上漂浮着大量小豹纹蝶和背条天蛾的尸体，大雨将消失在森林的另一个方向，黑夜愉快将登场。

空气中涌动着八爪章鱼的味道。我被雨水淋得透湿，努力睁开眼睛朝南边望去，那里是渐次升高的坡地，我登上过它的高处。

郁漱石，还记得吗，那个时候，你的脚下是一望无际的大海。

大海很近，大海其实很近。

(GY006－003－055）**辩护律师冼宗白法庭陈述：**

1941年12月27日，香港攻防战结束一天后，日本政府公布《俘虏情报局官制》，并于两天后设立俘虏情报局，陆军少将上村干男被任命为首任俘虏情报局长官，接受陆军大臣东条英机指挥。俘虏情报局负责俘虏的收容、移动、宣誓解放、交换、逃跑、住院和治疗事项；负责收容所死亡俘虏之遗物、遗言保管及交付家属事项；管理为俘虏捐献之金钱、物品事项，陆海军需要了解的有关敌国战俘状况调查及协助该俘虏与家属、其他相关人员通信等事项。由此，日本政府完成了对海外开战的基本法律程序。

日本政府公布《俘虏情报局官制》那天，是我的当事人被俘的第三天。

早在1932年，帝国学士院会员，东京帝国大学医学院的樋口教授就开始研究战争心理学，对明治年间西乡征服台湾、华山和伊东与清国海军决战黄海、山口和福岛率兵加入八国联军入华，以及乃木指挥的日俄战争等战争事件均有不俗的研究成果。1939年，作为陆军省任命的战争顾问，樋口教授为陆军省提供战争心理学指导。欧战开始后，日本效仿英美两国，成立了心理战术研究机构[①]，樋口教授成为该机构荣誉顾问。冈崎小姬师从樋口，是教授的第十六代学生，被教授推荐给陆军省。

抛开19世纪30年代之前中日间爆发的五次战争，1931年，中日间发生大规模战争，六年后，战争全面展开，日本参谋部和各主要政治派别对战争的预想几乎按照一个模式推断：中国是政治和地方分裂的封建国家，中央政府只统辖着长江中下游地区，缺少强大的战争生产力，孱弱的军队根本不构成抵抗能力，战争会在一年内结束，中国政府只能选择投降。可是，战争最初几年的表现却让大本营感到困惑，这个虚弱的国家看上去不堪一击，可是，一年过去了，两年过去了，三年过去了，预期中的投降没有到来，新的情报表明，最初的惊慌失措和一溃千里之后，中国政府和半数将领的抗战立场越来越清晰，民间的反日情绪与日俱增，国际上开始关注发生在中国的这场战争。是什么地方出了问题？中国在抵抗防线中置换了什么秘密体系？参谋本部的青年军官派抱怨天皇太软弱，过于姑息和迁就举策无力的内阁政府，以致前线军队得不到他们想要的战争支持，无法对反日的重庆政权进行不遗余力的打击，使得蒋介石领导的抵抗政府在海外华侨和美国人的支持下羽翼渐丰。

樋口教授不那么认为，他认为问题不在天皇和蒋中正，也不在参谋本部和国防军事委员会，而是大本营中的战略制定者和中国派遣军中的战役实施者不了解中国人。也许人类学家认为东亚人是一个猴子生下来的，但是，中国派遣军已经完成征服的几个地域不过是中国历史上分裂出去的几支衰弱部落，它们没有经历过正统华夏文化的演变，因此，不能把帝国在朝鲜半岛、台湾和满洲等地区的征服手段用在中国大陆。樋口教授坚持认为，军部需要获得科学和准确的资料来支持接下来的战争，在这个背景下，数千名科学家成为陆军省的座上宾，其中包括日本心理学研究会上百名优秀学者，他们接到的研究任务，是向军队提供日本和中国军事人员的心理研究成果。

作为樋口门下最优秀的学生，冈崎小姬是人们认为最有可能获得帝国学士院“恩赐奖”，并成为最年轻会员的青年学者，她早期的研究方向是实验医学，对军事人员选拔、战斗士气、战场心理调节、逃兵评估、战斗人员性取向以及

---

① 二战时期，美英两国在参谋长联合会议下设立了心理战联合委员会。

心理战的研究课题不感兴趣。樋口教授坚持自己的门徒必须接受国家选择，进入陆军省心理学研究会工作，冈崎小姬服从了导师的安排，却固执地拒绝了导师推荐的包括军事人员测验，指挥官、飞行员、潜艇员、特种行动组成员、谍报和反间谍人员心理评估工作，而是选择了连樋口本人都没有听说过的“战争认知理论”。冈崎的课题来源于她在美国的留学知识，超越了导师的研究领域，樋口大为光火，在昭和十七年一月十二日陆军省新年宴会上，当着陆军大臣的面宣布断绝与冈崎的师生关系，该事件成为日本心理研究学会的重大新闻。参加那天会议的新晋俘虏情报局长官支持了受到严重打击的学生，宴会结束后，上村干男少将立刻拜访了冈崎小姐。

毫无疑问，大量战俘的出现让日本军方深感不安。关于其间文化冲突，请庭上参阅 1945 年 9 月 2 日在美舰“密苏里”号上举行的日本国投降仪式的资料。麦克阿瑟①将军代表盟军在受降书上签字时，特意把陆军少将温赖特②和陆军中将帕西瓦尔③叫到自己身后，让上百名记者的镜头对准他俩。温赖特和帕西瓦尔分别于 1942 年在菲律宾和新加坡向日军投降，成为日军的战俘，即使已经成为战败方的日本，也完全无法理解美国人这一觍颜人世的做法。

战时，日本俘虏情报局希望尽快掌握异域文化差别，以便解决数量庞大的同盟国战俘这一烫手山芋。冈崎小姬则有更大的个人野心，她希望自己在实验医学的路上往前大大地走一步，掌握个体行为动机条件对疾病影响的意义。“战争认知理论”的研究需要大量来自不同地域和文化背景的个体行为观察、任务表现、个性适应等数据采集和分析，这个工作在瞬息万变的战场上无法完成，而拥有过战争行为的战俘，无疑成为最优质的研究对象。

上村干男拜访冈崎小姬第二天，冈崎入职俘虏情报局，成为俘虏情报局的新晋学者。

冈崎的学术研究在军事背景下进行，起因、过程和结果需要大量了解对象所承担的特殊军事任务，在这个前提下做出研究。这项工作要求研究者必须掌

---

① 道格拉斯·麦克阿瑟（Douglas Macarthur，1880—1964），美国远东军司令官、西南太平洋战区盟军司令官。

② 乔纳森·梅休·温赖特（Jonathan Mayhew Wainwright，1883—1953），美军驻菲律宾总司令。

③ 阿瑟·帕西瓦尔（Arthur Percival），二战时期英军驻远东总司令。

握研究决定的权力，在强调作战责任的前线，充分考虑研究结果将对军队产生的影响，在进入俘虏情报局后，冈崎未被授予正式军衔，而是作为一名独立决定研究方向和过程，同时不受任何职衔的前线指挥官制约的学术军官存在。

至于我的当事人，D战俘营131号战俘，冈崎在各战俘营机构推荐的几百份材料中挑选出他，仔细研究过他的全部档案，现场观察了他与帝国军官的交涉，并且与他做过初步交谈。131号战俘通过某种渠道掌握了部分日本政府战俘政策改变的情报，并且在与D营指挥官饭岛中佐的谈判中利用这些情报占据了上风，这一点，可以看成是131号战俘对战争环境的敏感反应，以及在冲突状态中利用外部环境有利的一面反败为胜的一个小小例证，如此，做出该战俘适合作为对象进行进一步研究的决定，就有了充分的理由。研究者只需要和研究对象达成如下约定：实行满蒙与中国本土分离方针、对中国内部事务实行武力干涉、确定当前中国各派政治力量和方针的东方会议[①]和“田中奏折”[②] 不是什么秘密，131号战俘在日本读书时，正是陆海军和关东军首脑大力推行国家根本政策时期，对日本国家主张这类所谓心理认知环境并不陌生，被研究对象只需专注完成研究工作，完全不必要在“唯欲征服中国，必先征服满蒙；如欲征服世界，必先征服中国”这一总国策上花费周折。

请庭上参阅被告庭外供述记录GYB006－001－203至227。

（GYB006－001－203）**被告郁漱石庭外供述记录：**

早上开饭时，徐才芳挤过人群找到我，责问我为什么昨天晚上从日方管理区回来后没有立即向他做例行汇报。

“回营区已经凌晨了，我又死不了，急什么。”我把亚伦送给我的铝制饭盒伸向分配食物的375号，紧盯着他手中的勺子，“喂，那块南瓜本来在勺子里，干吗抖回桶里？”

“汤里已经有两块了，长官也不能占便宜吧。”375号懒洋洋瞥我一眼。

我悻悻地端着汤离开领饭点，徐才芳跟在我身后。实际上，从早上开始，

---

① 指1927年6月27日至7月7日的第一次东方会议，日本内阁决定《对华政策纲领》。

② 第一次东方会议后由首相田中义一向天皇呈交，提出日本对外扩张总战略，正式文件名为《帝国对满蒙之积极根本政策》。

负责为他跑腿的那名战俘就在西区 9 号营房前探头探脑了。

我刚挤出人群，两名身穿陆战队军装的士兵就出现在操场，要我跟他们走。亚伦接过我的饭盒。德顿用同情的目光看着我。邦邦两天前捉住一只小鸟，喜滋滋地捧着鸟儿和我擦身而过，糖浆色的脸上带着一丝神秘微笑。我在众目睽睽下从战俘们身边走过。

坂谷留中尉在二道门岗等着，我随他走进管理区二楼那间和室，开始了我的工作。在例行的职业经历询问后，我被要求接受一套严格的智力和性格测验，询问和测试由坂谷留中尉完成，直到天黑才结束。

让我意外的是，中午，我竟然得到两个比拳头还要大的新鲜饭团。平安时代幕府兵的食物，夹着韧劲十足的烤鱼馅，味道非常可口，要知道，我已经六个月没有见过米饭了。我狼吞虎咽地把两只饭团填进嘴里，有点明白了，在参与冈崎小组的研究工作时，我将不再按照战俘标准每日进食两餐，而是和日方人员一样每日三餐。果然，晚上，我再度得到两个饭团，一大碗菜汤。

吃完饭团后，我被要求留在和室，在崭新的叠席上睡了几个小时。被褥是干净的，过于软和，让人不免有些紧张。好在一直惦记着饭团的事，为那么快就把香喷喷的饭团吃掉而遗憾，紧张感很快忘却了，到凌晨时分，我才迷迷糊糊合上眼睛。

天亮后，我被人叫醒，是那位叫相马正三的少尉。他很年轻，个子敦实，他羞涩地冲我笑了笑，告诉我该起床工作了。我也抱歉地冲他笑了笑。我觉得，如果冈崎小组要做的就是这些事情的话，这份工作还真不错。

早饭仍然是饭团。这次多给了一个。我改变了吃法，尽可能慢慢吃掉它们，延长进食的时间，然后跟着相马正三下楼。

管理区院子外停着一辆 97 式边斗摩托车，我按相马正三的要求坐进车斗里。摩托车散发出久违的汽油味，从围屋前驶走，绕过管理区，向南驶上开满黄色马缨丹和白色荚蒾花的山坡，再拐向一条林间小路，一直驶到海边。海风迎面吹来，我相当激动，紧盯着越来越近的大海。摩托车没有停，沿着海边的沙滩向东驶，好几次差点倾翻。驾手是个倔强的家伙，一点没有减慢车速，而是疯狂地开出一大段路，来到一片宽阔的滩涂。

我看见冈崎和坂谷留，他俩站在一辆小型日产货车边。坂谷留正往车下搬东西。冈崎戴着紧束的软帽，穿着抢眼的海军陆战装，就像我第一次见到她的样子。

“想不到，中国南海如此的迷人!”

摩托车一停下，冈崎就大声笑着对我说。她欣喜地看着蓝色的大海，由衷地赞美，然后转向我。

“听你说很久没有到过野外，就算我，也觉得未免有些过分。愿意为你做点什么。”她朝四周看了看，扬起脖颈深深地呼吸了一口醉人的海风，将它咽下，“现在，请好好欣赏景色，10 分钟好吗，10 分钟够了吗?”

我已经在那么做了，无法管住自己的眼睛，贪婪地环顾四周。

翡翠色的海浪涌上沙滩，快速变成雪白色，眨眼间破碎开，再快速退下，留下一层亮晶晶的沙粒。几只羽披上覆有大片褐色斑点的鹬鸟站在浅水中一动不动，突然有一只动起来，碎步抢出两步，从一丛随着海浪返回海中的伞藻中叼出一只试图溜走的沙蟹，快速甩掉，以更快的碎步追出一段路，长长的细喙戳进最后一道缩回海中的浪头里，叼出一条两三寸长的白鲳，一仰细细的脖子吞下去。

南海咸湿的海风钻进人的每一个毛孔，风在动，海浪在动，天上的云彩在动，鹬鸟和鱼蟹在动，只有我呆呆地站在那儿，仿佛海岸上多出的一块岩石。

D 营的生活邈远到不真实。

“我说，可不止 10 分钟了，好了吗，可以了吗?”

冈崎向我走来，昭和五式长腰牛皮靴踩得沙粒中的贝壳碎裂作响；风把她敞着的外套吹开，她那个样子，就像一只坚定地不在乎翅膀会受到损害的军舰鸟。

冈崎手里拿着几样东西，人走近，东西一一丢在我脚下。我脑子里只有那只碎步向前快跑的鹬鸟，以及它嘴里叼着的鳞片闪烁的鲳鱼，好一会儿才看清，闪亮的沙滩上，有一柄步兵用圆锹，一把村田式刺刀和两支手枪。

“明治 27 式和大正 14 式，请随便挑一支，子弹可只有一匣哟。”冈崎拍了拍手上的沙粒说。

我困惑地抬起头看冈崎，然后视线越过她，看她身后。

小型日产货车旁，坂谷留正一样样往身上披挂，离着十几步远，仍然能看清楚，那是武器——南部式十六连发自动手枪、97 式狙击步枪、98 式白磷纵火弹。相马正三和他一样，在腰上系好沉甸甸的大正式手雷皮具袋，勾身提起一挺仙鹤般消瘦的1式轻型机关枪，熟练地装上弹匣，拉动机柄，让枪械处于待击发状态。

我没有明白，不解地收回视线，看冈崎。她正回头看她的两位助手，目光和悦，好像在判断他们二人站立的姿势谁更挺拔，而我则是一只可以被忽略的沙蟹。

“这是要干什么?”

“行动力测试的一部分，不然的话，不可以做研究对象哟。”

“可是……”

“请无论如何注意安全，坂谷和相马使用的是实弹，不是随便的训练。”冈崎口气轻松，目光不在我身上，似乎在对我身后的海风说，“你有5分钟时间把自己掩藏起来，按照士兵作业条件，时间足够了。请行动起来吧，加油哦!”

因为美丽大海作祟，我完全没有反应过来冈崎在说什么，只是从她的话里隐约意识到，这是一次测验，行动力什么的，测验将使用实弹，但那到底是什么呢? 我还是不明白。

“我说，磨蹭什么，”冈崎回过头来看我，皱皱眉头，提醒我，“没看见吗，坂谷中尉要杀死你，你现在是他的敌人，他会那么做。我可不想看到你变成一具尸体，请快点行动起来吧!”

我脑子一炸，这才明白她说实弹的话是什么意思，小腿肚子猛地一收束，下意识地撩开腿扭头就跑。

跑出一段路，我很快站下。

滩涂上没有任何隐蔽物，就算一匹速度飞快的波斯骆驼也得花上一阵子才能跑远，坂谷留要杀我，不会任我从容地逃掉，五分钟，根本跑不出子弹的射程。汗水顺着后背往下流淌，我强迫自己冷静下来，想起冈崎刚才的话，她说行动力测试，往我脚下丢了几样东西，其中有一柄作业用圆锹。

我返身冲回原地，扑向冈崎小姬脚下，一把抓起作业铲。两支手枪是老家伙，已经泛出锈色。大正是20年前的制式，初速和动能很差，母鸡被射中都能扑腾半辈子。明治转轮更糟糕，年龄比两个我加起来还老，击发时我要不晕厥才怪。冈崎说只有一匣子弹，我慌乱抓起八发装大正插进腰里，再抓起那把刺刀，快速目测四周环境，在慌乱中冲向三四十公尺开外一片沙堆隆起地带，开始土行孙般飞快地在生长着大麻黄的沙堆上扬沙作业。

我觉得根本没有五分钟。我觉得整个世界都在对付我。沙堆猛地一震，离我二十多公尺远的海滩上，一颗事先埋在那儿的两栖步兵地雷爆炸了，泥沙和着海水冲上天空，气流夹带着细小的石英颗粒扑了我一脸，一只黑脚信天翁展开翅膀猛力抽了我额头一下，不见了，尖锐的鸣叫声随着消失掉。我顾不上别的，丢下圆锹，扑进作业不到一半的卧姿掩体，像受到丛林蚺攻击的鼹鼠，把脸深深埋进湿沙中。

强烈的爆炸造成的耳袭让我失去了听力。我感觉到头顶上的沙堆一下接一下有规律地坍陷着，小心翼翼侧过脸去看，不是塌陷，是沙堆一捧接一捧地飞走。大约半分钟后，听力逐渐恢复，我听见了，是狙击步枪的声音，它连续不断发射着，子弹十分有耐心，将掩体胸墙上方的沙土依次削平，然后是第二层，第三层。我能肯定那些子弹是由一个热爱生育的狂热母亲生下的，它们像团结的狼群，拿定主意要冲撞开可怜的胸墙，在 20 公分之下的沙坑里找到我的脑袋。掩体不够 180 公分长，根本不足以收容我，但我无计可施，我绝望地缩回露出坑体外的一只脚，努力蜷缩着身子，尽量往沙坑下缩。

接下来，机枪响了，底火撞燃后火药发出的清脆爆破声替代了沉闷的狙击步枪声。这回，头顶上的沙堆被连续飞来的子弹快速击碎，飞沙立刻掩盖了我半张脸。我憋住呼吸，喘不过气来，转过身子，让脸对着天空，等待三十发装弹匣打完。但是，机枪声停下之后，我一点好处也没有得到，狙击步枪接着响了，那真是一支阴险的家伙，这一次，它放弃了削平胸墙的计划，而是让子弹越过沙堆顶部，一发接一发尖利啸鸣着从我脸膛上方几寸处飞过，我甚至能看见它们切割开空气时留下的气浪。

我的心脏快要爆炸了。我担心那些子弹在远处没有找到目标，会接着飞回来寻找我的眼睛、鼻子和嘴巴，但没容我等到那一刻，一枚手雷就在离我不远处爆炸，至少一半胸墙被掀进沙坑里。有一瞬间，我再度失去听力。然后是一枚燃烧弹，它飞过掩体，翻滚着落进十几步外的海水里。爆炸溅起的白磷火焰落在掩体四周，附着在任何可以附着的物体上燃烧，空气中充满刺鼻的气味，氧气骤然变得稀薄，我感觉自己被关进一只密封箱里，完全呼吸不过来。

我知道我要死了！我一定会死，没有人能拯救我！我拼命缩紧身子，躲避开到处跳跃的火焰。我被什么东西硌着，是那只大正手枪。我从腰间抽出它，举出掩体外，向袭击者方向胡乱开了两枪，然后跳起来，连滚带爬离开掩体，跌跌撞撞从那里逃掉。

我看见海滩在燃烧，发出刺眼的白色火焰，连涌上滩涂的海水都在燃烧，有几只招潮蟹和几条滩涂鱼在海水中滚动着，被炽烈的火焰瞬间烧焦。我看见冈崎，她躲在日产车驾驶台后，用手捂住鼻子，朝我这边看。坂谷留大叉着腿站在车头前，正在启开另一枚白磷弹的保险。相马正三则在埋头换机枪弹匣。我举起大正式手枪，朝三个人的方向连续开枪，打光了弹匣里剩下的六发子弹。我看见相马像被人踢了一下，身体往前一倾，枪筒杵在车轮上，慢慢蹲下身子。我看见冈崎跑过去搀扶相马，坂谷留则愤怒地抓过一只牛皮制背囊，快速背上，拉下头上的风镜。我知道这样一来，我和他们之间的关系就不再是屠杀，而是交战，这意味着无论我是否能离开海滩，都必死无疑。我心里绝望地想，好吧，那就死吧。

我丢下打光子弹的空枪，扭头就跑，惊恐地跳过一片燃烧的海水，向陆地方向拼命奔去。风一定是我的另一个孪生兄弟，它在后面着急地推动我，使我跑得飞快。有一阵，身后什么动静也没有，然后，一只黑色的兔子从我身边蹿过去，在我前方几十米处撞上一棵大王椰。爆炸将粗壮的大王椰树干拦腰炸断，气浪迎面扑来。我被气流掀起来，推出很远，摔倒在地上，腰上一阵钻心的疼痛。我知道那不是兔子，是掷弹筒。我捂住腰，从地上爬起来，猫下身子蹿进一片羊角树林，连滚带爬钻过树林。我在扒开厚重的叶片时看了一眼手，上面全是血。我脑子里一片空白，然后，那里浮现起色彩斑斓的峡谷，除了它，我不再记得一切。

大约一个小时后，我在峡谷东边沼泽地里落网。冈崎的特攻队士兵按预定方案在几个地点等待逃亡者，如果不是他们帮助，我会一直陷在开满白色野慈姑花的泥潭中无法自拔，在接下来的某个时间流光全身的血，成为从容游近的丛林蚺的美餐。

冈崎随后赶来。她很关心我的伤势。我的腰部被一块枪榴弹弹片划伤，弹片钻得很深，流了不少血。在简单包扎后，她下令将我送回管理区。

相马正三也挂了彩。我射出的某发子弹撞击在小型货车的螺栓上，弹回来，将他额角擦掉一块肉。寺野军医分别为我俩做了处理。他切开我的腰部，找到那块蚕豆大的弹片。弹片没有伤及器脏，免去了复杂的清创术，感染的概率小了许多，这让冈崎松了一口气。她要求把我留在管理区悉心治疗，直到确认我没有生命危险为止。

那天晚上，我滞留在管理区，不同的是，这一次，我被留在警备队卫生班，由一脸正气的日方医护佐佐木美奈照顾。警备队卫生班的被褥很干净，棉制被套散发出淡淡的甘油气味。汽灯整夜亮着，每隔一段时间，佐佐木就会进来为我测量体温。我被要求禁食禁水一天，饥饿和口渴比伤口的疼痛更难以忍受。过去我从没和佐佐木打过交道，但我希望她能问问我是否口渴，想不想吃点什么。但她没有。我觉得她也不口渴，她的目光干涸得像根本不需要水分的石头。

大约子夜时分，相马正三到卫生班来要药。他伤口疼得厉害，睡不着觉，看看卫生班能帮他做点什么。佐佐木给相马弄了点三溴剂，告诉他，巴比妥酸用完了，如果有，效果会更好。他俩在门外站着闲聊，是佐佐木家乡八幡平市女人裸参[①]的事。

“滴水成冰的冬天，光着脚在寒冷的雪地上行走，再努力的人也受不了啊。”相马由衷地感慨。

“怎么会，”佐佐木口气坚定地说，“祈祷海外作战的父亲和丈夫武运长久，衣裳再单薄，也是值得的，女人会满心欢喜。”

“这样啊？实在是辛苦了。”相马说。

然后他们又聊到佐佐木的原籍，她祖先生活过的地方。那是西表松岛上的一个小渔村，佐佐木只是听爷爷说，自己从未回到过那里。村里生活着老实巴交的渔民、相貌奇怪的山猫和成千上万羽毛雪白的海鸥，其间，相马推门探头朝屋里看。他额头上包扎着绷带，半边脸肿得发亮，显得越发胖。见我躺在床上扭着脸看门口，他腼腆地冲我笑了一下。

“你也辛苦了。”相马说。

“对不起，我不是故意向你开枪的。”我急忙解释，“那个时候，脑子里什么也没想，就下意识扣动了扳机，无论如何请你原谅。”

“说什么呢。”相马笑眯眯地说，“以为你不会抵抗了，所以放松了警惕，下次不会再便宜了你小子。”

“你们真的要杀死我？”我努力咳出一口血痰，整整一天我都想问这句话。

“这个嘛，”相马收起笑容，沉吟片刻，好像那是一个不懂事的孩子提出的

---

① 日本传统节日。

幼稚问题，他这个大人不知道怎么回答，“行动力测量，合格的研究对象必须完成啊，如果不尽快离开那里，你会粉身碎骨的吧。”

相马说完，关上门，在门外又和佐佐木说了几句话，然后告辞走了。

我平衡着呼吸，一点一点翻过身子，把脸朝向石墙。我一直在发烧，腰上的伤口疼得我一夜没合眼。

第二天一大早，冈崎就来到卫生所，询问我的情况，同时对昨天的事情做了简单说明。

冈崎的研究科目决定了研究环境将脱离传统实验室方式，在建立研究者关系前，要完成研究对象的全部评估。冈崎认为，我在战斗状态下的警觉性、辨别力、行动反应都令人满意，因为这个，她甚至表现出一丝欣慰。

为我换药的依然是寺野军医。他对自己的手术很满意，确认伤口不会感染。冈崎要求他确保伤员没有受到爆炸性神经损伤，这个很重要。寺野确保了这一点。稍后出了点情况。从不露面的驻广州南方派遣军军医花轮敬二出现在卫生科，听说他战前是千叶县的化学老师，这就难怪了，他长得就像著名的千叶县罗汉松，身体壮实，肤色像酱豆渣，戴一副镜片厚厚的眼镜，连蓬松的头发都是粗壮的。因为某件事情，他和冈崎发生了争执。他俩离开病房到外面去谈那件事，声音压抑着，听不清谈些什么。后来冈崎提高声音，语气严厉地说她不允许之类的话。很快，饭岛和南方派遣军另一名军医中川赶来。冈崎冲饭岛大发脾气。后者不断地表示应和，事情很快就结束了。

冈崎再次进来时拉着脸，目光冰冷，神色不好看，我确定这不是我造成的。冈崎问我能不能坚持工作，她时间很紧，推进必须加快。我告诉她，伤口很疼，跑不动了，要么直接给我一枪，要么放我回战俘营。冈崎说，跑就不必了，只需要躺着，做一些仪器测试工作。她下令将我抬回围屋。我表示给我一根拐杖就行，我能走，不用抬。我没告诉她，我要不自己走，那块弹片就算白挨了。

我被带回管理区二楼和室，英俊的板谷留中尉已经在那里等着了，他穿一件白色卫生服，脸上干干净净，嗅不出一丝硝酸钾和硫黄的味道，让人怀疑昨天他是怎么发射出那么多子弹和炸弹的。

坂谷留帮助我在叠席上安置好，给我做了一些简单介绍。我从他那里大体知道，上过战场的人一般会有急性或慢性心理反应，表现出惊恐、后怕、退缩、内疚、精神压力过大的创伤障碍，坂谷留需要了解我这方面的情况，他称这个叫作战斗应激[1]。

按照坂谷留的要求，我用半天时间吃力地填写了厚厚一叠书面问题，那让我伤口很难受。书面询问结束后，坂谷留又用一套复杂的测试模型对我进行了初步评估，包括智力量表和人格数据量表之类，我记不清它们的具体内容。

坂谷留对我进行评估时，冈崎一直站在旁边，偶尔提示自己的助手，需要补充一些什么。在与助手简单的交谈中，冈崎提到冯特[2]、伍德沃斯[3]和格式塔[4]，情景和目标定势，能量和经验什么的，口气从容而毋庸置疑。看得出来，坂谷留非常佩服自己的上司，他回头用敬佩的目光看她，眼神里有一丝迷恋。

有一段时间，我有点虚脱。坂谷留让我休息了一下，然后继续。我用另外半天时间回答了坂谷留再度补充的一大堆问题，比如我有没有无法控制的沮丧、躁狂、悲伤或者抑郁，有没有赌博、吸食鸦片、滥用药物和虐待配偶的行为，会不会明知不对而冲动地违反规则，是不是有想要对一切或大多数规则进行破坏的欲望，是不是会在同伴中无意或故意表现出特立独行，是不是对所服务的团队自愿保持忠诚，是不是一个反战者，等等。

接下来，我开始接受复杂的仪器测试。

研究者带来一套笨重的仪器。他们需要被研究对象详细的脑电波特征和振幅规律、视觉适应与α波关系图。冈崎没有对我隐瞒将要进行的测验，但也不刻意解释，只是在助手为我准备做仪器测试时，坐到我面前，耐心地为我讲解测试原理。七年前，德国精神病学家贝格尔发明了脑电波实验理论，在观察生物反应方面有相当帮助。具体说，б波是婴儿和痴呆患者典型波段，成年人在极度疲劳时也会出现；θ波是少年典型波段，成年人在意愿受挫和强烈抑郁时也会出现，但很难与精神病患者区分；α波呈现的是成年人脑的正常波率，表现为恒定状态；β是最有趣的波段，精神紧张、情绪激动、行为亢奋时都会出现。冈崎让我放松，测试不会产生任何伤害。

仪器测试也由坂谷留来完成，他要求我完全保持沉默。我像一只巨大的金

---

① 指在军事行动中经历压力事件，从而产生的期待性、预测性、情感性、智能和身体的行为反应。

② 威廉·冯特（Wihelm Wundt，1832—1920），德国哲学家，实验心理学创始人。

③ R. S. 伍德沃斯（R. S. Woodworth，1869—1962），美国哥伦比亚大学教授，动力心理学代表人物。

④ 也称格式塔理论（Gestalt），创始人韦特海墨、考夫卡和苛勒。

属蜘蛛，脑袋上绑满细密的电线。冈崎在一旁走动，手里把玩着一支铅笔，偶尔停下来，在一摞纸片上快速记下什么，然后和助手小声讨论我的脑电波特征与振幅规律、视觉适应与 α 波的关系，要求助手重新做一组我放松状态下的 α 波和紧张状态下的 β 波。

很快，我进入嗜睡状态，测试不得不停下来。

我又一次梦见了森林。

这次的森林不是由大海变化而成，它非常小，像一扇窗户大小的草地。森林里的动物和飞鸟像蚂蚁和花粉，但我能清晰地看到它们。奇怪的是，草地般微小的森林中间，有一个巨大的头颅骨，不知为什么，我很清楚，那就是我的头颅，但我却被关在自己的头颅里。我是说，另一个“我”被关在我自己巨大的头颅骨中，而我能看见这两个“我”。这种情况让我非常不安，“我”想离开“我”的头颅，逃到外面的森林里去。“我”沿着滑溜溜的颅室攀上宽阔的顶骨，却怎么也找不到出口。“我”的额骨里有一群被囚禁了亿万年的猛犸象，它们个头巨大，门齿上悬挂着坚硬的冰凌，“我”和它们之间没有交流，“我”只是确定它们存在了亿万年，而且在等待我的出现。猛犸象群发现了“我”，向“我”冲过来，门齿上的冰凌纷纷坠落。“我”向枕骨室倒退着爬去，骨壁非常滑，“我”失手跌落下来，摔进一堆乳白色的脑髓里，脑髓溅开，立刻生长出大片的蕨类植物。“我”听见一个女人对“我”喊，“快起来，去眼睛那边，从眼睛里爬出去!”“我”觉得“我”熟悉那个声音，但想不起来是谁。“我”从脑髓中挣扎出来，沿着颅骨内侧攀上颧骨，发现“我”的眼睛被透明的凝胶封闭上了，任怎么踢打都纹丝不动。猛犸象从后面撵上来。“我”一急，就醒了。

迷迷糊糊，感到整个人都被汗水打湿了，同时听见坂谷留在和冈崎小姬小声讨论头骨障碍和癫痫之类的话。

冈崎提到一个叫 R. Caton 的英国人，还有他的兔子和猴子，然后说到 OSS① 的两个科学家和《陆军普通分类测验》系统。两个科学家分别是 APA② 和 AAAP③ 会员，战前她在哈佛心理诊所进修时，为其中一位担任过助手。从她的话中可以判断，本杰明教授是个幽默的家伙，而威尔逊教授则是性格古板

① 美国战略研究办公室（the Office Strategic Services）的缩写。
② 美国心理学会。
③ 美国应用心理学会。

的权威，战前三个月她离开麻省时，威尔逊教授正在研究有关阿道夫·希特勒的心理课题，他认为这个狂妄的战争分子在战争结束时将死于自杀，自负的他绝对不会相信自己漂亮的女助手来自另一个即将成为敌国的国家。

他们讨论的事情与我感觉到，并由“我”看见“我”被关在“我”自己的头颅里这件事情没有任何关系，这让我稍稍解除了紧张感。

第一次仪器测验结束，冈崎对检测结果表示满意。坂谷留告诉我，我需要继续躺在那里，她在叠席旁一张矮椅上坐下，身体前倾，亲切地靠近叠席和我说话，接受仪器复查，他会核实复查数据。这一次很快，太阳尚未偏西，复查就结束了，从冈崎和坂谷留脸上的表情和小声交流的口气看，他们对结果相当满意。

接下来，换成冈崎和我交谈，向我解释了她研究课题的内容和步骤，以及作为研究对象的我如何配合她的工作。她希望我保持身体和情绪完全放松，确定不会夸大情绪，以保证研究结果的准确性。她说得很抽象，很多术语让人听不懂，我只能尽可能在脑子里记下她的话，试图理解那些话的意思。

我整理了一下思路，大致内容如下：

冈崎的认知研究课题属于武装人员战场行为心理分析范畴，建立在军事人员战场行为基础上。她必须引导研究对象清晰地对战场经历进行知觉和分析，从而对研究对象的情感、动机、决策和行为所包含的内容进行信息获取和处理。其中，研究对象战斗力的转化和潜在危机评估是首要分析内容。通常情况下，只有在某一情景中掌握到一定数量和深度的信息，研究者才有可能准确了解它们，引导研究对象进入到下一步的认知评估中去。研究者对研究对象关于某类情境一般知觉的清晰了解程度越高，对他提供的内容的评估和研究就越准确。

根据以上描述，研究者和研究对象的等级在建立有效研究关系过程中处于变量关系之上。就是说，研究者与研究对象的关系质量，形成研究效果最有力的预测因子。对于正在服役或执行正常战斗任务的研究对象，研究者只需要采用军队惯常的程序和礼节与之互动，通常就能收到较好的效果。而对于失去正常身份、权利、自由、安全和尊严的战俘，问题就出现了。

冈崎的研究项目，困难和障碍就在这里，这也是为什么她的导师在她选择了这个课题后会勃然大怒的原因。身为战俘的研究对象，恰恰有着强烈的等级意识，研究过程要求研究者和研究对象之间建立平等机制，以便抵消等级因素带来的抵触情绪和心理防御造成的负面影响，因此，研究者和研究对象双方建立友好进而公平积极的人际关系，最终达到建立信任机制，是研究工作的关键变量所在。与以治愈为目的的心理援助方案不同，研究者必须把自己塑造成这样的人：他（她）不是治疗师，与研究对象不是医患关系，在研究过程中不承担决定性角色，在评估工作完成后也无须对研究对象进行干预，以帮助他完成身份认同。他（她）需要的是真相，而非确定问题所在并给出治疗方案。他（她）的身份并非要让研究对象感受到权威的存在，而是在研究过程中感受到重视，产生适宜和心理满足，因而源源不断提供构成事实的宝贵信息。出于上述要件，研究对象处于公开、公平地与研究者交谈的位置，不会因为冒犯研究者而遭到严厉斥责、警告甚至报复。

“你可以采用尽可能舒服的姿势，就算躺在苇席上说话也可以，紧张的话，随时可以停下来，不想说也没有关系。”在正式谈话之前，冈崎口气平和地阐述了谈话者之间的平等关系，希望她和我，我俩保持一种积极主动的态度，“要是不反对，我称呼你郁先生，你可以随便称呼我什么。”

对这种突然间产生的等级变化，我一时反应不过来，很难适应。不管怎么说，从我这方面了解的情况，大概就是这样。

“嗯，从哪里开始呢？你在香港作过战，我们从香港开始吧。”从我躺着的地方看去，冈崎处于嗡嗡作响的仪器背后，被专注观察仪表的坂谷留挡住，只能看见她的膝盖和偶尔露出的手，看不见她的脸，不过，我还是注意到两个细节——她把 131 号置换成郁先生，同时没有用香岛来称呼香港，“战前有一派意见，认为强攻香港会耗损必要的战略物资和兵力，还要照顾上百万平民，战略上纯属多余。攻取马来亚、菲律宾和缅甸的话，切断海上援助，香港成为孤岛，守军自然会主动撤离，完成使香港不能策应重庆之战略目的，不是更好吗？但是，担负此次攻击的第 23 军和第二遣华舰队指挥官坚持认为，主动进攻具有积极的战略价值，在战胜俄国之后，日本必须以武力而非其他手段战胜欧洲最强大的英国，战争于是在这个背景下发生了。”

我呆住。就是说，如果不是第 23 军和第二遣华舰队指挥官坚持武力解决，香港完全有另外一种命运，它不会遭到攻击，我会逃过这一劫，缪和女、敖二麦、朱三样、李明渊、老咩、伍副官，两千多名英联邦官兵和不计其数的香港居民就不会死了！

“根据‘香港机关’情报，在香港攻略中，至少400名重庆军参加了醉酒湾防线的作战，”冈崎继续说，“能谈谈这件事情吗？”

我眼前浮现出伍副官的面孔，还有那些始终沉默着的孤军兄弟，然后，是大个子机枪手韦黾灶。哔啵一声，他爆炸了。

虽然身为广东人，高祖到父亲皆为行武，我却打小对兵骄将傲的家族心生嫌意，尚在襁褓中，即随父母四处奔波，少年时又断梗浮萍，四海飘零，直到从美国回国，到7战区服务，我才了解到一些粤军历史。

日军登陆广东前，粤军第12集团军做了充分准备，布置防线，建筑工事，囤积弹药，以迎来寇。日军在大亚湾登陆时，却没有遇到像样点的阻击，致使登陆部队从容建立滩头阵地，快速向纵深推进。事后得知，日军登陆时，粤军一些指挥官还在广州和香港度周末，晨昏颠倒，寻欢作乐。接下来的战斗乏善可陈，第12集团军在淡水和惠州一带仓促迎战，不堪一击，在增城和虎门数地的二线阻击也不敌日军凌厉攻击，个别旅团级指挥官甚至丢下部队只身逃命，战势从一开始就不可逆转。

粤军精神的光大短暂出现在福田和正果两地。驻守福田的是第63军第153师钟芳峻旅，驻守正果的是陈勉吾的独立20旅，日军发动攻击时，二旅临敌不退，奋勇向前，反复击退日军进攻，尤以钟旅最为悲壮，旅长钟芳峻亲赴前线，指挥黄志鸿团和林君勣团协同夹击日军，使日军遭遇登陆后首次有规模的顽强抵抗和主动反攻，造成日军大量伤亡，一度按甲束兵，不敢贸然前行。然而，钟旅的抵抗终因缺乏友邻支援，不敌日军飞机坦克轮番进攻，在弹尽粮绝后宣告失败。钟芳峻旅长带伤率残部退至新塘附近，因难咽战败之辱，愤而高呼“领袖负国，军人负国!”拔枪自决。钟旅剩余官兵，一部撤至罗浮山，一部撤往石龙，部分官兵退入新界，被英国人下掉武器，关押在九龙马头涌道一处兵营里。退入九龙的还有在惠州一带迎敌的第151师一部官兵。两支溃军被英国人关押了三年，18日香港战争时得以释放，参加了作战，港民悲壮地将他们称为“孤军”。

“听说过这件事。”我回答冈崎。

“这么说，不是很有意思吗？事先得到的情报，三年前退入新界的重庆军，被英国人关押在九龙的兵营里，想不到他们又回到战场上。”

“穷寇勿追，作为军人，是可以理解的吧。”

"有个数字，是23军提供的，也许你会感兴趣。"

冈崎提到香港攻略中阵亡人数和被俘人数。在18天的战争中，攻击方阵亡683人，负伤1413人；守军阵亡2113人，被俘10947人。守军被俘者中，英军战事期间被俘377人、投降4695人；印军战事期间被俘713人、投降3116人；加军战事期间被俘130人、投降1559人；另外，其他国籍战事期间被俘43人、投降125人。

数字严谨，陈述者语调公允，没有用刺激性语言，也许学术研究要求保持客观。然后，陈述者提到中国士兵。

"得到的消息，至少400名重庆军士兵参加了香港作战，可是，战事期间捕获和投降人员中，华兵只有189人，全部是防卫军，一个重庆军也没有，不是很奇怪吗?"

冈崎一说，我沉默了。孤军划归守军编制，参加了正式作战，战时香港报纸做了大篇幅报道，这一点日方不会不清楚，照说，他们应该知道孤军最后的去向何况，韦黾灶也在战俘名单中，只是我从未过问，他是以什么名义做的战俘。

"也许，他们全都战死了吧?"我这么说，希望伍副官和他的兄弟们还活着。

"38师团处置战场的经验非常丰富，酒井隆司令官要求尽快消除战争影响、掩埋尸体、通水通电、开放街市，对战亡人员进行了相当仔细的身份核实。"冈崎认真地说，"阵亡军事人员中没有发现重庆军的胸牌、臂章、德式军装识别标志，战斗简报送到陆军省，我看到时，尸体早就掩埋了，不能再挖出来进行甄别吧。"

"对不起，您刚才说，有189个战时被俘的华兵?"

"这一点，38师团严格核实过，是华裔防卫军士兵，不是重庆军。"

"就是说，孤军的人全都跑掉了?"我突然觉得高兴，伍副官和他的弟兄们既不在被俘人员中，也不在阵亡名单上，没有比这个更让我高兴的了。

"这是郁先生你的希望吧，可能性不大哦。"坂谷示意冈崎注意仪器，冈崎果断阻止我继续猜想，"研究课题并不负责战斗人员失踪情况调查，不过，不是很奇怪吗，三年前他们是古庄司令官的对手，古庄司令官的21军是战时临时编成，作战能力嘛，在派遣军序列中算末流，可是，只用了9天时间就攻占了广州。逃入新界的重庆军，是古庄司令官的手下败将，可以说完全没有战斗力，更不要说对付骁勇的南方军了，怎么会在香港攻略中重新参战，又在凌厉的攻势中集体消失？”

冈崎感兴趣的是，同为粤军，在两个战场上却有不同的表现，所以她提到完全由华人组成的孤军，而不是日军第一次与之作战的英军。可是，日军进攻广东时，我在京都无关痛痒地研读二十六歌仙[①]，蝉不知雪地比较两部《风土记》的异同[②]，根本不知道家乡发生的战事，没法回答冈崎的问题。

“被临时拼凑的21军赶进新界的士兵，却在精锐的23军进攻中进退自如，重庆军方面的表现让人摸不着头脑。”冈崎继续顺着她的思路说，“想想满洲、华北和华东，再想想万家岭、长沙和常德，一触即垮和石砸不烂，哪一个才是真正的重庆军？”

冈崎对中日战争中，中方士兵多年来发生的战斗疲劳变化感到困惑。据她的导师樋口教授研究，黄海战役时，因战斗疲劳原因退出——或者说逃离——战场的清军士兵人数甚至超过北洋舰队征招人数；满蒙战役期间，因战斗疲劳导致瓦解而主动放弃抵抗的东北军总数竟然达到五省总兵力的六成，这样的军队又怎么能够正常作战？但是，到了武汉战役和长沙战役时，这一情况突然大大改变，重庆军在战场上的有效战斗人员始终未减，而且明显保持着一定的作战持久力，退出战场的士兵全都是躯体受到严重伤害的自然减员。让冈崎注意的是，香港战役正好与长沙战役在同一时间，两地重庆军根本不可能有来往，却表现出同样的顽强，冈崎认为，重庆军方面很可能获得了某种有效的心理修复手段，由此提升了战斗力，这是她想着手进入的研究课题入口。

“如果国军最高指挥系统不瞻前顾后，你们会遭遇更多的万家岭战役。”我开始对冈崎的研究感兴趣，试着用在华盛顿、曲江和香港听到的资料回答她。

“是吗？要说最高指挥系统的话，这么说可就不得要领了，别忘了，你们的最高指挥系统是日本军官学校培养出来的呀。”冈崎在仪器后面轻轻笑了，听得出，她并没有因为我的冒犯而生恼，只是对我的无知感到可笑，“看过陆军士官学校[③]学员名单，真是令人惊讶，如今在战场上厮杀的派遣军和重庆军的双方

---

① 平安时代代表性歌人的总称。

② 晋代周处编撰的《风土记》和日本女皇元明下令编撰的《风土记》，两部著作均属地方风物志。

③ 创办于1868年，日本军界众多将领，如阿部信行、真崎甚三郎、松井石根、杉山元、东条英机均为该校学员。中国军界将领何应钦、阎锡山、陈仪、汤恩伯、谷正伦、蔡锷、罗广文、程潜、张群、钱大钧、孙元良等亦为该校学员。

将领，不是同校生的没有几个吧。你们的陆海空大元帅倒是和士官学校没有关系，他是东京振武学校①学生，毕业后在陆军第13师19野炮团做士官候补生，喂马什么的，重庆军的统帅，副统帅，半数战区司令官，方面军指挥官，多数是日本教官教出来的，作战对手是自己的老师，说指挥系统什么的，要是我，肯定会不好意思哦。”

冈崎的话严重伤害了我。我沉默不语。坂谷留卫生外套后，一支削得尖尖的铅笔在纤细的手指上耐心地绕着圈。很快，我再度陷入嗜睡状态。

我被叫醒时，日头已经落到山谷后面。冈崎和坂谷留不在屋内，一名士兵为我送来了饭。他们确定我吃进去的东西不会从伤口中漏掉，我可以正式进食了。

令我意外的是，我竟然得到一碗米饭，而不是饭团，大约半盒左右，另外还有一碟腌白菜，一碗……简直不敢相信，我面前有一碗猪肉丁酱汤！真实的猪肉，比钻进我腰间的弹片大不少，至少五六粒，漂浮在香气缭绕的菜汤里！

我忙不迭地捂着伤口，从苇席上爬起来，哆嗦着伸出手，端起汤碗。

我决定像猪一样大吃一顿。我从来没有见过活着的猪，但我想不出来这辈子还有谁比它更亲近。

（GYZ006－006－006）**证人尹云英法庭外调查记录：**

我告诉自己，永远也不说出这个秘密，它是知堂的罪恶，郁家的耻辱。知堂是党国的人，领袖信任他，他对党国负有责任，可是……

现在没有关系了，知堂急流勇退，归隐箕山，郁家不再与世相争了，没有什么秘密需要保护。

你说漱石在战俘营里接受了日本学者的交换条件，那位学者是位女性，曾经在帝国大学服务，姓冈崎，你是这么说的，对吧？

要是这样，漱石就有理由了。他并非害怕拒绝对方加入研究工作的要求而遭到报复，他只是愿意和一位在帝国大学学习或者工作过的日本女性建立关系，不管她是谁。如果对方姓冈崎，他不仅愿意，而且渴望。

---

① 日本陆军参谋本部专为中国留学生开办的军事预科学校，创办于1900年。蒋介石1910年毕业于此校。蔡锷、陈独秀、孙武、欧阳予倩、方声涛、王揖唐、唐继尧、赵恒锡、李烈钧、孙传芳等中国军界首领亦为该校学员。

没错，这就是孩子接受日本学者交换条件的全部理由。

民国二十年，三次剿共失利，国府一片哗然，蒋先生丢了个师加 17 个团，大为光火，不便累及因军事计划失误该担主责的德日英籍军事顾问，要杀担任外籍顾问联络官的知堂，诛一儆百。军政部责令知堂赴欧考察，知堂预感难逃马腹，临走前，把五个子女召回家中，闭门叮嘱，自己年少时血气方刚，满怀抱负，可惜中国刚走出封建帝制，一片散沙，难成国家，多亏蒋公豁达能包，大度兼容，才有了他的今天，此次飘萍海外，避凶趋吉，子女自当意气风发，悬梁刺股，宁死不忘三民主义大业，为中国终有国家之气立功自效。

当天晚上，趁知堂在书房里草拟遗嘱，我悄悄把漱石叫下楼，带他到车库，问他是否还想知道生母的事情。

孩子不知道我为何问这个，被我的话吓住，站在那里不安地抠动手掌。

我豁出去，告诉孩子，他父亲说趋吉避凶，那是安慰他们。总要有人对剿共失利大势负责，他们的父亲此次去国西行，实则凶多吉少，复兴社的暗杀名单上有没有他，谁也说不准，我是注定要追随他们的父亲的，不知道能不能全身回来，别的孩子我都有安排，唯独放心不下他。

我告诉孩子，如果我和他父亲回不来，他就回香山外婆家，或者去梅县四叔家，郁尹两家人会照顾他。可是，在此之前，他应该去日本找一个人。

那个女人的事情，我知道得并不多。

知堂二弟把尚在襁褓中的孩子送到我手上时，知堂和那个女人已经分手。他们是怎么认识的，知堂是否爱过那个女人，为什么和她分手，知堂从来没有提过一个字。知堂见异思迁不是第一次，也不会是最后一次，有时候，我真希望他能为国捐躯，战死沙场。

外交部一位使节夫人告诉我，漱石的生母是帝国大学助理研究员，民国六年随日本代表团来中国，代表团在北平逗留数十天，返回日本，那个女人却滞留在北平，第二年才回国。使节夫人见过那个女人，她在哪个方面都不出众，公开场合总是讷行寡言，处处拘谨，据说家族是没落的鹰司氏①，为避凶险改了姓，迁往京都居住。

民国六年，张勋宣布共和解体，带辫子军入京拥戴清废帝溥仪复位，孙中

① 日本贵族的一支。

山在广州领导护法运动，各省遂纷纷宣布独立。从德国返粤的知堂不满张勋破坏民国大宪，愤而只身北上，携炸弹潜伏于天津日本使馆附近数十日，保护避居使馆内的黎元洪。也正是那一年，日美签订《蓝辛一石井协议》，美国承认日本在华“特殊利益”，日本保证美国在中国维持“门户开放”和“机会均等”政策，北平政府声明不承认日美协定内容，日本政府派代表团与北平政府磋商，那个时候，知堂也在北京。

我不知道他们是在什么场合下相识，产生恋情，我问不出口。

知堂和蒋方震惺惺相惜，他俩都与日本女子有过爱恋。不同的是，蒋方震娶佐藤屋登为妻，终生不弃，知堂却和一位几乎不开口说话的日本女人搞上，有了孩子，却东南雀飞。我不明白，知堂为什么不把这一切告诉我，告诉孩子。女人把孩子留下，可见她是在意知堂的，为这个，我无法原谅知堂，带着几个孩子离开广州，回到香山，直到六年后才回到他身边。

是的，漱石的生母不是中国人，那个生下孩子却始终没有出现在孩子生活中的女人，她不是洗衣妇，只是无法留在力主与日决战的知堂身边，出现在愤怒地声讨日本的中国人面前。生下漱石，而这孩子应该叫她母亲的女人，她是日本人。

我把这个隐藏多年的秘密告诉孩子时，孩子完全被吓坏了。我塞给孩子一笔钱和一张船票。孩子脸色苍白，不接钱和船票，退后两步看我，眼睛里一片茫然，拿手一点一点去抠汽车上的油漆。

在登上去欧洲的轮船前，我把孩子将要远渡东瀛去日本的消息告诉知堂。他沉默着，什么话也没说。那以后两年，知堂连一封信都没给孩子写。而在中日战争正式爆发后，从委员长手中逃脱一命的他又粗暴地催促孩子回国，去杀死那些日本人，若不如此，他将亲手杀死郁家忤逆。你告诉我，一个人的内心怎么可以如此复杂，爱与恨，怜悯与复仇，怎么可以在同一件事情上没有丝毫过渡地表达出来?

孩子东渡日本，去了生母家族隐居的京都，考进京都帝大。孩子在那所学校里，在日本人的精神故乡苦苦寻找一位女性，那位女性是帝国大学的学者，十五年前到过中国，为一名中国军人生下一个男孩，她姓冈崎。

八

法庭外调查：

他们向英国人和美国人宣战了！

（GYZ006—007—004）证人梅长治法庭外调查记录：

民国三十年十二月七日，我吩咐葡籍船长开船，水手们收起锚链，准备驶离趸船，阿石小组和最后一批货物，即将离开九龙码头。

就在这个时候，阿石被人拦下了。

从还没停稳的雪佛莱车上跳下的是国防委员会的李明渊少校。他在码头上跳着脚朝船上的阿石大喊大叫。船重新靠回码头。李少校冲开打算帮助他的水手，连滚带爬攀上甲板，一把抓住阿石的衣领，什么话也没说，就开始号啕大哭。

李少校是阿石在美国工作时的顶头上司，回国后在国防委员会四厅供职，来香港接收麦克阿瑟将军特别划拨给中国战区的一船物资。那艘载满战略物资的船二十多天前就从菲律宾驶入维港了，但它不该在离开阿布约港之后仍然悬挂着星条旗。美国人宣布停止对日本输出一切战争物资，英国人害怕惹恼日本人，对所有插着美国旗的运输器一律限入，船到香港后，立刻被扣押在港内，不予放行。李少校急得上火，到处打听谁能帮助他，但不知他为何得罪了中央在港的诸多机构，谁也不愿意帮他。他从军事使团得知阿石上午还去过港岛，于是匆匆赶到九龙码头，拦下阿石，要阿石帮他弄出那艘船。

上午在亚细亚银行开完会，陈将军留下阿石，问他情况。阿石告诉陈将军，他此次的任务很顺利，“南侨总会”十分周到地把捐款兑换了德国银行汇票，办事处事先把英籍货轮换成了葡籍小火轮，医院、西药和器械也都装运上船，国际援华医生随后会从澳门入境，他只需要热情地拥抱一下可敬的将军，就可以对美丽的港岛挥手说再见了。

“操他英国孙子!”李少校急得嘴角起泡，骂骂咧咧，“操他国民政府，一个民族主义国家，怎么可以做老牌殖民帝国的盟友!”

滇缅公路被日军切断后，香港成了唯一接受援华战争物资的周转地，大量国内来的同行，手中拿着大摞皱巴巴的战争物资清单，因为英国人的百般刁难提不到货，急得要跳海，这些同行大多比阿石有来头，国防委员会、财政部、外交部，或者委员长夫人名下的中华航空总局，拥有背景复杂的派系关系，在他们面前，阿石这个小小的战区中尉军需官不过是一群饥饿的虎头鲨中一条毫不起眼的鲮鱼。李少校的遭遇让阿石心软了，也许不是因为这个，而是海风，那天天气晴朗，暖风和煦，谁都想躲开战争，阿石已经躲开了，可是，他总不能撇下老上司不管，要知道，李少校教过他如何与擅长装傻的美国人打交道。

阿石请求我同意他留下。我拒绝了。粤系受尽中央刁难，我们用不着为中央卖命。阿石软缠硬磨，说办事处已经关门了，战区最后一批物资就在船上，我完全可以代替他押船去惠阳接应点，再随船返回，这样最多耽搁三两天，里外都误不了。经不住阿石再三纠缠，我心软了，勉强同意。但我坚持阿石一个人留下不妥，遇到紧急情况连个送信的人都没有。我要他的小组全留下，事情办妥后，我送他们从西贡出境。我不知道这算不算我不可饶恕的罪孽。

葡籍火轮离开码头，驶入水道，很快汇入众多离港的货船中。我站在船尾，看着码头渐渐消失在视线内。

（GYB006－001－204）**被告郁漱石庭外供述记录：**

离开日本前，我去浅野先生家向他告别，先生和我做了一番意味深长的谈话：

“你来日本前，政府最后一个温和派谢幕，试图遏制军人在远东施展野心的首相被民族主义军官杀死，军国主义完全控制了国家，让你在这五年中看到这种糟糕的情况，实在不好意思。”

“哪里，先生言重。”

“通过国家改造和日俄战争成为亚洲无可争议的大国，世界上发展最快的国家，这就是日本的情况吧。”

“先生说得是。”

“中国两百年前还是东北亚的主导，如今浩然之气不再，西风残照，政治秩序混乱，小农经济破产，流氓当道，民众愚昧，国家没有能力捍卫历史上继承的台湾地区、朝鲜和满洲，已经是衰败的国家了。”

“可是，日本入侵中国时，中国正在发生国民革命，如果没有日本的侵略，难道中国不可以再度强大吗？”

“可惜，说到国家，事情不那样简单，没有日本，其他列强也会窥视中国。苏维埃俄国不断向中国扩张边界，急于获得满洲港口和铁路的控制权；英国要维持正在坍塌的亚洲殖民统治，决不会放弃在华利益；美国看似推行去殖民化主义，实际上主张最大限度的全球利益，不过是基督教殖民主义吧。这种情况下，日本派兵中国，是向苏、英、美三国在亚洲利益公然挑战，战争的阴云笼罩在头上啊，中国并不存在对国家进行改革的政治家，普通的百姓又怎么能够明白，你还年轻，不懂这些。”

“战争不是已经全面发生了吗？”

“哪里，你说的只是日中战争，日本的野心可不止这个啊，下一个目标是取代欧洲白人成为亚洲的新霸主，建立由日本主导的新亚洲。”

“先生，虽说这是幼稚的问题，可是，还是希望这一切不要发生吧！”

“是啊，日中间的战争是彼此毁灭，我说的毁灭，不是生命和物质，而是文化和人文。战争将摧毁掉人们的同情心、互助品行、彼此尊重和对美好生活的希望，对日中都是一样啊！”

“先生，学生该怎么办？”

“啊，怎么办这个问题，我可回答不了啊。”

浅野夫人进来，替浅野先生取来外套。先生认真地穿上，听凭夫人替他打上领带。

“先生要出门？”

“特高科的井上请我去署里说话。学校已经有几位教授被秘密警察带走了，教你中国文学的吉川先生昨天也被抓走了。”

……

三年来，战争在一步步扩大，先生的话犹在耳畔，如今轮到香港了。

我和昔日的上司商量，他回昂船洲，待在属于他的那艘船边，一步也别离开，我去港府和海关署替他跑关系，一拿到关防文件我们就离开，一分钟也不多待。

我吩咐朱三样和敖二麦陪李少校去昂船洲，如果晚上我没有回去，他们回办事处等我的消息，同时告诉办事处季副官，梅中校押船走了，三天后回来。

我带着缪和女过海，赶到海关署。那天是星期天，政府机关不上班，好容易找到一位职员，我试图贿赂他，央求为船放行。过去也碰到这种情况，办事的英国老爷是讲道理的文明先生，通常不会直接驳回，而是为难地拿金融紧急法说事，列举被冻结的各国资产名单，热情地宣传港府为解决财务困难设立的战时捐款、利得税、薪俸税、物业税和节约储备券的纳财名目，你只需笑眯眯耐心听他们讲完，掏上一笔"战时捐款"，以利得税或物业税名义交一笔钱，或者买一笔战时节约储备券，你会立刻拿到需要的关防文件。可是，这一次经验失效了，对方一口拒绝了我的要求，傲慢的英格兰人差不多把我当成趁火打劫的强盗，说什么也不肯给我关防文件，而且把我撵出了大楼。

"让奥林匹克先生见鬼去吧，他该老老实实待在菲律宾海滩上晒太阳，而不是到处给人送礼物！"海关职员讽刺刚刚回到军队中的麦克阿瑟说[①]。

海关职员的话提醒了我。我转而赶到美国领事馆，找领事华德先生。他是我在华盛顿小组的成员詹姆斯的亲戚，玛莎夫妇来中国采访那次我还见过他。可是，华德先生不在，他的秘书贝蒂小姐告诉我，领事馆现在全乱了，连她也找不到上司，天知道，也许他跟总督去考察要塞是否经得住日本人八英寸大炮的轰击了。

我借领事馆的电话往海军司令部打电话，想从德顿那儿打听总督的行程安排，看能不能找到华德先生。接电话的值班军官告诉我，德顿不在军营，上午快活谷有马赛，苏格兰营军乐队照惯例去马会演出，米杜息营在木球会打橄榄球，晚上香港酒店和半岛酒店有舞会，喜欢绅士运动的德顿不会错过这些机会。

我在港岛跑来跑去，不断碰壁，毫无作为，眼见太阳落入维海，绝望中想

---

① 1927年，麦克阿瑟出任美国奥林匹克委员会主席，次年率美国代表团在阿姆斯特丹第9届奥运会上以金牌和奖牌双第一获得冠军；1937年从美国陆军退役，出任菲律宾陆军总司令。

到罗旭龢[①]先生，他是行政局唯一的华人议员，也许他能帮上我。我赶到皇后道华人行，在那里徘徊到夜里十点钟也没见到罗绅士。反倒是缪和女，我在华人行等罗先生时，叫他回父亲的商行看看。缪和女父亲的商行在华人行，河源同乡会设在九龙，我们每次来港九都得到他父亲的关照。

天刚黑，缪和女就赶回来了，说商行两位职员去看电影，电影快放完的时候，银幕上打出通知，要驻港军人立即回营报到，他觉得不对劲，跑回来报信。我感到有些紧张，看看表，时间已经接近 8 日凌晨，只能作罢。和缪和女赶到码头，轮渡早已收班，我俩去避风塘找了一艘私家小船，付了船家一块钱，船家载我们渡过海，回到深水埗办事处。

我累坏了，进屋后脸脚没洗，倒头就睡，刚睡下不久，房间的门就被撞开，李明渊衣冠不整地冲了进来。

“他们袭击了美国！”李明渊结结巴巴地喊道，“兔崽子，他们在马来和夏威夷同时登陆了！他们向英国人和美国人宣战了！他们进攻了美利坚！”[②]

我没有完全醒，光着身子懵懂地坐起来，不明白李明渊在说什么，不明白他怎么没有待在昂船洲码头，抱着他那条船睡一夜，而是在这儿？

李明渊不由分说，把我从床上拖起来，拖到隔壁房间。

“天哪，狗娘养的，他们打了我们，他们袭击了夏威夷！”办事处那台无线电中，一个男播音员正用英语惊慌地大喊大叫。

我稍微清醒了一点，问怎么回事。李明渊比话匣子里那位播音员还慌张，急赤白脸地说，他和朱三样在码头没等到我，半夜回到办事处，为那条混蛋的船睡不着觉，只能收听凌晨直播的《喂，玛霞》熬时间，偶然中把电台调到哥伦比亚广播公司的亚伦·默罗[③]的频道上，那个以开玩笑著称的美国佬正在雷嗔电怒地破口大骂。

我把无线电调回本港电台。香港电台破例在一大早播放特别新闻，播音员声音发抖地反复念着新闻稿：日本不宣而战，于凌晨 12 点 45 分在马来半岛戈

---

① 罗旭龢（Robert Hormus Kotewall，1880—1949），香港立法局首位华人非官守议员，太平绅士。

② 1941 年 12 月 8 日东京时间清晨 3 时 20 分，日本对珍珠港发动突然袭击，正式向美、英宣战。

③ 哥伦比亚广播公司播音员，二战时期最负盛名的电台主持人，创建新闻联播的广播形式。

塔巴鲁登陆，同时突袭了美国海军基地火奴鲁鲁岛和瓦胡岛，港督宣布香港进入紧急状态。

我们坐在那儿，呆呆地听港督在电台中颁布紧急动员令，没等动员令播完，随着一阵剧烈地震动，窗户碎裂着砸下来，整个房间掀起，我从艳俗的缅甸木桌边飞起，直接撞上天花板，再重重地摔到地上，失去了知觉。

战争就这么来到了。

变了形的门被猛地踹开，朱三样只穿了一条裤衩冲进办公室。他把我从散架的办公桌下拖出来，摇晃醒，再去断垣残壁的火炉下挖李明渊。缪和女和敖二麦随后也冲进来，他俩比朱三样文明一点，至少穿着背心。缪和女随手为我抓了一件外套，朱三样和敖二麦搀着一脸是血的李明渊，我们惊慌地离开摇摇欲坠的办事处，跑到大街上。

街上的情景十分怪异，马路上到处都是碎瓦砾，天刚亮，办事处旁边的两栋建筑完全垮掉了，红色的火焰像小蛇般从残墟中窜出，越燃越大。星期一，天刚亮，这个时候，在港岛上班的公职人员正往尖沙咀码头赶，他们呆呆地站在路上，惊恐不安地到处看。一位身穿白色婚纱的新娘发蒙地站在一辆汽车旁，头上戴着香橙花冕，手里捧着一束白兰花，面纱被尘埃撩到脑后，因为强烈的震颤，白兰花已经变成一把光秃秃的花枝。新郎靠在车门边，鼻孔里蹿出一条蚯蚓似的血，吃惊地看着马路下方的深水埗兵营。

我扭头看深水埗兵营。兵营被炮弹掀了个底朝天，一些英国皇家军队士兵在营区里到处逃窜，不少人身上着了火，惨叫着向大海里扑去。

我听见了炮击。它们来自东南方向，尖啸着从我们头顶划过，落在军营里爆炸，掀起一束束猪肝色的火焰。

我浑身颤抖，声音变调，朝那对不知所措的新人喊叫，让他们快点离开那里。有人醒悟过来，跟着我高声喊，“Wars broken!”[①] 人们拔腿往尖沙咀跑。街上开始出现大量惊慌失措的人群。

缪和女为我检查了一下，除了头上磕出个血包，身上跌破几块，没有要命的伤。李明渊的情况比较严重，他被掀进壁炉里，坍塌下的砖块砸中他的后背，他脊背受伤，满头是血，痛苦地大声呻吟着，已经无法行走了。

---

① 英语：“战争爆发了！”

开战时港岛防御概图

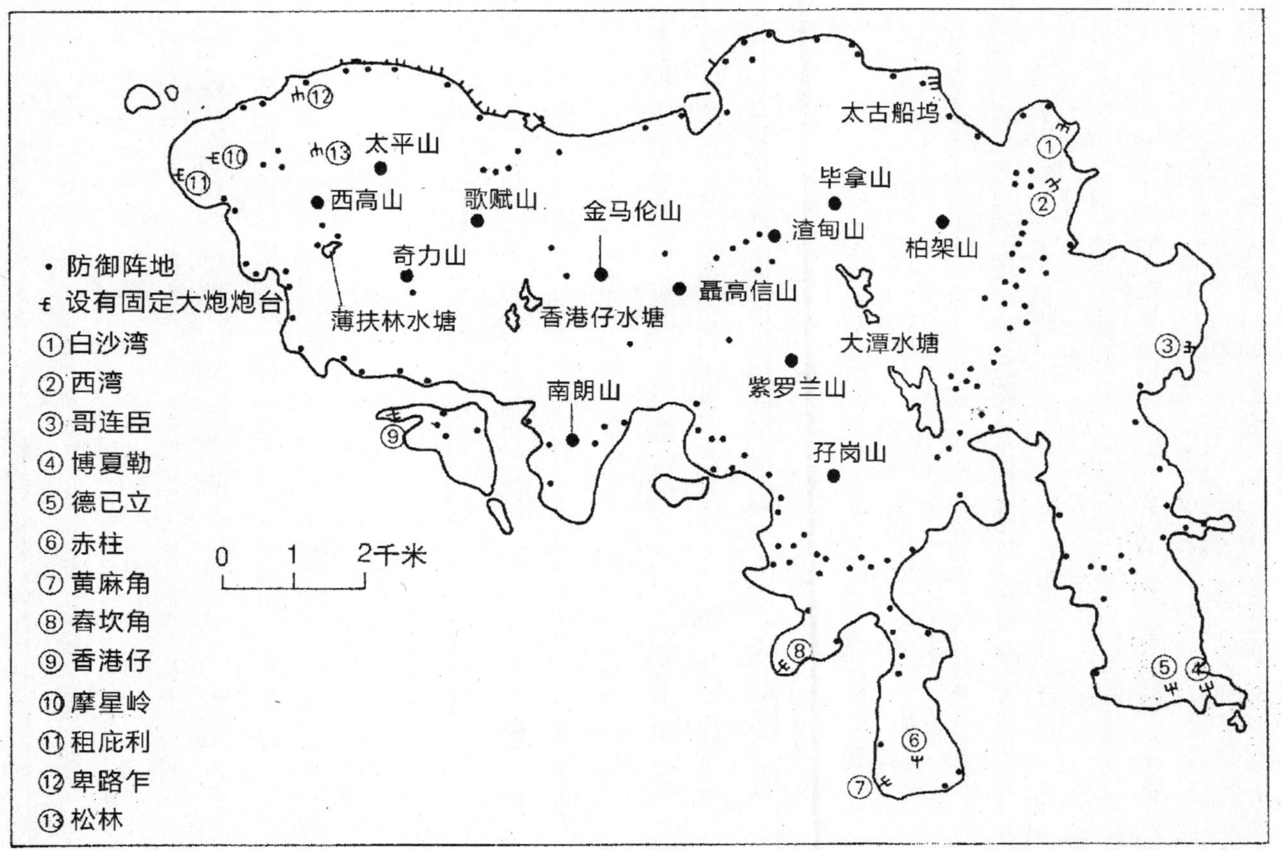

太古船坞
毕拿山
柏架山
太平山
西高山
歌赋山
金马伦山
渣甸山
奇力山
聶高信山
薄扶林水塘
香港仔水塘
大潭水塘
紫罗兰山
南朗山
孖岗山
0 1 2千米
· 防御阵地
设有固定大炮炮台
①白沙湾
②西湾
③哥连臣
④博夏勒
⑤德已立
⑥赤柱
⑦黄麻角
⑧春坎角
⑨香港仔
⑩摩星岭
⑪租庇利
⑫卑路乍
⑬松林

朱三样消失了一阵，很快回来，说隔壁垮掉的是中华基督教九龙青年会干事赵甘霖的家，一家五口全炸死了，钦州街一带也中了炮弹，好几处民居燃起了大火。我问季副官在哪儿。朱三样说季副官昨晚去仓库了，没说哪间仓库。

正说着，一队飞机擦着我们头皮从低空飞过，缪和女看出是日军的三菱A6M零式战斗机，然后是D3A99式俯冲轰炸机。很快，第二批——天知道，也许是第三批——日机从我们头顶飞过，启德机场方向传来连续的爆炸声。

凄厉的警报声响起来，现在它才出现。问题是，我们该怎么办？我们五人中，李明渊军衔最高，可这位国防委员会少校的头一直在淌血，血水蒙住了他的眼睛。缪和女为他重新做了包扎，他一直闭着眼睛不说话，好像埋怨我没有帮他把船弄出来，不打算和我说话。

我回头看昂船洲码头方向，那里有好几艘船冒起大火，不知道其中有没有李少校那艘船。麦克阿瑟先生的礼物肯定是要不来了，我和缪和女匆匆商量了一下，推测日军攻打港九，会从陆路和海上同时攻入，广九铁路肯定被封锁住，北边会遭遇从深圳进入新界的日军，鲤鱼门峡道会被日舰封锁，经西贡的老路线自然在封锁圈里，东边也出不去。我决定先离开炸弹密集的深水埗，趁日军还在大帽山以北没进来，去青洲硫磺海峡一带找船走西线出海，从海上逃离香港。

最困难的是穿过这几年雨后春笋般冒出的难民营，炮弹一响，蜗居在难民营里的内地难民惊慌失措地跑到路上，一些出门打探消息的市民也拥挤在街头，更多的是扛着武器匆匆撞开人群跑过的军人。一队还穿着夏装，戴着钢盔，胸前背着防毒面具的加拿大士兵把我们赶到一边，李明渊被撞倒在地上。现在他开口说话了，哎哟哎哟地叫个不停。

朱三样找到一辆愿意带我们一程的汽车，条件是车资加倍。我们在中午时分到达青洲。远东情报局第一号战报出来了，油墨未干地贴在大街电线杆上。消息令人沮丧，日军佐野兵团几乎没有受到像样的抵抗，已经突破深圳河进入新界，日军第二遣华舰队也封锁住通往外海的航道，早上蝗虫般飞向深水埗的炮弹，正是从海上发射的舰炮，不光深水埗军营和启德机场，湾仔海军船坞、红磡船坞和威菲路兵营都挨了炸弹。

接下来的半天，我们在青洲一带没头苍蝇似的跑来跑去，在大批逃难人群中寻找逃生机会。可是，那些纷纷起锚的船只无论属于哪个国家，没人愿意带上我们。街上一个警察也没有，广播中没有港英政府的讲话，电台还在播放午间祈祷节目，然后奇怪地转到跳舞音乐。天快黑的时候，市面上出现第一波抢购粮食狂潮，人们拼命囤积日常生活用品，面包直接涨价了两三倍。

我买了《华商报》和《星洲日报》，试图从报纸上了解情况。华文报纸只有大号字体的号外，宣布日本进攻香港，反倒是英文报纸报道了日本当天清晨向美英同时宣战，以及夏威夷和马尼拉战事突起的消息。

天黑以后，我们返回深水埗。办事处旁边那栋房子已经烧光了，只剩下吐着余焰的屋架。办事处炸坏的门上钉着一张字条，是季副官留下的，告诉我如果还没走，就去铜锣湾辅仁书院找他。朱三样和敖二麦冒着房屋坍塌的危险钻进办事处，翻找出我们落下的护照和衣物。两人刚出来，一个印籍警员和一个华籍警员提着手枪过来，要我们出示证件。问过才知道，他们在查日籍人员，凡日人不论男女老少一律带走。警员离开后，朱三样不满地嘀咕，哪有这样提枪的，我要是鬼子，枪响过他们倒地了都反应不过来。敖二麦和朱三样打嘴架，看怎么出枪快。一个邻居过来悄悄问："你们认不认识'和洪圣'和'和群英'的堂主。"我不明就里，回答不认识，问怎么了。

"看在梅老板的面子上，通个消息。"邻居紧张地朝两边看了看，"九龙的三山五岳都出来了，堂主们正在后街开会分赃呐。"

"分什么赃？"我不明白。

"嗨，就是打劫。"邻居说，"'和利和'跟'和勇义'分到了油麻地，'和安乐'分到了旺角，深水埗归'和洪圣'和'和群英'。你们要不认识他们的人就快点走吧，晚了就走不掉了！"

带着受伤的李明渊不方便，缪和女建议先到弥敦道河源同乡会，弄辆车把李明渊送到附近的圣保罗医院，再去铜锣湾办事处联络点不迟。我觉得有道理，要朱三样去雇了两辆东洋车，拉上李明渊就走。

从深水埗沿界限街往九龙仔走，路过喇沙书院，我朝书院那两栋楼房看了一眼，两年前，书院被军方征作军事监狱，关押着德国人，我认识的罗尔夫先生，他是迈世勒银行的人，也关在里面，罗尔夫先生可能正在高兴，希望轴心国阵线的日本人快点来救他们。

弥敦道旁的威菲路军营挨了炸，一片狼藉，军营对面的军官俱乐部倒是完好无损。一车车英军从香港岛渡过海来，在佐敦道汽车码头上岸，沿弥敦道向新界方向开去。街上的商行店铺全都关门闭市，米店挂出“白米沽清”的牌子，路人慌慌张张，只有几个半大孩子没事一样，在街口玩叠罗汉，其中一个拎了只铁环大声朝伙伴笑，到底这世界还有人不惧怕战争。

到河源同乡会时，几个小伙计在刺眼的电灯下慌乱地收拾东西。管事的柳先生趴在桌边收听播音匣子，见到缪和女十分吃惊，连忙过来迎接少爷，一连声地说急死了，掌柜原定今天从南洋返回，这会工夫船可能进不了维港，泊在海上了。

我听广播里是马克·扬格总督的演讲，顾不上寒暄，先过去听广播：

> 本督今晚欲慰告诸君，英美领袖数月来努力防止此次战争发生，此方面已归失败，故吾人不得不参加作战。日本从未放弃其谋取邻邦主权之恶毒目标，并欲破坏中国及其他国家自由、博爱及正义。吾人友邦中国多年来担任抵抗侵略者之光荣任务，吾人今日得与中国人民及蒋委员长并肩作战，彼此互为同志……

英国人一向坚持殖民者身份，排斥中国，突然间“中国”“中国”的挂在嘴上，让人听得怪怪的。

缪和女很快和柳先生说完，柳先生叫伙计把李明渊扶上同乡会那辆老爷车，我吩咐朱三样和敖二麦出去打听情况，我和缪和女带李明渊去医院。

圣保罗医院有不少被炸伤砸伤的居民，医生却一个都看不见。看守医院的印度人叫来值班护士，是位小个头中德混血姑娘，说医生们一直忙到 10 点多才陆续走掉，本来有一位夜班医生，因为家里那条街挨了炸弹，担心家中老小安全，也回去了。护士看了李少校的伤，一副拿不出主意的样子，抱歉地说她没有经验，处理不了，要我们先留下，等明早医生回来后再诊疗。我寻思其他医院大概也如此，只能这样。安顿好李少校，我要缪和女回同乡会，我在医院守着。

缪和女去了不到一小时又回来了，兴奋地说，朱三样打听到一艘英舰从港岛过来，停在九龙仓海军专用码头，要把滞留在港九两地的家眷运出香港。我当即决定离开医院，于是把昏睡的李少校叫醒，告诉他我们要离开香港了。混血女护士担心伤员出意外，看着拦不住，拿来纸袋装的氨基比林，叮嘱伤员发热疼痛时给他服下。

赶到九龙仓海军专用码头，果然看见一艘三百尺长的军舰泊在码头旁，三根大烟囱吐着黑烟，前后甲板上的主炮脱去炮衣，一些穿着“猴子夹克”和“横帆”帆船制服的水兵正在帮助英人家眷上船。

朱三样和敖二麦架着李明渊，我和缪和女一前一后护着，一行人挤在几名华人妇女孩子后面往舰上爬。好容易登上舷梯，却被守在舷梯口的水兵拦下。我出示了护照。水手看一眼，护照丢回我怀里，要我立刻退下船。我说我带着伤员。水手粗暴地把我往舷梯下推。一名佩金色树冠刺绣徽章的军官过来，说明本舰只搭乘英军家眷，不接受他国人员。我指着前面几名华人说，他们不是华人吗。军官礼貌地笑了笑，说不一样，他们是英籍，你有英国护照我就让你上船。

看出硬缠没用，只能在人群中退下舷梯。回到码头，我琢磨怎么办，听见有人惊慌地喊，美国人走了！我朝南边看去，维海对面的皇家海军码头上停了两艘大吨位驱逐舰，十多艘小吨位炮艇和扫雷艇，都亮着灯，生着火，烟囱冒着黑烟，随时准备起锚出港的架势。海面上，有两艘大吨位货船锚在那里，其中一艘挂着苏维埃俄国的镰刀锤子金星旗，船上灯光大作，水手黑压压一片靠着栏杆，悠闲地往九龙这边看，看样子，他们仗着几个月前和日本人签下的互不侵犯条约，没有走的打算。走的是一艘挂着星条旗的美国军舰。那艘驱逐舰扬起主炮炮口，从青衣方向驶来，犁开灰白色海面，高速向鲤鱼门方向驶去，有一种单骑独马过关斩将的豪迈劲。

“美国人好威风，少说航速也有四十节。”缪和女羡慕地说。

“四十节是多少？”敖二麦问。

“反正比英国佬的骡子快。”朱三样回头朝英舰吐了口唾沫。

我们都笑了，连李明渊都哼哼地忍着疼痛干笑了两声。

返回同乡会途中，天已经蒙蒙亮，尖沙咀码头挤满过海去港岛的人，大多是赶去港岛上班的公职人员和逃难的富人。警察驱赶人群离开码头，不让往前拥。朱三样去打听了一下，回来说港府宣布了控海令，港岛到九龙不管，九龙过海要先去亚士厘道西人青年会办理通行证。朱三样说罢神神秘秘递给我一份英文传单，说是从一个关岛人那里弄来的，老先生是做船运生意的，急着去皇后道美国领馆，没带通行证，警察不让他上船。

我看传单，内容是日军给停泊在维港中的英美各舰舰长的劝降书，大意是，大日本帝国已与贵国进入战争状态，本司令劝告贵舰立即投降，如拒绝劝告采取战斗部署，将立即予以武力攻击，落款是派遣军第23军司令官酒井隆。

回到同乡会，柳先生正打发几名脚夫护送一批重要货物去乡下藏起来。他告诉缪和女，送我们去九龙仓码头回来路上，同乡会的车被军警征走了，连同司机阿财一起。这还不算，我们走后，当地几个烂仔以“十八子”名义上门收保护费，每人港币10元，同乡会的牌子另出50元。柳先生说，昨晚华人帮骆宝山的人抢先在青山道一带实施抢劫，出来了上万人，九龙各处金铺、银号、表店、当铺、粮铺均有遭殃，河源同乡会附近两家米铺和一家面包店被抢，听说连杜月笙[①]的中国红十字会都被暴徒冲击了。反倒是九龙仓广东道一带，因是潮州人聚居区，暴徒恐于潮州人团结，没敢下手，因此风平浪静。柳先生未与烂仔们作分辩，按同乡会人头交了保护费。

“‘十八子’也要仰仗同乡会，他们怎么敢？”缪和女生气地说，“同乡会不是有几支枪吗，怎么就让他们把钱拿走了？”

柳先生解释枪的事，因为局势不稳，前两天弥敦道几家有头脸的商号商量成立自卫团，同乡会的枪交给自卫团了。太子道那边的西人区也成立了自卫团，一个德国医生还从家里拿出一挺机关枪。可是，自卫团对付烂仔还行，帮会一上街，自卫团连影子也看不见了。

正说着，有人在大门口探头探脑往里看，是个戴凉帽的矮个子中年男人。

柳先生停下来，过去问找谁。那人缩回脑袋离开了。

柳先生去外面叫了东洋车。我和缪和女匆匆往嘴里塞了半块面包，再把李明渊送回圣保罗医院。

医院里十分混乱，不断有受伤的居民被送来，只有一个大胡子医生。一问，医生都被英军征用了。好容易轮到我们，大胡子医生很负责，检查得很仔细。李明渊咬着牙忍着，好几次痛苦地叫出声，结果是第四五颈椎，第二三腰椎损伤，右胫骨闭合性骨折，造成断裂处神经血管损伤，加上躯干重创引起的肌肉组织损伤，几处伤都出现水肿，好在颅脑没有发现问题，胸腹也看不出问题，已经是万幸。接下来就是打针吃药上夹板，一系列治疗，忙到晚上才消停下来。

---

① 杜月笙（1888—1951），中国帮会领袖，中国红十字会副会长。

心慌意乱地熬过开战后第二个夜晚，夜里防空警报响了好几次，睡得不踏实。天不亮我就起来了，想起威菲路军官俱乐部，那里应该能打听到消息，我就去了军官俱乐部。

世事昨非，威菲路军官俱乐部里没有了巴洛克风格音乐，桌上的台布满是油渍，乱糟糟的，一群加拿大官兵把钢盔推到后脑勺上，大声说着话，啃着又硬又粘牙的快速发面饼，准备去九龙城据点充实那里的守备。

没想到，在餐厅里竟然遇到了德顿。两天前我还给他打过电话，他居然跟着海军司令跑到九龙来送兵了。

德顿穿一身崭新的埃尔特克斯军装，双腰带 KD 过膝短裤，他一边用刻着家族徽章的银汤勺把麦片送进嘴里，一边专注地读着一份英文报纸。见到我，他很高兴，邀请我入座，吩咐侍从为我准备一份早餐。

我焦急地向德顿询问战况。德顿把正读着的报纸推给我。我急不可耐地看报纸。报纸上有各交战国宣战的消息。日本国的宣战诏书是由天皇裕仁在东京时间 8 日上午 11 时 40 分签署的。英国在数小时后发表了对日宣战诏书：

> 联合王国陛下政府，于 12 月 7 日晚获悉日本武装部队未于事前以宣战方式或以宣战为条件的最后通牒发出警告，即企图在马来亚、新加坡和香港登陆。鉴于这种公然违反国际法，特别是违反了日本与联合王国均系订约国所签署的第三次海牙条约第一款规定无端侵略的粗暴行动，联合王国陛下政府派驻东京大使已经奉到训令，以联合王国国王陛下名义通知日本帝国政府，两国之间处于战争状态。

中国政府的宣战文告非常短，措辞令人有一种困惑感：

> 兹特正式对日宣战，昭告中外，所有一切条约、协定、合同，有涉及中、日间关系一律废止。

德顿对到来的战争没有半点怯意。他向我保证，他们能够打赢这场战争。“别看犯敌人多，他们没有重炮，不习惯夜战，战斗机机师都是近视眼，连俯冲投弹都不敢，怕撞到山头上。”

“有这种事?”我觉得德顿说的是骆宝山的帮会烂仔，有点儿戏。

“防卫九龙的大陆兵团可全是皇家精锐部队。”德顿认真地看我，“苏格兰营、旁遮普营、拉吉普营和加拿大榴弹部队，日本人想在他们面前迈过醉酒湾防线，少说得花六个月。”

“就是说，香港能守半年?”我将信将疑。

“不是香港，是九龙。”德顿心满意足地吞下一口麦片，“有皇家军队在，日本人只能围着九龙打转，根本到不了维海边。不过，有件事倒是让人担心。”

“什么?”我心提到嗓子眼。

“冒失的进攻者怎么把堆积在九龙城下的尸体运走，不然，明年天气一转暖，尸体腐烂掉，臭气飘散到港岛，人们怎么过复活节?”

我长舒一口气，悬着的心落回肚子里。德顿说“皇家军队”，指的是英格兰、苏格兰、北爱尔兰人，顺便带上英属加拿大和印度，和港九的华人无关，这让我的自尊心有点儿受伤。但德顿的话毕竟是好消息，不管怎么样，我愿意相信他。我把怨怼吞下肚，顺着炮弹震碎的窗户往外看，街对面的军营又在复燃，像凡·高癫痫发作时随手涂抹下的水彩，更远处的地方，朝阳的初晖下，紫红色的硝烟一股股从九龙北山向这边飘来。

“老兄，我上司挂彩了，能不能帮我找家医院处理一下?”我回头问德顿。

“把你的马牵来，我让人替他补上掌，他会欢快地跑起来。”德顿爽快地大笑说，手里的银勺亮晃晃的，像威尔第手中的指挥棒。

从军官俱乐部出来，街上有不少居民带着细软出门找地方躲炮弹。一群华人学生在马路上拦截青壮路人，说服他们报名参加战争。领头的是个瘦小的女孩，说一口脆生生不用标点符号的客家话。她说现在太平洋上的公敌就是我们祖国唯一敌人香港160万侨胞是祖国海外长城保卫香港是侨胞今日应尽责任凡我中华壮丁应抱必胜信念恪守神圣责任积极参加义勇队义务警察战时救伤队为保卫香港出力。我被学生拦住，向他们解释，我带着伤员，没法自愿。学生没有为难我，放我过去了。

返回同乡会时，发现四个陌生男子在堂屋里和缪和女说话，中间一个眼熟，我回忆起来，是昨天在门口探头探脑往里看的矮个子中年男人。

见我回来，缪和女介绍，四位是河源老乡，不是做走水生意的老乡，是战区第三游击纵队新编大队曾生①的人，昨天和日本人一道进港，没和日军结伴，乘大眼船从旺角避风塘上岸的，来同乡会打听消息。

广州沦陷后，国军第4路军副总司令兼广东民众抗日自卫团统率委员会主任香翰屏将军改任“7战区东江游击指挥所”主任，负责7战区游击战，中共也跟着成立了游击队，指挥官正是曾生。以后国共合作，中共游击队取得了合法地位，获得第7战区第3游击纵队新编大队番号，可国共两党宿怨难解，尿不到一壶，为争地盘摩擦不断，彼此伤亡不小。

我戒备地打量领头那位，那个矮个子中年。此人30岁出头，眉毛又浓又黑，眼睛小如蚕豆，背微驼，左耳切掉一半，穿一身宽松的香云纱黑绸，进了屋，凉帽摘掉，有些谢顶，像是见过世面，旁边三位年轻人管他叫老咩。那三位，一个叫阿盛，一个叫阿南，一个叫阿芽，和老咩不同，渔民打扮，赤着脚，身上散发出强烈的海腥味，腰间鼓鼓的，明显藏着家伙。

缪和女接待中共的人，居然还让仆役泡茶，我不满地看了缪和女一眼，冷着脸要老咩赶快带着他的人离开——仅就他们私挟枪支入港这一点，也让按规定没带武器入港的我不舒服。

老咩像是没明白我的话，大大咧咧喝一口茶，表示他是撵着鬼子屁股进港的，为的就是打鬼子，没打算走，只是因为找不到上级组织，不知道具体怎么打，所以到同乡会打听情况。老咩认为，中共和7战区鸡冠鸭爪，硬要擩到一张床上也勉强，可现在鬼子打进香港，双方即使不是一家人，大小也算受难亲戚，应该放弃前嫌，一块把鬼子撵出香港。老咩的意思是，他知道我们想出港，他可以在他的船上为我们留几个位置，作为交换条件，我们先帮助他找到他的上级组织。

“撵什么？岛上守军海陆空齐全，犯不着添你几个渔民凑数。”我不喜欢自以为是的老咩和他那几个探头探脑的渔民，听说他有船，还是心动了一下，不免多了句嘴，“有船就早走，走晚了留在这儿让人突突。”

“唔係冇揾到上级咩，”老咩拉下脸，好像他没找到自己人这件事情是我惹下的，“一揾着到，爽爽利利嗽痛痛快快打一仗，然之后嗲嗲声返宝安嚼番薯。”

① 曾生（1910—1995），抗战期间中共武装在广东的主要军事负责人，曾任广东人民抗日游击总队总队长、东江纵队司令员，抗战结束后任中国人民解放军两广纵队司令员、中华人民共和国广州市市长、交通部长等职。

“笑话，你以为靠你们这两个人，三条短把毛瑟，就能从日本兵舰的滑膛炮下溜出海？”

“山有界，海无边，我能喺佢眼皮下低入嚟，就能出去。”老咩看出我不相信他的话，叫过阿盛，抓住阿盛一只脚，蒲掌般的脚丫子撩到我脸前，“睇清楚啲，曲蹄，水上揾食嘅，水入边有人阻得住。”

难怪一身鱼腥，原来是疍家人[①]，所以从水路来。可是，日本是海洋国家，进出家门都走水道，一个国家都吃水上饭，和一个部落吃水上饭不可同日而语。我觉得新编大队的人脑子有毛病，决定不理他们，示意缪和女送客。

缪和女抱歉地把老乡送出门，回来一脸的不高兴，埋怨我不该把他的老乡撵走，河源人生性好聚，人离乡贱的做法让人不齿。再说，疍家人脸薄，被历朝历代官府和岸上人欺负了几千年，不能再被国民政府欺负。再再说，冼星海也是疍家人，不能连《救国军歌》的作者也瞧不起吧？

“你说疍家人，我问你，河源有江还是有海？”我一边换汗湿的衣裳一边问缪和女，“两条说干涸就干涸的小河汊，怎么养活缺了水就蹬腿的疍家人？”

缪和女愣在那里。我不解释河源在内陆，根本没有疍家人，那个叫老咩的行踪可疑，只把威菲路军官俱乐部打听到的情况告诉缪和女。缪和女一听高兴了，兴奋地分析，英国人势力这么强，我们不用急着跑了，索性等李少校伤养好再走不迟。我告诉他，看李明渊的样子，不能耽搁了，得把人弄到一家正经医院，要紧的是先找辆车。

我俩正商量，门外有人进来，是老咩。原来他没有走，也不磨叽，直截了当说，蹲在街上琢磨了一阵，明白了一件事，他在港九两眼一抹黑，靠他自己不可能找到上级，于是决定回来继续说服我帮他。

出于大敌当前原则，我把港九的守备情况告诉老咩。我的意思是，英军武备雄厚，轮不着他去打鬼子，他现在要做的事情是闭上满是鱼刺和木瓜味的嘴，从从容容去街上找上司，而不是在这儿泡闲茶。

“啤，”老咩冷笑一声，“你个朋友讲大话，前日战事一开，日本仔就由打鼓岭、罗湖同新田三个方向入咗新界，英国仔放弃咗深圳河防线，破坏咲大埔道同九广铁路，退守到醉酒湾防线，等于新界係一枪未响就失守了，英国仔想守

---

① 生活在南方江海水系间的族群，以船为家，有广东疍家和福建疍家两大系。

住港九，根本有可能。”

“你怎么知道?”我愣了一下，他说的情况有鼻子有眼，连日军进攻路线都有。

“你唔好理。”老咩小而细的豆子眼盯着我。

“就算这样，也没关系，我设法找船，从海上走。”我不想被这家伙吓住，反正我不会帮他。

“海上畀人封锁啦，唔信你问下，昨日美国嘅大军舰冲出湾，畀鬼佬嘅‘五十铃’军舰同广州来嘅日机炸沉咗。”老咩口气笃定，情报详细到细节，不像一个船老大能编出来的。

我一时傻了眼，前一天亲眼看见美国人的驱逐舰冲出维海，没想到四十节的速度也没能挽救它的命运，看来搭民船出海的计划不可能了。但老咩的话提醒了我，既然他能进香港找自己人，我为什么不去找自己人?

我再次拒绝老咩，将他撵走，带着缪和女去了太子道陈策将军寓所。陈将军不在寓所，参谋蔡重江正收拾东西准备过海。蔡参谋告诉我，日军攻港那天凌晨，策公刚从重庆述职返回，飞机要晚降一小时就挨日机炸弹了。军使团已将办事机构全部迁往港岛，战争结束前，陈将军不会再回九龙了。

蔡参谋那样一说，我突然想到，应该去看看张姐姐，不知她现在怎么样。

离开太子道，我吩咐缪和女去西人青年会办理明天过海的通行证，我自己则穿过两条乱糟糟的街道，去了大时代书店。书店只有两个看门的，一问才知道，日军攻港的第二天，张姐姐的丈夫就把她接到港岛去了，书店的靳以、周鲸文、于毅夫、骆宾基等人也没回来，不知忙着什么。

等我赶回医院，李明渊伤势似乎减轻了些，我去时，他正和中德混血护士吹牛。女护士看我一眼，不好意思地走开。

“我们去港岛，先把你的伤瞧好，再说走的事。”我对老上司说。

“只能这样。”李明渊叹气道，“早就知道，你会有大出息。”

“什么时候?”我看他的眼睛，“你带我去华侨总会捐赠时就看出来了?”

“小心眼。”李明渊用瞧不起的眼神瞥我一眼，恢复怨气，“要这样，你出息还没到。”

有了前一天的经历，离开医院后，我没去油麻地乘小轮，而是带朱三样赶到九龙仓汽艇码头，那里有不少汽艇和舢板揽客，只是，渡资已暴涨到人头三元。

上船后向船家打听，油麻地避风塘一带的渔船，只要能出海的，都载上人跑掉了，筲箕湾一带还有大量船没走，离开九龙不是没有机会，这消息让我有了底气。

乘汽艇渡海到港岛，永乐街三角码头的有轨车居然没有停驶。港岛街市依旧，东洋车来来往往，人们行色匆匆，却并不紧张，一家百货公司甚至还在播放罗凤筠演唱的《狂欢之夜》，完全没有九龙那边的恐慌气氛。

战争似乎以维海划界，岛上依然是极乐世界，这让我紧张的心情多少有些缓解。

赶到皇后道亚细亚银行时，已是下午，银行里乱糟糟的，很多人在排队提款，一些富人拎着沉甸甸的皮箱往银行里送，大概是金银财宝，担心放在家里不安全。有个中年男子，身上穿两件臃肿的裘皮，领着三个年龄不等的女人，守着门口堆放的十几口皮箱，大呼小叫指使差役替他找某襄理。

我让朱三样在楼下等着，自己上了二楼的“华记行”，徐亨先生在军事使节团办公室接待了我。徐先生不到 30 岁，浓眉大眼，个头超过我，差不多有 190 公分，他是海军学校的高才生，通几国文字，在远东运动会上拿过足球金牌和排球银牌，还是篮球、水球和游泳高手，是陈策将军最信任的助手。陈将军是我父亲在同盟会的老友，他在广东舰队司令任上“拥孙反袁”时，我父亲是他同谋，以后他担任国府海军部次长，制定海军抗日战略，父亲亦进入军政委员会，两人多有交集。我每次到香港，都会到太子道陈将军寓所或皇后道军事使团驻地向陈将军请安，我在香港的工作，也拜托这位前辈关照，有几次，都是徐先生接待和张罗的。

徐先生告诉我，昨天中华民国政府主席林森正式签署了向日本国、德国和意大利国宣战的文告①，蒋委员长电檄第 7 战区余汉谋率辖下第 12 集团军三个军立即攻袭广州日军，同时向广（州）九（龙）铁路沿线发起攻击，牵制日军对香港的进攻。上午，7 战区来电报，已急令张瑞贵的第 158 师、第 160 师和独立第 9 旅三万人疾驰救港。

中国和日本打了整整十年，大半国土沦陷，国民党副统降敌，国府被迫迁都重庆，数百万国民遭屠，上千万国人失乡，政府只言抵抗，今日才正式宣战，

---

① 1941 年 12 月 8 日，日本对美、英宣战，次日，美、英、中、荷向日本宣战。

这个消息不知该高兴还是心酸。反倒是，7 战区发军驰援，香港的战争不再令人绝望，让人为之一振。

和徐先生说了会儿话，得知前天袭港日机飞来三批，袭击启德机场的日机用机载机枪将停在跑道上的皇家空军三架鱼雷攻击机和两架水陆两用机击毁，中国航空公司和欧亚航空公司八架客货机，泛美航空的“夏威夷飞剪”号也彻底损坏。幸亏炸弹没有投中跑道，国航一架飞机在天亮前抵港，策公前一日天亮前把孙夫人、孔夫人和立法院孙科院长送走，起飞前出了点情况，因飞机上位子不够，孔家二小姐孔令俊把国府农林部长陈济棠、广东省前主席许崇智和《大公报》总经理胡政之等人赶下飞机，三人非常生气，阻拦在跑道上不许飞机起飞，后得策公保证，一定安排飞机将他们送走，才算把事情摆平。我来的时候，策公刚刚送走第二批人赶回港岛，正在楼上和中共驻港代表廖承志先生说话。

听说先总理夫人走了，我心里不免有些失落，她在香港，百万华人有一份安慰，不过，我没有把心思表露出来，因徐先生提到中共，想起老咩，就把他入港寻找上级的事情告诉了徐先生。

“大量国府政要和社会贤达在香港，这些人要尽快送出港。”徐先生点点头，随口说出一串名单[①]，长得吓了我一跳，“中共方面也有一批人员需要转移，策公和廖先生正商量这件事[②]。”

按徐先生的说法，中共反应比较快，上个月底他们南方工作委员会副书记张文彬、粤南省委书记梁广、广东人民抗日游击队政委尹林平、香港市委书记杨康华、特派员李少石就先后入港，研究应对日军可能攻港的事宜。国府方面也不慢，两个调查局都派了人进来，知道潘汉年和乔冠华正在九龙联系人，送到港岛这边来隐藏，等待机会转移。昨天下午东江游击队五大队一支武工队进

---

① 香港战役时，滞留在香港的政要有国民党元老何香凝、中央秘书长兼海外部长吴铁城、中央执委蒋伯诚、铁道部长叶恭绰、财政部政务次长兼中央信托局局长俞鸿钧、国府驻国联首席代表颜惠庆、前外交部长王正廷、国府驻日大使许世英、军事委员会副部长董显光、贸易委员会主任兼中美英平准基金委员会主席陈光甫、委员长侍从秘书兼《中央日报》主笔陶希圣、南京市长马超俊、上海总商会会长虞洽卿、暨南大学校长郑洪年、岭南大学校长钟荣光、北平研究院院长李石曾、商务印书馆总经理王云五、中央造币厂厂长唐寿民、金城银行董事长周作民、四明银行商股董事李思浩、中国银行常务董事兼交通银行董事长钱永铭、中国航空公司董事林康侯、中国红十字会副会长兼通商银行董事长杜月笙、中国航空协会总会理事长王晓籁、中华基督教青年会华南区总干事李应林……

② 香港沦陷时，国共两党默契配合，将逾千军政、金融、文化人和艺术家撤离香港，史称“港澳大营救”。

来了，据调查局情报人员讲，今天又进来两支武工队，估计会先带走一些身份公开的重要人物。廖先生告诉策公，救人是他们工作的重中之重，别的他们不管，所以，那个叫老咩的说进来打仗，是假话，接人才是他们的目的。

“你不是七号就走了吗，怎么还在香港?”徐先生问我。

“我有个伤号，移动不便。”我把李明渊少校的事情告诉了徐先生，“老咩说，新界已经被日军占领了，通往内地的陆路海路都被封锁了，我一时也拿不出主意。”

“新界只是外围攻防，九龙才是防守重点，英国人做了充分准备，醉酒湾防线兵备不薄，鬼子没那么容易得手，香港目前还是安全的。”徐先生安慰我，“不要听共产党造谣，他们的武工队跟在日本人后面进来，还把鬼子甩在了身后，鬼子要占领了新界，他们怎么到九龙?”

徐先生的话和德顿如出一辙，可见天上炸弹丢得厉害，战事却没那么吃紧，老咩骗我替他办事，所以造谣惑众，这么一想，我放松下来。

“前天战事一开始，策公就和罗旭龢议员商量，由我们的人协助港府分配粮食，向各大银行筹款照顾难民。”徐先生见我不说话，以为我仍在担心，“昨天港督召集情报处长麦道高、参谋博沙、警署政治部主任米耶警司和华民政务司那鲁麟，请策公前往密谈，恳请华人参与保卫香港作战，我跟策公去了。双方约定每天举行一次联席会议，港督也改变了态度，表示8日日机空袭时，英军空军把两架小型飞机藏在机场旁稻田里，没被炸掉，请策公安排在内地国统区降落，又问国府有无可能派军施援。策公明确告诉港督，委员长正考虑就香港攻防战做告世界之公开演讲，号召在港各界华人保卫香港。”徐先生想了想，又补充，“对了，你是7战区的人，应该知道困在马头涌兵营里那支国军部队。策公要求港府释放这支部队，让他们参加九龙防守战，港督答应今天就把他们放出来。”

“真的?”

我听梅中校说过，广州战役时，第12集团军不敌日军，第151师一部和第153师一部，大约千余人从大亚湾和沙头角两地退入港九，半数在关押期间病死或逃亡，港民称他们为孤军，如果能放出来，他们就是支援香港的第一支正规军。

“嗯。”徐先生点点头，“港九百万华人，不少遭受过日寇摧逼，叫声打鬼子，争先者不在少数。抗日名将翁兆垣[①]、方振武[②]，还有张贞[③]将军和老五军军长李福林，个个将略堪夸，人都在香港。只要港府提供武器，一周之内，策公就能在港九各组织一支五千人的华人武装，半个月内，完成两个师编制没问题。”

“太好了!”我被这个局面感染了。

“事情已经在准备了。”徐先生话语笃稳，“昨天策公携杜月笙和司徒美堂和港九各华人帮会首领商谈，严令各自饬令手下不得异动，协助军警缉捕日谍、维持秩序、救护难民。策公打算另外组织一支精干的别动队，派往日军后方袭扰交通供给，正与港府洽谈武器问题。今天稍晚些会成立临时联合办事处，设秘书、军警、外交、情报、宣传、财务、交通、粮食及总务部门，统筹国民政府驻港各机构，临时办事处需要人手，郁先生不如暂时留下，辅佐策公共渡大局。”

陈将军在组织港九华人奋起抗敌，国军已有陷港孤军参战，港九藏匿着众多孙膑吴起样儿的抗战名将，委员长派三万大军入港作战，一连串消息，让人突然觉得，哪里是日军在攻打香港，分明是香港做成巨大陷阱，等着敌寇往里钻。这么一想，即使窗外防空警报不断响起，我也为之前没头苍蝇般的无措暗自惭愧，至于临时办事处需要人手的事，我有伤号需要照顾，分不出人手，也据实回复了徐先生。

“也是。”徐先生表示理解，“不过，策公和廖先生谈完，还得去一个捐赠会，恐怕一时半会儿顾不上你。你看这样行不行，若觉得九龙那边不安全，你把人带到港岛来，找个有电话的地方住下，等策公一有空，我向他报告。”

深水埗的联系点被炸掉了，河源同乡会保不住能住多久，我想也只能这样。

谢过徐少校，我下楼带朱三样离开皇后道。

过海赶回弥敦道同乡会时，快半夜了，兴奋地推门进屋，屋里的景象却让我大跌眼镜。灯下乱糟糟摆满荷兰水瓶子和油纸摊着的鸡蛋仔，桌边亲兄弟似的坐着缪和女、柳先生和老咩，三个人手里抓着鸡蛋仔，就着荷兰水大吃大喝，

---

① 翁兆垣（1892—1972），国民革命军第 19 路军第 78 师第 156 旅旅长，“一·二八”淞沪抗战首战旅。

② 方振武（1885—1941），察哈尔民众抗日同盟军副总司令。

③ 张贞（1884—1963），国民政府军事委员会风纪视察团第四团上将主任委员。

为丘吉尔会不会从东印度派特遣队来增援香港争得面红耳赤。

看见老咩，我拉下脸。缪和女连忙起身解释，九龙物价涨了，面包平日七八分钱一磅，如今疯涨到一元五一磅，大米涨到一元两斤，还不包送货，腊肉更是涨到三元一斤。还好，柳叔从米店抢回几包大米，又买了些炼乳和罐头囤着，以防不测。说完物价又解释，其实他已经偷偷帮过老咩了，河源同乡会和中共没有来往，柳先生介绍了两家左翼报馆要老咩去问问，老咩去了，人家直接把老咩赶了出来。

缪和女早上说人离乡贱的话，我不想让他伤心，把他拉到屋外，把从使节团打听到的消息告诉他，中共的确有武工队进来，但老咩在撒谎，他是来接人的，不是来打仗的，仗要靠 7 战区派来的驰援军队打，到时候国军和英军前后一夹击，战争就结束了，轮不上中共插手。

“你放屁!”

我回头看。老咩像惦记别人财物的贼，不知什么时候跟出来，贴在我俩背后。

“我係话，英国人放屁。”老咩把手中油汪汪的鸡蛋仔塞进嘴里，粉渣落一衣襟，“侵略中国佢係头一个，卖鸦片属佢卖得最多，鬼佬大炮一响佢哋就吓到屎出尿射，新界一日都冇守住，照噉，冇两日九龙就嚟玩完，剩低香港孤岛，攞啲咩去夹击，点结束？指望他，阿跛打谷少踢一行啦，指意佢嗽嘅二仔底!”

“实话告诉你，香港不是英国人想丢就能丢的。”我白老咩一眼，冷着脸说，“7 战区三个师正向惠宝集结，不是自作主张，是委员长的指示。”

“车大炮嘞。”老咩嘿嘿一乐，“你个委员长係唐山炮校毕业嘅大炮客，冇半句真话。你讲咗，佢接走大姨仔二姨仔，派三万人抢香港，乜将人接走？真心打鬼佬，鬼佬入唔到两广。”

我白了老咩一眼，不打算理睬他，绕过他回屋里找水喝。

“睇明白啦，你系花布枕头一包草，唔係作战嘅料。”老咩不依不饶地跟进来，“你谂下，广州战役你哋用咗一个月布置，连兵力都冇调动清楚，鬼佬十天就打落嚟，叫咩？再讲，国军唔係鸡乸，今日要食蛋，听日就产卵，边度谷得出三个卵师？你信唔信，话救香港，连你委员长都唔信，个个整色整水，你就当真。”

我被噎住，脖颈僵直，水从嘴边溢出，滴到鞋上。这个秃头残耳的小眼睛，像只令人作呕的鼻涕虫，让人扫兴，可是，他话说得难听，却不无道理。国军连广东都没保住，说保卫香港，是有点扯。好在，在使节团听到的都是利好消息，国军帮不上香港的忙，英国人自己能守住，我不生老咩的气，撇开他，吩咐朱三祥，跟我去医院把李少校接出来，送到德顿那里去。

缪和女一听，这才想起，连忙说不用了，李少校已经转到登打士街一家俄国人的诊所去了。我一听急了，问出了什么事。缪和女解释，主意是老咩出的，他说李少校在圣保罗医院不安全，自作主张，叫来手下人，把李少校拉到私人诊所去了。我差点没晕过去，转身一把揪住老咩，质问他什么居心。

“接返嚟做咩，冇睇到医院已经畀英国人管制了?”老咩掰开我的手，瞪我一眼，心疼地整理着发臭的短褂，“炮嗤响咋，再过两日伤兵不断送嚟，英国人唔得闲理你二等盟友嘅伤兵。”

“那也不能把人丢给俄国人，我要送他去英军医院!”

“有冇脑㗎? 鬼佬入嚟，首先一镬熟嘅係要塞同军营，第二个就轮到医院，你送人入鬼佬嘅狼狗嘴度?”老咩抹一把额头上的汗，呛我道，“鬼佬一时三刻顾唔到私人诊所，你上司骨头想生好返冇可能，话唔定过两日唞唔到气死咗，起码落唔到鬼子手度。”

我被这个没心没肺的家伙彻底气晕了。不过，想想也有道理，九龙万一失守，英军医院肯定是重点搜捕的地方，李明渊是军事人员，的确不能送到德顿那里去。

老咩看我没话说，知道我默认了他的做法，反倒来了劲，说不能光是他帮我，作为回报，我也应该帮帮他，反正我眼下没车没船，走不了。

“行。”李少校的事情人家的确想得细，我就是装样子，多少也得回报一下，不过这得谈条件，“我帮你找到你上级，你在船上给我预留五个位置。”

河源同乡会有一部电话，我拨通使节团，找到徐亨先生，请帮忙。徐先生说，“八办”这两天忙得不可开交，皇后大道中十八号的粤华公司[①]未必有人。他给了我一个地址，要我按这个地址找一个叫连贯的人，就说使节团让来找的。

我一听地址，哭笑不得，没想到，绕了个大圈，“八办”九龙联络点就在鸭寮街，离葵涌南的战区办事处只隔两条街，原来是老死不相往来的邻居。

---

① 八路军驻香港办事处。

放下电话，我带着朱三样，老咩带着阿盛阿南，我们赶到鸭寮街，找到徐亨先生说的“南华药房”。药房大门紧闭，听见屋里有动静，敲了半天门，屋里出来两个年轻人，警觉地盘查我们。一会儿工夫，一位 30 多岁的中年人出来，自称“南华药房”的账房，问为什么找“八办”的人。我按徐亨先生的话，说是使节团让来找连贯先生。老咩推开我，抢着说，找人的是他，是他找组织，和我没关系，一副讨好的嘴脸，完全不像和我说话的态度。我在一旁听得有些糊涂，感觉老咩和人家对不上话，说是内地游击队，来香港找组织，组织是谁说不清楚，倒像八百年没有来往过的远亲。对方很警惕，只说他们也在等指示，上级的情况不知道，很快把老咩打发掉。

离开鸭寮街，老咩气得大骂，我反而心里有数了。老咩和人周旋时，屋里鬼鬼祟祟全是人，徐先生说过“八办”在忙什么，可见人家张弛有度，事情正做着，我判断出，老咩不像他说的，他和他的水上人身份可疑，至少不是嫡系。

天色已经很晚，走到界限街一带，见一帮烂仔操着刀棍器械，正在打劫一家南北行。我不想惹事，打算绕道过去，可另一条街上也有烂仔打劫，没办法，只能硬着头皮往前。烂仔中有人朝我们看，我非常紧张，好在他们忙着发财，没有过来拦我们。

没走多远，警察来了，七八个，拼命吹哨。劫店的烂仔不理会，继续明火执仗，有几个负责转移赃物的烂仔，拖着满载的东洋车朝我们跑来。没容我反应过来，阿盛和阿南两人对一下眼色，人站下，从裤裆里往外掏着什么，然后枪声在我耳边响了。我被枪声吓得愣住，没反应过来，阿盛和阿南已经打光弹匣里的子弹，兴高采烈地往外掏弹匣，装子弹。

烂仔被打倒一个，人没死，在地上抽搐，其他人丢下洋车就跑。劫店的烂仔吓住，一哄而散。警察也吓住，站在老远举着枪不敢过来。老咩冲他们挥手，意思要他们快去捉强盗。我急赤白脸地质问阿南和阿盛，为什么向平民开枪。阿盛阿南一脸茫然，不明白我在说什么。老咩过来解释，印度警察只会吹花式口哨，吹得再好也没用，这种情况下，只能替英国人管管香港。朱三样倒不觉得不该开枪，他非常羡慕阿盛和阿南，要老咩给他一支枪，他好保护李少校。老咩不耐烦，说烂仔可能会抢西药，不会对断了脖子的军官感兴趣，除非军官鞋子里藏着金镏子，用不着保护。

回到河源同乡会，我让朱三样去登打士街接李少校和敖二麦，要缪和女赶紧收拾，跟着老咩的船离开香港。我反感撒谎的家伙，决定上船以后一句话也不和老咩说。

"离咩?"老咩不明白地看我。

"说好了，我帮你找人，你在船上给我留五个位置。人已经替你找到了，人家不搭理你，不走还待在这儿干什么?"

"唔係唔走，係走唔到，"老咩大言不惭地两手一摊，一脸抱歉，"我呃咗你。"

"不光骗我，还骗人家'八办'，可惜让人识破了。"我幸灾乐祸。

"唔单止係呃。"老咩不理会我怎么想，耐心解释，"我哋急住入嚟，冇揾到船，係搭人哋嘅船入嚟嘅，唯咗唔少心机，呢啲都係呃。"

"你说什么？没船?"我愣住，"没船你答应我？你不是害我吗!"

"唔好喊，喊又喊唔出船。唔单你哋走唔到，我亦留低。"老咩敦厚地笑，脸上的褶子挤出几粒晶莹闪亮盐粒，"画公仔画出肠咩，我乜嘢都话畀你听喇，其实鬼佬係唔係占咗新界，我亦唔清楚，我知有一条秘密交通线去荃湾，翻过大帽山到元朗，就係游击队地盘，'八办'要揾到人，亦行呢条线㗎。"

"那你说陆路全封死了!"我气得跳脚，要扑上去掐死老咩，缪和女一边拦住。

"冇噉话，你会留低帮我?"老咩不高兴了，瞪着小眼睛无辜地看我，好像我那样说蛮不讲道理。

我愣在那里掴气。这个假模假式的船老大，掏心掏肺地假真诚，人命关天的时候，他红嘴白牙，怎么做得出来？真想抽他一嘴巴，觉得这个时候说什么都无济于事。

老咩不管我，回头向阿芽交代，通知他们的人准备走，好像他坦白了欺骗我的事，心里就没有什么不安了。缪和女却不干了，放开我，过去和老咩吵起来，非要他对我们在九龙滞留的这两天负责。一边阿盛阿南摸着裤裆过来。朱三样也不怕对方是不是摸家伙，一梗脖子往上冲。眼见双方要打起来。

"都係同乡啦，点都呃咗，当出门执只骨骸，晦气一场，使乜咁小气嚸?"老咩不满地瞥缪和女，走到我面前，伸手搭在我肩上，"我唔怪你。我话过喺船度留番位置畀你，讲嘢算数，唔出十日，我揾条船畀你。"

我冷眼看他。

“要等十日，嗷不如你跟住我，搵啲嘢做。”

我还冷眼看他。

“看咩？你讲话啦，香港九龙唔係英国人嘅，新界更加唔係，我们唔理，就冇人理嘞，係咪？”

老咩坦然自若地盯着我的眼睛。他说“我们”，包括我和我的小组。我断定，要不赶走他，他还能憨厚地把我再骗一回，然后继续表达抱歉。

“你觉得，我会相信你？”

“你唔好理我，就当我係番薯仔。你谂下啲鬼佬，鬼佬笑话中国冇人，佢从东五省一路笑到关内，再笑到香港，边个阻住佢笑？”

“怪英国人，”朱三样生气，“凭咩丢咗新界？唔系佢嘅嘢就乱丢啊？”“丢也往咱们手上丢，不能往鬼子怀里丢！”缪和女同意。

“少说话。”我拿眼睛瞪朱三样和敖二麦，“香港的事我们管不了。”

“边个管唔了？”老咩撩皱巴巴的衣襟，掏出一份报纸，站到电灯下，清清喉咙，大声念报纸上一条消息：

兹据政府发言人披露，前日释放之中国孤军，少部参加本港辅助工作，大部奉命开往大埔前线。彼等英勇精神未减当年，奉命于仓促之间负开路责任，辗转苦斗，奋勇向敌猛扑，除有精练战术外，面对地理方面亦较友军更为熟悉，乃使战局转危为安，获得光荣之战果。大埔日军早已惨溃，刻已无敌踪，中英人士对孤军英勇精神莫不感致其最大敬意云云。

缪和女从老咩手中一把抢过报纸去看。朱三样激动地伸长脑袋凑过去。

“国人唔係已经猂起咗咩？”老咩拿目光轻蔑地斜我，一副不齿的样子。

“爱管你管去，我不管。”我看清报纸是《国家社会报》，心里琢磨，战斗在大埔发生，看来英军把日军拦在新界东边了。

“你唔係国人？”

“放尊重啲，正宗国人！”朱三样从光晕下探回头，抢白过老咩，乞求地扭头看着我，“长官，孤悬海外嘅弟兄们都上了，我哋都要上，唔可以坐视不管！”

我狠狠瞪朱三样一眼。朱三样噤口。一旁阿盛、阿南、阿芽沉默地看我，三双眼全是眼白。屋里气氛压抑。我看缪和女，寻求他的支持。缪和女快速回我一眼，报纸二一对折，四二对折，怕化掉似的揣进兜里，叹口气，同情地拍了拍朱三样的肩膀。

“我是老板，我决定了，去港岛!”我狠了心打破沉寂，回头呵斥朱三样，“还不快去接李少校，愣着干什么?”

朱三样气呼呼扭头往外走。缪和女也离开电灯往屋外去，人在黑暗中咕哝：“阿爸要知道我连屁都没放一声就跑了，我不死，他也踢死我，省得让人说，送我回国，孝没守住，忠也守不住，什么玩意儿。”

我的灵魂被羞耻撞得踉跄一下，心里咯噔一下，想，完了。

命运再度拐了个弯，它发动起来，带着我向失去理性的深渊快速滑去。

九

法庭调查及其他：我有足够的理由退出战争

（GYB006－001－056）**辩护律师冼宗白陈述：**

我的当事人在日方管理区滞留了四天，被送回战俘营区时，已经是第五天下午。

冈崎小组接到俘虏情报局的电报，本间雅晴[①]司令官下令对菲律宾七万投降美军和菲军分解转移，俘虏情报局要冈崎学者尽快赶去巴丹。

电报提到冈崎小组课题的紧迫性。大东亚圣战初步胜利后如何指导战争，军队正在争取更大程度的天皇信任和国力支持，需要加快研究。

冈崎对此抱有质疑，她认为战争需要通过士兵战斗意志的旺盛和顽强来完成，人的战斗力才是课题正确方向，否则存在薄弱环节。冈崎认可 D－131 号研究对象测评初步成果，131 号伤势已不需要担心，她决定暂停 D 营的研究工作，赶去马尼拉。

“啊，实在对不起，不过，相信正式工作会很快开始。”冈崎相当礼貌地向研究对象欠身致歉。

我的当事人在日方管理区长时间逗留，原因需要向战俘自治委员会汇报。这一次，事情超出了我当事人的把控，他预感会受到强烈怀疑，所以，回到营区后，他毫不妥协地拒绝了徐才芳的询问，要求直接向联合自治委员会两位主

---

① 本间雅晴（1887－1946），日军驻台湾军中将司令官、第 14 军司令官，1946 年在马尼拉军事法庭被判死刑。

管汇报。请求很快得到批准，自治委员会建立的机制大体上能够保障谈话不受干扰，龚绍行和另一名军官坐在钟纪霖上校的东区1号营房门前借着月光捉虱子，两个拐角处，两名军官懒洋洋地聊着天，一旦有猪头[①]或臭虫[②]出现，他们会大声打两个喷嚏。

两位联合自治委员会主管已经听到了三天前从营区东边传来的隐约爆炸声，但不知道发生了什么，现在他们知道了。正如所有处在特殊情况下的人都会采取的自我保护做法，我的当事人没有把所有经过和盘托出。事实上，许多事情是在以后的三年时间里一点点发生的，他不可能提前预知。

我的当事人向两位长官汇报的内容如下：他所获知的俘虏情报局研究科目、来自心理学研究会的冈崎学者和她大致的工作内容、一些让人摸不着头脑的谈话和专业术语，以及四天时间里他经历了什么。他请求两位长官立即做出决定，由联合战俘自治委员会与日方交涉，拒绝131号接受日方安排的上述工作，或者改由其他战俘替代。

我的当事人被告之，他的请求不但毫无必要，而且与自治委员会的意见背道而驰。我的当事人很快知道，四天前他被带离营区后，饭岛要人难得地出现在战俘营教育科，与战俘最高长官进行了一次临时会晤。在得知两位上校居然不知道达利那幅让人惊讶的流淌钟表的绘画作品[③]后，饭岛遗憾地表示，虽然日本没有批准关于战俘待遇之《日内瓦公约》，但战俘营管理方将严格恪守帝国政府对交战盟国的承诺，履行权内联盟军战俘的待遇条件，在近期陆续推进战俘生活改善措施。饭岛同时通知两位上校，陆军省俘虏情报局一项学术工作需要131号战俘配合，为此，131号战俘将得到D营管理方的特别许可，在学术小组需要时无条件地到指定地点报到。

两位战俘最高长官意见出奇地一致，他们认为，在接受冈崎小组研究工作这件事情上，除非给联合战俘自治委员会和131号本人找麻烦，否则不应当拒绝。我的当事人被告之，他不是唯一需要这么做的战俘，冈崎小组在D营挑选了三名战俘作为研究对象，另外两名是058号罗羊子，338号萨维兹·皮耶。

两位上校希望我的当事人积极参与冈崎小组的工作。他们认为，他有机会

① 战俘私下对日方管理人员的称谓。

② 战俘私下对战俘叛徒或控制人员的称谓。

③ 达利创作于1931年的《记忆的永恒》。

在这项工作中掌握一些有用的情报，比如日方的研究方向、内容和动机，以及可能透露的外界情况。相比食物和药品的严重匮乏，长官们认为战俘营之外的战事情报更重要，它们能鼓舞战俘们在残酷的环境中活下去。两位上校同时希望我的当事人在可能的情况下，为战俘的生存赢得一些权利。按照高级军官的理解，既然是研究工作，完全可以对研究者的学术要求俯而就之，巧妙地提出相应的工作条件，从而获得好处，接济营中伙伴。只是，因为能够理解的原因，我的当事人被解除了自治委员会担任的所有内部议事活动权利，不得与任何在自治委员会担任职务的军官进行深度交谈，同时也不得私自打听任何自治委员会酝酿中的计划或方案。

按照我的当事人的理解，他取得了两位最高长官的信任。不是全部，但不可能比这更好。他只是被一件事情困惑着，联合自治委员会显然知道这四天时间他为什么会出现在管理区那栋围屋里，他们怎么表现得这么平静？

没有人告诉我的当事人发生了什么，但事情很快就清楚了。我的当事人被告之，在每次与日方接触后，他必须将接触内容毫无保留地汇报给格尔诺维茨中校和徐才芳少校。接下来，我的当事人接受了徐才芳的讯问。关于这方面的内容没有什么实际意义，除了一件事我的当事人无法推辞——他们为他安排了一名军官战俘保护他。682 号战俘，从现在开始，我的当事人到任何地方他都会跟着，以确保我的当事人不会在回到战俘营区后因失脚滑倒在某个旮旯角而影响工作。

现在我的当事人明白了，不存在所谓的信任，他被日方和联合战俘自治委员会同时需要和怀疑着，他有利用价值但存在危险，这就是他们要对他说的。

接下来，我的当事人的命运再一次发生了改变。

军医老曹在战俘医院为我的当事人检查伤口，他啧啧称赞腰部上的伤口处理得十分专业，感叹磺胺粉控制伤口感染的奇妙效果。听说花轮在处理伤口时给我的当事人打了一针吗啡，老曹十分妒忌，好像我的当事人占了多大便宜。等老曹得知，花轮还为我的当事人注射了一针盘尼西林时，老曹哎哟叫了一声，充满敌视地瞪着躺在肮脏木板上的幸运儿，他的样子惹得我的当事人哈哈大笑，因为牵扯了伤口疼得倒吸一口气。

离开卫生科后，我的当事人又累又困，在黑暗中拖着步子朝西区走去。路过东区 16 号营房时，他听见一个熟悉的声音。他朝 16 号营房那边看了一眼，看见一个穿便服的中年男子拄着手杖站在营房门口，正和两名军官说话。屋里油灯的光线投射出来，照在男子脸上。我的当事人就像看见一个鬼魅，人被定在那儿，完全傻了。男子停下说话，回过头来看我的当事人，嘴巴一点点张开，直到能塞进一头牛犊。

D营不断有战俘送来，有战俘被转移走。1942年春天以后，香港战俘总营不再转来欧美战俘。战后资料显示，日本于1942年春天开始执行欧美战俘向本土转移计划，送进D营的都是中国战俘。但是，我的当事人怎么都想不到，这一次，日本人送来了李明渊。

没有人愿意出现在战俘营，也许我的当事人显得有些对不起朋友，但他对李明渊出现在D营感到万分欣喜。他大声笑着，懵里懵懂冲向16号营房，在门口摔了一跤，跌进排水沟里。他手忙脚乱地从排水沟里爬上来，粗鲁地推开两个目瞪口呆的军官，冲上去抱住还没有缓过神来的李明渊。

“是你吗？是你吗？是你吗？”他那样喊叫道，失常的笑声一定吓坏了营房里已经睡下的人。

那天晚上，我的当事人把李明渊拉到露天浴场，树枝编成的篱笆能避开岗楼哨兵的视线。森林清新的空气源源不断涌来，月光很好，奢侈地泼洒下一大瓶水银，我的当事人则像个傻瓜，又哭又笑。他向李明渊承认，他一直在做噩梦，那些噩梦中的人物有一个就是李明渊；在那个梦里，李明渊背上冒出断裂开的骨茬，瞪着眼珠子，一动不动看着他；现在，李明渊还活着，他的噩梦减少了一个，为这个，他特别想感谢一个叫老咩的人。

实际上，我的当事人刚刚负过伤，失过血，连续四天睡眠严重不足，他疲惫极了，不断打着哈欠，但他就是不肯离开露天浴场。在一阵阵袭来的屎尿臭气中，他不断扭头看李明渊。李明渊在月光下，就像另一个他，死里逃生，又活过来。李明渊活着，这是自去年12月份以来我的当事人唯一高兴的事情。

“老李，”他知道自己很傻，但还是忍不住笑，“真的是你吗？”

没等李明渊回答，我的当事人就心满意足地睡着了，头歪在李明渊胳膊上。

李明渊呢？他挪动了一下姿势，拐杖换到另一只手，身子靠在陶土烧制的浴缸上，这样，我的当事人的脑袋就能在他肩头枕得更舒服一些了。

(GYB006－001－205) **被告郁漱石庭外供述记录：**

开战两天后，我在九龙遇到老咩，命运在那个时候发生了改变。

老咩成功地策反了我的小组，除了我之外，小组其他三人集体反水，和老咩站到一个阵线的旗帜下。你不是中国人？你不愿意为民族和国家而战？这样的话在国防委员会兵役局、战区征兵处和全球华侨组织中通用，而且十分管用。

小组的背叛不是最糟糕的，最糟糕的是策反者并没有成熟计划。老咩被“八办”的人赶出鸭寮街后，觉得受到侮辱，他决定不再依赖上级，自己带着人去和鬼子干。我承认，用独立行动表达上级的冷漠对下属的不公的确是一种自证忠诚的方式，但老咩并不是能够证明自己的人，我很快发现，阿盛带进同乡会的 23 个游击队员根本不是什么武装人员，他们大部分来自四个疍家人家族，兄弟、堂兄弟或表叔侄，剩下几个，竟然是老咩在匆匆入港的路上捞来的——几天前，他们还和老咩半点关系也没有，是老咩搬弄三寸不烂之舌连哄带骗骗入伙的。

“呢叫瞌睡鸟遇到飞来虫。”老咩居然向我炫耀，一点廉耻都没有。

“就你这队伍，和谁你能打赢？你到底是谁？”我又气又恨。

“我讲过，共产党领导嘅游击队，你唔信？”

“我宁愿相信你是骗子。”

“吓，你嬲咗，係吗？佢唔使俾面我，想闹就闹，想打就打，我唔嬲，”老咩笑嘻嘻凑到我面前，塞一只酸李子在我手中，“佢讲啦，打鼓在点，吹笛在眼，鬼佬果边你佢唔使俾面，你都等佢嬲，你话係咪？”

事已至此，我告诉老咩，我和他不是一路人，保卫香港也不是我的事，我只负责把和平医院和盘尼西林弄回曲江，别的不管；看在国人分上，我可以去前线看看，摸清情况就走。老咩这个时候很讲道理，一个劲点头，表扬我知书达理，四万万同胞要都像我，小鬼子好过不了。

我没理老咩，吩咐缪和女和敖二麦跟我走，朱三样留在诊所照顾李明渊，算是惩罚他关键时刻多嘴造成的不利局面。

敖二麦很快和老咩的人打成一片，很惋惜地表示，没带德造 P38 手枪和 MP38 冲锋枪进港是个错误，同时指出老咩的人佩枪方法不对。年轻的游击队员纷纷红着脸把老式毛瑟往裤裆里藏，崇拜地看两手空空的敖二麦。缪和女看出我情绪不高，有意和老咩的人保持距离，只要我没看住，他就支起耳朵听他们说了些什么。

游击队的人搞到一辆轻型通用货车。老咩支支吾吾，不肯告诉我那辆属于造船厂的货车怎么会出现在他手上。我也没有追究。这方面，可以说他们非常有能耐。

汽车载着我们往北驰去。子夜过后，在前往棱堡的路上，我们遇到从前面退下来的苏格兰营营长 N. 怀特中校。原来，英军炸掉了深圳通往新界的所有桥梁和部分道路，并没能阻止住土井定七的 228 联队，昨天下午，228 联队推进到大帽山和樟树滩一带，晚上就攻入城门碉堡阵地，打开了醉酒湾防线的缺口。城门防线最重要的棱堡阵地失守，怀特营长丢掉了 A 连琼斯上尉和一个排的人，大陆兵团司令官沃利斯[1]要求他做出反击，夺回棱堡阵地，他拒绝了，下令苏格兰营弃守城门，向金山防线撤退，和拉吉普营 D 连会合，在金山抵抗日军。

怀特营长不理解我们二十来个华人怎么会出现在这里，别人都在逃亡，我们却往炮火中钻。我告诉中校，我们是国民政府武装人员，因为战争滞留在港内，港督号召在港华人协助英军作战，他完全可以把我们当成自愿防卫军。

中校短暂地看我一眼，再看老咩，对游击队使用的一战时期老式武器表示嘲笑。不过，中校的确需要人手，他认为抬伤兵运弹药这类事情可以交给我们。事已至此，我勉强答应下来，怎么说，这份工作和我沾点边，我没少弄武器弹药回国，也没少弄医疗器械出港，感谢老咩，他让我在逃亡的路上也没能逃离本职。老咩却不那么认为，他听不懂英语，不高兴，他要求我做他的传译官，由他和中校交涉，提出参战条件。我断然拒绝，告诉老咩，他不是正规军，连军衔都没有，我不可能给他做传译。老咩非常恼火，一脸愕然，好像我那样说很不讲道理。

金山在大（埔）青（山）公路交界处，山脉向北是狭窄险要的孖仔小径，向南延伸到荔枝角，守住金山等于守住通往九龙城的要道。一到金山防线，怀特中校就下令宾克顿上尉的 D 连防守山顶和半山区，C 连和 B 连防守青山道西南侧的 194 高地和公路一侧的 256 高地。语言不通的老咩不知用了什么办法，

① 塞德里克·沃利斯（Cedric Wallis，1896—1996），驻香港英军准将指挥官。

很快弄清情况，立刻变成叛徒，说B连防守的256高地离公路近，日军会从那里来，他负责阻击日军，我的小组留在D连阵地运输弹药，然后带着他的人溜到罗斯上尉的B连上去了。

天亮不久，日军追踪而至，很快发起进攻，B连和C连阵地同时遭袭。另一支日军绕过两处阵地，攻击半山D连的主阵地，D连很快也接上了火。金山防线是几年前修筑的，水泥工事和机枪堡纵横交错，日军连续发起冲锋，都没得手，他们很有耐心，冲锋间歇很短，不让英军有喘息的机会，明显想用军力优势换取英军的人员杀伤。

D连战地救护所设在一座机枪堡里，由马克士官负责。马克和两名医务兵从阵地上往下拖伤亡者，跑了几趟跑不动了。我和缪和女、敖二麦从军械库往阵地上送弹药，马克叫住我，吩咐我们也别丢下弹药就跑，回撤的时候也带两具尸首下去。我告诉马克，我是国军中尉，他对我说话应该客气一点。马克不好意思地挠挠脑袋，表示他和两名医务兵忙不过来，央求我的小组帮助。我要缪和女继续搬弹药，我和敖二麦扛着便携式担架去了阵地。

天阴得厉害，昨天还明晃晃的太阳此刻遮上厚厚的云层，阵地上已经展开了肉搏战，到处是杀红了眼的士兵，双方都很勇敢，军官带头冲锋，蓝灰色军装和酱黄色军装混杂在一块，反复搅杀，枪榴弹在人群中一发接一发爆炸。我第一次身处战场，不免紧张。我看见鲍斯威尔少尉被一名同样军衔的日军用指挥刀砍倒，那名日军少尉又被一名英军士兵开枪击毙，少尉倒下去的一刹那，脸上扭曲着，样子十分狰狞。我感到呼吸不过来，不是因为呛人的芒硝，而是作为人，我没来由的为人们如此厮杀深感羞耻。我哆嗦着爬出壕沟，手脚不听使唤地向鲍斯威尔少尉爬去。一块手榴弹爆炸崩起的石片砸中我的鞋子，我的脸被另一块碎石划破。我看见鲜血像行将干涸的泉水，从鲍斯威尔少尉脖颈上缓慢涌出，我不知道怎么才能止住它。我把少尉翻来覆去折腾了好几遍，直到敖二麦爬过来帮助我。我俩把少尉拖回壕沟，少尉嗵的一声砸在壕沟里，我发现他已经断气了。

日军攻击不停，阵地上的伤兵越来越多。宾克顿上尉一度组织人向山下反击，收效不佳。日军的速射炮形成一道火力网，英军不得不退回壕沟。宾克顿上尉躲进掩体给怀特中校打电话，请求九龙塘总部炮火支援，覆盖公路上集结的日军。很快，九龙城防卫军发炮，第一批炮弹却越过公路，错误地落在D连阵地上，弹着点十分准确，英军官兵被炸倒一大片，宾克顿上尉被他呼唤来的炮弹击中，当场阵亡。很快听说，B 连阵地也挨了炮弹，罗斯上尉被炸掉了半边腮帮子。

英军重炮炮弹落在阵地上时，我正拖着一名伤员下阵地。那个时候，我已经呕吐过两次，感觉好多了。看着炮弹来得猛，我把伤员拖入壕沟，躲进机枪堡里。石块和泥土将机枪堡掩埋了一半，我没事。敖二麦没有那么幸运，他在阵地上，炮弹在他不远处爆炸，他内耳道被震出了血，听不见了，好在身上没挂彩，还活着。

快到中午时，英军参谋长纽纳姆①上校带着一支防卫军的装甲车队赶到金山防线增援，六辆布伦载具装甲车在公路上往返冲锋，车上的机枪组成强大火力，逼退日军，金山防线暂时解了围。

枪炮声停下来，我在机枪堡里帮医务兵处置一名小腹被炸开的红头发上等兵。上等兵粗暴地给我一拳，推开我，爬起来，惊慌地捂着往外涌的肠子向机枪堡外跑去，好像那样做，他炸开的肚子就能愈合。我在壕沟里撵上他，把他摁在地上。上等兵大声叱骂着用拳头揍我，他身上的米尔斯手榴弹戳破了我的牙龈。马克士官赶来，把一段烂乎乎的肠组织从我耳朵上摘掉，把我从上等兵身上拖开，然后摁住上等兵，回头大声告诉我，刚接到大陆军团司令部命令，弃守金山阵地，向水塘撤退，怀特中校下令让华人先撤。

“金山让给日本人了?”我啐出一口咸咸的血，咽下嗓子眼里的另一半，不明白地问。

“你以为呢?”马克低头搂紧红头发上等兵，不耐烦地冲他骂了一句粗话，“勃尼，该死的，你要想活下去就省点力气!”

怎么会这样？金山弃守，醉酒湾防线就算垮了，等于九龙也丢了。不是说固若金汤吗？不是说能坚守六个月吗？那一刻，我开始惊慌，顾不得检讨，要敖二麦赶快去 B 连阵地通知老咩下撤，我和缪和女帮助马克把机枪堡里的伤兵往山下公路抬。

一会儿工夫敖二麦回来了，说老咩不在 B 连阵地上。B 连的人说，中国人嫌短枪射程不够，不在战壕老实待着，爬出战壕在山坡上窜，结果不走运，日

① 莱斯韦・纽纳姆（Leiswij Newnham，生卒时间不详），驻港英军参谋长。

日军进攻新界九龙概图

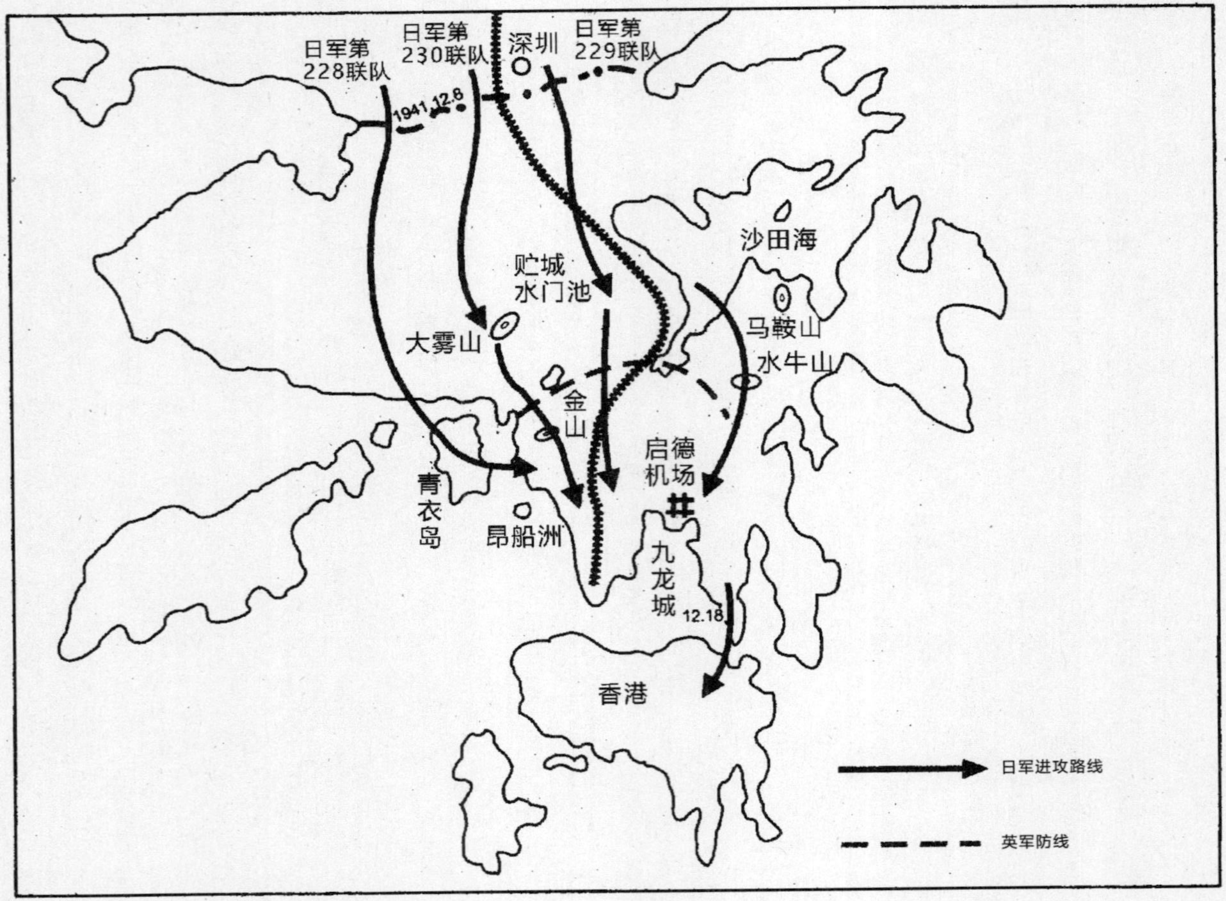

日军第
228联队
日军第
230联队
深圳
日军第
229联队
1941.12.8
沙田海
贮城
水门池
马鞍山
大雾山
水牛山
金
山
启德
机场
青
衣
岛
昂船洲
九
龙
城
12.18
香港
日军进攻路线
英军防线

军没打中几个，反而中了九龙炮台飞来的炮弹，七八个被掀上天，剩下十几个人，老咩带走了，开着他们自己的车，连山坡上他们的人的尸首都没处理。

我失望极了，这个收帆赶潮和凑热闹同样出色的老咩，竟然溜掉了，开着偷来的车，连通知我一声都没有！现在才算明白，原来他选择去 B 连，不是因为阻止日军，而是那里离公路近，他好开溜！

过午时分，温尼柏营 D 连向日军发起反冲锋，掩护苏格兰营三个连陆续撤下金山阵地，防卫军装甲车队在后面压阵，苏格兰营沿青衣和荔枝角公路向后撤。

连败两仗，大陆军团完全丧失了斗志，基本是夺路而逃。伤员第一批撤离，港府卫生署派来野战医院车队，公路上，大大小小的车辆乱糟糟争道，有两辆车撞在一起，车头冒着烟。我们这辆车没撞上，只是路况复杂，车颠得厉害，伤兵们焦虑不安地大声叫唤。敖二麦耳朵听不见，反倒有福了，躺在伤员中大睡。我和缪和女不断在车厢里爬来爬去，帮助伤员把他们的脑袋从同伴血淋淋的大腿下翻出来，以免窒息。一个伤兵咬着食指哭泣着叫妈妈，他胸脯被子弹打开了花，亚麻色头发上的血已经变成了暗黑色。

车队开一阵，停一阵，到水塘后却没有停下。车下传来命令，苏格兰营去深水埗码头，海军炮艇和鱼雷艇在那里等着，野战医院车队前往官涌汽车轮渡码头，由工兵和海军协助过海。车颠簸了一下，我怀里的伤兵疼得直抽搐，朝我咒骂。我连忙调整好姿势，觉得不对劲。就是说，我们是撤往港岛，想到德顿和徐亨先生说的战争只会在新界和九龙展开的话，它们就像云彩似的被一阵风吹走了，反倒是老咩，他说九龙没两天就得丢掉，他这张乌鸦嘴！

车队沿窝打老道驶入九龙南，市区里不时传出爆炸声和零星的枪声，有几处地方冒出浓烟，空气中飘浮着浓重的烟尘气味。一群群暴民手持棍棒在街上乱窜，大声呼喊着“胜利啦！胜利啦！”有人用步枪和手枪冲医疗车队开枪，子弹击中车厢板。趴在车头上的机枪手开火，几个暴民被打倒，在马路上蹬着腿抽搐，其他人哄一声散开，窜进巷子里不见了。

快到海边时，爆炸声更加密集，传令兵传来消息，要大家不要惊慌，是防卫军在炸毁九龙发电厂、水泥厂、造船厂、供油厂和来不及开走的船只。

车队在亚皆老街往西拐，街上的情况更糟糕，这里的“胜利友”[1] 更多，不少店铺遭到抢劫。中途停了几次，都是因为“胜利友”打劫，威胁到车队。有一次车队停下来，说是遇到大股武装匪徒，命令卫生兵带上枪下车，保护车队。马克丢给我和缪和女一人一支C式步枪，我俩也下了车，和士兵们一起，步行掩护车队往海边撤。

街上一直有零星的枪声响个不停。我看见洗衣街那边有十几个烂仔在抢劫商行，一位老年人被烂仔用刀砍倒，人滚到水沟边还在抽搐。我看见花园街上也在抢劫，抢劫者中竟然有一些半大少年。

我们端着枪小心往前走，为医疗车开道，大家都很紧张。一直走过通菜街，命令让我们上车，大家才松了一口气。马克从车上伸出手来拉我，我把手伸出去，听见身后传来一声脆响，我猛地缩回手，枪口转过去。

是一只花盆，它砸碎在马路上，那是窝打老道和通菜街路口一栋西式二层洋楼。我顺着花盆落下处看上去，露台上有两个人在搏斗，一个男青年，脖颈上吊着一把砍刀，叉腿压在一位欧裔少女身上，猛烈地耸动她，随着他的用力，砍刀在他胸前一下一下地晃悠，像一面没有挂好的镜子，晃动着刺眼的反光。少女穿着红色大衣，人被顶在雕花栅栏上，半个身子掉在栅栏外，一只手紧拽着栏杆，既害怕又痛苦。我好半天才看清楚，男青年光着下身，吊裆裤褪到脚脖下，不是搏斗，是强奸！

一股血涌上脑门，我朝那栋洋楼冲去。马克大声喊叫，要我回去。我在马路中间站下，举起步枪。准星里晃动着强奸犯和受害者，前者大惊失色地看着我，松开少女往后退去。露台的门打开，探出两个脑袋。他们不止一个！我怒不可遏地扣动扳机。子弹击中露台的门，将门框击得粉碎。三个青年抱着头消失掉。我把枪口稍稍抬起，连续扣动扳机。子弹擦着楼屋不知飞去了什么地方。

呛人的火药烟尘让我一时呼吸不过来，这是我平生第一次使用武器。我紧闭双眼，心呼呼直跳，发现自己颤抖得厉害。

黄昏时分，野战医疗车队抵达官涌汽车码头，那里有一支防卫军工程队在抢运火炮，几十匹没人照料的军马在街上惊惶失措地跑来跑去，一些海军工程师和技术人员在码头上嗓子嘶哑地喊叫着。港岛对岸的几个炮台不断向我们身

---

① 指香港黑帮、地痞流氓，趁战时乱象大肆洗劫、协助日军攻城。

后某处开炮，大概在阻止追来的日军。海面上浮着厚厚一层雾气，各式拖驳、维修船、护航舰、鱼雷艇、渡轮和汽艇来往穿梭，维多利亚海乱糟糟一片。

车队停下，我跳下车，搀扶伤兵们下车，听见一名穿橄榄灰套头装的少校冲一群工兵疯狂喊叫：别傻站在那儿！你们没有尊贵的屁股，不会有“威尔斯亲王”号来接你们！那个笨蛋已经在马来亚海被小鬼子击沉了，要想活命得靠自己！话音未落，附近响起急促的枪声，一队士兵抬着布伦机枪向码头上跑去。很快有消息传来，九龙最高建筑半岛酒店上竖起了旭日旗，日本人攻占了尖沙咀！

我们离半岛酒店不足一英里，卫生队一时乱起来，医务兵纷纷丢下伤员往海边跑。军官们四下阻拦士兵，下令日军抵达前不许后退。很快又有消息传来，说日军并未攻占尖沙咀，半岛酒店上的旭日旗是日军“第五纵队”特工插上去的，九龙城里只有少数日军斥候，日军大部队仍在荃湾一带。人们安静下来，跳进维海里的士兵也纷纷泅水返回岸上，有两个淹死了，人没捞上来。

惊魂稍定中，伤兵们都被抬上了船。我要缪和女带敖二麦赶去登打士街俄国人诊所，把李明渊和朱三样接来，随野战医院车队过海去港岛。两人刚走不久，弥敦道方向再度传来密集的枪声。十几个负责在弥敦道维持秩序的印籍警察遭到枪击，退到码头上。一队提着司各登冲锋枪的印军士兵匆匆从天星码头方向跑来，冲向弥敦道东边。枪声响了一阵停下，很快知道，这次真是日军，他们的一支混合挺进队进了九龙南，人数少，一驳火就退回去了。那支印籍官兵是大陆兵团彭加普营的，奉命赶往魔鬼山，在那里抵抗日军，没想到迷了路，转到天星码头去了，听到枪声赶来，反倒为官涌汽车轮渡解了围。

7 点多钟，夜幕完全降临，雾快要封住海面时，终于轮到我们登船。缪和女还没来，我十分焦急，打算留下来等他们。马克人手不够，央求我一定要帮助他把伤员送过海。想着没来由的和 D 连相处一场，亲眼目睹了 D 连浴血奋战，鲍斯威尔少尉就在我眼皮下死掉，连长宾克顿上尉也被炮弹炸死，D 连算是残了，心里不忍，硬着头皮上了船。

维多利亚海上不平静，两艘皇家海军作业艇连夜在海上凿船作业，把几艘大吨位货船沉入维海。海面上浮着黑乎乎的油污，星光下，像恶魔的油脂。平时七八分钟就能过海，我们的炮艇走走绕绕，竟然行驶了二十多分钟。

上岛以后，伤兵抬上岸，有人上来接，没我什么事了，我和马克道别。年轻士官一绺湿发贴在额头上，在夜色中冲我眨了眨眼睛，说声谢谢长官，扭头上了车。

我全身汗湿，返回人群中找怀特中校，想请他开一份证明，以免返回九龙后不让再过港。码头上乱糟糟的，人们在大雾中叱骂着挤来撞去，没有人知道中校在哪儿。倒是另一位高个子中校，他站在码头高处，在夜幕中大声喊叫，指挥圣约翰救伤队[①]男女队员把伤员抬上车。我看到几个华人士兵，是防卫军华人军团的，负责保卫大陆兵团司令部，刚从尖沙咀码头撤回港岛。一名叫朱甫新的士官告诉我，九龙治安昨天就失控了，“胜利友”蔓延到整个九龙地区，抢劫骚乱，他们当中有一部分是日本人的“第五纵队”，替日军做内应，袭击警署和弹药库，为日军先头部队当斥候，使局面更加混乱，九龙总警司向大陆兵团沃利斯司令官坦言，警司已无力治安，英军总司令部认为大陆兵团随时有被包围歼灭的危险，这才下令弃守九龙。朱士官劝我别找怀特中校了，要我去找那位指挥圣约翰救伤队的高个子中校，他是赖德先生，香港大学医学院院长，防卫军战地救伤车队指挥官，他写证明比怀特中校管用。

我累坏了，身上全是别人的血，鞋子里也灌满了血。一天前，我还相信香港防线是值得信任的，现在，不光新界丢了，连九龙的战斗也结束了，守军全部退回港岛，只能凭借维多利亚海与日军隔海相峙，这个溃败结果让人很难接受。

去九龙的船上全载着工兵和炸药，不让其他人上船，我在码头上磨蹭到子夜过后，趁着混乱，终于混上一艘炮艇。刚上船，就听见一艘正在靠岸的船上有人叫我。是缪和女，他们在那条船上。

黎明到来前，小组在女皇码头重新相聚。缪和女说了九龙那边的情况。日军两支部队已经进了市区，除了拉吉普营的一个印军连队还在鲤鱼门北岸的魔鬼山抵抗，九龙和新界已经没有英军，新界和九龙沦陷了。

我问缪和女为何迟迟不赶到码头。缪和女不说话，看朱三样。朱三样目光闪烁地不看我。我以为朱三样记仇，嫌我把他留在诊所照顾李少校，后来才知道，离开俄国人诊所时，朱三样偷了俄国医生绷带和药，俄国医生扣下李明渊不让走，缪和女好说歹说，塞了一卷钱，俄国医生才放人，这样他们很晚才赶到海边。

---

① 圣约翰救护机构（St. John Ambulance）下属组织，英国慈善救援组织，建立于1099年。

现在这种情况，我也顾不上责备。大批英军往港岛撤，海边没车可雇，我让缪和女带朱三样去铜锣湾辅仁书院找季副官，弄辆车回码头接李少校。缪和女和朱三样消失在夜雾中。

我和敖二麦把李明渊架到马路边坐下。折腾了一阵，李明渊牵扯了伤口，呼吸有点困难，就这样，还忍不住开玩笑，告诉我，俄国医生的小姨子是个好姑娘，她叫亚历山大耶芙娜，模样撩人，特别温柔，俄国医生给他复位时，他痛得杀猪似的惨叫，亚历山大耶芙娜过来，笑眯眯搂住他脑袋，把他的脸贴在她硕大的奶子上，他立刻觉得好多了，能够忍受疼痛了。

“山羊胡子大夫的手段不咋地，疼还继续疼，不如就让亚历山大耶芙娜搂着我，我要吭一声就不是李明渊。”李明渊一脸憧憬地说。

“长官，你是不是觉得，我不该把你从俄罗斯女同志的怀里拽到岛上来?”我在地上蹭着手上的血痂，苦笑道。

“命比奶子重要。”李明渊疼痛得抽一口冷气，没了情绪，“我困了，要睡会儿。”

天渐渐亮了，又是阴云天。海边风大起来，雾水被风撩动着直扑人脸。我去马路对面的商铺弄了点水来，外套脱下交给敖二麦。他耳朵仍然听不清。我大声朝他喊，要他喝过水，搂着少校睡，别让少校凉着，我去办点事，回来之前他俩哪儿也别去。

我沿皇后道去了亚细亚银行，心想，陈将军这个时候别再相信英国人的防守能力，他最好放弃协助英军守岛的天真想法，带我们逃出这个是非之地。

港岛已经实行灯火管制，军事使节团办事处窗户贴上了防爆纸，窗帘拉得紧紧的，电灯却亮着，一派通宵达旦的忙碌景象，中国各机关驻港临时联合办事处已经在“华记行”里运行，每个组都在紧张地工作。陈将军不在，徐亨先生也不在，是余副官接待的我。

从余副官处得知，警署接到线报，亲日“三合会”准备发动暴动，袭击和杀害欧籍人，警署俞允时处长请陈将军出面协助警方阻止暴动。子夜前，陈将军率北美洪门堂主司徒美堂和信廉堂主张子廉赴太平山和“三合会”头目谈判，杜月笙坐镇跑马地“香港中国抗战协助团”指挥部，组织亲国府帮派和武器随时策应陈将军，弹压亲日“三合会”。刚才接到消息，陈将军以任随“三合会”向华人收取保护费为条件，换取“三合会”不对欧籍人士大开杀戒，以稳定港岛局面，暂时排除了险患。徐亨副官和陈将军的侍卫杨全少校刚刚出门，军统第八工作站侦听到一个播放日军劝降消息的秘密电台，是从维港中一艘船上发出的，陈将军指示徐副官不用向警署通报，带两个人去把船炸掉，徐副官带人炸船去了。

余副官见我一身血污，出去找来一件干净衣裳让我换下，倒了杯水给我。我说了金山防线的事情。余副官说已经知道了。我问余副官知不知道苏格兰团的历史。余副官说只知道这支部队驻防香港数载，基本不作战术训练，官兵以多有性病著称。我告诉余副官，苏格兰团是英国最古老的部队，公元 1633 年由查理一世亲手创建，拥有无数荣光，没想到这支老牌的骄傲之师远离战争环境后消磨了斗志，战斗力衰弱到极下，守着铁打的醉酒湾防线，一败城门堡，二败金山，最终使九龙弃守，如今日军正在涌入九龙城，什么时候进攻港岛，港岛能不能守住，能守多久，就是天数了。

余副官很镇定，劝我放心，日军攻港兵力的确数倍于守港英军兵力，但英军大陆兵团撤回港岛后，守军以赛马场——黄泥涌峡——浅水湾为界，分东西两个旅防守，总司令部手上还有玛古·劳德准将的皇家炮兵团。另外，在陈将军安排下，皇家空军于 9 日和 10 日夜里将几十名职员和家属秘密运往内地南阳机场，空军司令官苏里云少校率机师驾机飞回香港降落，转为协助陆地作战。海军的三艘驱逐舰，两艘开战后调往新加坡支援，留下“色雷斯人”号，还有四艘炮艇和八艘鱼雷艇，已经协同岸炮把日军第二舰队成功地封锁在外海。以英军对港岛多年经营的经验，隔着维海天堑，日军一时半会儿啃不下港岛。

我们正说着，两个穿着皮夹克的男子进来，说有重要事情找陈将军。余副官给我一份抄件要我看，他去接待二位。

我看那份抄件，是英军总司令部转给陈将军的，凌晨由伦敦发给香港三军司令和总督的电报，落款是丘吉尔：

> 你们对香港之顽强保卫，我们每天都在关注。你们正守卫着世界文明中贯通远东及欧洲的重要通道，你们深信面对野蛮悖妄之侵袭，予以迎头痛击，保卫香港一役，足以名留青史。你们目前的逆境，我们感同身受。你们抗暴之努力，使你们距离必然之最后胜利日近一日。

一会儿工夫，余副官回来，说两个夹克男子是军事调查统计局香港区区长王新衡和副区长刘芳。“香港中国抗战协助团”组织了千余特工人员，根据平日掌握的资料和线报缉捕了两百多名歹徒和汉奸，明天公开枪决21名已招认的日本间谍，他们来要其中两个，说是有用，他要去处理这件事，不能陪我。余副官要我再等一会儿，9点钟港府远东情报局长麦道高、英军参谋博沙、警司米耶、华民政务司那鲁麟会到使节团来开联席会，策公应该能赶回来。

我担心码头上的李少校，向余副官说明，国防部四厅有位受伤的军官和我在一起，希望能帮忙找家医院，等伤员安置好，我来向陈将军报到，参加“香港中国抗战协助团”工作，这会儿就不等了。

回到码头时，天色已经大亮，大雾渐渐消失，天气仍然阴沉着。九龙那边很安静，鲤鱼门北岸的魔鬼山一带炮声却持续不断，应该是那支没撤回港岛的印军，很难想象他们孤军作战的绝望。

李明渊仍在敖二麦怀里昏睡。敖二麦也睡着，耳朵眼里血水结了痂，涎水流了少校一脸。我在他俩身边坐下，胡乱想着，不知道战区增援部队何时能够抵达。

正想着，缪和女和朱三样满头大汗，带着两辆东洋车匆匆沿马路过来。我欣喜地迎上去，却没看到季副官。缪和女失望地汇报，铜锣湾没有辅仁书院，问当地居民，都没听说，后来一位老人说，沙田大围也有个铜锣湾，可能找错地方了。

我一听傻了，梅中校从没对我说起过联络点的事，季副官留下的字条也没说明是港岛还是九龙，只知道铜锣湾在港岛，哪里知道九龙也有铜锣湾。

缪和女建议，九龙肯定回不去了，不如去跑马地他父亲的商行。朱三样觉得缪和女的建议有道理，跑马地是华人聚集区，华人向着华人，关键时候能得到帮助。

我想了想，多了个心眼，告诉他们不去缪家商行了，仍在跑马地一带找地方，离使节团近，好办事。我没有告诉下属，战事不知道会如何发展，我们的身份不受华人欢迎，在国外生活的经验告诉我，出卖国人的一定是国人，下毒手的一定是同胞。

李明渊和敖二麦都醒了。李明渊哼哼唧唧呻吟着，不说话，拿眼白冷冷地看我，嘴角上挂一丝冷笑。我知道他想说什么，他是我的老上司，明白我在想什么。

港岛已是孤岛，到处乱糟糟的。缪和女和朱三样在跑马地一带找了半天，最终在毓秀街找到一栋临街房子，二楼住着主人一家，一楼和三楼租出去了，住了七八家从九龙逃过海来的家庭，缪和女租下的其实是一间阁楼，三十来平方米，堆了些主人不用的家具，窗户对着维海，朱三样坚持租下来，说好观察情况。

一天多没吃饭，大家早饿得说不出话。没米没锅，现做来不及，我决定去外面先填饱肚子，然后买点生活用品回来。

朱三样很快找到一家茶楼。开战数日，港岛商店大多依旧开门迎客，茶楼酒家亦在营业，只是食品贵了不少，豆包要一毫一个，烧麦二毫两件，叉烧三毫两件，滑肉面卖到五毫一碗，牛肉炒面竟然要一元。顾不上讲价，四个人围了一张台子，很快饭食上来，大伙狼吞虎咽，另外给李少校包了一份。

缪和女吃了一半，去街头报童手上买回一份报纸。报纸上登了路透社消息，德、意、日三国昨日在柏林签署协议，德、意亦向美国宣战，并相约不单独与英美媾和。又称今日泰国正式成为日本附庸。还有中央社的消息，蒋委员长发表告海外侨胞书，号召侨胞协助友邻参加作战工作。在港军事代表陈策将军亦发表谈话，呼吁港九同胞保卫香港。

“长官，我们依家算唔算侨胞?”朱三样往嘴里塞着点心问我。

“我们是国军，不算侨胞。”缪和女解释说。

“唔系侨胞，同胞都算吧?我们已经参加咗作战工作，要唔要继续参加?”

“不是我们，是郁长官、我和小敖，你在诊所睡大觉，不算。”

“我嬲嘅就系呢样。”朱三样不服气，一口吞掉一件叉烧包，“陈将军下令保卫香港，今次边个中意搅屎上身边个去，我参战。”

“你们在说什么?”敖二麦蒙头蒙脑从面碗中抬头问。

我没回答朱三样的问题。我越来越困惑。我要朱三样去给李少校买点水果，把他打发走。

返回住地，张罗李明渊吃饭。李明渊吃饱了，问花了多少钱，知道一顿饭吃掉十多块，提醒我别乱花钱，尽快抢购生活用品，不要落得几个军需人员连自己的嘴都顾不上，就是笑话了。

一会儿工夫，朱三样提着草兜回来，草兜里几只香蕉，一大堆朱古力糖，外加几盒“派律”牌香烟。朱三样埋怨道，水果太贵，苹果和甜橙要一块半，香蕉五毫，勉强能下手，朱古力糖反倒比战前跌了三成，“派律”烟跌到“骆驼”牌的价，他买了几盒，堆头不少，够塞李少校的嘴。李明渊躺在床上冲朱三样瞪眼。缪和女在一旁努力憋住笑。朱三样也笑。我瞪他俩。朱三样止住笑，汇报说，不是价，他身上零钱不多，只一张百元港币，商家都不肯收大面票子，小贩更不收，所以只能买几只香蕉。

天黑以后，等李明渊睡着，我召集小组开会，把在亚细亚行打听到的情况告诉大家，吩咐众人，我们将参加陈将军的护岛行动，如果岛护不住，证件全部销毁掉，混进难民中间隐藏起来，等战争结束后伺机离岛。岛护不住的想法，是离开亚细亚行时冒出来的，我觉得事情到现在这个地步，什么人都不能全信了。

大家都沉默。朱三样说风凉话，说早知道这样，港岛建造了不少防空洞，能住下十万人，不如我们住进去，就是真难民了。

我没理会朱三样，分配明天的任务：敖二麦听不见，明天跟我送李少校入院；缪和女带朱三样去缪家商行，看看能不能弄几张难民身份证，再采购些换洗衣物和食物，买部收音机回来。大家情绪低落，点头，没有说什么。我让大家早点休息，明天一大早出门，刚说着，海边连续传来几声爆炸，连耳背的敖二麦都听到了。

我冲到窗前，朝海边看。爆炸声来自金钟方向，停泊在那里的一艘皇家海军舰船燃起大火。看了一会儿，不是炮击，判断是英军设置海滩障碍，炸沉了船。九龙对岸，凌晨炸掉的“添马”号补给舰露出一角在海面，兀自燃烧着，像绝望中伸出海面的火把。我想起几个月前，因为羡慕这艘4600吨补给船，和陈将军说起过，陈将军安排我上船参观，船非常气派，如今看着它燃烧，海面上剩下一只不甘的拳头，不免替它叹息。

第二天，天继续阴沉，天没亮大家就起来了。我先下楼，在附近找了家商行，借了电话拨往亚细亚行。接电话的人说大家都出去了，余副官已经帮我联系了玛丽医院，要我把伤员送到那里去。

岛上电车和公共汽车已经停驶，我在街上找了辆东洋车，返回毓秀街，接上李明渊和敖二麦。我和敖二麦跟着车跑，三个人往薄扶林去。

九龙那边不断有大炮打到港岛这边来，多数是向海军船坞和山上要塞发射，也有零星炮弹落在人口稠密的居民区，烧起大火。港岛这边也没闲着，不断向九龙荔枝角、深水埗、尖沙咀和红磡油库射击。街上到处都是碎玻璃，车夫赤着脚，勾着脑袋，不断躲避地上的玻璃碴儿，走得很慢。我让车夫停下，从李明渊脚上扒下鞋，给车夫穿上，这样车夫速度快起来。李明渊不高兴，拿眼白瞪我，但没说什么。

到了中环一带，看见广西银行大门中了炮弹，对面的移民局也遭了殃，窗户都震下来了。街角搭了个官价米配送站，排着长长的队伍，不时有炮弹在什么地方爆炸，弹片和碎物横飞，人们还是不惜冒着死亡危险来买米，人们全蹲着，有的索性趴在地上，用脸盆扣着脑袋，防止弹片。路过毕打街，看见告罗士打大楼下面的香港大酒店，港岛最好的酒店，现在成了上流高贵人士的避难所。路过雪厂街时，看见思豪酒店的工字钢结构成了抢手的避难场所，酒店楼下挤满抱着箱子和被单枕头的避难平民，大概都是从九龙那边逃过来的。

玛丽医院外停着两辆伤兵车，有 A·R·P 人员抬着伤兵下来，送进医院。我按余副官交代的程序，很快办完入院手续，把李明渊安顿下来。

给李明渊看病的医生是个上了年纪的胖乎乎嬷嬷，50 多岁，慈眉善目。老太太像哄孩子似的哄李明渊，替他剪掉夹板，一边手舞足蹈给他哼歌谣：

在这黑夜之前，请来我小船上，
桑塔露琪亚，桑塔露琪亚①。

做了检查，照了 X 光，确认了伤情，嬷嬷夸奖俄国同行复位术及时，固定手段也有效，不然搬上抬下，早移位了。我趁机请嬷嬷给敖二麦看看耳朵。嬷嬷诊断是鼓膜震颤损伤，好在没有穿孔，吩咐助手给敖二麦处理。

嬷嬷的助手是个圣卢西亚混血姑娘，香港大学医科实习生，听她介绍，嬷嬷叫亚历桑德拉·康妮，意大利人，在九龙教会医院当院长，开战以后，港府卫生署组织医务人员到玛丽医院工作，嬷嬷带着十几个教会医院的医生过海来帮忙，现在倒回不去九龙了。

“玛丽医院是远东最大的医院，医生医术高，把伤员送到这儿来就对了。”

---

① 那不勒斯船歌。

有着一半印第安人血统的实习生安慰我说。

听实习生说她是港大学生，我想起艾琳。不知道她怎么样了，港大离这儿不远，我决定趁这会儿工夫去看看艾琳。

我谢过实习生，吩咐敖二麦处理完伤口回毓秀街去，换朱三样来照顾李少校，以免他耳聋误事，然后出门沿薄扶林道上山，去了香港大学。

到学校一看，学校很清冷，校园里见不到几个人。我在冯平山图书馆找到一位文学院华人学生，他抱怨自己主课修完，就剩一门辅课没修，遇到战争，欧裔教授们不授课了，带着欧裔学生加入了防卫军，留下的都是华人教师和学生，说艾琳去山下救急站守伤员了，港府要求没走的学生都要参加防空队和急救队。

问过急救队在哪儿，找去那里，艾琳果然在，人家蜂扑蝶腾地忙，她倒好，躲在临时搭起的布棚后面，手里握一沓打字机打出的文章，守着一堆药箱笃心笃神地读。见到我，她有些意外，很高兴我去看她。我们躲在布棚后面说了会儿话，无非战争进展到哪一步，炮弹落下来这几天的担惊受怕。其间一位女同学探过脑袋来，恼火地叫她去帮忙，她懒洋洋答应着，没有动。

“同学叫你，我走了。”我要她去忙，别误了工作。

“有人说，我们来到这个世上，就是要帮助别人的，”她把头发往帽檐下掖，鼻子里冷冷哼出一声，“倘若此话非虚，请问，别人来到这个世界，又是来干什么的？”

我愣一下，不明白她为何这么说，看她丢在一旁的文章，是萧伯纳的《战争常识谈》，我不禁哑笑，想到她刚才的话，原来借用了萧伯纳的台词。

“你应该拿他的《伤心之家》来读，这样就可以像艾丽那样，不用躲防空洞了。”

“英国知识分子已经绝望过战争，可这儿的主人仍是他们，大炮是他们在响，防空洞也是他们在钻，轮不到我去商量，我又何必凑热闹？”

又说了一会儿，和艾琳告别，从山上下来，叫了辆洋车，我要车夫拉我去海军要塞，想在那儿打听些情况。快到维多利亚城时，看见维海中，一艘汽艇从九龙对岸向港岛驶来，犁开发白的海面，在海雾中越来越清晰。枪声响人，北岸这边向汽艇射击。我要车夫停下，躲在一栋建筑后往码头方向看。

汽艇没停。很快射击停止。汽艇驶近，在皇后码头泊下，船上竟然跳下三名戎装楚楚的日本军官，其中一名帮助两位牵着达克斯猎犬的欧洲妇女从艇上下来。我这才注意到，船上挂着 Peace mission[①] 字样的白色横幅，不是战斗部队。从要塞中匆匆跑出两名英军军官，领头的是远东情报处的查尔斯·博沙少校。双方说了几句什么，博沙少校把挺着大肚子那位妇女和两条狗带走，消失在要塞建筑后。三名日本军官和另一名欧洲妇女留在原地，等在那里的十几个记者纷纷上前询问和拍照。

我掏出两块钱给车夫，请他找地方等我，然后穿过马路朝维多利亚城走去。三个哨兵老远就把枪举起来瞄准我，大声叫我退后。我不敢贸然，退回马路这边，毫无主张地看着骑摩托车的通信兵在海军要塞进进出出。

大约半小时后，博沙少校出现在皇后码头，向日本军官说了几句什么。双方敬礼。日本军官带着那位欧洲妇女上了汽艇，驶回九龙。

在海军要塞外盘桓到日头过午，眼见无计可施，正打算离去，却见德顿跨着摩托车从司令部里出来。我大喜过望，大声叫过德顿。我问德顿上午过海来的那几个日本军官是怎么回事。德顿告诉我，是 23 军军部参谋多田督知中佐率领的军使团，女人是在九龙陷敌的港督秘书夫人，另一位是快要临盆的俄国人，日军认为固守港岛在战略上已毫无意义，出于对无辜平民的人道考虑，渡海来劝降，港督和总司令拒绝了劝降。

德顿急着去东线指挥部，建议我去告罗士打酒店，英国情报部办事处设在那儿，要不就去香港酒店，那里是各国情报人员情报交换点，消息灵通人士全聚集在那儿，知道的战况可能比总司令部更多。

正说着，几发炮弹从何文田方向飞来，落在中环和上环一带。德顿说他先走了。我退回街边，四处找，发现车夫早跑掉了，街上除了一堆被风刮起来到处飞舞的纸屑，一个人影也没有。

回到玛丽医院，李明渊正歪在床上啃梨，说朱三样来了，一来就找康妮嬷嬷要果子，嬷嬷花一块钱一斤买来的梨，几天前还只卖两毛。正说着，朱三样喜滋滋推门进来，看见我，愣了一下，手中的两个绷带往身后藏，看藏不住，不情愿地解释，怕少校用得着，先准备着。我特别烦朱三样这个，什么小便宜都占，饭铺里吃饭都忍不住偷一只碗，碗偷不了筷子也要偷走一双，偷完没用，

---

① 英语：和平使命。

到处送人，一副仗义疏财的样子。我骂了朱三样两句，他不在意，嘻嘻笑着去给李明渊倒尿盆。

回到毓秀街已近半夜，缪和女在无线电前听港府战况通报，听完凑在耳边大声给敖二麦说。见我回来，缪和女汇报情况，他父亲仍未回商行，可能船进不了维港，只能返回南洋了，商行那边揽下难民身份证的事，送了两包大米、一些食物和衣物过来。他还提到一件事，滞留在港岛的日本人都被警署抓走了。

“抓去哪儿了?”我心里一咯噔。

“矢野征记总领事和领事馆的人拘押在领事馆。”缪和女飞快地看了我一眼，挪开目光，“三井物产、正金银行、台湾银行、《香港日报》人员关在赤柱监狱。日籍妇幼收容在湾仔的‘千岁花坛’餐馆。”

我沉默，心想，不知道阿国走了没有，加藤和千年在不在赤柱监狱，收押在“千岁花坛”的人中有没有真子和郁子，一时替他们忧虑。

第二天早上，按德顿的指点，我去了皇后道。街上的情况有点异样，路上几乎看不到行人，偶尔遇上几个路人匆匆从薄雾中冒出，猫腰护头快速跑过，看不出脸，活像走散的幽灵。快到香港酒店时，防空警报响了，东边传来炮弹爆炸的巨大声响，我慌忙找隐蔽处趴下。是重炮，声音是嗵一日一轰一哗，炮响的声音沉闷，炮弹飞行的声音尖啸，落弹的声音巨大，最要命是后面哗的一声，那是建筑或山体坍塌，一发炮弹，动静好半天才消停。

进了香港酒店，酒店里人果然不少，大多是欧洲人，从穿着上看，都有些来头，而且相互认识，似乎并不对外面的空袭惊慌。

我凑近几个情报人员模样的男人，他们在议论新加坡和马来亚战事，担心英国政府首尾狼狈，拖延派兵解围，反倒不怎么关心香港的战事。见我站在那儿不走，几个男人停下交谈。一个穿雪花呢外套的男子警惕地要看我的证件。我把证件掏出来递给他，申明不是日本人。

“先生不想去别处转转?”雪花呢外套看过证件递还给我，礼貌地说。

我揣好证件走开，见几个华人在吃茶说话，于是凑过去。他们在议论汪逆政府在港人员的事，大约是《南华日报》负责人躲起来了，警署去的人没抓着。一位穿夹袍长褂的眼镜中年男提到发生在九龙的一件事，12 日日军进入九龙时，路过大观片场，进去搜查，电影厂的人都在片场里避难，华南影帝张瑛和影星梅绮一周前才新婚，也在那儿，日军士兵从人群中拖出梅绮，当着张瑛的面轮奸了她，受难的还有女星郑宝燕和林妹妹。在座的人都表示愤慨。

我看过梅绮演的《红伶悲歌》和《傀儡美人》，并不觉得电影有多好，但风恬月朗的演员被日军士兵当着丈夫作践，这情景让人万箭钻心。

他们又提到纠结的战事。英国人的空军完蛋了，防空没有雷达，全靠听机判断，海军三艘驱逐舰，一炮没放溜掉两艘，剩下几艘炮艇躲在内海，等着人家开膛破肚，陆军干脆是杂牌，不同民族殖民地派来，兵种纷纷藉藉，连队蜂顿蚁聚，谈不上联合作战指挥系统，仗怎么打？

他们你一句我一句，见我在旁边听，停下来看我。有了之前的经验，我主动报上来头，是7战区滞港人员，想打听些战事情况。他们倒也客气，自我介绍，原来也是国府的人，其中一位是中宣部新闻处负责人，另几位是《国民日报》《工商日报》《华侨日报》的总编辑或经理。介绍完，他们不再说话，低头吃蛋糕，饮茶，看脸色也是希望我离开。

我在酒店楼上楼下转悠，快到中午时，好几个穿西装的华人进了酒店，个个飘零书剑的不合作架势，声音很大地说话，和欧洲人打招呼时操内地口音的英文。那些人明显约了点来，且并不与之前几位报业华人聚首，自聚一桌，买一元六角的餐券点菜吃饭，一边埋怨菜式越来越糟糕，一边说着战事情况，无非日机轰炸了石油提炼厂和储油厂，重炮发射的巨弹准确落入英军军营和装备库，“偶然性”落入居民区，好几个居民区燃起大火，造成岛上人们极大恐慌。

我向酒店仆役打听，知道这几位是内地来的左翼报纸杂志主编和主笔，《华商报》的范长江，《光明报》的萨空了，《大众生活》的邹韬奋，《笔谈》的茅盾，《大公报》的徐铸成。我不喜欢文化领袖们鼻头出火的激昂架势，觉得没什么值得了解的了，于是离开酒店。

下午剩下的时间，我在玛丽医院陪李明渊。康妮嬷嬷为李明渊制定了治疗方案，确定不必做内固定手术，不需要钢丝螺钉，只是牵引静养。李明渊被康妮嬷嬷宠得不像样，情况有所好转，情绪上来，忍不住又和我说大奶子的亚历山大耶芙娜。我坐在那儿有一句没一句听他说话，脑子里冒出一幅画面：少校突然停下讲故事，卸掉脖子上的牵引器，从病床上跳下来，扭动身子哼着《桑塔露琪亚》，和母亲般的康妮嬷嬷告别……

要是这样，我们就能趁港岛还在英国人手上时溜之大吉了。

当天晚上，跑马地一带断电，听说港岛不少地方昨天就在轰炸中停电了。

第二天早上起来，发现天晴了，太阳一大早就冒出来，让人突然觉得是个好兆头。我吩咐缪和女去亚细亚行找余副官，先道个谢，告诉他伤员已经安顿下了，我们四个人随时可以去使节团报到，问问什么时候去合适。

到玛丽医院差不多9点钟，一队日机飞来香港投弹，朱三样出去打听了一下，西环货仓、湾仔海军船坞、北角发电厂和油库都中弹起火了。没过多久，缪和女赶到医院，说见过余副官，按我吩咐的说了，余副官说指挥部已经组织了几千人，港英政府答应的武器没到，要我们等着，武器一到就通知我们。

"我阿爸回到港岛了。"缪和女喘着气说。

"不是船进不了维海吗?"我有些意外。

"东边鲤鱼门和南边海域都被日舰切断了，我阿爸是换乘渔船从西边马湾海峡进来的。我阿爸说，如果我们要走，船现成，他立刻安排人送我们走。"

开战过去八天，这是我听到的最激动的消息！我当即决定，一天也不多待，请缪伯父送我们走。

匆匆找到康妮嬷嬷，告诉她我们要走，请她替李明渊做保险支架。老太太坚决反对伤员出院，强调伤员不适合搬动，海上没有任何施救的办法，颠簸会造成创位部移位，轻者截瘫，重者因呼吸肌瘫痪造成猝死，什么支架也帮不上忙。

"上帝知道，你在杀他。"嬷嬷严肃地看着我说。

我犹豫不决地回到病房，把缪和女叫到走廊上，和他商量，是走还是留。

"你一出门李少校就发脾气。"缪和女说。

"怎么啦?"

"他指责你，想让他在船上窒息。我觉得你不会，但海上的风浪会。"缪和女快速看我一眼，"阿爸正催人替我们办身份，我们是难民，不会有事。"

"但你说了，风浪会让少校窒息。"

"我们也可以不带他走。"缪和女不接我的目光，扭头看走廊里走过的人。

我犹豫。缪和女把球踢给我，我得做这个决定，冒险带李明渊走，还是丢下他不管。正犹豫着，病房里传来朱三样兴奋的叫喊声。我和缪和女冲进病房。原来，朱三样从别人手里偷了一份《华侨日报》，上面有国军在淡水与日军接战的消息，称规模不大，各有伤亡。

"淡水离新界不过百十里，可能是双方尖兵遭遇，所以接战规模不大。"李明渊吊着牵引器兴奋地分析，“接下来，三万部队一个冲锋，要不了两天，国军就能冲过深圳河，英军再挟威过海，两边一夹击，鬼子必然是夹沙肉，连渣都剩不下！”

“长官不懂打仗。”朱三祥侍候了李明渊几天，人熟了，嘻嘻笑着说，“三万大军过深圳河，几天才能过完。国军等不及，肯定会走海上，那叫钳击战。”

不管什么战，消息像一丸鸦片，让大家兴奋起来。一会儿工夫不到，不少听说消息的欧籍伤病员拥进病房来感谢我们。看着人们一张张笑脸，我有点发呆，想起多年海外生活，极少有身为中国人的骄傲，如今头一次得到祖国庇护和拯救，连带受到他人的感谢，眼睛居然有些湿润。

“天主赐予平安，使我们在不断的佑护下唯有赞美。”康妮嬷嬷也赶来了，认真地在胸前画十字，“你们的军队来了，受伤的孩子就不用走了。”

“当然不走了，哪儿也不去了！”我说，为刚才心里的纠结暗自愧疚，“刚才有些冒失，请嬷嬷别往心里去。”

“主关心一切，我只是他的仆人，没爹没妈的孩子才让他操心。”康妮嬷嬷笑眯眯说，“昨天那个中国女孩要早送来医院，也不会受那么多苦。”

“是啊，谁都不会受苦了。”我沉浸在喜悦中。

“可怜的孩子，听说是个作家。”嬷嬷叹气。

我愣一下，站住，这才明白嬷嬷是在说另外的人，问嬷嬷：“您说那个作家，她叫什么?”

嬷嬷扭头看助手。印第安混血实习生想了想。

“张迺莹。”她说，发音不准，但已经够了。

“她在哪儿?”我着急地问。

“你们认识?”嬷嬷奇怪。

是的，我们认识。

康妮嬷嬷要助手带我去楼下。一路上，印第安姑娘热心地介绍，患者是肺结核，两个月前来医院打过空气针，受到实习生冷落，一气之下拒绝治疗，拖延了，很快病重，战后第二天返回港岛，在养和医院误诊，做了失败的喉管术，人不行了，昨天由丈夫和一位年轻人送到医院。患者头一次留的名字是萧红，这次来改成张迺莹，可能不想记住之前的事。

我们在三楼病房外被护士拦住。护士说，患者送晚了几天，持续发烧，不能说话，状况很不好，现在昏睡着，不便探视，请我等患者情况好点再来。我请求隔着门看患者一眼。护士犹豫了一下，同意了。

我轻轻推开门，看见张姐姐。她躺在病床上，果然睡着，枕边胡乱斜堆着杂物，一件蓝色毛衣搭在脚上，一只袖子耷拉在床头。我注意到那堆杂物中，有一小袋苹果。护士催促离开，我谢过她，随混血实习生离开了。

当天晚上大家都待在医院陪李明渊。朱三样央求庆祝一下，跑回毓秀街弄了几听咖喱罐头回来，请病房两位病友一起喝开水冲炼乳。大家剥着柑橘，畅想国军攻入香港，会有怎样激烈的搅杀。好像为了配合，东边方向传来一阵激烈的枪炮弹，快到天亮时才消失。

天亮以后，来上班的医务人员说，昨晚日军强行渡海，发生了激烈战斗，海岸守卫部队把偷袭的鬼子赶回九龙了。我心想，看来国军驰援的消息让日本人着急了，想抢先攻下香港。

我有些担心，决定带朱三样去海边看看。

街上仍然没有多少行人，匆匆跑过的全是武装人员。几辆红十字会车尖啸着驶过，街上巡查的警察一脸紧张。警报响了又响，日机来投弹，目标换成炮台山、南朗山、西湾、龙虎山和瀑布湾守军炮台，守军高射炮急促地向天空中吐出一串串炮弹。朱三样拦住一队海军陆战队士兵，想打听情况。对方哗啦一下推上子弹枪口对准他，差点没被当成第五纵队间谍当街打死。

我拉回朱三样，绕道皇后道中。路上买了份刚出版的英文报纸，报上已经登出消息，昨晚两个连日军在北角一带强行渡海，被守军全歼。另一条消息是国军进入宝安，与日军短暂交火，证实了昨天的消息无误。相比报纸上新加坡和马来方面英美联军节节败退的消息，这两条消息令人振奋。

避开开阔地带，沿屈臣道来到北角，眼见海边油库燃起巨大的火球，九龙那边突然又向这边发射炮弹，有两发炮弹落在山道上，溅起雨点似的石块落在我俩身边，弹片击打得身旁建筑砰砰响。

我俩连忙连滚带爬往回跑。刚跑到山道上，一个武装人员突然从马路对面冒出来，穿哔叽布料野战服，戴 MK 式头盔，手拿步枪冲向我们。朱三样反应快，摸起半块石头捏在手上。等人冲进，我目瞪口呆，那人竟然是老咩，身后跟着阿盛和阿南，也是一身英军军装。三个人不由分说，把我和朱三样拖进路边的防空洞里。

“怎么是你们？”朱三样大喘气，不相信地看着他们。

“睇真啲，係我哋，又唔係我哋。”老咩撒开朱三样，大剌剌靠在防空洞潮湿的石墙上，夸张地检查挂在左腿上的刺刀。

我觉得事情荒唐极了，香港怎么这么小，小到一迈腿就能见到不想见的人，要这样，英国人怎么守得住？

不管我脸上露出多少厌恶，老咩一如既往地憨厚，好像之前他在金山不顾我们自己溜掉的事情从来没发生过。

“见到你哋好好啊，我话过，我唔会唔理你哋！”老咩检查完装备，扑打脸上的灰尘，再脱下鞋抖鞋里的沙，一点安息下来的意思也没有。

“你是指答应我们的船，还是把我们拖去金山，然后丢下我们偷偷溜掉？”朱三样嘻嘻笑着，不怀好意地问老咩。

“光是那两样？还有他那些丢在金山的兄弟。”我没拦朱三样，从嘴里吐出一口泥土，冷眼看老咩。

“你话咩？”老咩的笑容僵在脸上。

“看得出来，你们跑掉的都安置好了，洗得干干净净，能做新郎官了，你那几个死在金山的兄弟，不会忘了吧？”我恶毒地看着老咩，“实话告诉你，是我替你把他们的尸首拖回九龙的。”

“讲咩做乜嘢？”老咩急了，“打仗就会死人，我哋唔好净帮衬自己，一路死蛇烂鳝嗷，点都应该做啲嘢，若然唔喺有咩脸面落船！”

“船的事就别说了，说你能做什么吧？”

“大把嘢做喇，”老咩小眼睛骨碌碌转动着，“好似我哋噉样，港岛百万唐人，都攞埋枪，鬼佬佢攞咩攻岛？”

我冷笑，很快不笑了。这几天水喝得少，火气大，鼻孔里火辣辣的疼。

“点解你唔信我，”老咩发誓道，“我话，件事掂咗之后帮你搵条船，搵到船，我畀你嘅人上去先，你哋拣位，然之后我嘅人再上。”

“好吧，在哪儿上船？”

“船靠喺边度，使乜我教你？”老咩嘲笑，把我当雏子。

“四天前我们在九龙，现在我们在港岛，”我冷冷地戳破老咩的牛皮，“就算日本人放你船入港，它在哪儿找你，你能登船？”

“你係噉嘅人，净係挂住自己？”老咩头一回火红火绿一张脸，朝我瞪白眼，

“道理畀你讲晒啦，香港系中国借畀英国，唔好借出去就唔敬惜，益睇人糟蹋！”

“行，不让人糟蹋。”我确定一件事，永远别相信老咩，就是忘了自己姓什么，也别忘了这个，“你那儿有卵石吗？”

“乜嘢？”老咩没明白我说的是什么。

“我不和你们比，你们能偷能骗，我没家伙，你弄筐卵石来，我砸日本人去。”

“几时喇，开呢种玩笑。”老咩不满地看我一眼，好像我说了一件他办不到的事情，然后拎着枪站起来，朝我下令，“同我走。”

老咩贴在防空洞门口向外看了看，看着炮弹落得稀了，一猫腰窜出去。我站在那儿没动，身后阿盛推我一把，没容我分辨，人已经踉跄出防空洞。老咩领头，阿盛、阿南架着我，朱三样跟在后面，一行人弯弯曲曲向七姊妹区方向跑去。为躲炮弹，老咩摔在一辆中弹的轨道巴士前面。那一带是工业区，很多厂房和仓库挨了炮弹，到处都在冒烟。

老咩把我带到山道旁一栋仓库里，看门上徽记，是皇家游艇会的财产。仓库里，十来个疍家渔民全在，短褂一律换成了绛绿色防卫军服，短家伙也换成了李·恩菲尔德四型步枪，原来光着蒲扇脚丫，现在穿上了通用胶鞋，一个个显得不自在，不断地看自己的脚。

让人吃惊的是，仓库里还有三十来个穿黄绿色军装的国军士兵，有几个帽檐坍塌的单帽上还缝着青天白日帽徽，都披挂着英军装备，一问，果然是国军。

老咩和阿盛、阿南消失了。仓库里的人看我和朱三样，我尴尬地和国军搭讪。他们当中有一位姓伍的中尉副官，一位姓杨的少尉排长，听说我是 7 战区的，上来就抓我的手，话没开口眼泪就下来了。

寒暄了几句，知道他们就是报纸上说的孤军，伍副官说了前几天的经历。四天前，几名英国军官突然到战俘营，宣布孤军自由了，提出释放条件，年轻的上前线，年老体弱的做保障。

“报纸上登咗你哋嘅消息，话你哋打得唔错！”朱三样来了劲，羡慕地往前凑。

“不错什么？关了三年，人关稀松了，大多兄弟风都能吹倒。”

伍副官苦笑一下，说了情况。无端羁押三年，孤军官兵与英军多有龃龉，经军官做工作，大多选择了上前线。可是，英国人不相信他们，指挥官安排自己的人，那些指挥官多半没打过仗，作战指导、一般战术、通信联络和友邻协同诸多漏洞，语言也不通。鬼子那会儿没完成调动，孤军在大埔遭遇鬼子一支先头小部队，打了一仗，两军相逢，旧仇新恨一块算，硬是把鬼子打得被迫后撤了十多里，可是，英国指挥官不趁机打反击，鬼子增援一上来就下令撤。孤军中有个营长火了，说总不能没打过仗的指挥打过仗的吧，找英国人要指挥权，人家不给。仗要让孤军自己打，赢是不可能，怎么也能缠斗个三五天，英国人连两天都没坚持下来，就下令全线撤退。孤军几个领头的军官一看这种情况，决定不合则去，索性脱离英军，向北杀开一条血路，冲开鬼子防线向鲨鱼涌方向跑了。

“那，你们怎么在这儿?”我不解地问。

“赵营副和伍副官奉命领着我们掩护其他人。赵营副光荣了，我们也没走成。”杨排长在一旁说。

“金山一丢，鬼子封锁了道路，我们还剩 37 个，只能往港岛撤。在路上遇到老咩，他找船把我们拖过海，不然也得散。”伍副官一脸羞愧神色，狠狠抹一把泪，“妈的，三年前让鬼子撵过深圳河，如今还让鬼子撵，就不是一场对称的战斗。”

“不是伍副官长鬼子志气，伍副官是陆军讲武学校生，最不服的就是鬼子。”杨排长解释，“可人家小鬼子天上地下海上全拿着，仗没法打。”

“咪拦住个门，卵石嚟喇!”正说着，消失的老咩和阿盛、阿南挤开人群过来，三个人肩上挂着几支步枪，怀里抱着子弹袋。

“点，够唔够，唔够我再抬多两筐嚟。”老咩把枪往我怀里一塞，扬扬得意地冲我笑，然后又说伍副官，“老伍，点同你讲㗎，英国人关国军唔係第一次，你哋唔係仲有一支孤军押喺上海租界咩?你叫郁同志讲下，睇佢有咩意见?”

我能说什么?淞沪会战时，谢晋元[①]携部下坚守四行仓库，以孤军独战上海，以后撤入租界，被英军缴械羁至意大利兵营，今年春天被部下刺杀，壮烈殉国。老咩拿谢晋元的事情呛我，我回不了口。

我没有反对老咩拿国家的事情耻辱威迫我，等于默认了他煽风点火一力撺掇的立场；我说让他抬一筐卵石来，他贯甲提兵地抬来了；我在深水埗没有被炉砖砸断脊梁骨，在金山没有被鬼子的掷弹筒、英军的重炮报废掉，剩下的事

---

① 谢晋元（1905—1941），国民革命军第 88 师第 524 团上校团长。太平洋战争爆发后，日军攻占租界，孤军落入日军手中，大多数战俘死于战俘所。

情反倒简单了，我是中国军人，不能任鬼子逞凶肆虐，这就是我的责任。

接下来，我和老咩发生了激烈争执。老咩认为，应该谈谈指挥权问题了。按他的意思，我们三支华人武装，不属英军建制，应该成立一个临时指挥机关。他建议由他做指挥员，我和伍副官听他指挥。伍副官面露不屑，哼了一声带着杨排长走开了。我态度明确，我可以去朝鬼子丢卵石，但绝不给无背无侧不讲信义丢下兄弟尸首不管的人当部下。

“你睇你，呢个时候仲搞埋乌鹊争巢嘅一套！”老咩这回真急了，脸涨得通红，“新界经已冇咗，嗰个係租我中华民国嘅，九龙亦冇咗，嗰个係借我中华民国嘅，再争落下，港岛都会冇埋！”

“不用给我说耆英[①]和奕訢[②]干的坏事，”我气咻咻地冲老咩嚷，“我是国军军官，不会听谢了顶的渔民指挥！”

我的话严重伤害了老咩，他脸涨得像猪肝，想说什么没说出来。外面空袭警报响了，日机又开始投弹，有炸弹落在不远处，仓库震动得厉害。阿盛把脏兮兮的手指塞进嘴里，一声尖哨，那帮水上人飞鱼似的向外窜，伍副官和杨排长也指挥孤军的人外出找地方掩蔽。

我和老咩没动。老咩冷冷地盯着我。一颗炸弹在更近的地方落下，巨大的气流冲进仓库，将两艘架在梁上的舢板冲落下来，扑了我俩一脸灰尘。我和老咩缩了缩脖子，仍然紧闭着嘴，相互对视。老咩把怀里的步枪换了个方向，靠在另一边肩头，这个寻求招安却无门的草寇仔，他就那么盯着我，一眨也不眨。

我绝望地扭过头向仓库外看去。

一只黑白斑点皮毛、被炸断了腿的大丹犬，领着一只刚出生不久的小猫，一瘸一拐地跳上山道旁的台阶。一条电线从什么地方掉下来，火苗像一道蛇似的向前窜去。小猫不知所措，嘴里还叼着一块肮脏的咸鱼。大丹犬惊恐万状，一路拖着血滴，却仍然忠诚地保卫着懵懂的小猫。它俩走走停停，穿过马路，消失在路边快速枯萎掉的紫丁香花丛中。

我能肯定，经过这场战争，这条被人们叫作太阳神宠儿的大狗，从此会改变爱管闲事的小毛病。

---

① 爱新觉罗·耆英（1787—1858），清朝宗室，代表清朝签订《南京条约》。

② 爱新觉罗·奕訢（1833—1898），清朝宗室，代表清朝签订《北京条约》。

十

法庭外调查：我身边那些尸首，他们会不会突然坐起来

（GYB006－001－206）**被告郁漱石庭外供述记录：**

天没亮我就起来了，像一只卑鄙的田鼠，把西区 9 号营房的人一个个叫醒，不要脸地向他们索要慰问品。亚伦埋怨我吵醒他。德顿指责我不该为他们不认识的上司敲诈他们。我不管他们怎么说，把手伸进他们的私人仓库，募集到一听橘子罐头、一小块人造黄油、一把铝制饭勺和一撮烟草。

东区 16 号营房的人对我天不亮就气焰嚣张地抱着一堆慰问品大摇大摆闯进去非常不满。那些奢侈的礼物简直就是对他人的公然折磨。我把礼物大剌剌地堆在李明渊的床上。我觉得自己完全在讨好他。

李明渊清点了一下礼物，心情复杂地问我橘子罐头是打哪儿来的。我告诉他，是美国人亚伦给的，他是我的朋友。

“美国人唯利是图，”李明渊不以为然地哼了一声，“虹桥事件[①]后，他们对鬼子向上海派兵一声不吭，反倒放松了向鬼子输出石油的定额，典型的商人做派。”

我不在乎李明渊说什么，因为他活着，他有权力批评任何人。

我没想到李明渊能活下来，而且拄着手杖来到 D 营。但那是真的，他没有死在玛丽医院。亚历桑德拉·康妮嬷嬷把他藏在停尸房里整整六个月，每天夜

① 1937 年 8 月 13 日，两名日军士兵闯入虹桥机场开枪滋事，空军虹桥站长李疆雄将其击毙，史称“虹桥事件”。

里偷偷溜进停尸房去给他治疗，他颈部和背上的伤已经养好了，只是行走有些不方便，要不是一名华人医生举报了他，他甚至可能在死人当中一直生活下去。

“康妮嬷嬷怎么样？她没事吧？”我担心嬷嬷的情况。

“鬼子没让我和嬷嬷告别，不然怎么也得要点止痛药。”李明渊显得不耐烦。

我不希望康妮嬷嬷出什么事，依然有点担心。我只能宽慰自己，嬷嬷是轴心国侨民，日本人最好别惹贝尼托·阿米尔卡雷·安德烈亚·墨索里尼先生生气，论法西斯主义，他可是祖宗。

然后我们说到朱三样。

“那家伙咬牙切齿掐住我的脖子，真是蠢极了。”李明渊承认自己当时吓坏了，醒过来的时候，日本人已经占领了医院，“他干吗不用点力气，直接把我掐死？那家伙在哪儿，我得教训教训他！”

我为朱三样的行为感到脸红。我把朱三样的情况告诉了李明渊。他在黄泥涌掩护我们逃跑，以后再也没见到。他杀死了两个日本士兵，被抓住不会活过两秒钟。

我接着说了其他人的情况。缪和女、敖二麦，他俩都死了，只有我活着。

“不如死掉的好，活着受罪。”李明渊苦笑。

我知道，他说的不是我。就算是我，我也不觉得他是在咒我。我问他被俘后的情况，日本人对他怎么样了。他摇头叹气，说，都怪那船货。

“你已经尽力了。”我安慰他说，“按你的情况，能得‘国光勋章’[①]。”

“别发慈悲。给个‘宝鼎’[②]就满足了。”李明渊摇着头惋惜道，“整整一船货啊，都是好东西！”

李明渊对我挂彩的事情一点也不在意。我怂恿他看我腰上的伤口，他不感兴趣。

“能不能不提你的破洞？它又不是天底下最重要的事情。”他不耐烦地推开我，盘腿在床上坐好，打开罐头，用礼物铝制勺子舀橘瓣吃。我以为他会谦让一下，让我也吃两勺，他没那个意思。我能理解，和他脊梁砸断又差点被人扼死比，我那点皮肉伤根本不算什么。

---

① 国民政府最高荣誉的军职勋章，颁授给抵御外侮、保卫国家的军人。

② 国民政府勋章，颁授给有战功军人，分1至9等。

李明渊吃罐头的时候，允许我随便说点什么。他专心对付罐头，对我说的事情一句评价都没有，仿佛在宽容我无耻的背叛和贪婪的倾诉欲望。然后，他满意地把吃光的空罐头放在一边，摸索着找鞋，要我带他到处转转。

很快我就知道，我不在的四天时间里，李明渊像闯进新大陆的海盗，拄着手杖到处逛，把D营情况摸了个七七八八。因为国防委员会少校身份，7战区的军官对李明渊有一种谨慎的尊重，但也免不了勾起对中央系的历史成见，暗中竖起门禁。李明渊心知肚明，并不在乎，凭着见过大世面，有一套交际手段，居然很快建立起一个亲中央派的军官战俘小团体，大概五六个人，包括龚绍行，很快和他们打得火热。

李明渊知道我与战俘联合自治委员会和日方管理者有种微妙关系，对这件事情饶有兴趣。

“你是大人物了，两边都吃得开。”这是他对这件事情的评价。

他特别在大人物后面加了个“了”字，意思是，之前我不是，现在是了。

“你得感谢我，”他认真地翻着白眼看天空上的云彩，仿佛要在那里找出他和我之间的某段因果，“要不是我，你不会待在这儿吃香喝辣。”他说的是事实，但他很快推翻那个事实，“我也不会。要不是被你缠在破深水埗，我早溜掉了，才不会管那船破货。”

他的话提醒了我。我只顾着高兴，忘记一件要紧的事。我把我被俘后的情况简单给他说了，我用了缪和女的身份，隐瞒了一些事实，家族情况之类，我希望他能记住我新的家族背景，别在什么地方说错了。

“隐瞒了什么情况?”他站下，回头看我，目光中有一种探询。

我犹豫了一下，不想说。我在环球贸易公司没有透露家里的事情，他什么也不知道。可是，他能活下来是奇迹，我欠他的，不能再欠。我就简单说了我的情况。

“我就说，港澳支部的人为什么要我找你，原来这样啊。”他意味深长地看着我，目光中有一种复杂的神色。

我要他别把我的情况说出去，不然日本人会要了我的命。他不耐烦地要我放心。“你也不想想，我是干什么的，我在华盛顿就把你看穿了。”他没精打采地看着脚下汩汩流淌过的溪涧说。

接下来几天时间，我每天早早起来，领着李明渊在D营各处转。我很遗憾他没和我分到一个营房。他也是。他要我把战俘营所有军官都介绍给他。他希望我在做上述事情的时候，慎重地提到他曾经是我的顶头上司。在我带他拜访摩尔上校、哈里中校和格尔诺维茨中校时，他用流利的英语和他们交谈，并且提到联盟军成立中国战区统帅部的事，强调蒋先生中国战区总司令身份，同时严肃地和高级军官们讨论印缅作战局势和美国援华航空队前景问题，这让联合王国的军官们很不舒服。

有两天，我早上起来去东区 16 号营房找李明渊，他已经不在营房了。他在西区军官营房和联邦军的中下级军官们热烈讨论正在发生的战局，同时心安理得地享用军官们的私人食物。他被俘时间晚，知道外面的事情，这使他成为营区里的热门人物，人们对他刮目相看。但他没有抛弃我。在拜访过钟上校和马中校之后，他开始和我讨论中国战俘中的派系问题。他觉得，中国革命不成功，始自孙逸仙的妥协和黄克强的刚愎，国人的内讧品格是胎中带来的。他讥讽粤军将领们还活在一次革命的老大的身份里，难怪老蒋要不断插手粤军的编制，把粤军主力调去中原和华东参战，让粤军难以形成气候，反倒是离开广东的粤军将领，薛岳、张发奎、黄镇球、罗卓英、蒋光鼐，这些人摆脱了地方主义戾气，成了国家的栋梁之材，可见老蒋是对的。

我对余汉谋和李汉魂的军政不和谐谈不出什么看法。我觉得李明渊比我离开玛丽医院时胖了不少，也白多了，其他方面的变化我拿不准。李明渊满意地告诉我，康妮嬷嬷对他很好，每天把足够量的面包和牛乳偷偷带进停尸房，担心他寂寞，为他准备了一本旧约和一支手电筒，可惜没送些有趣的画报，这让他的人生有一种清教徒般的纯洁。说完停尸房的事，他拄着手杖站起来，步子僵硬地走出两步，回过头来皮笑肉不笑地看着我。

“147 天，知道吗，我在满是福尔马林气味的停尸房里整整养了 147 天腰子，每天对着那些一动不动的尸首，连人话都不会说了。有一段时间，我实在憋不住了，我和那些尸首说话，求他们也和我说话，可他们都不理我，一次也没有理过。”他脸上露出恶狠狠的神色，“知道吃面包喝牛乳的时候，我在想什么？我在想，我身边那些尸首，他们会不会突然坐起来，告诉我他们饿了，要求我分给他们一点。如果真那样，知道我会怎么做？我会对他们说，不，想都别想，你们不和我说话，我就一个人吃掉这些面包和牛乳。”

说过那些话，李明渊就走了。他走得很顺畅，丝毫不像被砸断了脊梁然后又被扼住脖颈的人，我看到他扭过头去时眼眶里噙着的泪光。我充满怜悯地看着他的背影，他真的吃苦了。

(GYZ006－005－005) 证人矢尺大介法庭外调查记录：

D营战俘的大面积痢疾蔓延，是在头一年的6月份吧。第二年和第三年也发生过。不过，那时候已经有经验了，比第一年死亡的人数少很多。

4月29日是天皇生日，宣布战俘营放假，不工作，军官每人发一听罐头，士兵两人一听。英国人军需品仓库运来的罐头，保存不善，大概因为这个原因，5月份以后开始出现痢疾，差不多三分之一战俘染上，病员瘦得像一张羊皮纸卷着的人，不断往茅厕跑，茅厕清洁成了问题，屎尿溢出来，流淌得到处都是，天气热了，苍蝇像蛾子那么大，起劲地往人脸上扑，战俘营区到处弥漫着浓烈的排泄物的酸臭味，要说的话，是人类的羞愧啊。

战俘营医官向医务班申请药物，寺野军医给了他们一些甲酚和消毒剂，别的爱莫能助。总营方面的配额没有下来，再怎么说也做不到。我责成寺野写报告催促总营方面，所谓后勤保障，放在谁手上，都有一种无能为力的感觉吧。

另外，战俘每三个月分配半块肥皂，战俘营医官督促患者多多洗手，没几天就洗光了。为什么不把陶窑里的柴灰收集起来，用柴灰水洗手？战俘的愚蠢也是一个原因吧。

战俘营建了六个茅厕，军官两个，士兵四个。茅厕嘛，在划定好的营区角落挖洞，埋入汽油桶，用刺棵围住三面，粪便满了起走倒掉，便筒冲洗干净放回洞里。担心战俘借如厕从事违反营规的勾当，也有服劳役时溜进茅厕偷懒的，规定茅厕不许安门，也是因为这个原因，才决定不能无限制地增加茅厕数量。

本人和饭岛指挥官讨论过这样的问题，士兵在战场上很少出恭，战俘却整天往茅厕跑，同样是士兵，勇士和战败者泾渭分明，这样一想，难道不是令人厌恶的陋习吗？啊，士兵提着裤子占据军官茅厕的位子，事情发生过无数次，军官向委员会提出抗议，实在不成体统，难道士兵不能占军官的便宜，这种事情也需要军官们可怜虫似的提出意见吗？

6月份痢疾开始蔓延，到7月份病员大量增加，卫生科和病员班一度向寺野军医报告，说有300多个病员，要求增加病员床位。寺野军医指示战俘营医官，病轻的留营休息，病重的准许收治。6 月下旬发生了第一个痢疾死亡，事情不能再继续下去了，交涉是在这种情况下进行的。

战俘委员会要求盖一座不低于 30 个床位的医院，同时索要大量设备和药品，完全是无理要求。可是，为什么不多洗洗手？让干净的峡谷泉水白白从营区流走，不是太可惜了吗？把战俘营建成军官俱乐部，像对待王室成员一样宠着战俘，战俘又怎么学会遵守纪律的美德呢？

“好吧，先生，看来本人只能让你们失望了。你们输掉了战争，战败者是不配提条件的，本人劝大家发挥忍耐的潜力，这样做比提什么条件都好。”本人的确对格尔诺维茨中校说过这样的话。

第二名战俘因痢疾在 7 月初死亡，饭岛指挥官亲自处理了这件事情。战俘委员会提到茅厕的事，排泄权利什么的。指挥官十分不安，不断从镜片后面看我，桐山传译官去香港公务，不在场，131 号趁机说了一堆对管理者不利的坏话，照理说，在军队里部下不应该说上司的不是，可是，指挥官难道不应该当机立断，给予断然驳斥，怎么可以在这个时候向战俘方面的传译官询问对方表达内容的词意？“预见”，“预知”，还有“双方评估”什么的，131 号转述的可都是一些故意找碴的内容，什么内务问题是日方的严格要求，如果不执行，会形成战俘日后不执行营规的风气。他还提到八朗曹长往泥条上倒水的事情，这个嘛，的确有点可恶了。

战俘每三个月配给 50 张厕纸。按照正常的进食情况，排泄不多嘛，厕纸拆成四分之一的话，可以省下一多半。据本人掌握的情况，有的战俘用厕纸写日记、画画、办营中小报什么的，所以才严加控制纸张配给，另外，担心战俘利用替代品干坏事，要求对木、竹、石等危险品采取坚壁清野措施，至于如厕纸不够，当时的确没有增加配给，战俘用泥土搓成条状，晒干后放在茅厕旁，如厕完撅一段解决问题，这种返祖智慧的体现，不是也很有趣吗？八朗曹长因为 342 号战俘死亡事件受到指挥官严厉责备，心怀不甘，这家伙喜欢恶作剧，溜到茅厕往泥条上泼水，131 号说的就是这件事。

指挥官听了 131 号的撺掇，沉吟一阵，吩咐军夫把八朗曹长叫来，当着战俘军官的面把八朗曹长骂了一通。指挥官向战俘方面提出建议，自治委员会应该重新安排营房，如果每栋营房多安排六名战俘，就能腾出两栋营房，分别做军官和士兵病员的临时医院。

“谁也不能保证不传染别人，但不会愿意被别人传染吧。”指挥官温柔地对战俘方说，“听说你们有一个原则，一人为大家，大家为一人，多么神圣的原则啊！”

战俘方面拒绝这样的安排。最终，性格温顺的印度人让出日方为他们安排的清真寺，用来给异教徒们做临时医院，事情总算解决了。

至于制造这个麻烦局面的131号，之前本人对他十分客气，关于京都二条城御殿下啾鸣的是鹳还是黄莺，他的回答让本人对他抱有军人不应有的好感，那个时候就意识到，这小子是个麻烦，对此本人应该严肃检讨，加以改正，决意遏制他的挑衅。日本始终致力于帮助中国赶走美英势力，凡有可能成为其恢复势力的据点，必须彻底置于控制之下，但实际情况是，中国人亲美国人和英国人，讨厌日本人，以致中国问题至今仍未解决，这种情况，在D营也略见一斑吧。

第二天，本人按指挥官的吩咐，带人送了六只新油桶进战俘营。本人让人把131号叫到教育科。131号奉命前来。本人命令他关上门，一句话也没说，用刀鞘把他抽倒在地，然后用力踢他的下身。131号护住私部在地上滚，很快呼吸困难。

“我很会揍人，不是吗？”本人那样做迫不得已，多少有些替自己难过，“这是你管闲事的奖赏，如果不想吃苦头，最好不要再犯。”

本人出身税务官，习惯使用计算、申报、缴纳、管理、变更、登记和注销这样的管理手段，揍人绝对不会揍脸。就是说，管理也好，变更也好，关键在对方看不见的地方，总不能见人就脱裤子，让人欣赏肿亮的阴囊吧。

本人讨厌如此丑恶的关系，无论二条城御殿下面躲藏着什么禽类，只要及时通知主人有敌人来袭，是鹳还是黄莺，完全没有什么关系。

(GYB006—001—207) **被告郁漱石庭外供述记录：**

矢尺离开教育科后，阿朗结衣进来了。他朝躺在地上的我看了一眼。他脸上也有伤，肿得很厉害。我细心体会着疼痛抽丝剥茧离去的感觉，从地上慢慢爬起来，问阿朗结衣，他怎么弄成这样。阿朗结衣告诉我，台湾兵和韩国兵打架，日本兵在一旁笑嘻嘻围观，为双方加油，结果台湾兵打输了。我问为什么和韩国人打架。他笑嘻嘻说没什么，这个月慰安女来了两次，士兵没钱入场了，闲得无聊，打着玩。

岑参在他的边塞诗中写过“暖屋绣帘红地炉，织成壁衣花氍毹”，汉武帝时期为征战军人洗衣裳的营妓，不知算不算慰安女。我离开京都前，在奥佐敷日本京都的一个地区，看见街头几位姑娘，勇敢拦住将要远赴海外的军人，她们继承了平安时代活跃在各大名游女的好客传统，对军人则是另一种情感。我离开重庆前，在磁器口见过迎接抗战军民的暗门子，她们手里举着“抵御外辱抗战胜利”的旗子，给人以荒唐的感觉。我到 7 战区后，科里几个家眷不在身边的同僚，有空就往军官茶室和俱乐部跑，那些女子和军人之间建立起惺惺相惜的关系，这种岁月漫长的命运抚慰从来没有停止过。如今，日军在战俘营这样的特殊单位也设立了军妓，可见军队在任何时候都有区别于日常生活的军中风俗和制度。

我的阴部被矢尺踢烂了，人往下坠，走路的样子很难看。阿朗结衣很同情我，但他帮不了我什么，我得去茅厕处理一下。但有人不让我安静。我身后拖着条尾巴。我蹲在茅厕里，发现尿里有血，排泄起来既困难又痛苦。我看不见我的尾巴，但我知道他就在附近。他会确保我在他的视线内，只是他不想欣赏我快速消瘦下去的屁股。

682 号战俘，他有一双滴溜溜转动的眼睛，一张狡黠的脸，天生就是干盯梢的。只要我走出西区 9 号营房，他准在外面等着我。他叫杨凤鸣，14 军 42 师少尉，战斗连供应排排长，说起来，他和我是同行。想想这种情况，我佩服死徐才芳了。

通常，682 号总是在我还没有发现他的时候就从什么地方钻出来，在十步远的地方跟上，不看我，迈着稳重得体的八字步，慢条斯理地跟上。如果下雨，他会落汤鸡似的在雨水里迈着不紧不慢的步子，好像他喜欢在雨中散步。徐才芳不许他和我交谈，所以我从没见过他张嘴，哪怕我主动站下来和他说话，他也像严重的孤独症患者，对我的讨好充耳不闻。

我尝试过甩掉 682 号。有一次，我走进审讯科，熟门熟路从后窗翻出室外，差点被一条盘在水沟边的金环蛇咬住。还有一次，我像一只受到惊吓的灵猫，蹚起一路尘土，在西区和东区的 48 座营房间无章可循地狂奔。可是，每一次我的阴谋都没能得逞，当我以为已经甩掉了 682 号，打算去做我想要做的事情时，

682 号会奇迹般出现在十步开外的地方，迈着稳重得体的八字步，不紧不慢朝我走来，让人怀疑我其实是他裤兜里的一粒大米，刚才他只是把我掏出来晾了晾，现在他要把我收回裤兜里了，让人沮丧到无计可施。最绝的一次，我想试试他到底是什么变的，我走着走着，突然蹲到路边，靠在营舍的墙下假寐，故意打起鼾来。他在离我十步开外的地方坐下，一会儿工夫他的鼾声也响起，听上去已经安心地睡着。我心里骂了一句，准备悄悄离开。就在我鼾声停下的那一刻，他突然停下鼾声，紧张地翻身坐起来，贼亮的目光穿过阳光投向我，那股警敏劲儿隔着刺眼的阳光扑过来，差点儿没把我直接掀倒在地上。

我问我的助手孖仔，能不能设法帮我把 682 号从我身边弄走，哪怕一会儿也行。682 号已经在我梦里出现，让我深恶痛绝，无处可逃。

“别想挑拨我们和他们之间的矛盾。”孖仔非常聪明，严肃地回复我。

“他们是谁?”

“哼!”

“别哼。我不想挑拨谁，只想安静地待着。”我苦恼地捧着脑袋，“你想想，我有一个影子，我自己的影子。然后我又有了一个影子，在这儿，心里。你是我第三个影子，好吧，你还小，我能忍受。我的影子够了，它们太多了，现在又加上一个，知道我是什么感觉？你要你六十二哥给你讲讲《搜神记》，讲讲《夷坚志》，再让三十九哥讲讲《聊斋志异》，看看有没有我这样，身后带着四条影子的鬼神?”

“郁漱石，你知不知道，什么叫命?”孖仔同情地在我身边蹲下，问我。

“就是老天爷对人随意做出的决定，这个问题太大，我们最好不讨论。”

孖仔摆出一副老资格的架势，开始给我分析。事情是我自己惹出来的，要知道，作为中国人，我和西人混在一起，又和鬼子纠缠不休，他们和他们某种情况下是一路货色，一直在欺负中国人，这在中国人当中产生了非常不好的影响，所以大家对我保持戒备是对的，我不应该抱怨。

“你说中国人，包不包括你们?”

“哼。”

“哼也没用，我根本不在乎。”我朝 682 隐匿的方向看了一眼，摇摇晃晃站起来，像轻浮的惨绿少年那样挺起肚子，让隐隐作痛的下身迎风而立，冲着风头大声叫喊，“我不在乎，换谁来都一样!”

7月份，患上痢疾的战俘越来越多，已经有三名重病号死去。谁都看出来了，战俘们正在集体走向死亡。

我也染上了痢疾，每天往茅厕跑十几趟。我去找卡米拉，请他给我两片硫黄药片。卡米拉仔细检查了我的排泄物，说我情况不错，还是初级阶段，给了我一粒甲酚，他和老曹手上只剩下几十克甲酚，不能多给，要留给六十多个重病号救命。

我问682号，他怎么没有染上痢疾？他眼睛看向别处，不搭理我。我又问，难道他愿意闻排泄物的臭味？他笑了笑，耸耸肩，表示无所谓。我无奈地建议他，不如他去帮老曹和卡米拉照顾两天病号，这样很容易患上痢疾，我们就能同时进出茅厕，感觉不那么怪了。他还是笑，好像我说了什么有趣的笑话。

李明渊拒绝参加军官营分配的工作，拄着手杖到处闲逛。他和西区的军官们关系处得越来越融洽，也因为他搞亲中央派，和东区军官们的关系有些微妙。他那样整天搞统一战线，又喜欢占小便宜，终于染上了痢疾，躺在营房里哎哟哎哟叫。4月份配发衣物时他没来，只有入营时身上的一套衣裳，裤子脏了没有换的，要我替他找条裤子。

我找阿朗结衣，请他帮忙。阿朗结衣问我要不要前两天死掉的那两个战俘身上剥下来的衣裳。我还在犹豫那样会不会重复传染，阿朗结衣自己否定了，说死人身上的衣裳带着魔鬼的力量，染上过不了彩虹桥。他给了我一块布。我觉得也行，反正天热了，冻不着，警备队守卫也穿这样的兜裆布，站在驻地门前的竹排下大呼小叫地沐浴。

我把布头交给李明渊。李明渊问为什么我不自己用布头，把我的裤子给他一条。我的确有两条内裤，一条是我穿进战俘营的，缝补了好几次，很难再要求它完成管理身体的任务，一条是亚伦送的，为保障战时状态下生殖和排泄系统不受病菌感染设计的平脚裤，在反复洗涤之后，宽松到就像苏格兰高地男人穿的短裙。但我不能把它们给别人。我是D营差事最多的人，我得工作，拉痢疾这种事谁也控制不了，裤子得不停地换，我不能屁股上挂着稀汤到处走。

李明渊埋怨了我一通，鼓捣半天，终于裹好布头，有气无力靠在墙边太阳下。

那天，军官们在营房门口搓泥条，补充茅厕的大量所需。徐才芳本来就对李明渊不参加军官营工作，同时挑拨7战区军官的行为有看法，这时借机发挥，要求李明渊保持国军尊严，把裤子穿上。李明渊身体发虚，人坐不直，没力气和徐才芳论战，说他装洋蒜，让他滚一边去。徐才芳把怒气转移到我身上，怪我为李明渊找来那块布。李明渊不干了，向徐才芳发难。

“怨他干什么，要怨就怨你们军官委员会。”

“怨什么?”

“你们开了那么多会，为什么不讨论一下物资公平分配的问题?”

“物资分配怎么了?”

“像你这种没拉肚子的，应该多干活，整天吊着手到处训人，算什么。有多余裤子的也应该交出来，统一配制使用。”

徐才芳不满地瞪李明渊，看钟上校。钟上校不说话，搓好的泥条摆放在木板上，耐心地一截截撅断。我觉得李明渊不该把我捎带上。我给他弄了一块布，此刻他正围着它大言不惭地坐在太阳下晒他那身肉，并不在意那块布没系好，露出了生殖器。他阴囊很大，像只大号海胆，那家伙蔫头蔫脑地吊在两胯之间，谁都能看见。

我看见一群白头翁从头顶上飞过。我在想德顿和亚伦，他们的背服包里什么都有，内裤有好几条。我不知道他们为什么不在包里装更多弹药，那样醉酒湾防线也许就能守住了。

(GYZ006－005－006) **证人矢尺大介法庭外调查记录：**

香港总营方面到D营来视察的事情，大概在7月中旬吧，来的是占领军卫生局局长江口丰洁大佐，由香港战俘总营军医官齐藤俊吉大尉陪同。

占领军总督府接到战俘投诉，通过战前殖民地医务总监司徒永觉医生转送，矶谷廉介总督对此非常不满，责令江口局长解决这件事情。饭岛指挥官要求全部军官参加接待，连中川和花轮两个平时不露面的广州方面军医官也现身了。江口大佐是他俩的老长官嘛，过去在华南派遣军防疫给水部第二课当课长。

江口局长对建在警备队营房后面的康乐所十分感兴趣，那是一栋漂亮的松木建筑，用油漆刷成白色，糊着窗纸，吊着灯笼，是家乡的记忆啊。不是吗，在峡谷特有的雨雾中，士兵们迈着轻快的脚步，绕过蜂蝶乱扑的树林，怀着愉悦的心情，消失在故乡的建筑中，这种感受让人心里有多么温暖。

占领地总督在娼妓存废问题上公开支持蓄娼，将娼妓业纳入娱乐业，江口局长从香港过来前刚刚签署了命令，把湾仔骆克道改造成日人慰安区，西环石塘咀、九龙南昌街和长沙湾设为华人慰安区。江口局长和饭岛指挥官讨论，港九战俘营在城市，管理条件什么的好办，设在桑岛上的D营，满足官兵需求就成了尤为重要的工作。

D营建在桑岛原始森林中，个别军官有机会乘交通艇入港办事，其他军官每月也会轮休入港，士兵则完全不能外出，无法像战斗部队，可以利用敌国女性和军队慰安制度解决性压抑，长官必须考虑这件事情。本人主计D营时，皇军连续发动沿海封锁作战，在广东做钨砂、桐油、棉纺织品生意的西人纷纷离境，咸水妹[①]大多不愿做日人生意，南下香港和南洋，只能通过驻淡水的清水支队和驻大亚湾的南京政府第54师征召私娼入营服务，每次接送妓女都是一件麻烦事。两年前，两名台籍士兵送妓女回惠阳，一名士兵竟然在半路上将同伴捆绑起来，带着妓女跑掉，本人受到上级严厉责备，接送娼妓来营中服务就成了审慎的事情。

饭岛指挥官就任后，十分重视官兵慰安制度，请香港战俘总营出面协调，派湾仔区一等慰安所和西环的次等慰安所日妓入营服务。只是，香港成为日人天下后，日妓生意红火，不愿外出服务，总营勉强在艳风渐衰的石塘咀妓寨征召了几名三等华菲寮妓，由一名年龄稍大的日籍旅行社导游带来营中。这些华菲寮妓过去做半开门流莺生意，如今办理了娼妓证，军方规定夜度费不得超过手票10元，听说能赚钱，自然愿意不辞辛劳渡海来D营。

娼妓入营那两天，警备队一律放假半天，由佐佐木美奈向官兵免费分发"突击一番"安全套和防止性病的"星秘膏"，性病是海外军团头号杀手，上面规定必须使用。曾经有士兵违反规定，没有使用安全套，本人发现后，严厉处罚了当事人。

官兵欢娱，入场费士兵5円，士官10円，准尉到少佐15円到20円不等，指挥官本人不狎妓，未定中佐资费。日籍导游收费较高，伴谈20円，陪舞30円，共膳150円，不接待士兵，只和军官交易。

官兵薪水差距大，如指挥官每月给料3720円；本人作为少佐有2640円；

---

① 专做外国人生意的妓女。

八朗曹长和今正觉曹长 750 円；其他军官给料 1130 到 300 円不等。警备队官兵，冈下队长 1800 円；三名少尉 850 円；士兵嘛，伍长 20 円，上等兵 10 円，下等兵 5 円。这样的话，士兵就是把全部给料用在私娼身上，也入不敷出啊。

士兵有意见，可军队就是这样，除了建立慰安所，大本营没有提供其他方案。事情要感谢佐佐木美奈。作为文职雇员，美奈姑娘从广州旅行社招来，负责管理区庶务和我方人员医护，长相嘛，短平的翘鼻子，满脸雀斑，蜡黄色的脖颈上生着几粒令人心灰意懒的皮疹，巴志王的后裔嘛，人有点冷漠，和好几位士官吵过架，本人责备过她，真是对不起。要说，美奈姑娘是好心肠，一定是同情士兵，不想看见在外征战的男人苦闷，主动与出不起娱乐费的士兵交合，解决他们的性苦闷，境界让人感激落泪。至于说和寮妓比姿色，美奈虽说不上漂亮，但有一张瓷实的屁股，一对大奶子。说到底，战马不是用来骑的吗，鬃毛再漂亮也不管用啊，有姿色的华妓和菲妓风头再强，也被深得士兵爱戴的本营女职员完全压倒了。

本人让军夫入营通知 131 号，要他带两位战俘军医赶到警备队来接受江口局长询问。

131 号带战俘军医到来，大概从江口局长谈话中听出什么，不怀好意地对两位战俘军医说，让你们提意见，缺少药缺少设备什么的，请大胆说出来吧！战败者可悲的心境作祟，作为医生，一定比其他人更容易联想到生命的脆弱，华人医官当场涕泗横流，有失斯文，以后的话完全词不达意。131 号在担任传译时，趁机添加了可耻的意见，说什么 D 营一半战俘患上杆菌性痢疾和阿米巴痢疾，含硫药物 7 至 10 克就能挽救生命，医官手上半克药也没有，已经死了四名战俘，很快会成片死亡。

本人瞪了 131 号一眼。他装作没看见。131 号的行为令本人吃惊。过去他是稳重礼貌的战俘，虽说有书生气，给管理方面造成了一些麻烦，再怎么说，也是与世无争的吧，如今竟然在江口局长面前令饭岛指挥官当场出丑，实在可恶！

江口局长对这个局面很不满，训斥饭岛指挥官，英美通过中立国和国际红十字会对帝国施加压力，这种情况下，绝对不能授人以柄。大佐要求齐藤总医官马上向各战俘营发放足够的治疗痢疾药物，尽快解决战俘痢疾事件，决不允许形成恶劣事态。

至于本人，作为 D 营第一次官，对事情负有失职之责，一切都来自 131 号兴妖作怪。如果说战争决定国家的命运和个人荣誉，那么在命运和荣誉的看法上，本人与 131 号的看法相去甚远，在战争是否结束这件事情上，当然也会是完全对立的看法，这就是本人当时的想法。

(GYB006－001－208) **被告郁漱石庭外供述记录：**

从警备队驻地返回营区的路上，老曹一直埋怨自己不争气，明明可以多提些条件，一急就哭上了，该说的话也没说清楚。我当然没有告诉不懂日语的老曹，如果他知道我借他的口向日方提出了什么样的条件，他会吓得大惊失色。

回到营区后，远远看见一个人影闪进西区 10 号营房后面。我以为是盯梢者 682 号。我们被带离营区时，他就等在大门口。等我走近才知道，不是他，是邦邦。

自从给我提供了日本政府战俘政策情报后，邦邦很长时间没有联系我。我发现，他采取了一种故作胆怯和不愿惹事的伪装手段，把自己和其他人完全隔离开，基本消失在战俘群中。他属于森林中最警觉的动物，鼠兔、山魈或白唇鹿，就算你和他待在同一个屋檐下，他也当你不存在，永远不会主动和人交流。

邦邦神秘兮兮把我拖到 10 号营房后，给我看一张写有日文的纸片，要我告诉他内容。我看了那张纸，是试验品清单，上面印着伤寒菌、副伤寒菌之类的医学名称、规格和数量，属于一支代号为波 8604 的部队。我把文字内容告诉了邦邦。邦邦告诉我，纸片是他用一支香烟从一名华人士兵手上换的，那个士兵前几天去海边码头搬运一些沉重的木箱，纸片从箱子里滑落出来，士兵把它当作厕纸留下了。我不明白邦邦怎么会对这张纸片感兴趣，心不在焉地探着脑袋看四周。

“不用看，你的尾巴一时半会儿回不来。”邦邦安静地说。

“你干的？”我好奇，想学一手，“怎么做到的？”

“日本人在广州驻扎了三支特种部队，其中一支和毒气作战有关。”菲律宾人不接我的话，“开战前盟军情报机构没有正式来往，贵国军事统计局一名情报员把这个情报提供给驻扎在马尼拉的琼斯少校，希望美军同行帮助他换取一笔美元。”

我没明白。这又能怎么样？

“你注意过中川和花轮没有？指挥劳工从码头上卸下木箱的就是花轮。”

我还是没明白。

“中川和花轮是以给水防疫部队名义入营的，如果是毒气，给水防疫部队最值得怀疑。”邦邦简单介绍了他掌握的情况，“现在知道，这支部队代号是波8604，不过，毒气应该指芥子气或者路易斯气，不应该和伤寒有关。”

邦邦那么一说，我想起两件事。

我的老师浅野早河与京大医学院院长户田三正是远房亲戚，两人私交甚密，后来为京大学生石井闹了意见，从此义断恩绝，不相往来。

石井叫石井四郎，人称“陆军狂人军医”，他是京大医学部学生，毕业后加入近卫步兵师团，以后返回京大读研究生，获得微生物学博士学位，在军界青云直上，在医学界的名气也很大。民国二十二年，任职于陆军军医学校防疫研究室的石井在中国东北组建了一支神秘部队，性质保密，因为石井和研究细菌的学者来往甚密，在东京大学、庆应大学、东京高工和新潟医大组建了科研组，大家都知道他在做什么。

石井经常跑回学校来寻求帮助。户田院长从石井手中领取了两万万日元科研经费，组织医学院四十多个学者承担了石井的研究项目。我在学校见过石井一次，他大约四十多岁，体形魁梧，穿一件黑色风衣，看人眼神犀利，表情很冷漠。

我到京大第三年，有一次在浅野老师家，听老师讲《文赋》和《典论》之比较，医学部的吉村寿人和田部井和跑来拜访浅野教授，说院长派他俩去东北做科研，要在活人体上进行试验，他俩拒绝了，院长劝他们不要放弃难得的研究机会，他俩不敢分辩，来找浅野教授为他们说话。就是那次，浅野老师和户田先生大吵了一架，从此割席分坐。

另一件事，是我刚到华盛顿时，有一次跟着李明渊外出办事，他和一个叫罗兹的电气商人接触过几次，私下商谈购买一种名叫沙林的新式毒气，用来对付在华北地区使用毒气作战的日军。

“国际红十字会驻华代表公开指控日军在中国使用的武器不是毒气，而是霍乱和伤寒，你们需要的不是对付二苯氰胂的武器，而是比霍乱和伤寒更厉害的家伙。”罗兹先生意味深长地对李明渊说，“可惜，日本人在细菌作战方面走在所有国家前面，他们已经能够有效地进行局部细菌战争，而我们的武器还在大学试验室里，就算我手上有你想要的东西，美国法律也禁止我卖给你，那是叛国行为。”

我把这两件事情告诉了邦邦。

“嗯。”邦邦点点头，“一战时氯气和毒瓦斯就在敌对国中使用了，只有德国使用了细菌，战后各国签订了《禁用毒气及细菌方法作战协定书》，明确规定禁止使用毒气和细菌武器。日本违反公约，连续在贵国使用禁止武器，你们的军队是知道的，所以在想办法应付。”

“为什么信任我，和我说这些？”邦邦第一次和我说这么多话，而且是如此重要的事情，这让我感到纳闷。

邦邦没有回答问题，看我，颧骨突出的脸上掠过一丝诧异，目光中浮现出几星冰碴。

“我有可能出卖你，把你打听特种部队的事情报告给日本人。”我解释说。

“你不会。”邦邦咧开厚厚的嘴唇怪异地笑了笑，“你忘了，我给你提供过两次情报，你用它们让日本人难堪了。”

“那又怎么样？”

“我是在试探你，看看你是不是真主的敌人。”

“要是呢？”

“你比我更清楚，”邦邦收起笑容，恢复谨慎的神情，“日本人记仇，就算你告密，一个不断反悔的撒旦可以出卖任何人，他们不会让你有好下场。”

“我正好想摆脱他们。”

“别做梦。一旦日本人放弃你，你在战俘营再也待不下去。除了 682 号，至少 50 个你们的人在暗中盯着你，他们会随时下手，你根本不够死 50 次。”邦邦停了一下，口气严肃地说，“别以为可以一死了之，即使死了，在最后的审判日中，叛徒也会受到惩罚，被送进火狱。”

说完这句话，邦邦露出猫一般狡黠的微笑，幽灵似的从我身边消失掉。

我打了个寒战，听见身后的森林中传来几声怪异的鸟叫声。

我想到冈崎研究小组。

在我看来，最应该成为冈崎学者研究对象的是 082 号战俘何塞·邦邦·桑切斯，他怎么不在名单上？

(GYZ006－004－004) **证人奥布里·亚伦·麦肯锡书面证词：**

我站在营房门口，看见游击队的人拖着垃圾去营区边上的壕沟旁填埋，那个叫孖仔的童兵也在其中。郁朝他们走去。童兵迎上前，仰着脑袋对个头高高的郁说着什么。

我知道童兵对郁说什么。

盟军的人都知道，郁并不像他的姓氏那样，草木茂密，有许多兄弟。郁不但没有兄弟，而且是中国人的犹大，他们的军官一直派人监视他，要求士兵不许与他来往。刚才有人想帮助郁，举报 682 号在印度人食堂偷东西。哈里中校要求中国值班军官给予说明，682 号从营区大门前被带走了。可以肯定，帮助郁的不是中国人。

郁不容易，他手里没有 30 枚银币，收买不了任何人，他需要学习很多东西。

郁回到宿舍，我丢给他一包糖豆犒劳他。

谁都没想到，第一个寄到 D 营的包裹居然来自 12000 英里外的太平洋彼岸，这让英联邦的人十分难堪。

到 D 营两个月后，香港邮政恢复，饭岛任命非军队编制的雇员桐山旗上传译官担任 D 营邮政局长。新任邮政局长鼓动人们给家里写信，声称邮路与战前并无多大改变，南京、上海、加尔各答、孟买、加拿大和英伦邮路畅通，连寄往重庆的邮件都能获得受理，希望人们尽快向家人报平安，同时争取获得更多的物资来源，帮助自己在战俘营生存下去。

“请大家多多写信吧。”桐山传译官恳切地对战俘们说。

按照国际通告的对战俘邮件协定，战俘邮件分信件和邮包两种，经管理机构检查后，盖上“战俘邮便”印章，由邮政总局统一寄出。家人和友人与战俘联络，需要通过国际红十字会代理，使用特种明信片。日方规定，战俘寄出的信件一律使用明信片，内容中不准提及战俘营所在位置，不准讨论政治和战争有关话题，严禁使用密语和有双重含意的词句，每封信文字不能超过 26 个词，以保证每个人的明信片能尽快寄出，战俘收到的信件则不限制字数。

D 营邮政局向战俘出售三种香港占领军报道部发行的明信片，背面分别是“日军攻陷黄泥涌高射炮阵地”“香港占领地总督部管理竞马场”和“泰玛号自沉”绘图，二钱一个的明信片和邮票，售价各一元。

大家都希望家人知道自己还活着，争着给家人写信，鼓励家人不要放弃希望。英国人一开始拒绝使用带有侮辱性质的明信片。桐山传译官解释，为防止敌国情报部门利用特工工具传递消息，只能提供专门的明信片。不列颠的伙计们无奈，不得不使用日方提供的明信片，有人把图片说明文字涂抹掉了，结果家信没有寄出。

我没有英国人的纠结。他们从来没有想过，战争对于人们结果不同，它制造死亡和伤残、家破人亡，却给政客和投机商创造机会，让他们有机会成为新的国家和时代的代言人，而士兵的全部工作就是杀人——杀掉敌人，越多越好，无论间接还是直接，他们要做的就是这个。

让更多人看到战争干了什么，记住它，这是士兵的家人应该承受的。所以，独立战争期间，美国人发行了英国人在古堡山屠杀波士顿民兵的明信片。没有什么可遮掩的，无论战争的性质是什么，它就是用来干这个的，记住它，别忘记了。

我一次买了十张明信片，按每次最高寄出张数规定，寄出了两封明信片。

奇怪的是中国人。D营邮局建立前，中国人从没给家里写过信，日本人不允许，战俘邮局建立后，桐山传译官从几百名中国人中收到十几封信。我不理解中国人是怎么想的，难道他们没有家人？

郁参加自治委员会与日方的沟通，要求日方尽快把战俘名单传递给交战国政府，以便通知他们的家人。但郁没有给家里写信。有一次，他提到他有一个大家族，有一位非常善良的母亲。我问他为什么不给家里写信，如果是因为没有钱，我愿意替他支付邮资。他说他的确没有钱，但不是因为这个，他的家人有点怪癖，很难理解他现在的身份，他最好保持沉默，这样对大家都好。

“我懂，伙计，你是孤儿，就是这样。”我快乐地冲郁眨眨眼。

我第一个收到红十字会转来的包裹。包裹比半个孩子还大。军官们非常羡慕。遗憾的是，没有信件。我确定有，但不是性格开朗的妈妈写的，而是我那个唐璜老爹写的。老牛仔一定在信里说了不少小鬼子的坏话，检查官把信没收了。我这么肯定，是因为包裹里有三张照片，照片上有两个我不认识的女人，没有妈妈，我那老爹的确够风流，但他还不至于把照片塞进包裹，把信点了烟卷。

我把照片给郁看。两张照片的主角是一大群宽胸窄尻的短角牛，它们紫红色一片，在看不到边际的墨绿色草地上吃草嬉戏，让人爱死了。我让郁认识一下我的兄弟，它们在等着我回去，事情就是这样。

有人的那张照片是在某个背景模糊的西部小镇拍下的。我老爹霸气十足地搂着两个体态丰满的女人，她俩则把乳房紧贴在老家伙脸上。我告诉过郁，我有两个姐姐。郁看过照片，真诚地夸奖说，你姐姐真漂亮。

“你真该见见我姐姐，她俩一个比一个迷人，只要看一眼，保准你挪不动脚。”我抽着家里寄来的雪茄，笑嘻嘻吐着烟圈，“不过，这俩乐呵呵的风骚女人我从没见过，我猜她俩是我爹的新相好。”

郁脸红了，像羞涩的大姑娘。他说不管怎么样，他都替我高兴，因为我的老爹、那些宽胸窄尻的短角兄弟，以及老爹的新欢，他们在一万英里外的家乡牧场上问候过我了。郁就是这样的人，能看懂别人的心思，而且心地善良。我是说，从照片上看，老爹很有耐心，他会一边找乐子一边等着我，直到我回到开满野花的幸福农场。

我把收到的东西分出一份，给我的两个士官莱弗和亚当。他们还在耐心地等待家里寄来的包裹。两张短角牛照片，我把它们宝贝似的贴在床头。我爹那张照片，我把它小心折叠齐，拆成三份，大胸脯妞送给郁，黑色头发的噘嘴女人送给荷兰人范尼·戴恩，可怜的家伙，他和他的三个兄弟已经在祖国之外流亡了整整两年。

英国人正在德国人的狂轰滥炸中哭泣，中国人还在咬牙忍受日本人的蹂躏，他们把获得解放的希望寄托在美国人身上，所以，我在D营混得相当不错。接下来的日子，我成了D营的范德比尔特①，整天出入战俘营交易所和赌场。

D营有一个半公开的生活物资交易渠道，任何生活物品都可以通过这条渠道完成交易。生活物品的需求说明人们的求生欲望仍在继续，愿望还没死去。

在交易中，最早实行的是人们相互购买，但不是每个人手里都有钞票，购买行为实际上无法广泛实施，于是，以物易物的交易形式应运而生。交易目标大多冲着食物去：一件六七成新的上衣能换三客食物，一条完好的裤子能换四客，一块ROLEX绅士手表能换五客，CHRONOMETER飞行表则标出了整整

① 考尼列斯·范德比尔特（Comelius Vanderbilt），美国亿万富翁，航运、铁路、金融巨头。

20客食物的昂贵价格。可惜，整座D营里只有一块CHRONOMETER，它戴在摩尔上校尊贵的手腕上。让我好奇的是，傲慢的英国人干吗要戴瑞士人的表，何况，LONGINES公司是靠美国飞行家查尔斯·奥古斯都·林德伯格飞越大西洋才让这宝贝名声大噪的。

人们的衣物并不富足，对食物的需求却在与日俱增，食物的主人无法连续向他人提供食物，因为没有人能坚持几天不进食，那等于自杀。香烟很快成为货币的替代品。战俘营中的交易者必须满足拥有充足的私人用品或香烟这两个条件。中国人入营时间长，即使有私人用品，也早消耗光了。印军和加军中有一部分是在战场上被俘的，没有太多富裕物品可以拿出来交易。在交易渠道中活跃的人，主要是战争结束时选择投降的联邦官兵和少数国军军官。在夏天大量私人包裹寄到之前，D营中的交易只属于个别人的特权。

人们，请记住香烟吧，在失去自由时，它会帮助你回忆起战前的日常生活：一天劳作结束后悠闲地点着烟斗的父亲、在厨房里忙碌地刨土豆皮煎肉饼的母亲、无所不聊的朋友和在烟草气味中不断打喷嚏的狗，以及大声埋怨你嘴里的烟气却又娇滴滴往你身上凑的姑娘。如今你成为敌人刺刀下的战俘，它又来拯救你了，让你在利益和语言的巴比塔下点燃一支，吸上一口，不至于失去生活下去的信念。

我是D营交易链中的大明星。从小跟随老爹贩牛经历的熏陶，让我在圣士提反野战医院治伤的时候，就在日本士兵眼皮子下为自己弄了一个装满物品的行囊。入营七个月后，我又收到寄自西湾平原的包裹，这使我像D营的摩根家族①人。我很会做生意。我用香烟换取食物或别的生活品，再用食物和生活品换取不会发霉的货币和别的硬通货。我知道如何修建仓库，贮存牛草。我用两把钢制汤勺向游击队的人定做了一堆带盖子的烧陶盒，用来贮藏惊人的财富。我偶尔会向警备队看守和战俘值班军官行贿两支香烟，用来保证交易的正常进行，我把它称为交易税。这对我非常重要。八朗太郎和今正觉两个家伙也在打战俘的主意，他们把一些配给香烟带进营，高价卖给手中有余钱的军官，要知道，不少英国军官在汇丰银行里能开出支票。我会让日本人赚不到战俘的钱，

---

① 摩根家族（Morgan family），17世纪初移民美国，创始人约瑟夫·摩根最初经营咖啡店，19世纪建立全球最大金融机构。

但我得事先买通看守。

我生意很忙。不断有人来找我。谁都知道我手里什么都有。想要获得他们需要的东西，就得拿出我看得上的东西。甚至有人用未婚妻或者家人的照片来我这儿换取食物或生活品。在交易中，这些珍贵的私人物品是最不值价的，战争要撕毁的正是它们，难道我们不是为它们而战？所以，我定了规矩，凡是亲人和亲爱的人的照片、定情物，一律不许出现在交易渠道中，如果让我知道了，我会下血本拍下，还给没良心的家伙，再冲他脸上狠狠来一拳。

我忙坏了。我动员郁给我当小伙计，帮我计算“黑猫”“好彩”“骆驼”“美丽”“紫罗兰”和“红炮台”牌子的香烟分别与各种生活品的兑换价格。香烟盒里的美女画片也有不同价格。这件工作对喜欢赶着牛群去科罗拉多河边撒欢，不喜欢去河对岸交易的我是件头疼的事。郁在D营既不属于中国战俘，也不属于联合王国战俘，没有任何军需品供应，他的劳力士腕表、一支派克笔、600块港币在被俘时被日军士兵没收了，失去了参与交易的资格，但他是我最好的朋友，我们是兄弟，老爹会同意我收留他这位雇员。

郁欣然接下我给他的这份工作，但坚持要求我用“黑猫”“好彩”和“骆驼”香烟结算报酬。我不明白，郁根本不吸烟。我好心表示，他可以提出任何物品结账，我会在预先谈好的报酬上另加百分之十的奖励。郁很高兴我提到奖励，他承认这对他充满了诱惑，他愿意在我生意繁忙时夜里加班做账，但他坚持只要香烟，而且必须是他提到的那三种香烟。我无奈地摇头，异教徒怪人，随他去。结果知道发生了什么？郁把挣得的香烟送给了老曹和额头上有黥点的台湾士兵。

“兄弟，你不是慈善家。”我对郁的做法很恼火，他那样做完全丧失了生存法则。

“我没有什么可报答山地族朋友和曹大夫，他们喜欢美国和英国香烟。”郁认真地盯着自己的手，他的手一直在下意识颤抖，那似乎成了他的习惯，然后他抬起头真诚地看着我，说，“亚伦，我只对你说，你别说出去。”

我向上帝保证，我当时慎重地点了点头，表示理解，然后我听见郁说出下面那句话：

“我不指望战争结束时我还活着。我可能没有机会报答我的朋友了。”

那是一个不错的夏天夜晚，天空中能看到奇幻的流星划过，森林里的虫鸣声非常响亮，越来越响，但郁他就是那么说的。

（GYB006－001－209）被告郁漱石庭外供述记录：

天气炎热起来，我的痢疾侥幸地逐渐止住。我开始恢复军官营的工作，有一大堆材料等着我去处理。

我一个人在审讯科或教育科时，阿朗结衣会溜进来和我说话。有时候，负责仓库庶务的台湾兵郑子民也会进来吹牛。

孖仔是D营的名人，和阿朗结衣早就熟悉，他俩关系不错。孖仔喜欢阿朗结衣脸上黑色的黥文，求他为自己文面。阿朗结衣严肃地拒绝了。为了表示他们还是朋友，阿朗结衣答应教孖仔跳老鹰舞：

你们欺负我，我要走了，

看吧，看吧，我要走了，

你们就是摆出比山上石头还要多的配饰来挽留，

我也不会回来了！

孖仔非常喜欢老鹰舞。他跟着阿朗结衣在屋里生硬地转悠，伸长脖颈，张着双臂伤感地挪动脚步。那个舞蹈很奇怪，有一种令人绝望的悲怆。我呆呆地坐在那里，迷恋地看他俩满头大汗，在屋里学着雏鹰的样子跳来跳去，忘记过去和未来，也忘记我自己。

孖仔永远都用大人的口气和我说话。只有一次，他跑来找我，煞有介事地说，他昨天晚上和月亮说话了。我问他是怎么回事。他解释，不是他主动说的，是月亮先主动，它给他讲了很多事情，他发现月亮可能是他没见过的某个很重要的亲人。

孖仔对战俘生活一点也不抱怨。我问他为什么会这样。他说战俘营生活和他过去的生活没有什么区别，在外面他也吃不饱，受人欺负，还不如战俘营，他能拥有那么多的哥哥。他这么说让我很难理解。

孖仔得意地说，他是鬼子唯一没有殴打过的战俘。我回忆了一下，真是这样。

日本人喜欢逗孖仔，他们有时会呵斥他，但从没对他动过手。就连矢尺大介见了孖仔，也会把耷拉的腮帮子提起来，做出一副喜庆的样子。有一次，我在教育科抄报表，要孖仔去卫生科催老曹来签字。孖仔出门，遇到矢尺。矢尺笑眯眯地叫住孖仔，和蔼地和孖仔说话。孖仔不懂日语，发蒙地看矢尺。我透过窗户往外看。我从来没见过矢尺那副童子心样儿，他看看四周没人，扮成孩子模样，围绕着孖仔又蹦又跳，非常来劲。我猜他是在扮演座敷童子[①]。孖仔瞪了矢尺一眼，骂了句，死唔壁，唔知衰[②]！跑开了。矢尺尴尬地站在那里，显得有些失望，但也没做什么，悻悻地走开了。

有时候，摩尔上校会差他的勤务兵阿加·沙希姆来叫我去他的 2 号宿舍。他喜欢和我讨论一些问题。

作为海外殖民地部的高级军事幕僚，英军在 D 营的最高级别军官，摩尔上校拥有一间独立宿舍，宿舍里有两把简易椅子和一只木墩做的茶几，收拾得十分干净。摩尔上校不喜欢穿外套，通常穿一件灰色羊毛衫，一条米黄色的灯芯绒便裤，脚上是擦得锃亮的牛津鞋，戴佩有皇家装甲车部队徽章的黑色贝雷帽。天气炎热的时候，他会把羊毛衫换成定制军官衬衫。勤务兵泰米尔会把衬衫洗得非常干净，用一块打磨光滑、在炉子上加热后的石片熨烫出挺括的线条。

上校不是被俘，入营前有充足的时间携带必要的生活用品。据沙希姆说，上校按照指定到达六国饭店，一名日军军官礼貌地询问上校，是否需要派他的勤务兵返回驻地取一些私人用品。沙希姆的确那么做了。

上校是典型的绅士，每次我奉命去他宿舍见他，他都会准备一些特别的招待。有时候是一杯红茶，有时候是两片对半切开的饼干。

英军战俘大多在香港生活过数月或两三年，军官多数带家眷，有在告罗士打酒店、威士文酒店、香港大酒店或牛奶公司茶楼喝下午茶的习惯。那里有白俄室乐乐队和白衣白帽的葡籍女招待，乐队演奏海顿的升 f 小调或 G 大调，女招待为客人端来他们喜欢的茶点。

日方没有向战俘提供茶。没有英式红茶、咖啡和西饼，英国人快要疯了。德顿发明了一种自制茶——米糠炒煳，煮开，过滤出“茶”水，味道非常难喝。

---

① 日本传说中的善良妖怪，形似儿童，性格顽皮，只有孩子能看见，能助人家族繁盛。

② 客家话：蠢货、不知羞耻的意思。

为了鼓励军官们，让他们打起精神，摩尔上校把他最后一罐东非红茶贡献出来，设立了“下午茶委员会”。清香滑喉的红茶让人回到英伦三岛，忘却忧愁。摩尔上校建议军官们每次喝茶时自动捐出一点钱，攒下的钱托桐山在香港再买一罐，这样，一罐茶喝光，另一罐续上，往返不息，思乡之情就不会断掉。

D营有两位坐过牢的军官，摩尔上校是其中一位。上校年轻时是激进的工党成员，在鲍尔温保守党内阁政府时期，因为反对《威斯敏斯特法案》触犯了国会制定的英联邦宪章，蹲过两年牢，熟悉监狱生活。

摩尔上校认为，理论上，罪犯违反了国家法律，士兵则属于国家职责，其战场敌对行为并不构成犯法和行罪，因此，战俘营和监狱本质上不同，战俘理应受到敌对国及国际法律保护。遗憾的是，这个理论在D营不适用。

摩尔上校认为，以他的经验，监狱里的犯人有两种声誉，一种是在犯人中服众，一种是让管理方敬重或尊重。摩尔上校困惑的是，在D营，国军并不使用这套声誉体系，钟纪霖上校的声誉建立在他是其他战俘的最高指挥官上，而士兵们暗中却并不以为然。据摩尔上校观察，战时相对有效的官衔制，在战俘营里突然削弱，国军依靠自治委员会维持军官体制，配备联络员、告密者和打手组织，控制士兵，维持以军官和亲信为主的团体利益，建立权力延续。在摩尔上校看来，这样的体系属于封建文化，无法保证士兵的公正利益，即使钟上校并不贪赃枉法，他手下那几位亲信军官也在有限的配额中揩士兵的油。

关于无所不在的阶级问题，德顿和我谈论得更多。德顿是另一位摩尔上校指定私下交谈的下级军官。让我纳闷的是，在海军司令部拥有一位印度勤务兵的德顿，甚至和我谈到过废奴法。德顿的祖辈中有人参与了小威廉[①]主张的废奴运动，他的一位叔叔在香港经营铝业，与为他工作的华工互称先生。即使如此，德顿家族的男人也悲观地认为，无论取缔奴隶贸易还是废除殖民地奴隶制的主张，都不会让大英帝国重振维多利亚时代雄风。

我认为，摩尔上校对阶级导致的弊端形成的不公平指控，在任何一支军队中都存在。英联邦军官不少出身贵族，接受过大学教育，在军队中享有很高地位，但他们习惯在名誉之外什么也不承担，劳役由士兵干，中级军官以上都有

---

① 小威廉·皮特（William Pitt，1759－1806），英国第15任首相，就职时24岁，父亲老威廉·皮特为英国第9任首相。

士兵服务。正如国军士兵未必在心里尊重钟上校，摩尔上校本人不是作战部队长官，只是一位为帝国统治和管理海外领地、附属地、海外省、托管地和保护国提供军事政策建议的钦差大臣，联邦军官未必真正尊重他。但这并不妨碍摩尔上校不必遵守营区内的规定，抽最好牌子的香烟，沙希姆为他擦鞋、打剃须用的清水和用加热的石片熨烫衬衣。钟上校同样不用服劳役，但他从不主动占有士兵的私人物品。有一名国军军官，钟上校的部下，有一段时间他负责菜园班，多次给上校送来小番薯。上校一个也没动，全部转送给了病员班。相比生活朴素的钟上校，摩尔上校更像中国人称呼中的老爷。

何况，英联邦战俘中并不存在摩尔上校说的公正。印度没有主权，等而下之；加拿大主权独立，受英国保护，元首是英国国王，位居其中；三支军队分三等九格。就是在高人一等的英军中，英格兰人与苏格兰人、爱尔兰人的等级也十分明显；在同民族官兵中，上司与下级、军官与士兵、皇家陆军、海军和空军、后勤系统以及文职士官之间保持着森严壁垒的可疑体系，成为战俘并没有改变这一点。

摩尔上校表达的是对鲁滨孙[①]生活的浪漫描述，战俘营的现状则是格列佛[②]的现实经历——失去了自由的人，同时也失去了价值和道德体系，军官们试图依靠宗教伦理和人道主义来取缔官兵间的阶层恶俗，基本是一种理想主义。

如果一定要谈论战俘营中作为人的声誉和应该受到的敬重，我愿意把票投给老曹、卡米拉、邦邦和孖仔这样的同伴，而不是在伊夫堡监狱里遇到贵人法利亚长老的邓蒂斯[③]。

出于对摩尔上校的尊敬，我含蓄地回避了上述看法。

上校问我，有没有发现，游击队的人有明显的组织意识，他们懂得隐忍，有协同能力，相比起来，国军的人纪律松弛，这样一看，他们在战场上的表现就不难理解了。

我不赞同上校的观点。美洲战争中的萨拉托加战役和非洲战争中的伊桑德

---

① 鲁滨孙·克鲁索（Robinson Crusoe），英国作家丹尼尔·笛福（Daniel Defoe，1660—1731）小说《鲁滨孙漂流记》中的主人公。

② 英国作家乔纳森·斯威夫特（Jonathan Swift，1667—1745）小说《格列佛游记》中的主人公。

③ 爱德蒙·邓蒂斯（Edmund Duntis），法国作家亚历山大·仲马（Alexandre Dumas pere，1802—1870）小说《基度山伯爵》中的主人公。

卢瓦纳战役，强大的英军也败给了远比自己弱小的敌人，而刚结束不久的马来战役和新加坡战役，英军的表现更加糟糕，连他们自己都承认，这是大英帝国历史上最耻辱的投降。国军不是一支无坚不摧的军队，可是，侵华日军在淞沪战役、南京战役、徐州战役、武汉战役取得节节胜利的情况下，仍然被精疲力竭的国军拖得苦不堪言，无法取得他们需要的全面胜利，他们可以击溃国军，却不能战胜它，这就是中国至今不亡的原因。

和摩尔上校聊天是一件愉快的事情，它让我暂时摆脱掉徐才芳和682号，像真正的军官那样考虑事情。可我仍然觉得，有些事情被高级军官们忽略了，他们应该考虑为人们做点什么。我建议上校注意战俘医官严重不足这个情况，如果痢疾继续蔓延下去，死亡情况将比战场上的屠杀更严重。

摩尔上校在从事一项秘密工作，领导D营英军各部检讨香港战事得失。德顿参与了这项工作，他告诉我，军官们对战争检讨很认真。苏格兰营和加军榴弹兵联队防守出现差错，丢失了金马伦峡、马己仙峡、礼顿山防线，双方都认为是对方的错误；米德萨斯营B连和加军来复枪队B连在浅水湾华人酒店阻止日军不力，双方都把失误推给对方；守卫醉酒湾防线的两营印军和加军来复枪队因上级指挥官错误指挥一度抗命，军官们有激烈的意见；炮兵和海军因总司令部下令转为步兵加强湾仔卢押道及船街一带的最后防线，与米德萨斯营Z连发生了冲突，双方也各执一词。除了具体战术，政府无能、警队腐败、守军兵员不足、机动预备队不够、缺乏海空支援、机枪堡造成士兵广场恐惧症、战术上低估了日军的作战能力、四分之三士兵战前没有接受过训练、与中国政府合作不力等问题，都有反思和检讨。

“离开伦敦前，我向首相表示，联合王国应该重视远东的防御。首相使用了一个粗鲁的手势。‘你太紧张了，爵士。’他对我说，‘那些小小的黄种人永远不敢向大英帝国挑战，他们没那个胆量。’”摩尔上校看着门外吹过的垃圾，目光中露出一丝失望，“战时首相放弃支援香港，同时也没有把香港列为不设防城市，而是推到抵抗日军的前沿，让完全不足实力的香港军民为帝国荣誉付出惨重代价，这无疑是一场文明灾难。”

两次粤北战役结束后，7战区以胜利者身份进行过战役总结，我因军需工作得力获颁一枚青天白日勋章，是那次战役总结的获誉者，但我从没听说中国军官在战俘营中做过战役失败的检讨。

摩尔上校不经意提到了陈策将军。香港开战后15天，在总司令部联席会议上，国府军事代表陈策将军向英方通报，国军先头部队一部突入新界，正与日军展开激战，另两路分别抵达淡水和宝安，其中一部越过太平、南头一带，向深圳墟西南高地挺进。陈策将军汇报此消息后，在座参谋人员欢欣鼓舞，高级将领们则沉默不语。现已查明，由于各方对国军驰援寄予厚望，身为国府驻港最高代表，陈将军颇感为难，命手下参谋伪报了战情，高级将领们是心知肚明的。

我坐在摩尔上校面前，沉默不语，盯着杯子里的红茶底子。我觉得我就是那撮底子。

天气很热，远处森林里传来什么鸟儿的叫声。但也可能不是鸟儿，是别的什么。

第四部

十一

法庭外调查：

摆脱麻木的最好办法就是找死

（GYZ006－004－005）**证人奥布里·亚伦·麦肯锡法庭外调查记录：**

说到D营伙食，我羡慕我那些婆罗门短角牛兄弟，它们有取之不尽的紫花苜蓿和鲜嫩的菊苣，嚼劲十足的黑燕麦、墨西哥玉米和美洲狼尾草，D营的大锅里，除了黑乎乎的杂拌汤，什么都没有。

D营炊事分军官营和普通营，自治委员会统一分配粮食、蔬菜和食盐，按原武装建制组织伙食单位，再由各国炊事兵按饮食习俗造伙做饭。美国人和荷兰人在加军伙食团搭伙，菲律宾人在印军伙食团搭伙。

日本人给战俘的物资供应标准简直太糟糕了，每人每天大米15盎司，糖两盎司，盐半盎司，煤百人每月1吨。可是，这个标准从来没有兑现过。早餐通常是一勺油菜或卷心菜煮的杂菜汤，2～3盎司主食，有时是番薯、山芋或土豆等根茎类，有时是生了象鼻虫和蠕虫的糙米饭，味道令人作呕。午餐和晚餐两盎司主食，军官和伤病号会多一些，大约3盎司，一勺白水煮菜，要视当天菜园班收获情况，面粉直到1943年初才运到营地，偶尔有面包提供，人们就像过节。

上帝做证，无论数量还是种类，D营的食物都严重匮乏，而且分配不公。日方偏向印度人，在食物配额上比其他国家战俘明显多给不少，自治委员会讨论过几次，最终默认日方对印度人的策反工作，不从联盟军嘴里争夺口粮。

“郁，你们也是大东亚共荣圈盟友，怎么落到敌国的命运?”德顿问郁。

“你在说中国的维希政权，南京的汪精卫和华北的王克敏。”郁向德顿解释。

我们入营前，华人战俘一日两餐，主食是番薯、木薯和少量发霉的糙米，油和盐几乎没有，海边码头没修通时，只提供木薯粉、花生麸和番薯藤，如果战俘违反营规，会被扣除食物份额。

“他们习惯了食物匮乏的军旅生活。”郁说。

“可是，你们不是主张当兵吃粮吗?”我不解地问。

“那是征兵局的宣传口号。”郁朝操场上看了一眼，“多数士兵是征役入伍，不少人从田间地头直接抓到军队，到连队后一直挨饿，能吃上饱饭的不多。”

郁告诉我们，盟军战俘入营后，伙食改为三顿，食物数量也有所增加，中国战俘已经觉得非常庆幸了，他们认为之前为食物短缺问题和日方的斗争取得了回报。

新入营的美欧战俘吃不惯大米，要求在补充足量的食物时提供面粉。自治委员会向日方提出交涉，日方以战时物资供应不足推诿掉。

“这个嘛，要求实在有些过分。要不要给你们养一群奶牛，配上奶嘴，婴儿们?”矢尺大介轻蔑地对负责交涉的军官说。

饥饿最初造成人们浮肿，后来发展到神经受影响，肢体麻痹和疼痛。夏天以后，几乎每个人都患上程度不同的营养缺乏症。到了秋天，情况更严重，战俘中出现触电脚，腿骨剧烈疼痛。郁陪曹医官向寺野医官交涉，索要依米丁和镁盐，治疗因维他命缺乏引起的糙皮症和营养缺乏疾病。寺野给了些烟酸，叮嘱必须向他提供治疗效果报告。曹脾气很好，我、莱弗和亚当都受过他关照，连他也骂了娘：

“装什么洋蒜，不就是亚比拿林吗!”

寺野给的药效果不错，用过药的战俘病情有所好转。郁说服寺野多给一些，寺野称药在广州研制，数量很少，作为收集临床效果发下来，大批量生产后才能提供。

那天，9号营房的伙计们坐在营房外，靠在潮湿的墙上无聊地看营外峡谷里的森林。德顿最先看见，一百英尺外的树林中挂着一片小红点，他认为是成熟的树莓。弗雷泽认为不对，应该是野葡萄。皮耶认为他俩都错了，应该是野柿子。大伙儿兴奋地争论着，猜测果子吃起来是什么滋味。

“屁滋味。”国军李少校来西区找郁，他不屑地看了众人一眼，“那些果子肯定有毒，谁吃谁烂肠子。”

大伙儿被呛住，扭头看郁。李是郁以前的上司。郁像没听见李的话，还看着那片树林，脸上带着一丝若有若无的微笑。

后来郁告诉我，他和所有人的想法不一样。他不想去吃那些果子。他在想，做一枚果实是什么感觉，那么多人垂涎欲滴，它却待在枝头，任风摇曳，没有失身，一定难受死了。郁的话怪怪的，我没听懂。

“不管它是什么，”我告诉郁，并且把这句话当成一项人生计划牢牢记下，“等战争结束，我愿意头一天就在一大桶泡着樱桃的冷牛奶里淹死。”

1943 年，战争恶劣化程度加剧，食物不断减缩，每天配给的食物都在缩水，大多数时候，食物提供的热量不到 1000 卡路里。因为饥饿，很多人都患上了坏血症和脚气病，有些人脚气病严重，腿肿成象腿，溃烂了，两个缺少医药的医官用一种奇怪的巫术为病员治疗——用一支细竹管插进糜烂的肉里放水消肿。

人们喜欢津津有味地谈论美食，差不多两年时间，这是人们一直保留的节目，如果有人把那些谈话记录下来，将是人类最受尊重的书籍。现在没有人再谈论它了，人们谈论得更多的是，先死的人有福了，他们终于熬到头，不用再坚持邪恶的生存下去的希望。

人们到处寻找能吃的，任何能够塞进嘴里的东西都成为宝贵的稀缺之物，哪怕一块只要不噎人的泥土。运进营区的柴火上的树皮和排水沟旁的草芽成了人们斗殴的祸源——有文化的人知道，它们可以提供可怜的维生素；没文化的人也清楚，它们可以填塞空空的胃肠。

老鼠成了珍稀佳肴。蟾蜍也是。有人捉蛾子，吃出了行道，专掏蛾蛹，蛾子鳞片有毒，得摘掉，太浪费。蟑螂有强烈的腥臭味道，不过也能吃，吃的时候闭上眼睛，想想回潮的花生米，入口就没有那么困难了。整个白天，人们都在室外溜达，翻动脚下任何一块地皮，试图找到可以吃的东西。集中营里没有鸟儿，包括燕子和麻雀这些驯良的小家伙，在森林中，在鸟儿的家园中，它们没有任何一只敢于在 D 营出现。

偷窃和抢劫同伴口粮的事件连续不断。人们像保护生命一样保护珍贵的食物。玉米面窝头一人一个，番薯可能多一到两个，但也有数。米饭是难得的珍稀食物，恨不能数着粒吃，这些没法下手。有人提着食物桶出伙房时偷喝菜汤。

有人告发了他。告发者没有现身，可能是一千多名战俘中的任何一位。偷汤喝的家伙被愤怒的同伴打倒在地，脸几乎被踩烂，因此失去了一天的口粮。

每个人都在琢磨如何在严格控制的口粮外弄到额外的食物。有人在伙房出杂工时偷吃生番薯、土豆和芋头，因为进食太急，被番薯块噎住，差点儿死掉。在保护战俘利益方面，负责伙食的军官非常尽职，军官们采用的办法是，派最忠诚的看守检查人们的牙缝，残留的食物纤维和淀粉会让偷吃者暴露无遗；如果偷吃者在进食后漱口，口腔过于干净说明了他的心虚。没有人能逃避严厉的检查，有人把自己当作掉光牙的猩猩，番薯块塞进嘴里直接咽进肚子里，这个办法也没有持续多久，军官们很快改变应对措施，他们暗示管事的看守，如果怀疑谁偷吃，可以采取极端方式对付偷吃者。管事的看守通常会用新鲜大粪灌怀疑对象，让他呕吐出胃里的东西，连前一顿的也吐出来，让可耻的贼得不偿失。

我是D营最富有的人。我同情其他人，但我认为做人应该坦诚，不应当偷偷摸摸。为了证明上帝支持我，我拦下押运物资入营的今正觉，向他表示，人们偷吃根茎类食物这件事情一定是个误会，这类植物是不可以生吃的，至少我不相信它们能够生吃。

“在我的家乡，连牛都不吃没煮熟的马铃薯，那会让它们呕吐，更别说黏糊糊的芋头。”我满脸疑惑地问高丽人，“那种粗俗的玩意儿，哪个愚蠢的人会生吃?”

“这个嘛，试试就知道了。”

也许高丽人觉得美国佬太滑稽，故意取笑和捉弄这个笨蛋，今正觉兴趣盎然地让人去伙房拿来两个生芋头，让我吃下去。我当然不会接受捉弄。我的牛都不吃，我怎么会？我打算走开。高丽人命令我站住，当着他的面把芋头吃下去，否则让我好看。我非常委屈，表示抗议，但不得不接受命令，把芋头塞进嘴里。

“看到了?”事后，我挺着胸脯向伙伴们宣布，“小鬼子请我吃的。”

我成为人们嫉妒的对象。当然，这个把戏无法重复上演。事情很简单，如果有人效法我，日方会引起警惕。

(GYB006－001－210) **被告郁漱石庭外供述记录：**

我和亚伦不同，我没有在牛奶里淹死的想法。我一直为麻木的快速加剧而恐惧。

随着D营的日子一天天过去，我越来越理解文相福和仝二毛找死的行为。

摆脱麻木的最好办法就是找死，这种念头在我心里日益强烈，让我有一种陌生的激动。一个声音告诉我，没有人在乎我活着还是死了，我必须为自己找到一个生而为人的理由，而活着不是理由。

我对自己的混乱想法十分困惑，但就是无法停止这种念头。

战俘们在1月份属于番薯；2月份他们变成土豆；3月份他们发出玉米面腐烂的味道；4月份他们变得轻佻，满世界捉昆虫；5月份他们开始收敛，老老实实地做芋艿；6月份阳光充足，整座营房弥漫着卷心菜和蒲瓜的味道；7月份是交际月，糙米和象鼻虫的屁臭成为人们互相打招呼的惯常用语；8月份豆饼和豆角汤统治天下，人们生出难看的绿脸；9月份人们露出獠牙，牙缝里塞满萝卜和芥菜通菜纤维；10月份秋茄和南瓜争吵不休，人们只能做哑巴，闭上自己的嘴；11月份人们满地滚，那是豆子横行的日子；12月份番薯重新登场，日子回到原点。

这是我对战俘食物匮乏情况的简单描述。

我尽可能地做一件事，每次从日方管理区回到营区时，在鞋子里装一些植物叶片或者根茎。如果是花莲人阿朗结衣或者淡水人郑子民在二道门站岗，我会冒险在裤兜和上衣口袋里装更多可吃的植物，比如酸涩多汁的地稔子和桃金娘。台湾人知道我裤兜和挽起的裤腿里装着什么，一般情况下，他们会装作不知道。

困难的不是如何把走私植物带回营房，而是把它们分配给谁。绝对不能同时分给两个以上的人，分配不公疏忽造成的不满会导致比饥饿更危险的结果。我选择了孖仔和孙菜头。他俩是年龄最小的战俘，瘦得像羽衣草，凹陷的眼睛里简直能种出粮食，但他俩却奇迹般地活了下来。我每次选择他俩中的一个，要求当着我的面把食物吃掉，然后用溪水把嘴清洁干净，嘴里不许留下一星残渣。如果我带回的是薄荷叶或别的有浓烈气味的植物，我会要求进食者嚼一点泥土再漱口。关于这一点，我为他俩做了示范——在冒险带回那些食物前，我肚子里已经塞进了一堆同样的食物。

如果我告诉人们，在他们吃蟑螂的那些日子里，我一直没有停止进食，而且食物质量相当不错，他们会怎么想？他们会不会把绞绳勒得更紧一些？或者干脆把一颗锈蚀的铁钉钉进我的脑门？没错，他们会那么做。

必须说，自从冈崎的研究小组找到我之后，我比同伴获得了更优裕的进食机会，我应该比其他战俘更像个绅士。

战争结束之后，我会成为绅士。

战争结束之后，任何人都可以成为绅士。

那天夜里我做了个梦。我身处一座森林，奇怪的是，森林无边无际，我却能“看见”它的整个面貌。林中幽深混沌，铁杉树、榕树、木棉树、沉水樟、巨尾桉、南洋杉，什么树都有，树上缠满巨大的枸骨藤和黄杞子，无数只短肢大眼的蜂猴懒洋洋悬挂在奇形怪状的枝头，一群羽毛鲜艳的红隼振动翅膀悬停在林间。我陷在蓬松的腐叶中，找不到走出森林的路，害怕极了，这个时候一个女人的声音蓦然在林中回响：

“孩子，别愣着，快走出去!”

我熟悉那个声音。是妈妈……母亲在呼唤我！我手里出现一柄小小的刀子。我在腐叶上奔跑起来，手中的小刀向黑暗中挥去，用力裁剪森林。蜂猴和红隼消失了，树木发出金属般轰隆隆的巨响，倒向一边，森林竟然被我劈开，分成一块一块……

我醒了。

我发现自己在大口喘气，全身被汗水打湿，小腿肌肉抽搐不停。

我翕动鼻子闻了闻，身上弥漫着森林苔藓的气味，证明我的确在腐叶上奔跑过。

黑暗破了一个不规则的洞，火苗燃了起来。我回忆梦中的情景，开始酝酿我的计划。

我将在腐叶上奔跑，这就是我的计划。

我知道，必须利用联合自治委员会，我的计划才能成功。

秋天到来了。在目睹自治委员会一次次与日方交涉失败，并且没有得到委员会长官们授权的情况下，我告诉自己，我应该开始实施我的计划了。

我由战俘传译官自动转身为战俘营食物问题的交涉者和发难者，这让自治委员会的长官们事后十分惊讶。我的交涉对象是矢尺大介，在解决战俘生存问题方面，他的实际权力比饭岛要人更大。

矢尺在教育科等我誊抄一份文件给他。快到战俘开饭的时候，一旁的战俘伙房飘来烂豌豆煮熟后涩涩的苦味，也许因为这个，矢尺谈到了食物，他随口问我，是否去过湾仔那几家日式酒馆。

我一直在等待这个机会，现在它来了。

我给矢尺说了“二见屋”和“野村屋”的故事，告诉他，那是香港最好的日本酒馆，成为战俘之前，我常去那儿，那里的五目素面非常爽口，鱼锅也凑合，可明石烧做得却很糟糕。

“你这家伙，胡说什么哪。”矢尺不高兴，明石烧是他家乡著名料理。

“连福冈来的海员都不吃他家厨师做的明石烧，没有正宗的鸭儿芹，当然不会有地道的风味。”

“是吗，这样啊。”

矢尺乜斜着眼，若有所思，过来在我身边坐下，要我告诉他，“二见屋”和“野村屋”里都卖什么，和本土料理有什么区别。

战俘们已经在伙房前排队领取食物了，我饥肠辘辘，我猜矢尺也一样。

我放下手头的工作，用厌恶的口气说到完全走样的鸡素烧、甘薯羊羹和煎豆，然后话题一转，谈起跑马地和中环的中国酒楼菜式。

我先介绍了红烧蟹肉鱼翅和鸡油浸红石斑，那是三井物产的加藤和日本邮轮的千年君最喜欢的中国菜。这两道菜做起来十分讲究，上等花蟹，蟹肉和蟹黄分开，小火氽烫，水发鱼翅用姜汁和绍兴黄酒浸，装鱼翅的器皿一定要滚水烫热。至于味道嘛，嗯，加藤说，真是感谢世间有此美味！

我接着介绍核桃鲜虾仁和原盅炖香露菇，中国厨师都会做这两道菜，他们喜欢装盘后，在盘沿铺上野菊花和木槿花丝。性情温和的日本夫人亦步亦趋地跟在丈夫身后走进酒楼，丈夫一定会为她点这两道菜，人家可是冲着安原贞室那句脍炙人口的“哎呀连声赞，花满吉野山”俳句来的呀。

接下来是重头菜，脆皮炸子肥鸡、南乳芋扣肉和酥炸大生蚝，这三道菜决定了酒楼是否能够长期开下去，我特别提到它们的做法。肥美的仔鸡只用清远麻鸡和湛江香草鸡，腌制时，在填料中加入揉碎的香叶和迷迭香，至少刷五次西樵山出产的蜂蜜，滚油烹制前，腌制好的仔鸡用果树木炭火烤制一小时。至于酥炸大生蚝，如果矢尺知道战前从澳洲驶进维港的船只会带来什么样的海鲜，他就知道那些肥美的蚝每只都在八九盎司以上。

矢尺脸上露出一抹谨慎而生硬的微笑，喉咙嚅动了几下，咽下两口唾液。他对我只介绍菜肴烹饪方法，没有具体介绍食物味道感到不满，要求我补充完整。

我胃里发烧，一阵阵疼痛，头晕目眩。我知道这样继续下去我会发疯，会把桌上的纸片抓起来塞进嘴里，或者直接扑向矢尺，把他的耳朵咬下来吞掉。

但是，我没有太多机会，必须抓紧时间。我照矢尺的命令做了。

在数次出入日方管理区后，我知道日方为军官提供足量的米饭、蔬菜、鱼类和黄油，士兵的肉类和蔬菜不足，患糙皮症的现象很普遍。为补充膳食不足，警备队经常进森林打猎，下海捕鱼虾，克扣战俘的配给以补充他们的伙食。我不确定矢尺被诱惑的可能性有多大，可我顾不了这么多。我努力将思路控制在一个刚刚结束饫甘餍肥，对酒囊饭袋生活充满厌恶和愤怒的饕餮之徒的心境上，向矢尺仔细描述上汤浸肥鸡和红烧龙趸翅的美味。

我发现自己失误了，这两道菜应该在核桃鲜虾仁和原盅炖香露菇之前介绍。我在乱糟糟的脑子里搜寻着，把菜式换成玉兰炒螺片、多宝滑虾仁和蚝汁鸳鸯菜。是的，它们酥软糯口，香嫩爽滑，满舌生香，妙不可言，让人欲罢不能，恨死了自己……

我陷入一种迷乱状态，不知道自己在胡说一些什么。门被风吹得吱呀一响，我看到胜利的希望从门缝外溜进来。

矢尺明显受到深深的打击，整个人处在一种极度不舒服的状态里，一只手紧抠桌角，目光直直地看着我的嘴，好像那里随时都有可能涌出美味的菜肴。他坐不住，受到伤害似的僵硬地站起来，在屋里走动。

我没有停下来，像自杀式冲锋的士兵，报出最后的主食：虾仁炒饭和葱姜捞面，食客任选一样，因为没有人在几道珍馐美馔大快朵颐后同时点两样主食，就算抹香鲸来了也做不到。

然后……

矢尺看着我，目光中的无辜渐渐消却。他明白了我想干什么。

然后……

我摇晃着身子站起来，冲撞着桌子扑到一边，蹲在墙角猛烈地干呕起来。

“这样啊。”矢尺冷冷地站在我背后，“131 号介绍的菜式虽然让人难以忘怀，连我都忍不住想要品尝，可是，那只是可怜的回忆吧。至于别的事情嘛，131 号想也不要想。”脚步声从我身后过去，然后是拉开大门的声音，他走了出去。

过了很长时间，我才从墙角边站起来。通过窗玻璃的反照，我看见了自己。

因为恐惧，我的瞳孔收缩得像两粒芝麻。

恐惧带来破坏的欲望，它造成盲目的冒犯，也造成更大的恐惧，这使破坏的欲望更加强烈，无法遏制。我没有停止疯狂的计划。我在找死的路上快乐地奔跑。

在和矢尺第三次谈到美食话题时，事情有了转机。矢尺明显感到强烈的困惑和疲惫。他上了瘾——我的那些对美食的描述正在摧毁他从小建立的对家乡料理的信赖和自豪，他开始失去控制，出现失误，主动和我谈起食物话题，想要极力证明对食物的贪念是一种罪恶行为，人类应该回到祖先食毛践土的食物传统上，而不是罪恶的享受。我不打算和他在料理的滋味上继续纠缠下去，那样我真的会发疯。我确信自己应该回到军需官的角色上，和对方谈谈食物的基本功能问题了。

我向矢尺传输了一名军需官需要掌握的基本知识——为了维持心跳、呼吸和消化功能，人的基础代谢在静态时每公斤体重需要 30 卡路里热量的支持；一个 60 公斤重的士兵只是躺在草地上睡大觉，不进行任何作训行动，每天也需要 1800 卡路里，如果从事连续作训，则需要 2500～3000 卡热量，同时需要摄入至少 10 克盐、60 克蛋白质和其他维他命辅食，以补充铁、钠、钙元素的摄入。

我告诉矢尺，陈济棠主政时代，粤军接受德国顾问指导，按一战时期德军三级口粮标准制定军队膳食标准，要求为士兵提供 3000 卡路里热量。然后我告诉矢尺我从皇家陆军补给与运输勤务队士官泰勒·普尼斯曼那里了解到的情况，英军战时军粮热量达到 3500 卡路里，不包括官兵们在休假期间从别的渠道获得的补充。

“你究竟想说什么?”矢尺看着我，毫无韵律的关东话听上去干巴巴的。

“D 营战俘的膳食热量少于 1200 卡路里，矢尺先生。”我说，“即使按基础代谢最低标准，也差 600 卡路里，这还不包括几乎见不到的维他命辅助食品。”

“这样说，完全是在做梦。”矢尺面带嘲讽地看我，“我们是敌性国，蒋中正不会把重庆的红糖糍粑送到饭岛指挥官餐桌上，丘吉尔也不会请本人去苏格兰高地给那些英国人弄小牛肉。”

“那倒不必，只是，贵方可以为战俘们提供足够的食物，这就可以了。”

“是吗，什么叫足够呢？对于贪婪的人来说，请他吃怀石料理也不能满足吧?”

我固执地提到一件事情，两年前，我在曲江见到关押在那里的 58 名日军战俘，他们是在作战中被俘的。同为战俘，这些日本人每日三餐，主食12两，副食有肉、鱼和蔬菜，战俘们办了日文油印小报《阵中新闻》，患病者在营房休息，重疾者在伤病所接受治疗，床头插着菊花。而且，他们没有受到任何粗暴的虐待。

“至于你说的日本人，”矢尺哔哔啪啪地说着，有点激动，比我更固执，“他们应该死在战场上，而不是躺在床上闻菊花香！”

好了。已经够了。我换了话题。我希望矢尺先生注意到，战俘菜园班在营区西北角开垦的那片可怜的菜地，对于上千张战俘的嘴，它生产出的番薯、芋头和土豆连牙缝都塞不满。我建议他允许战俘在警备队严格监视下去营区外开垦更多的荒地，种植更多的根茎类植物，同时在空闲处种植冬瓜、南瓜、丝瓜、佛脚瓜、紫茄子、芥菜、萝卜、豇豆和四季豆，在菜地边搭建棚子，饲养猪和鸡。也许它们会被森林里的野兽糟蹋一部分，但人们完全可以投桃报李，贸迁有无，采撷野兽的食物——鸡翼菜、蒿子、灰灰菜、蕨菜、马兰头、野葛、紫苏、马齿苋、野木耳和芦苇，在溪流或沼泽地里捕捉野生鲶鱼、黄颡鱼、青鳝、刺鳅和大鲵。而离D营不远的大海，干脆就是雕盘绮食的新鲜鱼虾仓库，只要人们有力气，食物问题总是能够解决的。

“喂，131，胡说些什么呢，也太放肆了吧！”矢尺下巴上的肉垂吊下来，像两块露出土皮的番薯。

我看着他。我猜他的火没有发完。

“在日本读过书的人，怎么说也应该有所关照，所以一直对你很客气。”矢尺心生怨恚，话中带着冷冷的拖腔，“虽然这么说，请不要做出让人无法忍受的事情！”

好吧，走着瞧。我在心里想。我闭上嘴，不再絮叨，坐回桌后，坐直身子，面无表情地誊抄文件。矢尺应该走过来看看，那样的话，他就知道我在那份文件上的一页白纸中写下了什么内容了。

四天后的上午，矢尺气急败坏冲进教育科，劈头盖脸给了我两耳光，一脚踹在我小肚子上。我向后仰倒，重重地撞在墙上。矢尺绕过桌子走过来，连续不断地猛踢我的腹部，冲着我大声喊叫：

“卑鄙无耻的猪！告小状的猪猡！我会宰了你！”

我捂住腹部，气憋在身体里，肋间的刺痛使我喘不过气来。我一直在等待挨这顿揍。我等得太久了。现在我知道，我托桐山传译官转给D营最高指挥官的报告起作用了。矢尺那么狠地揍我，是在告诉我，我的告密成功了。

“你这家伙到底想干什么？我可不喜欢让人玩弄，你这小人就是这么想的吧?”

矢尺显得十分沮丧。不用猜我也知道，因为造成管理破绽，他受到了上司的严厉责备和训斥。在那份告密报告中，我这个小人就是这么汇报的。

“我到底在想什么?”我痛苦地捂着腹部，在心里问自己，“我想干什么?”

入营后，我去了营区的东南边和南边。我知道南边的高地后面有一道褐红色的峭壁，风踩踏着灌木丛在山间自由跑动，像无人管束的孩童，跑够了，顺着悬崖滑下去，前面就是壮阔的大海。至于大海，它既是云彩和雷阵雨的母亲，也是它们的女儿。

可是，我从来没有走进过西边、北边和东边的峡谷和森林，也就不知道那里有些什么、什么地方才是森林的尽头，我只知道越过一连串的山峦，肯定有我愿意到达的地方。

我想干的事情很多，不会告诉别人，但眼下，至少我能说出一样。

“我想去菜园班。”我蹲在地上，抹去嘴边因为踢打溅出的唾沫，沙哑着嗓子说。

日方突然约见自治委员会副主管马喜良中校和格尔诺维茨中校。矢尺次官向两位战俘军官宣布，战争时期，供给紧张，为勉力提供战俘物资，日方已尽匍匐之救，短期内无法满足战俘们提出过度和奢华的要求，为解决此项争议，兹决定扩大战俘菜园班，批准增加开垦面积和经营种类，允许适当从事养殖，以补充食物不足问题。

自治委员会不明白日方为何突然主动关心起战俘的食物和医院问题，他们认为这是与日方进行一系列交涉和斗争的胜利结果。

“能想到这个结果吗，魔头终于败给我们了!”徐才芳激动地说。

我没有告诉徐少校，日本人也在学习，他们的文化中没有对失败者的同情和尊重，一直把战俘当作肮脏的动物，对动物实施人道主义这件事情让他们极度困惑。不过，他们不得不面对问题。问题分两部分：我从传译官桐山那里知道，日本政府正在通过中立国与交战国协商战俘交换途径，国际红十字会多次对羁押在日军战俘营中的军人和平民生存状况提出抗议，日本政府不愿在舆论中处于不利地位，以至影响大东亚战争的进程。另一部分是，在被俘前一个多月的逃亡中，菲律宾人邦邦把《日内瓦公约》的内容一字不漏地背了下来，我和邦邦建立了默契的情报交换关系，邦邦再度帮助了我。

我把上述两项内容写进了送给饭岛的告密报告中。

现在，让我试着说出邦邦告诉我的那些内容：

《日内瓦公约》第二章第 26 条：每日基本口粮在量、质与种类上应足够保持战俘之健康及防止体重减轻或营养不足。战俘营习惯之饮食亦应顾及。拘留国应为做工之战俘供给因其从事之劳动所需之额外口粮。对战俘应供给以充足之饮水。吸烟应被准许。

有一点可以肯定，饭岛要人不想做帝国命运的替罪羊，相比较只知道统计学的前税务官，作为不满足现实人生的画家的他更知道应该怎么做。

(GYZ006－005－007) **证人矢尺大介法庭外调查记录：**

在菜园班问题上，本人只能妥协让步。

开战后，大本营联席会议虽然决定了对美英和重庆政策，不过是期望一举击溃美英、使重庆屈服的单方面愿望，问题的解决完全在一筹莫展的情况下僵持着。到了美国人在南太平洋的反攻渐趋激化的昭和十七年秋天，陆军有 60 万兵力长年牵制在中国，大本营对此寄予了最强烈愿望，要求为打开对华关系而改变攻略的空气逐渐酝酿成熟，大本营要求各方面为培养亲日派华人做出努力。

D 营也不能免责。总之，饭岛指挥官就是这么交代的。

菜园班扩大以后，劳役人数从原有的 20 人增加到 50 人，本人指定 6 人，其他人员由战俘委员会决定。本人的安排嘛，主要是照顾表现不错的华俘，作为 D 营次官，本人坚持亲日优先这个原则。重庆军方面按一贯做法安排军官的亲信进菜园班，英国人和游击队反对，要求安排体弱的战俘，最终，双方人数按比例分别安排。在菜园班服役能得到额外的食物，对贪婪的战俘来说，待遇谁都想得到，也是可以理解的吧。

虽说是战俘委员会的安排，还是出现了闹事的情况，聚众围攻军官和菜园班人员，打架什么的。分配到菜园班的战俘，早上起来发现衣服不见了，后来在茅厕的臭烘烘的屎汤里捞出来。有战俘脑袋被人打开了花，战俘间的冲突一度到了严重程度。

话说，打架的战俘都是刺儿头，当中有不怕事的，为同乡同伍打抱不平，也有自私的，就是说，战俘中的滚刀肉，长期寻衅滋事的家伙，这种人在哪里都有吧。

“583 号那么大个子，在战场上挂过彩，不像你们军官，你们的食物比士兵多，看得下去?”这种人不是为自己，说话底气足，军官交涉起来不好办。

“这是战俘营，不是你的司令部，别给老子摆长官架子。没有你们这帮喝兵血卖脑浆的夙包，老子也不至于关在这儿。”这种人更不好相处，话说得谁听了也会脸红吧。

虽说军官可以向士兵下命令，事情接二连三发生，战俘委员会也没有办法。

131 号建议，战俘中闹事的主要是刺儿头，这些人有各自问题，应该区别对待，以心换心，尽量体恤，问题解决了，战俘营的管理就容易得多。

我采纳了 131 号的建议，要求战俘委员会调整菜园班人员，安排几个刺儿头进菜园班，他们在菜园班，其他人不敢胡闹。我告诉格尔诺维茨和徐才芳，这个主意是 131 号战俘提出的，我方十分欣赏，作为奖励，决定将 131 号补充进菜园班劳役队，不担任管事军官，只享受照顾，这个决定嘛，战俘委员会最好不要拒绝。

在战俘中造成 131 号为私利争取机会出卖他人的印象，131 号因为这个受到孤立，吃苦头，作为 D 营的管理者，本人的用意就是这样吧。

(GYB006－001－211) **被告郁漱石庭外供述记录：**

我去东区找李明渊，打算问问他在华盛顿和罗兹谈的那笔生意。

走近 16 号营房，见几个连排级军官靠在墙边坐着，李明渊拎着光溜溜的手杖站在他们当中，眉飞色舞地说着什么。那些军官新近入营，都是张发奎从 9 战区带来的，张发奎过去反蒋，如今是拥护中央派，看来，李明渊正在扩大他在 D 营的凝聚力。

秋天到来的时候，李明渊成了中国战俘中的大人物。

事情由李明渊发明的一个游戏引起。游戏是这样，大家轮流讲自己是怎样被俘的。这需要相当的勇气。所谓勇气，是因为战俘中一部分人在惠广战役和两次粤北战役时被日军俘虏，一部分人则是被伪广州绥靖主任陈耀祖的第 20、第 30、第 43 师和黄大伟的闽粤绥靖军抓住，连鬼子的面都没见过，就进了鬼子的战俘营，结果令人沮丧。游戏先在军官中流行，以后传到士兵中，很快，连游击队的人也开始玩这个游戏，通常在晚上睡觉前开始，场面很像日本传统游戏百物语，人们围着油灯或者蜡烛，轮流说着鬼怪故事，说完一个吹灭一盏灯，最后一盏灯吹灭时，鬼怪就会出现。

看见我，李明渊没有停下，盯着手杖犯了一会儿愣，继续发表演说。他感慨地提到四年前的“水晶之夜”，被纳粹党剥夺掉国民权利的犹太人，受到德国人、法国人和波兰人冒死庇护，藏在阁楼和地下室里躲过一劫，最终抵达英国和美国。他说到他自己，若不是医院的华人杂役举报，他会在康妮嬷嬷的保护下一直与停尸房里的那些尸首友善相待，而不是像现在，猪狗不如地生活在 D 营。

我有点纳闷。李明渊没有看我，但这番话似乎是对我说的。我有点不高兴，决定不再向李明渊打听问题，转身离开那里。

没等我走远，李明渊在身后叫住我。他拄着手杖朝我走来。我停下等他。他走近了，要我把菜园班服役的机会让给 517 号士官。

“你够舒服了，让别人也有活命的机会。”他朝身后看了一眼，义正词严地大声说。

我没想到李明渊会说这个。他过去说话也不怎么客气，但还是头一回用这种口气对我说话。我发现，好几个在菜园班问题上闹事的刺儿头身后都有他的影子，他现在有一帮人簇拥着，有人孝敬他，从某些特殊渠道弄到食物，他不会抢着服劳役，可他会照顾他的小兄弟。他想分裂 7 战区战俘的团结，这样，他这个中央派就能一呼百应了。

“为什么是我？”

“你是军官，应该体恤部下。”

“还因为我是你昔日的部下？”

“既然你想知道，不妨告诉你。”李明渊冷冷地盯着我看了一会儿，挑衅地把玩了一下手杖，“你和别人不同，你的差事是日本人安排的，如果能从你这儿拿到名额，等于我连日本人都不放在眼里，地位必然上升。这个回答你满意了?”

“满意了。”我一点也没有犹豫，回答他，“我也不妨告诉你，不行。”

李明渊意外地看着我。我也看着他。我不是一个喜欢搏击的人，但我牙齿还没有钙化或脱落，指甲仍然坚硬，我能打倒D营多半战俘，倒是让他来试试，看他能不能从我手里抢走这个机会。

在受到饭岛训斥后，矢尺一度情绪沮丧，加强了入营监察的频率，要求被他收买的几个战俘多打小报告。现在，矢尺应该高兴地看到战俘分裂局面的形成。但矢尺不会想到，李明渊也不会想到，我不在乎人们怎么看我。我已经是他们眼中的沙子了，就没有打算讨好任何人，也不会拒绝任何走出战俘营的机会。

菜园班负责全营战俘的伙食补贴，干活很累，服劳役的人员能得到一份额外提供的口粮，半个拳头大的杂粮馒头或者两个薯仔。在菜地干活会有不少额外收获——菜园在战俘营大门外西北角的峡谷里，隔着弯弯曲曲的溪涧，一条长期踩踏的小路，落满蓬松的腐叶，四周林木幽深，风一吹，阳光蓦然出现，恍然映脸，是另一个世界。在菜园班干活，不必与大粪和病菌为伍，能接触到新鲜蔬菜和飞来扑去的蜂蝶，让人觉得心里舒畅。最幸福的是，战俘营外的树林里到处长着生机勃勃的果实，木瓜、甜薯、木葵，运气好，说不定会有一条富含蛋白质的小青蛇或者一只热带蜥蜴从脚边溜过，如果负责监视的警备队看守恰好走进林子里去拉大便，你就是全世界最幸福的人了。

不过，到菜园班的第一天，新入班的人们兴致勃勃的念头就被阻止了。

军官营派往菜园班负责的是印军的拉扎·吉希姆少尉和国军的朱佑富少尉，但真正管事的则是305号战俘。305号叫戚烈军，说起来，他还是我的同事，被俘前是战区兵站部一名上士。戚烈军家境殷实，从金陵大学农学院毕业，立志做一名农学家，七七事变后却投笔从戎，以身报国，在7战区服役。惠广战役时，他奉命押送兵站部实验室器械随绥靖署撤离，被日军先头部队堵在沙河巷，身上中了三发子弹，看着没气了，躺了几天，又活回来了。戚烈军是知识分子，农事上却是一把好手，入营不久就被安排进菜园班，带着两名农把式指导菜园班干活，大家都听他们三人安排。

头一天，戚烈军和两个庄稼把式挨个儿找新入班的人私下叮嘱，林子里的果子不能吃，它们大多长在较远处的树上，要想冲出一段距离跑过去摘下它们吃掉，再返回来，并且不被警备队的看守发现，难度相当于在战场上冲过一片开阔地，抱起一辆94式坦克返回战壕，不被密集的子弹击中。菜园班是特殊劳役单位，警备队派了两名士兵看守，士兵从菜园里明抢暗偷，充实自己的饭锅，还发生过一场抢劫菜园事件，警备队用刺刀扎伤了一名战俘。曾经有人被饥饿逼昏了头，尝试冒险，结果果子没吃成，挨了一顿毒打，取消掉菜园班服役资格，菜园班全体两天没有领到食物补贴。

戚烈军和两个庄稼把式警告新入班的人，森林里的蛇和蜥蜴也不能碰，因为不能生火，爬行动物的生肉难以下咽，硬要茹毛饮血，生啃活撕，肉和骨刺会塞在牙缝里，战俘的牙没一个健康，躲不过回营时在二道门岗前的例行检查。

戚烈军脾气不大好，对人却不错，干活时特别照顾那些身体弱的人。看出新入班的人失望，他暗示大家，树上挂着的果子不能吃，不等于脚边草丛中生长的果子和野菜不能吃，茅莓、悬钩子、地婆子、野蕨头、酸筒杆，这些随处都是，都可以吃。但吃有讲究，囫囵个吞咽，嘴里别留下果汁叶渣，这样就检查不出来了。爬行动物不能吃，地里的曲蟮、蝾螺、马蹄螺、麦螺、蜗牛能吃，没有壳的蛞蝓也能吃，较之浑身长满细毛的菜虫，这些家伙腥味小，肉多，肠胃里粪便少，称得上美食。只是，吃曲蟮和螺类时目光要机敏，动作要快，不能让看守发现。

另外，菜叶上的虫子也能吃，豆野螟、瓜蜎螟、小地老虎、菜青虫、蝼蛄、蟋蟀，都能吃。最有营养的是蚜虫，别看个头小，它们爱聚群，一发现就是几十上百只，个个肚子里藏着一包蜜，比营养，蚜虫排第一。

最重要的是，吃完东西千万记住把嘴里收拾干净，不能留下任何痕迹。这个好办，菜地边有溪涧。

“像动物那样趴在溪涧边喝水，看守不会管。”戚烈军不愧是学农业的大学生，一套一套的，连比带画，“看守中有几个心眼不好又闲得无聊的，我们会提醒大伙。要是没遇上他们，在你喝水的时候冲你丢石头，恰好又砸中你，你这一天就美满了。再不行，林子里有一种叫蛇苞谷的贴地植物，揪一片嚼碎吐掉，那玩意儿奇臭无比，嚼一下，嘴里的味道能熏人三尺远，守卫会叫你赶快滚开。”

我照戚烈军的方法试了几天，开始两天有点生涩，头一次吃绿汪汪的菜虫时有点犹豫，虫子捉到嘴边，几次没敢塞进嘴里。戚烈军远远看见，急坏了，大步窜过菜地跑到我身边，也不管我是不是军官，把我手里的虫子一把打掉，快速看一眼四周，狠狠埋怨了我一番，说我那样等于摆着架势让看守来捉。然后他教我，虫子不要单独吃，很难下咽，连菜叶一块摘下来，卷巴卷巴塞进嘴里，菜叶的清甜味能把虫子的怪味遮掩过去。他不建议我这样做，说菜园班几十个人，敞开吃，一片菜地两天就吃光了，对不起营里的弟兄们，警备队的人也容易发现。他教了我一种更妙的办法，吃林蛙。不是捉住林蛙整只往嘴里塞，先剥皮，撕下肉，不要咀嚼，整块吞下去，挖个坑把骨头埋掉，这样什么痕迹都没有了。

“照此类推，蛇和田鼠也一样。”戚烈军说，“你有没有听在菜园班待过的人说，他们吃过蛇、田鼠和青蛙？说的就是这个。”

我照戚烈军教的办法做，效果不错。以后就顺了。人作践不困难，咬几天牙，自甘暴弃，身上那点文明簌簌往下落，以后变成什么动物，就看自己了。

我在菜园班服劳役属于照顾性质，隔三四天一次，其他时间仍然在军官营服务。第四次去菜园班服劳役时，我干了一件疯狂的事情。

那天收工回营，我步履不稳地走在队伍后面，在大门口检查时磨磨蹭蹭，一直等队伍走远，才脱下衣裳让看守检查。那天在大门口站岗的是郑子民，他愣了一下，盯着我肚子和胸前贴着的两片芥菜叶，再抬眼看我，然后用枪托砸着地面，前仰后合地哈哈大笑起来。我尴尬地冲他笑。这个滑稽的场面，一定让他想到可亲的狂言[①]演员，对在殖民文化中长大的台湾人，这是多么有趣的安慰。郑子民笑一阵，绕到我身后，看我背上也贴着两片菜叶，接着又笑，然后他让我穿上衣裳，抹一下笑出的眼泪，理解地挥手让我走。我僵硬着两条腿走出很远，还听见身后传来他哧哧的笑声。

回到营区，我借故有事向自治委员会汇报，要杨凤鸣去通知徐才芳。支走盯梢者，我找到孖仔，把他叫到茅厕里，脱下衣裳，揭下肚子上和背上的四片菜叶，叫他立刻吃掉。

孖仔高兴坏了，问我怎么做到的，说他正在找我，他昨天梦到妈妈了，他妈妈叮嘱他别惹哥哥们生气。孖仔很快吃掉两片菜叶，另外两片说什么也不肯

① 日本传统歌舞剧，内容多表现滑稽故事。

吃，非要带回去给他那些哥哥。我清楚游击队的人对他意味着什么，但我严厉阻止他这么做。我告诉他，要么他把剩下的菜叶吃掉，要么我收回来，留给自己。

孖仔愤怒极了，语无伦次地指责我。他太爱说话，为这个他那些哥哥严厉地批评过他，但他们对他很好，任何时候都在保护他。

"别废话，你就回答，是现在吃掉，还是我收回来？"

"我才不会还给你！"

"你试试，我会扭断你的麻秆胳膊。"

"甘多人死唔见你去死！"孖仔哭着用军话[①]毫无章法地骂道，"你个铳打鬼落刀鬼短命鬼班房鬼吊颈鬼凶死鬼饿痨鬼过毛鬼，我再唔想睇到你！"

我笑了，心无旁骛地蹲在粪桶边抠脚上的泥土，等着孖仔骂完。过了一会儿，孖仔无措地停下，抽搭着把剩下的两片菜叶塞进嘴里。但他要求我转过脸去，说什么都不允许我看他吃掉菜叶。

孖仔吃菜叶时，我感到下腹一阵阵抽搐，好像那里正在生长出一只比粮仓大的胃，它让我欲壑难填。我闭上眼睛，等待孖仔吃完，然后转回身子，问孖仔，是不是恨我？他委屈地点点头，赌气不看我。

我也点点头，表示理解，然后蹲下身子，开始脱鞋。

我不会计较孖仔，也不会告诉他，我一直在等待阿朗结衣在大门口执岗，可惜的是，这几天阿朗结衣都在日方管理区二道门，没有出现在营区大门。我不相信命运会一直眷顾我，所有的战俘都在争取机会，让珍贵的生存资源滑向自己，人们不会让我好过。我打听到下午轮到郑子民站岗，于是我决定冒险。我在胸口、肚皮和背上贴了四片菜叶，让自己变成一个既滑稽又可怜但并无大碍的小偷，这会充分调动郑子民的优越感，而贴在前胸和后背上的那四片芥菜叶，会分两次转移他的注意力，稀释掉他的警惕性，这样，我就有可能出色地完成一次危险的走私行动。

现在，我展示出我的走私成果。孖仔瞪大眼睛，张大嘴，吃惊地看着我，稀疏的牙缝里挂着刚刚吃下去的绿色的蔬菜纤维，而我，则从两只臭烘烘的鞋子里分别掏出半条海蛇。它有漂亮的蓝灰色环形花纹，加起来差不多有两尺长，

① 一种存在于南方地区的方言。

之前是身材优美的完整一条，被我踩住脑袋至少好几分钟，当警备队看守被树上跳下来落在腐叶中的松鼠引得转过头去的时候，我用锄头利索地将它一截两段，快速塞进鞋子里。我不知道它怎么会离开海边沼泽地带，出现在菜地里。我只知道游击队的陶作坊有火，如果孖仔答应我，他用火烤熟这条蛇，吃掉它，并且保证不告诉任何人，下一次，我会为他走私更美味的肉类食物。

那天晚上，我大叉着两腿，心安理得地躺在发潮的床板上，想着孖仔迈着正步朝我走来，告诉我他妈妈的故事，因为挺着盛满蛇肉的小肚子，他那两条细细的腿看上去不那么摇晃了，因为有妈妈，他的故事很动人，我猜那些故事不会结束，它们会一直陪同他，直到他成为其他人的哥哥。我嘴角漾起一丝微笑，很快睡着了。

我在菜园班没有待多久。

克星是国军上士侯仁臣，战俘编号 726。他入营时间不长，仗着在曲江士官学校学了点武术，当上了徐才芳的打手，徐才芳专门用他对付几个投靠日本人的战俘刺儿头，有两个刺儿头不服，和他干过，输给了他，战俘们都怕他，徐才芳作为奖励把他安排进菜园班。

侯仁臣为人刁钻，脾气暴躁，分到饲养组，负责打猪草、剁鸡食。他不愿干粗活，凭着管事军官亲信的身份，只动嘴，不动手，让其他人替自己干，还欺负几个身体不好的老实战俘，指使他们替他捡林螺，洗菜叶。他这么做扰乱了菜园班的工作，戚烈军看不惯，替老实战俘说话，强调不准吃菜叶。侯仁臣不买账，两个人经常掐架。吉希姆劝了几次不管用，不再插手中国人的事。朱佑富是徐才芳的亲信，私下里向着侯仁臣，出面压制戚烈军，这样，反倒使矛盾激化了。

有一次，菜园班的人回营区出粪，饲养组人手不够，侯仁臣嫌麻烦，把戚烈军留在地头上的菜苗喂了猪。戚烈军回来一看火了，两个人在饲养棚里吵起来，最后动了手。吉希姆和朱佑富不在，我去劝，侯仁臣伸出糊满猪粪的手拍我的脸，叫我一边待着，别挡阳光。

“长官，我知道你是谁。你是汉奸。不光我知道，所有人都知道。”他脸上带着揶揄的恶意，“你要敢向鬼子告密，我夜里捏把泥噎死你。”

“别管闲事。”戚烈军也冲我皱眉头，“你越管，事情越复杂。”

我朝一旁看，一棵合抱粗的橡树枝头上站着两只尾巴长长的斑尾鹃鸠。我明白他俩的意思，他俩势不两立，可心里却同时鄙视我。我没再说什么，从他们身边走开。

戚烈军和侯仁臣关系越闹越僵，几次动手，谁也没占着便宜。吉希姆装没看见。朱佑富和侯仁臣穿一条裤子，只要侯仁臣不吃亏，也不出面。我把这个事告诉徐才芳，希望他解决。徐才芳先有点紧张，担心戚烈军使坏，往侯仁臣衣兜里藏蚯蚓，回营检查时被门岗查出。我告诉他，菜园班的人什么事都可能干，唯独不会告密，因为一个人这么干，另一个会报复，把偷吃青虫之类的事情招出来，这样菜园班 50 个人都完了，栽赃人和举报者会被人用石头砸死。徐才芳放了心，问我怎么解决。我告诉他，菜园班关系到全营一千多号人的食物，农事由戚烈军负责，侯仁臣捣乱，影响工作，没道理，应该阻止。徐才芳沉吟半天，说再等等吧，别那么急。

徐才芳拖着，事情解决不了，侯仁臣继续挑衅戚烈军，戚烈军渐渐吃不住劲，大家都看出来，他已经败给侯仁臣，不但斯文扫地，农业专家权威也受到挑战，连菜园班的盟军都看不下去，向长官投诉。军官委员会协商，最后决定另派一名战俘替代戚烈军，缓和菜园班的矛盾。

得知戚烈军要回营的消息，我去地里看他。我俩蹲在地头，我不知道该对他说什么。戚烈军看出来了，主动和我说话。他说土壤没问题，排水系统也做好了，做了三年薯块培育，已经看到复壮种性的希望了，如果注意治虫，番薯和土豆的产量会大大提高。他说有机会的话，他以后会写一篇杂交番薯对产量提升的论文，寄给他在农大的老师。他那么说，突然停下来，抬头四下看风吹过的番薯地，脸上露出惋惜的神色。

“真舍不得这几块地啊，不想看着它们被人糟蹋。”他莫名其妙地说，手里的一块泥土被他捏得粉碎。

收工时，一场大雨下来，菜园班的人淋得像水耗子，抱着脑袋往营区跑。那天是阿朗结衣在大门口站岗，我按计划夹带了两只树蛙和一只田鼠，跟在队伍最后面。过溪涧小木桥时，跑在前面的戚烈军突然脚下一滑，摇晃了一下，猛地往前踉跄了一下，把他前面的侯仁臣撞倒，滑到桥下。我听见侯仁臣发出一声惨叫。紧接着，戚烈军像是失去平衡，跟着侯仁臣栽进溪涧里，跟在他俩后面的几个人收不住脚，一连串扎进水里。我听见一声清脆的骨断声，然后是侯仁臣狼嚎般的第二声惨叫，戚烈军也大声地呻吟起来。我慌忙冲过雨雾，和朱佑富一起，把掉进溪涧里的人一个个拉上来。我看见躺在最底下的侯仁臣和戚烈军，他俩一个捂着后肋，一个抱住大腿，一缕血水从他俩身体中间窜出，欢快地跟着雨水流向溪涧的下游。

侯仁臣的后肋上，插着一根蚬木枝。雨点打在坚硬的木枝上，木枝像一条受到攻击的白眉蝮，嗞嗞地抖动着。

侯仁臣肋骨洞穿，伤及脏器，被抬进病员班。戚烈军腿骨折断，不能动弹，被送回营房。那天雨大路滑，好些人在地里干活时就摔倒过，找不出戚烈军有预谋伤害侯仁臣的证据，军官们忙了一阵子，也只能简单地做了一些人员调整，把两个伤员双双调出菜园班，另外安排其他人补缺。

矢尺收到战俘内奸告密，到菜园班来转悠了两次，然后宣布补充进菜园班的 30 名劳役退回营区，菜园班恢复扩大前规模。矢尺还要求自治委员会加强对菜园班管理，以免再度发生战俘间内讧事件，否则，管理方不得不继续缩减菜园班人员，直到最后一名。同时，他宣布 131 号战俘调回营内，不再继续菜园班的劳役。

“包括少校先生你，也不能保证 131 号会不会在下一个雨天突然掉进溪涧，被石头砸碎脑袋吧?”矢尺阴险地对徐才芳说，“要是这样，D 营将受到重大损失，总之，本人不愿意看到这种事情发生。”

我在菜园班的好日子到头了。这个结果在我的预料中，但它来得太快了一些。

最后一次在菜地里干活，吉希姆过来向我表示慰问，劳役队的人也用同情的眼光看我。我要感谢这些伙计，那天我得到他们所有人的照顾，什么活也不用干，到处溜达，欣赏风景，这让我从一个贼变成了一个强盗。

收工回营的时候，菜园班里每个人都知道我干了什么。人们默默地沿着林间小路返回营区，只是在走近大门口的时候，队伍突然变得凌乱不堪，你推我搡。在大门口站岗的韩籍兵生气地拦住乱糟糟的战俘队伍，动手打了两个人。吉希姆上前解释，递上珍贵的香烟。这给了我机会。作为队伍中军衔最高，同时在 D 营担任传译官的军官，我漫不经心地看了韩籍兵一眼，撇下不依本分的同伴，面不改色地从他面前经过，走进营区的韩籍兵则需要花一点时间平抚怒气，再对那 47 名战俘做一番仔细的检查。

在营区大门里等着我露面的 682 号迎上来。我让他做出如下选择：他可以得到六条蚯蚓，然后从我身边消失两个钟头；或者我现在走进审讯科，为矢尺誊抄他需要的文件。我会告诉矢尺，682 号战俘企图刺探文件内容，他这样干已经有一段时间了。接下来，682 号会失去三天的伙食份额，接受非人的调查和天愁地惨的处罚，并且在以后的几天老实地待在重营仓里，因此无法完成监视我的任务。

682 号慢慢挺起身子，困惑地看着我，目光中流露出怒火。没头没脑的晚风从我俩中间穿过，旋起一片肮脏的尘土。然后，他从踟蹰良久中猛然醒来，悲怆地朝一边看了看，动作生硬地捂住肚子，转身向远处的五号茅厕走去。

682 号拒绝了我对他的贿赂，但不得不选择妥协。有时候，被迫妥协并不意味着最终成为叛徒，这方面，682 号是一名合格的军人。

我目送监视者钻进茅厕，踏着如洗的月光向营区走去。

我走进病员班，在门口站了一会儿，等待目光逐渐习惯屋里的黑暗。

我看到了侯仁臣。他光着下身躺在床板上，整个腰腹肿得像半截海水泡过的大王椰果，裸露的伤口上糊着一些炖菜似的溃疡和一层可疑的硫黄粉，让人看了生出对肉类食物绝对的厌恶。

我朝两边看了看。没人注意我。我走到侯仁臣身边，撩开上衣，从身上揭下几片菜叶递给他。侯仁臣迷茫地看了我一眼，目光空虚，脸上却带着一股愤愤不平的乖戾。在接过菜叶的一瞬间，他眼里突然少了一些戾气，多了一丝抑郁。

本来我想问侯仁臣一件事，他是一名勇敢士兵，他的勇敢是对那些他必须复仇的人，还是不分对象的所有人？看到他那样的眼神，我忽然改变了主意，替他把上衣往下拉了拉，转身走出病员班。

侯仁臣在我身后嘟囔着骂了一句。“噎死你们这些狗日的!”然后是一阵含冤负屈咀嚼菜梗的声响。那些菜叶有些脱水了，热烘烘的，但它们是真正的菜叶，味道十分鲜美，如果是刚刚摘下时，趁着新鲜把它们吃下去，那真是人间最好的美味。但我知道，侯仁臣说“噎死”，指的不是他随时拿来对付人们的泥土，而是他知道自己永远告别了战俘营外的自由世界，他诅咒还留在那里的伙伴，他渴望他们全都噎死在咀嚼菜叶和青虫的快乐中。

接下来，我去了东区 14 号营房，推开门走了进去。屋里很暗，有一阵，我没能分辨出来，听见好几个方向传来有气无力地喘息声。然后我看清楚了，蜂巢般拥挤不堪的营房里，横七竖八地躺着几十名战俘，他们就像僵尸一样缩在自己的匣子格笼里。一个完全光着身子的战俘在角落里有一把没一把地用肮脏的水洗下身，对我的到来毫不在意。

戚烈军的格笼床离门不远。就算军队不认可农学专家，好歹他是士官，能为自己挑个条件好点的床位。他断掉的腿打上了夹板，人消瘦得很厉害，因为连续发烧说着胡话。我改变计划，借着屋里的黑暗和身体的遮挡，把剩下的11片菜叶拿出来，和两只清理过肚膛的林蛙一起，压在他脑袋下。

“芋畦今天全都浇透了，老简说，再有十来天就能挖芋头了。”我对黑暗中的戚烈军说，“前两天，鸡娃被云豹叼走了七只，老简领人把栅栏重新加固了。老简说，要是你在，你会有办法，云豹一只也叼不走。”

戚烈军停下谵语，静静地一动不动，我不知道他是否醒着。

“老戚，我认识一位和你一样的农学家，人在重庆，他是育种栽培方面的大学问家，叫李先闻，专门研究农业改进。”我没告诉戚烈军，李先闻教授和我一样，祖籍广东，我俩都在帝国大学和美国留过学，“老戚，你好好养伤，伤养好，你写论文，我替你寄给李教授，他一定会帮你培育出最好的番薯品种。”

黑暗中，戚烈军喉咙眼里发出一声压抑的哭泣。他伸出一只手，抓住我的手。他的手滚烫。我朝那只手笑了笑。我不知道他是否能在黑暗中看见，或者，那只手是否能感觉到我的笑，但对一个令人尊敬的农事把式，一个即使接到撤离战场的命令，也要以同归于尽的方式把阵地保住的绝望士兵，这是最好的安慰了。

剩下的一个半小时，我和孖仔躲在游击队的陶作坊里，美美地啃着一堆动物。上天眷顾，陶窑两天前撤火，作坊里只有我俩。我前所未有的疯狂，不但在胳膊上用草绳缠回一条青蛇、在裤兜里装回三只林蛙，还在裤腿中夹带回一只剥了皮的刺猬，窑膛里尚未冷却的余烬足够烧熟这些美味的食物。

我和孖仔，我俩啃着香喷喷的烤肉，我给这孩子讲了一个故事。

那是关于森林的。那片森林非常奇特，它很大，大到无法想象。在那座巨大的森林里，生长着一些奇妙的树木，生活着一群森林精灵，它们既快乐又邪恶。我是那座森林的主人。我可以把它拆分成一块一块，让它变成它们。我的身体也可以变化，比如说，变成虚无的云，也就是空气，谁也看不见我，但我的思维还在，而且，树木和森林精灵它们知道我在。后来，我做了一个梦。我从这个梦进入另一个梦，把它分割成更多的梦。我发现我不但能裁剪森林、梦，还能分割时间……

“老郁，你瞎编!”孖仔哧哧地笑，前仰后合，“你在讲鬼故事，吓我。”

我也笑了，伸出一只手，揩去孖仔腮帮子上的动物脂肪。德顿有一次对我说，战争像一把考古铲，放大了人们内心中的善良和邪恶，把最真实的人性暴露在光天化日下。我不这么看。我觉得人们的内心比我们知道的复杂，不光有善良和邪恶，还有别的。我觉得真实的人性是不存在的，因为它们总在变化，变得难以把控，人们也许永远也无法知道，他们到底是谁，在他们身上，哪些事情是真实的。

日子继续，戚烈军需要一个月以后才能瘸着腿走出营房，菜园班有朱佑富在，不会让他回去，他会被安排进木器班，整天抱着木板去各营房干修缮的活，直到一年后，被转移到广州的南头集中营。侯仁臣则因伤口感染，最终患败血症死去。

菜园班在内讧事件中遭受了巨大损失，戚烈军的离开，使缺乏科学指导的菜园班不得不放弃番薯块茎的继续培育，计划中的产量半途夭折；30 名战俘离开，使新开垦出的菜地荒芜在那里，无法种下粮食和蔬菜。坏运气没有结束，冬天到来后，榮岛峡谷森林里闹虎，一只大约三四岁的华南虎袭击了菜园班饲养棚，不但咬死了军官们凑钱买来的三只猪秧子，还把鸡圈撞垮，把鸡崽全都驱赶进林子。日方不允许战俘夜晚在营外留宿，看管饲养棚。警备队派了一个小队设伏，将那只怀着幼崽的雌虎打死，事情才算了结。但菜园班遭到摧毁性打击，基本退回到扩大前模样。

食物补充希望破灭，人们十分失望。格尔诺维茨和马喜良几次和矢尺交涉，矢尺以战俘方没有管理好自己的士兵，日方不能再冒险为由拒绝了。格尔诺维茨埋怨国军没有处理好士兵之间的危机，酿成暴力冲突，影响其他战俘的利益，和马喜良的关系闹得很僵，国军和盟军战俘出现大面积矛盾和冲突。

对这一切，我置若罔闻。离开菜园班后，我重新坠入麻木，整天懒洋洋靠在墙边看营区外的森林。那里有无数的植物和动物，越瘦秦肥，与我无关。

那天，有十几个印度战俘被转移回香港。他们是第二批离开 D 营的战俘。他们将从香港乘船去新加坡，加入与英联邦作战的国民军。我在管理区帮阿部正弘造名册，事情干完，回营房时，半路上遇到肖子武。他叼着他那支著名的泥烟斗，披着旧外套，蹲在操场上玩一把小石子，身边一个游击队的人也没有。

看上去，他对那些不起眼的小石子特别感兴趣，一粒粒拿起来，放到鼻子下面嗅，让人觉得他变了一个人。我从他身边走过时，他冲我笑了笑，说了一句意味深长的话。

“猪头不蠢，”游击队首领说，“它知道槽里的粮食糟蹋多了，主人也会揍它。”

我停下来看肖子武，没明白他的意思。肖子武不看我，起身走掉了。

“猪头”指矢尺，容易理解，可“槽”“粮食”和“主人”指谁？我琢磨了两天，最后推测，“槽”指的是D营，“粮食”指战俘，“主人”指矢尺的上司饭岛。把这几样联系起来，意思就明白了：矢尺清楚，如果战俘中出现大面积危机，他将受到饭岛严厉指责，这对他不利。伤疤脸的游击队头头太阴险，整天躲在战俘身后，不说一句话，看上去像个木讷的老农，其实是个心重十二两，嘴不张，心里暗自念着急急如律令符咒的巫师。

可不知为什么，这一次，我有一丝兴奋。

当天下午，我找到在营区边壕沟旁填埋垃圾的肖子武。

肖子武一点也不吃惊，示意身边的人离开。

“为什么是我？”现在我对谁都用这句话。

“别人不行。”肖子武半个字废话都没有。

“没人在意我做什么。”

“这对你最好。被人在意不是什么好事。”

“我可以什么也不干。”

“你和别人不同，你需要乐观一点，它是你唯一的伙伴。很多人不如你。”

“你是说，我是地狱之外最幸福的那个人？”我挑衅地看肖子武。

“不，你在地狱里。”我头一回见肖子武笑，“可你比其他人幸运，还没有下油锅。不同的是，在这里，没有人信任你，也没有人喜欢你，你没有战友，也没有朋友。你只有依靠你自己做点什么，自己鼓励自己，不然，你最好死掉。”

我盯着肖子武的眼睛。我承认他说得对，但我不打算和他讨论私人处境问题。不管他说什么，是否笑着，我同样也不信任他。我扭头朝一边看去。远处的营房边，有几个战俘在晒太阳，他们眼睛很大，黑洞般看着我。我觉得整个世界在看我。

“我一个人无法做到，如果你的人能配合，也许我可以考虑一下。”

肖子武像狡猾的变色龙，立刻拒绝了我，好像他从来没有怂恿过我。“你最好去找你们的人。”他无赖地建议，并且一点也没有脸红。

骚乱最初出现在国军炊事班，因为连续数天供应的菜汤中菜叶少得可怜，士兵与负责分发食物的值班士官发生冲突。值班士官认为责任不在伙房，是菜园班送来的蔬菜越来越少。士兵们转而把怒气撒到菜园班的人头上。龚绍行带着两名军官赶来弹压，士兵们才没有大打出手。

接下来，菜园班好几名劳役人员遭到暗算，引发持续不断的恐慌。群殴最先在东区普通营 21 号营房发生，紧接着是 22 号营房，参加斗殴的有 61 人，挂彩人数超过一半。军官们严厉处理了领头的滋事者，情况好了几天。

可是，事情并没有结束，让军官们紧张的事件终于发生了——两名士兵趁其他同伴早上出操时候在宿舍里上吊，如果不是值班看守恰好进入营房巡查，人就救不过来了。

那天，我带老曹去日方管理区，从寺野手上领取更换的茅厕便桶，矢尺正好在。老曹很高兴，破损的便桶换上新的，会让交叉感染大大降低。老曹在清单上签了字，欢天喜地指挥人把便桶抬走。趁着四周没人，我用一副与己无关的口气把我的一个判断告诉了矢尺。

第一次官狐疑地看我。他认为战俘们闹事只是太闲，他会找一些事情让他们充实起来，但他绝不相信战俘中有集体自杀的可能。我提醒矢尺注意更早以前发生的 1176 号战俘和 335 号战俘自杀事件。1176 号战俘夏天入营，进入战俘营第二天，他看见八朗曹长命令一名违反营规的战俘舔干净吐在地上的痰之后绝望了，当天晚上溜出营房，试图夺取看守手中的武器，在看守用刺刀捅伤他后，他冲向铁丝网，用铁丝割开了自己的喉咙。335 号战俘是游击队情报联络员，被俘两年后，他发现自己得了癫痫，每次犯病时都会向日本人求饶，事情发生过几次后，他决定在清醒的时候结束自己的生命，他成功了。

我提到“战俘月报”的事。一个月前，桐山传译官病了，请我帮他编写用于“战俘月报”的一组材料。我没有经验，提出看看以前的范本，以便知道怎么写。桐山传译官找来昭和十四年和十五年两年的记录。我无意中从那两年的资料上看到，每个战俘的死亡都有详细的记录，死亡原因，除了暴力致死未有一例记录，这和我知道的情况不同，记录最多的是三类：因疾病和被俘前致伤死亡，两年时间 316 起。因暴乱击毙和违反营规经审判后枪决死亡，两年时间

173起。最后一类是自杀死亡，两年共23起。

矢尺不以为然地哼了一声，招呼远处和人说话的今正觉，准备离开。他走出几步，想想又站住，示意我过去。

“虽然像你所说，只有傻瓜才会寻短见，可是，就连131号你这样的聪明人，也不会这么做吧?”矢尺支着手指点动腮帮子，“士兵还是以看重自己的名节为好，能够以生命证明自己的勇气，难道不是一种可以理解的行为吗?”

“那要看怎么理解。”

“哦?”矢尺饶有兴趣地看着我，等我说下去。

“理解为什么选择比绝望的饥饿更残酷的方式解决问题，矢尺先生指的是这个吧?”我认真对矢尺说，“结束自己的生命，代价的确很大，可对毫无希望的人们，为了免受更加漫长的痛苦和屈辱，谁都会选择这种方式。不过，事情传出去，人们会追究他们为什么这样做。”

我替矢尺分析，战俘们对负责料理的士官不满，公然袭击菜园班同伴，酿成群殴，最终导致意志崩溃的人自杀，说明食物长期无法满足基本需要，人们已经失去理智和耐心。能够外出的人死也不会放弃到手的利益，不能外出的人死也不肯就此罢休，连军官出面调解也毫无结果，说明事态已经失去控制。不出意外的话，更大范围的火拼会随时出现，日方面对的难题，是到底下令进行镇压，还是任由疯狂的战俘们在血腥的自相残杀后没头没脑地冲出战俘营，逃进峡谷的密林中。

“蠢货，你到底想说什么?”矢尺不耐烦地盯着我的眼睛。

我耐心地向矢尺描述了我在战俘中听到的关于人们相互致命攻击手段的种类——除了用毯子蒙住目标将其窒息，还有用鞋带勒死、捂住口鼻憋死、用床板夹断脖颈、在黑夜中猛击头部、把削尖的竹子用力钉进睡梦者脑门……总之，方法有无数种。没有人能阻止一连串死亡的发生，也没有人能在阳光下指认出黑暗中行动的凶手，军官们不得不出面弹压，一旦他们介入此事，抓嫌犯、粗暴审讯、实施严厉处罚，对抗局面就会升级，进一步暴力事件在所难免。最终控制局面的一方无疑是军官，士兵们受到压力，退无可退，集体自杀现象就会像雪崩似的出现。

“明白了，就是说，他们打仗不行，杀掉自己却不会皱眉头，你是想说这个吧?”

我告诉矢尺，战俘中超过一半人患有幻觉症，几乎所有人都患有神经官能症，当人们完全失去希望时，魔鬼会支持他们选择彻底解决的愚蠢方式。

“这么说，实在不得要领。好吧，本人倒是很高兴那些蠢货这样做，会尽快为这些家伙挖一个足够大的坑，满足他们想死的愿望。”

我没有给矢尺面子。我不认为他有机会这么做。五个月前，因为国际红十字会的干预，恼火的日本内阁政府要求军方有所控制，江口局长告诉饭岛主官，有关方面正在占领区各战俘营调查战俘大规模死亡事件，饭岛主官答应江口局长，他会处理好这件事情。两位军官谈论这件事情的时候，我恰好在现场。

“说两位长官的话是什么意思？”矢尺不高兴了，脸沉下来，“难道本人不是一直在谨慎地照顾这些小丑和无赖吗？”

“在即将大面积到来的死亡面前不知所措，矢尺先生所谓的谨慎，是这样的吧？可是，战俘在同一时间里大规模死亡，自以为百密而无一疏的掩盖和篡改，最终会变成一张四处破洞的网，把D营推向国际外交和人道主义组织指责的中心，埋进大坑里的蠢货们当然没有机会出庭做证，可是，作为该营负责管理工作的第一次官，恐怕经不起要求说明的追究，会难辞其咎吧。”

我突然感到，这一次不同，我对矢尺说出那些话的时候一点也不紧张，反而相当轻松。看上去，这像是另一场战争，我在做着死亡博弈，我没有以往的恐惧，反而觉得它是一件十分有趣的事情。而且，这一次，我决定该死的是谁，不会让对方从两难选择下逃掉。

“131，这件事情和你没有关系。”矢尺用一种复杂的目光看着我。

“你说得对，是这样的。”

“那又何苦出头？”

“眼下的局面，实在看不下去吧。”

“可是，就算全体战俘都安排进菜园班，去森林里撒欢，也不会再让你走出营区一步哦。”

“啊，知道了，这么说，的确怪可惜。”

“那么，你能得到什么好处？”矢尺的目光变成深深的困惑。

我沉默，为自己再也无法离开营区，走进可爱的森林而深感遗憾。

“我说131，有什么好主意，不妨说来听听。”矢尺尽量显得口气轻松，但焦虑还是让他暴露了。

我心里清楚，他已经想到了那个主意，除了它，没有别的办法能够化解危机，只是他需要我说出来，替他做出他再怎么也不愿意做出的决定。

“菜园班。”

我从唇缝里吐出那个令人怀想的名字。好吧，事情就是这样，菜园班它应该恢复到扩大后的样子，让撤回营区的30名劳役者重新返回番薯藤和鸡屎中去，让他们牢牢记住自己的责任，往死里干活，开辟新的菜地，为D营四个战俘伙房提供必需的食物。不过，为了消除人们的妒忌和仇恨，以示公平，服役人员应该实行轮换制。设想一下，如果每一个愿意从事田园工作的人都有机会得到他们想要的工作，谁还在乎幻觉和神经官能症的困扰，结束自己的生命呢？

矢尺懊恼地站在那里，失落地点了点头，扭头走掉。今正觉在远处跟上他，他回身猛踢了他一脚，那个热爱唐手的韩国人痛苦地捂着膝盖，坐到地上去了。

矢尺好几天没有理我。我耐心地等待着，直到第七天，我被叫到教育科。

“131，这几天心情还好吧？”我一进门，等在那里的矢尺就假惺惺问。

“很好。”我愉快地说，“相当好。”

矢尺显得有些沮丧，站在那儿发了一会愣，让他的军夫出去，把门关上。金在根朝我看了一眼，走出去，把门从外面带上。

“有一种异怪传说里的人物，脖子能自由伸缩，要是在路上遇到了，怎么都无法和他打交道。”矢尺若有所思地盯着我说。

“你说的是辘轳首，《南方异物志》[①] 里有记载。”

“真是奇怪的人物，不是吗？”

“也有飞去飞回的飞头首，说起来更可怕。”

“啊，我说这个，指的正是131号你呀。”

一道门关上，另一道门会打开，我知道希望正向我走来。

“话说，战俘的狂躁焦虑对管理上层形成了压力，如果不立即采取根本性对策，势将养痈成患。对本人来说，不管愿不愿意，局势的演变，都必须向指挥官说明D营长期治理方略，以期战俘彻底屈服。”矢尺走过去检查门，看清楚它的确关严了，返回来，解下腰带，放在桌子上，“我这么说，正是131你的想法吧？”

---

① 日本古籍。

现在，我想什么一点也不重要了，也用不着再说什么了。我后来听桐山旗上说，矢尺大介在服用一种叫“大力丸”[①] 的药，那种药吃下去会让人无比兴奋，很多当军官都在服用它。我那个时候才明白，为什么矢尺有消耗不尽的精神，他从魔鬼那里弄到了人们灵魂制作的药，吃下它，让自己充满力量。

“一直认为131是明事理的人，要说礼貌的话，未免肉麻，可事实不正是这样的吗?”矢尺解下校官佩刀，开始脱衣裳，虽说身体上粗下窄，却是一尊结实到令人羡慕的人体铸件，“从今以后，不得不防范一蛇两头的131，不让他的阴险在本人身上得逞，就算当事人的我，也感到非常痛苦，不得已为之吧。”

我把私处捂住，夹紧两胯，身子靠墙蹲下，脑袋尽可能地埋进怀里，等着魔头走向我。

隔壁审讯科闹哄哄的。有一批新战俘刚刚送到，在接受入营审讯。一个战俘尖锐的哭泣声传过来，没有日本人的声音，我猜是国军战俘——只要有新入营的战俘，警备队看守就会溜进营，找战俘索要手表和金笔，对象只限于盟军战俘，不过，那个好日子结束了。

我在心里想，D营真是热闹，有老鼠，有猫，还有狐狸，是一座好森林。

(GYZ006－004－006) **证人奥布里·亚伦·麦肯锡法庭外调查记录：**

郁在床上躺了三天，一直在尿血。夜里，他无法像白天那样咬紧牙关，在噩梦中失声呻吟，那三天大家都没睡好。

郁被人揍得很惨，可他拒绝说出谁揍了他，为什么揍他。大伙儿猜测郁肯定惹下了大麻烦，揍他的人一定怒气冲天，所以下手特别狠。郁在D营不是唯一挨揍的军官，但他是莫名其妙挨揍最多的军官，没人知道发生了什么，他为什么要挨揍，为什么每次都被揍得这么狠，他真是倒了大霉。

郁不和人说话。我们都挺同情他。奇怪的是，连小鬼子也关心起他。矢尺吩咐值勤军官，131号可以尽情地休息，任何人都不许打扰他，直到他愿意起来为止。

---

① 甲基苯丙胺（Methamphetamine），俗称冰毒，1887年日本化学家长井长义从麻黄素中提出苯丙胺，1919年日本化学家阿雄贺多合成甲基苯丙胺，作为抗疲劳剂在士兵中广泛使用。

郁请我帮他做两件事，把在营房外来回踱步的 682 号赶走，他睡着了都能闻到一股蝙蝠的恶臭气味。这个我能做到。格尔诺维茨中校越来越讨厌中国人，他会替混合军官营房的兄弟们出头，把盯梢的家伙赶走。

“第二件事是什么？”

“教我吹口哨。”

郁比我知道的他更幽默，这就是我喜欢这位中国兄弟的原因。

郁躺在床上的那些天，不断往门外看。我不明白他看什么。直到一年多后出了那件意外死亡事件，郁才告诉我，他当时在等一个人。他希望那个人突然出现在西区 9 号营房门口，他一瘸一拐地走进屋里，打量四周，皱着眉头对郁说，兄弟，你太舒服了，这样可不好，起来，咱们出去聊聊。如果这样，郁会开心死，会觉得一切都是值得的。但是，那个人没有出现。听说他正在和国军最高长官进行斗争，害着痨病的钟上校不得不妥协，让两名亲中央派军官进入值班军官名单中。

童兵孖仔来看过郁。他和联邦军的人相处得不错，大家都争着讨好他。躺在床上养伤的郁开始指使人，让我教孖仔如何辨别联盟军，别把国籍弄混了。我指点孖仔看军官们衣裳上的白底黑字徽章。英国人是 The British，加拿大人是 Canada，荷兰人是 Netherlands，印度人最好分辨，黑皮肤，黑眼圈，包头巾，锡克教人蓄长发，戴着发梳和金属镯，隔着太平洋都能认出来。

德顿喜欢孩子，他有个两岁的女儿，两年前英国人疏散在港家眷时，她们和美丽的妈妈被送往澳大利亚了。德顿讨好孖仔，他把一只腐朽阶级的衬衣纽扣送给孖仔，那只纽扣镶嵌着银饰家徽，的确很漂亮。可我就瞧不起这个，自由民主不会败给君主王朝，我立刻送给孖仔一听橘子罐头。这没什么，等我回到家乡，我会和劳莉塔生一大堆孩子，至少两个女孩，其他的才是男孩。孖仔拿走了那只金属纽扣，把罐头送给了郁。郁大快朵颐地吃着罐头，一边抱怨我吝啬，要是他，会在罐头里塞满一整座果园。我非常恼火。难道我对他不是最好吗？难道不是美国人提出废除治外法权，中国人才占了便宜吗？

孖仔对盟军的人很礼貌，路上遇到盟军官兵，他会停下正步，严肃地向他们敬礼。郁对孖仔说了不少印度人的好话，印度人是最后从九龙撤回港岛的，港督下令投降后，他们仍然在抵抗敌人的进攻，诸如此类。也许因为这个，孖仔喜欢上印军的操礼，他和摩尔的勤务兵沙希姆上士、菜园班管事吉希姆少尉关系不错，他要沙希姆教他古怪的行进礼——甩着胳膊大步向前，高高抬起右腿，重重跺下，挺着胸脯向对方敬礼，与对方握手——这样，下次见到军官们，他就能用这套操礼向他们致敬了。郁一度担心孖仔的细腿会经受不住这样繁重的操礼，要知道，他从东区过来，路上会遇到不少军官。

“你可以只和他们握手，不跺脚。”郁指点孖仔。

“十三哥说，等回到部队，我会当上小鬼班班长，大家都是军官，必须礼貌。”孖仔冲郁翻了一下白眼，口气严肃地告诉正在尿血的伤号。

孖仔第一次来看郁的时候，给郁带来一只陶罐，里面装着十几只凶猛的红头蜈蚣。孖仔告诉郁，蜈蚣是肖大哥叫他带来的，让郁每天吃一只，攻毒散瘀下血块。郁问孖仔，怎么知道他需要吃那些恶心的虫子。

“你别想欺骗，我们什么都知道。”孖仔不以为然地哼了一声说。

郁一定捅了什么惊天动地的大娄子，不然，平时从不管闲事的游击队不会注意到他。

郁的伤好了以后，变得更不爱说话，整天沉默着，只知道干活。

对了，菜园班又一次进行了调整，新挑选出的 30 个伙计再度补充进劳役队，这件事是郁被人揍得尿血时一同发生的。自治委员会够折腾的，他们又得为派谁去劳役队伤脑筋了。我觉得他们不能光把目光盯着菜园班，一千多个战俘，不是每个人都能去种瓜菜，他们为什么不鼓动人们多给家里写写信？“亲爱的老爹，亲爱的妈妈，亲爱的劳莉塔，你们难以想象，我对你们的思念有多么强烈，我没有一天不在深深地思念你们。”看，在战俘营，你就得这么做，给亲人们希望，也请他们鼓励你，不然怎么度过地狱里的日子？

我后来才知道发生了什么。你不会相信，菜园班成了全营的骄傲，他们开始为同伴们提供大量食物，品种的供应也多起来，伙计们每次都能分到一整勺蔬菜，番薯和芋头也多了一个，每半个月还能吃到一次白水煮鱼，大约每人 1 盎司左右。

鱼是人们在营外的溪流和沼泽里捕的。捕鱼的时候，外出的人数量会比平时多一倍。我参加了一次捕鱼。我坐在清亮的溪涧边，看着一群群蝴蝶在阳光下纷乱地在头顶飞来飞去，不知怎么回事，我竟然毫不害臊地流下了眼泪。郁两手抓着一条活蹦乱跳的鱼，全身湿漉漉的，他蹚着溪水朝我走来，在我身边坐下。他看到了我脸上的泪花，狡黠地笑了笑，什么也没说，拍了拍我的肩膀。

其实，郁踏着晃眼的溪水向我走来，那只是我的幻想。我们是兄弟，我希望在我快乐的时候，郁也和我一样快乐，但他根本不在那儿。那天捕鱼的人们回到营区，我在管理区里看见郁。他蹲在营区中间那条溪流前，帮助卡米拉医官洗绷带。我朝郁走去，开心地告诉他，今晚有鱼吃了；我告诉他，峡谷丛林中的溪涧非常美丽，一点也不亚于我家乡的河流，我觉得它和它，也能做兄弟。郁抬头看我，一脸漠然，好像不知道我在对他说什么。

郁没去捞鱼。一次也没去。作为D营联合战俘自治委员会和日本人的双重监视对象，从菜园班回到营区后，他被列入不得从事营外工作者的名单。在我的记忆里，一直到1944年我离开D营，郁没有迈出过D营大门一步。

1943年开春前，战俘们碗里第一次出现了鸡肉，每个战俘分到了差不多一指宽一条白色家禽肉条。我领到自己那一份，朝操场尽头的郁走去。郁比我更早领到口粮，他远远离开人群，坐到操场边上，心满意足地享受他的一份。我看见他把鸡肉叉起来，举到阳光下，眯着眼睛看了一会儿，再小心地放回陶钵里，陶钵放在膝上，他用匙勺仔细地把鸡肉一丝一丝切开。

我扭过头往回看。人们都很安静，他们和郁一样，像怀揣不洁宝物的罗宾汉，警惕地离开同伙，每个人都保持着一定的距离。有人在吃掉那条鸡肉时，竟然抹开了眼泪。

那年圣诞节，人们第一次吃到了猪肉。因为没有足够的饲料，第二次吃猪肉要到半年以后。但你可以想象，当人们领到属于自己的一大片油汪汪的肉食，那是一种什么状况——不是罐头，不是风干牛肉，而是真正的烤肉！

我越来越怀疑这些事情与郁有关。在人们面前，郁绝口不提菜园班，也很少加入有关食物的议论，凡是牵涉这两样，哪怕他在那儿，他也会默默走开，好像菜园班和食物深深伤害了他，他和它们有多大的仇恨似的。但我就是无法忘记那个场景：郁把切割开的鸡肉丝心疼地叉起来，分几次一小口一小口把它们吃下去。他微微仰着脸，闭上眼睛，整个人的反应非常迟缓，和映照在他脸上的霞色一样，他和它都静止着。你无法想象，如果没有复杂的情感，如果无动于衷，人们会那样享受一条二指宽的白水煮鸡肉。

十二

法庭外调查：炖猪肉、烤鱼和青菜酱汤，超过四盎司大麦饭

（GYZ006－005－008）证人矢尺大介法庭外调查记录：

要说的话，没有雪的冬天，日子实在无精打采。冬天快要过去的时候，轮到本人和冈下队长休假，占领军机关在香岛安排了丰富的军官度假行程。桐山传译官和我们一道，他妻子从檀香山来香岛探亲，至于他嘛，只能自己解决酒店什么的，毕竟军人与劳务人员风气不同，海外征战者的辛苦，无法和一般国民混为一谈。

桐山传译官是位衣着整洁的年轻人，皮鞋永远擦得站不稳苍蝇、对人总是冷冰冰的。他是檀香山日侨，昭和十三年受雇于东亚石油公司，派往越南工作，因涉及特高课事件，法国人将他关进监狱。昭和十六年皇军解放越南，桐山被释放，取道香岛返回檀香山途中，遇到国内派往香岛战俘总营赴任的饭岛指挥官，指挥官请他做英语传译，属于军夫职务中的高级合同工吧。

桐山有过海外监仓经历，懂得犯人生活习性，这是指挥官雇用他的原因。至于他这个人嘛，怎么说呢，对人保持着冷淡的彬彬有礼，我俩初次见面就互不买账。他是唯一在公开场合替战俘说话的日方管理人员，再怎么说，这种态度本人也无法接受。指挥官私下责备，这个嘛，要考虑桐山君是坐过牢的人，只要不是太过分，少佐你就不要盯住不放了。碍于指挥官的面子，本人即便对他折腰升斗，做出让步，也算仁至义尽了。

休假结束，传译官给战俘带回了图书，本人则带回一批年轻军官和四名战俘。

军官们相当精神，是刚从京都帝国大学医学部和后方勤务要员养成所毕业的年轻学生，他们下了码头，消失在管理区后面那片海杧果和羊角树林子里。

四名战俘是意大利人。去年7月25日，意大利突然发生政变，以格朗基伯爵为首的保皇派强迫墨索里尼在法西斯党大评议会上辞职，由参谋总长巴多里奥元帅继任首相，国王亲自掌握陆海空三军指挥权。9月8日，事前没有征得德日两国的谅解，意大利居然宣布无条件投降反轴心军。皇军当即按照《日德共同声明》对意大利按敌国对待，扣留了三艘停泊在新加坡的意大利潜艇，由海军大臣向德国驻日使馆海军武官正式转交，四名官兵因扣押潜艇时离舰上岸，直到冬天才收捕，以后辗转送往香港，接到的命令是按敌国军人处理。

（GYB006－001－212）**被告郁漱石庭外供述记录：**

我在尽力争取多做一些事情，用我可以用的方法，说服日本人为战俘们提供一些方便。我在这方面的工作卓有成效。除了这个，我没有什么可做。

“你别想欺骗我们。”我一直在想孖仔那句话。

不管人们怎么看我，我在尽力帮助他们活下来。我从不向任何人解释，只和自己讨论。我从不和任何人商量，也不要求人们理解。我不是人们的背叛者，我只是自己的背叛者。

我在替老曹和卡米拉弄到急需的药品，始终没有进展。皇家陆军补给和运输勤务队士官泰勒·普尼斯曼战前在驻港英军中央医疗供应库服役，负责管理军需仓库，我从他那里打听到，为开战准备，殖民地政府从英、美和中国购买了大量药物和医疗器械，战争爆发当月，药品和设备陆续运抵香港，18日战争期间，少部分药品分发到十几座战时医院，位于北角和汇丰银行的两座政府仓库中，仍有大量存货。普尼斯曼士官表示，愿意就此事向联合自治委员会做证。

在多次与寺野软泡硬磨未果后，我想到桐山传译官。

同为传译员，免不了在各种场合打交道，一开始，桐山对我很冷漠，表现出礼节性修养，说话冷冰冰的。有一次，矢尺和桐山发生了争执，桐山离开后，矢尺十分恼火地对今正觉说，在法国人监狱里蹲过牢，被盗窃犯操过屁眼，难道这也算骄傲的资本吗？我才知道，桐山是蹲过牢的人，以后就开始留心他的情况。我发现，除了饭岛和少数两个军官，桐山和日方管理人员保持着一种间离关系，往来并不多，而且有意无意，会帮着战俘们说话，为这个，他和矢尺的关系闹得很僵，多次请求解职回家，饭岛把他挽留下来。

我把香港仓库中有大量药品和设备囤积的事情告诉了桐山。桐山仍然保持着冷漠，只是多说了几句，表示他知道这件事情，他跟饭岛到D营履职前，战俘营总军医官齐藤亲口告诉饭岛，占领军收缴了大量军事物资，除了部分药物如维他命稀缺，其他药物的供应完全没有问题。我希望桐山能协调此事，帮助战俘弄到等同于命的药品。桐山冷漠地表示抱歉，作为受雇于总营的文职雇员，他无权插手这件事。

从那以后，桐山对我的态度明显有了转变。我们之间的话多了起来。有一次，我问他，如果他在越南某个战俘营服务，管理那些曾经关押过他的人，他会怎么样。

“这样说话，未免太过分了吧!”桐山很生气我会这么问他，“再怎么说，人和动物是有区别的，就算身体构造完全一样，也是有的吧?”过了一会儿，他笑了，“131号，揭人之短，实在有些过分啊。”

桐山这次从香港回来，给我带回20册香港日文研究社的《汉译日语讲座》，一些图书和旧报刊。《汉译日语讲座》是为普通营学校采购的。图书有《阿弥陀经》[①]《摩诃婆罗多》[②]《戈兰特·萨哈布》[③]，《圣经》是为战俘中神职人员准备的。旧报刊是我央求桐山帮我找的。

除营规限制之外，日方对战俘的宗教信仰和娱乐消遣大多不加干涉，只是需要事先报告，获得批准。图书的选择非常困难，联邦军官兵超过九成是有神论者，分属不同的教会，有英格兰教会、爱尔兰教会、苏格兰教会、循道卫理会、神召会、友协会、救世军、兄弟会、基督教宣道会、基督科学教会、罗马天主教会、印度教、锡克教、佛教、耆那教信徒；国军官兵信仰暧昧，但也有佛教、道教、仙教和华地天主教；三个美国人分属归正福音会、路德会和美南浸信会；邦邦信仰伊斯兰教。最让我纳闷的是游击队，谁都知道他们信仰马克思，可奇怪的是，他们当中居然有人信仰神仙方术的黄老教[④]。

---

① 佛教经典，净土三经之一。
② 印度史诗，印度教经典。
③ 锡克教经典。
④ 道教。

在D营，神职人员地位很高，他们成为各自社群中最受爱戴和信赖的人，连日本人对他们都要礼让三分。

桐山带回三份报纸，英文版的《香岛日报》、日文版的《南支日报》和南京政府办的华文版《南华日报》，另外有两份亲日文人办的刊物，《新东亚》和《大同画报》。桐山表示抱歉，他本来买了《循环日报》《天演日报》《东亚晚报》和《大成报》，占领军报道部长西川正行只允许他带回上述三份，而且规定必须是过期的旧报纸。

关上教育科的门，我开始整理书报，补充营中图书室。几个等着理发的英军在门外的庇荫处坐着聊天，话题是女人，勾人的眼神、醉人的酥胸，以及如何和女孩子颠鸾倒凤的情史。报纸是过时的，三大卷。邦邦是个文字狂人，他暗示过我几次，如果没有什么可读的，他的生命就会枯萎。我先给邦邦挑选一些留着，顺便翻看娱乐版新闻。国泰戏院正在上映《今日东京》和《陆军的威容》，利舞台在上映《产业都市·东京》和《血泪相思》，太平剧院是《月光宝盒》《女情贼》和《大东亚新闻片第22号》。掩上报纸，呆呆地想了会儿，坐在美国希活公司制造的天鹅绒椅上看电影，那种感觉，是上辈子的事情。

“老郁，矢尺在管理区二道门岗等你。”孖仔大喘着气，推门进来说。

“什么事?”

“衰佬叫，冇好事，你小心。”孖仔嘻嘻笑。

我让孖仔去军官营给邦邦送报纸，别让人看见。我出了教育科，朝管理区二道岗走去。

转过东区营房，远远看见，圆脸的相马正三靠在栅栏边和矢尺说话。见我走近，他停下和矢尺说话，冲我腼腆地笑了一下。矢尺不怀好意地看我一眼。

我心里清楚，我的工作又开始了。

冈崎小姬和她的研究小组在吕宋岛的奥德内尔集中营工作了一段时间，在香港战俘总营又工作了十天，乘船抵达D营。

熟悉的和室打扫过，没有太多变动，唯一不同的是，大堆仪器不见了，这让我松了一口气。

屋里飘着一缕淡淡的煮茶香，冈崎站在廊屋外，穿着浆洗得笔挺的雪白衬衫和姜黄马裤，逆光背景下，身材修长，体态优美，像一头擅长奔跑的动物。听见脚步声，她回过头看了我一眼，步履敏捷地迎上来。

“郁先生，又见面了。不必拘谨，坐下吧。”

冈崎向相马正三示意，由她来煮茶。我猜，她想让我放松下来，或者，她自己需要放松。我在椅子上坐下，是一把舒服的圈椅，让人有一种回到正常生活的恍惚。

冈崎像是被什么事情困扰住，人显得很疲惫。这一次她开门见山，告诉我她不相信催眠术，而是主张人们之间直接交流和沟通。就是说，研究者拥有对研究对象作为活生生的人的深厚兴趣，希望与研究对象建立特殊的情境互动关系，而不是仅仅把研究对象当作某种需要打开脑部仔细观察的实物。她希望我尽快了解心理研究的一些沟通方式，以便我们更早进入正式的研究工作。

“我知道那是什么。”我说。

冈崎略略有点吃惊，要我解释一下。

我没有告诉冈崎，在她离开的这段时间里，我向菲律宾人邦邦请教了一些事情。前情报官没有听说过军事心理学这门学科，但他博闻强记的能力仍然为我提供了不少有用的内容。我给冈崎讲了一件事，我在战俘中有个朋友，美国人，喜欢跳舞，战俘营中没有女伴，他自己扮成女性舞伴。他有半支 Tangee 牌子的口红，是他用半客食物从一个战俘那里交换来的，而那名战俘在香港战争开战前几个小时正睡在自己相好的床上，离开那张床时他伤感地带走了那半只口红。我的朋友用床单剪裁了一条裙子，嘴唇上抹上口红，人们非常喜欢他的扮相。我的另外一位朋友，英国人，他不喜欢美国人，可在美国人使用口红并且男扮女装这件事情上，他给予了充分的欣赏。英国朋友告诉我英国政府战时供给部对女性用品的新解释，正如香烟对于男性的作用，口红对战时状态下的女性是一种保留生活尊严的方式，然后他告诉我 Tangee 牌口红的宣传广告：口红不能让我们赢得战争，但它让我们知道我们为何而战。

“这样啊。”冈崎沉默了一会儿，开口说，“请告诉你的美国朋友，日本国和美国已经就战俘问题达成了一致，也许用不了多久，他就能回到他的国家去了。也请告诉你那位英国朋友，他是一位真正的绅士。”

我们很快进入正式工作。这一次，坂谷留没有现身，由相马中尉担任记录。

“还记得，上次我对郁先生说，我们是校友。”

“嗯。”

“我在东京帝大读了七年书，之前完全是旁听，后来才取得正式注册。”轻风经由廊屋吹拂进屋里，冈崎细细的眉毛和眼线像是被风吹来贴在脸上，隐约的鼻线长而精巧，尖尖的下颏之上，那张脸上没有笑容，要是有，就是中国人说的狐媚之脸了。

冈崎谈起她在帝大的学业。帝大早期没有女性学生，极少数获得听课许可的女性也都有相关背景。她是神经科专业，日本心理学会最年轻的成员，读书时就在会刊担任助理编辑。战争开始后，学长们纷纷进入参谋部为军队服务，从事军事领导人、飞行员、潜艇员、无线电操作人员的挑选、测验和评估工作，她的学术工作陷入停顿，导师建议她转为军事心理学研究，她服从了导师的指点，却选择了军事人员战场人格研究这个连导师都第一次听说的课题，学术上嘛，侧重于军事人格心理和战斗效率方面的研究，这让她的导师十分不满，认为她丢弃衣钵，太过狂妄。

“郁先生入学那一年，大川①教授受邀到京都帝大讲学，我追随教授去了京大，差不多三次吧。”

“我记得，大川教授有一场公开课，讲的是天皇日本主义，日本体现了亚洲思想和文明，是世界文明的精神中心什么的。”我突然想起师姐，不知道她现在怎么样，是否战胜了原配，或者痛定思痛，重返革命者身份，“要是这样，我和冈崎学者曾经在锦鲤嬉戏的大学寮擦肩而过，只是不知道对方是谁。”

“可能的话，我更愿意回学校教书。”风吹乱了冈崎的头发，她不经意地将散发拢到耳后，微笑着真诚地说，“所以，郁先生不必考虑激烈的口气是否会激怒我，这样就可以了。”

“明白了。”我欠身向对方表示感谢，“那么，冈崎学者想知道什么呢?”

不设防的谈话令人愉悦，我当然会配合她，告诉她她想从我这儿了解到的一切，假以时日，再请她告诉我，我想从她那儿知道的事情。可是，18 日战争又是怎么回事？它颠覆了我在六年时间建立起的认知，那也是一种教育体系吗?

“啊，如果可以的话，不妨想一想，一个勇敢的人，也可能是软弱者，反过来也成立，这样的问题吧。”冈崎提出她的第一个问题。

“知道了。可以说自已吗?”

“不是先前说好了，想说什么都可以。”

---

① 大川周明（1886—1957），日本法西斯主义学者。

“要是这样，我就是冈崎学者说的这种人。”

“是吗?”

“就是说，我是我，后来成了另外一个我。”担心对方不明白，我详细解释，“就像我的某一位祖先，他用藤条把自己悬挂在山崖上，努力地挖着洞穴，凿出他的家，在他成年以后，与一位同部落女子交配，生下孩子，去森林里狩猎，和棕熊搏斗，杀死它，为女人和孩子扛回新鲜肉食，在他的女人和孩子被山洪冲走之后，又冒着危险去另外一个部落掠掳别人的女人和孩子。”我一点点想象那个场景，“可是，没有人知道，我这位勇敢的祖先，因为一条不足三拃的青蛇突然出现在脚下大惊失色，落荒而逃，在他中意的女人不愿意和他交配时暗自神伤，躲到溪涧边去偷偷落泪。他和他是同一个人，本质上是，但是心里却藏着另一个他，是指这个吧?”

“哎呀，这么说真是再形象不过!”冈崎兴奋起来，“问题是，是什么让他，还有另一个他，做出掠掳别人的女人和孩子，又掩面而泣的选择?”

冈崎带着助手在太平洋战场各战俘营穿梭往来，做科目调查，分析过数百个研究对象的资料，与他们交谈，研究样本，写下厚厚的研究笔记，以期最终获得一份科学报告。她的研究科目与战争中士兵人格的构成和心理演变有关，研究方向为她提供了一个有意思的思路：西方谚语说，一个人的性格就是他属于的那个民族的性格，在某种意义上，这个人就是他民族的化身。问题是，中国的具体抵抗者在战争中的表现有着很大不同，或勇敢或懦弱，或犹豫或果决，或顺应或反抗，实在判若云泥，哪一个代表他们的民族和国家?

冈崎的研究科目受到导师樋口夕照的质疑，樋口导师拒绝学生的研究成为自己学术系统中的分支，在公开场合宣布断绝师生关系，学生必须找到足够的证据支持自己的学术观点，以证明作为学生没有给导师的颜面抹黑，至于是否能为战争提供具有希望的决策依据，重新获得导师的认可，则不是研究者能够决定的事情。

“也许这样的问题让人讨厌，”为了进一步强调研究者与研究对象的亲切关系，冈崎把身子略往前倾，这使她被皮带束得过细的腰腹间出现了一小片柔和的阴影，“就算这样，郁先生从没想过，在黑暗中爬过 228 联队士兵点起的篝火，摸进大潭水塘，试图修复给水设备，却根本做不到开动轮机，而是做了帝国士兵的俘虏，这样的勇敢行为，难道不是仅凭冲动来完成，相当缺乏理智吗？”

“这个嘛，当时实在没有这样想，时间不允许。”我如实回答。

“就是说，脑子里一片空白？”

“哪里，脑子里有一条鱼。”

冈崎不解地看着我，修长的手指间，旋动的铅笔停止在那里。

“准确说，是两个半条。记不清是鲷鱼还是金线鱼，用白水煮熟，散发出淡淡的水腥味道。我当时一直想着它，被它推着往大潭水塘走去。”

“能说得更清楚吗？”

“那个时候，我不知道去哪儿，没有别的选择，战争在进行，也许它已经结束了，抵抗的全部意义只是为了抵抗。”有一刻，我出现短暂的恍惚，然后如实回答，“如果我有一条船，能带着我的人离开，或者有人告诉我，通往元朗的山路并没有被第38师团完全封锁，我会逃离港岛，而不是去黄泥涌峡谷。”

我向冈崎解释了那天在山麓饭店里发生的事情。相马在一旁快速记下我的话。我提醒少尉，他完全不需要那么做，关于我在黄泥涌峡谷里干的那件事情，至少30名228联队士兵在现场目击，为这个，我差点被杀死，事后都告诉审问我的军官了。冈崎表示她看过我所有的审讯记录，但亲耳聆听我描述被俘那一段经历，仍然是研究者最愿意做的工作。我按照她的要求做了。

事情暴露后，我从水塘堤坝的斜坡上快速滑下，沿着长长的堤坝向前奔跑，在一片紫荆灌木丛旁失脚摔倒，来自奈良市的军曹大泽前田爱和上等兵三边五十从背后扑上来，把我摁进草稞中。我的尾骨上重重地挨了一脚，右肩撞在地上，当场脱臼。两位恼怒的士兵把我狠狠揍了一顿，我痛苦地抱着脱臼的胳膊，尽可能把头埋进灌木丛中，躲避他们的殴打。他们其中一个拉动枪栓，用枪口指着我的脑袋。我脑子里第一个念头竟然是，他们生气了，所以打我，现在他们解气了，接下来会打死我。我想起兜里那张红十字会身份卡。我朝他们喊，你们不可以杀我，我是非武装人员！两位士兵停下，用枪口指着我的那位问我是不是日本人。我告诉他们，我是中国人，在日本生活过。我把揉皱的红十字会身份卡掏出来。戴着眼镜的军曹抢过去看了一眼，用一种奇怪的目光打量我。

“奈良市的大泽前田爱。那位是上等兵三边五十。”姓大泽的军曹喘息着吐掉沾在嘴角上的草叶，指点我脱下上衣和鞋子，卸下腰带，“这样的话，你可以多活一会儿，但最终还是会被杀死的。”

“你是说，你什么都没有想，所谓白水煮的鲷鱼什么的，不过是一种托词，一切朝着注定的逻辑走去，你决定成为一名战场上的冒险者，事情就这么发生了?”

冈崎思忖着问。然后她谈到一年前在无锡战俘所里见到的一名中国士兵，那名川籍士兵被关押在远离家乡的地方整整三年，他告诉她，在战场上他从不思考，甚至不知道自己到底在做什么。

可是，冈崎在战俘档案中了解到，这名叫褚大娃的四川兵在四行仓库攻防战[①]中是一个让中国人骄傲的英雄士兵，在整整六天时间里，他一刻也没有合过眼，不停地在六层楼的仓库中窜来窜去，从枪眼里向试图接近的日本士兵射击，在那个女童子军[②]游过苏州河，把青天白日满地红旗送往四行仓库的时候，他抱着机枪冒险爬上仓库顶，用不停歇的火力掩护那位令人敬佩的少女。

“我让他回忆六天中发生了什么，他茫然地看着我，回答我说，他只记得，自己打坏了四支毛瑟步枪，一挺 MG34 通用机枪，投出了两百多枚手榴弹，五次冒死冲出仓库，爬进死人堆里收集弹药和粮食。要知道，他这样做，随时可能被对方的狙击手打飞半个脑袋，而且，那些没来得及运走的尸体已经开始变味，它们比下水道中的气味还要令人难以忍受，而他记住的只是一些数字。想一想，他为什么这样，他是怎么做到的，被什么恶魔附了体?”

“他想杀死所有接近自己的敌国士兵。”我想也没想，回答冈崎，“如果我在那座大楼里，我也会那样做，把对方的士兵赶离视线，让他们消失掉。”

“你是说，信仰？可是，实际上，一个士兵杀死另一个敌国士兵，用子弹或者枪刺，把对方射杀在战壕里，或者钉死在装甲车炮塔上，这跟一头土狼咬死另一只土狼本质上一样，即使加上为正义或者别的什么理由作战的说法，也不过是成为烈士和凶手这样一个事实。”

“不是信仰什么的。”我认为两国士兵在信仰上不可能一样，那样的话，谈话就进行不下去了，“战争不是信仰者的事情，更多的时候，它是不信仰战争的人们的事情啊。就连冈崎学者不是也说敌国士兵什么的吗？日本越过日本海来

---

① 即四行保卫战。淞沪战役期间，国民革命军第 88 师第 524 团第 1 营 423 名官兵奉命掩护主力撤退，在上海闸北四行仓库坚守了 7 天的战役。

② 1937 年 10 月 28 日晚，22 岁的杨惠敏游过苏州河，把一面中华民国国旗送给坚守四行仓库的国军，次日晨，国旗在四行仓库上升起，苏州河两岸聚集了三万人围观。

攻击中国，杀死无辜的人们和他们的家人，这就是为什么人们要把自己变成抵抗和复仇的士兵，成为勇敢杀人者的原因吧。”

“是说战争的合法性，是这个吗？可是，缺少战争合法性的，难道不正是贵国政府吗？”话题进入想了解的内容，冈崎的语速明显加快，不少连缀词被她吃掉，“中国教育落后日本50年，政府没有很好地向国民和士兵解释为什么要进行不该继续的战争，战争口号什么的，只是满足高度民族主义的宣传，军队指挥官盘算着自己的利益，作战前不向士兵指出计划和意义，士兵对战争缺乏理解和信念，是否值得参战这些道理，不然，正义的战争为什么会遭遇不断的失败，又怎么存在下去？”

“不是战争策略问题啊。”我脑子里一片空白，茫然地四下打量，突然想起一年前，就在这间房屋套间的叠席上，我梦见草地般微小的森林中间一个巨大的头颅骨，事情就像昨天才发生，“事实上，对大多数中国人而言，国家并不存在。”

“什么嘛，怎么这么说？”冈崎不解，困惑地看着我，“可以解释一下吗？”

“亚里士多德说，人生来就是政治的动物，可是，中国刚刚走出封建社会，人们之前从来没有被明确赋予国民身份，还来不及建立个人政治生活，不明白具体的国家是什么，自己和国家有什么关系，除非硬把几千年来天翻地覆的皇权和白往黑来的版图说成国家存在的证明。”我被关在自己巨大的头颅骨中，想离开“我”的头颅，逃到外面的森林里去，“内战中的军阀如过江之鲫，每一个山大王都宣称他们代表国家，被迫前往前线作战的士兵一直在糊涂，没有士兵知道自己和国家之间的真实关系，为什么作战只是受到诗人气质的爱国者和炎黄子孙的古典民族主义者激情演讲感动，他们接受了‘中华民族’这个词，确认自己是民族中一员，不然，他们弄不清国家到底是任由军阀割据的年节猪、党派倾轧的大磨坊，还是革命党和复辟党你来我往的戏台。”我在“我”的额骨里遭遇到一群囚禁了亿万年的猛犸象，它们个头巨大，门齿上悬挂着坚硬的冰块，扭过脑袋来看我，“可是，政治家和军官在撒谎，他们热爱的既不是强行塞给士兵的国家，也不是需要保护的国民，否则，他们为什么只在政府中建立负责战争和国防的部门，而不建立负责和平的部门，不在战争部或者国防部之外建立和平部？执政者必须把国家改造成具有战争功能的机器，关于这个，贵国不也一样吗？把国家带进征服者的战争境地，把平民变成士兵，使他们离开家园，成为合法的职业杀人犯，这就是所谓的国家吧。”

“你是这么认为的?”

“告诉国民和士兵，中国人是支那猪猡，邪恶和残忍的魔鬼，日本皇军是正义之师，士兵是正义的化身，中国人杀害日本人十恶不赦，日本人杀死中国人是善与恶的战争，上天、历史、道义和良知与日本国同在，对建立新秩序的光荣使命有不同意见的人是叛国分子，必须清除掉。”我向“我”的枕骨室倒退着爬去，失手跌落下来，摔进一堆乳白色的脑髓里，脑髓溅开，立刻生长出大片的蕨类植物，“有了这样的认识，轰炸机飞行员会急切地把炸弹投在田野中玩耍的儿童头上，机枪手会愤怒地把枪口瞄准诙谐的转糖手艺人、善良的看林人和肚子里怀着双胞胎的妇人。”我听见一个女人对“我”喊，快起来，去眼睛那里，从眼睛里爬出来!“不，冲向战场的士兵们不会再考虑什么国家，他们的枪口指向的对象只有一个名字：敌人。”

“你是说，国家仇恨，是这个让第524团士兵褚大娃从普通农夫变成勇敢士兵，在四行仓库六层楼上窜来窜去，杀死他的敌人，是这样吗?”冈崎朝目瞪口呆的相马瞥去一眼，示意助手不必大惊小怪，回到记录工作。

“冈崎学者问褚士兵，为什么作战时如此勇敢，他回答说，因为是一名军人，为保护国家宁可亲当矢石。这是多么幼稚的说法，不过是‘我痛恨你’的一种托词。”我发现“我”的眼睛被凝胶封上了，怎么踢打都纹丝不动，“事情不是恰恰相反吗？人们天生害怕死亡、残废和莫测，不能做到心向往之，宁愿平静地度过一生，活到儿孙满堂，如果做不到，那就忍辱负重，祈祷来世。因为这个，人们不愿意恨，不想勇敢，害怕恨其他生命而失去亲人，害怕因为勇敢而伤害了他人，这才是人们心里真实的想法啊。”

“这样说，不是很矛盾吗?”

“是啊，的确矛盾。可是，两个中国士兵和日本士兵在战场上相遇，他们一个是山东菏泽的种田人，一个是佐世堡的渔民，他们只在乎世世代代熟悉的高粱和马鲛鱼，连对方是谁都不知道，素无往来，自然也没有任何仇恨。但他们勇敢地向对方冲去，毫不犹豫地把刺刀捅进对方胸膛，用工兵铲切断对方脖子，因为做到这个而欣喜若狂，冈崎学者以为这是怎么回事?”

“就是说，”冈崎用铅笔轻轻敲打清瘦手腕的骨节，“国家鼓励国民发掘仇恨，背离与生俱来的本性，士兵获得的勇敢是这样的?”

我想到游击队头头肖子武。我请求他帮助咬紧牙关不咽气的韦黾灶解脱，他冷冷地说："除了一样，你的敌人能从你身上拿走一切。"现在我明白他说的是什么了，是仇恨。老韦因为仇恨而强撑不死，游击队的人因为仇恨草木俱腐，仇恨必须延续，要是它不在了，作为仇恨者士兵的他们就消失掉了。战争让士兵变成这样，但谁能说得清，士兵们的仇恨和国家的仇恨真的是一样呢？

一片圆圆的石栗树叶随着一阵风从廊屋外吹进来，转了两圈，落在地板上，发出沙沙的声音。天在暗下去，即使围屋的建筑十分通风，屋里仍然有些闷。我背上的衣裳已经湿透了，因为一口气说了那么多，急需补充水。

"再怎么说，敌意不是想象。"冈崎额头渗出一层汗滴，它们像附着在青竹上暗光闪烁的细水滴，因为地球引力慢慢变大下坠，顺着她秀气的脸庞流淌下来，"想一想明治十九年的长崎水兵事件，清国北洋水师'定远''镇远''济远''威远'四舰访问日本，水兵们上岸寻欢作乐，与警察发生冲突，数百人砸了警察局，舰上12英寸主炮对准长崎市，武力威胁政府赔礼道歉，政府不得不照办。两国间长期内修外攘，屡次潜师袭远，政府、军队、知识分子和数量众多的国民中，不能改变彼此为敌人这个事实吧？"

"那倒是。"我忍着口渴说，"敌人做了这么多年，双方都声称自己代表神圣旨意，天命、皇权、民族或者国家，身怀神圣旨意者不但不怕牺牲，而且乐于献身，因为正义的一方终将战胜邪恶的一方，唯有牺牲才能证明对神圣旨意的忠诚。一支军队有这样的信念，就会集蓄仇恨，等待复仇的机会，没有机会就去制造它，即使面临全军覆灭也会坚持到底；一个国家即使被占领，人们也不会投降，不惜牺牲生命，也要把抵抗当成崇高的复仇为之沉醉。冈崎学者要研究的勇敢，不正是这样的吗？"

"鸟羽状见之战[①]结束后，日本完全结束了国内战争，可是，日支战争发生时，中国仍然在进行内部战争，难道说，中国士兵的仇恨在国家中也存在？我说的矛盾，是指这个啊。"

"可是，日本还没有结束西南战争[②]，就把绵延几千年不息的内部战争引向

---

① 日本幕府末年（1868年）倒幕运动的最后一战。

② 公元1877年明治维新时期日本政府平定鹿儿岛士族叛乱的战役。

外部，入侵台湾和朝鲜[①]，事情是这样的啊。而在中国，人们因为入侵者的出现停止争吵，搁置矛盾，一致对外，形成团结阵营，无论宗教信仰、政治主张、历史见解、文化程度、贫富不同者，纷纷拿起武器，集结成军队，与入侵者开战，仇恨依然在，不过却和日本一样，转移到外来者身上了吧。”

“就是说，大川先生的国家主义是正确的，无论皇权朝廷、民主宪政、法西斯主义还是共产主义，对外扩张和外族入侵是为解决争斗不休的矛盾?”

“中国有个成语，同仇敌忾，意思是人们越积极表现出对入侵者的仇恨，被本群体接纳的程度就越高，而群体的凝聚力和亲密感，正是表现在对异族的敌意和愤怒的程度上。”

“日本成为替代性攻击对象，让原本你死我活的重庆政府和延安第二次结成统一战线，你是指这个吗?”

“抱歉，如果可以的话，能不能给我一杯水?”

冈崎示意相马正三为我倒水。她没停下，起身在屋里走动，给我一些启发：“是这样，人们和周遭的关系充满矛盾，解决不了不断内化的破坏性驱动，因此产生自卑、缺乏价值、内心无望，找不到生命的意义和出路。战争是最好的破坏力宣泄渠道，人们遵循古老的传统，把自己的过错、罪恶和仇恨转化成一种正确的群体动机，投放在怀有敌意的对象身上，攻击这个对象，最理想的做法，就是明确个人的敌意不是要杀死另一个人，而是要抵抗一个外来国家的进攻，只要这个机会出现，每个人都会把自己积攒的敌意以攻击性行动投射出去。”

“这样说来，在战争爆发前，士兵的杀人动机就已经存在了，战争无非制造出邪恶敌人这个替罪羊。”我大口喝光杯子里的清水，目光投向相马，希望他再给我一杯，但我无法接受他的上司的观点，“战争到来，摆脱平庸的最有效途径搭建好，人们不用埋怨自己，抱怨命运，去杀死闯入家园的魔鬼，就是生命最大的意义。”

“别忘了，挑战和冒险，是人类与生俱来的本性，人们也许缺乏智慧和财富，却绝不缺乏冒险的念头。邪恶敌人出现，解决了人们的困境，一方面使自己的生命具有超越意义，一方面成为被群体接受、保护和看重的英雄，战争成

---

① 指公元663年的白江口战争、1274年至1281年的元日战争、1592年至1598年的万历朝鲜战争、1894年至1895年的甲午战争。

了解决每个人自我困境的最佳方案，军事将领主张战争解决论的原因，不正是这样吗？”

“可是，战争不是应该被普通人恐惧和反对吗？”我目光困惑地追随着去倒水的相马，“正如冈崎学者所说，人们接受的教育，是代表勇气和光荣的战争英雄、战场神话、爱国人士和民族伟人，他们在战争中表现出具有优秀品质，就像拿破仑说的，真正的快乐是以真诚之心来爱自己的国家，并为此做出英雄般的行为，死亡并不可怕，没有荣誉的死亡才可怕，那么，又怎么解释一般人的厌战情绪呢？”

“是战争动力的根源呀！”冈崎绘声绘色地描述着，“人类大脑发育最重要的阶段，大约两百万年吧，两百万年中，人类的生存形态只有一种积极形象，猎人。在河岸地带追逐和击杀动物，是遗传基因根深蒂固的一部分，符合孟德尔[①]对豌豆、摩尔根[②]对果蝇的研究理论。战争是原始狩猎的衍生物，人类种植农作物、驯养动物的时间不过 6000 年，根本来不及改变和动物相逐的蛮夷本性，军事价值要求人们达到最大范围的猎物效果，新的猎人不过只是学会了使用武器以提高杀戮数量，学会了在群体狩猎前完成理想主义和忠诚、责任、勇气的灌输，在进攻和逃亡中，要求同伴具有合作和自我牺牲精神。”

“那样的话，建立战争体系，制造精良武器，通过大规模群体猎杀来实现压抑本能的转化，满足野蛮的好战本性，在战场上取得胜利的一方，岂不是比在战场上遭到失败的一方更加野蛮？”

冈崎在廊屋门口站下来，没有接我的话，但她的话启发了我，我无法停下思路。

“文明的进步就像新猎物的踪迹，令人激动，必须升华自己与非族群的文明区别，为群体谋杀建立荣誉、信仰、国家这些符合进化的理由。日本人为了大东亚秩序，中国人为了中华民族存亡，不列颠人为了上帝和乔治，加拿大人和印度人为了联合王国荣誉，士兵一旦被说服，就认为杀戮是合理和必要的，如果没有战争，人类的勇气和献身精神这些高贵的品质将被毫无激情的和平岁月

---

① 格雷戈尔·约翰·孟德尔（Gregor Johann Mendel，1822—1884），奥地利天主教神父，遗传学奠基人。

② 托马斯·亨特·摩尔根（Thomas Hunt Morgan，1866—1945），美国生物学家，现代实验学奠基人。

消磨掉，这就难怪，交战国士兵拥有同样的勇敢和忠诚，甚至一致的战争道德观了。”

我语无伦次地说着。冈崎目光烁烁地看着我。我不知道她在想什么，只是突然有一种灵魂出窍的感觉——研究者冈崎，她面前坐着一个在与外部世界相处的过程中从来没有找到过自己、想逃离人群去寻找出处却又无处可觅、不愿参加战争而且害怕死亡却又无计可施、被剥夺掉生存权利因而陷入谵语的战俘，这个战俘正接受她的研究，除非他放弃生命，否则只能按照她的要求去做，而他恰恰不打算放弃生命。

我的意思是，如果真的有所谓的战争动力存在，那么，研究者挑选对了研究对象。

太阳落到廊屋后，一名警备队士兵提着一只青皮竹编织的饭盒送来食物。

“啊，没想到时间过得这么快，让人为你准备了简单的晚餐。”

冈崎示意相马和送饭的士兵离开和室，她自己为我布置饭盒。我盯着冈崎一只只打开饭盒，胃里一阵痉挛。冈崎将饭盒布置好，为我斟上一盅热茶。

“别客气，请随便吧。”

“可以吗？”

“请吧。”

我坐直身子，目视面前的食物，呼吸急促起来。我的面前不是一般的食物，而是，炖猪肉、烤鱼和青菜酱汤，超过四盎司大麦饭！我在心里想，究竟是一年还是一辈子没见过这样的食物了？然后我叹了口气，伸手拿筷子。第一次没做到，一根筷子掉落在地上，第二次更糟糕，筷子差点把菜碗杵翻。我让自己暂时停下来，以后就好多了。

我把筷子伸向炖肉，夹起其中一片，小心地送进嘴里。肉片炖得恰到好处，一瞬间就消失掉，接下来的三片也如此，我根本来不及回忆它们是什么滋味，这让我非常遗憾。接下来是土豆，它们焖得分外软烂，同样适合快速消失。接着，我开始对付那条烤得焦黄的鲳鱼。鱼很新鲜，大约四五寸长，厨师在烤制时只撒了一点盐，味道鲜得跟活着一样，连鱼骨也没有被我剩下。现在轮到主食了，我把剩下的炖肉汁倒进颗粒饱满的大麦饭中，端起温乎乎的碗，尽量放松，一小口一小口往嘴里扒，每口至少嚼二十下，努力延长进食的过程。

冈崎在一旁观察我。在整个进食过程中，我没有抬头看她。我想，别客气，你支付了炖猪肉、烤鱼和青菜酱汤，超过四盎司大麦饭，完全可以随意观察。然后，我把最后一粒麦饭小心扒进嘴里，放下筷子，端起茶，一气饮掉，放好茶盅，向冈崎欠身致谢。

“谢谢特意准备了这么丰盛的食物。”

“咦，难道不喜欢酱汤?”

“哪里的话，”我朝漂浮着几片翠绿菜叶的酱汤感激地看了一眼，“我可以把它当成特别的茶，慢慢饮掉。”

冈崎是个精力充沛的女人，对工作充满热情。我吃饭的时候，她并没有进食，在相马正三回到和室来之前，她认为我们完全不必等待，可以继续工作。她希望我接着描述对仇恨的看法，只是，最好我能谈谈自己。我表示会照办，但更愿意在青菜酱汤茶喝完之前，向她描述一下我的一个疑惑。冈崎同意了。

“在决定我成为研究对象之前，冈崎学者的助手对我进行了严格的经历询问和仪器测试，采集了详细的脑电波特征和振幅规律、视觉适应和 α 波关系图样，对我的情况进行了评估。”

“看上去，智力量表和人格数据量表测试模型的确有些复杂，”冈崎说，“很高兴你这么快就了解了。”

“可是，你们并没有为我做一次身体和精神状况的检查。”

“你是说身体情况吗？哦，这个已经检查了。”

“我指的不是应激反应，而是身体的虚弱。”

冈崎用探寻的目光看着我，想知道我在说什么。

我谈到战俘营。它的职责是确保战俘收容和管理行为符合国际认同守则，可是，据我的体会和观察，D 营至少在如下问题上有重大缺失：住宿和营区卫生条件恶劣，食物和衣物严重不足，未能提供基本的医药治疗，苛待患有伤病的战俘，殴打战俘和广泛地蓄意羞辱、虐待战俘，强迫指派营养严重不良和患病的战俘从事危险和不人道工作，个人被指违反营规，集体遭受不公正惩罚。上述情况并非个别现象，充分表明是日方指挥官的有意政策。

“战俘营管理失职什么的，是说这个吗？这不是我的工作范围。”冈崎面无表情地说。

我告诉冈崎，我不是在谈 D 营管理问题，只是觉得她应该去战俘营里走一走，我愿意带她去一些让人印象深刻的地方，对战俘的整体情况，比如身体虚弱和伤病情况有所了解。我向她描述了如下状况：D营生活着一些值得学者研究的战俘，他们注意力无法集中，解决问题困难，很容易发生判断错误，却对声音、光线和一些奇怪的昆虫有着夸张的害怕反应或者延迟的震惊。他们会经常性地突然回到某个战斗场景的幻觉里，听见炮弹在身边炸响，嗅到尸体腐烂的气味，把菜汤当成人血，把同伙当作敌人。他们当中有人在铁丝网边的壕沟里抓泥巴吃，有人脱光裤子夜游症似的从营区中走过而丝毫没有羞耻感。我理解的D营，是在这样的指导下存在着：暂时没有被杀死的战俘，因为不是正确的人类，而是人类的垃圾，即使已经失去抵抗能力，也没有改变魔鬼的身份，凌辱、殴打、折磨、饿死、病死他们不需要任何理由，只不过为了取得战争道义以及自己有士兵和侨民关押在敌国战俘营中，集体屠杀才没有公开发生。

“你在告诉我怎么做研究，是说这个吗？”冈崎的脸上掠过一丝难以琢磨的冷笑，在屋外的黛青色晚暮背景下显得有些苍白，“真是一个奇怪的人，就算见过数百名各国战俘的我，也不得不佩服你使用抑制手段的能力。”

冈崎在圈椅中坐下，给我讲她知道的事情。无论日俄战争、日德战争、日朝战争还是日清战争，派往海外的军队使用粗暴的方式处理战俘，日本的战俘历史就是如此。太平洋战争发动前，内阁数次接到因日中战争暴露出的战争善后问题的警告，日本军人将在更远的地方与更复杂的对象作战，处理不好战争后续问题，日本之矛将摧折于国际舆论之盾。内阁开始实施战俘政策，可军队方面并没有准备好，马来亚和新加坡攻击战结束后，军队中仇视战俘的情绪甚嚣尘上，军事理论家辻政信[①]大佐向山下奉文[②]将军进言，日本正在进行一场种族战争，为了天皇的荣誉，应该腾出得胜的士兵用于其他战线，俘虏们必须杀掉，即使投降者也不能宽恕。写下《满苏国境处理纲要》和《只要读了就能赢》的辻政信作者，竟然下达了对菲律宾最高法官桑托斯一家的灭门令，假托大本营命令对美菲军投降者一律射杀，制造了新加坡大屠杀，实在是绅士的耻辱。

“可是，无论作为战俘的郁先生，还是作为研究者的冈崎，都没有办法决定战争，就算愤怒也毫无意义，难道事情不是这样吗？”冈崎看了我一眼，站起来向门外走去，“天色已经晚了，今天就到这里吧，明天请谈谈，在这场战争中你

---

① 辻政信（1902—1968），日本陆军参谋系军官，与石原莞尔、濑岛龙三并称“昭和三参谋”。

② 山下奉文（1885—1946），日本南方军第14方面军大将司令官，1946年在盟军马尼拉军事法庭被判绞刑。

本人做了些什么吧。”

屋里安静了。我坐了一会儿，听见屋外什么地方响起几声鸟儿的啾鸣，然后伸手端起汤盅。盅底还剩下最后一点琥珀色的汤汁，已经没有青菜了。

我把那口汤珍惜地喝掉。

十三

法庭外陈述：

我唯一的喜悦和幸福，就是我的男人

(GYB006－001－213) 被告郁漱石庭外供述记录：

我被留在管理区，没有回战俘营。

警备队三个小队，原来两个小队是韩国旅团和台湾山地旅团士兵，我们入营后，饭岛带来一个30人的日军小队，驻地设在日方管理区后面，平时不大见到他们，好像他们除了在营房里睡觉，也没有什么事可做。

相马正三把我带到管理区东北角日军小队驻地，在一排由火山岩石盖起的石屋中，为我找到一间空房间。安顿好我，相马冲我腼腆地笑一下，拉上门，离开石屋，我留意到，他并没有在外面锁上门。

我打量石屋，大约十来尺长宽，屋子的一多半堆放着携行帐篷和木箱，只是在角落里临时架起一张简易床板，床板上有一床军用毛毯。

我走到窗前，隔着栅栏向外看。月光下，一名脸色晦暗的日军士兵荷着枪，站在一排宿舍前。他一动不动，似乎在等待有人从他眼皮底下逃走。

我离开窗边，过去翻了翻那一二十只木箱。箱子里多是丢弃的装备，打成捆的记账簿、损坏的步枪、卷刃的刺刀、破掉的防水帆布背囊和缺了口的小圆锹，以及一台损坏掉的99式报话器。

我脱下衣裳，折叠整齐，用它做枕头，再脱下衬裤，挂在窗边，尽可能遮掩一点窗外向内窥视的空间，然后回到床板上躺下。

蝈蝈和青蛙的鸣叫声整夜没停，我在鸣叫声中想冈崎那句话：

“明天请谈谈，在这场战争中你本人做了些什么吧。”

……

民国三十年冬天，港岛街道上开满矢车菊和紫丁香，红顶洋房、白墙教堂、脸色红润的儿童、打着阳伞的姑娘，这些港岛记忆，仿佛在一夜之间消失掉。到处是一片凌乱，空气中充满了焦煳的味道，你无法判断它们来自烧焦的铺面、汽车轮胎、居民厨房里没有来得及撤掉的香草煎鱼头，还是人肉。

老咩从防卫军那里搞来武器，这次不是怂恿，而是地地道道的要挟。战争不在别处，就在眼皮底下，凶悍的日军正准备渡过维海来残杀守军，他们不会放过困在港岛上的上百万平民，作为中华民国军人，我没有理由推辞塞进手中的武器，可是，我既没有经验又没有准备，想不出什么计划。

我把朱三样留在医院照顾李明渊，托付康妮嬷嬷关照，特别拜托嬷嬷，要是张逎莹姐姐情况有好转，请转告她，有个京都帝大的郁漱石问候张姐姐，战事稍安，他会去看望她。嬷嬷答应了，她知道我们去干什么，一个劲地在胸前画十字。

我带着缪和女和敖二麦，和老咩剩下的 19 名疍家人游击队员、伍副官的 32 名士兵一起到防卫军团指挥部向罗斯[①]上校报到。上校把我们交给防卫军参谋奥里弗·麦考特上尉，战前他是香港大学物理系讲师，开战后带了二十几名学生参战，老咩的武器装备就是找他弄的。

麦考特上尉得知我在华盛顿待过一段时间，很高兴，问我知不知道一个叫希区柯克[②]的英国导演，那是他在伦敦大学读书时的学长，拍摄了英国第一部有声电影《讹诈》，他目前正在美国，替那里的电影公司工作。我知道那位年轻导演，战争打响前，中环的皇后影院正在上映他的《蝴蝶梦》，我带梅中校的两个孩子去看过，真是一部好电影，我完全被奥利弗[③]和琼[④]给迷住了。

我们正聊着，外面传来一阵枪响。我们跑出指挥部，看见三只巨大的氢气球从九龙那边飘向港岛上空，气球上悬挂着大幅标语，上面写着“放下武器者

---

① 亨利·罗斯（Henry Rose，生卒年不详），香港防卫军司令官，战事后期接任西旅司令官。

② 阿尔弗雷德·希区柯克（Alfred Hitchcock，1899—1980），英国和美国双重国籍电影导演。

③ 劳伦斯·奥利弗·奥利维尔（Laurence Kerr Olivier，Baron Olivier，1907—1989），美国电影演员。

④ 原名碧薇儿·德·哈弗兰（Joan de Beauvoir de Havilland，1917—2013），美国电影演员。

性命完保”“日军保护商民安居乐业”之类英文和中文大字。几个防卫军士兵用步枪向气球射击，老咩的人也参加进去，他们胡乱向天空中开枪，打了一阵，无一收获。伍副官看出防卫军和老咩的人不会用枪，脸羞得通红，骂骂咧咧推开众人冲上指挥部楼顶，爬上转轮式三脚架，用高射机枪打了几个点射，把三只气球打下来了。

考虑到我们是华人，麦考特上尉要我在防卫军团华人部队中做选择——由华人士兵组成的防卫军第 4 连和华人军团，华欧混血组成的第 3 连，还有一些有华人的炮兵、工兵和海军鱼雷部队。我一问，华人军团上个月才成立，军团长迈亚少校是英国人，手下有两名英国军官，49 名华人士兵，比我们这支临时拼凑成的部队还少两人。我一时犯难，不好意思选择，总不能说我去第 4 连，这就有点嫌贫爱富了。和伍副官商量了一下，我硬着头皮要麦考特上尉派我们去急需人手的地方。

“那就去佩特臣少校的玛土撒拉连①吧，”麦考特上尉耸耸肩，冲我眨了一下眼睛，“佩特臣少校奉命守卫北角电厂，正缺人手，你会成为他的宝贝。”

麦考特上尉派了一辆车送我们去北角，协助佩特臣少校指挥的部队守卫电厂。车沿着英皇道拐进威菲道，路过火油公司和威菲警署，那里由拉吉普营 D 连守卫，一些印军士兵正把一些水雷往海边推，加固滩头阵地。

车从威菲道北拐，下了电厂专用道，没进电厂就停下了。佩特臣少校在电厂外布置机枪堡，让人把沙包堆到机枪堡上，一副忙碌架势。

看见佩特臣少校，我一下子乐了。我认识他，他是怡和洋行主席，香港名气最大的大班，一战时在巴勒斯坦服役，退役前是少校，原来麦考特上尉说的佩特臣少校就是他。接下来的情况却让我有点发蒙，所谓玛土撒拉连，只有 36 个人，比华人兵团人更少，而且，这支部队里没有士兵，全部由电灯公司、太古船坞、中华电力公司的欧裔高级职员组成，是一支临时拼凑起来的部队。

“上帝没有抛弃我们，他把你们送来了！”防卫军的增援让佩特臣少校高兴坏了，他果然把我们当成宝贝。

“走吧，小伙子们，去见见我的十二泰坦②！”少校兴高采烈地领我上电厂

---

① 《圣经》中人物，以诺之子，亚伯拉罕、雅各和大卫的祖先，活到 969 岁。

② 奥林匹斯十二主神，古希腊神话和宗教中最重要的十二神。

二楼，让我见见他的军官们。

我要伍副官安排人先熟悉环境，我跟佩特臣少校去了电厂主楼。

我最先见到了香港会秘书德辅男爵。“我的赫拉①。”佩特臣少校向我介绍，“老家伙有一大群儿孙，连他自己都说不清到底有多少。”

男爵的确是老家伙，而且太老了，我在一次筹款活动上见过他，他是第八代德辅男爵，叔叔佐治·德辅是香港第十任总督，我们所在的电力公司就是德辅总督在任时修建的。男爵没穿军装，笔挺的衬衣，“剑桥”牌西装背心，精致的蝴蝶形领结，正叼着一支雪茄，骑在窗台上，把窗户玻璃砸掉，不大像要和我打招呼的样子。如果没猜错，这位砸玻璃的蝴蝶领结老先生快 80 岁了。

紧接着，我见到大名鼎鼎的香港赛马会秘书皮尔斯先生，和德辅男爵一样，赛马会大主管也是 70 岁上下的人，他正嘀嘀咕咕自言自语着，在两挺维克斯重机枪之间转来转去，一会儿把这挺拖到面朝东边的窗台前，一会儿又把它拖开，把另一架拖上去，好像在评估两匹赛马谁更有资格牵上赛道。

“德墨忒尔②。给人带来欢乐和苦恼。他那匹‘海盗安妮’可把我害惨了，今年我至少在它身上押赔了 300 镑。”

少校一提，我想起两年前德顿带我去快乐谷赌马，那次因为听信德顿的话，我押了位置，输掉不少，印象里，也是押了名气很大的“海盗安妮”。

接下来是自由法国军军官艾高尔上尉和萨科达中尉。

“狄俄尼索斯③和赫尔墨斯④。上帝有时候也会不公平，不然不会把香港一半的好酒囤在这两个家伙的仓库里。”

两人一个 60 多岁，一个近 60 岁，是佩特臣少校手下最年轻的军官，两个大酒商穿着一战时的老式军装，子弹袋扎了一身，屁股上吊着威伯利－斯科特左轮手枪，正用矮脚四轮车把沉重的弹药箱拖到机枪座边上去，把箱子从车上卸下来。

“那边是阿瑞斯⑤。别惹他，老家伙在南非打过仗，波兰战争差点要了他的

---

① 婚姻与生育女神，与宙斯分享权力的共治者。

② 农业和丰收女神。

③ 酒神。

④ 神使、小偷、旅行者和商人之神。

⑤ 战争和暴力之神。

小命。”

布尔奇上尉，莫特利公司主席，秃顶，挺着大肚腩，也是爷爷辈分的人了。他肩上吊着李·恩菲尔德4型步枪，闷闷不乐地拖着两箱M36型手榴弹，一枚枚往每个窗台上摆放，像在蛋糕上摆放草莓。

“那么，您一定是宙斯[①]，少校。”我心情极度复杂地说。现在我知道他的部队为什么叫玛土撒拉了。

“别瞧不起人，年轻人。”佩特臣少校看出我的心思，不无骄傲地朝他那些忙碌着的伙计们看了一眼，“没错，你看到了，我这儿年龄最大的78岁，最小的56岁，可所有人都参加过战争，身经百战，不是雏子。对了，你问过神父没，奥林匹斯山上的诸神多大年龄？”

东边的两座大油库燃烧了两天，油烟一阵阵往这边飘，空气中弥漫着呛人的气味，我被烟呛得咳个不停，找不出任何语言来回应佩特臣少校。一场敌众我寡的残酷战争，北角电厂这么重要的战略要塞，竟然由36位老人守卫，要不是司令部的参谋们脑袋让虫子掏空了，实在想不出还有别的理由。

佩特臣少校带我四下走的时候，伍副官和杨排长去电厂里了解地形，老咩也失踪了。一会儿工夫，老咩回来了，趁我在发愣，拉着缪和女，把我挤到一旁，连比带画和佩特臣少校说了一番他对电厂防卫的布置设想，要缪和女替他翻译。

伍副官去电厂看了一遍也回来了，紧皱眉头对我说了他的看法，电厂的情况不妙，火力点不够，又全布置在主楼里，防守过于集中，没有形成火力协同，还容易遭到炮火覆盖，关键是兵员严重不足，而且有限的兵员并非有效的兵员，司令部对北角的防守布置明显存在重大隐患。

我不是兵科出身，只知道伍副官说的在理，可一句也接不住。伍副官看出来了，省去和我讨论在海边布置障碍和设立滩头阵地的事，问我打算怎么安排我们这54号人。我表示按防卫军命令，服从佩特臣少校指挥。伍副官点点头，说，只能这样，德国一战败了，谁叫我们是德国顾问训练出来的，人家是协约国，不听也得听。伍副官表示，我俩都是中尉，他在马头涌关押了三年，对外面的情况不了解，我是现役军官，香港属于我的工作管辖地，他和杨排长商量

---

① 古希腊神话中的众神之神。

过，愿意归我管辖，他的士兵听我指挥。我很感激伍副官，心里却犯嘀咕，不知道该如何指挥他们，只是强撑着不暴露慌张，告诉伍副官，佩特臣兵团都是老兵，论经验和资历，战区司令官也不过如此，一切听佩特臣少校的吧。

一会儿工夫，佩特臣少校过来了，高兴地向我表示，没想到我的部队中有一位优秀的参谋长，他原来担心人手少，在布防时放弃了紧靠海边那栋办公楼，现在他接受我参谋长的建议，把我的部队布防在临海的办公楼上，做成一个楔子，这样就拉开了防守纵深，能在第一时间发现和阻止试图登陆的日军，他已经在两栋四层高的主楼上装备了六挺布朗式机枪和四挺维克斯型重机枪，他们的火力会在主楼上支持我。

我莫名其妙，不知我哪儿来的参谋长，很快恍悟过来，是老咩！他自称我的参谋长，从中做工作，为我们这支混合部队争取下一个独立阵地。

我不放心，带伍副官和老咩去海边看办公楼。到海边一看，心里立即透凉。

沿着北角海岸，北角电厂、中央货仓和亚细亚火油公司一字排开，火油公司一带有拉吉普营D连防守，玛土撒拉连负责把守电厂，中央货仓夹在中间。玛土撒拉连把所有火力布置在电厂南头两栋四层主楼上，在厂门口设置了一座机枪堡，两组火力互为依托，原本放弃的办公楼临海而建，在电厂最北头，三层楼高，紧贴办公楼还有一栋L字形的两层建筑，这两栋楼不但完全暴露在对岸大炮的轰击视野下，也暴露在海岸的滩涂上，日军登陆前后，会最先受到炮火覆盖和攻击。

"佩特臣少校不傻，人家考虑过才放弃，你把咱们丢出来，等于给主楼当掩体让鬼子打，你有脑子没有！"伍副官生气地呛老咩。

"你有脑，北角前面是咩？"老咩不服，"维海最阔嘅地方，鬼仔癫咗，唔走鲤鱼峡道同湾仔，嚟北角浪荡啊？"老咩的意思，鬼子根本不会从北角登陆。

"脑袋转转，WN方向是什么？他不能从红磡过来？说你脑子有毛病！"

"咩WN？"老咩糊涂地转圈，很快盯住斜对角九龙方向，明白了，一时脸白。

老咩跑到海边来看了一圈，到底不是职业军人，看不懂地形，只觉得北角前面大片海水，是维海最宽的地方，下意识认为鬼子不会冒险选择最宽处渡海，所以自作主张来海边摆个姿态做英雄。伍副官让老咩看西北方向，斜对面是红磡，从那里过来，不过两三海里路，老咩不懂，人家也可以走捷径。

“你就不该乱给佩特臣少校出主意！”连我这个非兵科也看懂了，很生气，责备老咩。

“啯班资本家老爷，打住个领结，叼住个雪茄，屙私笃尿都㗎大气，唔通打起来，你仲要扶住佢落楼揾地方食大烟啉？”老咩知道自己错了，偏偏嘴硬，“你咃惊，我带我嘅人守L字楼，我去挡枪眼！”

伍副官阴沉着脸去L字楼那边看了看，回来后沉默片刻，告诉我，老咩这么做也有一定道理，主楼前两栋建筑挡着，视线不好，鬼子要是攻下拉吉普营阵地，绕道中央货仓和火油公司登陆，从威菲道掉头回来攻击电厂，两头夹击，玛土撒拉连火力再强也白搭。伍副官那么一说，我没话，叫过老咩，重申我们这支杂牌部队统一指挥，指挥官是我，伍副官任前线指挥官，其他人不要瞎指挥。老咩瞪我一眼，低声骂了句“顽固派”，领着他的19个水上人去L字楼布置防线了。

我带孤军的人去了办公楼。伍副官指挥手下抢建机枪阵地。佩特臣少校派人送来两挺布朗轻机枪和一挺维克斯型重机枪，牵了一部电话过来。老咩的L字楼那边也有机枪和弹药送过去，大家抓紧时间布置。

晚上7点左右，火力点布置得差不多了，我刚要敖二麦去主楼问问晚饭怎么解决，北角后面炮台山的大炮响了，对岸日军的炮也开始还击，有两颗炮弹落在电厂附近，更多的在炮台山一带爆炸。佩特臣少校打电话过来，说接到防卫兵团司令部通知，九龙那边有大量舰船离岸，日军开始攻岛了。

“中尉，看你的了。”少校吹了声口哨，口气轻松地挂断电话。

我很紧张，顾不得晚饭的事，爬上阁楼，被冷风中的油烟呛了一口，用望远镜观察维多利亚海。天黑尽了，夜幕辽阔，维海两岸被油库燃烧的大火映得通亮，维海像盖上一床暖洋洋的羊绒毯，海中有一些飘散的油桶，一艘船也没看见。

几分钟之后，九龙那边的炮击方向改了，炮弹落在拉吉普营和电厂滩涂，引爆了不少水雷，堆放在岸边的障碍物也被炸得四处飞扬，几只射向海中的探照灯因为电线炸断瞎了眼，我身后什么地方的建筑被炮弹击中，发出巨大的坍塌声。炮击持续到快8点，主楼来电话，说已派人去接亮探照灯，命令严密监视海面。我注意到，海上出现了船只，打头的是十几艘炮艇，后面跟着成片麻麻点点的东西，黑暗中看不清，如果是船，大概有上百艘，它们正绕过沉在海中的几艘弃船，向北角这边驶来。

我打算返回三楼，前面L字楼老咩的机枪响了。然后，我背后主楼的机枪也响了。我退回阁楼紧张地观察，伍副官上到阁楼来，破口大骂，说老咩和佩特臣少校不该那么早开火，暴露了火力点，失去了突然打击的机会，还会引来对方炮击。

我紧张地朝外看。L字楼和主楼的火力的确猛烈，可是，蝗虫般飞向黑夜中的子弹一点效果也没有起到，反倒是一艘英军炮艇从鸭脷洲方向亮着探照灯驶来，在海中冲撞扫射，试图阻截攻击北岸的日军船队。九龙日军掉转炮口向英军炮艇炮击，海中掀起一片片灰白色浪头，英军炮艇左突右冲，显得十分孤独。我问伍副官怎么办。伍副官阴着脸不说话，探出脑袋往外看，说不能把火力都暴露给鬼子，他已经命令孤军，没有命令不许开火。

在阁楼上看了一会儿，眼见那艘英军炮艇中弹，泊在海中不动弹了。缪和女上来传达佩特臣少校电话：日军偷袭未成，改为强攻了，更多的攻岛船只正驶离九龙，之前的炮击清除掉了滩涂上的水雷和障碍物，打掉了阵地上的探照灯，海边阵地已不可用了，让我们格外小心。

“去准备吧。”伍副官阴沉着脸说，扭头离开阁楼。

我跟着伍副官返回三楼。孤军的人一个个抱着武器蜷曲在三楼墙角，看上去很麻木，没见有准备的样子。他们9天前就参加了战斗，已经没有了最初的兴奋，沉默得像米芾[①]水墨山水中常常被人忽略掉的空山中的樵夫。只有一个脑门亮堂，骨架敦实的大个子士兵，爱惜地蹲在佩特臣少校送来的维克斯型重机枪前，满脸喜欢地用衣袖擦拭机筒，一发一发地数机枪子弹。

伍副官告诉我，大个子姓韦，机枪手，兄弟俩都是151师的，一块做了孤军，几天前大部队撤退时，担任掩护中的人中本来没他，他说韦家有两个，得出一个，自己留下了。

大约过了十几分钟，日军先头船队出现在北岸的火光中，肉眼也能辨识了，炮艇后面跟着的是动力橡皮艇，黑压压一大片，船上影影绰绰的人也能看到。

我浑身起了一层鸡皮疙瘩，心提到嗓子眼，扭头看伍副官。伍副官点点头。我下令开火。

---

① 米芾（1051—1107），北宋书画家。

办公楼上的三挺机枪响起来，加入电厂防守阵地大合唱。攻击者没有停下，船只不断向海岸靠近。好几只动力橡皮艇强行插入电厂和火油公司交叉火力空档，驶抵中央货仓码头。负责观察的孤军士兵报告，前面L字楼只剩下一挺机枪在响，其他武器都哑声了。我担心老咩被日军打掉了，让杨排长派个人去了解情况。派去的人很快回来，说老咩没被鬼子吃掉，而是带人去海边堵鬼子了。

“个野仔是对的，不能让鬼子从中间突破!”伍副官一拍大腿，回头向机枪手老韦下令掩护，叫了七八个人，抄起步枪朝楼下跑。

我听明白了，日军没有选择火油公司和电厂的防御阵地作为正面突破，而是插入两个火力网中间，在中央货仓码头登陆，得在那里把他们堵住。我叫缪和女守电话，保持与主楼的联系，叫上敖二麦，提着枪下了楼。

电厂北边的海边阵地上，只剩下一只探照灯惊慌地胡乱照射着，黑暗中到处燃烧着炮击造成的大火。赶到中央货仓码头时，那里枪声已经响成一片。我看见老咩领着几个疍家人在码头后面匍匐着，不断朝海里开枪，面前的麻石堤防被对方还击的子弹打得粉尘四冒。现在我看清楚了，疍家人根本不知道怎么作战，他们手忙脚乱地操弄着武器，胡乱射击，换弹匣，再射击，完全不管子弹打到哪儿去了。在疍家人侧面，一颗残留的水雷爆炸，掀起高大的浪花，两艘登陆船倾翻在海里，湿漉漉的日军士兵从海水中冒出来，一边用武器还击，一边用爪钩攀上码头，涉水上岸。

我看见伍副官和他的孤军，他们老练得多，全趴在靠海边的障碍物后面，从容地向海里射击。

我被一股强烈的快意推向前去，跌跌撞撞跑向中央货仓码头。我面前十几尺，一只日军橡皮筏倾翻在海里，筏上十几名士兵纷纷落水。有军官用日语大喊，泳ぎで上陸しろ![1] 我朝那个方向投出一颗手榴弹。手榴弹离手时产生的失重和恐惧让我摔倒在码头上。我的脸撞上一堆软乎乎的水母，它发出一种怪异的荧光。我爬起来，吐掉嘴里的一片水母胚肉，跪在那儿，一口气向黑暗中打光弹匣里32发子弹。

我觉得有什么令人恶心的东西在往脑子里涌。我看见四周的枪口在不断吐出或短或长的火舌。我在一只装满沙子的油桶后面换上弹匣，站起来朝海里继

① 日语：泅水上岸!

续开枪。一个黑影在十几步外猝然扑倒，砸进水花里。另一个黑影扬手向后倒去，撞进一团炸断的铁蒺藜中，再带着铁蒺藜滑进海水中。

“妈个窿！”伍副官从中央仓库那边冲过来，朝海里连续射击，一边破口大骂，“你老米！叼你老豆龟头流脓，叼你老衲块鳖生滋，叼你姐个块野，生一只死一代！”

伍副官打光弹匣里的子弹，来不及换弹匣，被一名登上岸的日军士兵水淋淋扑倒在码头上。枪声响了，日军士兵不甘地翻滚进海水里。伍副官摇晃着爬起来，手里捏着一把斯科特左轮手枪，继续朝海里边骂边射击：“叼你佬哇，发黑痴啊！”

我看见十几尺远的黑暗中，一只橡皮筏倾翻，皮筏子上的日军士兵纷纷坠入海中。紧跟着，疍家人阿盛从海水中冒出来，大口呛咳着。然后，阿南也钻出海水。他俩惊恐万状地四下看，推开在海水中挣扎的日军士兵，再一次潜入海中。我明白过来，是他俩掀翻了橡皮筏，疍家人到底不习惯使用武器，他们的武器是水，他们只有在水里才能和敌人厮杀。

我又一次看见老咩，他慌里慌张跳进海里，向一艘空筏子游去，去捞挂在筏子上的一支掷弹筒，筏子旁突然冒出两个呛得直翻白眼的日军士兵，老咩吓一跳，幸亏枪在手里，杵着脸连开好几枪，把两个士兵重新打回水里。我看见那个叫阿兰的少年，他离老咩不远，趴在一艘橡皮筏子上，张皇失措地大声哭喊着。我不知道他在干什么，他干吗哭喊，哭喊是否能替代致敌性命的子弹。就在那个时候，我被一股猛地袭来的巨大力量掀翻在地上，左臂一阵钻心疼痛，衣袖快速浸出殷红的血水。

仗打起来才知道，守军做出了一个错误的布防，事先应该拆掉中央货仓大量的建筑，让登陆者暴露在电厂和火油公司的交叉火力网之下。现在，中央货仓反倒成了拉吉普营和玛土撒拉连的火力死角，等于登陆者只要一靠岸，就顺利进入宴会大厅了，他们正在那么做，登陆的士兵源源不断消失在中央货仓的建筑后面，没人能够阻挡住他们。

不远处，更多的船只正在源源不断向岸边驶来。

我们不敌登陆日军火力，退回电厂。孤军的人阵亡三个，好几个挂彩的。杨排长张罗着替伤号收拾伤口，也替我检查了一下。我左臂被子弹擦破一道口子，伤势不严重，只是人有点虚弱。老咩的情况不妙，他的人阵亡五个，伤了五个，阿盛和阿南下海去掀日军的筏子，没有回来，不知死活。

佩特臣少校不明白这边发生了什么，来电话询问情况，缪和女告诉他了。我在电话里简单向佩特臣少校做了汇报，告诉他我的人去了中央货仓，试图拦截登陆的日军，没拦住，现在撤回办公楼了。少校说上岸的日军没有对电厂和火油公司采取攻击，而是在中央货仓炸开一条通道，直接上岛了。少校还告诉我，火油公司那边挨了不少炮弹，弹着点非常准，D连机枪堡掀掉了，死伤三十多人，包括两个冒着炮火去阵地上给印度人相好送凉茶的妓女。电厂这边建筑结实，炮击没有造成严重破坏，日军可能急于向纵深插入，一时半会儿不会理睬我们，他要我把人集中在办公楼里，不要再贸然出去。

老咩带着他的人返回L字楼去了。为躲避越来越猛的炮击，我把大部分孤军的人集中在二楼，能够观察到中央货仓方向的三楼只留下老韦的重机枪和一挺轻机枪，由杨排长负责。老韦的机枪偶尔响一阵，是点射，明显拿对方没有办法，又不甘心，有点绝望，有点狂躁。日军用掷弹筒回击，炸弹将碎砖炸进屋内，伤员的呻吟声更大。伍副官派人去楼上通知杨排长，让老韦停下来，别招惹日军。现在大家都很恐慌，生怕引来日军倾巢之下的攻击。

电厂这边的枪声停下，那种感觉非常糟糕，完全是在等待人家大摇大摆从眼皮子下通过，一点办法也没有。深夜两点左右，佩特臣少校来电话，说日军第一批登岛部队过去了，大约三四千人，差不多一个联队；拉吉普营D连连长纽顿上尉通知他，D连损失严重，决定弃守阵地，向宝马山撤退；听说太古船坞的守军也坚守不住，奉命后撤。

“要这样，电厂这边不就成孤军了？”我一听，心提到嗓子眼。

“用不着紧张，玛尔特比司令官已经派拉吉普营B连增援我们，我们不会放弃电厂。别忘了我是谁，我手里有雷电、火焰、弓箭和冥界，那些小矮子讨不了好。”佩特臣少校处惊不乱，这会儿还忘不了自己是宙斯大帝这回事，“大门口的机枪堡先前响过一阵，以后没动静了，电话线断了，联系不上，趁下一拨鬼子没来，你派人去看看怎么回事。”

我让伍副官掩护，我带缪和女和敖二麦，加上三个孤军士兵下楼，两人一组，呈品字形摸出电厂。中央货仓南边果然被炸开一道豁口，现场一片狼藉，电厂外没有日军，反倒是炮台山上的大炮，现在掉转炮口，正在向东头的天后庙和宝马山要塞射击，判断炮台山已经被日军占领了。

我要缪和女和敖二麦警戒英皇道方向，两个孤军警戒海边方向，我带另一名孤军摸进大门口的机枪堡。机枪堡里乱七八糟，五个机枪手一个没见着，两挺维克斯重机枪丢在那儿，250发的弹夹只打掉两夹半，可能机枪手看见日军大部队登陆，吓得跑掉了。我和那名孤军把机枪卸下，和弹药一起运回电厂，刚跑了一趟，英皇路那边枪声响成一片。

我钻出机枪堡，看见缪和女和敖二麦，他俩躲在煤站背后向我招手。我猫腰穿过铁轨，过去一看，200公尺外的英皇道上，两辆英军斗牛士运兵车瘫在路上，一辆冒着黑烟，一支日军小部队在半山上向英军射击。英军陷入混乱，到处逃散，几个负伤的士兵躺在路上扭动，日军拿他们当靶子，一枪一个，情景非常惨烈。

我判断是前来增援的D连，他们遭到日军袭击。我叫缪和女留在原地掩护，带敖二麦穿过威菲道，掩蔽在一家花岗石厂后面，从背后向山坡上的日军射击，不让他们拿D连的人当靶子。日军向我们这个方向还击，一边退回山上。双方对射了一阵，日军向我们发射掷弹筒，大约七八个士兵借着掷弹筒的爆炸朝我们这边冲来。我和敖二麦边打边退，往电厂里撤。三个孤军士兵迎面过来，向日军开火，电厂主楼南边的机枪也响了，掩护我们撤进煤厂，一名孤军被掷弹筒破片炸伤，好在日军停下来，没有继续追赶。

我眼睛被汗水迷住，靠在一辆翻斗车上大喘气，正喘着，办公楼三楼上老韦的机枪咕咕地响起来，北边老咩L字楼的机枪也响了。主楼传来喇叭声，要我们赶紧回撤。一会儿工夫，伍副官带了几名孤军从办公楼冲出来，接住我们，说第二批攻岛日军靠岸了，杨排长已经和日军打上了，佩特臣少校催我们赶紧回电厂。

缪和女和伍副官架着负伤的士兵往回走，其他人掩护，我在最后，大伙猫着腰往办公楼退。我在回撤的人群中寻找敖二麦，没有看见他。他听力在玛丽医院治疗后有好转，但还没有完全恢复，我担心他没听见撤退的喇叭。我在大楼外停下，返回煤厂去找敖二麦。我看见了他。

敖二麦离得很远，在中央货仓被炸开的那道豁口处。他跪在那儿，正从一名日军士兵尸体上卸下一只饭盒似的物件。士兵可能是穿过中央仓库时被电厂或威菲道警署方向射来的子弹击中，日军留在那儿让后面的部队处理。我喊敖二麦。他站起来，低头摆弄手中的家伙，办公楼上老韦的机枪一直在响，他没动，明显听不见。我朝他奔去，一边大声喊。我跑近了，这回他听见了，高兴地把缴获的战利品举在头顶炫耀。火光中，我依稀看清，举在他手里的是一具99式混合燃料纵火瓶！

“丢掉！快丢掉它！”我朝敖二麦大喊。

威菲路警署方向向这边打来一个点射，然后又是一个点射。子弹从我身边嗖嗖地飞过，打得路边的花岗岩石粉乱飞。看来D连已经撤走，那里被日军占领了。我拼命喊叫着，朝敖二麦奔去。敖二麦没有听见背后传来的机枪声，直到一长串连发射来，子弹在敖二麦脚下路面溅出一串飞扬的石灰尘土，他才惊恐地回头看，然后慌里慌张朝我这边跑来。机枪没有停，子弹追上了敖二麦。他脑后溅出一团红雾，人往前大步踉跄，好像还没准备好，不甘心倒下。然后是他手中的纵火瓶。它被一发子弹击中，引爆。敖二麦顷刻间变成一团火焰，爆炸巨大的冲击波将他直接掀进路边轨道上停放着的一辆翻斗车中。

我被接踵而至的气浪掀倒在地上。我听见一头受到攻击的鼬鼠发出尖锐的嘶喊声，那是从我嗓子眼里传出的。我从地上爬起来，脸颊上淌着血，跌跌撞撞向翻斗车跑去。我跑近了，根本接近不了巨大的火焰团，急得跳脚。铁轨一带的泥土全都在燃烧，敖二麦头朝里倒挂在翻斗车上，他在燃烧。他烧得很快，就像一株快速从秋天进入寒冬的山楂树，整个身子变得通红，完全不容商量。

缪和女和伍副官回来，把我拖回电厂主楼。我浑身瑟瑟发抖，坐在地上发呆。缪和女替我处理脸上的伤口，伍副官站在一边发呆。没有人和我说话，德辅男爵过来，把一支点燃的雪茄塞在我嘴里，拍了拍我肩膀，过去为一名英军士兵包扎伤口。老家伙的“剑桥”牌西装背心脏得像一块抹布，精致的蝴蝶形领结不知去向。

第一批登陆日军快速建立起支撑阵地，增援电厂的B连遇袭，连长科斯上尉阵亡，B连不得不退回去，只有六名打散的机枪排士兵退入电厂。艾高尔上尉和萨科达中尉认为增援无望，趁第二批登陆日军还没有靠岸，应该尽快撤离电厂。佩特臣少校认为日军实际已形成对电厂的合围，无法撤离，坚守能拖延日军对港岛的进攻，反而安全，不同意撤退。

“我命令本兵团坚守电厂，拖住后续登岛日军，等待新的增援！”佩特臣少校坚定地说。

法国自由军组合和少校发生争执，他们认为少校是愚蠢的指挥官，双方争吵成一团，其他老兵谁也不说话。吵架戛然而止。黑暗中传来一曲悠扬的口哨。

是布尔奇上尉，他靠在一只饼干箱上，谁也不看，噘着嘴吹密斯丁格维特的《我的男人》：

我唯一的喜悦和幸福，就是我的男人；他不是很英俊，但他强壮，这是愚蠢的。

莫特利公司主席的皮鞋掀起一道口子，一绺乱糟糟的头发耷拉在额头上，样子不像曲子里形容的那么潇洒。再说，他太老，中气不足，怎么都吹不好口哨。这已经够了，佩特臣少校松弛下来，表示和好地拍了拍艾高尔上尉和萨科达中尉的肩膀，那两位耸了耸肩膀，去了自己的机枪旁。

在楼上担任观察哨的皮尔斯先生下来报告，日军已经登陆上岸，没有全部离开，有一部分留在滩涂上，看样子打算攻击电厂。话音刚落，主楼就遭到炮火轰击，听动静是 81 毫米速射炮，目标很明确，主楼接连挨了几发炮弹，其中一发穿过窗户在四楼一间房间爆炸，整座楼都在摇晃。佩特臣少校大声喊叫让人们离开窗户。

我和伍副官刚刚退回办公楼，日军就从东边的中央货仓和西边的船闸两个方向向电厂发起冲锋，一度冲进了电厂。电厂三栋楼猛烈开火，主楼上的七八挺机枪发挥了作用，居高临下的火力把日军逼了回去。趁日军退下去的工夫，佩特臣要我把办公楼和 L 字楼的人撤到主楼去，以免被切割吃掉。伍副官派了两名士兵去 L 字楼传达后撤命令，孤军的人先撤入主楼，老咩一会儿也跟过来了，还带着个头部中弹的日军下等兵。原来，老咩撤退前去了一趟海边，找阿盛和阿南，阿南找到了，身上七八个枪眼，已经死了，被冲到船闸里，阿盛仍然没有下落。老咩在码头上发现一名负伤的日军，把他拖上码头带了回来。

玛土撒拉连的军官没人懂日语，我忍着胳膊和脸上的伤审问了那名日军士兵，得知第二批上岸的是第 228 步兵联队，指挥官是土井定七大佐。下等兵很年轻，只有 16 岁，半张脸被机枪子弹掀开，身上全是血，因为恐惧，咬着牙不叫出声。医务兵给他包扎好伤口，把他抬到角落里，以免让流弹击中，让他躺在那里喘口气，大伙去忙别的事情。

日军很快向电厂发起第二次进攻。这一次，南边的日军也加入了攻击。照明弹不断升上天空，大地映得雪亮，进攻者和阻击者都暴露无遗。我和缪和女在英皇道方向窗口向冲近楼下的日军投掷手榴弹。德辅男爵在我们旁边的窗口用机枪向外射击。男爵很沉着，叼着熄灭的雪茄，钢盔推到后脑勺上，对怀里那挺比他年轻的武器充满爱心，基本上只用点射，这样，他的枪管就不会很快打红。

“上帝安排一切。”男爵挑剔地选择着躲躲闪闪冲进煤场的目标，不紧不慢扣动扳机，将他们打倒在铁轨上，“年轻人，上帝知道，我们都会去见他。”

依仗主楼牢固的建筑和机枪火力网，玛土撒拉连打退了日军四次进攻，来自炮台山峡道方向的日军炮击也让玛土撒拉连损失了几个人。杨排长被弹片崩瞎了眼睛，孤军又有两名士兵挂彩。有两个人出去补充机枪冷却水，在水闸边双双中弹身亡。佩特臣一直在和防卫军司令部联系，请求增援。司令部回复，日军已有大批部队登岛，太古和鲗鱼涌已经失守，港岛北岸各处都在作战，一时抽不出增援部队，要求佩特臣少校继续坚守。

天快亮时，日军停止了攻击，电话却不通了，不知是炸断的还是被日军侦察兵切断的。佩特臣少校派了两名B连机枪排士兵返回司令部送信，请求增援，同时要伍副官带几个人去摧毁炮台山道上那个速射炮阵地。这个时候，有人想起那个日军少年士兵，再看时，发现他已经不在角落里，人爬到弹药箱边，把一柄丢在那里的刺刀捅进腹部，结果了自己。

日军停止攻击后，伍副官一直很焦虑，佩特臣少校要他去打掉南边山道上的速射炮阵地，他没走，先去楼上观察了一下，回来告诉少校，日军很快会发起新的进攻，他坚持认为我对港岛地形比他熟悉，让我带老咩的人去摧毁速射炮阵地，他和他的人留下。佩特臣少校看了看伍副官身后那些一声不吭的正规军士兵，再看了看老咩剩下的那些脸无血色的游击队，点了点头。

之前杨排长负伤时，我听伍副官安慰杨排长，要他挺住，他会带他回去。机枪手老韦告诉我，杨排长是伍副官的妹夫。我想，也许伍副官不愿丢下家人，不然妹妹那儿交代不了，人家待我真没说的，关键时候，我也得替他顶一次梁，这么一想，就同意了。可是，老咩没有找回阿盛，说什么也不愿离开。伍副官发火了，用手枪顶住老咩胸口，破口骂道：“叼你老豆卖火油，不跟郁长官走，老子毙了你！”老咩才悻悻地不再说什么。

天蒙蒙亮的时候，电厂四周的第228联队开始后撤，像是打算放弃攻击。趁这个工夫，我带缪和女和老咩剩下的12个疍家人离开电厂主楼。

我们从机房下到排水道，从排水道爬到煤站，再从那里钻出地面。外面很安静，一个日军也没有，芒硝味正在散去，空气中有一股浓浓的燃油味，夹带着淡淡的迎春花芬芳，让人怀疑那是一个普通的港岛清晨。

我朝轨道上那辆翻斗车看去，它还在哪儿，可敖二麦不见了，他已经烧完了，翻斗车里剩下一堆可疑的东西。

队伍刚刚穿过英皇道，蹿上山道，身后的炮火就呼啸而至。我紧张地催促队伍快往山上跑，带着队伍一气跑出老大一段路，才停下来喘口气。

我回头往山下看。黎明时分，维多利亚海面上漂浮着厚厚的浓雾，一些被打废的船只漂浮在海上，它们当中，昨晚那艘中弹的英军炮艇幽灵般随着海潮荡漾着。九龙方向，火鸟似飞来一群群重炮炮弹，落在电厂楼群间，办公楼正在坍塌，电厂已是火海一片，它现在不再是电厂，而是一座地狱。

我看见玛土撒拉连的军官们惊惶失措地撤出主楼。最前面的是B连机枪排那几个印军士兵。他们在翻越主楼门口的沙袋堆时挨了一发炮弹，随着爆炸飞上天去。

硝烟未散，孤军的人出现在大门口。他们没有惊慌逃窜，而是帮助后面的人翻过沙袋堆。先是皮尔斯先生，他拖着一支步枪，被孤军士兵拖过沙袋，他就像他管理的马群中某一匹受惊的赛马，向海边方向跑出两步，又退回来，显得不知所措。接下来是自由法国军官艾高尔上尉和萨科达中尉，他俩像两支喝光了酒的空瓶子，手里举着斯科特左轮手枪，孤军士兵费了很大力气才把他俩拖过沙袋。然后是德辅男爵，他空着手，步履蹒跚，背心耷拉下一片在胳膊边，看样子，已经顾不得家族荣誉了。

我看见了伍副官，他架着半张脸被包扎得严严实实的杨排长，一只手提着斯格登冲锋枪，绝望地抬起胳膊，为杨排长阻挡不断飞溅的爆炸物残片。沮丧的佩特臣少校最后一个出现在主楼前，他就像不愿弃船而逃的船长，被两名孤军士兵硬架着拖出大门。

我突然明白发生了什么。

鲗鱼涌和太古失守，北角已经在日军包围中，电厂是登陆点最后一颗钉子，日军不会让它扎在自己眼中，第228联队后撤，是给九龙重炮群腾出地方，伍副官有经验，看出来了，知道接下来会发生什么，他用哄骗和发火的方式把没有作战经验的我和老咩赶离了即将成为地狱的电厂！

可是，伍副官为什么不把他的判断告诉佩特臣少校，而只是使计逼走我们十几个中国人？我想不明白。

十四
法庭外调查：我身处两座战俘营中

（GYB006－001－214）被告郁漱石庭外供述记录：

我再度出现在有森林的梦中，在那里徘徊往返，直到相马少尉把我从梦中叫醒。

离开石屋时，相马向日军小队宿舍前站岗的哨兵打招呼。哨兵的脸隐藏在钢盔下，没有搭理相马。我不知道他是不是昨晚那个士兵，如果是，他是否已经石化。我想到歌舞伎，由巫女阿国[①]带给这个世界的古老舞蹈，演员在表演时全程面无表情，却让日本人深深陶醉，他们从那些不苟言笑的脸上看到了什么？

回管理区路上，我在管理区南边那一大片沼泽地边停下来，用桐花树下的清水洗了脸，漱了口。相马奇怪地看我，我也看他。他有些害羞地笑了笑，转过脸去，打算去够水泽中的一条探出脑袋打哈欠的鱼。

我被带回和室。冈崎等在那里，她把清洗好的茶具放在茶桌上，熟练地泡茶。我为昨天破坏了她研究工作的行为表示抱歉，希望她能原谅我的粗鲁。

“那种事算不了什么，快请坐下吧。”冈崎把沸水斟入大口瓷杯，脸色明朗，不是介意的样子，“郁先生昨天的冲动，是定向力障碍和感觉剥夺导致的应激反应，来源于谈论到的战争情境的潜在威胁吧。”

“这样啊。”

---

① 出云阿国（1572－1658），日本歌舞伎创始人。

“明确环境是什么，是极端情境中要克服的障碍，只是非常短暂的过程，所以要忍耐啊。”

“明白了，就是说，像夜间行军途中突然升空的信号弹，或者向阵地冲锋的路上突然从两翼射来的子弹，使人产生混乱和不连贯状态，指这个?”

“嗯，郁先生很聪明，到底和其他研究对象不同。”冈崎抿嘴笑，“至于我嘛，研究对象的连贯认知，构成进一步评估的基础，需要了解的就是这个吧。”

“冈崎学者的意思，无论对错都可以吗?”

“这个嘛，研究对象某一情境认知的缺乏明晰、内在动机混乱、好奇驱力作祟、个人定向障碍什么的，的确有点难以琢磨，所谓对错，可以看作初始应激因子，最终构成全面判断。所以，郁先生完全可以按照自己的思路进行描述，不会把研究工作导入错误的方向。”

“这样说，不是很奇怪吗?”

“哦?”

“冈崎学者希望我描述战争状态下士兵频繁死亡导致的复杂心情，说能够理解，就算这个可以解释，可再怎么说，杀害退出战斗的敌国人员，对冈崎学者难道也是能够接受的?”

冈崎迟疑了一下，脸上露出一丝不愿回忆的神色。然后她告诉我，她在过去几个月时间往返日本和巴丹岛之间，她提到那里发生的一场令人震惊的死亡行军。向日军投降的 8 万名美菲联军，在前往战俘营的路上至少死了两万人，是由民族主义理论学者辻政信大佐策划，尽可能多地杀死战俘以腾出兵力投入南方作战的战略故意行为。让冈崎感到困惑的是，日本军人在这次战争中的表现，以她的看法，属于反常情况。作为对比，她举了日俄战争的例子，胜利者日本俘获了 6 万名俄国战俘，只有 18 名军官和 595 名士兵因各种原因在囚禁中死去，相比巴丹岛杀俘事件，完全是一种苛刻的奇迹。

“至于战俘营内发生的死亡情况，俘虏情报局非常重视，请相信，最高指挥官并不愿意看到这样的事情发生。不过，战时屠杀不是我的研究范围，很抱歉无法给你答案。只是希望你知道，屠杀这种事情，并非日本军队如此，只要有机会，任何国家的军队都在实施吧。”

“请原谅，冈崎学者说任何国家都如此，我还是无法相信。”

冈崎举了美军航空队对日本本土的轰炸事件。多里特尔陆军中校率领的 B-

25轰炸机编队，搭乘“大黄蜂”号和“企业”号航空母舰在犬吠岬以东海面起飞，于昭和十七年四月十八日下午轰炸了东京、横滨、川崎、横须贺、名古屋和神户。造成大量建筑被毁，平民死亡人数远远超过在菲律宾死亡的美菲战俘。

“美国人明明知道日本建筑是木制的，却毫无羞耻地使用汽油燃烧弹，实在混账!”愤怒的冈崎使用了粗口。

我想起从美国回国前，曾听说美国军方的“超级轰炸机 Model345”方案，那个四引擎的巨大家伙有着天才般的续航力和超级载弹力，完全是魔鬼的化身。在美国期间，我努力工作，把数十万吨运输船和数百吨飞机零部件弄回国，从没想过，那些爆炸后能产生 1000℃高温，紧紧黏在任何可触及物体上长时间燃烧的炸弹，它们落在我自己和亲人身上，会是一种什么情景？这么一想，我不也是屠夫中的一个吗？我觉得非常羞愧，无地自容。

冈崎把沏好的茶汤斟入小杯，送到我面前，遗憾地表示，如果是煎茶就好了。她端起自己的杯子，小口啜了一口，闭上眼睛，细细的眉毛轻轻跳动一下，让茶水在嘴里停留片刻，雍容天鹅般伸长脖颈，咽下茶水，睁开眼睛，把目光转向我。

作为学者的冈崎，是在以茶暗示我，不要纠结于我们刚才谈论到的事情，这就是所谓的茶道吧。

我端起面前的杯子，慢慢饮尽杯里苦而芬芳的茶汤，然后开始工作。

这真是一种奇怪的关系。作为两个敌国的军事人员，战俘和学者安静地坐在一间中国南海边被装饰成和室的前中式围屋里，谈论战争中士兵的表现——谈论鹰和蛇、寄生蜂和瓢虫、大象和犀牛、紫茎泽兰和东方行军蚁在天敌关系中相互依存又相互杀戮的表现，以便对战争得失中士兵的心理做出研究。学者的研究要求克服深层次抗阻，深化双方关系，与战俘建立默契的交互渠道。如果战俘的描述超出研究范围，学者会在某个地方用暗示引导，让他的思路沿着她需要的方向行进。难度在于，双方的关联认知在原则上处于根本对立地位，几乎每一个问题都会引发分歧，在动机和情感问题上因为争辩用去很长时间。有时候，学者听不懂战俘疯狂地表述，或者因战俘明显的敌视抵触，导致消极而令人厌恶的结果，这会让学者暗中烦躁。这是大忌。研究者必须随时消除研究对象因感觉剥夺而出现的失控，诸如视听错觉和幻觉造成的紧张焦虑和主动注意涣散、对外界刺激过于敏感导致的情绪不稳定和思维迟钝、在某些对抗性话题中出现的暗示性增高和神经征象等，这使学者必须保持理性，避免冲动，拥有超凡的控制能力。

开始一段时间，我沮丧地觉得，这是一件无望的工作，好比在富士山上搭建一座长城，作为役夫的我，怎么都不能集中精力，把石料运到3776公尺的山上去。

突破来自一首歌。

廊屋外飒飒落叶飘下，如同计数的自然秒表。在很长一阵沉默后，冈崎问我，还记不记得佐野兵团第228联队第10中队的若林东一中尉。

当然，我永远不会忘记这个名字。我被这个名字激怒了。如果他出现在我面前，我会失去理智地扑向他，用牙齿向他攻击。

冈崎告诉我，完成香港作战后不到一周，若林东一中尉就随部队调到南方去作战了，目前在帝汶岛上驻守。中尉违反军队规定，和相爱的帝汶岛酋长的女儿结婚，受到上峰严厉批评，晋升大尉的命令也撤销了。不过，离开香港之前，中尉写了一首《进攻香港之歌》，由音乐界一代宗师古贺政男谱曲，是留给香港的纪念。

冈崎轻轻唱起那首歌：

攻陷了香港，东亚遭受百年侵略，肮脏历史画上句号

呀，18天就攻下了，太阳坠落，摩星岭上升起白旗

冈崎生就一副抒情女中音的嗓子，歌声动人，侮辱却像一柄冰冷的匕首，深深地刺入我的下腹。我冷冷地告诉冈崎，所有英雄神话中都刻画着一个或数个龙骧虎步永不屈服和妥协的形象，无论雷奥尼达①、汉尼拔②、关云长、武田信玄、拿破仑还是李将军③，一旦拥有了正义者身份，他们就可以为所欲为地杀戮，并且在洗去血手后继续享有英雄桂冠，可说到底，他们不过是精神病患者和杀人犯。

---

① 雷奥尼达（Sparta King Leonidas，前508—前480），古希腊时期斯巴达国王。

② 汉尼拔·巴卡（Hannibal Barca，前247—前183），古罗马时期迦太基国执政官。

③ 罗伯特·爱德华·李（Robert Edward Lee，1807—1870），美国南北战争时期南军统帅。

“明白了。”冈崎平静地看着我，一眼看穿了我在说什么，“对战争有严重认知障碍，无法理解复杂条件下的人际冲突，受到它的困惑，郁先生的情况正是这样。”

“恐怕不是我一个人如此理解。”

“记录中，你的小组成员全部死于香港攻防战，可以理解为，由于和自己关系密切的人死去而导致内疚、悲伤和寂寞，说什么也不愿面对战争，自然不能完成人格重塑，可是，这难道不是十分悲哀的事情吗?”

“描述战争中的行为，那些经历带来的痛苦、创伤和荣誉，难道可以把它看作一种经历分享吗?”

“由此带来的不便固然有，话虽这么说，不能因为这个而停止工作吧。”冈崎对我的拂逆并不生气。

她说得对，不能因此停止工作，我需要这份工作，这样才有可能获得机会，找到我要找的那个人。我让自己平息下来，向冈崎表示可以重新开始。

“可以的话，请谈谈你在香港攻防战中杀死的第一个士兵吧。”冈崎启发我，为我重新沏了一杯新茶，好像在比较与之前那杯茶汤的颜色，目光在茶杯中。

在到达金山防线后，我参加了战斗，如果不算掩藏在草稞下的石头，我连杀人凶器都找不到。我没有想过自己会杀人，连念头都没有。也许我在心里告诉过自己，别被人杀死，这就是我全部的念头。

我决定杀掉的第一个人不是士兵，是平民，那个在窝打老道和通菜街路口二层洋楼上脖颈挂着砍刀的年轻人。我把枪口伸出去，瞄准了他。我的枪法糟糕极了，居然没有打中他。我没有想过那就是杀人，但实际上，我就是那么做的。

18日夜晚，战争在港岛展开，我身处成堆的武器中。我太熟悉它们了。我到美国，再从那里回国，到7战区服务，全部目的就是为了尽可能多地获得它们。那天晚上我和一支杂牌部队试图把登上北角的日军赶回海里去。我们冲向中央货仓码头。我朝十几尺远的海滩上投出一颗手雷，然后向黑暗中打光了弹匣里的32发子弹。我看见一个黑影在我面前十几步外猝然扑倒，砸进海水里，另一个黑影扬手向后倒去，撞进半圈炸断的铁蒺藜中，带着它滑进海水里。他们是佐野兵团第228联队士兵，是我杀死的第一批人，我对他们的死亡负责。

冈崎没有对这个问题过多纠缠，在我把更广泛的杀人罪行引向战争决策者时，她阻止住我。

“已经谈论过指挥系统问题，培养了阿部信行、真崎甚三郎、松井石根、杉山元和东条英机的学校也培养了何应钦、阎锡山、汤恩伯、程潜、张群、钱大钧和孙元良。”冈崎提醒我，不必在一目了然的事情上花费时间，而是节省精力，着重描述我和我小组的士兵在战场上的行为，比如，什么情况下我和我的士兵会降低士气，损伤作战效能。按照冈崎给出的定义，士气是士兵精神状态的反映，作为强大的情感力量和战斗潜能，是战争状态下人类尺度最重要的因素，它直接关系到士兵应对剧烈的身体、情感、心理伤害和战胜强大敌人的勇气，与将领能力、参谋部门能力、情报部门能力、后勤部门能力、军事纪律约束、战友质量、武器装备质量交互作用，产生实际的作战绩效。

我回答了这个问题。和正规的战斗单元比，我和我的小组完全是例外，我们是被裹挟进战争的，可我在18日战争中接触到的大多数士兵，他们在作战动机上足以与敌人抗衡。他们缺乏战争知觉和预期，缺少有效的战役指导，在战争期间，被他们所依赖的关键人物欺骗和抛弃，可他们的战斗决心和勇气一直保留到投降命令下达。华人的情况比较复杂，他们当中有部分人加入了离亲叛众的“第五纵队”，部分人加入了盗跖之流的“胜利之友”，还有一部分人愿意捍卫自己的家园，为之前遭遇的个人灾难还以颜色，却遭到战时政府和军方的拒绝。老咩的游击队和伍副官的孤军就是最好的例子，他们急于复仇，作战愿望超过日本士兵，但是，他们要么找不到合适的领导者，要么被当作斥候使用，无法获得信任的情感资源，创造自信的战斗力。

“就是说，作战态度、聚类和动机，守军士兵优于攻击士兵；作战知觉、社会认同、工具方式和技能，守军士兵消极，攻击士兵积极，是这样吧？”

“大体如此。”

“那么，能不能进一步描述具体的行为？”

“冈崎学者指战场上的攻击行为吗？”

“正是。攻击是战斗行为的驱动因素，可以被看作情感因素的反应。士兵的自信和攻击性倾向，对参加战斗的意愿发挥着积极作用。”

我回忆了我和小组如何一步步被牵入18日战争。战争打响前，我从来没有信任过我的下属，甚至因为某些工作目标没有达到，处罚和抛弃过他们。佐野兵团的突然攻击使我和小组身陷特定冲突情景，我和小组成员的关系突然变得单纯无私。我为过去的上司留在战争旋涡中，我的下属则为我留在危险中，他们有无数机会丢掉武器离开小组，消失在难民中，或者向亲人救援，得到亲人的保护，可他们全都留下了。老咩的出现是一次彻底改变，失去家人的他带着失去家园的疍家人在九龙盲目地寻找战斗机会，我们被同一场战争裹挟到一起，临时拼凑成一支成分芜杂的民间武装，老咩和多数人相信自己正在从事一场正确的抵抗行动，在战争中采取了主动攻击方式，而我本人则采取了退缩性的适应策略，最终，除了怀有强烈逃亡愿望的我，其他人都在战争中消失了。

“那些疍家人聚集起来，因为团队的自信激发了攻击潜能，成为乐于参战和具有强烈攻击倾向的军队，作为指挥官，你却在战斗中丧失了本应形成的作战态度，指这个?”

“可以这么说。”

“那么，你的部队，嗯，如你所说，一支成分复杂的小型武装，它的群体心理反应是什么?”看我没明白，冈崎解释，“士兵与所在团队的关系是决定士兵对危险及艰苦忍受性的重要因素，关系坚定稳固的话，即使面对不利条件，内聚力仍然能够发挥作用，促使团队顽强战斗啊。”

“已经说过，是一支非战斗部队，如果不是敌方突然攻来，封锁了陆地和海上交通，不会冒死去前线作战。”

“11 日参加金山作战，18 日参加北角电厂作战，19 日和 20 日参加黄泥涌作战，审讯记录上是这么说的，这三场香港攻防战中的关键战役，不断受到减员困扰的小组始终坚守在战场上，直到 26 日凌晨守军投降前几小时，因为小组全部战亡，你本人被俘才结束抵抗。”冈崎的思路十分清晰，“参考双方武备和兵力条件的悬殊，所谓因为敌方封锁才参战这种不得要领的话，完全不能解释，明明独往独来，可以从事积极的逃离战场行为，却始终身在战场上，这样的疑问啊。”

“冈崎学者是指攻击愿望吗?”我被冈崎手术刀片似的剖析惹怒了，“这样说的话，25 日在圣士提反红十字会医院制造杀俘和轮奸护士野蛮行为的日本士兵，难道不也是具有强烈攻击愿望和行为吗？冈崎学者是否应该去研究他们的行为呢?”

“要说的话，当然也是，但离开了特定研究对象这个话题啊。”

冈崎没有受到我的敌意困扰。她的研究对象中有一名圣士提反红十字会医院的幸存者。按照冈崎的解释，制造圣士提反红十字会医院惨案的第 228 联队第 2 中队官兵中有不少来自韩国和台湾，他们自 8 日起就参加了作战，在黄泥涌峡谷战斗中损失惨重，180 人的中队只剩下 30 多人，几乎全军覆灭，在进入圣士提反教会学校后，中队长默许战场幸存士兵以处决敌方战俘和强奸敌方女人进行报复。

“总之，是失控的勇气。就是说，杀戮和奸淫来自对危险的反应，作为对同伴死去的焦虑性歇斯底里，是由于儿童早期恋母情结的情绪冲突导致的，到了成人阶段，出于性冲动转化为更有力量的恋母情绪，激起被阉割的害怕和焦虑，士兵无法很好地控制自己的能量，表现出阴茎自负，弗洛伊德博士是这么解释的。”冈崎不希望研究工作陷入其中，试图通过学术解释将我带离事件。

我注意到一个细节，冈崎对她的民族到底来源于绳文人[①]、通古斯人[②]还是马来人[③]种持开放态度，或者不如说多少显得漠视。她认为东亚各国作为蒙古利亚人种，智力和体力并无区别，士兵在作战中的表现却各不相同。佐野兵团士兵保持着强烈的进攻意识，与大和民族尚武精神和国家意志主义有关，但全体士兵积极主动的进攻意识和歇斯底里的顽强精神也应该得到重视。

“想要知道，冈崎学者说的失控的勇气和对危险的反应，是怎么表现出来呢？”

“那么，你认为是什么？”

“恐惧。”

“这样啊，请说下去。”冈崎眼睛一亮，目不转睛地看着我。

“长期深陷恐惧的民族，因为不安全感，对世界抱有敌意，除非确认世界被它控制，否则很难把恨意转化为友善，这种情况，反而促使深陷恐惧的人民，因为确认血缘归属的需要，暗示自己不但是民族的一分子，而且是民族精神的一分子，必须征服一切敌人，最终成为冈崎学者说的勇敢士兵。”

“哦？”

---

① 日本旧石器时代生活在日本列岛的人类。

② 生活在东北亚地区的古老民族共同体，包括满族、锡伯族、赫哲族、鄂伦春族、鄂温克族、奥罗奇族、那乃族、乌德盖族、乌尔奇族、雅库特族、鄂罗克族、涅吉达尔族、埃文族等，使用阿尔泰语系中的通古斯——满语。

③ 生活在马来半岛、婆罗洲和苏门答腊半岛东南部的族群，属于马来—波利尼西亚语系。

“难道战争不是国家最精密的集体活动吗？杀人、放火、掳掠、奸淫，不过是对无尽恐惧魔力的转移。”

“作为研究者，我只了解发生在研究对象身上的现象，这样才有意义。”显然，这不是冈崎想了解的内容，她决定结束这个话题，“回到研究上来，郁先生是否愿意听听我的分析？”

“悉听尊便。”

“要是没有理解错，18日攻防战中，你带领的小组犯下一系列失误，是这样的吧？”

“可以这么说。”

“并非作战人员，却身陷战场，没有解决团队存在的前提，攻击合理性可疑，受到友邻军队轻蔑，所谓小组，谈不上清晰的任务和必要的信心，这是第一个错误。”冈崎停顿片刻，缓慢绽开的西洋杜鹃般，欠身从茶桌上拈起一片茶叶，举在指尖端详，有条不紊地往下分析，“两名有作战经验的士兵、一名有见识的副官、熟悉战争发生地情况、能随时补充武器，可以说，是一支说得过去的战斗小组，可是，在瞬息万变的战场上，却背上了负伤的少佐这个不必要的包袱，本应在第一时间把完全不能解决伤势的伤员交给专业人员，反而让小组为伤员陷入困境，让小组一次又一次陷到危险的情境中去，难道这样做不是大忌？”

她说得对。奇怪的是，当时，即使在得知李明渊被朱三样掐“死”后，我仍然没有明白这个简单的道理，而是愤怒地揍了朱三样。

“在战争开始时不断做出错误判断，使小组失去全身而退的机会；在战争过程中一次次失去信心，把沮丧和绝望的情绪毫无保留地转递给士兵，使小组完全感受不到指挥官的必胜决心，丧失战斗勇气；在战争最后阶段，胜利已无指望，却顽固地带领信任坍塌的小组冒险去接通水源，这种时候，失败哪里还有回旋余地？要说恐惧的话，是指挥官从始至终的恐惧造成了小组的彻底失败啊！”冈崎一口气说完那些话，身子往后靠，拉开我俩间的距离，静静地看我。

我沉默。战争结束后，我曾试图回到那18天中去，检索发生过的一切，看看我都经历了什么，是否能有所挽回，可每一次都失败了。我以为我做不到了。可是，战争不是黑夜，不可能一觉醒来什么也没有发生，它摧毁了一切，黑夜过去后，白天仍然在轻轻颤抖，比如此时。

好在，我的进餐时间到了。

工作时的食物仍然保持三餐，大概冈崎交代过，质量明显大为改善。上午是麂子和猴肉炖的肉汤，米饭或大麦饭，中午是烤乌贼和味噌汤，米饭或大麦饭，晚餐是腌酱菜和渍梅子，蛋包饭或茶泡饭，配给一包糖豆，也许是工作奖赏。

关于糖豆，我记了数，第一天 9 粒，第二天 13 粒，第三天 11 粒，第四天只有 6 粒。我不清楚在哪里出了错误，也可能不是，但是，第五天，他们竟然给了我两块奶糖，我有点恐慌，内心挣扎，就像被屠宰前牲畜的感觉那样。

“谢谢啦。”我欠身示意。

“什么嘛，不过是两块奶糖。”冈崎说，“战俘营的伙食虽然说不上精致，但如果尽力，还是能够想到办法的，我最瞧不起卑鄙的北条氏①之流的下作。”

“学者是指和武田②作战，以断绝食盐贸易相威胁的北条氏吗？”

“正是他。”冈崎感慨地说，“武田的宿敌上杉③听说这件事情后，上杉给武田写信，我与公争，盖以弓箭，非以米盐，今后请自我家取盐，多寡唯命是从。元龟四年武田病死，临死前叮嘱儿子胜赖与上杉修好，依托这位敌人和知己。上杉深为感伤，长叹道：‘吾国弓箭将不利矣。’”

“话虽这么说，冈崎学者知道警备队官兵的伙食吗？”

“为什么问这个？”

“大米 640 克，麦粉 200 克，罐头肉 150 克，蔬菜 300 克，泡菜 40 克，盐 10 克，糖 10 克，茶 2 克。军官配鸡蛋、油豆腐和鱼，猪肉酱汤、腌山榆菜和咸梅子，饭后有水果和咖啡。”这份名单在我脑子里拼凑了一年零两个月，资料来自大岛菖、郑子民、阿朗结衣、朴八佬和寺野秋夫。

“关于官兵伙食什么的，这么说是什么意思？”

“想要建议冈崎学者去看看战俘营那些人，可以吗？”

“怎么又提这个？”冈崎快速抬眼看我，“不是说过几次，战俘憔悴不堪，软组织塌陷，血管暴出，好像生下来就在绝食这样的话，我也说了，不在我的研

---

① 指后北条氏或小田原北条，日本战国时期地方势力家族。

② 武田信玄（1521—1573），日本战国时期甲斐国守护，有“战国第一兵法家”之称。

③ 上杉谦信（1530—1578），日本战国时期越后主，与武田信玄并称战国双雄，双方保持战争状态 15 年。

究中嘛。”

“不止这么多，也可以研究心理陈因问题的哟。”

“宿位不足、食物衣物不足、医药不足、广泛地虐待战俘、指派战俘从事危险工作、强迫承诺不会逃走，是这些吗?”

“学者能记住这些，真是万分感谢，可我就是忍不住要说。”我起身恭恭敬敬向对方鞠躬，“知道这样让人讨厌，可是，因为冈崎学者来自俘虏情报局，关于已经谈过的这件事情，我会一直讲下去，直到被冈崎学者严令禁止为止。”

我看着对方，目光没有从她尖锐的对视中移开。我知道应该闭嘴，这样做完全不符合常理，会吃大亏。可是，这个时候，从廊屋外飞来一只小家伙，是那只草蛉，它绕着屋内飞了一圈，收束起透明的翅膀，落在我的肩头，扭过小脑袋来看我，大大的复眼闪着金色的微光，它让我下决心把话讲完。

“要知道，总有一天，人们会了解D营发生过什么，总要有人去解释吧。”我说。

冈崎蹙了蹙眉头，欲言又止，默默地看着我。我头晕得厉害，感觉不到心跳。我猜我会因为不知好歹付出代价，失去这顿美食，或者更糟糕。但没有。

“请用过餐后早点休息，明天继续。”冈崎恢复脸色，放下茶杯，从圈椅中站起来，起身走出和室。这一次，她没有留下来观看我进食。

我平息了一会儿，重新坐下，从食盒里拿起筷子。这一次我动作很稳，筷子没有掉落。

我开始安静地进食。

(GYZ006－005－009)**证人矢尺大介法庭外调查记录：**

131这家伙在管理区过了12天舒坦日子，冈崎单位的人突然通知要走。

头天晚上下了场大雨，早上起来雾气朦胧，本人在管理区门口等着，听见啪哒啪哒的脚步声传来，雾气一点一点被踢破，穿过一片色彩斑斓的变叶木和洋金凤灌木丛，131跟在相马少尉身后，两人转过沼泽地远远走来。

少尉走在前面，不断抚摩帽檐，好像帽檐妨碍了他，为这件事情感到不安。131呢，则是一副倒霉样子，低着脑袋跟在少尉身后，印象里，人是在闪烁的晨曦和张头张脑的牛背鹭当中啊。

本人领着131通过管理区门岗，在战俘营东边第一排宿舍后面站下。本人正式通知131，冈崎小组昨天夜里赶往九龙，战俘总营发生了一件事情，非常适合冈崎小组的课题，学者在D营的工作暂时告一阶段，他可以回到战俘营里了。本人说那番话时，脸上带着笑意，言外之意是说，蠢货，你的好日子结束了。

话说，本人的境遇和受到抛弃的131一样啊。

昭和十三年，局势开始对日本不利，瓜达尔卡纳尔岛撤退后[1]，皇军在太平洋战场节节败退，军部判断同盟国攻击中国的时机为本年中期，为避免出现两方面作战的困难，决定抢先发动攻占重庆的51号作战，彻底结束对华战争。本人深知明治天皇所赐《军人敕谕》之忠节大义，获悉情况后，毅然向上司申请加入作战部队去四川作战的请求，谁知，军部判断在本年度实施51号作战甚为困难，竟然终止了这一最终征服中国的作战计划，使本人尽忠报国的愿望落空。

“我说131，舔够了吧？话说，冈崎学者的靴子是不是特别令人陶醉？”作为军人，不能为天皇效忠，被这种恶劣处境圈住的本人自然不会给131好脸色，当时的确是这么问他的，同时一边微笑着用手指戳他的胸口，戳得他东倒西歪。

记不起131说了什么。他是个狡猾的家伙。本人发誓会一步不离地盯着他，捉住他不安分的小爪子，把他揍倒在尿液里，让他舔本人的屁眼。本人为这个念头感到兴奋。131肯定知道，当然不能顶嘴，本人就等着这个，他需要随时随地提醒自己，别给本人希望。

本人示意需要检查。131服从了，把口袋里的东西翻出来。21颗糖豆，两颗奶糖，就是这些。本人把糖豆一颗颗丢进嘴里嚼碎，吐在脚边。131请求把两颗奶糖留给他，实在可笑。战俘情报局那帮家伙根本不考虑战争的困难，只会像傻瓜一样到处发号施令，131像个忘恩负义的家伙，居然向那些傻瓜告状，给本人造成很大麻烦。对本人的指控131没有辩解，以后嘛，熟练地用胳膊夹住两肋，双手捂住生殖器，靠在宿舍的木板墙上。本人没有客气，在他脖颈上揍了一拳，髋骨和小腹各踢了几脚，作为对失败者的同情，两颗奶糖丢给他，

---

① 1942年8月到1943年2月期间，盟军与日军在南太平洋所罗门群岛进行的瓜达尔卡纳尔岛战役，标志着盟军在太平洋战场反攻开始。

情况大概就是这样吧。

(GYZ006—004—007)**证人奥布里·亚伦·麦肯锡法庭外调查记录：**

军官们准备离开宿舍去操场做晨间操，等待当天第一顿饭的时候，郁像去很远的集市卖牛返回的牛仔一样，一瘸一拐走进营房。大伙纷纷和他打招呼。

郁不在营里这些天，孖仔和682号每天都到9号宿舍来。682号拘谨，不进屋，只在门口看一下，然后消失掉。孖仔会大方地进屋和大伙玩一会儿。昨天小家伙和我吵了一架。他要我把空罐头盒送给他，我拒绝了，打算留下种花草。他骂我是地主。

我刚刚收到第二个邮包。这一次，我收到妈妈和劳莉塔的两封信：

亲爱的亚伦：

收到战争部送来的B类通知，上面这样说：

“凯瑟琳夫人，我们确认编号1739725的美利坚合众国海军军官奥布里·亚伦·麦肯锡1941年12月25日在香港被俘。一旦有进一步消息，我们会立即通知您。”

感谢上帝，你还活着，这是我和你爸爸15个月来听到的最好的消息。顺便说一句，你快要有一个弟弟了。要么是妹妹。见鬼，不是你爸爸那些野女人生的，这个疯狂的老家伙，居然把你妈肚子搞大了。

圣诞节时，艾克斯敦镇的人都知道那些家伙在中国南海揍了你，大伙很愤怒，要知道，总统的外祖父沃伦·德兰诺可是香港的大红人，总统的外祖母和母亲在那里幸福生活过，他们怎么可以这样对待你？战争部来的格福少校担心你收不到这封信，叮嘱我不要在信里给你说太多话。他是个好小伙，可惜瘦得够呛，他妈妈一定没有足够的牛奶喂他。

还记得堂吉诃德绅士吗？那个捣蛋的家伙出门去冒险，吃了许多苦头，弄出一身的病，简直糟糕透了，可他到底回到了拉曼却，死在自己的床上。

亚伦，我亲爱的儿子，我每天都会打扫你的房间，没让你爹那几只脏狗往床上跳。我是说，你得死在自己床上，而不是别的什么臭水沟里，明白了？

爱你的茉尼卡老妈

我为妈妈感到自豪。她嫁给我爹糟蹋了。她应该去当另一个塞万提斯，写一本她儿子的书。可是，她这个年龄，天哪，她不该再怀上我爹的孩子，谁的孩子都不应该怀上！

劳莉塔的信非常简短。妈妈肯定学着瘦弱的格福少校的口气反复叮嘱过她。

我的比尔枪手[①]，最最最亲爱的：

没有任何语言能表达我此刻的心情。我努力过，就是没有。

我要你记住，我像爱爸爸、妈妈、塞托斯、戈墨斯、迪亚斯、冈萨雷斯，以及神秘的阿兹特克祖先一样爱你，这就是我要对你说的话。

这个世界怎么啦，为什么让你待在那种糟糕的地方？它不知道我无法接受和你分离的每一分钟吗？你不在的时候，好几个小伙子向我大献殷勤，恨不能对我露出他们的家伙。可是，我的蛮荒世界的野牛，我对你的承诺连上帝都无法改变，你要是胆敢不回来，我就做一个被人唾弃的寡妇，让你后悔一辈子！

你的忠诚的劳莉塔

哦，我的劳莉塔！

英国政府拒不承认香港成为日本的占领地，所以，日本人一直扣押着红十字会转给英国战俘的救济物，傲慢的盎格鲁-撒克逊人德顿这回没话可说了。

“地主是什么意思？”我问郁。

郁告诉我，Famer，农场主，在中国属于外来语。孖仔骂我是剥削者，就是土地经济下既富有又吝啬，既让人羡慕又让人讨厌的财主老爷。这是一个奇怪的说法，难道在中国，富有的人全都吝啬到让人讨厌？

我思考了一会儿，表示我愿意做让人羡慕的财主，而不是令人同情的穷人。我不想做穷人，那样不好。我会把牧场里的牛群增加一倍到两倍，这样才对得起劳莉塔和我们的孩子。我开了一只罐头，请郁大吃了一顿，证明我并非孖仔说的吝啬者。不过，我不打算放弃原来的决定，我认为中国人应该靠对上帝的

① 威廉·科迪（William Cody，1846—1917），美国陆军侦察兵，因在杀死近千头野牛被人称作“野牛比尔”。

敬畏来解决生活资料问题，而不是靠乞讨、偷窃和抢劫。郁告诉我，他必须说真话，这几天他像西藏王子一样被人惯坏了，我的牛肉罐头暂时不会对他形成诱惑。但是，如果我的确想犒赏他，他要求把食物攒下来。我知道郁想干什么。他一直担心孖仔的麻秆腿继续瘦下去，而且极力讨好军医老曹，他想给他俩带点见面礼。我可不是宗教大觉醒时期的乡村神父，不会上他的当。

“我没有忘记自己的身份。”郁坐在床上说，我没听懂他的话，“我没换衣裳，身上臭了。我想把自己洗干净。”他神情恍惚，但却十分平静，好像他是刚从教会学校毕业的年轻神父，“我知道会发生什么。”

“会发生什么？”我问郁。

“不，没关系。”郁专注地看着自己的手，它一直捂着他的肚子，他一进门我就看出来了，他又被魔鬼的使者揍了一顿，“我告诉自己，我不是你们，谁也不能决定我，对吧？”

我弄不懂郁是什么意思，有时候这家伙显得神叨叨的，最好别去猜测他。

(GYB006－001－215) **被告郁漱石庭外供述记录：**

我是冈崎的一个实验对象。我怀揣一个阴谋。我还没有找到需要的答案。冈崎不该在使用过我之后，连声招呼都不打就走掉了。这就是我的想法。

矢尺停止揍我，我从地上站起来，捂着小腹离开那里，没走几步鞋子就脱了帮。离开管理区时，几只噪鹛在草地上跳来跳去，寻找蜗牛，一只粉红色椒鸟站在二道门栅栏上歪着脑袋看我，风雨把浓郁的海洋和丛林味道刮得到处都是，我踉跄地往前走着，无法忘怀被人抛弃的感觉。

早操后，我向自治委员会汇报了这12天发生的事情。摩尔上校和哈里中校没有出现。军官们对战俘情报局学者的研究已经失去了兴趣。在整个汇报中，钟上校没有说话。他有些走神，我的汇报还没结束，他就起身离开了，再没有回来。

马中校问了我几个问题，诸如日方研究人员对盟军情况掌握程度，他们有没有透露中国战场或太平洋战场的战局情况，我在日方管理区有没有了解到一些有价值的情况。军官们更想知道在D营外面发生的情况。

天气太热，即使是条件较好的军官营房，气味也很难闻，谁也不愿多待一分钟，汇报很快结束。联邦军官离开营房后，徐才芳把我留下，我能回答他的也没什么新鲜内容。我不认为我应该把它们全都说出来。

很快我就知道，徐才芳留下我另有原因。游击队的人没有闲下来，他们的两个人趁因便秘痛苦不堪的钟上校走进茅厕时，"凑巧"把干泥条送到茅厕，一个人装作在茅厕旁细心地码泥条，监视四周的情况，另一个人隔着刺棵墙小声向蹲在便桶上等待拯救的钟上校建议，既然联合委员会掌握下的一名军官能够逗留在鬼子管理营地，就说明这名军官得到了鬼子信任，这名军官应该为改善战俘生存条件做点什么，比如说服鬼子打开仓库，把珍贵药品交给战俘军医使用，促成鬼子继续增加外出劳役战俘数量，以便身体日益孱弱的战俘们进入森林中疗养纤维化的肺部，同时谨慎地采摘一些蘑菇以补充明显不足的口粮。

自治委员会对共产党始终存有戒备——他们当中大多是不愿合作的顽固分子。徐才芳当然不认为我会随便向什么人透露不该透露的情报，他关心的是，游击队从何处打听到我的情况，居然敢直接向钟上校提出他们的建议，何况茅厕并非合适的会见地点。徐才芳认为我应该重新调整工作——自治委员会掌握着一份战俘中变节分子的名单，他们怀疑有几个深藏不露者，而且已经打入自治委员会内部，他要求我设法从日方手中弄到这些狡猾的家伙的名单，以便自治委员会采取措施。

"那么，谁需要我做这些事情?"

"D营的战俘们。"

"他们是谁?"

徐才芳不解地看我。他很快明白我的意思。

自从走进管理区二楼那间和室以后，我的生活发生了变化。人们把我当成厄毗米修斯[①]。这个傻瓜以为自己能够帮助其他生命，愚蠢地把勇敢赐给了狮子，把疾速赐给了兔子，把敏锐赐给了鹰，轮到人类，他手中什么好品格和好才能也没剩下，只能让他们自生自灭，而且，他没能阻拦住凡事不过脑子的妻子潘多拉打开邪恶之瓶，让魔鬼的灵感给人类带来各种灾难。

现在的情况是，我既不是战俘的同志，也不是监管者的同伙，所有人心里

---

① 希腊神话中最愚笨的神，泰坦巨神伊阿佩托斯和海洋女神克吕墨涅之子，普罗米修斯的兄弟，潘多拉的丈夫。

都清楚，我没有能力成为任何人的敌人，但也绝不是朋友。大多数时候，人们会冲我微笑，那种我不知道含意，却让我浑身起鸡皮疙瘩的微笑。除了自治委员会的军官，几乎没有人愿意搭理我。钟上校对我很冷漠，他瞧不起胆怯者。摩尔上校保持着上院议员的尊严，在2号宿舍之外不和我做任何接触。肖子武整天眈眈逐逐地捡拾着被风吹进营区的树叶，收集了足够抽一百年的树叶，却永远叼着空烟斗，一口也舍不得抽，能指望他什么?

在D营，我仍然是战俘，我和所有的战俘不同的是，我身处两座战俘营中，一座日本人的，一座同盟军的。

在操场上等着领早餐口粮时，我排在队伍中，和谁也不说话。李明渊排在我前面，隔着五六个人，身边是他那些亲中央派跟屁虫。李明渊不断往后看，我知道他在看我，但装作没看见。自从菜园班那件事情发生后，我们有了鸿沟。

我希望太阳早一点变成白矮星，它要是这会儿就熄灭，人们就会冻死，或者它从天上掉下来，把人们都烧死，这样对大家都好。

早饭是蒸杂粮饼和南瓜汤。分饭的两名战俘明显表现出恶意，故意把最小且掉了一角的饼子摔进我的铝制饭盒，没等我反应过来，另一个就把半勺南瓜汤倒在饼子上。我没说什么，连看也没看他俩一眼，端着饭盒走开了。

李明渊从一旁过来，在我身边蹲下，问我是不是打算和他说点什么。我笑了笑，不置可否，把缺了一角的杂粮饼从汤里捞出来，分了一半给龚绍行。他三天前从战俘临时医院出来，二十多天的隔离让他脱了一层皮，急需食物补充。

“郁漱石，被孤立是什么滋味?”李明渊呼啦呼啦地喝着菜汤，斜眼看我。

我咬着手中的半块杂粮饼，朝边上蹭了蹭，没有理他。他继续往我身边凑。

“说说嘛，说说嘛。”

“真想知道?”

“你看你。”

“像一块等待制作的肝脏。”

一口菜叶衔在李明渊嘴上，他不解地停下看我，再糊涂地扭头看龚绍行。龚绍行正喜气洋洋对付意外获得的半块杂粮饼。

“日本人在制造一种药品，”我朝李明渊挪动身子，靠近他，“材料听上去骇人听闻，是最勇敢的士兵的肝脏，比如火焰喷射手、坦克兵、飞行员、特种部队士兵。日本人抓住这些人，活着剖腹，取出他们的肝脏制药。”

“你胡说什么。”李明渊警惕地看我。

“没听明白？那就说另一件，不过，还是肝脏。”我把剩下的杂粮饼塞进嘴里，“你到D营后，老在军官里拳中掿沙，应该去和士兵们聊聊，他们有个建议，战俘死掉后，尸体不应该随便埋掉，肝脏含有大量糖分，可以用来提取酒精。”

说罢我站起来，从心惊肉跳的李明渊身边走开。我看见游击队的人围着操场边一堆生活垃圾吃他们的杂粮饼，相若雪在说什么，孖仔不断往我这边看。很显然，他们在说我。我抬头看岗楼。警备队士兵觅食的秃鹰般一动不动站在阳光下，帽子后面的搭帘在热风中喘息似的掀动。

我在流淌过操场一角的溪涧边站下，低下头，看看被盘剥得只有一口的南瓜汤，一点一点喝光它们，吐掉嘴里几粒沙子，闭上眼睛，体会雨后泥土的味道。

我是多么的怀恋在菜园班的日子啊！

下午，我在审讯科处理积累下来的工作，主要是填写战俘转营报告。太平洋战争进入第二年后，战俘入营和转移出营的频率很高，一般来说，入营人数多，转移离开的战俘就没个数了，有时候多，有时候只有几个，日方要求很严，每个战俘都要有详细记录。

孖仔跑着进来，豆大的汗珠顺脸淌，他问我这些天去哪儿了，他找我都找疯了。我从兜里掏出两颗奶糖，经历了一番折腾，它们有点黏住了。孖仔对奶糖惊诧到近似摧毁，但很快表现出他这个年龄不该有的矜持，他问我是不是做了汉奸和叛徒，不然谁会给我奶糖。

我脱下裤子，把髋骨上的新鲜瘀血给孖仔看。孖仔说也可能是苦肉计。我希望小东西最好别管复杂的事情，趁屋里没人，把奶糖吃掉，然后离开。孖仔不在意我的劝告，让我替他办一件事，找印度人要几个钢制手镯，如果我能够把印度人手腕上那些钢镯都搜刮来，那就更好。

“营里只剩下18个印度人了，你能对付他们。”孖仔期待地看着我。

我拒绝了，告诉孖仔，钢镯象征兄弟永不分离，锡克教徒宁愿死也不会送人，我不会做这种事。孖仔一脸严肃地看着我，然后不满地丢下一句骂人的话，转身迈着正步走掉了。

孖仔那句骂人的话是：“人家喊你食屎你就食屎？”

我在日方管理区从事的工作只有少数高级军官知道，出于心照不宣的原因，自治委员会严加保密，对外宣称我在处理一份战俘生活报告，凡私下打听者都将受到警告。但是，冈崎小组在战俘中挑选了三名研究对象，包括游击队方面的罗羊子。我不确定罗羊子是否进入过工作，凭冈崎在D营出现的时间和我在管理区逗留的时间，应该没有第二个研究对象进入了工作，就是说，出现在日方管理区的只有我一个人，按照孖仔的话，我是去“食屎”了。

天黑以后，我返回营房。快到西区 9 号营房时，我被神秘的邦邦拉入黑暗中。

我告诉邦邦我在管理区了解到的情况，中川流香和花轮敬二的确来自广州8604防疫给水部队，两人并不常驻D营，而是不断往来于广州、香港和D营之间，入营以防疫工作为主，为官兵注射疫苗，在战俘死亡时对尸体进行解剖，确定是否有霍乱、天花、赤痢、斑疹伤寒和副伤寒蔓延的危险。

“我需要几样东西。”邦邦没有表示感谢，也不再往下问，同时只字不问我这些天去哪儿了，好像那一切他都不关心。

“什么?”

“电感线圈，电容器和二极管。”

我在夜幕中看邦邦。他比我矮一个头，肤色是那种极易消失在黑暗中的颜色。他不知道我过去是做什么的，但我立刻知道他想干什么。一台效果不错的无线电，通过大气电波，能收听到美国之音、英国广播电台、旧金山之声和伦敦之声。菲律宾人邦邦，他想在昼警暮巡的战俘营里制造一台矿石无线电，他简直疯了!

我知道日方管理区有一架电台，一架无线电，日方人员经常收听香港电台节目。我也知道香港电台设在中环的香港邮政总局，战争时期我多次从那里经过，有一次差点被炮弹炸下的滚石砸中。但我不知道能从哪儿去给邦邦弄到二极管和电感线圈，总不能大摇大摆走进管理区围屋，去把日本人的无线电搬出来卸掉吧?

“能问个问题吗，”我说，“为什么你不参加自治委员会组织的活动?”

“推来抢去争夺一只皮球? 不，那是野蛮人的活动，伊斯兰热爱和平。”

“伊斯兰不踢波?”

“只要是对抗性质的活动，是的。”邦邦的眼睛在黑暗中十分明亮，“‘伊斯兰’的原意是和平，安拉众多尊号，其中一个是和平，穆斯林弟兄和众天使日的问候语也是和平。”

“但你参加了战争。”

“战争不是伊斯兰的目标，也不是穆斯林兄弟的正常行为，只有在别的办法起不了作用的时候才会被使用。”

“那么，你和我之间算什么？”

“兄弟。不论你信仰什么，属于什么国家和民族，只要不对伊斯兰怀有敌意，你就是兄弟，就有资格享受伊斯兰的和平，受到穆斯林弟兄的善待。”

“可是，邦邦兄弟，你给我找了太多事，我快成你的勤务兵了，难道这也算善待？”

我的抱怨让邦邦笑了，他在黑暗中露出两排雪白的牙齿，拍了拍我的肩膀，下一秒就消失在夜幕中。

我去溪涧边洗了把脸，回到营房。军官们大多没睡，在黑暗中聊天。我朝角落里看去，邦邦已经安静地躺在他的床上，什么事也没发生似的。

德顿问我要不要点上蜡烛。我谢过他，说不用。说过这句话以后，我后悔了。

德顿有很多蜡烛头，他怀念他庄园里的亚麻床单、法兰绒睡衣、家族徽记的银具、纯血马和牛皮书籍，他精致的贵族生活如今只剩下烛光，他问我要不要点上蜡烛，是他在漫长的黑暗中一次回忆往昔日子的仪式，他想为自己点上那支蜡烛头，却又不想让人看出来罢了。

我在溽热的黑暗中脱光衣裳，摸索着在木板上躺下。我听出来，和往常一样，军官们在黑暗中谈论的话题仍然是他们的家人。弗雷泽差不多第一百次说着他出生不久的女儿。英军宣布投降时，香港警署副侦缉督察正在中环一带街战，不是与突进市区的日军，而是与一帮劫匪。他领着手下的警察放下武器，按照司令部的命令到指定地点报到时，完全不知道家中妻子和女儿的情况。然后是哈克。加拿大皇家来复枪营参谋和弗雷泽一样，离开家前刚刚当上父亲，被哭得稀里哗啦的女人弄得手足无措，差点没赶上回营报到的时间。哈克上尉要是知道，那是上帝在通过一身奶味的女人拯救他，也许他就不会为了荣誉义无反顾地奔向死亡了。

“伙计们，你们应该回去解决问题，”亚伦在黑暗中大声说，“把小崽子扛在肩头，丢进水里，让他们打一串喷嚏，给女人来点刺激的威士忌，摁倒在草堆上，和她们通宵欢悦，让她们再次充满新鲜的奶味。”

大家都被亚伦的说法逗笑了。

我心里想，肯定有人不支持亚伦。果然，哈克说话了。

“也许女人并不急着我们回去，”加拿大人叹了一口气，“她们身边不缺男人，那些不断发情的狗杂种可就等着操我们这些派往海外的士兵留在窝里的母狗。”

“见鬼，哈克小子！”弗雷泽不高兴了，在黑暗中欠起身子，“我们的女人可都是好女人，上帝知道，她们是天使！”

“哦，上帝！”加拿大人戗前副督察，“我们正在腐烂，谁也不能保证他能从地上爬起来走回家里去，你也不能，弗雷泽老兄！”

弗雷泽沉默。大家都不说话了。屋里立刻满是蚊子嗡嗡的声音。

“郁，”过了好一会儿，弗雷泽在黑暗中叫我，“你从没有谈论过女人，难道就没有女人可以惦记吗？”

我没有回答大胡子副督察的话。我在等待我的梦到来。我不知道今晚我会出现在什么地方，将和哪些树木遭遇，遇到哪些丛林生命。但我会等待。

我觉得我越来越有耐心。

第五部

十五

法庭外调查：
卑鄙是会传染的，而且它会上瘾

（GYB006－001－216）**被告郁漱石庭外供述记录：**

我从不和人讨论女人的话题。

冷漠的生母、执着的养母、叛逆的二姐和过于活泼的女佣，她们让我在整个童年时期和少年时期处于迷惘和惊恐之中，好像我是我自己犯下的一个错误，生下来就错了，需要她们的拯救。可是，究竟我做错了什么？她们在什么地方拯救我？我一直不知道。

在我缺少经验而又得不到指点的成长经历中，女人是仙女和魔鬼的合体，男人的一生由她们决定。我害怕女人，总是从她们身边逃开，直到我去了日本，了解合二为一的仙女和魔鬼，窥探她独有私密的胜境，最终战胜她的强烈欲念才得以实现。

在京都，很容易得到浮世绘中描述的那种生动的女人身体，每个男孩子都会受到长辈和学长欢喜的鼓励和怂恿，去大胆完成男子的成长。我和他们不同，我的注意力在图画上，通过菱川[①]色恋世界里娇羞的美丽艺伎游女，少年的我完成了人本主义至上的第一次自慰。肉体的冲动通常来得骤然，结果慌张又惬意，适合内心胆怯而又离群索居的我建立起与自己的初始关系。

阿国乃上说，他有个美人儿妹妹，他让我最好相信他的话，不然我就是世

---

① 菱川师宣（1618－1694），日本画家，浮世绘创始人。

界上最大的傻瓜。

阿国乃上是丝绸商的儿子，我的同班同学，我俩要好。他是一个自大狂妄的家伙，超国家主义[1]分子，整天给我讲动用天皇上权实现国家改造，建立军事独裁政权，以国际无产者姿态执掌世界联邦牛耳的大和理想什么的。他给了我一本北一辉的《国家改造原理大纲》，我读了，顺便读了"天皇日本主义"，"农本主义"和"国本主义"著作，我觉得神叨叨的政治家们一定是哪儿出了问题，他们全都在胡扯，我不明白昭和年间的日本为什么有那么多的青年狂热地追随他们。

浅野夕照先生在我考上京大的第二年成为我的老师。浅野先生身材瘦削，面容清癯，总是穿着格子软呢外套，浆洗得发硬的衬衣，如果换成西装，打上周正的领带，就是要随堂测试了。浅野先生的右手在关东大地震中落下了残疾，那并没有妨碍先生成为明治大学名教授。先生是"兴亚论"中的右派，强调日中同种同文，汉文化和儒家伦理是东亚亲和的基础，受到"东大学派"排斥。写出《西域文明史概论》和《西域文化史》并辑印《敦煌遗书》的羽田校长[2]非常欣赏浅野先生的学问，请浅野先生到京大教书。浅野先生的头一堂课讲平安时代日本文学，提到唐文学对平安文学的影响，让我非常兴奋。他讲到天宝十二年秋天，56 岁的晁衡[3]回日本探亲，王维写下《送秘书晁监还日本国》。浅野先生问有没有人读过这首诗。我站起，大声背诵出那首诗：

积水不可极，安知沧海东！
九州何处远？万里若乘空。
向国惟看日，归帆但信风。
鳌身映天黑，鱼眼射波红。
乡树扶桑外，主人孤岛中。
别离方异域，音信若为通！

---

① 日本法西斯主义组织，领导人北一辉（1883—1937）。

② 羽田亨（1882—1955），日本第一位兼通西域民族文字的史学家，敦煌学家，京都大学 12 任校长。

③ 晁衡（697—770），即阿倍仲麻吕。

“好，好!”浅野先生高兴地抚着伤残的那只手，像个大孩子。

“能背唐诗的那小子是支那人哦，不过，因为好学的缘故，成绩好得让人伤心!”阿国乃上大声起哄，大家都笑。

“文学不接受上国论主张，”浅野先生也笑，“支那的说法，还是留给文学之外吧。”

浅野先生转身问我，知不知道晁衡回复王维的诗。我即将晁衡的诗背出：

衔命将辞国，非才忝侍臣。
天中恋明主，海外忆慈亲。
伏奏违金阙，骈骖去玉津。
蓬莱乡路远，若木故国邻。
西望怀恩日，东归感义辰。
平生一宝剑，留赠结交人。

“是啊，”浅野先生走到我面前，拿我的课桌当讲台，“告别大唐时的矛盾心理，面对此地君恩和好友，心里纠结着彼岸使命和至亲双重选择，阿倍仲麻吕一定心乱如麻吧。”

我在兴奋中，没有停下，抢着说了晁衡与扬州的鉴真大和尚①一同东渡日本的事。海风将巨舸吹到安南，同行两百人被杀，仅晁衡和鉴真十余人幸存。大难不死的晁衡辗转回到长安，大唐的朋友们以为他已经死了，李白还作哭诗一首：日本晁衡辞帝都，征帆一片绕蓬壶。明月不归沉碧海，白云愁色满苍梧。

“去国三十八载，受唐皇看重，安史之乱时任命镇南都护兼安南节度使，770年在长安辞世，诏赐潞州大都督，一个日本诗人在大唐活得如此风流，胜过先生者不多啊。”浅野先生颔首道。

我们接着说到鉴真大和尚，14岁出家，精通佛法，名满天下，50岁时东渡日本，五次均告失败，双目失明的他60岁时再度东渡，终于抵达萨摩，次年转入奈良，受到隆重礼遇，被封为传灯大法师，在东大寺开坛，为圣武太上皇、光明皇太后、孝谦天皇及文武百官、皇亲国戚五百余人受戒。

---

① 鉴真（688—763），唐朝僧人，律宗南山宗传人，日本南山律宗开山祖师。

“756年皇上封法师大僧都，统领全日本僧尼，法师纠正了日本原有经疏中的错误，为日本佛教建立了严格的戒律制度，还治好了光明皇太后久治不愈的病，让皇太后和圣武太上皇多么高兴啊!”

那天的课，是硕彦名儒的教授和发蒙伊始的中国学生的堂上交流，浅野先生邀请我和来自四川开县的另一位中国学生杨铁心参加进来，班上三十几位日本学生听得津津有味。

“喂，老是背诵唐诗的家伙，说什么瞎眼和尚的事，让人吓一跳。”那堂课下来，我就被矛盾重重的阿国缠上了。

“就说我吧，脑海里并没有浮现出别人国家有什么好这样的念头，本来想一辈子守在日本，让你这个家伙一说，居然憧憬着要登上遣唐使的大船去长安游学，这样的念头难道不是很疯狂吗?”阿国同学搞怪地冲我扮鬼脸。

浅野先生讲日本文学史，中国文学史是吉川幸次郎[①]老师来讲。作为前辈的浅野先生对这位后生赞不容舌，说他研究《尚书正义》，探讨中国帝王历代鼎革放伐之诏敕，成为京大学术热门，连东京大学那些保守派都心悦诚服。

吉川老师三十出头，个头不高，戴一副黑边眼镜，目光锐利，总是穿一身或浅灰或深蓝的长褂华服。他是北京大学留学生，师从光绪进士杨锺义，几年前回到母校京大教书，兼着东方研究所研究员。我去过学校本部区的东方研究所，研究所藏有数万册汉学古籍，据说是用中国输掉战争的庚子赔款添置的，吉川老师是这些藏书的主要贡献者之一，从中国留学归国时，用政府的钱，一次便在民间藏书人手中购下三万册明清线装古籍。

上吉川老师的课，容易明白如何通过别人看自己这个道理。他给我们上的第一堂课，讲中国文学与他国文学比较，他认为，日本文学和西方文学，是为文学而文学，唯美主义滥觞，中国文学强调美善统一，在赋予作品伦理道德意义的基础上强调修辞，丰富多彩，蔚为气象，值得日本文学和西方文学借鉴。

我被吉川老师的课臊得满脸通红，无地自容。我从没这样看待中国文学。

吉川老师主张砥砺治学，他讲《毛诗正义》和《元曲选》时，别出心裁，要求会读方式，学生穿唐装，在公园草地上席地而坐，他手执书卷，在学生中徐徐踱步，用一口腔调硬朗的北京话大声朗读课文，朗读完，要学生们讨论。

---

① 吉川幸次郎（1904—1980），日本京都大学教授，中国文学史学者。

先生用的是汉语，我和杨铁心自然成为他的主要讨论对象，让同学们非常羡慕。

吉川老师不像浅野教授，浅野教授对人和蔼，吉川先生却是横贯秋空的理想青年，处处剖毫析芒，不让尧舜。记得，16岁的我曾经齿少气锐地在课堂上向老师提问，要求老师讲一讲中国的新文化运动，却引来一顿好羞辱。

“漱石同学是问帝国根本政策引发的对华认识，是这个吧?”吉川老师用粉笔敲打着讲台，朝我投来犀利的目光，“辛亥革命前，中华革命党人聚集东京，借革除鞑虏之帜倡导资产阶级革命，辛亥革命后，中华知识分子为谋国家昌明强盛，不惜毁掉延续几千年的汉民族文化，不过是令人绝望的新旧易权运动吧。”

下课后，吉川老师把我叫到课堂外，问我是否研修过南梁汉比丘守温的36字母①。我红着脸答没有。他又问我读过哪些汉语史著作。我隔靴搔痒说了几部。他扬起下颏扭头就走，令人尴尬的清风中丢下一句冷冷的话：“傻瓜，读书去吧。”

吉川老师是公认的亲华学人，也是反战派的同情者。他在讲课的时候说，一次世界大战结束后，大正八年，日本第一个法西斯团体犹存社成立，至今，法西斯组织多达五百，大多各树一帜，随立随散，未能形成德、意那样统一强大的法西斯政党，这是造成军部掌握法西斯运动主导权的原因之一。吉川老师希望学生能埋头读书，倡导文学，学子多了，士兵就少了，学问大了，法西斯就小了。

学业的第三年，吉川老师请来作家川端康成②讲课，也是因为川端先生的反战情绪吧。川端先生因《招魂节的一幕》奠定文学名声，因《伊豆的舞女》和《雪国》蜚声文坛，他在反战活动中十分活跃，刚刚宣布封笔，不再为刊物和报纸写任何时评文章，以抵制战争。

川端先生消瘦，不到40岁，语气淡淡的，因为身子骨弱，两鬓斑白，讲话断断续续，一双怯怯的眼睛像要躲着什么似的，始终不看人，即使在课堂上，当着仰望他的青年学生，也不断划燃火柴，一支接一支吸劣质香烟。他讲课思路凌乱，没有什么章法，无非日本纯粹文化如今遭到破坏的一些丧气话，那样

---

① 汉语音韵学术语，指汉字声母的代表字。

② 川端康成（1899—1972），日本作家，诺贝尔文学奖获得者。

没有头绪地讲着，突然冒出一句：

“日本是懂得美的民族，文学要传递美吧，现在的青年都去学习射击，谁还关心美？不如大家都散了吧。”

他那么说，精气神一时泄掉，烟头在烟斗里摁熄，耷拉着眼皮，谁也不看，抽身离开讲台，径直出了教室，把学生们晾在那里，一个个面面相觑，连给先生鞠躬的机会都没有。

京都的日子总是有些阴冷，有些生僻，好在加代子的出现，她让我对暗淡的京都有了一丝向暖的兴奋。

第一次见到加代子，是在上京区神社组织的蹴鞠[①]赛上。帝大蹴鞠队在武式赛上与陶工公会遭遇，输给上届的手下败将。蹴鞠队队长是阿国乃上，输了球，脸上被队友涂满番茄酱，沮丧的他一边擦拭脸上的糊涂，一边怂恿我在一人场[②]比赛中为他争回面子。我问乃上，十人赛为什么不让我上场？乃上拿国本主义教训我，不是大和人，不能在团体赛中出场，踢一人场嘛，作为帝大学生，赢了也是蹴鞠队长的骄傲吧。

我没有和乃上计较。别看他总是找我辩论，在新来的教师面前出我的糗，对我却很好。自从我嘲笑了他的国家主义后，在班上有着相当权威的他，恶补了一堆书，竟然改信了亚洲主义，动辄带着同学去街上游行，向路人演讲，反对西方垄断国际事务，要求政府退出国联，宣称西方帝国主义在亚洲造成广泛不公平和民族自尊伤害，呼吁亚洲人独立自强，恢复大亚洲文明。

“喂，唐朝那家伙，为什么不参加同学们的游行?”他叉着腰气势汹汹地冲我喊，“要知道，你们孙文也是亚洲主义者哟!”

“所以呢?”

“明治三十八年，日本战胜了沙皇俄国，”他转动着眼珠回忆书上看来的内容，“就在那一年，孙文在东京建立了同盟会，六年后推翻了清国政权，对亚洲产生莫大鼓舞，也是向日本学习的结果呀。我说漱石君，联手对付西方，自你我开始哦!”

说回蹴鞠赛，轮到我上场，年轻的我气盛好强，起脚就开了个高起飞弄[③]，

---

① 发源于战国时期的娱乐运动。

② 蹴鞠运动中不使用球门，参加者表演花样和技艺的个人项目。

③ 蹴鞠运动招式。

接着一串转乾坤、斜插花、风摆荷、佛推磨，让人眼花缭乱的白打[①]。我就像灵魂上身的蜂后，惹得皮球在头上、肩上、膝头活泼地跳跃，场外人看傻了，乃上和蹴鞠队的同学大声狂呼，拼命为我鼓掌。等我玩够了，看准对抗赛时竖在那儿的球门，飞脚蹴去，皮球箭似的蹿上天空，归巢燕子般准确穿过风流眼，如是三番，六粒球粒粒中的，虽说不算分，却博足了彩头。乃上和他的队员们在场外巴掌都拍烂了，京大的面子被我风一般摆动的长腿赢了个满回。

比赛结束，乃上带着一位少女跑到我面前，笑嘻嘻递给我毛巾和冰镇瑟尔塔水。

“哎呀，漱石君真了不起，差点把人看傻了！”

“脚头十万蹴，解数百千般，说的就是这样的漱石君吧！”

我喘息着大口喝瑟尔塔水，不搭理没让我踢团体赛的乃上，斜眼看夸我的少女，她穿着节日里淡淡的一叶樱粉色和服，红扑扑的脸蛋，个头高挑，是个模样儿标致的女孩。乃上介绍，这就是他在京都女校读书的妹妹，阿国加代子。

“我怎么说的，难道不是春山八字的大美人儿吗？”乃上得意地吹牛。

我抹一把贴在两颊的汗，目光在少女尚未显见的胸脯和瘦削的臀部巡睃，完全忽略了她涨红着脸看我的仰慕眼神。

加代子，她是那种平安时代静御前[②]般的美人胚子，细细的柳眉，长长的眼睫，桃瓣似的芳唇，细腻洁白的颈项，让人看了就想凑近了吹上一口气，试试有无花粉飞落开去。

因为受了吉川老师教训的刺激，有一段时间，我老是去本能寺前町的竹苞楼、通寺町的汇文堂和吉田神乐冈町的朋友书店买书或者蹭书读，那几家书店里有相当不错的中文书籍和古画。头几次我和乃上一块去，书读到忘己时，初晚的霞火流进书店门槛，乃上嚷嚷着肚子饿，丢下书跑出书店，去对面的果子铺，买老板娘细心装进干净纸袋的肉桂味和果子。

乃上很快成了我在日本最好的朋友。他提到上田[③]在书中写到的“菊花之约”故事。赤穴宗右卫门执行主人交代的任务时在途中病倒，大他两岁的丈部左门恰在同寺借宿，准备出发上路的丈部因为同情并不相识的赤穴，留下来精

---

① 蹴鞠运动招式。

② 静御前（1168—1189），日本平安时代美女。

③ 上田秋成（1734—1809），日本江户时代作家。

心照料赤穴，直到数月后赤穴大病初愈。分手时，两位年轻的武士结为义兰，相约来年菊花盛开的重阳节再见。来年约期将近，赤穴被仇家软禁，无法赴约，以刎颈践约，托灵魂与丈部相见。丈部得知赤穴冤情，赶往赤穴自裁处，手刃仇家，为其报仇。

“好学的僧侣们从大唐带回众道[①]之风，”乃上摇头晃脑背着手踱步说，“镰仓幕府时代上层阶级的风雅之癖，到战国蔚然成风，与武士道精神合流，事情应该是这样的吧。”说罢，他饶有兴趣地背诵了描写“菊花之约”的和歌：人的一生就像露水，应该珍惜缘分啊；如果能换回和你一见，不辞身赴黄泉。

“漱石君，你来做赤穴武士，我来做丈部武士吧。”乃上他热泪盈眶地说。

江户时代的上田秋成写下怪诞小说《雨月物语》，描写乱世中凄美人性，因为大量采用中国明清小说中的故事，教授中国文学史的吉川老师把它列为必读书目。“菊花之约”取自明代冯梦龙的《喻世明言》，说的是赴京赶考的书生范巨卿和张元伯的故事，上田作家读后感喟瞻望，改编成日本版的武士故事。只是，乃上他说“众道之风是好学的僧侣们从大唐带回日本的”，这句话完全是牵强附会，未免显得有些可笑。再说，我可不想和这家伙有什么重阳之约，所以才嘲笑这家伙生吞活剥，望天读书吧。

乃上成年礼时得到一辆摩托车的家长礼物，迷上了驾车，再约他去蹭书，他就左推右搪。倒是加代子，一开始就缠着我带她逛书店，我和乃上嫌她是女孩，躲避她，惹她不高兴。以后，加代子取代了乃上，我在学校等她，她放学后从女子学校过来，我们翻过吉田山，去城西的“朋友书店”读书。黄昏到来，老板趿着木屐从楼上慢慢下来，关心地说，天不早了，快回去吧。加代子说，哎，给您添麻烦了。说完跑去对面果子铺买一袋干梅渍，一袋福字雪饼，她咬一口砂糖饼，我咬一口腌白萝卜，我俩再沿原路翻过吉田山赶回学校。

和我在一起时，加代子很开心，路上总是跑前跑后地绕着我转，说一些我觉得很幼稚的话。辛亥革命后，在学部图书局任编纂和名词馆协修的王国维自称亡国奴，携一家老小东渡日本，住在不远处的神乐冈八番地，在那里度过了五年时光，我和加代子曾跑去田中村寻找静安先生[②]的故居，在隔着杉木围墙

① 男性间爱情。

② 王国维（1877—1927），字静安，中国近现代学者。

的小楼前徜徉。吉川老师在课堂上讲过静安先生的《人间词话》和《宋元戏剧史》，吉川老师的前辈，讲授东洋史学的内藤湖南教授，是极为推崇中国文化的“支那学派”领袖，民国七年，内藤先生曾邀请静安先生到京大任教，不知何故，未能圆满，如果是，我和静安先生也是隔日相逢过了。

我给加代子讲王国维的故事，学着静安先生，用草圈编一副近视眼镜戴在脸上，一束柳条系在背后，当作晃动的辫子，一瘸一拐沿着吉田山的石板山道一步步走上去，逗得加代子笑得蹲在路边站不起来。

晚霞斑斓，暮色西天，吉田山上林深道滑不好走，何况还有失眠的猕猴跑出来捣乱，加代子害怕，非要我背着才肯上山。我偷懒，不愿背她，她生气：

“漱石哥哥是坏人，明明说过照顾加代子，出门时还让抱着衣裳来着。”

“可是，你也太黏人啦，加代子真是黏人。”

“哎呀，受不了，要是这样的话，干脆从漱石哥哥眼前消失掉得了。”

眼见推托不掉，我灵机一动，给加代子背静安先生的《蝶恋花》，以为那样就可免掉背人的劳役：阅尽天涯离别苦，不道归来，零落花如许。花底相看无一语，绿窗春与天俱莫。　待把相思灯下诉，一缕新欢，旧恨千千缕。最是人间留不住，朱颜辞镜花辞树。

一词念毕，再看加代子，蹴在石板台阶上不动弹，头匍匐在膝盖上，大颗大颗的眼泪扑簌扑簌往下落。

那天晚上，我背着加代子走在萤火虫隐约的山道上，加代子乖乖伏在我肩头，一路听我讲《山海经》里的志怪故事，风把故事带走，吉田山上的青蛙都听到啦。

乃上一直焦急地等待昭和十二年，那一年他满 20 岁，说好了邀请我参加他成年礼的家庭庆祝会。

“你是我最好的朋友，爸爸妈妈请你一定参加，这样嘛才像话。”乃上笑嘻嘻说。

成人节那一天，乃上收到市长和町长分别寄来的贺信，在年长的亲戚帮助下，自以为是的家伙好好打扮了一番，系上兜裆布，贴身穿白色襦袢和米色袴，裹上黑色大袖着物，外面套一件青色纹付羽织，模样儿体面极了。

加代子穿着粉色小纹振袖，顽皮俏丽，闹着也要着裳髻发，被妈妈责备了一番，以后一直跟在哥哥屁股后面转，一脸的羡慕。

“嗯，乃上终于自立了，要勇往直前，负起责任哦!”在丰盛的家宴上，丝绸商眼圈红着，慎重地对儿子说，以后和儿子对饮三盅，然后坐正身子面向我，“明年郁先生还在日本的话，成年节请到府上过吧，最好把家长也接来。”

“哎。”我欠身说。

“要是这样就太好不过了。”乃上的妈妈捂上嘴笑着说，为乃上的成人礼，当妈妈的专门做了红豆黏米饭。

“让你们操心了。”我再度欠身回礼。

“唔，我看就这样吧。”乃上大模大样地说。

“喂，说什么呢。”我暗中朝乃上瞪一眼。

“可是，漱石哥哥成年的事情，难道不可以等我一块吗？可以吗？拜托了!”加代子筷子杵在脸蛋上，着急地叫喊，一副不讲道理的样子。

这怎么可以？轮到加代子过成年节，算算日子，还有四年啊，爸爸和哥哥当然会嘲笑她心急，也只有好心的妈妈安慰她，拣一块厚蛋烧在她碟子里，要她多吃一点，快快长大。

我没有加入阿国家的热闹讨论。按照中国礼俗，去年我就成年了，我一个人在京都，没有人给我过成年节，只是母亲在信中提到了。母亲说，漱石 18 岁是大人了。母亲那么说，让我感慨万千。记得那是“二·二六”兵变[①]后，母亲提前写来信，接着又发来电报，担心我的安全。我回信说，法西斯“皇道派”已经得到镇压，天皇不会成为希特勒，只是兵变那天陡降大雪，天气冷得够呛，京畿师团的士兵到处抓捕近卫军第 1 师团的青年叛军军官，汽车在大街上呼啸而过，我打算出门去上七轩看梅花节上的舞伎表演，给自己过个生日，也索然无味，放弃了。我能长大成人，全托母亲照料，就为“漱石是大人了”这句话，也不禁让人热泪盈眶。

那天晚上，乃上爸爸开着昭和十二年产的新款丰田轿车，带一家人去东山七条莲华王院的三十三间堂看乃上射箭。乃上仗着成人礼的势头，在车上一个劲乱说：

“警告过加代子，平安时代的业平[②]一生和 3732 位女子有染，漱石君风流倜

---

① “二·二六”兵变，1936 年“皇道派”青年军官发动的军事政变。

② 在原业平（825—880），日本平城天皇嫡孙，平安时代“六歌仙”之首。

侥，一定会欺负她的，这种话说过多少回了，就是不听。”

“小气鬼，胡说什么呢!”我又脸红又生气，“业平流连于感伤优雅的情爱，并非世之介所说推崇享乐至上的情色，被小气鬼说出负心人什么的，古往今来绝对没有实现过!”

“喂，我说了业平，还说了加代子，你怎么不说她?”

“越说越过分，加代子是天下最好的女孩，我怎么可能做出对不起她的事情?”

“哥哥你怎么可以说出这种话，漱石哥哥和你说的那个人，简直是云泥之别，怎么能拿来说漱石哥哥!”加代子也附和我生气。

“算啦，算啦。”乃上爸爸劝大伙儿，“我说，他妈妈，让他们一闹，我又馋了，回去以后请一定费心再给我们做点红小豆点心吧。”

“哎!”

“真没劲，突然之间，乃上我就成了外人了。”乃上仍然不依不饶，非要把成年礼彩头抢尽，“总之，说不过你们两个，天皇保佑，我只管今天晚上箭箭通矢，这样的机会，就算你俩眉来眼去的也没什么，今天是我乃上一个人的日子哟。”

乃上跃跃欲试地在后座上扩展胳膊，碰乱了加代子的头发。加代子拿拳头还击哥哥。乃上揪妹妹的耳朵。我把加代子护在身后，把乃上推回他那边。后座上三人乱成一团。乃上妈妈捂着嘴乐。开车的爸爸不说话，看样子真的生气了。

秋天的时候，京都岚山上的枫叶红了，加代子央求我带她去泡汤看枫叶。我托同学的亲戚在岚山订了一家有竹林的旅舍，我们乘路面电车到山口，然后徒步上山。旅舍在长长的走廊上吊了织部灯笼，房间里烧着暖炉，收拾得一尘不染，花瓶里插着大捧女佣清晨从山里采来的冬菊，加代子非常喜欢，高兴地在屋里转了好多圈。

客舍没有室内汤池，公共汤池离着客舍百十步。走过一道野花乱攀的细瘦石桥，一片长满烂漫枫树和清飒竹林的悬崖下，活泼的瀑布沿着山谷天河一般泻落，清亮的山水漫过鱼骨般洁净的悬崖轰隆隆坠落入汤池，湍急的活水掩藏在一片古松下，是令人敬畏的筋汤[1]。

泉水很凉，浸得骨头发疼，我下到汤池里，立刻被清凉的泉水激得嗷嗷大叫。月光在天上照着，加代子像一头丛林中钻出的雪白动物，光着身子，顶着丝丝秋雨羞答答朝这边跑来，高齿木屐踩得潮湿的石头路嗒嗒作响。

“是可爱的山泉吧?”她开心地大声询问，“请允许我借用漱石君的泉水。”

她那么说着，挓挲着双臂下到池水里来，瞬间自下而上冻住，瑟缩地收束起小腹，双手掩住脸，正当妙龄的皮肤快速浮起一层浅浅的粉色，然后，她把拇指衔进嘴里，压低声音哧哧地笑。

雪色云气笼罩着天空，山风习习，反倒是殷殷如火的枫叶一片片从头顶上飘下，落满汤池，令人感动。透过红黄相间的树林往山下大堰川看，清澈见底的河中，一叶带篷的小舟无声划过，别有一番情趣。我不由想起柿本人[2]写给妻子的短歌，“漫山秋色暮，红叶坠老树。伊人迷林中，欲归不知路。”他还写过一首担心藏匿在山间的爱妻被人看见的短歌，“长谷弓规尾，隐居知是谁。月光遍地照，怕被人偷窥。”

加代子从浸骨的泉水中缓过来，利索地解掉梨形发髻，散开长发，脸埋入泉水中。看着那一缕缕长发菟丝般在清水中快乐地游动开去，我突然有一种害怕失去她的恐慌。

“柿本人的短歌写得多好啊。”我把之前想到的念头告诉加代子，站起来又坐下去，泉水哗哗溢进水沟里，被水沟带走，“我倒不怕加代子被别人看见，只是，柿本人一生给妻子写下几千首和歌，真是痴情的汉子，别人怕是做不到吧。”

“什么嘛，就是说，漱石君不肯体恤加代子我，谁看见都是可以的呀。”加代子从泉水中拔出水淋淋的湿发，掩嘴笑道，脸蛋儿红得像枫叶，“这样好色的话，也不管别人听了高兴不高兴。”

“管他呢，反正乃上君看不见，就算看见，他也会为我加油。”

“是真的呀，哥哥眼里只有漱石君，哪里有我这个妹妹。”

“嗯，这么说也不冤枉他。”

---

① 冷泉。

② 柿本人麻吕（约 660—约 720），日本飞鸟时代诗人。

“不过，我已经向漱石君借过清亮的泉水了，要是能再借点别的什么，就太好不过了。”

“像我这样的人，既没有根，又没有家，漂泊四海，无以为度，恐怕没有什么让人在意的，这么说，到底想借什么？”

“加代子想听漱石君唱那首好听的《故乡》[①]，就算只唱给加代子一个人听，不是也很好，可以吗？”

“嗯，要这样，就请加代子到我身边来吧。”

“是。”

水波一层一层漫过来，爬上胸口，又退下去。加代子靠近我，胳膊肘挨着我的肩膀，阵阵枫雾中，是最亲切地信任。

我抹去脸上的泉水，开始为加代子唱歌：

追过兔子的那座山，
钓过小鲫的那条河。
至今依然魂牵梦萦，
难忘啊，我的故乡。
父母亲过得怎么样，
朋友们也都无恙吧。
即使一生风雨飘摇，
也会常想起家乡啊。
……

唱着唱着，我停下来。有一阵，我和加代子没有说话，是漫过枫林的山风在说，从鱼骨般洁净的悬崖坠落入汤池的泉水在说。然后，我从水中站起来，泪如泉涌，朝着轰轰响着的瀑布走去，把自己整个儿埋进水花四溅的瀑布里，任湍急的泉水把身体抽打得生疼。

池西言水[②]有一首俳句，“一人打自花野来，我亦染香花野去”，说的就是

---

① 日本民歌，冈野贞一谱曲，高野辰之填词。

② 池西言水（1650—1722），日本江户时代俳人。

我当时的心境。

加代子，她就是俳人说的五彩缤纷的原野。她曾深情地对我说，这一生，她要和我相伴终老。

第一次向加代子求欢，我非常紧张，不知道如何做才好。难道这不是一个人生命中最重大的事情吗？难道我没有被男人究竟是什么这样的问题纠缠得彻夜难眠吗？加代子，她穿过开满鲜花的原野向我走来，满身散发着花香；她开心快乐，心里没有纤毫阴云，我也要做她这样的人啊！

我俩抱在一起，嘴凑到一块儿，乱糟糟一阵欷歔，衣裳扒了一地。我脑子里一片空白，灵魂抽身而去，剩下的躯壳变成一座僵化的森林。我哆嗦着，要加代子摸我两腿间。她顺从地照做，结果吓坏了，蛇咬住地缩回手，捂住嘴说，漱石君真流氓！我激动地急促大笑，大笑，大笑，直到笑出了眼泪。

这样的话，是不是我就征服了美丽的加代子，我也是花香之人了？

我和加代子的这种关系保持了差不多两年，加代子她没有反抗，默默服从了。与谢野晶子[①]不是写过这样的和歌吗？“肌肤柔滑，热血滚烫，你视而不见，只顾说道，难道不觉得寂寞？”可是，直到离开日本，去了美国，我从没用过别的方式向加代子求欢。

这个糟糕的游戏在遇见热烈狂放的赛西尔以后被彻底摧毁。

赛西尔·米勒，我在环球贸易公司工作时的同事伊恩的女友，在国家战争部工作。她是个性格开朗的长腿姑娘，有一双拉脱维亚人的蓝色眼睛，一头飘逸的银色鬈发。国防部物资供应局成立后，伊恩离开公司，去了得克萨斯的Mobil石油公司。有一次，我在刘苍生小组的活动上遇见赛西尔，她像一只热烈的蝴蝶，穿条宽大的连衣裙，露出一对长得不像话的美腿，银色的鬈发被风吹得乱糟糟的，充满魅力。她刚和伊恩分手，她要我做她的男朋友。

“小伯比，做我的男朋友吧！”她当着大伙的面大声笑着说。

“为什么不呢，上帝最终会原谅亚当夏娃。”刘苍生怂恿地冲我眨眼睛。

我不知道上帝怎么想，我巴心不得。赛西尔是好姑娘，记得第一次见到我，她就大声嚷嚷着说，嘿，伯比，知道吗，你是姑娘们的大甜心！她用强调语气说出那个“大”字，充分鼓舞了我，那是我在嘈嘈杂杂的华盛顿得到的最好

① 与谢野晶子（1878—1942），日本明治年代女歌人。

奖励。

我害怕怀念。我想忘记一切。我必须忘掉一切。为什么不呢？

没说的，我和赛西尔开始了正式交往。我们一起去西北区U街酒吧听弗兰克·辛纳屈的Tommy Dorsey乐队的爵士乐，去电影院看《野牛菲迪南德》和《乱世佳人》，去波多马克河边冲着斜刺里乱飞的白头海雕大声喊叫，去史密森尼博物馆里没头没脑地亲嘴。我依然保持着过去和H的“交往”方式，把赛西尔当成幻想对象，在黑暗中完成一次次冲动，可怜的赛西尔，她自始至终都不知道这件事情。

我俩交往一段时间后，赛西尔开始生我的气。

有一天，我们去中央剧院看了百老汇音乐剧《四十二街》，回到我在C街的公寓。赛西尔很兴奋，进门后，她脱下披肩，围在腰间，学舞台上的演员跳了一段踢踏舞，鲜艳的红色皮鞋、飞扬的裙摆和晃动的玉腿让我目不暇接。然后她停下来，喘着气问我，为什么不把她漂亮的连裤丝袜扯掉，和她睡觉，哪怕她的腿长了点，脱起来比别的姑娘麻烦。

她的话的确有道理。我照她的话做了。我请她坐在床沿上，在她面前蹲下，耐心地脱她的长袜。这费去了我一些时间和精力，但我做到了。我把皱巴巴的丝袜仔细卷好，放在五屉柜上，傻笑着站在那里看她。

“然后呢？”赛西尔半躺在床上微微仰着脸蛋看我，像看一个怪物。

我有点生气。我知道有然后，知道我应该做点什么。我知道花朵成熟后，花托会膨大，花萼会撑开，花冠会绽放，那里面包裹着饱满生动的雄性蕊株。我愤怒地脱下裤子，给赛西尔看我勃起的骄傲家伙。我不想夸张，它真的很漂亮，在我度过15岁生日后，它就和我合二为一，呼之即来，从来没有出卖过我。

赛西尔用一种奇怪的目光看了一眼我的家伙，目光挪到我脸上，吹了声口哨。

“去盥洗间，”她噘起嘴唇吹开贴在脸上的一绺汗发，撩起裙摆扇着风，“灵果小子①，去撒泡尿。”

---

① 约翰·韦恩（John Wayne，1907—1979），好莱坞明星，以在西部片中扮演硬汉闻名，灵果是他在《驿站马车》中扮演的角色。

我呆呆地看着赛西尔，不明白她什么意思。但我还是听了她的话，去了盥洗间，撒了一泡长长的尿。我真不该照她的话做。小解过后，阴茎蔫蔫地泄了劲，变得软塌塌的，像只没长熟的海参。

“亲爱的，”赛西尔靠在盥洗间门口哈哈大笑，顺着门沿往地上坐，“上帝做证，你快笑死我了！”

在离开加代子之后，热烈奔放的赛西尔也毫不犹豫地离开了我，让我再度成为孤独少年维特。也许这正是我期盼的结果。也许我只配这样。我在美国的整个期间，都是靠自慰完成冲动平抑的。

现在我可以告诉你了，我真正怀念的女人，是平安时期的六歌仙之一小野小町。我拜访过她的住所御灵町随心院，凡是她的文艺作品我都找来看过，熟悉所有能乐中以她的故事为内容的秘曲。我一直对 840 年的夏天充满向往，那一年，京都久旱无雨，小野小町奉旨祈雨，一曲祈雨和歌唱毕，大雨倾盆而至。那一年的夏天，我不在京都，我不在人间。

之所以怀念小野小町，是因为加代子。加代子和绣像上的小野十分相像。出身于歌人世家的小野美貌绝代，才情无双，年轻时追随者众多，她傲慢地将他们一个个拒之门外，唯有对痴情的深草少将少爷不肯放弃。小野托人带信，如果深草能风雨无阻地求爱一百次，她就以身相许。第一百天到来时，深草在前往御灵町的路上遭遇漫天大雪，冻死在途中。小野闻讯，泪如飞雨，从此不恋不嫁，晚年遭遇凄凉，四处流浪，乞食为生，死后暴尸荒野。

离开京都前，我去了下鸭神社旁的出町街，加代子的家就在那里。我沿着青石板街道走近加代子家的店铺，未敢叩门，又退了回来，在来往行人中徘徊良久。

那些日子，我和乃上的关系简直糟透了，我们一直在为发生在我们两国之间的战争吵嘴，谁也不让谁。

“说什么侵略的话，”乃上红着脖子冲我大声嚷嚷，“要说侵略，也可以说说文永之役[①]和弘安之役[②]吧？忽必烈[③]派 4 万大军 900 艘战舰进攻日本，7 年后又派 14 万大军和 4400 艘战舰进攻日本，发生在 1000 年前的渡海作战，若不是天

---

① 1274 年第一次元日战争。

② 1281 年第二次元日战争。

③ 孛儿只斤·忽必烈（1215—1294），大蒙古国末代可汗，元朝开国皇帝。

神呵护，日本早成了你们的一个省，难道不也是侵略吗?”

“喂，别把鞑靼人干的事情推到中国人头上！乃上就像我见过的许多日本人一样，对蒙古鞑靼既崇敬又仇恨，可是，鞑靼人的元朝，只是大蒙古汗国的别称，和华人中国没有关系吧。”

“就算这样，拥有 162 年政权的元朝，灭掉西辽、西夏、金国、吐蕃、大理、南宋，进攻日本、安南、缅甸，其间只有 22 年没有战争，支那人日后也学会了，从来没有放弃过对别人的领土主张，不也是穷兵黩武衰国亡国的吗!”

“乃上看到的只有权焰的嚣张，残酷的战争，屈辱的条约，真是可悲！可是，在战争开国方面，我们两国的历史同样可耻，不是吗!”

如今，怀里揣着父亲催促我回国抗击日本的家信，信上写到，无数中华儿女踊跃参战，他们在杀死日本人，保卫国家，你若再不回国，就是逆子贰民。对这些，我能告诉加代子什么呢?

“加代子,”如果那样，我一定心碎如糜，会泣不可抑，“加代子，我们终究是敌人啊!”

我不是深草那样可以任性的少爷，离开日本，连和恋人告别的勇气都没有，是悄悄逃走的。

我是懦夫，不配高贵的想念。

如同从林里麋鹿般单纯的加代子，我担心她像小野一样，孤老终生。

(GYZ006－005－010) **证人矢尺大介法庭外调查记录：**

饭岛指挥官让朴八佬把 131 号叫到管理区那次，本人在场。

“大日本陆军从军画家协会”新派画家宫本[①]以从军作家身份加入南方军，去年在新加坡完成了《山下·帕西瓦尔司令会见图》[②] 和水彩画《加冷机场的残骸》，受到第 25 军司令官山下奉文将军激赏，在国内举办的画展引起轰动，风头一时无两，此次受南方军司令官寺内寿一元帅邀请到香港，为香港方面作画，饭岛指挥官得知后，兴冲冲赶去香港见这位画界俊才。

---

① 宫本三郎（1905－1974)，日本画家，二战时服役，任南方军随军画家。

② 宫本三郎成名作，表现新加坡战役后英军向日军投降的内容。

香港总督府宣传人员打算请画家创作名为《和平任务》的油画，即多田督知军使携带英俄妇人和宠物犬渡海执行劝降使命那件事情，可惜遭到多田督知军使的推辞。多田参谋正色回复宫本画家说，流传后世的记录画，希望没有多田个人的痕迹。宣传人员无法说服严肃的陆军参谋官，转而建议宫本以黄泥涌战斗为素材作画。画家着手创作《香港聂高信山附近的激战》，以了参加香港作战官兵的心愿，慰藉亡灵。

饭岛指挥官在报到部看过宫本的《山下·帕西瓦尔司令会见图》草图，不以为然。指挥官认为，宫本笔下的山下司令官表情呆滞，丝毫不见胜利者神情，相反暴露了山下兵团侥幸获胜的疲惫和懵懂。而且，画家用笔如命，只给了帕西瓦尔将军一个侧脸，没有表现出敌方军事长官沮丧的状态。

饭岛指挥官在办公室和131号大谈绘画艺术，说到慎重的宫本画家申请到深水埗战俘营画战俘素描，指挥官蔑视这种写实主义创作方法，表示不看好画家的未来。

“笨蛋，走运的家伙把宝贵的颜料糟蹋掉了。”指挥官不屑地表示。

谈完宫本画家，饭岛指挥官向131号征求战俘营文化活动的看法。本人不理解指挥官的态度，据本人所知，指挥官没有把大名鼎鼎的同胞画家放在眼里，也绝对不会在D营搞画师比赛。说起战俘中的几位画师，来自广东顺德的442号战俘战前在药铺做小二，画过西洋广告，来自荷兰的733号战俘水粉画画得相当精彩，来自英格兰的172号战俘油画也画得不错，只是，作为Royal College of Art①的优秀学生，这位整天在皇家阿尔伯特音乐厅和海德公园消磨时光的海军绘图员不会买远东人的账，如果请他来画《香港聂高信山附近的激战》这样羞辱的内容，可以肯定，德顿爵士会选择拿起军官佩剑与指挥官决斗，而不是在画布上涂抹几个浑身是血的日本士兵躺在山坡上喘息的场面。

131号大概也是一样的想法。指挥官看出131号一脸茫然，说明了情况。这次去香港，他考察了几个战俘营，和总营最高长官德永德大佐商量，在战俘管理系统率先垂范，建立丰富而优雅的文体生活，让战俘如沐幸福阳光，迎接大东亚战争全面胜利。接见131号之前，指挥官和战俘委员会副主管格尔诺维茨接洽过，得到完全配合的承诺。指挥官要求131号提供一份各国战俘喜欢的文

---

① Royal College of Art，英国皇家艺术学院，成立于1837年。

体活动名单，以便他做出裁定。

“娱乐最好简约，不要洛可可风格，这样不要紧吧?”指挥官虚心地问131号。

以本人看，指挥官的脑子出了问题，本人当时就是这么想的。

（GYB006—001—217）**被告郁漱石庭外供述记录：**

格尔诺维茨和徐才芳把我和战俘521号叫去谈话，要我俩起草D营娱乐活动报告，在委员会领导下，组织全营的群体娱乐活动。按照委员会的原则，凡敌国人员进行的娱乐项目一律排除，避免敌方在国际宣传时做同乐文章。

事情吩咐完，格尔诺维茨要521号去门外等着。521号出去后，中校问我，数月前我在管理区的12天时间里是否听到日方谈论太平洋战事紧张的情况。我表示知道的情况都汇报过了，除此外没有什么可汇报的。中校和徐少校交换了一下眼色，告诉我，饭岛通知自治委员会，希望战俘方明白，战争困难时期，日方已尽力提供了食物，为表达诚意，日方决定，今后在警备人员同意的情况下，战俘在营区范围内捕捉蛇、田鼠、青蛙等动物，不作违反营规处理。

“太好了。”我面无表情地看着中校，干巴巴地说。

521号叫王因华，少尉，家里是桐油商，生意做得不小，他是广东高师的学生，体育好，参加过南洋体育运动会。王因华埋怨委员会的要求执行起来困难，日本是有野心的侵略者，中国大陆霸占去一半，朝鲜、菲律宾、新加坡、荷属东印度群岛、新几内亚、文莱、马来亚、缅甸、越南也占了，不光占人家领土，运动项目他也占，跑步、体操、格斗、篮球、木球、撞球、绒球，日方官兵都在进行，想不出有什么群体项目日方没占上的。我也没有主意，说再想想吧，总归想不出也不会让我俩负责。

战俘营的日子难熬，为了不让士兵丧失活下去的勇气，军官们会尽可能组织一些文体娱乐，保持团队信念。我们到达D营前，国军和游击队一直保持着这个传统，只是两边采取闭关主义，不通水火，活动在各自阵营中开展。两边早上都安排了新式体操，开操前，国军值班军官带领士兵大声背诵蒋公语录：“和平未到完全绝望时，决不放弃和平；牺牲未到最后关头，亦决不轻言牺牲。”游击队则背诵孙文语录：“革命尚未成功，同志仍须努力。”背诵语录环节被矢尺以不准大声喧哗为由下令禁止，以后反复交涉，矢尺不松口，战俘方只能改为在心中默念替代。

其他娱乐活动，国军的白戏仔[①]深受士兵欢迎。国军战俘中有个汽车兵，叫张简氏，雷州半岛人，战前在镇上戏班里挑过大梁。徐才芳要张简氏组织一个戏班子，张简氏托菜园班的人弄了些树桩和竹子进营，一只只雕出木偶，用紫竹和桑木制作了笛、木鱼和小堂鼓，再把铝盆和钢盔压制成钹和锣，剩下篇古头胡琴，蒙皮和弓弦现成，壕沟里捉来丛林蟒，杀掉剥皮，向警备队讨一绺马尾，再托去香港的日方人员带回琴弦，琴就做成了。张简氏挑出几个灵光的士兵，手把手教了些戏活，祭过五仙[②]和祖师爷，戏班子正式开演，节目是一些传统戏，诸如《陈世美不认妻》《孙二娘开店》《吕布戏貂蝉》。

相比国军的杖头木偶戏，游击队的娱乐活动则洋气许多。他们仗着有几个中山大学、岭南大学和省立一中学生，自排了两出活泼的文明戏。国戏《杨乃武与小白菜》，由相貌粗砾的孔应礼扮演刘巡抚，相貌俊逸的相若雪扮演杨乃武，面俊肤白的罗羊子扮演小白菜；西洋戏《茶花女》则由相若雪扮演阿尔芒，面貌老相的刀葫芦扮演迪瓦尔，罗羊子反串玛格丽特。战俘们特别爱看小白菜被扒下衣裳受脊杖那一段，还有玛格丽特投入阿尔芒怀抱里那一段，一演到这两处，大伙就开心得不得了。巡抚大人喊，杖刑侍候！衙役过来气势汹汹扒小白菜衣裳，露出半截粉白的脊背，下面人就起哄喊，晾臀，卖肉！意思是要按衙门正规过堂程序，扒了犯人裤子受杖。每次玛格丽特对阿尔芒深情地说“你呀，是我孤寂无图的生活中呼唤的唯一人儿”时，战俘个个红了眼眶，心软的潸然落泪，擤鼻涕的声音响成一片。

游击队中能人多，相若雪就是一个，他手巧形疾，不但能扮小生，还会变戏法，表演“九连环”“仙人摘豆”和“落摔”。战俘们最爱看的是“小搬运”，那是个诙谐戏法，通常由相若雪和孖仔两人合作。相若雪一身长褂出场，肩头搭条百衲布做的挖单，上场后正反两面展示给人看，长袍撩开给人看，表示没有夹带，然后满场走动，说一些现编的台词，“今天天气不错，我去7号营房收垃圾，进门一看，咿——”或者国文课本里的词，“竹几上有针有线，有尺有

① 杖头木偶戏，广东湛江、海南一带传统剧种，起源于清乾隆年间。
② 狐狸、黄鼠狼、刺猬、老鼠和蛇，旧时戏班忌讳的动物，供为五仙。

剪，母亲坐几前，取针穿线，为我缝衣，咿——”说话间，从挖单下变出陶碗，再从长衫下变出陶钵，一连掏出十来个。接着孖仔出场，他扮演和戏法师逗趣的捣蛋鬼，把戏法师变出的陶碗陶钵一个个砸碎，每砸一个，战俘们就喝彩一声，笑得不行。戏法师百般生气，和捣蛋鬼算账。捣蛋鬼趁戏法师不留意，把他挖单扯走，长衫拽掉，身上只剩一件小坎肩。大怒的戏法师满场追捣蛋鬼，追上人挟起，一连在屁股下掏出三个陶碗，一个个砸掉，以示报复。然后，在战俘们千呼万唤中，戏法师一个侧手翻，落地时手中稳稳托着一只陶钵，钵里盛满清水，这个“脱衣献佛”才是最精彩的高潮部分。

游击队还办过一张报纸，因为纸张缺乏，办了两期停掉了。我入营后找来那两期报纸看了，办得有模有样。一版内容是D营发生的大事，新营房落成，营中学堂开课，菜园班捉住一头獐子之类，配发一篇社论，主要是鼓励战俘们保持乐观，不要丧失志气。二版除了一版没发完的报道，有几篇一两百字的通讯类文章，一篇批评战俘中流氓行为的文章，另有一幅漫画，讽刺人们不讲卫生的恶习。三版是文化版，有两首新诗，一篇介绍抗倭英雄戚继光的人物文章，一篇介绍南洋华侨名流叶亚来的文章，另有一篇连续报道《战俘岁月》，是人物特写，第一回的内容，主人公竟然是孖仔，说他腿上长了大疖子，一瘸一拐替战友找水的故事，文字生动有趣，能看出那时候营中情况相当恶劣。第四版是服务版，有人丢了东西，登报寻找，有人寻老乡，“谁认识八军团的尤黑蛋，家住百色四塘镇社马村，他娘子二十八年正月生了个女娃，有人见到请转告他。”办报人自己也发了一条广告，内容是办报需用铁笔钢板，陶窑也需要转轮和泥板铁棍，还有泥铲和钢丝弓，大量征集金属物，破烂铁器钢器什么的，办报人愿以陶具和食物换取。

盟军入营后也出营操，周一到周六，只要不下雨，早上吃饭前，各军团会在操场上按建制集中，由值班军官带领出操。盟军和中国军队不同，军官有权利不出操，多数军官选择慢跑和散步锻炼，也有赖床的。直到第二年夏天，因食物长期匮乏和疾病困扰，士兵的早操改为三天一次，军官的慢跑则逐渐取消。

英联邦中，最活跃的要属荷兰军团。他们只有四个人，却始终保持着乐观态度。尼德兰人建立过辉煌的海上历史，喜欢游泳，现在守着大海不让下水，他们就把游泳改为跑步，边跑动边挥舞双臂，学着破浪前行的金枪鱼样子。每天早晨天不亮，皇家海军上尉范尼就率领潜艇上士扬森、军士鲁迪和勃兰特从西区宿舍前脚步坚定地跑过，让人们在蒙眬的睡意中，也认定那区区四人的队伍，仍然骄傲地保持了海上马车夫王国的荣誉。荷兰人还喜欢做木鞋，每个人都有一到两双，只是岭南没有白杨树，木鞋是用杂木做的，这让他们多少有些伤感。

印度军团的人喜欢安静，什么娱乐活动也不参加，整天靠在满是霉斑的木板墙上呆坐，好像在体会肉体慢慢消失掉的过程。民国三十二年，D营只剩下18个自愿留下的印度人，拒绝与国民大会合作的阿巴斯中校认为，他的士兵即使坐在那里也在活动。我没明白是什么意思，有一次问阿巴斯中校。中校认真地回答，还是那句话。我不好再问，心里想，也许印度人的运动是在灵魂中，竟随心动罢。

联邦军士兵不大讲团体，娱乐活动多为自发，有人打扑克，有人聊天，有人选择睡觉。不过，他们喜欢唱歌，有一个拼凑起来但非常棒的合唱团，成员不分官兵，在宗教仪式上担任唱诗班，在重大纪念日里也为人们表演。他们唱得最好的时候是什么也不为，大家在营地里工作，或者早操结束回营，走在路上，一个人起个头，其他人跟上，一首歌随风而起，歌声非常忧伤，连空中飞过的小鸟都忍不住低头往下看，耽搁了飞行。

说到个人娱乐，最活跃的是亚伦。亚伦舞跳得好，热心快肠，到处教人跳舞，布鲁斯、华尔兹、桑巴、波尔卡，什么都教，这个上帝的宠儿甚至能跳曼博和瓦拉查斯。不过，亚伦喜欢恶作剧，教人跳舞，非要给舞伴抹口红。跳舞耗卡路里，在D营没有太多拥趸者，谁也不想把严重透支的体力浪费在跳蚤似的蹦跶上。以后，占领军总督认为跳舞是奢华淫逸生活，在占领地全面禁舞，国泰舞院，大华舞院这些过去开彻夜舞场的地方改为赌博场所，D营的跳舞也禁掉了。

亚伦是D营收到家人包裹最多的，到民国三十二年，他已经收到四个包裹，这使他在D营比力主建立国际新秩序的美国总统更有名。舞不让跳了，亚伦闲不住，既然不禁赌博，他就在D营开发赌场，到处张罗人玩骰子和扑克牌游戏，赌注从香烟到笑话，只要能博人一乐。好事总是落在一个人头上，亚伦不光包裹收得多，还是博彩高手，他会所有的博彩游戏，是这方面的老手；他下注时从不看人表情，人们无法通过察言观色推测他手里是同花还是散牌。

“要知道，先生们，我来自一个民主自由和平等的国家，而不是现在才开始想着建立民主自由和平等的国家。”亚伦大言不惭地洗着扑克，对围着他面带怒色的英联邦赌友们说，一点也不忌讳他们是否会因为爱国热情杀了他，“上帝会帮助我赢得这场战争。”

D营没人玩得过亚伦，大家手里的香烟很快输光了，很快，亚伦也玩不下去了。

在所有的娱乐活动中，我从未看到邦邦。焦糖肤色的菲律宾人是个令人猜测的角色，军官委员会分配他协助古柏少校管理伙食，除了这项工作，他什么团体活动也不参加，连围在一旁观看的人群中都很少见到他。

日方也有自己的文体活动。

有一次，我去管理区办事，看见几个日本兵在草地上玩游戏，十几个人围成一圈，手里舞动着略帽，扮演着小狗、小猴和雉鸡，呆头呆脑地跳一种类似三番叟[①]的人偶步舞，嘴里唱着桃太郎[②]的歌：桃太郎，桃太郎，腰包里的糯米粽子，给我一个。

日本人喜欢体育，他们在这方面十分活跃。饭岛率先垂范，他会剑道，网球打得不赖，每天和桐山在管理区草地上打一局。矢尺打得一手好桌球，还能打排球，只是，固执的他只打五一战术，八朗和今正觉打两次球时老被他骂传球不到位。兵科的军官们有制度化的橄榄球和曲棍球运动，隔几天打一场。警备队除了正常训练，也开展空手道、相扑、武道、野营、狩猎和竞海游运动。盟军战俘刚入营那会儿，有一次警备队下海游泳，游得太远，一名士兵淹死了。岛国人不在乎大海，冈下树虫队长照常带士兵去海边，唱着“进攻，向仇视太阳升起的国度”，一个接一个扑通扑通往海里跳，一点也不怕。

那天，我和德顿在管理区二道门找桐山取邮包，不远处的营区外，一头出生不久的小野牛在丛林中探头探脑朝营区里看，很快扭头钻进丛林中不见了。海在看不见的高地另一头，因为看不见，留下一道影影绰绰让人想象的玻璃色。

我看了一眼身后阴凉处被滚烫的热气熏得眼结膜充血的682号，沿着暴起一圈圈土皮的营间小路向西区营房走去。用不着回头，682号会如影随形。

天热得好像祝融跑到南方来了。整个夏天太阳都没完没了，只顾着燃烧，

---

① 一种古老的日本剧目。

② 日本民间故事中的人物。

让人觉得它会把一切点燃。战俘营外油绿的森林比其他季节生长得更茂盛，也许它们的张扬惹得太阳生气，太阳无法从这棵树上跳到那棵树上，那样的话，十万颗太阳也忙不过来，太阳索性派出它的光芒军队，人们因为这个大吃苦头，成了植物们的炮灰。

路过东区营房，一些战俘东倒西歪靠在满是霉斑的木墙上，上半身什么也没穿，脖子以下被灼热的阳光晒成了棕红色，蜕了皮，脸上起着水疱，患上了日光炎。这是常见的D营图画，只是夏天和别的季节不同，别的季节大伙儿会聊天，夏天没有人说话，人们在昏昏欲睡中体会融化掉的过程。

李明渊耷拉着头，脑袋活像是临时安上去的，眼睑水肿着，像一只正在蜕皮的蟾蜍，没精打采地靠在营房外，身边是726号和791号两个恶棍。

李明渊仗着国防委员会背景与7战区军官分庭抗礼，最终引起7战区官兵不满。大家都不喜欢李明渊，谁也不愿搭理他。有一次，李明渊看白仔戏，对木头刻的秦香莲说了几句不咸不淡的风凉话，张简氏不高兴，拉下幕布走掉了，直接给他脸色。

见我和德顿过来，李明渊略略挺直身子，踟蹰了一下，最终没有起身，只是心生怨恚地看着我。我大大剌剌地向李明渊投出一瞥，没有停下，从他面前径直走过。李明渊问过我，孤立是什么感觉，我没有回答他。人们就是这样成为今天的人们，他们有办法知道什么是孤立。我承认我这样做很卑鄙。但别忘了，卑鄙是会传染的，而且它会上瘾，让你觉得，你能恶心坏这个世界，别人拿你一点办法也没有。我这么想着，跨过溪涧上的小桥，和德顿一起走进西区2号营房。

摩尔上校在营舍里等着我们。这一次，有红茶。军官们积攒的钱换回一听新的阿萨姆，上校请我们坐下，他亲自为我俩泡茶，虽说没有牛奶，壶仍然按规矩热过，不管什么时候，上校都带着都铎年代没落贵族的做派。

联邦军官成立了饮食合作组，成员是校级军官，他们被允许在营房里用餐，谈一些军官们谈论的事情。摩尔上校从不参加合作组活动，他的食物由勤务兵沙希姆送到2号营房，除了他出面召集的下午茶，军官们也都自觉地不去2号营房。摩尔上校不喜欢和中国军官来往，只是礼节性地表示对钟上校和马中校的尊重。我好奇地问沙希姆，上校如何打发平时的日子，得到的答复是，写一些不给人看的文字，在宿舍里踱步思考，读《圣经》，睡觉。

盟军战俘入营后，日方提审了包括摩尔上校在内的所有高级军官。因为拒绝与日方讨论香港守备情况，列出战俘中无线电话务员和高射炮修理技师名单，摩尔上校受到禁闭三天处罚，处罚地点在他本人营舍。

桐山传译官一个人忙不过来，我作为传译员参加了那段时间的审问。日方对高级军官们的审问显得很有礼貌，没有口气上的威胁和身体上的伤害。

"这样的话，事情就麻烦了，不得不对阁下做出必要的惩罚。"

"这样很合理，请执行吧，先生。"

听起来，完全是绅士间惺惺相惜的礼让。

日方犯了一个错误，他们不该第一个提审摩尔上校。上校不开口，所有高级军官都跟着效法。上校后来平静地告诉我，以太平洋战场初期局势分析，远东地区军官战俘不会低于一万名，将一万份军官的审讯资料集中起来，日方能轻易获得一份翔实的指挥系统情报，这是任何一国情报组织都做不到的，作为军官，拒绝配合完全可以理解，这一点对方十分清楚。

摩尔上校经常撇开其他军官，要沙希姆把我和德顿叫去，聊一些与战俘生活毫不相干的话题。在我看来，那些事每一件都很重大，上校不应该找我和德顿谈，而应该和蒙哥马利①元帅、道丁②将军以及薛岳③将军谈。

有一次，上校谈到香港一个未曾落定的命运。民国二十七年到二十八年，国府曾两次向英国打探，国王有无兴趣购买新界的主权。首相张伯伦刚从柏林返回伦敦，带回了《慕尼黑协定》，通过国家广播公司对英国人民宣布，"这是我们时代的和平，我建议你们安心睡觉去。"张伯伦指示内阁立刻研究买下新界主权的事，内阁认为希特勒宣称占领苏台德区是他对西方最后一次领土要求的论调是彻头彻尾的撒谎，欧洲将很快发生战争，反对将紧俏的开支花在远东殖民地上。几个月后，德国人占领了捷克，进而攻入波兰，并下达了入侵英国的海狮计划，张伯伦下野，购买新界的方案化为泡影。

"如果内阁当时买下新界，中华民国政府断然没有理由在战争结束后提出收回新界主权的要求。"德顿表示。

---

① 伯纳德·蒙哥马利（Bernard Law Montgomery，1887—1976），英国陆军元帅。

② 休·卡斯沃尔·道丁（Hugh Caswakk Dowding，1882—1970），英国空军将领。

③ 薛岳（1896—1998），中国陆军一级上将，被认为是指挥歼灭日军最多的中国将领。

“可是，”我表达不同意见，“这并没有改变日军越过深圳河，长驱直入占领香港的命运。”

“我们有不同的看法，中尉。”摩尔上校口气和蔼地说，“海军要塞降下的是日不落旗，而非青天白日旗，这仍然有区别。”

摩尔上校谈到香港战争的背景。太平洋战争前一年，英国参谋长委员会联合计划小组向战时政府提交了《远东形势研判》报告，认为香港驻军兵力单薄，无法抵挡日军进攻，皇家联合舰队实力亦不足以和强大的日本海军对抗，鉴于香港并非英国核心利益，建议对香港做放弃打算，为远东防务除去弱点。

“殖民地部反对放弃香港，认为这样做对英国的声誉将造成无可估量的损失。”上校回忆当时的情况，“考虑日本是否进攻与香港有无守军抵抗无关，而抵抗将在陷落后招致大量民众伤亡，殖民地部建议宣布香港为不设防城市，以免导致战争报复。”

“宣布不设防，就不用担心‘香港堡垒’问题，即使陷落也不会鼓励日军大肆杀戮。”德顿不解，“为何不采纳这个计划?”

“军方拒绝放弃。”上校看了一眼德顿，“军方认为，如果解除香港武装，国王和不列颠帝国在亚洲的声誉将一落千丈，国民政府眼见英国示弱，也会无心恋战，美国人更不会单打独斗，插手英国殖民地的事，亚洲局面会非常糟糕。参谋长委员会最后的计划是，开战后，香港将被要求尽可能抵抗，但决不增援和派兵解围。”

“就是说，”我尽可能完整地梳理上校的说法，“坚守香港是漠视战争对平民生命财产造成的伤害和破坏，但香港陷落和战争造成的悲剧，以及对声望造成的损失，都不如主动放弃香港严重，而联邦军队的抵抗会鼓励美国对日参战。如果这样，抵抗的全部意义不是能不能守住香港，而是如何为香港陷落后的政治压力解围，以及从浴血抵抗那里赢得多少道义优势?”

摩尔上校默默地点了点头。他就是在这个背景下抵达港岛，就香港防守问题与总督和总司令商谈，然后向殖民地部提供咨询报告。临行前，他去了查尔斯国王街战时内阁地下堡垒，见到了丘吉尔。首相对香港的态度十分暧昧，表示他宁愿香港守军更少一些，但任何撤离和放弃抵抗行动都必然引人注目，政府不会采纳。

“首相说，战时发生在香港的一切罪行，都将留待战后的和平会议解决。”

上校耐人寻味地说。

“平民的伤害作为代价部分在战前就被考虑进战后的谈判计划里?”我惊愕。

“还有上万名军事人员的牺牲。对不起，上校，我没有冒犯您和首相的意思。”德顿说。

“事实上，奎松[①]总统宣布了马尼拉为不设防城市，”上校平静地说，“可并没有阻止日本人在那里大肆屠杀。”

香港攻防战开始后，摩尔上校在香港的工作已失去意义。8 日和 9 日两天，几艘中立国船只经过交涉后驶出维多利亚海湾，南支舰队并未向它们开炮，上校有机会逃离港岛，绕道澳大利亚返回英伦。但海外殖民地部相信香港至少能坚持两个月，希望上校转为战时观察大臣身份留在香港，等战事稍事稳定再撤离。新界和九龙失守后，上校失去了离开香港的最后机会，那也是他和国内联系最频繁的时候，决策者们已经感觉到他们对香港的期盼正在化为泡影，这让他们非常焦虑。20 日凌晨，玛尔特比将军给摩尔上校打电话，三军司令在电话里绝望地告诉上校，守军几次反攻均以失败告终，继续抵抗势必将战事引入人口密集的市区，使大量平民陷于无辜，总督和他向战时政府发电请求结束战争，没有得到回复，希望上校向殖民地大臣莫尼男爵通报此事。上校照做了。男爵在中午两点回复电报，承认港督有权在平民受到伤害时选择投降。可是，几十分钟后，首相发来措辞激动的电报，拒绝守港英军投降的动议，声称香港必须为国王牺牲，多坚持一天，则有助于盟军在全球的胜利，守军不但不能投降，而且应该进行巷战，使日军付出最大的代价，以此赢得永恒的荣誉。

“首相在给爵士的电报中称：尽管充分了解阁下面对的困难，帝国声誉系于阁下，世界的目光正注视着你们，期望阁下战至最后。”上校困难地回忆，“陆军参谋长布洛克上将也向玛尔特比将军发来电报，强调香港抵抗心理至关重要，当初的构想是坚守四个月，平民牺牲更多，虽然继续抵抗是令人难过的决定，但军方同意首相的看法，战至最后一枪一弹。”

事实上，除了首相和总参谋长，英皇佐治六世和陆军部长马杰逊子爵也发电鼓励继续坚持。政治家们看不到一具具血肉模糊的士兵尸体和被强令跪在瓦砾上的平民，查尔斯国王街那座地下堡垒中的海外殖民地地图上没有这些内容，

---

① 曼纽尔·路易斯·奎松（Manuel Quezony Molina，1878—1944），菲律宾美治时期总统。

只有不断改变的红蓝箭头标志，香港激战中不断倒下的官兵和平民，他们被政治家抛弃了。

“人们知道的是，联合王国将全力保护远东，难道这就是全力?”我难以理解。

两位英国军官沉默着。他们在战时得到的消息和官方的表态完全不同。

我无权干涉英国战时决策，但我想知道一件事，在决定香港命运时，英国人是否考虑过在港华人和中华民国政府的力量。

“联合王国已经用两千多名士兵的生命兑现了它保护华人的承诺。”德顿说。

“上尉，这不是全部事实。”我说，“防卫军中有不少华兵，大量华人参与了特务警察、防空救护、战场运输和战场救护，圣约翰救伤队、童子军华人队员和教会华民疏散专员挽救了大量市民的生命，他们也在保护自己!”

摩尔上校沉吟片刻，承认英国政府和香港总督对在港华人持有种族认识，不愿与国共合作，这是一个值得反思的错误。

屋里空气压抑。看出我对这个结果十分灰心，摩尔上校转移话题，表示叫我来，不是谈这个，而是想和我聊聊别的话题。上校为我添了第二杯茶，说了那件事。

上校说的是英国古老的近卫步兵团乐队的故事。当美国革命吹响日不落帝国行将瓦解的号角，每一次起锚去为国王而战时，第一帝国士兵都会迈着悲壮的步伐，敲响激昂的鼓点，演奏一首名叫《女孩，让我留下》的曲子。

上校用带有浓重威尔士口音，音调不准地轻轻地唱起那首歌：

离开你的时候，我有多么悲伤
啊，亲爱的姑娘
我欠你一个缠绵的告别夜晚
只是军队要出征神秘的东方
……

威尔士军官德顿应和着上校唱起来。他的嗓音带着森林般的厚重，非常迷人：

风雨过后，天边升起太阳
它为我带来胜利光芒
啊，美丽的姑娘
如果再也回不到你身旁
你的爱会鼓舞我走向前方
我将绝不贪生怕死，令你心伤
……

我看着摩尔上校和德顿上尉，心里想，上校孤独，需要向他认为合适的对象倾诉，在适当的话题上进行讨论，以避免思想僵化，但他很难相信别人。如果在一年前，我会为上校介绍玛土撒拉连的人，他们当中一半是庸俗化了的贵族，上校可以和他们好好聊聊休谟、卢梭和康德。而在D营，符合这个条件的只有德顿。和上校一样有着贵族背景的德顿正是上校需要的人，即使在战俘营，他的私人物品中也保留了带有袖扣的衬衣、亚麻手绢和诸如《人类理解论》和《论宽容》[①] 之类的哲学书籍。他们同样信守承诺，决不会出卖对方。

至于我，我不是上校的大不列颠同胞，不会让他为自己某些失控时说出的妄言在战后的军人行为咨询中做辩解，使他在殖民地政策部门效力期间留下历史污点，因为这个，我成了上校第二位谈话对象。

我也知道了，这一次知道摩尔上校为何叫我来，上校平常不和其他人来往，自治委员会的事交给阿巴斯和格尔诺维茨处理，但他知道战俘集体活动报告的事，他在用这首关于古老军队的歌给我某种暗示。

一个小时后，我和德顿向上校告辞。

在西区2号营舍门口，我们向上校行军礼。他回了礼。

当天下午，我向自治委员会提交了D营的团体文体活动计划报告。

（GYZ006－004－008）**证人奥布里·亚伦·麦肯锡法庭外调查记录：**

D营有很多奇怪的组织，我指的不是自治委员会那些机构，而是一些受到

① 英国思想家、哲学家约翰·洛克（John Locke，1632－1704）的著作。

冷落的下级军官和士兵建立的组织。听听那些滑稽的名字：皇家士兵福利协会、士兵互助动员协会、士兵医疗协会、营地访客委员会、营地救济基金会、营地防盗协会、士兵营养协会、服装收容协会、食物分享协会、异教徒团结会，甚至还有专门数星星的组织。谁都知道，人们只是闹着玩，没人对他们感兴趣，他们手里什么资源也没有。

郁向军官们建议，基于国军和游击队分别开设了学习日语和国学的战俘学校，联邦军也开设了德顿担任教师的西班牙语和德语学校，战俘学校有必要进行合并，升格为D营战俘大学，高级班开设哲学、文学、音乐和戏剧科目，中级班开设科学与公民、海洋生活经验、远东和非洲航线、印度与中国古老文明科目，初级班开设农林、制作、缝纫和日语课程，教师和辅助人员在战俘中挑选，摩尔上校答应出任高级班首次演讲，题目是《远东历史与东方哲学》。

郁建议自治委员会考虑成立战俘军乐队。加入皇家海军前，德顿曾经是皇家艺术学院的管风琴乐手，弗雷曼、哈克和多林三位加拿大人战前是当地乐团的职业乐手，谁都能看出来，这支军乐队会非常棒。

郁列出的团体运动项目共三项：木球、七人制小场地足球和马上游戏。

木球在英国海外兵团官兵中十分盛行，入门不难，可安排多人参加，重要的是，这项高贵的运动不消耗体力，受到军医老曹和卡米拉的大力支持。

因为华人球王李惠堂的原因，中国南方和香港风靡足球运动，由于场地限制，华人发明了一种九码罚球的七人制小型足球，非常适合在场地不足的D营进行。

我一直有种猜想，马上游戏这个项目，是郁为我设计的。我打小做牛仔，落下不骑马迈不动步子的毛病，无论什么场合，我都喜欢骑在一样东西上，就差编条草绳套人了。

“亚伦，想你的马了吧，不骑它你会死吗?”大伙坐在营房外晒太阳时，郁嘲笑我。

“别提了伙计，一想到这个我就伤心。”我骑在一扇等待修缮的门页上，难过地回答。

“别不好意思，卡佛尔少校和皮耶军士也夹着毛毯睡觉，老曹、鲁迪和沙希姆小时候也玩过骑马游戏，那没什么。”郁认为，每个男人童年都有策马疆场的梦想，我大可不必为胯下夹着一根野核桃树枝到处闲逛感到羞愧。

自治委员会讨论了郁提供的报告，上述团体活动回避了与日军同乐问题，除军乐队牵涉高额费用遭到部分委员会成员质疑，郁坚持摩尔上校支持这项活动，战俘大学和三项体育活动得到批准。

摩尔上校在战俘大学讲第一堂课时我去听了，听课的差不多全是军官。上校回顾了远东的征服史，他谈到尼布楚的丧失和蒙古帝国的分裂，朝鲜半岛和满洲的易主，这和我知道的南方战争时期英国佬的保守观点一样，让人不舒服。德顿也做了一次《殖民地的光荣与衰败》的演讲，这位老兄认为英国应该放弃大陆政策，退回海洋帝国的传统上去。他用美国和日本两个新兴的海洋国家作例子，预测这两个和英国十分相像的国家将步英国的老路，从极盛快速走向衰亡。

木球项目开展最快，外出做劳役的伙计们拖回一棵风吹倒的紫檩树，战俘中有能人，用倒木做成木球和木酒瓶，穿坏的胶鞋代替橡皮做成球杆，没得说，玩起来棒极了。

足球项目也不慢，四支足球队很快组织起来，桐山去香港时带回一只皮球，球赛就开始了。

第一场足球赛在英军和印军中举行，郁做主裁，全营人都看了这场比赛，结果英军输给了印军，英军领队古柏少校很沮丧。

第二场是印军对加军，王因华做主裁，印度人保持了不败纪录。

第三场华军对印军，游击队主动提出和国军混编一支球队。上场前，郁临时为不会踢球的队员做了规则讲解，队员们懵懵懂懂，很亢奋，踢得也很卖力，踢伤了印军两名队员，但球还是输掉了。

在D营只剩下18名战俘的印度人连胜三场，风头无两，比赛结果在战俘中引起强烈反响。

英军和加军不服，要求踢第二轮。几天后，第二轮开赛，英军全力以赴，场外啦啦队多达百人，凭气势就把印度人吓蒙了，最终印度人输掉了那一场。加军表示他们能组织更强大的啦啦队，他们也要和印军踢。印军建议加军与新晋胜队踢。英军要加军先从淘汰赛开始，和华军踢。华军联队表示认输，不踢了。郁做了很多工作，勉强把华军联队劝上场，球员一个个没力气，脚抽筋，踢几下就站住不再跑动，很快败下阵来。

我看出华军联队的问题。大伙都一样营养不良，主要还是国军和游击队暗中分派，互不传球，能踢的郁和王要担任裁判，场上没人，队员没有能力争位置，每人都想自己把皮球踢进对方网里，只肯踢0—0—10战术，这样跑不了两下就累虚脱了。

郁不让我把事情说破，他向分管军官建议，比赛换成杯赛，用厕纸和切成小块的肥皂代替奖杯。有奖励，队员就有积极性，这样又踢了两轮，华军联队水平不如另三支球队，又没有团队精神，每次都拿不到厕纸和肥皂，球员积极性很快消失。郁又改规则，不管输赢都有奖励，队员只要上场就能拿到厕纸，球赛勉强维持下去，每个月能踢一轮。

8月15日那天，人们正在操场上踢球，远处响了几十声炮，值班军官很紧张，命令全部回到营房，球赛中途收场。两个月后，10月24日，D营头一次响起防空警报，警报引起骚乱，一名加军士兵表现出躁动情绪，惊慌地叫喊着向营区外跑，被岗楼上哨兵开枪射穿臀部。矢尺赶到营区，要求人们全部回到营房中。战俘值班军官认为如果遭到轰炸，在营房里伤亡会更大，拒绝执行命令。矢尺从警备队调来士兵，坚持战俘必须回到营房，任何在屋外的人员都将被射杀。

当天晚上，自治委员会召开紧急会议，分析当日外出劳役的人在海边观察到的情况。据劳役队的人说，有超过20架盟军轰炸机飞抵香港上空，对香港进行轰炸，日军数十架战机起飞迎击，不敌盟军护航歼击机，至少十数架被击落，盟军亦有一架轰炸机坠落。军官们认为，轰炸机数量超过20架，有护航歼击机编队，不排除是盟军反攻开始的信号，应就此做出观察反应，成立空袭观察小组。

因为空袭频繁，当年足球赛季结束，直到第二年春天才恢复。球赛结果，印军一共拿了七次冠军，加军也拿了七次，英军最多，九次，华军联队连第二名也没拿过，印军看不下去，让球给华军联队，华军联队拿过一次第三名。

马上运动是1943年冬天开始的，本来没有比赛，各军团按自己的风俗习惯玩，军官们研究了各军团游戏规则，考虑到华人军团的马上游戏不光强调人马合一，马战格斗也更体现军人职业，决定放弃加拿大人傻乎乎背着人奔跑和英格兰人趾高气扬的马背竞技方式，最终以华军团的打马仗为基础制定标准，组织联队比赛。

美国人少，没有参加足球赛，马赛不能再缺席。我召集亚当和莱弗，荷兰人范尼、扬森和鲁迪，这几个城里小子没骑过马，我教他们学了两天，参加了马赛。

头两场，中国军团技胜一筹，其他几个军团输得很惨，连我也败下阵来，丢了老爹的脸。我满腹迷惑，中国的“马”条件不在欧美“马”之上，而且，他们的“马”大多采取打不过就跑的战术，被其他军团的“马”撵得满场转，照这样，就算人“马”协调不错，也做不到场场赢，可他们就是赢了。

郁给我讲了一个中国故事，主人公是齐国三军总参谋长孙膑，他受人忌妒，被挖掉髌骨，坐在车上指点手下田忌赛马，让田将军用下等马对阵敌方上等马、上等马对付敌方中等马、中等马对付敌方下等马，结果落败的只有一对，其他两对准赢。

我恍然大悟，原来中国人狡猾，用了这套把戏。

饭岛对马仗运动很感兴趣，到营里来看过两场，以后怂恿格尔诺维茨把马仗换成跑马。格尔诺维茨以为饭岛怀念中世纪大名武士的流镝马术，后来知道不是，饭岛建议的是古老的希腊式速度赛马。

“香岛马会恢复了跑马，澳洲马主不肯带马入港，本着娱乐精神，马会换成木马，不也照跑嘛。”饭岛和气地说，“古希腊人创造了推崇精神的赛马，英国的纯种马和典雅的骑师受到世界景仰，要说，比的是速度和骑手协调技巧，中国人争夺输赢，免不了使出雕心鹰爪手段，造成身体伤害，怎么说都不算绅士所为吧。”

格尔诺维茨被饭岛说服，向两位副主管汇报了情况，阿巴斯有同感。马喜良不便申辩，马仗正式换成跑马。

第一场跑马赛选了个晴朗天。没想到，换了速度竞赛，我的美荷联队还是输，而且竟然落在所有马最后。接下来两场，情况一点没有好转。郁给我分析，问题不在骑师，在马，营区操场是全天候泥地，短途赛，马的脚部负担不重，可是，范尼、扬森、鲁迪、亚当和莱弗不会跑，要么抢闸，要么跑到半途把骑师颠坠马，根本拿不到策骑牌照。我也看出来了，心里很难过，一个牛仔，居然在马背上被人笑话，真是丢丑丢大了。郁看出我不开心，非常够意思，向格尔诺维茨辞掉裁判，跑来给我当海外马匹。我说得了，郁，就你，还不如我自己当马。郁说，别瞧不起人，换个人我让你好看。我知道郁不吹牛，他体育挺棒，真要比，在D营比谁都强。

那天开赛前，饭岛也来凑热闹，把日方军官都带来了。小鬼子过节似的，穿着隆重的九八式礼服，佩戴步兵红、警备黑、技术黄和军医绿胸章，坐在事先架好的木条凳上观看比赛。开始大伙有点拘谨，出现了两次抢闸，一次坠马，后来看见小鬼子只是交头接耳，多数时间都正襟危坐，天气那么热，他们也没有解开衣扣，大伙就放松了。

那天跑了六场，每场七八匹马出赛，我和郁跑了两场。郁给足了我面子，他完全是冠军种马的架势，开闸后第一个顺利出闸，眨眼就在赛道上找到最佳位置。他腿长，蹽开了往前飞奔，根本不用我控制。我俩人马合一，头一场就得了头马，第二场郁速度更快，第二名比我俩差出两个马身。

不是军团出赛，没有设杯赛，按名次分出冠亚季军，我和郁领到两双袜子的冠军奖励。获亚军的是印度人，奖品是两包咖啡粉，国军的马获季军，得了厕纸 20 张。对这个结果，大家都很满意。

日方军官那边却吵吵闹闹，有人兴高采烈，有人垂头丧气，阿部正弘拿着小本子挨个儿收钱付钱。矢尺眉头紧锁，一脸丧气，用白色遮阳帽死劲敲打手背，数出几张军票甩给阿部。我这才想到，赛前看见阿部挨个儿在军官面前走了一圈，在一个小本子上记下什么，当时只顾着准备入闸，也没在意。现在才知道，人家在赌马。他们按出赛马的血统，分出亚洲马、欧洲马和美洲马，分别给每匹马取了名字，诸如日落、朝霞、雪夜、银骢什么的。郁的 3 号马是“雪夜”，1 赔 3 的赔率，饭岛押了“雪夜”孖宝，还押中一个三重彩。赛后，那个狗粮养的赢了几十块，大方地奖给“雪夜”5 块，骑师 3 块，气得我血直往脸上冲，要不是他满脸挂着钦佩的笑，我手里又没有牛屎，我会当场糊他一脸。

日方赌马的事严重伤害了人们的感情，自治委员会决定，凡日方号召的运动，一律束鳍委翅，不与合作，日方只要有一人在场，战俘终止集体活动。徐才芳特别代表钟上校表示，委员会日后应严格审查集体活动项目，不允许任何带有日方把战俘作为玩物的运动出台。徐才芳说那番话时一直看着担任会议传译的郁，其他军官知道他是什么意思，大家都沉默。

“别再管这些事，兄弟，没人在乎你做了什么。”我同情郁，是大家要消磨营中苦闷，上司让他干的，他不该受人气。

郁看我一眼，没有说话，脸上带着若有若无的微笑，大概还想着蹽开长腿跑头马的荣耀。

那天晚上我去茅厕，郁提着裤子从茅厕出来，他突然开口问我：

“亚伦，你的短角牛群里，有几只不想乖乖被宰的家伙，一定有，对吗?”

“这还用说，可是，那是它们的命，它们还是会被宰掉呀。”我不知道郁想说什么。

“被宰之前呢？”

郁这么说的时候没有看我，目光在营区南边。我顺着他的目光看去，南边大约两百公尺外，那里有一道生长着低矮植被的山坡，海在看不见的高地另一头，天空被高地切断，一道影影绰绰的玻璃色留在那儿。我没看出什么名堂，也没想过牛被宰之前是不是有过不想挨宰的念头，但那些牛是聪明的家伙，也许它么真那么想了，我说不准。

“它们知道死期临近，不会在意别的牛怎么说，不会蹲在粪堆上哭泣，然后变成一只短毛猫，从栅栏下溜走。”郁从南边收回视线，看着我，他的目光在夜晚显得非常明亮，“如果它们真的知道这些，不会和别人商量，而是按照牛的样子活过最后的日子，直到被宰，我猜是这样。”

我想了想，你别说，还真是这样，过去我一直没这么想过，看来我应该这么想，因为郁说得对。

我还想，就是因为这个，因为牛会按照生命的样子活过最后的日子，郁才来找我，背着我，撒开长长的两腿向前奔跑的吧？

冬天快结束的时候，有一次，我去图书室借书，郁在整理图书，他替孖仔向我讨要空罐头盒。我正向他抱怨中国人的贪婪，一名警备队士兵进来，替桐山送报纸来。郁在那堆几个月前出版的旧报纸中翻到一条新闻，很兴奋。我也看了新闻，上面说，联合国家签订了《联合国家宪章》，中国成为美、英、苏之后的第四大国。奇妙的是，宪章在圣弗朗西斯科签字那天，正是盟军轰炸香港那天，10 月 24 日。

“祝贺，伙计，你的国家是世界四强了，我们是真正的兄弟了！”我慎重地拍了拍郁的肩膀，“没说的，我去拿罐头盒，中国人有资格得到它们！”

郁点了点头，什么也没说，我看见他眼里溢满泪水。

(GYB006－001－218) **被告郁漱石庭外供述记录：**

从教育科返回西区时，李明渊在路上拦住了我。几个战俘从那里过，在离我们不远的地方站住，退回去，从营房背后绕道走掉。

那只我熟悉的昆虫飞来了，大大的复眼闪着金色的微光，挑衅地悬在我俩中间。

“老弟，你不觉得这样很不正常吗，我们应该谈谈。”李明渊说。

他的口气和表情令我意外，不像这一年时间里我俩之间的冷漠，好像有点热情。他说不正常，说应该，不是居高临下，不是他在决定我，而是说我俩有理由，或者他有愿望和我说点什么。要是他不用那副口气对我说话，我会毫不犹豫从他身边走过去。

我们去了溪涧那边，那里没人。李明渊不看我，盯着流水，就像我不存在，自顾自地说，自从我俩闹矛盾，他一直心存愧意，他真不在乎 7 战区的人，但D 营一千多名战俘，就算他和所有分裂派你死我活地作战，也不应该向我举起枪口，他只是不知道该如何回到 6 月的华盛顿，以及 12 月的香港，现在，他决定改变对我的态度。他说他明白了一个道理，他在 D 营的生活只剩下一件事情：感激我这位老部下——当他被日本宪兵拖出玛丽医院停尸间时，他觉得一切都完了，他想到了为国成仁，却不甘心，后来他来到 D 营，见到我，就像见到另一个自己，我的出现证明命运没有抛弃他，给了他勇气，让他在令人窒息的孤立中不至于绝望。

“别以为这样做容易。”李明渊抬起脸，紧紧盯住我的眼睛，用一种承担了天大委屈因此深深受到伤害的口气说，“我没有找一块露出木茬的墙角，试试断茬的坚硬，测量好角度、距离和力量，深深吸口气，埋下头往前冲去，用爆发力完成最后那一下，扑哧！知道那是为什么？兄弟，是你帮助我做到了这个，是你!”

我承认，我有点不安。但他说扑哧，那个词击中了我，我差点没落下泪来。

“就算这样，我们不是什么都合得来，绝对不是，对吧?”他既诚恳又无可奈何地摇头。

我在心里告诉自己，我也这么想，我俩根本合不来，这才是事情的本质。

“不，我不会和你一起打扫营区、清理茅厕、往伙房抬粮包，不会给鬼子当传译、出主意、舔他们的屁眼，不，想也别想!”他根本不管我在想什么，像将军一样充满表现力地对着脚下流淌着的溪水挥动手臂，“但是，我不介意和你一起坐在营房门口晒太阳、捉虱子、聊点开心的事情，不介意你教我学习鬼子的语言，让我不挨那些家伙的揍。我们还可以做点别的有意义的事情，比如，你可以来东区转转，我也可以去西区走动，我们一起给那帮英国佬讲点可乐的事情，让他们别小瞧咱们中国人。”他转过头去，看了看黑暗中的天空，然后再一次把目光投向我，“兄弟，你选择吧。”

天边有一条银蛇快速攀缘而来，又快速消失，然后是另一条，另几条。雷雨在黑暗中的离岛上空集结，空气中弥漫着植被蓄势待发的味道，有点呛肺。我在回忆雷雨不在的那些日子，我在干什么。我在想象我出生之前的日子，我在干什么。

“知道吗，你不该拎着一根文明棍到处走，那个样子很可笑。”我打破沉寂说。

李明渊不解地看着我，他被我的话弄糊涂了。

“你的伤早好了，你那样杵着拐棍走来走去，不过是装装样子罢了。”

“你到底想说什么?”他显得有些不安。

“好吧，我接受。”我听见自己哑暗的声音，那只草蛉，它从我面前消失了，“以后别拿上司的口气和我说话，D营没有中央。”

“球大个东西，中央!”

李明渊愣了一下，很快说了句俚语，情急地大笑起来，也许不是笑，是出气，有点喘不过来。然后，他停下来，朝四周看了看，挥动胳膊，将手里的手杖丢出去。手杖飞进黑暗中，有人哎呀叫一声，骂起来。我想笑，李明渊丢下我撒腿就跑，我连忙拔腿跟上去。他有点瘸，步子不稳，但我一直没有撵上他，眨眼间，我俩窜过两栋营房，消失在黑暗中。

接下来的几天，每天上午，李明渊都会出现在教育科。他讽刺我是自治委员会忠实的狗，听话，但一根肉骨头也没捞上。但他还是热心地帮我校对材料，不断拿材料里的事情当笑话说。他的笑话一点也不好笑，但他自己笑得不行，见我莫名地看他，他又生气，埋怨我没有幽默感。

在我被人们集体孤立的时候，李明渊成了唯一敢在公开场合和我表示亲密的中国人，而且，他敢于在其他人欺负我的时候，大义薄云地站出来斥责对方，不惜把事态闹到收拾不了的地步。这让阿朗结衣和孖仔十分诧异。龚绍行偷偷告诉我，徐才芳对李明渊违背自治委员会决定，在严格规定不许私自和我接触时，明目张胆和我结盟表示强烈不满，正在策划打击措施。我把事情告诉李明渊，他不屑地一笑，声称他根本不在乎。

“这帮自私、胆怯、吝啬的家伙，竟然在战俘营中巧取豪夺，完全不值得受到尊重，应该交出他们的指挥权。”李明渊认真地和我讨论D营的战俘管理体制，痛批战俘中仍然保持的虚假战斗序列，不过是通过一系列不明智的命令，维持地方军阀在士兵面前的优等地位，“你是7战区的人，你自己说说，7战区哪一次败仗和他们没有关系？不好好检讨屈辱的战败实事，还想着在一支战败的军队中继续完成封建统治，他们全都该被枪毙！”

“你的话有道理，可太有攻击性。再说，你只是少校，轮不到你指点乾坤。”

“你不如直接说，我试图建立新秩序，我是国民党新左翼。”李明渊嘲笑地看我，“正因为这样，他们才害怕我。”

“你可以把宏图大略留着，等你离开这儿再实现。”

“我们在华盛顿工作时，看到大萧条之后美国人怎么在民主运动中开创新文明，对吧?”李明渊不想等到那个时候，他决定好好教育一下我，“美国人争取民主文明，英国人坚持保守文明，法国人死守正统主义，奥地利人主张新均势体制，德国人要的是德意志新秩序，暴力扩张的沙皇倒台后，布尔什维克俄国变本加厉，想赤化整个世界。现在明白了?”

“明白什么?”我被他毫无逻辑的表达说糊涂了。

“你蠢!”李明渊有点急了，拿手指在我胸口上戳来戳去，这让我立刻想到另一位少校在我身上采取的同样动作，“文明不是天使，是豺狼，一大群各种主义的豺狼。它们从早期文明的胎盘上脱落下来，在相互撕咬中杀死自己的父兄。可是，不管在战胜别的豺狼时是否需要群狼协作，狼群中只有一只头狼，它必须用最残暴的方式取得头狼地位，只有这样，狼群才能存在下去，进入下一个种群进化时代。”

我被李明渊的一套理论说得目瞪口呆。关键是我被他戳得很不舒服。我从没想到他竟然考虑得这么深。不过，我不想考虑豺狼的事情，在我俩都成为俘虏之后，我更关心另一件事情，因为他不会日语，在他成为头狼之前，他会不会被豺狼吃掉。

李明渊英语不错，还懂一点法语，学习语言没有障碍，奇怪的是，他在日语学习方面却表现出惊人的愚钝，似乎他天生就对日语具有致命的排斥。

“好了，不说那些，我们说正经事。”

“什么?”

“现在，用我教你的日语，尝试和日方沟通，看看你学的怎么样，能不能战胜豺狼。”

“说点啥?”

“嗯，通常日本人喜欢得到你的恭维，希望你把他看成真正的男子汉，不会乱来，你让他放心，告诉他你不会背叛他，他说什么你都听。”

“あなたが石頭みたいに強い大丈夫です、謹慎の人でもあります、放心して下さい、私はあなたを裏切らない、ずっと付いていきます。”

“不不不，我的朋友，你这是干什么？你为什么要咒骂他?”

“我没骂他，我在恭维他。我在说，‘您是如同石头一样坚强的大丈夫，做事谨慎，请您放心，我不会背叛您，我会一直追随您。’”

“可在对方听来却是这样，‘您是如同一根筋一样强的没关系，又是禁闭之人，请精神恍惚，我不会背叛您，我会一直追随您。’朋友，这是恭维吗?”

十六

法庭外调查及其他：我被自己出卖了

（GYZ006—004—009）**证人奥布里·亚伦·麦肯锡法庭外调查记录：**

上帝关心失去自由的人，冬天到来后，一些好消息陆续传到D营。

从香港探亲回来的桐山传译官告诉我，关押在圣士提反监狱的美国驻港领事华德先生半年前获得自由，带着幸运的外交人员和记者乘坐交换船回国了，拘押在赤柱营的几百个美国平民也陆续释放了两批，剩下的平民和战俘将分别获得释放，我的好日子快到了。

圣诞节那天，厨房罕见地提供了面包、烤鱼、烤猪肉和茶，让人难以置信。厨房的伙计甚至用米粉为大家烘烤了蛋挞，上面用红药水涂上大大的V字，大家叫它胜利蛋挞，用它来干杯。

英联邦军团组织了战俘营两周年纪念活动，美国人和荷兰人受到邀请。阿塔尔德牧师主持了祈祷，上帝爱他不幸的子民，阿门。很多士兵上台演讲，倾诉被浪费掉的青春，希望自由早日到来。英格兰人演出了《斗争》[①]，那是一个不妥协的工人和铁腕政策的资本家之间阶级斗争的故事。我觉得英国人过于严肃，他们如果一定要探讨苦涩人生的话，不如演《安娜·克莉丝蒂》[②]。人们总要回到生活中去，对吧？不能老是活在战俘营中，对吧？如果没人能演安娜，他们最好请我，我知道怎么演好安娜当妓女那段，我会用香烟盒箔纸做成安娜的项链和头饰，他们应该相信无所不能的美国人。

---

① 英国作家约翰·高尔斯华绥（John Galsworthy，1867—1933）的戏剧作品。

② 美国作家E·奥尼尔（E. Oneal，1888—1953）的戏剧作品。

1942年底，英国红十字会通过香港红十字会为英国人送来了他们的额外补助津贴，大约三百多人领到了薪水。那是薪金之外的补贴，军官每天三便士，士官二便士，士兵一便士。可惜，加拿大人、印度人和荷兰人没有领到上帝的血。我认为英国人应该认真考虑殖民地光环普照这个问题，公平地对待他们的兄弟。我对高级军官们说了我的看法。英国佬可没含糊，他们做出决定，额外补助津贴的三分之二发给本人，三分之一由军官委员会统一管理，在战俘医院和伙食单位中支配。我认为这场战争结束后，英国佬有希望建立民主，他们应该在D营开设一间小卖店，让能干的人，比如我当酒保，收取两成费用，这样大家的日子就会好过不少。

上帝有时候也会打盹。郁的旧伤复发，在战俘医院住了十几天，他的话越来越少。有几次，自治委员会要他干活，他违抗上司的命令，在营舍里睡觉。我和郁聊过，关于他和自治委员会的矛盾，他什么也不告诉我。我不知道他在想什么。我觉得他是那种冬蛰动物，能预感到什么，在某些时刻让生命活动处于低迷状态，保存体力，我猜是这样。

春天过后，郁渐渐苏醒。他醒得恰到好处。D营连续发生了一些事情，先是鼯鼠事件，再是香烟事件，然后是红十字会事件，郁都参加了。我猜中了，他恢复到我喜欢的那个郁。

冬天的时候，我捉到一只跑进营区的鼯鼠，小家伙长着大眼睛，长尾巴，趾间有一层灰色麾套模样的飞膜。我从没见过这种灵巧的动物，爱不释手。我给它取了名字，亚伦斯，也就是我儿子。我弄了一只木箱把它养着，准备回国时带上，作为礼物送给劳莉塔。我猜劳莉塔宝贝不会妒忌这个我从外面带回去的漂亮儿子，她完全可以生更多。

曹医官听说我捉到一只鼯鼠，跑来看，一看就不肯松手，要我把鼯鼠送给他。我没答应。曹跑回卫生科，一会儿抱来只陶罐，申明他不要鼯鼠，央求我把鼯鼠的粪便给他。我觉得奇怪，不明白中国人怎么会对岩穴鼠的粪便感兴趣。郁和曹交流了几句，告诉我，鼯鼠的屎是名贵药材，焙炒晾干后叫五灵脂，是活血化瘀的良药。郁说那些话的时候眼睛是亮的，他也惦记上鼯鼠屎了。我决定把亚伦斯儿子的粪便分一半给郁，另一半留给曹医官，但有个条件，不许在做饭的锅里焙炒，如果那样，他们闻都别想闻一下。

郁和曹没拿到多少亚伦斯儿子的粪便，大概三周后，小家伙不见了。我到处找，没找到，对不告而辞的儿子充满怨言。要知道，我不光给它吃树叶，还把金子般珍贵的巧克力豆喂给它吃，它不该这么无情，跑回森林里找它生父去了。

“别说傻话，”郁坐在床上缝衣裳，一边和我聊天，“亚伦斯根本没有离开营区。”

“这是个好消息，兄弟。营区里没有岩穴，它妈妈不会来给它喂奶。那么，它去哪儿了？”

“亚伦，你真不知道？”

“知道什么？”

“亚伦斯被人吃掉了。”郁面无表情，残酷地说。

“哦，上帝，不许你这么说！”我差点没呕吐出来。

“睁睁眼吧亚伦，你认为在一座战俘营里，吃掉一只岩穴鼠算犯罪吗？”

“天杀的，当然算！”我愤怒地朝郁喊，“上帝不会宽恕你！”

郁不再搭理我，低头缝补衣裳。我的愤怒渐渐消去。郁说得对，上帝会宽恕吃掉岩穴鼠的人，如果他是上帝，那个人是该死的战俘。

亚伦斯被人们的胃酸消化掉没多久，我的香烟又被人偷了，一共21支。

香烟是最热门的硬通货，能换到任何东西。入营一段时间后，人们的香烟基本吸完，只有一些军官手中保存了少量。顺便说一句，有些可怜的伙计，死的时候可没有叼着香烟下葬。

营地里流行一种借贷券，需要日用品又没钱的就用借贷券赊账，可谁也不能保证其他人能活到什么时候，没人愿收借贷券，香烟就成了变通的易物方式。我不吸烟，也不喜欢被不断拥有它的人放在鼻子下嗅了八百遍，味道可疑的香烟，但它们无比珍贵，赢得它们等于赢得战争。

我是公认的赌香烟的好手，D营几个身怀绝技的人全都败在我手下，他们恨不能杀了我。我不吝啬，但很精明，每次赌完香烟，我会清点战利品，知道自己拥有多少支香烟，它们有七种牌子，数目会随着战果不断增加。郁也不吸烟，有时候我会给他几支，让他拿去行贿。他希望我能给他内裤、剃须刀片或者肥皂，这个可没门儿。

那天我清点战利品，发现少了21支香烟，就知道遇上了杰西老兄①。香烟

---

① 杰西·詹姆斯（1847—1882），美国南北战争时期江洋大盗。

肯定不是西区 9 号营舍里的伙计偷的，他们会公开向我要。弗雷泽认为是中国人偷的，他们入营时间长，不与家里联系，没有供给保障，很少有私人用品，有的连成套的衣裳都没有，而且他们中有几个贼，对盟军下过手，有一个叫周有全的士兵，被辛普森军士当场抓住，揍了一顿，这个大伙都知道。

伙伴们推测出两个最可疑的中国人，我当面去质问他们，他俩矢口否认。我觉得挺没劲，不再打算找回失窃的香烟，而是控制支出，削减对朋友们的配给。几个赌技不行烟瘾大的朋友受到牵连，把气撒在中国人身上，借早上出操机会闯进东区营房，搜查怀疑者的物品，结果香烟没搜出，搜出好几样英国人和加拿大人丢失的物品。

军官委员会出面处理这件事，私人物品归还原主，偷窃者向失主道歉，保证日后不再伸手，承担本营房三周的内务。

盟军的人不肯善罢甘休，开始找中国人的茬。中国人被惹毛了，双方发生冲突，其他人也参加进来。斗殴事件发生了几次，有决斗，也有群殴。军官委员会出面调解，没见成效，事情惊动了双方最高指挥官。钟上校和摩尔上校交涉，希望不要扩大涉及面，让事态发展到武力攻击程度，被日方利用。摩尔上校同意钟上校的看法，不过，他认为钟上校应该对部下严加管理。

本来事情有了转机，谁知瘸腿的李少校却在午餐时站出来，在大庭广众之下发表了一通掀风鼓浪的演讲，事情急转直下。

“英国人为什么不像保卫 21 支香烟那样保卫 160 万香港华人?”李少校站在架饭桶的木墩上，慷慨激昂地对中国人发表演讲，“如果他们愿意拿出一半的热情和勇敢，香港就不会丢掉，我们也不会在这儿被人扒了裤子搜身!”

“少校，那不是事实。”郁在人群中说，那之前，他一直没有介入香烟事件，只是为西区 9 号营房的伙伴们把目标锁定中国人而难过，“你在那儿，你知道，他们尽力了。”

“是吗?”李少校把目光投向敌友不分的旧下属，“尽力放弃防线还是尽力竖起白旗? 难道他们没有让独 9 旅的弟兄们在鬼子背后白打一仗? 现在他们竟然好意思对曾经拯救过他们的国军弟兄们下手!”

“独 9 旅是自己放弃援港战役的，他们一枪也没放。你应该去问问国府，他们才知道那是为什么。”郁像不识时务的雏子似端着饭钵，他那样让自己的旧上司难堪，我都替他脸红。

“郁漱石，这话可不该你说。”李少校拉下脸，“你让我感到遗憾，兄弟。”

那天晚上，郁找到我，要我阻止伙计们对中国人的敌视情绪。他感到国军中正酝酿着一股无名戾气，担心更大的斗殴会发生。

“郁，我不会再追究香烟的去处，谁爱偷谁偷去好了。”我眼里露出冷漠神色，美国正源源不断把战争物资运往他的国家，他的同胞却贪得无厌，做着梁上君子，“可是，别指望我改变对你同伴的看法，门也没有。”

“亚伦，还没看出来吗？明天他们就会伤害对方，你能阻止他们！”郁不愿放弃。

“我能做的就是这些，伙计总不能指望我请大家吸光我的香烟，再向天皇先生请个假，回西湾平原去把我的牛群赶来宰给他们吃掉吧？”

“别这么说亚伦，伤害够多了，别再伤害自己，至少你可以做一件事，阻止弗雷泽他们的仇恨。”

“那么，你那些狂热的伙伴呢，谁去阻止他们继续偷窃？你那位瘸着腿到处演说的上司，他呢？你打算提一桶凉水去浇熄他眼里的火焰？”

“你说得对，我做不到。”郁怔忡一会儿，沮丧地说，好像他才是引发了这一切的罪犯，“没有人会听我的，他们只会冲我脸上吐唾沫，然后去把他们的对手打倒在地，这就是接下来会发生的事情。”

我俩不再说什么。郁从我身边走开。他走出一段路，站下，朝操场上看去。

那些游击队的人在那里。他们在处理今天最后一批垃圾，把它们运到操场边的排水沟旁填埋掉。他们一直身处冲突之外，仿佛他们已经建立起一个全然自我的世界，这些奇怪的家伙。

红十字会捐赠物资事件就是在那以后发生的。

事后我才知道，郁豁出来了，他想转移人们的注意力，让人们把拔出来的拳头揣回去，去寻找共同的敌人，而他愿意做那个打着火把走在最前面的人，那个让别人活下去而自己找死的人。我无法理解这样的郁，他竟然想保护那些连尊严都不要的自我作践的人。我和他的关系开始出现危机。

(GYZ006－005－011）**证人矢尺大介法庭外调查记录：**

失败者的无耻堕落造成战俘营犯罪情况严重，很多军官都有这种印象。所以，当131找到本人，希望本人出面阻止群殴事件蔓延时，本人认为他居心叵测，想利用这件事情做文章，这样想，大概是有理由的吧。

本人在管理区训练新入伍的士佐犬，它是个肌肉发达的家伙，全身黑毛油光水滑，我早就想得到这样一只忠诚的伙伴。占领军宪兵部在例行搜查时抓捕了它的主人，它被送到D战俘营之前，在宪兵部犬舍里活活咬死一头勇猛的沙皮犬，撕开对方的肚子，津津有味地吃掉大力士美味的内脏，整个过程中它连一声都没吭。

“是啊，那帮家伙太不自尊。”我耻笑131，“可是，你想让我做什么？带他们做游戏，还是像一位慈父，为他们揩掉脸上委屈的眼泪？”

“请告诉他们，如果谁再寻衅，你会使用重营仓惩罚滋事者。”131摇摇头，好像有一大群困惑的苍蝇贴在他脸上。

“哎呀，由本人出面建立新秩序，拯救你的同伴，教会他们相亲相爱，这的确是好主意。”我相当不快地说，脚边的猛兽受到影响，喉咙里发出低声的咆哮，“杀死他们当中的一个，其他人因为害怕乖乖放弃对立，你想达到的目的，就是这样吧？”

“也许情况会比这个好，那个人不会死，他能从重营仓里自己走出来。”131的脸色非常苍白，看来他自己也不相信这样的结果。

“那么，本人该选谁做这个牺牲者？还是你决定让谁做这个牺牲者？”本人替这个蠢货着急，他完全没有管理者经验，以为不过是个恐吓游戏，“可是，对于失去理性的家伙，他们要是自相残杀的话，帝国军人不会阻止，这就是本人给你的答复。”

因为没有说服管理方指挥官，131进行了报复。

昭和十七年十月、十八年三月和六月、十九年四月和二十年一月，香岛红十字会、中华民国红十字会和红十字国际委员会向战俘总营提供了五批物资，主要是食品、衣物和药品，这些物资大多被送往关押平民的赤柱营。D营接收到的第一批物资是军粮形式的食物，计有玫瑰油、酥油、腌牛肉、罐装猪肉、白豆和豌豆、水果干和糖，另有一千多件包裹，物资贮存在警备队若松小队仓库里，的确没有配发给战俘。

10月份的时候，印度独立联盟香岛支部举行“庆祝印度临时政府成立”电影放映会，D营部分顽固的印人战俘拒绝响应号召加入解放阵线部队，报道部寺田部长安排印度方面乃度主席、军事代表卡拿星少校和独立联盟支部书记克利士拿专程从香岛来D营做战俘方面的工作。因为来的是大人物，负责总务的阿部少尉从仓库中取出部分物品招待客人，事情可能就是那个时候泄露的。

战俘自治委员会突然提出交涉，指责日方隐瞒和扣押红十字会捐赠物资。双方交涉时，131当场出具证据，两个被丢弃在日方管理区内的罐头盒，上面印有B. R. C. S. 标记，战俘中的前物资供应单位人员出具证词，证明罐头是美国为英国生产的战时物资，全文British Red Cross Society，英国红十字会的缩写。令人气愤的是，131竟然说服了桐山那家伙做证，受到怂恿的传译官承认去年的确收到过红十字会送来的物资，总营要求分配给战俘，管理方没有这么做。

掩藏令人厌恶一手的家伙，实在是撅竖小人!

饭岛指挥官事先知道物资的事情，不明白为什么冲部下发火。担任日本红十字会副会长的清水亲王不久前视察赤柱营，不是也对拘留者承诺过尽快送物资到营区的话，最终没有兑现嘛。

不过，事情闹到这个地步，总不能推到指挥官头上。本人解释，秋天共产党游击队在大鹏湾袭击我海上挺进队，击沉三艘舰船，稍后又在南澳口和大浪口劫获我方多艘运输船，总营配给物资未能幸免，少量运抵物资，因事先从总营获悉情报，英国军事情报局采用不正当方法制造战俘逃亡事件，打着援助组织名义的包裹并非纯粹人道主义物品，其中裹挟了协助逃亡的设备，需要仔细勘查，因此耽搁了物资移交工作。本人这么说，实有勘查程序，并非完全狡赖。

本人指示将剩余物资移交给战俘自治委员会，由阿巴斯中校监管，各国派一名军官和一名士兵担任专员，监督物资的分配。

本人没有因为此事惩罚131。这个可怜的家伙并没有因为替战俘赢得宝贵物资配给而受到同伴的感激，相反，他因神龙见首不见尾，属于闪烁其词的危险人物，被排斥在物资监管人员之外，这是他没有想到的吧，至于额外的惩罚，则大可不必了。

记得战俘们第一次享用好心人提供的物资时，本人去了营区。在战俘们放肆的掌声中，提供缩写证明的英军供应大队士官骄傲地穿过战俘队列，走到前面，第一个领取了属于他的那份荣誉食物。按照指示，分发食物的军官多分给他两个面包和一个救济包裹。士官当着众人的面用力咬了一大口面包，把面包举在头顶，露出胜利者的微笑。

131像往常一样排在军官战俘队列中等待领取物资。没有人提到他的名字，他也没有得到额外的奖励，连战俘委员会的军官也没有替他说话，红十字会物资失而复得的事，好像从来没有发生过。他领到食物，离开人群，远远蹲在操场边，专心致志对付饭盒里刚分到的罐头豌豆浓汤。和别的欢天喜地的战俘不同，他身边一个人也没有，孤零零的。本人的确同情他的遭遇，走到他身边，和颜悦色地和他讨论这件事情：

“在战俘营，每天看见无耻背叛的人们，想着自己夜晚的战栗和天亮后更加卑鄙的背叛，那是一种什么心情？”

131停下咀嚼，抬起头迷惘地看着本人，完全没有听懂本人的话外之意。他脸色白得不正常，头发长得像鸟窝，嘴角挂着一汪肮脏的汤汁，让人看了实在难过。

“就是你的伙伴嘛！”本人大笑，为对方的顽固不化遗憾，“士兵异生共死，如同兄弟，自古以来，留下多少可歌可泣的动人传说，最后竟然变得互相敌视和出卖，难道就是为了一罐豌豆汤吗？仅仅想到这个，如果是我，一定会抬不起头来啊。”

“啊。”他听懂了，脸上表情似乎有所变化。却又很难分清那是什么，“对正常的生活来说，受到人们的背弃，的确是一件难过的事情，虽然仍然希望得到理解，毕竟不能勉强，但是现在的我，恰好相反吧。”

“哦？”

“生命这种东西，即使不想放手，如果一定要被夺走的话，也是没有办法的。”这家伙表情认真，完全是真心的，“只是，虽然害怕失去，哪怕包括生命在内，自己决定不了的时候不必考虑，相反可以放弃侥幸，顺其自然，这样也许更好吧。”

“这样的话，不是更糊涂吗？不断给管理方增添麻烦，却又无法取得同伴的理解，这种奇怪的事情，怎么才能做到呢？”

“矢尺先生是兵户人，喜欢明石烧和咸味馒头什么的，事情理所当然吧。”

“怎么会提起这个？”

“啊，是说，现在矢尺先生不也只能吃麦米饭和大酱汤吗？”

这件事情本人倒没有想过，经他那么一说，还真是这么回事。

“还听说近畿地区的兵户县，是大名鼎鼎的西洋甜点和爵士乐的发源地，可是，远东也好，西人也好，知道的却没有几个，也有婴儿生下来，连父母都看不清楚将来会成为什么样的人，这种事情吧。”

这话本人就没听懂了，脑子里想法挺多的家伙，不知道还有什么鬼念头。不过，人生变化多端，全部掌握自己命运这件事情绝对不可能发生，这个，本人的确有同感。

“明白了。倒是没想过，有意思。那么，就算为了无人知晓的辛苦，请好好享用可口的食物吧。”

本人说完，转身离开顽固的家伙，他会继续把剩下的豌豆一粒不剩地吃掉。印象里，事情就是这样的吧。

(GYB006－001－219) **被告郁漱石庭外供述记录：**

民国三十三年农历春节，中国战俘收到日方的一份礼物——《日华共同宣言与政府声明》。几百名中国战俘集中在操场上，黑压压一片，听饭岛宣读声明。声明里提到的国民政府是南京政府，不过，中国战俘仍因日本与汪伪政权最终的相互承认得到关照，当天晚餐，伙房供应大米饭和炖猪肉，日方宣布中国战俘放假两天，两天内不承担营役，夜里 10 点以前允许在营区内自由活动，日方同时为战俘们放映了两部香港报到部配给的电影。

人们第一次在战俘营看电影，中方邀请盟军一起看。头一天是爱情片《支那之夜》，故事有媚日倾向，电影放到中国演员李香兰扮演的主人公和日本演员长谷川一夫扮演的水手结婚时，有人起哄，不过反感有限，没有引起太大骚乱。

第二天晚上放映战争片《香岛攻防战》，内容是香港战役。联邦官兵是香港战争的当事者，多数人参加了战斗，印军的拉吉普营和旁遮普营战俘差不多走光了，加军的皇家来复枪营和温尼柏榴弹兵营，英军的米德萨斯营和苏格兰营都在，电影拍摄的就是他们，大家看得津津有味。

很快我就认出，扮演梁红莲的演员叫紫罗莲，是马师曾太平剧团的二线花旦，拍过《第八天堂》，扮演梁明志的谢益之是大明星，拍过不少爱情片，印象里还拍过抗战片，不知怎么跑去替日本人拍电影了。两个中国演员只是配角，扮演觉悟的东亚人，电影的主角叫北沢献介，一家三代生活在香港，北沢是香港土生土长，作为少尉的他和部队一起驻守在深圳，大概是说香港自古是日本的一块飞地。电影情节简单可笑，故事充满殖民思想，反倒是不少真实的战场镜头，比如日军几路进攻路线、和平使者赴港岛招降、攻打港岛要塞、12月28日入城式，是摄影师冒着枪林弹雨在战场上拍摄的真实镜头，可见日本人准备充分，尚在矢石之间，就在拍摄日后供人们娱乐的电影了。

电影放到北沢是香港土著的情节时，游击队的人嘘声一片，纷纷站起，集体离场。值班军官习惯了游击队这种做派，拦了一下没拦住，让他们走掉。

电影继续放映，日军攻占香港，被拍摄成从白人殖民统治下解放亚洲人民的义举，主人公无比勇敢，英国军官则训斥印军下属，印军下属在战斗中负伤，日军医官不顾生命安危尽力抢救，印军下属临终前终于觉悟，感叹借助日本之力解放祖国的时机到了。电影放到这儿，联邦军的人不干了，大声抗议，和值勤军官发生冲突，双方推搡起来。几名战俘看守用木棍殴打起哄闹事的人，人们则用凳子奋力反击，直到高级军官出面，双方才停止斗殴。

自从饭岛宣布“共同宣言”后，有条件释放中国战俘的传闻就在D营悄悄扩散开。我被排除在军官们秘密召开的会议之外，不过，徐才芳找过我，要我尽快打听日方是否有释放中国战俘的意图，如果是，释放人数有多少，会不会以加入汪伪军为条件，如果不答应，会不会影响释放。

我问徐才芳，军官们秘密开会确定的名单上有没有孖仔孙菜头。徐才芳开始否认有名单这回事，后来碍不过要我替他做事，表示军官委员会将控制释放人员名单，不会考虑游击队方面。我问他名单上有多少士兵。徐才芳不高兴，说你不要管这种事，不要以为我没有别的渠道打听情况。我固执地问，那么，军官当中有没有老曹？徐才芳笑了，说你真幼稚，鬼子不会放走所有人，老曹走了，谁来看病治伤？我点点头，说我明白了，然后我告诉徐才芳，交战国一年前就启动了陷落人员交换程序，英国人和你们一样，也有一份经过严格审查的交换人员名单，他们的做法是，战俘个人提出申请，军官委员会讨论每个人的理由，列入名单中的人，是按身体伤病、独子、有情报价值者、工程师、作战中的立功者和勇敢者决定先后回国次序的。

“你想说什么？”徐才芳很恼火。

我告诉徐才芳，我还知道一件事，去年秋天，英国殖民地部通过中立国途径做工作，日方有意将摩尔上校列为非交战人员名单，转移到条件较好的赤柱营去，摩尔先生拒绝了。

“我是皇家陆军上校，先生。”摩尔先生平静地对通知他的桐山说，“我不会离开参加战斗的士兵们，那是对国家的不忠诚。谢谢贵方好意，我留在D营。”

可想而知，徐才芳差点没把我掐死。

龚绍行很懊恼，他和李明渊有过几次走动，被列为摇摆派，他觉得自己肯定会被排除在释放名单之外。我没有安慰他，我要安慰了，被人看见了，他连半点希望都没有了。

我没有向日本人打听任何消息。我只是一个工具，没有人会告诉我真相。

(GYZ006－004－010) **证人奥布里·亚伦·麦肯锡法庭外调查记录：**

D营始终没有解决食物短缺情况，红十字会捐赠的食品让人们每天能多获得几百卡路里膳食，一段时间后，自治委员会担心不能获得持续捐赠，把标准压缩至1600卡路里以内，以后基本保持在这个标准上。

战俘在不断增多，又快速减少。增多是因为战争在继续，减少是因为日方在战俘中大量征集劳工，把他们送往战争发生地伐木、修机场和公路。

1943年春天，战俘们接受了身体检查，按A、B、C三项归类，结果百分之九十以上是C，不适应劳役。有战俘军医在场，检查无法做假，饭岛面子上很难看。

我一直在等待回国的通知。连加拿大人都走了一批了，赤柱营的美国平民仍然没有走完。据说在战俘和平民交换这场战争中，日本人赢了；光是荷属东印度地区，他们手中就有十几万同盟国战俘和平民，而美国政府手中没有多少日本平民可以交换，战俘更少。我们在战场上作战的伙伴们可以杀死那些小鬼子，却无法俘虏他们。

我很难过，但并不害怕。他们别想战胜我。上次世界大战，我的国家走上领导世界的权力中心，成为扭转战争的重要角色，这一次，美利坚仍然会领导正义的人们战胜法西斯疯子，不会让它的士兵长期忍受侮辱。没错，我信任我的国家。

说到底，我比中国人幸运。没有人关心他们，他们的国家要么睡着了，要么心里根本没有人民。

那几天，我老是哼着一首曲子：

好啊，好啊，
我们将给他热诚的欢迎，
男人将欢呼，男孩将呼喊，
女人会走到街上庆祝，
当约翰迈步回家时。
老教堂的钟会喜悦敲响，
欢迎亲爱的男孩回家。
好啊，好啊，
村庄里的少年和少女说，
在他回家路上铺满玫瑰，
我们都觉得兴奋不已，
当约翰迈步回家时。

德顿不断皱眉头，每当我哼这首曲子，他就挺起贵族阶级的腐朽的胸脯走出营房。

郁又在缝他那件宝贝内裤，他冲我扬了扬下颏：

“When Johnny Comes Marching Home?”①

“派崔克②的歌，有点沉重，不过，对得起这个阴天。”

“他是奥特威‘伊奥利亚人’乐队领班，我听过他演唱，乐队棒极了。”

“皮尔彭特③为奥特威写过歌，还记得吗？”

郁当然记得，他哼起《铃儿响叮当》。那是我第一次见到他放松，印象深刻。

“嘿！”我说，“要是可能，我愿意变成一头在雪地里撒欢的驯鹿。”

“别怪德顿，他不是有心的。”郁叹口气说。

“他嫌美国人的音乐不高雅，可他忘了，写这首曲子的是爱尔兰人。”

---

① 英语：“《当约翰迈步回家时》？”

② 派崔克·吉尔摩（Patrick Gilmore），爱尔兰裔美国歌手。

③ 詹姆斯·皮尔彭特（James Lord Pierpont，1822—1893），美国作曲家。

“你说对了，亚伦。”郁停下来，严肃地看着我，“爱尔兰人的歌里没有欢呼，只有反战。约翰为了保护心爱的女人去参战，回家时眼睛瞎了，腿也瘸了，心上人狠心抛弃了他。伙计德顿有权保留他对战争的厌恶。”

“好吧，你说得对。”我耸了耸肩，“一会儿我给该死的贵族老爷道歉。”

秋天到来时，白喉席卷D营。这一年的情况比上一年严重，有人同时患上了恶性疟疾、湿性脚气病、糙皮病和恶性贫血，疾病重来的当月就有战俘死亡，到9月份，白喉患者死亡快速增加。我担心自己传染上白喉和痢疾，没有比这个更糟糕的。我得像我妈说的那样，死在自己床上。

经过自治委员会和日方磋商，克雷蒂亚·纳什少校从香港北角战俘营转到D战俘营，担任D营卫生科主任医官。有一个说法，D营获得珍贵的军医是日方俘虏情报局一个研究小组的功劳，他们说服了香港总营，成就了这件事。

纳什少校是加拿大皇家陆军医疗队成员，曼尼托巴大学医学博士，该校的讲师，拥有医疗委员会执照，战前作为医疗官入伍。在他离开加拿大后，他妻子生下了一对可爱的双胞胎儿子，也许因为这个，他的到来使D营情况明显有了好转。

纳什少校到D营的头两个月，自治委员会派郁做他的翻译。营地医生的听诊器里不大可能藏匿军事情报，军官们用不着提防郁。

(GYB006－001－220) **被告郁漱石庭外供述记录：**

战俘营的时间像糖浆，流淌得缓慢。有时候它会凝固住，停下来。当时间凝固的时候，所有人都成为骗子，他们想的和说的没有一样能成为现实。现实的唯一好处是，它使最不济的回忆也珍贵无比。

有人不这么认为。我指的是营中随军神父，还有医生，他们是黑暗中的天使。

纳什少校30出头，栗色头发，人又瘦又高，不算英俊，灰色的眼睛非常有神，说话的时候投入地看着人，有一种男人承担的力量。纳什医生有两套军装，他坚持每天工作结束后，把当天穿的那套脱下来洗干净，第二天换上另一套。他说这样做能减少病人的二次感染，是对病人的尊重。

纳什医生对两位同行医官非常尊重，他赞赏他们坚持把患上白喉病的人和其他人隔离开的做法。当他从老曹那儿得知，中医把白喉称作喉痹和锁喉风，使用驱瘟化毒的办法对患者进行治疗时，他有些惊讶。

“能让我知道您的治疗方案吗?”

“菜园班的人会按我的要求，在林子里采集桑叶、生地、葛根、山豆根、黄芩和土牛膝，我给病人早晚煎服。”

“那是什么?”纳什医生一脸困惑。

“一些野草。你们的话，上帝的恩赐。”我替老曹解释。

“有效果?”

“如果允许菜园班的人走远一些，进入森林深处，我可以不需要洋药，控制营里疾病蔓延。”老曹这一刻显得很清高。

“这么说，您是D营的阿斯克勒庇俄斯?”

“中国叫神农氏。”我把希腊神话中那位拯救人类的医师的能耐告诉老曹，老曹坚持不做外国医生，要做中国医生，同时要我把上古时代牛首人身的炎帝亲尝百草的事情告诉纳什医生。

“请告诉医官，我向他致敬。”纳什医生用淡绿色的眼睛盯着我说。

两位补天炼石的异国医生向对方认真地伸出手，用力一握，然后他们蹲下身子在盆子里洗手，一边热烈交换疫情。

纳什医生向老曹和卡米拉介绍去年秋天北角营加拿大战俘中爆发的白喉疫情，死了一些人，医生们倾力工作，挽救了更多人的生命。他告诉两位同行，自制口罩的做法没有作用，白喉由特殊病菌引发，病菌只有七千分之一毫米大，布料无法挡住它，必需使用抗毒素，以每个患者十万单位计算，目前D营战俘医院躺着103个病人，需要一千万单位抗白喉血清。如果能极早发现病情，在患病初期用药，会节省一些剂量。纳什医生要求两位同事组织医务兵，提供全部白喉病人的血清采样，对入院病人建立观察记录，由医生亲自撰写入院报告。

“我们没有血清。”老曹面有惭愧地说。

“我会弄到它们。”纳什口气肯定地说。

纳什医生在深水埗和北角战俘营都待过，他希望作为传译官的我了解情况，便于配合他的工作。北角和深水埗战俘营的情况已经很糟糕了，可和D营比，那里简直是天堂。在对D营战俘呼吸、心肺、消化、排泄、骨骼系统和睡眠情况做过筛查后，纳什少校表示出对战俘症状严重的堪忧。

我认为纳什医生忽略了一点，战争对士兵的损伤不仅限于躯体，还包括认知、行为、情感、过失性和适应性损害，这需要专业人员的评估，而这些事情他无法做到。之所以这么说，是我想到冈崎学者，她教会了我怎么看待整体的人。她是这方面的专业人员，对自己的专业狂热迷恋，但很显然，战俘们无法指望她的帮助。

“先生，能否请教一个问题。”我问纳什医生，“如果，我是说假设，现在把D营的人们组织起来，他们还能完成作战任务吗？”

“这得看你说的组织指什么。如果包括条件具备下的成功治疗，他们当中一部分人能够重新回到战场去作战，但不是全部。可中尉，真正的麻烦不在这儿，他们当中大多数人的困难在于如何重新生活，而不是开枪射击。”

纳什医生举了一次大战后大量的医学研究报告例子，那些报告指出，一部分战争损伤概率属于永久性损伤，受到伤害的士兵将终身带着战场伤痕和战争后遗症生活，包括适应障碍、焦虑障碍、抑郁障碍、交际困难、酗酒、药物依赖、生物紊乱、性无能和早衰，直到不甘心地离开这个世界。

我默默点头，想象自己如果能够活着走出这里，会是什么样子。

纳什医生为人和善，却很有原则。他从深水埗战俘营带来五瓶100粒装“多种维他命”，他要求只发给严重缺乏症患者，而不是当作补贴食物发给每个人。当他知道两位同行只是根据经验为病员开药和做出处理后，他要求今后必须在完成处方签字后才可以施治。当然，他也教会了两位同行如何使用皮管和铜线制作的简易听诊器。他还要求军官委员会在士兵中组织抗疟疾小组，对营区定时排水、除草，杜绝蚊虫滋生。

对纳什医生的要求，两位副主管认为多此一举。

“那就请先生们召开士兵大会，我自己去和他们说。”医生严肃地对高级军官说。

谁都没有想到，纳什医生来D营后开出的第一个处方，是要军官委员会向士兵们下令，禁止对过去个人食物经验和食物清单进行聚众交流，把注意力转移到别的领域上去。纳什医生向军官们保证，一个能克制自己的人，他的胃将会逐渐缩小，直到适应少食的环境。

纳什医生开出的第二个处方一开始成为众人的笑话，但我是他坚强的支持者，因为纳什医生重视了我的提醒。医生在了解过情况后惊讶地表示，D营到今天还没有暴发大面积精神病，只能感谢上帝的垂顾，而不是人们自身的免疫能力。

在纳什医生的坚持下，他先给军官，然后给士兵们讲了一堂健康课。他告诉那些无动于衷的听众，他们必须保持头脑活跃，无论他们做什么都可以，重要的是别让自己发呆，如果他们没有追求，没有坚定的决心，只是躺在床上数日子，他们明天就可能坚持不下去。

“D营每个战俘都有一种或数种精神疾病，人们不仅被战场打败了，也被自己打败了。”纳什医生口气冷静地告诉两位上校，“只有保持忙碌的人才能抵御精神崩溃，必须让士兵们拥有这样的心态：我有太多事情可以做，让死神在一边等着!”

“包括我吗，先生?”摩尔上校问。

“是的，先生，您没觉得您比其他军官更迷恋孤独?”

有最高指挥官的支持，D营很快变成一个混合型学校，人们积极加入手工工厂和缝纫组，有人学习方言，有人学习写诗绘画，大家争抢战俘学校最靠前的两排座位。德顿向我埋怨，我的新上司把一切都搞糟了，找他学习作曲和画画的士兵在西区9号营舍外排成了长队，他们连键盘乐器和透视法都不知道，却以为自己明天就能成为艺术大师。我告诉德顿，这不算什么，有位士兵害臊地去找老曹，他希望从老曹那里学会如何把人的胳膊腿锯下来，他喜欢干这个活。

我对纳什医生有强烈好感。不止我，只要是正常人，都会对纳什医生产生好感。但我觉得这还不够，在地狱中，人们能干的事情很多。我把D营营房拥挤、卫生状况差、不易控制疾病传染的情况全都告诉了医生。

“你还要我做什么，我已经把他们变成了热情洋溢的劳动者，他们正在学习如何成为塞万提斯①、班扬②和笛福③。”

“他们最好也学习一下中国作家，司马迁比他笔下那些帝王和枭雄活得更长。”

“好吧，说吧，我接下来做什么?”纳什医生安静地看着我。

“我琢磨了两年，先生，如果您需要，并且确定，我会给您提供一份工作

---

① 有一种说法，塞万提斯在监狱中构思了《堂吉诃德》。

② 约翰·班扬（John Bunyan，1628—1688），英国作家，在狱中写下《天路历程》。

③ 丹尼尔·笛福（Daniel Defoe，1660—1731），英国作家，在狱中写下《立枷颂》。

清单。”

“显然你知道我需要。”纳什医生忍住笑，朝我脚上的白色护士长袜看了一眼，“你很聪明，中尉，它们能在华氏四十度的天气里保护你少生病。”

在三位战俘军医与寺野军医的工作会议上，纳什医生向寺野提出了对疑似患者进行全部咽拭抹片检查的要求。寺野军医表示难以做到。纳什医生寸步不让，表示要么提供简单的仪器和至少 300 份血清，要么把疑似病人送去香港宝云道战俘医院、圣德肋撒医院或者中央英童学校医院进行确诊和治疗。寺野医生十分为难，声称他没有权力这么做，但他会尽快把意见报告上去。纳什医生表示，就 D 营的疫情，三天的等待是病情大面积蔓延直至失控的最高期限，他确信他和两位同行会在三天内努力维持局面，尽量控制疫情扩展，但日方必须为三天后的危机负责。

纳什医生向寺野医生开出三万单位白喉抗毒素、320 粒特里亚农药片、一份预防霍乱和伤寒的接种疫苗，以及一千万单位抗痢疾血清注射剂的首批药品清单，声称如果得不到起码的医疗条件，他将就 D 营情况向总营司徒永觉医疗顾问汇报，让战俘所在国政府和国际红十字会出面解决这个棘手问题。

在整个交涉的过程中，老曹和卡米拉完全被纳什医生征服了。他们甚至没有提供更多的资料给这位可敬的同行，只是在一旁嗯嗯地不断点头。

三天以后，纳什医生拿到了日方提供的七十万单位血清和部分药品。一个月后，其他的药品陆续交到战俘医生手中。

“中尉，我替病人谢谢你。”纳什医生把我叫到战俘医院，他正在准备一台手术。

“先生，日方为什么派您来，因为您医术高明吗？”我问了医生一个问题。

“不，是我自己要求来的。”纳什医生笑了，“北角和深水埗战俘营有更好的军医。我的上司约翰·克罗福医生和高级医官艾什顿·路斯医生，他们都比我强。我想，也许来 D 营能起到更好的作用，看来我是对的。”

“桐山传译官提到过克罗福医生，他是个传奇人物。”

“是的，克罗福医生获得过求恩医学奖，在战俘总营领导好几个了不起的医生，工作非常有效果。香港那边，至少可以通过红十字会解决部分药品，没想到 D 营的情况这么糟糕，我需要做的事情很多。”

我向纳什医生提出，日本人不会每次都向他妥协，为什么不让军官们捐出一些钱购买抗毒血清，这样更多重症患者会活下来。我告诉医生，不少中国军官喝过兵血，可是，他们现在已经是穷光蛋了，而英联邦军官多少有点积蓄。纳什医生承认克罗福医生也这么做过，可他认为这是对个人权利的藐视，不应该做。我不同意纳什医生的观点。在日本人眼里，战俘从来没有个人权利，他们甚至向所有刚入营的战俘索要“献飞机金”。5 月份日本海军纪念日时，日方公开向战俘军官表示，他们需要看到战俘的忠诚，这是明火执仗的勒索。

“尊严不是一个人是否活着，而是这个人确信活着是有意义的，但这个意义只有靠活着才能解释。”我坚持自己的观点。

“好吧。我答应你中尉，和军官委员会商量，看看能不能筹到一笔钱。”纳什医生被我说服了，拍了拍我的肩膀，“中尉，上帝知道你做了什么。”

“您是说上帝吗?”

“不要放弃，耐心点，你会看到上帝在对你微笑。”医生知道我在说什么。

我没有看到上帝的微笑，但我愿意相信乐观的纳什医生。

(GYZ006－005－012）**证人矢尺大介法庭外调查记录：**

1117 号是个让人讨厌的家伙，转移到 D 营完全是总营方面的错误，和他一样滞留在香岛的重庆人员全都关押在赤柱营，1117 号没有参加攻防战，根本不该转移到 D 营来。

不过只是少佐军衔，这家伙却十分自大，在战俘中建立亲中央集团，和地方军派系对着干，完全不买战俘看守的账，公然当着警备队士兵的面违反营规，实在可恶。出于对战俘分化管理考虑，本人要求对 1117 号网开一面，只要不是太不像话，不要处罚他。听说了本人对 1117 号战俘的怀柔政策，亲日派战俘尝试联系他，遭到他傲慢的嘲笑。一千只麻雀叫起来，也没有一只鹤叫得响，说的就是这种情况吧。

1117 号战俘事件大约发生在昭和十八年春夏交际的时候，本人在审阅当月作战日志时，在奖惩记录中看到 1117 号战俘因侮辱管理人员被罚重谨慎三日的情况。据当月值班军官今正觉军曹汇报，1117 号战俘蓄意违反营规，在接受询问时情绪恶劣，行为冲动，像女人那样尖着嗓门嚷嚷，大声喊叫着指挥官和桐山传译官的名字，完全无法阻止。对柔术有研究的今正觉军曹采取了管制措施，

1117 号吃了苦头，这才停止冲出禁闭室的企图。可是，倒在地上的 1117 号即使口吐白沫，呼吸困难，仍然不停地叫喊指挥官和传译官的名字，就不得不处罚三日重谨慎了。

要说，1117 号真是可怜，可再怎么傲慢，也不能拿指挥官的尊严不当一回事吧。当时本人就是这么想的，的确没有想到后面发生的严重后果。

(GYB006－001－221) **被告郁漱石庭外供述记录：**

民国三十三年的秋天结束得早，不到 11 月份，天气就转凉了，白天的时间快速缩短，就像黑夜的皮肤，比树皮还薄，要伐倒漫长的夜这棵大树可得费点力气。

早冬的气候反常，连着下了两场大雨，风暴过后空气沉闷，远天杂乱无章地涌过诡异的雷雨云团，大概新的风暴正在形成。

对我来说，风暴也好，D 营的生活也好，不过是证明我怎么成为生命的局外人，所以，当徐才芳突然把我叫到东区 6 号营房和我谈话，问我对组织上隐瞒了什么的时候，我的回答一如之前的交代，我没有隐瞒什么，也没有什么值得隐瞒。

“重复一遍，你有什么事情瞒着我们?”徐才芳盯着我又问了一次。

徐才芳神情十分严肃，不像旁敲侧击，看得出，他有足够的证据证明我有事情对他做了隐瞒。我的第一个念头是有人在背后做了手脚，但这段时间我并没有与日方单独接触过，难道是邦邦的事？但我不能什么都说，往后会没完没了，越陷越深，对我更加不利。

“重复一遍，我没有什么需要隐瞒。”

“是吗?”

“是的。”

“听着，你不是什么普通战俘，而是我们不知道的大人物。”

“我不明白你在说什么。”

“你在香港有很好的关系，能为战区弄到大量军火，就在香港失陷前两天，你还把一船药品和一座医院运出了香港。”徐才芳目光一直在我脸上，“我没说错吧?”

我愣在那里。原来是这个。我的战区的职务倒也没什么，可徐才芳竟然掌握到关于我在香港的关系和如此详细的行踪，事情就不那么简单了！

我快速在脑子里梳理，我在什么地方露出了马脚？

接下来的事情令我震惊，让我完全失去了方寸。

我的真实身份是李明渊透露的——不是透露给自治委员会，而是向日方告发了我！李明渊故意违反营规，让自己被战俘看守看管起来，然后大吵大闹，再利用接受日方入营值班军官单独询问的机会，试图用日语与今正觉交涉。幸运的是，他的日语很糟糕，今正觉的日语也只能维持一般性对话，云绕雾蒙，没听明白。李明渊急了，让今正觉把饭岛和桐山传译官叫来，他改用英语与饭岛和桐山交涉。今正觉听出指挥官和传译官的名字，军曹对李明渊的胆大妄为十分恼火，鹤步上前，击打、抓握、抛出。李明渊摔在地上，当场呕吐出早上进食的番薯和杂拌粥，就算那样，他也没有放弃，忍着内伤坚持和今正觉交涉，宣称他有重要情报要汇报，日方会知道他对他们有多重要。

怎么可能？李明渊？他怎么会这样？！我不相信地看着徐才芳。

徐才芳要我不用在相不相信的问题上纠缠，因为没有时间了，自治委员会掌握的情况有绝对的可靠性，现在需要做的是如何处理这件事。

徐才芳说得对。

怪我，民国三十年十二月七日那天，当李明渊在码头堵住我的时候，我不该一时脑热，把我们在华盛顿分手后我的情况一股脑儿告诉他。我想让他放心，相信我能替他说服英国人，替他把麦克阿瑟的礼物从维多利亚海湾中弄出来。

我愤怒了，起身往营房外走，去找李明渊算账。我会在见到李明渊的第一时间把他打倒在地，像踢皮球似的踢得他满地乱滚。但我没能做到。徐才芳拦住我。

“冷静点。”

“让我走！”

“我有更重要的话要说。”徐才芳没有松开我，“郁知堂是你什么人？”

我蒙了。我忘了这个，李明渊来D营的第二天，为叮嘱他我使用了缪和女的身份，我心里一软，把家里的情况简单告诉了他，当时他用一种怪异的目光看着我，说原来这样啊，谁能想到，这竟然是一次无意中的泄露？

“你倒是有点头脑，鬼子不会因为你在国防委员会有一位要员父亲就多给你一碗糙米饭，兄弟们也不会因此向你敬礼。”徐才芳用嘲讽的口气说，“可是，你瞒住了组织，却没瞒住中央投降派，你这样，让组织非常被动！”

消息是游击队的人提供给自治委员会的。

中国战俘中有一个重要人物，他的亲爹在重庆政府国防委员会担任重要职务，负责组建新式军队，那些军队不是地方军阀，他们会踢烂大日本皇军的屁股。“如果贵方为我提供我接受的条件，我会告诉你们谁是那个忧郁的王子。”告发者在接受今正觉询问时试图用糟糕的日语拼凑出如上内容。

因为告发者，我在战争到来的最后一刻留在了香港，因为这个做了俘虏，现在，我却被那个在码头上张皇失措抱着我痛哭流涕的人出卖了！我把我的一些情况告诉了他，我被自己出卖了！

我感到震惊，脑子里一片空白，天气寒冷，我却一个劲地出汗，豆大的汗珠不断顺着脖颈流进后背。我遇到大麻烦了，不，不是麻烦，是死到临头！

只有一件事情我不明白，既然李明渊是在接受审讯时单独与今正觉在一起，如今又关在重谨慎里，游击队的人怎么会知道？

“我们也不清楚。”徐才芳朝门口被光线割掉了一半脸的龚绍行看了一眼，悻悻地说，“可能今正觉对李明渊进行单独询问时，恰好有游击队的人路过屋外听到了，要不就是他们有内线，共产党有这个本事。不管哪一种，我和钟上校认为，这次可以相信他们。”

我头一次发现，徐才芳并不那么让人讨厌，他对我的不满意多么让人感激。需要感激的还有日本人的重谨慎，除了上午和下午，台湾兵会往禁闭室送两碗杂菜汤，李明渊在七十二小时内无法见到任何人，自治委员会将利用这段时间来对付这件事。

“如果只是一船药品，倒也没有什么，你向鬼子隐瞒身份，最多被他们枪毙，可事情牵连出国防委员会长官，情况就复杂了。”徐才芳分析说。

“你们会怎么做？”

“我们不希望任何中国战俘遇到这种事。不过，死去的不是你一个，如非必要，我们不会动用更多人的生命去换你的生命，保持沉默将是我们能够选择的最好办法。”

“就是说，你们打算抛弃我？”

“李明渊说得对，鬼子需要令尊的情报，对鬼子来说，这比武装十个师更重要，鬼子会拿你做文章，国防委员会受辱，国民政府会遭受舆论攻击，这是我们不允许的。”

“怎么不允许？怎么才能做到？”我茫然地看着徐才芳，口气就像白痴，“和他们谈判，要他们放了我？还是通知外面的弟兄，来一个团把我营救出去？”

“现在你知道，向组织隐瞒情况会酿成多大威胁？”徐才芳不满地瞪我。

“你们可以杀死我。”我苍白着脸提议，“我一死，李明渊的情报就没用了。”

“现在不是开玩笑的时候。”徐才芳真的生气了，“中国人不杀中国人。”

“可你们杀过。你亲口告诉过我。”我现在明白了肖子武和钟上校为什么拒绝我替老韦解脱了。

“没错，我们的确杀过，可汉奸是畜生，我们没把他们当人。”徐才芳犹豫了一下，“李明渊搞中央派我们不同意，不过，他是国防委员会的人，我们不想被人指责叛逆中央，这个亏粤军已经吃够了。”

“那，还能有什么办法？”我绝望地看着徐才芳。

“镇定点，中国人没死绝，我们会设法保护党国利益。”徐才芳深深吸了一口气。

有一段时间，我俩都没说话，屋里很安静，我脑子里一片空白。

当人们不知道我的秘密的时候，我可以保守住那些秘密，靠人们的忽略或者漠视苟且偷生，现在，这个秘密不在了。我是个胆小鬼，一个卑微懦弱的小人物，我不想死，可现在我更不想活着。我不愿意被日本人一点一点折磨死，那样太痛苦，地狱里的鬼都受不了，我挺不过去，我会变成一个连我自己都唾弃的人。

问题是，我怎么死？

我在脑子里快速搜寻最好的死亡方法。我不会选择把自己摁进粪坑里，不想让日本人瞧不起。上吊？尸体会吐出长长的舌头，可能还会屙一裤子，人们同样会瞧不起。憋气？咬断舌头？往尖锐的木桩子上撞？跳起来把自己倒挂在铁丝网上？还是朝四个岗楼中任何一座冲过去，爬上岗楼，夺下哨兵手中的枪？

不，这些都不行，这样的死法一点价值都没有，我得重新考虑。

和矢尺大介打一架，把他的猪鼻子揍开花，然后等着他用佩刀把我脑袋削掉，再驱使他的恶犬把我睾丸咬下来？找一根木棍冲进警备队，最好八朗太郎和今正觉两个都在，在最短的时间用木棍敲碎他俩脑袋，然后被蜂拥而至的士兵捅成马蜂窝？换成饭岛要人怎么样？他是D营最高指挥官，而我有条件穿过二道门进入管理区那栋围屋，趁他不备咬断他的喉咙，然后他的韩国军夫慌里慌张冲进办公室，朝我的脑袋打光弹匣里的所有子弹？

如果我成功了，算不算国军在D营的一次大捷？

还能怎么死？还能想出别的死法吗？

我沮丧地坐在那儿胡思乱想，不知道什么时候被人摇醒。

是龚绍行。之前他在营房门口望风。我不知道徐才芳是什么时候离开的，他走得悄然无声，我猜他是去布置72小时中剩下的时间能做些什么。

龚绍行要我现在离开。6号营舍的军官不能老在外面晃悠，他们要回营房了。龚绍行朝门口看了一眼，快速告诉我，事情没有在联合自治委员会中讨论，钟上校和马中校决定向盟军隐瞒此事，D营只有几个人知道，他们要做的是看住告密者，阻止他向日本人告密，而我要做的是在这三天中不要轻举妄动，等待进一步指示。

我苦笑一下，想问龚绍行，怎么做得到？洪水来了，一条河溃堤了，找一块白布挡住它？可我万念俱灰，一个字也没有说，在龚绍行奇怪的目光中木讷地离开6号营舍，向西区走去。

我木讷地离开东区6号营舍，向西区走去。

太阳已经偏西。我看见孬仔，他在游击队营房的便道旁丢石头，朝我看了一眼。杨凤鸣忠实地跟在我的身后，他会一直陪我走到西区9号营房门口，目送我消失在营房里，然后在某个角落蹲下，仔细观察泥泽里一只伤了翅膀的红褐色突眼蝇绝望地蠕动，直到熄灯号响起。他真是可怜，他是我的卫士还是勤务兵？如果是前者，他会不会挡在我前面，冲向前来逮捕我的日本人？如果是后者，他为什么不替我找一支氰化钾来，然后用一块干净的棉花塞住我的肛门和食道？

没想到，我的生命是以这种方式结束。在此之前，我反抗过吗？挣扎过吗？哭泣过吗？恐惧耗尽我对这个世界的感觉和知觉，在无力摆脱恐惧的困境前，我采取过多少种方式来战胜它？幻想，假设，置换角色，自我鼓励，麻木，甚至只是依赖选择性遗忘？

我回到西区9号营房，那里有另一个人在等着我。

十七

法庭外调查：

死亡有很多方法，活下去只有一种

（GYB006－001－222）**被告郁漱石庭外供述记录：**

太阳正从西边落下去，我跟随朴八佬来到管理区二道门岗。相马正三在那里等我，他显得很疲倦，没有冲我腼腆地笑，见我走近，扭头朝管理区走去。

冈崎小姬和饭岛要人站在管理区庭院里说话，好像在说军部某个重要会议。虽说天气寒冷，冈崎并没有穿外套，淡青色直领法兰绒军官衬衣裹住紧凑的身体，脸孔消瘦，显得生机勃勃，只是眼睛里有一层雾，让人看不清她的情绪。

死亡有很多种方法，活下去只有一种，无论哪一种，我都没找到，可研究者却来凑热闹，他们在 11 月初突然回到了 D 营，我被告知，这一次小组将以 D 营为重点工作地，待上一段时间，全力投入工作，我需要积极配合他们，我觉得这件事情太荒唐了，这是我生命中最后的讽刺。

在重新进入工作前，冈崎说到夏天那次来 D 营，为什么突然赶往香港。香港战俘总营发现三名自称孤军的华裔战俘，她带小组赶去调查情况，结果发现那三名战俘不过是想逃避送往日本本土做劳役的命运，编了一套谎话。战时谎言不在冈崎小组的研究课题内，冈崎稍作询问即结束了工作，由香港赶往奉天，对一批盟军高级军官战俘进行研究。

冈崎谈到她对军管期香港的认识。她认为东京对香港战后秩序的设想只限于当下利益的片面考虑，把香港当作南太平洋战场的后勤基地，有意在经济和文化上去英国化，并无长远经营或将之转变为独立国家的计划，因为缺少相应政策，华人精英不愿合作，致使原来繁荣茂盛的国际贸易活动完全停止，金融陷于瘫痪，大量工厂停工，市场萧条，物价飞升，已不复昔日荣耀，令人感到遗憾。

冈崎在香港遇见关西大学教授鲛岛盛隆牧师，他受总督部邀请，代表日本基督教团体抵港协助成立亲日的香港基督教总会。鲛岛牧师告诉她，不能忍受一种叫“尸体搬运车”的东西，因为饿殍日益增多，一些家庭无钱埋葬，将亲人遗体弃之大街，指望政府免费处理，捕捉下水道中老鼠为生的人们看到了生机，纷纷捡拾婴儿弃尸剥皮取肉充饥，于是“尸体搬运车”每天往复从大街上驶过，从人们手中夺下死尸。

冈崎对占领地总督矶谷廉介的看法十分不屑。矶谷总督在就职演讲中大谈香港苦受英国桎梏，如今归还东亚，他本人两个女儿均已死去，他会把香港华人当作自己的孩子努力服务。可是，总督庸碌无为，把一切推给东京，对香港治理无方，政府一切事务均需贿赂，官员公开向住民索要欧美加手表、蔡司相机、RCA 无线电、派克钢笔、威士忌酒、云土和钞票。宪兵部的暴行更是可恶，宪兵队长野间贤之助杀人如麻，港人叫他“杀人王”，连总督部参谋长菅波一郎少将都失望地对冈崎说，日本赢了战争，失了民心。

“祥云四起，巍巍八重城，可惜，美丽的名城如今落得这样。”冈崎感慨地说。

冈崎说的八重城，是海洋之神须佐之男的典故。须佐之男用计把八歧蛇怪灌醉，将其斩杀，娶了美貌的奇稻田姬为妻，高兴地写下和歌：祥云四起，巍巍八重城，娇妻住里面。筑起八重城，壮观的八重城。

冈崎为香港叹息的时候，我的脑子基本不在她那里，仍然想着李明渊，和我所剩不多的时间。直到冈崎发现我思绪不在，叫我的名字。

“因为显得茫然，让人觉得是站在彼岸的失魂人啊。”冈崎打量着我说。

有了作为对象被学者研究这份工作，我比营中同伴强出一个王母娘娘的瑶池，他们连谷物长什么样都忘记了，对干净的环境和充足食物的经验正在渐渐磨灭，我应该为此感恩。可这一切都结束了。三天之后，我将被人从这里拖出去，告密者将当面与我对质，我会受尽侮辱，按照魔鬼的要求去做我不愿去做的事情，作为工具去侮辱别人，而最终注定难逃一死。

这么想着，我突然兴奋起来。我不是在寻找死去的方法吗？为什么不找一个死得痛快的办法，激怒面前这位学者？她提到八重城，英国人修建了结实的醉酒湾防线和港岛要塞，八歧蛇袭来，英军与之血腥搏斗，这一切，多么像八重城的故事啊！

“冈崎学者拿八重城比喻香港，”我被自己的念头激动着，“香港有亚洲最美丽的女人，她们许多是娇妻，可是，她们有的被可恶的八歧蛇吃掉，有的在八歧蛇残忍的践踏下变成饿殍，八重城里再也没有美丽的奇稻田姬了。”

“喂，”冈崎错愕地看我，一脸意外，“已经说过，你在日本留学时，大本营和关东军正大力推行帝国根本政策，东方会议和田中奏折的事情不是什么秘密，不用费力气谈论那个。香港一战失败，就把自己当作不肯长大的彼得·潘[①]，这种事情完全没有必要吧？再说，无论中国还是香港，就算建立了所谓的八重城，杀掉蛇怪的不是须佐武士，是贪婪的蛇怪自己啊。”

太阳几个小时之前就落下去了，屋外传来隐约的虫唧声，我被一种复仇心理怂恿着，陷入深深的困惑。所谓国家，民族，善良，正义，有多少无辜者因为它们的欺骗走向黄泉，死不瞑目，这才是战争中人们的悲剧！

“明白了，脸上浮现着万事皆休神色的郁先生，是遇到了人生困境。”冈崎十分敏感，她看了看我的脸色，口气变得和蔼起来，“水户的义公德川光圀[②]说，跑上疆场阵亡，这件事情很容易，下贱的鄙夫也能做到，可是，只有该活的时候活着，该死的时候从容去死，才能说是真勇，这是大勇和匹夫之勇的区别啊。”

“德川本人出生时，不是也得不到正大光明的身份吗？”这位水户藩第二代藩主和我出身一样，我们都是匿名者，不但没有任何荣誉，事情败露了，还会遭受屈辱，“《义公遗事》中说，母亲是不明不白的内室女佣的女儿，直到六岁才得到家族称号，叫松平赖重的哥哥也是偷偷摸摸生下来的，这样的人，算什么大勇呢？”

“那么，江户城的创建者太田道灌[③]又如何呢？”冈崎皱了皱眉头，试图说服我，“刺客刺穿他身体的时候对他吟唱道，唯有这时应珍惜生命。太田从容不

---

① 英国作家詹姆斯·巴里（Jamys Matthew Barriy，1860—1937）《肯辛顿公园里的彼得·潘》中的主人公。

② 德川光圀（1628—1701），日本江户时代大名。

③ 太田道灌（1432—1486），日本室町时代名将。

迫地回吟道，除非早已把生命置之度外。被刺客长矛洞穿肋下时目不视矛，接过刺客的吟咏认真回咏，就像在鉴赏樱花坠落的美丽，难道不算真勇吗?”

“关于真勇，人们究竟知道多少?”我盯着冈崎的眼睛，不让她躲开我的目光，“37岁的中佐辻政信凭一己之力杀害了数万美国人和菲律宾人，在同一场战争中，39岁的领事杉原[①]违背政府命令帮助6000犹太人逃离战争的加害，使他们逃到中国，请问，他们两位，哪一个才是日本人提倡的真勇?”

冈崎再次皱起眉头，显然被突如其来的大张挞伐弄得有些恼火。这正是我要的。

我原来以为恐惧是会传染的，它发生在群体中，人们是它的受染体，由别人传染给自己，或者由国家传染给国民，但是我错了。恐惧是天生的，自打有了生命它就存在，和生命一起栖伏在湿润的子宫里，一点点长大，然后随同生命一起来到这个世界，它只能靠自尊心来抑制，一旦自尊心没有了，恐惧将最终战胜这个人。

我说回武士话题，给冈崎讲了东亚文学里一个侠客的故事，它被记录在汉代刘向[②]的《列士传》中。吴国铸剑师干将奉命为楚王铸剑，他深知楚王乖戾，命运难测，将铸好的双剑以自己和妻子的名字命名，雄剑干将交给妻子镆铘藏匿，令传儿子眉间尺，只将雌剑交与楚王。长大后的孤儿眉间尺被楚王通缉，在山间行歌，遇到一位侠客。侠客要眉间尺把自己的头颅给他，他替眉间尺报杀父之仇。眉间尺欣然自刎，奉上自己的头颅和宝剑，侠客日后果然将楚王的头颅砍下。

“以不忤的忠诚来服从命令，对主君邪妄意志不惜牺牲良心和肉体的武士，不也被人们称作佞臣，泼一腔血满君主的杯吗?”我用一副恶毒的口气说，“说到武士，楚王和干将都不是，柔弱执拗的眉间尺才是，无名无籍的侠客才是。”

这一次，冈崎没有打断我，任我横眉吐气地说完，然后慢慢从椅子上站起来。

“谈论武士的话题需要足够修养，还要记住自己糟糕的经历，不然实在天壤之别。”冈崎不看我，走到廊屋下，站在那里看黑暗中的森林，“眉间尺之后

---

① 杉原千亩（1900—1986），日本外交官。

② 刘向（前77—前6），汉楚元王世孙，汉室属官，编撰有《新序》《说苑》《列女传》《战国策》《山海经》等。

2100年的中国就像一头高大的骡子，一半是汪，一半是蒋，和须佐在路上遇到的老年夫妇脚摩乳和手摩乳一样，遇到危险的时候只会可惜地哭泣，以为靠一些不久前还是农夫的士兵就能咬死猛扑过来的老虎，保护住骡子，这种想法真是可怜，难道香港攻防战不正是这种情况吗？”她突然显得有些疲惫，“今天结束吧，现在请你离开。”

（GYB006－003－055）**辩护律师冼宗白陈述：**

1946年12月，我接受当事人委托，对本案进行辩护，随后赴美约见证人奥布里·亚伦·麦肯锡，赴日约见证人冈崎小姫和饭岛要人。

那个时候，我已经知道当事人的身份和家族背景。这并没有给我太多意外，不会让我改变诉讼方案，并且求助于郁家。香港沦陷时，我参与过何启东[1]爵士的千金何文姿女士的营救工作，她和同是香港望族的洪千[2]家族的小吉廷斯成婚，育有一双子女，作为香港大学助教的小吉廷斯在战时加入防卫军，被俘后关押在九龙战俘营，何文姿女士为见到丈夫，数次探狱未果，竟主动投身赤柱拘留营，试图以交换战俘机会与丈夫厮守，不想小吉廷斯羁押期间作为劳工押送至日本，病死在福冈。战争无情，连香港首富家族亦不能免，我的当事人身份自然百无一用。

我在美国见到了亚伦先生，他刚从军队退役，在航海学校担任教师工作，同时为两家慈善组织服务。

我在日本却没有见到冈崎和饭岛。

饭岛要人因病于战争结束之前回国，退伍后返回札幌家中。在四年的太平洋战争中，饭岛家族共有七位男人为国阵亡，分别死于所罗门群岛、中途岛、莱特湾、马里亚纳群岛、缅甸、海拉尔和重庆上空。战争结束数天后，家人发现饭岛要人死在画板前，死前没有任何症状，饭岛的遗孀把他死前画的那幅画珍藏起来，留给正在读书的儿子。

---

① 何启东（Robert Htung Bosman，1862－1956），香港开埠后首富，首位获准居住在太平山顶的非英人家族，母亲是广东宝安人。

② 洪千（Henry Gittins，1871－1954），第一代香港亚欧混血，母亲是福建人。

由于没有见到饭岛，留下遗憾，我专门去北海道拜访了饭岛夫人，在结束谈话后，我请求她允许我看那幅名为《空气》的画。那是一幅风景画，画面是一座混沌的森林，即将来临的暴雨出现在远天，森林中弥漫着若有若无的雾气，雾气色调优美而诡异，像极了一些无处归附的灵魂。有评论家认为，死者受到透纳的影响，对光线采用了有与无的尽情消解。考虑到透纳是英国最伟大的画家，饭岛在关押英军战俘的D营闭口不提透纳，却在自己的画作中极尽对纯洁宁静的赞美和纠结变态的膜拜，其矛盾心理，就完全可以理解了。

冈崎小姬失踪了。有人在美国见到过她。据说她在美国陆军担任临床心理医生，训练年轻的轰炸机飞行员，以便他们为了某个“正确的理由”心情舒畅地在夜间驾机起飞，去轰炸一些有着数万嬉戏的儿童和孕妇的城市。

为了找到足够多的证据，我拜访了正在东京的中国驻日代表团团长、郁知堂在国民政府参谋本部的同僚朱世明中将。在朱将军帮助下，我得以进入“盟国对日管理委员会”，查找日本陆军俘虏情报局资料。我查到了序号为 PWl－C－C－D 的“冈崎组研究科目”档案，并根据索引前往东京大学医学部提看文件。医学部的藤春教授仔细看过“盟国对日管理委员会”开具的证明后，抱歉地表示，保存在医学部的“冈崎组研究科目”档案只有誊抄件目录，档案已经作为保密文件被美国陆军情报局调走，和大量文件一起运往了美国。

从我誊抄回的“冈崎组研究科目”目录看，日本俘虏情报局学者冈崎小姬的研究小组分别于 1943 年和 1944 年在奉天工作了几个月，研究了几乎所有在太平洋战场上被俘和投降的盟军高级战俘。

太平洋战争爆发后，在战场上被日军俘获和向日军投降的盟军高级军官大多关押在奉天俘虏收容所第二分所，直到 1945 年 8 月 20 日获得自由，他们当中包括美军菲律宾战区最高指挥官乔纳森·温莱特中将、英军马来西亚战区最高指挥官阿瑟·帕西瓦尔中将、英军马尼拉第三军团指挥官路易斯·海斯中将、荷兰驻印度军队参谋长阿恩·特普特中将、荷属印度皇家陆军加琳·贝克中将、美军菲律宾国防司令官乔治·摩尔少将、美军菲律宾巴丹半岛部队指挥官爱德华·金少将、荷兰驻印度皇家陆军部队司令官雅各布·万少将、英属印度海峡殖民地总督托马斯·森顿伯爵、英属马来西亚联邦首席大法官哈利·塔士奇博士、英国驻新加坡和平大法官波西·麦克尔韦恩博士、英属婆罗洲首席法官查尔斯·史密斯博士、荷属东印度总督亚德、荷属苏门答腊总督阿追恩·斯皮茨。

他们当中还有一位令人尊敬的爵士，香港殖民地总督马克·扬格先生。

据藤春教授介绍，冈崎学者在奉天工作过几个月后，完全失去了对马来亚、新加坡和香港攻防的兴趣。英国和美国在拥有绝对优势兵力的情况下丢掉马来亚和新加坡，大规模的集体投降让大本营首脑兴奋，却令冈崎学者失望。冈崎学者决定把研究对象锁定在华俘身上，从奉天回国后，她在东京的大学寮经常工作到深夜，她想在科学女神的帮助下解开一个谜，在国力完全不对等的情况下，是什么让日中战争持续了多年而不结束。

自清日战争开始，中日间的战争因明治维新带来的日本国民性崛起和中国国民性缺席，使得战争的天平一直朝着研究者的民族倾斜。可是，1937 年爆发的中日全面战争则不同，中国人有了国民性萌芽，越来越多的中国人把自己的命运与国家命运联系在一起，被感染着或被迫着高呼民族存亡的口号，加入到战争中。战争的胶着让一些日本学人开始感到困惑，他们清楚，那些控制权力的军部大人物们可能错了，军事将领只知道推动国家机器轰隆隆运转，却不去想，战争靠人来进行，国民性才是现代战争最关键的战斗力。

冈崎的研究工作受到导师的质疑，她必须找到足够证据支持自己的学术观点，为战争提供具有希望的决策依据，最终说服导师。而我的当事人，以及另外一些散落在其他战俘营的战俘被冈崎选中，成为她研究项目中的小白鼠。作为主宰者，冈崎要撬开我的当事人和同伴人性镍币的两面，引导他们返回属于他们而又被变形压抑和忽略掉的魔鬼的那一面去。

然而，接下来，我了解到，1943 年前后，冈崎的研究课题在军部遭受到强烈质疑，因为天皇的暗示，退居幕后的前海军军令部长伏见宫博恭王①在陆海军参谋联席会议上把冈崎的研究项目拿出来大加嘲讽，让支持这项研究，在军队中号称“板垣之胆”的板垣征四郎②面红耳赤。我在日本接触到十几位重要的战争决策者，了解到的情况让我有一种模糊的判断：冈崎的研究科目是山中行走的夜风，无声拂过出作入息的虎豹熊罴，可是，没有哪头猛兽会把风放在眼里。战争不接受无来头的神经质，这台机器出了问题，它满足少数人的私欲，加入部分人的想象，却让多数人陷入苦难和伤亡。然而，即使私欲被失败的预

---

① 伏见宫博恭王（1875—1946），日本皇族，元帅府海军大将，曾任海军军令部长。

② 板垣征四郎（1885—1948），日本陆军大臣，中国派遣军总参谋长，主持对华诈降工作，甲级战犯。

测扼制，想象一旦形成，人们再也控制不住它，包括私欲者本身，最终也会成为自己制造出的战争魔爪下的小丑。表面上，冈崎是立场独立的学者，为了证明她的选择而不惜忤逆导师，坚持自己的研究工作，可两年过去了，她的研究因为课题选择的轻率和研究方向的扑朔迷离而毫无头绪，我的当事人在她的工作中越来越局限于喜欢阅读的校友，以及对战争原因和导致过程苦恼纠结的心理病患者；也许文学和历史更接近人的残酷本性，它们互为砒霜，只是，研究对象和研究者都中了毒，需要以毒攻毒，以了断他们彼此与现实无补的无趣的存在罢了。

请庭上审阅“冈崎组研究科目”目录誊抄件。

（GYB006－001－223）**被告郁漱石庭外供述记录：**

我被送到沼泽地西边那栋石头屋，晚饭由一名士兵送到石头屋里，两个饭团和一碗酱汤，分量很足，这一次，我没动那两个饭团。

躺在木板床上，听着屋外此起彼落的冬虫蛰鸣声，我怎么都睡不着。我在想冈崎说到的真勇与匹夫之勇，还有她最后说的那句话：

“难道香港攻防战不是这种情况吗？”

……

12月18日那天，北角电厂失守，袭击山洼中平射炮阵地的任务没有必要完成了，其他地方的情况不明，惊魂稍定后，我打算带人经天后庙去铜锣湾，到湾仔找地方隐藏起来。老咩不同意，失去了阿南、阿盛的他气急败坏，急于报仇，指责我是逃兵，应该被枪毙。我被老咩的话呛住，抹不下脸，决定改变计划，带队伍继续南撤，去找守卫二线的英军部队。

我们向东穿过电气道，沿摩理臣山道上了山。四周有枪炮声传来，大家都很紧张，一路上没有人说话。

在山道路边一栋商会的墙上，我看到两张海报，一张写着：Freedom is in Peril. Defend It With All Your Might[①]，一张写着：Your Courage，Your Cheer-

① 英语：自由处于危险之中，用你所有的力量保卫它。

fulness，Your Resolution Will Bring Us Victory[①]。

老咩问海报上写的什么。我没有吭声，从嘴里抠出几只黏糊糊的蠓虫。缪和女告诉老咩，贴海报的人认为现在是关键时刻了，战胜敌人的武器只剩下快乐和信心。我们在那两张海报面前默默地站了一会儿，然后走开。

快到黄泥涌峡道时，山坡上一片紫荆林后突然射出一串子弹。担任尖兵的两个疍家人被打倒一个。大伙赶紧找地方掩蔽，仓促还击。我们没有遭遇战经验，被突如其来的袭击弄得不知所措，很快被对方火力压制在一条水沟里。眼见无路可逃，路边一栋三层洋楼里冲出十几名官兵，向日军开火，把日军撵走，我们才脱险。

救我们的是华人，领头的叫哈克，是英军中尉。一问，他们就是我在防卫军司令部拒绝加入的华人军团。他们比我们也好不了多少，日军第一次登陆时就伤亡过半，丢失了阵地，剩下的人躲在养和医院李树芬院长家里。

老咩一见华人，立马来劲了，建议不如我们两支部队合为一支，回电厂打反击，去把玛土撒拉连的人救出来。我心里清楚，他救玛土撒拉连的人是假，不甘心阿南失踪，要回去找阿南是真。我脑子里全是敖二麦脑袋被打开花，张开双臂跌进斗车中，燃烧的液体快速将他包裹住的样子，心想是不是应该回去把烧成一捧焦油的敖二麦也带上。哈克中尉拒绝去电厂，申明电厂不是他的防守任务。老咩沉不住气，破口大骂。哈克中尉瞪了老咩一眼，扭头返回洋楼去了。一个姓温的华人士官遗憾地表示，我们不应该强迫中尉，生气的中尉不会邀请我们进屋避难了。温士官出主意，黄泥涌峡谷以西由劳森准将指挥的西旅保卫，把守西环及中环海军船坞、薄扶林至香港仔寿臣山西部海岸，总部设在黄泥涌峡道附近，西旅有个防卫军第三连，少尉以下都是华人，建议我们去那儿。

我不能赖在这儿，谢过温士官，带着人继续往南撤。走到司徒拔道一带，再度遭遇战斗，这次日军的目标不是我们，是一支英军车队，有十几辆满载士兵的斗牛式运兵车，大约几百人，遭到来自渣甸山上日军速射炮的伏击，有几辆车被击中，伤亡惨重，但车队很决绝，继续冒着炮火前行。

我判断我们不是目标，要我们的人隔着两百公尺跟在车队后面，尽量靠山

---

① 英语：你的勇气、快乐和决心将带来胜利。

边走，那一带生长着茂密的凤凰木、落叶枫和大叶紫薇，容易找到藏身处。

车队走走打打，差不多走出两千尺，在黄泥涌峡道北侧再度遭遇另一支日军伏击。日军用机枪从山腰处向车队射击，枪榴弹一发接一发在车队中爆炸，一些英军连车都没下就被打倒。从我们所在的地方看不到日军的伏击地点，帮不上忙，只能眼睁睁看着这场屠杀，车队很快被打废掉，再也前进不了，山野间到处都是逃亡的英军士兵。

天大亮后，雾渐渐散开，我们终于到达峡谷中，找到防卫军第三连。我被带到连长菲尔德中尉那里。中尉在战壕里进餐，充当餐桌的子弹箱上竟然垫着一块餐布，旁边的混凝土墙上用英语写着“坚不可摧”。中尉对玛土撒拉连的情况非常关心，仔细问了电厂的情况。我就知道的情况做了介绍，中尉没有过多追问，把我交给他的副官，然后钻进机枪堡，去给指挥部打电话，汇报情况。

菲尔德中尉的副官是位20岁左右面目清秀的年轻华人，叫洪桀钊，是香港大学的学生，因为有过几年童子军经历，担任一号机枪堡指挥官。洪士官告诉我，菲尔德中尉去年从天津调防到香港，他叔叔是玛土撒拉连的菲尔德上尉。我恍然大悟，回忆起那个胖胖的金属构件商，他个子不高，一绺漂亮的胡子，六十多岁，戴一顶软呢窄檐帽，在休斯兵团老兵中，他是不多的只使用步枪的士兵。佩特臣少校说他一战时在法国南部作过战，他枪法很准，日军进攻主楼时，他射出的子弹对藏匿在中央仓库后面的日军掷弹筒手形成了很大威胁，但我回想不起撤退的人当中有没有他。

防卫军三连负责西旅司令部的警卫，防守黄泥涌峡谷山口左侧，一号和二号机枪堡是主阵地。据洪士官介绍，凌晨的时候两支日军贸然穿插到山谷里，想打掉西旅司令部，结果陷入英军的交叉火力网。西旅凭借险峻复杂的地形和坚固掩体给这些日军大量杀伤，大约有600名左右的日军陷在山谷中，几次试图突围都被打退。劳森司令官打算吃掉这两股日军，组织了两次反击，可那些个子矮小的日军士兵非常顽强，根本不知道什么叫后撤。现在，双方胶着着，日军龟缩在山洼里等待友邻来救他们，英军的一支增援部队也正在向峡谷里赶。我想起在峡谷北口看到的那支车队，就把路上看到的情况告诉洪士官，我估计增援部队来不了了。

洪士官向菲尔德中尉汇报完情况，从机枪堡里出来，吩咐我带人到七排三班，帮助董于钦士官守卫机枪堡左侧的环形阵地，保护机枪堡不被攻破。三班有董士官的弟弟董俊展、下士曾伟熔和邱艳柏，还有七八个华人或华欧混血士兵，他们大多是欧籍，家境不错，战前接受过训练，早上打了一仗，伤亡不大，士气很高。洪士官要人带我们去领防毒面具，说有情报表明，日军野战瓦斯大队一支小部队进了峡谷，可能会使用毒气突围，接到命令就戴上面具。

枪械和弹药补充齐，大家领到一份带热咖啡的食物。老咩身边只剩下七个人，半数挂了彩，医务兵替他们做了处理，也为我处理了伤口。我胳膊、脸和身上有好几处伤，除了胳膊，其他都不严重。伤口重新包扎后，我累得有点虚脱，蹴在战壕里昏昏欲睡。缪和女拿了一套新衣裳过来，要我把昨晚被海水浸透的衣裳换了，说菲尔德中尉很烦老咩，他老往连长指挥部跑，赶出来也不老实，见到班长就拿排长的口气说话，见到排长就拿连长口气说话，大家觉得他很讨厌。我没有接缪和女的话，我拿老咩也没办法。

“就剩下咱俩了。”缪和女在我身边坐下，坐了一会儿说。

我差不多睡着了，从炮台山方向飞来两发炮弹，落在头顶几十尺高的山头，一片碎石滚落下来，轰隆隆砸在山道上，我被惊醒，想到缪和女刚才的话，脑子里立刻浮现出敖二麦被子弹击中脑袋时缪和女的样子，他站在电厂主楼门口呆呆朝燃烧着的敖二麦看，没有过来。

“有件事情，我觉得应该告诉你。”缪和女说。

我扭头看缪和女。裹挟着雾气的晨风把他脸上一块干涸的血痂吹得贴过来贴过去，血痂上方是他不知所措的眼神。有一刻我没有明白过来，后来明白了。

“以后再说吧。”我不想说那件事情，“抓紧时间打个盹，谁知道以后会发生什么。”

“我不困。”他很固执，“谁知道有没有以后，现在不说可能没机会说了。”

缪和女说了那件事。我到兵部站之前，他的组长因为帮助战区一些长官走私被捕，他也被抓了。他没有什么事，走私的军官不是少数，他并不清楚组长的工作属公属私，他父亲也帮助过组长，再说还有邹上校，他们是远亲。事情结束后，他觉得耻辱，没脸向父亲和祖父交代，准备离开军队，邹上校把他留下，要他戴罪立功，监视我在香港的活动。

“小组入港，我做了详细记录，回去向邹长官汇报。”他脸涨得通红，不敢看我。

“好了，去帮助老咩吧。”过了好一会儿，我说。

缪和女扭过头来愧疚地看我。他的眼神在说，这是一种报应。

“没别的意思，”我说，把怀里的步枪挪到另一侧，这样枪管就能挡住他看我的视线了，“你说的事情我早知道。别问我怎么知道的。没什么，真的。”

“可是……”

“去帮助老咩吧，算国军支持他，不然他消停不下来。”

缪和女不再说什么，点点头，拎着枪走掉了。

很奇怪，不过一个晚上，十几个小时，我就不再反感老咩和他那些水上人，不，疍家人了。几乎不会使用武器的他们像楔子一样坚守在电厂L字楼上，顶住了日军登陆部队的枪弹。我看见他们一个个奋不顾身往码头下冲，丢下怎么也使弄不好的新式武器，绝望地潜入海中，去掀翻架着曲射炮和反战车火箭筒的胶皮筏子。几百年了，陆地上的人们拿他们当邪恶的水猪，不许他们上岸，不许他们与陆地上的人通婚，不许他们读书识字，不许他们博取功名，他们只能待在水里。现在也这样，他们被子弹打得东倒西歪，只能恐惧地深吸一口气，潜入海底，从此再也不出现。我想起那个叫阿芽的少年，他扒在橡皮艇上仰着头大声哭喊，当时我不明白他在喊什么，现在我明白了，他在向疍家人信奉的龙王求救。

老咩气呼呼过来了，在我身边坐下。他脸上有几道被汗水模糊掉的血痕，防卫军军装完全湿透了，没有一处是完整的，脖子上缠着绷带，那里洇出一片肮脏的红色，手腕用一块布捆扎着，是被弹片擦伤的。

“冇俾英国仔随便摆布，我哋係由前线撤落嚟，佢哋应该尊重我哋!”他愤愤不平地说。

我没接老咩的话，把刚才的想法告诉他。我觉得他们是勇敢的士兵，我现在不再反感他。

“其实我对你都冇好感，一见到你，我就知你係专登搞财宝嘅军需官，就想整蛊你。”老咩沉默了一会儿，用军装下摆擦了一把脸，“讲真，我唔係游击队嘅人。”

我不明白地回头，在火光中看老咩。

“我就係一劫道嘅。”

“你是说，土匪?”

“我连嗰个都冇做过。”他不好意思地苦笑了一下。

“怎么回事?”

“民国二十七年，鬼佬喺大亚湾登陆，跟住打咗增城，我屋企七八口人，几乎死晒，净係得我一个幸存落嚟。我憎鬼佬，想当兵打鬼佬，走咗去陈勉吾嘅独立20旅，国军成日匿埋国统区唔出嚟，我未做几日就跑出嚟。我想自己做，但我连护沙队都做唔过，就谂，不如跟住游击队，佢哋成日撩啲鬼佬。”他用力擤了一把鼻涕，“我同华南游击队五大队有联系上，人哋大佬一审，话我出身唔好，唔俾我入伙。”

我想，原来这样，不光英国人防着中国人，中国人也防自己的人。

“旧年，我遇到阿盛佢哋，佢哋嘅船俾鬼子征走咗，返唔到水度，等于家冇咗，返唔到家乡。我呃佢哋，话我係共产党武工队司令，拉佢哋入伙，做得好就买船畀佢，佢哋应承咗。”他笑了一下，不知道想起什么，一口牙在雾气中雪亮，“我净识擘大口，唔知要点做，就黐住五大队，佢哋行到边我跟到边，佢哋点做我点做，讲真嘞，乜嘢都冇做成，八啊日日，有人讲英国人炸咗罗湖桥，鬼佬入咗嚟香港，五大队嘅人急急脚咁赶去沙头角，我知机会嚟嘞，带阿盛佢哋去河边抢咗条船，跟咗入嚟嘞。”

我想起那天老咩贼头贼脑出现在河源同乡会时的样子，觉得这一切太可笑，它怎么会发生在我身上，为什么是我?

“我认，係我断咗你喺陆路出港嘅计划，我唔想白入港，俾阿盛佢哋睇衰，又嘟唔到，揾你笨，呃你帮我揾到组织，我阻下你，是特登嘅，对唔住。”老咩抬手抹了一把脸上的汗，有些不好意思，“睇喺鬼佬嘅面上，我讲嘢，都係打鬼佬，冇记我嘅仇口。”

我呢，我跟谁有仇?人们为什么要有仇恨，为什么要打打杀杀?风有点凉，衣裳结成两片冷甲，贴在身上凉飕飕的。我凄凉地笑了，朝北方看了一眼。日本人的部队正在源源不断地涌入港岛，国军连影子也没见着，无论余长官还是蒋委员长，这个时间也许都在睡大觉，我们谁都无法把恩怨带出香港。

“为什么叫老咩?”我问，不知道为什么问这个。

“係，羊叫咩。”老咩愣一下，咧开嘴笑了，“我姓杨。”

瞧我蠢的，早应该想到。

“老杨，”我说，“如果，我是说如果啊，中共收下你，你打算要个什么衔?”我疲倦地闭上眼睛，把自己当成信仰马克思的游击队长官，心里估摸着，老杨主动性强，杀敌热情高，可是不能带兵，要带最多带一个班，最多给个士官。但我决定给他一个少尉。另外，我不知道中共有没有勋章，要有，我会毫不犹豫授给他一枚青天白日勋章。我有点后悔，两个月前我拿到一枚勋章，可惜没带进香港，要早知道，我会带上它，现在就颁发给他。

“乜嘢?”老咩愣一下。

“你官瘾挺大，老想指挥人，得给你封个官，不然谁都不买你的账。”

“讲笑，唔靠咁样揾食，官唔官嘅冇相干，收我入伙就掂。”老咩停下来想了想，“硬係要畀我做老顶，横掂比你高。”

“不管高不高，你是唯一在鬼子进攻的时候向前冲锋，不逃跑的人，像你这种人，不用赖着入伙谁，自己就是一支部队。”我睁开眼睛，顺过步枪，撑着枪用力站起来，打算去什么地方找口水喝，走出几步站下，回头看着老咩，“我不和你争指挥权了，你看着办吧。”

“多谢晒，噉就唔客气嘞。”老咩欣然答应，也站起来，伤口牵扯着咧了一下嘴，眼里溢出终于得到承认的喜悦。

“接下去你打算怎么办?”我本来想问，现在他那 32 个哄骗来的疍家人只剩下 7 个，没有什么本钱了，他还想干什么。我甚至想和他开个玩笑，问他，鬼子他已经打上了，我们可不可以去找他的船，说不定它正在驶入港岛，我们去找到它，在潮湿的摇晃着的船舱里睡上一觉，然后继续编谎话。但我最终没开那个玩笑。

老咩回头朝战壕另一头看了一眼。那边躺着他的同伴。他不情愿地撸了一下鼻子。“未谂好，睇吓先。”他说。

我歪歪斜斜沿着战壕走去。太阳出来了，树叶上的银光正在快速明亮起来，枪声在远处，我在一条叫不出名字的战壕里走着，感到说不出的饥饿和委屈。我没有在大陆战场向那些来自远方的敌国士兵打出过一发子弹，但我终于有机会向我的哥哥姐姐们证明一点什么，这个念头让我有些兴奋，觉得饿得特别厉害。

上午 9 点多，激烈的枪炮声响起，被困在峡谷中的两支日军开始突围，很快被西旅压制回洼地。修建在黄泥涌峡谷的要塞工事是永久性的，好几个炮火阵地，形成交叉火力，一号机枪堡主要对渣甸山方面的日军进行压制，压力不是太大。

日军登陆港岛作战情形（12月18日夜至25日）

日军攻占路线

日军登陆地点

0　1　2千米

快到中午的时候，枪炮声突然大作，炮弹雨点般袭来，不少是从九龙方向飞来的150毫米重炮，阵地陷入一片火海之中。我们躲进防空洞里避炮弹，大约半小时后，炮击转向纵深，两支日军再度反击，防卫三连阵地遭到攻击。我们向冲上来的日军射击。日军完全是自杀式冲锋，前面的被机枪扫倒，后面的继续从灌木丛中钻出，从峭壁上跳下，向阵地上冲来。

战斗进入白热化，环形工事最前沿的九排阵地最先失守。七八个日军跳进工事，攻到一号机枪堡前。七排长甘兹少尉带了几名士兵沿战壕向前运动，去夺回阵地，我和老咩也在队伍当中。老咩急匆匆往前冲，胳膊刮着壕沟壁，枪走火，打中从拐角处冲出来的一名日军士兵。老咩并没有在日军士兵身边停留，一抬脚迈过去。我到那里的时候，浑身肮脏的士兵还没死，瞪着痛苦的眼睛大口喘着气，是脖颈中弹，血液像撅断的水管一股股往外涌。我身后的人把我推倒在水泥浇铸的壕沟上，听见身后扑哧一声闷响，然后一个疍家人骂骂咧咧从我身边冲过去。我喘着粗气跟上，向山坳上跳下来的日军开枪射击。我猜，那声闷响是枪托砸击脑袋的声音。

防卫三连阵地右翼的温尼伯榴弹兵D连在稍高处的山坡上，视野好，把维克斯重机枪拖出机枪堡，从侧翼射击攻击三连阵地的日军，差不多打了上万发子弹，日军终于挺不住，退了下去。

防卫三连伤亡严重，七排减员一半。老咩肩头挨了一发子弹，骨头打碎了，流了不少血。我替老咩做了简单包扎，等待医务兵。大家正在检查伤亡情况，通信兵送来消息，菲尔德中尉负了伤，洪桀钊士官代替中尉成为一号和二号机枪堡的指挥官。我要缪和女去向洪指挥官了解情况。一会儿缪和女回来说，日军从一名战死的西旅参谋身上搜到黄泥涌峡谷火力点配备图，呼唤来九龙的重炮，刚才的炮火差不多把秘密布置在峡谷中的火力防御点全部摧毁掉。更糟糕的是，东旅派往峡谷增援的部队不知何故向赤柱方向撤去，阳明山庄一带出现防卫缺口，日军第二批登陆的第228联队乘虚插入峡谷，威逼西旅司令部，战况发生逆转，西旅腹背受敌，情况十分紧急。

日头近午后，攻入峡谷的日军越来越多，司令部附近出现好几支日军小部队，他们好像知道司令部的防守情况，攻击准确而凶狠，打退一次再来一次，他们的无后坐力炮和步兵平射炮有效地摧毁了守军的机枪堡，也摧毁着守军的意志。

我换了好几个射击位置，用一只胳膊持枪射击，提醒吊着绷带用牙拧手榴弹盖的老咩，去一号机枪堡帮助洪指挥官换水冷式机枪枪管。我看见董士官被一串子弹打倒，另一个洪士官去救他的哥哥，子弹也击中了他，他迎面撞在壕沟壁上，从那里滑下去，和他哥哥躺着的地方不足三尺，两摊血很快流作一处。

我看见已经两次挂彩的少年阿芽，他困惑地停下射击，四下看了看，像是在硝烟弥漫的丛林中寻找他的海水。山洼里显然没有河网和海洋，这让他不知所措，他莫名其妙地爬上战壕，回头去拖沉重的C式步枪。我猜他想把它当作一支桨，他要划着自己，去找到他的江河湖海。他被一串机枪子弹打得倒跌回战壕中，那里的天空中，留下一层雾一般朦胧的殷红色。

我心怀绝望，朝打中阿芽子弹飞来的方向打空一匣子弹，一边换弹匣一边愤怒地想，没有水，疍家人什么都干不成，他们干吗要到陆地上来？干吗不逃得远远的，不去东江上待着，不去南海深处待着！

西旅司令部参谋艾瑞克森上尉在战壕中找到我，要我跟他走。我被艾瑞克森上尉带下三连环形阵地，沿着弯弯曲曲的战壕，来到黄泥涌峡西侧聂高信山下的司令部。那是一座巨大的地堡群，一些参谋、副官、通信兵、信号兵和伙夫紧张地守在地堡外面的战壕里，附近不停传来激烈的枪声，30米外的一处陡坡下躺着两名日军尸体，看来司令部已经遭到攻击了。

在一间滴着阴冷水珠的房间里，我见到另外两名华人军官，都是从战场上撤下来的，脸上的肌肉神经质地跳动着。我朝他俩看了一眼。我们没有说话。西旅指挥官劳森准将很快进来。登陆香港不到一个月的加拿大将军秃顶，留着整齐的唇髭，穿一身橄榄色热带作战服，看上去很冷静。

“你们谁是国军？”劳森准将问。

“我，将军。”我说，“国民政府7战区中尉郁漱石。”

地堡外枪声大作。两名参谋提着枪紧张地往外走。一名卫士进来给劳森准将戴上钢盔，在他耳边小声说了句什么。劳森准将轻轻点点头，目光一直没有离开我。

“中尉，上午9点多，你们的轰炸机队袭击了九龙日军。司令部说，飞机有三架，它们轰炸了九龙城日军炮群阵地。”

“真的？”我，还有两名华人军官都兴奋起来。

“情报说，国军占领了龙（岗）横（岗）一带，有两个师，先头部队一度突入深圳墟。”劳森将军伸手阻止住匆匆进来的一名参谋，“玛尔特比司令官要求西旅不惜一切代价坚守住黄泥涌，艰苦的日子可望于数日内过去。”

消息来得太及时了，我差点流下眼泪。

“中尉，”劳森将军匆匆听完参谋的耳语，点点头，“我需要你做一件事情。”

“是，长官!”

“请你以国军军官的经历判断，国军主力突入深圳墟的消息有多大可靠性。”

“对不起，长官，我不是作战部队人员。”我犹豫了一下，“我无法做出准确判断。”

劳森准将看了我一眼，向艾瑞克森上尉示意一下，跟着参谋钻进隔壁房间。

艾瑞克森上尉向我们布置了下面的任务：西旅和东旅之间的电话线炸断了，司令部放出军鸽，炮火猛烈，军鸽可能失去方向，我们三人的任务是分头突围，向东旅司令官沃利斯准将求援，告诉他西旅处境危急，请他命令退守的部队重新返回峡谷，堵住阳明山庄缺口，牵制西旅背后的日军。

“岛上到处都是日军，你们是华人，路上容易瞒骗过他们。不能让你们带文件，只能传达口信，你们拿到的是劳森将军的私人用品，沃利斯将军认识它们。”上尉给了我们每人一份香港卫生署印制的红十字会身份证和一样劳森将军的私人物品，我是一个烟斗，“如果你们被日军抓住，把红十字会证件给他们看，你们就安全了。”

我们离开司令部地堡。从隔壁房间门口走过时，劳森准将在房间里打电话，他的副官正把两支装填满子弹的左轮手枪放在他身边的桌子上。

“我的司令部已经被敌人包围，与总司令部的电话可能随时中断，敌人就在咫尺外开火，我决定外出应战。”准将口气平静，对电话那头的什么人说。

我依稀看见劳森将军防水外套的第三颗扣子掉了线，快要脱落了。他的卫士应该照料好他，别让他敞着怀向敌人射击。我那么想着，走出司令部地堡。

缪和女在二号机枪堡里帮助医务兵照顾伤兵，他告诉我，翟家兄弟阵亡三名，重伤一名，只剩下三名带轻伤的还能拿枪。老咩的小腿肚子上又挨了一枪，手指也被炮弹碎片切掉，再也无法窜来窜去扣动扳机了。

我在战壕的拐角处找到老咩。他差不多全身裹着绷带，躲在一个凹进去的单兵掩体里，头深深埋进污血浸染的腿弯里，哭得很伤心。因为流血过多，他整个人萎缩下去，像个营养不良的孩子，特别无助，好像事情不该像这样。

我在老咩身边坐下。老咩嘤嘤地压抑着哭声，抬起头看了我一眼，视线转开，好像很讨厌我这个时候出现在他身边。有一阵，我俩谁都没说话，但没有过多久。

“如果佢唔杀晒我全家，”他帽子不知丢在哪儿了，露着半秃的头，缠在脖子上的绷带不断往外渗着血，万分地想不通，“就算留低两个，我有啲牵挂，我都唔会咁绝，硬要同佢搏命。佢拶走晒我喺世上嘅全部生活，终须係死。”他喉咙里重重地哽咽了一下，“我憎佢哋!”

我点点头。我只能点头。我知道，这才是他急切参战，而且对日本人不依不饶的原因。我猜，他还需要哭泣一会儿。

“他们要我去执行一项任务，我得先走一步。”我说，“老杨，保重。”

我伸出手，拍了拍大骗子老咩的肩膀。他没回头看我，脸埋在掩体上。我站起来，离开那里，迎着树林燃烧的煳味，朝壕沟另一头走去，没有再回头。

中午过后，雾突然起来了，整个峡谷被浓浓的大雾笼罩着，这使得攻守双方都更加紧张，不敢轻举妄动。日军的进攻停下来，趁这个时候，我带缪和女上路，离开三连机枪堡阵地。

我没有走峡道，而是沿着峡道旁山野小路下山，这样一旦有情况，便于隐蔽。有一阵我们走得很快，力气消耗得也大，不一会儿腿就抽筋了。我俩穿过山道，拐向浅水湾道方向，看见路边有一所挂着红十字旗的教会医院。通常医院都有汽车，我俩决定找医院要辆车，这样会快很多。正朝山坡下走，缪和女突然拽住我，把我拉进路边灌木中。

教会医院门外出现三个日本士兵，屁股后面挎着信号枪，往医院里探头探脑，看样子像是斥候。我和缪和女正紧张着，枪口伸出草稞，向他俩瞄准。这时，医院大门里一下子拥出大约二三十个英军士兵和医务人员，当中有几个拿着武器。双方看见对方，都吓得不轻，都把枪指向对方，人往后退，尖锐地叫喊着。我看见送信的华裔军官中的一个，他也在队伍里，慌里慌张往人后躲。接下来的事情令人费解，一名英军军官采取了一个举动，他拦在英军士兵面前，朝他们大声说着什么，大概是让他们不要抵抗。英军士兵纷纷放下武器，在军官指挥下列队站好。两边离得太近，我和缪和女俩都没有准头，扣不下扳机。很快，两名日军士官带着十几名日军从林子里钻出来，三名斥候松弛下来，进入医院去搜索，两名日军士官站在院子门口商量着什么，像是拿不定主意，过了一会儿两人达成一致，一名士官带几个士兵押解英军走上峡道，往大潭方向去了，另几名士兵押解医护人员向浅水湾方向去了。

我和缪和女躲在草棵里，大气不敢出，又等了一会儿，剩下那名日军士官站在门口，不耐烦地朝医院里叫，医院里传出几声枪响，一会儿工夫，三名斥候出来，四个人向浅水湾那边去了，医院门前一个人也没有了。

“他们完全可以干掉斥候啊！”缪和女不解地收起枪。

我没说话，和缪和女交替掩护，一前一后从山坡上慢慢下来。刚摸到医院门口，大潭方向突然响起一片密集的枪声，我担心地站下，要缪和女去看看。

缪和女走后，我端着枪摸进院子，在花园里找到几辆自行车和一辆摩托车。不远处又传来一阵枪声，我解下一颗卵形手雷，捏在手里，走进医院大楼。大楼里人去楼空，一片凌乱，到处都是丢弃的药品和被服，没有伤兵，也许伤兵已经转移走了，那些做了俘虏的英军和医务人员是没来得及走的。

我推开一个房间的门，有一刻没有反应过来，被什么东西阻挡在门口。我退出门，靠在墙边，闭上眼睛，再睁开，觉得全身血液凝固住了。我去隔壁房间找到一床被单和一幅窗帘，返回那个房间。

那是一个血腥场面，两个戴着头巾的年轻修女，她俩躺在三名英军士兵的尸体上，血漫了一地，还在缓缓流淌。两位修女都戴着红十字臂章，黑色袍子撩到一边，下身赤裸，一个胸口中弹，一个脖颈中弹，人被捅了好几刺刀，已经死了。

我打算把修女移到桌子上，把她们的身体遮掩起来，别让她俩泡在血泊里。我去移动一位修女，发现她被绳索捆绑在身下的英军尸体上。好一会儿，我才明白过来那是怎么回事。我解开修女身上的绳子，小心地把她抱到桌子上，用被单把她裹好。

我去解第二位修女身上的绳索，手上血水滑腻，我喘不过气。我把修女抱起来，愣住。修女身下的血泊中，垫着一册被血水染透的赞美诗歌集和一块圣牌。我下意识松开修女，脸冲到一旁，撑着桌沿大口呕吐起来。

从医院出来，下雨了。缪和女脸色蜡黄地从山坡上下来，狐疑地朝浑身血污的我看了一眼。缪和女说日本人走了，那二十几个英军被打死在路边水沟里，个个脑袋爆开，英军军官是少校，他中了三发子弹。

天黑之前，我们冒着越来越急的大雨赶到赤柱，找到东旅司令部。另一位送信的华裔军官比我们早到一会儿，湿漉漉地坐在凳子上喝水，惊恐未定地看了我一眼。参谋人员带我们去见沃利斯指挥官，沃利斯指挥官正和玛尔特比将军通话，汇报东旅凌晨派出来复枪队 C 连去黄泥涌解围，遭到日军伏击，撤退途中在柏架山一带迷了路，已经派出旁遮普营再度反攻黄泥涌峡，驰援西旅的事。我在外面等着，一会儿沃利斯指挥官出来，一战时他在中东被打瞎了左眼，戴着眼罩，脸上神情不好看。我把劳森指挥官的烟斗交给指挥官。我现在能向他汇报的只有在临时野战医院看到的暴行，告诉他，仍在战斗的守军需要明白一件事，日军不接受俘虏，主动放下武器未必能够保住性命。

我们被安排在司令部旁一栋建筑里，那里有一些和部队失去联系的散兵，人们走来走去，大声说着话。我听见有人在谈论北角失守的事情，连忙过去打听。听说我是凌晨从电厂撤出来的，拉吉普营 D 连的费罗兹少尉告诉我，防守北角至爱秩序湾的印军拉吉普营昨天由营长卢连臣中校带领沿柏架山道后撤，玛土撒拉连的那些老兵没能撤出来，他们凌晨退出电厂，在英皇道陷入日军第 228 联队包围，德辅男爵、福斯特先生、哈维先生和卡朋特先生阵亡，其他老兵打光子弹，向日军投降了。我问少尉，有没有听说玛土撒拉连里的那些华军怎么样了。费罗兹少尉一脸蒙相，问什么华军。我说关在马头涌兵营里的孤军，有二十几个，他们和佩特臣少校在一起。少尉拿不准地说，这样啊，没听说。

茫然站在人群中，我有一种隔世之感，按照《圣经》的说法，玛土撒拉是一切活着得胜者的代表，当他死去，这个时代就要受到审判。我不知道菲尔德中尉听到这个消息会怎么样，他叔父没有死，还活着，成了日本人的俘虏。但我有莫名的愤怒，只是那愤怒被战争搅得模糊不清，我无法确定它到底是什么，打哪儿来，而且，它无法从复杂中脱颖而出，找到准确的宣泄对象。

很快有消息传来，前往增援西旅的旁遮普营被快速增援上来的日军击溃，向西旅增援的计划失败，玛尔特比将军决定再派出苏格兰营继续驰援。我找到苏格兰营的怀特中校，告诉他，我刚从黄泥涌峡谷里出来，熟悉那里的情况，要求随苏格兰营返回峡谷。怀特中校同意了。让我纳闷的是，他居然没有认出我，把我当作华人防卫军的人了。

我和缪和女被编入预备队，随苏格兰营沿赤柱山道向西北行进。雨时停时落，衣裳一直没干过，感觉非常寒冷。在接近大潭水塘时，我们遭到日军阻击，掷弹筒在附近爆炸，有人惨叫着跌下山道，人们大声叫喊着，向有子弹飞来的方向射击。命令全体官兵下车，我跟在一群不认识的苏格兰军人身后往前冲，也许他们当中有D连的人，我和他们一起在金山战斗过，他们的长官没有认出我，现在所有人都一身泥水，谁也分辨不出谁了。队伍中有人重重跌倒，跌倒的人爬起来继续往前跑，也有的躺在那儿不再动弹。恩非尔德步枪超过七斤重，在奔跑中举起来射击非常困难，我索性抱着它往前跑，枪托不断撞在膝盖上。大多时候，人群中只有我自己，不知道缪和女在哪儿，是否摔进山崖下，不断有蝗虫般的曳光弹擦着脸飞过，地狱也不过如此。

不知什么时候雨停下来，天气突然好转，云开雾散。我们还在峡道中厮杀，日军在源源不断登岛，把重炮和山炮运过维海参加战斗，飞机也趁着天晴出动，轰炸离我们只有几千公尺远的西旅司令部，显然，东西两旅合纵的企图完全破灭了。

在组织了两次徒劳无功的冲锋后，苏格兰营接到沃利斯指挥官命令，黄泥涌已经失守，驰援部队放弃计划，退守浅水湾。我在太平山脚下一群乱哄哄的士兵中找到了缪和女，他挂了彩，背上被一块弹片划破了，不过不严重。他在后撤的路上遇到逃出黄泥涌的防卫军三连八排的人。听八排的人说，我们走后不久，一号和二号机枪堡就失陷了，代理指挥官洪桀钊士官牺牲，西旅指挥部也被日军攻占，司令官劳森准将离开地下指挥部到外面的阵地上作战，身边只有十几名参谋、后勤士兵和伙夫，没有人知道准将最后的下落。

子夜过后，我和缪和女随苏格兰营撤到金马伦山上。有消息说，柏架山、聂高逊山、毕拿山、紫罗兰山和中央山咀要塞全都失守了。更可怕的是，日军昨天占领了大潭水库，杀掉抽水站内所有人员，无人管理的锅炉因燃料耗尽熄灭。几个小时前，东旅反击作战时，来复枪营在黄泥涌水库与日军激战，作为预备队的日军折田大队夺取了莲花井山，炸掉了黄泥涌水库供水管道，切断赤柱半岛守军的水源，供水泵房不再工作，现在港岛大部分地区供水中断了。

我身上满是泥水和血水，冷得发抖，胳膊上的伤口一直在作疼，可能发炎了，手表进了水，看不清几点，我站在山头环望，宝马山和渣甸山上还在激战，寿臣山、黄竹坑和香港仔方向也有火光，金钟和湾仔一带急促地亮着枪炮曳光，整个北岛、中岛和东岛都在作战，更远处的东博寮峡口，“斯雅那”号驱逐舰正在缓缓沉没。

我一屁股坐在泥水里，大口喘气。有一段时间，我坐在那里睡着了，很快被夹带着雨丝的山风冻醒。我看见缪和女脚步不稳地走向我，在我身边坐下，偷偷看我一眼，默默替我装填弹匣。我们谁都没有说话。

21日早上，雨停了。7点左右，东西两旅发动联合反攻，西旅已由防卫军卢斯准将代替劳森准将作为指挥官。我和缪和女还活着，我们被编入防卫军物资分配军，和一支由皇家海军转为步兵的部队一起驻守浅水湾道中段。上午，日军开始围攻浅水湾和赤柱半岛，米德萨斯营B连和加军来复枪队B连在紫罗兰径和浅水湾酒店一带接战，攻防战在市区展开，到处都是枪炮声，抵抗显得异常决绝。

我们的阵地暂时还安静。我和缪和女得到轮战机会，在一个充当面粉仓库的学校休整。大约上百名物资供应军的士兵挤在学校里，这些人数天前还是职员、商人、驯马师和店主，人们麻木地往嘴里填着食物，更多人躺在脏兮兮的洋灰地上大睡。我和缪和女不是港岛保卫战的正式守军，编制中没有我俩的口粮，但我们得到一份分量充足的食物，有咸肉和土豆泥，还有热气腾腾的咖啡。

人群中一阵骚动，有命令下来，物资供应军阵地遭到攻击，要我们立即上阵地。人们丢下盘杯，操起枪往外跑。我没跑，撕下一块面包填进嘴里，心里有一种巨大的空虚。我不知道我在这儿干什么，为什么会参加这场战争，香港和我有什么关系，那些装在运兵船里渡过太平洋、印度洋、日本海运到这儿的士兵们，他们和我有什么关系。我放下铝制杯，被人推搡着朝外走，枪管击打了一下脖颈。缪和女跟上来，惊慌地说他的步枪被人拿走了！我想怎么会这样？我想这就对了。

浅水湾一带的防空洞被欧洲人和有钱华人占据着，连一只蚊子也塞不进去。我在湾道旅馆区找到一座山麓饭店，它有个奇怪的名字，以山。那是我大哥的名字。

我摇摇晃晃走进饭店，身后跟着张皇失措的缪和女。旅馆不大，三层，还算整洁，它成了附近居民的避弹所，挤满逃难的人。我提着枪，胳膊上扎着绷带，衣裳满是血迹。人们默默地看着我，给我让开路。人们的目光很特别，他们希望我去杀死那些凶恶的侵略者，保住他们的家园，而不是躲到饭店来颤抖。

我在楼下厅堂找到一个角落，步枪靠在墙角，人顺着墙面滑下去，没等坐稳就睡着了。我睡得很不安稳。我梦见自己从空中往下坠落，四周是漫无边际的黑暗。我在坠落中变成另外一个生命，长着一颗古怪的脑袋，一对巨大的透明翼翅，试图悬停在空中。我看不见自己，对自己非常陌生，这让我十分着急。我想谁来告诉我，我是谁？可身边一个人也没有。黑暗无边无际，坠落无休无止，我整个的梦就是在黑暗中坠落这么一个情节。

我睡了整整一天，醒来时，发现缪和女正在和朱三样说话。我以为自己还在梦中，等明白不是梦，扑过去一把抓住朱三样：

“你怎么在这儿？李少校呢？”

朱三样被我拉得坐在地上，一只手撑着地，脑袋死死夹在裤裆里不说话。

“问你呢，少校人呢？”

“日本人占领了玛丽医院，李少校死了。”缪和女看了朱三样一眼，小声替他说。

我心里狠狠一揪，胆汁往上涌。还是没能躲过去，去北角前怎么就没想到，日本人会上岛，会占领医院，会杀掉李明渊！我恨不能扇自己耳光。是我害了李明渊！

“佢，佢唔係俾鬼子打死嘅，”朱三样不看我，吞吞吐吐，“係俾我捻死嘅……”

我像没听明白，盯着朱三样。大厅里人来人往，但我能看清他。

“寻晚鬼子到咗薄扶林，旁遮普营嘅基德中校被人送入医院，人已经死了……”朱三样结结巴巴地说，“仲有物资分配军嘅伤兵，医院入边全部都係，佢哋係浅水湾俾啲鬼子屠杀，医院里人手唔够，好多医生赶去医院，枪响得厉害……”

“他是说，鬼子就在医院外，他想带少校撤离，可少校走不了。”缪和女同情地看朱三样一眼，替他补充。

“我揾到条绳，好结实，我背起少校……”

“他是说，少校呼吸不过来……”

“少校太重，佢闹我，话我想捻死佢……”

“他用床单做了个拖带，想把少校拖着走……”

“跟住仲衰，佢话咩都唔走，佢闹得更厉害了……”

“少校用杯子砸他脑袋，命令他滚开……”

“枪声越来越近，我听到短促嘅喇叭声，係鬼子，就係楼下……”

“子弹打在窗户上，玻璃碎了一地，大家都往外跑，医院里没有战斗人员……”

“我冇没办法，真系冇办法，我就……”

我扑过去，往朱三样脸上狠狠打了一拳，把他摁倒在地上，用膝盖死死压住他的脖子。缪和女冲过来紧紧箍住我，朝我喊道：“是少校让他那样做的，不怨他!”

我剧烈地喘息着，盯着两眼茫然的朱三样。

“少校说，唔好丢低我，你不如捻死我……”朱三样喘不过气，抹了一把鼻血说。

我在想，怨谁？我在想，我为什么留在香港？

一位年轻姑娘过来，黑色长裙遮挡住我的视线。我不解地抬头看她。她是学生吧？庇理罗士女子学校还是巴陵书院？她身子骨很弱，大概患有痨病，腮颊上浮着病态红晕，人像是在飘动。她蹲下身子，把一只铝锅放在我面前。我闻到一股海腥味，然后看到一条截为两段的三指宽白水煮鱼。姑娘没看我，一句话没说，走开了。

我松开朱三样，颓唐地靠回墙角，突然想到加代子。也许我不该在这个时候想她，但我就是止不住要想。我想抱住原野般五彩缤纷的她委屈地大哭一场。我想告诉她，我一直在往回走，一直在走，可我回不去了!

朱三样消失了，一会儿出现，用报纸包着一包热气腾腾的饭菜回来，讨好地送到我面前，说是在平民食堂领的，每人一份，一勺白米饭一勺炖菜，足够饱食一顿。他自己吃了一份，装哑巴又领了一份。

有人过来，向朱三样打听到哪儿能弄到吃的。朱三样一下子活过来，向众人传授经验，东华医院有专门的大锅和厨子，排队就能领到。又指导人家不用去茶楼酒店，那里全停业了，牛级公司餐厅和威士文餐厅没关门，军队接管了，客人全是军人和A·R·P人员，不供应平民。

我不可能潜回玛丽医院去替李明渊收尸，已经把事情做绝了。黄昏到来时，我离开饭店，凭着枪炮声引导，茫然地朝礼顿山上爬去，缪和女和朱三样默默跟在我身后。没走多远，遇上从聂高信山撤下来的防卫军，麦考特上尉也在队伍里，他居然没战死。我们被乱糟糟的队伍裹挟着，躲避后面驶来的车辆。我在路边停下，水沟里有一具英军士官尸体，他穿着被称作“R先生”的双排扣防水上衣，脑袋上中弹，衣裳完好无损。我坐在地上，卸下士官腰上的左轮枪，从他脚上扒下厚胶底通用军鞋，换下我脚上破掉的鞋。缪和女用厌恶的眼神看着我，朱三样一副无所谓的表情。我犹豫了一下，没再扒尸首的衣裳，解开两粒的扣子重新替尸首扣上。

天黑以后，我们三人在礼顿山防卫军指挥部重新归队。一名从黄泥涌峡谷逃出来的西旅军官说了劳森准将的事，绝望的准将没等来增援，知道解围无望，命令破坏指挥部设备，销毁资料，率众突围，战死在聂高信山下阵地。日军第228联队长东海大佐向攻下聂高信山阵地的第9中队下令，用毛毯包裹劳森的尸体，安葬在他战死的阵地上。三小时后，黄泥涌峡谷阵地陷落，防卫军第三连官兵大部战死。

我找到那名从峡谷里逃出来的西旅军官，他是米德萨斯营的乔伊森少尉，一只眼睛被打穿，浑身是血，但一点也不悲观。

“少尉，打听一个人，是华人，头有点秃，一只耳朵切掉一半，身上挂了好几处彩。”

“我知道你说的是谁，中国羊，他完全疯了。”乔伊森少尉努力睁大没缠上绷带的那只眼睛看我，说，“峡谷里不是混战，是屠杀，日本人冲进战壕、机枪堡、地下掩体，一个个杀死我们的人。中国羊瘸着一条腿，手里没有武器，捏着一块难看的石头，想要袭击一个鬼子军官，结果跌倒了，被几个日本兵捅成了马蜂窝。”

我站了一会儿，点点头，离开乔伊森少尉。

22日和23日，我们连续两天都在作战，放弃阵地、转移阵地、收复阵地，绝望地抵抗着日军进攻。朱三样终于得到作战机会，比谁都活跃，从一个掩体蹿到另一个掩体，非常兴奋。他和敖二麦是作战的好手，现在只剩下他了。

又一个寒冷的夜晚到来，天空中没头没脑地乱飞着曳光弹和信号弹。我在一群军装不整瑟缩不已的北美士兵当中，我们刚刚打退一次进攻，不少士兵倒在我身边的血泊里，抽搐地大声呻吟着。

子夜时分，麦考特上尉在一栋充作据点的洋房楼顶找到我。他漂亮的胡须被燎去一大片，看上去斯文扫地，一点也不像大学老师。

“中尉，带着你的人下去吧。”

我从架在楼顶的机枪边转过头，不明白地看麦考特，不知道他在说什么。

“接近尾声了，打不下去了。”上尉不看我，看脚下贴着屋檐弥漫开的硝烟，一边勒紧松掉的腰带，“你们不是欧洲人，犯不上。”

“然后呢?”我下意识冒出这句话，其实我想问他，他从香港大学带出来的那些学生，还有多少活着。

“聂高信山、马伦山、湾仔峡和摩利臣山阵地都丢了，”麦考特从脏兮兮的上衣口袋里掏出香烟，点着一支，狠狠地吸一口，呛了一下，看得出他不会吸烟，“岛上大部分要塞已经失去防御能力，老天做证，没有什么可打了。”

“就是说，你们要放弃香港?”我看出来了，联合王国部队不过是一只临时拼凑的大拼盘，现在拼盘碎掉，谁也拦不住这个结果，可我突然觉得这一切和我有关，我有一种被出卖的冲动。

“还没接到命令。总司令部刚刚传达了总督训示，务必顽抗到底，不允许怀有丝毫投降之意。”麦考特扶着赭红色瓦片站起来，茫然地朝西边看了一眼，“不是爵士自己的话，是首相的命令。”

枪炮声又激烈地响起来了，麦考特朝枪响的方向看去，烟头熄掉，从兜里掏出一张揉得皱巴巴的报纸丢给我，留下一句话走掉。

“留点安慰吧。早点离开。”他说。

看着麦考特上尉消失在楼道口，我朝他刚才看的那个方向看去。那是摩星岭，架在炮台上的九点二口径巨炮像一个茫然勃起的生殖器，一点动静也没有。

我打开报纸，楼道口的光线照在报纸上。是昨天的《South China Morning Post》①，有一条记者 M. 菲琳转自英国情报部的消息，中国军队 21 日渡过深圳河，在元朗一带与日军激烈交战，双方均有伤亡。

我被寒风带来的硝烟呛了一下，报纸团起来塞进口袋。这个消息和我一点关系也没有，我甚至没有任何激动和期盼。新界失陷了，九龙失陷了，港岛正在失陷，我已经看到了中国军队和日军的激烈交战，他们是伍副官率领的 37 名国军士兵，还有老咩率领的 23 名疍家人游击队，我不知道他们的毙敌数量，但他们都战死了。

缪和女和朱三样从楼道口上来，说接到防卫军指挥部命令，让所有华裔士兵脱下军装离开，自寻出路。

“你们走吧。”我在呛鼻的夜风中说。

---

① 《南华早报》，创刊于 1903 年，殖民时期香港最权威的英文报纸。

我不想再参加任何无谓的抵抗，只想远远离开战场，可日军已经进入市区，跑马地和皇后道无法幸免，我不能再去找陈将军，无处可去，但缪和女可以。

“带上朱三样，去找你父亲，躲藏起来。”我的意思是，缪和女是独生子，有更多理由退出战争，“你父亲会找到合适的衣裳让你俩换下身上这套。”

缪和女站在那儿没动。朱三样朝地上吐了一口唾沫，紧张地看着我。我不想看他，对他充满仇恨。

“不。”缪和女拒绝了，“我不能丢下你，要走我们一起走。”

“我身上有伤，日本人会看出来。”我说的是实话，缪和女挂的是小彩，能躲过去，朱三样连皮都没擦破，他俩不会被日本人认出来。

“那就都不走。”缪和女固执地说。

“你必须走，找机会返回战区，向邹上校报告，别让他以为我们什么也没干。”

“我们干了什么？”缪和女瞥了我一眼。

“我们断咗长官嘅财路。”朱三样嘲讽地补了一句。

我困惑地回头看缪和女，再看朱三样。去年入港时，邹上校托我带过两批“真可可”牌丝袜，大约几百双，今年带过几箱“皇妃”牌香水，如果他们说的是这个，这只是小生意，军官要养家糊口，可以理解。

“你来得迟，你唔知，邹长官一直在倒卖战争配额。”朱三样说。

“你放屁！”我愣一下，脱口而出。

“他说的是实话，上校造假册，报虚耗，在我们送回去的物资中挑一些卖到内地去。”缪和女说。

“你以为市面上咁多军品係边度来嘅？可惜你唔可以返去问邹长官，问都冇用，战区嘅人都知，邹长官对走私嘅部下深恶痛绝，唔系依家企系度就唔係你，而係李上尉。”朱三样嘲笑地看着我。

几发流弹拉着呼啸从我们脚下飞过。我就像金马伦山道上的火成岩，沉默了。

我们离开礼顿山，去跑马地，看看能不能在乱世中找到缪和女的父亲。我们在路上被几位中立国的牧师和教会人员拦住，他们在帮助从跑马地那边逃出来的难民。日军已经占领了跑马地，闯进赛马会临时伤兵医院，大肆屠杀伤兵，奸淫女护士，人们都在逃难。教会的人指点我们尽快脱下军装，去教堂躲避。

我们退回到浅水湾山麓下那家“以山”旅馆。几名年轻市民冒着飞弹从旅馆里跑出跑进，把打倒在外面的英军伤兵拖回旅馆，为他们做简单包扎。现在，逃进旅馆里的人更多了。

我蜷缩在大厅角落，疲惫不堪地靠在冰冷的墙上，默默等待战事停止。

那一天是西历平安夜，也是华历扫尘日，放在往年，欧美人已经布置好圣诞树，华人也正在洒扫门庭准备过小年，而现在港岛的煤气和电力中断了好几天，冬至后日夜温差大，冻得人直哆嗦，有人大声咳嗽，婴儿和儿童们在啼哭，母亲乞求人们给孩子弄点儿水来，外面什么地方炮击声再度响起，也许因为这个，因为寒冷，人们改变了目光，用敌视的眼光看着我们。天黑之后，有人冒险出去，为饭店里的孩子和妇女弄回一些面包干和干净水，这一次，没有人给我们送来吃的。人们进进出出，不断地朝角落里看，他们开始表现出越来越烦躁的神情，最终，一位银须飘逸，手拿基督十字架的老者过来了，之前他一直和两名神职人员在收听广播，老者口气和蔼，希望我和同伴把随身携带的武器丢掉，换下浑身是血的军装。

“仁慈的上帝不愿见到杀戮。”老者操一口江浙话，“这里全是妇女和孩子，你们最好离开这儿。”

我觉得他说得对。我觉得麦考特上尉应该向人们做点说明，他为什么把我们送下阵地；他目睹了他的学生被子弹打得满脸开花，他和他的学生是虔诚的教徒，也是不列颠民众，或者不列颠殖民地民众，我们不是，我们有机会活下去。我当然不能待在这儿，人们会在我闭眼睡觉的时候把我掐死，我总不能睁着眼睛睡觉，我可以去别的地方看看。我决定等腿不再软得发抖以后就这么做，脱掉军装，把武器丢进后山某处草丛中，然后离开这儿。

但是，有人不这样认为。那个脸上浮着红晕的姑娘过来了，隔着一缕昏黄的汽灯光晕，在我面前姿势优美地蹲下。我记得她，两天前，她给我送过白水煮的鲥鱼。

“能给我一颗手雷吗？”她抱歉地冲我笑，说话的声音有一种井水幽微的味道。

我茫然地看她。她改为英语，问我能不能给她一颗手雷，并且教她如何使用。我没有说话。我在想，或者说，我想不明白，一口古井，如何才能变成一口炸开的惊泉？

见我毫无反应，姑娘摇了摇头，遗憾地离开我，步伐不稳地消失在人群中。

那两朵病态的红晕，还有失望中的摇头，使我受到强烈的刺激。

消失了一段时间的缪和女和朱三样一脸兴奋地返回旅馆，之前他俩不甘心，出去打听跑马地的情况。他俩打听到了，跑马地只有一支日军小部队，小心一点，天亮后可以摸过去。但他们兴奋不是因为这个，从峡道口返回的时候，他俩在路上遇到徐亨副官。

我眼睛一亮，一把抓住缪和女的胳膊，问徐副官在哪儿。

“佢带抗战协助团嘅特务去拉两个给鬼子做向导嘅汉奸，话鬼子已经攻下南望山、黄竹坑同寿山村，摩利臣山同礼顿山都失陷了，英国人退到湾仔，同鬼子巷战紧。”朱三样抢着说。

“徐少校说，陈将军18日晚上要他找过你，问你是不是在港岛。”缪和女补充说。

“是吗？”我激动不分。

“英军总司令部让皇家军械处贺健士上校紧急送50挺机枪、20万发子弹、100箱手榴弹去香港仔，装船运往新界，送给等在那里的共产党游击队，让他们在鬼子背后发起进攻，陈将军手头人不够，希望你的小组去送这批军火。”

我悔不迭地，17日我还去了亚细亚银行，陈将军在处理三合会暴动的事，我没等他，第二天稀里糊涂参加了北角防卫战，早知道这样，我待在使节团不走，等陈将军，敖二麦和李明渊就能活下来了！

正想着，有人举着摇曳的蜡烛从地下室冲上来，大声喊道：薄扶林水塘挨咗鬼子嘅炮弹，俾水设施炸坏咗，港岛绝水了！

就是说，港岛的几个水库都被日军摧毁了，港岛彻底断水了，没有水，守军和平民坚持不了两天，都得死。现在，命运终于把它热情而粗糙的大手放在了我的手心上。

我抱着伤痕累累的步枪，藏匿在无人知道的角落里，茫然地听着人们绝望地议论被炸坏的给水设备。我不知道我还能干什么，只是不想松开怀里那支枪。也许我什么也不能干，只能坐在这儿，等着日本兵破门而入，然后扣动扳机，射出枪膛里最后一粒子弹。也许不。

我朝烛光摇曳的大厅看去，那个浮着两朵病态红晕的姑娘，她在哪儿？她不该向我表示抱歉，当她和她的亲人再也拿不出任何粮食的时候，我享用过她最后两截白水煮鱼，当她希望我能给她一颗手雷时，我却没有给她，需要抱歉的是我。我想，也许我可以去人群中找到她，给她一颗手雷，教她怎么使用：手雷保险握片一侧朝向掌心，捏稳，另一只手抽出拉环式保险销，用力投出去，或者不投，留给自己。我还想，也许我应该去某个水库，看看那里的给水设备，它们有没有可能修好；也许这么做了，铝锅中会重新出现白水煮鱼，婴儿会停止啼哭，大街上的尸首会少一些，野战医院里的伤兵不会再被屠杀，护士和修女不会再被强奸，市区里还在抵抗的守军能够多坚持几天，等来神话故事中的援军。我那么想着，因为害怕，全身发抖，没有力气也没有胆量再想下去，但我就是阻止不住去想那些水库里几万万加仑的清水。

缪和女错误地理解了我在烛光中朝他投去的那一眼，他迟疑了一下，撑住墙角，摇晃着站起来。不！不！我不是那个意思，我是希望他阻止我，我是用乞求的目光告诉他，我疯了，崩溃了，他没有，他应该对我说，不！或者干脆用枪托把我砸晕过去！可是，缪和女比我更疯狂，他的脸色在烛光中就像传说中的魔鬼，他站在那里盯着我，好像不大情愿，好像在痛恨我，蔑视他自己，然后他推开朱三样，朝门口的方向迈出一步，再也没有回过头来，消失在人群中。

我应该想到，应该想到的，在礼顿山拒绝离开我的那一刻，缪和女已经先我而疯了！

半小时以后，我被缪和女带到地下室。朱三样已经在和两个年轻人张罗着什么了。那位银须飘逸的老者把我带到一架无线电前。夜里 11 点，电台正在播放总督和英军驻华三军总司令向全体守军的平安夜问候。

“本人满怀骄傲地称颂所有坚守抗敌的前线官兵，谨致圣诞祝贺。”爵士的声音听上去很冷静，没有丝毫感情色彩，“望诸位为国王和帝国坚守岗位，继续作战，愿主在美好时光中看顾你们。”

“诸位圣诞快乐。”三军总司令嗓音沙哑，听得出他很疲倦，“让今天在帝国庄严的历史中成为最重要的日子，愿所有人平安。”他停了一下，无线电传出电流不足的沙沙振流声，然后总司令官说出最后一句，“今夜只剩下战斗，口令是‘坚守’。”

“神死了，”老者悲伤地说，“如果它曾经活着，它抛弃了它的子民。”

日军进攻香港岛概图

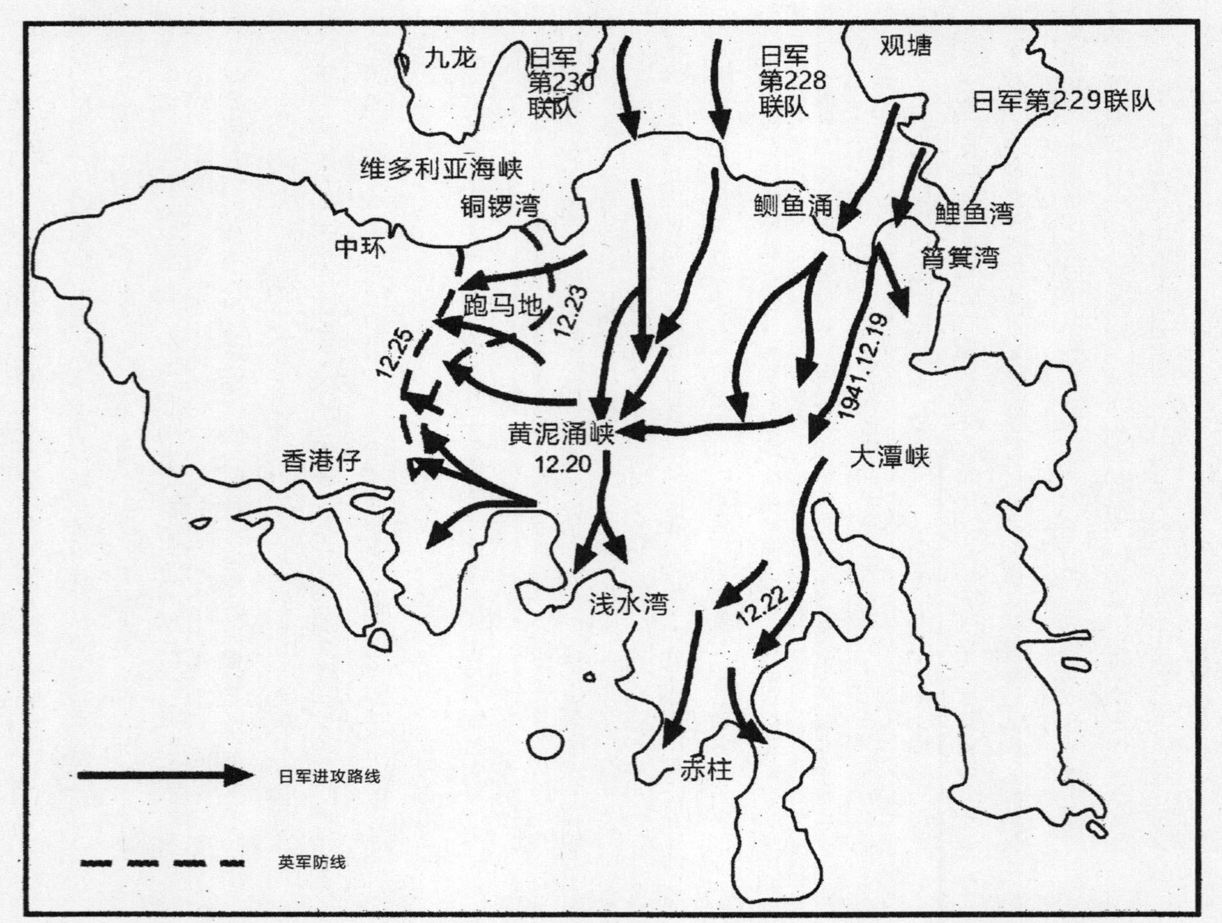

九龙
日军第230联队
日军第228联队
观塘
日军第229联队
维多利亚海峡
铜锣湾
中环
鲗鱼涌
鲤鱼湾
筲箕湾
跑马地
12.23
12.25
1941.12.19
黄泥涌峡
12.20
大潭峡
香港仔
浅水湾
12.22
赤柱
日军进攻路线
英军防线

20分钟后，我拿到一张大潭水库供水系统图和一套德国造简易工具。图纸是临时手绘在“紫罗兰”香烟包装纸背面的，有些草率，是一位港府职员凭记忆画下的，他只知道大潭水库的情况，我不知道他是怎么做到的，但这已经够了。

两名青年愿意做向导，一位是华人店员，姓国，一位是华欧混血警察鲍勃。他俩一直很活跃，抢救受伤英军，外出打探消息，为人们采购食品、水和药品，阻止“胜利友”进入饭店抢劫，那位港府职员就是鲍勃找来的。

听说我们要去大潭水库，两名从金马伦山撤下来的防卫军华人士兵，机炮兵毕和齐过来了。他俩已经脱掉军装，换上了平民服装，准备炮火稍停就回家，他俩愿意跟我走。

现在，我有了一个新的小组，他们当中有六名军人，一名平民。小组有两支长枪和一支我从尸体身上得到的短枪，六枚被称作“米尔斯宝贝”的NO36型延时引信手雷。另外，小组得到“以山”旅馆难民凑出的一堆食物，里面甚至有三分之一瓶婴儿牛奶。

我和缪和女各持一支长枪。我把斯科特左轮交给机炮兵毕，六颗手雷，鲍勃、齐和国每人一颗，剩下三颗交给朱三样。我不知道毕和齐怎么样，朱三样是老兵，如果可能，我会给他一船武器。

子夜时分，新成立的小组离开“以山”旅馆。走出山麓旅馆的时候，我站下来，回头向后看。人们站在旅馆门口，默默地看着我们，银须飘逸的老者站在人群最前面，手里没有十字架。我希望看到那两朵病态的红晕，可惜没有，她不在那儿。

鲍勃弄来一辆“斯柯达”轿车，载着小组驶向东部山区。马路上漆黑一片，连一只流浪狗都见不着，如入鬼蜮。我们谁都没说话，天空中一串串炮弹拖着曳尾飞向太平山、歌赋山、湾仔峡和多利兵营方向，那里是英军最后的抵抗据点。

鲍勃把车开上司徒拔道，绕过聂高信山和渣甸山。到处都是日军分头作战的部队，到处都有用炼油点燃的篝火。路上走走停停，差不多用了两小时，“斯柯达”闯过西部二道防线和黄泥涌通道，停在山道旁，我们弃车徒步，沿山道上山。

快到大潭时，差不多有一个小时，我们不得不趴在一片洋紫荆灌木丛中，一动不敢动，等待一队日军炮队困难地从泥泞山道上通过，接着是一队战场医疗队。我屏住呼吸，觉得有什么东西穿过黑暗朝我飞来，轻轻落在我衣袖上。借着月光，我看清了，是一只草蛉，它收束起透明的翅膀，扭过小脑袋来看我，黑暗中，它大大的复眼闪着金色的微光。我见过它，不知道它为什么到这儿来，想告诉我什么。

日军的脚步声消失在远处，峡谷里静寂一片。我们离开洋紫荆灌木丛，继续在黑暗中摸索着往山上走，又走出一段路，我们到了。

日军忙着向赤柱方向和西边市区推进，水库一带静悄悄的。人们需要的水被一座弧形水坝簇围着，水坝约 50 尺高，300 尺长，在夜色中泛着暗光，显得格外迷人。

我和朱三样打头，我俩攀上水坝，发现那里一个人也没有，四周只有黄嘴鹭和栗苇鸦惊梦中的啁啾声。进入泵房的时候，我以为完全可以大摇大摆闯进去，但我错了，泵房里有几具尸体，他们倒在一起，也许被下令集中然后开枪射杀的。

鲍勃和国把尸体拖走，我照着在旅馆仓促学到的方法检查水泵和密封罐体。缪和女和机炮兵齐把破坏掉的管道卸下来，连接上管道备件，然后去拖柴油。朱三样和机炮兵毕一人守着水坝的一个方向，保证没有人来把我们变成尸体。

天亮前，我结束了工作，启动重新组装好的电机。它发出一阵咕叽咕叽的声音，有一刻，像是想缩回睡眠中，然后它开始运转。声音惊动了附近的鸟儿，它们不安地小声叫着，好像是在埋怨，但电机没有停下，它在正常运转，而且，无论电机的运转声还是鸟儿的埋怨声，都不足以传出很远，我们是安全的。

我累坏了，但没停下来，试着将电机增速到供水系统压力要求的恒定值。我做到了。现在，一切都很顺利，我只需要半小时，最多一小时，在第一缕晨曦到来之前，仍然在滴漏中咕嘟作响的给水设备就会为港岛送去神秘的甘泉，我要做的，只是把系统压力器控制在最佳状态，保证燃油充足，然后带着我的人悄悄离开充满山葡萄和木荷苦涩气味的山谷，去别的地方做点什么轻松的事。

我差不多就成功了。

只有一件事可以阻止这一切——峡谷里出现另一支抱着和我同样目的的志愿者小分队。

日后整整四年，我没有一天不为这件事情困惑和苦恼，我最想知道的事情，就是那支和我在山谷里相遇并朝我们开枪的志愿者小分队，他们是谁，为什么贸然闯进山谷？他们真的以为没有他们，我就没法对付瘫痪掉的供水设备？请试着想想这样的场景：7战区中尉军需官郁漱石、少尉副官缪和女、中士朱三样、香港防卫军机炮兵毕和齐、警察鲍勃和志愿者国，七个人秘密潜入大潭水库修复被破坏掉的给水设备，另一支怀着同样目的的志愿者小分队闯进峡谷，双方身处匝地烟尘的战场，作战经验不足，该如何抑制发现对方时最初的惊恐，在尚未做出准确的目标判断之前，不会惊慌失措地开枪？

也许黑暗中那支不知来历的小分队把我们当成了日军，向我们开了一枪。子弹发出尖锐的哨鸣，切割开山葡萄和木荷苦涩气味的夜空，从我脚下跳开。正趴在管道上用力拧紧气压器阀门的机炮兵齐吓了一跳，失手从水泵上摔下来。齐的战友毕用我给他的左轮枪向对方连续发射了五枪，打光了弹匣里的子弹。警察鲍勃扬手扔出他那枚手雷，手雷在水坝上弹跳起来，第二次弹起来时凌空爆炸，火光映亮了黑色的水面。

双方很快发现对方不是日军，而是抱有同样企图的志愿者，可一切都来不及了。峡谷里的六声枪响和接下来的手雷爆炸声，招来了附近山道篝火旁烤干粮的第228联队士兵，他们是我这一生致命的宿敌。

我朝正常运转的水泵看了一眼，向小组的人大声喊叫，要大家赶紧撤离水库。我们根本做不到按原路下山。第228联队的士兵从两个方向包抄过来，我们退回水库，被堵在水坝上。月光很亮，自从19日那场大雨后，天气晴得让人生疑，太阳和月亮都那么亮，让人怀疑它们是故意那么卖力的。

毕在日军冲出树林的第一时间就中弹倒下，左轮手枪从他手中滑落进水塘，然后是他自己。接下来，鲍勃被一串子弹击中，滑倒在机房门口，离堆放尸体的地方不远。齐试图用他那颗手雷炸坍水坝壁的铁梯，阻止日军从那里爬上来，可惜手雷不是触发式，它从他手中飞出去，撞在铁梯扶手上，反弹回来，延时爆炸的时间足够让它滚落回齐脚下，他被自己投出的手雷炸得四分五裂。手雷的弹片击中了国，他惨叫一声，慌乱中失足掉下水塘。

在整个过程中，我向日军方向打出十发子弹。我不知道是否打中了对方。我着急地从口袋里往外掏弹匣，它被口袋缠住了。

朱三样试图掩护大家，他竟然攀上水库南边的峭壁，在那里向追来的日军投出一枚手雷。它的效果好极了，至少有两名日军士兵在爆炸的火光中倒下。

然后朱三样连续投出第二枚和第三枚手雷，它们在水库下造成了短暂的慌乱。我真该把柯尔特手枪和全部的手雷交给他，他是我们当中最优秀的士兵，最先占据阻击阵地的士兵，但现在说什么都来不及了。

我跳过那堆尸体，翻过一堆拆卸下的旧料堆，步枪在那个时候丢失掉。我仓皇地飞奔着穿过差不多50公尺的洋灰路，跳过一截倒塌的铁丝网，滑下水库护坡，像兔子般惊慌地向山下逃窜。我冲过一丛灌木，被来自奈良市的军曹大泽前田爱、上等兵三边五十从背后扑倒，摁进草稞中，尾椎骨上挨了重重的一脚。我感到一股钻心的疼痛，有些不甘和委屈，即使这样，我也用力扬起脖子，用充满希望的目光去寻找跑在我前面的缪和女。

缪和女沿着水塘下的灌木丛向山下奔跑。他跑得很快，姿势漂亮，像一匹善于在山道上奔跑的矫健骡子，已经跑出很远了。他几天没洗的肮脏头发在山风中向后扬起，成为黎明的一部分，让人相信，他完全可以在脖颈上举着他的黑暗之旗一直奔跑下去，跑到山下，跑过维多利亚海，跑去九龙，再跑过深圳河；或者不那么做，他扭头向南，跑到赤柱海边，纵身跃进大海，踩着涌动的海水，一直跑回吉隆坡他爷爷面前，欢喜地告诉老人，他去外面撒了一段时间野，现在回家了。看上去，他已经在那么做了，差不多已经做到了。

枪声响了。腼腆的马来青年好像对枪声很敏感，讨厌它叨扰了他的奔跑，或者他是想回过头来寻找我在哪儿，至少在我们彼此分开的时候，向我做个告别。他就这么两臂扬开飞起来，扑向一丛挂满了红色果球的山茱萸。然后，枪声再次响起，是96式轻机枪的连续射击。

他真该听我的，作为缪家的独子，去找他的独子父亲，父子俩一块离开香港，回到同为独子的爷爷身边去。

他真该听我的。

十八

法庭外调查：

影子武士后代，影子武士后代

（GYB006－001－224）被告郁漱石庭外供述记录：

整个晚上，屋外风雨大作，天像被人捅开一个窟窿，秋天的雨气一个劲扑进屋内，我被强烈的焦虑感困扰着，一夜没阖眼。天亮前，雨停了，鸟儿欢快地啾鸣着，似乎在嘲笑我昨天的挣扎如同铸木镂冰，劳而无功。一夜未眠，让我冷静下来，我还有两天时间，生命多一时少一时已无意义，日薄虞渊，反倒不必那么急吼吼了。

我从屋里出来，等在石屋外的相马冲我羞涩地笑了笑，扭头走在前面。我跟上他，朝站在对面日军小队营舍前的哨兵看了一眼，有些意外地迟疑了一下。

笔直站在僻静处的士兵，步枪周正地挂在肩头，眼皮子阖着，胸脯均匀地起伏，原来，警觉的哨兵，是站着睡觉啊。

相马把我带到围屋旁沼泽地前，海岸边潮间地带连接陆地的低洼地，海潮上来，一部分留在洼地里，形成永久湿地，生长出迎风摇曳的臭茉莉、金蕨、老鼠簕和鼠尾黍。冈崎等在雨后丰盈的沼泽地旁，一群蝴蝶围绕着她，那些浮翠流丹的蝶儿正在抖干雨水浸湿的翅膀，动作比阳光下的它们慢半拍，让人有种不真实的感觉。

冈崎在看管理区前面的草地。我顺着冈崎的目光向草地上看去。

草地上，一群军官在做游戏，领头的是矢尺，佐佐木、大岛莒、朴八佬和金在根站在一边笑嘻嘻看。矢尺光着脑袋，赤着脚，裤腿被雨后的草棵洇透了，酱黄色军衣反过来穿在身上，腰里系条白色布带，阿部领着七八个军官，白色衬衣，胯下吊一只巨大的草团，眼睑下贴两片墨色海带，围绕着矢尺有节奏地拍打着胸脯，嘴里唱着童谣，双方认真地你来我往：

证，证，证诚寺，证诚寺幽静的庭院，
月，月，月亮升起来，大家出来快出来！
我们的朋友啊，砰砰砰的砰，
不能输，不能输，不能输，住持喔！

他们在玩狸猫游戏，矢尺扮演证诚寺的老住持，其他人扮演来寺里捣乱的狸猫，胯下的草团充当狸猫阴囊。

来来来，哎呀，大家都出来出来吧！
证，证，证诚寺，证诚寺的胡枝子，
月，月，月夜下盛开啊，
朋友们很高兴，砰砰砰的砰！

六年前，我和乃上去千叶县，专程拜访坐落在矢那川旁的证诚寺。那是秋天，好脾气的净土真宗和尚允许我俩在寺里住了两晚。我俩睡在安静的狸塚旁的松树下，希望夜里见到出来吓人的狸猫。寺里的老住持和狸猫比赛琴舞的故事流传了几百年，据说那些顽皮灵性的家伙，阴囊可以根据需要膨胀，江户画师竹原春泉斋画过一幅雨中出门的狸猫，眼睛大到气人不说，竟然将阴囊膨胀起来当作雨伞遮挡在脑袋上，让人好不羡慕。

“要不是亲眼看到草地上的游戏，恐怕不会相信，战俘营竟然由长不大的男人管理。”冈崎脸上带着一丝若有若无的微笑，似乎没有受到昨天的影响，了无芥蒂地发出感慨，“可惜，军队不能派出更多绅士对失败者进行管理，低俗的役卒只能管好军帽下的三只虱子，多于三只就难说了。”

冈崎知道D营的恶行，这并不让我意外，日方的统计工作做得仔细，她在这么多战俘营之间穿梭，当然知道战俘营中发生了什么。

“至于我，从小受家庭严格训练，长大以后反倒不喜欢身体强壮的家伙。”

风将一片桐花树叶吹贴在冈崎外套上，她顺手取在手中看了看，并没有丢掉，“粗大的喉结、雪白的牙齿、突出的腕骨和饱满的腹肌，为了显示气质不习惯刮脸，就算游戏起来也那么粗野，只是一些没有进化好的哺乳动物吧。”

草地上，不过是几个军人玩一场儿时记忆中的游戏，她却把问题推演到男性身体方面，这样的女性学者，思路让人摸不着头脑。

“D营不断出现战俘死亡的事情，一直没有解答你的愤怒，现在可以说说了。”冈崎从草地上收回视线，目光投向我，“剥夺战俘肢体、器官或者生命，既不是战俘营的职责，也不是高明者的行为，只有心智不全的世界里才会出现，说起来，并不推崇的事情，怎么可以在战俘营中大面积发生，知道这件事的军部并不从中阻止，事情的确令人费解。一定要解释的话，只能说，作为人的心智的不同是产生野蛮认识的根本原因吧。”

我的目光仍然在草地上。

那不是我印象中的矢尺和八朗，他们啪啪拍打胸脯，腆起肚子互相撞击，没长大的孩子般咧着嘴笑，玩得很开心。八朗滑了一跤，胯下的草团滚落到一旁，慌手慌脚爬着去捡，矢尺趁机在他脑袋上拍一巴掌，惹得一旁的佐佐木捂嘴笑。

“关于战俘的利用，重要的不是肉体，聪明的人会把审讯变成智力与意志较量的高级战争。戈林[①]因为本人出身于飞行员的原因，下令给予被俘的盟军机师更好的待遇，懂得给对方蜂蜜而不是醋，他得到的的确更多。”冈崎继续发出感慨，“可惜，D营指挥官有着画师刻苦的心气，能记住颜料盒里的颜料，至于记住每一位战俘的脸，以及如何处理脸的主人的能力，恐怕丝毫也不具备，有如失晨之鸡吧。”

我把目光从草地那边收回来，沉默地看着脚边亮晃晃的草露。我不会以为自己是在平安时代文学的讨论课上，教室外传来蚁队迁徙般细碎的樱花瓣飘落声，从而煽动起内心埋藏的对春天的不满。猫认为它和小鸟能共同在溪流边悠闲地散步，小鸟也这么想，实际上，这种理想情景即使在伟大的唐诗与和歌中也不多见，更多时候的情景，是那只不懂规矩的鸟儿终于被不再耐烦的猫撵到

---

① 赫尔曼·威廉·戈林（Hermann Wihelm Goring，1893－1946），德国空军总司令、国家秘密警察首脑、纳粹党二号人物。

树枝上躲藏起来，或者吃掉，我的情况就属于这样。

“那么，说回到郁先生，”冈崎目光柔和地看着我，“能谈谈家族情况吗？就是说，父母和兄弟姐妹什么的。”

我愣了一下，抬头看冈崎。冈崎脸色平静，不像有什么阴谋。

血液突然凝固住，我一直等待的机会毫无征兆地到来了。

我想知道冈崎家族的历史，想知道她这个冈崎家族，是否是我要寻找的冈崎家族，或者，她这位冈崎，是否认识我要寻找的那位冈崎。

“姓冈崎”，“帝国大学助理研究员”，“迁往京都的鹰司氏”，我知道这三个茫无端倪的线索，可是，我要寻找的冈崎，是在东京、京都、东北和九州哪所大学呢？作为战俘的我无权向作为战胜方学者的冈崎发问，那样会把事情搞糟，我是为这个才决定成为她的研究对象。现在，机会突然降临，上天弄人，它来得太晚，虽然如此，我仍然希望在离开人世前，知道这件事情。

“之所以这么问，完全在于人的行为由情感支配。”冈崎把我的怔忡当作没有明白她的意思，耐心解释说，“情感作为反射条件，部分控制大脑，促使大脑释放能量，作用于行为的各个方面，欲望、谋略和暴力什么的。之前的研究表明，郁先生爱自己的祖国，不爱政府，这么说没有什么不对吧？这就是为什么人们总是把政府比作严苛而让人疏远的父亲，把祖国比作慈爱而亲切的妈妈的区别呀。”

“可是，”我害怕失去机会，急匆匆表态，“家族的情况，审讯时不是很清楚地交代过吗，具体还需要什么，实在不知道，请冈崎学者说明，哪怕做个示范也好。”

冈崎在瑰丽的晨曦中看我，目光中有一丝困惑。我知道提出示范的要求十分唐突，要对方说出她的家族情况，如此头足倒置的事，会不会打草惊蛇？可是，我的时间不多了，管不了这些。

“毫无礼貌地提出示范的要求，实在有些冒犯。记得冈崎学者说过模型之类的话，按照模型照虎画猫，大概是这个意思，拜托了！”

“既然这样，知道了也没什么，就算无理，也是可以理解的吧。”

冈崎倒也不纠结，沿着沼泽地向前走去，精巧的脊背挺得笔直，长靴划开间生着小白花的细叶芹和老鹳草，一边说起她的家族。我跟上去。相马远远跟在后面。

冈崎的祖父是会津藩主松平容保[①]身边士中[②]级别的影子武士[③]，行军作战时装扮成主人模样，骑在高大骏马上迷惑敌方，防备对方武艺高强的武士对主人的击杀。

明治元年，为捍卫神君三百年的将军政体，幕府政治的奥羽越诸藩结成同盟，与新政府军在会津藩进行了最后的决战。母成峠战役中，冈崎的祖父以藩主身份与新政府军作战，身中数丸小统枪弹，战死沙场。得知丈夫的死讯，冈崎17岁的祖母镇定地把尚未断奶的独子交给一位忠心的家臣，嘱他秘密将婴儿带出城，随后剪断长发，和高级家臣们的女人一起抬着湿米袋冲向城楼，用米包把敌人射进城内的炮弹压住。母成峠陷落，祖母不愿逃亡，面无惧色地选择了与丈夫共亡，从容留下一首和歌，含笑自刎追随丈夫而去。

冈崎还记得祖母写的那首和歌，“会津藩陷妾当死，自别故城追君魂”。

明治十三年，蛰居东京十余载的松平容保获得自由，被任命为日光东照宫宫司，明知无力回天的会津藩末代藩主密嘱嫡子松平容大暗中寻找武士后代，恢复幕府传统。冈崎12岁的父亲被找到，秘密送往中国山东学习朱子汉学，以后又送到欧洲研习西学，回国后被明治天皇召入宫内省，做了皇上的汉学侍讲。冈崎的父亲与皇室交往颇深，因得罪了傲慢的一等侍讲元田永孚，被排斥出宫，受聘于早稻田大学做汉学教授，与旧贵族的鹰司氏女儿结婚，是政友会[④]的重要成员。

冈崎的父亲对唯一的女儿疼爱有加，从小教女儿儒家经典，练习书法，学习剑道和马术。因为父亲的名望，长大后的冈崎成为东京帝大寥寥可数的女学生之一，进入大学前就熟读日本历史和神学。大学三年级那年，冈崎的命运发生重大变化，众多政治家以大学寮为基地推行政治主张，把大学变成“昭和军阀储水池”。与军部上层来往密切的大川周明在“5·15”兵变[⑤]折戟入狱之前，招摇过市地前往东京帝大演讲，并在演讲结束后公开打听天才学生冈崎小姬。从此，冈崎成为大川的追随者，为她最终进入军界，选择战争心理学研究打下基础。

---

① 松平容保（1836—1893），日本江户时代会津藩末代藩主，曾任京都守护职。

② 武士级别中的高等级武士，寄合为中级武士，足轻为下级武士。

③ 日本幕府时代大名们的替身。

④ 全称立宪政友会，二战前日本两大政党之一，1900年成立，首任总裁伊藤博文。

⑤ 1932年5月15日以日本海军少壮派发动的军事政变。

冈崎小姬不是家族中唯一在军界服务的，她的三个哥哥和两个弟弟都是军人，其中四个参加了海外战争。冈崎最小的弟弟 17 岁时参加了第 5 飞行师团，身边只剩下一个儿子的妈妈阻拦弟弟赴缅甸作战，弟弟给妈妈讲了纪伊[1]的故事：作为德川家最小的儿子，纪伊赖宣在大阪战役中被拒绝委任前锋，安置在后备队中保护下来。大阪城陷落时，他失声痛哭。家族老臣安慰他，公子尚年轻，不知有多少冲锋陷阵的机会，不必难过。纪伊赖宣回答，我 13 岁的年华难道还会有吗？

知道小弟弟入伍，在横滨舰队基地等待出征的二哥请假回家，鼓舞同父异母的弟弟为国征战，给他讲了七生报国的故事：辅佐醍醐天皇新政的一代名将楠木正成与足利集团决战于凑川西宿，楠木正成率兵 700，足利氏拥兵 50 万，双方苦战 16 回合，正成身中 11 刀，手下将士仅剩 73 人，陷入万军丛中。鲜血染红战袍的正成含笑问弟弟正季来生的愿望。正季泰然自若答道，轮回七次，痛灭朝廷之敌。正成笑道，让我们来生再实现七生报国的愿望吧。兄弟二人遂互刺身绝，13 个族人和 60 个部下皆自尽而死。

提到家族历史，冈崎的自豪溢于言表。想到我的家族，祖父是清朝广东水师副提督，父亲是国防委员会幕僚，大哥、大姐、二哥、二姐和我都是军人，郁家世代为华夏军人，以身报国，逐死疆场，唯有我将以不堪的死亡告别人生。

影子武士后代，影子武士后代，这是多么奇妙的事情！可是，1868 年的会津藩战争中，冈崎家族 20 多人集体赴死，只留下刚出生的男婴，照此类推，冈崎祖辈中已无近亲，父辈中亦无同胞。

“就是说，”我纠结地让话题回到想知道的事情上，“冈崎家族并没有这样一位女性，在帝国大学做学者，大正六年到过中国？”

“为什么这么问？”冈崎在一丛秋茄树和海桑树前停下，扭头瞥我一眼。

“恰好，我有位也姓冈崎的长辈，曾经在帝国大学担任助理学者，如果活着，年龄大概 40 到 50 岁吧，家族人说不清她供职于哪所大学，事情是这样的。”我坦然接住冈崎探询的目光。

“在帝国大学担任教研的女性这种事情，除了我，家族中真的没有。”冈崎回头看几只在水面上悠闲游动的白翅反嘴鹬，“会津藩战争，冈崎家族只留下家

---

① 纪伊赖宣（1602—1671），日本江户时期纪伊藩藩祖。

父，大难不死的家父十分珍惜生命，娶了两任妻子，生下六个子女，是对 17 岁就结束美好生命的祖母最好的报答。可是，说到血统，姓冈崎的我的确是家族唯一的女性后代，这是肯定的。”

要是这样，大正六年去过中国的那个女人，就与冈崎小姬家族毫无关系了，这个结果在我的预料之中。只是，我要找的是一位同样姓冈崎的女人，她恰好也在帝国大学做学者，但不是京都大学。入学京大当年，我就求浅野先生在校务部打听过，先生的回话是，明治三十年京大成立，前 20 年没有女性学生，以后有过少数几个，也是近几年的事情，任职的女性倒有过几位，但没有姓冈崎的。

“那么，冈崎学者认识的帝国大学熟人中，是否有也姓冈崎的女性?”

“这么一说，倒是认识三位姓冈崎的帝大女性。”冈崎想了想，摇头，“一位是东京帝大环境海洋工学专业的冈崎秋奈教授，一位是东京帝大法学部南冢教授的妻子，一位是东北帝大物质研究科的冈崎山边子助教，三位是否到过中国不得而知，可是，前一位年届六旬，后两位年龄不到 30 岁，不符合条件啊。”

“总不会只有三位。”我不甘心地追问。

“哎呀，这么说实在为难，到底有几位姓冈崎的帝大女性，这种事情，校务部才说得清楚吧。”

通过冈崎了解生母线索的想法朝出暮失，倏忽间就断掉了，这时才觉察到，自己是抱了很大期许，不然不会那么趦趄却顾，犹豫到现在，这个结果，不能不使我感到灰心。

我按冈崎的要求说了家族情况，自然延续被俘后的做法，用副官的身世——南洋侨商，受家长嘱托回乡收债，被粤军拉夫当了兵，等等。通常说别人的故事可以集诸四季，添加一些传奇内容，但母亲之外，我对家族成员谈不上感情，说起家人，口气里石人石马，薄情无义，冈崎几次把目光从我脸上移开，可见效果糟糕。

“我对郁先生在日本留学的经历感兴趣，如果没有什么不便，能不能说说这方面的情况?”也许冈崎想的和我一样，她觉得从家族入手，很难形成作为控制大脑的情感条件，于是转移了话题。

“本来就是独往独来的讨厌家伙，没有人愿意交往，经历什么的，自己也不在乎，要说的话，一点也回忆不起来。”我沉默了一会儿说。

“是这样啊，少年时的风云际会，不是挺有意思吗？”

“实在不好意思，的确没有什么可说。”

冈崎看我一眼，倒也没有往下追究，我们返回围屋二楼的和室。

通过冈崎了解生母下落的企图破灭，令人沮丧，我已无心纠缠下去，当天的工作乏善可陈，冈崎多次努力引导，并不见起色。冈崎并不知道，我在心里默默盘算，明天一过，李明渊就结束重谨慎，走出禁闭室，我剩下的时间不多了。

晚上回到石屋，已经是子夜。夜晚的寒气从石窗外灌进屋内，我用毛毯裹住自己，辗转反侧，怎么都睡不着。心里涌出无数念头，渐渐脱颖而出的是，有没有可能从这里逃出去？

我想到摩尔上校。夏天的时候，摩尔上校突然把我找去。这一次德顿不在场，代替他的是格尔诺维茨中校和古柏少校。上校很慎重，要求我以军官名义起誓，不向任何人透露我知道的事情，然后，由古柏少校告诉了我一件事情。

古柏少校提到了赖德中校。被俘13天后，港大生理学系主任、防卫军战地救护车队指挥官赖德中校得到华人下属李耀标和华人抵抗组织人员协助，和港大工程系讲师摩利、物理系讲师戴维斯一起成功逃出深水埗战俘营。

三个月前，D营劳役队在码头卸运生活物资，英军空军军械师莱因士官躲到运输船后大解，运输船上一位华人监工走到他身边，快速将一张字条塞进他的鞋子里。字条上写着：急需与你们当中的英国高级军官联络。看到字条后写下你的姓名。务必将字条转交你营最高军事长官。该字条由BAAG领袖赖德上校所托，急欲得知营中军人生活消息。26号。

摩尔上校判断，BAAG是British Army Aid Group[①]缩写，逃亡的赖德中校很可能得到英国情报部门的庇护，并且接受了军事情报9处的任务。

一个月前，事情再次发生。一船防空物资运抵码头，还是那名华人监工，他设法接近了另一名英军士官，和士官做了短暂交谈。摩尔上校得知，从战俘营成功逃生的赖德中校——他现在是上校——奉英军驻印度情报部门委托，在曲江建立了英军情报组织，负责营救英国战俘和逃亡者，以及收集中国战区情

---

① British Army Aid Group：英国陆军援助团，也叫英军服务团，二战时期在中国战区建立的英军情报组织之一，任务是收集情报、营救盟军战俘和逃亡者。

报。赖德领导下的一个特工组已于去年 7 月与港九战俘营中的军官取得联系，把一批药品偷偷运送进三个战俘营中，并陆续营救出一批人员。今年夏天，赖德的人在配合美国海军情报局上尉甘兹进入惠州侦察时，无意中发现了坐落在桑岛密林中的 D 战俘营。赖德上校立刻下令，设法与 D 营中英军最高指挥官取得联系，暗示将策划重大军事行动。

我见过赖德先生，12 月 12 日九龙撤退时，他在皇后码头指挥圣约翰救伤队的人转移送过维海的伤员，身边是一些香港大学的青年讲师和医生，他朝他们大声喊叫着，一口明显的澳洲口音。

摩尔上校希望我尽快帮助他们弄到一份 D 营的建筑图。上校说到的“他们”，是指英军高级军官，他事先要求我以军官名义起誓不向任何人透露我知道的事情，这个“任何人”包括 D 营战俘联合自治委员会其他成员。

夏天快过完的时候，我把一份 D 营建筑图的记忆草图交给了古柏少校。为了那份图，我违反营规，私自在基建科翻阅了至少一人高的过期资料，差点被主计文书的阿部少尉捉个正着。如果我被捉住，等待我的是死刑宣判。

想到这儿，我决定向摩尔上校求救。既然他们有 BAAG 的支持，而且做了地形图的收集，就能帮助我逃出战俘营，这是我最后一线希望。

这个决定让我兴奋起来。我要做的是为自己弄几样逃生工具，一只指南针、一把锋利的小刀、一双没有豁口的鞋子和一条结实的绳索——我不会傻到认为英国人的逃亡路线是大海方向，那里随时会出现日军巡逻艇——我需要穿越岛上的原始丛林，游过荒岛北边那道狭窄的水道，消失在大陆的丛林中。

庆幸的是，我现在没有待在战俘营区，那里连一片扇风的树皮都别想找到。我从床上爬起来，若无其事地走到窗边。夜幕中，哨兵依然站在对面营舍前，纹丝不动地荷着枪。我拉开门，站到门外，故意夸张地伸伸胳膊踢踢腿。哨兵仍然没有反应。这验证了我前两次的观察，哨兵在站岗时把自己变成驴和猫头鹰，站着睡觉。

我返回屋内，快速检查了那堆木箱里的杂物，很快确定了我要的东西。在卷刃的刺刀和缺口的小圆锹中，我选择了后者，它在茂密的丛林中比刀更有用。我决定带走防水帆布背囊，用它制作绳索。现在我只需要一只指南针，一切就大功告成了。我决定去日军小队营舍看看，他们总去森林中狩猎，一定有我需要的东西。

抑制走近哨兵的恐惧比想象的容易。除了风雨和偶尔路过的丛林动物，没有任何生命能打扰D营的日军小队士兵，他们终日无事可做，所以早已学会了站着睡觉。从哨兵身边蹑手蹑脚走过，我很快摸到日军小队宿舍前。现在轮到我犯难了，如果他们中间任何一个人突然醒来，我就死定了。我绕到宿舍后面，打算从窗外观察屋里的情况。我发现宿舍背后还有两间原木盖的房屋，屋里没人，这让我放弃了进入士兵宿舍的计划。

我在门外小心观察了一下，轻轻推开木屋的门，走进木屋，立刻闻到某种膻秽的动物油脂味。月光照进屋里，屋子当中摆放着三张长长的木案，木案边缠绕着许多胶皮管，上面光秃秃的，什么也没放。靠墙的一张桌上堆满东西，我走过去，在桌子上寻找，桌上摆满各种烧杯、量斗、蒸馏器、虹吸管和显微镜，没有我要的指南针。我隐约感到，这两栋木屋是广州方面的军医中川流香和花轮敬二的工作间，他俩几个月没有出现在D营了。

屋里的气味非常怪异，让人难以忍受。我在屋里搜寻了一番，拆下一截橡皮管，和两盒火柴一起揣进衣兜，确定再没有什么东西值得带走，我打算离开，却一眼看见桌子下有一只铁盒。我蹲下身子，打开铁盒，里面竟然是一些尺寸不一的手术刀。我一阵大喜，伸手去拿刀，很快有些困惑。木屋里的器皿，明显超出了防疫所需的针管和药剂，更像一间手术室，问题是，中川和花轮并不负责为警备队官兵看病，警备队不是野战部队，不需要开膛剖肚，他俩要那么多手术刀做什么？我脑子里冒出中川和花轮在死去战俘身上做疫情研究的事情，想到两年多来，不断有年轻军医来到D营，他们总是由中川和花轮带来，并不进入战俘营区，行踪诡秘。刹那间，我脑子乱了，一股寒气让我打了个战栗，立刻感到毛骨悚然。

几分钟以后，我回到石屋，坐在床板上，冷汗如注，浑身发抖。

那两间木屋里，藏着一个巨大的秘密！

屋外有什么东西轻声掠过，夜风或是一只离开沼泽地的棘胸蛙。我决定暂时忘掉看到的一切，先想想天亮后的事情——我需要在李明渊结束重谨慎惩戒之前离开管理区，返回战俘营区。问题是，我有什么理由说服冈崎放我回营区，而且把圆锹和刀片带回营区？我决定改变计划，放弃圆锹，换成缺刃的刺刀，这样动静会小很多。我回头朝屋角那堆木箱看了一眼，突然间被某种感觉触动。有一阵我没有反应，接下来，我回到那堆木箱前，移开上面的木箱，把那台暗绿色斑驳陆离的铁制家伙从木箱中搬出来。

那是一台报废掉的 8W 功率的军用收发报机，它不是指南针，我先前的注意力不在它身上。我从木箱上卸下一根铁钉和一只锁片，尽量不弄出声响，开始小心翼翼地拆卸它。零件很快散落在箱内，锈迹斑斑，没有人能让它起死回生。可是，一极棒的天线、高 Q 值的线圈和可变电容、低正向压降检波器、有着良好抗阻匹配的灵敏的耳机，邦邦需要的每一个零件都躺在箱内，我欠他的，离开人世之前，也许我能偿还他，而他完全能够用这些宝贝装备出一个参谋部！

还是那个问题，我怎么把这些东西从日本人的眼皮子下弄出去，大摇大摆地穿过二道门岗，带回营区？

十九

法庭外调查：不管战争什么时候结束，人们总要结婚

(GYZ006—004—011) **证人奥布里·亚伦·麦肯锡法庭外调查记录：**

郁不在营区那几天，桐山从香港报到部为战俘弄到一部电影，是山本嘉次郎导演的《夏威夷马来冲海战记》。

这一次，故事发生在夏威夷海，中国人和英联邦人没意见，看得很带劲，我可不干了。要知道，那是我的太平洋舰队，我那些兄弟在火努鲁鲁岛遭到小日本袭击的时候，我在香港也挨了他们的揍。看着银幕上九七式鱼雷轰炸机乌鸦群一般俯冲向“亚利桑那”“西弗吉尼亚”“俄克拉荷马”和“内华达”号巡洋舰，疯狂地向漂亮宝贝们倾泻炸弹的时候，我气不打一处来。要不换个人来试试？我把手指塞进嘴里，在人群中朝头盔上缠着红白布带的飞行师尖声吹响口哨。放映员关掉放映机，踱到一边去点着香烟。其他伙计不干了，纷纷向我提出抗议。我们差点打起来。

那天晚上，自治委员会的中国军官没来看电影。这两天他们行踪诡异，好几个去了审讯科后面的禁闭室。大家都知道，郁的旧上司李少校关在那里。

李曾扬扬得意地对我吹嘘过他在华盛顿和一位餐厅女招待的艳遇。“那娘们有一对大奶子，乌亮的皮肤，看我的眼神，恨不能把我一口吸下去。”我后来明白，他说的是位黑人姑娘。他忘了，他的同胞和那些贩卖自非洲大陆的可怜人有过同样历史。非裔美国人在阿伯拉罕·林肯[①]的国家一直遭受着新教徒的欺

① 阿伯拉罕·林肯（Abraham Lincoln，1809—1865），美国第 16 任总统，蓄奴制废除者。

负，我挺生气。因为劳莉塔的原因，我为杜波依斯[1]领导的“泛非运动”捐过钱。顺便说一句，三年前，我和兄弟们离开圣弗朗西斯科海军码头时，杜波依斯正在那座城市组织黑人为中国福利会募捐战争款，这位领袖在演讲中把中国人称作“我的兄弟”。他肯定不知道，他的一位兄弟因为泡了他的姐妹而扬扬得意。

李犯在日本人手上，倒了大霉。他是个自以为是的家伙，活像只坏脾气的鸭子。我不明白，不受待见的中国地方派系军官们干吗要对这个中央派军官上心，他们雅各[2]是雅各，约瑟[3]是约瑟。这话是郁说的。郁告诉我，没有广东军队就没有现代国军，可它们之间一直有芥蒂，就像雅各生下了约瑟，最后成为仇人。

孖仔来过西区 9 号营房。郁在管理区，没有回来。孖仔一脸严肃，我和他打招呼他也不理，一百八十度转身，迈着正步离开。我有点纳闷，要知道我刚给他六只罐头盒，还替他赢了一顶品相不错的钢盔，他不该这么忘恩负义。我觉得有什么事情要发生。

(GYB006－001－225) **被告郁漱石庭外供述记录：**

“你们中间有变节者。”

我一走进围屋二楼的和室，冈崎就丢下正在看着的卷宗抬头对我说。

窗外森林的绿影倏速远去，我呆若木鸡地站在那儿看冈崎。就是说，李明渊充分利用了属于他的 72 小时，也许他收买了送饭的台湾兵，或者他豁出来了，在禁闭室里大喊大叫，引来怒气冲冲的矢尺。他被踢得阴囊肿亮，腹股沟青一块紫一块，摇晃着从地上爬起来，抹去牙血，微笑着向揍他的人递上橄榄枝。他知道什么是最好的选择，决不会等着结束重谨慎后再陷入自治委员会暗中组织的层层封锁、威胁甚至暴力殴打……总之，冈崎已经知道了我的事情。

我出生和长大在一个不缺少战争的国家，我曾经做过一件事——寻找一个没有战争侵入的世界。在日本留学的那几年，在美国度过的那些时间，我一直在幻想，人们的日常生活缜密如网，可是，总有一些机会让人从暴力的毁灭中逃离掉吧。

---

① 威廉姆·爱德华·伯格哈特·杜波依斯（William Edward Burghardt Dubois，1868－1963），美国民权运动领袖，泛非运动创始人。

② 耶稣十二门徒之一，首位耶路撒冷主教。

③ 雅各与拉结所生之子。

现在，答案出来了，这样的机会是没有的。

我舔了一下嘴唇，突然意识到，死亡能逃避恐惧，比活着容易，那么一想，就觉得心里一阵轻松。好吧，现在，我数到一百，然后咬断自己的舌头，冲向廊屋，设法保持头朝下的姿势从那里一跃而下。我脑子里最后一个念头是，太遗憾了，生命结束了，我不能再见到我最想见到的两个人了，来不及了。

接下来的事情，却让我转身冲向廊屋的念头没能如愿以偿。

冈崎小姬告诉我，为了保住菜园班和炊事班的工作，英俘185号告发了华俘1021号，英俘124号告发了华俘743号，前者罪名是破坏工具和偷懒，后者罪名是偷吃瘟死的鸡崽。冈崎昨晚得知此事后，调来D营作战日志查看，发现半年时间里，战俘向日方人员告密次数多达82次，告密内容273条。那些内容有的可笑而无聊，诸如某某向3号岗楼方向不满地横了一眼，某某夜里说梦话像是在背诵密电码。更多的内容十分可恶，告密者明显想借助日方的手剪除异己，以泄私愤——他们不是在出卖同伴，而是像鬣狗一样撕咬对方的咽喉。

有一刻，我没有回过神来。冈崎说的变节者不是我。我沉默不语。

“就像香港攻防战一样，你和你的国家与英国没有丝毫共同利益可言，你们在任何地方都会相互攻讦。”冈崎没有看出我的心思，她认为我心绪不宁地站在那儿，是为开化程度更高的英国战俘的告密行为不齿。

“我们是同盟国。”我腿有点软，背上淌着冷汗。

“比如为什么同盟？你以为你们的盟友是在保护英伦三岛不被德国人炸平吗？当然不是。除了道丁①，他们最重要的将领全都在海外浴血奋战，蒙哥马利②在北非，亚历山大③在突尼斯，坎宁④在地中海，蒙巴顿⑤在法国，斯利姆⑥

---

① 休·卡斯沃尔·道丁（Hugh Caswakk Dowding，1882—1970），英国皇家空军司令官，不列颠空战指挥官。

② 伯纳德·劳·蒙哥马利（Bernard Law Montgomery，1887—1976），英国皇家陆军元帅，敦刻尔克大撤退、阿拉曼战役、西西里登陆战役、诺曼底登陆战役指挥官。

③ 哈罗德·亚历山大（Harold Alexander，1891—1969），英军中东战区总司令，盟军地中海地区总司令。

④ 安德鲁·布朗·坎宁（Andrew Browne Cunningham，1883—1963），英国皇家海军大臣，海军元帅。

⑤ 路易斯·蒙巴顿（Louis Mountbatten，1900—1979），英国皇家海军元帅，东南亚盟军总司令。

⑥ 威廉·约瑟夫·斯利姆（William Joseph Slim，1891—1970），盟军东南亚战区地面部队总司令，英国陆军总参谋长，澳大利亚总督。

在缅甸，弗雷泽[1]在太平洋，他们在为保护大英帝国的殖民地战斗——包括你曾为之作战的香港——即使做了战俘，他们也依然在战俘营中揭发他们的奴隶。”

我心里奇怪地想，冈崎应该对另一位变节者感兴趣才对，他将在数小时后走出禁闭室，按照72小时里缜密思考过的计划，摆脱战俘委员会布置的阻止，找到日方管理者，揭发一个真正的阴谋者，而那个阴谋者才真正和她有关。

“请说点什么，”黄藤圈椅吱呀响了一下，冈崎从椅子上站起来，马靴踩着咯吱响的地板，站到格子门前的阳光下，屋里顿时暗下去一截，“虽说研究对象是你，但这次见面，总觉得有什么隐秘令人费猜。”

“是人性的弱点吧，关于告密者什么的，难道不是自古就有吗。”

我强作精神，提到口蜜之吻的犹大，三姓家奴吕布，卖主降将的吴三桂，反复无常的松永久秀和临阵易帜的明智光秀。变节是人的天性，尊严丧失之后，没有什么人性的力量是牢不可破的，在这场战争中，我和冈崎学者，我们两国都有各自的变节者，令人讽刺的是，那些变节者多数活跃在战场上，或者自己姐妹的肚皮上。

“这么说倒也是。”冈崎被这个话题吸引，也许它牵涉到战斗力的另一个因素，她提到几个大和民族背叛者，“二阶堂土，大阪卖桃木梳的小商贩，中国事变后入华作战，昭和十三年延安军王震旅攻击太（原）同（蒲）线时在平社村车间被俘，昭和十五年参加了日共中央野板参三领导的在华日人反战同盟，继杉本一夫、小林武夫和冈田义雄以后宣布参加八路军，三个月后再度做了皇军的俘虏，核准身份后即被枪决。”

然后，冈崎谈到另一个日本人，久田幸助。

“我知道他，广东语作家，似乎是北京大学的日本学生吧。”我说。

“是吗？”冈崎颇感兴趣。

“久田先生在岭南文化界中很活跃，战前在香港大学做过一次岭南三系文化的演讲，我正好在场，有幸聆听过。”中山大学校长许崇清先生请我去中大教书时提到过他，比我大不了几岁，他在港大演讲时，我正好在那里帮助几位教授

---

[1] 布鲁斯·奥斯丁·弗雷泽（Fleet Bruce Austin Fraser，1888－1981），英国皇家海军元帅，太平洋舰队司令。

尽快离港。

“港九解放，久田出任占领军报道部艺能班班长，负责战时剧艺工作，电影厂、影院、剧团、戏院什么的，因为同情和袒护华人，掩护梅兰芳和胡蝶两位华星逃离港岛，宪兵队拘捕了他，如今关在监狱里。不过，现在似乎不是说背叛者的时候。”

冈崎停下来，看了我一眼，走到门口，要相马正三去取一面镜子来，把镜子举到我面前。

镜子里的男人面颊凹陷，目光散乱，鼻尖惨白，牙齿没有光泽，牙床失血，颊骨下方有块突出的旧伤痕。我无法认出镜子中那个人是谁。

冈崎出现在镜子里。她站到我身后真是一个莫大的讽刺。她身上散发出的活力和生气，让人根本不愿注视她身前的那个男人。不，那是一具正在默默干枯的死尸，一具很快会被刺刀捅成血窟窿的鲜尸。我觉得镜子里的男人很适合离开这个世界。

“请把别人的事情都忘掉吧。”冈崎在镜子里看着我，话说得意味深长，“总之，你心里藏着什么秘密，要是可以的话，倒是想知道。”

是的，我的秘密并不隐藏在我之外的别处，而在我身上，一直都在，和我连体而生，我和它共同拥有，却又穷尽一生也无法说清楚。我拥有自己的秘密，我却茫然不知，这就是我真实人生的最大秘密。

“说到秘密什么的，倒是有一个。我有一种想要告别的念头，想得到休息的机会。”我从镜子里移开目光，转过身去，目光镇定地看着咫尺之外的冈崎，“我是说，回到营房中休息。”

相马脸上露出无法接受的神色，朝冈崎看了一眼，似乎在等待上司下达揍扁我的指令。我完全不在乎他怎么想，反正生命已经走到尽头，我不想在这儿耗尽所剩无几的时间。

冈崎默默地看着我，没有说话。房间里一片令人窒息的安静。

(GYZ006－004－012) **证人奥布里·亚伦·麦肯锡法庭外调查记录：**

郁从管理区回来的时候，我正在清理我的战胜品，打算找两件衣裳给那四个罗马人。那几个伙计倒霉透了，他们根本不知道自己的国家发生了政变，日本人在新加坡妓院里抓住他们的时候，他们连裤头都没穿。不过，凯塞林元帅[①]的近卫军干得很漂亮，他们用小型费赛勒怪鸟式飞机把关押在9500英尺高的萨索山古堡中的墨索里尼[②]营救了出来，如果那个独裁者能重新统治意大利，也许四个罗马小子还能回去开他们的潜艇。

“嘿，伙计，欢迎回家。”郁走进营房，我吹了声口哨，和他打招呼，“有好消息，如果你不要求现在来一杯香槟，我就说给你听。”

郁没有理睬我，径直走向他的床。他走路的样子有点怪异，步履滞涩，像患了烂裆又找不到圈栏的公牛。我猜他又挨了那些家伙的揍。

“桐山昨天带回一堆旧报纸，尼米兹[③]在中途岛痛揍了山本五十六[④]，干掉鬼子一半航空母舰，小日本快完蛋了!”我乐陶陶地说。报纸刊登了《昨日全港官民表彰忠烈，哀悼山本元帅》的特大新闻，因为这个，我决定再给反戈一击的意大利人10支香烟。“这不算最好的消息，你猜怎么着？尼米兹大叔没放过山本那家伙，春天的时候，他派出劫杀飞行队击落了山本的座机，日本的海军之魂完蛋了!”我开心地说。

郁没反应，他和我一样，也在清理他的私人物品。我差点没笑死。他是西区最不该干这种活的伙计。如果不算我送给他的一堆小零碎，那个警备队的山地兵送给他的几块烂布头，德顿送给他的一本破书，他根本没有私人物品。本来我能送他更多东西——如果我愿意，古龙香水也行——可我讨厌那些东西出现在别人手上。我不是道格拉斯C型运输机，对吧？

（GYB006－001－226）被告郁漱石庭外供述记录：

出乎意料，冈崎同意了我回到营区的要求，我被告知第二天早上返回管理区。我离开和室，沿着吱呀作响的楼梯下楼，相马没有像往常一样送我到二道门岗。

---

① 阿尔贝特·凯塞林（Albert Kesselring，1885－1960），德国空军元帅。

② 贝尼托·阿米尔卡雷·安德烈亚·墨索里尼（Benito Amilcare Andrea Mussoli，1883－1945），法西斯主义创始人，意大利内阁总理。

③ 切斯特·威廉·尼米兹（Chester William Nimitz，1885－1966），美国太平洋舰队司令。

④ 山本五十六（1884－1943），日本联合舰队司令官。

从楼上下来时，有一道影子在后院天井一闪而过。我站下，确信庭院里没有人。也许是那位清朝少女的鬼魂。我必须小心一点，这是我唯一的机会。

我穿过管理区前那片草地。饭岛疲惫地沿着北边那条隐匿小路走来，身后走着背着画板和水壶不苟言笑的军夫。他没看见我。没有任何人注意我，但我放弃了去丰饶的草地上寻找金红色老鹳草和鲜绿色野草莓的打算。

“带我去见徐才芳。”我对顽固生长在二道岗门口的 682 号下命令。

不到 5 分钟，我和徐才芳在东区 6 号军官营舍见面。

李明渊在一个半小时前走出重谨慎。他受了很大折磨，但精神头还在，两个中央派军官等在仓外，他不让他们搀扶他，坚持自己走回营房，在路上他停下来喘息了一会儿，对两个军官说了一个笑话。

1 小时 15 分钟前，徐才芳代表自治委员会和李明渊做了交涉，要求李明渊停止愚蠢的叛敌行动，遭到李明渊的反诘。李明渊问徐才芳，有什么证据指控他叛敌。“查查诸位的事迹，等你们清算完自己的罪行，再来找我。”他嘲讽地说。

两人分手后 20 分钟，国军最高指挥官钟纪霖上校决定亲自约见李明渊。这一次，李明渊干脆拒绝了。这是四年来 D 营国军战俘第一次违抗最高长官命令。李明渊让传话的军官带一句话给上校。“他最好在广州行营见我。”他口气恶劣地说。

国军方面并非没有预案，他们将按照预定方案阻止李明渊与日方管理人员接触。这项计划包括 12 人的监控队伍和 13 项针对李明渊的新的指控，保证 24 小时盯住李明渊，并防备他狗急跳墙。如果他不老实，值班军官将在第一时间下达措施令，把他再度送回重谨慎室。

“难怪 7 战区总打败仗，”我冷漠地说，“情有可原。”

“你胡说什么！”徐才芳恼怒地看着我。没说的，预案是他拟订的。

“李明渊是聪明人，三天时间，他会在禁闭室里想明白一件事，”我顺着最简单的思路告诉面前的政工干部，“用日语和一位日军军官聊天不是什么好主意，可就算他的语言天赋被狗吃掉了，一个足以让日方感兴趣的警示词组就能让日方注意到自己，比如‘私には重要な情報がある！’[①] ‘捕虜の中には潜伏

① 日语：我有重要情报！

者がいる!'[①] 也许他现在正在设法背熟那个词，然后在明天早点名时完美地使用它们，那个时候，八朗太郎不再是唯一在场的日方人员，你们的人全部拥上去堵他的嘴也没用。”

我说完，不再理徐才芳，起身出了东区 6 号营房。

摩尔上校没想到我会不请自来，闯进他的西区 2 号营舍。我没有多解释，直截了当要求上校批准我第一个使用“英国陆军援助团”秘密通道逃出 D 营。

“你怎么知道有这条通道?”摩尔上校眉头轻微地动了动。

“也许你们不喜欢清国兵营的歇山顶风格，但不会有兴趣指导日本人用乔治亚风格修缮战俘营宿舍，需要 D 营建筑图的目的只有一个。”我说。

我也没有白白浪费属于我的 72 小时，我推断英国人在通过我获取 D 营地图的同时还干了些什么——秘密组织具有工程技术能力的人、制造简易武器、仿造文件、绘制假身份证、筹集金钱贿赂守卫、研究最佳逃亡路线，他们把所有可以信任的人都发动起来了，每一个人都在秘密组织中充当一个角色。

他们应该拜访菲律宾人邦邦，但我不会说出这个秘密。

“你是对的，中尉。”摩尔上校点点头，然后告诉我一个令人失望的结果。

“英国陆军援助团”的霍姆斯是香港总督府副华民政务司，防卫军军官，他弄到了九龙市区地下管网图纸，赖德上校准备策划亚皆老街集中营战俘逃亡，那里关押的全是军官。很不幸，因为“英国陆军援助团”和中共东江游击队往来密切，国民政府担心英国人在实施大逃亡计划时动用的大量金钱和武器落入中共手中，用于反蒋活动，这个计划遭到强烈反对，赖德上校不得不下令放弃该计划，命令霍姆斯小组撤出九龙，同时暂缓所有准备实施的营救工作。

“我不问你为什么要逃亡，有两件事情你需要知道。”上校平静看着我，“日军破获了赖德上校的越狱计划，他们处决了亚皆老街战俘营的英军参谋长莱斯韦·纽纳姆上校，和他一起被处死的还有另外七名军官，他们都是逃亡计划中的骨干。”

我回忆起金山防线失守时，纽纳姆上校带着布伦机枪车队赶来驰援，他站在一辆布伦机枪车上，下令装甲车队扫射冲锋，掩护苏格兰营从阵地撤下来，这一切好像昨天才发生。

---

① 日语：战俘中有潜伏者!

"自治委员会刚刚收到日方通知，明天早上，联合王国军人停止出操，日方将使用场地专门向中国军人训示。"

这正是李明渊需要的。我什么话也没说，离开了西区 2 号营舍。

我没有想到会在路上遇到李明渊。

李明渊和两个亲信在溪涧边散步，他对他俩说着什么，显得十分悠闲。三四个神情紧张的战俘远远跟在他们身后，如果没有猜错，别的什么地方还隐藏着另一些伏击者，他们都在紧张地等待军官们的出击命令。

李明渊看见我，一点也不吃惊，向身边人示意，要他俩等着他，然后朝我走来。我发现他把之前丢掉的拐杖找回来了，但不是原来那根，是一根新的牙香木手杖，它原本生长在营区外的峡谷中，从没出过营区的他却得到了。他走到我面前，把手杖换到另一只手中，抠了抠脖颈边一粒发红的角质疣，笑了笑。

"我知道你想说什么，不必了，我替你说出来吧。"他心情很好，目光不在我身上，而是悠闲地四下看，"如果不留在香港，不帮我去弄那船货，你不会陷在港九，不会做日本人的阶下囚，你是为我才落到今天的下场。"

他说得对，12 月 7 日那天，我是怎样误解了命运的指示啊！我脸色如土，嘴唇冰凉，可奇怪的是，我一点也没有觉得愤怒，没有扑过去咬断他喉咙的冲动，实际上，我的确能够做到这个，甚至很容易。

"我也这么认为，你留在香港的确是为了帮我，这么一想，感觉太糟糕了。你是不是觉得我很卑鄙？这样想就对了。"李明渊的笑像蛰伏在叶片下的毒蜈蚣，好像他所剩无几，只剩下笑，他不喜欢那样，可他活得不耐烦了，非要惹怒谁，人们要不立刻杀死他，他会一直笑下去，"你应该继续想，往下想，你比我更卑鄙。我受伤那会儿，你到处跑来跑去，把我扔在俄国人诊所里受苦；我遭受伤痛折磨的时候，你在犹豫要不要把我丢掉，自己一走了之；我从死神手里逃出来，你把我像块烂抹布似的丢在玛丽医院，指使卫士杀死我；人们在战俘营里熬干最后一滴血，你和人兽同体的鬼子暗度金针。你说吧，这世上有比你更卑鄙的？我警告过你，我不允许叛徒的存在，你出卖了所有人的利益，我不过只是出卖你一个人。"

我没有说话，看着他。我发现他不光找回了新手杖，还为自己弄到一件新夹袄，这对他度过冬天极有帮助。

"怎么，你不想知道我为什么要告发你？"

我继续沉默。他的确比地方军势力强，没有浪费属于他的72小时。

“好吧，”李明渊耸了耸肩膀，“可你一定想知道，我为什么要用你父亲的事，是什么让我做出了这个决定。”

下面是李明渊给出的答案：

如果我还记得，在他来到D营的第二天，我告诉了他，我父亲在军事委员会任职，这件事情不能让日本人知道，所以我使用了自己副官的家族资料。可能我忽略了，郁不是一个大姓，而他本人恰好来自国防委员会，事后很容易就能推测出，我父亲是谁。

几天前，他去卫生科看隐隐作痛的后背，在那里遇到同情战俘的桐山旗上传译员，两个人说了会儿话。桐山无意间披露了一件事，军方在帕尔迈拉岛抓获了美军飞行员路易斯·赞佩尼里，他们认出了他，第十一届柏林奥林匹克运动会短跑明星。于是，赞佩尼里的命运彻底改变了，他被秘密关押进一所监狱，军方为他拍摄了一部电影，制作了一系列广播节目，在美国政府宣布赞佩尼里已经阵亡后，他们让赞佩尼里出现在电影和广播中，宣布他还活着，美国政府因此大为难堪。毫无疑问，在舆论宣传上，日本人占了上风，他们拆穿了美国政府看重战俘命运的虚假面目。

接下来的事情就顺理成章了。

我看了李明渊一眼，从他身边绕过，向小桥走去。李明渊一把拉住我。我能感到我的胳膊在颤抖，或者是他的。

“喂，你有什么？不过有一个卖弄国恩的狗官父亲，中国就害在他这些人手上！”李明渊松开手，放我从他面前走掉，“去找日本人，当你的砝码吧！”

恐惧即使什么作用也没有，它还能有更多的害处吗？我回到营房，开始处理我不多的几样私人物品。第一件东西，我想好了送给孖仔。一本《愤怒的葡萄》①，我离开哥伦比亚大学时，它参加那一年的普利策奖评选，并且获得了当年的奖。可惜，那一年我负责给评委送调查性报告和专业性新闻奖备选作品，书我没读过，是德顿送给我的。我只是不确定把一部英文书送给孖仔是否合适。

“我们有生火的东西，树叶比这个更好引火。”孖仔不屑地看了一眼书，没有接。

---

① 美国小说家约翰·斯坦贝克的长篇小说。

“我没让你拿去引火。”

“那它能干什么?”

“它是一部好书，说的是你的故事，等你当了军官，会用得上它。”我有点后悔了。

孖仔似信非信地接过书。我把桃木梳子也给了他，“胡举人”牌的，我要他替我送给老曹。我在想精瘦的老曹，头上老是汗津津的，好像身上别的地方还行，就脑袋那块累，他要能经常梳梳头，把头上的汗水梳掉，会好不少。

剩下一条内裤，是亚伦给我的，我准备送给徐才芳。不知为什么，我觉得有点对不起他。他有一只女性秀美的鼻子，一张小里小气的纤薄嘴唇，不等于他是坏人。我确定孖仔不会替我跑这趟差事，也许我可以托亚伦做这件事。

孖仔狐疑地看着我，想问又忍住。我要求他替我做件事，无论用哪种方式，设法把蹲在门口的盯梢者引走。

孖仔一声不吭离开 9 号营房。很快，营房外传来他尖锐的叫声。我朝门外看。孖仔揪住 682 号的衣领，朝手足无措的他叫嚷着，听不清内容，附近有一些等待晚餐的人正在散步或聊天，听见吵闹声，朝这边围过来。

我朝躺在角落里的邦邦看了一眼，离开西区 9 号营房，从乱糟糟的人群后走过。

我去了最近的七号茅厕，再去了六号茅厕，最后走进四号茅厕。

我坐在便桶上，用余光观察茅厕洞敞的前方，那里没有人路过。我朝西北岗楼和西南岗楼看了一眼，埋下身子，避开哨兵的视野，脱掉裤子，快速从内裤里卸下用铜丝绑扎的可变电容器、二极管、检波器和陶瓷扬声器。因为它们的摩擦，我的裆部已经流血了。我发现我没有计算好，应该把可变电容器和二极管塞进肛门里，这样会好很多。接着，我挽起裤脚，快速从腿上取下缠绕在腿肚子上的电感线圈。然后，我把便桶提起来，挪到一旁，刨开又脏又臭的泥土，把那些东西放入坑中，泥土填回去，把它们掩埋掉，伸手从便桶中捞出两把污秽的粪便糊在泥土上，便桶移回原处。现在好了，我没有什么可以做了。

两分钟后，邦邦在我走向营区中间那条溪水时拦住了我，他扭头看了一眼四周，再看了一眼我肮脏的手。

“四号茅厕马桶下。”

我没有选择六号茅厕，那里的便桶刚刚被倒掉，容易倾倒，也没有选择七号和五号，那两只便桶满了，很快有人来倒掉它们，容易发现桶底刚被人刨过。

“有电表?”

“真主不喜欢贪婪，除非你放我去香港。有只高阻耳机，我没拿，你可以自己试试夹在裆里四五个小时这件事。矿石、锡块、马尾松脂和铁块营区里容易找到，你不能像先知一样，只在石头上写启示录，总得做点什么。”

“知道了。”邦邦连谢都不谢，扭头就走。

“等等。”

邦邦站住，回头看我，目光里什么感情成分也没有。我突然觉得，他什么都知道，但他毫不在乎正在发生的事情；他只关心一件事，他的矿石无线电。

“你不问问，我从哪儿弄到你要的东西，怎么带出来的?”

邦邦耸了耸肩，意思是，他确定不打算问。

“你也不想知道，接下来会发生什么？我是指，我会怎么样?”

“真主自有安排。”

“那你安排什么?”我愤怒了，“除了安排我做亡命的贼之外!”

“真主在我们头上，没有人能超越他。”菲律宾人一如既往的冷静，“人们决定不了活着还是死去，那就别去决定，只决定你做亚当①还是莫西②。”

“那好，我来告诉你真主眼皮子下还有什么，你来判断亚当和莫西的事。”我把在日军小队营房后面那栋木屋里看到的情况告诉了邦邦，“他们在用战俘进行教学实验，让他们的医学士官学会如何处置伤兵，也许，他们做的比这个更多!”

“然后呢?”邦邦仍然面无表情。

“什么然后?”

“那些实验品，还有战俘，他们在哪儿?”

“你是说……”

“你提到烧杯、量斗、蒸馏器、虹吸管和显微镜，战伤外科用不着这些。那两间木屋里藏着更多东西，你应该从容一些，仔细找找，可惜你没有那样做，说明你并不是一个合格的勇士，不配做一名军官。”

---

① 《圣经》里的人物，世界上第一个人类。

② 伊斯兰教中真主的使者。

邦邦说完，根本没等我反应，扭头快速走掉，朝四号茅厕方向。

他说得对。不过，我没法决定自己，也没有什么事情值得牵挂了，但我会决定最后一件事，把身上的衣裳脱下来洗净，南方的天气不错，明天早上它会干。

大多数时候，D营的夜晚是安静的。我是说，死寂。死亡肆无忌惮，包括时间的死亡，得逞的死神躲在某个地方研究它的目标，一切都在无声中进行，不会让目标知道，这有宜于睡眠。和伙伴们一样，我把自己脱光，赤条条躺在又硬又硌的床板上，竟然很快就睡着了。我睡得很香甜，那只昆虫没有来，森林也没有来，最后一天晚上，我没有做梦。

第二天早上，我随着鸟鸣声起来，穿上干净衣裳，去溪水边漱口洗脸，然后随着人群向操场走去。682 号不知从哪个角落里钻出来，花遮柳掩地跟上我。

“徐长官说，已经安排了人为你请假，你可以不去点名，那样对你要容易一些。”在贴上我的同时，他小声向我耳语。

这是 682 号第一次主动和我说话。我没有停下，继续往前走。我衣裳干净，衣扣整齐，军纪严谨，不打算错过点名机会。我想看看李明渊怎么当场出卖我。我就剩下这点兴趣。

“徐长官说，不管鬼子问什么，咬死不承认，别的事组织上自有办法。”看我没站住，682 号急匆匆补充，可见他们真的有预案。

“老兄，昨天的事对不起了，就算我们两清了，以后你也解脱了，要有可能，别再干这种事了。”说完这句话，我撇下沥胆堕肝的 682 号，快步走向操场。

我在人群中寻找熟悉的国军战俘，老曹、马中校、龚绍行、林从南、王因华、戚烈军、朱佑富、朱佑财、李进、白德明、张简氏……那些游击队战俘，肖子武、孖仔、相若雪、孔庆礼、刀葫芦、罗羊子……我居然看到了钟上校。按照营规，高级军官不用参加点名，但今天他来了，一身戎装，严肃地站在几名军官当中。

可是，李明渊不在战俘当中。

(GYZ006－005－013) **证人矢尺大介法庭外调查记录：**

并非例行点名。昭和十八年秋天，代表东亚十亿人民的“大东亚会议”在日本国会大厅召开，帝国内阁总理大臣东条英机、中华民国国民政府行政院长汪兆铭、泰国内阁总理大臣代表汪瓦塔雅昆殿下、满洲国国务总理大臣张景惠、菲律宾共和国总统何塞·P. 拉乌雷尔、缅甸国家内阁总理大臣巴·莫、自由印度临时政府主席斯帕斯·钦德拉·鲍斯出席会议，事情过了一年，上面突然指示向在押的华俘宣读朴素敦睦、确保安定、互惠平等的《大东亚共同宣言》，目的不太了解。作为D营次官，那天正好本人在现场，话虽这么说，当天宣读《大东亚共同宣言》的安排并没有完成，就连本人也感到意外。

第7和第25战俘小组长报告，729号和1117号战俘没有参加点名。729号当天早上突然生病迁入战俘医院，组长失察，挨了八朗曹长训斥。1117号的事情有些奇怪，本人注意到第25战俘小组长向八朗曹长的汇报。

没有，早上没有人看到他起床。

是的，早上叫过他，他睡得很香，不，很沉，不，他一动没动。

没有人和他说过话，昨晚他回营房时有两个人还没睡，087号咳了几个月了，214号上茅厕刚回来。

值班军官勒令战俘们待在操场上，八朗曹长带着两名战俘看守走进东区16号营房，事情很快有了结果。

战俘1117号死了。死前经历过挣扎，眼珠子突出，舌头破损，喉咙里堵着血块，手肘部位有压迫性瘀血，是被人用毛毯裹住脑袋窒息而死。

做了调查，头一天上午1117号结束重谨慎，回到营房，短暂休息后出现在营区，和一些亲信军官接触，谈笑风生，收营后随战俘们一道回到营房，据说入睡前心情相当不错，还在黑暗中说了两个笑话。

八朗气呼呼在人群中走来走去，拍打着军刀，目光在战俘们脸上逡巡。谋杀居然出在管理严格的D营，实在不像话啊。

战时状态下，战俘死亡在所难免，印象里，当年战俘死亡率比前一年略低，大约是一百三十几个，比当年的雨水稀少。本人还是觉得奇怪，操场上的战俘，没有一个人因为1117号死去这件事情惊异、惊慌、惊恐、惊骇、惊愕和惊悸，半点骚动也没有，实在不正常。支那人真是令人费解，日清战争后风光不再，不过是充当美英走狗，过去总看到这副景象，举止谦恭、形容枯槁、目光迷茫，现在，战俘们布满皱纹的脸上隐藏着什么秘密，让人感到有什么不对劲。

战俘是大日本皇军的战利品，就算本人，也不允许挑战管理者地位，不经允许随意剥夺战俘身体的占有和处置权力。开始以为支那人与欧人矛盾再起，不过，经过一番努力，没有找到可疑目标，本人下令全营停火，所有战俘断食一天，宣布解散。马中佐当场抗议，声称战俘死亡事件与其他人无关，不应该受到牵连。很不幸，曹长把他骂回去，断食令生效。

(GYB006－001－227) **被告郁漱石庭外供述记录：**

很长时间，我没有明白发生了什么。

隔着两排人头，我朝徐才芳看去。他也在看我，眼里透出狐疑。

李明渊告密事件只有少数几个中方军官知道，完全瞒着英方。军官委员会悲壮地要682号通知我，不管李明渊指控什么，鬼子问什么，咬死不承认，他们在最后时刻并没有下达杀死李明渊的命令，应该不知道这件事，至少担任中方战俘主管助手的徐才芳不知道。

事后得知，为应对李明渊，徐才芳泼出血本，进行了孤绝的政治工作，组织了东区16号营房第25战俘小组8名战俘、其他营舍14名战俘、军官委员会两名成员，他们会在李明渊向日方指控我的时候，集体指控李明渊行为诡异、精神出了问题、梦游、有攻击他人行为，或者别的什么他们能够想到的失常疾症，证明李明渊胡乱咬人，让日方无法做出准确判断。

多么傻的决定，多么穷途无望的抵抗！在魔穴般的战俘营中，令人尊敬的钟上校始终严格保持着国军军人的风范，坚持中国人不杀中国人，即使身为俘虏，也不做畜生做的事。而我，应该为自己没有被抛弃深感荣幸。

可是，不对，令人尊敬的钟上校撒了谎。那些遍布八州九野的中国军队，南京国民革命军、中华民国临时政府军、中华民国维新政府军、察南自治政府军、察北自治政府军、蒙疆联合自卫军、华中忠义救国军、华北治安军、满洲国军[①]，他们每天都在杀人，杀中国人。中国人一直在杀中国人，正是因为这个原因，我才活了下来。

“是他们干的。”徐才芳口气悻悻，心态复杂，“可是，16号营房中有38个

---

① 日本扶持的傀儡军队。战后统计，二次大战中，中国傀儡政权军队数量达200万，是人数唯一超过侵略国军队数量的国家。

人，昨晚布置了人监视李明渊，没有发现任何异常。杀掉一个人却没有动静，在几个轮流醒着的军官眼皮底下，这算什么？还有，”徐才芳忧心忡忡，“他们什么都知道，所以才杀死李明渊，可目的是什么？他们还知道什么？”

矢尺也问了同样的话。

我被矢尺叫到监察科，他问我知不知道发生了什么事情、听到或看到了什么、战俘中有什么议论、以我的推测，1117号战俘的死因是什么。

“这家伙死得十分蹊跷，毕竟你们关系近，应该知道他是怎么死的吧。”

是的，死去的这家伙和我关系最近，他曾经是我上司，我一直想和他共用我多出来的那条内裤，如果他再害一次痢疾，我会那么做。另外，我一直在教他日语，他在这方面的能力太糟糕，现在没法教了。更重要的，他是我在D营中唯一的现实延续，只有他存在，我才相信我曾经在战俘营外生活过。

“不，不知道他是怎么死的，一点也不知道。”

“一般来说，一点也不知道这样的话，可能是托词啊，知道的人心如枯槁，编造谎言，才不肯说出事情的缘由吧。”

“要是这么理解，只能说，天气的确不错，这样更加糟糕的话了。”

“这么说，战俘们完全是一个表情，你不觉得奇怪吗？”矢尺清楚事情没有那么简单，却苦于拿不到把柄，就像一只在鱼池边徘徊的猫，看着池子里鱼恨得牙痒，却得不到泳蹼。

“他们的情况我一无所知，总不能撒谎吧。”换个角度，对方拿一个决定打死也不说出任何事情的人没有丝毫办法，“如果要我说的话，管理方应该尽快解决传译官不足的问题。”

“为什么会这么想？”

“就是一个念头，这样交流起来容易得多。至少可以调整兵科人员，八朗曹长和今正觉军曹嘛，的确缺乏交流能力，没用啊。”

“是吗？”矢尺怀疑地盯着我。

“你想，如果军官能够和战俘正常交流，表达什么想法相当容易，那样的话，1117号就不会死了。”

“你小子说什么呢，可以这样说吗？”矢尺骂了一句，结束了询问。

自治委员会派龚绍行处理李明渊的后事。我找到徐才芳，要求代替龚绍行。龚绍行摸不着头脑地看徐才芳。徐才芳一脸阴沉，不置可否。

我带着四名营养不良的国军士兵把李明渊的遗体运到营区外北边的战俘坟地。

树林里阳光如漏，鸟鸣悦耳，树干上攀满茂密的凌霄，开出一丛丛人血似的五瓣花，油葫芦交配前悲壮的鸣叫声从森林深处传来。李明渊裹在他自己的军毯里，我没有揭开军毯看，不知道他的表情。士兵们将他抬进洞穴中，往军毯上掩土，我站在一旁，恍惚感到他掀开军毯，从泥土中坐了起来：

“该死，他们袭击了美国人!”他结结巴巴冲我喊。

“这小子很能干，20年后就是孔庸之。”他嘲讽地向人介绍我。

“疼还继续疼，不如就让亚历山大耶芙娜搂着我。”他一脸憧憬地对我说。

“房东的得体是服役者，房东不要互相差别和成败，而要精神恍惚地结束。”他吭吭哧哧拿不定主意地看我。

不不不，我的朋友，你在干些什么，难道你永远都要把亲戚弄成一锅糊涂汤才肯罢休吗?

还有，我一直想问，你在南京城破城后失去音信的太太，不足半岁的女儿，她们现在在哪儿?

站在李明渊泥土新鲜的坟头，泪水不由糊满了我整张脸。四个士兵诧异地看着我，知趣地走到一边去，警备队的看守远远站在树林边，没有过来阻止。

从坟地返回营地的路上，一名年轻士兵跟上我。他脸上没有褐色的霉斑，腮帮子上有肌肉，眼珠子灵动着，说他刚入营——开春广东大饥荒，饿死两三百万人，部队派到产粮区筹粮，没筹到，排长冒险劫鬼子粮草，全排被歼，他当了俘虏。

“长官，我觉得吧，战俘营也差不到哪儿去，住的比部队好，要是食物能多点就更好了。”他露出白牙冲我羞涩地笑了笑。

“你叫什么?”

“沈……不，1125号，长官。”

“沈什么?”

“沈纠纠，长官。”

“沈纠纠，别信这个。”我朝滚网后面那几十排营房看去，“你觉得差不到哪儿去的地方，不过是用来证明人怎么成为生命的局外人的。”

“长官，他们要我别接近你。可是，李长官死了，没人伤心，你是我见到唯一落泪的，我觉得你是好人。”他充满期盼地看着我，有点豁出来的架势，“长官，能不能告诉我，在战俘营，我能干些什么？”

“绝望。”我说，希望他至少信任我这一次，“这是战俘营唯一可干的事情。”

我穿过下午的阳光走进大门，在路上遇到的战俘，他们一个个一脸木然，行动慢半拍，你不知道他们要去哪儿，去干什么，也许他们自己也不知道，他们甚至不知道自己是否还活着。

我从僵尸般的战俘们身边走过，在营区南边的排水沟边看到我要找的人——沉静而矮小的肖子武。他的同伴们在填埋垃圾，孖仔在他们当中跑来跑去。

他们是老咩想要认下的兄弟，可惜，老咩没有这个机会了。

我站下来远远地看他们。肖子武有滋有味地叼着他那支空空的泥烟斗，一副烟瘾很大的样子。孖仔说，肖子武发明了一种收集烟草的办法，从运进营区的树木上剥树皮，晒干揉碎，比收集树叶更容易。据说他已经收集到足够抽一百年的树皮烟草，但没有人见他点燃过一次烟斗，好像他打算在D营待上一百年，他有足够的耐心在很多年以后再享用他的烟草。

那些游击队员把生活垃圾填进排水沟旁挖开的泥水里，掩上土，拍结实，好像他们找到了一种新的活法，用废弃的垃圾和新鲜的泥土建立起一个默默的世界，把自己和不堪的战俘生活隔离开。他们的确做到了。环顾D营四周，滚网边的排水沟旁，已经高高地隆起四道垃圾土包，不知接下来，他们会把垃圾再埋到哪儿。

肖子武看见我从远处走来，直起腰，把泥烟斗从嘴上取下来，搔了搔眼皮子下那道明显的疤痕，烟斗塞回嘴里。

“我在想，”等我走近，他先开口，“离这儿不远的某个地方，比如说，坪山或者葵涌，一位如花似玉的新娘子，正要跨上大红婚轿，绣花鞋踩上一只恰巧路过的瓢虫，你说奇不奇怪。”

“为什么？”我看着这位阴谋者。我的意思不是皓齿明眸的新娘和她绣花鞋下驾鹤西游的瓢虫，我的意思是，他们为什么要杀死李明渊。

肖子武把泥烟斗从髭须中取下来，神情自若地看着我，他粗糙的额头上有一些蛛网似的智慧纹，因为面无表情，藏得很深。

“不管战争什么时候结束，人们总要结婚，你说对吧？”他仍然在说新娘子。

我说不清。我似乎明白他的意思。看见矢尺远远朝这边走来，身后跟着他那个巨大的兽类同伴，我点了点头。我觉得他说得对，没有什么会停下来，一切都在继续。

“谢谢。”我说了那两个字，然后离开越填越高的垃圾土堆。

我将在随后告诉肖子武，矢尺没有找到杀掉1117号战俘的人，决定报复，目标锁定在游击队中，他会在接下来的一周时间里，至少找到五次揍他们的机会。

好自为之，斯巴达克[①]们。

① 斯巴达克（Spartacus，前120—前70），色雷斯人，罗马战俘、角斗士奴隶、起义军领袖。

第六部

二十

法庭外调查：我只选择一种方式活下去

（GYB006—001—228）被告郁漱石庭外供述记录：

冈崎问我是否休息好了。她知道营区里发生了什么。她希望我没有受到影响。

从头一天下午到第二天早上，十几小时内的影响发生了太多事情，我没法理清思路。再度回到管理区围屋二楼和室，是在埋葬李明渊一小时之后，死亡是那么近，它直接来源于我，我无法不受它的影响。为了摆脱强烈的虚无，我向冈崎提到昨天亚伦告诉我的事情，那是另一种死亡事件，上百万日本人在东京日比谷公园为海军统帅举行国葬，香港报纸转发了东京新闻的电稿。

作为孤岛的日本，靠海军和航空兵开始对外扩张，我在华盛顿工作时，山本已是日本海军联合舰队司令官，人们经常谈论这位毕业于哈佛、出任过驻美使馆武官的海军将领，他后来指挥了攻击夏威夷和进攻南太平洋美军要塞的战争。

“山本元帅让人想起首开向西洋学习之风的西乡①，在结束武人政治的最后一战中，率领新政府军击败了幕府军最后的抵抗。”冈崎感慨地说，“怎么也不会想到，承前继后的元帅，竟然会消殒在一位帝国大学校友手上。”

我吃惊，不知道冈崎为什么这么说。冈崎说了事情的原委。

山本座机遇袭，原因是详细行踪电报被敌方破译，破译者并非传说的美军

---

① 西乡隆盛（1828—1877），萨摩藩下级武士集团领袖，“明治维新三杰”之一，被称作“日本最后的武士”。

情报局，而是重庆的密码专家池步洲①，他是东京帝大的学生，娶日本女子白滨英子为妻，回国参加了陈立夫的秘密组织。

“喜欢在悬崖边表演倒立的元帅本人，抱有凭日本国力无法与美国抗衡、在海军建设上更不能与之军备竞赛的思想，最终却成为对美英作战的指挥官。他亲口说，袭击夏威夷是不宣而战，乘敌人熟睡之机割其首级，不足为耻，乃东洋武士之精神所不能容。”

“可是，他仍然下达了‘战斗吧’这样的命令。”

“踏上战场的人没有回头路，这是军人的命运。”冈崎动情地说，“担任出航任务的机师为防止敌人偷袭，无线电全程静默，靠肉眼观察飞行方向，舷号T1-323的元帅座机在水天一色的茫茫大海上飞行，是多么的孤独，海军之花手握月山军刀默默坐在黎明将至的黑暗中，身下是所罗门群岛莽莽的原始森林，就像一朵独自寻找归宿的樱花，仅仅想象一下这样的情景，已经让人泪流满面。”

冈崎描述山本遇袭的场景——太阳笼罩着大海的早上，16架美军P-38攻击机丢掉副油箱，穿过云层，扑向山本司令官的三菱一式座机，运输机顿时电光石火，30秒不到就被打成了筛子，在樱花凋零的季节向丛林中坠落而去。

两个月前，身在东京的冈崎接待了一位神秘女性的来访。准确地说，神秘人物是另一位男性，山本元帅在海军士官学校的同期同学岛田繁太郎大将。海军大臣通过已经出狱、在法政大学担任大陆部长的大川周明引见，找到日本心理学界罕见的女性研究者冈崎小姬，请她接待一位因山本元帅的死而悲不自已的女性。

“59岁的元帅身高只有一米五九，却很有女人缘，为了逗乐操持‘东乡’小酒馆的情人正子，他回到青年时代，在别府港街头学卓别林走路，这件事让海军高级将领们大跌眼镜。那是我们的统帅吗？他们互相问道。”

但是，冈崎接待的却不是热情的女掌柜正子，而是拥有“第一美人艺伎”名声的河合千代子。千代子与山本热恋多年，两个人的爱情被传为佳话，因情人阵亡哀毁骨立的千代子怎么都走不出绝望，她让冈崎读了恋人写给她的那些

---

① 池步洲（1908—2003），中央统计调查局密码破译专家，破译了日军偷袭珍珠港计划、日军山本五十六出巡计划。

情书：

回忆梦幻般的三四年，我因同你结识，得到你的温暖和理解而感到幸福。你身体的瘦弱，时时使我深感不安。对你爱恋的烈火在不断地燃烧着我的身心，我恨不能插上翅膀飞入你的怀抱，为你减轻孤独寂寞之苦。但有时我又分明地感到，我作为一个须眉男子，在你面前表现得那样脆弱与温柔，未免有些难为情……

我在想两面人浮士德，他对尘世的渴望到底有多深，在返老还童后对靡非斯陀下令："把那个小姑娘给我弄来，如果今夜不能搂抱她，我们在午夜就分道扬镳。"

接下来的事情却让我有点意外。冈崎决定搁置战场群体心理反应这个话题，和我谈谈士兵的感情问题。

"作为士兵的男女私情，冈崎学者是想问这个问题吗？"

"正是。"

"如果可以，我却想知道，不断下令把战火燃烧到他人国度，把比自己年轻的同胞送进死亡之域的元帅本人，作为男女私情的当事者，他如何看待同样作为生命的他人的感情？"我被那封缠绵的情书弄糊涂了，思绪没有从这件事情上走开。

冈崎不动声色地看着我。

"如果这么说过于幼稚，我可以换个说法。"我执拗地说，"正是通过战争，元帅把自己杀死了，把千代子女士杀死了，他是否计算过，他这一生杀死过多少他人和他人的千代子？如果要流泪，元帅坠落下去的太平洋够盛下那些眼泪吗？"

"一生杀死过多少他人千代子的话，怎么都是隔靴搔痒，显得幼稚，还是留给不甘的亡魂吧。"冈崎说，"不过，很想知道作为士兵的你，是不是也像战场上赴死一样，对爱情有着刻骨难忘的记忆？"

我沉默了。

"为什么不说话？"

"关于爱情的事情，实在没有什么好说的。"

“这样啊。”

“确实如此。”

“那么，这次来，想带你去一个地方，见一位故人，可以吗？”

我困惑地看冈崎。她显得有些失望，好像她一直在等待的事情没有发生。她不看我，扭头看相马。相马示意她一切都准备好了。她起身。我这才发现，和往常不同，她没有穿军装，而是换了一套便装。

“哎呀，看我，有件事情忘了告诉你。”冈崎忽然想起什么，“香岛攻防战中立下功勋的若林中尉后来转战瓜达尔卡纳尔岛这件事，记得之前说到过？”

以反对新政府武士走上不归路的冈崎家族子孙，冈崎她爱过若林中尉吗？也许。武士的精神在若林身上保持着，那是她对祖先血缘上的认同，这是我的推测。但我更想知道，阴魂般徘徊在我头顶上不肯散去的若林东一，他保存着的那盒骆驼牌香烟如今在哪里，他和他的弟兄们是如何分享的？

答案由冈崎解答了。

联合舰队司令官山本和第八方面军司令官今村执行根据御前会议精神下达的撤离瓜岛命令，行动代号“K作战”，由于登岛美军多达5万，第38师团700名士兵奉命增援上岛，保障岛上部队撤离。连续作战多日的若林东一也在这支部队中，31岁的中尉被疟疾拖垮了，长期以丛林中野果和野菜为生使他营养不良，身上长满疥癣，四个月前泰纳鲁河战役时腿上的伤口溃烂，影响了他的行动速度，在通过一片开阔地时遭到伏击，头部中弹，溘然终命，再次获得军人最高荣誉嘉奖。作为主力部队在18天内攻下香港的第38师团官兵命运同样不好，多数葬身瓜岛。

听到这个消息，我哭了，然后又笑了。我知道我这样不对，我的样子肯定很糟糕，冈崎她会不高兴，但我什么也顾不得，我愿意在这一时刻做一个疯子，做一个逼仄的人。

“老人说，花中樱花，人中武士，又说，樱花是七天的宿命。”冈崎倒没有在意我，神色凝重地看着廊屋外，刺眼的阳光向她涌来，“我在想，丝毫没有联系的事物，为什么生死相伴？是你之前提到的，因为不肯消失的恐惧吧？”

半个小时后，我们来到码头。我又站在海边了。

海浪涌上沙滩，破碎开，很快退下，留下亮晶晶的沙粒。一只穿山甲拖着长长的尾巴匆匆爬向远处，两只小穿山甲趴在它背上，不知母子三位为何出现在这里。一只鹬鸟站在20公尺远的地方一动不动，突然从一丛返回海中的水草里叼出一只试图溜走的沙蟹，然后快速甩掉，小跑两步，长喙戳进最后一道缩回海中的浪头里，叼出一条大鱼。过去的生活邈远到不真实，南海咸湿的海风钻进每一个毛孔，仿佛我是多出在海岸上的一块岩石。

没有人告诉我去哪儿，船离开码头，驶入狭长海道，沿途经过一座座离岛。冈崎没有和我说话，一路上神情凝重。我想起第一次见到她时，有一种见到北条政子的恍惚，北条政子一生忠于爱情，怒逐篡夺丈夫江山的父亲，刀屠颠覆丈夫霸业的亲子，除了丈夫，终生未沾过任何男人，冈崎呢，她忠实于什么？

船驶出海道后，绕出很大的弯，向东驶去，再折返向西，其间走走停停，绕过港岛南端，从东博寮海峡进入维多利亚港，黄昏时分，抵达港岛。

两辆德产梅赛德斯轿车等在码头上，车载上我们，驶入湾仔告士打道——它现在叫东住吉通——街上店铺的英文名一律被涂去，换成不通历史的日文名，不再是熟悉的香港。车在告罗士打饭店前停下，它的日本店名叫松原。

一直没有露面的坂谷留和“兴亚机关”的井崎喜代太中尉等在酒店。坂谷留一身笔挺的洋服，晃眼看，以为是加藤与千年一样的英俊日商。

我被带到楼上一个房间，屋里没开灯，有些昏暗。

“想让你见位老朋友，”离开D营后，冈崎第一次开口，“是外务省驻总督府侨民关系事务室年轻有为的干部，所以不辞辛劳带你来这儿。”

我猜到了是谁。

阿国乃上出现在门口。他穿陆军改正制服，戴略帽，领章是红色参谋系，和我一样的中尉衔。战前我们在香港见面时都是便装，被他乡遇故知惊喜的阿国告诉我他在使馆工作，约我第二天见面，我因身份忌讳，不敢暴露，明明想见，却拒绝了。战争爆发前一天，我鬼使神差去了日领馆，本应是作为朋友的最后告别，那天没忍住，谴责了他的国家，我们争吵起来，动了手。现在他知道我的敌人身份了。

“久违了。”我向阿国施礼。

阿国大步走来，在昏暗中挥动拳头，我腮帮子上挨了一记，踉跄着后退几步，靠在墙上。

“说什么久违的话，竟然做了无耻的战俘，真是让人尴尬！”阿国愤怒地说。

既然这样，我也没有什么好说的，低头朝手心里吐了一口牙血，缄默不语。

香港沦陷后，做了英军18天战俘的阿国获得自由，成为占领军总督府外事部一名文职军官，负责中立国市民事务和敌产调查工作。一年后，外务省驻墨尔本领事部恒夫作为外务大臣来到香港工作，阿国的工作增加了协助领事部大臣处理同盟国拘留人士事务一项，他在处理一份由赤柱监狱转移出去的战俘名单时看到了我的名字，大为吃惊，遂向外事部长西川正行中佐提出见我，恰逢冈崎小组的坂谷留在战俘总营了解战俘情况，坂谷留立即通过俘虏情报局管道控制了这条线索。

“看你这家伙又脏又瘦，肯定吃了不少苦头，哪里有一点点大丈夫气概，想起当年在学校的情景，这样可不行啊!”阿国大声说。

我被他那一拳揍得不轻，牙齿松弛，满口都在碰响，说不出话。

“懦夫，怎么能这样若无其事?”阿国脸膛憋得通红，“我倒无所谓，加代子太不明智，不知是冒傻气还是固执，总之坚持要见你，实在让人难过!”

“加代子?”我像被人猛地击了一棒，慌乱地抬头盯住阿国，“她在这儿?”

“混账东西!”阿国圆瞪双眼，一副准备立刻吃了我的架势，“因为爱上支那人，警署把她抓去关了三个月，一条腿被可恶的特高课打断，如今成了万人唾弃的非国民!”

“她在哪儿?”我的心脏被重重地击中，身体摇晃了一下，血往颅顶冲，不顾一切地喊，“如果她在这儿，请让我见她一面!”

“兴亚机关”姓井崎的中尉将我带进另一个房间。加代子和冈崎在房间里，两个人如同一对姐妹，在昏暗的光线下小声说着话。看见我进来，加代子蓦地从椅子上站起来，“啊”地叫出声，像是要朝这边过来，立刻又止住，双手紧张地搅和在小腹前，整张脸染得绯红。

我贪婪地看加代子，五年没见，她已经是成年女性，穿一套合身洋服，雪白的衬衣裹着圆润的肩膀，衬衣领口露出修长的脖子，外面套一件灰色的冬季毛衫罩，露出脚踝的黑色长裤，同色中跟皮鞋，依然显得可爱而娇媚。

“加代子？加代子!”我哽咽，品尝到满嘴腥甜。

“好久不见，突然来访，实在是失礼了。”加代子像是这才想起，低头向我施礼。

“哎!”我说，咽下一口牙血，向她回礼。

“对不起，控制不住自己，事先没打招呼就这样匆匆跑来了，希望得到原谅。”大概不知道应该怎么做，加代子重新在椅子上坐下，拘谨地低下头，不让我看她的脸。

“不，请求原谅的话应该我来说！连请求你恨我的话都没有资格……”我突然猜测她为什么要坐下，她是想掩饰那条被打断的腿，也许是两条。

“请无论如何不要说这样的话，虽然我也恨过自己，但知道你的事情之后，想到你过着可怜的日子，吃了很多苦，就算再怎么样，也要来看看漱石君，这样的想法，就算用死来交换也是可以的。”

“啊，关于加代子的事情，哪怕知道一星半点也让我知足了。不过，也许加代子已经做了人家的太太，过上了幸福生活，这样的话，也就没有什么遗憾了。”

“是吗？”加代子凄凉地笑了笑，举起右手，在昏暗光线下看看修长的手指，那里空荡荡的，并无戒指什么的，“可是，不行啊，再怎么说，做人家妻子这件事情怎么也做不到，加代子还是忘不了和漱石君在黄昏中散步的情景，嬉笑着围着树荫下的古井快乐地转圈，数怎么也走不到尽头的古老街道，街道旁的和蔼店家安静地等待行人停下匆忙脚步，走进店里品尝油炸豆腐寿司、大福饼和肉桂汤圆，那些事情，怎么可以说忘就忘？”

“那么……”我已经说不出话来，只顾盯着加代子的脸，她的眼睛宛如当年，美丽又清澈，“加代子的腿……都好了吧？”

“别说颓废的话，我才不害怕呢。就是担心见不到你。能见到的话，就算死在路上，以后永远的别离，也是值得的吧。”

“加代子……”

“是这样的呀，有这种精神，一定没有问题！”

“可以吗？”

“嗯！”加代子她用力举起一只拳头。

我被泪水蒙住双眼，很快看不见她。

“想到中国找漱石君的念头，因为非国民身份办不下护照，幸亏冈崎小姐帮助，要不然，这个愿望永远也无法完成。所以，以后的事情，请一定按照冈崎小姐的话去做，作为加代子的我，就拜托了。”加代子再次站起来，慎重地向我施礼。

“哎！”

“那么，告辞了。”

“怎么，这就要走?”我有一种立刻要被杀死的恐慌。

“突然闯来，相当失礼，已经见到了漱石君，在我这里，万里迢迢也值得了。”

“请等一等!”

已经走到了门口的加代子停下。她走路有点重心不稳，昏暗的光线中看不出是哪条腿被打断过。她曾经是那么活泼的少女，像丛林中钻出的动物，顶着丝丝秋雨羞答答向我跑来，高齿木屐踩得潮湿的石头路嗒嗒作响，即使下到冷泉中也哧哧地笑，现在的她却执拗成一段残木。

“该不该说这句话，想了很久，今天见到加代子，决定把它说出来。”

“啊!”

“五年前没有向加代子告别就离开，事后想起，觉得这样做真是卑鄙无耻，那时的心情，就是所谓‘山河破碎风飘絮，身世浮沉雨打萍’吧。”

“是文山先生[①]的《过零丁洋》吗?”

“嗯。当年文山先生海丰兵败被俘，押至崖山途中，船经一望无际的野洋，因此写下这两句诗。加代子，你可知道，文山先生过的零丁洋，正是离这儿一岛之隔的内海啊!”我悲怆地无地自容，努力咽下一口血，向黑暗中的瘸腿女子深深施礼，“没有告别就离开的事，请加代子一定原谅!”

“不不不!”加代子惊慌无措，“我还是喜欢怎么也不低下高贵头颅的漱石君!”

“请你骂我吧!”

“该怎么骂呢?”

“虽然希望能得到理解，但是，现在的我是失去了一切的战俘，只想留在对方身边的念头怎么都不切实际。”

“那么，到底会怎么样呢?漱石君是说，在心中已经与加代子永远分开了，是这样吗?”加代子抬手抹掉脸上的泪水，浑身颤抖地微笑。

“加代子!”

“是吗?”

“加代子……”

---

① 文天祥（1236—1283），号文山，宋代右丞相。

“还记得在吉田山下为加代子背诵的静安先生那首诗吗，漱石君？加代子还清晰地记得呀！”加代子的嗓音忽然坚定起来，“阅尽天涯离别苦，不道归来，零落花如许。花底相看无一语，绿窗春与天俱莫。　　待把相思灯下诉，一缕新欢，旧恨千千缕。最是人间留不住，朱颜辞镜花辞树。”

“那么，就请加代子听背诵过《蝶恋花》的我说。”我心如刀绞，无法接加代子的话，也看不见泪水后面的她，“我离开中国去日本之前，在广州听过一首叫《送别》的歌，作者是中国人李叔同。我到日本以后，在京都听到一首叫《旅愁》的歌，作者是日本人犬童球溪……”

“啊！”加代子意外地叫出来，害怕地往后退。

“我从日本去了美国，在佛朗西斯科听到一首叫《梦见家和母亲》的歌，作者是美国人奥特威，加代子，加代子，想知道这三首歌写的是什么吗？”

“不，请你别再说下去！”加代子靠在门口，双手掩在胸口护住自己。

“它们写的都是思念，出自同一首曲子，曲作者是奥地利人德沃夏克。”我让喉咙松弛了一点，不然无法继续说下去，“加代子，我追着这首歌往前走，想找到它的源头，完成我的成长。后来，我找到了它，却没有找到它的作者，因为，它的作曲者德沃夏克已经死了，写下《梦见家和母亲》的奥特威已经死了，写下《送别》的李叔同也死了，这条思念的长河里，只剩下犬童球溪一条鱼儿了……”

泪水蒙住了加代子可爱的脸庞，她靠在门口用力地摇头，用力地摇头，一句话也说不出。

“加代子，好心人，当年在有竹林的岚山旅舍，你求我给你唱歌，你说，就算唱给你一个人听也就满足了，现在，我把这首歌唱给你听，就算补上欠你的告别，加代子，一定要努力重新开始啊！”

“请不要这样！不要这样！”加代子恐惧地叫出声，身子被墙挡住，再无去路。

我泪水蒙面，完全看不清咫尺之外的那个人儿，开始唱那首歌：

长亭外，古道旁，芳草碧连天。
晚风拂柳笛声残，夕阳山外山。
……

“求你，别这样，别唱了!”加代子她哭喊道。

天之涯，地之角，知交半零落。

一壶浊酒尽余欢，今宵别梦寒。

……

“可是，”加代子顿着瘸脚号啕大哭，“说什么天之涯地之角，作为日本人的犬童先生，他已经听不到人们唱他心爱的歌了……”

我停下来，抹去泪水，茫然地看加代子，不知道她在说什么。

“去年，犬童先生在他出生的人吉市球麻川边自杀了，他也死了……”

我被钉在那儿，不愿相信这是真的。就是说，有信念的人，他们全都在撒谎，说好了思念，却撑不住人生的摧残，终究还是败给了命运的魔鬼，放弃掉他们的思念，那他们为什么要把思念的苦难传染给那么多人来相信?!

阿国怒气冲冲闯进来，把加代子强行带出房间，她离开的时候用力捂着嘴，头也没回。

我死掉一般地站在房间里，像那位在巴士底监狱关押了四年的铁面人，他因为一段不光彩而又难为人道的亲缘关系，我则因为说不清楚国家仇恨与个人情感的原因。三寸远的窗户上贴着米字防爆条，窗外有一样东西在风中来回飘摇，慢慢看清楚，是一只牵挂在屋顶的灰色纸鸢，大概有些日子了，鸢身上的马拉纸已经脱落，剩下几根竹篾在早冬的寒风中孤寂地瑟瑟摆动。

“加代子会怎么样?”

我慢慢扭头看冈崎。她保持着早先的姿势，一直坐在角落里，刚才完全忘记了她的存在，现在她开口说话。

“她见到你，就此匆匆告辞，一定比没见到时更难过，就连我，也不愿意看见这样伤感的分别。”冈崎动情地说。

“啊，已经说过了，她会努力忘记我。”

“是吗?陷入恋爱的女人会遭遇到的不幸，向她轻率告别的男人永远也想不到。”

“这样最好不过!是我害了她，一切的不幸都该我来承担，请你们放过她，送她回日本!”

“回去的话，男人都去海外作战了，像她这样和敌国男人私通的耻辱女人，残了腿的非国民，只能给丑陋的老年贫民做小老婆，难道你想看到她过这样的日子？”

“可是，我是没有希望活着的人啊！”

“你这样想？不妨听听我的想法。”

冈崎从角落里站起来，走到屋子当中。在昏暗的角落里看不清她的脸，现在看清了——在涌进屋内的暮色中，她显得纤薄而尖利，像一只切割玻璃的刀片。

冈崎提到前国军上校甘志远，甘上校早年留学于早稻田大学，是海军武官部广州主管肥后市次大佐的朋友，广东易帜后，他向帝国投诚，被任命为华南海防司令，拥有广东地方最大的海军力量，得以经营香港、澳门和广东地区贸易。

冈崎接着提到胡文虎，这位香港商界的华人领袖刚从东京晋见天皇回来，正联手港岛米商，集资千万军票成立“民食协助会”，帮助总督部渡过战时难关。

战时协助日方工作的华人不只精英阶层，海防、宪查、警察、卫生部门的公务员，大多是在港华人或从广州招聘的华人，一些有技术的战俘也在为昭和电工、川崎重工、日钢、三井和三菱工作，相反，拒不接受合作的人，哪怕地位再高，也会受到严厉对待。宪兵部逮捕了袒护西人战俘和被拘平民的前港府卫生署总医监司徒永觉，汇丰银行大班祁礼宾和助手艾文逊则因暗中与英国情报人员往来遭受酷刑，先后离世。

“研究者在研究工作中分享研究对象的经验，与研究对象共同成长，可是，作为研究对象的郁先生忽略了自身绅士的优雅和艺术家气质，作为研究者的冈崎学者则陷入劳而无功的共情，仅仅因为这个止步不前，不断地自责，这是怎么回事呢？”

“这么说，拖累了冈崎学者的工作，实在对不起。”

“虽说莎士比亚戏剧对眼下充满敌对行为的世界一点作用也没有，可是，战争不能永远进行下去，更多人需要你的研究成果去引导他们结束全无意义的对抗，回到正常的生活中去，难道这个答案还不够吗？”

“帮助研究者最终结束战争，冈崎学者是说这个吗？”

“日本俳圣松尾[①]先生写到樱花时说，‘哎呀连声叹，花满吉野山’。写到梅花呢？‘山路淡淡飘梅香，太阳忽地升起来’。中国诗僧苏曼殊[②]先生写到樱花时说，‘芒鞋破钵无人识，踏过樱花第几桥’。写到梅花呢？‘白云深处拥雷峰，几树寒梅带雪红’。同是东亚的名诗人，谈论起两国的国花却如此霄壤之别。学术研究比文学更加严格，差若毫厘，谬以千里，我不愿意像军部那些弄臣，自以为是，得出的却是糊里糊涂的结果呀！”

苏曼殊是我同乡，母亲也是日本人，说起来，我们都是两国冲突的产物。正因为混乱的民族血缘，苏曼殊才不明不白在世上痛苦地活了 34 年，最终放弃人生，驾鹤西归，这一点，冈崎即使作为日本学界的青年才俊，又怎么能够深刻理解？

“可是，我能做什么呢？”

“郁先生是少见的能够理解国人禀性的中国人，给我的工作带来许多崭新的灵感，因为想把学术做好，所以请以小组成员身份参加我的学术工作，作为我这方面，会立刻解除郁先生的战俘身份，请一定不要拒绝。”

“作为中国人的我，帮助冈崎学者研究中国战俘，说的是这个吧？”

“正是这样！”

冈崎通过俘虏情报局渠道向占领军总督要人，总督以军事司法不受议会、传媒和市民监督为由推给法务部处理。法务部长古木一夫少佐表示，涉及军事人员的案件，可以援引《军罚令》及《香港占领地总督部军律会议所管辖既判决未判决囚犯拘禁办法》条例，按照军令会议程序操作，部长本人担任审判官，由当事人在承认效忠天皇的文件上画押，再由为夺取香港赢得重要情报的“香港机关”指挥官冈田芳政中佐出面，证明当事人在战争中的行为皆由“香港机关”安排，当事人实际身份为“第五纵队”成员，创造判决释放战俘 131 号的机会。

冈崎在黑暗中喋喋不休，对研究工作异常执着的精神学专家更像一只有着强大吸吮能力的水蛭，在战俘中捕捉目标，用吸盘牢牢吸住，以专业的颚上齿锯开目标的皮肤，把所需学术营养源源不断吸入嗉囊中。在做这一切的时候，

---

① 松尾芭蕉（1644—1694），日本诗人，有“俳圣”之称。

② 苏曼殊（1884—1918），中国诗人，有民国“诗僧”之称。

看上去十分迷人的学者口气冷漠，让人觉得除了研究项目，她不再关心别的。

“如果告诉冈崎学者，无法作为中国战俘加入小组工作，会怎么样?”

“想到了这个结果，”冈崎好像在甄别我的话，略有迟疑，“作为战俘的当事人，害怕进入完整而真实的战争回忆，以为这样就能得到彻底解脱，大概是这种胡思乱想。”

“还记得，两天前曾经告诉冈崎学者，我在帝国大学任职的长辈女性这件事情。”

“当时觉得，说什么帝国大学任职的长辈女性，一定有见不得人的缘故，心里就是这么想的。”

“请原谅，我说的这位长辈女性，确有其人，她是生下我的女人。”

黑暗中看不见，但我能感觉冈崎的眉头跳动了一下。她沉默了。

灯亮了，屋里一时间如同白昼。

(GYZ006－004－013) **证人奥布里·亚伦·麦肯锡法庭外调查记录：**

郁去日方管理区那天，D营出事了。

两名英联邦战俘混在菜园班队伍中离开营区，消失在峡谷的丛林中。警备队傍晚清点回营人数，发现少了人。逃走的是原香港警署副侦缉督察彼得·弗雷泽和加拿大皇家来复枪营军士约翰·弗雷曼。

弗雷泽和弗雷曼都是西区9号混合军官营房的人，他俩没对任何人透露越狱的计划。头天晚上熄灯后，大伙躺在床上聊天，弗雷泽还插过两句话，丝毫看不出异常。我曾经开玩笑说过，有老婆的男人应该回去把女人搂进怀里，没想到这老兄真这么干了。

自治委员会十分紧张，立刻开会研究对策，军官们认为问题出在劳役船事件上。

夏天过后，香港总营开始陆续转移战俘。秋天的时候，关押在深水埗的1816名战俘被押上“里斯本丸”轮，送往福冈。船在舟山对开海面遭到美军潜艇鱼雷攻击，中国渔民救出了几十名战俘，超过1700名战俘命葬大海。日本人大肆宣扬美国人滥杀无辜战俘，美国政府则闭口不提此事，弄得一段时间D营的人见到我都不理睬。这算怎么回事儿？我可没对潜艇上的伙计下令发射鱼雷！

自治委员会认为，弗雷泽和弗雷曼不愿去日本做劳工，害怕被美军潜艇攻击，加上 1117 号意外死亡事件的刺激，所以选择了逃亡。

弗雷泽和弗雷曼不是每天坚持跑步运动的军官，身体虚弱，不支持逃亡，他们甚至没能翻过岛上那座不到 3000 英尺的山峦。第二天，警备队在峡谷西边的一片丛林中抓住了他们，准确地说，是拖回了他俩的尸体。

皇家来复枪营的安吉拉·哈克上尉受自治委员会指派查验尸体，刺激的场面让他当场呕吐出来。那些亵渎上帝的刽子手，他们冲着两个逃亡者背部开枪，是典型的追捕过程中击杀。两个死者每人中了四五发子弹，弗雷泽的后脑勺破碎，子弹穿过部分造成了巨大空洞，震荡波形成的出弹口将弗雷泽老兄的半张脸轰掉了。

死者中的一位是自治委员会副主管格尔诺维茨的下属，中校非常愤怒，认为战俘未经审判就开枪击毙的行径令人发指，强烈要求日方核查该事件，惩办杀人凶手。警备队七海副队长辩称，缉捕两名逃亡战俘时遭到削尖的木棍和淬硬的火山石袭击，双方处于战斗状态，士兵在这种情况下开枪。矢尺反咬一口，指责自治委员会管理失当，要求所有战俘签订承诺不再逃亡的文件。

格尔诺维茨向摩尔上校表明，不接受日方的战俘死亡说辞，加军拒绝在承诺书上签字。摩尔上校和钟上校均表示理解，要求联合委员会保持一致行动。联合委员会与日方的谈判无法达成一致，事态开始升级。

格尔诺维茨中校带着 19 名加军军官来到管理区二道门岗，在门岗前静坐示威。10 分钟后，数十名加军士兵参与进来，被格尔诺维茨中校阻止，下令士兵立刻回到营房，不得参加静坐示威。

此前入营的纳什医官曾透露，驻华英军最高指挥官玛尔特比准将在战俘营撰写香港战争报告时，指责加军放弃战斗，并拒绝为任何一位加军官兵做勇敢作战证明，此事导致在黄泥涌战役中失去最高指挥官的加军官兵激愤，与英军发生激烈摩擦。但是，当警备队韩国小队士兵赶到二道门岗，试图驱散格尔诺维茨中校和他的 19 名加军军官时，古柏少校带着 13 名英军军官走向二道门岗，与加军军官握手，在他们当中坐下，赢得围观士兵的热烈喝彩。紧接着，国军徐少校带着军官从东区走来，加入到静坐军官的队伍中，他们的队伍十分庞大，足足有 36 名。

二道门岗前坐满了一大片盟军军官，除了游击队和一些胆小怕事的人，几乎所有D营的人都拥到二道门岗，将那里围得水泄不通。矢尺命令警备队在管理区门前架起机枪，遭到人们起哄。纳什医官和他的两名医官同事，以及两名军中牧师赶来，挡在军官和警备队枪口中间，极力劝阻军官们放弃静坐，可没有一个军官离去。

莱弗士问我，美国人是不是也应该参加到军官队伍中去？

我给士官的命令是，待在营房里睡大觉，等待法西斯灭亡。

“也许我们可以干点什么，长官。”莱弗士有点失望。

“说得对，老弟，我们的确可以干点什么，我们正在这么做，我们在外面的弟兄一分钟都没有停下来杀死那些异教徒。”我严肃地对莱弗士说，“我的意思是，我们可以用歌声来鼓舞不畏强暴的伙计们。”

在那边，在那边，传开去，传去那边，
就说美国人来了，美国人来了……①

(GYB006－001－229) 被告郁漱石庭外供述记录：

从管理区二道门回到营区，我见到了那个令人震撼的场面。

英、加、国军主要中下级军官都在二道岗门内，他们着装严谨，一声不吭，安静地坐在被不断践踏和雨水冲刷过的地上，与残留在地上发黑的树木根茎和枯萎的花梗保持一致。近千名士兵围绕着静坐的军官们，因为人太多，挤不下，许多人被挤到东北角的滚网边上。显然，他们先前激动过，现在和他们赴死的长官一样安静下来，在等待着什么。

我很快从老曹嘴里知道，如果日方不就弗雷泽和弗雷曼的死做出公正调查，惩办凶手，军官们宁愿和那些发黑的树木根茎和枯萎掉的花梗一样舍弃生命，在静坐中接待死神。老曹急坏了，要知道，他既是医生也是军官，他在为加入军官们的阵营还是阻止他们而纠结。

我闯进摩尔上校营舍时，上校正面色凝重在房间里踱步，床上放着熨烫得十分周整的军装，看来，上校准备穿上它，走出门去，参加到军官们的阵营中去。

---

① 《在那边》(《Over there》)，第一次世界大战时期美国军歌。

“管理区前草地上架着两挺机枪，东边两座岗楼上架着另外两挺，大正式弹仓容量50发，子弹初速每分钟500发，至少50支三十年式步枪，所有射手都配有四粒装手榴弹袋，管理区后面还有一支日军小队在等待命令，那是一场屠杀!”我曾经是一名军需官，经手的武器能装备一个甲种师，我能准确报出那些武器的制式和杀伤效果，我毫无礼貌地大声对摩尔上校喊道，“上校，军官们应该等待战争结束，而不是无谓的自杀!”

摩尔上校停下踱步，严肃地看我。我气喘吁吁地告诉上校，我刚从香港回来，船进入维港时，海水中漂浮着大量船舶残片，港口停泊着好几艘被鱼雷炸坏的大型商船，还有两艘伤员船停泊在港口。登岛后，马路上堆积着如山的垃圾，路上行人稀零，罕见车辆，倒是看见一辆四头骡子拉动的巴士，说明存油告罄。抵达饭店后，升降梯停止使用，电灯直到天黑尽才打开，可见电力供应不足。在返回途中，我听见带船的军官抱怨，春天以后，美军第14航空队轰炸了香港油库和海军码头，在香港与台湾海域之间投放了大量鱼雷，盟军的潜艇频繁出没南中国海，日本商船在香港外海不断被袭击沉没，中共海上游击队也控制了大鹏一带海面。

“你的意思，战争很快会结束?”上校眼皮子跳动了一下。

“说不好，但有预感。”

“知道盟军在西西里登陆的事情吗?”上校没有询问我怎么会出现在香港。

“不知道。”我纳闷他为什么这么问。

“蒋中正先生当选国民政府主席的事呢?”

“不知道，长官。”我越发困惑，觉得自己像个傻瓜。

“中尉，你是和外界接触最多的D营战俘，告诉我，在战俘中，谁会比你掌握更多外界消息。”上校沉吟了一下，“我是指，对战局了解超出一般战俘。”

我摇头。不，在战俘中，没有人比我了解的外界事情更多。

上校点点头，转身走到门口，吩咐紧张地守候在门外的沙希姆，立刻去二道门岗前把格尔诺维茨中校和古柏少校叫来。沙希姆离开了。我要求上校对我告诉他的那些话保密。上校同意了。我为自己在如此背叛后还能信任英国保守主义的诚信而感动，也为自己的自尊没有被扼杀掉舒了一口气。

有件事情我没有告诉上校，路过二道门岗时，我听见两名联邦士兵的对话。

“别怕，枪响起来，眼睛一闭就没事了。”

“可是，眼睛闭上，枪一响就不可能再睁开了。”

“朱迪，你相信人会在另一个地方的女人子宫里再次孕育这样的事情吗?”

“别蠢了亚伯，上帝知道，那种事情永远都不可能发生。”

“好吧，你赢了，但我希望成为军官，能够加入他们。”

“我也是。”

现在，这一切都结束了。

阻止这场屠杀的不是我，而是一张适时出现在上校晒在户外衣裳口袋里的字条。差不多同时，国军钟纪霖上校也收到了同样内容的字条。两位上校从神秘字条中获悉了一批重要情报：共产国际解散、美英联军进攻了意大利、苏军渡过第聂伯河、盟军进入卡普兰和菲律宾流亡政府宣布独立，包括摩尔上校询问我的那两条消息。如果把这张字条交给一名士兵，也许他会一头雾水，什么也看不出来，但任何一位高级军官都会立刻拼凑出一幅完整的战局图：盟军正在北非、俄罗斯和西南太平洋取得重大胜利，轴心国在各个战场失败，反法西斯战争出现了一片曙光。这就是为什么军队需要上校的原因。

警备队指挥官冈下树虫带着日军小队赶到管理区前时，战俘军官们开始撤离二道门岗。到底是军官，井然有序，没有任何慌张。士兵们站成长长的两排队伍，为他们的长官鼓掌欢呼，他们认为自己的上司打了一场了不起的胜仗。

胜利与我无关，我需要向自治委员会交代这些天的情况。

京都大学一位同窗恰好在日本外务省驻香港总督府侨民关系事务室任职，他在战俘名册中看到我的名字，决定见见我这位同学。我们见了，他对我作为敌方战俘这件事情非常生气，动手打了我，有嘴上的伤为证。我没还手。事情就是这样。

从东区 6 号军官营房出来时，有什么东西砸在我后脑勺上。我停下来，低头看脚边滚动的那个黑乎乎的东西，好半天才看清楚，那是一坨干粪。

我知道人们在我身后默默地看着我，他们把我当成 D 营不死的幽灵，因为我不断从营中失踪，而带我离开的是日本人。

我也知道我的身份没有暴露，了解 1117 号战俘死亡原因的人不多，无论掌握真相的游击队还是靠推测猜度出真相的国军少数军官，他们会守住秘密。正如我猜到了两张字条上的情报是谁送到上校们的衣兜里的，我不会告诉别人。

我还知道，在清楚 1117 号战俘死亡背景的人眼中，我是罪人。是我造成了

1117 号战俘的死亡，罪名是我的出身，它恰好在残酷的战俘营中成为 1117 号战俘换取生存权益的砝码，引诱他走向死亡。

我更知道人们为什么要留下我而抛弃 1117 号战俘。因为我将为制造了这个秘密而最终成为人们道尽途殚剖心析肝的人质，并为此付出代价。没错，在这个荒岛原始森林中，在所有人都失去人身自由时，我是一个拥有巨大价值的奴隶。

事情当然不会就此打住，并非所有人都愿意采取用一坨干粪袭击我后脑勺的无声方式，当我蹲进茅厕的时候，某人出现在刺稞的另一边。

“喂，”他小声说，口气像亲热的伙伴，声音我并不熟悉，“你有一副稀泥糊的脊梁，对吧，不然在鬼子面前怎么总是夹着尊贵的睾丸？你得小心点儿，我们会找机会猛踢你一脚，你会哎哟一声，乖乖地坐下，去数你的蛋少了还是没少。”

神秘的人消失掉。有虫子在便桶后面欢快地鸣叫。我撅断一节泥条处理善后。很遗憾，我没能憋住，让神秘者闻到了大便味道，但我丝毫也不感到惭愧。

如果一定要我选择，我的惭愧只留给一个人。

(GYB006－003－056) **辩护律师冼宗白陈述：**

太平洋战争爆发时，我在伦敦参加一个大陆法会议，得知香港遭到攻击，立刻往回赶，结果被堵在孟买。妻子还有半个月就要分娩，我非常焦虑，香港与外界所有的联系都中断了，报纸和电台说，联邦军队在香港勇敢杀敌，只有熟悉香港的人才知道，英国没有足够的兵力守卫，战争对弹丸之地的香港意味着什么。

20 天后，我登上一艘中立国的船，绕道澳门回到香港，女儿已经降生，好在妻子女儿很安全，我总算放下一颗心。

我离开英国时，牛津大学人文学部古典文学和东方文化研究所的阿什顿教授和基兰教授委托我代他们了解一下陈寅恪教授的情况。陈教授作为首位受聘牛津大学的中国语汉学教授，获授皇家学会研究员，因欧战爆发滞留香港，任香港大学文学系主任，牛津大学已通过英国外交部向香港方面提出关照请求。

返回香港后，我即按照阿什顿教授和基兰教授委托，请香港大学朋友引见，与陈教授见面。从朋友处得知，陈教授是世家子弟，父亲是“清末四公子”之一的陈三立，祖父是湖南巡抚陈宝箴，岳祖父是台湾巡抚唐景崧，他本人就读于日本巢鸭弘文学院、上海复旦公学、德国柏林大学、瑞士苏黎世大学、法国巴黎高等政治学校和美国哈佛大学，精通梵、英、法、德、巴利、波斯、突厥、西夏文字，是旷世奇才。及得与陈教授见面，教授一家正惶惶不安，原来，日军占领香港后，以 40 万港币礼遇托请陈教授主持香港教育，陈教授断然拒绝，辞职回家。事后有人在陈府门前留下食物，教授不明底里，拒而不受，将食物转分邻里，但心里非常害怕。

“我是主和不主战的，可若要我反掖于寇，索性随家父一同做饿殍了了!”陈教授愤愤地说。

以后才知道，七·七事变时，陈教授父亲因愤慨而绝食，驾鹤西归。

我将阿什顿教授和基兰教授托付的钱款转交给陈教授，了掉一件事。以后听说，没过多久，陈教授一家就悄悄离开香港，返回内地，直到四年后，我去伦敦参加殖民地法律大会，才再次见到已经赴任牛津的他。

香港沦陷后，占领军废除普通法，司法不设律师和陪审团，法律完全被军人践踏于肮脏的军靴下。我不愿与占领军周旋，决定带着妻女离开香港，热心的葡萄牙神父奥雷利奥·努涅斯为我写了引荐信，他确信尊敬的波尔图大主教会欢迎我全家去美丽的杜罗河畔生活，可是，占领军外事部扣押下我的护照，不允许我离境。

大约 4 月份的一天，我在家中陪伴妻女，一位朋友找上门，请我出面帮忙弄两份占领军派发的通行证。我因局势复杂，拒绝了。朋友问我是否听说过淞沪会战时女童军杨惠敏的名字。她是家喻户晓的抗日英雄，我当然知道。朋友告诉我，托我办事的不是别人，正是这位杨惠敏小姐。

第二天，朋友将杨惠敏小姐带来与我相见。驰名中外的中华女儿个头不高，瘦小精干，人很干脆，坐下就表明来意，她受国民政府赈济委员会之命，营救电影明星胡蝶和丈夫潘有声出港，需要两份通行证，希望我一定搞到。说实话，我自己和家眷的去留也成问题，更不喜欢杨小姐的武断口气，本意要回绝，听说胡蝶女士刚生孩子，尚在哺乳期，与我妻子情况相似，动了恻隐之心，答应试试。

差不多 20 天后，我通过关系弄到两份通行证送到朋友处。朋友表示不用了，胡蝶夫妇已由重庆秘密渠道护送出了香港。“不过，有位朋友不幸落入日本人手中，在牢里受了不少苦，还想请你帮忙斡旋救他出狱。”朋友轻描淡写地说。

朋友说的那位朋友是《星岛日报》副刊主编戴望舒，他有个中华全国文艺界协会留港通讯处干事的头衔，因宣传抗日被捕。我有些不高兴。渝系的人傲慢，也不管如今日人横行无度，港人个个如临深渊，只管狮子大开口。以后听说那位现代派诗坛领袖在监狱里受了不少皮肉苦，人却倔强得很，死活不与日人合作，给我留下好感，于是我硬着头皮找关系替他说合。几个月后，戴诗人放出来，我也没再问，因为事先说好不再管闲事，朋友再没有找过我。

1943 年初，占领军政府宣布批准部分律师重新执业，协助法务部处理一般性民事法务，获准复业的 12 人全是华人和华欧混血，我在名单中。我这才明白过来，外事部扣押我护照的原因，正是要羁留我在香港帮助他们工作。

我没想到罗栋勋会来找我。那是香港沦陷后六个月的事。他是我在剑桥大学的同学，我们同时获得大律师资格，那以后他从英国去了美国，继续学习国际法，回国后担任民国政府立法院顾问。广州沦陷后，罗栋勋返回香港执业，秘密担任港府特别警察队副指挥官职务。香港战役时，他领导两百多名警员与陈策将军领导的帮会组织协作，共同维持港岛治安。

我和罗栋勋虽是同窗，可是，因华人案在司法环节中屡受港府轻蔑，我俩在司法公办中意见大相径庭，多个场合抓破脸皮，实属参辰卯酉，形同陌路。罗栋勋见到我，也不提旧事，直言香港沦陷后他潜伏下来，领导未暴露身份的特别警察进行地下抵抗，与“英国陆军援助团”一起工作，邀我参加抵抗组织。人们在为家园和有尊严的生活而战，仁人志士皆不应袖手一旁，我没有犹豫，答应了他的邀请。

那天我们喝了一点杜松子酒。我们一脸严肃，为正义和尊严干杯。我这就算加入了抵抗组织。我的特工代号是 131 号。

我的第一件工作是设法掩护 34 名防卫军华人官兵逃往惠州。我得到一位水产业朋友的帮助，很快把人安全地送出了香港，以后又秘密送走几批。后来得知，约有 700 名华籍港兵通过各种渠道陆续逃到惠州，在那儿接受训练，其中一部分组成“香港志愿连”，1943 年底前往印度，参加了第二次缅北战役。

我的第二件工作是从赤柱监狱营救两位在中立国出生的英裔女士，按照国际条约，她们有条件获得自由。事情费了点周折，直到第二年她俩才被列入离营名单。也就是那一次，因为不断往返赤柱营，我对滞港同盟国难民生活有了些了解，这和我事先知道的情况不同。1942 年 2 月，英国内阁公开了香港沦陷后战俘的惨况，要求所有英联邦国家兵役部门在征兵海报上用大字写下“记住香港!”而滞留香港的平民以家庭为单位在拘留营中生活，营中建有教会、学校、医院和治安组织，能够收到少量外面送入营的粮食和包裹，没有人被杀死。后来我才知道，赤柱拘留营中的平民和香港战俘总营中的战俘不同，完全过着两种生活，而且，相比荷属东印度的盟国平民拘留营，香港和广州的盟国平民应该感到庆幸，关押在爪哇岛和苏门答腊的上十万盟国平民和战俘一样，过着猪狗不如的生活。

我的第三件工作是为代号“筷子行动”的军事计划收集情报，招募滞港华人防卫军和圣约翰救伤队队员。这是一个大胆的军事计划，盟军印度总司令部批准“英国陆军援助团”营救九龙地区的战俘，行动由赖德上校指挥，前线组由罗纳德·霍姆斯上尉领导。支援部队包括上千名从香港逃到内地的华兵、蔡国梁领导的中共港九大队、陈策留在香港的数百名三合会会员，以及由我和其他情报人员秘密招募的滞港华人防卫军和圣约翰救伤队队员。

“筷子计划”实施步骤是，支援部队化整为零，潜入九龙，埋伏于各战俘营附近待命，营救日当天，美国陆军航空特遣队派三批共 70 余架轰炸机于上午和下午空袭港九日军高射炮台和兵营，黄昏时分抵抗组织掩护 1600 名伞兵在各战俘营空降，消灭警备队，将 2000 名英、加、印军战俘救出战俘营，由中共港九大队引导撤入新界，国军游击专家香翰屏将军的一营游击队在深圳边境支援，把获救战俘转移至惠州，18 日战争时曾驰援香港的国军独 9 旅随时驰援。整个行动的参与者超过九成是华人，行动支援力量百分之百是华人。

“筷子行动”计划突然终止，我感到意外，却没有得到任何解释，只知道“英国陆军援助团”在澳门的情报组织出现漏洞，我的上线罗栋勋身份暴露，被日军逮捕。我很紧张，立刻把妻子和女儿送往离岛区藏匿起来，托付一位信得过的商人，我若出事，请他把我妻女送去澳门。说实话，我很害怕，但我在剑桥的老师奥斯顿教授曾经对我说过一句话：律师的职责不是为了获得胜利，而是为了社会的公平良知，为弱小的人们穷尽辩护的使命，直到最后一刻也不要放弃。我想知道香港有没有希望，想知道这个。我检查了阿罗交给我的手枪，准备随时赴义。

五个月后，罗栋勋被日军处决。他没有供出我，但我的工作停止了。罗栋勋殉职后，日军“兴亚机关”袭击了中共港九大队在沙头角的基地、破获了军统在香港的情报网，直到1943年春末，日军仍在大肆搜捕，他们抓了很多人。

我知道军统香港站在进行地下抵抗活动，保护国府在港资源和人员。我还知道西贡有中共的港九大队在活动，香港沦陷后，他们救出几百名统战人士和左派文人，在新界北部和东部建立了根据地，打通了进出香港的通道。但我没有与任何抵抗力量联系，直到有一天，戴维·路易突然联系上我。

戴维是纽西兰华人，中文名字叫雷福荣，战前是政府卫生署实验室主任，战时任后备警察助理警司。华人在港府任职者不多，我们认识，但并不熟悉。雷福荣告诉我，他是“英国陆军援助团”香港情报站负责人，罗栋勋出事后，香港情报组织由他领导，我的情况罗栋勋告诉过他，知道我身份的只罗栋勋和他两人。据雷福荣介绍，日军启用了战俘营中印度独立联盟成员眼线，破获了英国情报组织网，在战俘营中负责“筷子行动”的英军参谋长纽纳姆上校被捕，一同被捕的还有霍德上尉、安沙利上尉和格雷中尉等上百人。雷福荣让我停止一切活动，立即转移出香港。

我告诉雷福荣，我已按罗栋勋吩咐从黑市上购买了一批英军流散的军用炸药，但不知道下一步行动，我听说日军计划攻占澳门，消灭英军在澳门的情报网络。我告诉雷福荣，我已经把妻子和孩子送去了澳门，过几天我就走，因为眼线告诉我，他可能获取香港通往台湾的海底电缆铺设图纸，我需要再等一周时间。

五天以后，我从立法院办事出来，一辆汽车驶来停在我面前，三名宪兵从汽车上押解下一个人，我惊呆了，那个人就是雷福荣。他穿着一件灰色西装，衣领被扯破，苍白的脸色有两道血痕，显然他被逮捕了。他看见了我，目光没有在我身上停留，从我身边走过去。我听见他对宪兵说，请不要推我，等我自己走！

我脑子里一片空白，完全不知所措。凭我的观察，我觉得雷福荣和我一样，不是那种铮铮铁骨的汉子，挺不过日本人的酷刑。我的第一个念头是不再返回家里，不管采用什么方式，立刻出逃。

我快速通过广场，往威灵顿街方向走去，听见身后传来一片喧嚣，然后是一声枪响。我退回到皇后铜像后面，紧张地往立法院那边看。我看见雷福荣出现在顶层，很艰难地攀上花岗岩护栏，身体摇晃着站在上面，那一刻他犹豫了一下。有人出现在窗口，伸手去够他。他抬头朝北边方向看了一眼，展开双臂从楼上一跃而下。一群受惊的鸽子飞起来，它们和他在空中相遇，然后惊散开，它们往上，他往下，穿过鸽群跌落到台阶上，头颅触地，当场亡命。

我浑身颤抖站在那里，仰头看立法院楼顶那尊泰美斯女神雕像。代表公正和权力的女神蒙着双眼，对发生在脚下的事情无动于衷。我扭头离开那里，指尖冰冷。

雷福荣和罗栋勋一样，没有说出抵抗组织情报网中的任何人。他殉职后，香港一片腥风血雨，“兴亚机关”到处抓人，很多抵抗组织成员被抓捕处决，他们当中多是华人，雷福荣的妻子刘德爱、内弟刘德光、殷卓明、曹俊安、黄韶本、李南、郑悦、李孔开、梁洪、曾少泉……他们以盟军间谍罪名被处死。

我没走。盟军的情报网完蛋了，战争没有结束，它不需要我，可正如奥斯顿教授所言，我和良知，我们需要对方。我不清楚雷福荣是不是担心挺不过去，所以选择纵楼自决。我决不奢望自己能够挺过日本宪兵的酷刑，我为自己弄了一粒氰化钾，以备来不及摆弄手枪。现在一切都准备好了，我等待宪兵破门而入的那一刻。

1944 年 3 月份，因为澳门立法院大律师身份，占领军总督部法务部邀请我和另一位纽芬兰籍华人律师以中立国律师身份协助处理一些不重要的法务文件。英国战时政府颁布条令，英人在日军占领区内协助日军维持基本服务不属于通敌，条令是 1942 年 3 月颁布的，我决定以抵抗组织情报人员身份接下这项工作。

稍后，我在一堆集存卷宗中翻到一份案卷，在案卷中看到一个数字，131。

那是一宗由日军情报组织“兴亚机关”和外事部联合提起的改正案件。案件的当事人叫郁漱石，国军中尉军需官，香港 D 战俘营羁押华俘，战俘代号 131。“兴亚机关”证实，当事人作为该部前身“香港机关”眼线参与了香港作战，察为误捕，应予释放。奇怪的是，该案件未能按照改正案程序进入军令会议审核，而是注销了，注销理由是“当事人否认误捕”。

据我所知，18 日战争英军投降前，大部分华人士兵被解散，以免他们被屠杀，华人士兵在战场上被俘的情况极少，基本属于留在要塞中的后勤人员。当事人是在战场上被俘，而非接受命令后投降，这种情况有些特殊，倒也符合侦察阵地的眼线身份。可是，既然他作为“香港机关”眼线参与战争，一定有关防文件或接头密语，即使被误抓关押起来，也容易在事后申辩自己身份。而香港沦陷九个月后，日军出于解决合作者资源和大东亚战争宣传需要，释放了137名参加香港作战的华人和华欧混血战俘，为何他直到被捕两年后仍然被羁押，参加香港作战的华人全部释放了，为何独有他留在战俘营中没有释放？最让人感到疑惑的是，“兴亚机关”和外事部双双提出改正案，他却否认误捕，既然是日方特工，为何又否认身份，宁愿留在战俘营中？这是一个谜。

吸引我注意这份卷宗的并非案子的令人质疑处，而是当事人的战俘编号，它和我的特工编号为同号，颠倒过来也一样，而且，我们都从事秘密情报员工作。

我把战俘131号的案子文件誊抄了一份，收藏起来，原件以疑案重审提请法务部古木部长审批。古木看过后，要我找外事部的阿国乃上中尉，战俘由战俘总营管辖，但外交事务由外务省的外事部负责，本案实际运作也由外事部介入，“兴亚机关”指挥官冈田芳政只是背书式签字，无须问他们。

我因护照扣押问题多次去设在汇丰银行的外务省洽谈，接待我的正是负责中立国平民事务的阿国乃上。战前他是领使馆人员，占领期间军政府接管了一切事务，他拥有预备役衔，总督部中有不少这样的官员，我和他们都熟悉。我找到阿国，他讲了131案件的事，我意外听到一个令人匪夷所思的故事。以我多年的司法经验，这个案件里面有大隐情。

（GYB006－001－230）**被告郁漱石庭外供述记录：**

我去军官食堂找管事军官要点盐，清理发肿溃烂的牙床，遭到管事军官拒绝。

老曹和纳什医生在那儿，他俩像是御膳房掌膳的庖长，兴致盎然地研究一堆野菜。老曹用教授的口气一样样给纳什医生介绍那些植物的医药功能：酢浆草能消肿散瘀、马兰头能解毒散瘀、苦苣菜能治疗感染、蕨菜能去毒清热、荠菜补充维他命。纳什对老曹佩服得五体投地，称老曹为“尊敬的同行”，虚心地问老曹，战后是否能允许他就中国南海地区野草的治愈功能写一篇论文。

纳什医生把我叫到一旁，询问游击队的情况。游击队战俘没有参加军官们的静坐，在整个事件过程中他们淡然置之，视若路人地在营区里收集垃圾。纳什医生不同意血肉对抗机枪的做法，但也无法理解身为军人，何以能做到如此无动于衷，不明白他们是什么样的人。

我告诉纳什医生，游击队人数少，力量薄弱，但纪律严明。我的感觉是，他们身陷地狱，却在地狱中为自己建了另一座地狱，别人进不去，他们也把自己安全地封闭起来，与外界彻底隔离开。我不明白他们靠什么坚持，才能做到如此蔽明塞聪。我的意思是，纳什医生也一样，战俘营的生活如此糟糕，他却日暖风和，像匆匆走在林荫道上去为学生上课的医学院讲师，他又是怎么做到的？

“做了战俘，已经是生命中最糟糕的事情，不会有比这个更糟糕的了。你要做的，是试试能不能让自己和美好的事情联系起来。”纳什医生轻描淡写说。

“战俘营中没有美好的事情。”

“那就回忆。”

“人们已经把回忆用完了。”

“那就想象。”纳什医生想也没想，“很多人垮了，你没垮，说明生理和心理应付机能在某些方面支持了你，你要鼓励自己，让支持你的生理和心理全部激发起来，形成压力免疫，活下去的概率就高得多。”医生认真地说了一堆类似心率变化、神经氨基酸 Y、正肾上腺素的释放和系统功能调节之类的话，但他不承认他和游击队属于同一类，“如果真像你说的，他们以自我为地狱，那就谈不上更糟糕了。”

“您是指，他们心如死灰，无可救药？”

“不，中尉，我是说，如果他们为自己建立了一座地狱，就有可能在那座地狱中成为自己的上帝，恐怕我无法理解这种情况。”

我觉得纳什医生说得真好，他应该获得求恩医学奖。我希望他在战后留在岭南，他会喜欢中国南方丛林中那些神秘的植物。

返回营区时，我看见了邦邦。他安闲地坐在靠近战俘医院的溪涧边，也许刚刚做完礼拜。我朝邦邦走去，在他身边坐下。

邦邦没有提军官们静坐的事情，却主动说起无线电。它开始工作了，因为只有一个调谐回路，无线电分隔电台的能力不太好，要么杂音大，要么夹音，两三个电台一起说话，头两天只能收听香港电台内容。

“你需要架设更好的天线，不然没法接收距离更远的电台。”我说，朝身后西南角岗楼看了一眼，“你不会告诉我，你打算把天线架设到岗楼上去吧？”

“安拉知道。”邦邦安静地笑了笑，“安拉在大气电波中指引我，告诉我盟军在华南架设了多少电台。”

“你指 VOA① 和 BBC②？”

“比那个更多。”邦邦由衷地说，“那真是一部好无线电。”

我笑了。就是说，邦邦已经解决了这个问题。我扭头看晚霞弥漫的森林，那里有一只白肩雕，它紧紧收束着尾翼从北边山峰上滑翔下来，平展双翅箭一般掠过林梢。一定有许多动物和昆虫在忙碌地寻找回家的路，只是我看不到。

“兄弟，告诉我最后审判日的事情。”我央求邦邦。

“嗯。”邦邦慎重地坐直身子，“总有一天，世界末日会到来，所有死去的人都会复活，他们会接受最后的公平审判。”

“天堂和火狱是什么样子？”

“只有安拉知道。”

“可是，我怎么相信安拉？”

“那就没有什么可以相信了，你会更加困惑。”邦邦一脸严肃，“安拉为我们安排了先天、中天和后天世界，它太大了，我们看不到，必须相信。”

我点点头，站起来，拍拍裤子上的泥土，离开溪涧边。我猜，邦邦还会坐一会儿。我猜，有了安拉，他不会再寻找友邻，他会一个人战斗，因为安拉要求他那么做。

路上遇到几个无所事事的战俘，他们看见我过来，目光流露出复杂的神色，纷纷避开。我朝他们笑了笑，从他们身边走过。军官们在士兵的欢呼声中结束静坐，警备队撤去机枪，人们煽动起来的情绪就像洗砚池里的墨渍，渐渐稀释，日本人没有处理闹事的军官，但我也没有听到任何人谈起弗雷泽和弗雷曼老兄，他俩的事情究竟由谁负责，没有了下文。

我曾设想过，如果 D 营只有我一个战俘，那会怎么样？我是说，其他战俘

---

① 美国广播电台。

② 英国广播电台。

都消失了，日本人还是那么多，饭岛、矢尺、八朗和今正觉，一个也不缺少，如果那样，我会不会害怕，我是说，比现在更害怕?

我的回答是否定的。

我在战俘中幽灵似的无声穿行，走过一座又一座墙面黝黑的营舍。我去审讯科、教育科、卫生科、治安科、战俘调解委员会、鞋工班、缝工班、理发班、病员班、炊事班，我去那里干些什么或什么也不干，手操在裤兜里，站一会儿，然后离开。满眼都是我的同类，我看到的每一个人都是我自己，不管是不是能够克制住，他们全都在害怕，那些害怕是真实的，没有任何黑夜能将它遮掩住。

是的，我希望离开我的同类，因为他们的存在，我的害怕会成倍增长，我拥有的不光是自己的恐惧，而且是无数堆积起来的恐惧。

我曾经想过，我需要管理区门前那片长满苜蓿的草地，我需要努力地活下去。我当然“要”活下去，以尊严的方式，以及自由的方式，如果做不到，我愿意以所有人奴隶的身份活下去，以任何可能的方式活下去——在民国三十五年遇见我红晕初泛的妻子，在民国三十六年生下我惊恐万状的大儿子，两年以后是我娇柔如花的女儿，然后我会耐心地等上两年，或者三年，那以后降生的，将是我最宠爱的小儿子。那样的日子将不受打扰，很长很长，长得我不相信它们会过去，然后在民国八十二年，老得再也走不动的我会握着白发苍苍的妻子皲裂的手，安详地闭上眼睛，等待灵魂出窍，去别的地方寻找我的来生。

现在，我不那么想了，因为我做不到，没人让我做到。

好吧，我在心里告诉自己，我不在乎别人怎么想，不在乎人们是否让我活下去，我决定了，我——只——选——择——一——种——方——式——活——下——去。

二十一

法庭外调查：君不见樱花

明日落尘埃，倾尽全力瞬间开

(GYB006－001－231）被告郁漱石庭外供述记录：

三天后，冈崎返回D营。

我再度站在冈崎面前时，她斜眼看着我。她瘦了一圈，人有些疲惫，眼圈呈铅灰色。看得出来，无论对一个被日本女人生下的敌国战俘，还是这名战俘做出拒绝与她合作的选择，她都恨意强烈，在与心里的疑窦斗争。

冈崎答应，作为研究对象的身世秘密，不将我生母是日本人的情况告诉其他人。我则提出继续工作的附带要求，允许我晚上回到战俘营。这是一种决定活下去的奢望支持下的念头，也不排除在石屋里做下惊天大案，不想重蹈覆辙留在作案现场的动机。

“说出来不怕得罪学者，也许还剩下死亡这件事情，一半由我本人决定，想试试能不能把这个选择扩大一些，哪怕只是决定天黑以后睡在什么地方。”

“加代子怎么办?”冈崎根本不关心我想在哪片潮湿的木板上做梦，仍然对三天前的事情耿耿于怀，“说到尽心，一个女人能做到的不过就是如此了吧，关在黑屋子里，舍弃生命地坚持，被特高课的人打断腿，就算那样也惦记着心爱的人，为了成全他改变固执，念结于心的她宁愿怅然不已地转身离开，为心爱的人把求生的机会留下来，这样的结局实在太残酷!”

“对不起加代子的事情，实在没有回旋余地。”我像个无赖，低头垂手站立，

“她的学长，京都女子学校的武子[①]诗人不是说过：君不见，樱花明日落尘埃，倾尽全力瞬间开。”

“是说贞明皇后弟媳，与柳原白莲和江木欣欣并称大正三美人那个武子吗？”

“是。武子诗人的愿望和她的容貌同样美好，可为了坚持自尊地活下去，最终仍然选择了孤独而死。”

“明白了，就是说，作为战俘宁愿苟活也不愿获得自由，这就是郁先生的选择。”冈崎生气地说，“话说，学术研究不是在军火工厂加工枪栓，作为学者的我不会强迫你参加小组工作，只是你失去自由的可贵机会，我是为这个而遗憾。”

“如果冈崎学者真的看重战俘自由，有件事情倒是可以做。”我脸色发灰，虚汗直淌，“D营的奥布里·亚伦·麦肯锡中尉和他的两名士官显然被负责战俘交换的官员遗忘了，学者可以帮助他们回到家乡去。”

“你真是一个奇怪的人。”

冈崎神色复杂地看着我，然后她提到赤柱营的情况。并非所有美国人都愿意回到国内，当三百多个在香港被俘的美国人坐上遣送船回国时，赤柱营中有四位牧师，一对夫妇和他们的四个孩子，一位母亲和她的三个孩子，一位记者和一位船长，16位美国人选择了留下来。不过，她不想再谈论这个话题，而是决定尽快回到耽搁的研究工作中去。

研究者通过一份战俘名单打开缺口，获知了研究对象恋人的情况，设法将恋人从本土带到香港与研究对象见面，并且在几乎同一时候意外获知了研究对象生母的情况。照说，研究者找到了新的工作方向，可以通过掌握和确认研究对象早期生活经验，特别是创伤性经验入手工作，比如研究对象的种种无意识行为，在某种情况下正是对应着早期生活中缺席的父母，使其对人格和经验的揭示更为接近真实性。可是，冈崎显得非常疲惫，整个上午，她都无法集中精力，只是在那儿有一笔没一笔地画着一幅图画，而把我晾在一旁。那幅图画上有一些奇怪的线条，它们组成一个复杂的迷宫，如果没看错，迷宫没有设置入口和出口。我不明白冈崎要做什么，她经常停下来，像是断了思路，眼里一片茫然，怕冷似的缩在椅子里，用潦草的笔迹快速在记事簿上记下一些什么。

---

① 九条武子（1887—1928），日本近代诗人。

到了下午，冈崎仍然没有理我。我坐在和室里，不断交替陷入焦虑和乏困。不知第几次从打盹中醒来后，我提出返回营区的要求。冈崎不同意，不耐烦地告诉我，如果闲得无聊，可以像影子似的站到廊屋外，看看树叶变幻莫测的色彩，或者去楼下走走，就是去围屋前的湿地散步也没有关系，等待她随时召唤。

我选择了后者。

老曹一直在对我进行植物形态学教育。他在肮脏的纸头上画出几十种南方蕨类、苔藓、藻类、裸子和被子植物，要我认熟它们，把它们采集回来；他要求我在把它们交给他之前，绝对不可以私自食用，以免中毒。老曹绘图能力太差，他画的植物通常看不到根冠和茎秆，叶片、花朵和种子却奇大无比，要是徐光启①采用他的画做《救荒本草》和《野菜谱》插图，我保证没人认识，中华医学将就此断送掉。

在我把管理区庭院外墙角的十几棵开着小黄花的芜菁和一小片紫罗兰色的香堇偷偷带回营区后，老曹大喜过望，因为每个战俘都患有香港脚，半数战俘患有夜盲症，而芜菁可治疗烂裆和烂脚丫，香堇可以治疗夜盲症。我没有夜盲症，裆烂得也没有别人厉害，芜菁和香堇用在我身上完全是糟蹋，所以他一棵都没有留给我。相反，他把我当成财主，要求我提供更多的植物。

"我就指望你了。"老曹像个无赖似的翻动我的口袋，看看有没有残留的叶片。

那天去香港前，我在围屋后门墙角的杂草丛中发现了两棵绿薄荷。这次我打死也不会告诉老曹，两棵绿薄荷会让我不断加深的紧张和焦虑得到缓解，在夜里能够入睡，我不会把它们交给任何人。

我从楼上下来，在院子里溜达。矢尺在管理区前的草地上发踊冲冠地朝八朗大吼，受了气的曹长转过头来气急败坏地朝尾下和赤城上等兵吼叫。桐山传译官若有所思地穿过围屋东头巷道向伙房走去。管理区的人对我早已熟视无睹，他们都知道我在为谁服务。"冈崎的影子"，"冈崎的脑电波"，他们这样嘲讽我。在他们眼里，我就像一个不存在的人，没有人注意我。

我扭头看庭院后门，目光投向墙角那片草丛，苦恼地考虑，如果我现在装作对水火墙上的照影石雕感兴趣，故作轻松地走过去，会怎么样？首先我不能

---

① 徐光启（1562—1633），明代科学家，礼部尚书兼文渊阁大学士，《农政全书》编著者。

再回头，以免顾盼引起大门口哨兵的怀疑，我也无法判断围屋二楼某个窗户前是否正好站着一名无聊的军官，他恰好注视着庭院，就算这些都不发生，我成功地走到了那里，在离两株绿薄荷最近的地方突然改变方向，快步冲向它们，在恶魔还来不及回家之前，迅速把两株绿衣仙子从泥土中拔出来掩藏进怀里，再快速回到庭院中，它们散发出的芳香，是否会在接下来的继续工作时引起冈崎的注意，让她勃然大怒？

我决定不管如何都要行动，一切交给天赐天谴。

命运哪，我是怎样的误解了它的指示！当我故作苦恼地走到后院门口，正准备改变方向和速度冲向那丛植物时，透明的薄翼一晃，那只草蛉从我眼前飞过。它朝着阳光方向，展开的翅脉将阳光切割成无数碎片，身子被照得绯红，完全吸引了我的注意，我不知道它来这儿干什么，想告诉我什么，我下意识站住，目送它离去，而就在这时，我看见一道影子从后门晃过。

是个人影。一个女人。或者一缕阴冷的幽风。我心里怦怦乱跳，呼吸急促。一股风涌进庭院，它好像很生气我站在那里，在我背后推了一把。我完全没有意识，一脚迈进庭院后门，进入逼仄而路面嶙峋的水火巷，再回过神来时，我已经站到了碉楼前。

那是一栋有着诡异之气的建筑，年久失修，墙面斑驳，欢天喜地的紫藤和忍冬爬满墙面，看上去就像穿上了一件诡异的衣裳。我在管理区的所有时间，它什么动静也没有，静静地伫立在那儿，偶尔会有一只丑陋的角蟾从湿漉漉的灰色石墙上掉下来，消失在一大丛开着紫色花的山柰中，只有当太阳偏西的时候，院子里会投下一个圆形的阴影，表示它的存在。

我在碉楼前茫然地站了一会儿，受到什么怂恿，小心推开长久失修的门，进到楼里。碉楼里光线昏暗，楼下的窗户从外面封住，阴森森的，有一股潮湿发霉的味道。我站了一会儿，眼睛适应了屋里的光线，慢腾腾上了楼。

二楼的墙面已经剥落，能看见木阁里面斑驳陆离的红毛泥[①]。屋里堆满旧家具，屏风、官椅、桌和榻。一只野猫，浅黄毛发中夹杂着红褐色斑点，口鼻部生出一圈蓝灰色，它蜷伏在雕花桌上，蜜蜡色的眼睛目光警惕地看着我。我见过它好几次。我从营区来，或者返回营里，它躲在某处草丛中看我，不声不

① 水泥。

响，我们用目光交流过。

我继续上楼，来到三楼。一只褐眼黄喙的红脚隼从窗台上振翅飞走，阳光和紫藤一起从窗棂外爬进来，在离消失的红脚隼和爬进的紫藤不远处，我看见了她。

她懒洋洋地靠在房间东墙下的榻榻米上，神志恍惚而顺从，漫不经心地啃啮着手指头，牙齿在凌乱的冬季日光下发出朦胧的微光。我上楼时，年久失修的榉木楼梯发出吱呀响声，她能够听见，却没有喊叫，只是停下啃手指，默默无言地看着我，并不显得吃惊。过了一会儿，她转过身去，背对我，面向墙，身子慢慢往下滑，伸出一只细弱的胳膊垫住脸颊，闭上眼睛睡了。

屋里有一股令人不安的气味，我没办法形容那是什么样的气味，好像刚刚有一大群结束盛宴的魔鬼满怀欣喜地离开，空气中弥漫着令人窒息的兽毛的晦气。

龚绍行告诉我，D营曾经关押过一位民间抗日武装头目的夫人，还有两位惠宝游击队女战俘，她们入营时和男战俘一起接受无着装检查和消毒，但日本人显然不打算为战俘开办女子基督教青年会，她们很快被转移到别的地方去了。这位年轻女子在管理区，可见并不是战俘，因为没开口，不知道是否是华人，那么，她是谁?

我站了一会儿，悄悄退下三楼。下楼的时候很小心，但楼梯仍然吱呀作响。

走出碉楼，我回忆刚才看到了什么。她十七八岁，生着东方少女小巧稚气的瓜子脸，皮肤苍白，人瘦小，单薄得令人担心。这不是最重要的。她头剃得光光的，一根头发也没有，头皮上浮动着一层青色暗光。一个少女，怎么会这样?

一大群肉蝇飞来，耳畔充满嘤嘤的振翅声。这里是昆虫的世界，黄蜂、肉蝇、木虻、灯蛾和蚊蚋，它们是峡谷森林的主人，我只是过客，陷落在这里。

(GY006－003－057) **辩护律师冼宗白陈述：**

日据三载，香港人口由战前的160万锐减到50万，占领军实行食物配给制，有目的地使平民处于饥饿状态，逼迫他们离开，以使香港成为一个尽可能单纯的军事基地。大面积饥饿在沦陷两个月后就开始了，盟军的报复性轰炸增加了民众的灾难，无辜伤亡者日益增多。开春之后，蚊蝇猖獗，各种流行病肆起，占领军政府视而不见，华民机构自发组织灭蝇运动，宣布二两苍蝇换一市斤白米，市民踊跃参加，一位饶姓市民一天即收集到两公斤苍蝇，换得一袋米。灭蝇运动组织后来得知，许多捕蝇者专门到弃尸岗捉蝇，不用费多大劲。战争的第三年，开春以后盟军切断了香港对外交通，占领军实行配给紧缩，完全放弃对民众的照顾，致使满城饿殍，光街头弃尸每月就达数千具，后期传言的吃人事件，实际上那个时候就开始了。

我因在军政机构服务，可以购买到一定量的配给米，几位商界朋友常有照顾，基本生活尚无困窘，只是不知道什么时候日本宪兵找到我，或者美国人的炸弹落在头上。我抱定信念，因命运垂顾，战争开始时被阻挡在路途上，没有看到香港沦陷的那一天，我要看到它光复的那一天，然后再带着家眷离开。

有一天，我去薄扶林道香港大学办事。事情谈完，默齐尔教授递给我一支美洲雪茄。我不吸烟，只是客气地点燃了它。在划燃火柴的一瞬间，我突然想到那个编号 131 的战俘。

一个来自日本俘虏情报局的研究小组策划了 131 号战俘与恋人加代子的见面：军方要求京都特高课以特殊人员身份为加代子办理离境文件，俘虏情报局人员将她带到香港，研究小组则把 131 号战俘带出战俘营，让两个人在香港会面。我从阿国中尉那里得到的案件重审回复报告，情况就是如此。

因为这个重审案，我和负责这个案件的阿国交谈过几次。据阿国说，131 号战俘和加代子见面的时间不到 30 分钟。我事后才知道，加代子正是阿国的妹妹，俘虏情报局研究小组最终放弃了她，把她留给了阿国。阿国希望妹妹回到京都，即使作为非国民，也比在海外危险小。可是，要做到这个很困难，日本已经丢失了海空优势，被美国潜艇击沉的商船数目不断增加，往来香港的船只越来越少，阿国好不容易联系到一艘挂着红十字旗的商船，加代子知道自己给哥哥惹了麻烦，却拒绝返回日本，坚持留在离 131 号羁押地最近的香港。阿国对加代子的孤行己意大为光火，动手打了妹妹。加代子离开哥哥，去了作为占领军陆军医院的玛丽医院，在那里当了一名护士，为自己的同胞服务。战争摧毁了亲人间的感情，加代子有意避溺山隅，不见阿国，阿国也不再管妹妹的事，兄妹俩飘零海外，隔着几条街，却不再来往。

我突然觉得，131 不再是案卷中的符号，而是一个和我有着某种隐秘联系的人，只不过，他陷落在战俘营，我陷落在占领地，如今，这位131的恋人就在离我不到3000米外的地方，我有一种强烈想见到她的愿望。

我告别了默齐尔教授，去了离香港大学不远的玛丽医院，经人指点，在六楼一间病房见到了加代子。

我看见加代子的第一眼，就被她的美丽所征服。她在照顾一名大约十五六岁的伤兵。少年兵刚做了下肢截断术，脸上因烧伤缠满绷带，哭泣着叫妈妈，同病房年纪稍大的士兵生气地叱骂少年兵不争气，加代子不断向士兵们鞠躬，向他们道歉，姐姐似的把少年兵抱在怀里哄着，轻声为他唱一首日本歌，场面让人感动。

我们站在六楼的转运间说了几分钟话。美丽的加代子显得很憔悴，不像案卷中记录的21岁年龄，只是，无论脸色是否蜡黄，眼神还保留了纯真和稚气。我不懂日语，她会一点英语，是那种极善良的女子，很容易相信人。但她不愿意谈到131号，即使我告诉她，我知道她为什么不愿意返回日本，也知道她恋人的一些事情，正在请外事部的阿国先生协助重审他的案子，她也非常谨慎，一个劲地向我鞠躬，说费心了，添麻烦了，别的什么也不肯说。

我关心一件事情，作为日本女性，加代子是否受到负伤官兵的侵扰，或者说，她是否因为是年轻女性，成为她在海外作战同胞的性攻击对象。

之所以关心这个问题，是香港沦陷一个月后，我终于在仰光港搭上一艘运煤船返回香港。没过几天香港商会华领找到我，称战事刚结束，占领军就向华人开出首批500名妓女清单，商会一时筹措不齐，占领军卫生部长江口公开威胁，如不在新年期间提供慰安妇解决四万入城日军所需，后果港人自负，商会希望我出面与军方协商缓办事宜。

我和一名日籍教会人员陪希尔达·史东医生去见江口，解释香港遵守《日内瓦条约》禁蓄性奴，支持妓女业的《传染病防疫法案》早于1888年即已废除，虽然该法案废除后驻军官兵一度有半数以上接受过性病治疗，可政府仍然坚持不设公娼，无法在须臾间提供500名妓女。被士兵性欲逼得眼睛充血的江口根本不和我们讨论法理问题，以大正六年日俄西伯利亚战争期间12000名日军官兵染上性病，丧失战斗力，之后军部不允许出现这种情况为由，要求各方面尽快完成慰安区建立。史东医生迫于无奈，指出香港有私娼存在，并提供了几处地方。江口很高兴，立刻宣布征用，要求居民限期搬走。我按商界领袖的托请，提出学校和教会被临时军妓所侵占的情况。江口答应慰安区问题落实后，撤销临时军妓所。

首批从广州征来70名日裔和白俄慰安妇，之后陆续投入慰安工作的基本是在海南岛征集的华人农妇。即使如此，据教会提供给香港红十字会的一份记录，战争期间，港九两地暴力奸污案超过9000宗。

我的担心并非多余，在我去过玛丽医院不久，加代子就离开了那儿，原因正是不断受到同胞士兵的骚扰。告诉我的人说，因为不满士兵向加代子索爱，一名军官开枪打伤了一名伤愈准备归队的士兵，加代子因为这件事情离开了玛丽医院。

（GYZ006－005－014）**证人矢尺大介法庭外调查记录：**

抓住同性之好，将他们视为恶魔来惩罚，这样的事情完全错了啊。

D营战俘纪律由军官组成的纪律委员会负责，战俘法庭发生的事情，由本人安排的眼线秘密汇集到本人这里，战俘中存在同性之好，这些事情本人都知道。作为D营负责全面工作的次官，不是流传这样的说法吗，“矢尺的鹗眼”，说的就是对战俘营中发生的事情无所不知的本人嘛。

898号战俘和745号战俘住在同一间营房，前陆军上等兵和马夫十分珍惜难得的权利，从不拥抱着入梦，因此两年来相安无事。同为西人战俘的927号和416号就没有那么幸运，两个人分别住在不同营房，这对苦命的人就像巢穴与花地相隔千里的两只工蜂，辛苦地潜行在西区12号和17号营房的黑夜中，令人感动。

说起来，曹长花轮和少尉川冈两位军官则完全不避讳，即使在处罚战俘时，也会互抛示好的媚眼，表现炫耀威猛之风。花轮那家伙色迷迷地看着一名少年战俘抬着粪桶从面前走过，猥亵地跟上去打趣。川冈醋意大发，拔出军刀要砍掉战俘的脑袋。花轮哈哈大笑。川冈不依不饶，逼着花轮当众抽自己嘴巴，事情才算了结。那一次，本人在场。

饭岛指挥官担心官兵染上性病，私下和本人严肃地谈过这件事情。指挥官是情笃意坚的好丈夫，从不沾慰安妇，佐佐木曾为他不正眼看她痛哭流涕。虽然这么说，雄风四起的军人，终年腥风血雨，铁马金戈，也会有浪漫的相许之情。何况，国家征伐不休，勇士们远离家小，生死无度，长年生活在寂寞孤独之中，军中情谊助长男风盛行，也是可以理解的吧。

“所以才规定严格使用‘突击一番’嘛。”本人这样回答指挥官。

天皇生日那天，军官们喝酒庆祝，多喝了两杯的指挥官请花轮说说与川冈的感情。花轮那家伙喝了不少，醉醺醺地说，他要是武田[①]，会让川冈做他身边的大将军高坂[②]。号称战国时代第一美男子的高坂少年时代就做了武田的贴身侍童，25 岁担任侍大将，30 岁成为海津城主。武田死后，家臣均着丧礼服出席殡殓，唯有名臣之首的高坂剃光青丝，身披玄色僧尼衣，以丧夫之妻装束，欲剖腹自尽时被人拦下，以后鞠躬尽瘁，为武田家守业至死。

“就算做不成高坂，为什么不能是永无成人礼之苦的兰丸呢?”在指挥官眼里，花轮和川冈都不能算美男子，所以他才感慨地说起金山城主森可成三子森若兰的故事。

有“数理神童”和“箭术天下第一”之称的若兰，见过他的无不惊为天人，13 岁跟随织田信长，16 岁总领织田公私事务，17 岁做了美浓岩村城城主。因爱若兰垂发的模样，织田下令不许他行成人礼。明智光秀政变，将织田围困于本能寺中，织田对若兰说，最后时刻到了，你替我挡一下，我先行一步，遂进入寺中从容剖腹。为了不让主公首级落入敌人之手，若兰放火焚寺，随即纵身大火，追随织田信长而去。

男人间的情谊既有主仆忠诚之情，也有异姓兄弟相惜之情，尤以众道之爱的忠与义令人感慨万千。美少年之爱正是菊花与剑的象征，那些美貌少年从大名和武士身边的侍童完成成长，日后成为主公最亲密的部属和战友也说不定。

本人不同意指挥官的看法。新渡户稻造先生说，武士之于武士的爱要唯一，一个武士有权利以背叛者的鲜血洗净崇高的武士爱所受到的玷污，川冈欲拔刀手刃战俘脑袋，是令人敬佩的武士之举。

(GYB006－001－232) **被告郁漱石庭外供述记录：**

我不清楚在漫长的苦难和苦闷中，D 营有过多少男人间的感情，大概没有

---

① 武田信玄（1521－1573)，日本战国时期政治家和军事家。

② 高坂昌信（1527－1578)，日本战国时期人物，武田四大名臣之首。

人知道。

民国三十三年夏天，来自伯明翰的英军士官威尔伍德和同乡帕萨尔士官在苦难中建立的友情被身边同伴告发，一时间，两人几乎成了D营最肮脏的魔鬼，有人冲他们吐唾沫，有人骂他们“狗娘养的鸡奸犯”。奇怪的是，两人当中相对女性化的那个遭到了更多唾弃，帕萨尔的同伴甚至将他赶出营房，他不得不在屋檐下睡了两晚上，直到军官出面，阻止住战俘们进一步的愤怒。

我最早知道D营这一类故事，是从老曹那儿听说的。老曹提到我入营前发生的一件事情。一个战俘的阴囊被人割下来，他的惨叫声响彻战俘营夜空。后来他死掉了，大家都知道发生了什么。老曹的困惑在于，他不知道该怎么处理这一类伤害，他没有治疗“他们”的经验，也找不到治疗“他们”的办法。

这一次不同，威尔伍德和帕萨尔没有屈服，他们不承认人们指责的不洁关系，拒绝了军官要求他们断绝关系的命令，大胆地向军官委员会提出申诉，要求换到同一宿舍。当帕萨尔被同伴赶出营房，威尔伍德知道后，他抱起自己的军毯，大步走出营房，和帕萨尔肩靠肩坐在屋檐下，一起等待天亮。

英军纪律委员会强烈要求摩尔上校批准成立临时军事法庭，对当事人进行审判。摩尔同意成立临时军事法庭，指定古柏少校为庭长，德顿上尉任审判官，查尔斯·哈珀神父为成员，两名士兵委员会成员担任陪审员。上校建议在五位英国军人之外，邀请加军纳什医生作为法庭正式成员参加案件审判。

摩尔上校的建议改变了案件的审理结果。

审判官德顿认为，就算亨利八世对同性行为判处死刑的法律已经取消，根据现有英国法律，威尔伍德和帕萨尔也应该被判处十年至无期徒刑。法庭合议时，大部分成员赞成两名当事人有罪，应该判处十年以上刑期。法庭要求哈珀神父表态。神父在表态时显得非常困难，他隐晦地说，人们没有办法渡过漫无边际的苦难，会犯下深深的罪孽，但上帝知道人们是爱它的。作为上帝的使者，神父最终同意当事人有罪。

审判官的起诉意见得到临时法庭英军成员的一致支持。

作为法庭另一名正式成员，加军的纳什医生反对合议庭做出的裁决。纳什医生要求法庭抛开个人好恶立场，充分考虑战争环境的压迫及战俘营生活的不人道，基于事实依据做出合乎道德和法理的判决。纳什医生试图证明同性恋并非疾病，在法庭上花了很长时间介绍脊椎动物的同性行为，包括与人类关系密切的黑猩猩、猕猴、海豚和黑天鹅，以及植物中的同性生殖现象。纳什医生认为，在相互认可的前提下，成年同性的私下性行为不应被认定为犯罪。

“先生们，没有任何法律把恶与犯罪这两个概念等同起来，在战俘营生活的人们有权决定他们的行为是否超出了道德领域，”纳什医生说，“否则，我们应该首先决定战争的发动者和战俘营的建立者是否应该被判处死刑。”

“他们是军人，不是向王尔德[①]摆出肛交姿势的小白脸道格拉斯勋爵[②]。”审判官反驳说。

“该死！他们正在坐牢，我们也是！”

“战后他们可以向法庭申诉折算刑期。”

“伦敦的布鲁斯伯里区和威斯敏斯特教堂区存在大量同性情感，为什么英国政府不宣判上等人和教会人员有罪？”

“纳什先生，请注意您的行为，我们在讨论士兵犯罪，不是工党的社会主义论战。”庭长警告医生。

“尊敬的庭长大人，审判官先生正是从上流社会男子寄宿学校毕业的，对学校盛行的同性恋不会不知情！”医生绝望地盯着德顿，然后把目光转向哈珀，“神父同样知道同性行为密集的社区和人群在哪里！”

“抗议！”神父满脸通红。

“抗议有效。”庭长表态，“纳什先生，法庭对你提出警告。”

“上帝啊！”纳什医生喊道。

法庭以无理狡辩和对法庭成员进行粗鄙攻击为由，向纳什医生宣布禁言令，他差一点被逐出法庭。

我头一次看到乐观的纳什医生那么痛苦。在休庭期间，他至少写下三份报告，试图缓解与临时法庭的关系。但他承认这没用。战争可能改变国际格局，却不会改变小人物的权利命运，人们在战俘营不会获得更多的同情和怜悯。

纳什医生把我当成他唯一的支持者。他苦恼地向我解释，摄食和性爱是人类两种基础本能，由于战争压力带来的情绪压制，个人失败现实以及长期关押和食物严重不足，人们已经没有能力和念头去思考性爱了。威尔伍德一头白发，

---

① 奥斯卡·王尔德（Oscar Wilde，1854—1900），英国作家。

② 阿尔弗莱德·道格拉斯（Lord Alfred Douglas，1870—1945），英国诗人，王尔德的情人。

只剩下两排突出的肋骨，帕萨尔整天穿着半条短裤，脸上的皮疹能吓退眼镜王蛇，两人毫无吸引对方的外在条件，他们的关系不是简单的性爱，而是一种互为救命稻草的关系。他不相信临时法庭的审判官和法官看不到这一点，但他们却宁愿站在僵死的道德律制上，而看着士兵的求生本能幻灭。

我不同意纳什医生的全部看法。实际上，D营存在秘密的性交换渠道，一次服务换三分之一或二分之一份晚餐，而且有几个非常抢手的人选，没有人会把这件事情告诉军官，军官有更好的解决办法。但我愿意看到医生向至高无上的集权挑战。

“大夫，妨碍风化罪审判，判决应该在广泛讨论和质证后做出。”我提醒医生。

“你在说什么?”纳什医生不解。

“法庭需要听取具有代表性的团体和足够数量的个人证词，证明所有人同意威尔伍德和帕萨尔的私人情感有罪，”我说，“否则无法对当事人定罪。”

纳什把身子抽回去一尺，看着我，样子比被法官逐出法庭更生气。

“你是个阴谋者，郁。你就是这么一个人。”过了一会儿他说。

“你不是第一个宣判我有罪的人，先生。”我恬静地看着医生的眼睛说，“在D营，我被战争双方的军官和士兵不止一次判过有罪，他们都认为宣判合理，这是一件令人想起来就要发笑的事情，您不过是头一次经历这种事情，再追加一次宣判罢了。”

纳什医生怫然不悦地把我赶出了卫生科。

民国三十四年春天，在长达三个月的审理后，英军临时军事法庭对威尔伍德和帕萨尔一案做出判决：二人鸡奸行为不道德和不体面，有罪；因为缺少足够证词，同时考虑案发时当事人处于战争环境的特殊条件下，不予追究刑期。

临时法庭做出上述判决，是因为一些战俘勇敢地站出来，向纳什医生提供了无罪证词。

临时法庭对威尔伍德和帕萨尔做出判决的第二天，在营房的小路上散步的人们当中，来自魁北克的加拿大朱迪牵住了出生雷州半岛的中国战俘胡大大的手。一名英军战俘朝他们走过去，恶狠狠瞪着他们，骂他们是“魔鬼”。但是，更多人采取了沉默。

“先生，”临时法庭宣判的那天晚饭时候，纳什医生端着食物穿过英联邦军官走向我，丝毫也不顾周遭人们的注意，大声对我说，“请允许我收回先前的话。我为拒绝给你看病的恶劣行为感到羞耻。如果你愿意原谅我，这是我的手。”

我们握了手。医生的手很粗糙，有几处地方破了皮。他需要嚼一点葛根，再抹上柏叶油，同时，他最需要和老曹聊聊肺部浸润和串钱草的关系。

战俘如同草芥，人们需要安全感和抵御恐惧的抚慰，同性之间的感情如同火之于蛾，没有希望，有如萍下啄鱼，不会公开，但它们在远古时期就存在，在远方传来的一片鸟鸣声中，被一部分人看起来惊世骇俗的事情一直都在悄悄发生。更多有同性感情的战俘不敢像威尔伍德和帕萨尔那样，勇敢地蜷缩在一床肮脏的毛毯下等待天亮，他们在阳光下像目不斜视的盲人，面无表情地从性伴身边走开，只有在黑暗中，才敢于互吮苦涩的密，让羞耻的泪水顺着对方肮脏的脖颈流淌到瘦骨嶙峋的背上，任黑暗保护他们的不洁行为，这就是我向纳什医生建议要求法庭广泛听取团体和个人证词的理由。

“人们向威尔伍德和帕萨尔吐唾沫，把自己置于事外，看起来他们很有道理。可是，”我朝卫生科外一群等着看病的队伍看了一眼，对纳什医生说出了那句最终影响他的话，“如果法庭要求人们走到被告位置上，对自己做出审判，他们吐出的唾沫会飞向谁的身上？”

英军战俘临时法庭对威尔伍德和帕萨尔一案的审理情况由附日者告密给日方，冈崎了解到这件事，她在阳光疏离的和室里主动提到这件事情。

“武士道的爱情深含着武士忠诚信念的尊严，男风若被视为互爱，应该以此为前提。不过，英国人的战俘法庭赦免同好战俘，又不能欺骗自己的道德意念，这种矛盾重重的情况不是显得有些奇怪吗？”冈崎说。

按照冈崎的说法，虽然军队高层有不同看法，同性之好在日军中并不违法。多数战斗部队的指挥官认为，军队是特殊单位，战友间的协作力和积极的士气怎么看重都不为过，只要不影响战斗职责的履行，同时采取必要的保护措施，彼此吸引的士兵是完全可以理解的。但如何应对战斗力减弱问题却是新的麻烦。冈崎的一位学长为解决来自高层的忧虑，着手研究“同性病”课题，对挑选出来的丧失斗志的士兵进行心理干预，效果并不明显。冈崎本人对同性心理课题不感兴趣，她更关心情感对士兵战斗力的心理影响。

“《大学》中说，所谓诚其意者毋自欺也，如恶恶臭，如好好色。”冈崎很快把同好话题转到我身上，对我固执地拒绝加入她的研究小组耿耿于怀，“好色不就是风流吗，奔放的激情和炽烈的坦荡，见到加代子，本性真情流露，不管任何约束，大胆地追求发自本来的欲望和真情，使好色具有了教养和美的韵意，是意念诚实最简单的道理啊。至于刻骨铭心的情爱之后，看破红尘的耻辱和哀伤随之而来，生命真是难以为继的感慨，是好色之后发生的事情吧。”

以冈崎的分析，我的近情心怯来自于幼童时代恋母情结的缺失和少年时代性冲动的错乱，最终在成年后形成阉割焦虑和歇斯底里冲突。可是，我从没见过生下我的那个女人，既无法描述和她一起生活的经历和细节，也想不出对她有什么真实可信的依恋。十几岁时的我的确有强烈的性压抑，我无法确定反叛者的二姐是否鼓励了我首次遗精的完成。

不，我觉得那样是不正常的，它让我非常困惑。

是的，我用手淫解决冲动。我觉得我能做那种事情，我一个人的事情。

不，我从没和他人交流过。我认为性是我一个人的事，它就是我一个人的事。

“知道了，Oedipus complex[①]，在成年以后仍然不成熟，对强大的环境产生敌意，对加代子和其他女人的情感完全采取压抑态度，这就是你的情况。”冈崎失望地说，漫不经心地抚了抚膝头，显得有些烦躁，好像从廊屋外投进屋内的叶影，它们在她没留心的时候落在那上面，她不太喜欢光影的凌乱。

我没有对冈崎的共情失败表示抱歉，心不在焉地盯着廊屋外郁郁葱葱的森林。廊屋外的景色和昨天没有任何变化，和前天也一样，但我知道，相同的景色之下，有什么事情在发生，它们不一样了。我想起冈崎曾经讲过的这座围屋的故事，那个被爱她的父亲安置在丛林深处的少女。那么，那个藏匿在碉楼中的女人，她是谁？

冈崎对连续多日的工作结果并不满意，对研究对象暂时失去了兴趣。下午，她把我丢在一旁，和坂谷留整理抄字簿上的笔记，而我得到去楼下散步的机会。

离开房间，来到庭院里，我按捺住怦怦的心跳，在那里装作散了一会儿步，趁哨兵没有注意，离开庭院去了碉楼，轻轻推开碉楼虚掩的门，沿着年久失修的楼梯上到三楼。

---

① 俄狄浦斯情结。

她躺在榻榻米上，啃啮着指甲，和几天前见到她时一样，好像她一直躺在那儿，不曾移动过。她听见我上楼的声音，看着门口方向，好像是在等待我。怎么说呢，她的目光像刚刚学习飞翔的小鸟，惊恐万状地躲避着坠落，而且因为感觉不到气流的存在有一阵不得要领地短促挣扎。

我的目光落在她光光的头皮上，站了一会儿，走过去，在她脚边坐下。没有别的地方可以选择，屋里除了一张榻榻米，什么家具也没有。

见我靠近，她停下啃啮手指，伸出一只胳膊撑住榻榻米，想靠起来，没成功。我猜她在生病，没有力气。我耷拉下双肩，倾过身子试图帮她。她躲避了一下，用眼神阻止我。她又试了一次，这次做到了，蜗牛似的往后缩，慢慢坐起来，靠在墙上，抬手捋了捋衣襟，肥大的衣袖从胳膊上褪落下一截，露出细细的胳膊，那里的皮肤苍白而透明。她穿一件皱巴巴的米色棉布长衫，衣领到胸前有一片暗绿色的合欢花图案，羽状的叶片让人感觉有些生涩。她光着脚，没穿袜子，脚趾小巧圆润，一团稚气，像孩子的脚指头，看上去轻盈美妙。

有什么东西掉落在榻榻米下。是一方手绢。我弯腰拾起来，隔着老远，伸手递还给她。她从嘴上拿开啃啮着的手指，伸过手来接手绢，被啃啮得能看见嫩肉的手指几乎碰着我的手腕，被我肮脏的衣袖给遮拦住，再从那里滑落下去。

“唐人?”她问。

她的话中带着浓重的粤南方言后鼻腔音，大概因为长久没有开口，吐字有点吃力，不太清晰，嗓音有些生涩。

“嗯。”我朝她点头，“广东人。你呢?”

“香港。”她看着我说，手指已回到嘴边，继续啃啮，接着又问了我一句话。

我愣住，困惑地看着她，不明白她在说什么。

“可以和我瞓觉咩?”她目光在我脸上不动，重复了一遍刚才的话，“瞓我，做我，求其啲。”她的目光和表情平静极了，完全让人无法分辨，“你系点讲呢种事嘅?”

我突然意识到那是什么。血冲上我的脸。我动静很大地从榻榻米边忽地站起来，侧了一下身子，脏兮兮的皮鞋碰到榻榻米。皮鞋已经缝补过三次，我需要从什么地方弄到一截结实的线。

“我想知，我仲系唔系人。”她表情很恼火，因为不知道怎么才能让我明白她的意思而恼羞成怒，“我需要一个华人同我瞓觉。”

“不。”我呼吸急促，后背僵直，不知道该离开还是留下。

“噉就帮帮我，俾我走。”她冷冷地说。

“什么？”我再一次没听明白。

“揿死我，抑或做啲乜。你唔会乜都唔做得啩？”她怨气冲天。

身后有什么动静，我回头。一丛透明的紫藤垂悬在窗棂边随风摇晃，毛茸茸的叶缘在阳光下显得刺眼，仿佛在和我打招呼。

我转回脸来看她。她清纯而苍白。我推测出她为什么在这儿。但这根本没用。她看出我根本不想帮她，眼里浮现出令人心碎的失望，努力想要挣起身子坐起来。我下意识向前两步，想要去搀扶她。她用巴掌打开我，拒绝我帮助。她的无名指关节硌着我的手掌，然后从我的食指消失掉。我的食指针刺一般传来尖锐的疼痛，疼痛快速传递向胳膊、脖颈、颅腔和头发，先是从一根头发开始，然后火燎一般传到每一根头发上。

人们啊，你们的头发会疼痛，这取决于它们是否疼痛过，还因为某种能够使疼痛快速扩大到灵魂的原因，这就是我想告诉你们的事情。

她努力了一阵，终于坐直了，把自己安置好，轻轻地喘息着，敌视地盯着我。我打了个寒战。她是为了和我保持一段羞耻与拒绝对峙的距离才坐起来的。是的，我感到羞耻，不是她，是我。我想揍人，不是揍她，是揍我。我只能揍自己。我记得刚才她坐起来的时候我看到了什么。她慢慢收缩双脚，先是脚趾，然后是小腿，然后是整个身子，好像每动一下，元气就会从脚丫子里漏出来，直到漏光。我明白了，我看到的不是一个人在收缩自己，而是一个生命在我眼前枯萎掉的过程，我看到的就是那个样子。

我扭过脸，不敢看她。我在想身后那片毛茸茸的紫藤叶。假如一片树叶也会感到羞愧，我就是那片树叶。我只想知道一件事，她怎么可以，我是说，凭什么比D营所有的战俘都苍白。

空气凝固着。碉楼死了。碉楼本来就死着。还有什么死了？

(GY006—003—058) **辩护律师冼宗白陈述：**

1943年冬天，我去澳门探望妻女，实际上是接受秘密传唤。

在英国驻澳门使馆安排下，我见到前港英政府官员汤姆森，他现在是英国殖民地部和外交部远东司代表，他带来我的一位熟人戴维·麦克道格尔的信。

1938年，日军占领广州后，屯兵深圳河边境，迫使香港陷入孤立，殖民地总督府颁布紧急条例，宣布香港维持中立，限制对华武器禁运，压制在港反日活动，同时成立新闻检查处，对舆论进行审查，麦克道格尔正是总督府负责新闻宣传的官员。我那时刚从葡萄牙卸职返回香港不久，因为负责一桩葡国商人在港的商事案件，在多个场合批评港英政府司法傲慢和不力，麦克道格尔奉命与我协调口径，我们从那个时候认识，以后成为朋友。香港投降时，麦克道格尔随陈策将军乘鱼雷艇突围，途中中弹负伤，伤好后回国，出任“太平洋问题国际调查委员会”英方代表，参与了盟国间所有与香港有关的谈判。

信出自麦克道格尔的笔迹和口气，这一点大致能确定，但那种情况下，我仍然很小心，在汤姆森先生希望我坦诚地和他交换我对日治香港情况的看法，以及对香港未来态度时，我婉拒了这个话题。

关于香港战后命运及改变，这些话题在一些消息灵通的上层人士中不断流传，讨论较多的，是太平洋战争爆发之前，国府欲意以新界割换取得英国借款、一年前达成的中英《平等新约》和盟国领袖刚刚在埃及签署的《开罗宣言》这些事件上。战争改变了一切，在开罗会议上，罗斯福盛赞中国在多年的战争中起到的关键作用，预测中国将在战后成为最有希望的国家，极力主张中国参与远东事务的决策，明确支持战后香港应当归还给中国。会议发表的宣言，以国际文献形式承认了中国对日本割占达半个世纪的台湾和澎湖列岛拥有无可置疑的主权。荣享世界四强国之一的国府当然不愿再提以新界换取贷款的事情，蒋介石在香港问题上被坚执锐，承诺只要英国把香港主权交回中国，国府将在三日内宣布香港为自由港。丘吉尔则在稍后举行的德黑兰会议上强硬声称，“无人可以从英国拿走领土而不须一战”。

汤姆森先生看出我的疑虑，他提到一件事，香港陷落后不久，英国外交部远东司司长约翰·斯特德尔·比拉在提交给内阁讨论的香港沦陷通电稿中明确提出，政府应当在通电中感谢香港华人后备海军、工兵、炮兵、防卫军、圣约翰救伤队和童军，在日军进攻香港期间，他们尽忠职守，做出了不逊于欧人的牺牲。汤姆森的意思是，英国政府没有忘记自己的殖民地，包括生活在殖民地上的人民。

我隐讳地表示，按多数人理解，英国以炮艇政策威胁清政府签订《南京条约》，乃有割让香港之事，在中国固为耻辱，在英国亦不光荣，战后香港应该回到中国怀抱，法理也支持这个不言而喻的结果。

“殖民部大臣格保尔爵士曾经起草过一份报告，”汤姆森是那种非常有经验的殖民外交官员，他坦率地告诉我，“爵士在报告中理解香港主权对中国的重要性，认为如果多数香港居民赞成去殖民地化，帝国政府应该选择与中国进行新约谈判，放弃香港，但也应当迫使中国在沿海和内地做出一些相应的让步，使英国得到某些利益。这份报告在内阁会议上被完全否定了。”

“我相信中国方面也在进行同样的讨论，思路也许不同。”既然说到这个程度，我当然不能缄默，“中日战争背景复杂，国民政府方面知难不退，牵鬼上剑，始终不承认满洲独立，蒋公在开罗宣布台湾和香港的归属，明确表达了为独立而战的态度。以我的理解，如果不出意外，战后国民政府会派兵收复香港。”

“可是，首相说过，盟国共同与日本作战，为什么英国要像日本一样，受到剥夺土地的惩罚？”

“殖民地通常是通过战争获得的，再通过战争归还主权国家，”我微笑着说，“这是上帝通过战争这种方式给人类开的一个残酷玩笑。”

那以后，我于1943年冬天、1944年春节期间和夏天以探亲为由，三度与汤姆森和一位姓布朗的年轻官员在澳门见面，从那时起，我的态度开始改变。

麦克道格尔给我的第二封信提到一件事。太平洋战争爆发后，英国在亚洲的殖民地香港、马来亚、仰光在极短时间内先后沦陷，英国政府不得不面对一个相同问题的检讨，即除了军事上的劣势之外，上述各地长期以来的种族高压和不公政策，导致遭到日军攻击时，驻地英军得不到居民的广泛支持。麦克道格尔在信中坦率地说，英国政府对香港战后归属问题的争论非常激烈，同时对战后香港收复事宜的工作做得非常细致。香港沦陷不久，殖民地部就成立了“香港计划组”，对战后继续占据和管理香港，在政治、行政、官员、教育、医疗、警察、华民等问题上做出了全新的政策指令，而这一切，都是政府在相关人士的深刻反思下做出的。

我在信上看到“香港计划组”这个机构的名称时，心里暗自讶然。要知道，国府在战争期间并无能力收复香港，战争后期有关收回主权的宣传不断，但少有实际动作，只能依赖美国为其争取。而美国更看重与苏联的关系，越来越表现出放弃中国的趋势，国府干着急，也只能随波逐流，看不出有力量的措施。我认识一些国府重要部门官员，也有机会在澳门和内地见到一些司法界同人，大家对战后台湾和香港问题都很关切，可衮衮诸公，多数目光如豆，在收复失地问题上只关心面子，极少系统地研究战后香港的重建和长远管治问题，至于国府方面，没有听说成立任何专事香港问题的机构，也从没听说有广泛咨询各界人士意见的事情。

“国府方面是否就香港问题咨询过你?”带来麦克道格尔第二封信的布朗先生问我，他是“香港计划组”成员。

“没有。”我据实答道，心里添堵。

“国府是否咨询过在港其他人的意见?”

“对不起，先生，我无法回答你这个问题。”我恼火。

我其实知道，军统香港站遭到“复兴机关”毁灭性打击后，顽强地复活了组织，很快经营出一张相当有成效的情报网络，中共方面也在港九建立了武装抵抗组织，但他们从未向在港华人征求过战后香港收回和治理问题。说到香港的未来，岁月蹉跎，无人问津，前途未卜。

“那么，据你所知，香港华民对赖以生活的殖民地命运是否有发言权?国府是否打算把香港市民排除在《大西洋宪章》之外?”布朗不在我的情绪上周折，意味深长地问了第三个问题。

“先生，普通华人在国内没有政治权利，在英国人和日本人治理的香港同样没有。”将问题引入尚未建立民主风气的香港显然是个政治陷阱，我不客气地反驳对方，“英人治港的核心立场是确保英人统治，不给华人民主。英国治理香港百年，种族隔离和分区而居政策执行了百年，华英生活在两个世界，港督集立法行政大权于一身，高度集权，作为港督咨询机构的立法局是香港政治面向华人社会的唯一渠道，却一直由英人独占，华人被排斥在政治决议之外，毫无民主权利可言，直到1880年，香港才有了首位华人议员，而任命伍廷芳先生为议员的轩尼诗港督明确表示，伍先生在立法局里的作用等于零，这些事情，您应该比我清楚。”

“冼先生的话让我脸红，”布朗笑了，“不过，我刚才问你的话，不是我说的，是你的老朋友麦克道格尔先生向国府代表提出的，他这么问，自然有问的道理。”

“那我能否理解为，华人被排除在政治决议之外的情况，将因为战争而有所松动?”

“不是松动，是改革。”

布朗先生提到一份“D报告”，是从香港战俘营秘密送出的，并由情报组织转交给有关方面。报告的撰写者是殖民部香港特派大臣摩尔男爵，他于香港战事前十天抵达香港，目睹了战争期间总督府和驻军的作为，并与殖民地一同身陷敌酋。在给殖民地部的狱中报告中，男爵列举了大量事实，批评港府官员昏聩无能，傲慢不逊，贪污成风，重此抑彼，排斥华民和女性，其统治长期与英国新社会发展思潮脱节，多有不公和黑暗面。男爵特别提到在战俘营中与一位年轻华人军官的长期讨论，警告政府，中国多数知识人士在心理上不接受殖民统治，认为香港的割让和九龙新界的租赁是一段不公历史，随着历史的进步，中英政府迟早会理智解决香港问题，坦言战后如无革新，如无彻底革除官僚习气的全新政府的建立，宁可放弃香港。男爵当然不希望看到这样的结局，他认为战后香港必须进行宪政改革，废除一切含有种族歧视成分的法律和规则，委任有能力的华民政务司，让华民参与香港治理，为港民提供母语为主的通才教育，使在港华人拥有足够沟通的英语能力，在心理上化解华民对民族主义的认同。“香港的战争应该让英国政府注意到它的政策和态度的深远影响，华人和英人同处香港，却生活在两个世界中，这种状况继续下去，下一次我们还会输掉战争，并且永远不可能真正统治这座美丽的岛屿。”男爵在秘密报告中意味深长地说。

我很吃惊殖民地部钦差大臣在殖民地问题上竟有如此深刻的见解，而且能够在战俘营中做出这样一番闭阁思过的思考，可见战争带来的也不全是坏处。

1945年春天，麦克道格尔和他的“香港计划组”完成了战后香港政府的框架名单，飞到重庆和驻英大使及“英国陆军支援团”领袖赖德见面，洽谈战争结束后可能遇到的落实阻碍，他专门要人安排我秘密前往桂林，和他见了一面。

那天我俩去了“利多俱乐部”，要了非常正宗的美式咖啡。我们周边是一些当天没有执勤任务的中美飞行员和地勤人员，他们和一些快乐的当地女孩唱着歌，喝着啤酒，享受由白俄厨师烹制的牛排，而另外两个美国人则在和三个中国人小声说着什么。

“冼，告诉我，那些美国机师和中国人谈什么？”麦克道格尔悄悄问我，他指的是我们旁边五个一直在小声说着什么的美国人和中国人。

“除了在天空中勇敢地和日机搏斗，美国人还利用租借法案物资和中国的奸商们建立别的关系，向黑市提供珍贵的战争物资。”我向那边瞥了一眼，“他们在做生意。大家都一样，战争不过为政治家和商人开辟了一条最大的生意渠道。”

“那些小伙子在这儿并不缺乏女朋友，我没理解错吧?”麦克道格尔向那些十分熟练地为飞行员们点着牛排和啤酒的妩媚姑娘看了一眼。

“美国空军志愿者已经在这儿安营扎寨几年了，这是他们的生活。”我说，“一会儿他们的伙伴回来后，他们会跳舞，然后双双消失在夜幕中。”

三年没见，麦克道格尔显得成熟了许多，不再是当年那个红着脸和我争执港英政府商业腐败案时的空洞青年。他坦率地表示，英国政府对香港归属问题存在不同声音，战争爆发后的几年，大多数外交部高级官员都赞同把香港归还给中国，格拉德温·吉布、内维尔·巴特勒、阿什利·克拉克和远东司的约翰·白利安爵士，他们全都认为这个不受人欢迎的殖民地妨碍了帝国更重要的使命，应该早点摆脱掉。

“为什么不呢?”我说，“难道仅仅因为被匆忙赶出香港的屈辱，英国人才选择重新返回，赢得东方的尊重?”

“我无法欺骗你，迭戈。”麦克道格尔用我的葡萄牙名字称呼我，以显得战争至少没有改变我们的朋友关系，“与其说英国无法就未来局势做出明确和永久性的决定，不如说国民政府越来越表现出无力在战后控制这个国家，只有作为亚洲一揽子解决方案的一部分，英国才会坐下来和国民政府谈判香港的归属问题，包括香港在防务和行政上由国际机构管制的建议，在此之前，香港依然归属英国。”

麦克道格尔告诉我，他离开伦敦时，外交大臣欧内斯特·贝文和殖民地大臣阿瑟·克利奇·琼斯召见了他，无论之前抱有何种想法，他们无一例外坚持香港必须重新回到英国手中。英国不会放弃在亚洲的殖民利益，不会在战后立即将香港移交给国民政府，同时警惕国民政府在马来亚组织华人力量，以便在东南亚实施中国的领土野心，只有在中国出现一个真正强而有力、处事公平，可以保护各国在华贸易的现代国家时，香港问题的谈判才会提上议事日程。

“要是没理解错，未来一段时间内，香港将会有多个回合的策略和对峙行动，是这样吧?”我尝试理解这位老朋友的话，但不限如此，“要是国民政府武力收复香港，会怎么样，战争会重新爆发吗?”

“外交部的口径是，香港割让时，岛上不过五千华民，是英国的企业、金融和良好管治使它成为亚洲最重要的城市，这才吸引了大量华人和华商前来，不应无条件接受国民政府移交香港的要求。”麦克道格尔回避了我后一个问题，我猜他不是没有答案，而是时机没到，不便告诉我这位民间人士。

我们那天谈得很晚，直到一群刚刚执行完轰炸任务返回的美军飞行员一身硝烟地拥进来，喧闹声让我们再也谈不下去。

第二天，我接受国府驻桂林办事处主任李济深将军邀请，参加了一场颇有意味的宴会。宴会的主人是李将军，宴请的对象是大韩民国临时政府主席金九和他刚刚成立的光复军伞兵部队的两名高级军官——韩国人正在准备收复领土，他们需要建立一支几千人的伞兵部队——作陪者除了麦克道格尔，还有大名鼎鼎的第 14 航空队指挥官陈纳德将军和越南“华南工作团”的两位高级干部——他们也在为收复国家权力做着紧张的人员和资金工作。

宴会上有一位来自重庆的高官。我不便提及他的名字。他给我留下的印象很深。可能因为席间有英美人和韩国人在场，他在祝酒时讽刺了“雅尔塔会议”定下的战后对朝鲜实行托管的政策，慷慨激昂地代表国府支持大韩民国政府和朝鲜人民光复军解放祖国的义举，获得金九先生激动的掌声。我有点不解，他似乎忘记了，中国也是“雅尔塔会议”的损失方，而且是重大损失方。

宴会后，李将军请客人观看壮剧《太平春》，我与这位高官的座位恰好挨着，我们谈到香港问题。我问他，国府是否有香港重光后的相应政策和制度考虑。官员傲慢地回答，要什么考虑，国府不会对帝国主义妥协，战后不但要收复香港，一切帝国主义强加在中国人民头上的历史一个不留，悉数推翻。我继续问，国府是否考虑过香港收回后的管理政策和如何重建问题？这位官员不耐烦地看了我一眼，好像我提出了一个十分幼稚的问题，他的回答也让我印象深刻。“我们会收回香港，这个没有什么可商量。”他不容置疑地说。我那时就有预感，国府太过自我，会输掉香港。我下意识地扭头去看。隔着几个座位，麦克道格尔朝我投来耐人寻味的一眼。

返回香港的第四天，我去占领军总督部法务部办事，见到阿国乃上。他办好了 131 号战俘案件的重审文件，找过我几次，问我是否愿意和他一起去与新界隔海的 D 营。我问阿国，131 号战俘是否是他们的人。阿国遮遮掩掩不肯告诉我，但我知道他确实想把 131 号战俘弄出战俘营。我问他，立案时，当事人拒绝承认自己的身份，连默认都不肯，现在美军已在吕宋岛登陆，太平洋舰队的航空母舰已经进入南中国海，谁都知道战争就要结束了，这种形势下再提案件重审，是否多此一举。阿国没有回答，一脸无奈。我不知道他后来是否去了D营，见到了当事人，但我确信事情不会超出我的推测。

局势急转直下，两个月后，日军攻克了国府在华南的大本营桂林。知道这个消息后，我第一个念头是，那些复国心切的朝鲜伞兵，他们去哪儿了？那些同样复国心切的越南官员，他们带走了需要的部队和黄金吗？

(GYZ006－004－014) **证人奥布里·亚伦·麦肯锡法庭外调查记录：**

冬天快要结束的时候，一场雷雨造成了森林大火。大火从峡谷西边蔓延过来，逼近D营，森林里的猕猴、豹猫、红头麂、鳄蜥、角雉和蛇惊慌地窜进营区。人们一片慌乱，没有谁去捕捉那些唾手可得的珍贵食物，军官们紧急与日方磋商组织逃亡的方案，可日本人却说什么也不打开营区大门。大火一天后被暴雨浇熄，没有殃及D营，差不多整个春天，营区里都能闻到焦木的味道。

1944年的整个冬天，国军和英军的两位上校几乎每天秘密碰一次头，把获得的情报拼凑起来，研究战局和战势。作为两位上校几经权衡后共同认可的翻译，郁参加了他们的会议。我是美国人，我的国家是太平洋战争的光荣主角，郁偶尔会向我透露一些上校们交流的内容。从那些内容看，两位上校常常因为战略认识的不同产生争议，总体上，钟上校是美国的坚定支持者，而摩尔上校不是，摩尔上校怀疑美国在太平洋战争中对日本是否具有最后威胁。没有英吉利海峡，英国会和法国一样陷落，这个谁都知道，然而，年轻的美国缺乏贵族的骑士精神，国民不愿意降低生活标准，继续进行没有希望的战争将酿成人民不安和社会动荡，长期向中国提供高额军援也会导致纳税人的不满，正在争取第三次连任的罗斯福总统必须考虑这个，他会把自由主义者的热情目光转向苏联，怂恿苏联加入远东战争，从而抛弃中国。

“告诉上校，请他把目光停留在中国。”钟上校要郁把自己的话翻译给摩尔，他表示，中国由12个军区司令官统辖的300个正规师，兵力达380万，加上延安军队的40万兵力，四倍于日军，侵略者身陷泥潭，最终将窒息在中国人手中。

“很遗憾上校，你们的确有庞大的军队，可恕我直言，你们有上百万国军在有关方面的默许下向日军投降了，意图是让日军来维持这些军队的开销，同时协助日军消灭共产党武装，你们叫它曲线救国，这一点，重庆和东京的军事目标倒是一致的。”中国上校的爱国主义遭到英国上校毫不留情地打击。

“您所说的叛军实际上保留了另一个打算，”钟上校反唇相讥，“战争结束后他们将重新表示对中央的忠诚，只有不懂军事政治的外行才看不出来。”

“以你们的领袖个人好恶和派系组织决定的军队很难有您指望的忠诚。”摩尔十分绅士地提醒盟军同僚，“中国对日作战不过是权力斗争的砝码，决策者把援华经费和军火的一部分交到亲信手里，一部分作为私产囤积起来，这就是为什么胡宗南将军麾下监视延安的 40 万军队能够得到特殊恩宠，在战场上与日军浴血奋战的派系军队却得不到足够支持的原因。所以，上校先生，您的领袖直接控制的军队不是 300 个师，而是 30 个，他把它们尽可能留在日军鞭长莫及的大西南，靠政治手腕来平衡实际上是地方军阀指挥官们把控的军队，这样的军队只是脆弱的官僚体制要弄的傀儡，根本无法作战，这是中国军队一直在回避和拖延与日军决战的原因。”

“可是，您提到的这支军队却独自拖住了日本十几年!”钟表示激愤。

“知道怒气冲天的史迪威[①]在兵败缅甸逃回重庆后有什么想法吗?”摩尔是政治家，这一点帮助了他，“史迪威将军痛恨腐败无能的国民党，他认为由权力欲望、家族贪婪、地方势力和官僚派别以及利益集团支撑起来的重庆政府只不过是另一个充满政治阴谋的拜占庭，蒋先生之所以能勉强维系这个集团，是因为他比其他人更多地控制了军队和财政预算，同时代表着各个派系都能接受的反共信条。别小看反共这件事，只有对共产主义无法摆脱的忧虑和恐惧才能把国民党人和地方军阀撮合在一起，使他们志同道合。”

“罗斯福总统应该换一位懂得中国的将军来完成中国战区的军事行动。”钟上校的脸色非常不好看。

“史迪威也这么想。他不打算干下去了。他提醒总统要接任者留意，唯有两种情况能改变中国的没落现象，日本把蒋介石打败，或者在美国人的主持下改组中国军队。但蒋不那么想，他只想控制住军队，保住个人绝对权力和家族政

---

① 约瑟夫·史迪威（Joseph Stilwell，1883—1946），盟军中国战区参谋长，中印缅战区美军总司令。

治利益。所以，即使罗斯福总统自己出马，也无法改变中国战区的情况。”

郁后来告诉我，摩尔上校透露，太平洋战争爆发之前，美英一些政治家明确表示，如果希望中国在战时的世界影响和战后的世界重建中发挥作用，必须清除掉蒋集团，代之以自由主义革新派领导，所以应该向有实力的地方军阀和政治武装提供武器和军费，逼迫蒋下野。可惜的是，拯救中国的政治领袖和他的盟友至今未能出现，蒋的统治仍然会继续。

钟上校何尝不知道，作为广东军的一名前线指挥官，他更多的是在与倒向汪政府的昔日同僚作战，他当然知道粤系、川系、桂系、湘系军队对这种情况的强烈不满，他们要求国府在军援和战区分配上一视同仁，但他们也在干着编造虚假兵册，再把军饷塞进自己腰包的事情，战争成为军阀大获其利和扩张地盘的一场买卖，他只能生气，别无他法。

我觉得这是一件十分可笑的事情。我指的是两位尊敬的上校的战局讨论。他们为什么不在满洲和华北丢失之前，在欧洲和北非丢失之前，在香港和新加坡丢失之前进行一次认真地讨论？已经晚了，没有人会跑到D营这个鬼地方来征求两位老兄对战争的看法，何况，那些看法是根据一个秘密渠道源源不断提供的情报来完成的。

军官们都知道，D营有一个秘密情报来源，这个渠道为高级军官提供一些重要的战争信息，诸如美国人重返南太平洋，拿下了瓜达尔卡纳尔群岛，开始进攻马绍尔群岛，正在痛揍小日本，这些消息一洗两年的巴丹半岛大屠杀[①]和“检证大屠杀”[②]耻辱，高级军官们如获至宝。军官们都在猜测这条渠道，大家认为，最有可能弄到情报的人是郁，郁又开始频繁出入日方管理区，这让他再度成为战俘们关注的对象，奇怪的是，这次人们对他的态度从轻蔑变为仇恨。

国军徐少校试图弄明白郁与那些秘密情报之间的关系，郁是否是神秘情报的传递者，否则无法解释在罐头般封闭的D营出现这些情报。郁相当幽默，他问徐是否读过《琅环记》[③]和《太平广记》[④]，如果没有，至少应该知道《封神

---

① 1942年4月，78000名驻守菲律宾的美菲守军向日军投降，在前往战俘营途中，约15000名战俘被日军屠杀。

② 1942年2月日军为报复抵抗的新加坡华人进行的大肆杀戮，与“南京大屠杀”“巴丹大屠杀”并称南方军三大暴行。

③ 中国元代笔记小说，作者伊世珍。

④ 中国宋代文言小说总集。

演义》和《西游记》的故事。隐身和遁术是中国中世纪一些神秘人物的看家本领，我很难理解那些半神半人的绿林好汉是怎么做到的，但我不觉得郁是那种人，不断被人踢得阴囊肿大的他，不过是故意要气徐少校罢了。

在我看，这是一个奇怪的现象，郁就像牧草中的黑燕麦和紫花苜蓿，人们漫不经心地啃啮他，用他为蹄子上的疥癣擦痒，等他们吃饱擦够以后，就会在他身上拉屎，从他身上践踏而过，嘲笑他的渺小和卑贱。郁似乎接受了这样的命运，他被他的国家抛弃了，也被他的同胞抛弃了，我不知道他心里怎么想，但他显然一直在忍受。

我和我的两位伙计得到通知，战争期间滞留香港的美国侨民已经全部返回了家乡，很快就会轮到我们三个大兵了。

嘿，我要回家了！

我要郁替我做一件事，用一套英军军装从小日本手上换一套军服。我赢了好几套带佩章的联邦军军服，我希望郁替我换来的，最好是配全肩章和绯色胸章的昭和十三式陆军改正式，这套军装参加了中日战争、诺门罕战役[①]和太平洋战争，我要拥有一套作为纪念。我会把它慎重地放进行囊，带回家，让我那些没走出过西湾平原的短角牛兄弟好好欣赏一下。

我在操场上和郁谈这件事情的时候，郁心神不宁，不断往东边看。那是管理区方向，在一片黄桐和木棉后面，是那栋古老的中国南方四合院，院子的西北角竖着一栋奇怪的碉楼，它和D营一样，在峡谷森林中是个突兀的存在。

(GYB006－001－233) **被告郁漱石庭外供述记录：**

冬天是一剂有力道的肥料，让管理区北边那一大片仙湖苏铁和大叶黑桫椤生长得格外茂盛，像泛着白光的绿湖。随着冬天的一天天消失，冈崎需要思考的时候越来越多，从她越来越稀疏的说话欲望上能够看出，她的研究工作行走在沙漠上，她已不再是学术上的斯芬克斯，而是在怪兽前徘徊往复的路人。

这对我有好处。

研究者的情绪决定了研究工作的节奏，保持匿名、节制和中立，即使作为

---

① 1939年远东地区一场战役，战役双方为日军、伪满洲军和苏军、蒙古军。

研究工作的引导方也一样，这就使研究者不光成为研究活动的导演，也要成为研究工作的镜子，当导演面对镜子思考脚本的时候，作为演员的研究对象可以下楼散步。

在“她”开口和我说话以后，我一直没有获得再次进入碉楼的机会。冈崎的情绪时好时坏，她在冬天时离开了一个月，这期间，我回到营区，无法接近碉楼。直到一个月后，冈崎重新返回D营，很快我又获得一次去碉楼的机会。

我出现在三楼门口，斜横在脚边的影子遮挡住从飘窗外照射进屋内的阳光。她还在榻榻米上，盖着军毯，啃啮着手指，听见我上楼的脚步声，她没有动，也没有发出声响，只是转过青亮的光头，扭过脸默默看着我——也许不是看我，而是看我身后的某处地方，在我来之前，那里寄放着她的视线，这让我确信她大多时候没有离开过榻榻米，像一株生长缓慢的云杉。

我站在那儿。我们没有说话。我不知道我来这儿的目的，只能大致推测，我是她能够相处而不陷入弥死症状的人，她要我睡她，或者勒死她，两者皆可，以证明她是华人，我拒绝了，因为这个我措颜无地。我想到古老的阉割术，人们在进行阉割术之前，对那些孩子做过羞耻感的恐吓，现在我知道，无论人长到多大，都会受到阉割术的控制。

我站了一会儿，她从我身后收回视线，慢慢转过身去，面向火烧砖墙的那一边，一只胳膊耷拉在榻榻米上，一只胳膊垫在脸下，像一朵开倦了的女贞，睡了。

没有人注意我。甚至连她也不在意我是否走进或离开她的领地。她只是不断地啃噬着指甲，一刻也不停，十根手指全被啃破了皮，露出鲜嫩的红肉。我猜她憎恨一切突兀的事物，但她不得不接受并且习惯它们的侵入。

十几天后，我再度出现在碉楼。她躺在那儿，身体挺直，没有睁开眼睛，安静地呼吸着，大概在睡觉。但是，这一次我没有走。我在榻榻米前的地上坐下，开始说话。我不是对她说，而是自说自话。我说香港的事情，说那只被炸断一条腿的大丹犬和它保护着的小野猫，说那个在“以山”旅馆向我要手雷的害痨病姑娘——她和她一样，也很孱弱，香港的女孩都那么纤弱，但她们会煮味道很好的白水煮鱼，多么奇妙！

她纹丝不动，双眼紧闭，很难分辨她是醒着的还是没有，好像之前的力气已经耗尽，意识也丧失了，盖在她身上的毛毯又脏又皱，散发着一股臭味。我认为，她是世界上最容易犯困的人，后来我才明白过来，她不是犯困，而是在熬时间。

我觉得这样很好，睡着了，不用起来，不用睁开眼睛，她有用不完的时间，我也有，我们可以尽情地熬。我以后可以常来，每次来都和她说话，说我能想起来的事情，有关香港的事情，我想说的任何事情，她不用开口，只要听就行了。

奇迹出现在孟冬时节。一个阴雨后的下午，我去了碉楼，这次她起来了，没有在榻榻米上，居然站在窗前。也许是逆光造成了错觉，我看到的她不是整个的，不是一个成形的人，不是通常意义上人们认识的那种人；她就像一个不慎落入大海中正在融化的月亮，一缕被暴雨撕扯得将要消失的云彩，显得岌岌可危。我站在门口，不敢迈前一步，不敢走近她，只是小心翼翼地在背后看着她。我只能看，不能碰，甚至不能有强烈的呼吸，因为如果我那样做了，她很可能会粉碎掉。

“我给你带了点礼物。”我说，没敢走过去，低头看了看手里。

是一只煮熟的番薯。我在和室里拿的。相马说，它是很不错的水果。

她慢慢转过脸来看我，身体僵在那儿，没有动弹，目光中什么表情也看不出来。我尴尬，发现自己多余。墙角有一只小口袋，口袋上放着两只饭团和几只煮熟的土豆。她并不缺少食物，而且我从没见过她进食，客观上，她的食物有富余。

“很高兴你在这儿，”我结结巴巴地说，“我是说，你没有睡觉。”

不知意味着什么，她摇了摇头，离开窗户，走到东北边那个墙角，靠在那儿，慢慢往下滑，身体纠成一只球，缩定在旮旯角里，不动了。如果不是她变幻的眼神——现在它们像燧石一般坚决——我觉得她安静得就像一片阳光，不，一片阳光下不近情理的阴影。

“对不起，”我嗫嚅着说，“我很糟糕，无法帮助你。我是说，不是我不愿意帮，是帮不了……”

“嗰边嘅？”她视角朝上，看着我，朝西边方向努了努下颏。

我愣了一下，明白过来，拘谨地笑一下。“是的。”我说，“我是那边的。我是 131 号，姓郁，在管理区帮他们做事。就是那种，有人向我提问题，我回答，直到提问题的人满意为止。我每天说很多话，喝很多水，老是犯困……”

“嗰边点样啊?”她问，似乎对我是谁，说多少话，喝多少水不感兴趣。

我谨慎地走进屋里，借机偷偷地把番薯揣进口袋，走到窗边，从那里看出去。窗外的风景不错，可以看到北边连绵的峡谷和山峦，无数鸟儿、蝶和蛾子在丛林四周飞舞，一条亮晶晶的溪涧沿着森林间隙逶迤而来，在一片海栟果和石栗树后消失掉，现在我知道流经营区那条溪涧的来历了。战俘营区朝南的大部分区域看不到，北边部分恰好被岗楼和二道门附近几棵高大的南洋楹遮挡住，除了警备队驻地，从这个视角什么也看不到。

我转过身，学她的样子，靠着窗户慢慢向下滑，和她隔着四五步，蹲下。我向她描述战俘营区是什么样子，这个我很在行。我利用地板上的灰尘画出营区图形——喏，这是大门，这是东区，这是西区，中间隔着溪流，就是从你窗下流过这条，这儿，这儿，这儿，溪流上有三座桥，其实就是三块木板，陶窑离你很近，挨着浴场，战俘医院在南边，过去一点是战俘管理区，我常在那儿干些事，再过去，厨房和仓库，往上是操场，我住这儿，喏，西区 9 号，岗楼挡住了，看不见。

她保持着缩住的样子，盯住我的手，手指下的图形越来越复杂。她目光直直的，不移开，脸上的情绪越来越复杂。我手指很脏，关键是很快就没有什么再值得我画的了。我遗憾地结束营区描述，换个话题，给她讲战俘营里关着一些什么人。老曹、孖仔、钟上校、肖子武，美国人亚伦，英国人德顿、摩尔上校，加拿大医生纳什和哈珀神父。这个我更在行，反正 D 营人多，如果她想听，我能说十天十夜。

她看着我，好像我是一个新奇事物，不像来来去去的阳光和紫藤叶，需要判断一下。至于我说的内容她是否听进去了，这个我说不好。

“我得走了，”我看窗外的夕阳，攀着窗台起身，“他们找不到我就麻烦了。”

“邝嘉欣。”她说，这次换了国语，有点拿不准的神情，“日子太长了。”

“嗯?”

有一刻，我没有明白。后来我明白了，她说她叫邝嘉欣，这是她的姓名，就像我叫郁漱石，风叫风，月光叫月光一样，我们是不同的生命，但我们都有姓名。她说“日子太长了”，是说很长时间没有和人说过话了。实际上，她总在睡觉，不说话，事情就是这样。

我点点头，表示同意她的话。我也不知道我同意什么，反正我同意。我告诉她，我很高兴。我是指，她和我说话了，我为这个高兴。然后，我慢慢走向门口，害怕惊动她，脚步放得很轻，在门口回头看了她一眼。她没有看我，仍然缩在墙角里，目光在地板上那幅凌乱的营区图上。

以后的日子，我变本加厉，只要获得下楼机会，院子里没人，就匆匆穿过庭院出后门，去碉楼看望她。我每次去碉楼都能见到那只野猫。我现在知道，它是一只母猫。有时候它在碉楼里，有时候在碉楼外某个地方。它眼睛贼亮，皮毛结实，对人丝毫不卑躬屈膝，我老觉得它身上有一种不善的味道。进入4月后，热带风暴不断袭击大地，雨水浸淫，有一次，我看见它从碉楼旁的排水沟里爬出来，浑身湿漉漉的，一瘸一拐，像是受了伤。我冒着雨水朝它跑去。它在雨点击打起的水花中匍匐着后退，冲我低声咻咻。它真没必要，我只是想帮助它，替它找个避风处。

她通常会待在榻榻米上，身上盖着皱巴巴的毛毯。如果是靠在墙上，她会不断把毛毯拉扯平整，整理毛毯和她自己。她的坐姿有点奇怪，两腿并拢，膝盖略略内阖，一只手伸在嘴里啃啮，一只手在膝盖上合拢，好像那是两道闸口，她需要关紧它们，永远不打开。

现在我可以多一些时间打量她了。她不是那种一眼看上去很漂亮的少女。她有一张瘦削细腻的脸蛋，眼睛细长，骨骼纤瘦，更多时候姿色是隐匿的。她的头皮很脏，可能很长时间没有洗过，阳光从那里经过时，总是忍不住跳跃一下，这样就像是在提示人们，那里曾经有一头柔滑的青丝。

我断断续续知道了一些她的情况。

她爸爸是师爷，在皇家海军俱乐部当传译，妈妈是主的仆人，在马利诺修道院当工人。她是圣保罗女书院学生，她的校长胡素贞是著名的女勋爵，香港女童军的创立者和香港女青年会的主席，因为这个原因，入校后她加入了女童军。战争爆发那天，她和同学安娜两人走失了，她懵里懵懂走进圣约翰救伤队总部，就那样，她加入了圣约翰救伤队，是圣约翰救伤队新队员。

安娜是北平人，中国姓名叫陈香梅，她俩同年，战争爆发那一年都是16岁。安娜的父亲是教授，外祖父是外交官，当过驻朝鲜总领事、古巴公使、智利公使馆代办兼巴拿马公使，舅舅廖承志是中共驻香港总代表。七·七事变后，安娜随家里迁来香港，在圣保罗书院做寄读生，她俩成了形影不离的好朋友。

12月8日早上，日机轰炸香港，正在上课的学生惊慌地跑出教室，广播很快通知不是防空演习，日军进攻了香港。老师指挥学生们进防空洞，她本来也去了，安娜惦记家里人，要赶回家去。她觉得也对，她也惦记爸爸妈妈，于是和另两位同学一起，四个人稀里糊涂出了中环半山区麦当劳道三十三号的学校。一出学校，大家就在纷纷往防空洞里抢的人群中走散了，她稀里糊涂走进与学校一墙之隔的圣约翰救护队总部。

他们家不是英籍，完全不用参加战争，她因走失，在战争爆发当天加入救伤队，和几名队员一起，分到筲箕湾慈幼会战地医院，在那里照顾伤兵。24日，一群日军冲进医院，杀死了两名军医和她的一位男同学，十多名英军伤员被刺刀捅死。她害怕极了，趁乱逃出医院，匆匆结束16天的救伤队员生涯，在一个救难点躲藏起来。两天后，战争结束，她遇到好心人，搭乘一艘夜里偷渡维海的船返回九龙，千辛万苦赶到马利诺修道院，打算投入妈妈的怀抱。没想到，修道院已经被日军征用，神父们都被日军关了起来，她妈妈和修道院里所有女性都被日军带走了，她在那儿落入日军手中。

也许觉得这样更好，她不再用方言，而是使用国语，说起这些，她缩在靠窗的旮旯角里，眼睛里溢满痛楚。我朝她移过去，在她身边坐下。她窸窸窣窣挪动，给我让出一点位置，脸靠过来，在我肩头迷失掉。她的光头顶住我的脸，手指碰到我的手肘，从那里麂皮般柔滑姣美地滑过。我现在才知道，我以为她总在睡觉，我错了，她不想回到榻榻米上，那里留下了太多的耻辱。

“接触不到华人，忘了自己是谁。”她在我的臂弯中喃喃地说，像是入睡前的祷告词，然后毫无征兆地睡着了。

我一动不动地靠墙坐着，一串紫藤被风吹进窗户，喇叭杯状的花萼悬挂在空中，像一些不会作响的风铎，不断晃动着。过了一会儿，我才去想她刚才说的是什么，脑子里轰然一响，眼泪涌了出来。我就像一个无耻的孩子，胳膊弯里承担着她肮脏的光头，无声地哭着，满脸都是肮脏羞耻的泪水。

接下去的几天，我无法集中精力工作，人在和室，脑子里全是她。她坐在圣保罗书院课堂上，用英文背诵《感恩的心》；她躺在榻榻米上，像一只被无数劣童扯掉头发、玩弄得支离破碎的布娃娃；这就是她在我脑子里的两个形象。

“嗳，这么说倒也是，运用防御机制是士兵在战场上的常见行为，遭到攻击一方表现出下意识的拒绝，表明自我的严重和持续减弱，由此逃避真实应对。”经过数日思考，冈崎决定接受我提到的士兵在战争中最重要的感知——恐惧，她打算调整计划，从这里入手，为此特别提到多年前在香港逗留过一段时间并且在中国拥有广泛读者的爱尔兰作家萧伯纳，“我记得他说过一句话，恐惧会驱使人们走向任何一个极端，然而，一个卓越的人物所产生的恐惧，却是一个难以解开的谜。那么，我们从这里开始喽，可以的？”

“作为我什么都无所谓，随便好了。”

“战斗情况恶化时，遭到攻击的一方需要对实际状况进行歪曲，保护不受焦虑侵袭，成为典型的内部和外部不愉快的反映，由此伤害了战斗力的有效功能，是这样吧？”

“哪里，不止遭到攻击的一方哦。”

“可以吗？”

“征服与被征服不是天生，之前恐惧就存在，会在不同人群中传播，即使是攻击和得胜的一方。”我回忆三年前的那些场面，“在金山防线，用军刀劈死鲍斯威尔上尉那位第 229 联队的分队长，被子弹击中仰天倒下时狰狞的脸。还有，在北角电厂，被子弹掀掉半爿脑袋的第 228 联队上等兵，被我询问登陆者数量时紧张的眼神。那些时候，我本人都亲眼看到了深深的恐惧。”

“作为大东亚解放者的日本士兵，和民族主义者的重庆军士兵，两方面有同样的恐惧，这样说难道不是在撒谎吗？”冈崎停下削着的铅笔，镀铬刀片捏在象牙色的修长手指里，“说到电厂，由于遭到印度人和防卫兵团抵抗，第 230 联队的两个大队改变进攻路线，由向西进入铜锣湾改为向南进入金督驰马径，误入黄泥涌峡谷，被英军包围。原计划攻击市区的第 228 联队打败北角电厂防卫兵团后接到增援峡谷命令，推进至礼顿山一带，同样遇到强烈阻碍。两支部队并没有传播所谓恐惧，不是成功地摧毁了英军西旅指挥部吗？”

我惊讶。原来，误入黄泥涌峡谷的两支日军是因为在电厂受阻才改变了作战计划，而我在前后两个阵地均与他们作过战，从某种角度说，我参与了制造自己和西旅厄运的战斗，这是什么样的命运啊！

我们说这些话的时候，两个人站在廊屋。我懊恼着，看见佐佐木美奈埋着脑袋，脚步很快地从东边日军小队营地朝这边走来，没有注意到围屋楼上有人在看她。

“郁先生不会说，佐佐木雇员也是因为恐惧，才这样行色匆匆的吧？”冈崎顺着我的视线向楼下看了一眼，收回视线看我，目光耐人寻味。

“听说，佐佐木姑娘是主动要求到战俘营工作的。”我努力把不断走开的思路拉回这间屋子，“出生在山田县的她不喜欢别人提到自己的琉球祖先，试图用灵魂和肉体证明自己更像大和民族，这样分明的谎言，难道不是因为认同恐惧造成的?”

“妇女政治地位低下，你说的大概是这个。”冈崎不动声色地说。“只有8000万人口的日本，却要和4.5亿中国人作战，不，还有4.4亿英联邦人和1.3亿美国人。”冈崎离开廊屋，回到房间里，“超过一半年轻男人被派往海外征战，国内已经没有多少年轻男人了，妇女们在家里种田、开矿、修铁路、教育孩子，在工厂里夜以继日地制造兵器，为她们的儿子、丈夫、兄弟和恋人提供武器，和十倍于自己的敌人作战，这是一项多么浩大的工作！可是，就算这样，她们不会采取吕西斯特拉忒①的办法，为了让男人停止战争，拒绝和丈夫过性生活。作为母亲、妻子和女儿，当男人忠诚于天皇走上战场，她们把一切都奉献出来，为勇敢的男人提供枪炮、火药和自己的身体，包括佐佐木这样的非大和裔妇女。佐佐木姑娘的确可能会为家族起源这种事情苦恼，但她不愿意把视为同胞的男人抛弃在荒凉的原始森林中，在这里，她能目睹作为胜利者的自豪，用身体慰藉兄弟们孤独的灵魂，从而欢乐地解决身世苦恼问题，丝毫看不见恐惧，是勇敢的女性啊!”

“如此混乱的观点，只是冈崎学者自己的看法吧。”我恶毒地说，看着佐佐木美奈消失在围屋楼下。

“是吗?”冈崎情绪变幻莫测，这个时候却很平和，“要说，气恼也情有可原，你们国家的历史上从来没有出现过这种事情，前往海外战场服务的女子并非都是吉原游廓的游女②，很多是有家庭的女人和学校的学生，用纯洁的身体温暖和抚慰在海外作战的父兄，用销魂的微笑为天皇作战，话说，这就是她们单纯的想法呀。”

这是什么样的天皇，什么样的族群?我恍惚看着廊屋外树叶投下的光影，陷入深深的苦恼。

“那么，你的情况又如何呢?”冈崎突然在我身后发问，“在碉楼里进进出

---

① 古希腊戏剧家阿里斯托芬喜剧《吕西斯特拉忒》中的人物。

② 妓女。1605年幕府批准开设官妓，在吉原一带建立游廓，故有此称谓。

出，那里有什么让你失魂落魄，总不至于见到了亡魂似的东西，不至于吧？”

我如雷轰顶，没有回头，却感到发问者此刻正像响尾蛇角质环轻微而威胁地抖动着，扬起她修长的脖颈。

“大致总有几次，急匆匆离开，走进北边的碉楼，以为没有人注意，连地形侦察科目都忘到脑后，完全不是合格士兵的做法，还说什么恐惧的话。”冈崎走到我背后，冷冷地说，“这样的事情，不会要我用起请纸[①]写下请求吧？”

我突然感到，我其实在等待这句话。在此之前，我知道我不是命运的重点，不是想坠落就九天直下的雨滴，想作孽就漫天起舞的邪风，过往的一切耻辱都证明了我不过是一个小丑，我决定顺从命运，不再抗争，让头脑驽钝，思维消失，行动减至最低，任何下场我都接受，可命运却仍然不肯放开我。不管冈崎怎么认为，恐惧是古老的人性，向命运的强权臣服也是。可是，“她”的出现激怒了我。罪恶堆积如山，碉楼不过是无数罪恶中的一个，我自己的卑劣才是压垮我的最后一片草叶，乞求活下去的愿望比罪恶更卑鄙。我突然有了一种放肆的强烈愿望，还能怎么样？我已经死过两次，一次在大潭水塘，替我去死的是缪和女和小组另四位成员，一次在D营，替我去死的是李明渊，死神光顾了两次，就没有什么可担心的了。

“‘用纯洁的身体来温暖和抚慰在海外作战的父兄’，冈崎学者是这么说的。”我再也顾不上什么，转身面对拉门里的冈崎，“可是，这样说正是残酷战争最大的谎言！”

冈崎扬了扬眉毛，目光罩着我，等待我继续说下去。

“冈崎学者说的那些父兄，他们是什么样的父兄？”我浑身颤抖，“因为茫然和害怕变得愤怒和仇恨，因为愤怒和仇恨变成野兽！”

我一定中了魔，一定疯了。我告诉冈崎碉楼里发生的事情——那里关押着一位她的“父兄”掳来的少女，他们称之为大东亚共荣圈的姐妹和女儿，她被安置在碉楼，而不是警备队驻地背后的慰安所，是因为她被分配给军官。如果可以这么说的话，军官们对她非常客气，甚至可以称作礼貌，他们排着队走向她，向她鞠躬。“拜托了。”他们说，然后把因为吃多了马鲛鱼而油腻的脸紧贴在她脸上，姿势僵硬，没有欢娱，只有动物的宣泄，也许有个别变态者会在做不到，或者想起母亲的时候哭泣着扇她的脸、咬她的乳房、掐她的脖颈，但不

① 日本一种专门书写神圣事件的纸。

是每一个侵入者都这样，因为她从不反抗，还因为他们从她的脸上看不到任何令他们不安的神情，她把内心巨大的恐惧深深地隐藏起来了。

我无法描述我的感受，作为人，我缺乏这个能力。

“你想说军官的动物性，是这个吗？”冈崎因为我的失控皱了皱眉头，“我去碉楼里看过邝姑娘一次，和她交谈过。”

“你知道她？”我困惑地看冈崎。

“别忘了，我是研究者。我还可以告诉你，她为什么会被留在那里。”冈崎说，“正如你说的，她不像其他征用者，在和军官们发生关系时脸孔扭曲，牙齿咯咯作响，眼里喷射怒火。她和别的女人不同，有罕见的平静，不是靠身体，而是靠缓和军官们惊慌的分裂人格，让交媾中的军官快速安静下来，对生命产生怀想，因此没有遭到粗暴的军人拳脚。”

“那么，冈崎学者能不能告诉我，有谁关心平静者的恐惧和耻辱？”我不敢相信冈崎的说法，事情怎么会这样，怎么会从一位女性那里听到如此冷静地分析？

“这个嘛，在奥古斯都[①]时代，男人喜欢身体没有发育成熟的稚妓，在东方战场上，邝姑娘却是另一个奇迹，嗯，怎么说呢，安慰军人脆弱内心的母亲和姐妹吧。再怎么说，不能指望军人只参加一次战斗，那样无法安顿他们恶劣的好斗性。”

“奉献的母亲，受辱的母亲，变态军人的母亲，学者想说这个吗？”我被冈崎毫无廉耻的说法气糊涂了，“她根本就不是母亲！她是孩子，是母亲的孩子！她连脚趾都是孩子的脚趾，你的父兄却把她当作发泄和盛载肮脏私欲的容器！”

“你颤抖得厉害，”冈崎朝一边的椅子看了一眼，“为什么不坐下来？”

“是的，我在颤抖，在听过下面的话之后，学者你也会发抖！”我知道自己彻底垮掉了，没有人能拯救我，没有人能拯救这个罪恶昭彰的世界，“学者的父兄在结束为缓和惊慌的分裂人格而进行的交媾之后，必须帮助她完成一件事情。她动弹不了，她必须做到你说的那种罕见的平静，她把所有的力气都用在平静上了，黎明来临之前，她会像死人似的一动不动。学者的父兄不会让她死，他们需要她，因此，他们必须用力挤压她的下腹，帮助她排出污物，让她不至于

---

① 盖维斯·屋大维·奥古斯都（Gaius Octavius Augustus，前 63 年一前 14 年），罗马帝国首位君主。

快速烂掉！冈崎学者，这就是你的父兄需要的安慰，他们怎么形容这件事？卫生处理，是这个词，对吗?!”

我像一片风中枯叶似的颤抖着，泪水不是从眼睑，而是从嘴巴里、鼻孔里、耳道里往外涌。我突然有一种想要杀人的强烈欲望。我盯着冈崎的脸，努力抑制着朝她扑过去的念头。

冈崎靠在圈椅旁，瘦削的背部挂住椅背的一角，她扬了扬眉毛，想说什么，但没说。有一阵，房间里很安静，能听见围屋外的草地上有人走动，皮革划过草叶的沙沙声。然后，她开口了，声音相当平静。

“我三哥哥的未婚妻，她和加代子一样，和邝姑娘一样，也是女子学校的学生，打算一毕业，就和我三哥哥结婚。”她的神色同样的平静，“11个月前，她去了马尼拉，和你的孩子——你是这么说的，你叫她孩子，对吗？她们做着同样一件事情。”

我沉默了。或者不如说，我被冈崎说出来的事情震惊了。訇然一声窗响，风掀开窗帘闯进屋里，四处踅摸，像是在寻找深藏在人意志中的某个邪恶理由。

“日本有多少天皇？”我知道自己在迅速坍塌掉，就像一堵崩溃的海岸，不可能再回到峭壁上去，最终将化为粉尘，但我已经无法阻止住自己，“人们身上有多少懦弱？什么都有底线，唯有恐惧和对神权的顺从没有，如果屈服了，所有人都是天皇，都会成为天皇身边的游魂，对吗？”

“你想说什么？”冈崎冷冷地看着我。

“我想说，冈崎学者自己呢？”我恶毒地问，“如果天皇要求，学者也会做那样的事情吗？”

我问过那句话以后，胃里一阵强烈的痉挛，没忍住，冲到廊屋外，在那里大口呕吐出来。

一只褐色背羽的灰林鸮突然“咯喔咯”地叫了一声，从屋顶的某处坠落下来，掠过我面前斜刺里飞过去。

二十二

法庭外调查：那一刻我相信，我们如同至亲骨肉，可以在彼此的眸子中看到自己过去的样子

（GYB006－001－234）被告郁漱石庭外供述记录：

因为当面恶毒攻击和污辱冈崎学者，我在冈崎小组里的工作被取消了。

奉命赶来的矢尺把我带出和室，我面如死灰地从冈崎面前走过，她在身后用一种遗憾而厌恶的目光看着我。

“喂，你小子怎么想的，太猖狂了吧，人要变成这样无耻就没救了!”

矢尺说过那句话以后，把我痛痛快快揍了一顿，揍完直接关进重营仓。

酸枝木制作的囚室潮湿恶臭，高无法站立，长不能躺下，我像一摊烂泥蜷缩在里面，也许脏腑被矢尺打坏了，后背疼痛钻心。一些不知名的虫子嗅到血腥味，军队一样冲锋而来，欣喜地钻进衣裳咬我，吸我的血，到了夜里，蜈蚣爬出来，狠狠蜇我的脚趾，我的腿和脸肿得厉害。但这次不同，这一切并非难以忍耐，比起管理区北边那座碉楼，死囚牢算得上天堂。

“兄弟，这样可不行。”阿朗结衣两次送来杂菜汤，我都没动，他很难过，觉得我没必要认死理，“你不该和日本人斗，你斗不过他们。现在你就算吃掉双份食物也很难活出去，死期到了，你至少得迈过灵魂桥[①]吧。”

我没有力气和阿朗结衣说话，对于我这种活得没有尊严，不受祖灵祝福的人，结果都一样，他不用劝我。

---

① 也称彩虹桥，泰雅族死亡信仰。

第一天和第二天，我大多数时候在臭气熏天的囚室中昏睡，连姿势都没改变。老曹来过一次，然后是纳什医生。老曹偷偷把一小包盐和一小包药片塞到我口袋里，纳什医生严肃劝我放弃愚蠢的绝食，他命令我振作起来，活着走出囚牢。我不想和任何人说话，他们应该去操心别的要死的战俘，还有，如果他们能用镜子照照自己，他们也应该操心一下愚蠢的自己。

不知道何时，我被人从昏睡中摇醒，囚牢外站着一脸不高兴的矢尺。

“你这家伙，竟然有心情呼呼大睡，禁食什么的，那可不行，当心我生气哦。”

矢尺让两个战俘看守把我从囚室里拖出来，捏着鼻子给我灌下一碗菜汤。我被菜汤呛着了，它的味道令我憎恶，没等矢尺离开，我就用手指抠出了胃里的菜汁。

“喂，一点礼貌都不懂，这可不成啊!”矢尺用力给了我一耳光，把我从地上拖起来，给了我第二下，然后用靴子把我踩进呕吐物里，回头呵斥战俘看守，“说你们呢，居然傻瓜一样站在那儿，看热闹也得有点分寸，再去弄点汤来，多弄两碗!”

战俘看守跑去隔壁伙房重新弄来两碗菜汤，两个人把我架住，一个用木棍撬开我的嘴，另一个为我灌下菜汤。这次他们做得很彻底，灌完把我塞回囚牢，两只手拴在木栅栏上，让我无法再把手指塞进嘴里。

“真替你难过，这样不介意?”矢尺巨大的下颏凑近栅栏，一副关心的样子，“可惜 131 号你不能死，我会让人每天帮助你进食，你就别想继续做恶棍了。”

我没有力气反抗，很快晕死过去。就是说，我决定去死，但还没有拿到死的权利。这没关系，我越来越有耐心，我会做到的。

再一次醒来，月亮已过中天，月色像一瓢薄水泼入囚室。全身的骨头散了架，后背隐痛阵阵，我无法挪动。看守提着马灯从囚室外走过好几次，脸在黑暗中，看不清是谁，从光着的脑袋上判断，不是印度人。他又经过囚室，站下，像是想去小解，四下里看了看，马灯放在地上，走开了。

我感觉死神在很近的地方，躲在什么后面偷偷冲我窃笑，就是不来找我，可见死神也不像传说中那么严肃，工作时也会找点乐子。我等不及，又昏睡过去。再睁眼时，马灯依然亮着，光晕下有什么吸引了我。是一些南方丛林中的黑头蚂蚁，差不多几千只，在几只亢奋地弹动着触须的头目指挥下，排着规律的队伍，围着灯光转圈，像是在跳一种神秘舞蹈。我没有力气移动目光，只能看，渐渐看出，由群舞组成的复杂蚁阵不断变幻出一些文字——商文、籀文、金文、小篆、隶文、正楷、西夏文、假名、喃字、谚文……

我努力调整身子，透过栅栏继续看那些文字，终于看清楚了，那个舞蹈着的蚁群在灯光下组成了三个方块字：坚持住。

森林真是奇怪，无时不呈现出它的魔力，大概在其他地方，许多彻夜不眠的动物和植物也在玩着这样的游戏吧。我这么想，很快又昏睡过去，再醒来时，天已大亮，监禁区背后的操场上传来早操点名声。想起那些舞蹈着的蚂蚁，我困难地扭头去看，它们不见了，那片曾经热闹过的舞台，大幕拉上，一个演员也没有留下。

我心里突然一阵悸动。那是我曾经期待过的，它在我决定放弃之后发生了——人们没有抛弃我，他们在暗中鼓励我！我激动地挪动脑袋，尽量靠近栅栏，想看清外面的看守是谁，可是，直到换岗，看守再也没有出现在监禁区前。

只有一件事情我不明白，怎么能够做到让那些黑头蚂蚁来为我舞蹈？

第四天，记不清多少次的昏睡后，我被战俘看守拖出囚室。

我拉在裤子里了，浑身臊臭，矢尺厌恶不已，向看守示意，他们架着我通过战俘管理区，去溪涧边的露天浴场，连头带脚，用冰冷的凉水冲洗了一遍。游击队的人在营区收集垃圾，他们停下来，用复杂的目光默默地看着我。孖仔想过来，被他的某个哥哥拉住。

我被落汤鸡似的架着，通过管理区的二道门。我试图向在那儿站岗的郑子民露出微笑，可惜没能做到。

一辆摩托车停在管理区前，饭岛要人带着几名军官站在车旁。我被拖过管理区前的草地，像只肮脏的布袋子似的丢在摩托车前。

冈崎小姬穿着军装，坐在摩托车边斗中，目光从压得很低的略帽下冷冷地投过来，看了我一眼，示意坂谷留开车。车轮擦着我的头皮过去，碾过草地，向海边的方向驶去，排气管吐出的废气呛得我咳了好一阵。

饭岛看了我一眼，厌恶地走开，其他军官也离开了，剩下桐山旗上传译官。

我浑身湿透，因为寒冷打着摆子，人像散了架，糟糕的是，被人拖了这么远，早已开帮的皮鞋不堪折磨，一只鞋舌彻底断掉，一只掉在来时的草地上。我从草地上爬起来，摇晃着去找鞋子，没走两步就瘫坐在地上。

桐山向朝草地走去，拾起鞋，走回我身边，递给我鞋。他的眼睛是浅色的，有一层雾，让人看不清。

“添……麻烦了……”我说，心疼地收拾鞋。

“辛苦了。”桐山耐心地站在那儿，“休息一下，有话要说。”

我点点头，眩晕得厉害。不过，我没让桐山等多久，深深呼吸了一阵，压抑住胃里泛起的恶心，把两只鞋子系在一起，挂在脖子上，从草地上爬起来。

桐山把我带回围屋二楼那间和室，拿来一套干净衣裳让我换上。一会儿工夫，朴八佬提来食盒放在桌上，是份丰富的大餐：一碗茶渍饭，米粒雪白，茶叶还透着未曾消尽的绿色，一碗面豉汤，大酱的浓香味让人心里发慌，汤里的豆腐和海带足够十个人举行一场豪华筵席。我被眼前的一切弄糊涂了，抬头看桐山。我在想，也许好心的传译官可以再让人端来一碗浇着厚厚盖头的牛丼，那种带着丰富汤汁的牛肉饭，那样我就没有什么遗憾了。

“请别客气，尽管享用。”桐山让我随意，“这些还中意？”

“啊，谢谢了，没有添麻烦吧？”

“这个无须担心，以后如何办交给你，但最好还是振作起来。”桐山竟然向我略略施礼，然后传达了饭岛的指示，“你可以在规定时间和那个女人见面，话虽这么说，不能把她的存在告诉任何人，那样的话，你和她会被执行枪决。”

“为什么？”我困惑地看桐山。

“触犯了营规，本来该枪毙，反而得到额外允许，是问这个吗？”桐山想了想，“我也好奇，可惜指挥官没有告诉我。推测的话，俘虏情报局方面不肯宣布研究科目失败，大概是这样吧。”

“刚才说，可以在规定时间见面，指的是什么？”

“呃，这个嘛，指挥官没有说，我不能随意理解，不过，既然说了可以见面，就没有什么关系了吧。”

我点点头，撑着椅子靠背，慢慢站起来。

“喂，”桐山用同情的目光拦住我，“战争不会一直打下去，总有一天会结束，要忍耐呀，别再做傻瓜的事，就算窝囊废那样活着，也比白白死去强，可以吗？”

“啊，打搅了。”我向桐山弯腰致谢。

我像傻瓜一样，居然没有明白放在叠席上的那套干净衣裳是属于我的，我可以换上它，那顿美食是属于我的，我可以吃掉它。我向它们投去恋恋不舍的一瞥，脖子上吊着臊臭的鞋子，摇摇晃晃走出房间，扶着墙下了楼，没有理会大门前的哨兵，从站在庭院里的朴八佬身边走过。我的肩膀碰着来不及躲避的他，一定弄脏了他干净的军装。

我走几步，停一下，喘口气，再走几步，再停下来，不知用了多少时间才走到碉楼。爬上三楼的过程，我应该死去了三次。鞋子太重，我把它们留在楼下了。人在溪涧里冲过，衣裳没有那么臭了，我没脱。

她裹着凌乱的床单，脸朝下趴在榻榻米上，一只胳膊耷拉在一旁，小腿僵硬，孩子般的脚趾，弥漫出饱经蹂躏的麻木和玷污，看上去像一堆分辨不清的烂布，一动不动地昏睡着。

我撑着快要散架的身体，过去打开窗户。清新的空气涌入屋内，我注意到那片紫藤的嫩叶，它不见了。阳光也不见了，它在另一个地方，还没有照射进来。

我在榻榻米旁坐下，够过身子，把她耷拉在榻榻米边的胳膊拿起来，啃啮得光秃秃的手塞到她脸下。她动了动。也许我不该那么做，那样会惊动她，让她害怕。我离开榻榻米，朝窗边爬去，人太虚脱，身子一软，滚倒在地板上，失去了知觉。

不知过了多久，我从晕厥中醒来，听见鸟叫声，就在不远处，窗台上。光线刺眼，我睁了几次才睁开眼，她在那儿，在我身边，床单裹在身上，露出珍珠质地的稚嫩肩膀。我想挣扎起来，没能做到。她示意我不用动，就那么躺着。她转身朝榻榻米爬去，从那里拽过一件衬衣朝我爬回来，把衬衣垫在我头下。

"不……"我说。

"干净的。"她说。

"不。"这回我说清楚了。

"是我的。"她坚持。

她看着我，岭南人特有的黑眼睛里有一种气息衰竭的神色，呼吸中有一种苦涩的植物味道。我不知道她是怎么了解发生的这一切，我有几天没来，再来时成这个样子。也许她不用知道，但她好像什么都知道，她看了一会儿我，俯下身子，裹在身上的被单掉落下一截，大米色的皮肤透出一丝食物的光泽，她就像一只刚刚发育成熟的鸽子，轻轻在我脖颈上吻了一下，那个地方传来一丝沁凉。

我流泪了。是的，我流泪了。我知道那意味着什么。她没有帮我换去又脏又臭的湿衣裳，只是拿来一件干净衬衣替我垫头。她把我看作另一个她，一个生活在魔鬼当中的坏孩子，一个想要变成鸟儿飞走的着急孩子，不用在意肮脏的脸颊和淋湿的翅膀。在不计其数的奸淫中，她从没使用过清凉的鸽子喙，现在她用鸟儿的方式和我打招呼，告诉我，我们是一样的生命。

我很快睡着了。醒来的时候，窗外的阳光已经偏西。我发现我睡在她怀里，她呢，搂着我的头，坐在地板上，靠在窗边的墙上，也睡着了。她孱弱，不可能做得更多，这样就够了。我知道我得到的机会并不是无限的多，要想守住她，就得接受耻辱和适应，时间到了，我得离开。

我从她怀里挣出来，摇晃着站起来，离开三楼。她醒过来，靠在那里没有动，目光追随着我，一句话也没说。

我下楼，在楼下找到鞋子，重新挂回脖子上。那只有着蜜蜡色眼睛的野猫从外面进来，快速绕过我，跳上楼梯，在拐角处站下，回头警觉地看我。

我走出碉楼，在屋檐下摔了一跤，在管理区前的草地上又摔了一跤。我摇摇晃晃回到营区，径直去了溪涧。这次不用谁摁我，我在那里把自己脱光，躺进三尺宽的冰冷的溪涧里，好好地洗了个澡，因为力气不够，中途停下来几次，等确认能够举起水瓢后，再继续。然后，我开始洗衣裳和鞋子，再穿上洗干净的衣裳和裤子，从溪涧中爬起来，摇摇晃晃走进西区 9 号营舍，水淋淋倒在床上，立刻睡着了。

不知道睡了多久，也许一夜，也许再加上一天，或者更长。再次醒来时是白天，营房里的伙计们都在，他们在我昏睡时替我换下湿衣裳。他们纷纷问候我，直到晚饭开伙时才一个个离开。

邦邦留在最后，他把一个行囊交给我，告诉我，是亚伦留给我的。

“美国人走了，昨天下午走的，他想等你回来，没等到。”邦邦脸上什么表情也没有地说，“纳什先生和曹医官来过，你一直在睡。”

是吗？昨天下午我在东边那座孤零零的碉楼上，在一只鸟儿的怀抱里昏睡。可是，太好了，亚伦他终于摆脱了 D 营，终于回家了！我替我的兄弟感到高兴，替他生活在一个一直没有放弃拯救他的国家感到高兴。

“汪精卫死在日本了。”邦邦朝营舍外面看了一眼，语速很快地说，“你们的政府发起了十万知识青年从军运动，你们的军队在缅甸连续攻击日本人，他们不再像去年那么狼狈，开始取得胜利。”

“是吗?”

“你的国家在野党正在努力结束国民党独裁历史，成立联合政府，这是真主送给你的礼物。”

“你呢?”我微笑着看邦邦，“真主送了你什么?”

“美国人在莱特岛登陆了，知道吗，那是人类从没有过的海战。”菲律宾人焦糖色皮肤在黄昏的光线下十分耀眼，“那些不相信真主的魔鬼损失了 3 艘战列舰、4 艘航空母舰、7 艘潜水艇、10 艘巡洋舰、11 艘驱逐舰、288 架飞机，菲律宾快要解放了……”邦邦突然停下来，朝门外飞速看了一眼，“有人来找你了。”

10 分钟以后，我被 682 号带到东区 6 号宿舍，徐才芳在那里等着我。

“谢谢。”一走进营房我就由衷地说。

徐才芳捏着一根针，针鼻子上拴着线，在缝他那条缝过一百次的裤子。他不明白地看着我，眼神里露出一丝狐疑。

“谢谢你们，我坚持住了。”我疲惫未消地说，心里充满了卑贱的感激。

“出了什么事?”徐才芳对我的暗示没接茬，朝 682 号看了一眼，后者唯唯诺诺地退出营房，“鬼子为什么要这样对待你？发生了什么?”

“违反规定，擅自离开他们的视线，并且侮辱了他们。”我以为他没听明白，再次提醒他，“我坚持了，坚持住了，没再抠嗓子把菜汤呕吐掉。”

“为什么要离开他们的视线？干吗侮辱他们?”徐才芳盯着我。

“因为，”我有点困惑，感觉到有什么事情不对，“院子里有两株绿薄荷，我想去把它们采来。”

“就为这个？你太轻率了，完全不值得。”徐才芳明白了，低下头熟练地缝了两针，想到什么，又抬起头，“你刚才谢谢谁？你要坚持什么?”

“没什么。”我知道，事情弄错了。

“能从重营仓活着出来是运气，你先休息一下，身体养好了再向我详细汇报。”

我起身离开，在门口站住，回头看着徐才芳。

“从现在开始，没有什么汇报了，也不要再问我任何事情。”我平静地说，“我愿意说的，会主动告诉你们，不愿意说的，我不会再开口，你们问也没用。”

我走出东区 6 号营房，返回西区。经过溪涧上小桥的时候，我站下了，朝伙房前那片空地看去。人们正在领取晚上的食物，伙房前人头攒动，看不清谁是谁。我在想那个井然有序舞蹈着的蚁群，它们也是蚁头攒动吧，可它们却在黑暗中形成了复杂的文字——商文、籀文、金文、小篆、隶文、正楷、西夏文、假名、喃字和谚文。我想，稍晚些时候，在靠近铁丝网的排水沟旁，一定会出现一个叼着泥烟斗的中年人，他和他的兄弟们蹴在地上，饶有兴趣地把食物一点点填进嘴里，如果有足够的视野，比如能飞上天空，从高处往下看，也许就能看清一些什么。

我走过溪水汩汩的小桥，向西区 9 号营舍走去。

（GYZ006—004—015）**证人奥布里·亚伦·麦肯锡法庭外调查记录：**

我比华莱士[①]晚几个月回到美国。

副总统飞往中国去做重庆和延安的统战工作，我回到得州牧场修复我糟糕的身体和被战争耽搁了的亲情。

我还比那些在诺曼底和塞班岛登陆的伙计们晚了几个月登上码头。他们在欧洲开辟了第二战场，正在痛揍德国鬼子，在太平洋收复失地，消灭日本海军。这些事情不用我去干，让我的老乡戴维[②]去干吧。我在香港和一些从上海来的交换人员会合，在海上漂荡了 26 天，在马普托[③]和南美来的日本战俘做了交换，在大西洋上又漂荡了 28 天，然后跳上佛朗西斯科码头，急不可耐地回到艾克斯敦镇，去爱我的家人。

妈妈、两个姐姐和她们的家人、牧场上那几只狗在州界公路上等着我，他们抱着大捧蓝色和红色的矢车菊。我背着行囊跳下车，张开双臂挨个儿拥抱和亲吻他们，每拥抱一个人，我就把他们手中的矢车菊咬下一朵嚼碎吞进肚子里。我告诉他们每一个人，我爱他们，告诉他们，因为他们，我才活了下来。

我那风流的老爹傻笑着站在一旁，手中牵着我的马，拒绝我拥抱他。上帝，我的矫健的“加文”背上像模像样地坐着我的弟弟，他才一岁半，竟敢在我外

---

① 亨利·阿加德·华莱士（Henry Agard Wallace，1888—1965），第 33 任美国副总统。

② 德怀特·戴维·艾森豪威尔（Dwight David Eisenhower，1890—1969），盟军欧洲战区司令官，美国第 34 任总统。

③ 莫桑比克首府。

出的时候偷了我的坐骑！

"臭小子，你不在，害我多干了不少活。"这是老爹对我说的话。

劳莉塔，美丽的劳莉塔！整整三年，她大声笑着和每一个艾克斯敦镇上的人打招呼，坚定地告诉人们我会回来。可是，当她推开家门从屋里走出来，看见斜靠在门廊柱边冲她吹口哨的我，她捂着嘴尖声叫起来，跺着脚大哭不已。我们当然做爱了，那种死里逃生重拾生命的感觉太棒了。重要的是，我向劳莉塔求婚了，在我们跳上床之前，我恳求她嫁给我。她马上答应下来，一秒钟都没让我等。这才是生命。见他死亡的鬼！见他战俘营的鬼！这才是生命！

我没有像承诺过的那样灌一肚子牛奶。妈妈在木桶里倒了满满一桶牛奶，我把整个人浸泡进去，连脑袋一起没入牛奶中，但我一口也没喝。战争耽误了我三年时间，要做的事情很多，我需要想想以后的生命该怎么过。我能找到那个答案。

妈妈准备了丰盛的食物，绿番茄炖牛排、填馅烤鸡、酸草莓辣香肠、玉米蒸肉、牛肉辣酱汤、墨西哥烩饭。如果不是担心爸爸发火，妈妈会把牧场里的几百头短角牛全部宰了填进我胃里。

"迟早我会把你爸爸的心伤透。"妈妈说，她告诉我，老家伙正和美孚公司勘探队一个红头发的女工程师打得火热，但妈妈很有信心，"我等了三年把你等回来，那个老家伙蹦跶不了几天，瞧着吧，等他没力气提上裤子，我会让他吃不了兜着走。"

我回到家这件事成为艾克斯敦镇一件大事，它超出了俄国人击溃德军中央集团军群，解放白俄罗斯和进攻波兰这样的战争新闻。家乡的报纸刊登了我的大幅照片，前来慰问的当地官员根本挤不进看望我的牛仔人群，每个女孩都热烈地拥抱和亲吻我，她们恨不能把我当成大英雄，我简直成了人们眼里的明星。

"嗨，亚伦，欢迎回来，看上去你气色不错。"人们说。

"嗨，伙计，很高兴回来，回到家的感觉真好。"我就是这么想的。

战争不是托儿所，不是每个人出去逛了一圈都能回来，我那艘船上 37 名官兵在香港海阵亡，还有亚当·贾尼斯伙计，在接到回家通知后，他一直笑个不停，说个没完，可是，第二天早上他却没有起床，在睡梦中停止了呼吸，纳什医生说他是因为激动诱发了心肌梗死。

离开 D 营时，我没和郁说上话，他在执行重营仓惩罚。没有人知道那是怎么回事，军官们可能不那么想，但我清楚，人们不理解郁，他是个战士，他一定做了什么事，惹恼了小日本。他会那样做。他一直在那样做。

矢尺那家伙要我和莱夫带上个人用品去码头，船已经等在那儿了。因为亚当的事情，莱夫伙计红着眼圈，怀里抱着亚当的私人物品。我来不及安慰莱夫，坚持必须见到郁，不然我不离开D营。矢尺妥协了。他早干吗去了。

郁在臭气熏天的囚笼里，像一堆正在腐烂的河泥，看不出形状。离囚牢还有一段距离，我就大声叫喊他。郁在昏睡，或者干脆说，他是昏迷着。我把手伸进栅栏中，拽着他的胳膊用力摇晃。我说嗨，伙计。我说嘿，兄弟，我是亚伦，我要回家了，我来和你告别！

郁的脸贴在囚笼栅栏上，脸上糊着污泥和干掉的菜叶，脑袋耷拉着，没有反应，就像对亲爱的家没有任何感觉一样，就像死了一样。

“美国小子，从那儿退开！”看守冲我叫嚷。

“闭嘴！”我冲那两个华人看守扬起拳头，也许我没法把他俩同时打倒，但我会让他们知道背叛者应该怎么做，他们最好去吃屎。

威廉姆斯大夫为我做了健康检查。他把我当成一个刚学会走路的婴儿了。最开始的一周，他要求我每天去他的诊所，以后改成每周两次。他坚持那么做。我们在治疗期间谈到另一个镇的史密斯和约翰伙计，他俩分别在菲律宾和新加坡被俘，比我早几个月回到家乡。可怜的史密斯患上了抑郁症，至今没有走出家门。约翰却倒霉了，他离开家时是个腼腆的小伙子，有个身材苗条的女朋友，回到家乡的他成了镇上的刺儿头，见到谁都和人呛，好像人们欠他的，坎贝琳也离开了他。一个月前，他喝醉了酒，把一桶牛血泼在警署门上，警察在抓捕他时，他闯进儿时伙伴家中，把伙伴祖父的脑袋血淋淋地切了下来。

威廉姆斯大夫终于结束了他的观察和治疗，十分满意地拍了拍我的肩膀。他认为我可以去参加牛仔比赛，他就是这么对我说的。

五月的得州阳光明媚，我重新成为一名牛仔。

那天是个好日子，我骑着“加文”去了河边。那里除了流淌的河水和一大群吵架的红尾鸲，没有别人。

我终于可以躲开爱我的亲人，一个人哭泣了。

我在河边放声大哭，为我自己，上帝知道我经历了什么，那不是我愿意经历的事情；为妈妈和劳莉塔，她们没有伤害任何人，但她们必须经受失去我的恐惧；为阵亡的37个伙计和坚持到最后一天的亚当，他们将活在家乡的传说中，他们的家人会因此伤透心；为还关押在D营中的伙计，以及再也看不到家乡的死难者。

战俘营后遗症在那个时候悄悄到来——在此之前，我和家人有个默契，我们谁都不主动谈到我在战俘营中的生活。我不知道该怎么谈，谈到什么程度，是否需要涉及一些残酷事件，那些连上帝都承受不住的内容。我决定隐瞒生命中这漫长的三年时光。家人和我想的一样。当知道我不准备回忆战俘营的事情之后，他们长长地出了一口气。他们爱我，正是因为这样，他们害怕了解在我身上发生的那些难以理解和想象的事情，就是想想那些事情的一少部分，也会深深伤害他们。

促使我做出改变决定的是劳莉塔。

一天夜里，我从噩梦中大喊大叫地惊醒过来，劳莉塔正泪流满面地搂住我的脑袋在黑暗中哭泣。她做了和我一样的梦。她告诉我，在那个梦中，我们是两个毫无共同之处的生命，我们形同陌路。她痛哭着说出令她恐惧的事情：当我和她做爱时，我的身体冰冷僵硬，牙齿咬得咯咯响，眼里透出绝望的神情，仿佛我被困在一个令人恐惧的世界里，而那样的我正在憎恨这个世界中的一切。她痛楚地向我举起她的胳膊——她的手臂上，一道一道，全是我在噩梦中对她施暴抓挠出的血痕！

我把痛哭着的劳莉塔搂进怀里，心如刀绞。

伙计，停下来，停下来，别再继续！我对自己说，手心冰凉。

该死，别去做魔鬼，别向它投降，再难也别做！我对自己说，眼泪流淌下来。

天亮了，我熬过了人生最漫长的一个夜晚。

我知道我比别人幸运，支持我在战俘营活下来的那些念想，它们全都在家里忠诚地等着我，在我回到家里之后，它们一样都不少，甚至比我想要得到的更多。但这不是理由。死在战俘营之外不是理由，放弃人生堕落下去更不是理由。为了可爱的劳莉塔，还有等待我们去呼唤他们的孩子，我必须勇敢地活下去。

我怀念和我一样命运的伙计。我忘不了D营生活。就算为那些还待在地狱中的他们，我也应该做点什么。

国会通过了设立新军衔的议案，我觉得他们应该那样做。为国家走向战场的男人全都是了不起的男人，他们证明了美利坚不可摧毁，正义不可摧毁，人之为人不可摧毁，他们值得人们尊重。但是，麦克阿瑟晋升五星上将这件事却让我一点也不快乐，要不是他的自大和愚蠢，我和弟兄们不会在D营蹲三年牢。

还有一些别的事情，它们也让我不开心。

当我知道总统于1942年下令拘留日裔、德裔和意裔美国人，那些人有的至今还生活在拘留营中时，我很难过。我认真地给总统写了一封信。

“总统先生，”我在信中写道，“您一向是非裔美国人、天主教徒、犹太人和弱势族群心目中的英雄，您的救济新政对原住民表现出了足够的慷慨，尽管他们在公共事业振兴署和民间资源保护组织当中还没有担任什么了不起的职务。您还颁布了一系列行政命令，保护战时各个种族、宗教和少数裔平等分享工作的权利，您是我生活的时代最伟大的总统。”我朝窗外灿烂开放的葵花看了一眼，它们一望无际，看不到尽头，然后我继续写道，“我想告诉您，总统先生，在我有幸为国家服役的那艘军舰上，因为您的决定，有六名非裔美国人参加了战争，他们当中有两名担任了军官职务，他们热爱美国，他们为美国战死了，他们是好样的。”

我停下来，现在是最重要的部分了。我在墨水瓶里蘸足了墨水，继续写道：

“可是，为什么您不像对待弱势族群的人们那样对待交战国血统的美国人，而要把他们当成战俘，送进拘留营？他们犯了什么罪？”我在信的最后写道，“先生，您是合众国总统，是您让这个谦逊的国家摆脱了屈服，您是唯一阻止这个国家重犯孤立主义错误的人，上帝做证，您肯定不会再让合众国人民重新回到屈服当中去。您忠诚的麦肯锡。”

我仔细封好信封，牵着“加文”，徒步走到镇上，寄出了那封信，然后做出一个决定。我把镇上好心人雇用我的文件收进箱子里，告诉正在为力不从心的爱情困惑的老爹，我要再次离开家乡。

“亲爱的，”我把劳莉塔搂进怀里，看着她的眼睛，“我要参加交战国战俘权益组织，去帮助那些关押在美国战俘营中的异国战俘离开该死的拘留营，让他们回到自己的生活中去，回到他们的家里。”

“我知道你会这样做。”美丽的劳莉塔笑得那样灿烂，她什么都知道。

“等做完这些事情，我会回到军队中，去为国家继续效劳。”我盯着我的美人儿的眼睛，我想确定她是否愿意跟我走。

“你知道我心里怎么想，我的比尔枪手，我当然跟你一起走，要不我们怎么生下一大堆孩子？”这就是劳莉塔的回答。

是的，我想念远在中国南海那座叫作桑岛上的伙计们，想念那个叫郁漱石的华人兄弟。我记得他曾偷偷告诉我，他想象过战俘营中出现一支军乐队会是一种什么景象；他向我描述了军乐队穿过不断在身边爆炸的炮弹向敌方战壕走去的样子，他要我不要告诉任何人关于他这个想象。我答应了，而且一直保护着这个秘密。是的，在过去三年时间里，我们都在黑暗中哭泣过，在做不到的时候，乞求过上帝宽恕，可我们也在肮脏残酷的地狱中见证了各自的信仰和荣誉，还有正常人从未想象过的勇敢。

是的，这就是我的看法。我，郁，还有D营的伙计们，我们是战士！

(GYB006－001－235）**被告郁漱石庭外供述记录：**

在恍如死寂的D营，我快速生长出一种露骨的感情。

连我自已都很吃惊，一个沦落为强盗性奴的女俘，怎么可以成为我在现实生活中强烈依恋的对象？我怀疑这一切是怎么发生的，为什么在牲口般隐忍过三年之后，我会突然变成一个失去理智的复仇者，是不是因为我需要找到一个同类，证明我不是一个人待在这个暗黑的世界里，这样会容易一些？

但是，我很快否认了这种想法，因为她和我不同，她比我更勇敢。

过去两年时间，我对大自然唯一的怨恨，就是身处丛林却不能走进它。D营外面数条沿着茂密草丛通往峡谷深处的小路，它们无时无刻不散发着泥土迷人的芳香，我却无法把脚交给它们，任它们带我离开这儿，不管去什么地方都好，哪怕是歌德的地狱。现在我不那么想了。我突然没有了怨恨，没有了绝望，我觉得我能够在这座地狱里待下去，也许永远也见不到战争结束——因为那栋覆满着大片忍冬和紫藤的碉楼，我可以忍受更多。

为了证明这个，我停止了寻死的行动，开始策划一些比死亡更艰难的事情。

在担任D营传译工作时，我开始记忆衰减，同时出现一些听觉障碍；我会吃掉一些内容，添加进另一些内容，这样，日方通过我传递的要求会出现失误，无法得到准确执行，而自治委员会对每项要求都有纪要，不会因为我的传递错误负责任。

我当然会因为屡屡的失误受到日方的惩罚，同时受到自治委员会的责难。矢尺至少揍过我七次，一次打崩了我半颗牙，一次踢得我背过气去。徐才芳怀疑我闹情绪，指责我给自治委员会出难题——在冈崎的研究小组离开D营后，我仍然得到进入管理区的特权，而我却不再继续向他汇报，这件事他一直心存怀疑和恼怒。

我不在乎。我很兴奋。我希望D营的秩序一团糟。我希望管理者的麻烦多一点。

中午的阳光越过围屋顶，那是最好的作案时间，日方人员差不多都在休息，第一班哨兵正是最困倦的时候，他们通常会躲在沼泽地边上的阴凉处打盹，伙房里不会有人。我借故喝水，走进围屋东头的伙房。要是被抓住，我的皮会被剥下来，筋会被挑断，五脏六腑会被矢尺扒出来，喂他那头习惯睥视人的野兽，但我还是坚定地走向米箩，把一小包在沼泽地采到的鸡母珠[①]粉末倒进洗好的米里，搅匀米粒，然后离开伙房。

当天晚上，日方军官有两个出现腹绞疼，好几个呕吐恶心，可惜，并没有我期待的呼吸衰竭情况发生。我怀疑负责炊事的台籍兵下锅前把米冲洗了一遍。我会研究这种意外情况，寻找下一次机会。

我从管理区返回营区，正在吃饭的矢尺看见我从庭院中走过，叫住我，从屋里出来，手里拿着一只饭团。

“啊，要是能有两片马肉就好了。”他由衷地说，因为做不到而遗憾地叹了口气，然后当着我的面朝饭团上吐了一口痰，饭团递给我，让我吃掉。

我认真看了一会儿饭团。香醋浸洇过的饭粒是天使的食物，非常可口，是我饥饿的胃和虚弱的身体需要的。我把饭团宝贝似的揣进怀里。

“话说，131天生是做小姓[②]的，军妓的脚趾也可以舔，就算我，拿你也没有一点办法。”矢尺咯咯地笑，冲我伸出拇指。

我也卑鄙地笑。因为我老是出现在管理区，矢尺一直在找机会揍我。不过，他从不往死里揍，我心里清楚，没有我，战俘管理工作将比现在更加糟糕。

---

① 多年生藤本植物，种子含有致命的氰氢酸。

② 日本古代大名、武士身边兼作娈童的侍童。

饭团可以做一些处理，把表面的饭粒小心剥掉，里面仍然是干净的，但我没舍得那么做。我花了大量精力来保存饭团。这是一件难办的事。冬天正在过去，天气开始变暖，我不能把它带在身上，那样它会馊掉；我也不能把它藏在别的什么地方，那样就算躲过人们饥鼠般锐利的眼睛，也躲不过四处猎食的昆虫。

我利用饭团坏掉前的短暂时间，寻找一种叫葫蔓藤[①]的植物，它们在岭南的丛林和灌木中到处都可以找到，困难的是，我必须得到进入丛林的机会。我在两天后获得了那个机会，那天我被允许探望“她”。我溜到碉楼后面，像一只钻进草丛的蜜蜂，很快找到需要的东西。回到营区后，我躲进茅厕，用石片把收集到的植物研成浆，掺进饭团。这次我接受了鸡母珠的教训，用的量很足。

到处闲逛的土佐犬对我的礼物犹豫了好一会儿，这让我恼火。虽说饭团中的香醋挥发得差不多了，但它仍然很诱人，换一种情况，就算打瞎一只眼睛，我也不会让任何人把它从我嘴里抢走。不过我的运气不错，也许那头野兽今天没捞到可口的饭菜，在百般的不情愿之后，它最终不大满意地吃掉了那只饭团。

接下来的事情可想而知，恶犬全身痉挛，又吐又泻，一命呜呼，再也没有了平时的威风劲儿。矢尺悲伤得要命，抱着一身屎尿的兄弟失声痛哭，这个魔鬼可是头一回流眼泪。

我站在碉楼三楼的窗户前，从那里能看见北边峡谷蜿蜒而来的溪涧，几条木头水槽把清水引向管理区，阳光在细细的水流上跳舞，几只鸟儿落在长满青苔的水槽上，探着脑袋啾鸣，然后振翅飞走。自从鸡母珠事件后，日本人加强了伙房管理，我无法再接近厨房。但我可以等待，而且没有一天停止过行动。我到处收集山金车、野柳、羊角拗、金盏草、乌头草和巴豆子[②]，凡是能从造物主那儿收集到的凶器，我都不会遗漏掉。总有一天，我会像那些鸟儿中的一只，落在自由同伴束翅欢唱过的地方，我将变成一个撒旦，把凶器投进清水中。

我在心里发过誓，然后回过头来看“她”。

我从没叫过“她”的名字，虽然“她”告诉过我，我一次也没有使用过。我告诉自己，那个拥有名字的她已经死了。我在心里叫她女贞，就是那种有着

---

① 多年生藤本植物，俗称断肠草。

② 均为根茎或种子含毒植物。

古铜色叶片、开着乳白色小花、在花期结束之后长出黑色浆果的植物，这就是我第一次见到她时她的样子。我不知道她怎么想。我没有和她讨论过。我只知道一件事情，我已经错过了此生心爱的少女，没有做我应该做的事情，现在，我不会再错过，为了“她”，我可以去死。

我从未试图了解女贞，了解她过去的生活。她在这里就够了。如果一定要知道，我希望确信她终究能够活下去，离开碉楼，并远远地离开战争，最终成为人妻和母亲。

我们很少说话。我怀疑她真的在意我的存在。她大多时候在沉沉地睡觉，保持同一种姿势。她在睡梦中有时会不由自主地颤抖，或者轻声啜泣。如果醒了，她会坐在榻榻米上，下颏枕在膝盖上，啃啮着手指，盯着墙角，那里有一道日光，随着窗外鸟儿轻快地啾鸣声慢慢移动。突然在什么时候，她会慢慢缩起身子，泄气似的释放开，一点一点滑下去，钻进被单下，很快睡去。

有时候她会开口说话。通常是一段长长的沉寂后，她会突然说点什么，让人分不清她是在对我说，还是在对无形中的谁说。好在我很快习惯了。我只是怀疑她是否真的记住了我叫什么。和我从不叫她的名字一样，她也从不叫我的名字。如果她想叫我，也是叫一种我听不懂的名字，让我半天摸不着头脑。

“大琉璃。”有一次她叫我，好半天我才明白过来，她用一种蝴蝶的名字叫我。

“马兰头。”还有一次她这么叫，好像我真的是那种路边到处匍匐着的植物。

“我不叫大琉璃，也不叫马兰头。”我生气，有一种受到侮辱的强烈感觉。

“那你叫什么?”她不解地瞪大眼睛看我。

“郁漱石。我叫郁漱石。我告诉过你。”我涨红着脸说，“如果记不住，你也可以叫我 131!”

“哦。”她慢吞吞说，有些拿捏不定，有点害羞，像有过失的少女。但下一次她还会那样，用另外的名字叫我，叫过以后埋怨地快速瞟我一眼，好像过失的不是她，而是我，是我硬要强加给她一样她不喜欢的东西，让我完全气馁。

我和她说话，她大多时候不在听，或者她看着我，像是在听我说话，但很快我就发现，我说了什么，她根本没有听进去。她从不问我的出处，比如我是干什么的，过去做过一些什么，怎么来到这里，她对这些丝毫不感兴趣。

我通常不会对她提到别人。只有一次，我提到一位少女。她现在已经不是少女了，但我是在她还是少女的时候认识她的，在她需要我的时候抛弃了她。我被强迫离开她的少女时代，这并不能消解我对她犯下的罪恶。我告诉女贞我埋藏在内心深处的感觉，告诉她我是怎么想这件事情的，告诉她我对那位少女无边的思念和悔恨。她似乎在听，又似乎没听。

有一次，我去碉楼，发现她不在碉楼里，而是在碉楼后面的灌木丛边，这让我感到意外。

日本人并不限制女贞在碉楼外活动，他们只要求她在规定时间待在碉楼里，而且不允许她走进碉楼北边的丛林。但她很少走出碉楼。看不出她对户外的阳光有多眷恋。她好像害怕户外的世界，对外面的清新空气置若罔闻。

现在，女贞她穿着一件蓝色阴丹士林旗袍，外面罩一件红色毛衣，站在一棵被风摇动着的粉色锦葵前，这和裹着一床恶臭的军毯，无声地躺在榻榻米上的她判若两人。她屏气凝神，蹑手蹑脚往前，伸手抓住一只浑身长满眼睛的黑色蝴蝶。她用两只手极小心地捧住灵活的小东西，慢慢打开阖拢的帷幔，让黑色蝴蝶从掌心上站起来，飞走，她则因为这个而欣喜，嘴角露出惊讶的笑容。这样的笑容出现在她身上，让我困惑了好几天。

我很快发现，女贞在收集一些小玩意儿。

准确地说，她在收集死去的蝴蝶和各种草籽。

女贞会在阴霾天气离开碉楼去户外，在碉楼后面的草丛中专心致志地捡拾因潮湿天气绝望地跌落进草稞中的蝴蝶和掩藏在肥大叶片下的草籽。她从不捕捉活着的蝶儿和蛾子。它们在森林中活过了一生，有那么一天，突然从纷乱的气流中跌落进醉鱼草的紫色花丛中死去，她把它们捡回碉楼，放进两只四式陶制手榴弹箱中。她给我看她的宝贝。它们有几百只，看上去朴素而安静。她教我如何辨认它们：状似雪山的是黑带红天蛾、蝶翅像猫脸的是大纹白蝶、酷似蝴蝶花的是琉璃小灰蝶、生着四只木偶眼的是天蛋蛾、如同冷却岩浆般色彩的是孔雀蛱蝶、形同红色荒漠的是红裙斑蛾。她很少走出户外，却从少得可怜的户外经历中带回那么多的蝶尸，这是我无论如何都无法理解的。

她的另一只箱子里面装着经过分类的草籽。她告诉我如何区分它们：

“我是沙仑的玫瑰花，是峡谷中的百合花。”

或者：“你们可以从无花果树找到比方，当树枝发出嫩芽长出树叶的时候，你们就知道夏天近了。”

或者："我是葡萄树，你们是枝子。常在我里面的，我也常在他里面，这人就多结果子。"

或者："我以我的良人为一袋没药，夜里留在我的胸怀间。我以我的良人为一束凤仙花，在隐基底的葡萄园中。"

她说的是《雅歌》[①] 里的话，神和他的儿女说的话。

"为什么不逃走？"我不在意神怎么对他的信徒说，我想知道她怎么想。

女贞看我，削尖的手指上沾着几粒湿润的草籽。她不明白我在说什么。

"我可以带你逃走。"我激动地告诉她，就像那条诱惑夏娃的园中蛇。

女贞眼里充满迷茫。她停下来，朝什么地方看了一眼。我知道她在看什么。她在看它，那只有着蜜蜡色眼睛的野猫。自从我经常走进碉楼后，它开始关注我，躲在楼梯拐角处阴森森地看着我和女贞。我不禁打了个寒战。

女贞突然大笑起来，吓我一跳。说来很稀罕，我不知道她会笑得发出声音来。我沮丧极了，为我的谎言羞愧。她是对的，我根本不可能带她去任何地方，可我非常固执，认定即使没有任何人帮助，她也可以做到——如果她在经历过百般蹂躏后还有足够的体力；如果她在凌晨的天亮之前离开碉楼，避开警备队看守的视线，走进碉楼后面那片树林；如果这期间没有人突然心血来潮走进碉楼，她就能赢得至少 12 小时时间；如果她能走得快一点，再快一点，或者干脆，她奔跑起来，而且不在森林中迷路，不遇到野兽、悬崖、沼泽和河流；如果她能坚持着不倒下，走得远一点，再远一点，同时在她经过的每一个地方都不留下任何可供追踪的气味……

她就有机会逃离这座魔窟。

"我要把它们带回家去。"女贞忘了我刚才对她说的话，一手托着几粒新鲜草籽，一手托着两只蝶尸，因为无法啃啮指甲而显得有些失落，"你闻到海的味道没有？海那边就是我的家。"

女贞对她将要带回家去的那些蝶尸和草籽满怀疼惜。我羡慕那些蝶尸和草籽，它们在她的手心里没有恐惧，可供期待。她给我讲蝶和草籽的故事。

"Oxeye Daisy[②]，献给女性之神阿蒂米西的仙草。"

---

① 《圣经·旧约》中的一卷。

② 牛眼菊，多年生草本植物。

"Clove Pink[①]，短暂之神的花，乔叟[②]叫它酒中面包。"

是的，那个会讲故事的英国佬说过。别忘了，他也做过战俘，要不是国王把他从法国人手中赎回来，人们就听不见他说酒中面包的话了。

是的，根本做不到。我是说，从魔鬼般的D营逃走这件事情，根本做不到。

(GYJ006—002—072）审判官封侯尉法庭质证记录：

法官大人，关于被告在本案中的犯罪事实，涉及对日作战胜利和香港光复时期的内容有诸多疑云，我将从必要的背景入手进行陈述。

民国三十二年，欧洲战场和太平洋战场局势向着有利于盟国方面发展，当年五月，美英两国参谋长在华盛顿举行"三叉戟会议"，制定击败日本总体战略，战略第一阶段，由中、英、美联军夺取缅甸，美军突破西里伯斯海日军防线；第二阶段，由英军打通马六甲海峡、美军占领菲律宾、国军准备香港战役；第三阶段，中美联军夺取香港；第四阶段，在中国内地建立大量机场，以重型轰炸机群持续轰炸日本本土。该方案于五月二十日通过，在两个月后的魁北克会议上，香港作为盟军反攻日本的中期目标得到确认。

民国三十三年四月，盟军联合计划署向总参谋长委员会提交了《中国境内作战计划》，设想德国将于该年十月投降，苏联将于德国投降后半年对日宣战，进攻蒙古、满洲和挺进华北，因此，中美联军应于夏天之前占领华南沿海地区，封锁日本与亚洲大陆海路，修筑重型轰炸机基地，B-29空中堡垒轰炸机群应于夏天开始轰炸日本，摧毁其军事生产力和政府抵抗决心。

《中国境内作战计划》拟订了三个作战方案，以A方案最为盟军高层指挥官们看重。该方案确定盟军应于民国三十四年初自马里亚纳群岛一菲律宾棉兰老岛进攻华南海岸，作战分六个阶段：国军和联合空军从内陆攻击华南沿海日军后建立陆基、对香港和广州发动两栖攻击、对台湾发动两栖攻击、对厦门和汕头发动两栖攻击、对福（州）温（州）宁（波）发动两栖攻击、对长江三角洲发动两栖攻击。

---

① 香石竹，多年生草本植物。

② 杰弗雷·乔叟（Geoffrey Chaucer，1343—1400)，英国作家。

香港方面的战役指导是，国军训练30个美械师，以满足对华南沿海日军的压制，攻击实施时，从中国内陆派出两千架次轰炸机，对华南日军进行30天疲劳轰炸，盟军进攻舰队自帛琉出发，攻击舰队包括舰队航空母舰12艘、轻型航空母舰5艘、护航航空母舰44艘、重型战列舰和巡洋舰17艘、战机2265架。登陆日，国军正规部队和游击队、美军第14航空军和第20轰炸机指挥部持续轰炸香港周边日军以协助登陆，护航航空母舰上的1068架飞机攻击香港和三灶岛掩护登陆行动，盟军三个师及两个团级战斗群在战列舰火力支持下于广东大鹏湾、大亚湾、青山湾、三灶岛和荷包岛五地登陆，国军四个师从粤北南下进攻石龙地区，切断香港与广州交通线，另三个师作为预备队，待完成五地登陆后，在大鹏湾和大亚湾登陆的两个师即夺取宝安南头机场，于屏山和锦田建立新机场供岸基飞机支持作战，南下夺取香港。

盟军制订《中国境内作战计划》的同时，日军也没有闲着。

鉴于美、英、中三国的全面反击攻势，日军已失去太平洋战区的空中和海上优势，东南亚交通线和基地受到极大威胁，为挽回败势，日军于民国三十三年春季发动了“一号作战”。“一号作战”的目的，是夺取可能成为大规模停泊战略轰炸机群的桂林和柳州，迎战盟军由印度、缅甸和云南向华南的进攻，在失去海上运输线之后打通南北铁路线，以开辟经由法属印度支那与南方军的联络，通过摧毁重庆军主力，致重庆政权崩溃。战役分为“京汉作战”和“湘桂作战”，我方称为“豫中会战”和“长衡及桂柳会战”。

战役开始，日军把中国派遣军80%的兵力投入作战，在豫、湘、桂、粤、闽、黔1500公里的战线上发起进攻，是日本陆军史上最大规模战役。第一阶段的“豫中会战”，国军指挥官临阵不决，判断失误，作战连续失利，几个星期内部队就完全崩溃，无法继续作战。接下来的“长沙会战”和“华南战役”，国军拼死作战，方先觉第10军以17000人在衡阳与日军80000精锐部队缠斗，使衡阳47天久攻不破。第10军以伤亡16000人换敌伤亡30000，迫使东条英机内阁辞职下台，挽救委员长不被罗斯福逼迫交出中国战场军事指挥权，是抗战中国战场最光芒的一战，但因战役整体思考失误，战场指挥官中途拆台，未能改变失败战局。通过“一号作战”，日军以阵亡11000人代价击溃国军百万，死伤50余万，6000万人民惨遭涂炭，占领京汉铁路全线、抗战中心长沙、豫鄂粤三省会、衡阳和桂林等146座重要战略城市，使盟军第14航空军失去大部分机场，中共势力在该地区迅速崛起，日军南下部队与第23

军会师，和中南半岛日军建立起联系，达到战役目的。委员长痛称，“平生所受耻辱，今次最大”。

“一号作战”结束后，国军在华南和中南已无可用兵力，自身难保，无法参与和支援盟军在中国境内的作战。日军在广东不仅有第 23 军，同时拥有汪伪政权的第 20 师陈孝强部、第 30 师黄克敏部、第 43 师李辅群部、第 44 师李少庭部、第 45 师彭济华部、广东绥署特务团和伪护沙总队等陆军，广州要港招桂章部、“铲红军”李潮部、华南海军甘志远部等海军，仅以汉奸武装即可与国军匹敌。罗斯福对国民政府十分失望，怀疑国府是否会因此崩溃，对国府态度出现微妙变化，加上美军在太平洋战区进展顺利，决定丢掉国府，绕过台湾、香港和中国沿海直接攻击琉球群岛，中国境内作战计划就此告终。

《中国境内作战计划》酝酿阶段，在盟军计划登陆主目标不远的燊岛 D 营，被告一直在与日方做着出卖灵魂的交换。

(GYB006－001－236) **被告郁漱石庭外供述记录：**

我计划收集一些物品。它们一定要和那些美丽的蝶尸和草籽匹配。

可是，D 营根本没有那样的东西。

战俘营物质稀缺，每一样东西都是珍贵的，人们可以为一碗米饭豁出尊严，为一块布头出卖对方，连垃圾都有人随时翻查，曾经出现过死者下葬前衣服被人扒下来的情况，为防止此类事情再度发生，自治委员会做出规定，死者衣裳随本人下葬，私人物品按遗嘱执行，没有遗嘱由最亲近的战友继承，军官主持遗物继承仪式。

尊严丧失之后，没有什么人性的力量是牢不可破的。除了在漫长黑暗中不断涌出的邪恶念头、营区北边战俘墓地下正在腐烂的枯黄头发和发臭的牙齿，D 营没有什么可以收集。

亚伦离开 D 营前，把他大部分物品留给了我。经过三年战俘生活，亚伦已经破产，但那些物品仍然是一笔豪华财产，可惜我当时归心已定，我把它们分给了孖仔、老曹、卡米拉、阿朗结衣、纳什医生和哈珀神父，自己什么也没留下。

没有任何物品可以收集，这就是我的现实，这个现实令人绝望。

民国三十四年新年到了，这一年的开春奇冷，尽管营区外就是森林，柴火的供应却越来越少，御寒衣物不够，很多人冻病，营内不少门窗被人们拆掉用来烤火。

越来越多的消息证实，轴心国正在快速走向可耻的失败，同盟国正在大步走向胜利，自治委员会决定动用战俘基金和最后一点红十字会食物，给每个人发了一只水果罐头、半个肉罐头、两支香烟、一盎司白兰地，让人们过了一个好年。

圣诞节时，联邦军队放了三天假，厨房做了浓汤、烤面包和圣诞布丁，每个人都领到了一个救济包裹，包裹里有奶粉、芝士、朱古力和咸肉罐头。没有人在意那些红十字会捐赠物资是谁替他们从日本人潮湿的仓库里拖到阳光之下，我也不觉得这有什么，只是替亚伦感到遗憾，他没来得及享受战俘的胜利果实就走了。

联邦军组织了游行，军官们穿着整齐，士兵们大多化了装，打扮成圣诞老人或者别的什么，大家在操场上集中，互祝新年，然后沿着营区绕圈子游行。

游行的高峰是军乐队行进演出。两年前我提出组织战俘军乐队建议，最终由军官们凑钱托日方买来乐器，组成了乐队。乐队由德顿担任队长，民国三十三年夏天进行了第一次演出，以后只要有重大活动，军乐队都会作为压轴出场。

军乐队在人们的期待中出现，他们服装整齐，踩着行进步伐，演奏着皇家步兵团军歌《波基上校进行曲》，沿西区营区过来。人们向军乐队欢呼鼓掌，有几名战俘随着诙谐活泼的鼓点和音乐跳起斯特拉斯佩舞和里尔舞。

军乐队从摩尔上校和几名高级军官面前走过，曲子换成不列颠军队古老的《掷弹兵进行曲》。正在低声交谈的上校和高级军官们停下说话，立正向军乐队行礼。

军乐队绕场一周，改变队列，向东区走去，庄严凄厉的风笛声响起来，是《高地大教堂》。高地人阿德卢·比特军士挎着风笛袋孤独地走在乐队最前面，身后小鼓密集，大鼓间或，溯风涌进，将一些落叶吹起来，跟着他的格子裙旁旋转，仿佛不断从勇士身边飞过的子弹和落在脚边的炮弹。

战俘们肃穆起来，自动排成两列队形，高扬着脸儿向军乐队敬礼，合着乐曲大声唱起来：

父辈之地，永远的故土，忠实信赖的国家，

危难时刻，我们让你获得自由，带领你走向光荣和胜利。

万岁，喀里多尼亚，古老的祈祷，在这高地大教堂，

毕恭毕敬，一心同体，一个梦想，愿上帝保佑平等土地上的人们。

即使在海上孤独流浪，生命的故乡，看不见的远方，

海风会带他们的灵魂归来，回到祖先所在的地方。

英联邦官兵们大声唱着歌，人们眼中含着荣耀的眼泪。人群中突然有人打出一面联合王国的国旗，之前它显然是一床被单，蓝色底上招摇着英格兰守护神圣乔治、苏格兰守护神圣安德鲁和爱尔兰守护神圣帕特里克。人们发出热烈的欢呼声，向它伸出手臂。负责营内执勤的战俘看守上前阻止，人们将他们推搡开，米字旗在一双双伸出的手中传递。古柏少校走向带班看守，向他严厉地下命令，让他和看守们走开，不然他们将在战争结束后受到国家审判。有看守向管理区跑去，其他看守们知趣地退下。

军乐队没有停下，跨过小桥，进入中国战俘所住的东区，他们开始演奏《暴风铁甲》。英联邦士兵们大声歌唱着，跟着军乐队继续向前。

从营房中拥出来围观的中国战俘既好奇又紧张，看四下的岗楼，一些人害怕地散开。

岗楼上的日本士兵没有开枪，管理区里的日本人也迟迟没有出现。这一次，他们似乎默认了联合王国士兵们的胡闹。

中国新年那天，中国的厨房做了盆菜。为做这道传统岭南菜，马中校和徐才芳想尽了办法，他们和格尔诺维茨商量如何分配菜园班数量少得可怜的猪肉、托管理方在香港买鱿鱼干、用发霉的大米磨米豆腐、发动士兵在铁丝网下找蘑菇，加上红十字会捐赠的牛肉罐头，天不亮就生火炖，炖到下午，营区里到处飘荡着扑鼻的香气。

值得一提的是，在筹备这场大餐时，中国人使用了营规禁止的武器，弹弓。他们在中国新年到来的前两天派出精心挑选出的神射手，突然伏击了降落或途经营区的鸟儿们，取得不俗战果。公认的最佳射手是孖仔，他用弹弓射下了十三只噪鹛、七只山椒鸟、四只歌百灵、一只鹊鸭和三只小鹧鹕。同盟军提出抗议，认为中国人在进行罪恶的杀戮，但经过三年的囚徒生活，他们的抗议十分

勉强，他们当中也有可恶的盗猎者。

老曹带纳什医生到中国厨房视察。带班军官请纳什医生品尝了用珍贵的大米酿造的米酒。纳什医生感慨，可惜只有一顿，不然照这样的伙食，2500 卡路里完全没有问题。

“先生们，新年快乐，祝你们好运!”纳什医生脸颊上浮着两朵红晕说。

中国战俘没有组织游行，而是准备了老节目，过年演大戏。受了英联邦官兵的影响，演戏前，国军官兵在值班军官号令下列队操场，由钟纪霖上校训话。钟上校平时言语鲜寡，这次话也不多，却掷地有声：

“溯自日本法西斯主义悍然侵华，我大好河山，沦亡泰半，民族灾难，至巨且深，北望中原，涕泪横流。新年伊始，唯望全营我诸同志齐心协力，悬梁刺股，兼功自厉，不耻最后，竭忠尽职，以报党国。”

钟上校训完话，徐才芳指挥战俘们唱陆军军歌。没有军乐队伴奏，几百名战俘朱雀玄武，异口同声，声势浩大：

风云起，山河动，黄埔建军声势雄，革命壮士矢精忠。
金戈铁马，百战沙场，安内攘外做先锋。
纵横扫荡，复兴中华，所向无敌立大功。
旌旗耀，金鼓响，龙腾虎跃军威壮，忠诚精实风纪扬。
机动攻势，勇敢沉着，奇袭主动智谋广。
肝胆相照，团结自强，歼灭敌寇凯歌唱。①

与其说国民军官兵在唱，不如说他们在吼，旋律谈不上，调子各异，但每个字都咬得清清楚楚，是挣出咽血吼出来的。

英联邦官兵在一旁围观，为国民军官兵鼓掌。在同伴的掌声中，国军战俘队伍中突然飘扬起一面旗帜。那是一面青天白日满地红三色国旗，它的前身是青天白日两色旗，44 年前革命党人在惠州起义时首次使用，D 营离这面旗帜第一次举起的地方只有几十里路，所以格外有意义。

人们尽情欢呼的时候，枪声响了。

---

① 《国民革命军陆军军歌》，何志浩词，樊燮华曲。

（GYZ006－005－013）**证人矢尺大介法庭外调查记录：**

无论指挥官本人还是警备队冈下队长，都没有向士兵下达镇压命令。

庆祝大东亚共同的春节，特意为中国战俘准备了岚宽寿郎主演的古装历史战争片《民族先锋》和新闻片《新生香港》，意在鼓舞亚洲人民组织国防军击灭英帝国殖民舰队，可见，我方对战俘怀有体恤之心。

几天前英国战俘的胡闹给警备队士兵造成了不小刺激，不良情绪一直在士兵中发酵。重庆军在操场上集合训话时，警备队士兵提高了警惕。华兵开始胡闹时，西南角2号岗楼执勤的木村上等兵情绪失控，气愤地扣动扳机，子弹并未射向人群，而是从人群头顶飞过，可以视为警告。西北角1号岗楼上的近江上等兵下意识进入战斗反应，扣动机关铳扳机，子弹击中西区15号和16号营房，亦非射击人群。就是说，最初的开枪没有任何人员伤亡。战俘炸了窝似的从操场上四散而开，有人不恰当地向滚网逃窜，东北角和东南角的3、4号岗楼上的两挺机关铳锁定逃亡者目标，将他们打倒在滚网前，事后统计，三名战俘死亡，四名负伤，射击原因是为了阻止战俘逃离，情有可原。

管理方不会接受战俘自治委员会的指责。重庆军和南京政府的旗帜皆为青天白日满地红图案，并不构成士兵射击的理由，说到发泄，战争双方士兵都需要，再怎么说，重庆军战俘在胡闹中多次以语言侮辱日方，说什么“日本法西斯主义”“敌寇”之类的话，就算忍耐也是有限度的吧。

枪击事件发生的时候，131号不在操场上，那家伙并没有参加重庆军的训话，而是在仓库附近孤独地游荡。

游击队的人也不在操场上，他们在营房里化装，准备演戏，听到枪响，集体拥出营房。顺便说一句，游击队战俘当时也唱了歌，事后向战俘看守核实了歌词：

同志们，前进吧，光明已经来临

今天我们是民族解放的战士

明天啊是新中国的主人①

---

① 《东江纵队之歌》，林鹗词，史野曲。

要说的话，他们并没有辱骂大日本帝国，与大东亚精神相当一致嘛。

(GYB006－001－237) **被告郁漱石庭外供述记录：**

我没有参加双方就枪击事件进行的交涉，而是被差使着去埋葬死掉的三名战俘。

天黑以后下雨了，是初春的第一场雨，我从墓地回来，取下挂在脖子上的鞋子，脱下湿衣裳，去溪涧边洗了泥脚，回到营舍。

新年发生死亡事件，大伙心里都很压抑，没有人再有心情过年。德顿过来拍了拍我肩膀，好几个伙计表示了慰问，但也没有更多话可说。

坐在营房门口，看着雨光烁烁的夜空，我在想那只野猫。人们在安葬同伴的时候，它躲在一片扑簌簌敲打着雨点的新木姜子后面，露出幽灵似的宝绿色眼睛，朝墓地方向偷窥。落在木屋顶的沥沥雨点声引诱得人昏昏欲睡，突然间，已经快睡着的我脑子像被一把利斧砍开，猛地惊醒了。我一时明白了那只野猫为什么老是出现在北边的树林里。它在“狩猎”，在等待人们将尸体掩埋后离开。饥饿是最尖利的爪子，它有办法扒开新鲜泥土猎取食物，它是一匹食尸兽，一只吃人的猫！

我禁不住地在雨夜中发抖，听见有人从营区大门外进来，大声说着话。是徐才芳的声音，他坚持留在墓地上，要看着士兵们把因雨水而稀松的泥土拍结实。他们走近了。现在听清了，徐才芳在愤怒地指控日本兵对他三个妹妹令人发指的兽行，在控诉中，他气愤地描绘着那些丑陋士兵的变态行为。

我脑子挨了第二板斧，豁然一亮，跳起来，头撞在门上，然后跌跌撞撞扑进雨地。我在通往东区的溪涧小桥边追上他们，将龚绍行撞倒在地上，一把抓住徐才芳。

“长官，你妹妹叫什么名字?”我激动地问。

徐才芳吓一跳，警惕地抹了一把脸上的雨水，盯着我。

“没有别的意思，我觉得她们很了不起，我想知道她们的名字。”我讨好地说。

“好吧，”徐才芳盯着我看了半天，大概想早点回营舍脱下湿衣裳，警惕性松懈了，“我大妹叫徐瑞沁，二妹叫徐晓露，小妹叫徐老四。”

我笑了，深深吸了一口气，在沁人心脾的雨夜中打了个喷嚏。

回到营舍，摸索着翻出一截铅笔，我在纸头上仔细记下三个宝贵的名字：徐瑞沁、徐晓露、徐老四。

一千多名形容枯槁的战俘，他们是人类的乔木、灌木、藤木、草类、蕨类、藻类、苔藓和地衣，他们在D营停止了生长，以不同的方式死去，或者等待死去，证明他们还活着的只有他们的根、茎、叶、种子和孢子，那是他们的家人，家人还活着，或者可能活着，在D营之外继续延续着25亿年的花开蒂落。如果战争不停止，会有源源不断的战俘到来，他们会带来家人名字——父母、爷爷奶奶、外公外婆、兄弟姊妹和儿女，它们像满处盛开的草籽，随时跌落进草稞的蝶蛾，无须四处寻找，只需要用记忆的手小心捧住它们。

我找到了我的草籽和蝶尸！我指的是，战俘家人的名字。

收集工作推进得很快。老曹、孖仔、龚绍行、德顿、阿巴斯、阿朗结衣、邦邦、范尼……我请求他们告诉我他们家人的姓名。他们没有拒绝。

不到三天，我已经收集到53个姓名。我小心翼翼把它们记在纸头上，核实是不是写错了，害怕当中的某一个掉落在沼泽地里，消失掉，无法拾捡。那些名字排列在纸上，因为字体结构不同，或像紫萁籽，或像绿萝籽，又因为长短不一，或像夜迷蝶，或像金裳蝶，再因为语素或音节的分属不同，或像籽与株，或像蛹与羽，呈现出形状各异的美丽，十分迷人。

第一次向女贞展示我的收藏品，是一个阴霾的下午。因为长时间的准备，我有些兴奋，急不可耐。我们在碉楼外，她给我看她找到的一只蝶尸。它的确很漂亮，但我急着给她看我收集到的东西，它们和蝶尸同样美丽。

我从怀里掏出一张纸头，小心展开，那上面写满了名字。我让女贞看第一排，它们有三个名字，杨志豪、九发佬、夏娣生。我庄重地告诉女贞，它们是三粒被突如其来的暴风雨摧毁的草籽，中国新年那天死掉的，已经埋进土里，不会再发芽。第二排有五个名字，杨强仔、李二多、黄家伟、吴来发、马花花，它们是五只受了伤的蛾子，翅膀掉了，肚子穿了个洞，也许还能活下来。

女贞困惑地看着那些名字，再抬眼看我。

我要她别急，兴奋地让她看纸上记下的其他名字，这才是我想让她看到的东西：

曹连城、曹连古、曹连凤、曹连花、狗剩、桃娣、果妹、龚泽明、龚李氏、龚绍明、龚绍波、龚绍英、朱佑富、朱佑财、朱简氏、付业奕、付业品、马喜善……

阿朗布山、阿朗太岁、阿朗流水……

萨维兹·皮耶、康妮·麦肯锡、彼得·弗雷泽、约翰·弗雷曼、韦伯斯特·卡佛尔、伊莎贝尔·哈克、安吉拉·哈克、卡罗尔·普尼斯曼、泰勒·普尼斯曼、菲利普·玛拉、奥里弗·麦考特、马拉奇·安吉、卡米拉·沙姆基、迪帕克·沙赫、阿加·沙希姆、拉拉·沙贾德、哈里·穆罕默德、拉扎·阿贾德……

它们和我开始给她看的那八个名字不同，那八个名字死了，或残了，没有希望了，而这些名字还活着，它们有的是根，有的是茎和叶，有的是种子或孢子，她可以把它们看成她收集的那些美丽的蛾或蝶。

女贞打了个哈欠，连忙抬手捂住嘴，不好意思地看我，再看背后的碉楼，大概是困乏了，想回去睡觉。

“等等，你没明白我的意思。”我对她说，“我还有更好的，我给你看更好的。”

我把女贞拉到草地上坐下，把那张纸翻过来，纸的背面记着三个长长的名字。现在我可以真正向她炫耀了，因为它们不是简单的名字，而是三个动人故事。

嘉斯娅·哈德罗和克莱米·哈德罗，一对刚刚度过 14 岁生日的姐妹。她俩住在伯克郡乡间一栋维多利亚时代古老城堡里，和她们住在一起的是她们的伯爵父亲、伯爵夫人母亲和一大堆仆人。她俩是裙裾曳地的金发美人，姐姐嘉斯娅是个安静害羞的女孩，怀里总是依偎着一只老式乌木长笛；妹妹克莱米爱笑爱玩闹，和家里一只名叫“安吉娜”的小牝马老也搞不好关系，而且手指头上总是沾染着草莓的浆汁，她们英俊的哥哥身着皇家海军装的照片每天在客厅里安静地看着她俩，他现在身处 D 营。

拉扎·阿贾德，他是一名住在马德里郊区的哈扎拉少年。他每天清晨离家，走 20 里路，去普什图部落用乌尔都语卖清水和橘子。黄昏时分，他会推着小车返回家中，路上他会站下来，和普什图族长的小女儿赛义德·马赫娜说一会儿话。他必须躲避马赫娜的七个哥哥，不然他会因为接近了他们的妹妹而被杀死。就是说，他和他在D营的战俘哥哥，他们都是“穆哈基尔”①。

“然后呢?”女贞更加困惑地看着我。

“然后？不，没有然后。”我咽了口唾液，“他们还活着，这比什么都好，对不对?”

女贞默默地看着我，看出我的羞愧，却不说破，在草地上够过身子，伸出手同情地抚摩了一下我的脸。她的手冰凉，像是沼泽地里浸泡了一整季的胡杨枝。

“你要知道，”我被她冰凉的抚摩刺激了，不服气，思路凌乱，“这些名字非常奇特，它不是你的，完全超出你的生命经验，我是说，它们属于另外一些人，在别处生长，发芽，开花，结果，你认识了它们，它们和你有了关系，然后……”

我说不下去了。

“我原谅你。”她笑了，接下来说了一句话，“你想不想知道另外一个马赫娜的样子，就是，我原来的样子?”

“当然。”可这怎么可能，马赫娜只有一个，她也只有一个，这就是名字的意义，它们不可替代。

她要我等着，自己去了碉楼。我犹豫不决地等在草地上。我不知道这意味着什么，不知道她和普什图族长的女儿有什么关系，不知道她怎么回到原来，或者，这算不算她的另外一个名字，我有些不安，我希望人们的名字最好不要变化。

她回来了，手里拿着一套衣服，告诉我这是她的圣约翰救伤队制服，她落在日本人手里的时候就穿着这套制服，他们允许她保留它。

“转身。”她说。

我按她的要求做了，听见身后窸窸窣窣一阵，然后她说好了。

我转回身。她不见了。眼前立着一位青春妩媚的女童军，藏青色贝雷帽，白衣领白长袜，灰青色制服上别着镀金的红十字徽章，因为衣裳只使用了十几天，还是簇新的，光头少女消失在簇新的衣裳中，楚楚动人地抿着嘴对我笑。

---

① 乌尔都语，意即移民。

“呀!”我惊讶地说。

女童军英姿焕发地走向我，伸手把我拉近她，要我贴着她的脸，站好。

“睁眼。”她说，脸上浮现出一丝翘企的神色。

我照她的话做，眼睛睁得大大的。她踮起脚尖凑近我，探着脑袋在我眸子里左右打量，拿我眸子当镜子看了一会儿，轻轻叹息一声，摇着头妙曼地抿嘴一笑，笑靥中是多少污秽也改变不了的童贞。

那一刻我相信，我们如同至亲骨肉，可以在彼此的眸子中看到自己过去的样子。

我对女贞的讨好受到冷落，但我没有受到打击，因为我和她之间开始建立起一种羁绊关系，这似乎意味着某种精神密约的缔结，同盟者的关系莫测高深，无从窥探，除了我俩谁都不知道。不，我不会再吃那些美丽的蝶尸和草籽的醋，正如那只诡秘的野猫有它的牵挂，我也有自己的牵挂，我们都没闲着，都在寻找自己的根、茎、叶、种子和孢子。

春天到来后，我继续我的收集，向更多人索要他们家人的名字，这给我带来大量工作。有时候我一无所获，或者一天只能收集到一两个名字；有时候我会晕头晕脑地撞上大运，名字会源源不断涌向我。英联邦的人十分配合，只有少数人拒绝我的请求，大多数人乐于告诉我家人和爱人的名字，有人还拉着我没完没了地聊他的家，那是一份意外收获。中国人通常会警觉，就算我给他们解释过，我不会伤害那些名字，很多人也不愿意提到他们的家人。我能理解，在进入D营后，人们一直在回避家庭生活记忆，因为我的唐突，沉默被打破，这会导致他们对生命更多的怨恨。

我在收集中不断添加新鲜成果，这使我成了一个富翁。而收集名字让我认识了许多人，过去三年时间，我从没注意过他们，不知道他们来自哪儿，有什么样的家庭，生活得怎么样。我试图模仿他们的家乡话，广府、潮汕、客家、高州、军话，或者英格兰口音、苏格兰口音、北美和印度口音。它们听上去都很亲切，就像不同种群的鸟叫。我觉得他们就像我的亲人，老朋友，或者儿时的玩伴。我甚至收集到一些日本官兵的家人名字，我不知道这意味着什么，但我还是把它们列入了名单中。

当然，有时候我也会遇上一些麻烦。广西籍上士吴举碾就是一个。一开始他不肯告诉我家人的名字，怀疑我别有用心，比如把它们收集去制作成蛊毒。

我纠缠了他好几天，他一见我就躲。为了证明我不会把那些珍贵的名字变成可怕的虫子，我把吴举碾拉到老曹那儿，要老曹替我做证。老曹告诉吴举碾，蛊分 13 种，蠵、蛇、疳、肿、癫、金蚕、篾条、石头、泥鳅、阴蛇、生蛇、三尸和中害神，其中没有人的名字，至于施蛊对象，妇惑男谓之蛊，风落山谓之蛊，吴举碾不是妇人，我也不是山，两下挨不上。吴举碾嗯嗯嗯地点头，听完还是不相信我，我只好放弃，谢过口干舌燥的老曹，转头去找别人。

几天后一个阴沉沉的下午，吴举碾主动找到我，鬼鬼祟祟地把我拉到背人处，问我能不能帮他向自治委员会交涉，替他换一个营房，作为交换条件，他告诉我他家人的名字。我问他为什么要换营房。他不肯说，神秘兮兮地朝四周看。

“你要几多个名，长官?”他问。

“你能给我多少？最少三个，否则我没法帮你。”我觉得自己有点卑鄙，其实完全不必那么贪婪，两个也行，一个我也干。

“我可以畀多啲你，长官。”

“你是说，四个？五个?”

“如果你肯要，”他口气干巴巴地说，“我有 38 个名字，长官。”

天啊！我盯着吴举碾那张干巴巴的脸，有点喘不过气来，觉得这不可能。

“我阿爸娶咗三个老婆，为我生咗五个阿哥，三个细佬，七个姊妹。五个兄长为我娶咗五个阿嫂，生咗 13 个侄仔侄女。”他咽了一口唾液，“冇计入叔伯姑表同大舅仔。呢个係四年前嘅数，依家肯定唔止。”

我把眼睛闭上，想象那个瓜瓞绵绵的广西男人和他的三个女人，在心里默默祝福他们福寿绵长，然后我睁开眼睛，向吴举碾保证，他会搬去他想去的那栋营房。吴举碾站在臭烘烘的七号茅厕旁，心不在焉地看了一眼操场上幽灵般晃悠的人们，一口气说出了 38 个家人的名字。我像一头贪婪的负鼠遇到了昆虫、蜘蛛、蜥蜴、野果、鸟蛋和幼鸟，快速将那些名字收获进我的收藏品单中。

随着收集到的名字越来越多，我拥有了 1100 多个名字。几百万士兵在中国战区作战，上千万士兵在太平洋战场作战，他们有成倍数的家人，如果战争不结束，名字会源源不断增加，不知道还会有多少汇聚到 D 营，我没有那么多的纸张记下它们，我需要更多的纸和铅笔头。而且，因为我把记录名字的纸张带在身上，反复拿出来记录和察看，最先记下名字的纸张开始发毛破损，春天的雨水或汗水的渍洇使它们受到严重损伤，一些名字开始褪色模糊。

我改变方式，把褪色的名字重新勾勒一遍，把它们收藏在毛毯下，隔上一段时间拿到太阳下晒一晒。有一天，我去检查它们，发现有人从我的毛毯下偷走了三页纸，至少两百多个名字消失了。我如丧考妣，痛哭流涕。我在战俘中不受欢迎，谁都有理由公开或暗中袭击我，但他们无论如何不该偷走我的名字。

为了避免再度发生这样的事情，我决定不再把收集到的名字写在纸上，而是把它们默记在脑子里。这很困难。要知道，人的名字在战争中属于被完全忽略部分，人们通常会记住国家的名字：中国、英国、美国、日本、苏联；或者记住武器的名字："约克号""企业号""大黄蜂号""突击者号""苍龙号""飞龙号""翔鹤号""瑞鹤号""不屈号""可畏号""胜利号""暴怒号"[1]"野马式""飓风式""海盗式""黑寡妇""空中堡垒""零式"[2]"格兰特·李""奇哈""十字军"[3]；或者军事术语：进攻、撤退、胜利、战败。它们在战争中赫然耸现，剔肉见骨，比人的名字更加响亮。而我要把这些响亮的名字从记忆中抚去，在它们之下寻找到被挤压成粉齑的人的名字，再把那些名字黏合起来，深深印记在脑海中。

我反复在心里默念人们的名字，从早晨一睁眼开始，直到太阳当顶，这几乎成了我每天必做的事情。我心里装了很多人的名字。我变得越来越神经质。我的口腔开始溃疡，嘴角生出一串串脓包。我开始想念我在默记的名字。我的意思是，我开始想念名字背后一个个活着的人。

我开始想念自己的家人，他们和其他人一样，也有名字。

(GYZ006－005－013）证人矢尺大介法庭外调查记录：

天绝樱花王朝，日本的好运在昭和十九年走到尽头，世界大同的崇高事业遭到摧毁性打击，莱特湾决战后，战争状况急剧恶化，皇军海空军丧失殆尽，连续失去塞班岛、关岛和莱特岛，国防圈完全被打碎，本土面临严重威胁。

1 月份，军部制定了《帝国陆海军作战大纲》，准备进行本土作战，随后的

---

① 二战时期美、日、英国航空母舰名。

② 二战时期美、英、日国战机名。

③ 二战时期美、英、日国坦克名。

御前会议决定了《战争指导基本大纲》，提出以“一亿玉碎”保卫国土。美国人对香港的轰炸日益加强，防卫司令部方面要求加强战俘管理措施，防止战俘集体出逃。港岛那边的战俘营基于担忧做了战俘合并处理，D营有森林和海洋拱卫，大可不必紧张。指挥官要求加强营区二道门外警戒，兵科人员没有重大事情不再频繁出入营区，营区内管理完全交给战俘自治。

在这种局面下，131号就像一条饥饿的狗，终日在战俘中搜嗅，寻找腊肠似不再新鲜的家人名字，这种怪异嗜好闻所未闻，让人联想到恋尸癖。从战俘告密者嘴里得知这件事情，本人认为131在哗众取宠，在人群当中几近卑微地向人乞求，正直的人是不会这样做的。

随后告密者报告，贪得无厌的131和渐渐觉醒的战俘互相敲诈，一方索取家人姓名，一方要求以食物交换，131竟然高兴地答应。最先五分之一份口粮可以换取一个姓名，后来越来越昂贵，变成一份口粮换一个姓名。131挤在队列中领取食物，少一粒米就不依不饶，可他不肯吃下那份食物，用它去换名字，很快体能衰竭，反复晕倒。战俘委员会并不喜欢131小丑的做法，阻止他以食易名的行为，逼迫他把土豆汤和番薯吃进肚子里，可他吃什么吐什么。随后赶到的战俘军医劝他放弃滑稽行为，他冲军医傻笑，军医让人把他摁在床上，对他进行检查，结果令人沮丧，他并非有意呕吐粮食，而是患上了厌食症，这在古今战俘史上恐怕也绝无仅有。

连续多日没有进入营区的本人，看着因饥饿晕倒在战俘医院的131，他那副有增无减的贪婪是对战俘营中患上厌食症极大的讽刺，令本人十分厌恶。本人下令把试图保护他的军医驱赶开，用冷水泼醒131，不然他会在舒服的昏迷中再也不醒来。

“混蛋，适可而止吧，居然有你这种恬不知耻的人。”本人生气地看着131，不耐烦地用棍子噼啪拍打着靴子。

“啊，抱歉。”他躺在发臭的木板上口吐白沫，竟然不可思议地这么说。

“想死的话也不是不可以，装模作样的装死可不行。”

渺小而乏味的家伙，以为本人不知道他在做什么。坦率地说，他是令人不齿的胆小鬼，防不胜防的贼，以装疯卖傻与管理方作对，没有一天停止过狡猾的破坏活动。把自己虚构成英雄，对捉弄和报复管理方上了瘾，所谓名字什么的只不过是臆造，以为拥有了它们就可以成为任何人，最终精神方面出了问题，这就是他啊。

“这样的话，让想活着的人活着，像你这样的人，不如趁这个时候死了吧。”

生命本来就不是什么了不起的东西，本人决定给131一个了结自己的公正机会，让金在根带两名看守来，把131抬到警备队驻地后面小树林里。本人出现在那里时已经换下军服，换上一身土褐色和服。本人挥手让金在根和看守走开，在开着小白花的绶草上铺上白色棉布，布置好短刀，将趴在地上迷糊的131拎起来，不由分说剥掉上衣，一条布带束住他的头发，另一条布带缚在他胳膊上，布带两头压在他的膝盖下。

131像稀泥一般任本人摆布。本人挨着他坐下，短刀放在他的手边，军刀放在本人腿边，一切准备好，本人挺直腰背。

“不要闭上眼睛，腹上刀痕要直，不能有皱折，身体向前方倒下，不是没有吃东西吗？胃里没有食物反而是好事，不会把污物什么的弄得到处都是。”

131虚弱地跪坐着，样子糟糕极了。本人同情地伸手撑住将要滑倒的他，这样他在使用短刀的时候会好用力一点。战争是专制的，有时候人们会表现出不应有的温情，本人当时的情况就是这样吧。

“喂，你这家伙干什么呢，打起精神，快点动手吧！”本人朝131喊，“这可是中世纪以来最伟大的礼法，男人用它悔过和免耻，请不要玷污它！”

“剖腹的话，矢尺先生大概听说过江户时代左近兄弟的故事。”131埋头盯着白布上那把短刀，嘴里吐着厌食者的臭气。

“你小子在说什么呐！”

“24岁的左近和17岁的内记兄弟行刺德川家康未果，被赐剖腹。兄弟俩担心8岁的弟弟失手，将弟弟置于当中，一边镇定自若地将刀插进左腹，一边言传身教叮嘱弟弟。”

他停下来，喘着气，努力睁大眼睛扭头看本人。他的发梢上出现一颗雨滴。下雨了，森林里喧哗起来，一群又一群鸟儿急匆匆抢在雨点前面扎进树丛中，吵吵闹闹，一点也不知道廉耻，还有一些昆虫也和它们一样惶恐，那种没头没脑的样子实在让人扫兴。

“左近说，看见了吧，弟弟，切得太深，就会向后倒，一定要双膝跪好向前俯伏。内记说，眼睛要睁开，否则就会像女人的死脸，即使刀尖滞住，也要鼓起勇气把它拉回来。弟弟目睹两个哥哥死去，学着哥哥的样子，从容地完成了剖腹。”

“傻瓜，我可不会效仿左近和内记，让你学着我的样子剖腹。”本人抹了一把脸上的雨水，认真地对他说，“不用担心，我来做你的介错人[①]，会让你正大光明地死掉，这不正是你需要的吗？”

“不，”他虚弱地摇头，“我不会干那种蠢事。我想活着。我要活下去。”

倒不是雨来得太急的原因，肯定有更多的森林和昆虫，它们因为大雨到来之前迷失了方向，找不到避雨的地方。有些生命就是这样，明知道无路可逃，也要拼死坚持下去，131 号就是这种情况吧。可是，就算他对二条城的黄莺起过恻隐之心，令人欣赏，本人也不允许他继续摆布管理方。

本人这么想过，下定决心从湿透的白布上站起来，校官佩刀提在手中。

“话说，别想这么多，纠缠下去就没意思了，131，让一切结束吧！”

本人在雨丝中喊道，刀高高举过头顶。这个时候，一只丑陋的野猫出现在七八步远的地方，瞪着眼睛，颈毛乍立，朝本人嗞嗞地嗷叫。接着，一条三尺来长的蛇从头顶大树坠落下来，落在佩刀上，再从那儿滑落到本人的脖颈，在那里狠狠地咬了一口。明白过来野猫冲这边嗷叫的原因已经晚了，本人大叫一声，丢下佩刀，坐在地上，捂住伤口，疼倒不是很疼，但是，蛇贴着草皮飞快窜走时看得很清楚，是毒性很强的蝮蛇，可是，军夫已经被本人赶走，此刻大概在警备队躲雨吧。

“我要死啦……”本人捂着脖颈痛苦地说。

131 像在打坐，在雨中纹丝不动，赤裸的上身布满密密的雨珠，每一颗雨珠都比他肥硕。

“这样也好，那就再忍耐一下，人怎么也比不上蛇狡猾……”我呻吟地说。

131 吃力地伸手，哆嗦着抓住白布上湿漉漉的短刀，白布揉成一团糟地朝本人爬过来。

“干什么，你这家伙……”

131 抱住本人头部，力气大得惊人，之前的衰弱完全看不出来。

“放开我……”

乌黑的毒血滴滴答答落在腿上，混进雨水中，131 用短刀切开本人的脖颈。

“喂，难道不可以轻点吗……”

---

① 帮助剖腹者结束生命的人。

“随你便……”

他嘀咕着埋下头，咬住本人的脖颈，整个人悬挂在本人身上，感觉他在用力吮吸。

“真讨厌，就算这样，也不会饶过你……”

“喂，你们在干什么!”传译官桐山披着一件雨披朝这边走来，在他身后，稠密的大雨将D营完全遮住。

(GYB006－001－238) **被告郁漱石庭外供述记录：**

这一次，不是我自己走进管理区，而是两名战俘看守把我抬到管理区。

根据来访者要求，D营管理方安排了一间安静的房间供来访者使用。

没想到阿国会来D营。盟军的潜艇越来越多地在香港海出没，飞机投下的鱼雷炸毁了好几艘日本商船，D营每月两次的海上物资运输减少到两月一次，如果阿国乘坐的船在绕过平洲岛海峡时恰好触碰上水雷，下场就不妙了。

阿国对我的状况表示强烈吃惊，几个月前我们在香港见面，虽说那时的我无法与在学校运动会上同日而语，也不至于糟糕成这样。我的样子肯定吓住了阿国，他出去了一会儿，再进来时带回一件衬衣和一条短裤，让我把臭烘烘的湿裤子换下来。

“只能做到这些了，”他抱歉地说，“战争状况不断恶化，外事部已经把拘留营和战俘营外交权力移交给陆军防卫部队司令部，我不再是上级部门人员，D营方面能够接待我，已经出于充分的礼貌了。”

另外，我还得到一杯热茶和两个饭团。我们坐下谈话。我喝掉热茶，没动饭团。实际上我非常饥饿，但那两个饭团不是番薯，是大米，能够换取八个名字，少于四个我宁可把它们喂臭虫。

“怎么搞成这样，不能小心一点吗？不要紧吧?”

“小心的话，具体怎么做呢?”

“哎，这个倒是要琢磨，总之不能一副垂头丧气的样子。”

“说得也是，和预想不同也未可知。”

“怎么说呢，外务省官员对被拘战俘多有同情，同意红十字会代表辛德先生的救助工作，虽说宪兵部队长野间贤之助那家伙竭力阻挠，战俘总营方面也出现严重贪污情况，捐赠物资运到黑市上倒卖，再怎么说，英美两国通过国际红十字会送来的捐赠还是有一部分送到战俘手中，难道就没有得到一份吗？”

阿国的话有点可笑，作为占领军外事部官员，管理敌国难民和战俘长达三年，不会不知道战俘营中发生了什么。因为要过海来，他特意收拾了一番，穿了一身改正式军装，配上皮质不错的马靴，很成熟的青年，用不着讨好谁，硬要东拉西扯装出一副关心的样子。

“D营也开办了战俘学校吧？”见我不说话，他又问。

“为什么这么问？”

“有件事情没明白。”

“是吗？”

“负责教育口文件起草的三井患痢疾住院，我替三井写报告，记得一些数字。香岛占领前有11万学生，如今只剩3000人，和赤柱拘留营中的难民相当，连香岛大学门前都变成了集体墓地。可是，赤柱拘留营的人却为200名儿童和少年开设了学校，孩子们都在读书，说起师资，教师中不乏一流大学的硕士和博士啊。”

“D营也有学校，是三所吧，我在其中两所担任老师。”

“这样啊？”

“战俘们计划未来，想在战后离开军队，做农艺师、厨师和海洋学家什么的。”不过，自从冈崎小组离开后，我如失旦之鸡，没有上过一堂课。

“真了不起！”阿国由衷地说，“赤柱那边说来也让人惊讶，连天烽火的日子，竟然有19对青年在拘留营中产生了感情，做了新郎新娘。”

“不死在路上的话，相爱的人迟早会相遇。”我慢吞吞说，“爱情这种东西，D营也有，不过，和阿国你提到的不同，不知道算不算爱情。”

“还有，竟然有46个婴儿在条件恶劣的拘留营里出生，知道这些事情以后，就连我也被渴望爱情和做父母的愿望而感动。”

“田上女俳人①写到胡枝子时，忍不住发出感慨，‘绳子一解开，胡枝子花齐绽放’，说的就是束缚和希望的意思吧。”我举起茶杯，遥祝那些隔海的新人和婴儿，杯子里只剩下一点残茶，但足够了。

---

① 田上菊舍（1753—1826），日本江户时代俳人。

“话说，战争没有阻止人们继续生活下去的勇气和热情，”阿国脸上浮现着夸张的表情，“只要活下来，一切就有希望，漱石君你要坚持啊！”

“虽然这么说，冒着被水雷炸死的危险跑到这儿来，吞吞吐吐，说什么活下去的话，阿国你到底想说什么？”

“你这个家伙，总是不给人面子。”阿国一瞬间脸红耳赤，有些尴尬，“不过是想请你帮帮忙，在一份文件上签个字，如果不想干也没什么。”

很快就知道，日籍和台籍官员在悄悄为战争结束准备后路，高官们托人把搜刮来的财富带回国内，小官吏也在黑市把军票换成金银，以免战争结束后一无所有。

“这么说并非本人贪污，各国平民求外事部办事会主动贿赂，一来二去，积攒下一些。”阿国申明，“等战争结束，不幸成为战俘的话，财产会作为敌产没收。要是用华人名字购买房子，情况就会不同，服完刑期可以悄悄把房子卖掉，就算遣送回日本，日后也能回来设法变现。”

“知道了，阿国没有金银珠宝，只有一些积攒下的私财，不过，要考虑以后的事情，最好置换成房产什么的，这样理解没有错吧？”

“可是，总督部把物业归入战争物资，要求买卖双方到家屋登记所办理登记手续。和业主谈妥了，购买人不到场这件事情说什么都会处理好，总之，请你在文件上签个字，就算给我帮忙，拜托了。”

阿国从随身带的行囊中拿出一份房契，一份登记书，不敢看我，递给我时有些不知所措，一点也不像过去的他。

很多人在战争结束前死去，很多人在战争结束前逃离，那个未曾谋面的房主，大约再也不想返回让他和家人伤心恐惧之地，而阿国则担心国家战败后自己一无所有，这就是他说的，人们在残酷的战争中，仍然顽强保持着生活下去的愿望啊。

我沉默一会儿，欠身过去，从阿国手中取过文件。阿国赶快递过笔。我在文件上签了字，摁上手印。阿国如释重负地快速收好文件，取出一架蔡司牌相机为我拍照，验明买主真身，我这才明白为什么他要为我换上一身干净衣裳。

事情办完，阿国声称要赶回香港。大概觉得这样做有些愧疚，他走到门口，往外看了看，回头小声告诉我，香港方面的战俘很快会压缩到三个战俘营，一旦情况稍缓，即转移到台湾或本土，D营在首批疏散名单中。

“请不要参加来自战俘方面的反抗。”他迟疑了一下，毅然说，“转移时服从看守指示，不要企图逃跑，遇到美军登陆不要随着人群跑，离开人群躲起来，军队撤走前不要露面，请千万记住。”

“她在哪儿。”我根本不在意阿国说什么，盯着他的眼睛问。

“我说，你这家伙到底想干什么。”阿国恢复原来的口气，大概文件拿到手给了他底气。

“她在哪儿。”我执拗地问。

“傻瓜，能在哪儿?”他恼羞成怒地大声说，“心如死灰的人，难道还能重新活回过去的生活不成，是你这小子害了她!”

阿国说完那句话，气愤地拉开门走了出去。阳光从他身后涌进来，照在桌上，那里有一条披着黑金盔甲的千足虫，在阳光照耀下吃了一惊，仰起小脑袋四下看了看，快速蠕动着离开了。

加代子仍然在香港，在潮湿的南洋边上那看不清命运的岛上，隔着平洲群岛默默地陪着我，阿国说“能在哪儿”的意思就是这个。

金在根进来了，盯着我看了好半天，抽动一下鼻子，要我脱下身上的干净衣裳。我没有争辩，照他说的，脱下干净衬衣和短裤，换上我那套又湿又脏的衣裳。但他搜走了那两个饭团。

“如果可以的话，我可以留下它们吗?”

金在根阴沉沉地看着我。

“完全没有顶嘴的意思，本来我可以吃掉它们。”

“你没吃，笨蛋。”韩国人幸灾乐祸地说，“你嘴肿了，蛇毒起效果了吧?次官得到及时治疗，清理了伤口，反而在舒服地睡大觉，你这个蠢货。”

他日语很糟糕。我也好不了多少。我指的不是蛇毒，那个我知道，和阿国谈话的时候就感到吞咽困难，想呕吐，所以有一阵没有说话。我指的是，我们在同样的淫威中，说着淫威制造者的语言，压根儿没有使用我们各自的母语，在完全不相同的语言环境中成长的人，在战争中殊途同归了。

(GYZ006－005－015）**证人矢尺大介庭外调查证词记录：**

说什么“被一个战俘救了命”这样的话完全不负责任，如果不是换下长裤和靴子，对野猫的报警反应再果断一点，完全不会被蝮蛇咬伤。何况，海外作战的南方军配备了充足药品，防止野外毒蛇咬伤的手段也有准备，131 用短刃切开本人脖颈上的伤口，用嘴吸出毒液，寺野军医紧接着做了缚扎和冲洗，当天下午出现过短时间流汗和视觉模糊，用过药后症状很快消失了，是本人命大吧。

没有人情味这样的问题，恐怕不适合在军人中讨论。记得当年离开兵户县的时候，和子抱着未满两岁的秋希送出门，和子对本人说过这样的话："千万不要杀那些手无寸铁的人，那样会遭到报应。"本人埋怨她说："说什么丧气的话。"和子接着说："就算要杀人，请大介去杀那些想要杀害你的人吧。"听了和子的话，本人感到莫名其妙，人们有共同的道德观，完全一样的人情味，是说这个吗？要是这样说，完全是谎言啊！

世上有那么多的仇恨，真是不堪重负，杀掉一些仇恨的种子是在做好事啊。本人就是这样想的吧。

(GYB006－001－239) **被告郁漱石庭外供述记录：**

昏睡了几天，我又活了过来。如今睡觉是一种考验，没有脂肪的覆盖，骨骼只剩下一层皮保护，睡在坚硬的木板上不会舒服，从床上起来时，身上会添加几块明显的瘀血的紫斑。好在我根本不觉得那有什么，要知道，每一种植物，每一个动物，它们都有这样的文身，因此美丽无比。

我一直在考虑阿国的话。阿国不是撒谎的人，不会欺骗我，D 营将要转移，目的地是台湾和日本，这是一个重要信息，自治委会员需要它，但他们会核实消息来源。管理方在转移行动实施前不会向战俘方透露一个字，消息来源必须有一个说法，我要么说出实情，同时在我的"通敌罪名"上再添加一项新的"罪证"，要么闭嘴，什么也不说。

冬天第一场雨落下，我做出决定，隐瞒战俘将要转移这件事，我选择什么也不说。

冬天徐徐而过，隐匿者邦邦就像红树林中隐现的饭匙鸟，将捕捉鱼虾的长喙隐藏在黑色中，不动声色地向人们提供战争进展的消息，那些消息大多是好消息。

经过对怀疑对象的多次排查和追踪，军官们放弃了查找消息来源的行动，做出聪明决定：严格控制知情人员范围，在得到情报时不做出任何鲁莽反应，保护可贵信息提供者的绝对安全。

摩尔上校把我叫到他的营房，当然不是为了打听消息的来源。我被军官委员会列入头号情报提供者是情报事件刚刚发生时的事，他们花了几个月时间在我身上排查，最终因为我数次滞留管理区时情报仍然悄然出现，证明了我与情报完全无关。

作为前情报军官，邦邦也被列入情报提供者排查名单中，我不明白他是怎么逃脱掉严格排查的。据说那份秘密名单中有七个人，我非常渴望知道他们的名字。要知道，这七个人是D营最神秘的人物，他们以及家人的名字无疑是我可能收集到的珍贵品种。

摩尔上校听说我在收集战俘家人姓名的事，很感兴趣，把我叫去，问我为什么不找他，他完全可以为我提供几个名字。我告诉上校，我的工作只进行了一小部分。我找了339名战俘、警备队士兵和日方人员，他们当中有127个人拒绝了我，主要是日方人员和华兵，剩下212个好心人，我从他们那里得到了1316个名字，主要是他们的父母、爷爷奶奶和兄弟姐妹的名字。以我能够接触到的对象，还有大量工作要做，如果战争继续下去，这份工作将看不到尽头，可能我来不及从他这棵植物上采撷种子。

摩尔上校笑了，他很奇怪我有这样的想法。我希望上校尊重我古怪的想法。摩尔上校表示理解，但他不同意我的消极看法。他认为战争不但无法继续下去，而且很快就会结束。所以，在我们等待德顿结束军官委员会工作走进西区2号营房前的这段空隙间，他希望和我谈谈战争结束的问题。

“恐怕你将不得不结束你奇特的工作，中尉，你无法在收集名字这件事情上成为一位令人羡慕的富翁。”

“您这么看?”

“是的，只是对于支离破碎的中国，事情可能会是另外一种情况。”

“您说得对，先生。第一次中日战争，中国失去了台湾。第一次世界大战，中国同意了日本在东北的势力范围。九·一八事变后，中国失去了东北。七·七事变后，中国又失去了半个国家领土，它的确够支离破碎的。”

“是啊，如果中国能强一点，战争在更早的时候就结束了，也许不会发生太平洋战争。”

“恕我冒昧，先生，我无法同意您的看法。”

“哦?”上校把一碟饼干放在我面前的木墩上，然后去准备茶。

“您应该注意这样一个事实，”我征求上校的意见，告诉他我一点也不想吃掉饼干，是否可以让我带走两块，用它们去交换姓名，上校同意了。我小心翼翼地从碟子里取了两块饼干，把它们认真揣好，然后开始发表我的意见，“日本认为战争在中国只需要几个月就会结束，他们在南太平洋其他地方的确在快速驱除占领者，由英国殖民的香港、马来亚和新加坡，由美国殖民的菲律宾和由荷兰殖民的印度尼西亚，守军在攻击下一触即溃。”

“我没有想到，你还是个民族主义者，中尉。”上校微笑着说，“我明白你的意思，你是说，中国和缅甸、东印度并没有被日本征服。”

“这很正常，先生，盟军把战争重点放在欧洲和非洲，亚洲的战事始终被忽略，没有人在意这儿发生了什么。可是，即使把战争放在更广阔的视野中，欧洲战争爆发后，仅仅四十多天，法国就投降了，然后是荷兰、比利时、挪威、波兰、匈牙利、捷克斯洛伐克、塞尔维亚、罗马尼亚、克罗地亚、希腊，人们还没有缓过神来，这些国家就沦陷了，只有您的国家和苏联没有向法西斯妥协。”

“你这么说，我想起一件事。港督宣布投降前，我在海军俱乐部见到合众社的海蒂，她给我看了一份来自华盛顿的电报。”摩尔上校把沏好的茶递给我，在我对面坐下，“太平洋战争爆发当天，亨利·卢斯[①]的父亲老亨利去世了，他死前最后一句话是在电话中对儿子说的，想知道他说了什么?”

“是的，先生。”

“老亨利为美国遭到日本袭击欣喜万分。他说，现在美国人终于明白中国对我们的意义了。”

“实际上，我见过卢斯先生本人。”

“哦?”

“五年前，我有幸在普利策新闻奖委员会担任学生助理工作，卢斯先生的

---

① 亨利·鲁滨孙·卢斯（Henry Robinson Luce，1898—1967），美国出版家，《时代周刊》《财富》等刊物出版人。

《时代周刊》《财富》和《生活》有四篇文章进入了国际报道和社论写作评选，委员会让我去他的麦哈顿寓所核实稿源，我见到了他。知道我是一名来自中国的学生后，卢斯先生表达了对中国抗战超乎寻常的关切，他尖锐地批评宣称中立的美国政府虚伪，指责政府向侵略国的日本提供的贷款、石油和生铁比向被侵略的中国还要多。”

“嗯，老卢斯一直是你们统帅的坚定支持者。”

“您刚才说弱小的中国，上校，您没说错。可是，在同盟国阵营建立之前，这个弱小的国家已经进行了整整四年的全面战争，它不但孤独地与侵略者作战，而且直到今天也没有被征服，这难道不是世界上最漫长和绝望的抵抗吗?”

“中国人在战争中的确付出了惊人的代价，它所表现出的抵抗决心让大部分欧洲国家感到羞愧。”

“不，上校，我没有为中国辩解的意思。我是说，中国从来没有停止过战争，就算战争结束了，它还会以别的名义再度爆发。而且，就算国家战败了，人们未必会投降，战争会以各种形式存在下去，即使在战俘营里，我的收集工作也不会结束，它没有尽头。”

“唔，有意思，你让我对你的工作有了新认识。”摩尔上校若有所思地点头。

我们谈了一会，德顿来了。上校的私人下午茶开始。

当天的话题是战后局势。摩尔上校和德顿非常乐观，他俩都认为，战争结束后，一切会向好的方向发展，正如上次世界大战结束后的情况，英国和欧洲会很快恢复活力，而联合国家组织将有效地遏制新的战争发生。至于战后英国政策，他俩观点一致，认为英国在亚洲的殖民地必然崩溃，美国势力将在亚洲崛起。

这一次，我没有加入他们的谈话，只是做忠实的听众。但很快，两位贵族军官谈到战后中国的去向。德顿认为，中国知识分子普遍对美国抱有幻想，认为美国人一直在努力解决世界上人口最多的国家的和平问题，这源于美国从自身出发的历史使命，他们认为，通过在世界各地培养自由企业和自由民主价值观来实现广泛的商业和战略利益是唯一正道。

摩尔上校希望听听我这个中国人的看法。

“我不清楚摇摆不定的知识分子怎么想，”我拿不准地说，“对于饱受战乱的中国人，他们可能更愿意接受在战后的废墟中建立一个全新的现代自由社会，而不是重新回到军阀割据和独裁专权的老路上去。”

“或者不如说，”德顿不同意我的看法，“由美国人用庚子赔款①建立的教育基金培养的留学生，以及美国外交官和顾问团军人描绘的蓝图更被中国人关注。”

“人们希望自己的国家成为主权独立、自由发展、国富民强的民主国家，公民享有受到保护和自由呼吸的权利，就和你的国家一样，德顿老兄。”

“英国可不是这样的国家，而且也不会成为这样的国家，中尉，你对美国人抱有过于理想的看法。”摩尔上校严肃地说，显然，他对美国那套政治没有好感。

“您说到理想，上校，理想对中国太重要了。”我有点困惑，但不愿意放弃，“30 年前，这片广阔的天地只属于皇帝一个人，在天赋君权的他或者在帝王禅让中有机可乘的他们之外，只有奴隶，没有人民。人民是国家间战争中出现的新物种，他们开始考虑国家与自己的关系，他们需要理想支持他们。”

“你说的理想是指理所当然的国家领袖蒋介石先生？你忘了，他还有一个强大的对手，共产党，那些红色罗宾汉也希望国家遭受的创伤会在战争结束后得到恢复。”

“那样更好，国家有更多力量完成新的建设。”下午茶充满了议院气氛，我不习惯这么严肃的问题，我觉得它应该结束了。

“你太天真了，中尉，中国战区在战争中的妥协并非来自日本，而是来自战区统帅对共产党的害怕和憎恨。日本的全面入侵使共产党免于在绝境中被消灭，‘双十二事变’推迟了‘安内攘外’政策的实施，八年当中，凡是国军在正面战场上的损失之地，就会成为共产党武装在敌后渗透的生存和发展之地，如今他们已羽翼渐丰，军队发展到百万，控制了 18 个解放区的一亿人口。而这个国家的人民在名义上的统治者和他的政党身上看到的是一个无法捍卫自己国家、同时充满腐败和懈怠的独裁政府，对日作战结束后，他们当中大多数人会把目光投向正在崛起的在野党身上，日本投降不过是内战重拾的仪式，而国内战争将以代价更高的形式爆发。”

我沉默了。德顿看出来，他试图调解我和摩尔上校之间的分歧：

---

① 清朝政府根据《辛丑条约》向美、英、法、俄、德、意、日、奥等国进行的战争赔款。

“不管哪种情况，真正麻烦上身的是美国人，他们的野心比谁都大。”

“等等，上尉，中尉提醒了我。”摩尔上校竖起手指阻止住德顿，热情洋溢地转向我，“我们刚才谈到了卢斯，这位出生在山东蓬莱的时代先生在整个战争期间都在美化蒋先生的形象，完全不顾蒋先生其实是这样一个统帅，热衷于把权力和权威完全集中在自己身上，把50万宝贵的精锐之师用来限制共产党，剩下的嫡系安置在西南大后方，等待美国人来完成对日本的最后一击。”

“卢斯先生为什么这样干?”德顿感到不解。

“问得好上尉。卢斯警告过人们，一旦共产党接管中国，这个国家将可能发生可怕的后果。不过，美国人决定不了中国，无论中国去向哪里，都将由它自己来决定，只是，中国恐怕会向错了的那个观点走去。”

“为什么?”德顿继续问。

“仍然是中尉提醒了我，”摩尔上校看了我一眼，转向德顿，“上尉，你觉得，美国总统会不会对他的士兵说，孩子们，战争结束了，可是你们不能回家，我需要你们当中的150万人去中国干预一场内战，他会吗?”

“不会，长官，所有士兵都想回家，他们会冲着他们的总统吹口哨。”

“那就没有什么可以阻止共产党在中国快速壮大了。”摩尔上校摊开双手，做出他最后的辩论观点陈述，“如果人民真的存在，一个全新政权才有可能代表他们未来的命运，而战争结束后，共产党将向政府宣战，然后在某个时期接管这个国家。”

沙希姆进来了。我松了一口气。

自治委员会为是否将营区周边的防空壕改建为半封闭的防空洞掩体与日方产生分歧，日方拒绝战俘方在营区内大兴土木，而游击队这次竟然站到日方一边，他们认为营区的卫生已经够脏了，拒绝再在营区内挖洞，声称如果实施新的工程，他们将考虑停止营区卫生工作，格尔诺维茨副主管请上校就此事做出最后决定。

(GY006－003－059) **辩护律师冼宗白陈述：**

1944年12月，我和家人在澳门迎接新年。

圣诞节时，英国使馆组织了一场晚会，“英国陆军援助团”的尤恩上尉得知我准备在中国旧历年前返回香港处理一件商法案，劝我暂时留在澳门，不要回香港。“美国人可没有我们那一套繁文缛节，那些乡巴佬准备送给日本人一份新年厚礼。等着瞧吧，香港会很热闹。”尤恩意味深长地说。

尤恩先生的情报很准，新年刚过，美国太平洋舰队航空母舰编队就浩浩荡荡驶入南中国海，1 月 9 日，收复马尼拉的战役在吕宋岛打响。第 38 特遣舰队也在金兰湾和华南沿海横扫日军，击沉了北上的第“ヒ 86”船队十数艘大型货轮和第二遣支舰队的护航舰，跟在其后的第“ヒ 87”船队放弃航线，转向香港维多利亚海湾避难。

16 日那天，天气晴朗，应“英国陆军援助团”尤恩上尉之邀，一大早我就沿着美丽街上山，到了主教堂背后一座公馆。公馆里已经等着好几位朋友，大家喝茶说话。昨天，盟军第 14 航空队派出上百架战机从中国内地机场起飞，攻击了日军华南地区战略目标，第 38 特遣舰队则派出上百架战机对台湾进行攻击，同时有数十架战机对香港启德机场进行攻击，日军停泊在启德机场的 18 架战机未及起飞即被击毁，三年前香港战役中启德机场的一幕再度上演，这让大家都很兴奋。

约 10 点半，公馆里有人进进出出，神色紧张。尤恩向我们通报约大家来的目的：第 38 特遣舰队再度空袭香港，第一批近百架战机刚刚完成首轮攻击。大家不约而同地欢呼起来。尤恩开玩笑地说，如果这个时候爬上西望洋山圣母堂钟楼，一定能看到在空中集结和调整俯冲轰炸队形的机群，不过，日本特务机关的人肯定在山上，天上已经够热闹了，地上不要再打起来才好，所以请大家在这里听候战果。

那天的空袭一共进行了五轮，直到晚上，停泊在南海的航空母舰上还有一批批飞机飞向香港上空。事后得知，15 日和 16 日的空袭是香港历史上遭遇的最严重的战争攻击，第 38 特遣舰队总共派出 471 架次轰炸机和鱼雷攻击机，在香港和九龙投下 150 吨炸弹，13 枚鱼雷，发射了 133 枚火箭弹，是三年来对香港空袭投弹量的一倍，三年前日军攻击香港时投弹量的一倍半。空袭以失去 19 架战机的代价消灭了日军停泊在香港的第“ヒ 87”船队和剩余的第二遣支舰队的护航舰，日本失去了最后的大型油货船队，香港也失去了华南海运基地的作用，空袭结束后，日军中止了香港与台湾之间的航运，至此，香港和华南地区与其他日军占领区的联络完全中断。

16日日落时分，从“兰利”号航母上起飞的20架F6F完成攻击任务后，准备返航，机群中的一位飞行员发现尚有一枚五百磅的炸弹未使用，规定不能带弹回舰，他看见机舱下赤柱炮台附近有一座建筑群，遂向其俯冲投弹。F6F舰载机有着出色的低空绞杀能力，人们把它叫作“地狱猫”，它证实了这个绰号并非浪得虚名，炸弹穿过温暖的空气飞向大地，准确地击中了目标。

那座建筑就是关押了几千名欧洲平民的赤柱拘留营，炸弹落在C座平房的院子里，事后统计，有14名英籍平民被炸身亡，数十人受伤。

(GYZ006－005－014) **证人矢尺大介法庭外调查记录：**

头一天，香港遭到敌人两个方向空袭，损失严重，防卫司令部打来电话，要求做好防空准备。第二天上午9点，通知有大量敌机来袭，因指挥官患登革热在香港治病，本人即命令出营劳役战俘返回，营中战俘按规定分区进入壕沟躲避空袭。

过去一年空袭不断，D营因远避海上安然无恙，战俘习以为常，摩尔等个别高级军官不愿进入又湿又臭的壕沟，我方没有干涉。皇军可不会这样散漫，除四座岗楼执勤士兵和海边观察哨士兵，官兵全部进入防空洞。

空袭从上午一直延续到下午，这种情况之前没有过。敌机一群接一群从海上飞来，在香港上空投下炸弹，然后拉起，拖着长长的白烟掠过D营向高处攀去，在高空重新编队，再次向香港发动俯冲。据第二岗楼报告，第一轮空袭前，一只航空油箱从空中坠落，击中战俘管理区，造成三间房屋坍塌。战俘方值班军官发现油箱中尚有没燃尽的航空汽油，派出战俘将油箱拖到南边坡地铁丝网前用泥土掩埋，防止燃烧爆炸。下午，战俘方组织人从油箱中抽取贵重的航空汽油，明显有侵占战争物资企图，二号岗楼哨兵发出警告，将他们驱散。放松了警惕的战俘随即请求返回伙房造饭，遭到本人严厉拒绝。一些胆大的战俘离开壕沟，站到空地上仰头观望从头顶飞过的飞机。一号岗楼询问是否击毙违反营规的战俘。本人幽默地加以阻止，曾经是前线士兵，望着自己一方的战机从头顶上斜身飞过，那副场景十分伤感啊，只要安静地观看天上的战争，是可以理解的吧。冈下队长开起了玩笑，朝天上大声喊，喂，慷慨的家伙，拜托了，请把满载的副油箱送给警备队吧。

大约日落时分，晚霞在西边的森林上方发出大片燃烧色，一架被防卫军火炮击中的敌机在D营上空坠落，机师跳伞掉入海中，本人命令尾下军曹带四名士兵乘木船下海搜捕。此时，大约十二三架飞机自东北方向飞来，海边观察哨通报看见P-40格斗机头的鲨鱼獠牙，认出是敌14航空队战机，其中两架发现海中的降落伞和我方驾船出海的士兵，随即折回，向尾下军曹船只俯冲扫射，致使三人为天皇尽忠，二人负伤。海边码头左侧悬崖上的观察哨目睹了此景，虽说第23军一度隶属南方军，毕竟只有第38师团调往南洋作战，大多官兵长期在华南作战，深受敌14航空队凌辱，恨不能生而啖之。如今眼见战友遭到射击，生死不明，担任观察哨的军曹后藤和二等兵八木怒不可遏，即用89式旋回机关铳向敌机射击，致使观察哨东北边的D营暴露。敌机先后自东北向西南方向俯冲，开始攻击D营。

(GYB006－001－240) **被告郁漱石庭外供述记录：**

空袭开始后，我一直很焦虑。我不知道香港现在是什么样子，空袭会不会毁了它，袭击者是否会执行无差别轰炸，加代子是否在聚集的日本人当中，我希望知道这一切，即使我什么也做不了。

那是我经历过的最丑陋的轰炸，它漫长得没有尽头，整整两天没有停止。好几次我想跳出壕沟，向空中飞过的那些家伙大声咒骂，让它们注意我，让它们把所有炸弹和机枪子弹倾泻在我头上，哪怕把我炸成粉尘，请它们放过香港。

第一串机枪子弹落在D营时，我兴奋起来。

在此之前，人们多在壕沟里睡觉，孖仔跑到军官壕沟来找我，他替我在游击队中做通了几个人的工作，他们很乐意告诉我家人的姓名。我朝操场东头游击队所在壕沟看去，那里，一缕灰色云朵被海风推动着从很低的地方飘来，然后是一片黑色云朵，它快速超过灰色云朵。我很快看清，黑色云朵不是云朵，是飞机。

那是一架机头涂着北非战场鲨鱼标识的P-40，我的老相识，也许它就是我在美国经手的那批飞机中的一架。驾驶这架飞机的机师是个老手，他以760KM/H的俯冲限制仰角冲向D营，第一轮射击就把西南角的二号岗楼掀掉半层，接下来一路扫射，操场被打出两道筛洞，东北角的三号岗楼立刻冒出黄烟。站在壕沟边的人们刚才还在欢呼，现在吓得纷纷跳回壕沟。没等人们反应过来，第二架飞机出现了，它发出一种近似孕牛发作时长长的哞叫声俯冲下来，投下两颗炸弹。第一颗炸弹在海边方向爆炸，目标可能是码头那边的观察哨，另一颗悬挂在空中，好像一只怪兽的眼睛，饶有兴趣地看着大地。军官们大声叫喊，要士兵回到壕沟里。士兵们在壕沟里乱窜，有人大声咒骂着。我看见古柏和皮耶爬出壕沟朝西区跑去。我看见老曹在那儿挥着胳膊喊叫，他身边的地上倒着一名军官。我看见七海副队长带着十几名全副武装的日军从警备队宿舍背后钻出来，向海边跑去。我比他们更兴奋，心里想，为什么是两架？为什么不是20架，200架？它们最好全都冲着D营来，香港上空只留下不受打扰的白云。

悬挂在空中那颗炸弹悠悠乎乎坠落下来，在营区东边某个地方爆炸，发出巨大的爆炸声，那里冒出一股黑褐色的烟柱。我趴在壕沟里，捂着耳朵抵御爆炸的巨响。我很快呆住。弹着点是管理区！我被一股力量推动着，手脚并用地爬出壕沟。值班军官发现了我，朝我喊叫。我没理他，发疯似的向管理区二道门奔去。

管理区被炸弹击中，围屋东面的房屋炸毁一片，正在燃烧。留守管理区的韩国籍士兵躺在血泊中，半个身子被炸掉，一堆碎裂的青瓦堆在他脸上，一只手还捏着光秃秃的枪托。后院冒着大火，那里堆着厨房用的柴火，爆炸引燃了它们。我被硝烟呛得大声咳嗽，跳过一片坍塌的断墙，冲向碉楼。

女贞肯定昏睡了一夜，没来得及穿上衣裳，裹着毛毯万分恐惧地蜷缩在墙角里。我一进去她就跳起来冲向我，紧紧抱住我，巨大的力量将我冲撞到墙上，背上一阵揪心地疼痛。

"对不起，对不起……"我大声咳嗽着说。

女贞全身发抖，泪水黏合住的眼睫摩擦着我的脸，一只手揪住我的衣裳，一只手不知往哪儿放，慌乱地拽住我头发。

"没事了……"我话音刚落，悬挂在窗外的紫藤突然舞蹈者般跳向空中，一串航空机枪子弹击中了它，雕木窗顷刻间四分五裂，碎石和木屑蝗虫般扑进屋内。紧接着一声巨响，整个碉楼都在剧烈旋转摇晃，我看见军毯荡漾着黄色波浪离开女贞的身体，从她赤裸的身上滑落到消瘦的髋骨。我们被一股气流掀倒，翻滚着跌倒在地板上。空气中充满了硝烟和粉尘的味道，我从地上爬起来，手脚着地朝女贞爬去，抓过毛毯，遮掩住她的身子，很快又将毛毯掀开。她的肚脐在小腹上方深深陷下去一圈，如同一只冰色的越瓷碗沿，一条殷红的血蛇正快速攀入碗底。

“怎么啦？你怎么啦！”我惊慌地朝她喊，可我听不见自己的声音。她大声咳嗽着，我也听不见她的声音。她的身子在军毯的缠绕中扭曲着，光头痛苦地顶在我胸口上，指甲深深嵌入我的皮肤。她半边脖颈在流血，那里也有一道伤口，一只雕木窗上的铜扣深深插在伤口中，露出差不多两寸长的铜屑，血从那里急速地流淌下来。我在慌乱中碰着了铜扣。她伸长脖颈叫了一声，我听不见，只感到她张大的嘴中正在咝咝地漏气。我说不清楚，那根该死的铜扣是否插进了她的气管，我说不清楚！

我把女贞放下，朝榻榻米爬去，抓过床单，撕下一条，再爬回女贞身边，替她包扎上腹部的伤口，然后手忙脚乱地去撕第二条床单。女贞的嘴里开始涌出血。我的眼睛被血糊上了。是我自己的血，它们流得到处都是，好像我俩全身都是伤口，但我丝毫不觉得疼痛。

碉楼第二次剧烈地震动起来。是第三颗炸弹。这次弹着点远一些，但碉楼摇晃得更厉害。我听不见爆炸声，但知道是怎么回事。天上那两个家伙把碉楼当成了军事设施，正欣喜若狂地攻击它，他们有 1159P 马力和 547KM/H 速度，完全可以快速返回来完成第二次攻击。趁着第二轮攻击过去的空档，我快速为女贞包扎好脖颈上的伤口，把她安置在墙角，抹去脸上的血，转身朝门口爬去。我听不见楼梯的呻吟，但能看见它正在一节节坍塌，义无反顾地坠落到底楼。现在，我没法把她带离碉楼了。

我惊慌而绝望地回到墙角，膝盖被碎石和木屑割伤了，血流得到处都是。我靠墙坐下，把女贞拖到身边，紧紧搂在怀里，用身体遮挡在她和裸露的窗户之间。我不知道碉楼会不会垮掉，什么时候垮掉，不知道那两个打野食的小子还会不会回来，继续丢下罪恶的炸弹。我不知道怎么和他俩商量，劝他俩住手，去找到他们的兄弟，到别处撒欢。要命的是，那两个家伙各自装备了两挺勃朗宁 M2 重机枪和一挺勃朗宁 1919 式机枪，机翼下带着两枚五百磅炸弹，机身下还有一枚一千磅炸弹，他们连一半都没用上，天知道他们什么时候用光那些弹药！

女贞扬起脸对我说着什么。她满脸是血，半边身子被血快速浸湿了。她在害怕，在央求我做点什么，我一点也听不见。她的话正从插入气管的铜扣下合着血水流走，现在，没有人能听清她说了什么。

“别怕，别怕，我会把你带出去，我发誓……”我惊慌地抚摩她的光头，我不知道除了欺骗她还能做什么。我感到能听见自己的声音，那个声音好像在很远的地方，很深的地方，就像藏在森林中，它们慢悠悠地穿过丛林传来。那是一种奇怪的感觉，在我不知道的地方有一个“我”，他躲在什么地方说着话，说我想说的话，只有我自己能听见。

“别担心，你会活下去，我会让你活下去，我发誓……”我牵动皲裂的嘴唇说，我不能停下来，“战争要结束了，他们来不及杀死我们，想都别想……”

女贞像被人抽了一鞭，努力抬起光头，瞪大眼睛，盯着我的嘴，好像我在说一件她无法接受的事情。然后，她吃力地从我怀里挣脱出去，快速对我说着什么，眼神里充满了恐惧和拒绝。

“邝嘉欣，邝嘉欣你听着，战争就要结束了，我们会活下去，我发誓！”我语无伦次地抢在她前面说，“知道吗，我不想死！我要活着离开这里，去香港，我要去那儿，加代子在那儿，我得去找她！你也别死，你要回到你爸爸妈妈身边去……”

我第一次叫出她的名字，她应该高兴才对，可她没有。她冲我大喊大叫，新鲜的血水透过她脖颈上的布带一股一股往外涌。我伸手想堵住她脖颈上的血，她躲开了。我试图站起来，失败了。我腾出一只手抹去眼睛上的血水。我觉得它们能抵抗住那两架 P-40。我觉得我能行。她开始失控，粗鲁地推搡我，用拳头打我的脸。也许她不相信我的承诺，但也许不是，因为她不再是害怕，而是恐惧，想从我身边逃掉。但是，突然的，一阵刺脑的耳鸣之后，我听见了她的声音。

“唔得，唔好啊，唔好俾战争停止！”她朝我大声喊道，“全能嘅主，叫佢唔好停落嚟！”

“我没骗你，它会结束，它继续不下去了。”我不明白出了什么事情，现在我能听见她的声音了，可我不明白她为什么不相信我的话，“他们要转移我们，不会熬太久，我们会离开这儿！”

“唔好释放！我唔滞啊！”她朝我喊道，因为羞耻脸涨得比血还要红。

我试图安慰她。我把她往怀里搂。她给了我一耳光，从我怀里挣脱出来，踉跄着朝窗户挣去。毛毯彻底从她身上滑落到地上，她被满地的碎石和木屑扎伤了脚，跪下去，再努力撑起身子，她的身体在昏暗的空气中显出瓷器的暗光。

有一刻，我脑子里一片空白，觉得自己快要死了。然后我从墙角撑起来，扑过去，在她攀上窗台时从身后抱住了她。她扬手把我打开，狠狠给了我一脚。我重重地摔倒在地上，一块木屑插进我胳膊，血从那里冒出来，我绝望地喘着粗气。她回过头来看着倒在地上的我，迟疑了一下，犹豫不决地从窗台上退下来，回到我身边，在我面前蹲下，像是要触碰我，又害怕地缩回手。

“对不起，对不起……”她恢复了国语，脸上脏兮兮的，泪水从那儿滚落下来，“我害怕，害怕回九龙……”她喉咙里发出一种古怪的声音，“钉我十字架吧，让我受死，别释放我，求你了……”她哭了，脖颈上的伤口不再顺着铜扣往外流血，而是冒着短促的血泡，“上帝啊，我毫无条件地信你，天地的创造主，贞女马利亚，请赐我罪得赦免，让我死吧，求你了！”

我突然明白她要干什么。她拒绝释放，拒绝活下去，拒绝回到现实中。不，不是家，不是香港，是人们！她害怕回到人间，回到人们当中！

我被一股绝望的情绪激怒了，向她伸出手，想抓住她。鲜血再度模糊了我的眼睛。我抓住了她的胳膊，将她朝怀里拽。她用力挣扎，喉咙里呜咽着。我把她拽向自己，把她当成我身体的一部分，遗失掉的部分，试图把她重新摁回身体中。我的手指穿过空气的缝隙，粗鲁地踅摸着她。我碰到一只水母，一丛干涸的海草，然后是一只海葵。她喉咙间的呜咽突然消失掉，不动了，在我怀里僵持着，汗水打湿了她的脊背，她的肩胛窝下发出烧灼着的龙涎香气味。我也不动了，在她的身体外僵持着，听着她的呼吸声，不，是破裂的气管吹动血泡的声音，血在那里将我俩黏合在一起，它越流越慢，越流越慢。

不知道这样过了多久，碉楼外传来警报声，那两个家伙没有再来，他们连招呼都没打就走了。我们同时从僵持中惊醒，同时打了个寒战。她动了动，想抬头看我，却没有力气，做不到。她让自己的一只手顺着我的胸膛努力攀上来，在我脸上踅摸了一阵，然后离开那儿，顺着胸膛滑落下去，捉住我的一只手，一点点握紧，握紧，再沿着她赤裸的胸脯困难地移上去，把我的手慢慢引向她的脖颈。

我的指尖触摸到那根来自意大利的铜扣。它黏糊糊的。我看不见它，也看不见我怀里的她。我“看见”的是，她戴着香橙花冕的婚纱的样子，还有，彼拉多[1]眼中戴着荆棘冠冕穿着紫色袍的那个人。

“邝嘉欣……”我哽咽着叫她的名字，她父母给她取的名字，她在这个世界上曾经拥有过的名字。

附近传来一声轰响，碉楼摇晃起来，什么地方在坍塌。

① 本丢·彼拉多（Pontius Pilatus，公元1世纪），罗马帝国派驻犹太行省总督，最终决定将耶稣送上十字架的人。

第七部

二十三

法庭外调查：如露之临，如露之逝

（GYB006－001－241）被告郁漱石庭外供述记录：

民国三十四年冬天最后那段日子，我是在半昏睡的状态下度过的。

阿朗结衣在管理区的草地上发现了我。我倒在那儿，头发和眉毛烧焦了，衣裳完全成了碎片，怀里抱着一只木箱，阿朗结衣怎么都没法把它从我怀中拿走。

纳什医生从我身上取出 36 粒碎石和铁砂子，差不多 10 天时间，我都处于意识丧失的去皮质状态，老曹甚至一度认为我中了谵妄症，不会再醒过来。

“郁漱石，你抢鬼子什么不好，抢些死蛾子和破草籽，是不是痴残了?”孖仔问。

我没有回答孖仔的话。我无法告诉他，它们不是死蛾子和破草籽，它们只是休眠的蛾子和草籽，总有一天，它们会醒来，总有一天。

醒来后，我把 D 营战俘可能会转移的消息告诉了自治委员会。我告诉高级军官们，在转移过程中，无论战俘反抗还是盟军登陆，日方都有处置预案，手段十分残酷，目的只有一个，消灭战俘。自治委员会追问消息来源。我的回答很简单，爱信不信。我不管军官们怎么想。我已经完全不在意他们的想法了。我能记住的只有一件事情，我的右手整天黏糊糊的，那里有一只永远也不会消退记忆的意大利铜扣。

潜伏者在整个春天都非常活跃，每过几天，高级军官们就会收到一份秘密情报，内容大同小异，诸如欧洲战场在莱茵河地区展开，太平洋跳岛战役也在步步逼近日本本土，战争枯燥到再也没有奇迹发生，人们只是在等待战争的结果。

我有几次想到亚伦。美军在冲绳岛登陆后，罗斯福逝世了，亚伦肯定很难过。我也很难过。那位坐在轮椅上的巨人是为人类难以做到和平相处而伤感的千万人当中的一个，他试图拯救这个世界，却没能等到战争结束的一天，直到陷入昏迷，他还在牵挂十几年前自己倡导的国际合作组织的设立，希望善良的人民和理智的国家利用这个组织来遏制新的战争的发生。我有一个奇怪的念头，想见见这位了不起的男人。我固执地认为，如果森林梦能够重新返回我的睡眠，也许我就能见到他。

大轰炸之后，我失去了自由出入管理区的资格。没有人来找我的麻烦，人们在等待战争结束，他们不再需要我，甚至忘记了我的存在。我每天的大部分时间是在睡眠中度过，剩下的时间坐在营区的某个角落发呆。我不再做梦，不再梦到森林，不再与那只有着金色复眼的草蛉相遇，也不与任何人交谈。那是我在D营度过的最安宁的一段日子。

夏天快要到来的时候，一天傍晚，我坐在营区西边的壕沟旁发呆。一天快要结束了，游击队的人像活跃的蚂蚁，在营区里出没，收集当天最后一次垃圾。孖仔在他们当中跑来跑去。无论天晴下雨，他们都忙忙碌碌，聚攒从容，沉默而隐晦，你几乎难以在人群中感觉到他们，仿佛他们一指蔽日，抑或对战俘营生活却之不恭，凭着这个就能战胜地狱般的生活，可是，他们不但顽强地活着，而且活出了秩序。人就像植物的种子一样，有的看得见，有的看不见，看不见的别替它悲伤，它可能有福了，没有人来摧残它，它能在恶劣的环境中活下去。

太阳落入西天，火烧云在天边一层层地堆积着。我在想，如果那些云彩是一个国家，那个国家究竟掩藏着怎样闪烁其词的愿望和危机？

好一会儿我才发现，孖仔和孔庆礼跳过溪涧朝我走来。孖仔在几步远的地方站住了，孔庆礼继续走向我，站在我面前。

“有啲嘢请你帮手。”孔庆礼说。

我没有站起来，也懒得回答。因为韦黾灶的事我厌恶他，不希望他来打扰。

“7战区有两个家伙死心塌啲附日，我哋警告过，佢哋一意孤行，我哋决定搞掂呢两条友。”他根本不管我怎么想。

“滚开。”我对这位刺杀团干部说。

孖仔很吃惊地远远看着我。我不觉得有什么好吃惊。战俘中有铁汉子，即使瘦得像泥土掉光的石头，也只选择粉碎，决不散落，可是，同为中国人，他们却相互使坏，甚至不惜动用暴力。

“我知你点谂。”孔庆礼满不在乎地笑了笑，“敌人都做咗了，唔做敌人嘅敌人，有啲嘅事？唔紧要，我党很荣幸成为敌人嘅敌人。”

我摇摇晃晃起身，撇下孔庆礼，离开那里，向营房走去。天黑了，一栋栋营房亮起昏暗的油灯，敞开的门里涌出一股股恶臭。快到营房时，邦邦朝这边走来，他像喝醉了酒，摇晃着，一脚深一脚浅。看见我，他站下，目光直勾勾盯着我。

“出了什么事?”我头一次看见邦邦那样失控。

“战争要结束了。”他说，声音在夜幕中飘忽，完全不像谨慎的藏匿者。

“大家都这么说，连蠓子都知道，可它不抵饿。”

“这次是真的。”邦邦干巴巴地说，“威廉·凯特尔代表德国在投降书上签字了。”

“谁是凯特尔?”我盯着菲律宾小个子。

“纳粹统帅部总参谋长。”邦邦用力吞咽了一口唾液，好像被自己知道的事情吓住了，“希特勒死了，自杀了，德国投降了，欧洲的战争结束了。”

我屏住呼吸。我又看见那只草蛉了。它穿过黑暗飞来，轻轻落在邦邦头顶，收束起透明的翅膀，扭过小脑袋来看我。黑暗中，它大大的复眼依旧闪着金色的微光。

我们都没有说话。想说，但没说，说不出来。

我向黑暗的空中伸出手去。我和那只昆虫精灵，我们能听见彼此的呼吸。

(GYZ006－007－005) **证人梅长治法庭外调查记录**

香港沦陷前，我替阿石押船返回内地，在惠州上岸第二天，便得知香港遭到日军攻击，我着实受了一番惊吓，立刻担心起阿石和他的小组情况。

香港回不去了，我索性押解着物资，路上东躲西藏，绕过好几道鬼子封锁线，花了两个多月，走了一千多里路，终于把物资安全送到梧州。办完交接手续，返回科里，我向邹上校做了汇报，急着打听阿石的情况，得知我人还没到云浮，香港就沦陷了，阿石和他的小组没有任何音信，战区已将他们列入失踪者名单。我心里清楚，也就是阵亡了。想到不是阿石临时逼我顶替他押送货船，阵亡名单上就是我，心里不免惶惶。我和邹上校一向首尾不调，过去待在香港，倒也没什么，如今归鸟失巢，我也没有留恋的，即以身体不适告长假回揭阳老家调养。邹上校爽快地批了我的假，嘱我好好养病，病好后随时复职。

次年夏天，兵站部带信让我立即返回。我赶回战区，在战区等着见我的是军统港澳站的令同志，他询问我是否愿意返回香港为组织工作，具体工作对象是“万金油大王”胡文虎，本来有同志做这份工作，那位同志被鬼子逮捕杀害了，需要人接替，组织上认为我合适。令同志一说，我就知道邹上校做了手脚。我的确与胡文虎有往来，战区从香港弄到的药品，大多是通过胡文虎的永安堂虎豹行出的货，可真正原因是，我在香港时替邹上校做了不少生意，有些生意难以启齿，科里也无人知晓，我一回来，他担心事情暴露，借机把我赶出兵站部，这也是为什么我一回科里就告长假的原因，我是想回避老邹。事已如此，我在战区留不住，挡人道，躲为上策，我即向军统令同志谎称已开罪香港亲日帮派，不便返回，倘若硬性工作，可能会给组织惹来麻烦。打发掉军统，我索性向科里提出自己查出顽疾，不再适合兵站部工作，请求解甲还乡。邹上校知道我说的是假话，假惺惺关心一番，很快替我办好退役手续，送了一份厚礼，算是了结关系，我亦不客气，收了礼物走人。

在家里待了一段时间，眼见战事一时半会儿停不下来，我打算高飞远遁，去美洲投奔亲戚。同乡董成祥听说了我的事，托人把我叫到广州。董同乡在澳洲做棉花生意，我俩一起在许主席崇智手下当过差，有交情，他向我推荐一份差事。原粤系军官甘志诚投靠日本第二遣支舰队，日方委任他为广东海防军司令，手中拥有二三十艘军舰，若在海上，7 战区也不是他的对手，他现在需要一位能做海外生意的军需官，董同乡认为我合适，问我是否有意屈就。这份差事油水颇厚，谁听了也不免心痒，不过，水饭我吃，汉奸不做，我婉言拒绝了。

“换成重庆系，梅兄可否袍笏登场?”董同乡睨着眼看我。

“人活着为吃饭，只是，我一个跑江湖的，侍候不了大人，官服我不穿，朝廷我不晋，有这两条就行。”我坦率回答。

董同乡哈哈大笑，话挑明，甘志诚的事是他投石问路，试探我是否对抗战有信心，对国府有贰意，接着说了真正找我的事。香港沦陷时，国府财经界一干人留守港九看顾国家资产，没能出来，交通银行总经理唐寿民、盐业银行经理倪士钦、中南银行经理章叔淳、中国银行汪经理、富华公司经理吴清泰和复兴公司经理林荣生等财经界骐骥人物均落入日军手中，国府损失不小，财政部希望有懂得财经，做过商贸，同时又信得过的自己人去香港看看情况。

我在交通大学读了两年书，学的是工程，和重庆系的英美财经新贵们尿不到一只壶里。不过，交大校歌里唱过，“实业扩张，进步无疆，为世界之光”，报国这份心，我是有的。再说，邹上校一门心思撵我走，他未必安心落意，说不定什么时候动了斩草除根念头，安排关系把我做掉，我就死得不明不白了。好歹财政部不是好惹的主，一份差事，为国为己都落下了，就算做烈士，日后乡里人说起来，也有一份英名留世，这么一想，就答应下来。

做了一番准备，我带着几个揭阳乡党自澳门出境，绕道北部湾，在岘港少住数日，弄了一份南洋商人身份，买下三艘七成新货船，采购了三船生漆和桐油，调头驶向香港，一艘船在海上中了鱼雷，连人带货成了抗战烈士，另两艘总算抵港了。

我的两条船一靠岸，就被控制香港船业的三井造船公司连货带船扣押下来，罪名是走私战争物资。这是我事先计划好的。日本人攻下香港后，把工业和交通业物资全都运往日本，没过多久，盟军又开始轰炸香港，香港的造船业完全被摧毁，急需航运力，我是研究过这个才带着船和造船物资入港的。

差不多三四个月时间，我隔两天往三井造船公司跑一趟，隔两天往占领军总督部跑一趟，很快弄清楚日军财经商贸的情况。到了冬天，我把日本人磨烦了，他们终于把船退还给我，给我开了一张特别通行证，要我按照他们开的清单从境外采购他们需要的货物，送到香港。日本人不知道，这也是我计划中的一环。

一切都很顺利，之前和日本人推磨的时候，我暗中联系上一些故旧，按照董同乡吩咐，从侧面了解重庆财经系人员下落和在港资产损失情况。得知重庆滞港要人除营救出去一批，自己跑掉一批，其他全被宪兵抓走，以后放了胡文虎等几个人，其他人用飞机送到沦陷区上海去了。我把情报送给悄悄入港的董同乡，董同乡也不瞒我，表明身份，他就是财政部的人。这个不用他说，我一开始就看出来了。

等到占领军政策和时局情况摸清后，我按董同乡吩咐，一边做生漆和桐油贸易，一边在港秘密收购产业。一开始试探风声，出手较小，主要是收购沦陷前南洋商人沉在离岛水下的锡、铜、铅和铝碇，做得很谨慎。到日本投降前一年，我开始逐渐加码，大量收购房产，再就是收购军票。收购房产是我的主意，战后大家都要回港，房产需求量大，保赚不赔，董同乡要我大量购进军票，我就不明白了。谁都知道，军票是日本人掠夺殖民地最毒的手段，战争结束后就是一堆废纸，没脑壳的人才这么做。我担心这会要了我的命，为这个专门回了一趟广州，找董同乡核实了指示，确实是真金白银收购，我也就没什么好说的，一咬牙，豁出来往外砸银两。

我是香港沦陷后一年多回到香港的，回去没几天，我在嘴唇上贴了片卫生胡，戴了副眼镜，拎着一根文明棍去了九龙。战区办事处不见了，原址上盖了栋日式两层新楼，挂着“内关印刷株式会社”的牌子，进出的都是日本人。我担心老邻居认出，绕到背街向人打听，才知道日本人攻港时，房屋中了飞机流弹，以后那一片都成了日本人的产业。我这才明白阿石遇到了什么，他和他的小组被飞机炸弹炸死了。想到国难如是，生命好比当风秉烛，如果不是阿石以命换我，刀头剑首下的冤鬼就是我，如此一想，百死一生的感慨真是铭肤镂骨。

(GYB006－001－242) **被告郁漱石庭外供述记录：**

夏天到来了，我没有想到冈崎会回到D营。

我被人带进管理区。走进围屋大门，我站下来。大轰炸后，围屋东边被毁掉的建筑没有修复，日方只是凑合着将废墟上的瓦砾移走，继续使用没被炸毁的房间，这也暴露了他们不打算长期经营的秘密。我向碉楼方向看去。碉楼的第三层坍塌了一半，下面两层还竖在那里，石墙上的紫藤全都枯死了，兀自悬挂着几根枯枝，在风中瑟瑟摇动。我在想碉楼里现在有什么，那只浅黄色毛发中夹杂着红褐色斑点，口鼻部有一圈蓝灰色，蜜蜡般眼睛的野猫还在不在。我在想曾经经历的一切，它是否真实。

冈崎在二楼和室等我。她没有穿惹眼的海军特遣队战斗服，而是穿一套便装，米色衬衫，水蓝色长裤，显得人很清爽。她靠在一把高背圈椅上，微蹙着眉头，神情庄重，人瘦了不少，嘴里斜叼着一支铅笔，一条腿随便吊在椅子一边扶手上，有一下没一下地晃动，露出一截被南方的阳光晒成粉红的小腿。她松懈的样子有些出乎我的意料，我站在门口，一时没有下文。冈崎听见动静，回头看了一眼，直起身子客气地问候我。

“抱歉，屋里稍嫌脏乱了一点，来不及打扫。请坐吧，请别客气。”

待我在叠席上坐好，她从一边取过一只棉布包袱，放在面前，轻轻推向我。

“不好意思，战争期间的原因，没有什么可送，只好请你忍耐，”她显得有些拘束，“如不嫌弃，请收下。”

我打开包袱。是两件棉布衬衫和两条棉布内裤。这在D营等于黑貂之裘。

“奈良一家老式会社出品，我猜是面貌平凡性格坚韧的女工手工缝纫出来的。”冈崎两颊露出淡淡红晕，轻轻咬了咬嘴唇，典型的女性行为，之前从来没有见过她这样。

“学者太客气了，多谢关照。”我向冈崎施礼。

“哪里，倒是郁先生你太客气了。”冈崎回礼。

很快我就知道，冈崎从国内来，途经香港，去一个不便透露的地方。我这才想起没有见到坂谷留、相马正三和那些陆战队员。

“想到离着不远，就来看看了。”她情绪相当放松，似乎还带着某种新的希望。

就是说，这次不会有所谓的研究工作了。我松弛下来。

很奇怪，因为双方关系的改变，我们像久别重逢的老朋友，没有寒暄，没有谈论冈崎为何会转道D营，而是直接进入话题。

冈崎谈到国内的战时管制。战争是一头贪得无厌的饕餮，依赖源源不断地掠夺吞噬，美国人的战略轰炸机乐此不疲地从中国机场起飞，持续不断轰炸日本本土，封锁了日本海，不再有战争物资运往日本，银座大街上连路灯和有轨电车道都送去熔掉用来制造武器了，国内已经见不到个人手中拥有金属物品，大街上只有木炭车还在开动，每开几站就会停下来给汽车加炭，配给标准调整越来越频繁，个人食品配额低至1500卡路里，一些地方已经出现饥饿导致的浮肿病。

“这么说，平民的食品配额和战俘相差无几了。”

“哎，是这样，连研究所的老先生也只有杂粮供应，饿得受不了。”冈崎感慨地说，“多么怀念来来轩[①]的豚骨汤哪，那一大块美味汤汁滚烫的炖肉，撒上翠绿的葱花，读一天书，品尝上一碗，别提多惬意了！”

“要是可以，关东煮也不错。”

“啊，是关东煮吗？”

“是啊，在鹅掌菜和鲣鱼汤里耐心地煮熟蒟蒻和竹轮，浇上厚厚一层面豉，热腾腾地吃上一碗，真想再经历一次那样的生活！”

“这么说，的确有同样的感受，可惜来来轩已经不存在了。”

“哦？”

“3 月 9 日那天，它在大火中消失了。”

冈崎谈起三个月以前的东京大轰炸，那天美军出动了 300 多架“空中堡垒”，怪兽们铺天盖地飞来，投下 2000 多吨燃烧弹，30 万栋建筑付之一炬，10 万平民炸死烧死，东京市中心顷刻间被夷为平地。

“啊，太不幸了！”

“我当时在名古屋，立即赶回东京，人还没到，名古屋就遭到轰炸。等我赶到千代田研究所，那一带一片大火，几百位宝贵的学者丧生火海，坂谷和相马也在里面，他俩没有跑出来。”

“怎么会这样？”

我震惊，回忆那位英俊得不像话的中尉，他在我的身后连续朝我开枪，然后一脸正色地把仪器上的铜线一根一根理好，电极连接在我身上。他是那么的敬业，对自己的工作忠心耿耿，可惜没有机会和他单独说话。还有相马，圆脸少尉，总是羞涩地对我笑，年纪和我一般大吧，如果没有这场战争，也许我们能成为朋友。

“坂谷做什么都认真，计划是一起去名古屋，他因工作没完成自责，一想到这个我就想大哭一场。是我没有让他的自尊心得到满足，他才坚持回研究所补上工作的。”

几天之后，悲剧在大阪和神户再度上演，300 架 B-29 轰炸机，投下的全是凝固汽油弹，两座城市完全在大火中毁掉，死伤的人不知多少。

“樱花树的树干在阳光下泛出银灰色，从高空望下，被误认为军工厂的铝合

---

① 日本第一家拉面馆，1910 年开张，位于东京浅草公园。

金材料，它们也遭来汽油弹的攻击。现在，城市里所有的樱花树都刷上一层沥青，实在难看得很。”

冈崎说到一个坠机的美军飞行员被日本人活活剥皮的事情。其他被俘的飞行员大多立刻被人们枪毙了。我告诉冈崎，五年前，我看到过美联社记者拍摄的一幅照片，照片中是三个上海女学生，她们被日军的汽油弹点燃了，其中两个倒在地上，另一个还在惊恐地奔跑，她就像一团奔跑的火球，定格在照片中。残酷对待飞行员的事情在中国也发生过，只不过，中国人没有对人体艺术的兴趣，不会剥人皮。“重庆的老乡在日本飞行员还没有从降落伞下钻出来之前，就用石头砸碎了他的脑袋，有这样的事情吧。”我说。

冈崎怅然若失，瘦削的脸上泛着一抹青色的光线。

我想对冈崎说，我一直在找机会谢谢她，是她教会了我用一种心灵方式看待自己，还有他人，比如，如同虐待狂一般冷酷地表述暴力世界的地狱经历，这叫攻击性反应，和心灵世界的顺从或者回避一样，这些活动是人们失败的结果，它们能够满足受虐狂的想象经验，就是说，在我们当中存在着隐匿的虐待狂和受虐狂，这是我们作为人的悲哀，可惜，也是冈崎小组一直没有涉及的研究课题。但是，一个问题始终让我着迷，人们为什么会有仇恨，为什么会互相残杀？我们是人，共同成为人类，可我们却不是一样的人，就因为一些人说一种语言，另一些人说另一种语言，一些人信仰这个，另一些人信仰那个，解决纠纷的办法只有彼此杀戮。我知道我这样想也许不对，心灵世界没有这么简单，它比我知道的复杂，何况在这场战争中，被中国人杀死的中国人不在少数。也许来不及了，但学者们应该研究恐惧、窒息感、遮蔽的勇气、自欺欺人的正义和神经质呕吐。

“恐惧来袭时，最害怕的不是黑暗，而是在阳光下人的影子，甚至我们自己的影子，它比一百个魔鬼更令人害怕。冈崎学者，请研究这样的课题，好吗？”我想这么对研究我的她说，但我最终没有开口。

“还记得我们说起八重城的故事吗？”廊屋外传来一阵轻快的蝉鸣，微风窥视般地吹进屋里，冈崎打破沉寂说，“看到眼下阶段的悲惨情景，你是对的啊。”

她起身去一旁取来一份香港报纸递给我。我在上面找到一则本港新闻：

第三宗刘星、蓝洁文夫妇二人，住青山区北河街二十号二阶。刘

氏三十七岁，竹笼业；蓝氏二十七岁，无业。二日下午，二人往青山区南昌街，发现一遗弃男子尸体，即将其移返家中煮食。翌日又宰一尸体，三分之一煮食，余下尸肉在大磁区上海街龙珠酒家附近贩卖……

我沉默无语。能说什么？心灵也好，精神也好，终究要归结为肉体存在，一般人才看得明白。

“不想说点什么？”

“到底说什么好呢？冈崎学者不想让我憎恨日本人，憎恨日本，对吗？”

“可以的话，这样最好。”

“那么，我该憎恨谁？”

“说得也是。”冈崎沉寂了一会儿，挥挥手，好像要赶走不好的念头，“咦，算了吧，别再去想它了，不过这样的话，就没有什么可说的了。”冈崎失望地沉默一会儿，突然想起来，“呀，坐了这么久，竟然忘了，可以泡点茶来喝哟。”

冈崎起身去了屋外。一会儿工夫，士兵提来生着炭的小泥炉和茶具。天色正在暗去，廊屋外，一群红嘴黑鹳穿过铁青色初暮，姿势优雅地降落在沼泽地中，在浅水中优雅地走动，两只黄脸蛇雕一动不动伫立在一株山苍树枝头，缩着脖子看它们。

少顷，冈崎回到屋内，大概是去净了手。她在叠席上跪下，膝盖和脚趾平贴坐面，身体直直地坐在脚跟上，手放在腿上，是很正规的尊重人和自重的端坐。她先用热水洗茶具，再用绢布擦干茶具，茶碗周正地摆放在茶台上，正面转向自己。她精巧的脊背沉静而笔挺，优雅的脖颈间投射下一片美丽而忧伤的阴影。

“真想为你煮一壶好茶，可惜手头没有七件①。”冈崎感慨道，特别解释说，茶是专门从日本带来的，一点家乡的纪念，没想到在这里用上了。

“辛苦了。”

“说起来，你可能会笑话我。”

“为什么会这么说？”

---

① 又称千利休七件，日本茶道中的茶具。

“我曾经想做一名艺伎，就像中村喜春姑娘[①]。”冈崎点茶泡茶，一边掩嘴笑。

“是东京会弹三味线的中村姑娘吗？”

“哎，就是她。”

“我在南座戏院看过她表演，是《花相比》吧。”我回忆恍如隔世的那些日子，“听说卓别林先生看她表演那次，正好遇到兵变。日本光辉时代的女子，中村姑娘称得上娇美如花。”

“可以吗？不会认为美得太俏丽？”

“哪里，的确令人动心。”

“承你夸奖，总之，是世界上最好的人吧。”冈崎阖上眼帘，好像那样做，她就可以成为中村姑娘一样的人，“因为热爱艺术，即使出身名医之家，15岁的她也毅然投身艺伎事业。读女校的时候，和哥哥们在浅草看过她表演，那时就暗暗下决心，日后和她一样，穿上平时怎么也找不到感觉的华丽和服，为世人表演有内涵的歌舞。”她睁开眼睛，口气肯定地说，“战争结束后，我会做一名艺伎。”

我突然明白了，为什么在过去两年中，我看到的冈崎永远用一种执着的姿势端坐着，即使站立或者行走，腰板也从来不曾塌陷。有一刻，我相信了冈崎的话，我想，那样的她会是一种什么样子？她穿着华丽的和服，袖口上绣有家徽，隆重而正式地举手投足，会是一种什么样子？可是，我又想，作为俘虏情报局的高级雇员，为战争决定者提供咨询的学者，她用什么方法逃脱战争审判？

“看我手脚忙乱的，挺没意思，请品尝茶吧。”冈崎欠身将点好的茶递给我。

我谢过冈崎，接过茶碗，慢慢饮一口。茶汤有淡淡的苦涩，在口中停留片刻，轻轻咽下，一缕清香暖意攀上脑后，感觉上，味道和摩尔上校的红茶是两个世界。

“没猜错的话，刚才泡茶时，郁先生是在想问题。”聪明的冈崎猜到我的心思。

“实在对不起，刚才的确有点走神。”

“战争结束以后，冈崎我能不能回到想过的生活里，是在想这个？”

---

① 中村喜春（1913—2004），20世纪日本最著名的艺伎。

“这么说，真是不好意思。”

“告诉你也没有关系。”冈崎显得很平静，“十天前，同盟国发表了《中美英促令日本投降之波茨坦公告》，敦促我国立即无条件投降。”

“是吗？”我抬头看冈崎。

“可是，内阁发表了不予理睬的声明。”

“就是说，事情到了补无所补的地步，仍然选择战斗到底的道路喽？”

“所以刚才说中村姑娘，只不过是少女时代的梦想吧。不管战争结局是什么，我想延续我的研究，留在国内自然做不到，总不能对征服者说，我没有杀人。”

“那倒是，裕仁[①]、东条[②]先生和小矶[③]先生也没有杀人，战争的决定者不都是从不亲手杀人吗？”

“中国也不行，那样的话，只能去别的地方，美国什么的。”她突然改变思路，被一种深深的茫然困惑着，“帝国政府根本不在乎科学研究，科学被用来解决军队遇到的麻烦，大本营却从不关心勇气耗尽后的军人和国民，人格上有多少黑洞，人在战争中可不像他们流光了血那样，苍白得像干燥的椴木，就连参加了战争的郁先生，不也无法复述在战争中看到的人的颜色吗？”

“知道了，冈崎学者不会留在最终辜负了自己的祖国，也不会考虑最终拖垮了祖国的中国，会去最终战胜了日本的美国，是这样。”

“就算有这样的想法，现在也无法做主。”冈崎身子前倾，为我点上第二碗茶，“不知为什么，近来我总会想到平忠度[④]那首有名的断头和歌。”

“源平之乱，平家战败，逃出京城的平忠度听说老师藤原[⑤]正在编辑《千载和歌集》，他停下逃亡脚步，冒着危险偷偷返回京城，把自己写的和歌交给老师，希望有朝一日能有一首自己的诗收入老师编的和歌集中。”

“因为耽搁了行程，被敌军抓住斩首，敌军在他的箭袋中发现了精心收存的和

---

① 裕仁（1901—1989），日本第124代天皇。

② 东条英机（1884—1948），日本第40届内阁首相，二战后被远东国际军事法庭判为甲级战犯。

③ 小矶国昭（1880—1950），日本第41届内阁总理，二战后被远东国际军事法庭判为甲级战犯。

④ 平忠度（1144—1184），日本平安时代武士，擅长和歌。

⑤ 藤原俊成（1114—1204），日本平安时代歌人，“幽玄”之风倡导者。

歌，有一首《旅宿之花》：旅途日且暮，投宿樱树下；今宵东道主，原来是樱花。”

“知道学生因托付和歌而死，藤原把其中一首编入《千载和歌集》：‘琵琶湖上泛微波，志贺古都叹衰落；长良山上樱花盛，花与当年一般多。’”

冈崎听我念完，点点头，轻轻唱起《青叶之笛》①：

一之谷之战一败涂地
被追杀的平家公子多么可怜
拂晓时分，天气寒冷
听见了吗，那哀怨的青叶之笛
夜静更深中，叩响先生的门
将哀婉的和歌交给先生
人生已到最后关头
箭袋中还珍藏着“樱花啊，只在今宵”的诗句

“多么风雅的文字，可惜樱花如昨，武士不再。”冈崎伤感地说，“作为帝国的国策，把安静的岛国变成危险的陆地国家，说什么日本是在大东亚一体的绝望背景下迫不得已接受战争，这样的谎言被看作日本民族生存之根本，真的错了啊！”

“的确是风雅的文字，可是，艺术与暴力互为母亲，正因为战争残酷无情，使得战争中的勇士变成了关闭掉人性的人猿，返祖兽性的回归使他们远离了艺术，如果由这些勇士组成帝国，让人民毫无尊严地为它去死，不如让它灭亡。”

“是在说我的国家吗？”

“有区别吗？”

“那倒也是。我并不怕认识丑恶，若是看到人类无救，也会绝望地放弃，远走高飞吧。”她突然抿嘴笑道，“真是奇怪，竟然和敌国战俘谈论起这样的事情，像是在做梦。”

我没说话，静静地看冈崎。认识两年多，她相貌没有什么变化，细细的眉毛和眼线，鼻线长而隐约，可说到精神上，昔日凌厉如樱花的她，眨眼间凋落

① 根据平忠度的故事创作的歌曲，大和田建树作词、田村虎藏作曲。

得毫无生气，不可谓变化不大。在这场战争中，作为研究者和研究对象的她和我都丧失了主宰和尊严，作为人，我们中间没有胜利者，我猜她开始意识到这件事情。

“不管怎么说，谢谢你一直的关照。”我匍匐在叠席上，向冈崎深深致谢。

“哎呀。”她慌忙改变端坐姿势，鞠身回礼，“是为食物的事情才这样说的吧？”

“哪里，不能说活到今天是因为冈崎学者的原因，食物上的确帮了大忙。不过，刚才说感谢的话，是为了另外的原因。”

“哎？”

“过去的我，只在意与别人不一样的孤独，落叶他乡树，寒灯独夜人，是这样吧。因为冈崎学者从成千上万的战俘中挑出我，用我做实验，现在，对活着有什么意义这件事情，会认真想一想了吧。”

“这样说就太好了！我也因为郁先生不太好合作，心里生过气，才反思什么地方出了问题，应该谢谢先生。谢谢了。”

冈崎弯腰施礼。我回了礼。那以后我们不再说话，静静地坐在廊屋外，听沼泽地传来的初夏虫唧声，然后我起身告辞。

“虽然并没有说过‘这事就交给我好了’这样的话，还是专门打听了令堂的事情。”听说我要走，冈崎在叠席上坐正，目光直视我，是要交代某件重要的事情，“因为和大学有交道，所以收集了信息，上次说了三位姓冈崎的帝国大学女性，这次又知道了两位，都是人妻，年纪小，对不上号，除此之外，帝国大学再没有姓冈崎的女性了。至于是不是什么地方搞错了，准确说来我也不是很清楚，不过，没有打听到，大概也是好事，不至于觉得放弃希望吧。”

我没有说话。接受生命中没有生母的结果还是不接受，人生失而复得还是得而复失，对我早已是一种事实，冈崎能专门费心去了解，已经够添麻烦了。

“那么，晚安，请歇息吧。”冈崎说。

“晚安。”

我朝门口走去，背后传来冈崎的声音：

“如露之临，如露之逝。”

我站下，回过身来看冈崎，然后说出下面一句：

“吾身往事，梦中之梦。”①

“那么，请千万坚持下去，可以吗？”冈崎双手交叉在小腹前，秀逸的眼睛真诚地看着我。

“嗯，知道了。也请冈崎学者保重。”我再度向这位闯入我生命中的研究者施礼，然后离开那里。

沿着吱呀作响的回廊下楼，走进院子，夜色已浓，西天方向，一束散开的流星无声地划过天宇，像一群将死的蝶蛾或成熟的种子，跌落进坍塌了半片的碉楼后面，不见了。我在那儿站了一会儿，朝毁弃的碉楼深深地投去一眼，转身离去。

我猜，我和冈崎小姬不会再见面了。战争伤害了我的祖国和家人，也囚禁了她的家人和国家，不管是否身处集中营，我们都是战争的囚徒。不过，无论如何，我希望接下来的她布帆无恙，去她想去的地方，不再重返D营，不再重返任何战俘营。只是，她曾经研究过数以千百计的战俘，研究他们被战争胁迫而变形的心灵，也许她在学术成果上没能做到，永远也做不到，但请她无论如何不要忘记他们。

(GYZ006－005－015)**证人矢尺大介法庭外调查记录：**

关于对华战局前途，大本营和政府正陷入开战以来最大苦恼和绝境。因为军队没有控制住局面，致使尚未与重庆政权实现和平就进入大东亚战争，无论政府如何检讨失误，御前会议如何讨论作战和国力问题，也大势已去了。

在香港治病数月后，饭岛指挥官一句话也没有留下，就从那里乘船返回国内，完全是胆怯的懦夫。要说，指挥官的生命是个错误，军队中不会出现艺术家，正因为性格受到压抑，受到国家鼓励的人们男子气概才会得到成功焕发，成为残酷战场上冲锋陷阵的士兵，指挥官应该去做纠结于罪恶和黑暗的文人，而不是军人。

香港大轰炸两天，D营遭受建营后最惨烈的攻击，我方阵亡士官一名、士兵三名，伤三人，另有战俘军官一名负伤，慰安妇一名死亡。事后动员战俘控

---

① 日本战国时期霸主丰臣秀吉（1536－1598）辞世和歌。

诉卑鄙的美国机师的凶残暴行，要求派出代表写抗议信，指出美国军机应该对整个轰炸事件负责，收获了了。战俘委员会最终上交了一份措辞拘谨的声明，要求同盟国采取预防措施，指导军机避开战俘营地和平民聚集区，避免同类事故再次发生。本人当然不满，拒绝替胆小鬼转交声明。

昭和二十年春天，国际红十字会派员视察香港战俘营，没过多久，战俘总营关闭掉港九几座战俘营，将所有战俘集中至深水埗战俘营。D营方面接到战俘转移命令，有关战俘转移计划得到23军司令部和香港防卫司令部指示，我方布置了转移工作和应变方案。话说，无论23军还是香港防卫军战俘管理方面，任何一座战俘营都不乏战俘逃亡记录，可是，D营建立六年，没有一次战俘越狱成功，本人一直引以为骄傲，所以，即使日后再度发生美机袭击事件，造成D营毁灭性惨剧，结果也不至于像战俘集体逃亡那样令人震惊。

没有人愿意在战俘营毫无希望地生存下去，死神到来的时候谁都会颤抖，难道不是因为这个，才让生存的欲望变得如此贪婪吗？事情过后才意识到，逃亡者一直在暗中收集金属物品，数年来营中不断发生的金属损毁事件，之后知道全都和他们有关。再怎么说，伙食单位的切菜刀、损毁的铁锅、菜园班和木工房的工具无端失踪，营房里大量钉子被拔走，连作为珍贵茅厕的石油桶都被人偷盗，真是又变态又无耻，却没有人警觉。事后得知，逃亡者收集了大量钢盔，重庆军的M35型、联军的MKⅠ型和Ⅱ型、皇军的90型，凡是能见到的钢盔，最终不知不觉都落到逃亡者手中，在陶窑里不动声色地变成挖掘工具，天知道那些手巧的匠人怎么把属于战争物资的头盔改造成逃离战争的小镐和作业铲的。

逃亡者在东区21号营房辟出三四坪大小地方，建立了一座神龛，挂上“三圣宫”匾额，供奉三尊非佛非道的神仙，据了解是宝安县下梅林村游击队战俘的家族信仰。D营有几座战俘教堂，除由印度军赠送给英联邦军的一座，其余皆由营房开辟角落而成，我方官兵中也有信仰曹洞宗和净土宗的，日支一家体系下，不便过多干涉，对“三圣宫”之类供奉采取尽量尊重的态度。哪知，非佛非道的神仙竟然是伪装，逃亡者在神龛下面挖出一条超过十五町的地道，秘密工程在管理方和数千名战俘眼皮下悄悄进行了五年。工程需要销毁大量泥土而又不引起人们注意，逃亡者主动承担营区垃圾收集处理工作，把挖出来的石头敲碎，和泥土一起分批夹带进垃圾中，运往营区四周壕沟边，在那里填埋掉。

营区四周壕沟的隆起被认为是垃圾造成，逃亡者竟然因为阴险的计谋被战俘们误认为讨好而赢得人们好感，本人也给予了嘉赏，同时为他们违反营规的事情大开方便之门，事后想起来，的确愚蠢可恶。当地道挖到黏土层后，逃亡者建立了陶窑，快乐地烧制陶具，向战俘换取金属器皿和物件，在窑火中锻打成工具，真是两全其美。工程秘密进行三年后，逃亡者遭遇到麻烦，地道延伸尽头是大面积石头层，工程不得不停下，逃亡者竟然放弃超过长达十町的地道，从另一个方向重新开掘。工程秘密进行四年后，逃亡者再度遇到麻烦，营区四条壕沟旁的垃圾填埋处因增加大量泥土变得可疑，至少两名兵科军官对大雨后营区内到处流淌的新鲜泥土感到困惑，向本人汇报情况。逃亡者警觉起来，改变了方式，把挖出来的泥土垫在床架下，等泥土不再新鲜后再收罗走。

即使有周密计划和保密措施，逃亡事件仍然留下诸多破绽。逃亡者从哪儿弄来泥土，用它们日复一日填埋生活垃圾？营中堆积如山的陶片，陶土是从哪里挖来的？烧制成的器皿为何不断被人打破，谁干的，为什么？逃亡者像一只洋葱，组织严密，一层层保护着核心，拒绝与重庆军和联军战俘发生联系，甚至拒绝参与战俘自治委员会组织，为什么？东区 21 号营房在炎炎夏日里比其他营房凉爽许多，难道真的受到战俘信仰的拥有超凡能力的神仙保佑？五年时间，D 营至少做了三次营房调整，香港战俘到来时，营区内加盖了十几栋营房，全营做了大调整，之前的建制完全打破，逃亡者怎么才能做到把 42 个自己人始终留在 21 号营房，不因为营房调换导致工程半途而废，暴露整个行动，遭到我方严厉报复？最令人不可思议的是，在长达五年的秘密工程中，63 名游击队战俘转移到南头难民营，他们当中一半人参与了秘密工程，41 名游击队战俘死亡，他们当中有人参加了地道挖掘，离开的人和死去的人失去了逃亡机会，可是，他们却严格地封住了嘴，我方在战俘中安插了眼线，竟然没有得到任何有价值的情报！

不能不说，逃亡者的阴谋始终没有暴露是个奇迹，可见，压抑男子气概的士兵还是有啊。要说的话，敢作敢为是勇敢者的外部表现，完全的平静才是智慧者的灵魂，真正的勇士敢于面对超过自己的力量，不被危险对手征服，面对死亡内心平静，毫无杂念，才配称了不起的人，要说，就算敝人矢尺大介，也不得不佩服。

可是，事情唐突到涉及 131，说什么无所谓的各方面肯定是假的，就是到现在本人也耿耿于怀，想要忘掉的事基本没有过，总觉得那家伙就像得到涅槃的高僧，灵魂去了别的什么地方，要说本人此刻的心情，就想看看他那尊空空的肉体多久能发臭，明白？

(GYB006－001－243) 被告郁漱石庭外供述记录：

入营以后，我有几次机会离开战俘营，去它的东边、南边，西边和北边，更远处的地方是森林的天际或者海平线，它们越过一连串山峦和岛屿，那里肯定有我愿意到达的地方。

我能到达之处，最让我迷恋的是营区南边的高地，那里有一道褐红色的峭壁，风在那里自由地跑动，像无人管束的孩童，跑够了，顺着悬崖滑下去，面前就是壮阔的大海。大海既是云彩和雷阵雨的母亲，也是它们的女儿。

4 月份，隐匿者把美苏盟军在易北河会师的消息秘密传递给高级军官。5 月份，隐匿者再度传递了德国战败的消息，高级军官们欣喜若狂，当天晚上，自治委员会组织了庆祝晚会，日方并未阻拦。

两天后，日方突然进营，带走了一批英军战俘，其中有德顿。我被叫到审讯科，为 36 名英国人办理出营手续，矢尺在一旁监督，不断地催促，整个过程匆忙而草率。

德顿和被转移的战俘都很紧张，不知道出了什么事，等待他们的命运是什么。英军军官们送战俘出营，在二道门岗前目送他们背着行囊接受看守检查。我突然发现，在大门站岗的阿朗结衣偷偷向战俘们竖拇指。我愣了一下，立刻明白过来，示意摩尔上校。摩尔上校看见了，脸上露出笑容。德顿在走出二道门岗前转过身子，目光茫然地朝我投过一瞥。我不顾一切地伸出手臂，向他竖起食指和中指。我想，那是最好的朋友告别，战争要结束了！

几天后的一个晚上，阿朗结衣找到我，告诉我他要走了，回花莲去。我先没明白，后来意识到，不是军队调动，他要逃走。

“我不能带你走，那样我俩谁都走不了。”阿朗结衣真诚地看着我，明亮的黑眼睛里有一丝抱歉。

我突然有些感动，这个泰雅族人来找我，不是通知我他的逃遁计划，那个与我无关，而是希望我不要埋怨他，他做不到带我走，但他要当面告诉我，不然良心过不去。

“你怎么走，岭南是山地，但不是你的家乡，你不熟悉情况。”

“祖先的灵魂会保佑我。”

“八百多公里，还得过一条海峡，日本人会打死你，中国人也会打死你!”

“祖先的灵魂会保佑我。”

我放弃了。泰雅族人是认真的，他的祖先一直在他头顶，他的荣誉也在，他要走过那道彩虹桥，回到他的社人当中，回到练习弓射、建造房舍、梦鸟占卜、采集、耕种和狩猎当中，没有人能阻拦他。

“他们准备杀人。”这是泰雅族人对我说的最后一句话。

他的意思是，日本人有个秘密计划，在这个计划中，战俘将遭到斧钺之诛，只是，他并不知道这个计划的详细内容，正如我帮不了他，他也帮不了我。

民国三十四年七月七日，小暑，头天晚上在管理区二道门站岗的阿朗结衣消失了。早上接班的郑子民报告了上司，七海副队长带一队士兵出营搜寻，搜寻小队两天后空手而归，他们没有带回泰雅族人。

警备队回营那天一早，孖仔跑到西区 9 号营房来，把我叫出营房。

很长一段时间，游击队战俘在我眼里消失掉了。印象中他们就像一群灰沼狸，在黎明时钻出洞穴，直立起后腿在阳光中取暖，没有人注意他们。

“今天待在营区，哪儿也不许去。”孖仔不由分说，劈头就是一句。

“为什么?”

“我不会告诉你，反正待在营区里，让我能随时找到你。”他用的是命令口气。

我看孖仔。他咬着下嘴唇，换了一只麻秆似的细腿支撑身体，没一会儿躲开我的视线，抬头看虚无的天空，好像要吓唬住脑海里某个作祟的念头。

我笑了一下，不说话，扭头就走。孖仔也走，和我两个方向，这回不是正步，很快的碎步，步子不稳，总往一边躲闪，就像那种不得不走，但又信不过脚下的路，急切地想要避开它的走法。这个步子我熟悉，我在 342 号战俘身上看到过。

开过早饭，摩尔上校让沙希姆来请我去说话。走进西区 2 号营舍，我吃了一惊。上校身着布料挺括的三件套装，浅色小夹克用石片熨烫得没有一丝褶皱，衬衣袖口露出带有徽记的袖扣，一副正式穿戴。

“可惜，我在海军俱乐部留下了我的骑马装，帽子和马靴是阿曼达的手艺，他是伦敦最好的裁缝。也许我应该考虑得更长远些，把它们带上，而不是留在那儿。”看出我的诧异，上校开玩笑说，“按照你的情报，年轻人，我们很快会上路，去什么地方打猎。我在想，日本人不会为我找一匹纯血马，要是这样，夏尔马我也能对付。”上校指了指椅子，“请吧，年轻人。”

自治委员会从我这儿知道了D营将要转移的情报，近几天日方人员不断进出营区，核实战俘人头、了解病员人数，通知自治委员会对全部战俘进行健康排查，警备队方面也加强了营区的监管，一切迹象表明，我提供的情报不是空穴来风。

“不管他们送我去哪儿，我都准备好了，不过，上路之前，我想和你聊点有趣的事情，我想知道，你认为战后你的国家会怎么样?”摩尔上校将一杯红茶放在我面前的木几上，口气轻松地问。

“它需要恢复元气，先生。”我礼貌地回答。

“哦？说说看，怎么恢复?”

“资产阶级革命转化为寡头政治，军队不是国家的武装部队，而是一些谋求私利的指挥官豢养的派别集团和地方武装，长达十几年的侵略战争并没有改变这一点。”我坦率地说，“国家需要在政治上彻底改革，但我怀疑掌握权力的人愿意这么做，人民也很难支持，他们仍然没有成长为真正的国民，看不清他们和国家之间有什么关系。”

“那么，人民支持什么?”

“由领土范围内的人们共同制宪立国的国家，以民主授权方式产生的政府，人民通过这样的国家和政府清楚地知道什么是他们的共同价值，包括禁止战争和杀戮，尊重和保护个人的权利，先生。”

“可是，你的国家缺少一份伟大的宪章。”

“您知道，曾经有过，可那个宪章流产了，先生。”

“恐怕就算你们的元首打算改变这一点，也没有人会给他这个机会了。”

“我不这么看，先生。他是一位顽强的领袖，下过野，即使再次下野，他仍然会再次复出。”

“问题不在这儿，年轻人。”摩尔上校起身在屋里走了两步，站下说，“你们的元首把国家的士兵和装备看作自己的固定资产，在战争期间想方设法捞取了大量国际援助，不是为了赶走日本人，而是打算在战后对其同胞采取军事行动。”

“没有人需要内战，先生，国共两党一直在谋求政治上的合作。”

“你是说虚伪的统一战线？不，它会成为流星一闪的陈迹，这一次可不会再出现宁汉分流后的大清党。别忘了，共产党已经拥有了自己的军队，战争不会结束，你的国家将陷入内战，这只是个时间问题，和别的不幸陷入这场战争的国家不同，它最早进入战争，却不会那么快摆脱战争，恐怕它没有战后。”

“您的观点让人悲观，先生，您是说，无论谁执政，人民都是羔羊，无非等着换把刀来宰割？”

“很遗憾，年轻人，你的国家还没有出现让人民免于刀俎的政治和政治家。”

“您的国家呢，先生？英国也不是民选政府，战后会改变这一点吗？”

“恐怕你问的是，英国战后是否会放弃海外殖民。”摩尔笑了，“我不清楚你们的政府会怎么样，但我确信英国会立即接收香港，并派出正确了解帝国最新政策的干员，开始重建工作。”

“这不是个好消息。”没来由的，我感到有些遗憾。

“我能告诉你的是，有一点可以肯定，没有人能简单粗暴地收复香港，新任港督将会避免重回战前那种自私自利、唯利是图的管治态度，香港的最终命运只能在更大的框架下处理。也许英国可以在战后控制香港数年，至少挽回一点面子，最终体面地撤出香港。”

我们一直谈到空袭警报响起。沙希姆带着一名值班军官进来提醒上校前往军官防空掩体。自从大空袭之后，军官委员会强烈要求摩尔上校遵守战时军官行为准则，上校没有反对。

“再见了，年轻人。”摩尔上校接过沙希姆递给他的帽子，走到门口，在那里站住，回过头来，目光中有一种意味深长的暗光，“无论去哪儿，记住死去的战士和平民，他们每个人都是儿子，如果活着，会是情人、丈夫、父亲和爷爷。”

上校戴上帽子走出门去。我困惑地站了一会儿，体味他的话，然后跟了出去。

等待空袭警报解除时，我蜷缩在潮湿的壕沟里睡着了。醒来时，一个人蹲在我身边，是邦邦。他见我睁开眼，把一样东西塞到我手上。那是一副扑克牌。

我不解地看他。

“有一张牌，你会需要它。”菲律宾人没有铺垫，也不问任何问题，甚至不打算和我交流，“战争没有停止，你需要依靠智慧找到武器，我不会帮你，你自己去找。”

我理解邦邦这么说话。三年来，他始终隐身于黑暗中，一个人默默地进行着战斗，即使身处战俘营，他的战争也没有停止。他教会了我很多，可我无法像他那样变得亢奋起来，而且，我不明白他到底在说什么。

“如果可能，设法保护中川流香军医和花轮敬二军医，别让他们死掉。”

“为什么?”我纳闷。

“他们是魔鬼，战后将接受真主的审判。”邦邦说完这句话，沿着壕沟走掉了。

美国人的轰炸机编队源源不断从西南太平洋方向飞来，经过头顶，向东北方向飞去，这一次，香港和华南沿海不是它们轰炸的目标。

警报消除后我回到营房，好奇让我打开那副扑克牌。看上去，那副扑克牌和别的扑克牌没有任何差别，54 张牌，普通卡纸，通用图案，我试了比较牌的大小厚薄，用火烤，对着阳光照，它们没有任何异样，我有点沮丧。

邦邦返回营房，看了我一眼，什么事也没有地从我身边走过去。我有点生气，觉得受到了嘲笑，我决定把扑克丢在一边，去干点正经事，或者蒙头大睡一觉，但又一想，如果这样，我就不再是邦邦值得信任的战友，我希望我是。

德顿和安吉拉回到营房，见我手里有一副扑克，拉我一起玩。我拒绝了，带着扑克离开了营房。

我在操场一角坐下，把 54 张扑克牌散开，铺在地上，一张张琢磨它们。扑克由一些代表天文历法和星相占卜的奇妙符号组成，大王是太阳，小王是月亮，很容易推测，我要的那张牌不在其中，那样太简单。我把两张王收起来，琢磨其他 52 张牌。它们中的四个花色分别代表一年中的春夏秋冬，每种花色的 13 张牌，代表每个季节的 13 个星期，加起来 52 个星期，如果把大王和小王分别算作半点和一点，扑克牌的总点数正好是 365 天和闰年的 366 天。邦邦说其中一张牌能帮助我，但他无法预知我会在哪一天用到它，他知道我不是逻辑能力很强的人，不会设置过于复杂的障碍，所以，扑克牌的点数应该不是其中的机巧。

我放弃了 52 张牌中所有的点数牌，把它们清出来收好，目光投向四个花色中的 12 张人头牌。我来了兴趣，觉得这是一个不错的游戏。四个花色的 J、Q、

K，它们是侍从、王后和国王，分别代表了12个勇士：霍吉尔①、拉海尔②、赫克托尔③、兰斯洛特④、雅典娜⑤、朱迪斯⑥、拉结⑦、阿金尼⑧、大卫⑨、恺撒⑩、查理曼大帝⑪和亚历山大大帝⑫。无论他们的经历中藏有什么秘密，邦邦一定知道打开秘密的密钥，并且已经把这把密钥交给了我。

我试着回忆邦邦把扑克牌交给我时有什么暗示，如果它有。我按这个思路，很快把红桃、梅花和方块的九张牌收起来，只留下黑桃花色的三张牌。黑桃代表长矛、宝剑、铲子、橡树果和橄榄叶，它们是军人和和平的象征。

邦邦是怎么说的？“战争没有停止，你需要依靠智慧找到武器。”

现在，剩下的三张牌摆在我面前，我差不多能够确定我要的是哪一张了。

黑桃Q雅典娜，她主掌智慧和战争，四张皇后中，唯有她手持武器。

扑啦啦一声，一只羽毛艳丽的翠鸟落在我的肩膀上，歪着小脑袋看了我一眼，然后快速在我眉毛上啄了一下。我闭上眼睛，眉头一阵疼痛。它又啄了一下，这次更疼，但我没动，我不想让它觉得我是一条活蹦乱跳的鱼。

为什么邦邦会引导我走近雅典娜？她可是希腊宗教人物，基督教欧洲的神，难道邦邦会把密钥藏在异教徒手中？很快我打消了这个念头，希腊文化遗产是欧洲人从伊斯兰世界传译过来的，并非古代雅利人独创，邦邦也许在暗示这个。

发现我并非美味食物，翠鸟失望地吱地叫了一声，振翅飞走了。我松了口气，睁开眼睛，把黑桃Q拿起来仔细查看。它和其他牌没有任何区别，纸张一样，花色也看不出什么秘密。我突然想到刚才落在肩头的翠鸟，翠鸟以水为生，

---

① 霍吉尔·卢·达隆（Holger Lou Darron，8世纪），丹麦王子。

② 艾蒂安·德·维尼奥勒（Etienne de Vignolles，1390—1443），法兰西王国军事指挥官，圣女贞德的战友。

③ 古希腊诗人荷马《伊利亚特》中的特洛伊王子，第一勇士。

④ 亚瑟王圆桌骑士团第一勇士。

⑤ 奥林匹斯山十二主神之一，智慧与战争女神。

⑥ 英国查理一世国王妻子，中东犹太民族英雄。

⑦ 以色列十二支派先祖雅各的第二任妻子。

⑧ 英国都铎王朝王后。

⑨ 大卫（David，前1050—前970），以色列第二任国王。

⑩ 盖乌斯·尤利乌斯·恺撒（Gaius Julius Caesar，前100—前44），罗马共和国军事统帅，独裁官。

⑪ 查理曼大帝（Charlemagne，742—814），法兰克王国加洛林王朝国王，神圣罗马帝国的创始人。

⑫ 亚历山大大帝（Alexander，前356—前323），马斯顿帝国国王，亚历山大帝国皇帝。

雅典娜也一样，她出生在特里托尼斯湖畔，水泽女神用湖水为她清净身体，难道这就是揭开秘密的密钥？

我把其他牌收起来，揣进兜里，起身去了溪涧边，把黑桃Q放进水中，用石片压住。

太阳正在偏西，人们迫不及待地走出营房，去伙房领取今天最后一份食物。西南角岗楼上，哨兵一动不动地伫立着，西北角岗楼上的哨兵似乎在打瞌睡。老曹从战俘医院气冲冲出来，很快，纳什医生追出来，两个人站在那里激动地争吵着。

差不多10分钟后，我从水中捞出黑桃Q。它已经泡松了，有点膨胀。我脱下鞋，牌垫进鞋里，穿上鞋离开那里。

我在七号茅厕蹲下，从鞋里取出扑克，小心翼翼揭开泡软的画片。卡纸的夹层中有一块薄薄的夹页。我轻轻打开它，是一幅丝绸制作的香港地区逃生地图。

来到D营后，我无数次地观察过人们的生活。入营后最初几天是恐惧期，每个摸到地狱之门的人都经历过令人窒息的黑暗，这些黑暗有的相同，也有感受完全不同的体验。接下来的两个月是适应期，人们不仅要适应强制性的糟糕生活，完成新角色的转变，还要完成对失败和屈辱的接受。六个月时间是极度恐惧期，人们发现身处的环境比地狱残酷，神不会出现在这里，没有人能够解救他们。一年后，绝望达到顶点，人们随时都会崩溃，我亲眼看见一个战俘把铝制汤匙吞进肚子里，然后是两枚磨得十分尖锐的石片，接下来是一颗锈蚀的钉子，而另一名战俘则用锈钉子刺穿手腕上的血管，笑嘻嘻喝下自己的血，再用钉子生生切掉自己一根手指。

身为战俘，命运由人主宰，如果他们决定逃亡，就等于宣布把主宰权从魔鬼手中夺回来，即使结局渺茫，这也是唯一能由战俘做出的决定。从做出逃亡决定到实现或幻灭这段时间里，逃亡的努力不但会约束战俘的大部分不齿生活，也将塑造他们的人格，因为他们的日子几乎全部由自我释放以夺取自由，从而将艰苦的生存斗争坚持下来，让屈辱的生命存活下来这一尊贵的目标支配着，这成了他们全新的人生支柱。

摩尔上校说："再见了，年轻人。"

邦邦说："你需要依靠智慧找到武器，我不会帮你，你自己去找。"

现在，我手里有了一幅逃生地图。

问题是，我和谁再见？我干吗需要一幅逃生地图？

这一天发生的所有奇怪的事情在熄灯钟敲响以后得以揭示。

孖仔把我带到游击队领袖肖子武面前。还是那个话语稀少的中年人，叼着泥捏的烟斗，瘦削的脸孔，目光中有一股强大的磁场，好像身体里躲着一个魔力无限的催眠师，让人失去任何抵抗。

有一刻，我们谁都没有说话，然后他突然开口：

“我们要离开这里。”

我看着肖子武。他脸上那道伤疤在塌陷的双颊间留下一道阴影。他说离开这里，显然不是D营战俘转移，去台湾或者日本，而是别的。

“给你10分钟时间，回去收拾一下，不要和任何人告别。”他口气平静地说，“你不会再回到这里了。”

很奇怪，我没有流泪，甚至一点也不激动。离开这儿是我最想听到的话，我愿意用整个生命来交换。但我显得很麻木。自由的感觉非常奇怪，最奇怪的是，它不真实。我脑子里快速运转着，有点困难，但没有停下。日方没有任何通知，离开显然是由肖子武决定的，他说“我们”，说明不是他一个人。事情有点眉目了，这是一个巨大阴谋，一次集体逃亡，聪明一点的话，不会问更多事情。

我同时核实了之前意识到的两件事情：摩尔上校什么都知道，他像真正的绅士那样正装约我谈话，那是一次正式告别，可他一个字也没有提到。邦邦也一样，他把麦加前往麦地那的迁徙之路指给我，却闭口不提别的。我不清楚他们是否知道游击队的阴谋，知道多少，打哪儿知道的，我不知道在D营，除了我，还有多少人知道这个似乎公开的秘密，我只知道，没有人说出这个阴谋。

“想知道什么可以问，但得快，看守第一次查夜前你必须回到这里。”

“李明渊是不是你们杀的?”

“这重要吗?”肖子武像蛇一样狡黠而灵敏。

“你们说，中国人不杀中国人，他是中国人。”

“我们不把汉奸算在内。”

“你们可以去杀日本人。”

“我们已经那样做了。”肖子武干脆地说，“我给我的人下命令，一天也不停止战斗。我让他们计数，如果出去之后每个人能杀死两个鬼子，每挖两年地道，就等于他已经杀死一个鬼子了。”

现在我知道了，他拥有一条地道！可是，那是多么可怕的复仇动力，他们在营中就已经在杀死仇人了！整整五年，这就是他们坚持下来的原因。

“你们会带走多少人?”

“除了你，全是我们的人。”

“你们让孔庆礼告诉我，要对不喜欢的战俘下手，是在试探我。”

“我们必须确保你不会告密。”

“可是，为什么带我走?”

“你留下，只会给毫无斗志的自治委员会带来帮助，身边有了乖巧能干的奴仆，尊贵的长官们会认为自己仍然是东家，乐于把囚犯岁月当成值得妥协的生活来过。”游击队领袖一点也不给我面子，“我们不想让鬼子轻松。我们希望D营是一个战场，这里的人一直在战斗。”

“我现在去教育科，然后直接回到这儿。”我咽了一口唾液，“我是说，我已经告别完了。”

肖子武冷冷地颔首，没有第二句话，转身离开。

凌晨到来前，值班看守最后一次从营房外过去，逃亡行动开始了。

游击队军官和士兵住在两个营房里，两个营房的人悄然集中，免去了在各营房间的转移。让人意外的是，他们并没有像之前说的那样，只带走他们的人，在47名惠宝人民抗日游击总队和东莞抗日模范壮丁队的人之外，逃亡者中还有16位非共产党领导的抗日武装战俘。

我十分吃惊，他们竟然把逃亡之路设在21号营房的“三圣宫”神龛下，记得入营的第一年我就见过这个奇怪的战俘营简易朝拜地，孔庆礼挡在门口没让我进去，我甚至看见一个战俘跪在木头雕刻的神像前磕头。现在，经过巧妙伪装的神龛被移开，露出地道口，暗杀团军官孔庆礼和游击队班长马花花两人最先下到地道里，他俩各自带了一把自制刀具。接着是游击队员，他们有的握着自制刀具，有的捏着木棍。我被安排在逃亡者中间，由孖仔和另一名游击队员看押。情报队长相若雪和游击队副连长刀葫芦紧随其后，他俩手中是真正的武器——两把日军三十式刺刀。

地道十分矮小，需要猫着腰走，最初的几十尺是往下的斜坡，能判断方向朝南。我怀里抱着从教育科取来的木箱，行动极不方便。很快，地道连续拐了几个弯，失去方向感，越往前走越有一种呼吸不过来的感觉，地道里一片沉重的喘息声。再往前就困难了，好几个地方非常狭窄，只能爬着过去，能摸到四周坚硬的石头，显然是片层岩，有的地方感觉根本过不去，需要前面的人拉，后面的人推。这样连走带爬，走走停停，差不多有半个时辰，人已经虚脱了，感到完全绝望了，前面突然有新鲜空气涌来，地道的尽头到了。

我被人拖出地道，映入眼帘的是黑夜中一望无边的大海，海潮声入耳，海腥味令肺叶舒张，让人好一阵缓不过神来。我大口呼吸着，被新鲜空气刺激得胸口一阵阵疼痛，眼泪在那个时候不可遏制地涌了出来。

孔庆礼等在地道口，一个个辨认，马花花压低声音催促人们去海边。让人意外的是，海边泊着一艘“大眼贼”① 和一条四桨船，四桨船船头架着一挺机关枪，三四个提着长枪的武装便衣帮助人们上到那条“大眼贼”船上。人们上了船，小声议论，有人要求大家不要说话。

一会儿工夫，人都上了“大眼贼”，最后一个上船的是相若雪。一位背着手枪的武装人员过来和相若雪小声说了两句，相若雪示意起锚开船。刀葫芦着急地说，老肖和罗羊子还在后面，他俩没上船。大家感到意外，这才发现队伍中没有他俩。

“名单临时做了改变，老肖和罗羊子不走了。”相若雪说。

“点解?”孔庆礼往后撤了一步，手中的自制短刀捏紧了，警惕地瞪着相若雪，“唔係咩意思?”

“昨晚熄灯前，罗教员接到通知，早上6点鬼子要入营训示，先军官，再士兵。特别提到，所有战俘交出日记簿，不许有隐藏。”相若雪平静地解释，“老肖和我判断，鬼子要转移人员。”

“噉又点?”

“要是发现游击队的人全都不在，他们会立刻查找追捕，6点钟我们还在海上，来不及在安全地点上岸，老肖决定留下，设法在军官训示时制造麻烦，缠住鬼子，为我们赢得时间，罗羊子陪老肖留下了。”

“係咩？我係支部成员，咁大嘅决定，我点解唔知?”孔庆礼盯着相若雪。

“昨晚老肖任命相队长代表他指挥这次行动，我在场，我做证。”刀葫芦在

---

① 一种单桅渔船。

一旁说，眼睛盯着孔庆礼手中的那把刀，“老肖要相队长转告大家，如果能顺利逃出去，请大家多杀鬼子。”

“寻晚点解唔话我知?”孔庆礼仍然将信将疑。

“知道的人越多，老肖和罗羊子留下的阻力就越大。”相若雪说。

“我哋可以改变计划，提前行动。”孔庆礼还是不认。

“孔团长，不要说无知的话，你要知道老肖留下来你也不会干，行动必须在最后一次巡夜后进行，要是看守进屋看一眼，行动就彻底暴露了。”刀葫芦不耐烦了。

孔庆礼不再说话。大家都没有说话。一名武装人员过来，要求大家下到船舱里去，如果海上遇到日军巡逻艇盘查，大家千万不要惊慌，一切听指挥。

“刘队长，我们走。”相若雪向背手枪的青年人挥手。

大家依次进到舱底，找地方坐下。船轻轻摇晃起来，驶离岸边。

“他怎么缠住鬼子?”这次是我提出的问题，也许对别人不重要，可对我很重要，“用他那支泥捏的烟斗?”

相若雪回过头来看我，黑暗中，他的眼神看不清，但明显带着奇怪的笑意。

“老肖在骗你，他从来不抽烟，一抽就咳嗽，像个倒霉蛋。”孖仔在我身边大声说。

“老肖只是因为紧张，才用泥巴捏了那支烟斗，我们收集金属的时候，他就到处收集树叶。”相若雪在黑暗中说。

“紧张?”

“是的，这几年他没睡过一天安稳觉，他的手一直在颤抖。”“不过，今天早上他不会再紧张了，他会耐心地等待鬼子对军官训示完，然后还以颜色，发表一次演讲。”

“演讲?”

“对。有件事情你不知道，老肖和你一样，在日本留的学。”

我像被什么东西击中了，蒙住。我在其中生活了三年的D营变得不真实起来。

“他在日本读了五年书，日语非常好。鬼子在广东登陆前，他在孙科先生办的中山纪念中学当老师。”相若雪说，“说到演讲，惠宝游击队中没有人比得过老肖，他一开口，大家都插不上话，可惜，你听不到他用日语向鬼子做训示了。”

我沉默了，透过船舱，把目光投向渐渐远去的桑岛。

那是一个黑黢黢的世界，像头庞然野兽，栖伏在大海中，我在那里生活了整整三年半，一时说不清对它有着什么样的复杂感情。

船在掉头，月亮裹着一团朦胧的光纱，把一条宽大的纱巾丢在海面上，海上到处是星星点点月光鳞片，大片的羽状浪头涌来又消去，好像那里面藏着什么人。

船舱上面有人走动的脚步声，有风扯动帆布的哗哗声，船帆升起来了。

有帆，帆升起来，才能听见海上满耳的风声。

二十四

法庭陈述及其他："抬头，看上面!"

（GYJ006—002—073）**审判官封侯尉法庭质证记录：**

尊敬的法官大人，请允许我陈述本案另一个关键问题，香港，它对被告的有罪指控有着关键意义。

太平洋战争爆发后，罗斯福以"如果中国屈服于日本侵略"为假设，向丘吉尔描述过这样一幅场景：日本将腾出150万精锐部队和与之匹配的保障战线，轻而易举攻占澳大利亚、印度和中东，与德国在远东会师，彻底切断苏联与外界的联系，同时孤立埃及、控制地中海航线。庆幸的是，这个古老的东方国家没有屈服，而是在四年半时间里力挽狂澜，与法西斯日本进行了一场同归于尽的战争。罗斯福对丘吉尔的忠告是，把中国当作一个大国来对待。

民国三十一年国庆节前一天，美英两国政府通知中国，愿意废除两国在华不平等条约。次日，美国费城独立厅的自由钟敲响31声，遥祝中华民国国庆节。嗣后，中国与美国的谈判十分顺利，与英国的谈判却在香港问题上遇到障碍。国府认为，香港是中国领土，既然盟国间废除不平等旧约，另订平等新约，中国理应将上述领土收回。唐宁街认为，根据1842年中英《南京条约》，香港永远割让给英国，不再是中国领土；根据1860年中英《北京条约》，界限街以南九龙半岛及昂船洲岛永远割让给英国，不再是中国领土；根据1898年中英《展拓香港界址专条》，中国将深圳河以南、界限街以北的北九龙半岛及大屿山等岛屿租借给英国，租期99年，直至1997年为止。根据三份条约，英方只愿意废除中英《辛丑条约》赋予英国在华的各项特权，拒绝将香港及附属主权列入废约谈判内。

直至民国三十二年一月十一日中美英三国新约正式签署前，国府在香港主权归属问题上啮雪吞毡，坚持不从，外交大员宋部长子文、吴次长国桢、顾大使维钧、国防最高委员会王秘书长宠惠等国府要员孽孽矻矻，折冲樽俎，僵局始终未能打破，以致委员长大为光火，决计将战后用军事力量强行收复香港作为最后手段。荒谬的是，日本侦得中美英进行废除治外法权谈判情报，遂抢先于1月9日与汪伪政权签订《关于交还租界及撤销和废除治外法权之协议》，汪逆则于当日向美英两国宣战，致成国际外交史贻笑后人之柄。

是年深秋，罗斯福力促美英苏中领袖在开罗召开四大强国首脑会议，商讨战后建立国际新秩序问题。英苏两国不愿承认中国的强国地位，丘吉尔勉强前往开罗，斯大林则以与日本签订有《苏日中立条约》，双方互相尊重“蒙古人民共和国”和“满洲国”为由，宁愿稍后在德黑兰另外与罗氏丘氏举行三巨头会议，拒绝与蒋委员长枭鸾并栖。

开罗会议上，香港问题再度被提及，委员长与丘吉尔当面冲突，恼羞成怒的丘氏气急败坏宣称，中国要收回香港必经一战，从他尸体上跨过。

民国三十三年秋天，魏德迈[①]接替史迪威[②]任中国战区参谋长，这位有着德国血统的美国将军看似温和，对国军将领却多有直率批评，认为大多国军将领患有严重的“愚蠢和效率低下病”，“冷漠而缺乏才智”，“无能为力且不知所措”。他在给马歇尔[③]的报告中说，“我们可以花费巨大的后勤成本投入大量部队，但我们不知道中国人是否会坚持战斗。”

值得一提的是，民国十八年到二十年，魏德迈在美军驻天津第15步兵团任上尉营长，史迪威任该团中校参谋长，马歇尔则是这个团的中校副团长。

尽管对中国时局颇有微词，具有浓厚反殖民倾向的魏德迈仍然大力支持委员长收回香港的决心，为达成这一目的，在完成反攻战役前由美式训练和装备36个国军师的“黑钻作战计划”中，魏德迈指定国军新1军担任攻击华南沿海

---

① 艾尔伯特·科蒂·魏德迈（Albert Coaoy Wedeme，1897—1989），盟军中国战区第二任参谋长，驻华美军司令。

② 约瑟夫·史迪威（Joseph Stilwell，1883—1946），盟军中国战区首任参谋长，中缅印战区美军总司令。

③ 乔治·卡特利特·马歇尔（George Catlett Marshall，1880—1959），美军参谋总长。

日军武装的部队，伺机占领香港。

民国三十四年四月十二日，罗斯福去世，副总统杜鲁门接任总统。该年夏天，在美英苏三国华盛顿军事讨论会议上，马歇尔向英苏宣布，国军将于近日展开局部反击，其中一支部队向广州湾和雷州半岛进攻，然后挺进香港。英苏军事首脑当即表示反对，三方在国军向香港方向采取军事行动问题上没有达成一致。八月，国军实施了该次军事行动，日军将有限部队集中在香港外围和广州，国军在雷州半岛没有遭到顽强抵抗，但并没有按照计划挺进香港。

曾经犹豫和拒绝出任罗斯福竞选伙伴的新任总统杜鲁门始终对罗斯福向斯大林示弱怀有异议，不希望苏联伸手亚洲战事，瓜分成果，下令使用原子弹。民国三十四年八月六日，美国在广岛投下原子弹，两天后，苏联宣布对日开战，百万大军越过蒙古和东北边境进入东北、朝鲜和库页岛，向日军关东军和朝鲜住屯军发起进攻。八月九日，美国在长崎投下第二颗原子弹，十日，日本驻瑞典大使和瑞士大使分别紧急约见两国外交部长，请求协助向英苏美中四国转达日本接受《波茨坦宣言》部分条件的信息。十一日，国府驻瑞典大使谢维麟自斯德哥尔摩发来日本接受《波茨坦宣言》电报，战争在两颗巨型炸弹干涉下突然结束。

据事后情报，日本决定投降的消息通过外交渠道传到英国时，英国内阁正在开会，一个月前刚刚就任首相的克莱门特·艾德礼立即指示“香港计划组”负责人启程前往中国，同时急电驻华大使派员潜入香港，命令身处赤柱拘留营的辅政司吉姆逊①立即成立临时政府，恢复英国在香港的管治；为防日军抵抗受降，同时震慑国军，命令英国太平洋舰队第 11 航空母舰分遣队司令官哈考特少将率舰队赶赴香港，行动代号“铁甲”。

八月十三日，英国驻华大使赫瑞斯·西摩向中华民国外交部递交外交函，知会英方将接收香港。蒋委员长立即指示外交部召见西摩，申明香港不属东南亚战区，属中国战区，英方违反了盟军最高统帅麦克阿瑟“各战区自行接受该战区日军投降”的“第一号命令”。西摩则反驳称，“第一号命令”并未指定香港由哪个国家受降。双方争执不下，竞相陈情于美国。委员长亲电杜鲁门，并令外交部长宋子文约见美国国务卿伯恩斯，力争美国在香港问题上支持中国。

---

① 富兰克林·查尔斯·吉姆逊（Franklin Charles Gimson，1890—1975），香港殖民地辅政司。

八月十四日，中苏两国签订《中苏友好同盟条约》，委员长同意外蒙古独立，苏联租借旅顺和大连军事要塞，以换取苏联对国民政府的支持。国府驻英大使顾维钧称，国府即使缺乏实力收回香港也必须坚持，以“弥补中国人民对和莫斯科签订协议的不良反应”。

同一天，支持中华民国收复香港的魏德迈从马歇尔那里知道了国务院给杜鲁门的建议，即在适当时机欢迎并协助达成包括香港的和平安排，而杜鲁门则认为，哪个盟国把香港弄到手，主要属于军事行动性质的问题，取决于谁的军队首先到达香港，魏德迈当即以“拯救战俘”为名，派“黑钻行动”先头组成员搭乘专机前往香港抢夺接收权。魏德迈向美国记者宣称，自开战以来，香港即被划入中国战区，故由国军接收香港日军投降乃为自然之事，英国人当然可以派遣一支舰队先发制人赶往香港，可是，波茨坦会议对日最后一战拟议文件规定，远东英军由美国指挥，要采取上述行动，必须事先获得美国的批准。英国“香港计划组”负责人麦克道格尔一行刚刚飞抵重庆，知道了这件事，亦强烈要求搭乘该架飞机以“观察员”身份随行，以免香港落入美中联军手中。军统局侦得麦克道格尔等人身份，欲对其采取极端手段，魏德迈认为英军最近的军队也远在千里之外，没有必要出此下策，麦克道格尔等人始得逃过一劫。

“黑钻行动”先头组飞往香港，在广州白云机场中转时被日军扣留，日军以没有接到正式通知为由不予放行，机上人员反复沟通，并用无线电和第 14 航空队联系，试图通过第 14 航空队向日方交涉，日方仍然坚持不予放行。

仍是这一天，“英国陆军援助团”将唐宁街给吉姆逊的密令电传澳门前线司令部，援助团在澳门的特工梁润昌、埃迪·戈萨诺和罗杰·洛博三人当即渡海前往香港送信。谁知，船一出海就遇到了麻烦，伶仃洋海域布满大量盟军投掷的水雷，船行走速度缓慢，小心翼翼驶出不久，发动机竟然坏了，船工设法将发动机修好，没走多远，发动机再次出现问题，这一次，他们再也没有把它修好。

(GY006－003－060) **辩护律师冼宗白陈述：**

日本宣布投降的那一天，我在广州。

美国飞机飞临广州上空，抛撒下传单，公布日本战败消息，有一架飞机向南头难民营空投食物和药品。广州人完全疯了，街上到处都是欢呼雀跃的人们，他们大喊大叫，挥舞着中华民国和美利坚合众国的小旗，举着蒋介石和杜鲁门的画像，小贩们把蔬菜和水果送给身边不认识的人，人们处于一种狂欢状态。听说有的地方人们朝日占建筑和日侨投掷石块，出现了多起日军对空鸣枪示警的事。

我认识一位经营旅行社的白俄列昂尼得，他手下有不少做皮肉生意的姑娘，华人、日人、俄人、朝鲜人、马来人、菲律宾人都有。列昂尼得开心地告诉我，他欢迎新的占领军到来，无论国军还是美军，他们会得到免费三天挑选姑娘的热情款待，只要新来的大兵别像日本兵那样，除了强奸没有别的性爱方式。

日本宣布投降的第二天，我乘一艘走私船返回香港。

香港有如另一个广州，人们也在欢呼战争的结束，满眼都是笑逐颜开的面孔，和平的气氛十分浓厚。我穿过街上的人群，径直去了皇后广场。我站在铜像下，抬头往最高法院大楼上看，手持天秤蒙住双眼的正义女神依然站在那儿，没有变换姿势，中央圆拱顶的都铎皇冠下，宽恕之神和真理之神默默地看着人间，两年前，雷福荣就是从那里一跃而下，头颅着地摔死在立法院大楼的台阶上。

我是很少感情用事的人，那一刻，却泪如泉涌。

回到家，我的印度仆人卡米拉告诉我，昨天有英人在九龙和港岛分别升起英国国旗，被日军礼貌地要求降下。我告诉卡米拉，战争的胜利者肯定会升起自己的旗帜，至于是米字旗还是青天白日满地红旗，现在还很难说。

19日一大早，一位“英国陆军援助团”情报员找到我，托我办理一份关防文件。我出门去外事部，街上已经出现三年前香港沦陷时同样的抢劫场景，被抢的主要是粮货仓库和日方人员的住宅，有日人被殴打，大多是日裔妇幼，日本宪兵都消失了，没有人管。在外事部大楼外的皇后大道上，我看到两个华人雇员被一群市民围着抢走手中的米袋，其中一人挨了几拳，头上中了一棍子，头破血流，样子很狼狈。

外事部里人格外多，不少轴心国和中立国商人在那里要求维持治安和市面，缩短宵禁时间，人们一改低声下气的口气，日本人却降颜屈体，没有了往日的气焰。

我注意到有什么东西在燃烧的气味。我猜他们在烧毁大量文件。

我见到阿国，他显得很平静。从他那儿得知，终战诏书宣布次日，第 23 军司令部即接到训令，命令停止战争行动，就地向盟军投降，香港防卫司令部于昨日凌晨正式下令停战。总督部已通知日侨和军人尽快提走存款，正金和日银两家银行无限制保证日人提款，他刚为卸职的华人雇员发放了米粮和酬金。我告诉阿国在街上看到的事情。他沉默了一会儿，一副无奈神色。我问他怎么打算。他表示部长已经交代属员准备投降，众人皆十分冷静，现在能做的只有等待。

“也许俄国人会帮助我们。”

阿国说了那句话，用一种乞求我同意的目光看着我。我没有明白。

“为什么?”

“毕竟我们和他们没有宣战。”

“可是，已经有消息他们将要宣战，他们的军队会用坦克碾压你们的关东军。”

“那不是真正的战争，他们只想分点什么，我们手里有他们想要的东西。”

我想了想，一直从事外交工作的阿国是对的，战争结束后，西方需要日本出面对抗共产主义苏联，说不定日本会成为美国的盟友，俄国人的确帮了忙。

22 日，一位赤柱拘留营的印度看守找到我，给我带来前港英政府按察司，首席大法官阿瑟尔·格雷戈尔的口信，希望我尽快前往赤柱营与他见面。我设法弄到探视证，去赤柱营见了格雷戈尔大法官。法官告诉我，前辅政司吉姆逊爵士急于离开拘留营，代表英国接管香港，请我设法帮助爵士离营，并保证他的安全。对这位刚愎自用的辅政司，我印象深刻，他从锡兰劳工署署长任上来香港工作，到港第二天就陷入战争，18 天后他成了阶下囚，在拘留营中度过了三年零八个月，是殖民地部最倒霉的官员。我坦率地告诉首席法官，盟军已经向香港空投了粮食和中国战区参谋长魏德迈的命令，要求英国人留在拘留营中等待指示，目前日本人还在维持秩序，我无法把前辅政司先生弄出去，也做不到保证他的人身安全。格雷戈尔法官坚持按这个计划办，请我无论如何做到。我只能答应试试。

我当即前往日军香港战俘总营，向德永德大佐提出英国官员出营的申请，结果不但没能完成格雷戈尔法官托付的事情，反而给自己惹上了麻烦。德永德以违背盟军“第一号命令”为由让宪兵扣留了我，我担心他会干出别的什么事，事实上他对我十分客气，吩咐他的勤务兵给我端茶。

第二天上午我被释放，等我返回赤柱营向格雷戈尔法官报告时，发现那里根本就不需要我了。在我离开赤柱营几小时后，吉姆逊爵士不顾印度看守阻拦，径直走出赤柱拘留营，此时还没返回营内。我正和格雷戈尔法官说话，印度看守带来一名华人，要求见吉姆逊先生。我认识那位华人，他是“英国陆军援助团”澳门工作站的特工梁润昌，我们在英国驻澳门使馆见过面，他和另外两名特工从澳门来，历经了曲折的行程，45 海里路程，平时乘火轮再慢两小时也到了，三个人竟然在海上漂流了九天，今天凌晨才疲惫不堪地抵港。

梁润昌声称他受“英国陆军援助团”赖德上校指派，向吉姆逊爵士递交密令。大家正为找不到爵士着急，吉姆逊爵士失望地回到拘留营。原来，他离开拘留营后直接去了占领军总督部，宣称由他代表英国政府接管香港，要求日方合作。日方声称局势未定，他们并没有得到盟军任何指示，香港可能由中华民国政府接收，不便交予英国人。吉姆逊恼火地声称，这只是日方的意见，与他无关，他必须行使接管香港权力。日方并未妥协，客气地将他驱离总督府。

接到政府密令和委任状，吉姆逊大喜过望，当即召集赤柱营中前港府重要官员，由首席大法官格雷戈尔爵士主持，神情憔悴的吉姆逊爵士在众人面前宣誓，宣布港英临时政府成立，他本人就职署理港督。就职仪式结束，吉姆逊率一众官员二度前往日军总督部，强硬要求日本人配合临时政府工作，日方最终妥协，同意英国人启用法国传道会大楼为临时政府办公室。

吉姆逊就职临时港督的整个过程我都在场，我再次看到法律的软弱和虚伪。

(GYJ006－002－074）**审判官封侯尉法庭质证记录：**

8 月 15 日，日本天皇宣布《终战诏书》，“黑钻行动”先头组得知，立即向日军交涉要求放行，日军仍以没有接到上峰命令不予放行，只为机上人员提供了住宿和英文报纸。17 日，“英国陆军援助团”赖德上校带着军事助手乘坐 DC 型运输机抵达广州，同样被广州日军扣押。受到魏德迈支持的“黑钻行动”先头组和接到政府抢先接管香港命令的英国人双双身困半途，泊在同一机场，实在是史上最大笑话。

19 日，魏德迈接到马歇尔转达杜鲁门指示，表示美国不在香港受降问题上再做表态，英军可以接收香港。魏德迈即电令“黑钻行动”小组负责人取消行动计划，中美人员不再进港。“黑钻行动”小组14日飞抵广州，广州距香港不足180公里，五天时间，步行也走到了，何至于为山九仞，功亏一篑？

得知美国人玩骑墙政策，委员长大为光火，但由于盟军划定受降区域的“总命令第一号”中规定，“凡在中华民国、台湾、越南及北纬16度以北地区之日军，均应向蒋委员长投降”，香港地处北纬16度以北，占领香港的日军第23军亦属中国派遣军序列，该军司令部设在广州，司令官田中久一中将兼任香港占领地总督，故委员长并未将此事想得多么严重，直到21日才命令驻防广西的国军第二方面军张发奎司令官担任广州、香港、雷州半岛及海南岛诸地受降官，接受该地区日军投降，又于三日后以中国战区总司令名义通知日军第23军，香港将由国军张发奎部接收，香港日军必须向张上将办理投降手续。张上将即命令部队向上述地区推进，新编第1军孙立人军长为广州、九龙、香港区受降官，同时命令驻梧州的第13军沿西江而下，占领广九铁路沿线，协助新1军接收九龙和香港。

受降工作展开，我接上峰命令，即刻前往香港执行接收日军投降工作。26日，我随方面军工作组携电台一部抵达九龙，为接受香港打前站，我的上司是政治部叶梓林上校，在我们后面，第16宪兵团也随后启程，以维持香港秩序为由入港待命。按我们接到的情报，英国人的特遣舰队并不顺利，他们不得不在莱特岛等待一支扫雷艇部队清理出通往香港的海上通道，就算美国人不支持，我们也有足够的时间让新1军抢先进入香港。

工作组抵达九龙时，看见街上零零星星挂着中国、美国、英国、法国、苏联、荷兰等一些盟国国旗，工作组同人个个摩拳擦掌，兴奋地议论，一旦新1军登陆，英国旗就该取下来，礼貌地还给英国人了，大家都准备在香港大干一场。

按照临时计划，工作组在九龙漆咸道一栋三层唐楼落下脚，同时在港岛安排前方站。军统华南站的同志另送了一部备用电台和两辆汽车给我们使用，同时派华南站倪同志专事与先头组联络。从倪同志那里得知，国内党政军各机关均已派员入港，中央港澳支部先头组人员已于昨晚抵达九龙，随即成立了“广东杀敌队独立第一中队”，目前正在召集武装人员和物资。倪同志同时通报，英国人也没闲着，港英前政府高级官员四天前从战俘营跑出来，召集了六七百名前港府英人官员和华人雇员，正在张罗成立临时政府。

大家顾不上休息，立刻投入紧张的工作，当日彻夜未眠，一直工作到第二天中午。大约 11 点左右，工作组从广播中听到吉姆逊以港英临时政府代理总督名义宣布大英帝国香港临时政府成立，重新确立联合王国在香港的管治消息，声称英军舰队将很快到达香港。大家正分析，是否需要采取相应措施，通过电台宣布成立中华民国临时接管机构，或者利用帮派势力夺取英人临时政府的电台，控制英人行动，电报员送来柳州站转来的方面军司令部电报。电报称，国府与华府外交沟通失败，杜鲁门认为接收香港属军事行动，不涉及主权，香港日后前途应由中英两国谈判磋商，只要英国答应在印缅的国军利用香港从海路返回中国，则英军可以接收香港。大家一听，肺都气炸了，纷纷指责美国人耍滑头，背信弃义。叶上校很冷静，把我叫到机要室外，要我立刻与港澳支部先头组联系，了解武装人员召集情况，如果等不及新 1 军，现有在港武装人员是否有逼迫九龙和新界日军放下武器向国府缴械的可能。我担心这样做是否合适。叶上校要我想想日军攻占香港的战例，如若不是日军先头斥候临战机动，主动攻下城门堡垒阵地，哪里又有以区区 18 天就攻下香港的可能，如今国府不知道港九的情况，将领们只顾着内地权益的分配和争吵，我们这些在前线的军人，要主动替国家担当。

我即与港澳支部先头组联系。他们回复，港澳支部“杀敌独立队”有百十人，第 16 宪兵团进来几百人，加上三青团港九分团，我方在港武装人员大约千人，帮派会党可利用人员约两千人，如果能解决武器，似可在新界、西九龙和离岛一带日敌薄弱地区动手，那几处基本由华印宪查控制，鬼子没拿他们当回事，接收的可能性大，香港和南九龙则万万不可企及。又抱怨，粤系人员只顾地方利益，宪兵团进来后忙着抢敌产，派了几个人来联络港澳支部，说是侍卫，其实是监视中央。原驻港英军苏格兰营营长怀特和香港防卫军菲尔德少校正在为英人临时政府招募辅助警察，从日军手中夺取维持治安的权力，港澳支部派宪兵团的人混进英人临时政府中做眼线，其中两人被认出来，菲尔德居然表示没关系，亲国民党的帮会佬都敢用，国军也敢用。不过，那几个家伙不争气，昨天出更时抢掠平民，被抓住后赶出来了。我解释不了粤系的问题，脸上挂不住，幸亏电话里对方看不见。

下午方面军司令部发来电报，杜鲁门已要求接受日本投降的盟军最高长官麦克阿瑟下令驻港日军“只向英军投降”，相当于盟军最高指挥系统对香港前途的正式决定。工作组同志顿时感到一桶冷水浇头，楼上楼下的同人们皆伫立不动，一时如蹙国丧师之众。叶上校摔了电报，又甩帽子，大骂扬基佬讨好英国人，出卖中国利益。

令人绝望的情报是晚上军统工作站送来的，军统菲律宾站侦得前来夺取香港的英军特遣舰队情况，计有战列舰“安臣”号等两艘，舰队航空母舰“不屈”号、轻型航空母舰“复仇”号等两艘，护航航空母舰“可畏”号等三艘，潜艇母舰“美士东”号、医院船“牛津郡”号，另有巡洋舰“迅敏”号等三艘、驱逐舰八艘、扫雷舰七艘、潜艇八艘，共 77 艘，舰载战机两百架，阵容强大，舰队已从苏比克湾出发，正浩浩荡荡向香港驶来。

当天晚上，工作组的人彻夜未眠，都在三楼电报室坐等消息。有人悄悄说，看来收复香港的事情泡汤了，除非枯骨生肉。

叶上校比下属看得远，我去楼下买香烟时碰到他，他正和倪同志在海边踱步谈事。看见我，叶上校心情沉重地说，两年前罗斯福说过一句话，平等地对待中国是防止未来岁月里东西方出现鸿沟的最好方法，睿智的先知离世仅四个月，他的话就被验证了。倪同志在一旁戚戚地说，那是开罗会议之前罗斯福说的话，那时罗斯福把委员长视为中国唯一之领袖，认为中国将在战后成为最有希望的国家；开罗会议后，罗斯福给马歇尔写信说，“蒋介石只如摩洛哥之酋长”，又对丘吉尔说，“中国须再经五十年之教育”，以后国际决策的雅尔塔、波茨坦、魁北克会议均不再邀请中国参加，把中国排除于远东事务之外，还在延安和东江设军事观察小组，等于承认中共在抗战中享有不可忽视的地位。

“长官，”我大声对叶上校说，“如果我国不能自强自主，侮华和侵华不过是程度问题，性质莫不一样，日后遭受列强欺凌断不会少！”

叶上校不说话，看黑漆漆的维港。我心里想，作为中国军人，他也这么想吧。

凌晨时分，方面军司令部发来电报，称国府做出妥协方案，提出香港由国军受降，再移交给英国，或由盟军中国战区司令长官授权英军接受日军投降，英方均予拒绝，国府正在紧急研究挥戈返日之大计，命工作组切不可盲目行动，作死马医，静待上面指示。

我向叶上校请示。叶上校才说了倪同志下午带来的口信，据倪同志透露，杜鲁门的决定和麦克阿瑟的安排是十天前的旧情报，委员长和杜鲁门之间的电报往返数次，国府、华府和唐宁街之间的外交战争诉求不同，不在谁接管香港，而在国府是否能使用香港向华北和东北转运兵力，抢在中共前面把军队运抵内地日占区，以及通过受降行动得到美国在更大范围内的支持，收复香港之事，已属井底银瓶之计。可恶的是，英方非常强硬，连由中国战区总司令授权英军接受在港日军投降这件明摆着的妥协之事都不肯接受，扬言英国接收香港名正言顺，无须授权。委员长暴跳如雷，杜鲁门则不再理会委员长的电报，盟国间龃龉衅深，已至分裂。叶上校不无酸意地表示，此先，蒋公希望国军能先于英军抵达香港，至少于九龙和新界制造既成事实，可是，中央系躲在西南地区和印缅战场上啃面包，远离华南，又要争分夺秒和中共在内地争夺地盘，无异于箭射两垛，其实根本无力收复香港。蒋公又放不下面子，表面同意香港由英军受降，以换取国军使用香港乘船转运华北，暗地里对仍由他授命英军受降抱有侥幸心理，我们这些在外喙爪，也只能束身受命了。

剩下的时间，先头组成员没脸没臊，整天连门都不愿出，是在以日为岁的煎熬中度过的。

29 日傍晚，军统站倪同志来电话，通报英军舰队已抵达香港外海，派出一架飞机降落九龙，要求日军代表到英舰讨论受降事宜，日方以尚未收到第 23 军司令长官命令婉拒，军统已将情况电告重庆。谈完公事后，倪同志问工作组看了 26 日出版的亲国府《香岛日报》没有。我回答没有。他让我去找一份来看看，同时请工作组的同志出门去街上看看。“诸位同人会有一些启示。”倪同志在电话里耐人寻味地说。

我把事情向叶上校汇报了，我们好奇地去了街上。先没发现有什么异样，后来，我看出来了。

“抬头，看上面!”我激动地朝叶上校喊。

三天前到达九龙时，看到建筑上悬挂着零星的同盟国国旗，当时有人开玩笑。现在，几乎一夜之间，旗帜满街都是，它们悬挂在屋顶、窗户、电杆上，在夕阳中无声地摆动，那些旗帜，超过七成是中华民国青天白日满地红国旗!

大家激动得无以言表。

工作组同志买来当日出版的报纸，同时去隔壁水产公司找来 26 日的《香岛日报》，倪同志提到的是一篇《香港接收问题》的社论：

香港被占领后，英国仍在一筹莫展之中，其为划入中国战区，在作战的现实上是毋庸争执的事。既然香港方面由我国军队负责，则今日对香港日军投降的接受之事应属于我们国军，这不但是法理所宜然，抑且从历史的根据与建国大计、领土完整的两点说来，更是有其强劲健全的理由。

然而，香港应属何国接收，国府自有权衡，同时盟国方面亦当有卓越而合理的办法。但在理论上则我们该针对事实，拥护国权，而在适合时发表我们所应发表的意见。不过，香港居民的爱国素重，请毋一时冲动，有碍国政进行，而忽视委座的谆谆劝导。应以镇静态度，期待外交成功，并于适当时机中欢迎国军进行入城典礼。

今日的《香岛日报》再发表《香港接收问题明朗化》社论，引委员长谈话，称“中国并未派出军队接收香港，因香港本有条约规定，故在中国未与英国交涉以前，实不能改变其地位；惟吾人甚愿与英国协议以解决之”。

连香港的报纸都知道这些消息了，我们这个受命来接收香港的工作组却还双豆塞耳，蒙在鼓里，岂不荒唐？

30日子夜刚过，倪同志来电话，通报英军舰队已向香港驶来，据称，昨日接到日军傲慢回复后，英军特遣舰队司令哈考特少将一怒之下，下令舰队径直入港，强行接管香港。

叶上校立即将工作组分成两组，派出三十多人做外勤，分头前往港九数个码头观察情况。

早上6时左右，我和先头小组一位同志过海与倪同志会合，他带我去维港城附近一间酒楼观看英军入港。到酒楼后，另一位姓杨的军统同志也在那儿，告诉我们刚接到消息，英舰队抵近香港时，三艘日军自杀艇从南丫岛驶出，英舰载机从航空母舰上起飞，将其中两艘击沉，随后赶到的TBF鱼雷轰炸机飞抵南丫岛上空，向怀疑掩藏有自杀艇的目标发动攻击，将那里炸得一塌糊涂。同时，英舰已在赤柱放下快艇，由海军陆战队登岸营救关押在赤柱的英籍难民。

上午8时，从望远镜里看到六艘英军扫雷舰驶入蓝塘海峡扫雷，一二十艘载有日军的木船向扫雷舰驶近，似是骚扰，遭到扫雷舰上机枪扫射，有两艘船上的日军落水，其他船只纷纷退开。

上午10时，英军驱逐舰“金宾飞”号在前，哈考特少将乘坐的巡洋舰“迅敏”号在中，由巡洋舰“罗伯特王子”号和另两艘驱逐舰护卫，徐徐驶入维港。天上不时有英军战机低空尖啸着掠过，武力示威。杨同志介绍，“罗伯特王子”号是当年运送加拿大军抵港增援的军舰，英方做了如此意味深长的安排，可见对接收香港的重视程度。

以后又看到，英舰在维港泊锚，放下小艇，载着海军陆战队士兵划向海军船坞。岸上一名日军狙击手试图射击舰上军官，被舰上机枪击毙。一名日本海军军官在码头上面向登陆英军剖腹，也被击毙。英军方面也够混乱，哈考特少将乘坐的巡洋舰上两名英国水兵因意外事故落水，当场身亡。

我们离开酒店，赶到码头，见登陆的英军陆战队士兵中不光有英国人，还有加拿大和澳大利亚人，竟然还有几名华籍兵。登陆英军当即将日军囤积在码头上的货物分发给围观民众，遭到哄抢，英军也不阻止，任其发挥。一群年轻华人在维港城外满心欢喜地痛殴两名落单的日军士兵，一名日本军官出来阻止，呵斥华民，英军陆战队员当即朝天开枪，警告日军军官不得妄动。

那天，工作组30余人，港澳支部数十人，军统不知多少藏匿在暗处的同志，大家都在维港两岸目睹此情。看到维港中停泊的几艘商船上，还有维海两岸建筑上插满的青天白日满地红旗，大家心情复杂，怅然若失，有两个同志当场失声痛哭出来。

当晚，工作组将情报汇总电告方面军和柳州站，发完电报，大家陷入又一个不眠之夜。次日凌晨，方面军司令部来电，称香港局面已付流水，国府退至无有，覆水难收，为不影响三日后在东京湾“密苏里”号战舰上举行的日本国正式签降仪式，国府决定委曲求全，接受现实，严令英军不得在9月9日中国战区受降前抢先接受在港日军投降。方面军司令部同时通知，国防委员会不日将派军事代表团入港，与英方就香港受降、国军过港北上和在港日伪资产接收问题进行谈判，工作组留下部分人员为重庆代表团保障服务，其他人撤回广州总结行动得失。叶上校与两位长官商量后，决定由我带六人留港做保障工作，其他人撤回内地。

工作组撤走当天，日上三竿，驻地电话响，是辛勤的倪同志打来的，通报港岛的事情。英军特遣舰队哈考特司令勒令日军港九地区最高长官登船会见，因兼任日军香港总督的第23军司令官田中久一在广州等待受降，日方由总督部参谋长福地春田出面。福地甫一登舰即向哈考特提出抗议，称昨日有数十日人因民众群殴死伤。哈考特称："我甚为同情饱受日人苛烈统治之苦的华人，如今都结束了，你有责任阻止日人做出愚行。"福地称："贵军亦应保护日人生命财产。"哈考特大声呵斥："日人在港统治期间大肆杀人抢掠，竟有脸要求保护杀人犯和贼赃，实在荒谬无礼!"哈考特旋即通知福地，他已签发《军政府统治公告》，大英帝国香港临时军政府成立，他本人为临时军政府总督，对港九实行军事管治，下令所有日本军民于 9 月 2 日下午 4 时前离开驻地，前往九龙指定地点集中，届时滞留集中地点外的日人安全概不保障，不等福地说话，哈考特宣布会面结束，起身离开船长室。

后来知道，直到 9 月 6 日，方面军前进指挥所才由中将高参张励率领飞抵广州，孙立人的新 1 军先头部队第 38 师李鸿部则迟至 9 月 7 日抵达广州，其余新 1 军各部、第 13、第 54、第 64 军 10 日以后才陆续开到广州附近。大名鼎鼎的美械新 1 军到广州是来耀武扬威的，因为方面军并没有向新 1 军下达立即向香港进军的命令，就算下达了，部队调到新界至少需要 10 天，等待他们的是 11 日抵港的弗兰西斯·菲斯廷少将的英军第 3 特种旅，加上特遣舰队上百门舰炮和两百架飞机，即使战争重开，新 1 军也断然拿不下香港。

9 月 16 日，广州地区日军受降仪式在中山纪念堂举行，两天前迟迟飞抵广州的张发奎将军接受了日本南支派遣军司令官田中久一的正式投降。那天，留在漆咸道驻地的善后小组蒙头大睡，有两个同志冲动地跑出去喝酒，我知道了也没有说什么。香港重新回到英国殖民主义者手中已成事实，说什么也不管用。

(GYJ006—002—061) **辩护律师冼宗白陈述：**

在战后香港接收过程中，我是冷眼观看者。

香港华人大多拥有强烈的民族主义情绪，冲动者众，踏两脚船的也不在少数，像我这样态度消极的反而不多。

客观地说，在香港收复问题上，国府不可谓不努力。日本败降后的政治真空时期，不独香港中文报刊力主"拥有国权"，"期待外交成功"，国府数个党控组织更是派员汹汹入港，公开活动，大造舆论，攻击殖民主义，表达对英人的不满。然而，出自国府方面的国权国政之声沸反盈天，民权民情之声却鲜少有人顾及。蒋先生在新约时期想拥有的东西太多，投鼠忌器，做不到昂昂自若，战后又多怀顾望，忙着与共产党争地盘，收复香港要的是面子，不是主权。这一点英国政府看明白了，索性飞扬跋扈，使用武力威胁赶尽杀绝，嚣张到法理都不讲了。如此，作为个人主义的芸芸港九华民，在战前长期遭到港英政府傲睨，在战后再度被国府冷落，遂使港九华民没有像战后其他不列颠殖民地的人民那样，走到历史前台，开展大规模反对殖民统治的民族民主运动，有组织地表达认祖归宗的正当意愿，迫使英国政府在香港受降权问题上与国府平等谈判，以致最终香港回归祖国的努力落空。

9 月 5 日，赖德上校和前副华民政务司霍姆斯等“英国陆军援助团”主要领袖英雄般抵港，接受港民的欢呼拥戴。两天后，“香港计划组”负责人麦克道格尔携前港英政府库政司亚历山大·麦克唐纳·汤姆森等官员抵港，旋即代表英国殖民地部宣布取消吉姆逊副总督委任，令其搭乘军舰返英疗养，麦克道格尔则被任命为军政府首席民政事务官，军衔准将，正式运作军政府。

麦克道格尔抵港后即召见在港财政、司法、警务、工商、基建、卫生、教育人士谈话，我在他约见的第一批人名单中。息兵罢战后老友相见，自然有一份感慨。麦克道格尔谈到之前发生的一场虚惊，他搭乘魏德迈派出的专机赴港，发现飞机上载有大量美国国旗，他知道和大多数美国人一样，魏德迈主张去殖民地化，打算帮助中国人收回香港，心里非常着急，幸亏日军在广州将飞机扣留，他才松了一口气。

“这么说，英国人应该感激日本人，将军。”我说。

“别讽刺了，迭戈，请你来有重要事情委托你。”

麦克道格尔希望我参加战后香港司法工作重建。他坦承新政府面对的问题很多，但他有信心尽快从战后维持商业活动向推进市民福祉过渡，因为军政府中的新成员战前大多是商行高层和政府的官学生，他们熟悉香港，也热爱香港。而且，唐宁街给了哈考特极大的权力，哈考特则把香港的恢复和重建工作全部交给了他。麦克道格尔特地向我介绍了哈考特，说他任“约克公爵”号舰长时，曾两次担任丘吉尔与罗斯福会面的座舰指挥官，《大西洋宪章》正是在两国的军舰上讨论和签署的，海军对那个国际政治文件抱有特殊的感情。

我问麦克道格尔，他是否注意到，港九市区到处悬挂的同盟国国旗，而中华民国国旗超出英国国旗数倍之多。麦克道格尔开玩笑说，他数过英皇大道和太子道两条街，超过四倍。

“我承认，国民政府在战时和战争结束时所做的宣传起到了效果，可是，大多华人不清楚重庆政府和南京政府使用同样的国旗，他们当中有的人欢迎南京政府。”麦克道格尔说，“不过，我这么说，不足以掩饰战前殖民地政府令华人不满的表现，政府的错误用不着庇护，必须改变。”

“‘第一，他们两个国家不寻求任何领土上的或者其他方向的扩张；第二，他们不希望看见发生任何与有关人民自由表达的意志不相符的领土变更；’”

“《大西洋宪章》!”麦克道格尔眼睛一亮，他刚才提到了这个著名的国际政治文件。

“‘第三，他们尊重所有民族选择他们愿意生活于其下的政府形式之权利；他们希望看到曾经被武力剥夺其主权及自治权的民族，重新获得主权与自治。’”

“到底是大律师，我找你算是找对了!”麦克道格尔兴奋地说。

“戴维，我不是因为身为律师才记住了它，而是因为它被提出和签署的时候，香港正在陷落。我很高兴战争终于结束，战时我一直有离开香港的打算，因日方刁难反复推迟，现在日本投降了，我可以走了。”我直率地说，“戴维，我在前港英政府文件中看到 15 年前的人口普查数字，香港华人 616400 人，欧洲裔 6637 人，英人只占欧洲裔人的一部分，总数不到二十分之一，我非常不赞同这样一种主张，即一小部分人代表这一地区多数人的整体利益，我不打算为这样的政府服务。必须说，我不相信英国人在香港重建上有什么大作为，除非英国人改变他们的政治。”

麦克道格尔没有发恼，他沉默片刻，邀请我参加香港光复大典。我答应了。我希望看到不屈服的人们最终的胜利，那是人类最好的仪式。我决定去一趟澳门，把妻子和女儿接回香港，让她们母女俩也参加正义的胜利仪式，以弥补我在战争中对她们的亏欠，然后带着她们启程去欧洲。

第二天，一位熟人的家眷找到我，她丈夫是“连卡弗”华人高级职员，因为与日本人合作被捕。看来，军政府已经开始清算日本人的事情了，人们根本来不及让复仇的火焰小下去。我知道这位熟人，他是老实的生意人，因为生计与日军合作，日占时期“英国陆军援助团”秘密送进战俘营中的药，有些就是他提供的。

我找到麦克道格尔，说明了情况。尽管忙得不可开交，他还是耐心听完我的话，然后交代助手带我去开具一份释放书。

“看，你已经进入工作了。”他开玩笑地拍了拍我的肩膀。

“如果是，这样的工作越少越好。”我没有给他面子，我希望他警惕滥用的权力。

我拿到释放书，带着熟人的家眷过海去九龙战俘营领人。英军接管香港后，战俘们已经被安排到各医院接受治疗，等待回国，战俘营变成英军逮捕的嫌犯拘留营。我到那儿时，却看见一些光着上身瘦骨嶙峋的英军战俘在那儿，围着一名年轻的华人吵成一团。那个年轻华人脏兮兮的，胳膊上缠着绷带，绷带也是脏的，渗着污血，他显然挨了战俘们的揍，鼻青眼肿，脸上全是血，努力护着受伤的胳膊，用英语和人争辩。问旁边人，原来，两年前深水埗战俘营的高级军官转去亚皆老街军官营后，日军指派英军后勤团布恩少校管理战俘，他是个软骨头，不为战俘争取权益，反而对日军阿其所好，百般顺从，纵容战俘流氓欺压同伴，英军接管战俘营当日，战俘们便将他和几名英军战俘流氓关押起来，要求审判。有军官战俘认为布恩少校不是坏人，只是软弱自私，替布恩少校说话，遭到士兵的攻击。那个年轻华人是几天前被海军陆战队抓住关进战俘营的，罪名是在总督部外事部行窃，本来没他的事，他认为在战俘营中生活过的人应该得到尊重，为素昧平生的布恩少校说了几句话，于是抱蔓摘瓜，成了战俘们的攻击对象，军官不能揍，他替卑鄙的军官挨了打。

我一眼就认出那个年轻人。我曾经在一份卷宗里见过他的照片，虽然在人群中东掩西躲的他消瘦得完全变了形，脸上全是血，但我认出那双忧郁的眼睛和高高的个子。他是我隐藏下来那份卷宗里的主人公。

重获自由的战俘们在宪兵的劝解下散开，年轻华人不知所措地站在那儿，吊着一只胳膊，用脏兮兮的衣襟揩拭脸上的血。他的脸有些肿，看上去非常寂寥。

“131!”我叫道。

他战栗了一下，快速回头，下意识往后退了一步，目光中有一丝恐惧。

“郁先生，郁漱石先生，是吗?”

“您是谁?”他很有礼貌，下意识朝两旁看，一只手仍然捏着肮脏的衣襟，明显抱有戒备。

我告诉他我是谁，为什么“认识”他。他对那份他从没听说过的卷宗十分惊讶，但我提到的诸如当事人内情其他人不可能知道，理论上，他确信我说的

“认识”他不是妄言，只是他仍然不愿意和我交谈，直到我说出阿国乃上和阿国加代子两人的名字，他听到那两个名字时眼睛霍然一亮。

“她在哪儿?”他急匆匆说，被一口气呛住，好容易止住，急切地看着我，“加代子在哪儿?”

我告诉他，在马来亚作战的日军第25军和在泰缅作战的日军第15军，官兵受伤后会送来香港治疗和疗养，加代子在军人医院找了份工作。我告诉他，我知道事情不仅限于卷宗，我希望他能增强对我的信任。

“能告诉我，她在哪间医院吗?”他松弛下来，礼貌地问，我发现他只关心这件事，对我的所谓信任恐怕也建立在这件事情上。

“玛丽医院，她在那儿当护士，不过她后来离开那里了，你可以去那儿问问。”我说。

他有点发愣，好像又失去了对我的信任。我只好把在玛丽医院见到加代子的事情告诉了他。

“谢谢您告诉我这些，我知道她会留在香港。”他缓过神，咧开嘴笑，嘴里满是发黑的血块。

说实话，加代子和阿国不是我生活中的重要人，站在我面前的他也不是，但是，他笑了那一下，嘴里还噙着发黑的血块，让我有些感动。那是他第一次下意识流露出对人的信任，哪怕这个信任不是对我，而是他知道了他想知道的人的下落。

我们站在战俘营外的马路旁说了一会儿话。人们不断从我们身边走过，一名身上披着米字旗的前战俘恶狠狠冲郁漱石吐了一口唾沫。我想起他刚才用英语为那位卑鄙的军官辩护，很奇怪他怎么会在深水埗战俘营。他告诉我，他一个多月前从D营逃出来，辗转返回韶关，没想到7战区已经撤销，他所在的部门随司令部去了柳州。他在省政府善后机构留下一份拖延了三年的述职书，一份D营情况汇报，托有关方面转给自己的上司，然后再度南下，辗转返回D营所在桑岛森林，又离开那里，打算偷渡进香港，因为局面混乱，几次差点死于非命，直到8月底才进入九龙。英军在港九施行军事管制，他没有证件，连续几天没能过海，以后趁隙冒险泅渡维海，胳膊上中了枪，差点被打死，上岛第二天，他就在外事部被捕。

在说到返回桑岛D营和在外事部被捕的时候，他欲言又止，好像有什么难言之隐。我提到那两件事，他回避了，突然说，他看到德永德了。我不知道他为何说这个。后来他解释，德永德和宪兵队长金泽朝雄、法务部长古木一夫等日本军官被英军宪兵押解到战俘营，大腹便便的德永德从他面前走过时，礼貌地冲他点了点头，他觉得这一切很不真实。

我能够理解他的感受。但也许我不能。我问他需不需要我向英军说明情况，把他从战俘营担保出来。他表示不用，战俘营现在由印度人和华人管理，纪律松懈，真犯人早跑了，留下的都是为了一日两餐和一张床的难民，有人白天出去闲逛，晚上回来睡觉，这两天战俘营已经在赶人了，说要关押日俘。他倒不是为吃饭睡觉，他估计阿国可能会出现在战俘营，现在他知道了加代子的下落，不用留在这儿了。

他谢了我，匆匆告辞，急着要走。我脑子一热，叫住他，掏出钱夹，数了几张钞票，要他去街头旧衣摊买两件干净衣裳，把身上的衣服换下来，再把我家的地址和电话写给他，请他来找我。

“也许我能帮你做点什么。”我说。

他勉强接过我递给他的张头，却没有接钱，说他有办法解决衣裳的事情，好像不愿意和我扯上关系，再见面更没有必要。我收起钱，没觉得有什么造次。我只是偶然在某份卷宗中知道了他这么个人，这样的案子不知道有多少。说实话，我有很多事情要做，并不想再见到他，只是不敢确信，隐隐希望，在经历了三年零八个月的地狱生活后，他和与他有同样经历的人们，比如那些光着上身瘦骨嶙峋的战俘，能够复活一点点对自己和他人的信任，我觉得还是有希望的，这就是我当时的想法。

(GYJ006－002－075) 审判官封侯尉法庭质证记录

英军 9 月 5 日开始接收九龙，14 日接收新界，要求港九和新界的 22000 日军和日侨步行至九龙集中，不得动用车辆。我和保障组的同志去街上看，日军排着队从各个兵营出来，士兵打着赤膊，推着粮食车，沉默地往指定地点走。路上有人朝他们丢石头，他们很麻木，没有强烈反应，有人被砸伤了，但没有发生冲突。

日俘集中在深水埗等几个战俘营，几天前那里还关押着英军战俘。军统有几个线人混进战俘中，倪同志没说为什么要混进去，只说一些前战俘和华人虐待日本军民，还有欺凌日本女护士的事，听说其他地方情况更混乱。

重庆来的军事代表团一行五人，团长是潘华国少将，之前是美械青年远征军第201师副师长，如今身兼军令部和军政部两重特派员身份，担任接收在港日伪物资和参加在港日军受降仪式任务。听潘将军秘书私下说，潘将军并非香港问题妥协派，到港后，他通过机要密电向委员长再三陈请，趁国军借道香港北上之机收复香港，国府方面一直未有回复。

9月16日下午6点，香港日军受降仪式在总督府大厅举行，中方代表团五人获准进入受降厅，我们做保障工作的人在总督府大楼外面等候。

“蒋总裁昨晚发来电报，仍然要求潘团长坚持英方受降只限香港日军，并不包括九龙。”代表团一位参谋尴尬地告诉等在大楼外面的人。大家都觉得这个要求实属荒唐，但不便说什么。

没过多久，几名宪兵把日军香港防卫队司令官冈田梅吉少将和第二遣支舰队司令藤田类太郎中将押出大楼。随后，三位身穿白色海军礼仪服的盟军将领和身着国军戎装的潘将军从大楼里出来，向总督府前草坪走去，在旗杆上升起米字旗。

潘将军秘书趁升旗空隙，把受降仪式经过简单告诉等在外面的人。大厅里悬挂着中、美、英、法、苏五国国旗，受降官和代表座位事先安排好，受降官哈考特位居正中，潘将军在哈考特右首，哈考特左首依次坐着美军威廉逊上校和加军凯士上校，等于英美两国代表坐在中间，中加两国代表坐在两边，潘将军只是作为见证人获得签字机会。仪式很简单，三名英军宪兵引导冈田梅吉和藤田类太郎进入大厅，英军代表向日军代表宣读完降约，哈考特将军询问二人是否获悉受降书内容，二人称是，并在投降书上签字，呈上佩刀，仪式就结束了。具有讽刺意味的是，哈考特接过日方降将佩刀后，将它们架在他和潘将军之间的桌沿上，降将佩刀与两位将军几乎等距离，潘将军却不能触摸，目不斜视，连看都没看一眼，而受降仪式时，站在姗姗入港的潘将军身后的，正是抢先宣布接管香港的吉姆逊，骨瘦如柴的他和虎背熊腰的潘将军形成强烈的反差，不知道这些安排是否有意。

我很气愤，觉得这样的受降仪式对中国人是耻辱，对中国军人更是耻辱。

参加升旗仪式时，潘将军自始至终拉着脸，不和人说话，旗升完也不和人打招呼，扭头向座车走去。几名英国记者拦住他，路透社记者抢着问潘将军如何看待战后香港前途。我们以为潘将军会不理睬记者，谁知他竟站下，面对记者侃侃而谈：

“我军事代表团此次前来香港，主要任务在接受香港日军之投降及军品物资，关于香港前途之讨论，本团尚未奉有此项任务。不过，本人以中国国民一分子之立场认为，英国取得香港是由于不光彩的鸦片战争，以炮舰政策胁迫清廷签订《南京条约》，乃有打家劫舍之实，在中国固为耻辱，在英国亦不光荣。如今我与英国同为盟国，不平等条约既已废除，英国自无再占香港之必要，若非如此，岂不是重蹈炮舰政策之覆辙，未审阁下以为如何?”

路透社记者说不出什么。其他两名记者提出新的问题，亦无新意，由代表团周雁宾中校代为回答，潘将军扬长而去。

第二天，香港光复庆祝大典，不知是否得知昨天潘将军对记者的发言，英方有意将潘将军安排在第二排，连英军海军少将弗雷泽的排位都比潘将军靠前，我们替中国地位抱不平，周中校气愤地质问英方，英方未予回答。军乐队奏响《天佑吾主》和《千古保障》时，在场英人高声随唱，英机编队飞过香港上空，嘉宾都抬头欣赏英机风采，唯有潘将军虎着脸，不抬头，一副死也不认的架势。

国军在香港收复上做伴食宰相，反倒是中共不甘雌伏。据倪同志说，日本宣布投降后，志气齐天的中共港九大队计划武力接收香港，若不成则占领九龙和新界，作为日后要价的筹码。他们炸毁了铁路桥，防止国军游击队进入权力空白下的新界，袭击了驻粉岭的日军小队，打死两名日军，打伤一名。此后，他们又占领了元朗区役所，要求宪兵队缴械。宪兵不肯，双方剑拔弩张，日军增援部队很快赶到，港九大队只好撤离。接下来，该支队伍并未作罢，建立司令部和电台与延安联系，从东（莞）宝（安）惠（州）调动部队进入新界，在当地招募士兵，大约纠集了四五个步兵连的兵力。那以后，他们袭击了大澳日军据点，打死一名华人警察，在沙田抢了一个粮库，一天后又发动了规模最大的军事行动，以 70 人攻击大屿山梅窝警备队，50 人攻击西贡警备分哨。日军遇袭后找不到事主，向当地居民报复，制造了“银矿湾屠杀”，屠杀了数十名当地居民。不堪骚扰的日军请盟军暂时不要派武装人员入港，以免产生混乱，直到英军第 3 特种旅派士兵干涉，中共接收香港计划落空，该部才停止武装行动。

听倪同志说，国府非常警惕中共武装行动，要求张长官对新界的中共游击队动手。张将军要求英军予以协助。英军认为国府对英极不友善，中共游击队主力均在新界和东九龙，只是部分人员进入九龙市区秘密活动，威胁不大，不但拒绝了国军的要求，反而邀请中共游击队谈判，允许他们在元朗、上水、西贡和沙头角等偏远地区组织自卫队，协助当地治安。

9 月底，我奉命等待第二方面军参谋处长李汉冲入港，与英军驻港陆军司令菲士丁协商引渡日本战犯和汉奸一事，广州方面要我从港澳支部了解《华侨日报》社长岑维休的情况，称行辕将以汉奸罪名将其引渡回广州审办。谁知，10 月 2 日，香港报纸报道了前华民政务司那鲁麟代表被日军关押在赤柱营的港英高官对岑维休及《华侨日报》的感谢函，称在困难时期得到岑的食物和衣物接济，并在失去自由时通过偷运入营的《华侨日报》了解外界消息，“激发吾人之精神至大”。

数日后，李处长入港，我将情况向李处长汇报后，随即进入新的工作。和英军的协商十分顺利，双方很快达成协议，英军提出的十名人犯，除三人逃逸，其余七人皆由我方派员押送入港，引渡给英方。我方要求引渡的“鸦片大王”孔维新、“杀人大王”陈干和“虎伥大王”陈才三名汉奸亦被英方抓捕，由我陪同行营驻港办事处主任骆来添偕英方参谋柯伦比少校押解至广州。

(GYB006－001－244) **被告郁漱石庭外供述记录：**

光复大典那天一大早，我从九龙渡海到港岛永乐街码头，准备乘有轨车去浅水湾酒店。从码头上岸后，看见永乐西街和干诺道路口站着一位身穿和服的日本少女，手中托着一条白色布带，布带上插着针，恭敬地请来往行人在上面缝针。来往行人多为华人，对少女投以白眼，还有人冲她吐唾沫。少女一脸谦和神色，并不计较人们的叱骂，对每一位过往妇女鞠躬，有心善的女人体恤她，会停下脚来在白布上缝制一针。

我不知道是什么心情，总之不是为了那些杀人者祈祷，但少女被人嘲笑和白眼时谦恭的勇敢鼓舞了我，我停下脚步，朝少女走过去。

“宜しいですか?”[1] 我向少女询问。

---

① 日语：“可以吗?”

“嘘ではないのですね、それは何よりです。”① 她恭身对我说。

“怖くないですか?”②

“少し、皆さん凄いです。”③ 她点点头，看着心态平静，一点也不恐慌。

我在白布上纫了一针，送还少女。她表示感谢。我从那里走开，本来已经走远了，听见身后传来呵斥声：“躝开，你嗰臭日本婆娘！今日光复大庆，想闹事啊?”

声音有些熟悉。我站住，回过头看，一个臂戴袖箍的协警从自行车上下来，往掌心里拍打着警棍大剌剌朝日本少女走去，少女微笑着向协警鞠躬，嘴里说着什么。

“你讲乜嘢老子听唔明，”协警不耐烦，警棍撑住帽檐往上顶，“点解唔俾我瞓睡你，好过企喺度乞人哋联针。”

“对唔住，先生。”我转身朝他俩走过去，“唔该尊重下佢，佢只不过想请人帮助佢联一条千人针。”

“关你咩事，佢需要一个屌大嘅军人来教佢点样尊重人，我啱好得闲。”协警不耐烦地转过头来，眼睛瞪大了，眼珠子差点掉出来，“郁郁郁长官!”

我笑了一下，又笑了一下，心里有点难过，因为某件事情的出现而胸口一阵剧烈刺疼，好一会儿才喘过气来。但我的确开心地笑了。

朱三样。那个手执警棍的协警，他是我曾经的组员，国军上士朱三样。

朱三样失控地撞开行人朝我冲来，欣喜若狂地抱住我，我也抱住他。少女微笑着看着我们抹泪，我不清楚她是否明白了什么，我们为什么哈哈狂笑，然后一个劲地问对方，你未死？点解你未死！但我希望她明白，并且把她的千人针坚持缝下去。

在确定对方是真的，不是假的，我们的确都活着以后，我俩在码头边上找了个地方坐下，急不可耐地交谈起来。

香港沦陷那天凌晨，第228联队士兵冲上水塘堤坝，小组开始逃亡，朱三样为了掩护大家，孤绝地攀上水塘西南入口处的悬崖上，在那里向日军投出手雷。他投完手中的三颗手雷，顺着山势仓皇地往上爬，正是天亮前天色最黑时，

---

① 日语：“不骗人吧，那太好不过了。”

② 日语：“不害怕吗?”

③ 日语：“有点，大家都好厉害。”

日军追击目标锁定顺着大坝向山下逃亡的缪和女和我，他趁乱爬上渣甸山，居然逃脱了日军的追捕。

朱三样在山上躲到天亮，然后往岛南逃，从成群结队返回军营的英军那里得知投降的消息。他不愿替英国人顶缸，去给鬼子当俘虏，身上有几处伤，又不敢进市区，只能到处躲藏。他曾在大潭笃爬上一艘舢板，却被同样不愿投降的英军推下海，到第三天，他在海边帮一位妇女打捞起女儿的尸首，才正经混了一顿饭，换了一身女式衣裳，不再是士兵装束。躲藏的日子没着没落，渴了喝溪水，饿了去满山的尸体身上找吃的，朱三样却因为这个发了财。几天后，他手腕上已经戴着好几块从尸体上扒来的手表，兜里装着一堆钢笔和一大包港币。他很聪明，钱和手表不带在身上，从炮弹箱里翻出油封纸，钱和手表包好，找到一家海边饭店，把纸包埋在一棵高大的凤凰树下，然后继续流浪。

朱三样在流浪中度过了战后的头两个月，人贱，伤口没溃烂，慢慢愈合了。好日子是在 3 月份到来的，他花一块手表和两支钢笔做买路钱，登上一艘南洋货船，没想到，船一出岛就被日军炮艇击沉了。他命大，没死在海里，泅上大屿岛，正好遇到牛奶公司牧场的工人因战争逃走，刚刚接手的日本海洋渔业统制会社用工荒，日方招募了朱三样，他得到一份养牛工作。

朱三样在牧场待到秋天。那是他最舒心的一段日子。他每天偷牛奶喝，喝饱了就骂牛，因为一份凶狠被日本商家看中，派他当上了小工头。当上小工头的朱三样变本加厉，不骂牛了，改在牛饲料里掺铁砂子，让牛得急性肠道溃疡死掉，他和同伴唉声叹气地吃牛肉，人养得又白又胖。朱三样过着舒心的日子，逐渐生出一个念头，为什么要逃出香港？他认为小组之前不断想逃离香港的想法是错误的，拿定主意活下去的人，在地狱里也能找到生活，他决定留下来。秋天的时候，朱三样吃牛肉的事情被新招来的工友告发，在日本人追究他之前，他把告密的工友痛揍了一顿，顺手偷走日本老板两件衣裳，用两件衣裳顶船资，从大屿岛逃回港岛。

失去舒心的小工头日子并没有让朱三样受到打击，他开始满怀信心地在港岛找生活。香港沦陷后，大量劳动力离港，工人奇缺，朱三样很快在瓦斯厂找到一份工作，在那儿认识了杨大哥。杨大哥对朱三样非常好，朱三样后来才知道，杨大哥的秘密身份是港九大队市区中队队员。一年后，朱三样离开瓦斯厂，去了酿造厂，那时他已是港九大队市区中队正式成员。

酿造厂的前身是生力啤酒厂，香港沦陷后由日商“宝烧酎”接管，朱三祥从杨大哥那儿接到的任务是散发反日传单，伺机刺探日军情报，破坏日军生产力，发展新队员。酒厂没有什么情报可刺探，朱三祥只能往糊化锅里掺污物，往啤酒桶里撒尿。可啤酒不光日本人喝，华人也喝，所以，撒过几次尿后，朱三祥无法进一步往啤酒里投毒，只能住手。但朱三祥为人热情，擅于和人套近乎，在发展队员上有一套，战争结束前，他发展了四名队员，一个是在“屈臣氏”做领班的蔡家骏，一个是靠替人卖赌场券的郑七七，一个是本厂女工林凤娇，另一个是林凤娇做裁缝的妈妈杨月亮。朱三祥把林凤娇发展为队员三天后，就和这位新队员确定了关系，从此，朱三祥有了未婚妻。

海边饭店埋藏财富的事，朱三祥对谁也没说。和林凤娇确定关系那天，朱三祥很激动，忍不住亲了林凤娇的嘴，摸了她的乳房。林凤娇害羞地推开朱三祥，骂他“烂仔”。朱三祥很伤心，决定取出那笔“基度山岛财富”，向林凤娇证明，他非但不是烂仔，还是个老成持重的财富拥有者。至于那些财富，他可以把手表和钢笔变卖了，开一爿南北杂货行，作为组织上的秘密交通站，也作为他和林凤娇温馨的家。

然而，朱三祥不是唐泰斯，最终没有变成水手森巴。当他兴冲冲找到一年前埋藏宝藏的地方，人傻了眼。海边饭店被日军征用，那棵高大的凤凰树不见了，原来长树的地方盖了一排日式建筑，他不可能跑去把日本人赶走，把建筑推倒，操起铲子把宝藏从地下挖出来。

“手表同钢笔就算啦，大剌剌几千文港币啊!”朱三祥痛不欲生地对我说。

港口和维海中的船舶突然拉响了汽笛，路上的行人都站下来，人们在欢呼。朱三祥兴奋地告诉我，光复大典开始了。有一阵，我俩都没有说话，我们都不知道对方心里在想什么。然后，朱三祥要我等着，起身跑走了，一会儿回来，递给我一瓶冒着水珠的冰镇荷兰水，说他请客，为鬼子投降干一杯。我喝了一口冰凉的水，觉得一切都久违了，一切都恍如隔世，我不知道我为什么要喝冰镇水，人们为什么要庆祝。

我说了缪和女的事。朱三祥说，他在山上看见缪和女被日本兵射倒，尸体从山坡上滚下去，看见我被日本兵摁在草丛里猛揍，当时觉得这下完了。我又说了我后来的情况。朱三祥一个劲啧啧地说，可惜了，可惜了。我不知道他说可惜是什么意思，本来打算告诉他李明渊的事，三年前他没掐死李明渊，后来李明渊真的死了，是因为我死的。我不知道该怎么说这件事，怎么说都不好，就没提。

我问朱三样，他现在是港九大队的人，为什么穿协警衣裳。朱三样哈哈乐了一阵，拿帽子扇着风说，党中央——他如今的党中央——命令东江纵队在广东受降，纵队命令港九大队在新界和九龙进攻日军据点，为受降创造条件。日军防卫队不接受中共受降，纵队主力在惠宝一带和国民党游击队纠缠，进来一些人，配合港九大队打了几下，没打动，英军特遣舰队一到，不敢贸然动手了。

“我哋市区中队净得十几人，好难进行大战斗。”朱三样总结，“月初本来要撤出港九，英国仔请我哋帮助维持治安，暂缓撤离香港，我就着埋呢套衫喇。”他遗憾地啧着嘴，“讲真，我中意当差，威水啊嘛，可惜组织上讲咗，就嚟撤走。”

那天我们一直聊到天黑，朱三样打算带林凤娇去中环看光复大典游街也没去。我问朱三样想不想继续聊，彻夜谈。朱三样说当然，你唔知，战友死而复生，今日对我意义太大咗！我说好，我找地方，我们聊一夜。

我把朱三样带去一个地方，那里是港岛半山，背山面海，站在二楼平台上，倚着栏杆便能看到蓝色妖姬般的维海。朱三样帮我换了胳膊上伤口的药，那天晚上我们聊啊聊啊，一直聊到第二天天亮。

“组长，你哋祖家真係阔绰。”朱三样连续打了几个哈欠，悻悻打量一圈屋里奢华的陈设，困倦地说，“话时话，三年前，你若果带我哋嚟呢度匿起身，缪和女同敖二麦唔会死，你亦都唔会坐鬼仔嘅监。”

说完那句话，朱三样靠在官帽椅上睡着了。

晨曦从拱券回廊外涌进门庭，洒落在宽大的主厅中，几只鸟儿在主厅两旁的红白两色三层小洋楼上啾鸣着，后花园的鱼池里传来鱼儿吐泡的气息，我坐在郁家宽大的别墅里，回忆刚才我们聊到的那些事情，那些再也回不去的时光，纹丝不动。

（GY006－003－062）**辩护律师冼宗白陈述：**

9 月 17 日，我应麦克道格尔之邀参加了香港光复大典。等待典礼开始前，麦克道格尔向我抱怨，临时政府要做的事情太多，维持治安、清理残骸、采购粮食、安置难民、恢复经济、处理敌产、恢复卫生体系、通缉战犯和附日通日人员、遣散战败国军队和家眷、恢复教育体系、重启对外交通、建立基础服务、协调劳资关系……即使陆续从赤柱拘留营和各战俘营召集到 700 名英印前战俘，人手也远远不够，他需要更多的助手。

“我不会假装不享受香港重建的过程，可真的很疲倦。我现在站在这里和你说话，也许下一分钟就会睡着。”麦克道格尔毫无绅士修养地打着哈欠，完全不管在一个严肃的场合，记者的镜头随时对着他这位新晋民政司。

麦克道格尔把我介绍给临时军政总督哈考特将军。他直率地对总督说，在香港战争和之后更广泛的沦陷境遇中，华人比英国人更坚强的忍耐、更无私的赐予、更沉重的牺牲，应该教会英国人认识到需要建立什么样的民政体制。“只有用实际行动才能消除重占香港只是为了英人利益的想法，总督先生。”麦克道格尔大声说，让自己的声音盖住军乐队的乐曲，“我们不能只说不做。”

我认为麦克道格尔是故意当着我的面说这些的，而且他选择了这样一个特殊环境和时刻，毕竟战前他负责港府的宣传，懂得时机的重要性。可是，令我没想到的是哈考特将军的反应。

“军政府决定在新界建立地方咨询机构，嗣后文人政府将会提出全面政改方案。”谢顶厉害的海军少将严肃地对我说，“我向你保证，迭戈先生，今天发生的一切将为殖民地史提供划时代的意义。”

哈考特将军很快扭头去和威廉逊上校和凯士上校说话，麦克道格尔把我拉到一旁，问我对军总督关于殖民地与时代关系的回答作何看法。

“你问的不是这个，戴维。”我说，“好吧，我答应参加香港重建工作。”

“我知道你会答应！”麦克道格尔开心地拦住一位匆匆走向他的政府工作人员，“亲爱的迭戈，典礼结束后你会被任命为战后首任立法局成员，我希望你来负责起草临时军政府令人头疼的律令报告。”

“如果恰如你说的，戴维，我更希望哈考特总督授权对前殖民地政府法律做一次先行梳理。”我不妥协地说。

“比如？”

“从废除不平等的《1904 年山顶区保留条例》开始，还权利给华人，立刻。”

“我完全同意。我们一分钟也不等！”麦克道格尔爽快地说。

我不是因为一场宣称英国人以胜利者姿态回到香港的典礼而答应参与香港重建工作的。麦克道格尔生于1904年，属于战后一代，他认为殖民统治不过是过渡阶段，但他们这些人必须具备相应的灵活性来管理一个危险地陷入混乱状态的社会，这个社会刚刚把前一个作恶多端的占领者赶走，如今，英国的威望无可挽回地烟消云散了，从今往后，英国人不得不靠成绩而非神话来博得稳固地位，但英国人重回香港后，所遭遇到的粮食、治安、经济、交通、劳工、卫生，以及国府方面的敌对态度问题十分突出，这使重新接管香港的过程复杂而危机四伏。香港沦陷的惨痛教训，以及一大批华人精英的反省结果，则使军事管制政权只能勉力勤政，尽力改善民生，除此别无修复良策。麦克道格尔和他的工作团队非常有效率，上任仅仅三天，湾仔的店铺就重新营业，第五天粮食就运进了香港。哈考特将军的支持力度很大，这位军人总督完全不干涉民政司的工作，只下令出动全部扫雷舰，日夜不停清扫香港海域及通往澳门台湾水域的水雷，舰队所有舰船启用舰载发动机为市区供电。第3特种旅官兵投入发放食物和医疗用品工作，同时支付巨额赎金，将日据时期猖獗的赌场帮会劝退出市，解散亲国府的民间帮会，对以国共游击队名义向商户收取保护费的烂仔坚决打击。很快，发电厂投入使用，旺角和深圳铁路段恢复通车，珠江口和香港间贸易重启，到典礼之日，返港人员突破40万，学校陆续开学，学生达数千人，比日据时期的高峰还要多。这样的政府，无论殖民与否，民众看到了希望。

光复大典后，我把家人从澳门接回香港，开始我承诺的工作。一天晚上，女儿受了风，有点发烧，我的医生去青衣出诊赶不回来，我和夫人准备送女儿去医院，正要出门，电话响了。

电话那头的声音有点陌生，说了两句才听出来，是郁漱石。他很抱歉这么晚打来电话，问我是否记得他。我当然记得，而且，那一刻，我有一种预感，他不是流星，偶然从我的生活中划过，就算是，也是砸在我面前的那一颗，我永远也无法摆脱他。

郁漱石说他去了玛丽医院，医院里的日本人已经去集中营了。据医院的人说，因为遭到军官骚扰，加代子一年前去了别的医院。他设法找到一份日军医院名单，跑遍了港九：陆军本院和海军本院、明德医院、西营盘医院、宝云道医院、战争纪念医院、圣士提反医院、九龙医院、英童学校医院、广华医院、荔枝角传染病医院、玛利诺修道院医院、拔萃男书院医院、喇沙书院医院，甚至包括专为治疗官兵性病所设的东华医院和圣德肋撒医院。他在一间间医院里寻找，都没有见到加代子。一位留守陆军本院的印度兵告诉他，很多士兵养伤期间住在窝打老道、太子道、红磡和尖沙咀一带，和当地华民同居，湾仔、石塘咀和深水埗也有专为士兵设立的慰安区，如果他要找的人没有去拘留营，应该在那些地方。于是，郁漱石又去了上述地方，居民区的日人大多离开了，慰安区更像日式城中城，日籍妓女都进了集中营，本港妓女也回了家，留下从广州招来的华妓，因为交通封锁暂时无法离开，大约五六百人。他又赶去日人集中营，士兵不允许他接近，将他驱赶走。

我在电话里耐心地听郁漱石说了十几分钟，他声音十分疲倦，人极其敏感，完全停不下来，但突然就停住，电话那头好半天寂静着，好像他累过头了，绝望了，突然消失掉了。

“你可以去找阿国。”确定对方不会再开口以后，我说，“加代子也许不在你说的那些地方。”

“但也可能在，他们什么事情都能做出来!”郁漱石在电话那头喊叫，然后停顿了一下，有些不安，“对不起，我不想打扰您，我去了深水埗，阿国在战俘名单上，可他不在那里。”

“你不可能在那儿找到他，他在六国饭店。”我在电话里告诉对方，“英国陆军援助团”一个小组负责确认日占期同盟国失踪平民名单和外事部收殓同盟国战俘和平民情况，阿国和另两名外事部前官员被责令协助工作，我前两天才知道这件事情，“不过，你可能仍然见不到他，很多战俘和平民死在日本人手上，英国人憋着火，他们只想杀掉那些刽子手。”

“我必须见阿国。我必须找到加代子。”郁漱石口气再度急躁起来。

“这跟我有什么关系?”我突然有些生气，这事的确和我没有关系。

电话那头没有了声音，我突然有些担心。“你在哪儿?”我说。

“九龙。”他说，听得出来，他打算放电话，然后再去集中营，在那儿死守。

“好吧，我想想办法，替你弄张军政府的通行证。”

“我这就过去。”他语气急促地说。

“轮渡已经收班了。”

“我能行。我游过去。”

“对不起，郁先生，我不是你的仆人。”我彻底恼怒了，“就算是，现在是夜里，我不能去把民政官从床上拖起来，我需要点时间替你弄到那份该死的通行证!”

“对不起，请原谅。”他在那边沉默了片刻，表示了歉意，然后挂断电话。

两天后，我把通行证交给郁漱石，告诉他那天女儿病了，我急着去医院，有些急躁，向他表示歉意。郁漱石很吃惊我会向他致歉，好像他离开这个世界很长时间了，还没来得及回到文明的人际关系里。

再度见到郁漱石是几天之后，他打电话来感谢我。我在电话里听他说了他经历了什么。有一阵，我感到他彻底垮掉了，正在快速往深渊里坠落，任何人都救不了他。我觉得他应该在什么地方睡上十天半个月，每天摄入三千卡路里以上食物，如果可能，和他喜欢的人待在一起，哪怕一句话也不说，终日坐在朝向海边的窗口，静静地看日落日出，然后，放弃之前的一切，别再纠结它们。我问他有没有时间，我正好有空，如果他愿意，我们坐下来聊聊。他答应了。

我在一家俄国人的面包房订了座位。俄国人叫奥列金，贵族，私生子，和比他大几岁的姨妈在香港生活了三十多年，历经七任总督，律政界不少人喜欢他烤的面包，开玩笑说他的面包比那些自以为是的总督更受欢迎。

奥列金先生的面包店很小，门面不过十几尺，由奥列金的姨妈照料，后间是干净的烘烤房，案台边支了张不大的核桃木案桌，整个店铺弥漫着烤面包的甜香味。有客人时，老先生会先做一客用大量奶油熬制的洋葱浓汤，面包现烤，等面包的过程才是真正的用餐享受。

事先央求奥列金先生，无论如何请他做最好的几种面包。可是，真正的面包师有尊严，不会按照客人意图行事。奥列金先生先为我们上了酸味黑面包，坚持只有喜欢黑面包的人才配享用他最好的面包。面包师留着两撮上翘的胡须，透过夹鼻眼镜看人，这样的他就是赫斯提亚①，让人不得不服从他的进食指导。

我和郁漱石面对面坐着，中间隔着荆条编织的面包篮。郁漱石穿一件宽松的外套，比我第一次见他时干净了许多，我知道他胳膊上有伤，但他没让这个显示出来，他基本不动刀叉，看食物的眼神怪异，不是贪婪，不是兴奋，而是一种让人诧异的警惕。

那天的郁漱石有点不一样，很主动，而且善谈，他问我知不知道木棉花。

---

① 古希腊神话人物，圣洁之神，司掌厨事和家庭。

当然，在南海生活的人不会不知道。他给我讲了两棵木棉树的故事，那两棵树生长在战俘营外一片空地上，他有机会路过，会捡一些落在地上的花回去。木棉花能治痢疾和麻痹症，花絮能当棉花絮衣裳，医官老曹总是缠着他多捡些回营，他若空手回营，老曹就会埋怨他，为此生恼。可是，老曹常常忘记，木棉在二三月份开花，别的时候不开。而且，他从没对老曹说过，因为木棉花的花期比叶期早，花开时，高高的枝头上悬挂的全是血色的花朵，一片绿叶也没有，森林中的空地，四周静寂，那些花一朵接一朵从树上坠落下来，砸在地上的声音很沉重，扑哒，扑哒，听上去十分惨烈。

接着，他讲了一只野猫的故事。那只野猫长着一双蜜蜡色的眼睛，红褐斑点花纹，和一位少女待在一座碉楼里，它经常出没于战俘坟场，去刨开刚刚掩埋的泥土，最后，它和一条蝮蛇一起成了一名日本军官锅里的炖肉。他问我知不知道一道名叫“龙虎斗”的广东菜，那个来自兵户县的军官不知道这道菜，他只是为了报复那只猫和那条蝮蛇，把它们一锅炖了，连肉带汤填进肚子里。

他讲的第三个故事是关于D营传译官的，传译官是长崎人，有过蹲荷兰人监狱的经历，所以同情战俘，为战俘们做过很多事。D营最后的日子，他也离开了，再也没有回到D营。后来听说，美国人的原子弹炸死了传译官的父母和未婚妻，他在家乡连一丝真实的记忆都找不到了。

他最后讲了那个少女的故事。少女是香港人，战时参加了“圣约翰救伤队”，被日本人送往D营，关在碉楼里，偶尔走出住处去树林中采集植物种子，收集死掉的蝴蝶。少女得知战争将要结束，她会回到香港，回到过去的生活中时，垮掉了。故事的结局是，在一次美军误炸D营时，他帮助她结束了她的生命，用一颗变了形的意大利铜制窗扣。

那天，我一直耐心地听郁漱石讲故事，没有打断他，也无法打断他，只是在他讲到他如何结束少女生命时，我心里生出对他的极度厌恶和排斥。

“离开D营后，我一直在想，”他身体笔直地坐在我对面，困惑地盯着荆条篮里的面包，“人们为什么会有仇恨？为什么要互相残杀？我们都是人，如果不开口，没有人能分辨出我们不同的种族，但我们是不一样的人，就像他们说一种语言，我们说一种语言，另外的人说一种语言，解决这些语言纠纷的只有子弹。”他停顿了很长时间，然后说，“也许，我们是来自不同物种的生命。”

季节刚刚进入秋天，南海的气候十分温暖，我却觉得浑身发冷。我把话题转开，问他寻找人的情况。我请他尝尝奥列金先生的神圣食物，不然面包师会不高兴。他大概感觉到饿了，试探着拿起一个克拉斯诺谢利斯基小面包，开始进食，一小口一小口咬着面包，有点不好意思地把它们咽下去，以后的事情就容易多了，但他一直没有动面前那碟奶油洋葱汤。

我现在知道了，为什么那天我在深水埗战俘营提到玛丽医院时，他情绪有些异样，战时他在那所医院里待过几天。在这场战争中，他和加代子在同一家医院停留过，彼此并没有约定；先是他在那儿，后来他离开了，她去了，等到他再去那儿的时候，她也离开了。他们在一个空间停留过，但没有见过面，在他们彼此相遇之间，横亘着一场战争。

郁漱石告诉我，他已经知道了加代子的行踪。离开玛丽医院后，加代子去了浅水湾酒店，日军征用了酒店，作为第二士兵站疗养院，差不多有 300 名伤兵在那里疗养。加代子照顾疗养伤兵，他们都很喜欢她，她对他们也很好，给他们唱歌。“加代子的《故乡》”成为伤兵们战争期间的一段温暖记忆，不少士兵再度返回战场，是带着加代子的歌声战死的。

我们见面的前一天，郁漱石去了浅水湾酒店。不是去那儿找加代子，而是去凭吊一位姓张的华人女作家[①]。他叫她“张姐姐”。他说他想给张姐姐唱一首歌。我为从没听说过他提到的词作者犬童球溪和那首名叫《旅愁》的歌表示抱歉。他沉默了一会儿，轻轻唱起来，声音有些干涩：

一个人忧愁，怀恋的故乡，亲切的父母，走在梦中，回故乡的路。

一个人忧愁，风雨敲打窗，梦被打破，遥远的他们，心啊在迷惘。

面包师奥列金靠在案台边，夹鼻镜后闪着泪光。他的老姨妈把头枕在他肩头，他们都哭了。我被那首歌打动，有一阵没说话，然后，我问郁漱石后来的事情。

那张通行证帮助郁漱石见到了阿国，可是，他没有找到加代子。加代子走了，战争结束前十来天，差不多就是他第二次离开桑岛的那一天，阿国找到妹妹，强行把妹妹送上了“丸之”号货轮，那是战时最后一艘驶离香港的货轮。船

---

① 萧红去世后安葬在浅水湾酒店前花坛中，1957 年迁葬于广州银河公墓。

抵达台湾前，一艘美军潜艇发现了它，向它发射了三枚鱼雷，前两枚鱼雷和它擦肩而过，第三枚击中了它的左舷，一个小时后，“丸之”号在澎湖以南海域沉没。

我们再度陷入沉默，这回时间非常长。奥列金先生过来，把桌上的面包收走，摆上一篮刚出炉的烫面面包，拿起其中一只放在郁漱石手里，轻轻拍了拍他的手，什么话也没有说就离开了。我没动那篮用烫面烤制的面包。它就叫烫面面包，最早出现在修道院，口感细腻，回味无穷，长期存放依然能保持新鲜。我知道细腻的生命总是令人回味无穷，但我不知道有多少生命能够长期无碍，保持新鲜。我问郁漱石，他以后打算怎么生活。

“没想好，”郁漱石迟疑地咬了一小口面包，大概觉得这么说不对，羞涩地改正，“没想过。事情来得太快，得好好想想。”

我很奇怪他那么说。他说“事情来得太快”，应该是指战争结束，但他怎么会嫌战争结束得太快？他不像我见到的其他战俘，大多数人听到战争结束的时候会欣喜若狂和痛哭流涕，再平静的人也觉得终于熬到头了，说事情来得太快的，只有他。

我向郁漱石建议，临时军政府规定，战时协助过英军的华兵将获得政府嘉奖，可以选择到政府部门服务，他参与了18日作战，小组中两人阵亡，一人因参与抵抗运动获得政府感谢状，作为勇敢的战士，他有充足理由让政府提供一份工作。

“不，您弄错了，冼先生，我并不勇敢。”他沉默了很长时间，我以为他不打算回答我的问题了，他却开了口，“我不是一名战士。”

“那就换一种说法，一名士兵，这样说可以吧？”

“但我不是，天生就不是！”他突然有点恼火，“我怯懦，软弱，没有什么可以把我骨子里的它们像蒲公英花粉似的吹掉！就算我是士兵，人们称之为战士，那也是某种原因‘让’我‘是’，可它不是我的本意。”他停顿了一会儿，似乎在平抚敏感，然后继续，“是的，我有一个在内战中不断变换肩牌上星数的父亲，一个衣衫褴褛在汉城街头亡命伏击倭寇的大哥，一个受到苏联和美国机师热爱的二姐，一个在淞沪保卫战中殉职的三哥，一个在武汉沦陷后潜伏下来向入侵者复仇的四姐。可是，我怎么会可笑地认为自己能够成为国家危亡时刻需要的那种人？怎么确定我能为它做什么？或者相反，它能为我做什么？或者本来应该做，但它没有做，不肯做？它怎么可以煽动起我为它失去一切的激情？”

他突然停顿下来，喘息着，然后从唇齿间吐出四个字，“太可怕了。”

我没有打断郁漱石的失控。我觉得应该把时间交给他，他愿意怎么样都行。郁漱石很快平静下来，为刚才的冲动向我表示歉意。他说他希望尽快忘记战争，先联系上家里，回内地去看望母亲，然后去台湾寻找加代子。他不相信加代子会沉海，他确定她还活着，他要去找到她。

“我查过了，‘丸之’号有七千吨，是条大船，鱼雷击中它以后一个小时才下沉，加代子有足够的机会逃出来，她水性特别好，我俩在大堰川游泳，我总是撵不上她，她不会淹死！也许好心的渔民救了她，也许她漂到哪个岛上，这个我也查过，澎湖以南有许多岛屿，非常非常多，她肯定在哪儿，只要一个岛一个岛找，总能找到！”他困难地咽了口唾液，目光一眨不眨看着我，好像我能决定他的说法，而且不允许我说出反对的意见，“我要找到她，必须找到她，一定能找到她！”

这是我在战后听到的最冷静也最疯狂的念头，它和人们正常地回到过去生活中去的愿望无关，它几乎是企图抹掉战争带给人的痕迹，或者说，它不承认战争造成的厄运。我阻止不了这样的疯狂，也没有权利阻止。

但是，郁漱石没有走成，我不知道这是不是因为我的原因。

(GYZ006－006－007) **证人尹云英法庭外调查记录：**

9 月份，我们接到广州传来的消息，孩子还活着！

是的，孩子没有死，他被日本人抓住，关押在宝安和新界之间的一座荒岛上，在那里度过了三年漫长岁月，这就是我没有在香港战俘营中找到他的原因。

我从没见过知堂那么冲动。他听到这个消息的时候把自己呛着了，激动地大声咳嗽，然后立即给二方面军司令部拍去电报，请他们再核实一遍，别弄错了，如果孩子的确活着，请他们立刻把孩子送回重庆。

老大以山在日本投降前三个月被朝鲜驻屯军抓住，牺牲在新义州。老四平蝶至今没有音信，生还的可能性渺茫。加上牺牲在上海的老二昕白，郁家为这场战争献出了三个孩子。漱石活着，千兰活着，这是老天给我最好的胜利礼物！

日本投降后，军事委员会门庭若市，想当接收大员发胜利财的人去了一拨又来一拨，知堂却受到冷落。知堂长年研究对日作战，对党争之事视如敝屣，向无专注，时局改变，大员们对他提出的军事计划越来越不感兴趣，而他不合时宜，不断上书要求严办战争罪犯，向侵略国提出严厉的战争赔偿追诉，与国府的怀柔政策完全相悖，自然会开罪高层。何敬之[①]受委员长嘱托和知堂谈话，推荐知堂去一战区程颂云[②]处另用，以免青松落色，秋草人情。知堂与何、程二人同为日本陆军士官学校同学，他一直想点兵沙场，现在可以实现愿望了。知堂知道另任是假，开罪上峰见弃于人是真，不愿落得烹狗藏弓下场，索性洗手不干，向军事委员会请了长假，告病还乡。

10 月底，我们离开重庆，返回广州，知堂坚持绕道广西，去宜山探望蒋方震。七年过去，蒋方震的坟头石壁开裂，坟后的土垒上生长出大片荒芜的蒿草，大概很长时间没人光顾了。知堂沿着小路一步一颠，抢上台阶，扶坟大哭，以头叩碑，大呼道："百里，百里，我国胜矣，日本败哉，我国与它没有言和!"

那是我头一次见到知堂哭成那样，号啕声大到荒岭上落鸟都惊飞起来。我知道，他是为抗战胜利高兴，为学长先知般的预言成真高兴，也为卸下一副担子委屈，但是，我总觉得他心里沉甸甸的，和在朝军人不可言说，只能哭诉于知己坟头，阴界阳间隔空相告。

回到广州后，知堂整天闭门不出，不问世事，只是偶尔在天阴下来的时候，去附近光孝寺佛堂坐坐，和方丈聊聊越王赵佗的逸事，听方丈讲当年达摩始祖和惠能六祖显迹光孝寺，鉴真和尚和智药禅师在寺里挂单的那些老故事，日头偏西，再沿着树荫遮蔽的小街慢慢回家。

我知道，他在等待他的小儿子回家，等待他的二女儿回家，不然，郁家世代为国披坚执锐，如今就剩下他一个军人，又怎么排解壅塞在胸口的那个大到承载不住的胜利，那个拥有胜利的国家?

孩子活着，却一直没有和家里联系，不知道出了什么事，我又开始为在战争中活下来的孩子担心了。

(GY006－003－061) 辩护人冼宗白法庭外调查记录:

9 月份的最后一天，麦克道格尔来电话，他看过我的第一份律法修正报告，

---

① 何应钦（1890－1987），字敬之，中华民国军事委员会总参谋长。

② 程潜（1882－1968），字颂云，中华民国第一战区司令长官。

约我去他的辅政司办公室喝下午茶。我去了。谈完工作后，他问我对政府战后恢复工作有什么看法。

“看起来，大家都在努力。”我据实说。

“你说的大家，指的是谁?”麦克道格尔很敏感，夜以继日的繁忙事务把他拖垮了，他在带病工作，不愿意听到人们对新政府的埋怨，“但愿你说的不是华民。”

“为什么不可以?”我不想支持执政者的自以为是，“是谁说过华人利益必须作为首要条件来加以考虑?”

“对不起，迭戈，我没有冒犯你的意思。”麦克道格尔爽快地道歉，“我实在忙昏了头。你知道，这两天国共武装仍在深圳河两岸驳火，中国那么大，天知道他们为什么不把精力投入到战后重建上去。”

“你们不是要求中共人员月底撤离香港吗?”既然这样，我当然息事宁人。

“可是，我们需要他们，在某些方面他们有过人之处。”麦克道格尔坦率地说。

“我猜这件事拖不了太久。他们正在华北和满洲争抢地盘，国府不会允许共产党在背后扎上一刀。”

“他们会向对方的胸膛扎刀。”麦克道格尔一针见血。

国民政府正在这么做，它在美国人的帮助下开始了一场抗战史中从未有过的军事行动。中国的天空中充斥着四引擎 C-47 军用运输机的巨大轰鸣，它们成群结队从印度起飞，越过驼峰，把大名鼎鼎的远征军送回国内。柳州和芷江机场上的美军运输机群也没闲着，它们在那里接上超过 10 万人的美械国军，日夜不停地运往华北和华东，这种宏大场面，在整个反侵略战争中从来没有出现过。

然而，在日占区藏器待时八年之久的中共反应敏锐，他们抢占了先机。美国的原子弹在长崎爆炸的第三天，中共就一口气向东北派出了四支干部队伍。苏联百万大军突破蒙古边境进入东北和朝鲜的第二天，中共就下令辖下武装占领重要城市和战略要地。中共的谈判专家在各地与日军指挥官和汪伪政权要员秘密会面，要求配合接收。中共部队是对投降令下达后仍然拒不接受接管的日军毫不犹豫发动攻击的唯一部队。毛泽东甚至不顾上海地下党的反对，命令新四军派出三千人潜入上海，发动起义，占领这座中国最重要的城市。至少在战争结束后的最初几周，阻止中共武装接管日军占领区的并非国军，而是已经宣布投降并且等待接收的日军，蒋介石不得不要求麦克阿瑟向日本政府发出近似绝望的命令，要求日军代为抵抗同样属于战胜者一方的中共武装的接管。现在谁都看出来了，法理上的国民政府缺乏战争能力，也缺乏胜利准备，难以控制国际协定指定给它的权力。

“蒋介石没有时间顾及我们，这样太好了，香港就要摆脱可恶的民族主义者的骚扰了。”麦克道格尔幸灾乐祸。

“英国人何时不再这么傲慢?”我不喜欢麦克道格尔的口气，但我能理解他。

和内地厉兵秣马的紧张气氛不同，收复香港的英军正在逐步撤离，有消息说，驻港英军只会留下三营兵力，和战前保持相同数量。麦克道格尔透露，英军参谋长委员会有一份预案，英国不会主动放弃香港，但如果国民政府与英国开战，强行收复香港，英国将放弃香港，不使战争扩大化。现在看来，这份预案没有执行的必要了，香港执政当局因此可以集中精力解决社会问题，使市民亲见战后恢复比他们的预期更好，如果依据《大西洋宪章》表达对香港前途意见时，大多数在港华人会改变初衷，最终站到英国的立场上来。

“现在这个殖民地的情况大致如下，”麦克道格尔发表演说般生机勃勃地挥动着手臂，“你可以扭开水龙头获得自来水、按动电掣点亮电灯、电车照常运作、电话可以使用、没有疫症扩散和社会动荡、法律和秩序正在得到恢复、货币重新建立信用、店铺完全开门营业、商人拿出贮藏的存货、港口准备好接待货轮而非战舰。朋友，我们就要走出最糟糕的日子了，接下去，我们将恢复国际贸易港的重建。”

麦克道格尔不是自夸，临时军政府加强了华人参政的改革，公开宣称将要建设一个香港人的香港，而不是英国人的香港。哈考特同意批准给予华人更多公平待遇的《1946年度展望》报告，同时承诺将提请继任者修订《香港宪章》，以期使本地区居民更充分地参与自身事务的管理，致本地区整体利益并非因某个特殊阶层的阻止得到促进。政府官员越来越多地在他们的谈话中使用“地区”而非“殖民地”，暗示着工党政府在非殖民化问题上的态度。有一个事实能够说明问题，日占时期，日军以汇丰银行名义发行了大量军票，战争结束后，它不再被承认，居民手中的军票成为一堆废纸，无数人一夜间披头跣足。而英国人一年前就考虑到这种情况，他们认为，“要得到华人的心，必须通过他们的口袋，如果我们回去时采取较为宽松的政策，比其他方法更能博得华人好感。”他们决定由汇丰银行承担这个极不公平的责任，从市民手中赎回废币。相比较，国民政府收复上海、北平、广州和台湾时一片混乱，接收大员们卖官鬻爵，政以贿成，腐败百出，既无完善的救济措施，亦在伪币上大肆搜刮平民财富，占领区人民所剩无几的财产在胜利后再次遭到掠夺，以致民无常心，怨怼沸腾，如此鲜明比照，使在港华民很快抛弃了国民政府，日渐趋向殖民政府。

“你说的的确是事实，戴维，即使国府方面不断利用民族主义发动反殖民运动，这几周的形势也证明了他们终究未能挑战英国殖民政府地位。”我坦率承认。

“我认为我们在有限资源的情况下已经尽善尽美了，我甚至相信香港得以迅速恢复完全是我们这些人的个人功劳。”麦克道格尔耐人寻味地看着我，“可是，我怀疑刚才我提到的这两点。事实上，过去几周我们的确克服了一些困难，可是这期间，坚忍不拔的华人比军政府功劳更大，只要你给他们一点机会，他们就可以咬紧牙关撑下去，这才是香港战后得以快速恢复的真相。”

“很高兴你这么想，戴维。”这是我的真心话。

“谢谢，迭戈。坦白地说，我们从华人身上学会的真理，正是殖民主义在很多时候带来了对抗和罪恶，而我们则在建立以善治抗衡的民主主义管理体系，为香港未来带来光明。”麦克道格尔停顿了一下，“朋友，我向你保证，人们会看到，支持把香港移交给中国的人只会越来越少。”

离开麦克道格尔办公室前，他再度提到人手不够的问题。军政府从东南亚调运粮食的最初做法遇到阻碍，那里的战后当局也同样陷入粮荒，他手下的官派生熟悉香港，却不熟悉可以帮助香港的产粮区，他正为这件事情发愁。

“我在九个星期里凭借种种计谋和遁词向人们隐瞒了异常薄弱的食物贮备问题，”麦克道格尔忧心忡忡地说，“解放者没有给他们带来足以填饱肚子的东西，说什么都无济于事。”

我想到郁漱石。他是广东人，在美国和中国做过军需官，熟悉香港周边的产粮区，毫无疑问，他是麦克道格尔需要的人。我把郁漱石的情况告诉了麦克道格尔，但我不知道他在什么地方，是否已经离开香港回到内地，或者干脆直接去了台湾。

“台湾的客运航线下周才通，军管时期，没有任何货轮敢私载人员出港。”麦克道格尔高兴地在便笺上快速记下郁漱石的名字，“我会找到他，他跑不了。”

10 月份，军政府启动在港日军战犯审判准备工作，计划次年春天开庭，特别军事法庭邀请我参加律师团工作，负责战争期间对盟国军事人员进行 B 类犯罪和对一般平民进行 C 类犯罪的战犯的辩护工作。我推测，不是因为我的职业，而是因为我和家眷因战争被强制滞留在香港，参加了“英国陆军援助团”秘密工作，和将要被控的战犯们打过交道，是战争亲历者的缘故。

我阅读了大量档案。几天之后，资料开始涉及香港战俘总营。

我跳过一大堆资料，首先查找 D 营的资料。奇怪的是，资料中只有十几份战俘总营关于 D 营的简单文件，然后是一份资料归纳说明书。十几份文件基本属于没有价值的文件，说明书草率地介绍了 D 营战俘转移情况：计划由战俘总营批准，于 7 月 9 日执行，当天凌晨，D 营 61 名战俘利用事先挖好的地道成功逃亡，管理方枪毙了两名策划逃亡的游击队方面战俘，并准备于月底将西俘转移到九龙，华俘则转移到增城南京政府看守所。然而，转移计划因盟军轰炸失败。7 月 29 日下午 5 时左右，4 架盟军轰炸机攻击了 D 营，682 名中国战俘、126 名英国战俘、133 名加拿大战俘、17 名印度战俘、4 名荷兰王国战俘、3 名意大利战俘和 1 名菲律宾国战俘在轰炸中死亡。

说明书疑点重重，盟军轰炸机为何大动干戈攻击一座建在荒岛上的战俘营？轰炸为何造成全部战俘死亡，而没有留下一个活口？另外，说明书没有日方人员伤亡情况，轰炸造成全部战俘死亡，日方人员不可能侥幸，假使有，应该说明。

我向负责特别军事法庭筹备工作的伦纳德上校核实情况，得知日本投降前，D 营日方管理者和警备队一部前往台湾，少量轮休者滞留广州等待回国，因战争突然结束关押在南头拘留营。我即以 D 营日军管理者涉嫌战争罪为由要求伦纳德上校尽快与华南国军联系，务必将 D 营日军主要指挥官扣押下来，不使回国，同时要求特别军事法庭筹备处同意我就轰炸事件一事提前询问香港战俘总营指挥官。我提请特别军事法庭严格核实在港日军人员，勿使疑似严重犯罪者离开，他们在战争中涉嫌犯下反人类罪，必须接受审判。

几天后，特别军事法庭筹备处通知我，华南国军于 9 月 23 日开始解除日军武装，并已陆续将查无重案者遣送回国。D 营滞留广州人员作为最早退出战争的日俘被列入第一批遣返名单，已于上周离开广州回国，只有次官矢尺大介因病滞留医院，国军根据盟军要求逮捕了他。我向特别军事法庭筹备处提出预告审辩书，表明D营隶属香港战俘总营，嫌犯矢尺大介必须引渡香港接受审判，同时，在香港犯下战争罪的酒井隆、矶廉谷和田中久一均应在香港接受审判。

10月底，特别军事法庭回复我，国民政府认为中国战区的日军战俘均属国军战利品，不会移交给英方，酒井隆、矶廉谷介和田中久一都将在中国接受审判，可能因为矢尺大介军衔低，回复中没有提到他。

我立即向特别军事法庭提交了一份报告，列举了一些汇总情报。日本在第二次世界大战中违反国际法和人道原则，进行了长期的大规模战争犯罪活动，其中最深刻和大规模的战争犯罪基本是在中国发生的。战后国民政府作为联合国代表之一已经接到参加东京审判邀请，同时计划在上海、北平、南京、沈阳、武汉、太原、济南、汉口、广州、徐州、台北等10个城市设立军事法庭，对B级和C级战犯进行审判。然而，9月9日在南京接受中国、北部法属印度支那日军投降的国民政府陆军总司令何应钦代表国民政府表示，只要日军不向中共交出武器弹药，则免究日本天皇的战犯责任。更多情报显示，国军急于把受降日军遣送回国，以便腾出精力应付全面内战，不打算彻底追究和清算战争犯罪。有消息称，包括日本中国派遣军总司令冈村宁次大将在内的战犯已秘密成为国军内战顾问。

另一方面，一些香港社会名流、文人和商界巨子如罗旭龢等，或因日治期间在华民代表会、华民各界协议会和占领军政府担任职务，或与占领军政府互动，战后遭到军政府附敌罪追究。军政府情报灵敏，通过英国驻华使馆搞到国民政府《香港沦陷期间附敌人员概况》秘密文件，国民政府也有一份肃奸追捕名单，耐人寻味的是，战争爆发时，无论国民政府还是港英政府，双方都要求这些人留在香港，稳定民心，安抚民生，但战后他们却遭到托付者的严厉追究。

我当即找到麦克道格尔，告诉他，在即将进行的香港审判的C类犯罪受理中，至少有一件事情需要提请检察官警惕，明确由于战时特殊环境限制，大量平民因受到日军胁迫，如履薄冰，生无可生，走无可走，命悬一线，或多或少应和了日军统治，这些人中不少实际上干的是维持治安、解决金融、调剂粮食、恢复商业、保障水电、治理卫生，在占领者和市民生存间寻找一种妥协和平衡，罪过应与通敌罪名区分。

“别插手这事。”麦克道格尔警告我。

“戴维，”我不放弃，“英国殖民香港百年，香港人习惯于异族统治，没有反抗心理，对他们来说，日本驱逐英国只是换了一个统治者，他们很多人是出于不忍见民众遭殃，地方糜烂，认为对此负有责任，怀有公共利益主张者，在权力易主后迫不得已出面与日方交涉的自保行为。”

“你真让人烦。我承认，如何处理这些人的确让人头疼，可他们附敌通敌证据确凿。”麦克道格尔怏怏不快，“相信你已经看到我给政府写的情况报告，我们已经抓了三十多人，我猜还有三百人要抓。”

“由谁决定谁是附敌者？”

“当然是我们，迭戈。”

“不，戴维，不是你们，是胜利者。看看成王败寇的历史，从来是由胜利一方来决定人们通敌与否。港英政府战至力竭，放弃了香港，它自己就是失败者，附敌的权力在胜利一方的日本人手上。戴维，请把谁是附敌者的决定交给法律来裁决。”

“别想用当局没有行使保护人民的负责来指控政府，迭戈，我不会上你的当！”麦克道格尔怒气冲冲，“那些人是本港陷落前政府当局治理下的港人，光复政府不会再度放弃自己的权利！”

“好吧，我换个说法。你刚才说，他们是港人，也就是说，你承认他们在百年间经历着民族和殖民认同的巨大困惑，这不是他们造成的，责任不该他们来负。”

“你想说什么？”

“戴维，逮捕名单中九成是华人，他们首先是中国人，对他们来说，英国和日本才是外来殖民者，依附谁都是附敌和通敌。”

“不要给我提尼赫鲁和甘地，如果那样，我立刻把你赶出我的办公室。”麦克道格尔脸色相当不好看，冷漠地说。

他当然不会那么做，但他和我都知道，在刚刚结束的那场战争中，饱受英人统治和日人侵略之苦的印度人建立了国大党，对英国采取不合作主义，拒绝加入对日作战，同时反对日人的侵略。他们支持亚洲各国的抗日战争，没有人有能力把他们赶出追求独立的战场。

军政府最终接受了我的提议，认定受到生命及重大安全胁迫从事附日行为者，如无重大罪行，不属通敌。在稍后的缉捕行动中，宪兵没有大规模逮捕行为，只拘捕了 39 名有严重事实的通敌者。

紧张繁忙的工作让我暂时忘记了郁漱石，直到 11 月 5 日他打来电话。

麦克道格尔并没有在港口找到郁漱石。那之前，郁漱石已经在港口露宿了十几天，他试图登上驶往台湾的每一艘船只，都没有得逞。他在溜上一艘即将驶往厦门港的美国军舰时被水兵发现，挨了一顿揍。据水兵说，他完全疯了，居然准备在军舰经过台湾海峡时跳船游到澎湖岛去。麦克道格尔的人在宪兵队羁押者名单中发现了他，他被留了下来，如今在帮助军政府工作。他从麦克道格尔那里得知我在从事战犯审判工作，于是给我打电话，请我了解一下日军第 38 师团的情况。

我要郁漱石等一下。我去档案资料中找出他需要的那份材料，在电话里告诉他，进攻香港的第 38 师团 1939 年 6 月 30 日在爱知县名古屋成立，士兵战前大多是渔民和工人，熟悉海洋。10 月 2 日，该部调至广州，隶属第 21 军。1940 年，该部投入第一次作战，进攻目标是中山县，随后该部进攻了从化和良口以及东江地区，参战 390 次。1941 年，该部移驻佛山，以白云山为假想香港进行攻港训练。1941 年 12 月，该部作为第 23 军主力攻占香港，七天后编入第 16 军，于 1 月 18 日自香港出海，参加进攻东印度爪哇岛作战。1942 年，该部又编入百武晴吉的第 17 军，在瓜达尔岛作战中损失惨重，半数官兵葬身大海，遂撤出战斗序列，移驻新几内亚前首府拉包儿休整，直至日本宣布投降。原师团长佐野忠义在瓜岛战役中泅水上岸，调回本土任国土防卫军参谋长，数月后重返中国，任第 34 军司令官，负责守卫武汉战区，随后任中国派遣军副司令长官，日本宣布投降前一个月病逝。该师团参谋长栗林忠道转任第 109 师团师团长，率两万余日军驻守琉磺岛，兵败自杀。

“拉包儿是座火山岛屿，日本进攻上海那年，火山爆发，城市被毁，新几内亚把首府迁往了莱城。”我在电话里向郁漱石解释，“那里几乎没有人烟，适合一支被打残的部队休养生息。”

电话那头沉默着，似乎事情太复杂，侵略者第 38 师团和被侵略的香港在战争中都遭到了摧毁，谁也没落到好下场，这让郁漱石一时消化不了。

“喂?”我提醒他。

“是名古屋吗?”他开口问，思路还在第 38 师团身上，“那是战国文化的发祥地，德川家族第一个城堡就建在那儿，以后成为重工业中心和飞机制造中心。”他说，停了一会儿，“名古屋人是最早走出日本的人。”

我没听懂他在说什么，告诉他，国军逮捕了第23军前司令官酒井隆、首任香港占领军总督矶谷廉介和第23军司令官兼第二任香港占领军总督田中久一。酒井隆不光指挥了香港战争，也是“济南惨案”的策划和制造者，“何梅协定”的主谋，“蒙疆自治”的始作俑者，他和矶谷廉介、田中久一将被以“唆纵部属违反人道以及违反国际条约与惯例实施种种暴行”罪状起诉。

“军事法庭会把他们送来香港吗?”郁漱石小心翼翼地咳了一声，声音有点飘忽，不太真实，“第38师团还活着的官兵，最好能回到香港，看看这儿。”

我知道他不是向我建议，那只是他的一种想法，他也说不清楚他的感受。我完全可以告诉他，不行，第38师团剩下的官兵已经启程返回国内，不但不会出现在香港，由于盟军在中国战区接管问题上的冲突，连直接下令制造香港血案的高级将领也不会在香港接受审判。但我没有说出那些话。我有重要的事情要和他谈。

我在电话里向郁漱石提到D营轰炸事件，告诉他，我询问了香港战俘总营三名负责军官，得到的一致回答是确有其事，但目前我没有找到任何一个有效证明。郁漱石非常激动，在电话那头大喊，撒谎，他们在撒谎！他告诉我，7月9日那天他就在桑岛，目睹了那场事件，造成战俘全部死亡的不是空袭，而是屠杀！他语无伦次地说了当时发生的事情，我的推测得到验证。我表示我们需要见面。他同意了，告诉我他马上要去内地运粮，承诺一回来就和我联系。他留下联系方式。我这才知道，他在香港并非无处可去，他住在半山一栋著名的别墅里，我猜那是他家的财产，只是，他好像不愿提到自己的家族。

第二天，我得到消息，国民政府成立以军令部次长秦德纯为主任的战争罪犯处理委员会，作为处理战犯的最高权力机构。很快，我的案头出现了一份英国情报部门文件，提到一些重要战犯目前的情况。日军中国派遣军总司令冈村宁次以“中国战区日本官兵善后总联络部长官”名义协助在华日军遣返工作，另一个秘密身份是国军军事顾问[①]，他正在为中国内战拟订军事计划。下达巴丹大屠杀命令的日本参谋本部作战课辻政信大佐在日本投降前秘密抵达重庆，因抗战期间“公祭蒋母”获得蒋介石好感，被安排在国民政府国防委员会第二

① 1949年1月，中华民国政府军事法庭判决冈村宁次无罪，次年聘其为中国国民党中央常务委员会军事实践研究院高级教官。

厅第三研究室工作①。

我不知道有多少人有我一样的预感，这是一个象征性的战争审判，更是一个黑暗的政治利益交换。

（GYZ006－007－006）**证人梅长治法庭外调查记录：**

国府和英国人争夺香港的时候，我在忙着盘点账面。

英国人带来了新制港币，宣布军票废弃，我刚为香港光复后不必提心吊胆活在日本人刺刀下松了一口气，那口气又提回到嗓子眼。要知道，为了大量进军票，我动用了所有到手的头寸，虽说是董同乡背后怂恿，到底钱是经我手换成纸票，事情出了，幕后的董同乡不必担斤两，我却有不让之责。这么一想，追悔莫及，我觉得就算一万个对不起党国，我也要走人了。

没想到，细软还没收拾好，汇丰银行在电台宣布，新币入市同时可兑现军票。我以为没听清楚，核实了两遍，言之凿凿，英国人要替战败国支付狗彘不如的巨额无头账。就算一百个弄不懂，担心英国人变卦，我也先放下心里的糊涂，立刻派人兑换新钞。派去的伙计因为所持款数巨大被汇丰银行盯上，幸亏事先有准备，用了几位南洋巨贾的名头，没费什么周折，我手中的军票全部兑换成了新币。

秋天到来的时候，我成了香港最富有的人，这时才明白，国人中不乏金融高人，财政部早看出香港易帜，军事战争结束后会有一场钱币战争，所以提前做下铺垫。可惜的是，财政部狠狠捞了一笔，发了横财，英国人则用民生政府改革政绩要了国府的命，这场仗打来打去，真不好说谁赢了，谁输了。

光复典礼后，财经系派接收大员入港清查日占期财产损失，我这儿也来了两位官员查点经营情况。我自认胳膊上走马，拳头上立人，公家事务不带猫腻，账本交出，大大小小物业一一交割。来的两位官员不看账本，只对账上的总数感兴趣。财产交割完毕，我托累请辞，他俩也不挽留，只顾东一句西一句打听投机生财路子。从两位官员处得知，我的旧上司邹上校登龙有术，调到国府联

---

① 1948年5月，没有受到任何战争罪追究的辻政信潜回国内，1950年，盟军宣布停止对战犯的追索，辻政信第二天公开露面，以后当选参议员。

勤部任了少将高参，正托人在军令部活动，想要谋取一份接收特派员职务，去华北或东北某个城市当钦差大臣。我心里清楚，败国丧家者何止硕鼠，还有比邹长官更聚敛无厌的，大盗窃国的话不敢说，什么叫亡国之臣总算见到了。我也没有什么好想的，抗战也算努精拔力，出过劲项了，卸掉财经系的公干，甩甩衣袖，我干干净净走人了。

替国府财经系帮办时，有熟悉的南洋资本找我，我乐得公私两便，搭伙求财，暗中操持，留出财路。辞去公干后，我通知南洋方面带 10 条船赶到香港，着手创办“华贸易公司”。香港商贸被鬼子糟蹋光了，除了军政府的兵舰和运粮船，维港中几乎见不到一条商船。军政府极力主张倍道兼行，尽快疏通海外贸易，听说我手上有 10 条船打算做贸易，给了我相当优惠的条件。9 月底，我的第一批货抵港，以后船队来往不间，我很快替自己攒下半爿家业。

香港光复后，往来香港的公私故旧不少，听说日军一投降，预早潜伏在沦陷区的军统策反，华南的汉奸伪军大多阵前易帜，由日伪广州先遣军总司令招桂章统一节制，改编成国军“先遣军”。还听说老长官张发奎说服甘志诚投诚，支使甘志诚在澳门制造事端，提供广州当局趁机占领澳门的口实。甘妻苦口婆心劝丈夫，借民族之名徒令庶民牺牲，这种事怎么做得出来？甘遂放弃在澳门生事，只答应张长官反水国军，继续当他的海防司令，别的不做。

听到这些消息后，我苦笑，原以为当汉奸没有出路，所以放着去甘志诚处吃香喝辣不干，跑到香港来火中取栗，哪知人家做汉奸根本没有顾忌，早打好算盘等着变天后老上司吆喝，只要条件合适，换个身份不是什么难事。

最让我没想到的，是我竟然见到了活着的阿石！

华贸易公司船队有一艘 3000 吨煤拖，两艘 1500 吨火轮，三艘 500 吨小火轮，军政府运粮缺船，答应给补贴，征用两个月，我有一些损失，但战争结束就是生意人最大的赚头，军政府承诺很快就会取消政府管制，恢复自由企业制度，这让人们看到了商业前途，我二话没说答应下来。

10 月初，我去军政府粮筹委员会办理租赁手续，负责租船的毕打罗先生千解释万解释，说政府征船是正当用场，不运武器炸药，只运粮，负责筹粮运粮食的帮办也是华人，很了不起的英雄，华贸易公司的船交到华人英雄手里，完全可以放心。为了证明他的话不差，手续办完，毕打罗先生要我等着，那位华人正好在隔壁交割粮款，他去把人叫来我们见见。

毕打罗去隔壁找人，我在屋里坐着，想到坊间流传，有神秘华人帮助军政府渡过粮荒，看来确有其事，也不知道那位奇人是谁。一会儿工夫，毕打罗先生带着帮办英雄进来。我一看，眼睛瞪得差点掉出来。那位华人英雄不是别人，正是阿石。

阿石还活着，这让我惊喜交加。要说，这几年我也是拎着脑袋在鬼子利刃下混日子，没有失去过方寸，见到阿石，我却激动地流下了眼泪，向他奔过去。阿石反应很奇怪，下意识往后退两步，瞳孔收缩得像两粒芝麻，好像见到我很恐惧。等他认出我，怔忡一下，脸上才露出一抹谨慎的微笑。他告诉我，不光他活着，朱三样也活着，他的小组一半活下来，熬到了战后。我很奇怪阿石为什么称战后，而不是胜利，我觉得他变化很大，像是两世为人，有点不认识了。

我按阿石提供的地址，派雇员找来朱三样，当晚在文华酒店定了一桌，替他俩好好地办了一顿压惊酒。那天我和朱三样喝了不少，阿石人有点阴沉，借口胳膊上的伤才愈合，不怎么喝，在一旁替我俩斟酒，听我们说话，听完笑一会儿，又沉默一会儿。

我有点好奇，不知道阿石怎么会成为军政府的红人，要知道，这种事情可不容易。我从毕打罗先生那里得知，军政府对阿石待若上宾，给他“粮食统制官”牌照，他不要，我觉得太可惜。趁朱三样去买烟的工夫，我给阿石挟了一块明炉乳猪，向阿石试探，抗战胜利了，国家光复了，他为战争吃了苦，也该考虑一下自己的事情，要是不嫌弃，不如我俩重新联手，搭伙干一番事业。

阿石拒绝了。“梅大哥，我是真做不了，别耽搁你的事。”他说。

我觉得挺遗憾。怎么说呢，我觉得阿石像被某个恶魔缠了身，一次又一次往奇数里数自己的命，他这样，谁也救不了。

(GYB006—001—245) **被告郁漱石庭外供述记录：**

10 月中旬，我从中山押运第二批粮回香港，知道朱三样找了我好几次。匆匆忙忙和朱三样联系上，知道港九大队已撤离香港，朱三样是最后一批，他打算把婚结了走，要是来得及，最好让林凤娇怀上孩子再走，他希望我参加他的婚礼。

我在皇后大道一家西饼店买了蛋糕，按朱三样交代的地址找去，那是高陞街背后一条没有名字的小街，住户都是店员、苦力、用人、洗衣工、夜香工[①]等。这样的下等华人，环境恶劣。朱三样的家在一间金山店隔壁，房屋矮小破旧，没有什么像样的家具。朱三样的岳母在门口摆了个旧衣摊，两个进城卖粮卖菜的农夫在那儿讨价还价。

朱三样很高兴我来，叫出林凤娇。新娘子穿一件喜庆的红色薄袄，脸上擦了胭脂，体魄结实，典型的工友模样，大大方方地和我握手。我递上蛋糕盒，把准备好的一百块喜包交给新娘子。朱三样埋怨我俗气，说梅长官也一样，送了两百元礼金，一对龙凤镯子，硬认了四桌酒席。我一时脸红，后悔没有多凑点份子。

喜宴是在避风塘一间船上食肆办的，要穿过上环大笪地夜市。战后大笪地恢复了昔日热闹，马骝戏、耍杂技、练功夫、画炭相、占卜星相、讲古书的，什么都有。梅大哥用心操办喜宴，张罗了很多菜，避风塘炒蟹、豉椒炒蚬、鸭脚包、炸萝卜饼、糖葱饼，满满四大桌，还专门让手下叫了四只日占期名噪一时的镛记烧鹅。

在船上吃饭，船摇摇晃晃，我有点不适应。梅大哥悄悄告诉我，本来想在餐室替朱三样好好办一场，可惜朱三样是共产党，身份不适合张扬，只好躲到避风塘来。他特意准备了10对上头礼饼，冲冲晦气，白酒啤酒管够，大家喝好就行。

参加喜宴的基本是朱三样和林凤娇的港九大队同志和工友，大家很开心。喜宴开始前，朱三样让同志和工友讲了话，又请梅大哥和我作为他过去的上司讲话。梅大哥能说会道，说了一些“同庆胜利”“民族有幸”“神仙眷侣”“年年岁岁”的话，轮到我，我就讲了。

我说我是怎么认识新郎的，说四年前小组第一次进港，朱三样是机灵鬼，手特别快，看见什么一眨眼就弄到了，腿也快，没人追得上他，不然大潭水库就被鬼子捉住了，还勇敢，小组去金山和鬼子打，虽然他没去，一半是他怂恿的。

朱三样激动地站起来，从饭桌那边摇晃着走过来，勒猪仔似的把我紧紧抱住。梅大哥也过来了，拍我俩的肩膀，说好了好了，大喜日子，省着点。新娘子和她的

---

① 收集处理居民家中粪便的工友。

母亲在一旁一个劲地抹泪，有一只黑头海鸟落在灯脚上，探着脑袋看我们。

“唔得。”朱三样说，“冇就好，阿石你继续讲，我仲想听，你等我听够!”

我就继续说。我提到缪和女和敖二麦。我一直不敢提起他俩，那天晚上维多利亚海徐徐吹着风，海面渔火点点，人不在陆地上，一时放松，我就提了。我是想让缪和女和敖二麦知道，不是我一个人活下来了，朱三样也没死，而且还结婚了，娶了个体魄结实的妻子，我替他感到高兴，他俩要是活着，也会为朱三样高兴。

我讲那些话，朱三样的工友听得津津有味，同志却不感兴趣。他们不听我说，自己说自己的，众口纷纭，船上地方小，说什么我都能听见。他们有的骂骂咧咧，埋怨大队的撤退宣言让人寒心，说什么“感谢华英人士挽留，愿意在香港重光的欢呼声中功成身退”，鬼子占领香港时只有他们在战斗，凭什么抗战胜利了就得走人。也有的添油加醋，说东（莞）宝（安）抗日民主政府行政督导谭天度主任已经进港，正和军政府谈判纵队借道北上的后续事宜，走的人就算了，他们这些港人不想去内地参加党战，日本人欺负华人他们能抵抗，英国人欺负华人照样可以抵抗。有人在一旁劝解，说民族大业以牺牲为重，建议为抗战胜利欢呼。

“今日係咩日子?”一位年轻同志不满地大声打断我的话，“样仔同凤娇大喜嘅日子，讲咩死人嘅话，唔係你国军死人，我哋死咗人，老百姓死得仲多。”

我看出朱三样的同志不怎么友善，本来想代替缪和女和敖二麦祝福朱三样，那个话刚才要说就对了，现在不便再说，于是打住，尴尬地坐下。这样闹哄哄地坐了一会儿，我在那种环境里待不住，悄悄把朱三样拉到一旁，告诉他我先走了。朱三样硬要喝个同庆酒，喝完才把我送到岸上，我就走了。

过了几天，我带人去南雄筹粮，正准备出发，朱三样找来。他告诉我他已经决定留在香港，不随独立大队回内地，组织上同意了，他向警署讨过话，他可以去警署当差佬[①]。

“我钟意做差佬，差佬人工高。我唔係香港人，但係，一百年前根本就冇香港，一百年前香港净得一帮打渔佬，早死晒咯。”朱三样显得有些失落，不像刚成家的新郎样子，“再讲，我若果走咗，凤娇点算?还有林月亮，俩母女就指意我了。”

---

① 警察。

朱三样说得有道理，我只是有点担心，他手脚不老实，有拔葵啖枣的毛病，不知道当上差佬会不会改变。朱三样问我，会不会回国军继续吃差粮。我告诉他不会，我不会再穿上任何军装，走向任何战场，也不会告诉任何人我参加过这样一场战争。

“点解？”朱三样吃惊，“我哋为这呢场战争卖咗命，佢哋应该打赏我哋。”

“我为参加呢场战争耻辱。”我朝港口那边看去，我的人正在那里上船，他们和四年前的朱三样一样，是我的组员，只是更年轻，我希望这一趟能够顺利一些，把粮食运回来，中途不要生事，“我戥死係战俘营嗰班兄弟开心，佢哋同我一样嗽惊，若果生返，佢哋将不得善终。”

朱三样朝地上悻悻地吐了一口唾沫。他对我很失望。过去他佩服我，无条件服从我，现在他觉得我是一个在民族解放战争中丧失了勇气的废物。他提到找我的原因。他想把一家三口搬到我那儿去，等他当上差佬，拿到人工，就去租个相对不错的房子，再过两年，就能买间房子，不用住在贫民窟里了。我告诉他不行，我现在住的地方的确很宽大，但它不是我的，我不想占有那个权利。

“扮咩扮，乜权利唔权利啊，你借定唔借？”朱三样不高兴。

“唔借得。”我说。

朱三样鼻孔里哼了一声，恼羞成怒地扭头就走，走几步回头质问：

“点解你四年前唔带小组去嗰度匿埋，如果嗽，大家都安全，缪和女同敖二麦都唔会死，你要对佢哋嘅死负责！”

朱三样说完那句话，朝地上吐了口唾沫，走掉了。

我从南雄回来后，梅大哥联系我，说港九大队最后一批人离港的时候，很多华人去欢送，他也去了，没有见到朱三样和林凤娇。我告诉梅大哥，朱三样没有走，留下了。梅大哥很吃惊，说那他为什么没和我联系？

我后来去大笪地那条小街找朱三样，兜里揣着粮筹委员会给我的酬金，它们能帮助朱三样租一套不错的房子。邻居告诉我，酿造厂老东家回来，从日商宝烧酎手里把厂子收回来，恢复了生力啤酒招牌，老板知道了朱三样往啤酒里撒尿的事，找理由炒了朱三样夫妇，朱三样也没当上差佬，警署不怕港九大队的人，却担心蠢蠢欲动之人，没用他，朱三样在港岛待不住，一家三口搬到新界种菜去了。

越来越多的人拖家带口返回香港，要在上百万人中寻找一个不愿意见我的人，无异于在河汉中寻找一颗轨道不同的星球。但是，那个不愿见我的人说得对，如果四年前我把小组带到半山别墅藏起来，也许缪和女和敖二麦不会死。

也许。

记得10月9日，香港举行各界庆祝二战胜利大会，第二天是中华民国国庆日，港民自动组织游行，无数的狮龙队在港九两岸欢快跳跃。我那天从内地返回，梅大哥邀我和朱三祥前往山顶俯览山海景色，凭吊祖国孤失海外的大好河山，那天我们三个都很兴奋，梅大哥还请我们吃了夜宵。

可是，我知道我的兴奋是假的，是做出来给他俩看的，或者，做出来给我自己看。大家都很高兴，有理由高兴，我不该扫他们的兴，也不该扫自己的兴。我知道我想离开那里。我干吗要待在那儿，待在胜利的人们当中，或者哭泣者当中？我在任何地方都是不合时宜的，对我而言，光复后的香港不过是另一座D营，这个世界也是，更大一点罢了，如果我接受，我将继续生活在战俘营中。

(GY006－003－063) **辩护律师冼宗白陈述：**

临时军政府的工作非常有效率，冬天到来的时候，政府已经进入有条理的运作了。有一次，我去总督府办事，麦克道格尔把我叫到他办公室，兴奋地告诉我，已经敲定了复兴计划委员会、房屋建设委员会、劳工仲裁委员会、扩建海港委员会的名单，万事俱备，只等文人总督到港，哈考特将军的军政府使命就完成了，香港将步入新的历史。

还在8月份，美军战略情报局一支营救小组抢在战争结束之前降落在沈阳，从一个秘密战俘营中营救出香港总督扬格爵士。爵士坚持返回香港，英国政府则将他接回国疗养，总督部正在研究是否由他继续担任香港总督。

我对香港的未来没有麦克道格尔那么乐观。我对他谈到我的看法。我认为没有任何现行的政治条件支持这样一个历史，由少数怀有民主理想的官员和在战争中因自身经历开始思考的官派生从事的新政府改革能够延续下去。以我在香港的见闻和从伦敦得到的消息，战后香港政府建立在试图以改革诱使华人培养归属感，从而摆脱香港被国民政府收回这一基础上，而英国政府对进一步的香港民主前景却并无兴趣和热情，他们为了保住面子，甚至在别的方面继续出卖香港的主权国。一位民主自由党议员告诉我，刚下台的丘吉尔在内阁会议上明确表示，“向俄国提供在远东的战争目标是绝对必要的，俄国提出的任何牺牲中国利益的战争要求都将有利于我们解决香港问题，英国不应对俄国恢复其在远东的地位表现出任何敌意。”

“戴维，你我都知道，所谓殖民地新纪元，只是政客们的一个谎言，也许理想主义者不愿意伤自己的心，像你这样的政治新贵，极力想在工作中找到民主大同的意义，新闻界当然乐见其成，卖力鼓吹。可是，这只气球无论吹多大，飞多高，总有一天会爆炸。”

“有意思。”麦克道格尔一点也没生气，和四个月前相比，他更加成熟了，“那么，迭戈，你怎么看待美国人扮演的角色，按照你们中国人的想法，他们是否更适合取代联合王国在中国的位子?”

我告诉麦克道格尔，我接触到的美国司法界和新闻界的人，他们多数认为中国是反法西斯阵营中的勇士，这些人一直在声援中国，而美国军事人员和外交官对蒋介石却总体上持厌恶态度，他们认为中国是美国军事及外交官的坟场，许多优秀军人和外交官的前程都葬送在蒋政权手中。不管怎么说，在马歇尔的斡旋下，人们看到了他们期待已久的政治协商会议最终确定下框架，青年党的五个代表、共产党的七个代表、国民党的八个代表、民主同盟的九个代表和另外九个非党代表被挑选出来，授权决定中国未来的政治形态，这是一个重要时刻，自由民主理想作为国策将首次在这个国家提出。按照国府承诺，蒋介石将在新年到来时宣布公民权利将得到落实和保证，新闻审查将予以终结，政党将取得合法地位，所有政治犯都会被释放，中国将迈进富有希望的时代。

“可是，稍许了解这个国家的人都知道，你说的这个时代不会到来。国家的胜利没有解决老百姓的任何问题，甚至没有解决最应该解决的和平问题，国共两党都不会向对方妥协。”

“没错，戴维，这就是我想说的。这是一个重要时刻，战争的阴云重新聚拢头顶，胜利只是以美、英、俄重新瓜分世界约定利益，以及那些恰好站在胜利一方的民族主义当权者们获取不当权力和财富来结算，和老百姓的唯一关系，是他们将在结束长达 14 年的侵略战争后，再一次接受兵燹之祸的内战。”

“很遗憾，迭戈，美国人在香港问题上扮演着同样暧昧的角色，他们的政府和大多高层人士在反殖民地政策上演出了一场真诚而自大的丑剧，在远东利益的驱使下试图将中国拉入反法西斯阵营，因为遭到斯大林的顽强抵制而以失败告终。他们从太平洋战争爆发后不断批评我们，应当立即解除香港的殖民地地位，把主权交还给中国，在战争结束时，却转而向苏联出卖中国利益，以交换俄国人参战的条件，并且实际上支持我们重新占领香港。”

“你忘了一点，戴维，经过长达十数年的战争，中国人的民族性开始向国民性发展，也许这是中国从这场战争中得到的唯一好处，它终究会积弱变强，不需要美国、你们和苏联人指手画脚，这就是我的看法，你这个自由主义者应该感到高兴。”

“我不会在你这儿受到打击。我和我的同事会坚持下去。我们拭目以待。”麦克道格尔不自然地笑了笑，然后他想到什么，由衷地说，“对了，我还得感谢你。”

“是指你需要更严厉的批评?”

“不，那个够了，我需要人们用实际行动支持临时政府。我是说，你向我推荐的那位年轻人，他是个很棒的小伙子，他为军政府帮了大忙，如果他能多吃一点，早点恢复健康，别那么忧郁，而且同意留在文人政府中工作的话，我会更高兴。”

我没有告诉麦克道格尔，他说到的那位年轻人不会那么快回到生活中，他之所以急于渡过伶仃洋，返回中山老家，在那里的产粮区帮助军政府弄到珍贵的粮食，是他刚刚结束整整三年非人的饥饿折磨，任何一个饥饿者的无助眼神都会令他崩溃，他无法拒绝军政府的筹粮请求，等筹粮工作结束，拿到军政府签发的通行证，他会立刻离开港岛，出发去另一座岛；如果幸运，他会在那儿找到他想找到的人，如果没有，他会去别的荒岛，其他一些荒岛，台湾海峡所有的荒岛，最终前往更北边那个造成他厄运和让他寒心的岛国。

郁漱石离开香港之前，我和他见过几次面，基本是我去总督府办事，恰好他也去那儿，匆匆忙忙交割粮食，领取粮款，再次外出筹粮。他头发蓬乱，衣裳皱巴巴的，有一股酸臭味，脸上反而有了一些血色，看上去精神不错。通常我们会站在走廊里匆匆说两句。他很少谈到自己，甚至从不提及这些。

只有一次例外。那次我们约了谈 D 营轰炸事件，我邀请他到家里，他没有拒绝。那次我感到他有可能从战争阴影中走出来，但人们想要走进他的内心却实在困难。

郁漱石敲门的时候，我妻子正在练琴，她和圣约翰堂的人下午要去慰问准备回国的澳洲拘留者，她弹的是拉赫玛尼诺夫[①]的《升 c 小调前奏曲》，这位俄罗斯最后的浪漫主义古典作曲家在战争中死去，妻子认为人们希望生命继续下去，所以选择了他的曲子。

我请妻子为我们做点吃的。郁漱石拘谨地坐了一会儿，问是否可以在钢琴上弹点什么。然后他坐到钢琴前，弹了拉赫玛尼诺夫的另一首曲子。他有些生涩，但明显受过训练，指法不错，逼真地在琴键上弹奏出海水强劲的涌动声和黑夜中不断接近的巨石嶙峋的孤岛的阴森，琴声中有一种在劫难逃的强烈不安，和对生命无限的眷恋。他的头发有点长了，耷拉下一绺在年轻的额头上，随着强烈的快板凌乱地晃动着，这让他像极了忧郁的王子。他的脸型很好，如果能够再丰满一点，眼睛里没有泪光的话，会相当迷人。

妻子几次从厨房出来，倚在门口入神地听郁漱石弹琴。她悄悄告诉我，郁漱石弹的曲子叫《死岛》，作曲家受到一幅亡灵渡过冥河前往地狱的油画影响，写下这首钢琴协奏曲。我有点担心。我以为郁漱石选择这首曲子，只是与桑岛有关，但显然不止这个，我不希望妻子受到他的感染。

很幸运，早餐很快做好，我们在餐室坐下来。因为这次见面时间较长，我有充分的时间观察郁漱石，我发现，他是明显的闯入性思维，好端端坐在餐桌前，突然跳起来，紧张地说听见机枪响。我竖起耳朵听，是街道上传来的脚步声。妻子做了干炒叉烧意面，我请郁漱石随意取用，他排斥刀叉，反感地将它们盖在餐布下面，以后换了筷子，他又盯着意面不动，不安地嗫嚅着说，叉烧肉像烧过的尸体。我看出来了，即使有过音乐，他仍然对生活冷漠，回避人群，有着强烈的焦虑，看上去显得孤独和无助。我知道他很努力，他一直在试图摆脱战争留给他的巨大阴影，真心地想帮助人们脱离战后困难，可我有一种感觉，他在深深地内疚，为一位香港姑娘，一位独生子下属，一位曾经的上司，还有很多他不想说出来的生命，因为这个，他对战后活下来感到羞耻。

我有一个不祥的念头，郁漱石逃出战俘营，活了下来，但是，他，还有更多和他一样经历同时侥幸活下来的人们，他们在战俘生涯中失去了生命意义，在停止自发呼吸、心脏停跳、瞳孔反射机能消失之前，已经死去了。

---

① 谢尔盖·瓦西里耶维奇·拉赫玛尼诺夫（Sergei Vassilievitch Rachmaninoff，1873—1943），俄罗斯作曲家，钢琴演奏家。

“别那么压抑。”我很难接受这个结果，为我对面的他倒了一杯清水，“战争已经结束了，你不用担心什么，你需要给自己一个机会。”

郁漱石点点头，表示同意我的观点。然后他开始说话。他问我知不知道澎湖列岛有多少座岛，他告诉我有64个，它们大部分没有人居住，不过，那里淡水资源丰富，有大量鱼类，贝类和藻类，人存活下来并不困难；他认为如果把它们全部走完的话，大概需要8个月时间，他认为他做得到。他的思维有点乱，可能连他自己都不知道在说什么。

然后他提到国军。不断有国军乘坐美国军舰和运输船抵达香港，经过一段时间休整，在佐敦道重新登上美舰和运输船，绕过台湾海峡北上去天津或者秦皇岛。九龙集结着大批等待运往华北和华中的军队，他遇到过李弥的第8军，那是一支装备精良的军队，士兵们在九龙塘嬉笑着围看衣衫褴褛的船女刮鱼鳞，在弥敦道和广东道勾肩搭背逛街，抢购英国香烟和威士忌酒，在九龙城和容易激动的暗娼们相互对骂。但他们不会开枪，他们将把美国人提供的子弹留下来，在返回内地后使用。严格地说，他也是他们当中的一员，他对这个身份感到困惑和不安。

他提到另外一支国军，大约三四百人，他们在1938年和登陆广东的日军作过战，被日军坦克撵进新界，再被英军下掉武器，关进兵营。三年后，他们解除监禁，重新拿起武器，从兵营直接上了前线，在那儿和日军作战，战死、被俘或者消失。

他还提到一些其他性质的武装人员——数以千计的华人防卫军士兵、数以千计的华人圣约翰救伤队队员、数以千计的华人战时维持组织成员，以及数字不详的华人民间游击队员，在侵略者攻打香港时，他们拿起了武器，向日本人射出复仇的子弹，直到战死或者被俘。那之后，在三年零八个月的沦陷期，一支华人抵抗力量一直出没于港九，始终没有放下手中的武器。

听上去，他和他提到的那些人身当矢石，无所畏惧。从我了解的情况看，事情的确如此，他宁愿待在生不如死的战俘营中，也没有选择条件优裕的附日诱惑，但他其实非常害怕。他不断提到两个字，恐惧。他说他一直在恐惧。那是一种什么感受，他没说，我想象不出来，我只是很吃惊他谈了那么多。我从来没有思考过他说到的事情。一个人活着，他一直在害怕，能够想象这种感受吗？

“如果换个思路想想，”我推开面前的餐具，有点力不从心地看着神情憔悴的他，“你是在为民族而战，为国家的存亡而战，这样，是不是会觉得不那么害怕?”

“也许吧。”他认真地想了想，然后说，显然有点犹豫，面前的餐盘完全没动。

那天晚上，我和妻子谈到郁漱石。我告诉妻子，关于恐惧，郁漱石没有说下去，这个问题太大，就算认真地想，也没有人真能想明白。柏拉图、叔本华、康德、尼采，他们都研究过恐惧，但他们都站在哲学家的角度，而不是具体的生命角度，所以没有人能够真实地回答。我不认为郁漱石的恐惧是战争本身，比如暴力征服和血腥屠杀，否则他不会一次又一次从相对安全的死亡阴影中决绝地站出来，站到比自己强大无数倍的魔鬼面前，站到死亡面前，即使两腿颤抖。

妻子对我的说法感到奇怪，她在战后重建组织的卫生部门工作，她告诉我一件事情，英军登陆后，哈考特下令为每一位获救的战俘做健康检查，结果在预料之中，没有一位战俘是健康的，每个人都患有数种伤病，但是，皇家海军士兵威尼尔的健康报告却让人们震惊。这位被俘时年仅二十岁的爱尔兰士兵不但患有最普通的“铁丝网疾病”，诸如痢疾、肺结核、斑疹伤寒、疟疾、肌肉痉挛、神经炎、糙皮症、贫血、佝偻症、脚气病、褥疮、视力下降、中枢神经性失明、呼吸道感染、肠道感染、蠕虫、红疹、残肢和残趾、蛀牙和牙脱落，同时，他还患有记忆丧失、失眠、易怒、注意力涣散、幻听和妄想症，种类一共102项。

妻子认为，那就是恐惧。

我告诉妻子，它们当然是恐惧，一个生命身处如此支离破碎的体验，的确令人恐惧，但恐惧不止这个。我问妻子，她临盆之日，我人在欧洲，炮弹在街道上炸开，人们惊叫着从门前跑过，被炮弹炸碎的人的断肢撞在门上，再从那里滚落到台阶下，像是有人不太礼貌地敲门，又不耐烦地离开，却没有人进来拯救她和腹中将要娩出的孩子，她说的恐惧是不是这个。妻子说，是，但不止这个，因为我相信你会回来，你会把我和孩子救出去。我问妻子，如果战争永远不结束，我永远不出现，会怎么样？我的意思是，“不止”的这个恐惧不会因为雌雄已决而在战俘营中愉快地停止下来，我们尚且活着的时候，可能随时消失在任何地方，比如人性的反转和背叛，比如我们不再相信这个世界。妻子犹豫了，充满怨怼地看着我。我对妻子说，所以，郁漱石提到的恐惧不是肉身的疾病和身体伤害，而是不确定的人性，躲在人们身后无尽的黑暗，他捕捉不到它，却被它紧紧掌控住，因为他也是，或者可能是其中的一部分，他为这个而恐惧。

我对妻子提到另一种恐惧。在一个绝大多数人从来没有被真正关心和正视的群体中，国家这个由少数人虚构出来的概念因为外族力量的介入突然被提出来，有助于人们从他们所受的失意生活中恢复过来。过去，人们从来没有在现实和历史中找到自己，这一次不同，人们通过为一个更大的政治概念奉献自己看到了自身的存在，他们开始思考要不要接受软弱的过去，不是战死就是屠杀，反正都得死，被异民族杀戮和征服的结果不是由某一个人承受，而是这个民族所有人，只要不是归附者，抗争和牺牲就有了意义。人们通过国家不屈服的立场看到自己的牺牲具有的伟大一面，为这个而松了一口气，所以，对某种信仰体系的忠诚具有非理性的原因，但民族和国家的概念永远管用，也许人们知道民族在某种程度上是虚拟的，知道国家并不像领袖们所说的站在无限正义的立场上，不过是建立在多数人尸体上的少数寡头的代名词，即使如此，当人们成为牺牲者中的一员时，仍然会感觉自己没有被抛弃。

但是，人们没有解决恐惧，没有办法解决。国家不需要恐惧，那将削弱信念和力量。战争只会渲染和强化恐惧，而不会解决它，它只能由个人来承受和承担。

我告诉妻子，她刚才给我讲了战俘威尼尔的故事，我也想给她讲一个平民拘留者艾弥儿的故事。艾弥儿是个六岁的乖巧女童，父亲是澳大利亚人，母亲是华人，战争结束时我在赤柱营见过她，她非常可爱，是那种你认为她绝对不可能和任何邪恶沾上哪怕丁点关系的天使。在战争中，艾弥儿和皇家海军士兵威尼尔在同一座城市陷入困境，关押在维多利亚海两岸，她入营时只有两岁，所有记事时的人生经验都在拘留营中形成，营地的大人喜欢她，她受到很好的保护，很快乐。战争结束时，大人们拥出营区随喜狂欢，庆祝和平的到来，艾弥儿却陷入深深的困惑，她忧伤地问妈妈，什么时候大人们才会停止狂欢，然后她问了妈妈一个问题。听到小姑娘那句话，大人们停下了庆祝，恐惧地看着她，而她的妈妈则放声大哭起来。

"她问了什么问题?"我妻子问。

"'妈妈,'"我一字一句背出六岁女童艾弥儿的话,"'和平什么时候才会结束?我们就不能再有战争吗?'"

很长一段时间,屋子里很安静,我的妻子坐在那里,而我站在她面前。

"我知道他为什么要弹奏《死岛》了。"片刻的沉默后,妻子开始瑟瑟发抖,"迭戈,请你过来,抱住我。"

(GYJ006—002—076)**审判官封侯尉法庭质证:**

民国三十四年十二月八日,香港举行沦陷周年纪念大会,我随在港国府代表团参加了大会,第一次见到被告。当时我不认识他,听人介绍他只是一位前国军中尉,在日酋战俘营蹲过三年牢,如今参与香港重建,成为港府红人。印象里他十分瘦削,对颇为热烈的庆祝活动无动于衷,终场俱神情颓废地坐在后台,被动地随人鼓掌。我有些吃惊,大会冠盖云集,出席者均为各盟邦代表、港府高官及社会领袖,他这样的人竟然在港府慎重邀请的名单中,可见英人在阶级道统上的混乱。

民国三十五年三月一日,国府广州行辕成立肃奸委员会,《华侨日报》社长岑维休即被涉案调查。30天后,路透社即以英国政府之名公布大赦政策,称凡在东南亚英属领土内被指有附敌罪者,倘其无涉残暴行为,均免于起诉。此政一出,包括岑维休在内曾为日敌服务的大批香港社会领袖、绅商巨子和文人名伶无一被追究,只有国府暗中关照的两华会领袖罗旭龢爵士一人因通敌罪待审,后得华民政务司为其在报纸上公开背书,方以永远不得复职为条件免去叛国罪,完全违背我中华民族忠奸不两立之大节大义传统。

4月底,前港督扬格重返香港,恢复民政,立法局遂于5月17日通过《1946年中国附敌份子移解法案》,竟与国民政府《惩治汉奸条例》有相当冲突。双方引渡人犯工作受到阻碍,我随李汉冲处长专门拜见扬格总督,并与司法司警各方首长讨论,均得含糊其辞答复。

6月6日,国府广州行辕公布通缉第二批汉奸百人名单,《华侨日报》社长岑维休在案,党国香港机关报《国民日报》次日发表《通缉岑维休》社论,港英政府当即下令查封报馆,外交部两广特派员郭德华向港方提出正式交涉,英国前任大使和广州总领事先后抵港参与调解，我作为郭特派员和国民党港澳支部翁平继委员随行律师与港方进行交涉，第一次与本案辩方冼宗白大律师见了面。

之前，得知《国民日报》封闭事件一出，冼大律师率先激烈批评港英政府措置失当，并与港方立法局华人非官守议员周锡年一同质问政府责令《国民日报》停刊理由。正式洽谈前，国港双方邀请社会及法律人士座谈，听取公共意见，冼大律师亦当面批评港府责令《国民日报》停刊是文明不齿之野蛮行为，且停刊援引十一年颁布二十七年修订的《防卫法》，以战前临时法律制裁《国民日报》断无司法文明；遂又转头批评《国民日报》公然诱导读者罔顾法律，发表社论，号召读者活捉岑维休，粉碎其报馆，亦同属野蛮，给我留下很深印象。

正式谈判时，行辕和港府皆提出妥协方案，但在国府追捕岑维休问题上，英方却坚持强硬态度，拒绝递解疑犯，并派出警察将岑犯保护起来。岑维休自知归案后断无活路，托人向李汉冲处长说项，愿以《华侨日报》作为行辕机关报，交出编审权，由行辕派人接管。那时我已奉命返回广州参与肃奸审判工作，李处长要我向行辕说明情况，建议行辕接受该条件。后来听说，行辕张长官开价至高，坚持除可保留岑维休之监印名义外，华侨社全部财产均应充公，双方讨价还价，终未变现。港英政府遂以从事政治活动罪名，将行辕派进香港接管《华侨日报》社长一职的战区政治部副主任王侯翔递解出境，交涉此案的李处长和菲士丁均奉调回国，此案不了了之。

此事对我冲击非常大。我深深感到，中华民族并非害在异国无端的枪炮下，而是害在汉奸无耻的出卖中，我华若要强大，岑维休、郁漱石之类曲意逢迎异族的卖国者必须受到民族的唾弃和制裁！

(GY006—003—064) **辩护律师冼宗白陈述：**

受律师出身的工党领袖艾德礼[①]委托，我的老师奥斯顿爵士在战时领导着一个殖民地律法修正案的研究课题。德国投降后，担任战时内阁掌玺大臣和副

---

① 克莱门特·理查·艾德礼（Clement Richard Attlee，1883—1967），英国工党领袖，二战结束后出任英国首相。

首相的影子人物艾德礼开始发力，在 7 月大选中以绝对多数票战胜丘吉尔，担任战后英国首相。新首相一边强力推行“欧洲复兴计划”，建立民生联合王国，一边力主英国摆脱沉重的殖民主义包袱，完成非殖民化进程，奥斯顿教授适时结束课题，邀请我作为东亚代表返回母校参加战后殖民地立法案会议。

抵达伦敦后，我去看望了奥斯顿爵士夫妇。奥斯顿教授得知我参加了香港战犯的审判工作，特地把我带到他的办公室，落座后，他问我为什么接下这份工作，而不是他推荐给我的全球经济法实用法研究工作，要知道，不少著名律师都参与了这个课题，他们希望在战后世界重建中贡献毕生才华，留下自己的痕迹。我看着我敬爱的导师，显然，我们都记得他当年说了什么——“不要为获得胜利做律师，要为社会良知穷尽辩护，直到最后一刻也不放弃。”

我给教授讲了一个小故事：我在香港遇到几个美国水兵，他们从荷属东印度过来，送陆战队去日本，听说有一艘美军驱逐舰被日本人击沉在香港，非常吃惊。“伙计，没有搞错吧，香港不是珍珠港，那些家伙四年前在那儿揍了我们，现在我们要去占领他们的国家。”在这些洋溢着勇气和胜利者自信的水兵看来，太平洋战争的参战国只有两个，美国和日本，战役只有三个，珍珠港、中途岛和塞班岛，别的国家和地区在整个战争中都艳阳高照。然后，我又告诉了教授另一件事情，一年前的莱特岛战役，日军第 16 师团几乎被美军全歼，13000 人编制的师团只剩下 620 人，战役结束后，麦克阿瑟下令通知国民政府派人前往菲律宾，协助查找战争罪犯，因为第 16 师团正是南京大屠杀三支日军部队中最邪恶的一支，然而，国民政府竟然对美方的邀请充耳不闻，这项工作并没有完成。

教授像故事里的水兵一样吃惊。是的，他很难相信，这场战争有霄壤之别的版本，而且刚刚结束，它已经被人们忘记了，而这就是我同意参与香港战犯审判工作的原因。

教授把我叫到他的办公室当然不是为了听故事，他给我看了几份文件。

第一份文件是美军退伍军人管理局提供的，该机构统计，在刚刚结束的这场世界范围的战争中，被德国俘虏的盟军战俘在关押期间的死亡率为 2.1%，而在日军的中国奉天集中营，盟军战俘的死亡率为 16%。

第二份文件是英国政府刚刚发表的官方数据，该报告称，落入德军手中的英国战俘死亡率为 4%，落入日军手中的英国战俘死亡率为 27%。

第三份文件实际是15份系列文件总汇，是盟军联合调查组刚刚在台湾金瓜石铜矿战俘营发现的未及销毁的文件，内容是日本俘虏情报局给各战俘总营的训令，牵涉大规模消灭战俘问题，日期从1942年到1945年8月20日。也就是说，从太平洋战争爆发开始，直到日本宣布投降后五天，日军俘虏情报局始终在向各战俘营下达有关限制和消灭战俘的训令。我非常震惊，匆匆阅读那些文件，发现其中有如下内容："如果美国人登陆，必须把所有战俘杀掉，无论如何绝不让一名战俘逃跑。"这些文件澄清了一项长期存在的政策，在战争开始后不久，日军大本营就制定了杀俘政策，如果战俘营指挥官认为管辖地区有可能落入敌军之手，他应该首先把战俘杀掉。日军驻台湾第11军参谋长向东京询问在什么情况下指挥官可以自主行动，而不用等待上级的命令，1944年8月1日，他收到日本陆军副大臣回复，答复如下：一，时机。虽然根本宗旨是根据上级命令行事，但在下列情况下可以采取单独处置：发生大规模反抗并且不使用武器不足以镇压；逃跑战俘可能变成敌方战斗力量。二，方式。只要形势需要，不论单个或集体均要消灭，可以采取大规模轰炸、释放毒气、投毒、溺死、斩首等方式；根本目标是绝不能让一名战俘逃跑，统统杀掉，不留下任何痕迹。

奥斯顿教授告诉我，有消息证实，日军所有战俘营都收到了这份命令，目前已知情况，威克岛指挥官酒井原繁松少将执行了这一命令，他确信美军将在威克岛登陆，于是采取反绑双手赶下潟湖、斩首和枪杀处置了全部战俘；马拉望的指挥官基于同样理由将157名战俘赶进防空洞并倾倒汽油，将他们活活烧死。

我和教授都清楚一件事，作为这场战争中持续时间最长、涉及人口最多的两个国家，日本发动的侵华战争长期以不宣而战遮蔽了战争惯例，陆军省一直在向它的派遣军发出训示，强调"以往的一切陆战法规、交战法规及各种条约都不适用并且不能约束我们的行动"。直到太平洋战争爆发，日军甚至没有按照国际法则设置俘虏收容所，而是纵容部队随意处置战俘，致使大量俘虏被野蛮杀害。可惜的是，受害一方的中国几乎没有记录下任何有价值的战争暴行，并且向国际组织提供相关情报。

"你爱你出生的祖国，对吗迭戈？"教授问我，他用了"祖国"这个词。

"正如您爱您的祖国一样，教授。"我回答，"也许这么说对别的国家不公平，可是，我的祖国在这场战争中付出了太多，它被这个世界忽略了。"

"哦？难道它不是被自己忽略了？"奥斯顿教授锐利的目光透过镜片看我。

“您说得对，教授。中国是这场战争中第一个被法西斯攻击的国家，也是最后一个摆脱战争的国家，可是，政府正在听任这件事情轻松地消失掉，甚至它已经决定遗忘过去的一切，它更关心如何面对正在逼近的内战，我为这个感到焦虑。”

“可是，我听说，对生命极度冷漠的原因，是中国人主张以德报怨，是这个词吗？”

我回答教授，这个词出自《论语》和《老子》，和士兵有关，中国最伟大的两位思想家李耳和孔丘对这个词有不同的理解，李耳主张用恩惠来回报仇怨，孔丘先生不同意，老先生说，以德报怨，你拿什么报德呢？人家以德对待你，你应该以德报答对方，人家仇恨你，欺负你，你得还回去啊。

“有意思，不过恐怕不适合在宗教中讨论。”奥斯顿教授点点头，“如果这么快就忘掉战争，人们将遭到历史报复。”

“是的，教授。”我说，“人们会战胜死亡，但是，遗忘最终会让人们失去尊严，容忍法西斯轻易杀掉自己的士兵和人民而不加以清算的国家，谁会去保卫它？”

“中国元首知道这个吗？”教授改用了德语。

“我想，他比任何人都知道。”我说。

我知道教授为什么用“Die staats-und regierungschefs”① 这个词，但我确定，即使中国现代军队出自德国教官的训练，中国的领袖并非阿道夫·希特勒，他们也许在民族主义和反共产主义上能够找到共同话语，但不是每个独裁者都有能力成功清洗国民头脑、建立纳粹组织和强大的国防力量，并且为国民餐桌提供足够的牛奶和面包，让他们铁了心捍卫血统纯粹的民族。

殖民地立法案会议邀请了所有联合王国殖民地律界代表参加，除了圣卢西亚、圣克里斯多福与尼维斯、马拉维、莱索托、博茨瓦纳、瓦努阿图和图瓦卢，其他 43 个殖民地受邀人士都准时到会。

奥斯顿教授组织这个会议的出发点是这样的，看上去，人们战胜了一场迄今为止人类历史上最大的战争，数以千万的生命在战争中消失掉，其他人则熬过了黑暗的日子，他们接下来想，能不能避免战争，保持和平，以便人们和他

---

① 德语：元首。

们的子孙完好地生活下去。在这件事情上，上帝显然不会插手，只能依靠人们自己。困难的是，人们对此产生了怀疑。正如热爱和平是人类最基本的传统一样，热爱战争同样是人类难以割舍的另一个传统，人们不是什么时候才能学会互相妥协、容忍宽大，而是注定了要为此付出一代又一代努力，或者终究没有这种可能。有许多人怀疑，种族、宗教、语言、文化上如此差异的 49 个殖民地能否达成任何共识和有效协议，可是，在为寻找停止战争的途径而斗争这个不可动摇的主张下，任何差异都不足挂齿，任何努力都值得去做。

正式会议开始前，奥斯顿教授请代表们离开舒适的座椅，为战争中的无辜死难者静默致哀。那一刻，许多代表流下了眼泪。

我心里明白，不是只有参加会议的代表在哭泣，人们也不只为战争流泪，生命有着自身的意识，不是由生命之外的力量来创造和主宰的，而是由人类文明来创造和主宰。看看庞大而精致的自然界，它自身的冲突有多么巨大和剧烈，可是，45 亿年过去了，它从来没有把自己破坏到不可收拾的地步，人类却在短短 30 年中，在两次全球战争中让自己建立了几千年的文明之杯粉碎掉，在一地的碎片中清晰地看到自己的罪恶。

在会议最后的课题结案程序中，作为殖民地律界人士，我和另外 27 位代表发表了演讲。和以往的演讲不同，这一次，我让自己的演讲脱离开法理，进入感性。在演讲开头部分，我告诉与会代表，在刚刚结束的战争中，我和我的家人幸运地活了下来，却目睹了人类信仰的死亡。对于香港而言，战争是摧毁性的，人们一时很难梳理清楚它到底摧毁掉了什么，因此，在提供什么样的法律体系来保证战争不再卷土重来，法律在修复人们破碎掉的信仰上究竟能起多大作用的问题上，我感到深深的困惑。

一位坐在前排的保守党上院议员打断我的演讲，不无傲慢地问我，大英帝国给无数野蛮之地带去了文明，为何那些从中得到好处的土著却在战时冷漠地抛弃英国，在战后又忘恩负义地想赶走他们的总督，如果有什么法律问题值得研究的话，它首先应该保护帝国至高无上的权力。

会场上传出一片骚动，来自占领区殖民地的代表们表现出愤怒的情绪。我请代表们安静。我请那位保守党议员和大家一起回忆一下国联组织刚刚公布的这场战争的死亡略数：苏联，2680 万；中国，1800 万；德国，800 万；波兰，650 万；日本，290 万；南斯拉夫，170 万；英国，40 万；美国，38 万；法国，

30 万；罗马尼亚，30 万；澳大利亚，25 万；意大利，20 万；匈牙利，20 万；希腊，10 万；荷兰，8 万；捷克斯洛伐克，5 万；印度，4 万；加拿大，4 万[①]……

“尊敬的议员先生，”我对那位议员说，“您和我们大家一样，知道了这场战争的结果中有一个骇人听闻的数字，但是，您，还有我们这些被这个数字赦免的人有没有想过，这个数字是怎么产生的？超过 6600 万死难者，他们是什么样的人，有没有父母、孩子和爱人？他们在战前如何生活着，在战争到来时做出过什么决定？他们是怎么死的，死亡之前在想什么，在死亡到来的最后时刻有什么感觉？究竟是什么把他们……嗯……变成了国联组织报告中冰冷的数字？”

大厅里十分安静，大家都看着我。

“国联组织的报告中没有指出，这场战争中平民的伤亡数字远远超过士兵伤亡数字，各国政府应当对死去的国民负什么样的责任，但以我所知，战争不是单向发生的，那些决定战争形态的领袖存在接受甚至鼓励大规模牺牲的意愿，甚至将士兵和民众的牺牲视为民族气节加以狂热吹捧。”我盯着议员的眼睛一字一句地说，“尊敬的议员先生，我对您刚才问题的回答是，人们没有抛弃他们的国家，因为他们对战争没有任何表决权，他们做不到，而是被强制性地卷入战争中。相反，包括香港殖民政府在内，许多国家和执政当局在战争中抛弃了它的人民，任由他们遭受战争的残酷屠凌，正因为如此，这些人才变成了国联组织报告上的一组组冰冷的数字。”

我提到一件事情，在 1941 年 12 月的香港战争中，有 1975 名加拿大军人参加了保卫联合王国殖民地的战争，他们一部分战死，大部分成为日军的战俘。战争结束后，生还的加拿大援港士兵决定将劳森准将在内的阵亡或虐亡同伴安葬在柴湾纪念坟场，军政府大方地批准了用地计划。作为联合王国的英雄，来自英国和印度的阵亡士兵当然也享受了同样的待遇。可是，军政府却并不关心，也没有统计，在同一场战争中，有多少华人参加了那场抵抗战斗，战死或者被虐死。那些数以千计的华人阵亡者和数目不详的无辜死难平民，至今没有得到任何一块安葬之地，大多死亡者甚至连名字都没有留下，他们在侵略者和被攻击一方的共同漠视下，消失在乱坟岗和臭水沟中。

---

① 数字一直在发生变化，真实数据已经无从查起。

然后，我提到了一位参加了香港殖民地保卫战的中国士兵，他叫郁漱石，有一位中国父亲，一位日本母亲，他是他俩结合生出的孩子。战争发生时，他无法求助血缘和国籍给予他应该怎么做的指导，他选择了站在反侵略者一方的抵抗者阵营，带领他的小组参加了战斗，他的小组中一半人如今躺在国联报告那组骇人听闻的数字中。

“这位士兵勇敢吗？是的，没有人可以怀疑这一点。战争发生后，他始终在战场上惊恐而绝望地作战，因为不忍心看到上百万香港平民因缺水而渴死，他天真地潜入日军占领区，试图修复供水设备，为这个做了日军的俘虏。

“这位士兵现在还活着，在日军战俘营中熬过三年以后，他逃出了战俘营，我来这儿的时候，他正带着光复政府的英国官员去他的家乡弄回一船船粮食，帮助军政府渡过战后困难。可是，这不是他最想做的事情。他最想做的是尽快找到一个人，他的初恋爱人，一位在战争中同样受到摧残的日本姑娘。他们曾经相爱过，是战争把他们拆分开，因为他没法告诉她，他有一个中国父亲，一个日本母亲，身上流着两股敌对者的血，他要和谁作战？他应该去杀死谁？现在，他的恋人失踪了，不知去向，他想去找回她，他只有这一个愿望。

“有一次，我问士兵郁漱石，如果找不到失踪的恋人，他怎么办？我是说，他会不会忘掉过去的一切，另外娶一个女人，成家生子，继续生活下去。我想知道，经历过非人战争的人们，有没有力量从恐惧的地狱中走出来，继续生活下去。这位士兵沉默着，没有回答我的话。他的神情很绝望，以致我的夫人埋怨我，不该对他提出这么残酷的问题。直到那天晚上，这位年轻的士兵离开我家时，他在门口站下来，对我说，他不知道以后的事情，至少目前，他无法确定在寻找恋人这件事情之外，他还能做什么。在我向他提出这个问题之前，他从没考虑过是否有信心活下去这样的问题，因为这个问题似乎与他无关，不是他能决定的。但是，这位年轻的士兵告诉我，如果有机会活下去，他会给自己尚未见面、不知男女、可能永远都不存在的孩子留下一封信，告诉他的孩子，不管他（她）或他们日后生活在一个什么样的家庭中，一定要原谅家人所有的做不到，确信他们不应该被仇恨，不应该被抛弃；不管他（她）或者他们出生和生活在一个什么样的国家，如果这个国家不保护他（她）或他们，任由他（她）或他们受到残暴敌人的欺凌，一定别为它拿起武器，远离战场，去可能去的任何地方。

“先生们，我承认，我无法回答这位尊敬的议员先生的问题，因为作为人，我无权把经历过这场战争的任何一个生命看成数字，也无权把他们当中任何一个人当成案例。我只想请教诸位，在战争中，为什么国家的软弱无能和罪恶可以畅通无阻，没有人去追究，那些被极端暴虐的战争分子欺凌和屠杀的人们，为国家而战的人们，为什么就不能软弱，这是什么道理？我希望你们能告诉我。”

我的演讲赢得了43位殖民地同行和上百位旁听学者的热烈掌声。奥斯顿教授带头起立向我的演讲表示致敬。那一刻，我突然意识到，我在回答议员先生问题时提到的那位中国士兵，他不再是我案例中的内容，而是人类历史的一个证物。

现在回想起来，我在战时偶然从一份档案上知道了代号131的郁漱石，在战后见到他，是上帝把他送到我面前来的。他让我对战争结束激发起的庆幸有了更深意义的理解，让我对战后快速产生的质疑和麻木有了警示。战争的结局不是一些人死了，一些人活了下来，也不是世界经过胜利者的分配拥有了全新的格局，它最大的结局是人性的改变。人性的改变潜伏在价值观下、政治主张下、人们的日常生活中，比任何建立在对世界重新瓜分诉求和修缮立法秩序上的愿望都要重大无数倍，它决定了未来的人类是什么样的人类，它比战争本身更加危险。

现在，我可以说出我离开香港前往伦敦之前发生的那件事情了。

那天，郁漱石来我的办公室，和我告别。他终于结束了临时军政府的工作，他们为他找到一条船，在船上为他安排了一个位置，两天以后，他将离开香港，去台湾寻找加代子。

他疲惫不堪地站在那里，想对我说什么，嘴唇嚅动了几下，没说出来。我知道他是想谢我。麦克道格尔一直不放他离开香港，在粮食大体得到保障后，仍然扣住他不松手，打算把他安排进负责遣散战败国平民的小组中去继续工作。我们吵了架。

“迭戈，请你原谅，我不能放他走，你要知道，他太好用了，他知道怎么和日本人打交道，没有人会傻到放他离开。”

“你想过他吗，戴维？想想他在香港遭遇了什么，他没有理由回到这儿，可他比其他人更勇敢，不但回来了，而且协助了这儿的重建工作。可是，他的恋人失踪了，他要去找她，他已经尽力了!”

“该死！谁都知道他是在做白日梦，那个姑娘早死了，没有人能从遭到鱼雷攻击的大海上逃生，这是战争迭戈!”

“我不得不说，我很难过，你不该说这样的话，戴维。”我差点流下眼泪。

“好吧，”麦克道格尔无奈地摊开双手，示意妥协，“我道歉。可我缺他这样的人手。我不知道把那些只会冲着我点头的日本女眷怎么办。”

“如果你坚持，戴维，我以代理人身份请求临时军政府兑现承诺，为这位年轻人的服务提供报答。如果你拒绝，我将起诉临时军政府，试试新的律法机制是否像你描绘的那样管用。”

“你是个难缠的家伙。”麦克道格尔人困马乏地朝人来人往的走廊里看了一眼，“不过，作为老朋友，我要提醒你，人不是生来就拥有正义和公平权的，正义和公平在国家和民族之外建立不起来，别让软弱的感情主宰你，不然我们还会遭遇下一个人类疯子。”

“我接受。”我从不相信理想主义的政府能够持续地将激情转化为温情，建立真正尊重人民的合法秩序，也不相信人性的善永远不会翻动身子，露出它的另一面，否则，律法就没有存在的意义，“作为老朋友，我也同样有个提醒。你将不得不松手的年轻人，他有灵魂，正如你和你的团队试图以更好的工作建立新秩序，从而顺利地统治他和其他人，他和他们也能感知和回应你的新秩序，甚至决定它的寿命。”

我告诉郁漱石，这没什么，如果他需要，随时可以来找我。

郁漱石拘束地点点头，眼睛看着别处，嗫嚅地说，他想送两件礼物给我的女儿。我很快知道那是什么。一只金斑喙凤蝶和几十粒七指蕨种子。好半天我才弄明白，蝴蝶是死的，是没有生命的标本，而七指蕨是一种不起眼的植物，样子就像一只面对天空无可奈何的杯子。我谢过他，告诉他礼物不必了，他有什么事情仍然可以来找我。他神情羞涩，好像做了一件想要讨好人却又错了的事情，我觉察到他脸上的一丝遗憾，我把他送到门口，看着他消失在走廊尽头，然后把门关上。

我当然是在说客气话。我不希望我在战争中出生的孩子接受任何具有死亡暗示的礼物，不，我不希望。我也不希望这位年轻人再度出现在我面前，就算他的出现让我放慢了对战争的审视，无形中帮助我加深了对妻子和女儿的愧疚和眷恋。毕竟我和他都想尽快摆脱战争的阴影，回到正常生活中，和平不会太持久，我们活不到永远，我们没有太多时间。

大约一个小时后，我处理好事情，去盥洗室洗手，准备下楼回家，去和家人团聚。我走进盥洗室，发现郁漱石没有走。他在盥洗室，蜷缩在角落里，头埋在膝盖间，像个无助的孩子嘤嘤哭泣着，我送给他的那份有关他的档案抄件揉成一团，丢在脚下的水渍中。

盥洗室里有回音，他的哭泣声很小，却非常刺耳。我站在哭泣者面前，离他只有咫尺之遥，却不知道该不该提醒他，这是在什么地方，不知道该不该伸出手，把手掌放在他抽搐的肩头上，轻轻拍两下，或者什么也不做，我有些不知所措。

那是我在监狱之外最后一次见到郁漱石。正因为无意中进入他哭泣的世界，我才知道他的世界有多么可怕，才会在一个月后的剑桥演讲中说出他的故事。我在那时候想，没有人愿意成为战俘，成为战俘是地狱生活的开始，它甚至比阵亡更加可怕。地狱不在另一个世界里，它就在这个世界，经历过战俘生活的人，他们在某个特殊时期穿越过作为人的限制，进入到非人的地狱经历中，在那里，一切关于人类的准绳都不复存在。但他们最终战胜了它，活着回到人类中来，他们是勇士。爱他们，也爱我们自己，竭尽一切制止战争，如果做不到，就别让活着回来的他们再经历耻辱，如果连这个也做不到，那就别拿过去的经历来打搅他们。

从伦敦回到香港后，听说郁漱石已经离开香港，我为这个消息感到欣慰。澎湖列岛有 96 万平方公里，实在太大，任何一片海域下，任何一座无名岛礁上都可能藏有生命，寻找唯一的生命是一件绝望的事情，但它却值得一个绝望的人去。

我希望郁漱石能在某座岛上，或者别的什么人们永远都不会知道的地方找到他要找的人，无论清算还是宽恕，他应该找到她，他们应该见面，他和她有理由对他们是不是敌人做一次认真的交谈，然后让生活继续下去。我觉得，这是他对战争要做的唯一忏悔，也是他应该向战争做出的最重要的索赔，上帝应该看到。

我还希望他忘记在这个世界上经历过的一切，我指的是这三年来他在 D 战俘营中的经历，不把它带到任何他要去的下一个地方。

二十五

结案报告和遗书：妈妈，我坚持不下去了

（GYJ006－002－074）“郁漱石通敌案”结案报告：

钧庭座台鉴：

为呈请“郁漱石通敌案”被告意外死亡事。查被告民国三十四年十二月六日自港赴台，在台逗留一年，盘缠竭尽，民国三十五年十一月二十一日搭乘葡籍硫黄运输船“圣玛丽”号返穗，欲筹集款项再度赴台。因行辕日前递解肃奸传状于府上，其父即将其扣押家中，饬令向政府自首。接被告行踪举报，宪兵旋至家中，收捕归案。

被告以如下罪名受到指控：一、于敌酋俘虏营中屈身事敌，充当传译，沦落为日本军国主义之工具，参与羁押虐待我抗日官兵阴谋，离间盟邦团结，对日酋淫威下之盟邦战俘采取违反战争法例之行动，妥为降敌。二、弼佐日寇杀害我抗日人士，对国防委员会第三厅少校特派员李明渊死亡负有难以脱咎之责。三、苟合取容殖民主义，在英国殖民者复侵香港过程中自堕人格，典身卖命，甘为英奴，破坏国策，罔闻国府对香港禁运政令，嗣于发动乡人从境内走私大米、面粉和茶油，交好于殖民军政府等亦不遗余力，获英人军政府嘉奖勗勉。四、对日酋香港战俘总营之D营战俘集体被屠事件负有连带责任。案查原诉第四条之指控实难核定，兹奉庭遵已行撤销指控，查核施行。另据国防部南京审判战犯军事法庭及广州行辕审判战犯军事法庭宣，日前已对所涉香港战争战犯矶谷廉介执行无期徒刑，酒井隆执行死刑，广州行辕军事法庭对所涉香港战争

战犯田中久一亦在结案中[①]。

即经查照原案，详加审讯，本案侦查、预审、合议庭审讯、法庭调查和辩论程序终结。民国三十六年十月十日，奉广州行辕军法署对该案进行宣判，狱警遵即进入广州第二看守所监室提解被告，被告伫立门右，圆睁双目，停止呼吸，现场之蹊跷实非赭墨所能形容，嗣经法医勘查监室，稽无异样，并行尸检，查无死因。

附呈，被告已由家人收尸，按其遗托葬于香港仔华人永远坟场某某台某某段，与蔡孑民[②]先生阴宅隔阶相望。谨呈

鉴核

郁漱石遗书（未落款）

亲爱的妈妈：

第一次这么称呼您，很陌生。

我没有机会在任何别的时候这么称呼您。曾经想要那么做，想要坚持，一直那么做着，什么时候都没有放弃。我已经尽力了。

可是，妈妈，现在我做不到了。我坚持不下去了。

我的确向抓住我的那两个士兵举起了双手，做了他们的俘虏，但是，我没有背叛。也许这么说是错误的，我背叛了我自己，背叛了我曾经拥有过的，以及想要过的生活。也许这么说还不够，我生下来就是一个背叛者，无论我是否知道您，妈妈，无论您在哪里，我能否找到您，我参不参加这场战争，我都否定了一些什么，背叛了它们。

我怎么知道这些？怎么知道？

妈妈，请告诉我，您究竟是谁？

我只想知道这个。对您可能不重要，可我曾多么的看重它，我想要知道！

---

① 1946年10月17日，田中久一以14项罪名被判决死刑，1947年3月27日在广州执行枪决，处决时高呼：“且看十年之后谁执亚洲牛耳！”

② 蔡元培（1868—1940），字孑民，中华民国首任教育总长，北京大学校长，《大学令》颁布者。

母亲的话我十分重视。也不过是重视。母亲说不清楚您是谁。她只是母亲，只是世上最疼我的人，可是，我怎么也不能把她当作妈妈！

妈妈，现在我什么也没有了，连藏在心里的您也没有了。这真是一件奇怪的事情，以前一直是有的。也许找到了加代子我还是会死，她支撑我多活了这么久，数不清有多久，太久了。我想找到她——就像找到另一个您——请她告诉我，她为什么要那样做，为什么坚持让我活着。我曾以为那只草蛉是您或者她派来给我的，现在知道它不是，这真让人懊恼。

妈妈，您读到这封信的时候，我已经不在了。

未必您会读到。如果读到，请将我埋在香港吧。

还有两样东西，想和妈妈您说一说。有一口旧木箱，我放在母亲家里，是我从一位香港女孩那里得到的。我没有告诉她。来不及了。她没有和她的父母告别。都来不及了吧。

如果有一天，妈妈，您想起我，想来找我，请您去中山母亲家找到那口箱子。那里面藏着一些永远也不会改变飞舞姿势的蝶蛾。还有一样是植物种子，我不确定它们是否会再次发芽，但请妈妈您，一定把它们撒进泥土里！

我想说的第二样东西，妈妈，您永远也看不到它。那是一些名字。我从未见过使用它们的人们。我曾经想见见他们。他们有个共同的称呼，家人。可惜它们全都记在我脑子里，我没法把它们留下，只能带着它们一同离开，想来怪可惜的，但也没有什么吧。

妈妈，想问您最后一件事，希望在分手的时候，您能告诉我。

您生下我的时候，害怕过吗？离开我的时候呢？

哦，是两件事，说多了。

亲爱的妈妈，永别了！

2016年7月7日至2017年8月31日写于深圳听云轩

2018年1月22日至2月28日改于深圳听云轩

2018年5月2日至5月18日改毕于深圳听云轩

2018年8月2日到8月12日改毕于深圳听云轩

本书参考资料

《抗日战争正面战场》中国第二历史档案馆

《中国与英国直辖殖民地香港的关系》英国国家档案局

《香港指挥部：战争日志》英国国家档案局

《香港：综合情报与志愿者们》英国国家档案局

《香港境况：由在中国的英国军队救援小组报告》英国国家档案局

《共产党人的活动》英国国家档案局

《香港：对囚犯的杀害和虐待》英国国家档案局

《战时在香港被日本审判和处决的囚犯》英国国家档案局

《香港的解放：日本倒台下的安排布置》英国国家档案局

《香港的未来政策》英国国家档案局

《远东战后协议》英国国家档案局

《日本投降后香港的管理和未来》英国国家档案局

《香港战事记述》香港政府档案处

《由香港居民写下的香港保卫战亲身经历和观察讲述》香港政府档案处

《拘留营的财政记录》香港政府档案处

《行政部门与香港军事转向民事过渡的办法》香港政府档案处

《同中国的战役计划》美国国家档案总署

《香港·长沙作战》日本防卫厅防卫研究所战史室

《大本营陆军部》日本防卫厅防卫研究所战史室

《俘虏关系文件》日本陆军省俘虏管理部

《香港史》弗兰克·韦尔什著
《中国革命与美国的抉择：中国 1945》理查德·伯恩斯坦著
《大东亚战争全史》服部卓四郎著
《日军战史》伊藤正德著
《日本随军记者见闻录——太平洋战争》小俣行男著
《1942－1945 年香港抗战期间的英军服务团》赖廉士著
《中日战争时期的通敌内幕 1937－1945》约翰·亨特·博伊尔著
《对日情报及战争：英国、美国与情报机构的政治》奥德里奇·李察著
《没有一丝机会：香港保卫战，1941》巴纳姆·托尼著
《我们本应在那里受苦：被囚的香港义勇军 1942－1945》巴纳姆·托尼著
《抵抗到底：香港 1941－1945》巴曼等编
《战俘岁月：1941－1945》伯奇·艾伦/科尔·马丁著
《无出其右：香港义勇军的故事》布鲁斯·菲利浦著
《在远东的特种作战部队》克鲁克肖克·查尔斯著
《日本军政下的香港》小林英夫/柴田善雄著
《协助香港抗战及率英军突围经过报告》陈策著
《日落香江——香港对日作战纪实》莫世祥/陈红著
《重光之路：日据香港与太平洋战争》邝智文著
《太平洋战争期间英国对香港政策秘闻》曾锐生著
《香港人之香港史 1841－1945》蔡荣芳著
《孤独前哨：太平洋战争中的香港战役》邝智文/蔡耀伦著
《围城苦战：保卫香港十八天》邱逸/叶选平/刘嘉雯著
《香港沦陷史》叶德伟等编著
《香港战地指南（1941）》高添强著
《东江纵队：抗战前后的香港游击队》陈瑞璋著
《沦陷》（影像）香港电台电视部
《集中营》（影像）香港电台电视部

对上述资料的编著者、录制者和出版机构一并表示真挚的感谢！